TOM WOLFE

MOI, CHARLOTTE SIMMONS

traduit de l'anglais (États-Unis) par Bernard Cohen

ÉDITIONS FRANCE LOISIRS

Édition du Club France Loisirs,
avec l'autorisation des Éditions Robert Laffont

Éditions France Loisirs,
123, boulevard de Grenelle, Paris.
www.franceloisirs.com

Titre original : I AM CHARLOTTE SIMMONS

ISBN 978-2-7441-9861-8

À mes *deux étudiants*

Vous avez été une joie, une merveilleuse surprise à chaque instant de votre jeune vie. J'imagine que je ne devrais pas être étonné par ce que vous avez fait pour moi et pour ce livre, mais je le suis, et vous dédicacer ce livre n'est qu'un simple murmure de gratitude.

Je vous ai donné à lire le manuscrit dans l'espoir que vous objecteriez au vocabulaire qui n'était pas le vôtre. Vous ne vous en êtes pas privés, ce qui m'a permis d'apprendre que le juron « Jésus-Christ ! » cataloguait immanquablement son utilisateur en tant que croulant, ou presque, et qu'il en était de même avec le recours au mot « fabuleux ». On ne dit plus cela, de nos jours, mais « géant ». Ni « Quel branque ! », non plus, ce qualificatif ayant été « totalement » remplacé par une comparaison anatomique convenue. « Totalement » et « genre », lorsqu'ils envahissent tout le discours – comme dans « genre totalement géant », par exemple – caractérisent en général le parler des filles, plus que des garçons, et sont tellement chargés d'ironie parodique qu'ils se dissolvent presque sous la plume. Vous êtes venus à ma rescousse quand je me perdais dans les nuances du jargon jeune, donc, mais ce que je n'aurais jamais attendu de vous, considérant votre âge si tendre, c'est d'avoir été capables de prendre un pas de recul et, avec le plus admirable détachement, de me montrer les rouages de la nature humaine, et notamment les règles ésotériques qui gouvernent le tissu social. Je dis « ésotériques », parce que en bien des cas il s'agissait d'aspects de l'existence qui ne semblent rien avoir de social, à première vue. Grâce à votre don pour l'abstraction, votre père n'a eu qu'à organiser le matériau accumulé en visitant des campus dans tout le pays.

Ce que j'éprouve envers vous ne pourrait être mieux exprimé qu'en vous serrant longuement dans mes bras.

Vos Saluto

Nombreux sont ceux qui m'ont généreusement aidé à réunir le matériau destiné à ce livre, étudiants, sportifs, entraîneurs, universitaires, anciens élèves, ainsi qu'un excursionniste et les habitants d'un petit paradis perdu dans les Montagnes Bleues de Caroline du Nord, le comté d'Alleghany. Si c'était possible, je les remercierais ici un par un, et tous. Je dois en tout cas saluer ceux qui ont déployé une remarquable énergie en ma faveur :

Dans le comté d'Alleghany, MACK et CATHY NICHOLS, dont l'ouverture d'esprit et le sens des détails m'ont ravi ; LEWIS et PATSY GASKINS, qui m'ont guidé dans les extraordinaires pépinières à sapins de Noël, dont l'une développe plus de cinq cent mille arbres ; le très accueillant personnel du LYCÉE et de la CHAMBRE DE COMMERCE d'Alleghany ;

À la Stanford University, TED GLASSER, crack en études médiatiques ; JIM STEYER, auteur de *The Other Parent* ; GÉRALD GILLESPIE, maître en littérature comparée ; ROBERT COHN, expert de Mallarmé ; ARI SOLOMON et ROBERT ROYALTY, jeunes et brillants enseignants, ainsi que leurs admiratifs disciples ;

À la Michigan University, MIKE TRAUGOTT, maestro en communications, et PEACHES THOMAS, qui a permis à un inconscient de se risquer dans des secteurs de la vie nocturne estudiantine que les sages évitent soigneusement ;

À Chapel Hill, CONNIE EBLE, lexicologue émérite en jargon jeune, auteur d'un livre sur le « slang » ; DOROTHY HOLLAND, dont l'ouvrage *Educated in Romance* a ouvert de nouveaux horizons dans l'anthropologie de la vie universitaire aux USA ; JANE D. BROWN, que ses écrits sur l'adolescence américaine ont rendue célèbre, et deux anciens étudiants qui m'ont beaucoup appris, FRANCES FENNEBRESQUE et DAVID FLEMING ;

À Huntsville, Alabama, MARK NOBLE, consultant sportif dont le travail avec la Division I a été salué ; GREG et JAY STOLT, ainsi que GREG JUNIOR, joueur de basket-ball émérite de la Florida University devenu professionnel au Japon, et le très pittoresque conseiller d'orientation DOUG MARTINSON ;

À Gainesville, campus de l'université susnommée, BILL MCKEEN, doyen de la faculté de journalisme, auteur de *Highway 61* et connaisseur ayant ses entrées dans les hauts lieux de la vie estudiantine, par exemple Le Marais, un stade de foot avec toute une ville palpitant sous les gradins ;

À New York, JANN WENNER, qui une fois encore m'a guidé dans la sombre vallée de l'épuisement littéraire, et EDDIE HAYES (« Trouvez-moi Hayes ! »), qui a lu la majeure partie du manuscrit.

In domo, à ma chère Sheila : « *Scribere jussit amor* », comme dit Ovide ; *scripsi* [1].

Tom Wolfe

1. « L'amour ordonne d'écrire », et j'ai écrit (en latin). (*N.d.A.*)

Victor Ransome Starling (USA, prix Nobel de neurobiologie, 1997). Maître-assistant en psychologie à Dupont University, il mène en 1983, à vingt-huit ans, une expérience consistant à retirer à trente chats l'amygdale cérébrale, une masse de matière grise en forme d'amande qui contrôle les sensations chez les mammifères développés. Il avait déjà été vérifié que cette opération provoquait un bouleversement émotionnel grave chez les sujets, qui restaient indifférents quand ils auraient dû éprouver de la peur, se tassaient sur eux-mêmes alors qu'ils auraient dû se pavaner, manifestaient une excitation sexuelle sans aucune stimulation. Les chats amygdalotomisés de Starling, cependant, se caractérisaient par une hyperactivité érotique de type maniaque, recherchant la copulation avec une telle frénésie qu'ils se montaient les uns les autres, en un « tuyau de poêle » – pour reprendre l'expression populaire – qui pouvait atteindre trois mètres de long.

Les trente chats traités, ainsi que trente sujets normaux utilisés en comparaison, se trouvent dans la même pièce, en cages individuelles. Starling ayant invité un collègue à observer le phénomène, il entreprend de libérer les animaux. Le premier se rue sur la cheville du visiteur, contre laquelle il se met à frotter convulsivement son pelvis. Starling en déduit que l'animal, ayant capté l'odeur de cuir de la chaussure, l'a confondue avec l'odeur d'un partenaire possible en raison de son état de confusion émotionnelle. « Mais, professeur, objecte alors son assistant, il s'agit de l'un des chats non opérés... »

C'est ainsi qu'est survenue une découverte qui allait radicalement transformer la connaissance du comportement animal et humain : l'existence, voire l'omniprésence, de ce que l'on appellera les « parastimuli culturels ». Ayant observé de leurs cages, pendant des semaines, le comportement érotomane des chats opérés, ceux qui n'étaient là que pour servir de groupe référent à l'expérimentateur ont fini par être aussi affectés que s'ils avaient également subi l'ablation de l'amygdale cérébrale. Starling a ainsi démontré qu'un contexte social – ou « culturel » – très marquant, et même anormal à ce point, en arrivait à modifier les réactions génétiquement déterminées de sujets par ailleurs équilibrés et saints. Quatorze ans plus tard, Starling allait devenir le douzième enseignant de Dupont University à recevoir le prix Nobel.

In Simon McGough et Sebastian J.R. Sloane (sous la direction de), *Dictionnaire des lauréats du prix Nobel*, 3e éd., Oxford University Press, Oxford-New York, 2001, p. 512.

Prologue
L'effet Dupont

Chaque fois que la porte des toilettes hommes s'ouvrait, c'était comme si le matraquage des décibels venait se réverbérer sur toutes les glaces et toutes les faïences, comme si le tintamarre de Swarm, le groupe en train de se déchaîner dans la salle de concert à l'étage, doublait d'intensité. Chaque fois qu'un courant d'air la refermait, cependant, on pouvait de nouveau entendre les étudiants ivres de jeunesse et de bière faire de l'esprit, ou du moins chahuter, devant les pissotières. Deux d'entre eux étaient présentement occupés à passer leurs mains devant l'œil électrique qui déclenchait les jets de rinçage, et ils trouvaient ça follement amusant.

« Comment ça, une pute ? s'exclamait l'un des deux. Moi, elle m'a dit qu'elle était repucelée ! »

Ils se sont gondolés de concert à ce mot.

« Non, elle a vraiment sorti ça ? "Repucelée" ?

— Ouais, repucelée, néovierge, un truc du genre !

— Peut-être qu'elle croit que ça sert à ça, la pilule du lendemain ! »

Nouvelle crise d'hilarité. Ils étaient parvenus au stade de toute soirée de potaches où la moindre remarque semble encore plus tordante si elle est hurlée à pleins poumons.

Les pissotières continuaient à couler, les garçons à se plier en deux à chaque bon mot, et quelque part, dans la longue rangée de box, un type était en train de vomir. Puis la porte s'ouvrait de nouveau et Swarm revenait faire trembler les murs. Rien de tout cela ne pouvait toutefois distraire le seul étudiant planté devant les lavabos, absorbé par la contemplation de son harmonieux et pâle visage dans la glace. Une tempête faisait rage dans sa tête. Il s'aimait.

Il a retroussé les lèvres. Il ne s'était encore jamais aperçu à quel point ses dents étaient régulières, blanches, vibrantes de perfection. Et cette mâchoire carrée, et ce menton à la fossette idéale, et cette tignasse fournie, d'un brun subtil, et ces yeux noisette si brillants ! Tout cela était sien, ce reflet, là, c'était lui ! En même temps, il avait l'impression qu'un second « lui » l'observait par-dessus son épaule. Le premier était tout bonnement fasciné par sa séduction, sans blague, tandis que le deuxième scrutait le miroir avec objectivité et détachement avant de parvenir à la même conclusion : géant ! Ses bras, ensuite, là où ils émergeaient du polo à manches courtes. Se tournant de profil, il en a fléchi un afin de faire bomber le biceps. « Ça gère ! », sont convenus les deux « lui ». Il ne s'était jamais senti aussi heureux.

Plus, même : grâce à cette façon qu'il avait de regarder le monde avec deux paires d'yeux différentes, il était sur le point de parvenir à une découverte fondamentale. Si seulement il pouvait inscrire ce moment dans son esprit pour s'en rappeler le lendemain et le coucher sur le papier... Ce soir, ce n'était pas possible. Pas avec la révolution qui grondait dans son crâne.

« Hé, Hoyt ? Quoid'n' ? »

Quittant la glace, son regard a rencontré Vance et sa chevelure blonde comme d'habitude en pétard. Ils appartenaient à la même association étudiante, dont Vance était le président. Hoyt, qui brûlait d'envie de lui annoncer ce qu'il venait de découvrir, a ouvert la bouche, mais rien n'en est sorti. Il ne trouvait pas les mots. Alors, il a ouvert ses mains et souri en haussant les épaules.

« T'as l'air bien, Hoyt, a déclaré Vance en rejoignant l'une des pissotières. T'as l'air bien-bien ! »

Hoyt savait que c'était une manière de dire qu'il paraissait fait comme un coing, mais quelle différence, dans l'état extatique où il se trouvait ?

« Hé, mec ! a continué Vance. Je t'ai vu là-haut, à faire du plat à cette petite greluche ! Dis la vérité, dis ! Franchement, sincèrement, elle est bandante à ce point, pour toi ?

— Puce latika, ch'répaa, a fait Hoyt, qui avait voulu dire “Plus la trique que ça, j'pourrais pas”, et s'est vaguement rendu compte à quel degré il était parti.

— Bien-bien, ouais ! a confirmé Vance. – Après avoir jeté un coup d'œil à ce qui se passait dans l'urinoir, il a fixé Hoyt à nouveau et, d'un ton plus sérieux – : Tu sais ce que je pense ? J'pense que t'es à la rue, mon pote, et j'pense qu'il est temps de rentrer pendant que t'as encore de la lumière à l'étage. »

Hoyt a tenté de protester, sans grande cohérence ni force de conviction ; peu après ils quittaient le bâtiment. C'était une nuit de mai plutôt clémente, avec une brise agréable et une pleine lune dont les rayons miroitaient joliment sur les vagues du toit de l'Opéra Phipps, ainsi que l'on appelait officiellement l'édifice étonnant dû au novateur architecte des années 1950, Eero Saarinen. Violemment éclairé, le hall de l'opéra projetait une langue de feu sur l'esplanade et sur la rangée de sycomores qui marquait le seuil d'un autre fleuron ornemental du campus, le Bosquet.

Dès la fondation de l'université qui portait son nom, cent quinze ans auparavant, Charles Dupont, magnat de la teinture artificielle et grand collectionneur d'art, avait eu la vision d'un jardin académique au milieu duquel jeunes et moins jeunes érudits pourraient s'adonner à de contemplatives flâneries. Dans ce but, il avait engagé Charles Gillette, célèbre artiste paysager dont les coups de génie avaient fini par coloniser presque tout le campus. Il y avait ainsi en son centre le Grand Parc, et les parterres de l'ancienne résidence universitaire, et un jardin botanique, et deux pelouses fleuries avec leurs belvédères, et les parkings masqués par de massives frondaisons, mais son chef-d'œuvre absolu restait le Bosquet, dont l'ingénieuse opulence faisait oublier que Dupont University était pratiquement encerclée par les tristes faubourgs d'une ville aussi anodine que Chester, Pennsylvanie. Chaque arbre, chaque taillis, chaque buisson, chaque clairière, chaque massif de vivaces avait été maintenu pendant près d'un siècle dans l'esprit voulu par Gillette, et les sentes sinueuses continuaient à inviter aux fameuses promenades contemplatives. Néanmoins, et bien que cette pratique n'ait pas été encouragée, les étudiants préféraient souvent couper droit à travers cette apothéose du paysagisme américain, et c'est ce que Vance et Hoyt avaient choisi de faire à la lueur d'une grosse lune ronde.

L'air frais et la quiétude des grands arbres silencieux commençaient à rafraîchir les idées de Hoyt, du moins à un certain point. Il avait l'impression d'être revenu à cette agréable intersection sur la courbe de l'ébriété où l'exaltation parvient à son apogée sans avoir encore entraîné la capacité de raisonnement cohérent dans une vertigineuse chute en piqué – ce parfait équilibre géométrique entre ivresse et lucidité. Il avait désormais la conviction qu'il saurait de nouveau prononcer une phrase compréhensible sans perdre l'état de grâce créé par la radieuse tempête dans son crâne.

Au début, cependant, il n'a guère essayé de parler tandis que Vance et lui traversaient les bois vers Ladding Walk et le centre du campus, trop occupé à capturer dans sa mémoire l'illumination devant le miroir des toilettes, ce moment unique qui ne cessait de lui échapper, de lui échapper encore, et encore... Et puis, à son insu, une tout autre idée s'est déployée sur le même rythme dans son esprit : le bosquet, ce bosquet, ce fameux bosquet murmurait, disait, proclamait « Dupont », et l'amenait à se sentir « Dupont » jusqu'à la moelle des os, lui, Hoyt, ce qui rendait ces mêmes os infiniment supérieurs à ceux de tous les Américains qui n'avaient jamais fréquenté cette université. Je suis un Dupont, proclamait-il en lui-même. C'était l'effet Dupont. Quelle plume saurait-elle immortaliser la béatitude qui illuminait le cœur de son système nerveux lorsqu'il s'arrangeait pour mentionner dans une conversation, de l'air le plus dégagé du monde, qu'il étudiait à Dupont ? Certains interlocuteurs, notamment quand ils appartenaient au beau sexe, ne cachaient pas leur admiration : ils souriaient, leur visage s'éclairait et ils s'exclamaient « Ah, Dupont ! ». D'autres, surtout parmi la gent masculine, se renfrognaient visiblement malgré leurs efforts pour conserver un air impassible, puis concédaient un « Je vois... », un « Oui ? », ou rien du tout. Ces deux types de réaction le ravissaient également, à vrai dire. N'importe quel étudiant de premier cycle à Dupont, comme lui, n'importe quel diplômé de Dupont, homme ou femme, connaissait la sensation, la chérissait, souhaitait l'éprouver au moins une fois par jour, si possible, et ce jusqu'à la fin de sa vie, et cependant pas un d'entre eux ne se serait risqué à la rendre par écrit. Dieu sait qu'aucun être affecté par l'effet Dupont, mâle ou femelle, ne se serait même risqué à la décrire devant quiconque, même pas devant ceux qui partageaient ce statut adorablement aristocratique. Ils n'étaient pas fous, pardi.

Hoyt a laissé son regard errer sur le Bosquet. Sous les reflets dorés de la pleine lune, les arbres devenaient des silhouettes enchantées. La tempête continuait à souffler allégrement, joyeusement, et... Ah, un autre éclair d'inspiration ! Et ce serait lui, *lui*, qui allait chanter tout cela ! Il serait le barde. Il savait, de science certaine, qu'il avait un potentiel d'écrivain. Certes, il n'avait jamais rien rédigé d'autre que des dissertations, mais cette certitude palpitait en lui. Il lui était difficile d'attendre le lendemain pour, dès le réveil, s'installer devant l'écran de son Mac. Ou bien en parler tout de suite à Vance, qui le précédait de quelques pas dans le bosquet magique et qui pouvait comprendre, lui...

Brusquement, ledit Vance s'est retourné vers lui, a levé une main impérieuse pour lui ordonner de s'arrêter et, un doigt sur les lèvres, s'est plaqué contre un tronc. Hoyt l'ayant imité, Vance a tendu le menton pour lui montrer : à moins de dix mètres dans le clair de lune, ils pouvaient voir la forme d'un homme coiffé d'un toupet argenté, assis par terre contre un arbre, pantalon et caleçon aux chevilles, ses lourdes cuisses blanchâtres ouvertes autour d'une fille en short et tee-shirt, agenouillée devant lui et dont l'impressionnnante chevelure, presque livide sous les rayons de lune, s'élevait et s'abaissait en cadence.

Vance a fait un pas en avant, médusé.

« La vache, tu sais qui c'est, Hoyt ? Le gouverneur de Californie, Machinchose, le gus qui doit causer à la remise des diplômes ! »

La cérémonie aurait lieu le samedi. On était jeudi.

« Ouais, et qu'esse-qui branle ici, alors ? s'est étonné Hoyt, assez fort pour que Vance porte une nouvelle fois son index à ses lèvres.

— Errgh, a-t-il chuchoté. C'est plutôt vachement clair, d'après moi... »

Ils ont jeté un regard vers l'homme et la fille, qui devaient avoir surpris un bruit car ils avaient tous deux tourné la tête dans leur direction.

« Mais j'la connaaaaaiiis ! a fait Hoyt. Elle était dans ma...

— Fuck, Hoyt ! Chuuut ! »

Bingo ! Hoyt a senti quelque chose s'abattre sur son épaule avec une force terrible, puis une voix patibulaire a lancé : « Qu'est-ce que vous foutez ici, espèces de petits connards ? » Pivotant sur ses talons, Hoyt s'est retrouvé devant un quidam de taille moyenne, mais extraordinairement musclé, dont le veston sombre, le col de chemise et la cravate contenaient à peine un cou plus large que son crâne. Un mince cordon translucide émergeait de son oreille gauche.

Le cerveau échauffé par l'adrénaline et l'alcool, Hoyt était prêt à l'attaque. En bon « Dupont » confronté à un androïde impudent, surgi des sphères inférieures. « Qu'est-ce qu'on fout ? a-t-il aboyé, éclaboussant involontairement l'intrus de salive. On mate une tête de nœud à face de singe, voilà c'qu'on fout ! » Déjà le petit gorille l'avait attrapé par les épaules et l'envoyait dinguer contre le tronc d'arbre, lui coupant le souffle. Il armait son poing quand Vance s'est laissé choir à quatre pattes entre ses jambes. La main de l'assaillant a percuté le tronc – Hoyt avait esquivé le coup et riposté en le frappant avec son avant-bras, déclenchant un « Meeeeeerde ! » de souffrance. Reculant sur Vance, le type est tombé à la renverse avec un bruit sourd, écœurant ; après une infructueuse tentative de se relever, il est resté là, sur le dos, son visage convulsé tout près d'une grosse racine d'érable saillante, serrant sa clavicule entre ses doigts entaillés jusqu'au sang par l'écorce. Son bras déboîté reposait à un angle grotesque. Hoyt et Vance, ce dernier toujours à quatre pattes, observaient ce tableau pitoyable sans pouvoir dire un mot. Ayant ouvert les yeux et constaté que ses adversaires demeuraient passifs, l'homme s'est mis à grommeler des jurons indistincts puis, soudain accablé par Dieu sait quelle idée, son visage aveugle s'est tordu dans une grimace apeurée et il est passé en mode gémissant : « Filsdeputaindemerdedevachedefilsdepute... »

Mus par la même idée, les deux garçons ont cherché la fille des yeux. Elle avait disparu. Le gouverneur aussi.

« Qu'est-ce qu'on fait ? a chuchoté Vance.

— On décarre ! » a jappé Hoyt.

Aussitôt, ils ont détalé à travers l'arboretum, fouettés par les branches et les tiges dans l'obscurité. Vance hoquetait une litanie de « Légitime... défense, juste légitime... défense » avant d'être contraint au silence pour garder son souffle. En arrivant à l'orée du Bosquet, face à l'étendue dégagée du campus, il a repris, par monosyllabes, aspirant l'oxygène à pleins poumons : « On... peut... ra... len... tir... Marche... là... L'air... na... tu... reeel. » Ils ont donc émergé des taillis avec une démarche soigneusement insouciante, même si leur respiration était hachée et leurs vêtements trempés de sueur. « On dit – respiration – rien à personne – respiration –, d'accord ? a haleté Vance. D'accord, Hoyt ? Fuck ! Tu m'entends, Hoyt ? »

Il n'entendait pas, non. Aussi survolté que Vance, il était pour sa part dans un état qui ne faisait que nourrir sa triomphante tempête intérieure, plus forte que jamais. Il l'avait ratatiné, ce sagouin ! Oh, comment il te l'avait envoyé bouler par-dessus Vance, ce bloc de muscles ! Il avait hâte d'être de retour à la résidence Saint Ray pour le raconter à tout le monde. Un héros, il serait bientôt un héros, une légende vivante ! Contemplant l'espace devant eux, il a été saisi par un enthousiasme viril – l'extase, presque ! –, celui de la victoire après la bataille.

« Regarde, Vance. C'est *ça*.

— Quoi, *ça*, bon Dieu ? » a demandé Vance, agacé et visiblement désireux de poursuivre sa route au plus vite.

D'un ample geste, Hoyt a désigné le campus, le territoire Dupont. La lune avait transformé les bâtiments en un clair-obscur de somptueuses silhouettes découpées sur un lac d'or blanc, chaque tourelle, chaque clocher, chaque créneau, chaque toit en ardoise touché par une beauté et une majesté ineffables. Ces murs, épais comme ceux d'un château ! Oui, c'était une forteresse et Hoyt était l'un des rares élus à pouvoir y entrer à sa guise, se pénétrer de son invincibilité. Plus encore, il appartenait au noyau même de ce périmètre sacré : Saint Ray, la fraternité estudiantine de ceux qui avaient été choisis pour dominer... le monde entier.

Il aurait voulu partager cette vérité essentielle avec Vance mais, merde, elle ne se résumait pas à quelques mots ! À la place, il s'est borné à un : « Tu sais ce que c'est, Saint Ray ? »

La vacuité de cette question a laissé Vance bouche bée, d'abord, puis dans l'espoir de remettre son complice en mouvement il a fini par répondre :

« Non, c'est quoi ?

— Une MasterCard, voilà ce que c'est ! Qui te permet de faire ce que tu veux. TOUT ce que tu veux ! »

Il n'y avait pas la moindre trace d'ironie dans sa voix, seulement une sincérité émerveillée.

« Dis pas ça, Hoyt ! Le pense même pas ! C'qui s'est passé dans le Bosquet, on est au courant de rien, t'entends ? De rien !

— T'inquiète, Vance, l'a rassuré Hoyt en balayant le paysage d'un geste grandiose. Périmètre sacré, mon œil... »

De nouveau, il avait vaguement la sensation de ne pas s'exprimer avec la plus grande cohérence, et il a cru remarquer l'expression apeurée qui était passée sur les traits de Vance. Pourquoi cette couardise ? s'est-il tranquillement demandé. Après tout Vance était un Dupont, lui aussi. Hoyt a reporté son regard d'adoration sur le royaume illuminé, la tour de la bibliothèque et ses fameuses gargouilles, le dôme du terrain de basket plus loin, et cet immeuble tout en glace et en acier, le nouveau centre de recherche neurologique, ou quelque chose comme ça, qui n'avait plus l'air si bizarre, désormais... Dupont ! La Science ! Cette floppée de lauréats du prix Nobel, dont il ne pouvait se rappeler les noms, pour le moment ! Le Sport ! Tous ces athlètes hors pair, parmi les meilleurs basketteurs du pays, les célèbres équipes de football et de crosse, même s'il trouvait un peu niais d'aller regarder un match et de s'égosiller avec les supporters ! Les chercheurs de Dupont, grandioses malgré leur allure de spectres timbrés flottant aux marges de la vie estudiantine ! Les traditions de Dupont, ces amusantes bizarreries transmises de génération en génération, cet admirable patrimoine de... la crème de la crème ! Un petit nuage s'est formé dans sa tête : le nombre croissant de bûcheurs, de rats de bibliothèque, d'homosexuels, de flûtistes prodiges et autres diversoïdes qui étaient désormais admis dans l'auguste enceinte. Mais peu importe ! Ils avaient *leur* Dupont, c'est-à-dire un bout de papier, un diplôme avec ce nom écrit dessus, alors que le véritable effet Dupont demeurait notre apanage !

Il avait la tête si pleine, et à nouveau ce problème de cohérence, de sorte qu'il a seulement pu murmurer : « C'est à nous, Vance, à nous ! »

Plaquant une main sur son visage, Vance a poussé un gémissement presque aussi déchirant que ceux du salopiot laissé à terre dans le Bosquet. « Ah, Hoyt, t'es vraiment complètement ouf ! »

1
Une seule promesse

Le comté d'Alleghany est tellement haut perché dans les contreforts occidentaux de la Caroline du Nord que les golfeurs assez intrépides pour aller jouer dans le coin disent qu'ils vont faire du golf de montagne. La principale source de revenus régionale se trouve dans les pépinières à sapins de Noël et la construction de maisons de vacances pour estivants. Sparta est l'unique ville de tout le comté.

En été, les touristes sont attirés par la beauté primitive de la New River, qui constitue la frontière ouest de l'Alleghany. « Primitive » n'est pas un vain mot, ici, puisque les paléontologues s'accordent à dire que la New est l'un des deux ou trois plus anciens cours d'eau de la planète. D'après la tradition locale, son nom, « Nouvelle » en anglais, viendrait du cousin de Thomas Jefferson, Peter, le premier Blanc à l'apercevoir alors qu'il venait de franchir à la tête d'une équipe de topographes les crêtes des Montagnes Bleues, partie prenante des Rocheuses ; le premier à avoir sous les yeux ce paysage à couper le souffle qui continue à enchanter les excursionnistes de nos jours : un grand torrent de montagne aux flots purs flanqué d'épaisses forêts, sur fond de sommets qui, de loin, paraissent réellement bleutés.

Il n'y a encore pas si longtemps, cette chaîne montagneuse séparait si radicalement le comté d'Alleghany du reste de la Caroline du Nord que tous les autres habitants de l'État l'appelaient la Province perdue, quand ils se souvenaient de son existence, bien entendu. Malgré l'apparition d'autoroutes, la sensation d'isolement demeure, et c'est elle que recherchent passionnément les estivants, campeurs, pêcheurs, chasseurs, amateurs de canoë, de golf ou d'artisanat montagnard... À Sparta, il n'y a pas de galerie commerciale, ni de cinéma, ni un seul agent de change. Ici, le terme d'ambition ne suggère pas l'image d'avides hommes d'affaires en costume passe-partout et cravate fantaisie, comme à Charlotte ou à Raleigh ; les familles de lycéens ne sont pas saisies par l'obsession du cursus universitaire qui afflige tant de parents des plus grandes villes, ce besoin féroce d'envoyer ses rejetons dans les établissements les plus prestigieux du pays. Qui, à Sparta, caresserait même l'idée d'avoir son fils ou sa fille à Dupont University ? Personne, certainement. C'est pourquoi la nouvelle que l'une des filles de terminale, une certaine Charlotte Simmons, allait entrer à Dupont à l'automne suivant occupait toute la première page de l'*Alleghany News*, l'hebdomadaire local.

Un mois plus tard, par un dimanche matin de la fin mai, alors que la cérémonie de remise des diplômes avait commencé dans le gymnase du lycée, Charlotte Simmons était déjà toute une vedette. Sur l'estrade installée au pied de l'un des filets de basket, Mr Thoms, le principal, avait auparavant mentionné dans le palmarès général que cette élève avait remporté le prix de français, celui d'anglais et celui du meilleur essai littéraire. Et là, à cet instant, il la présentait comme l'oratrice choisie pour prononcer le discours de clôture, « voilà une jeune fille qui... et même si nous ne parlons jamais des résultats du Test d'aptitude scolaire, dans notre école, d'abord parce qu'il s'agit d'une information confidentielle, ensuite parce que nous n'accordons pas une importance démesurée au programme TAS... » – Il a marqué une pause avant de projeter un sourire épanoui sur l'assistance. – « ... Il faut que je fasse une exception, cette fois. Rien qu'une. Eh bien donc, voilà une jeune fille qui a obtenu le maximum de points au TAS, mille six cents ; qui a reçu la meilleure note aux quatre évaluations préparatoires, et qui a été choisie comme l'une des deux meilleures élèves de Caroline du Nord par le président en personne, distinction qui l'a conduite à Washington, à la Maison Blanche, en compagnie de notre enseignante d'anglais, Martha Pennington, son professeur principal, où elle a retrouvé les quatre-vingt-dix-huit lycéens représentant les quarante-neuf autres États de notre pays, et qui a dîné en compagnie du président, et lui a serré la main... Et donc voilà une jeune fille qui, en plus de tout cela, a été l'un des meilleurs éléments de notre équipe de course de fond, et qui... »

La destinataire de ce déluge de louanges était pour l'heure assise sur une chaise pliante en bois au premier rang des terminales. Son cœur battait aussi vite que celui d'un oiseau, pas parce qu'elle redoutait sa prochaine intervention, qu'elle avait mémorisée et intériorisée de la même manière que les répliques de Bella dans la pièce choisie par l'atelier de théâtre du lycée cette année-là, *Gaslight*. Non, son appréhension était due à deux facteurs très spécifiques, à savoir son apparence et les possibles réactions de ses camarades de classe. Certes, seuls son visage et sa chevelure émergeaient de la longue robe vert pomme, la collerette blanche et la toque du même vert, ornée d'un cordon doré, que l'école fournissait pour l'occasion. Mais justement, elle avait passé des heures – des heures ! – à laver ce matin-là ses cheveux bruns et raides, qui lui arrivaient aux omoplates, à les laisser sécher au soleil puis à les peigner, les brosser, les faire bouffer, tant elle était convaincue qu'ils étaient ce qu'elle avait de mieux ; quant à son visage, elle le trouvait joli, d'accord, mais décidément trop adolescent, trop vulnérable, trop innocent, trop... virginal, selon l'épithète humiliante qui venait de lui passer par la tête. Par ailleurs, Regina Cox, installée à côté d'elle, n'arrêtait pas de soupirer avec insistance à chacun des « voilà une jeune fille qui... » de l'envolée rhétorique. À quel point lui en voulait-elle, devant tous ces lauriers ? Qu'est-ce qu'éprouvaient tous les autres, sur sa rangée ou derrière, accoutrés du même uniforme de cérémonie ? Pourquoi Mr Thoms tenait-il tant à ses « voilà une jeune fille qui... » ? En ce moment triomphal où les yeux de la quasi-totalité des êtres qu'elle connaissait étaient braqués sur elle, elle ressentait presque autant de culpabilité que de jubilation, sinon que cette dernière était palpable, oui, et qu'elle avait déjà identifié la première émotion comme la simple crainte d'éveiller la jalousie.

« ... Une jeune fille qui, dans quelques mois, sera la première lycéenne de notre comté à rejoindre Dupont University, où elle a reçu une bourse couvrant tous ses frais. – Des murmures admiratifs se sont élevés de la portion adulte du public. – Ladies and gentlemen, Charlotte Simmons, à qui revient le discours de clôture ! »

Tonitruante ovation. Charlotte s'est levée, avancée vers les marches du podium, atrocement consciente de son corps, de ses mouvements. Baissant la tête par modestie et dans un autre accès de culpabilité, elle a regardé l'écharpe académique qui ceignait son torse et proclamait au monde, du moins au comté d'Alleghany, qu'elle appartenait à la société honorifique Bêta du lycée. Puis elle s'est rendu compte qu'ainsi on risquerait de la prendre pour une bossue plutôt que pour une humble jeune fille, alors elle s'est redressée légèrement, ce qui a suffi à déplacer la toque, un peu trop grande pour sa tête. Et si elle tombait ? Non seulement elle aurait l'air d'une idiote mais elle serait obligée de se pencher pour la ramasser, puis de la remettre en place sans aucune idée de l'incidence que cela aurait sur sa chevelure. De sa main libre – l'autre était occupée par le texte de son discours –, elle en a rectifié la position ; cependant elle était arrivée aux marches et elle a dû remonter le bas de sa robe, craignant de se prendre les pieds dedans. Une fois sur scène, indifférente aux applaudissements qui n'avaient pas cessé, elle était tellement obsédée par la chute éventuelle de la toque qu'elle s'est rappelé trop tard qu'elle aurait dû sourire à Mr Thoms, qui avançait vers elle avec un grand sourire. Il lui a serré la main, l'a prise dans les siennes. À voix basse, il lui a glissé : « On vous aime, Charlotte ! Tout le monde est avec vous... » Plissant les yeux, il lui a adressé quelques hochements de tête approbateurs, comme pour lui dire « Pas d'inquiétude, tout ira bien » ; et c'est ainsi qu'elle a compris qu'elle avait sans doute l'air tendu.

Elle a fait face à l'assistance, installée sur des chaises pliantes, et aux applaudissements. Juste devant elle, ses camarades de classe formaient un rectangle vert, les plus âgés en habit de cérémonie. Regina tapait dans ses mains machinalement, sans un soupçon de sourire, uniquement parce qu'elle savait qu'elle était au premier rang et qu'elle ne voulait pas que ses sentiments réels se voient trop. À trois files de là, Channing Reeves souriait, lui, mais seulement d'un côté, la tête penchée, ce qui lui donnait une expression d'ironie distanciée. Laurie McDowell, ceinte de l'emblème de l'association des élèves, applaudissait à tout rompre, visage ouvert et franc, mais c'était une amie, la seule confidente de Charlotte. Avec ses longues mèches blond-roux, Brian Crouse – ce cher Brian... – semblait sincère, mais il avait aussi la bouche un peu ouverte en la regardant là-haut, sur l'estrade, comme si elle était... quoi ? Quelque phénomène de foire ? Quant aux adultes, ils ne ménageaient pas leurs encouragements. Elle apercevait là-bas Mrs Bryant, la patronne du magasin de souvenirs Montagnes Bleues, Miss Moody, qui travaillait à la boutique Baer's, Clarence Dean, le jeune directeur du bureau de poste, Mr Robertson, de la pépinière Robertson, l'homme le plus riche de Sparta, en train de l'encourager chaleureusement alors qu'elle ne lui avait jamais parlé. De l'autre côté, au deuxième rang, Maman et Papa, Buddy et Sam, Papa avec son vieux blazer serré à craquer, le col de sa chemise débordant sur les revers, Maman dans sa robe bleu marine à manches courtes et volants blancs, tous deux paraissant beaucoup plus jeunes que la quarantaine, soudain. Eux applaudissaient avec modération, sans doute pour ne pas paraître céder au vice de l'orgueil, mais leur visage radieux ne pouvait masquer la fierté et la joie, tandis qu'à leurs côtés Buddy et Sam, en chemise blanche, contemplaient leur sœur avec les grands yeux de deux garçonnets émerveillés. Sur la même rangée, deux sièges plus loin, Miss Pennington arborait une robe aux motifs surchargés, choix esthétiquement malheureux pour une dame de soixante et un ans affligée d'un tel tour de taille, mais c'était tout à fait elle, aussi. Chère Miss Pennington ! Charlotte revoyait, revivait le jour où, à la fin du cours d'anglais, l'enseignante l'avait retenue pour lui déclarer de sa grosse voix qu'elle allait devoir porter son regard au-delà du comté, et même de la Caroline du Nord, vers les grandes universités et un monde sans limites, « parce que tu es promise à un bel avenir, Charlotte ». Miss Pennington applaudissait si fort que la chair de sa prodigieuse poitrine en tremblotait. Percevant le regard de la jeune fille sur elle, elle a fermé son poing étonnamment menu et l'a levé vers son menton en un très discret signe de victoire auquel Charlotte n'a pas osé répondre, pas même par un sourire, tant elle craignait que l'ironique Channing Reeves et les autres ne puissent penser qu'elle goûtait les acclamations, et ne lui en veuillent encore plus.

Mais les applaudissements se calmaient, à présent. L'instant de vérité était arrivé.

« Mr Thoms, membres du corps enseignant, anciens élèves et amis de notre lycée... – Sa voix tenait le coup, plutôt ferme. – ... Parents, camarades... – Ici, elle a hésité. Sa première phrase allait sonner horriblement faux. Elle avait décidé de ne pas se cantonner aux habituels clichés de fin d'année, certes, mais elle s'apercevait que la manière dont elle se disposait à commencer était... Trop tard ! – John Morley, vicomte de Blackburn... – plus snobinard, impossible ! – ... a dit que le succès d'un discours dépendait de trois questions : qui parle ? que dit-il ? comment le dit-il ? Et il ajoute que, des trois, "que dit-il ?" est le moins important. »

Elle a marqué la pause qu'elle avait prévue, de quoi laisser le public réagir à ce trait d'esprit, mais elle a attendu le cœur serré, car la remarque lui semblait désormais d'une insupportable pédanterie. À sa surprise, pourtant, les spectateurs, saisissant l'allusion, ont ri comme il le fallait, et même très volontiers. « En conséquence, je ne peux garantir que ce discours soit un succès... » Nouveau temps d'arrêt, nouveaux rires, et c'est là qu'elle s'est rendu compte : c'était les adultes qui réagissaient. Dans le rectangle vert de ses camarades, quelques-uns affichaient un sourire amusé mais beaucoup, y compris Brian, semblaient perplexes et Channing Reeves s'est tourné vers Matt Woodson, installé près de lui, pour échanger un regard cyniquement cool qui pouvait vouloir dire : « Vit-conte de quoi ? Hé, elle pousse un peu ! » Alors, fixant résolument la partie la plus âgée de la salle, elle a réuni son courage afin de poursuivre : « Quoi qu'il en soit, je vais tenter de résumer les leçons que nous, les terminales, avons apprises au cours des quatre dernières années et qui se situent au-delà du strict cadre du cursus scolaire... » Pourquoi ce « strict cadre du cursus scolaire », qui lui avait tant plu sur le papier, prenait-il en le prononçant une chuintante prétention qui lui collait aux lèvres ?

N'empêche, les adultes la couvaient du regard, comme s'ils voulaient s'assurer qu'ils ne perdraient pas un mot venu d'elle, et elle a commencé à en soupçonner la raison, soudain : ils la prenaient pour un petit génie, un prodige miraculeusement surgi du sol rocailleux de Sparta ; à ce stade, ils étaient prêts à se pâmer devant tout ce qui sortirait de sa bouche. Elle s'est sentie un peu plus en confiance, du coup. « Nous avons appris à apprécier tout ce que nous pensions jusqu'alors être simplement notre dû. Nous avons appris à considérer l'environnement très particulier dans lequel nous vivons comme si nous le découvrions pour la première fois. Un ancien chant apache développe l'incantation suivante : "Grand Esprit des Montagnes Bleues, le pays en nuages bleus, je te suis reconnaissant du bien qu'il y a ici". Nous, élèves de dernière année du lycée de Sparta, nous éprouvons la même reconnaissance envers... »

Elle avait tellement son discours en tête que les phrases sortaient avec la même évidence que si elles avaient été enregistrées sur une cassette, et cette aisance permettait à son esprit de vagabonder ailleurs, quand bien même elle essayait d'empêcher ses yeux de revenir sur ses copains de classe, et en particulier sur... Channing Reeves. Que lui importait ce que Channing et son cercle d'amis pouvaient penser d'elle, après tout ? Il lui avait fait des avances à deux reprises – seulement deux fois –, et alors ? Pas une seule université ne l'attendait à l'automne, lui ! Il allait probablement passer le reste de ses jours à chiquer et à cracher en s'occupant de la pompe de la station Mobil ; et quand il ne serait même plus jugé digne de cet emploi, il travaillerait sans doute dans les pépinières à sapins de Noël avec les Mexicains, qui assumaient désormais les corvées les moins gratifiantes du comté, une tronçonneuse à la main, le bec d'un pulvérisateur dans l'autre, les épaules cassées par la bonbonne d'engrais de trente litres qu'il garderait sans cesse en bandoulière. Quant à ses soirées, il les passerait à tourner autour de Regina et des filles du même genre, devenues employées de bureau chez Robertson...

« Nous avons appris que l'épanouissement de chacun ne peut se mesurer à l'aune froide des revenus et du pouvoir d'achat... »

Regina. Pitoyable, vraiment, et pourtant elle faisait partie de la bande des « cools », celle qui regardait de haut Charlotte Simmons parce qu'elle était tellement relou, tellement lèche-cul avec les profs, tellement à côté de la plaque que non seulement elle avait les meilleures notes mais qu'elle trouvait ça important, en plus ! Parce qu'elle ne buvait pas, ne fumait pas d'herbe, ne s'intéressait pas aux courses-poursuites la nuit sur la 21, parce qu'elle ne disait pas *fucking* à tout bout de champ, et surtout, surtout, parce qu'elle n'envoyait pas *tout balader*, ce qui était la ligne de partage absolue.

« Nous avons appris que l'esprit d'équipe, la détermination à joindre nos efforts nous conduisent bien plus loin que le chacun pour soi, et que... »

Pourquoi cela la blessait-elle à ce point, alors ? Il n'y avait aucune raison. C'était ainsi. Si seulement tous ces adultes pâmés d'admiration se doutaient de ce que ses camarades pensaient d'elle, eux, sa promotion, ceux à qui elle était censée s'adresser à ce moment, si seulement ils savaient à quel point la vue de ces visages indifférents et blasés dans le rectangle vert lui cassait le moral... Pourquoi était-elle traitée en paria juste parce qu'elle ne s'adonnait pas à des activités aussi stupides qu'autodestructrices ?

« ... Et qu'un tout petit groupe soudé parvient à plus que vingt individualités qui ne poursuivent que leurs intérêts personnels... »

Et maintenant Channing bâillait, oui, à s'en décrocher la mâchoire, juste devant elle ! La colère l'a envahie : qu'ils pensent ce qu'ils veulent ! La simple vérité, c'est que Charlotte Simmons évoluait à un niveau nettement supérieur au leur. À part le fait d'avoir grandi à Sparta, elle n'avait rien de commun avec eux, et d'ailleurs elle ne les reverrait sans doute jamais. À Dupont, elle allait faire la connaissance de gens comme elle, des gens dont le cerveau continuait à vivre, pour lesquels l'avenir était une notion qui dépassait le samedi soir suivant...

« ... Car, pour citer le grand naturaliste John Muir, "la montagne est une source d'hommes comme de rivières, de glaciers et de fertiles alluvions. Poètes, philosophes, prophètes, êtres dont les pensées et les actes ont changé le monde, sont venus des cimes, montagnards qui se nourrissaient de la force des forêts dans les ateliers de la Nature". Merci. »

C'était fini. Des claps, tonnerres de claps, déferlements de claps, encore plus de claps. Charlotte est restée sur l'estrade, ses yeux errant à travers la salle pour finir par se poser sur ses camarades. Elle les a fixés en silence. S'ils avaient pu comprendre son expression alors, s'ils avaient été assez ouverts pour cela, Channing, Regina, Brian – Brian, en qui elle avait placé tant d'espoirs... –, ils auraient capté ce qu'elle exprimait à cet instant : « Une seule d'entre nous va descendre de ces montagnes, vouée à de grandes choses. Vous autres, vous pouvez, non, vous allez rester ici, à vous "déchirer la tête" et à regarder pousser les sapins de Noël. »

Ramassant ses feuillets qu'elle n'avait pas consultés une seule fois, elle est redescendue dans la salle, se laissant enfin envelopper par l'admiration sans bornes, les encouragements enthousiastes des adultes.

Au 1709, County Road, les Simmons n'avaient encore jamais donné de réception, et même pour cette exception la mère de Charlotte ne voulait pas employer le terme, se bornant à annoncer qu'ils « auraient quelques amis à la maison » après la cérémonie. Membre d'une congrégation locale dénommée Église de l'Évangile du Christ, elle tenait les réunions mondaines pour des manifestations de méprisable vanité. Il n'empêche que les préparatifs destinés à ces « quelques amis » avaient pris trois bonnes semaines.

C'était une belle journée, Dieu merci, s'est dit Charlotte en pensant surtout à la table de pique-nique installée à côté de l'antenne parabolique. Les invités étaient déjà dans le jardin, au soleil. Plutôt qu'un jardin, c'était une petite étendue de terre durcie, saupoudrée de quelques touffes d'herbe qui rejoignaient les taillis de la forêt avoisinante. Le parfum étrangement doux des saucisses flottait dans l'air tandis que son père s'activait devant un pauvre barbecue roulant aux pattes maigrelettes. Sur la table de pique-nique, qui en temps ordinaire se trouvait à l'intérieur, les « quelques amis » avaient à leur disposition des hot-dogs, de la salade de pommes de terre, des œufs à la diable, des biscuits au jambon, de la tarte à la rhubarbe, du punch sans alcool et de la limonade maison. S'il avait plu, Miss Pennington, le shérif Pike, le receveur des postes, Mr Dean, Miss Moody, Mrs Bryant et Mrs Cousins – auteur de la fresque murale dans le style folklorique de Grandma Moses qui décorait le magasin de Mrs Bryant –, tout ce monde aurait dû s'entasser à l'intérieur ; ils auraient ainsi découvert que la famille Simmons dînait habituellement sur une table de pique-nique, qui plus est du genre le plus rudimentaire avec deux planches en guise de banquettes, et Charlotte serait sans doute morte de honte. Il était déjà assez embarrassant que Papa ait choisi de porter une chemise à manches courtes, qui révélait aux yeux de tous la sirène tatouée sur son épais avant-bras, souvenir d'une virée entre copains au temps où il était à l'armée. Pourquoi une sirène, il ne s'en souvenait pas. Le dessin n'était même pas net.

La maison, un minuscule cube en bois avec une porte et deux fenêtres, n'avait pour ornement que les lattes en V qui faisaient office d'auvent au-dessus des ouvertures. On entrait directement dans la pièce principale qui, malgré ses modestes proportions, devait servir de séjour, de salon, de salle de télévision et de jeux, de bureau et de salle à manger. Le plafond arrivait juste au-dessus des têtes et les lieux étaient imprégnés par l'odeur campagnarde des poêles à charbon et des radiateurs à pétrole. Jusqu'aux six ans de Charlotte, les Simmons avaient vécu au-dessous du niveau du sol, dans ce qui était devenu les fondations. Elle avait trouvé cela normal, car nombre de familles débutaient ainsi, quand elles voulaient avoir leur propre maison : on commençait par acheter un petit bout de terrain, parfois à peine mille mètres carrés, on creusait les fondations, on les couronnait d'un toit en papier goudronné d'où émergeait le conduit du poêle servant à la fois de chauffage et de cuisinière, et on vivait dans la fosse en attendant d'avoir de quoi construire un parquet. Le résultat atteint par les Simmons était cette modeste cabane en bois, flanquée par la citerne à eaux usées qui rouillait lentement et, derrière, la petite surface de terre piétinée.

Laurie McDowell, qui venait de s'éloigner de la table avec une assiette en carton bien remplie et une fourchette en plastique, semblait avoir l'intention d'aller parler à Mrs Bryant. C'était une fille élancée, à la crinière blonde et bouclée, au visage qui irradiait littéralement la gentillesse et la bonne volonté, même si son nez camus contrastait curieusement avec une apparence par ailleurs empreinte de grâce et de souplesse. Son père étant ingénieur des Ponts et Chaussées, leur maison était un palais, comparée à celle de Charlotte, mais cette dernière ne s'inquiétait pas de ce qu'elle pourrait penser, car elle était déjà venue plusieurs fois chez eux. Laurie était la seule camarade de classe qu'elle avait conviée. Le reste des invités se partageait entre parents et amis proches, qui paraissaient prendre du bon temps et couvraient d'éloges la vedette du jour, Miss Charlotte Simmons, centre de l'attention générale dans la robe imprimée qu'elle avait révélée en quittant son habit de cérémonie.

« Eh bien, eh bien, ma petite dame, je n'en reviens pas ! a dit Otha Hutt, un gros bonhomme ventru, ancien contremaître de son père à la fabrique de chaussures de Thom McAn à Sparta, depuis lors "relocalisée" au Mexique ou en Chine. Tout le monde il m'avait dit qu't'étais une tête, mais j'aurais jamais cru qu'tu pouvais nous faire un joli discours comme ça ! » Le shérif Pike, qui était encore plus volumineux, a ajouté son grain de sel : « Comment tu as été là-bas – ce qui sonnait *lobo* –, j'te veux pour cousine, mon lapin, et personne y pourra rien redire à ça !

— Ah, j'me rappelle que... que... quand t'étais pas plus haute que... que... que trois pommes ! a bafouillé l'un de ses authentiques cousins, Doogie Wade, et mince, t'étais cacacapable d'embobiner ton monde, déjà ! »

C'était un grand échalas d'une trentaine d'années auquel il manquait deux incisives depuis un certain samedi soir, sans qu'il puisse se rappeler où et comment c'était arrivé, et qui se mettait à bégayer dès qu'il devait former le son « K ».

Sa tante Betty ayant espéré tout haut que sa brillante nièce ne les oublierait pas une fois qu'elle serait à Dupont, Charlotte s'est exclamée : « Ne t'inquiète pas, Tata ! Ici, c'est chez moi ! »

Mrs Childers, qui effectuait des travaux de couture à domicile, a affirmé qu'elle était ravissante, « ravissante, ma chérie », et qu'elle était sûre qu'elle n'aurait aucun mal à trouver des soupirants à Dupont, toute prestigieuse cette université fût-elle. « Oh, ça, je ne sais pas ! » a répondu Charlotte en souriant et en rougissant avec à-propos, mais aussi spontanément, car la remarque avait fait passer l'image de Channing et de Brian dans son esprit. Grâce à Dieu, il n'y avait à la ronde personne de sa classe, à part Laurie...

Veillant à ce que Charlotte l'entende, Joe Mebane, qui tenait sur la 21 un petit routier dont la formule petit déjeuner incluait des abats hachés et dont la vitrine proposait une sélection de tabacs à priser et à chiquer, a crié à Mr Simmons, toujours occupé à ses grillades : « Hé, Billy, d'où c'est que ça lui vient, ce cerveau qu'elle a, ta fille ? Sûr que ça doit être du côté de Lizbeth ! »

Papa a levé la tête et adressé un sourire forcé à Joe avant de se pencher à nouveau sur les saucisses. Âgé de quarante-deux ans seulement, il avait le charme rugueux de qui travaille de ses mains en plein air. Après la fermeture de l'usine à chaussures, puis les licenciements parmi les équipes de déchargement au dépôt Lowe's de North Wilkesboro, le seul emploi qu'il avait pu décrocher était l'entretien de la résidence secondaire d'une famille de Floride de l'autre côté de la chaîne de montagnes, à Roaring Gap, de sorte que le travail à mi-temps de Maman au bureau du shérif constituait l'essentiel des revenus de la famille. Papa était déprimé, donc, mais même lorsque tout allait bien ce n'était pas un grand causeur, et sa concentration sur le barbecue était sans doute un moyen d'éviter d'avoir trop à faire la conversation, également. Ce n'était pas de la timidité, ni une difficulté à s'exprimer : Charlotte commençait juste à être assez grande et capable de prendre suffisamment de recul pour comprendre que son père était un pur produit des montagnes de Caroline, avec toutes les qualités et les limites de ses aïeux. On lui avait appris à ne jamais extérioriser ses sentiments, ce qui se révélait particulièrement patent dans les moments de crise ; comme il répugnait d'instinct à formuler ce qu'il ressentait, plus l'émotion était forte, plus il la taisait. Quand Charlotte était bébé, il avait pu lui manifester son amour en la prenant dans ses bras et en lui murmurant tendrement des petits riens, mais comment dire à cette jeune fille, une femme presque, qu'il l'aimait ? Alors, parfois, il la contemplait longuement en silence, sans qu'elle arrive à discerner si c'était de l'amour ou la stupéfaction devant l'inexplicable prodige que sa fille était devenue.

« J'espère que tu aimes le basket-ball, Charlotte, était en train de dire le receveur des postes, Mr Dean. À ce qu'on m'a dit, ce sont tous des zinzins de basket, à Dupont ! » Elle ne l'écoutait qu'à moitié, son regard attiré par ses deux petits frères, Buddy, dix ans, et Sam, huit, qui jouaient à cache-cache au milieu des adultes et se poursuivaient en riant, surexcités par cet événement inouï : une réception, chez eux ! Buddy est passé en flèche entre Miss Pennington et Maman, qui tentait, avec beaucoup d'indulgence, de le calmer. Quel contraste entre ces deux femmes, la première avec ses cheveux gris clairsemés et son embonpoint – Charlotte ne se serait jamais autorisée à envisager le terme d'« obèse » quand il s'agissait de son professeur –, la seconde d'une sveltesse juvénile, sa dense chevelure sombre réunie dans l'un de ces chignons tressés dont elle avait le secret. Enfant, Charlotte adorait contempler sa mère quand elle se coiffait.

Les observant bavarder ensemble, elle a été envahie par une vague d'anxiété. Que pensait Miss Pennington de tout cela ? Durant les quatre dernières années, Charlotte avait passé beaucoup de temps avec elle, au lycée ou chez l'enseignante à Sparta, mais c'était la première fois que celle-ci venait chez elle. Quelles réactions allaient susciter en elle le cousin Doogie, Otha Hutt et ses « ma p'tite dame » ou, puisqu'on en était aux particularités linguistiques, la façon dont Maman disait *Arland* pour Irlande, *cement* pour ciment et *chause* au lieu de chose. Miss Pennington ne devait sans doute pas gagner beaucoup plus que ses parents, la maison qu'elle habitait, héritage familial, n'était guère plus grande que la leur, mais elle avait *du goût*, notion relativement nouvelle pour Charlotte. Son intérieur était décoré, bien entretenu ; son terrain, encore plus petit que celui des Simmons, était un jardin digne de ce nom, avec une vraie pelouse et des plates-bandes fleuries, dont elle prenait soin elle-même, même si le moindre effort la laissait essoufflée. Au début, Charlotte avait très souvent évoqué Miss Pennington devant sa mère mais elle ne le faisait plus, gagnée peu à peu par l'impression coupable que Maman était jalouse. Lorsque celle-ci lui demandait de manière oblique si Miss Pennington était raffinée, érudite, sophistiquée, son instinct commandait à Charlotte de répondre par un pieux mensonge, dans le style : « Oh, je ne sais pas... »

Tandis que Mr Dean discourait sur la place de Dupont University dans les divers championnats nationaux avec ce besoin très masculin d'étaler ses connaissances, Charlotte a lancé un autre coup d'œil à sa mère. Elle avait des traits réguliers, un visage attachant, et elle aurait pu être belle si les étroites et contraignantes limites du 1709, County Road, n'avaient pas durci son expression. Comme elle était assez intelligente pour observer sa vie avec lucidité, elle avait trouvé deux moyens de se libérer de ce carcan : ses intenses convictions religieuses, et sa fille, dont elle avait reconnu les exceptionnelles capacités intellectuelles dès son deuxième anniversaire. Pendant presque toute sa scolarité, elles avaient été plus proches l'une de l'autre que bien des mères et leurs filles. Charlotte ne lui cachait rien, jamais, et Maman la tenait par la main à chaque passe difficile de son développement. Quand Charlotte avait atteint la puberté peu après son entrée en troisième, pourtant, un rideau était tombé entre elles. À cet âge plus qu'à tout autre, peut-être, rien n'est plus essentiel dans la vie d'une fille que la perception de sa sexualité et les multiples interrogations sur ce que les garçons peuvent en attendre. Or, de la première à la dernière tentative d'aborder ce sujet avec elle, les stricts principes religieux et les convictions morales de sa mère avaient mis fin à l'échange avant même qu'il ait pu commencer. Pour Elizabeth Simmons, c'était un terrain où aucune ambiguïté, aucun doute n'avait sa place, et elle n'avait pas l'intention d'écouter des objections qui commençaient par « Mais, M'man, de nos jours... » ou « Mais, M'man, toutes les autres filles... ». Charlotte pouvait parler avec elle de règles, d'hygiène féminine, de déodorants, de seins, de soutiens-gorge, de comment se raser les jambes ou les aisselles, mais rien de plus. Dès qu'il était question de problèmes tels que la nécessité ou non d'établir une certaine intimité, même très relative, avec un Channing ou un Brian, ou la controverse sur le nombre de filles qui restaient réellement « intactes » jusqu'au mariage, Elizabeth coupait court à la discussion, puisque selon elle il n'y avait rien à discuter. Comme la volonté de sa mère était plus forte que la sienne, Charlotte n'aurait pas osé se risquer dans des expérimentations qui auraient délibérément contredit les préceptes maternels. Alors elle s'était peu à peu convaincue que ce choix était le sien : elle n'allait pas déchoir jusqu'au niveau de Channing Reeves et Regina Cox, non, et s'ils lui affligeaient l'étiquette de « pas cool », elle la brandirait avec fierté, se montrerait aussi différente d'eux sur le plan moral que sur celui de l'intelligence. Cependant, elle était arrivée ainsi à un stade critique, celui où même un garçon aussi gentil que Brian avait renoncé à la séduire.

Moins Charlotte se confiait à sa mère, plus elle s'ouvrait à Miss Pennington, et Maman en était consciente, ce qui apportait à la jeune fille un sujet de culpabilité supplémentaire. L'enseignante lui conseillait des lectures en histoire, philosophie ou français, des livres qui dépassaient de loin le programme habituel du lycée. Elle avait prié ses collègues de biologie et de mathématiques, Mrs Buttrick et Mr Laurans, d'en faire de même et d'aider Charlotte à résoudre les problèmes présentés à la fin de ces ouvrages scolaires. Surtout, Miss Pennington lui parlait de son avenir, de la nécessité de postuler à Harvard, Dupont, Yale ou Princeton et des possibilités illimitées auxquelles ces campus lui donneraient accès. Mais c'était une célibataire, aussi, une femme très digne malgré son apparence plutôt ingrate, et ses préoccupations se situaient bien plus haut que dans l'évaluation de ce qu'une fille pourrait ou non se permettre avec Brian Crouse s'ils se retrouvaient ensemble dans une voiture ou quelque coin sombre. Bref, la seule personne avec laquelle Charlotte pouvait évoquer ces questions était Laurie, qui était aussi innocente et perplexe qu'elle.

Elle avait encore le regard posé sur Miss Pennington quand, pardessus le murmure des conversations et l'exposé de Mr Dean sur les meilleurs joueurs de basket du moment à Dupont, elle a entendu, ou cru entendre, devant la maison, le grondement d'un moteur débridé, du genre de ceux qui équipaient les dragsters affectionnés par les garçons du cru. Le bruit s'étant arrêté, elle a jugé bon de prêter l'oreille à ce que disait Mr Dean, pour le cas où elle aurait à réagir. Mais, à peine quelques minutes plus tard, une voix jeune, masculine et moqueuse a lancé très distinctement : « Hé, Charlotte, tu m'avais pas dit que vous aviez une fiesta ! »

Arrivés de l'autre côté de la bicoque, près de la citerne rouillée, se tenaient Channing Reeves, Matt Woodson et leurs copains Randall Hoggart et Dave Cosgrove, tous deux footballeurs à l'impressionnante carrure. Un peu plus tôt, ils avaient été affublés d'une robe et d'une toque vertes, eux aussi, mais les deux premiers étaient désormais en tee-shirt, jean déchiré, chaussures de sport et casquette de base-ball portée avec la visière dans la nuque, les seconds en short, tongs et marcels, tenue destinée à exposer au maximum leurs énormes mollets, biceps et pectoraux. Channing, Matt et Randall, la joue gonflée par un gros morceau de chique, envoyaient autour d'eux de grands jets de salive, avec une assurance d'experts, tandis que le groupe avançait en se bousculant vers la jeune fille.

« Ouais, Charlotte, mais sûr que tu nous aurais invités, si tu y avais pensé ! », a déclaré Matt Woodson avec la même bruyante condescendance que Channing plus tôt, tout en guettant de l'œil l'approbation de ce dernier. Les quatre se sont regardés mutuellement d'un air entendu et ont éclaté de rire, ravis de leur intrépidité et de la subtilité de leurs sarcasmes. Bien que Dave fût le seul à tenir une cannette de bière grand modèle, il était évident que le quatuor avait commencé à lever le coude dès la fin de la cérémonie, voire même avant.

D'abord stupéfaite, Charlotte a éprouvé un mélange d'indignation et de honte qu'elle n'a pas réussi à s'expliquer sur-le-champ. Un silence absolu s'était abattu sur les invités, au point que l'on pouvait entendre une saucisse attardée grésiller sur le barbecue. Une autre émotion est montée en Charlotte : la peur. À grandes enjambées, la bande d'ivrognes continuait à avancer droit sur elle, leur sourire railleur semblant proclamer qu'ils se souciaient comme d'une guigne de la présence des adultes, ainsi que de la nécessité de les saluer. Charlotte s'est sentie clouée sur place, paralysée comme dans un rêve. Déjà, Channing était devant elle. Plus que la boule obscène que formait la chique dans sa bouche, c'est l'insolence du bout de front exposé par l'élastique de la casquette qui l'a effrayée. « J'suis juste venu te féliciter, entre diplômés », a-t-il déclaré en l'enveloppant d'un regard concupiscent. Comme il tentait de la saisir par le bras, elle s'est dégagée brusquement ; à sa seconde tentative, elle a crié : « Arrête, Channing ! »

Une main gigantesque est apparue entre elle et lui, puis c'est de toute sa masse que le shérif Pike s'est interposé. « Les gars, maintenant vous faites demi-tour et vous rentrez chez vous. Z'avez une chance, pas deux. » Visiblement inquiété par l'apparition du shérif, dont chaque bras avait la taille d'un jambon, Channing a hésité quelques secondes ; il ne voulait pas perdre la face devant ses potes, non plus.

« Oh, allez, shérif ! a-t-il plaidé en arborant un grand sourire. On a bossé dur, toutes ces années, pour arriver à ce jour. Vous savez ça ! Y a pas de mal à fêter un peu ça et à passer voir Charlotte. C'est tout de même la major de la promo, hein, shérif ?

— Ce qu'il y a de mal, c'est que vous êtes soûls, vous autres. Alors vous rentrez chez vous dare-dare ou je vous boucle. Quoi qu'vous préférez ? »

Sans quitter Channing du regard, Pike a attrapé la cannette dans la main de Dave Cosgrove, lequel a avalé une formidable bouffée d'air, observé le shérif, puis quelque chose derrière Pike, avant de se résigner à lâcher sa bière. C'est seulement alors que Charlotte s'est rendu compte que trois hommes l'encerclaient, à un pas du shérif. Papa, le gros Otha Hutt et le cousin Doggie. Son père tenait toujours la longue fourchette du barbecue. Doogie, qui devait peser moitié moins que Pike – et que Randy ou Dave, d'ailleurs –, avait toutefois une façon de plisser les yeux qui le rendait des plus intimidants, et ses lèvres retroussées en un hideux sourire révélaient ses canines supérieures, lesquelles, en l'absence des incisives, suggéraient deux redoutables crocs. Dans le pays, tout le monde connaissait son goût prononcé pour la castagne : coups vicieux ou bonnes vieilles batailles aux cailloux du samedi soir, Doogie Wade était toujours partant...

Portant la cannette à son nez, le shérif l'a reniflée : « Si y en a un qu'est pas rond parmi vous, il prend le volant. Sinon, vous marchez. Dans les deux cas, vous dégagez.

— Oh, hé, quand même, shérif, a tenté Channing, mais il avait déjà perdu l'arme qui faisait toute sa force, l'insolence. » Il a expédié un nouveau jet de chique, mais la conviction n'y était plus.

« Répugnant, a commenté le shérif en suivant des yeux le filet de bave. Et aussi un truc : c'est pas ton terrain, pour y cracher dessus.

— Oh, hé, shérif, a protesté Channing, qui est-ce qui – *kiski* – pourrait nous empêcher de... »

Sans lui laisser le temps de continuer, le père de Charlotte, qui se tenait à sa droite, a énoncé d'une voix étrangement calme et posée : « Si jamais tu remets les pieds dans cette propriété, Channing, t'es cuit. Si jamais tu t'avises encore de poser la main sur ma fille, tu t'retrouves sans c'qu'y faut avoir pour désirer une femme.

— Hein ? Vous me menacez ? Vous avez entendu c'qu'il a dit, shérif ?

— C'est pas une menace, Channing, a continué Papa du même ton venu d'ailleurs, c'est un serment. »

Silence de mort, à nouveau. Charlotte a aperçu Buddy et Sam fixer leur père de tous leurs yeux. C'était un moment qu'ils n'oublieraient jamais, peut-être celui où le code de la montagne allait se fixer dans leur cœur aussi immuablement, même au XXIe siècle, qu'il s'était inscrit dans celui de Papa, et de Granpa, et de tous leurs ancêtres. Un moment dont ses deux petits frères devaient sans doute apprécier toute la solennité, qui allait définir, sans un mot d'explication, tout ce que signifait être un homme. Mais Charlotte entrevoyait quelque chose d'autre, elle, et c'est ce qu'elle conserverait à jamais dans sa mémoire. Le visage de son père était presque vide, totalement figé, détaché des paramètres de la raison, les yeux braqués dans ceux de Channing – l'expression de qui a atteint le seuil après lequel il n'y a plus qu'une issue possible : la violence physique. Buddy et Sam discernaient-ils cela ? Si c'était le cas, ils n'en admireraient que plus leur père. Mais pour Charlotte, l'allusion paternelle à l'organe viril de Channing ne faisait qu'ajouter à l'humiliation de la scène abominable qui était en train de se dérouler.

« T'en fais pas pour ça, Billy, a déclaré le shérif à Papa. – Puis, paraissant toujours s'adresser à lui, il a fixé Channing. – Il est pas idiot, ce garçon. Il l'a dit lui-même, non ? Il a fini le lycée. Donc il sait que personne voudra même l'approcher s'il continue à se conduire en petit gamin débile. Pas vrai, Channing ? »

Tentant de sauver ce qui lui restait d'honneur et d'impudence, l'intéressé n'a répondu ni oui ni non ; il n'a pas hoché la tête, mais il ne l'a pas secouée, et il a lancé au shérif un regard où il n'y avait pas de respect, mais pas d'irrespect non plus. Évitant des yeux le père de Charlotte, il a tourné les talons et annoncé à ses copains, d'une voix qui ne sonnait ni la retraite ni l'offensive : « On y va. J'en ai ma claque, de ces conner... » prononçant le mot sans le prononcer. La fine équipe a battu en retraite avec le plus d'aplomb possible, du moins avant de disparaître au coin de la maison. Pas un n'a craché, pas même une fois.

Restée sur place les doigts plaqués contre les joues, Charlotte a attendu que les intrus soient hors de vue pour laisser éclater des sanglots désespérés qui semblaient venir de ses poumons. Son père a regardé ses mains, se demandant ce qu'il allait en faire et ce qu'il devait dire à sa fille. Le shérif, Doogie et Otha Hutt sont restés immobiles, en proie à la tétanie classique dans laquelle, depuis toujours, des larmes de femme poussent les hommes. Venue à la rescousse, Maman a passé un bras autour des épaules de Charlotte et l'a serrée jusqu'à ce qu'elle abandonne sa tête contre la sienne, comme lorsqu'elle était petite. D'une voix aimante, elle l'a consolée : « Tu es ma fille chérie, ma gentille fille à moi, et tu le sais. Ça ne sert à rien, de gaspiller tes larmes sur des vauriens pareils. Tu m'entends, chérie ? Ce sont des riens du tout. Henrietta Reeves, je la connais depuis toujours, et je vais te dire une *chause* : on ne récolte que ce qu'on a semé. Ils ne t'embêteront plus jamais, plus jamais. » Comme sa mère était soucieuse de saisir la chance de pouvoir la traiter à nouveau en fillette, en embryon de génie bien au chaud dans la matrice de l'adoration maternelle ! « Tu as vu la tête de ce garnement quand ton Papa l'a regardé droit dans l'œil ? Il a vu loin, loin en lui, ton Papa, et croismoi que ce morveux ne fera plus jamais le malin avec toi, ma fille chérie. »

« Faire le malin » : ah, sa mère n'avait rien compris, alors ! La question n'était pas le cirque que Channing et sa bande avaient fichu en venant ici : la question, c'est qu'ils avaient cherché à la blesser. C'était ce qu'ils *voulaient*. À quoi bon être jolie, si on échouait aussi lamentablement qu'elle sur deux tableaux essentiels, les garçons et la popularité ? Quant à la solution trouvée par son père face à ce problème, son « serment » de montagnard, sa menace de castration au cas où Channing reviendrait tourner autour de sa « petite fille »... Ohmygod, quelle honte ! C'était grotesque ! Et l'histoire allait faire le tour du comté avant la fin de la journée, de ce qui aurait dû être le jour de gloire de Charlotte Simmons. Elle ne pouvait pas s'arrêter de pleurer.

Laurie s'étant approchée, Maman lui a délégué un moment le rôle de consolatrice. Serrant Charlotte dans ses bras, son amie lui a chuchoté que Channing Reeves, sous sa séduction et ses airs « cool », était un salaud sans cœur, ce que toutes les élèves de leur classe savaient pertinemment, quand elles décidaient d'être honnêtes avec elles-mêmes. Oh Laurie, Laurie, alors tu ne comprends pas, même toi ? Le visage du garçon la hantait encore. Channing, pourquoi pas moi, pourquoi ?

À quelques mètres de là, Miss Pennington les observait, sans arriver à décider s'il lui revenait ou non de tenter un geste ou une parole qui pourraient paraître artificiellement maternels. Lorsque Charlotte s'est enfin ressaisie, les invités ont essayé de relancer l'ambiance, de lui montrer qu'ils n'allaient pas laisser quatre voyous gâcher un si plaisant moment. C'était inutile, bien sûr : personne ne pouvait réanimer ce cadavre-là. Un par un, ils se sont mis à prendre congé, à s'esquiver, jusqu'à ce que cela se transforme en exode général. Ses parents ayant pris la direction de l'endroit où les voitures étaient garées, devant la maison, Charlotte leur avait emboîté le pas, n'écoutant que son devoir, lorsque Miss Pennington l'a arrêtée, un sourire entendu sur son large visage.

« Charlotte ? a-t-elle commencé, de sa voix de contralto. J'espère que tu comprends ce qui s'est *vraiment* passé.

— Je... Je pense que oui, a répondu Charlotte, navrée.

— C'est sûr ? Alors, explique-moi. Pourquoi ces garçons sont-ils venus ici ?

— Parce que... Oh, je ne sais pas, Miss Pennington. Je ne voudrais pas... Et ça n'est pas important, sans doute.

— Écoute-moi, Charlotte. Ils ont du ressentiment, mais aussi ils sont... fascinés. Très, très attirés. Si tu ne vois pas cela, tu me déçois. Alors ils sont allés se soûler, suffisamment pour arriver à monter ce spectacle. Tout ce qu'ils ont retenu de cette remise de diplômes, c'est que l'une de leurs camarades de classe n'est pas comme les autres. Qu'elle est exceptionnellement douée, qu'elle va passer les montagnes et s'en aller, beaucoup plus *haut* qu'eux. Il y a toujours des envieux, dans ce genre de situation. Tu te souviens de ce philosophe allemand, Nietzsche ? Les gens comme cela, il les appelle des tarentules. Leur seule satisfaction, c'est de faire tomber ceux qui les dépassent, de regarder la chute... Partout où tu iras, tu vas en croiser. Il faut que tu apprennes à les reconnaître. Quant à ces garçons... – Elle a eu un geste dédaigneux de la main. – Je les ai eus comme élèves, eux aussi, et je n'aime pas parler comme cela mais la vérité, c'est qu'ils ne valent même pas la peine que l'on prend à les ignorer.

— Je sais... a murmuré Charlotte d'un ton qui trahissait tout le contraire.

— Charlotte ! – Miss Pennington a fait mine de la prendre par les épaules pour la secouer, ce qui n'était pourtant pas son style, réservée comme elle l'était. – Réveille-toi ! Tout ça, tu vas le laisser derrière toi. Dans dix ans, ces garçons essaieront de faire les intéressants en racontant qu'ils t'ont bien connue, que tu étais charmante et magnifique. C'est peut-être dur à avaler pour toi, à ce stade, mais je suis prête à parier que même eux sont fiers de toi. Oui, même eux !

Tout le monde s'attend à un grand avenir pour toi. Je vais te dire quelque chose que je devrais sans doute garder pour moi, Charlotte. J'étais sur le point de le faire quand nous étions à Washington, et puis j'ai décidé d'attendre que tu aies ton diplôme. Eh bien, c'est le cas, maintenant... – Elle a marqué une pause et le même sourire patient lui est revenu. – Je crois bien connaître ce que la plupart des jeunes pensent des professeurs de lycée, mais cela ne m'a jamais dérangée et je n'essaye même pas de leur expliquer à quel point ils se trompent. Un enseignant qui voit un enfant progresser, passer à un nouveau stade de compréhension de la littérature, ou de l'histoire, ou de n'importe quoi, qui sait que c'est grâce à lui ou à elle, éprouve une satisfaction qu'il est impossible de décrire, en tout cas pour ce qui est de moi, impossible. En fait, même à un niveau infime, c'est contribuer à créer un être différent, nouveau. Et quand on la chance de tomber sur un ou une élève, une seule, comme Charlotte Simmons, et que l'on passe quatre ans à assister à sa transformation, Charlotte, cela justifie quarante années de lutte et de déceptions. Toute une carrière est couronnée de succès, soudain. Alors non, je ne te laisserai pas, je ne tolérerai pas que tu regardes en arrière. Tu dois penser à l'avenir, un point c'est tout. Il faut que tu me le promettes. C'est tout ce que je demande, en échange : cette seule promesse. »

Les yeux de Charlotte se sont brouillés. Elle aurait voulu jeter ses bras autour du cou de cette femme engoncée dans un corps disgracieux. Elle ne l'a pas fait : et si, juste à ce moment, sa mère s'était retournée avant de passer le coin de la maison ?

Papa, Maman, Charlotte, Buddy et Sam ont dîné à la table de pique-nique que Mr Simmons avait rapportée dans la maison avec Doogie, non sans peine car elle pesait une tonne. Un repas plutôt morose, la jeune fille et ses parents ne parvenant pas à oublier ce qui s'était passé plus tôt et les gamins sentant que l'atmosphère était lourde.

La dernière bouchée avalée, leur père a allumé la télévision. Comme c'était le bulletin d'informations, Buddy et Sam ont filé dehors. Un reporter en veste de safari, micro à la main, parlait devant une hutte quelque part au Soudan. Trop déprimée pour écouter, Charlotte s'est réfugiée dans sa chambre, un étroit recoin qui avait été séparé des deux pièces préexistantes à la naissance de Buddy. Assise sur son lit, elle s'est plongée dans un livre sur les Victoriens célèbres qu'elle avait pris à la bibliothèque sur les recommandations de Miss Pennington, mais elle n'arrivait pas à s'intéresser à Florence Nightingale, non plus. Elle a porté un regard vide sur les particules de poussière en suspension dans un rai de soleil, lequel était si bas dans le ciel qu'il lui blessait les yeux lorsqu'elle les braquait vers la fenêtre. Dehors, d'un bout à l'autre du comté, les gens devaient parler de la scène de l'après-midi. Elle en était certaine. Elle a eu un moment de panique. Tout ce qu'ils sauraient se résumerait à la version de Channing Reeves : avec ses amis, il était passé voir Charlotte, les Simmons donnaient une réception et ne voulaient pas d'eux, alors ils avaient lâché le shérif sur eux, et le père de Charlotte avait menacé Channing avec une pique à saucisse, et il avait juré qu'il lui couperait ce que vous savez s'il essayait seulement d'approcher sa petite prodige de fille...

À cet instant, Papa l'a appelée de la pièce principale : « Hé, Charlotte, viens voir un peu ça... » Avec un grognement, elle s'est levée pour rejoindre son père, toujours assis à table. « Dupont ! » a-t-il soufflé en lui montrant la télévision du doigt et en lui lançant un sourire de toute évidence destiné à prouver que le mauvais moment était passé.

Debout à côté de lui, elle a observé l'écran. Oui, c'était bien l'université, a-t-elle constaté sans passion. La caméra s'attardait sur les jardins, l'imposante tour de la bibliothèque et toute une foule au centre du campus. Charlotte n'avait été là-bas qu'une fois, pour la visite guidée destinée aux impétrants, mais il n'était pas difficile de reconnaître le fameux parc et les splendides bâtiments de style gothique qui l'entouraient. « ... Revenu à son *alma mater* pour les solennités de la cent cinquantième cérémonie de remise des diplômes », venait de dire la voix off du commentateur. Zoom sur la procession de robes et de toques mauves avançant vers la grande estrade érigée devant la bibliothèque Charles Dupont, qui avait la taille d'une cathédrale et dont l'entrée était dominée par une arche haute de trois étages. Celui qui menait la file portait une énorme massue en or, et Charlotte a cligné les yeux d'émerveillement devant toute cette pompe, ces bannières médiévales aux vives couleurs, même si elle restait convaincue que l'incident de l'après-midi avait tout gâché pour elle. La caméra a continué vers le pupitre en beau bois verni au centre du podium, la rangée de micros et l'orateur derrière eux, un homme d'allure impérieuse, mâchoires carrées et crinière blanche, qui lui aussi arborait la robe mauve de Dupont. Il discourait, on voyait ses lèvres remuer et ses larges manches s'agiter, mais c'était toujours la voix du commentateur que l'on entendait : « Le gouverneur de Californie a repris un thème qui sera très certainement au cœur de sa campagne l'an prochain, lorsque selon toute vraisemblance il briguera la nomination du parti républicain aux présidentielles : ce qu'il appelle “réévaluation” et que ses adversaires les plus critiques ont surnommé “social-conservatisme”. » Il y a eu un gros plan sur lui, et il a eu droit à la bande-son au moment où il affirmait qu'« au cours du siècle qui commence de nouvelles valeurs vont inévitablement remplacer celles que nous avons connues, et c'est à vous qu'il appartient de les définir ». Puis le visage du journaliste a envahi l'écran : « Le gouverneur a appelé les étudiants à concevoir un nouveau cadre moral pour leur génération et pour toute la nation. Il était arrivé à Chester deux jours plus tôt afin de passer un peu de temps avec les jeunes avant son intervention d'aujourd'hui. »

Le titre suivant l'a remplacé – deux ouvriers décapités lors d'un accident dans une tôlerie d'Akron – mais en esprit Charlotte restait à soixante kilomètres au sud de Philadelphie, à Chester, berceau de Dupont University. C'était une chaîne nationale, pas un bulletin local : tout le pays s'intéressait à cet homme politique en pleine ascension qui était venu s'exprimer à Dupont, son ancienne faculté, drapé dans le mauve Dupont, plaider pour un nouvel ordre moral destiné à la génération montante, celle de Charlotte. Une bouffée d'optimisme l'a sortie de ses sombres pensées, soudain. Sparta, le lycée, ses cliques, ses rivalités, ses ivrognes, ses tarentules... Miss Pennington avait raison : tout cela se passait dans un coin de montagne perdu, au crépuscule, dans les ombres grandissantes, du déjà vu et entendu, alors qu'elle-même était promise à...

« Tu te rends compte, Charlotte ? a demandé Maman avec un sourire aussi encourageant que celui de son père. Dupont. D'ici trois mois, c'est là que tu vas être.

— Je sais, M'man. Je pensais juste la même chose. Et j'ai du mal à y croire. »

Elle a souri, elle aussi. Au soulagement de tous, elle la première, l'expression qu'elle s'était composée était sincère.

2

Le problème, avec les basketteurs noirs...

Trois hommes en polo et pantalon de toile se tenaient assis presque au sommet du précipice de sièges, si haut que, vu du terrain, le visage de chacun d'eux ressemblait à une balle de tennis blanche. En dessous, des milliers, oui, des milliers de gens affluaient, ayant appris – mais comment ? – ce qui se passait. Par grappes, ils comblaient à toute vitesse les vingt ou trente premières rangées du vaste stade de basket-ball, par ce beau mercredi après-midi d'août, hors saison.

Il y avait peu d'étudiants au Buster Bowl, ce jour-là, la rentrée officielle étant deux semaines plus tard, mais les gros lards nourris au hamburger-frites qui arboraient casquette de base-ball, moustaches tombantes et chemise de prolo avec leur prénom brodé sur la pochette prenaient leurs aises dans des sièges qui, lors des quinze matchs disputés à domicile par l'équipe de Dupont au cours de la saison, atteignaient les trente mille dollars pièce. Ils n'en revenaient pas d'avoir une telle veine !

Sur le terrain, éclairé par des projecteurs LumeNex, il n'y avait que dix garçons, huit Noirs et deux Blancs, en train de disputer une partie soi-disant impromptue de basket « avec et sans chemise ». Les cinq « Avec » portaient tous des tee-shirts différents, et des shorts également dépareillés. Le seul dénominateur commun était leur taille, bien au-dessus du mètre quatre-vingts et encore plus pour deux d'entre eux, un Noir et un Blanc. Tous les dix avaient des bras et des épaules de culturistes. Chez les « Sans », les muscles trapèzes exposés roulaient comme des melons entre le cou et les clavicules. Comme ils suaient, tous ces jeunes baraqués, leurs corps musclés luisaient dans la lumière des projecteurs, surtout ceux des joueurs noirs.

Pendant une pause – il fallait récupérer le ballon, envoyé très loin –, l'un des Blancs, un « Avec », s'est approché de l'autre, un « Sans » : « Hé, Jojo, qu'est-ce qui t'arrive ? J'ai peut-être pas les yeux en face des trous mais ça m'a tout l'air que ce gonze t'en fout plein la gueule. »

Le type avait parlé assez fort pour que le dénommé Jojo jette un coup d'œil inquiet aux jeunes Noirs, de crainte qu'ils n'aient entendu ; rassuré, il a fait une moue en hochant tristement sa tête pratiquement rasée, excepté une galette de courts cheveux blonds sur le dôme du crâne. En dessous se déployait un torse sans un pouce de graisse, porté par une paire de jambes interminables. Deux mètres dix, cent treize kilos. Quand il a cessé d'opiner du chef, il a répondu à voix basse : « Si tu veux tout savoir, c'est pire que ça, encore. Le fucking gonze arrête pas de dire des conneries.

— Comme quoi ?

— Comme : "Fuck, qu'est-ce que t'es, mec, un fucking baobab ? Tu peux à peine bouger, yo !" Ce genre de conneries. Et c'est un première-année, fuck !

— Il a dit ça ? "Fuck, qu'est-ce que t'es, mec ?" – Mike a lâché un gloussement amusé. – Faut admettre, Jojo, c'est plutôt marrant.

— Ouais. Tordant. Et il pousse, et il latte, et il me fout des coups de coude. Un première-année, fuck ! Il vient juste d'arriver ! »

Sans le savoir, Jojo s'exprimait dans le jargon en vogue cette année-là sur les campus, le patois fuck. Le mot pouvait être une simple interjection (« Fuck ! » ou « Fuck... ») en réaction à une surprise désagréable, une épithète de dénigrement (« fucking baobab »), un adverbe venant intensifier un adjectif (« c'est pourtant fucking clair ! »), un substantif (« ce grand fuck de merde »), un verbe qui, dans ses formes modifiées, pouvait signifier « Tire-toi de là », ou « foutre sur la gueule de quelqu'un », ou « rater », ou « se pinter », et, à la forme impérative, une formule de mépris péremptoire : « Fuck you ! » De plus en plus rarement, son sens originel étant devenu quelque peu archaïque, le terme servait également à désigner l'acte sexuel.

Le première-année en question, qui se tenait à une dizaine de fucking pas, avait un visage d'enfant mais une coiffure compliquée, dreadlocks et tout le toutim, sans doute supposée lui donner une allure de « méchant », dans le style lancé par des vedettes noires telles que Latrell Sprewell ou Allen Iverson. Il était presque aussi grand que Jojo, et sa croissance n'était pas terminée. Sous la peau chocolat, une kyrielle de muscles qu'il était impossible de ne pas remarquer se mouvaient en permanence. Le gosse avait tailladé les manches de son tee-shirt avec une telle agressivité que le peu de tissu restant évoquait le tricot de corps d'un catcheur allumé.

« Et toi, qu'est-ce que tu lui as dit ? a relancé l'"Avec" répondant au nom de Mike.

— Moi ? Rien. – Jojo a hésité, se creusant les méninges. – Simplement, je vais lui botter son fucking cul tout autour de ce fucking terrain, fuck.

— Ah ouais ? Comment ça ?

— Je sais pas encore. C'est la première fois que je joue avec ce fucking gonze.

— Et alors ? J'croyais t'avoir entendu dire que t'étais pas du genre à te laisser traiter par... » D'un geste il a englobé les joueurs noirs sur le terrain.

Moins pâle que Jojo, Mike avait des cheveux noirs et bouclés, coupés court. Avec son mètre quatre-vingt-sept, il était l'un des deux plus petits de la bande. Jojo a refait une grimace et repris ses hochements de tête.

« J'vais bien trouver quelque chose.

— Ouais ? Quand ? J'croyais qu'tu m'avais aussi dit que t'étais pas du genre à traîner. Faut leur faire passer le message tout de suite.

— Fuck... – Jojo a eu un petit sourire forcé. – J'suis un malin, moi. Pourquoi je te dis tous ces trucs, d'abord ? »

Il a détourné le regard sans le poser sur rien de précis. À côté de ses mains et de ses bras impressionnants, son torse et ses épaules paraissaient relativement modestes, mais il avait sans conteste de quoi intimider n'importe quel sujet mâle ordinaire, surtout avec sa taille de géant. À cet instant, pourtant, il paraissait vidé. Ses yeux sont revenus à Mike.

« Quoi, tous les ans, il faut que je me retrouve cul à cul avec un de ces frimeurs des camps-grolles-de-marque ?

— Je sais pas. Cette année, en tout cas, on dirait. »

Ni l'un ni l'autre n'avaient besoin de s'appesantir sur le sujet ; ils ne le connaissaient que trop bien. Excellent avant, Jojo était l'unique Blanc de la formation de départ de Dupont et c'est pourquoi il s'était retrouvé dans les « Sans », ce jour-là. Tous les « Sans » étaient des titulaires, tous les « Avec » des remplaçants, de sorte que ces derniers n'avaient qu'une idée en tête : prendre leur revanche sur les autres. Le joueur « Avec » qui marquait Jojo, et se montrait si brutal, et disait tant de conneries, était Vernon Congers, un étudiant dont l'arrivée avait été annoncée à grands cris, le genre de caïd de lycée qui débarque sur le campus en s'attendant au tapis rouge, aux louanges obséquieuses et aux bas-ventres accueillants de petites houris en pâmoison. Toujours prêts à lécher les bottes de ces numéros il y avait également les principaux entraîneurs de basket universitaire du pays, à commencer par celui de Dupont, le « légendaire Buster

Roth », ainsi que l'appelait systématiquement la presse sportive. La règle voulait que les managers découvrent ces jeunes demi-dieux au cours de camps d'entraînement spécialement organisés pendant l'été, et réservés aux futurs étudiants les plus en vue. Les trois principaux fabricants de chaussures de sport, Nike, And 1 et Adidas, disposaient chacun de leur « camp-grolles-de-marque ». Durant l'été qui s'achevait, Vernon Congers avait été l'attraction du camp And 1, où le jeu « frimeur » était systématiquement encouragé, de même que les dreadlocks. Jojo, de son vrai nom Joseph J. Johanssen, connaissait bien le milieu, puisqu'il avait lui-même été le chouchou du camp Nike quelques étés auparavant. En tant que Blanc, il s'était même vu offrir plus de pub – ces engagements publicitaires que nombre de jeunes attendaient avec une cupidité à peine déguisée dès que la fin du lycée approchait – que Vernon Congers, tous les entraîneurs, agents sportifs et autres chasseurs de talents rêvant de débusquer le « Grand espoir blanc », un nouveau Larry Bird, ou Jerry West, ou Pistol Pee Maravich, quelqu'un capable d'arriver à la hauteur des joueurs noirs, maîtres incontestés et omniprésents de ce sport. La majorité des fans étaient blancs, après tout, donc... Cet été-là, Jojo Johanssen avait été tellement choyé, courtisé, caressé dans le sens du poil, qu'il avait fini par se dire que Dupont ne serait qu'une étape, un petit galop d'essai avant une entrée triomphale à la « Ligue », terme par lequel les joueurs de son niveau désignaient la NBA, la National Basketball Association. Dans ces camps, les règles du recrutement professionnel interdisaient théoriquement aux coachs d'engager des contacts avec les sportifs, sauf si ces derniers en prenaient l'initiative. Alors, où une conversation entre hommes pouvait-elle le plus facilement commencer ? Buster Roth, et nombre de ses collègues, s'arrangeaient pour se retrouver presque tous les jours aux toilettes quand Jojo allait se soulager entre deux entraînements.

Lui-même ne se rappelait plus combien de fois l'entraîneur s'était tenu près de lui devant la pissotière, zizi à l'air comme lui, attendant que Jojo dise quelque chose. Un après-midi, il s'était retrouvé entouré de pas moins de sept directeurs d'équipe de renommée nationale, tous avec le shlong dégainé, et Buster Roth à sa place habituelle, juste à sa droite car il entendait mieux de l'oreille gauche. S'il y avait eu plus d'urinoirs, il en aurait sans doute vu encore davantage frétiller de la queue en son honneur. Si Jojo n'avait jamais dit un mot pendant ces séances-pipi, il avait été secrètement flatté, voire ému, par l'assiduité du « légendaire Buster Roth », par la fréquence avec laquelle il sortait son zoizeau vieillissant de son pantalon en hommage à la star du camp Nike, qui n'était finalement qu'un gosse de dix-neuf ans. Évidemment, dès qu'il avait eu la signature de Jojo sur le formulaire d'inscription sport-études, lequel avait légalement valeur de contrat, le coach s'était transformé en terreur. C'était cela, sa légende. C'était grâce à la sainte frayeur qu'il inspirait que le stade de basket de quatorze mille places, officiellement appelé l'enceinte Faircloth, avait reçu l'amical et populaire sobriquet de « Buster Bowl ». Même les basketteurs, qui d'habitude disaient « la boîte » quand ils faisaient allusion à l'endroit où ils jouaient, employaient le nom de « gamelle de Buster » et, en effet, avec sa façade circulaire et ses bords de gradins escarpés, le lieu faisait penser à une énorme écuelle.

Pour la saison qui s'ouvrait, Jojo et Mike étaient les seuls Blancs de l'équipe de Dupont. Il y avait trois remplaçants blancs, d'accord, ce qui donnait cinq Blancs et neuf Noirs sur le papier, mais ces « flotteurs », comme on les surnommait, ne comptaient pas. Mike, de son vrai nom Frank Riotto, avait été surnommé « Micro-ondes » par l'un des joueurs noirs, Charles Bousquet, abrégé en « Mike », et cette identité s'était imposée avec une telle conviction que plus personne ne se rappelait qu'il se prénommait Frank.

La partie allait reprendre. Le ballon était aux « Sans ». Jojo se tenait au milieu, avec leur avant-centre, Treyshawn Diggs. C'était l'âme de l'équipe de Dupont, toute action offensive s'organisant autour de lui. Jojo lui a jeté un coup d'œil pour vérifier que sa position était correcte. Deux mètres dix, leste et souple, tout en muscles, crâne rasé, Treyshawn était un géant couleur cannelle auprès de qui n'importe quel joueur blanc, même en aussi grande forme que lui, paraissait sans grâce. Or, non seulement Jojo était un Blanc mais il avait la peau très claire et, pire encore, il était blond, ce qu'il tentait de faire oublier en se coupant les cheveux aussi court que possible. Il aurait adoré se raser la tête, comme Treyshawn et tant de joueurs noirs le faisaient par mimétisme avec le grand Michael Jordan. Cela donnait un look impressionnant, intimidant, celui de Jordan mais aussi celui de ces lutteurs, purs blocs d'énergie et de testostérone : le crâne lisse, le cou puissant et la cascade de muscles. Selon l'étiquette non officieuse du basket-ball, cependant, il s'agissait là d'une prérogative qui revenait aux seuls joueurs noirs. Et quand on essayait de les singer, ils perdaient rapidement tout respect pour vous, si bien que Jojo s'était résigné à sa galette de cheveux obstinément blonds.

Le jeu a recommencé. Malgré les cris de la foule, Jojo entendait distinctement chaque crissement de semelle quand les joueurs s'élançaient en avant, stoppaient net, changeaient de direction. L'un des arrières, Dashorn Tippet, a lancé la balle en dégagement à André Walker qui, aussitôt entouré par l'équipe adverse, a fait une passe en rebond à Jojo. Immédiatement, Congers a fondu sur lui, se couchant pratiquement sur son dos, poussant, harcelant, tamponnant et soufflant entre ses dents : « Alors quoi, Baobab ? Peux pas sauter, peux pas bouger, peux pas tirer, t'es planté, Baobab ! » Cet enfant de salaud n'arrêterait jamais ! Un première-année, en plus ! Un bleu ! Du coup, Jojo se sentait réellement comme un baobab, enraciné au sol...

Et puis Cantrell Gwathmey et Charles, les « Avec » qui avaient marqué Walker, sont arrivés sur lui. Jojo savait qu'il aurait dû repasser à Walker, en position pour tenter l'un de ses fameux paniers à trois points, ou à Treyshawn, qui s'était dégagé en force d'Alan Robinson. Pas cette fois, non. Au niveau de la division I, les joueurs sont comme des chiens, capables de renifler la peur ou la nervosité. Comprenant que son jeune ennemi avait capté l'odeur en lui, Jojo s'est blindé en préparation de ce qui allait suivre. Un seul coup d'œil par-dessus son épaule lui a permis de repérer le thorax de Congers. Il a feinté un dribble, comme s'il s'apprêtait à un tir en suspension. À la place, il a envoyé son coude en arrière, pesant dessus de tout son poids. « Uuuuuf ! » a exhalé Congers, que Jojo a contourné. En un éclair, il était au panier et smashait le ballon dedans avec une violence sans précédent dans toute sa vie. Il est resté un instant accroché des deux mains à l'anneau pour se balancer triomphalement dans le vide. Non mais ! Il l'avait eu, l'enfoiré ! En plein plexus solaire ! Il lui avait botté son fucking train !

Un rugissement est monté des gradins. C'était le genre de coup de grâce auquel la foule ne pouvait résister.

La partie s'était arrêtée. Treyshawn et André entouraient Congers qui, plié en deux, les mains sur la poitrine, faisait de petits sauts de carpe le long de la ligne de touche en ahanant « Argh, argh, argh ». À chaque « argh », les nattes se balançaient sur sa nuque. Il n'avait que dix-huit ou dix-neuf ans mais on aurait dit un vieillard saisi par une crise cardiaque, ce morveux mal élevé !

S'approchant de lui, Jojo s'est penché d'un air faussement compatissant : « Hé, mec, ça va ? Pourquoi tu vas pas t'étendre un peu sur le banc, mec ? Te reposer, quoi... » Congers a levé la tête pour lui lancer un regard de pure haine, mais il ne pouvait articuler un mot, luttant encore pour retrouver son souffle et sa motricité. « Tu me cherches encore ? Fuck you ! », s'est dit Jojo, euphorisé par les acclamations.

Mike l'a rejoint, avec la mine de circonstance consécutive à une blessure survenue sur le terrain. Jojo affectait la même expression. « Yo, mon ami-là, a dit assez bas Mike, qui se targuait de parfaitement maîtriser le parler des basketteurs noirs. J'retire, j'retire : t'es un macaque de chez macaque, présentement. T'as géré. » Exultant, Jojo avait du mal à ne pas élever la voix : « Cette tête de nœud... – Du menton, il a montré les joueurs blacks qui se tenaient un peu plus loin. – Y en a un qu'a dit quelque chose ?

— Naaan. Deux ou trois t'ont maté d'un sale œil quand tu lui as donné sa mère, mais qu'est-ce qu'ils pouvaient dire ? Le gosse te cherchait et t'as été un prince, mon salaud ! » Encore une autre des conventions tacites du jeu : smasher, puis la petite acrobatie suspendu à l'anneau, c'était typiquement black. Et, pour Jojo, une manière de proclamer : « Non seulement je t'ai eu mais je t'ai botté le cul et je t'ai mis ta sale tronche dedans, fuck ! »

Les deux amis ont jeté un coup d'œil à Congers, affalé sur le banc, le front entre les genoux, et toujours entouré par Treyshawn et André. « Te retourne pas, a chuchoté Mike, mais Roth s'est levé, là-haut, et il mate méchant. Je parie qu'il meurt d'envie de dégringoler ici pour voir si son petit protégé est entier. »

Jojo s'est forcé à ne pas regarder dans la direction des trois balles de tennis – Buster Roth et deux entraîneurs adjoints. Une autre règle d'airain de l'omnipotente NCAA [1] édictait que les entraînements de basket ne pouvaient commencer avant le 15 octobre : c'est pour cela que les officiels du club devaient rester loin dans les gradins, et que la partie se disputait sur le mode « avec et sans chemise ». L'apparition d'un seul maillot de l'équipe, ou même du tee-shirt gris d'entraînement marqué du sigle de Dupont University, aurait indiqué que ce match était... ce qu'il était, à savoir une infraction. Mais bon, aucun règlement n'interdisait aux étudiants de revenir sur le campus en plein mois d'août, sept semaines avant le début de la saison et deux avant la rentrée, histoire de taquiner un peu le ballon et de travailler un brin dans la salle de musculation. D'ailleurs, n'importe lequel de ses joueurs qui n'aurait pas pris cette décision totalement volontaire s'exposait à de graves, très graves ennuis avec l'irascible entraîneur.

« Hé, vise ce qu'ils fabriquent ! a soudain lancé Mike. Oh, tu vas aimer ! Ils amènent un des flotteurs pour remplacer l'autre naze-broque... » Jojo a suivi son regard ; en effet, l'un des trois échalas blancs venait de quitter le banc des remplaçants pour entrer sur le terrain. C'était Charles, encore lui, qui les avait surnommés « flotteurs », terme depuis lors employé par tous les joueurs, Noirs comme Blancs. Basketteurs honnêtes, mais inférieurs au niveau habituel en division I, ils étaient là, essentiellement, parce qu'ils avaient de bonnes notes en cours : toujours selon la NCAA, chaque équipe uni-

1. L'Association américaine du sport universitaire (*N.d.T.*).

versitaire devait aligner un niveau collectif d'au moins 2,5, c'est-à-dire un C. Tels les boudins jaunes que les parents passent au bras des enfants qui ne savent pas encore nager, les flotteurs maintenaient à flot le reste de la sélection, lui épargnant la noyade scolaire.

Justement, Charles venait d'arriver devant les deux complices. « Hé, Jojo, a-t-il lancé, qu'est-ce que t'as fait à mon copain Vernon, fuck ? » Tout sourires.

« Rien, a rétorqué Jojo, impassible. Rien du tout. J'crois qu'il s'est comme qui dirait jeté sur mon coude. »

Étouffant un éclat de rire, Charles a tourné le dos à Congers avant de poursuivre sur un ton plus discret : « "Comme qui dirait jeté sur mon coude" ! Ça me plaît, Jojo. Ça me plaît, grave. Qui c'est qui raconte que les ti-Blancs savent pas se battre ? Pas moi ! Tu me verras jamais me jeter sur ton coude, jamais ! » Et il est reparti tout sourire. Jojo est resté impassible. Il n'osait pas triompher ouvertement mais intérieurement il était aux anges : pensez, avoir l'approbation, voire l'admiration de l'un des joueurs noirs les plus cool qui soient !

La partie a repris et Jojo a enfin pu respirer. Pour le marquer, les « Avec » avaient choisi Cantrell, tandis que Charles se chargeait du deuxième avant des « Sans », Curtis Jones, et que le flotteur « Avec » se débattait autour d'André Walker. Cantrell était offensif, mais respectueux, et Jojo a retrouvé avec plaisir la tactique de jeu édictée par l'entraîneur, dans laquelle il était là pour intercepter, bloquer et renvoyer la balle à Treyshawn et autres machines à accumuler les points.

La foule participait plus activement, désormais, comme si le K.-O. technique qu'il avait infligé à Congers avait stimulé les spectateurs. On applaudissait, on encourageait les joueurs par leur nom. Quelqu'un a braillé « Go, go, Jojo ! », sorte de cri de ralliement lorsque la saison battait son plein. Pendant une pause, il a inspecté les gradins du regard. Ils étaient des milliers ! Certes, la mise en scène du match « impromptu » voulait que les portes restent ouvertes à tous. Mais *qui* étaient ces gens ? D'où sortaient-ils ? Des employés du campus ? Des gus venus de la ville ? Comment avaient-il su qu'une partie allait se jouer, pour commencer ? On aurait dit ces badauds qui semblent surgir de l'asphalte ou du béton dès qu'un accident de voiture ou une bagarre de rue se produit. Et là, ils étaient des milliers, en plein après-midi, pour un simple match amical. C'est vrai qu'il y avait là de jeunes dieux du basket : champions nationaux l'année précédente, la cinquième équipe de Buster Roth à parvenir en demi-finale durant les quatorze années qu'il avait passées à Dupont. Quelle cime, du haut de laquelle Jojo Johanssen pouvait observer le reste de l'humanité ! À quelle hauteur son talent et sa combativité l'avaient déjà porté ! Bien sûr, il reconnaissait certains visages dans cette foule, par exemple les habituelles groupies, inlassables. Qui sait, il y avait peut-être aussi, anonymes dans les rangées, des éclaireurs de la « Ligue » ? Des agents à la recherche de sang frais pour les équipes professionnelles, prêts à offrir des millions, non, des dizaines de millions ! Puis, brusquement, Vernon Congers est revenu titiller ses pensées et Jojo a senti le découragement le gagner. Congers était sorti du terrain, mais non de sa vie...

Pendant les pauses, Mike n'arrêtait pas de s'approcher de l'une des loges pour baratiner une fille assise au premier rang, avec une masse de cheveux blonds qui attirait forcément le regard, très bouclés mais aussi très longs, ce qui lui donnait une allure de sauvageonne.

« Qu'est-ce que tu vois de si bien là-bas, Mike ?

— Ah, tu me connais : toujours sympa avec les supporters, moi.

— Qui c'est, cette meuf ?

— Une troisième cycle. Elle est je ne sais quoi dans l'orientation des premières-années. Tous les nouveaux arrivent demain, hein ? Pour être “orientés”.

— Tu la connais ?

— Non.

— Tu sais son nom ?

— Pas du tout. Je sais l'allure qu'elle a, par contre. »

Orientation des premières-années. Jojo n'était jamais passé par là, lui. Ce genre de formalités étaient épargnées aux sportifs comme lui. Ils restaient entre eux, leurs seuls contacts avec le reste de la population étudiante se limitant aux groupies, aux admirateurs et aux garçons ou filles que le hasard mettait dans la même salle de cours qu'eux. Si vous étiez choisi par Buster Roth, votre orientation, c'était le terrain de basket. Et tiens, à propos, il y en avait un, de nouveau, qui venait d'être rudement bien « orienté » ! C'était la dernière fois que Vernon Congers traitait Jojo Johanssen de baobab... Le découragement l'a de nouveau gagné, soudain : et si ce gosse ne faisait que se montrer encore plus hargneux, après cette expérience ?

De son perchoir, le coach a finalement indiqué d'un signe que l'entraînement était terminé. Tandis que les deux équipes abandonnaient le terrain, les fans se sont rués en masse sur eux. Trop facile ! Aucun service de sécurité pour réfréner leur dévotion ! Ils pouvaient même *toucher* leurs idoles ! En un clin d'œil, Jojo s'est retrouvé encerclé par un fouillis de stylos, de crayons, de carnets, de bouts de papier – l'un des nabots s'était même emparé d'une pancarte en carton « Défense de fumer » pour y recueillir un autographe – tendus vers lui d'en bas, tellement bas... À côté de lui, un braillard répétait en boucle « Super tir en crochet, Cantrell ! Super tir en crochet, Cantrell ! », comme si Cantrell Gwathmey se souciait deux secondes de l'expertise technique de ce gnome. Jojo a continué à avancer lentement vers les vestiaires, signant ce que l'on brandissait autour de lui, entraînant dans son sillage un essaim bourdonnant. Il y avait quelques groupies, aussi, très repérables grâce à leur buste artificiellement fuselé par des soutiens-gorge trompeurs, leur sourire énigmatique, leurs « Jojo, Jojo ! » et cette façon de chercher ses yeux en guettant un regard plus « chargé » que ceux accordés au commun des supporters. Plus loin, il y avait Mike, dont l'escorte était moins importante, score personnel oblige, mais qui n'en avait pas moins attiré la blonde aux cascades de boucles. Comme d'habitude, Treyshawn était le plus courtisé. Jojo l'entendait répéter « Avec plaisir, beauté » à chacune des filles qui le remerciait de lui avoir accordé un autographe – car toute la gent féminine, sans distinction d'âge ni de race, recevait ce compliment de sa part.

À les entendre, les joueurs considéraient ces moments comme une corvée à laquelle ils devaient se plier, puisqu'elle faisait partie de leurs obligations de célébrités. Inconsciemment, cependant, c'était devenu une drogue. Si le jour devait arriver où ils quitteraient le terrain sans les essaims, juste comme une bande de garçons ayant achevé leur partie, ils se sentiraient vides, assoiffés, menacés. En manque. C'est sans doute pourquoi, malgré leur lassitude désabusée, ils se débrouillaient toujours pour noter lequel d'entre eux attirait le plus de monde. Chacun d'eux avait même en tête une évaluation étonnamment précise de la taille, de la densité et de la qualité des essaims que les autres entraînaient.

« Vernon ? » « Yo, Vernon ! » « Hé, Vernon, par ici ! » Saisi par un froid glacial, Jojo a porté les yeux dans la direction de ces appels. Congers avait autour de lui l'échantillonnage complet, des filles béates aux jardiniers du campus. Alors qu'il n'avait encore jamais joué dans la sélection de l'université, ni une seule fois en division I ! Sans doute le trouvaient-ils séduisant, une fois surmontée la vue des dreadlocks et des petits carrés de cheveux sur son crâne. Oui, juste une question de look, d'apparence. Bien sûr, il y avait eu aussi beaucoup de raffut à son sujet au printemps précédent, quand la rumeur avait prétendu que cet espoir lycéen était convoité au point qu'il allait peut-être oublier la fac et passer directement en professionnel. De la pub, rien de plus. N'empêche, ce petit frimeur qui disait tant de conneries avait un sacré essaim aux basques...

Les jeunes dieux ont enfin atteint les vestiaires.

« T'vois c'que je veux diiire?
C'gars gris, y m'sort "Toi, t'es qu'une bête!"
J'sors mon pète, j'le colle sous sa mire,
Alors ti'quiqui, tu veux toujours rire,
Jouer les durs quand ton décès s'précise...
T'vois c'que je veux diiiire? »

Le rap de Doctor Dis beuglait d'un bout de la salle à l'autre. C'était toujours le cas, ici. En raison du sytème nonaphonique qui s'égrenait tout autour des murs, il n'y avait dans ce domaine de géants noirs aucun moyen d'échapper à une musique de rap. Il revenait au capitaine de l'équipe de choisir les CD qui passaient en boucle. Charles, en tant que dernière-année, avait cette responsabilité cette année, même s'il n'était plus premier porteur. C'était le plus cool de tous, Charles. Personne n'imposait le respect aussi naturellement que lui. D'après Jojo, il était aussi d'un cynisme complet, quand il s'agissait de musique : puisque les gars voulaient du rap, qu'on leur donne du rap, et le plus brutal, le plus dégradant, le plus stupide que l'on puisse trouver sur le marché. Curtis jurait sur tout ce qu'il avait de plus sacré qu'il avait vu Charles sortir de l'Opéra du campus un soir où quelque orchestre symphonique de Cleveland – un truc de Blancs – avait donné un concert consacré à Duke Ellington et à George Gershwin. Il était sûr que c'était le genre de merde que Charles aimait, en réalité, et pourtant Doctor Dis régnait dans les vestiaires, et c'était sa décision. Par ailleurs, Jojo soupçonnait Doctor Dis d'en rajouter dans le nihilisme et la provoc' parce qu'il cherchait en fait, très cyniquement, à produire une parodie du genre. Saupoudrant ses outrances épate-bourgeois de « mire » ou de « décès », termes que la moitié des basketteurs de Dupont n'avaient jamais utilisés de toute leur vie.

À cet instant, Doctor Dis évoquait les particularités anatomiques du flic de son récit, notamment celle qui lui faisait confondre son anus et son membre viril, de sorte que « tu t'torches le braque et il en pisse du chocolac ». En contraste avec ces grossièretés, les vestiaires étaient d'un luxe que les bouffons entassés sur les gradins pour assister à un simple match d'entraînement n'auraient pu imaginer. Pour commencer, les casiers-penderies n'étaient pas en vil métal mais en chêne, dont la teinte claire naturelle avait été préservée. De belle taille, ornés d'une plaque en cuivre portant le nom de chaque sportif, munis de portes à claire-voie dont l'ouverture diffusait une lumière tamisée, ils étaient équipés d'étagères, de rangements à chaussures, de cintres en hêtre et d'une résistance sèche-linge intégrée allumée en permanence. Au-dessus, les joueurs avaient droit à leur photo indivuelle, dans un cadre du même chêne. Celle de Jojo, prise par le service de publicité de Dupont, le montrait s'élevant au-dessus d'un bouquet de bras sombres pour marquer un panier d'une claquette bien ajustée. Il adorait positivement ce cliché.

Quand il est entré dans la salle, quatre joueurs noirs, André, Curtis, Cantrell et Charles se tenaient devant le placard de ce dernier. Tous le crâne rasé, a-t-il noté par-devers lui. Il a ressenti le besoin de les rejoindre, dans l'espoir inavoué d'une remarque flatteuse à propos de son coup d'éclat, le coup d'éclat de Jojo Johanssen, l'un des rares Blancs à ne pas se laisser marcher sur les pieds.

Charles était au milieu d'une phrase : « ... Et cet enfoiré-là, qu'est-ce qu'il connaît de mes notes ? Qu'est-ce que ça peut lui foutre ? C'est un enculé de chez enculé, voilà ce que c'est.

— J'te dis juste c'que le mec a dit, Charles, a rétorqué André avec un sourire épanoui. Il a dit que tu vas tous les soirs à la biblio, genre, et que tu te tapes bouquin sur bouquin. Il dit qu'il t'a vu.

— Mon cul qu'il m'a vu ! Ce macaque-là, il est tellement ouf qu'il sait même pas où elle est, la bibliothèque. – Charles avait perdu sa caustique ironie, brusquement. Non seulement il venait d'être accusé d'avoir de bonnes notes – une moyenne de 3,5, selon une rumeur persistante – mais, beaucoup plus grave, de *travailler* dans ce but. – Qu'est-ce qu'il dit, des *bouquins* ? Il sait pas même ce que c'est, un livre. Ce macaque-là, il est tellement débile qu'il pourrait pas compter sur ses doigts jusqu'à... un ! – Et il a souligné son idée en fendant énergiquement l'air de son majeur.

— Ouyiii, mon ami, a fait Cantrell, il entend ça, il va v'nir après toi, c'est sûr !

— Après que dalle il vient. Il va se mettre son doigt dans le cul, c'est tout c'qui va faire. Causer de mes notes, l'enculé...

— Hé, mec, à propos, est intervenu Curtis, c'est quoi, ces notes-là que tu t'prends, si tu m'permets de demander ?

— Err, err, err, errrr... – Une espèce de rire venu du ventre secouait André. – P't'êt qu'on a plus besoin de flotteurs, nous autres. Vu qu'on a Charles ! »

Se joignant au groupe, Jojo a lancé : « Sans déc', Charles, garde la main, dénote pas ! »

Sa boutade n'a pas eu l'effet auquel il s'attendait. Trois visages impassibles se sont tournés vers lui, tandis que Charles, dont les traits reflétaient une impassibilité d'une autre nuance, demandait plutôt distraitement :

« Quoi d'bon, Jojo ? – Il ne disait jamais "Quoi d'neuf ?", toujours "Quoi d'bon ?".

— Pas grand-chose. J'suis claqué. – Jojo pensait leur tendre une perche, les amener à se rappeler ce qui lui avait coûté tant d'efforts, et donc comment il avait remis certain morveux à sa place. Personne n'ayant percuté, il a été obligé de se montrer plus explicite : – J'veux dire, ce gamin-là, Congers... Je l'ai eu sur le râble sans arrêt. Pareil qu'un combat de sumos pendant trois plombes, fuck ! »

Ils l'ont regardé comme les visiteurs d'un musée observent une sculpture sans grand intérêt. Jojo a néanmoins décidé de continuer sur sa lancée, tentant une ouverture plus directe : « Quelqu'un sait comment il va, d'ailleurs ? Il est d'aplomb, Congers ?

— J'imagine que oui, a répondu Charles après un brévissime coup d'œil à André. Rien de sérieux, simplement qu'il n'a plus été en mesure de respirer pendant un temps. »

« J'imagine que oui », « plus été en mesure de respirer »...

Purée ! C'était toujours la même chose, avec les joueurs blacks ! Quand ils étaient entre eux, ils s'exprimaient dans un jargon délibérément incorrect, mais il suffisait que Jojo arrive pour qu'ils affectent le langage le plus châtié. Il sentait que ce n'était pas de la déférence, mais une façon de l'exclure du cercle. Et là, le visage de Charles était impénétrable. Alors qu'il s'était gondolé avec Mike et lui après... l'incident ! Mais maintenant, devant André, Curtis, Cantrell, il ne voulait même pas en entendre parler. Charles Bousquet, le cool des cool, le traitait comme un vague supporter qui s'incrustait et dont il ne savait comment se dépêtrer ! Pas étonnant que la conversation tombe à plat, après cela. Jojo s'est avoué battu : « Bon, eh ben je vais à la douche, a-t-il marmonné avant de se diriger vers sa penderie.

— Tiens le coup », a suggéré Charles.

Ce qui était censé signifier quoi ? Même au bout de deux saisons, Jojo ne savait toujours pas à quoi s'en tenir, avec ses coéquipiers noirs. Ce qui venait de se passer, par exemple : pourquoi l'avaient-ils pris de haut, brusquement ? Traité comme un gogo ? Juste parce qu'il était allé vers eux, pensant qu'il pouvait participer ? Ou *koua* ? Pourquoi est-ce qu'ils refusaient de parler de tensions survenues sur le terrain avec un joueur noir dès qu'ils étaient en groupe ? Ou bien se méfiaient-ils chaque fois qu'un Blanc essayait de paraître trop cool, trop... black, précisément ? Oh, quel casse-tête... Il voulait se convaincre que ce n'était pas personnel, que ce n'était pas à cause de lui mais de l'éternel clivage racial. Blanc, il avait été en compétition avec des garçons noirs pendant toute sa vie de basketteur ; il était bon à leur jeu et il en était fier, au point d'avoir déblatéré à ce sujet devant Mike, n'est-ce pas ? Mais c'était la vérité, et ce depuis le tout début, à Trenton. Son père, un mètre quatre-vingt-quinze, était le capitaine de l'équipe de Hamilton Est quand ils étaient parvenus en finale du New Jersey. Bien que contacté par certains recruteurs, il ne s'était vu offrir aucune bourse sport-études et s'était donc résigné à suivre la profession de son propre père, installateur d'alarmes antivol. La maman, qui avait bien assez de cervelle pour être médecin ou quoi, était laborantine au service de radiologie de l'hôpital Saint Francis. Jojo, qui l'adorait, avait toujours pensé qu'elle concentrait toute son attention sur son frère Eric, âgé de trois ans de plus. Sa Majesté l'Aîné à la Grosse Tête était le premier de sa classe, entre autres prouesses que Jojo était fatigué d'entendre rappeler sans arrêt. Lui-même avait été un élève peu motivé, capable du meilleur un jour pour se laisser aller le lendemain. Puisqu'il ne pouvait avoir le carnet époustouflant d'Eric, il était devenu le gars le plus populaire du bahut, ce dont son frère n'avait jamais été capable, le clown et le rebelle de sa classe, mais sans excès.

Et puis il était devenu autre chose, aussi : un géant. En quatrième, il frisait déjà le mètre quatre-vingt-dix, ce qui le destinait naturellement au basket. Non seulement il était grand mais il s'était également révélé un bon sportif, doté des réflexes et de l'énergie paternels. Alors que sa mère s'inquiétait de ce que les gens le croient plus âgé qu'il n'était en raison de sa taille, son père, lui, était ravi. Il voyait déjà son fils accomplir la carrière qu'il n'avait pu mener, malgré ses débuts prometteurs. Il pensait tenir une explication cohérente de son propre échec : il avait eu le malheur de jouer dans les années 1970, à une époque où les jeunes basketteurs noirs commençaient à dominer la scène et à monopoliser l'attention des agents recruteurs ; des protecteurs du sport aussi vénérables que Bradley ou Saint Bonaventure se risquaient à aligner des équipes entièrement noires ; le père de Jojo n'était peut-être pas un génie mais il avait compris que le point fort de ces joueurs était leur farouche détermination à s'imposer sur le terrain : pour eux, il n'y avait pas pire humiliation que de se laisser contrer, surtout par un adversaire blanc.

Cet été-là, celui de ses quatorze ans, son père avait pris l'habitude de le prendre en voiture quand il partait au travail et de le laisser au terrain de basket public de Cadwalader Park, dans une zone à majorité noire, avec un sandwich pour son déjeuner, car il ne passait le récupérer qu'en fin d'après-midi. Lâché seul dans cet espace asphalté et grillagé, où les filets manquaient aux anneaux, Jojo n'avait eu d'autre choix que d'apprendre à « jouer black » : c'était ou bien nager, ou bien se noyer.

L'épreuve aurait été plus rude dans une grande ville, certes, Trenton n'étant pas l'un de ces quartiers où la seule apparition d'un petit Blanc sur le terrain de sport signifiait forcément un risque d'émeute. Mais elle n'était pas de tout repos, non plus, les garçons noirs pratiquant un jeu très physique, empreint de la susdite « farouche détermination ». Dès qu'un Blanc cédait un peu, ils ne disaient ni ne faisaient rien de spécial, sinon lui passer dessus avec une superbe indifférence. Sans un mot, ils manifestaient très clairement qu'il n'avait aucun droit au respect. Après la première journée, Jojo s'était juré de ne plus jamais reculer devant un joueur black.

En fait, il s'agissait moins d'un sport d'équipe que d'une succession de duels, ici. Faire une passe bien ajustée à un avant en position de tir n'avait rien d'admirable. Tout le jeu consistait à affronter l'adversaire qui vous marquait, à le feinter, l'intimider, le pousser, l'esquiver, puis foncer et réaliser un tir en suspension ou un smash, si l'on était assez grand, avant de gratifier l'autre d'un regard qui disait, ainsi que Jojo allait l'apprendre ici : « J'te botte le cul tout autour du terrain, pédale ! »

Un jour, il était en défense face à un immense joueur noir particulièrement agressif, que ses amis avaient surnommé Licky. Une feinte, deux, puis un coup d'épaule dans la poitrine de Jojo et l'assaillant filait devant le panier et s'élevait dans les airs. Jojo a sauté encore plus haut, cependant, bloquant le tir. « Faute ! » a beuglé Licky, et ils ont commencé à discuter jusqu'à ce que Licky lui envoie son poing en pleine figure. Jojo a vu rouge, littéralement : les yeux injectés d'un brouillard écarlate, il s'est jeté sur Licky. Ils ont fini sur l'asphalte sale, au corps à corps; les autres joueurs encourageaient leur pote mais ils étaient surtout amusés par la bagarre. Au bout d'un moment, ils les ont séparés, parce que ni l'un ni l'autre n'avait plus assez d'énergie pour que cela reste intéressant et parce qu'ils avaient envie de reprendre la partie. De nouveau sur ses pieds, Licky n'avait plus assez de souffle pour proférer les injures dont il aurait voulu accabler Jojo, assis par terre avec une vilaine coupure à l'arcade sourcillière, la lèvre ouverte et le nez qui pissait le sang. Après s'être péniblement remis debout, il a essuyé son visage sur son avant-bras et gagné le centre du terrain, manifestement prêt à continuer le match. Il a entendu un garçon glisser à son voisin « Il a du ventre, ce Blanc-là », et cela a été pour lui le plus grand compliment de ses jeunes années.

Alors, puisqu'il avait amplement de quoi gagner leur respect, pourquoi Charles et les autres le tenaient-ils à distance ? Bon, si cela devait être ainsi, il n'allait pas à en faire une maladie, mais, mais... C'était rageant, tout de même ! D'autant plus que, sur le terrain, la couleur de la peau ne comptait plus : ils ne faisaient plus qu'un, plaisantaient ensemble comme des frères d'armes, formaient une équipe qui avait remporté le dernier championnat national, et dans laquelle Jojo occupait une place centrale. Il a levé les yeux sur la photo au-dessus de son placard : Jojo Johanssen fusant au-dessus d'une forêt de bras noirs et « fourrant » le panier face à Michigan State en quart de finale, au mois de mars dernier. Il avait définitivement conquis ses coéquipiers, pendant ce match... C'est ce qu'il avait cru, du moins.

Questions et doutes ont continué à se télescoper dans son cerveau pendant qu'il prenait sa douche et s'habillait. Il était tellement perdu dans ses pensées que c'est seulement là qu'il a constaté qu'il était le dernier dans les vestiaires. Il n'y avait plus que lui, les penderies en chêne ouvragé et les stances ordurières de Doctor Dis : « *T'vois c'que j'veux diiire? Pourquoi t'économises ta craquette, salope? Pour le fric et la came d'un vieil interlope?* » Mike, déjà en jean et tee-shirt, est rentré dans la salle.

« T'es toujours là? s'est-il étonné en allant à son placard. J'ai oublié mes putains de clés...

— Où tu vas?

— Voir ma copine.

— Quelle copine?

— La fille que j'aime, tiens! s'est exclamé Mike en faisant un vague geste en direction du terrain de basket.

— Me dis pas que c'est celle que... Non! J'espère que tu me charries.

— Moi? Jamais. Et toi, qu'est-ce que tu fais, maintenant?

— T'es pire qu'un clebs, Micro-ondes... – Jojo a secoué la tête, regardant Mike avec le demi-sourire que l'on réserve à un enfant incorrigible, mais amusant. – Moi, je sais pas. Je suis claqué. Boire une bière, je pense... Ce match a duré des plombes et des plombes, fuck! Et le coach là-haut, assis à se tourner les pouces...

— Mmmouais.

— Tu te rends compte qu'on s'est entraînés trois heures? Sans une seule vraie pause?

— Bah, c'est mieux que la course à pied. L'été dernier, quarante-cinq à l'ombre et vas-y que je fais des tours de piste.

— Ils se la jouent tellement, tous...

— Comment ça?

— Eh ben... – Jojo a lancé un regard à la ronde pour vérifier qu'ils étaient seuls. – Pour le premier jour du soi-disant entraînement, ça ressemblait à tout sauf à un entraînement! Tout le monde à se démener comme si la foutue saison allait dépendre de comment Roth est impressionné par eux. Et on n'est qu'en août! Tout le monde à essayer de te démolir juste pour se faire bien voir.

— Tu veux dire Congers?

— Ouais, mais pas que lui. J'en ai vraiment marre, de tout ce cinéma black. Bon, le coach est un Blanc, hein, comme presque tous, mais entre un joueur blanc et un joueur noir, à niveau égal, ils décident toujours que c'est le Black qui est le meilleur. Tu vois c'que j'veux dire ?

— À peu près...

— Quand j'ai fait le camp de Nike, il a pratiquement fallu que je marche sur l'anneau pour qu'ils finissent par me remarquer.

— Mais ils l'ont fait. Autrement, tu n'aurais pas été à ce camp, et tu ne serais pas ici.

— D'accord, mais tu me comprends. En fait, c'est encore plus grave. Les coachs, ils pensent, ils sont convaincus, et ça je le sais, que dans n'importe quelle situation tendue, les dernières secondes du match, par exemple, ils sont convaincus qu'il faut passer la balle à un joueur noir. Il va pas foirer le dernier tir, lui. Alors qu'un Blanc, si. Même à niveau égal. C'est ça qu'ils pensent, et là je parle de coachs blancs ! Ça en devient un putain de... préjugé, si tu veux mon avis.

— Et tu *sais* ça, toi ? Comment tu le sais ?

— Tu me crois pas ? T'as qu'à te regarder ! Dans cette équipe, tu es le meilleur sur la ligne des trois-points. Zéro fucking doute ! Je parie que même André, il dirait pas le contraire. Si Roth faisait des concours de trois-points comme ils en ont en All-Star, tu le bousillerais, André. N'empêche que c'est lui qui joue en premier contre-attaquant, pas toi.

— Mais... parce que le coach pense qu'il est meilleur en défense.

— Ouais, il *pense* ! C'est juste ce que je dis ! Mais toi, tu *sais* que c'est de la couille en barre, et moi aussi. Tu es aussi rapide que lui, peut-être plus. Mais il *pense* le contraire, Roth, et il présume qu'André va être plus agressif, aussi, et moins intimidé s'il se retrouve devant un joueur noir qui en veut.

— Ah, je sais pas...

— Pourquoi tu crois qu'ils t'ont appelé “Micro-ondes” ?

— Je me rappelle même pas, a avoué Mike, à qui cette allusion à son surnom a pourtant inspiré un sourire.

— Tu crois que c'est un compliment, hein ? Oui, mais seulement à un certain point. Voilà, ils se disent que le coach peut te faire entrer juste au bon moment pour que tu alignes les trois-points et que tu changes le score. Instantané, comme un passage au micro-ondes. Mais pour le finish, ils te font pas confiance, et Roth non plus. Pour améliorer le score en trois-quarts, oui, mais pas pour les derniers tirs de la partie. Alors que tu es le meilleur tireur de l'équipe, peut-être même de tout le basket universitaire.

— Jojo ? Tu crois pas que tu...

— Et moi, c'est pareil ! D'accord, je suis dans la formation de départ, mais Roth me voit pas comme un *vrai* joueur. Treyshawn,

André, Dashorn, Curtis, eux, ce sont des vrais. Les Blacks. Il me l'a dit et répété : il veut pas que je tire. À part smasher de temps en temps, ou un tir au panneau, ou une claquette, si je tente autre chose, il a les boules, même si je marque ! Un tir en crochet à cinq mètres ? Veut pas en entendre parler ! Il vient me voir en touche et il m'engueule. Je suis là pour les pivots, les écrans, les blocages, les rebonds. Tout pour passer la balle aux Treyshawn, André, Curtis, aux *vrais* joueurs.

— Qu'est-ce que ça a de si spécial ? Tu penses être le seul, dans ce cas ? Et l'autre, là, Fox, à Michigan State ? Et Janisovich, à Duke ? Tu crois pas que ce sont des *vrais* ? Eh bien moi, si !

— Ils le sont, oui, mais leurs coachs les voient pas comme ça. Pourquoi ? Parce qu'ils sont pas noirs. Toi et moi, on est là que pour remplir un rôle. Sans en sortir. Et pourquoi ? Parce que Roth *pense* que tu peux pas marquer les derniers points, parce que t'es-pas-black !

— Tu devrais pas tant cogiter, Jojo.

— Pas besoin de cogiter. Il suffit d'ouvrir les yeux.

— Tu te fatigues le ciboulot. Je pige pas pourquoi tu te sens tellement mal aimé, fuck ! Je les ai bien entendus, tout à l'heure : "Go, go, Jojo !" C'est pas comme si personne n'avait remarqué que tu étais sur le terrain. »

Là, ce fut au tour de Jojo d'avoir un petit sourire satisfait. Il se sentait bien, d'un coup. Malgré lui. C'était vrai, ça : « Go, go, Jojo » ! Mike n'avait pas été capable de déguiser son plaisir en entendant le sobriquet de « Micro-ondes ». Et Jojo, malgré ses deux mètres dix et ses cent treize kilos, était tout aussi transparent.

Pressé de retrouver l'amour de sa vie, cet après-midi-là, Mike a rapidement quitté le Buster Bowl pendant que Jojo finissait de s'habiller. En enfilant son pantalon en coton, il a senti un poids inhabituel dans la poche droite. Bizarre, mais pas tant que cela, après quelques secondes de réflexion. Prévisible, même. Il devinait de quoi il s'agissait, sans pour autant savoir avec exactitude quel genre de quoi. Il ne fallait pas exagérer ses chances, mais d'un autre côté il avait été premier porteur en championnat national à la saison précédente, donc... Le suspense n'était pas sans rappeler l'attente d'un cadeau dont on rêve à Noël, et il ne voulait pas gâcher ce moment en regardant tout de suite. Il est donc entré dans sa penderie attraper son tee-shirt, aux manches assez courtes pour ne rien cacher de la densité de ses biceps. À l'intérieur, les parois de chêne n'avaient pas été lasurées incolore ; restées naturelles, elles dégageaient une riche odeur que Jojo a aspirée goulûment. Impatient comme un gosse, tout lui paraissait merveilleux, d'un coup. Même son placard.

Descendant de nouveau tout le couloir jusqu'à l'entrée des joueurs, il a réussi à refouler l'envie d'inspecter le contenu de sa poche, qui semblait désormais dégager une chaleur palpitante. Il a poussé la double porte battante et voilà, *il* était là, se découpant sur un décor d'érables et de marronniers, eux-mêmes mis brillamment en valeur par l'ultime toile de fond que composait le ciel azuréen, oh merde, cela semblait trop beau pour y croire mais c'était une réalité : là, arrêté en zone de stationnement interdit, un 4 × 4 surdimensionné, un Chrysler Annihilator blanc métallisé, resplendissant sous le soleil, un mastodonte adapté à sa taille de basketteur-vedette avec sa cabine quatre-portes et sa plate-forme arrière couverte d'un capot aussi étincelant et, merde de merde, des jantes chromées Sprewell ! Jojo n'avait jamais rien vu de si beau. Un monstre, oui, mais un monstre de luxe et d'élégance, 425 CV et toutes les options que les fabricants d'automobiles américains avaient pu concevoir. Sur le trottoir, à cinq mètres de distance, Jojo est resté un instant fasciné par ce fascinant condensé de puissance et de beauté avant de plonger lentement la main dans sa poche droite pour en retirer, oui, bien sûr, un trousseau de clés muni du petit boîtier noir de télécommande et d'un losange laqué du même blanc que la voiture, avec un numéro d'immatriculation sur l'une des faces.

Tacatacatac ! Une simple pression de son doigt, et les quatre portières du SUV se sont déverouillées. Un autre bouton et le capot du pick-up s'est ouvert en souplesse. Après l'avoir refermé, il est monté dans l'habitacle. Re-merde, le plafond était si haut qu'il avait à peine besoin de courber la tête ! Capitonnage en cuir fauve. Cette odeur ! Encore plus enivrante que celle du chêne de sa penderie ! À côté de lui, sur le siège passager, un petit carnet en cuir blanc qu'il n'a même pas eu besoin d'ouvrir pour savoir qu'il contenait la carte grise du véhicule et la police d'assurance au nom de David Johanssen, son père. Sans nul doute, le « Booster Club » – à Dupont, cette association de parents destinée à financer et à « pousser » les activités non strictement universitaires, notamment sportives, s'appelait « le Tour de table de Charlie » – avait pris les mêmes dispositions que pour le Dodge Durango qu'il avait encore conduit ce même jour : bien qu'établies au nom de son père, les traites du leasing étaient payées au moyen de « dessous-de-tour-de-table » dont Jojo ne voulait pas vraiment connaître les arcanes. Il aimait le Durango, incontestablement, c'était un excellent SUV, mais comparé à... ça, à cette bête éblouissante, immaculée, l'Annihilator, devant lequel même un Escalade ou un Navigator ne faisait pas le poids !

C'était un rêve. Il se sentait comme dans une tour de contrôle dominant le monde entier, devant un tableau de bord qui, dans son imagination, ressemblait aux commandes d'un chasseur F18. Le moteur s'est allumé dans un grondement admirablement maîtrisé par les silencieux. Comme une explosion nucléaire souterraine, a-t-il pensé. La puissance absolue. Juste sous le pare-brise, une carte plastifiée portait un cercle jaune sur fond mauve, avec les lettres AD au milieu, pour Athletic Department, la section sportive de l'université. La formule magique : AD, avec un minuscule numéro d'identification dans un coin, en bas, était le passe de parking le plus convoité du campus, celui qui permettait de se garer pratiquement n'importe où, n'importe quand.

Les basketteurs se déplaçaient rarement à pied, dans l'enceinte universitaire. Comme Jojo, ils préféraient généralement ces énormes véhicules qui, dans leur subconscient, reproduisaient la sensation de hauteur et de supériorité musculaire à laquelle ils étaient habitués. Choix délibéré ou non, c'était encore une autre façon de se retrancher des étudiants ordinaires et, plus généralement, du commun des mortels.

Parfois, néanmoins, ils ressentaient le besoin de donner à ces manants un bon aperçu de leur étonnante densité physique, et c'était dans cet état d'esprit que Jojo se trouvait en cette délicieuse, euphorisante fin d'après-midi estival. En conséquence, il a paradé un moment avec son béhémoth à trente-deux valves le long des allées du campus, histoire de faire des envieux, mais fuck, c'était presque désert ! Et personne ne lui a paru suffisamment impressionné par l'apparition brillant de mille feux, ni même par les jantes Sprewell qui avaient pourtant de quoi troubler la vue. Il n'a même pas croisé l'un des SUV de ses coéquipiers, sans doute parce qu'ils étaient retournés à pied au parking pour reprendre leur véhicule. Ce qui lui a fait penser qu'il allait devoir lui aussi récupérer le Durango pour le ramener au concessionnaire Chrysler-Dodge.

La sensation de plénitude que lui procurait l'Annihilator s'est maintenue tandis qu'il descendait la Voie Gillette afin de rejoindre ses quartiers à Crowninshield. Saisi par une irrésistible impulsion, il s'est soudain arrêté sur le bas-côté, près de l'entrée d'une allée qui coupait le Grand Parc en diagonale. Après avoir mis pied à terre et s'être ostensiblement étiré, il est allé faire quelques pas au milieu de la verdure. Il s'était dit qu'il avait besoin d'air frais et de soleil mais la vérité était que, dans sa jubilation, il avait envie d'être vu. « Go, go, Jojo ! » Malheureusement, il n'y avait pas d'étudiantes aux alentours, rien que des vieux, touristes ou autres, qui traînaient par là en contemplant les façades gothiques. Il allait bien se présenter quelque chose, cependant. Quelque chose allait *arriver*, c'était forcé ! Lui, l'une des cinq célébrités principales de Dupont, en plein cœur géostratégique du campus... Personne, pas même le doyen de l'université, n'était plus reconnaissable ou reconnu que les « cinq de départ » de l'équipe de basket, championne nationale. Évidemment, il lui fallait encore accomplir le pas ultime, celui qui le conduirait au sein de la Ligue, mais Dupont était assez cool, pour l'instant. Surtout quand on pouvait annoncer que l'on jouait pour le « légendaire Buster Roth ». La très géniale ironie de tout cela, c'était que Jojo avait fini par décrocher une université plus prestigieuse que celle de son frère Eric. Même si l'impensable se produisait, donc, même s'il n'arrivait pas à entrer chez les pros, il aurait toujours un diplôme de Dupont qui lui ouvrirait pas mal de portes... À condition de garder la moyenne en contrôle continu et de *réellement* décrocher le diplôme susmentionné, d'accord, mais c'était à cela que servaient les profs, non ?

Une nouvelle vague de doutes l'a atteint. Et si quelque chose arrivait, pour de bon ? Au lycée, ses profs lui répétaient qu'il avait un intellect tout à fait satisfaisant mais qu'il devait s'en servir, le mettre au travail, ou bien il finirait par le regretter, un jour. Il prenait ces avertissements pour une forme de compliment détourné. Il n'avait pas besoin de tous ces trucs, puisqu'il était à part... Star de basket. C'était au bahut de se débrouiller pour qu'il obtienne les notes suffisantes, et il n'y manquait pas. Tel ou tel cours pouvait l'intéresser pour de bon, parfois, et il réussissait plutôt bien, mais toujours en prenant soin de ne pas trop s'impliquer. Un jour, il avait rendu un devoir d'histoire que son professeur avait trouvé tellement bon qu'il l'avait lu à haute voix, pour le bénéfice de tous les élèves, et il se rappelait encore combien ce moment l'avait emballé, certes, mais aussi horriblement gêné. Personne n'en avait rien su en dehors de sa classe, heureusement.

Eric, avec tous ses bulletins époustouflants, avait entre-temps été accepté par Northwestern University, parmi le must du must, puis il avait fait l'École de droit de Chicago et... la grande affaire ! En quatre années, ses deux dernières au lycée et les deux qu'il venait de passer à Dupont, Jojo avait complètement éclipsé Sa Majesté le Brillant Aîné. Pour résumer la situation, le nom d'Eric Johanssen ne disait rien à personne, ou presque, alors qu'ils étaient des milliers, des centaines de milliers, à savoir qui était Jojo Johanssen !

Mais, mais, et si ce qui allait arriver se résumait à ce qu'aucun club de la NBA, personne au sein du basket professionnel ne cherche à le recruter ? Le risque posé par Vernon Congers n'était pas tant qu'il prenne la place de Jojo dans l'équipe ; le danger, c'était que Roth le fasse entrer sur le terrain toujours plus, au point de rogner les minutes de jeu accumulées par Jojo, jusqu'à ce qu'il s'estompe dans les statistiques et partout ailleurs. Dans ce cas, il pouvait l'oublier, la Ligue ! Du jour au lendemain, il connaîtrait le pitoyable sort de l'ancienne vedette universitaire détentrice d'un bout de papier frappé du sceau de Dupont, et rien d'autre. Un zombie. À la limite, il décrocherait un poste de conseiller technique à Trenton, pendant qu'Eric s'éclaterait dans sa carrière d'avocat et que... Merde ! La chiasse, c'était qu'il était vraiment bon, ce con ! Il avait la taille, la force, l'équilibre, la rapidité et cette volonté d'être le meilleur au jeu, cette... *détermination*, comme disait son père. Ces constats l'ont frappé direct au ventre : pas de doute, ce qu'il ressentait maintenant était de la peur.

Il fallait arrêter de penser à ça. Il a regardé le parc autour de lui. La belle lumière d'une fin d'après-midi d'été mettait en valeur la pierre grise des bâtiments, qui n'en paraissaient que plus grandioses dans ces nuances de jaune, d'ocre et de violet. La tour de la bibliothèque, telle une cathédrale... Il n'y était pas souvent entré, d'accord, sauf avec un enseignant. Et puis si, il s'y était rendu deux fois après minuit, afin d'approcher une fille qui, avait-il découvert, aimait travailler tard là-bas.

Un type marchait vers lui. Sa tête lui disait quelque chose mais qui c'était, bon sang ? La quarantaine, en polo, short en toile aux genoux, chaussures de sport... Hideuse, la démarche, quant à cette musculature pratiquement inexistante, cette petite bedaine qui saillait au-dessus de la ceinture, ces jambes maigrelettes... Jojo avait conscience d'être un snob de l'apparence physique, mais il n'y pouvait rien. Comment pouvait-on oser se laisser aller à ce point ? Le type portait un attaché-case de nazebroque, aussi. Arrivé plus près, il s'est mis à sourire, Jojo a fait de même, en se demandant encore qui était ce bonhomme, et juste au moment où ils se croisaient l'autre lui a lancé : « Bonjour, Mr Johanssen », auquel il a répondu par un « Hé, ça va ? » très peu convaincu, et chacun a continué son chemin. « Mr Johanssen. » Un fan n'aurait jamais dit ça. Trop tard, il s'est enfin rappelé que le type avait été son prof de sociologie au début de l'année précédente. Comme beaucoup de ses semblables, Jojo suivait la filière de sociologie parce qu'elle était pratique pour les sportifs, c'était connu. Mais son nom, déjà ? Pearlstein, voilà. Mr Pearlstein. Un brave gars, ce Pearlstein. Il avait fermé les yeux sur un devoir dont il savait pertinemment que Jojo n'avait pu le rédiger lui-même... Encore des doutes : n'y avait-il pas eu une note d'ironie dans ce salut ? « Bonjour, Mr Johanssen, le géant à la petite cervelle ? »

Il a continué à marcher en roulant discrètement des épaules, dont son tee-shirt révélait la puissance, espérant être enfin remarqué. Sauf que... pas un rat dans les allées ! Peut-être qu'on le matait aux fenêtres, s'est-il dit, et il a scruté les façades des yeux, mais rien, personne ! Et puis si : par une croisée ouverte au rez-de-chaussée de l'immeuble Payson, il a aperçu quelque chose sur un mur qui l'a fait se rapprocher. Oui ! C'était bien ça ! Un immense poster avec Jojo Johanssen en pleine action, bottant le cul à toute une bande de joueurs noirs. Il a risqué encore quelques pas, ne voulant pas non plus être surpris en train d'espionner la chambre d'un étudiant ou d'une étudiante... Ce qui était sûr, c'était qu'il ou elle lui vouait un véritable culte, pour avoir une photo pareille ! Après un instant, il s'est forcé à s'éloigner, envahi par une euphorie indescriptible mais aussi fiable, aussi *physique* que n'importe lequel de ses cinq sens.

Un nouveau coup d'œil aux allées. Personne. Privé de public, Jojo s'est soudain rendu compte à quel point il était fatigué. Cet entraînement interminable avait été une épreuve, décidément. Il a pensé au vaste écran de télé et aux moelleux fauteuils en train de l'attendre dans l'appartement qu'il partageait avec Mike. Brusquement, ça lui est apparu comme la plus belle perspective au monde, un besoin vital, aussi : se laisser tomber sur l'un de ces sièges accueillants, allumer le poste et se vider la tête de tous ces machins qu'il ruminait depuis trop longtemps...

Revenu sur la Voie Gillette, il a repris son véhicule pour gagner le bâtiment Crowninshield. Le règlement de la NCAA ayant banni les résidences universitaires séparées pour les sportifs, ces derniers habitaient avec le reste des étudiants, mais tous les basketteurs avaient été regroupés au bout d'un grand couloir, au quatrième étage. Pour eux, on avait abattu des cloisons, afin qu'ils aient chacun une chambre à coucher de belle dimension, avec lit géant et salle de bains privée, en plus d'un grand séjour. Évidemment, il avait fallu prendre sur l'espace consenti au commun des étudiants, dont les chambres dépassaient rarement la taille d'un placard à balais. De plus, seuls les appartements des basketteurs bénéficiaient d'une climatisation intégrée, et c'était un luxe auquel Jojo aspirait pendant qu'il descendait le couloir en direction de son nid. Il a ouvert la porte, imaginant déjà le baume du ronron télévisé sur son cerveau épuisé...

Au milieu d'un fouillis de jeans, de tee-shirts, de sous-vêtements et de chaussures, deux jeunes corps blancs et nus étaient étendus sur la moquette du séjour, juste au pied de la télé. Bras et jambes entortillés, couchés sur le côté, ils s'adonnaient à la forme originelle de « fuck ». Énergiquement. « Aaah, aaah, aaah », ahanait inlassablement la fille. Comme ils avaient les pieds vers l'entrée, la vue qu'en avait Jojo consistait pour l'essentiel en une houle de fesses et de cuisses charnues, ainsi qu'un fouillis de cheveux blonds qui masquait entièrement le visage de Mike. Par simple curiosité statistique, Jojo s'est demandé si la fille avait le pubis rasé. Il avait constaté que cette mode s'était rapidement répandue depuis le printemps dernier, même si la nana qu'il avait commencé à emballer deux jours plus tôt lui avait confié que, pour sa part, elle avait un « maillot brésilien ». Le point intéressant, c'était la manière dont le truc se propageait. En tant que vedette sportive, il était facile de se tenir au courant des tendances de l'esthétique pubienne, mais comment les filles pouvaient-elles rester à la page, elles ? Était-ce une question dont elles parlaient entre elles, ou quoi ?

« C'est toi, Jojo ? a demandé Mike sans vraiment relever la tête.

— Ouais.

— Ah bon. J'ai eu peur que ce soit la femme de ménage, a-t-il annoncé sans même modifier son rythme. Dis bonjour à Jojo, toi. »

Mais la fille, qui à l'évidence préférait rester lovée dans la tonalité de l'égarement passionnel, a gardé son visage contre celui de Mike et poursuivi ses « Aaah, aaah ».

« Jojo, dis bonjour à... C'est comment, ton nom ?

— Aaah Aaah Ashley Aaah Aaah.

— Dis bonjour à Ashley, Jojo.

— J'ai besoin de la télécommande. S'cusez. »

Il a enjambé le couple, en prenant garde à ne pas leur marcher dessus. La fille n'a pas ouvert les yeux, mais Mike lui a jeté un regard agacé.

Fuck, a pensé Jojo, car il en était arrivé à penser en patois fuck, aussi. Récupérant la télécommande sur la table basse, il a répété « S'cusez », fait trois pas de côté et commencé à se laisser choir dans l'un des fauteuils. Son derrière à deux millimètres du coussin, il s'est immobilisé, pourtant. C'était trop, fuck ! Mike et cette nana, comment, Ashley, qui continuaient à faire la bête à deux dos devant le poste de télévision... Et c'était *lui* qui avait l'air de déranger, en plus ! Mike avait la tête sur les épaules, en général, mais des fois... Qu'est-ce que ce bout de cul avait de si spécial pour l'avoir empêché de faire trois mètres de plus, jusqu'à sa chambre ? N'importe quel basketteur de l'équipe Dupont pouvait choisir n'importe quelle étudiante et l'avoir dans son lit dix minutes après, ou à peu près, alors pourquoi tout ce cinéma ? Une fois, il y en avait eu quatre, quatre à la fois, toutes rasées... Si ce souvenir l'excitait quelque peu, sa mauvaise humeur était plus forte que l'appel de sa libido. Mike manquait sacrément de tact, de temps à autre. Parce que bon, cela avait été une rude journée, pour Jojo, et il s'était réjoui à l'idée de se détendre un peu devant la téloche, mais comment y parvenir avec *ça* sur la moquette ?

Avec un soupir récriminatoire, il a lancé la télécommande sur le fauteuil, puis il est allé dans la chambre en refermant la porte derrière lui. Il les voyait encore, dans son imagination, ce qui a réveillé un instant la brûlure bien connue dans ses reins. Il l'a repoussée en se concentrant sur son ressentiment.

3

Quand la sirène a rougi

Papa au volant, Maman serrée contre la portière côté passager, et Charlotte au milieu d'eux, le pick-up venait de s'engager dans l'accès le plus solennel à Dupont University : la Voie Astor, une avenue flanquée de sycomores dont les frondaisons formaient un beau tunnel de verdure illuminé par les millions d'éclats de soleil qui perçaient entre les feuilles, un double alignement d'arbres tellement parfait qu'il a rappelé à Charlotte les colonnades de Washington quand elle l'avait visité avec Miss Pennington.

« Mince alors ! s'est exclamée sa mère. De ma vie, je n'ai jamais vu une... » Au lieu de terminer sa phrase, elle a symbolisé de ses deux mains l'arche végétale en adressant à Charlotte un sourire émerveillé. Il était presque deux heures de l'après-midi et, depuis le moment où ils avaient quitté Sparta avant l'aube, Maman avait été instruite de ne pas ménager son admiration devant la fameuse université.

Papa est entré dans un parking ombragé qu'un panneau désignait comme « la Petite Cour », plongeant leur vieux pick-up dans un fourmillement de voitures, de breaks, de SUV et d'au moins une camionnette de location Ryder, peinte en jaune criard. Tous ces véhicules dégorgeaient des étudiants de première année, des parents, des sacs de camping, des valises à roulettes, des lampes, des chaises, des postes de télévision, des stéréos, et des cartons, encore des cartons, toujours plus de cartons, de toutes les tailles possibles et imaginables. Charlotte n'en revenait pas : qu'est-ce qu'ils pouvaient bien emmener ici, tous ? Et qu'est-ce qui allait lui manquer, à elle ? Mais ce n'était qu'une vague inquiétude.

Des jeunes en short et tee-shirt mauve avec « Dupont » en lettres jaunes sur la poitrine aidaient les arrivants à décharger et empilaient d'énormes tas sur les chariots qu'ils poussaient vers le bâtiment. Charlotte allait habiter la « Résidence Edgerton », dénomination autrement plus classieuse que celle de « cité-U » en cours dans les campus publics. Il ne s'agissait pas de « dortoirs », non plus, mais de ce qui, pour mille six cents pensionnaires de première année, serait leur maison sur la Petite Cour. C'était la plus ancienne résidence de Dupont, qui, un siècle plus tôt, avait abrité l'ensemble des étudiants de l'établissement.

L'agitation sur le parking était si considérable, et le feuillage des arbres si dense, qu'elle a d'abord à peine vu l'immeuble. Il était gigantesque, pourtant, et ses gros moellons de pierre le faisaient ressembler à une forteresse. Les préoccupations de Charlotte ne concernaient cependant pas la solidité de ses murs, mais des questions nettement plus intangibles, qui l'avaient tourmentée durant les dix heures de route depuis Sparta : qui allait être sa camarade de chambre, et qu'est-ce que l'inquiétant terme de « pension mixte » recouvrait, exactement ?

Tout au long du printemps et de l'été, Dupont n'avait été pour elle qu'une merveilleuse abstraction, la récompense de toute sa courte vie, le plus beau trophée dont pouvait rêver une fille des montagnes, bref un château en Espagne. Mais elle l'avait à présent devant le nez, et c'est là qu'elle allait passer les neuf mois à venir. Que lui réservait l'avenir ? De sa camarade de chambre, elle ne connaissait que le nom, Beverly Amory, et le fait qu'elle venait d'une petite ville du Massachusetts, Sherborn, 1 440 habitants. Donc une provinciale comme elle, au moins ; ça leur ferait déjà un point commun. Pour le reste, l'inconnu s'ouvrait devant elle, et la vérité est qu'elle n'en menait pas large.

Ils étaient descendus du pick-up et Papa s'apprêtait à ouvrir le hayon arrière lorsque l'un des garçons s'est approché, poussant un diable. « Bienvenue ! Vous emménagez ?

— Oui, a répondu le père de Charlotte d'un ton peu engageant.

— Je peux vous donner un coup de main ? »

Il souriait, ce qui n'était pas le cas de Papa.

« Non, merci.

— C'est sûr ?

— Ouais.

— Entendu. Si vous changez d'avis, dites-nous ! » Et il s'est dirigé vers un autre véhicule.

« Il aurait voulu un pourboire », a lancé son père, et Maman a hoché la tête d'un air entendu devant l'étendue de sa connaissance des stratagèmes du monde tel qu'il existait de l'autre côté des Montagnes Bleues.

« Je ne crois pas, non, a objecté Charlotte. Ce sont des étudiants comme moi.

— Même ! a insisté son père. Dès qu'on va être là-bas d'dans, tu vas les voir attendre que les ceusses mettent la main à la poche ! En plus, avec le peu que tu as emmené, on aura fini en un rien d'temps. »

En effet, il n'y avait à l'arrière qu'un grand sac en toile, deux valises et une caisse de livres. Papa avait pris la peine de fixer le toit en fibre sur la plate-forme pas tant pour protéger les affaires de Charlotte, car le bulletin météo de la télé avait promis du beau temps sur toute la côte est, mais pour le cas où Maman et lui décideraient de rester passer la nuit. Ils avaient leurs sacs de couchage roulés dans un coin, ainsi qu'une pleine glacière de sandwichs et d'eau.

Fidèle à sa parole, Papa s'est chargé des affaires les plus lourdes ; juchant le sac sur son épaule, il a réussi à prendre le gros carton de livres sous l'autre bras, allez savoir comment. Mais c'est qu'il était fort comme un bœuf, aussi, après toute une vie de dur labeur. La brochure de Dupont recommandant aux parents de venir habillés « comme pour un déménagement », il avait revêtu une chemise écossaise à manches courtes et le pantalon en grosse toile grise qu'il portait quand il allait à la chasse. Charlotte, qui avait aussitôt inspecté des yeux le parking, a noté que la majeure partie des pères étaient vêtus dans le même style, mais avec une touche très différente. Elle a en revanche été soulagée de constater que la plupart des filles n'étaient pas sur leur trente et un, ce à quoi elle s'était plus ou moins attendue, mais en short, comme elle. Le sien était en jean, et elle le portait avec un chemisier sans manches rentré à la taille, ensemble destiné à mettre en valeur ses longues jambes musclées, mais aussi sa taille de guêpe. Elle a tout de suite remarqué que l'immense majorité des filles portait des tongs ou des baskets, catégorie dans laquelle ses Keds blancs pouvaient passer. Quant à sa mère, eh bien... Elle n'était pas du tout comme les autres, avec son tee-shirt, sa robe-chasuble en jean qui lui arrivait sous le genou et ses chaussettes de sport montantes qui semblaient vouloir rejoindre l'ourlet. Jamais Charlotte n'avait eu la force de nourrir même un seul doute à propos du goût vestimentaire de sa mère. Il était aussi incontestable que son autorité : Maman était Maman, il n'y avait rien de plus à dire.

Elle portait la valise la plus lourde, Charlotte la seconde, mais tout cela était dérisoire, comparé à la prouesse de Papa. Les gens le regardaient ouvertement, se demandant sans doute comment un seul homme pouvait déplacer un poids pareil, ce qui a inspiré de la fierté à sa fille. Une certaine fierté, disons. Mais c'est à ce moment qu'elle a remarqué que tous les muscles de son avant-bras passé autour de la caisse saillaient, ce qui faisait paraître le tatouage encore plus gros, l'épiderme injecté de sang par l'effort, de sorte que la sirène avait l'air... de rougir. Et si c'était cela que les gens regardaient, en réalité ? Malgré elle, Charlotte a été envahie par la honte, d'autant qu'elle nourrissait plus qu'un doute à l'égard du bon goût paternel, à commencer par son tatouage.

Au milieu d'une énergique caravane de chariots et de diables, ils ont passé la grande entrée en arche, descendu un couloir dont le plafond planait à cinq mètres de haut, et se sont retrouvés dans une cour. C'était la Petite Cour proprement dite, un espace de la taille d'un terrain de football où la pelouse émeraude, parsemée de vieux arbres, était bordée de haies et de parterres de pavots dont le vif orange explosait au milieu de sarriettes d'un bleu délicat, et quadrillée par un réseau d'allées pavées qui semblaient là depuis des siècles. Tout autour, les bâtiments s'alignaient, visiblement édifiés à des périodes successives et dans des styles légèrement différents. On avait l'impression de se retrouver dans un château fort dont la place d'armes se serait magiquement transformée en un paradis floral. Les façades renvoyaient les gémissements, les grincements et les cliquetis des chariots peinant sous leur charge. Comme ils se dépensaient, ces garçons en mauve, pour charrier les affaires des nouveaux venus dans l'ascenseur ! Mais Papa, les ignorant superbement, a continué son chemin. Il était en nage, maintenant, et la sirène piquait un fard tout aussi colossal que son fardeau.

Charlotte a surpris deux jeunes porteurs qui observaient le tatouage à la dérobée. « Intéressante, cette encre », a glissé l'un, tandis que l'autre réprimait un ricanement. Elle aurait voulu disparaître sous terre.

Sa chambre, la 516, était au quatrième des cinq étages de la résidence. En sortant de l'ascenseur, elle s'est retrouvée dans un corridor plutôt lugubre, parcouru en tous sens par des parents qui surgissaient et disparaissaient derrière les portes, pointaient le doigt dans telle ou telle direction, jacassaient à en perdre haleine, au milieu d'une confusion de cartons vides qui s'accumulaient de plus en plus rapidement le long des murs. Dans ce désordre apocalyptique, que les porteurs bénévoles fendaient avec leurs chariots comme s'ils conduisaient des brise-glace, garçons et filles observaient un silence flegmatique, plus ou moins secrètement horrifiés que leurs géniteurs tiennent tellement à se donner en spectacle devant leurs futurs camarades de classe.

Sur le palier proche de l'ascenseur, une gigantesque poubelle couleur escalope de veau débordait de lambeaux de carton, de papiers d'emballage déchirés, de copeaux de polyester, de plaques de mousse et autres détritus. Partout où le regard se portait, le sol était jonché de moutons et de moutons de poussière, plus que Charlotte n'en avait jamais vu dans toute sa vie. En les suivant, ses yeux sont tombés sur les pieds nus de deux garçons, l'un en polo et serviette nouée à la taille, le deuxième en chemise dont les rabats flottaient sur un caleçon en coton. À en juger par les serviettes – le second avait jeté la sienne sur une épaule – et par la trousse de toilette que chacun avait à la main, ils se rendaient à la salle de bains hommes. D'accord, mais... en caleçon ? Charlotte était profondément choquée. Elle a jeté un coup d'œil inquiet à sa mère, qui ne les avait pas vus, heureusement, car elle aurait été plus que choquée, elle : connaissant Maman, elle aurait attiré la foudre divine sur la tête de l'un des deux, au moins. Charlotte s'est hâtée d'entrer dans la chambre 516, qui par chance se trouvait juste en face d'eux.

Après la majesté générale du campus, la pièce paraissait terriblement dépouillée, et aussi délabrée que le couloir. Deux fenêtres à doubles battants, très hautes, donnaient sur la cour : la vue était assez grandiose, et la lumière entrait à flots – voilà à quoi se résumaient les points positifs de l'endroit. Pour le reste, des stores jaunis, une paire de lits en fer flanquée de matelas en bout de course, deux commodes minables, deux petites tables indignes du nom de bureau, deux chaises en bois, des murs peints dans un ocre plus que défraîchi, au plafond une corniche qui avait dû être belle, en d'autres temps, un parquet rendu grisâtre par l'usure, et des moutons, des moutons, une invasion de moutons.

Ouvrant le sac de camping, Papa a laissé entendre que le moment était venu pour elles d'en sortir les draps et de faire le lit ; mais Charlotte trouvait plus convenable de patienter jusqu'à ce que sa camarade de chambre soit là, afin qu'elles décident ensemble quel coin de la pièce reviendrait à chacune. L'ayant approuvée, sa mère est allée à la fenêtre, de laquelle, a-t-elle annoncé, on apercevait la tour de la bibliothèque et deux grandes cheminées. Papa a estimé que celles-ci étaient la preuve que l'université, formidable comme elle l'était, devait avoir sa propre centrale électrique. Ensuite, ils ont commencé à attendre.

Ils entendaient les chariots grincer dans le couloir, les garçons en mauve ahaner derrière et, parfois, étouffer des jurons devant l'amas de cartons vides qu'ils devaient traverser. Les piaillements aigus de deux anciennes copines qui venaient de se retrouver par hasard ont retenti un instant, ce qui a serré le cœur de Charlotte : ainsi, il y avait des premières-années qui pouvaient déjà compter sur des amies, ici... Puis un échange entre deux garçons du côté de l'ascenseur : « Pigé ! Qui c'est, ton père ? » « Oh, mec, c'est quoi, ça ? Complètement troudeballesque, la question ! » Et une voix de femme, maniérée à l'extrême : « Voudrais-tu nous épargner tes expressions... imagées, Aaron ? » À la nervosité de leur ton, Charlotte a deviné que ses deux congénères essayaient de se prouver mutuellement à quel point ils étaient virils et cool juste par peur que les autres mâles de la résidence n'estiment le contraire.

De temps en temps, elle entendait aussi une fille pas loin de la porte qui semblait parler toute seule : « Edgerton. On vient d'arriver. Pouaaaaaaah, y a des ordures partout, et la poubelle du palier... Elles sont toutes pareilles, ici ? C'est plutôt dégueulasse, à mon avis... » La voix s'est encore rapprochée : « Oui, mmmmm, on l'a fait... Il est mignon... Ken, je crois, à moins que ce soit Kim ? Un type qui s'appellerait Kim, ça existe ? Bon, je peux quand même aller le trouver et lui dire : "C'est quoi, ton nom ?"... Non, je pense pas, non... » Elle était juste sur le seuil, maintenant. « Quoi ? Comment ça, de la chair fraîche ? »

Une fille est apparue dans le champ de vision de Charlotte, un téléphone portable collé contre l'oreille, un sac de plage à l'épaule. Grande, au point que Charlotte s'est dit qu'elle pouvait être mannequin. De longs cheveux bruns raides, avec quelques mèches blondes. D'immenses yeux bleus dans un visage bronzé à point, mais... trop allongé, beaucoup trop, ce qui lui donnait un air presque chevalin. Un cou d'une minceur excessive, sorti de ce qui avait l'air d'un tee-shirt tout bête, mais dans un coton d'une finesse renversante, comme du fil d'Écosse. Puis un short kaki, des jambes interminables, effilées... Peut-être trop, car ses genoux en paraissaient plus gros, du coup. Et d'ailleurs ses coudes étaient trop volumineux, ausssi, en comparaison de ses bras d'une maigreur choquante. Les yeux fixés sur un point improbable devant elle, sans même regarder à l'intérieur de la pièce, elle a eu une grimace comique avant de poursuivre la conversation sur son portable : « Pouaaaah, qu'est-ce que tu dis, Amanda ? "De la chair fraîche" ? »

Découvrant soudain Charlotte et ses parents, elle a ouvert de grands yeux, leur a lancé un sourire et un petit geste de la main sans décoller le cellulaire de son oreille, puis ses paupières se sont baissées comme un rideau qui tombe, et elle a repris : « Amanda ? Amanda ? Amanda ! Attends, désolée, mais il faut que j'arrête. Je suis devant ma chambre, là... Mmmm, oui, exactement ! Rappelle-moi plus tard. Ciao. » En une seconde, elle a éteint le portable, l'a glissé dans son sac et a convoqué un sourire resplendissant sur ses lèvres : « Bonjour ! Pardon, vraiment ! Oh, je *hais* ces téléphones ! Moi, c'est Beverly. Charlotte ? »

Cette dernière lui a rendu son salut en essayant de prendre une mine avenante, mais elle était déjà intimidée. Cette fille était tellement sûre d'elle, volontaire... Elle paraissait avoir pris instantanément le contrôle de la pièce. Et de toute évidence elle avait des amis à Dupont, elle... Après ces présentations, Charlotte a annoncé d'un ton hésitant : « Euh, voilà mes parents... » Fixant Papa droit dans les yeux, la fille lui a aussitôt tendu la main. « Bonjour, Mr Simmons ! » Il a ouvert la bouche mais rien n'en est sorti. Il s'est contenté d'un signe de tête plein de déférence avant de lui serrer la main sans énergie, quoique en l'enveloppant complètement dans sa grosse paluche, a constaté Charlotte, de plus en plus mal à l'aise. « Seigneur, la sirène ! » a-t-elle pensé, croyant remarquer que la nouvelle venue avait jeté un coup d'œil étonné à l'avant-bras paternel. Mais Beverly se tournait déjà vers Maman. « Bonjour, Mrs Simmons ! » Pas du tout intimidée, sa mère a échangé une franche poignée de main tout en chantonnant : « Eh bien, eh bien, voilà Beverly ! Ravie de vous connaître, vraiment ! Nous étions impatients, tous ! »

« C'est bien la cinq-seize, non ? » Une voix de femme. Ils ont tous pivoté en direction de la porte, que venait de franchir une blonde oxygénée et permanentée, suivie par un homme de haute taille et presque chauve, tous deux dans la cinquantaine. La femme portait une robe à bretelles toute simple, qui lui arrivait au-dessus du genou. Son cavalier était en polo, dont le col ouvert révélait un début de bajoues, pantalon en coton et mocassins en cuir ou simili, sans chaussettes. Derrière eux, un des jeunes en tee-shirt mauve – plutôt mignon – poussait prudemment un chariot qui devait supporter une bonne tonne de déménagement, empilée sur près de deux mètres de haut.

« Hé, M'man, s'est écriée la fille, viens faire la connaissance des Simmons ! Papa ? » Arborant un grand sourire amical, l'homme s'est avancé pour tendre la main au père de Charlotte, laquelle était prête à jurer qu'il avait brièvement observé la sirène, lui aussi. « Hey ! Comment allez-vous ? Jeff Amory !

— Billy », a répondu Papa.

Rien de plus. Billy. La honte. Charlotte a examiné du coin de l'œil la tenue des parents de Beverly, dont le père avait gardé une seconde le regard sur le pantalon gris de Papa. Pour une fille débarquée de la planète Mars, ou de Sparta, ces nuances vestimentaires étaient décidément trop subtiles. Qu'est-ce qui les rendait si différents, alors ? Mr Amory saluait Maman, à cet instant : « Comment allez-vous ? Jeff Amory ! » Puis il s'est tourné vers Charlotte et, bras tendus, tête rejetée en arrière comme dans des retrouvailles d'anciens amis, il s'est exclamé : « Et toi, tu dois être Charlotte ! » Interdite, ne sachant quoi répondre, elle s'est sentie très puérile après avoir marmonné :

« Oui, m'sieur.

— C'est une rude journée, a observé Mr Amory. Tu te sens prête pour... tout ça ? – D'un geste vers la fenêtre, il a semblé vouloir embrasser tout le campus.

— Je pense... J'espère. »

Pourquoi restait-elle bloquée sur cette politesse d'enfant sage ?

« Lorsque je suis entré en première année ici, moi-même, je...

— Au Moyen Âge, a interrompu Beverly.

— Merci, très chère ! Tu vois quelle camarade de chambre respectueuse tu as, Charlotte ? – Il a lancé un sourire caustique à sa fille, puis s'est retourné, tout en sympathie, vers Charlotte. – Bref, d'après ce dont je me souviens, dans le brouillard de mon début d'Alzheimer, cet endroit m'a paru immense, au début, et puis on s'y habitue. Très vite. »

Pendant ce temps, la mère de Beverly se présentait à Papa : « Valerie Amory, comment allez-vous ? Ravie de faire votre connaissance. Quand êtes-vous arrivés ? »

Sans lui laisser le temps de répondre, Mr Amory s'est exclamé : « Miséricorde ! Voyons un peu où nous allons caser tout ça, d'accord ? » Il s'adressait au jeune d'allure sportive, grand, mince, cheveux bruns éclaircis par le soleil d'été – Charlotte a tout noté, d'un seul coup d'œil –, qui attendait derrière son chariot. Mrs Amory, qui avait pris la main de Maman dans les siennes, roucoulait d'un ton suggérant une complicité aussi soudaine qu'inexplicable : « Mrs Simmooons... Valerie Amory. C'est un grand, grand plaisir.

— Ah, merci, Valerie ! On est tous fort contents de vous rencontrer. Appelez-moi Lizbeth, hein ? Presque tout le monde fait ça. »

Était-ce sa nervosité, ou Charlotte avait-elle vraiment surpris un regard intrigué de Beverly sur son short taille haute ? « Ma chérie, tu es sûre de ne rien avoir oublié, n'est-ce pas ? a lancé Mr Amory en contemplant avec une insistance comique la pyramide de caisses sur le chariot, avant de faire le tour de la pièce. Et où crois-tu que tu vas mettre tout ça ? »

Aux illustrations et notices sur les cartons, Charlotte voyait qu'il y avait là un mini-frigo, un micro-ondes, un ordinateur portable, un télécopieur, un appareil photo digital, une brosse à dents électrique, un téléviseur... Mrs Amory avait pris sa main, à son tour. « Charloooотte. – Elle a approché son visage de celui de la jeune fille. – Nous étions tellement impatients de vous rencontrer ! Je me rappelle ce que ce jour a été pour moi, aussi. Ce n'était pas ici, mais à Wellesley, et je ne vais certainement pas vous dire en quelle année ! Mais d'ici quatre ans, pfff ! – elle a claqué des doigts –, vous allez vous demander ce que...

— Papa ! a protesté Beverly, la coupant. Il faut toujours que tu fasses un monde de tout ! Il n'y a qu'à poser ça n'importe où. Je m'en occuperai.

— Ah, ah, ah, très drôle ! est intervenue sa mère en lui faisant face puis, se tournant vers Maman : J'espère que Charlotte est mieux organisée que notre...

— Et merde ! »

Quelque chose était tombé par terre et Beverly, se redressant après s'être penchée pour ramasser son téléphone portable, a été surprise par le brusque silence que son juron avait provoqué. Charlotte a remarqué que Mrs Amory observait d'un air inquiet sa mère, qui s'était muée en statue de pierre. Si cela s'était passé sous son toit, Maman aurait exprimé sa plus vive réprobation à n'importe qui employant ce genre de vocabulaire, n'importe qui. Avec un rire forcé, Mrs Amory a secoué la tête : « Beverly ! Est-ce que je viens de t'entendre dire "Et zut" ? »

L'espace d'une seconde, sa fille a paru complètement perdue, mais elle a enfin compris ce qui venait de se passer, levé les yeux au ciel en plaquant ses doigts sur sa bouche dans un geste de contrition théâtral et lâché « Oups, pardon ! » avec une palpable ironie.

Puis, l'incident aussitôt oublié, elle s'est tournée vers le séduisant garçon en tee-shirt mauve qui se préparait à décharger le chariot : « Où tu voudras, Ken, a-t-elle soufflé avec un sourire de coquette. Ah, je suis terrible, pour les noms ! C'est bien Ken, hein ?

— "Où tu voudras" ! a persiflé Mrs Amory. Ce n'est pas un loft que tu as !

— Kim, a corrigé le jeune homme.

— Aaarrgh ! C'est ce que je croyais avoir entendu, mais je n'étais pas... Moi, c'est Beverly. – Il a semblé à Charlotte qu'elle adressait au garçon un regard un peu plus insistant que nécessaire avant de poursuivre d'une voix charmeuse : – Et en quelle année tu es ?

— En dernière. C'est notre cas à tous, ceux qui... » Il a terminé sa phrase en montrant le chariot du doigt.

Pressée de changer de sujet, et ne tolérant aucun flottement, Mrs Amory a souri à Papa : « Désolée, je n'ai pas bien entendu ; quand êtes-vous arrivés ?

— Oh, il y a une demi-heure, j'dirais.

— Vous habitez l'ouest de la Caroline du Nord, a-t-elle noté, fière de son savoir, mais Charlotte aurait aussi juré qu'elle avait à son tour jeté un brévissime coup d'œil au tatouage paternel.

— Oui m'dame. Le plus à l'ouest qu'on peut sans quitter l'État de Caroline. Enfin, presque, j'dirais, et ça nous a pris dans les dix heures de route pour arriver jusqu'ici.

— Eh bien ! a admiré Valerie Amory avec un sourire, tandis que son regard captait chacune des particularités de Papa, Charlotte le voyait bien : ses traits rudes brunis par le travail au grand air, la sirène, la chemise portée par-dessus le pantalon en grosse toile, les chaussures de sport usées...

— Et vous autres, comment vous êtes venus de là-haut, du Massachusetts ?

— En avion. – Nouveau sourire.

— En avion ? Et vous vous êtes posés où ?

— Un aéroport à dix ou quinze kilomètres d'ici... Comment ça s'appelle, déjà, Jeff ?

— Boothwyn, a répondu Mr Amory en souriant à Maman, qui, elle, ne souriait pas du tout.

— Ça alors, s'est étonné Papa. J'aurais jamais cru qu'ils avaient un aérodrome, de par ici. »

Charlotte regardait à présent Beverly jauger Maman de haut en bas, notamment là où les chaussettes de sport essayaient de rejoindre la robe chasuble.

« Oh, c'est tout petit ! a précisé Mrs Amory avec – ô surprise ! – un sourire. Pas même un aéroport à proprement parler. Je ne sais pas comment on pourrait appeler ça... » Dans tous ces sourires, il y avait plus de patience que de joie réelle.

« Je peux vous aider à autre chose, les amis ? s'est poliment enquis le jeune porteur, une fois édifiée une petite tour avec les cartons de Beverly.

— Non, je crois que ça va aller, a répondu Mr Amory. Merci beaucoup, Kim.

— De rien, a fait le garçon en poussant prestement le chariot vers la porte. Bonne journée à tous, a-t-il lancé sans s'arrêter puis, regardant Beverly et Charlotte : et bonne année !

— On va essayer », a rétorqué Beverly avec un sourire engageant.

Elle était déjà devenue pratiquement copine avec lui, a constaté Charlotte, plus que jamais consciente de ses limites, elle qui ne trouvait rien d'intéressant à dire, surtout à un dernière-année aussi séduisant...

La tête penchée de côté, Maman observait Papa, qui pinçait les lèvres et fronçait légèrement les sourcils : le garçon n'avait pas demandé de pourboire, d'accord ! Il y a eu une petite mélodie étouffée, comme un discret accord de harpe, et Mr Amory a plongé la main dans la poche de son pantalon pour en sortir un minuscule cellulaire. « Allô ? Hein ? Comment ça ? – Son aménité avait disparu, d'un coup. Avec une moue contrariée, il a poursuivi d'une voix coupante : – Comment est-ce possible... Bon, je ne peux pas m'occuper de ça maintenant, Larry ! On est dans la chambre de Beverly, avec sa camarade et ses parents. Je vous rappelle tout de suite. Mais pendant ce temps, demandez autour de vous, sacré bon sang ! C'est petit, Boothwyn, mais ils doivent quand même avoir un mécano ! – Refermant l'appareil, il s'est tourné vers sa femme. – C'était Larry. Il dit qu'il y a je ne sais quelle fuite au niveau des pédales de gouvernail. Tout ce qui nous manquait ! » Silence, puis Mrs Amory, toujours avec ce sourire infiniment patient : « Oui... Et donc, Billy, où est-ce que... Lizbeth et vous allez passer la nuit ? »

Papa a répondu que non, oh, pas du tout, leur intention était de repartir tout de suite à Sparta, ce qui a provoqué une courte discussion entre Mrs Amory et Maman quant à la fatigue provoquée par un si long aller-retour dans la même journée. La mère de Beverly a annoncé qu'ils reprendraient les airs dès que leur fille ne voudrait plus d'eux dans ses pattes, afin de laisser les deux camarades de chambre organiser leur petit nid, et d'ailleurs, si elle se rappelait bien ce qu'elle avait vu sur le programme, tous les première-année étaient convoqués à une réunion d'ici peu, non ? Exact, a confirmé Beverly, mais avaient-ils une objection à se sortir « de ses pattes » une fois qu'ils auraient mangé quelque chose ? Car même s'ils ne s'en souciaient visiblement pas, elle mourait de faim, pour sa part. Ses parents lui ont lancé un regard assez furibond, mais Mr Amory, avec l'expression de la Patience souriant à l'Affliction dans un monument aux vertus, a souri à Papa et Maman : puisque selon toute apparence ils allaient devoir casser une graine quelque part, les Simmons seraient plus que bienvenus s'ils voulaient se joindre à eux. Il avait le vague souvenir d'un petit restaurant en ville, Le Chef ou quelque chose dans ce style, « rien de fabuleux mais acceptable ». Au coup d'œil affolé de son père à sa mère, Charlotte a deviné le problème : un établissement qui s'appelait « Le ceci » ou « Le cela » laissait présager une addition très salée. Mais sa mère lui a répondu par un discret signe de tête signifiant que, puisque les parents de la camarade de chambre de leur fille proposaient de partager un repas tous ensemble, il était sans doute convenable d'accepter.

« Y a une Bonne Poêle juste avant d'arriver sur le campus, vous savez ? a indiqué Papa à Mr Amory. J'dirais que c'est pas à plus d'un kilomètre d'ici, à vue de nez. J'me suis arrêté à une Bonne Poêle près de Fayetteville, un jour, et c'était plutôt bien, ma foi ; bon, rapide, propre. » Un nouveau silence s'est établi, pendant lequel les trois membres de la famille Amory ont échangé des regards perplexes, puis le père de Beverly a concédé d'un ton éminemment enjoué : « Parfait, parfait, allons à cette Bonne Poêle, donc ! »

Charlotte contemplait leur bronzage impeccable, leur peau veloutée. Ils n'avaient rien de la rugosité perceptible chez ses parents. En comparaison, ils étaient souples et luisants comme des loutres. Papa s'est excusé un instant. Quelques minutes plus tard, il est revenu, la stupéfaction peinte sur le visage. « Nom d'un petit bonhomme, c'est pas croyable ! a-t-il déclaré à la ronde. Je cherche les toilettes hommes ? Dans le couloir, ces gars, là, i'm'disent que ça existe pas. Que c'est une résidence mixte – une *raizidanse misste* – et que la salle de bains, elle est mixte aussi. Alors j'ai jeté un coup d'œil, et... et y avait des gars *et* des filles, là-bas dedans ! »

Maman a pincé sévèrement les lèvres mais Mrs Amory s'est voulue rassurante : « Oh, il ne faut pas s'inquiéter pour ça ! Ils s'y habituent très vite, apparemment. C'est bien ce qu'a dit Erica, non, Beverly ? Erica est une bonne amie de lycée, elle est entrée à Dupont l'an dernier.

— Oui, elle ne s'en est pas plainte du tout, Erica, a répondu Beverly sur un ton assez énigmatique.

— D'après ce que j'ai compris, les garçons se font aussi discrets que possible », a poursuivi gaiement Mrs Amory dans un notable effort, à ce que comprenait Charlotte, pour dissiper les angoisses de ces provinciaux.

Ses parents ont échangé un nouveau regard, Maman rassemblant toute sa volonté pour se taire. Bientôt, ils furent tous les six sur le parking, où Papa a montré le vieux pick-up du doigt : « On a qu'à se caser tous dedans, pas vrai ? Les filles s'mettront à l'arrière. – Un regard plein d'optimisme à Beverly : – Elles peuvent s'asseoir sur nos sacs de couchage.

— C'est gentil, Billy, a reconnu Mr Amory avec un sourire plus stoïque que jamais, mais nous ferions mieux de prendre notre voiture, je pense. Il y a six sièges. » Et il a désigné du menton un colossal SUV blanc, un Lincoln Navigator.

« Si j'ai pas la berlue ! a lâché Maman, trop vite pour se rattraper. Mais où donc vous avez trouvé ça ? Je ne veux pas me mêler, n'est-ce pas...

— Nous l'avons louée, a patiemment expliqué Mr Amory et, prévoyant la question suivante : Vous les appelez à l'avance et ils vous l'amènent juste là où... À l'aéroport, quoi. »

Direction la Bonne Poêle dans le Navigator, dont l'habitacle était tout en cuir, verre teinté comme des lunettes de soleil, bois exotique et polyuréthane. Charlotte remerciait le ciel que les Amory n'aient pas approché leur pick-up de trop près.

Rendant justice au nom de la chaîne, le restaurant exposait sur son toit un énorme poêlon noir entouré de guirlandes électriques.

Dès qu'on mettait les pieds à l'intérieur, on était assailli par une débauche de couleurs criardes, à commencer par les saisissantes photographies de spécialités qui occupaient tout un mur, gigantesques tranches de viande rouge, steaks hachés presque fluorescents de graisse, flots de jus de rôti qui faisaient comme des coulées de lave autour de montagnes de purée, et le morceau de bravoure du chef, « la Fricassée de Sam », qui semblait consister en un amas de bouts de poulet braisés recouvert par une sauce crémeuse, l'ensemble tellement agrandi que même les rondelles de tomate, uniques représentantes de l'espèce végétale avec les frites et les rondelles d'oignon panées, menaçaient d'écraser les convives de leur poids.

Une foule assez considérable examinait la salle sans faire mine de s'y risquer, ce qui a suggéré à Mr Amory de tenter sa chance : « Ça m'a l'air plutôt plein ! On ferait peut-être mieux d'essayer ailleurs, non ? »

Charlotte a tourné la tête pour saisir la réaction de sa colocataire. Agrippée au bras de sa mère, penchée sur son oreille dans une pose de conspiratrice, montrant du doigt le déluge visuel devant eux et croyant sans doute que les Simmons regardaient ailleurs, Beverly grimaçait comme si elle s'apprêtait à vomir.

Soudain très loquace – du moins pour quelqu'un d'aussi taciturne que lui –, Papa a entrepris d'expliquer à Mr Amory qu'ils allaient avoir une table bien plus vite qu'il ne le pensait. Ce pupitre, là-bas ? Il suffisait de se présenter devant, d'annoncer le nombre de couverts, et ils vous plaçaient en un rien de temps. Serrant les mâchoires, Mr Amory a donc suivi ses consignes et s'est dirigé vers ledit pupitre en bois qui, comme tout ici, était d'une taille démesurée. Une petite queue attendait là, mais ne paraissait pas bouger. L'hôtesse, une vigoureuse jeune femme en uniforme rouge et jaune – les couleurs de l'établissement, visiblement –, orné d'une broche en forme de poêlon, a souri avec entrain au nouveau venu :

— Combien vous êtes ?

— Six. Au nom d'Amory. A, m, o, r, y.

Sans rien noter, elle lui a tendu un objet qui ressemblait à une grosse télécommande, avec tout un tas de petits voyants sur une face et un numéro, le 226, sur l'autre. « On vous envoie le signal dès que votre table est prête. Bon appétit à la Bonne Poêle ! »

Mr Amory a inspecté l'appareil comme s'il s'agissait d'un insecte potentiellement dangereux. Un autocollant recommandait : « Essayez notre Steack Suisse Spécial et vous chanterez la tyrolienne ! »

« Ça va se déclencher dès qu'on pourra s'asseoir, lui a expliqué le père de Charlotte. C'est pour ça qu'on n'a pas besoin de faire la queue, ici. On pourrait aller faire un tour à la boutique de souvenirs, en attendant. » Et il les a conduits dans un magasin de pacotilles diverses et variées, où même les barres de chocolat étaient plus grosses que partout ailleurs. Sans aucun commentaire, Mr Amory a balancé le récepteur devant les yeux de sa femme, et le sourire qu'elle lui a retourné a mis Charlotte encore plus mal à l'aise.

Les Amory ont commencé à observer les clients autour d'eux. Les plus proches, en l'occurrence, étaient un homme d'environ quarante-cinq ans, obèse, revêtu d'un maillot de football portant le numéro 87 et d'un short de basketteur, et sa cavalière, une jeune femme en fuseau noir au tour de taille tel que ses coudes étaient retenus à l'horizontale par un anneau de graisse, ce qui donnait à ses bras l'allure d'ailes de poulet surdimensionnées.

« Vous y allez souvent, à la Bonne Poêle, tes parents et toi ? a demandé Beverly à Charlotte.

— Nous n'avons rien de pareil, à Sparta », a répondu Charlotte, qui pensait avoir capté une nuance condescendante dans la voix de sa camarade.

Près de la cuisine ouverte, dans laquelle on apercevait les cuistots en plein effort, un « bip » aigu a résonné une fois, déclenchant une ronde de lumières rouges et jaunes qui sont venues se refléter sur les murs. C'était le récepteur dans la main d'une cliente à l'importante anatomie casée dans ce qui ressemblait à une combinaison de garagiste. Ayant rassemblé deux petites filles d'une voix impatiente, la matrone a pris la direction de la salle à manger.

« Vous voyez ? a fait Papa. Maintenant elle va montrer le signal au contrôle, et son numéro, et ils vont l'installer de suite... – Un autre bip perçant, quelque part. – Qu'est-ce que j'vous disais ? Ça va vite, ici. Et j'vous prie de croire que vous aurez plus faim, quand vous sortirez d'là ! »

Il souriait aux trois Amory, scrutant leur expression. La mère de Beverly a retourné un bref sourire mais toute vie avait quitté ses yeux.

Bien que prévenu, Mr Amory a sursauté lorsque le *machin* s'est déclenché dans sa paume et Papa n'a pu s'empêcher de rire, ce qui lui a valu un regard assez glacial et un gloussement forcé. Mr Amory est parti vers le pupitre, tenant le récepteur entre le pouce et le majeur, comme il aurait porté un moineau mort par une aile.

Ils ont pris place autour d'une table en vinyle d'un jaune aveuglant. La salle était comble, désormais, portant jusqu'à eux le ressac de mille conversations surexcitées, de caquètements et de rires gras. La serveuse, elle aussi le buste décoré de l'inévitable poêlon, n'avait pas de carnet mais une sorte de calculatrice à écran digital ; elle leur a tendu des menus plastifiés d'au moins cinquante centimètres de haut, où l'on retrouvait les mêmes plats violemment photographiés. Après mûre réflexion, Mrs Amory a commandé un panier de poulet frit en priant la serveuse d'oublier les pommes de terre et les oignons, également frits, mais celle-ci lui a expliqué que c'était impossible car le plat portait un numéro qu'elle introduisait sur sa machine et qui était instantanément transmis aux cuisines. Prenant acte de ce contretemps avec un regard entendu, les parents de Beverly ont attendu que tout le monde passe commande, tandis que la serveuse appuyait sur un nombre de touches impressionnant.

Les plats sont arrivés à une vitesse étonnante, soulignée par un sourire complice de Papa à Mr Amory. Les portions étaient... considérables. « Juste c'qu'je disais, hein, Jeff ! » a souligné le père de Charlotte, rayonnant. Tout était frit à l'extrême. Papa a gaillardement attaqué sa fricassée, Mrs Amory a contemplé son poulet comme s'il allait lui bondir au visage. Les sourires avaient disparu, ainsi que les tentatives d'entretenir la conversation. Maman, qui semblait s'être remise de l'incident « Et merde ! », s'est poliment tournée vers Mr Amory : « Alors, Jeff, il *faut* que vous nous racontiez comment c'est, chez vous. Sherborn, je veux dire. Je suis curieuse de savoir !

— Ah, Mrs Simmons... – Le sourire lui était revenu, désormais résigné. – Ce n'est qu'un petit village, franchement. Il y a quoi ? On va dire un millier d'habitants ? Peut-être un peu plus ?

— N'hésitez pas, Jeff, appelez-moi Lizbeth. Bon, c'est là-bas que vous travaillez, alors ?

— Non... Je travaille à Boston, a-t-il corrigé avec un soupçon de contrariété.

— Dans quoi donc ?

— Une compagnie d'assurances, a-t-il annoncé, l'impatience couvant sous la suavité de sa voix. Cotton Mather.

— Cotton Mather ! J'ai entendu parler d'eux, sûr ! Racontez-nous un peu ce que vous faites là-bas, Jeff. Ça m'intéresse pour de bon !

— Eh bien... Mon titre est... responsable exécutif. – Comme s'il voulait couper court à toute question concernant cet abscons intitulé, il s'est tourné en hâte vers Papa : – Et vous, Billy ? Racontez-nous ce que vous faites.

— Moi ? En fait, j'm'occupe, comme qui dirait j'entretiens une maison de vacances ? À Roaring Gap ? Avant, j'étais conducteur de coupe à la fabrique de Thom McAn ? À Sparta ? Mais ils ont *dé-lo-ca-lizé* au Mexique ? Zêtes peut-être au courant de tout ça, Jeff ? À la télé, ils disent tout le temps que c'est bon pour l'Amérique, cette *globalization*. Je sais pas trop comment ils sont sûrs, vu que personne a essayé ça avant, mais c'est ce qu'ils disent. C'que j'sais, moi, c'est que c'est pas formidable, si vous êtes du comté d'Alleghany, en Caroline du Nord. Trois usines parties au Mexique, on a eu ! D'accord, l'année 2002, les ceusses de Martin Marietta sont venus en monter une. Quarante ouvriers, ils ont embauché, n'empêche que le résultat c'est : Mexique, 3 ; Alleghany, 1 !

— Billy, est intervenue Maman sur un ton de mise en garde, et il a eu un sourire penaud.

— T'as raison, Lizbeth, t'as tout à fait raison. Me laisse pas m'embarquer là-dedans, parce que... – Il a fixé Mrs Amory. – Vous savez une chose que mon père m'a dite, Valerie ? Il m'a dit : "Fiston..." Il m'appelait toujours Fiston, voyez-vous, jamais Billy... "Cause jamais politique ou religion à table, Fiston. Ou bien ça va les mettre en boule, ou bien ils vont bâiller à s'en décrocher le râtelier" !

— C'était un sage, votre père, a constaté la mère de Beverly.

— Oh, pour sûr qu'il l'était, pour sûr, quand il était pas plein. »

Charlotte se sentait partagée. Elle était plutôt admirative que son père n'essaie même pas d'enjoliver ce que sa vie avait été, et en même temps elle avait les nerfs à vif. « Responsable exécutif », elle voyait à peu près ce que cela pouvait représenter. Et Cotton Mather, c'était impressionnant. Tout le monde avait entendu parler de Cotton Mather, tout le monde !

À part quelques hochements de tête ruminants, Mr Amory n'avait pas réagi à la tirade de Papa. Sentant que la conversation allait s'éteindre, Mrs Amory s'est redressée : « Et toi, Charlotte ? J'ai l'impression que nous te connaissons à peine. Comment as-tu réussi à... Pourquoi tu as choisi Dupont, je veux dire ? Où as-tu fait tes études secondaires ?

— À Sparta. L'École principale de l'Alleghany, ça s'appelle. C'est ma professeur d'anglais qui m'a conseillé de poser ma candidature à Dupont.

— Et ils lui ont donné la bourse, tous frais payés ! est intervenue Maman. Nous sommes fiers d'elle, vraiment ! – Charlotte s'est sentie rougir, mais pas par modestie. – Et toi, Beverly ? Où tu as fait ton lycée ? Il y en a combien, à Sherborn ? »

Beverly a consulté Mrs Amory du regard avant de répondre : « En fait, c'était dans une autre ville. À Groton.

— Oui ? C'est tout près, alors ?

— Une centaine de kilomètres. J'étais pensionnaire. »

Sans comprendre pourquoi, Charlotte avait la nette impression que Beverly prenait un ton supérieur, dans ses réponses. Engouffrant la dernière cuillerée de poulet, de frites et de rondelles de tomate, Papa s'est extasié : « Ah, Jeff, c'est une rudement bonne idée que vous avez eue là ! Pour ce qu'on veut faire, remettre le cap sur

Sparta dès ce soir, valait mieux avoir un peu de lest au corps ! Ces Bonnes Poêles-là, pas à dire, pour vous nourrir un homme, ils s'y connaissent ! »

L'assiette de Mrs Amory était intacte, à l'exception d'un microscopique bout de poulet dont elle avait retiré la peau frite. Beverly mastiquait depuis un moment déjà une toute petite bouchée de hamburger quand elle s'est levée brusquement. Lorsqu'elle est revenue un instant plus tard, son visage était cendreux. Sa mère lui a jeté un regard qui pouvait exprimer l'inquiétude, ou le reproche. Charlotte l'a à peine remarqué, cependant : la phrase anodine de son père mentionnant leur volonté de reprendre la route de Sparta l'avait atteinte avec une force qu'elle n'aurait jamais soupçonnée. Elle, qui devait accomplir des miracles de l'autre côté des montagnes, loin de son pays natal...

Peu après, une fois que les deux familles se furent séparées, elle s'est retrouvée devant le pick-up familial sur le parking du campus, prenant congé de ses parents. Avec un bon sourire, Maman était en train de lui recommander de ne pas oublier d'écrire souvent, « parce que tout le monde va attendre des nouvelles de ta... ». Sans un mot, Charlotte a jeté ses bras autour d'elle, caché son visage dans l'épaule maternelle et fondu en larmes.

« Allons, allons, allons, ma fille chérie... – Charlotte s'accrochait à elle comme à une bouée de sauvetage. – Ne t'en fais pas. Tu seras dans mes pensées à chaque minute. Je suis fière de toi, tu sais, et tu vas faire des étincelles, ici. Mais tu sais quoi, tu sais de quoi je suis la plus fière ? De *qui* tu es, pas *où* tu es ! Pour moi, ce Dupont-là, tu vaux encore mieux que ça, par certains aspects. – Charlotte a relevé la tête, étonnée. – Il va y avoir des gens qui voudront que tu fasses des choses qui te correspondent pas, ma fille. Alors il faudra te rappeler que tu viens de la montagne, du côté de ton père et du mien. Les Simmons et les Pettigrew. Et nous autres, on est pas parfaits, non, mais on se laisse pas entraîner dans ce qui est pas pour nous. On a la tête dure, nous autres. Personne nous dit quoi qu'est-ce, si on a décidé autrement. Et si quelqu'un est pas content, ma fille, c'est du pareil au même. Tu lui dis : "Je suis Charlotte Simmons, moi, et je ne m'abaisse pas à ci ou ça." Et tu auras leur respect, comme ça. Alors je t'aime, petite chérie, et ton papa t'aime, et où que tu sois dans le vaste monde, tu restes notre brave petite fille à nous. »

Posant de nouveau sa tête sur la tête de Maman, Charlotte continuait de sangloter en silence. Soudain, elle s'est rappelé la présence de son père à leurs côtés et elle est allée se jeter à son cou, voulant lui donner un peu de ses larmes, ce qui l'a très visiblement décontenancé car Papa n'était pas un adepte des manifestations d'affection en public. Néanmoins, Charlotte lui a balbutié dans l'oreille : « Je t'aime, Papa ! Tu ne sais pas à quel point je t'aime !

— Nous aussi... » a-t-il chuchoté, sans mesurer ce que cela aurait signifié pour elle si, à la place, il avait été capable de dire « Moi aussi ».

Ensuite, Charlotte a agité et agité la main et Maman, la tête passée par la vitre, a fait elle aussi au revoir, au revoir, tandis que l'humble pick-up familial et son toit amovible disparaissaient derrière les arbres. Charlotte a fini par tourner les talons pour regagner la forteresse, seule.

Au moment où elle s'engageait sous la profonde arcade, un garçon et une fille, certainement des premières-années aussi, l'ont dépassée. Ils bavardaient allégrement, leur voix se réverbérant sur les murs en pierre. Se connaissaient-ils déjà ou venaient-ils de se rencontrer ? « Je suis Charlotte Simmons. La seule et l'unique. Tu es Charlotte Simmons ! » Elle puisait confiance dans ce que sa mère et Miss Pennington lui avaient dit. N'avait-elle pas déjà eu à faire face à la jalousie et à l'isolement, quand elle était à Sparta ? Sans jamais céder, superbement pas cool, les yeux rivés sur le but suprême, l'une des meilleures universités au monde. Rien ne pourrait l'arrêter, désormais. Rien. Même si elle devait accomplir son chemin par elle-même, sans personne à ses côtés, elle irait jusqu'au bout. Mais, Dieu Tout-Puissant, comme elle se sentait seule, à cet instant...

Quand Charlotte est revenue à la chambre 516, Beverly était là. Après avoir décidé quelle partie de la pièce exiguë chacune occuperait, elles ont commencé à ranger leurs affaires. Celles de Beverly étaient impressionnantes : bien qu'ayant laissé tous ses appareils électriques dans leur carton, du micro-ondes à l'ordinateur portable, elle a entrepris de déballer un nombre de paires de chaussures insensé pour une seule personne – plus d'une douzaine –, puis des jupes et encore des jupes, des jeans et encore des jeans, des débardeurs et encore des débardeurs... Hormis celle qu'elle avait aux pieds, Charlotte ne possédait que deux paires de chaussures, des mocassins et de grosses sandales en cuir – « les sandales du Christ », ainsi que Regina Cox les avait surnommées –; quant aux ressources informatiques, elle allait devoir se contenter des terminaux mis à la disposition des étudiants à la bibliothèque de l'université.

Beverly a mis un point d'honneur à bavarder avec elle. Son attitude ne dénotait en rien la curiosité que l'on aurait attendue d'une fille faisant plus amplement connaissance de sa camarade de chambre, se préparant à passer quatre passionnantes années sur un campus réputé. Elle se montrait amicale, mais distante, s'exprimant comme quelqu'un qui cherche seulement à « manifester son intérêt ». Lorsque

Charlotte a remarqué que le programme des cours de français présenté dans la brochure de Dupont semblait fascinant, l'unique commentaire de Beverly a été que les Français étaient tellement remontés contre les Américains, ces derniers temps, que leur ressentiment « flottait dans l'air » ; ils étaient tout à fait rasoir, ces Français.

Elle n'avait casé qu'à peine la moitié de sa garde-robe dans la penderie et la commode lorsque l'heure de l'assemblée générale a sonné. Les quelque deux cents pensionnaires de la Résidence Edgerton, garçons et filles, se sont retrouvés dans la « Salle commune », selon la terminologie très british qu'affectionnait l'administration de Dupont. L'espace était un peu défraîchi mais encore grandiose avec ses hautes arches en bois sombre, ses dizaines de fauteuils club en cuir fauve rangés en demi-cercle sur des hectares de tapis orientaux, ses coins lecture où d'autres fauteuils encore attendaient sous des lampes en fer forgé munies d'abat-jour en parchemin. Les nouveaux étudiants, pour la plupart en short et tee-shirt, se sont installés sur les sièges ou contre les longues tables de monastère en chêne qui avaient été poussées de côté pour la réunion. Dès que Charlotte et Beverly sont entrées, cette dernière a dérivé en direction de deux filles qu'elle connaissait et qui se tenaient debout dans un coin. Bah ! Charlotte, déjà consciente du peu d'atomes crochus que Beverly semblait avoir avec elle, n'allait certainement pas lui courir après. En réalité, elle retrouvait une sorte de plénitude, au milieu de cette foule du même âge qu'elle. Ils ressemblaient à de grands enfants, dans leurs tenues estivales, secrètement intimidés par ce qui les attendait mais aussi enthousiasmés à l'idée d'être arrivés jusqu'ici, des enfants qui, à partir de cet instant, allaient devenir des hommes et des femmes modelés par Dupont.

Une jeune fille en jean et chemise blanche de coupe masculine s'est avancée devant l'assemblée. Maintien plein d'assurance tranquille, elle était très belle, d'une beauté naturelle et simple, avec un corps de sportive et... quels cheveux ! Blonds, bouclés et très longs, ils cascadaient librement. L'image même de la jolie étudiante. Elle leur a déclaré qu'elle était en dernière année et qu'elle était là pour les aider à s'acclimater ici, puisqu'elle était l'« assistante de résidence », l'AR, comme elle disait. Ils pouvaient à tout moment lui soumettre leurs questions ou problèmes en lui téléphonant, par e-mail ou tout simplement en venant frapper à sa porte. Elle s'appelait Ashley Downes.

« L'époque où l'université prétendait jouer le rôle des parents est révolue, a-t-elle annoncé, et ce n'est surtout pas sa mission. Vous êtes libres et responsables. Cependant, il existe ici quelques règles que je dois vous exposer franchement, dans votre propre intérêt. Premièrement, l'alcool est interdit à Edgerton et dans tous les bâtiments de la Petite Cour. Pas seulement boire en public : pas une goutte d'alcool ne rentre ici, d'accord ? Vous ne serez sans doute pas étonnés d'apprendre qu'il y a de l'alcool sur le campus... – Elle a souri, et plusieurs étudiants ont eu un petit rire entendu. – ... Mais il n'y en aura pas à la résidence. Au cas où cela inquiéterait certains d'entre vous, vous vous rendrez vite compte qu'on peut très bien avoir une vie sociale et des distractions *sans* alcool. »

Charlotte a eu du mal à retenir un soupir de soulagement. Enfin ! À Sparta, elle avait réussi à éviter la soulographie des Channing Reeves et des Regina Cox en rentrant chaque après-midi étudier chez elle et en ignorant les regards méprisants auxquels elle s'exposait ainsi. Mais ici ? L'alcoolisme était un problème sur nombre de campus américains, c'était connu, et il ne devait sans doute pas épargner Dupont, mais du moins n'aurait-elle pas à s'en soucier dans la maison où elle allait vivre. Si seulement cette assistante de résidence pouvait la rassurer sur un autre point...

La réunion s'est rapidement terminée, et les étudiants ont quitté la salle commune bien plus animés et bruyants qu'ils ne l'étaient en arrivant. On commençait à tisser des connaissances, à ébaucher des amitiés. Charlotte est restée un peu en arrière dans l'espoir d'avoir quelques mots en tête à tête avec Ashley Downes, mais celle-ci était entourée par une grappe de huit ou dix garçons et filles. Elle a traîné encore cinq, dix minutes, avant de renoncer.

De retour à la chambre, elle a trouvé Beverly debout devant le miroir encadré de petites ampoules électriques qu'elle avait posé sur sa commode. Sa camarade de chambre s'est retournée vers elle. Elle s'était changée, arborait à présent un fuseau noir et un chemisier en soie bleu lavande sans manches dont elle avait laissé trois ou quatre boutons ouverts, ce qui révélait son élégant bronzage mais aussi la maigreur presque squelettique de son torse. Charlotte n'a pu s'empêcher d'évoquer une cigogne attifée en fille, d'autant que son maquillage ne faisait rien pour atténuer la longueur de son nez et de son menton, au contraire. Seul le vernis à ongles couleur pêche qu'elle avait choisi faisait grand effet sur ses doigts bronzés.

« Je dois rejoindre des amis au restaurant et je suis en retard ! a expliqué Beverly. Je rangerai tout ça à mon retour. » Elle a montré d'un geste les piles de sacs et de cartons qui s'élevaient ici et là.

Charlotte est restée bouche bée. Quoi, la première journée à Dupont n'était même pas terminée et Beverly sortait, et elle allait... au restaurant ! C'était inimaginable pour elle, d'abord parce qu'elle ne connaissait personne ici, ensuite parce que ses ressources jusqu'à la fin du premier semestre, soit dans quatre mois et demi, s'élevaient en tout et pour tout à cinq cents dollars. Tous ses repas, elle devrait les prendre à la cafétéria de l'université, puisqu'ils étaient compris dans sa bourse d'études. À moins qu'elle ne soit invitée par quelqu'un, La Bonne Poêle serait le dernier restaurant qu'elle aurait connu avant longtemps.

Beverly partie, elle s'est assise sur son lit, la tête en avant, les mains jointes sur les genoux, le regard sur la fenêtre, vers le crépuscule. Elle réfléchissait, fort. Elle entendait des voix dans le couloir, des rires de temps à autre. Elle a convoqué tout son courage ; Ashley, l'assistante de résidence, avait bien spécifié que l'on pouvait aller la trouver à tout moment. Frapper à sa porte. Mais à peine une heure après l'assemblée générale, c'était peut-être exagéré ? Elle s'est levée. Si elle devait le faire, c'était maintenant ou jamais.

La chambre de l'assistante était au deuxième étage. En descendant le couloir, Charlotte a sursauté à la vue d'un garçon en short baggy, torse nu, qui venait de surgir d'un pas de porte et fonçait vers elle, un petit carnet de notes à la main. Il jetait de rapides coups d'œil derrière lui, pris d'un fou rire inextinguible. En croisant Charlotte, il a lancé un « Pardon ! » hâtif, sans ralentir un instant. Puis est arrivée une fille en short et tee-shirt, qui hurlait « Rends-moi ça, petit salaud ! » et ne riait pas du tout. Charlotte a remarqué qu'elle était pieds nus. La fille est passée à son tour sans lui adresser un mot.

Devant la porte, elle a hésité un instant avant de frapper. Après quelques secondes, on a ouvert. Ashley Downes elle-même, et son incroyable chevelure. Elle avait passé un pantalon en toile à présent, avec un haut assez décolleté. « Bonjour. – Elle avait l'air plutôt étonnée.

— Bonjour, Miz Downes. Je... Je suis désolée de...

— Oh ! non. Ashley !

— Je suis désolée. J'étais à la réunion et j'aurais voulu vous parler, après, mais il y avait tellement de monde... – Les joues en feu, Charlotte a baissé la tête. – Vous avez dit qu'on pouvait passer vous voir n'importe quand, et je sais que vous ne vous attendiez pas à ce que ce soit... si vite. Pardon, vraiment.

— Eh bien, entre ! – L'AR lui a souri comme si elle était face à une fillette qui se serait perdue dans la rue. – Comment tu t'appelles ? »

Après le lui avoir dit, Charlotte, gauchement plantée au milieu de la pièce, a entrepris de lui faire savoir à quel point la réunion avait été instructive pour elle, tout ce qu'elle en avait retiré... Et cela en parcourant les lieux du regard, surprise malgré elle par le désordre qui régnait ici, le lit défait, les vêtements éparpillés sur le sol, y compris un slip tanga pas très net. « Mais il y a une chose que... » Arrivée au cœur du sujet, elle n'arrivait pas à le formuler.

« Et si on s'asseyait ? » a proposé l'assistante de résidence. Charlotte s'est donc posée sur une chaise en bois, Ashley Downes au bord du lit froissé. Charlotte a cherché ses mots, et poursuivi :

« Vous n'avez pas vraiment abordé la question du pensionnat mixte. Enfin, si, bien sûr, vous en avez parlé, mais il y a un aspect... »

Ashley Downes la regardait toujours comme si elle avait cinq ou six ans. Se penchant en avant, elle a demandé doucement : « Tu veux dire la sexualité ? » Contre sa volonté, Charlotte a hoché plusieurs fois la tête à la manière d'une vraie gamine, en effet. Posant les coudes sur ses genoux, puis le menton sur ses doigts entrecroisés, Ashley Downes l'a observée un moment. « D'où es-tu, Charlotte ?

— Sparta, Caroline du Nord.

— Sparta, Caroline du Nord. Très bien. C'est grand comment, Sparta ?

— Environ neuf cents habitants. Dans la montagne », a-t-elle précisé en se demandant ce que cette information géographique pouvait apporter à quiconque, y compris à elle-même.

Détournant les yeux, Ashley Downes a réfléchi un instant, puis : « Je vais te mettre à l'aise tout de suite : oui, c'est une résidence mixte, ici ; et oui, il se noue des relations sexuelles dans les résidences mixtes de Dupont. À quel étage es-tu ?

— Au quatrième.

— O.K. Maintenant, "mixte", ça ne signifie pas que les garçons vont passer leur temps à écumer les couloirs et à essayer de sauter dans le lit de toutes les filles. Les garçons d'Edgerton, je veux dire. En fait, ils vont plutôt l'éviter. Il n'y a aucune règle écrite à ce sujet, mais c'est mal vu : l'idée d'emballer quelqu'un du même dortoir que le sien, c'est jugé risible, minable. On appelle ça "dorceste".

— Comment ?

— "Dorceste", oui. Comme "inceste". À propos de ça, à chaque fin d'année, la résidence offre à tout le monde un tee-shirt qui récapitule les trucs amusants ou débiles qui se sont produits à Edgerton. L'an dernier, il y avait la mention : "Dorceste : 3". Ça veut dire trois cas sur deux cents résidents. Tu vois à quel point c'est pas branché ? »

Charlotte a souri comme une fillette de six ans qui vient d'arrêter de pleurer. Avec moult remerciements, elle s'est levée en s'excusant à nouveau d'avoir dérangé Ashley Downes pendant cette première soirée. L'assistante s'est mise debout, elle aussi, et lui a passé le bras autour des épaules en la raccompagnant à la porte.

« Désolée, mais comment tu t'appelles, déjà ?

— Charlotte Simmons.

— Oui. Eh bien, Charlotte, crois-moi : ici, ce n'est pas Sparta, Caroline du Nord, mais tu vas te rendre compte que ce n'est pas Sodome et Gomorrhe non plus ! »

Revenue à la chambre 516 alors qu'il était à peine huit heures et demie, Charlotte s'est sentie plus fatiguée qu'elle ne l'avait jamais été. Debout depuis l'aube, les nerfs tendus à chaque instant, elle avait eu une rude journée. Assister aux politesses forcées de « Jeff », « Valerie », « Billy » et « Lizbeth » avait été une expérience épuisante. Elle a résolu de prendre une douche, de se mettre au lit et de lire un peu avant de s'endormir.

Son cœur s'est serré à cette idée. Mon Dieu ! Une douche dans la salle de bains... mixte ? C'était mortifiant, mais elle n'avait pas le choix. Elle a enfilé son pyjama, son peignoir écossais en flanelle synthétique, ses pantoufles, attrapé sa trousse de toilette et son courage à deux mains. Le couloir était presque désert, Dieu merci. En chemin, elle a adressé un signe de tête à une fille puis à un garçon qui lui ont semblé aussi perdus et esseulés qu'elle.

Elle a poussé tout doucement la porte de la salle de bains, comme si son salut dépendait de sa discrétion. C'était une grande pièce peu éclairée, avec deux rangées de lavabos et d'urinoirs jaunis par le temps, des box de W.-C. en métal gris et des cabines de douche protégées par de vieux rideaux d'un mauve qui avait viré au brunâtre. L'une d'elles était occupée mais pour le reste il n'y avait pas âme qui vive, visiblement. Elle s'est hâtée de s'enfermer dans l'un des box ; elle était assise depuis moins de quinze secondes lorsque son oreille a capté un grognement étouffé, aussitôt suivi d'une formidable explosion liquide, un barbare relâchement de sphincters accompagné d'une rafale de « plop ! », puis d'une voix grave et indignée : « Fuck ! J'me suis éclaboussé le putain de trou de balle ! »

Révoltant ! Cette grossièreté, cette vulgarité, rendues encore plus repoussantes par le fait qu'il y avait, tout près, à moins de trois ou quatre stalles de la sienne, un garçon ou un... homme en train de... d'évacuer ! Une autre voix masculine s'est élevée, encore plus proche. « Oh, arrête la cague ! Qu'est-ce que t'as becqueté, Winnie ? Des sushis faits il y a deux mois ? Aaaargh ! C'est fucking gerbant, mec ! Mortel ! Il me faut un masque à gaz ! »

C'était vrai, une odeur putride avait commencé à envahir la pièce. Soudain, Charlotte a relevé les jambes et appuyé ses pieds contre la porte : au moins ces... sauvages ne verraient-ils pas ses pantoufles par l'espace laissé entre le sol et les cloisons.

« Sois pas fucking inhumain ! a plaidé la première voix. J'ai le cul glacé, maintenant ! En plein dans le mille, fuck !

— Ah, ah, ah ! Tu tapes la fiche, Winnie, franchement !

— Ouais ?

— Ouais ! Tu gères pas une minute ! Tu veux voir l'étron parfait, silencieux et tout ? Le truc impeccable, j'veux dire ! Eh bien, passe par ici avant de t'en aller. Je tire pas la chasse, promis.

— Tu sais ce que t'es, Hilton ? Un pervers !

— Essaie pas de t'en sortir avec des grands mots. Raboule ici, histoire d'apprendre à chier comme il faut. »

Charlotte ne savait pas si elle devait rester ainsi, pieds en l'air, ou s'enfuir au plus vite. Sa décision prise, elle a remonté son pantalon de pyjama, rajusté son peignoir, ramassé sa trousse de toilette au sol et couru silencieusement aux lavabos, car elle *devait* se laver les mains ! Elle a entendu la chasse d'eau dans une stalle, puis un loquet qui s'ouvrait, et un deuxième.

« Hé, ho, t'es pas passé voir, mec !

— T'es ouf, y a pas à dire. Pourquoi est-ce que tu le pends pas au mur, au-dessus de ton lit, pendant que tu y es ? »

Deux voix à la virilité affectée... Levant les yeux vers la glace, Charlotte a été surprise de découvrir qu'il s'agissait de deux jeunes garçons, d'à peine quinze ou seize ans, des gamins qui forçaient dans les graves pour jouer les hommes ! Et chacun avait une cannette de bière à la main, ce qui était interdit, non ? Ils étaient torse nu, l'un d'eux ne portant en tout et pour tout qu'une serviette autour de la taille et des tongs. Ses joues, son cou et son buste tout en rondeurs enfantines évoquaient à Charlotte des images de talc et de couches-culottes. L'autre était en short et en bottes, plus mince que son acolyte mais à ce stade embryonnaire où le nez paraît énorme, comparé à un menton encore sous-développé. Jetant la tête en arrière, il a pratiquement vidé d'un trait la cannette tandis que sa pomme d'Adam montait et descendait comme un piston ; soudain, il s'est plié en deux, s'est ébroué comme s'il avait atteint l'extase et a hurlé : « Ah, c'est tellement bon par où qu'ça passe ! » Le bébé enservietté hilare, ils ont avancé ensemble vers Charlotte, s'arrêtant devant deux lavabos non loin du sien. Les cannettes ont fait tinter les petites tablettes en verre au-dessus des robinets. Charlotte a entrepris de s'essuyer les mains, consciente du regard du marmot sur elle.

« Hé ! a-t-il lancé. Joli peignoir ! »

Elle l'a ignoré.

« Non, sérieux, est intervenu le mince au grand nez. Ce tissu écossais, ça claque ! T'es de quel clan, au juste ? »

Ils se sont esclaffés de concert, puis le bébé a répondu pour elle « Les Mac Prisu ! », et ils ont ri de plus belle. Sans leur accorder un regard, elle a ramassé sa trousse de toilette. Elle était sûre que son visage était écarlate. Le garçon au grand pif a pris un air de conspirateur pour chuchoter : « Elle capische pas ! Ça doit être une étudiante étrangère. Les Écossais, ils comptent comme étrangers, non ? »

Alors qu'elle s'apprêtait à tourner le dos à ces railleries, Charlotte a aperçu dans le miroir une fille qui s'approchait d'eux, elle aussi vêtue d'une serviette, mais qu'elle avait réussi à draper des aisselles aux genoux. Le bruit de douche avait cessé. Elle avait une bouille potelée et couverte de taches de rousseur, des cheveux roux encore mouillés et plaqués sur le crâne. En la voyant, le marmot a proposé : « Hé, salut ! On cherche juste un peu de compréhension et de conversation amicale ! »

Les ignorant royalement, la fille s'est approchée de la glace et a écarté une paupière avec ses deux index, comme si elle cherchait une esquille coincée à l'intérieur. Puis, sans cesser d'observer son reflet, elle a lâché : « J'espère que vous allez trouver. » Lorsque Charlotte a quitté les lieux, les garçons cherchaient toujours une réplique, et la fille continuait à faire comme s'ils n'existaient pas.

En redescendant le couloir, elle avait des palpitations. C'était... épouvantable. La salle de bains mixte, dans l'évocation des Amory, avait paru peu attirante, mais tolérable ; ce qui venait de lui être infligé, par contre... La grossièreté, l'indécence de tout cela ! Des gens presque nus ! Et qui buvaient, en plus, à peine deux heures après le discours de l'AR stipulant que l'alcool était interdit dans ces murs ! La peur se mêlait à la consternation, désormais : comment allait-elle pouvoir vivre dans cette promiscuité, cette atteinte à tous ses principes ? Déception, effroi, incompréhension : était-ce possible ? Était-ce bien Dupont University ? Même complètement ivres, Channing et ses amis n'auraient jamais atteint une telle vulgarité...

Réfugiée dans sa chambre, elle a passé de nouveau son short et son chemisier et, trousse sous le bras, serviette sur l'épaule, s'est dirigée vers la Salle commune, car elle se rappelait avoir vu des toilettes pour dames à l'entrée. L'ambiance était des plus gaies, là-dedans, filles et garçons étalés sur les fauteuils et les canapés qui avaient été remis à leur place respective, ou debout, bavardant, riant, faisant connaissance... Charlotte était trop déprimée pour avoir seulement l'idée de se joindre à eux. Et s'ils la voyaient ? Qu'allaient-ils penser ?

Enfermée dans la pièce exiguë, elle s'est assise sur la cuvette pour découvrir que son organisme refusait obstinément d'éliminer. Elle s'est remise debout, a retiré son chemisier et son soutien-gorge pour une toilette de fortune, et s'est aperçue dans le miroir. Une fille aux abois, à demi nue, pitoyable, qui avait oublié son gant, aussi... Mouillant un coin de sa serviette, elle a tenté d'y déposer un peu de savon liquide et entrepris de se laver les aisselles.

Quelqu'un essayait d'entrer, tournant la poignée de porte avec insistance. Charlotte a voulu se dépêcher, mais le cabinet était si petit qu'elle ne pouvait se pencher pour retirer son short et sa culotte, qu'elle a fait glisser tant bien que mal le long de ses jambes raides. La poignée s'est encore agitée, avec ce qui pouvait exprimer de l'indignation, et on a soupiré très ostensiblement de l'autre côté de la porte. Puis une voix de fille a demandé, peu aimablement : « Y a quelqu'un ? »

Paniquée, Charlotte a crié : « Pas encore !

— Pas encore quoi ?

— Je veux dire... Je n'ai pas fini... »

Un long silence, suivi d'une remarque pour le moins acerbe : « On avait cru comprendre ça, oui. »

Mais elle devait se brosser les dents ! C'était... obligatoire. D'une main tremblante, elle a pressé le tube de dentifrice sur sa brosse à dents. La voix s'est encore élevée, avec une nuance de surprise maintenant : « Non, mais tu te brosses les dents là-dedans ? » Et là, les nerfs de Charlotte ont lâché : « Ça suffit ! a-t-elle crié. Laissez-moi tranquille ! Arrêtez d'espionner derrière cette porte ! »

Silence. Prolongé. Contre toute attente, son indignation semblait avoir eu de l'effet. Elle s'est dépêchée de finir. Cette situation était intenable : combien de temps allait-elle pouvoir se laver dans un cabinet de toilettes ? À moins de se lever à l'aube, et de ne pas oublier un gant, surtout.

Elle est ressortie. À moins de deux mètres de la porte, une fille de petite taille, bras croisés, attendait, l'air renfrogné. Son regard noir s'est posé sur la trousse et la serviette mouillée de Charlotte. Elle avait le teint olivâtre, un visage peu amène, de très longs cheveux sombres séparés par une raie au milieu du crâne. Quand Charlotte s'est hâtée de passer devant elle, la fille a maugréé entre ses dents : « Non, mais elle devrait carrément *habiter* là-dedans, celle-là ! »

Enfin, elle a été sur son lit, adossée à l'oreiller, une édition de poche d'*Ethan Frome* d'Edith Wharton dans les mains. Ce roman lui avait été recommandé par Miss Pennington. Au fil des pages, les amours contrariées d'Ethan et de Mattie devenaient de plus en plus poignantes. Par simple réflexe, Charlotte a encore remonté les genoux et fermé plus étroitement son peignoir au-dessus de son pyjama. Pauvre Ethan, pauvre Mattie ! On avait envie de les aider, de leur donner des conseils, de leur dire qu'il n'y avait rien de mal à déclarer sa passion et à s'enfuir de cette déprimante bourgade de Nouvelle-Angleterre dont ils étaient prisonniers...

Captivée par sa lecture, Charlotte a vaguement noté que le niveau sonore avait monté, dans le couloir. Même à travers la porte fermée lui parvenaient de temps à autre des glapissements féminins, non de ceux qui expriment la joie de retrouvailles entre amies, mais plutôt des piaillements plus ou moins sincères de filles devant quelque facétie exécutée par un garçon à leur intention. Cette agitation restait cependant confinée dans les marges d'*Ethan Frome*.

Assaillie par une terrible fatigue, elle a fini par se lever pour aller descendre les stores et éteindre la lumière. Son peignoir retiré, elle s'est glissée sous les draps. Elle avait pensé qu'elle s'endormirait sur-le-champ mais le bruit dans le couloir a redoublé d'intensité. Tous les nouveaux étaient sans doute aussi énervés qu'elle, après cette première journée de campus, mais ils ne réprimaient pas leurs émotions comme elle. Elle a cru entendre un garçon japper : « Non, pas elle, ou tu vas te choper une maladie mortelle ! », mais elle s'était sans doute trompée, car sa voix a été aussitôt couverte par des rires et des exclamations enthousiastes. Un certain calme est revenu. Elle a capté de légers trottinements, puis un son mal définissable, comme si on grattait un mur, mais peu à peu son esprit a renoncé à analyser ce qui pouvait lui parvenir. L'image des ongles couleur pêche de Beverly, au bout de ses doigts bronzés, lui est brièvement passée devant les yeux mais cela n'avait pas de sens, le film qui se déroulait sous ses paupières a tout emporté et elle s'est endormie.

Réveil brutal. Un pinceau de lumière venue de la porte tombait sur son lit. Des basses grondantes, syncopées, une voix hargneuse : du rap ? Quelle heure pouvait-il être ? Charlotte s'est relevée sur un coude afin de regarder vers le couloir, et là...

« Comment ça va, toi ? »

Silhouette découpée dans l'embrasure, elle a distingué un garçon dégingandé en tee-shirt flottant et pantalon baggy, avec un long cou et une masse de boucles qui foisonnaient au-dessus de ses oreilles. Sa main levée était crispée autour de la forme très reconnaissable d'une bouteille de bière.

« J't'ai réveillée ?

— Oui... – C'était à pleine plus qu'un soupir, tant elle était désorientée, effarée.

— Rien qu'une visite de politesse, hein ? C'est l'moment de décompresser. – Il a pris une longue gorgée de bière. – Ah, ah !

— Je... J'essaie de dormir, a tenté Charlotte.

— Pigé, pigé ! Pas besoin de t'essscusser. Z'est la vie... – Avec un grand sourire niais, il s'est mis à moduler : – Oohooo, oohoooo ! »

Elle restait dressée sur un coude, stupéfaite. Qu'est-ce que ce garçon fabriquait ? Eh, oui, c'était du rap. Un CD passé à plein volume quelque part dans le couloir. D'un ton presque implorant, elle a demandé : « Quelle heure est-il ? »

L'inconnu a approché son autre poignet de son visage. C'était surnaturel, cette silhouette mouvante... « Eh ben voyons, voyons... L'heure de rigoler, c'est ce que j'ai ici, moi ! »

Quelque chose est tombé par terre dans le couloir, bruyamment, et quelqu'un, un garçon, a beuglé : « Ah, t'as bien joué, connaaaard ! » Des rires nerveux, les palpitations du rap. Le visiteur de Charlotte a brièvement tourné la tête pour voir ce qui se passait derrière lui : « Des barbares. En finir avec ces brutes ! Bon, eeuhhh, on a pas besoin de tant de cérémonies pour...

— J'ai dit que j'essayais de dormir ! l'a coupé Charlotte, qui s'était redressée d'un coup, mue par une rage soudaine.

— O.K., O.K. ! a fait le garçon en élevant les deux paumes devant lui dans un mouvement de crainte simulé. – Scuse ! – Il a reculé en faisant mine de tituber. – Tu m'as pas vu, pas entendu ! C'était pas moi ! » Et il a disparu dans le couloir en reprenant ses « Oohoooo, oohooo ».

Charlotte s'est levée pour aller refermer la porte, le cœur battant. Est-ce qu'il y avait une serrure, au moins ? Mais elle n'aurait pas pu la verrouiller, puisque Beverly n'était même pas là... Elle a allumé la lumière. Une heure dix ! Elle s'est recouchée, la poitrine douloureuse. « Pas d'alcool dans la résidence » ! Depuis le solennel engagement de l'assistante, elle avait vu, de ses propres yeux, trois garçons en état d'ivresse. Et il devait y en avoir bien d'autres, à en juger par le vacarme. Elle avait peur d'être incapable de se rendormir.

Une heure s'est écoulée, ou plus, jusqu'à ce que le silence s'établisse à l'étage. Où était Beverly ? Charlotte a regardé le plafond, puis la fenêtre. Elle s'est tournée et retournée dans le lit. Dupont... Elle a pensé à Miss Pennington, à Channing et à Regina... Channing et son visage énergique, harmonieux. Regina était sa petite amie. D'après Laurie, ils faisaient *tout*, ensemble. Oh, Channing, Channing, Channing... Elle n'a pas su combien de temps avait passé encore car elle a fini par s'endormir, en rêvant aux traits énergiques et harmonieux de Channing Reeves.

4
L'andouille

Ils ne s'étaient pas vus de tout l'été, pour la plupart, et les cours n'avaient repris que ce matin-là, mais à la fin de la journée les garçons de Saint Ray arboraient déjà un air de lassitude désœuvrée. Premier jour ou pas, c'était la marée basse dans le cycle hebdomadaire de la vie sociale à Dupont : lundi soir.

Du salon principal montait la rumeur d'une partie de *quarters*, jeu qui consistait à s'asseoir en cercle avec de grands gobelets en plastique remplis de bière devant chaque participant et à faire rebondir des pièces de vingt-cinq cents – des *quarters* – sur la table. Lorsque la pièce atterrissait dans le verre d'un concurrent, celui-ci devait vider d'un trait sa bibine ; si elle tombait dans le gobelet situé au centre du cercle, tous les joueurs devaient faire de même, à part l'auteur du tir. De viriles exclamations ponctuaient les bonds des *quarters*. Inutile de préciser que les antiques tables en bois, qui trônaient là depuis la construction de la vénérable demeure avant la Première Guerre mondiale, étaient couvertes de rayures et d'entailles. On avait du mal à croire qu'il y avait jadis eu des membres de la confrérie de Saint Ray, ancêtres d'une longue lignée, assez riches et dévoués pour bâtir un tel édifice et le meubler aussi somptueusement, en pensant moins à eux – car leur passage à Dupont n'était que temporaire – qu'aux générations à venir.

Dans le salon de réception, siège habituel des soirées dansantes, la stéréo amplifiait un CD de Swarm, groupe dont tout le monde commençait à se lasser mais dont les basses immodérées résonnaient encore ce soir-là. Salons, salle à manger, hall d'entrée caverneux, salle de billard où le feutre de la belle table avait été irrémédiablement endommagé le soir funeste où une bande de potes éméchés avaient décidé de disputer dessus une partie de *quarters*, bar, bibliothèque : plus personne, sans doute, ne concevrait jamais une résidence offrant tant de possibilités de se distraire.

Dans la bibliothèque, une douzaine de garçons affalés sur des canapés, des fauteuils, des causeuses, la vaste majorité d'entre eux en short et tongs, regardaient la chaîne sportive ESPN sur une télévision à écran plat géant en buvant de la bière, en se lançant des blagues et en exprimant de temps à autre leur admiration ou leur stupéfaction devant les images qui défilaient. Une dizaine d'années auparavant, une fuite d'eau survenue dans l'une des salles de bains de l'étage avait détruit l'importante et arbitraire collection de livres, de sorte que les élégants rayonnages en noyer, dont les moulures victoriennes avaient été en partie épargnées, ne supportaient désormais plus que des cannettes vides et des cartons de pizza à domicile qui, même débarrassés de leur contenu, exhalaient toujours des relents de fromage fondu. Le seul dépositaire du savoir humain dans la bibliothèque était donc l'éléphantesque télé.

« Oummph ! » ont meuglé en chœur deux ou trois garçons alors que sur l'écran Bobo Bolker, un *linebacker* massif, venait de déquiller un *quarterback* adverse avec une telle violence que ce dernier ne ressemblait plus qu'à un tas d'os en tenue de footballeur gisant au sol. Bobo s'est relevé, a fait bomber ses gros biceps et gigoté un peu des hanches, entamant la danse de victoire du mâle dominant.

« V'savez combien qu'il pèse, ce foutu keum ? s'est enquis un potache aux cheveux blonds en bataille, prénommé Vance, qui se tenait perché au bord d'un fauteuil, cannette de bière en main. Cent cinquante fucking kilos ! Et il bouge quand même !

— Ces keums, ils sont moitié humains, moitié créatine, fuck ! a noté un certain Julian, mésomorphe typique avec son thorax de catcheur, tellement enfoncé dans un canapé que sa bière tenait en équilibre sur son abdomen.

— Créatine ? a repris Vance. C'est fini, ça ! La créatine, c'est pour les faiseurs. Non, ils prennent de la testostérone de gorille, des trucs de ce genre... Ben, me regarde pas comme ça, Julian ! Sans déc, fuck !

— Mon cul, la testos... térone de fucking gorille ! Où qu'ils la trouveraient, d'abord ?

— Ça s'achète. Ça se trouve facile sur le marché, figure-toi, l'a informé Vance, réussissant à formuler une phrase entière sans le mot "fuck" ni aucun de ses dérivés – une fois n'était pas coutume.

— Ouais, alors dis-moi une chose, et j'me fous que tu sois le plus grand expert en dope du monde entier : qui c'est qui va dans la fucking jungle pour aller la récolter, c'te saleté, fuck ? »

Tout le monde s'est esclaffé, cherchant des yeux un jeune gars installé sur une vaste liseuse dans un coin, comme s'ils lui demandaient en silence : « Non, mais franchement, Hoyt, tu trouves ça marrant, toi aussi ? » Ledit Hoyt, que la réflexion de Julian avait authentiquement amusé, était surtout enthousiasmé de constater que l'effet se reproduisait à chaque coup. Chaque fois que les garçons lançaient une vanne ou une observation qu'ils jugeaient intéressante, ils cherchaient tous à vérifier ce qu'il en pensait, lui, Hoyt ! C'était une réaction inconsciente, et donc la validation de ce qu'il avait espéré et prédit : depuis que Vance et lui avaient esquinté ce petit maquereau de garde du corps dans le Bosquet, au cours d'un incident que les pensionnaires de Saint Ray avaient surnommé la Nuit de la Turlute Sanglante, ils étaient devenus des légendes vivantes. Hoyt a donc apposé sa bénédiction sur Julian avec un rire jovial, et avalé une autre lampée de bière.

« Putain, ils ont beau être balèzes et tout, a observé Boo McGuire, un type toujours entre deux joints, une jambe par-dessus l'accoudoir de son fauteuil et un bras plié derrière la tête, s'ils prennent cette merde de gorille que tu dis, ils doivent avoir des roustons pas plus gros que des cachous, fuck ! »

Cette réplique a déclenché une nouvelle crise d'hilarité car ces assidus des programmes sportifs savaient bien que l'apport de testostérone développait les muscles mais avait pour conséquence négative d'atrophier les testicules, l'usine à liquide séminal cessant de fonctionner pour son propre compte. L'assistance a encore une fois surveillé Hoyt du coin de l'œil, afin de s'assurer que Boo McGuire en avait effectivement sorti une bien bonne.

À cet instant, Ivy Peters, un étudiant réputé pour l'épaisseur de ses hanches et la manière dont ses sourcils noirs se rejoignaient au-dessus de son nez, est apparu sur le pas de la porte : « Quelqu'un a du porno ? » a-t-il lancé à la ronde. Un micro du genre de ceux dont on se sert pour les téléphones mains-libres était suspendu devant son menton. Ce n'était pas une requête inhabituelle, loin de là. Nombre de pensionnaires ne faisaient pas mystère qu'ils se masturbaient au moins une fois par jour, comme s'il s'agissait d'une forme d'entretien préventif de leur équilibre psycho-sexuel. D'un autre côté, les membres les plus cool de la Fraternité en étaient venus à tenir Ivy Peters pour une « erreur » assez gênante en leur sein. Ils avaient été initialement emballés par le fait que son père, Horton Peters, n'était autre que le P.-D. G. de Gordon Hanley, alors que la majorité des Saint Ray sans dispositions particulières, y compris Hoyt, imaginaient qu'ils allaient devenir banquiers d'affaires. Comme chaque fois qu'il avait I.P. devant lui, ces derniers temps, Hoyt a perdu un peu de sa gaieté. Gordon Hanley... Pour être engagé par une banque en ligne de ce calibre, il fallait avoir un dossier universitaire du feu de Dieu, et ses notes... Non, il ne voulait pas y penser. C'était un problème pour juin prochain ; on n'était qu'en septembre.

Avec un geste négligent vers le plafond, et en le gratifiant à peine d'un regard, Vance a conseillé à Ivy Peters : « Essaie voir au second. Ils ont quelques canards de cul, là-haut.

— Les canards, j'fais une accoutumance, a objecté l'erreur ambulante. Ce qu'il me faut, c'est des vidéos.

— Ce micro, c'est pour quoi, I.P. ? a voulu savoir Boo McGuire. Pour appeler ta sœur quand tu tires ta crampe ? »

Peters a ignoré la remarque. S'extirpant du canapé, Julian a quitté la pièce. Hoyt a pris le temps de boire encore une rasade de bière, puis : « Par le Christ, I.P., c'est dix heures du soir, là ! Encore une heure et les vide-couilles vont commencer à rappliquer pour la nuit. Pas vrai, Vance ? – Il a lancé un regard entendu à son copain. – Et toi, tu penses à te pogner, I.P. ? »

L'erreur ambulante a levé les paumes en l'air, comme pour dire : « J'veux un film de cul, qu'est-ce qu'il y a de si grave ? » Il n'avait pas vu que Julian revenait à pas de loup derrière lui et, bang ! il a emprisonné Ivy Peters dans ses bras et s'est mis à taper son ventre de catcheur et son pelvis contre l'arrière-train d'I.P., tel un chien dans un parc public. On a bien ri, encore.

« Lâche-moi, grotesque tafiole ! » a hurlé Peters, les traits déformés par la rage tandis qu'il se tortillait dans l'étau. Les rires ont redoublé d'intensité, convulsifs. Reprenant son souffle, Boo McGuire a gargouillé : « Comment tu fais pour être si grotesque, Julian ? » et la répétition de ce mot recherché a provoqué un regain de gloussements paroxystiques. I.P. a fini par se dégager, restant un moment à fusiller du regard Julian, qui a pris un air triste et gémi : « Quoi, j'peux pas tirer un petit coup ? »

Après avoir parcouru l'assemblée avec des yeux furibonds et en secouant la tête, l'erreur ambulante a quitté la pièce à grands pas, en direction des escaliers.

Harrison Vorheese, un joueur de crosse baraqué, lui a crié : « Bonne branlette, I.P. ! » et tout le monde s'est plié.

Le petit cérémonial suggestif auquel Julian l'avait soumis était généralement réservé aux garçons surpris en flagrant délit de ringardise, comme réviser ses cours en loucedé alors que le magazine sportif battait son plein, ou débarquer à dix heures du soir à la recherche de cassettes porno, surtout lorsqu'on appartenait à la catégorie « erreurs ».

« Qu'est-ce que ça veut dire, d'abord, de se balader avec un fucking micro devant le nazebroque ? a commenté Boo. C'est devenu un accro du wifi, I.P. Faut voir les conneries qu'il a dans sa chambre, fuck ! »

Chacun ayant peu à peu retrouvé son calme, Harrison, encouragé par le succès de sa plaisanterie, a osé s'adresser directement à Hoyt :

« À propos de vide-couilles, tu savais que...

— C'est quoi, ces couilleries de vide-couilles, Hoyt ? l'a interrompu Boo. J'ai rêvé ou j'ai vu un p'tit canon sapé disco sortir de ta chambre à sept plombes ce matin ?

— Hoooooouuuuh ! s'est exclamé tout le monde sur un ton faussement scandalisé.

— Ouais, comme j'disais... a tenté de reprendre Harrison.

— J'parlais en général, a expliqué Hoyt. Spécifiquement, j'autorise que des visites sélectionnées, dans ma piaule. »

Rires chevalins et mugissements : « Oh mon frère ! », « Sélectionne mon zeb, Hoyt ! », « Qui c'est, qui c'est ? », « Comment qu'elle s'appelle ? »...

« Vous me prenez pour qui ? s'est récrié celui-ci. Un petit sauteur ou quoi ? J'vous dirais pas son nom... même si je l'savais.

— Comme je disais... a recommencé Harrison, mais sa voix s'est noyée dans les ricanements et les grognements.

— Fuck, tu disais quoi, Harrison ? est intervenu Vance.

— Merci. C'est sympa de tomber sur quelqu'un de bien élevé, de temps en temps, dans ce foutoir. C'que j'disais, c'est... – Il a fixé son regard sur Vance et Hoyt. – Vous saviez que Crawdon McLeod s'est mis à faire mumuse avec votre joueuse de flûte préférée, vous autres ?

— Craw ? s'est étonné Hoyt. Tu déconnes ?

— J'déconne rien du tout.

— Est-ce qu'il est au courant de qui qu'elle se tape, au moins ?

— J'en sais rien. Peut-être qu'il peut pas résister, fuck ! C'est quand même un génie patenté de la turlute, la meuf ! »

Nouvelle crise d'hilarité générale. Le visage bovin de Harrison resplendissait. C'était son heure de gloire.

« Est-ce qu'elle sait que vous savez que c'était elle qui suçait le fucking gouverneur ? a demandé Julian aux deux copains.

— 'Cune idée, a répondu Hoyt, qui devait désormais tenir sa cannette à la verticale pour avaler les dernières gouttes de roteuse. – En passant, il s'est demandé combien il en avait déjà éclusé, dans la soirée. – J'pense pas qu'elle ait pu vraiment nous voir, à aucun moment. On était derrière un arbre comme ça... »

Il a placé les deux bras en cercle pour montrer l'épaisseur du tronc ; ce faisant, il a rencontré le regard de Vance, chargé d'une désapprobation désormais familière. Vance ne voulait pas être une légende vivante. Vance implorait sans cesse Hoyt de ne plus faire aucune allusion à l'incident. Ils avaient du pot, personne ne leur avait cherché noise, pour l'instant, mais qui pouvait savoir, les hommes politiques avaient une façon à eux de régler leurs comptes, etc., etc. Hoyt a contemplé quelques secondes les traits crispés de son complice, une agréable brise se levant peu à peu dans son cerveau. Et puis il a décidé de laisser tomber le sujet, mais Julian insistait : « Vous croyez qu'ils vont essayer de vous retrouver, les mecs ? »

Vance s'est levé et s'est dirigé vers la porte d'un pas exaspéré, marquant seulement une pause pour souffler à Hoyt – et il n'y avait pas l'ombre d'un sourire sur ses lèvres – : « Ouais, y a qu'à en parler encore plus, hein ? – Il a montré du doigt l'écran de télé. – Et si tu demandais à SportsCenter de repasser le film ? Au ralenti ? Comme ça, tout le fucking pays serait au courant ! » Sur ce, il a tourné les talons et quitté la bibliothèque.

Après un moment d'hésitation, Hoyt a repris la parole, mais il s'adressait plus à Vance qu'à Julian, en réalité : « Ils vont rien essayer du tout. C'qu'y vont essayer, c'est d'enterrer la putain d'histoire. S'en prendre à qui que ce soit, à Dupont, c'est trop risqué, pour eux. Le type s'est fait gauler avec la teub dans la bouche d'une petite ; elle a dix-neuf, vingt ans, la meuf, et lui cinquante et des brouettes et c'est le fucking gouverneur de Californie, fuck ! Une petite étudiante toute blonde et mimi, un croulant qui a trois fois son âge... Parle-moi de "grotesque" ! »

Les autres l'écoutaient religieusement. Hoyt et Vance n'étaient plus vraiment des leurs : ils étaient des hommes faits, qui avaient physiquement confronté un dur à cuir professionnel ; ils avaient été dans une vraie bagarre, un truc méchant, et ils avaient gagné.

Hoyt a fixé un regard vaguement irrité sur l'écran, histoire de signifier que le sujet était clos. Plus pour soigner son rôle que par conviction, car ça soufflait joyeusement, dans son crâne. Comme chacun s'était tu, le bruit des joueurs de *quarters* dans le salon est revenu, ainsi que le bam-bam entêté de Swarm.

Sur l'écran, le présentateur du magazine était en train d'interviewer un ancien entraîneur de chez les pros, un vioque dont le cou de taureau se plissait chaque fois qu'il pivotait la tête, occupé à expliquer la nouvelle tactique de jeu de l'équipe d'Alabama. Un diagramme est apparu, des traits blancs se sont mis à fuser en tous sens pour montrer comment tel type bloquait tel adversaire, tel autre contrait tel autre, comment l'arrière fonçait à travers ce trou dans la défense, là... Hoyt a essayé de se concentrer, au début. Ce qu'ils ne vous disaient pas, bien sûr, c'est que le type en question avait intérêt à avoir le gabarit d'un Bobo Bolker, parce que l'autre type qui arrivait en face représentait cent cinquante kilos de cybermuscles gonflés à la décoction de gorille, et votre attaquant risquait fort de se retrouver en sac d'os par terre. Au bout d'une trentaine de secondes, son cerveau a décroché : il venait d'avoir une idée, intéressante et possiblement de la plus haute importance.

Une rediffusion de ce qui s'était passé dans le Bosquet, pour le bénéfice des téléspectateurs... Dommage que ce soit impossible. Tous les gars de Saint Ray devraient voir une chose pareille. Méditer sur la signification profonde de leur petite aventure. Cela allait au-delà de Vance et lui, au-delà de leur transformation en légendes vivantes. Cela touchait l'essence même d'une fraternité comme Saint Ray. Un concept qui dépassait l'image de Vance et Hoyt au coude à coude, un concept qui commençait à prendre forme dans son esprit. À quoi servait une fraternité, avant tout ? À forger des hommes, des vrais. Il aurait volontiers convoqué une assemblée générale de la résidence afin de leur administrer un topo là-dessus, mais c'était hors de question, évidemment : il serait forcé de quitter les lieux sous les rires et les quolibets. De plus, il n'était pas certain d'être capable de prononcer un speech de ce genre. Il n'avait jamais essayé, à vrai dire. Son armure à lui était faite d'humour, d'ironie détachée et de vulgarité cool. Le style *Animal House*. En cours de littérature américaine, ils faisaient tout un plat de *L'Attrape-Cœur*, mais Holden Caulfied n'était qu'un pleurnicheur, une mauviette pitoyable. La référence, pour lui et sa génération, c'était *Animal House*. Il devait l'avoir regardé une bonne dizaine de fois. Quand Belushi se frappe les joues en disant « J'suis qu'un putain de furoncle »... géant ! Ça et *Dumb and Dumber*, et *Swingers*, et *Tommy Boy*, et *The Usual Suspects*, et *Old School*... Il adorait ces films. Il s'était marré comme un fou, en les voyant. Vulgos, lourd, cool, mais est-ce que quiconque dans cette boîte, à part lui, en avait décelé le substrat, le message qui les rendait tellement géants ? Sans doute que non. Le thème profond, à chaque fois : être un homme à l'Âge des Mauviettes. Bien comprise, une fraternité comme Saint Ray était là pour vous transformer en homme, espèce à part dans la masse amorphe et passive des étudiants US. Saint Ray était la MasterCard qui vous donnait carte blanche pour vous réaliser – qu'est-ce qu'il l'aimait, cette métaphore... Évidemment, cette joyeuse insouciance, cette capacité à bafouer impunément les règles ne dureraient pas toute la vie. L'expérience de l'association d'étudiants constituait, disons, un entraînement de base. L'un des enseignements de l'appartenance à Saint Ray, quand on était un vrai « frère », non une « erreur » tel qu'I.P., c'était combien les gens se montraient décontenancés, perdus, dès qu'ils étaient confrontés à quelqu'un qui ne se laissait pas marcher sur les pieds. Presque chaque jour, ses pensées revenaient à un instant particulier de cette nuit-là, dans le Bosquet, un souvenir qu'il chérissait : le garde du corps superentraîné, cette grosse brutasse, le surprenant par derrière... Quatre-vingt-dix-neuf pour cent des étudiants auraient été : *petit a)* terrorisés par les allures de méchant et les muscles à la gonflette du craignos ; *petit b)* tentés de tergiverser en argumentant « On fait rien de mal, on était juste... ». Lui, Hoyt Thorpe, avait proclamé haut et fort qu'ils étaient en train de mater un vieux connard se faire sucer, ouais, et alors ? Et cette audace avait pris de court le fils de pute, submergé sa minuscule cervelle, démoli son cinéma et provoqué une riposte inconsidérée, ce punch mal calculé qui avait précipité sa débâcle. La réponse de Hoyt, son insolence percutante, ne procédait pas d'une stratégie mûrement réfléchie ; c'était un... *réflexe conditionné*, voilà. Il avait dégainé au jugé devant le danger et il avait triomphé grâce à un *état d'esprit*, l'instinct du « personne me fera chier ». Il commençait à entrevoir un tableau encore plus vaste, aux implications encore plus considérables. Partout sur le campus, on entendait des remarques désobligeantes à propos des fraternités : l'administration, qui les rendait responsables des maux de l'alcool et de la came ; les fayots, les lesbos, les homos, les bios, les sados et les masos, les Latinos, les Indiens d'Inde ou des réserves et autres minorités pleurnichardes, qui leur reprochaient leur racisme, leur sexisme, leur classisme – c'était quoi d'abord, ça ? –, leur chauvinisme, leur antisémitisme, leur homophobisme, leur machisme, leur machinchosisme... La seule valeur morale distillée par l'institution était la tolérance coupable envers les ratés. Dans sa tête, la tempête bien connue revenait en force, élargissant ses perspectives : si l'Amérique devait se retrouver à nouveau en guerre, non pas une simple « opération de police » mais un conflit où son avenir serait en jeu, d'où seraient issus ses officiers, à part des académies militaires ? Les fraternités étudiantes seraient la source, la pépinière des derniers hommes dotés d'une éducation supérieure mais surtout entraînés à penser et à réagir... en hommes, dans ce pays. Il n'y avait plus qu'eux, désormais, et...

Le concept se serait encore amplifié si le dénommé Hadlock Mills, dit Heady, n'avait soudain passé la tête par la porte donnant sur le couloir et lancé d'un ton légèrement sarcastique : « Hé, Hoyt ! Il y a une jeune dame qui est venue te voir. » Hoyt s'est levé avec nonchalance, a posé sa cannette vide sur une étagère en noyer massif, avant de s'excuser : « Pardon, les gars, mais l'hospitalité, c'est sacré. » Sorti dans le hall, il est rapidement réapparu en compagnie d'une agréable brunette en brassière, short et tongs qui se tenait derrière lui. « Viens dire bonjour à quelques-uns de mes amis, viens ! » lui a-t-il ordonné. Quand elle a fait un pas pour se porter à sa hauteur, il a passé un bras autour de ses épaules tandis qu'elle murmurait un timide « Salut ! » accompagné d'un petit geste de la main. Son sourire, charmant, la rendait encore plus jolie.

En vrais gentlemen, les garçons ont répondu par d'autres sourires et des signes de tête polis, le grand Julian se fendant même d'un sonore « Bienvenue ! ». Sur quoi Hoyt a conclu d'un « À plus, les gars » et, tenant toujours la fille d'un bras léger mais protecteur, l'a entraînée vers l'escalier. Ses camarades sont restés un moment silencieux, échangeant à peine quelques regards, puis Boo a annoncé d'une voix à peine audible par-dessus celle du présentateur de SportsCenter : « C'est la fille de ce matin et... Vous avez vu ? Il connaît toujours pas son fucking nom ! »

Le regard de Charlotte est passé du professeur aux fenêtres puis au plafond, et de là en sens inverse jusqu'au très docte Lewin. Après deux semaines de classe, les complexités et contradictions de Dupont ne cessaient de s'accumuler, résistant à l'analyse. C'était inévitable, sans doute : elle voyait bien maintenant qu'elle avait coulé une existence préservée de certaines réalités derrière le rempart des Montagnes Bleues, mais, mais... Elle n'en revenait toujours pas.

La salle de cours, très spacieuse, était éclairée par deux imposantes fenêtres de style gothique anglais au vitrail composé d'innombrables facettes, parfois, sans ordre apparent, exquisément ciselées de silhouettes de chevaliers, de saints ou de ce qui ressemblait à des personnages de livres anciens. Si elle avait eu à deviner lesquels, Charlotte aurait pensé aux *Contes de Canterbury*, notamment... Et cet homme en armure, là-bas, avait certes l'allure de Don Quichotte sur sa Rossinante. Le plafond était encore plus impressionnant, peut-être, d'une grandiose hauteur, soutenu par cinq ou six arches d'un bois sombre mais chaud à peine incurvées, que supportaient des piliers sculptés de têtes studieusement penchées sur des livres ouverts.

C'était ce cadre recherché qui rendait la personnalité du professeur Lewin si curieuse. La semaine précédente, lors du premier cours, il portait une chemise à carreaux et un pantalon, ce qui n'avait rien de surprenant. Pantalon long et chemise dont les manches lui arrivaient aux poignets, s'entend, car ce matin-là il en arborait une à manches courtes qui ne cachait rien de ses bras maigres et poilus, ainsi qu'un short en jean qui n'épargnait rien de ses jambes osseuses et hirsutes. Il faisait vraiment penser à un gamin de sept ans qui, d'un coup de baguette magique, serait devenu un vieil homme, grand, dégarni du crâne mais juste du crâne, un gosse osseux aux épaisses lunettes remontées sur le front pérorant bizarrement devant trente étudiants, trente étudiants de Dupont University, excusez du peu.

L'intitulé du cours était « Le roman français moderne de Flaubert à Houellebecq ». La semaine dernière, le professeur Lewin leur avait demandé de se pencher sur *Madame Bovary*. Et ce matin, tandis que ce vieil avatar de gamin de sept ans s'adressait à eux, tout, du moins aux yeux de Charlotte, paraissait de plus en plus étrange.

Le nez dans un exemplaire de poche calé juste sous le menton – comme en écho aux têtes sculptées des arches –, le professeur Lewin a tout à coup relevé la tête, faisant retomber les besicles à leur place. « Arrêtons-nous un moment sur les toutes premières pages du roman, a-t-il proposé. Nous sommes dans une école de garçons, donc. La toute première phrase... – Il a remonté les lunettes sur son front, rapproché le livre de ses yeux myopes. – *Nous étions à l'étude lorsque le directeur est entré, suivi par un nouvel élève habillé en "bourgeois" et un garçon de salle portant une grande table*... Et ensuite, hmmm, hmmm, nous avons : *Dans le coin derrière la porte, à peine visible, se tenait un campagnard d'une quinzaine d'années environ, de plus haute taille qu'aucun de nous tous* [1] »... – Nouveau manège avec ses lunettes. – Bien. Vous remarquerez que Flaubert commence son livre par "*Nous* étions à l'étude", puis "aucun de *nous* tous", en référence collective aux camarades de classe de Charles Bovary, mais que par la suite il n'utilise plus jamais la première personne du pluriel, et nous ne revoyons plus un seul de ces garçons dans la narration. Eh bien, est-ce que quelqu'un pourrait me dire pourquoi Flaubert utilise ce procédé ? »

Il s'est mis à observer les étudiants à travers ses binocles à double foyer. Silence. Tous les autres semblaient confondus par la question, mais Charlotte ne la trouvait pas difficile. Ce qui la stupéfiait en revanche c'était que dans ce cours de littérature française, censément de haut niveau, l'enseignant ne lisait pas les citations de l'œuvre dans sa langue d'origine. Puisque, grâce à son bulletin, Charlotte avait sauté une classe en français, ses camarades de cours devaient théoriquement être de haut niveau, et pourtant le prof lisait... en anglais !

Au deuxième rang, elle a commencé à lever le doigt et s'est retenue au dernier moment : c'était une nouvelle, elle aussi, donc elle se

1. On a conservé la traduction littérale afin de respecter la différence si choquante pour Charlotte. En réalité, Flaubert a écrit : « Nous étions à l'étude, quand le Proviseur entra, suivi d'un *nouveau* habillé en bourgeois et d'un garçon de classe qui portait un grand pupitre. [...] Resté dans l'angle, derrière la porte, si bien qu'on l'apercevait à peine, le *nouveau* était un gars de la campagne, d'une quinzaine d'années environ, et plus haut de taille qu'aucun de nous tous. » Et ensuite : « On commença la récitation des leçons. » (*N.d.T.*)

sentait encore en terrain inconnu. L'une de ses voisines a demandé la parole : « Pour que le lecteur ait l'impression de faire partie de la classe de Charles Bovary ? Parce que ensuite il écrit : – l'étudiante s'est penchée sur le livre, posant un doigt sur la page. – *Nous commençâmes à répéter la leçon...* » Puis elle a relevé des yeux pleins d'espoir.

« Oui, à un certain point oui, a commenté l'enseignant. Mais pas tout à fait. »

Charlotte n'en revenait pas. Cette fille venait de citer l'une des œuvres maîtresses de la littérature française dans une... traduction ! Et le professeur Lewin n'y voyait rien à redire ! D'un rapide coup d'œil, elle a constaté que son autre voisine était dans le même cas. Elle-même avait lu le roman traduit il y a longtemps, lorsque Miss Pennington le lui avait conseillé, mais au cours des trois derniers jours elle s'était plongée dans la version originale. Bien que le style de Flaubert fût clair et direct, il y avait eu maintes subtilités, maintes expressions populaires, maints noms d'objets qu'elle avait dû vérifier, car c'était un auteur qui accordait une grande importance aux détails. Et après tout ce travail de décorticage, elle découvrait que personne ne s'intéressait au texte français, y compris le professeur !

Pendant ce temps, trois autres filles avaient tenté une réponse, chacune encore moins satisfaisante que la première. En se dévissant le cou pour les regarder, Charlotte n'a pu s'empêcher de constater que les garçons du cours paraissaient extraordinairement... massifs, surtout coincés comme ils l'étaient derrière les petits pupitres. Ils avaient de gros cous, des mains immenses et leurs cuisses distendaient le tissu de leurs pantalons pourtant très larges. Aucun d'eux ne pipait mot. Sans savoir pourquoi, Charlotte s'est crue obligée de venir à la rescousse de la réputation de toute la classe. Elle a levé la main.

« Oui ? a fait Lewin.

— Eh bien, je crois qu'il procède de cette manière parce que de quoi s'agit-il vraiment, dans ce premier chapitre ? De présenter le personnage de Charles Bovary avant sa rencontre avec Emma, qui est en fait le point de départ de l'histoire. Les deux tiers restants du chapitre sont une description biographique de forme classique, mais Flaubert n'a pas voulu commencer le roman de cette façon parce que... – elle s'est sentie rougir – ... parce qu'il pensait qu'une scène vivante, avec les détails adéquats, frapperait plus l'imagination. Le but de ce premier chapitre, c'est de montrer que Charles est un bouseux, qu'il l'a été et le restera toute sa vie, même s'il deviendra médecin et tout. Flaubert parle des *profondeurs d'expression* – Elle citait en français, relevant les yeux sur le "profondeur". – comme on en voit sur *le visage d'un imbécile*. Ainsi, on commence le livre en découvrant Charles tel que “nous”, la classe de garçons, le voyons pour la première fois, et cette image initiale est tellement forte qu’elle nous accompagne pendant tout le roman, nous rappelle à tout moment que Charles est un idiot incurable, un imbécile. »

Elle s’est tue et le professeur l’a observée en silence pendant au moins quinze secondes – bien sûr, il était impossible que cela ait duré autant –, puis il a soufflé « Merci » et, se tournant vers les autres élèves : « Voilà, c’est *exactement* la raison. Flaubert n’*explique* jamais un point important s’il peut le *montrer*, le mettre en scène. Or, pour montrer, il a besoin d’un *point de vue* et, comme l’a très bien expliqué... – ne connaissant pas son nom, il s’est contenté de désigner Charlotte du menton –, il choisit de commencer... »

Il a poursuivi dans la direction qu’elle avait amorcée, rendant ainsi un hommage implicite au brio de son analyse, et cependant Charlotte a baissé la tête, n’osant croiser son regard, les joues brûlantes, envahie par un sentiment dont elle était coutumière : la culpabilité. Les autres allaient lui en vouloir, à cette bizuth qui, sitôt arrivée, les faisait passer pour des demeurés... Le regard rivé sur *Madame Bovary*, elle a feint de prendre des notes dans son cahier tandis qu’autour d’elle la discussion continuait avec ses brusques silences, ses réponses hésitantes, les relances de l’enseignant qui, en désespoir de cause, a fini par se limiter à leur demander de résumer l’intrigue. C’était toujours les filles qui parlaient le plus.

Charlotte entendait le professeur Lewin dans un brouillard : « Au chapitre XI, Charles, qui n’est même pas chirurgien de formation, tente une opération risquée sur le pied-bot d’un garçon d’écurie, Hippolyte. L’intervention rate, sa réputation est ruinée et c’est un tournant important dans la narration. Est-ce que quelqu’un pourrait me dire ce qui pousse Charles, qui n’est pourtant pas un génie médical, à s’aventurer sur ce terrain ? – Nouveau flottement puis, d’une voix soudain ragaillardie, il a lancé : – Oui ! Eh bien, Mr Johanssen ? »

Charlotte a levé les yeux. Ses traits cireux rayonnant de satisfaction, le prof tendait le doigt vers le fond de la classe. C’était la première fois qu’il avait appelé l’un des leurs par son nom. Elle s’est retournée pour voir qui était donc ce Mr Johanssen. Massif ? Le garçon, qui venait juste de baisser la main, était un géant. Son cou s’élevait telle une colonne d’un torse puissant qui rendait son tee-shirt presque transparent. Il avait la tête rasée, à l’exception d’une galette de cheveux blonds en haut du crâne. « Il a fait ça, a-t-il commencé, parce que sa femme avait plein d’ambitions et que...

— Hé ! Jojo a lu le livre, dis donc ! – Un géant noir, assis le rang juste devant celui du géant blanc, était carrément tourné sur sa chaise, si bien que Charlotte ne voyait que l’arrière de son crâne nu. – Il a *lu* le bouquin !

— Pas maaaaal ! s'est exclamé un autre géant noir à côté du géant blanc, et ils ont cogné leurs poings fermés l'un contre l'autre dans un geste de complicité triomphante. Hall-llu-ci-nant ! »

Un troisième géant noir, installé tout près des deux autres, est intervenu : « Go, go, Jojo ! T'es un mec ! » Son poing a percuté celui des deux premiers. « Et alors, "Chaaarles", il veut quoi ? C'est un autre *spécialissse* qu'on a, présentement !

— Ah ouais ! » Ils tendaient à présent tous les trois leurs phalanges serrées vers le géant blanc, l'invitant à se joindre à cette joyeuse mise en cause du pédantisme universitaire.

Mr Lewin a fait mine d'avancer le poing, s'est ravisé à la dernière seconde. Son ébauche de sourire s'est transformée en une moue incrédule tandis qu'il croisait les bras sur sa poitrine comme s'il voulait retenir ses mains de se joindre au chahut, puis le sourire est revenu, sans doute parce qu'il voulait montrer qu'il était amusé, finalement.

« Eh bien, eh bien, messieurs, a-t-il fait d'une voix apaisante, si nous pouvions revenir au calme ? Oui ? Merci. Donc, Mr Johanssen, vous disiez ?...

— Attendez voir, attendez voir..., a soufflé le géant blanc avec un air sarcastique tout en réfléchissant. – Ah oui ! Il a essayé cette opération parce que sa femme voulait de l'argent pour acheter... des trucs. »

Son sourire s'est élargi. Il semblait vouloir proclamer qu'il était fort drôle d'être ignorant.

« Je ne pense pas, non, Mr Johanssen, a estimé le professeur d'un ton presque coupant, cette fois. Il est assez clair qu'il n'a pas demandé à être payé pour l'opération. »

Et il a détourné les yeux, cherchant d'autres mains levées. Charlotte était horrifiée. Ce garçon avait voulu répondre sérieusement, au début, et il avait même vu très juste en mentionnant les rêves d'ascension sociale d'Emma, et puis... il s'était mis à faire l'imbécile.

Elle a laissé son regard errer sur les vitraux, les arches, les colonnes sculptées, les plafonds décorés. Toute cette pompe de Dupont. Ce qu'accueillait cette vénérable salle dépassait son entendement. À la fin du cours, elle s'est attardée dans l'espoir d'échanger quelques mots avec le professeur Lewin. Ce n'était pas difficile, tous les autres se hâtaient déjà dehors. Il était en train de ranger ses papiers dans un sac d'écolier en nylon, encore une note préadolescente qui, ajoutée à son allure de gosse attardé, ne le faisait pas paraître plus jeune mais plus décrépit, rendant la scoliose encore plus patente aux épaules, la concavité du thorax encore plus choquante, l'hirsute cachexie des membres encore plus embarrassante.

« Professeur Lewin ? Excusez-moi, mais...

— Oui.

— Je m'appelle Charlotte Simmons. Je suis une de vos élèves.

— J'étais au courant, oui, a-t-il fait avec un sourire peu engageant. À propos, ici, à Dupont, on ne donne pas du "professeur" ou du "docteur"... Sauf si on s'adresse à un médecin.

— Je... Pardon, Mr Lewin, j'ignorais...

— Ce n'est rien. Juste un peu de snobisme à rebours : l'idée sous-jacente, c'est que si on enseigne à Dupont, on a *forcément* un doctorat, au moins. Mais bon, telle est la coutume. Je vous ai coupée...

— Oui, non, Mister Lewin... Voilà, j'imagine... Je crois que je ne comprends plus. – Charlotte avait l'impression que la nervosité rendait sa voix terne et rauque. – Je pensais que nous allions étudier *Madame Bovary* en français, mais tout le monde l'a lu en anglais, tandis que moi... eh bien, je l'ai lu dans l'original. »

Faisant glisser ses lunettes de son front à son nez, l'enseignant l'a jaugée un instant.

« En quelle année êtes-vous, Miss Simmons ?

— Première.

— Ah... Ils vous ont mise au niveau supérieur. »

Elle a hoché la tête, il a poussé un long soupir et soudain son comportement a changé du tout au tout : il l'a contemplée avec un sourire désabusé, content de lui. « Ma chère... Je sais, nous ne sommes pas censés employer ce genre de terminologie... Je crois comprendre que cela est jugé humiliant pour les élèves de sexe féminin... Mais enfin, je ne pense pas que ce cours soit bon pour vous.

— Mais... Pourquoi ? a soufflé Charlotte, de plus en plus déconcertée.

— Mmm... – Lewin a plissé les lèvres à plusieurs reprises. – Pour être très franc, vous êtes surqualifiée.

— Pardon ?

— Ce cours a été conçu pour des étudiants de troisième et quatrième année qui... "sont limités", pour reprendre l'euphémisme de rigueur, mais qui doivent d'une manière ou d'une autre obtenir leurs notes. Vous êtes de toute évidence une jeune fille très brillante, donc je suis sûr que vous pouvez comprendre quel genre d'élèves nous avons ici.

— Mais... J'aimais beaucoup l'intitulé. Cela avait l'air passionnant et...

— Je suis désolé. Je sympathise à cent pour cent. J'aurais aimé que quelqu'un d'autre vous mette en garde. Je ne suis pas particulièrement enchanté de devoir donner ce cours, moi-même, mais c'est une... nécessité, apparemment. Quelque chose qu'on essaie de nous présenter comme un service rendu à la communauté. »

Une fois sorti de la classe de français, Jojo ne s'est hâté nulle part. Son cours suivant ne débutait pas avant une heure, ce qui lui offrait une rare occasion de traîner à travers le campus et de... se faire remarquer. Ce n'était pas un but conscient, plutôt une sorte de légère ivresse dont il avait besoin. Le mieux, et cela arrivait souvent, c'était quand un étudiant qu'il ne connaissait ni d'Ève ni d'Adam le saluait d'un « Go, go, Jojo ! » accompagné d'un énorme sourire et d'un petit geste de la main.

Il faisait beau ; l'une de ces journées de septembre où l'air est sec, le soleil tendrement chaleureux, même pour une peau claire comme la sienne. Il avait chaud au cœur, aussi : Treyshawn, André et Curtis venaient de le traiter comme... *un des leurs*. Ils avaient même voulu claquer du poing avec lui. Mr Lewin en avait été un peu refroidi, d'accord, mais quel événement ! Fiske Hall, le bâtiment qu'il venait de quitter, était à droite du grand parc central. Partout où le regard portait, on apercevait les grandioses édifices qui, même si on ne les avait vus qu'en photographie, suggéraient aussitôt « Dupont » dans les esprits. La célèbre tour de la bibliothèque se dressait juste là, droit devant. Tout autour, les étudiants se dirigeaient résolument vers leurs cours en coupant à travers les pelouses d'un vert intense. Immobile au milieu d'une allée, Jojo méditait sur la direction à prendre afin de satisfaire au plus vite son besoin de reconnaissance. Déjà, un peu plus loin, il voyait – ou croyait voir – un groupe de jeunes qui se poussaient du coude en désignant discrètement sa fameuse et imposante silhouette. Oui, c'était une bonne sensation, très bonne... Ici, à ce carrefour essentiel de la vie estudiantine américaine, au milieu du campus de Dupont, sa grandeur était incalculable. Et ce temps ! Il a empli ses poumons de cette brise fabuleuse, ouvert tous ses pores aux non moins fabuleux rayons du soleil. La question n'était pas de savoir *si*, mais *quand* quelqu'un allait entonner le grisant « Go, go, Jojo ! ».

Une fille arrivée derrière lui l'a dépassé. Elle se rendait à la bibliothèque, visiblement. Mince, de jolies jambes, de beaux mollets, de longs cheveux bruns. Elle ne l'avait pas reconnu, bien sûr, puisqu'elle était venue dans son dos. Il a apprécié ce qu'il pouvait deviner de son petit cul rebondi dans le short en jean et... minute ! C'était la fille du cours, celle qui avait l'air d'en avoir sacrément dans la caboche ! Il reconnaissait sa chevelure, qu'il avait pas mal matée, de sa place. Peu importait qu'elle soit une tronche, en fait. Au contraire, cela lui donnait un côté intéressant, féminin. Ça marchait bien avec son look : ce n'était pas qu'un petit canon, c'était autre chose que ce que l'on considérait comme « une belle meuf », dans le contexte du campus. Il ne parvenait pas à définir ce qui la plaçait *au-dessus* de ça, mais c'était là, évident. Elle faisait penser à ces images dans les contes de fées où la jeune femme attend le baiser de celui qui l'aimera pour être libérée du sortilège qui la tient. Le genre de fille qui a l'air « pure », bien que cet élément n'ait pour effet que de vous donner encore davantage d'idées pas innocentes du tout. Et elle venait de passer près de lui sans se rendre compte de l'être prestigieux qu'elle avait frôlé !

Avec ses jambes immenses, il l'a rattrapée en quelques foulées. « Hé ? Hé ! Hééé ! Attends une seconde ! » Elle s'est arrêtée, s'est retournée et il est arrivé devant elle un sourire de conquérant aux lèvres, se préparant à la réaction habituelle, mais il n'y a pas eu le petit cri étranglé de gamine ébaubie, encore moins le « Ohhh ! C'est... Jojo Johanssen ! ». Pas le moindre petit signe positif, rien qui manifeste la moindre vulnérabilité : elle l'a juste regardé comme n'importe quel inconnu qui viendrait de l'accoster. Bien qu'elle ait gardé le plus complet silence, une nuance défensive dans son expression semblait même demander : « Pourquoi tu me retardes ? »

Accentuant son sourire, il a annoncé « Je suis Jojo Johanssen » et attendu la suite. De nouveau elle s'est contentée de le regarder. « Je suis dans ce cours, là », a-t-il insisté en montrant le bâtiment qu'ils venaient de quitter. Rien. « Je tenais juste à te dire... Impressionnante, vraiment ! Tu en connais un rayon ! » Pas de sourire, pas de « merci ». Elle s'est même encore plus raidie. « Je blague pas ! Sérieux, j'ai été authentiquement impressionné ! » En disant ça, il a vaguement eu conscience que cette véhémente protestation de sincérité revenait à se passer autour du cou un écriteau marqué de la mention « Ringard ». Les yeux de la fille exprimaient... de la peur, maintenant. Il ne lui restait plus qu'à lâcher ce qu'il avait eu en tête depuis le début : « Tu voudrais casser une graine ? »

Pour n'importe quel membre de l'équipe de basket, cette formule – ou toute autre du même genre – était à peine plus qu'un raclement de gorge avant de passer à la vraie question, « Tu veux voir ma piaule ? », par exemple, laquelle n'était elle-même qu'une simple formalité avant de poser une main sur l'épaule de la fille et de continuer. Jojo a revu Mike se démener par terre avec la blonde. Dégoûtant, mais bandant...

Elle le fixait sans dire un mot.

« Ouais ? Alors ? » Les lèvres de la fille se sont enfin mues : « Je ne peux pas. » Elle a tourné les talons et elle est repartie d'un bon pas.

« Hé ! Allez, quoi ! S't'plaît ! Hé-oh ! »

Elle s'est de nouveau arrêtée, sans pivoter entièrement. Jojo a tenté de mettre dans son regard tout ce qu'il possédait en lui de chaleur, de tendresse amicale et de compréhension puis, à voix basse : « Tu ne peux pas ou tu ne veux pas ? » Elle a fait quelques pas, s'est retournée d'un coup, lui faisant face. Sa voix de fillette tremblait : « Tu... tu savais quoi répondre à la question de Mr Lewin, pas vrai ? – Il en est resté muet de stupéfaction. – Et puis tu as décidé de dire une idiotie.

— Mais... Enfin... On peut peut-être admettre que...

— Pourquoi ? – Dans un chuchotement rauque.

— Eh bien... Merde, j'veux dire ! J'ai pas... »

Il se triturait toujours les méninges quand elle est repartie, cette fois apparemment décidée à ne plus s'arrêter avant la bibliothèque. « Hé ! Attends ! Je te vois la semaine prochaine, au cours ! » Elle a ralenti le pas pour lancer par-dessus son épaule : « Je n'y serai pas. Je laisse tomber.

— Hein ? Pourquoi ? » a-t-il crié, et il a cru l'entendre marmonner quelque chose comme « pour les andouilles », quelque chose comme « en français, mon œil ».

Jojo a gardé les yeux rivés sur la mince silhouette qui s'éloignait. Il était en état de choc : non seulement elle l'avait totalement rejeté mais elle était allée jusqu'à le traiter d'idiot, voire d'andouille...

Seigneur Tout-Puissant ! Dans ses reins, la brûlure bien connue grandissait, grandissait, grandissait encore.

5

T'es le mec

Le soir suivant, avant le dîner, Vance, une expression solennelle sur les traits, a fait signe à Hoyt de le suivre dans la salle de billard alors déserte. Là, il lui a annoncé : « Faut qu'on parle sérieusement de cette merde, Hoyt », les bras croisés sur la poitrine.

— Quelle merde, Vance ?

— Tu sais très bien *quelle merde*. La merde avec le gouverneur de Californie. Tu trouves tout ça très drôle, fuck, mais pas moi. Et tu veux que je te dise pourquoi ? »

Je connais déjà la réponse, mon pote, a pensé Hoyt. Tu fais dans ton benne, voilà pourquoi. Tandis que les lèvres de Vance continuaient de bouger, il a laissé ses pensées vagabonder. « Ceux qui tremblent et ceux qui s'imposent. » L'Europe du haut Moyen Âge décrite par Crone le vieux juif ratatiné, ainsi que Hoyt l'appelait dans son esprit, ce prof dont la voix éteinte avait de quoi vous endormir mais qui traînait la glorieuse réputation de noter très sympa. À sa plus grande surprise, Hoyt avait été captivé par le cours. Il avait vécu l'expérience que les vrais érudits, pas les membres de la confrérie de Saint Ray, guettent sans cesse : le phénomène Eurêka ! En ce temps-là, d'après Crone, il n'existait que trois classes d'individus : les guerriers, le clergé et les esclaves. Rien d'autre. De la Chine à l'Arabie, du Maroc à l'Angleterre, que ça ! Presque toujours, le dirigeant d'une nation était un guerrier sacré sur le champ de bataille ; très rarement, le grand-prêtre de la religion locale. Mahomet avait été les deux, lui. Jeanne d'Arc aussi. Le reste de l'humanité évoluait à un degré ou à un autre de la servitude : serfs, métayers ou simple piétaille comme les artistes, les poètes, les musiciens, dont les guerriers toléraient l'existence afin qu'ils les distraient. Dans la Bible, toujours selon Crone, le roi David avait d'abord été un petit esclave qui s'était porté volontaire pour affronter *mano a mano* le grand champion des Philistins, Goliath. En triomphant contre toute attente, il était devenu le superguerrier d'Israël ; entré à la cour du roi Saül, il était monté sur le trône à la mort de ce dernier, damant le pion au propre fils de Saül, Jonathan. Hoyt aimait beaucoup cette histoire. Le Rien-du-Tout transformé en Roi. Ses ambitions étaient similaires : son père, George Thorpe, était lui-même...

« ... embaucher une bande de goombahs pour faire peur aux témoins... »

Parfois, un mot sorti des lèvres inquiètes de Vance atteignait Hoyt dans ses méditations. Celui-ci, par exemple.

« Goombahs, c'est quoi, ça ? s'est-il enquis, non par sincère intérêt mais pour montrer à son copain qu'il l'écoutait.

— Un voyou italien. Et ces types-là, crois-moi... »

« Goombahs. Oh, lâche-moi la grappe cinq minutes, mon pote », s'est dit Hoyt. Mon père, il en bouffait au petit déjeuner, des goombahs ! Dans ses souvenirs, son papa, George Thorpe, était plus que bel homme avec sa crinière noire, sa mâchoire carrée, son menton volontaire ; « pareil que Cary Grant », s'extasiaient toujours les gens, ce qui plaisait beaucoup au paternel. Il avait une voix de nez, un accent de la haute new-yorkaise qui suggérait une enfance en pensionnat. Il faisait parfois des allusions sibyllines à son passage à Princeton, et au fait que son propre père y avait été avant lui. Il était encore plus mystérieux sur son temps dans les Forces spéciales au Vietnam, où il avait vu – littéralement *vu* ! – des nuées de balles de kalachnikov lui arriver dessus à cinq fois la vitesse du son. On aurait cru des abeilles vertes, affirmait-il, mais comme il avait appartenu à l'élite suprême, la force Delta, il ne pouvait pas trop entrer dans les détails. En fait, il n'était même pas censé confier à ses proches qu'il avait servi dans cette unité. Pour dire à quel point c'était l'élite... Grâce à ses antécédents, il avait réussi à devenir membre du très select Brook Club de New York puis, avec ce respectable écusson sur son bouclier, dans quatre autres cercles fermés du gratin new-yorkais. Là, il avait recruté parmi ses pairs au profit des trois fonds spéculatifs hautement ésotériques qu'il avait constitués dans le but de vendre des titres à court terme en plein boom de Wall Street, dans les années 1980. Peu après, il avait changé son nom, George B. Thorpe, en Armistead G. Thorpe, ce que Hoyt, même à l'âge tendre de huit ans, avait trouvé plutôt bizarre, mais ses parents lui avaient certifié qu'Armistead était le nom de jeune fille de la mère de son père, lequel l'avait aimée tendrement, et Hoyt avait gobé l'explication.

La maman de Hoyt, née Peggy Springs, était une jolie petite brune soumise, genre rat de laboratoire, comptable certifiée de son état et titulaire d'une maîtrise de l'université de l'Illinois-Sud en économie. C'était elle qui avait fignolé les livres de comptes de George B. puis d'Armistead G. Thorpe, elle qui confirmait les histoires de son mari même quand elles menaçaient de s'effondrer faute de fondations crédibles et elle qui était trop contente de rester timidement dans son terrier – à la suggestion de son mari – lorsqu'il allait chercher de nouveaux investisseurs à la faveur d'incessants déjeuners et dîners dans l'un ou l'autre de ses divers clubs.

Bien qu'ayant toujours voulu croire que les intentions de son père étaient de s'élever toujours plus haut dans l'aristocratie de la finance, et malgré toute sa piété filiale, Hoyt n'avait pas pu ne pas remarquer que le paternel en était venu à créer de nouveaux fonds d'investissement dans le seul but de trouver du liquide avec lequel apaiser les participants aux fonds antérieurs, inquiétés par leurs pertes et sur le point de saisir la justice. Il était allé jusqu'à convaincre une simple employée de banque, une accorte blonde de vingt-quatre ans originaire d'Estonie et grandie sur une île du Maine, Vinalhaven, avec laquelle il aimait flirter quand il se rendait dans l'établissement où elle travaillait, d'investir toutes ses économies – un bon du Trésor de vingt mille dollars que ses parents, respectivement veilleur de nuit et aide-soignante, lui avaient donné pour son vingt et unième anniversaire – dans un fonds de spéculation sur le marché à terme de titres eux-même à terme. C'était compliqué, de la dynamite, « un risque pris sur le risque, avec le fameux effet cumulatif et... bingo ! ». Il avait demandé à Peggy de lui imprimer du papier à lettres, un contrat et une brochure fabriquée sur ordinateur pour crédibiliser l'opération, et avait ouvert un compte spécial afin d'encaisser le chèque. Cela avait été l'un de ses derniers mais multiples tours de passe-passe destinés à retarder la chute, avant que tous ses montages ne s'affalent comme un château de cartes.

À ce moment, Hoyt et ses parents habitaient une maison initialement construite pour l'ancienne star de western Bill Hart à Belle Haven, Greenwich, près de la passe de Long Island. George Thorpe avait alors jugé préférable de se faire un peu oublier, le temps que les choses se tassent. Toujours conscient des risques potentiels que ses créanciers et partenaires pouvaient poser, il avait depuis longtemps mis la demeure au nom de Peggy la Passive, mais il voulait désormais récupérer ses droits de propriété, et vite. Pour la première fois, la mère de Hoyt allait laisser sa raison parler plus fort que son cœur aboulique : connaissant les embrouilles de son mari de fond en comble, elle avait tergiversé et tergiversé, consciente que la situation était grave, cette fois. Un jeudi matin, sur le ton le plus détaché du monde, dans le style « Ah, je ne te l'avais pas dit ? », il avait annoncé qu'il se rendait à un week-end de travail entre investisseurs immobiliers à Sea Island, en Géorgie, il avait préparé deux sacs et il s'était rendu à l'aéroport de La Guardia. Ils ne l'avaient plus jamais revu. Assaillie par les banquiers, les assureurs et les clients grugés, Peggy leur avait opposé un visage aussi impassible qu'innocent, et elle avait réussi à garder la maison. Ayant trouvé un emploi de comptable aux Outils Stanley de Stamford, elle gagnait juste de quoi payer – honnêtement – le crédit, mais Hoyt avait dû quitter la coûteuse école privée de Greenwich qu'il fréquentait jusque-là.

En mettant de l'ordre dans les affaires de George, Peggy avait appelé l'association des anciens de Princeton pour actualiser son dossier ; ils n'avaient pu trouver son nom dans leurs listes, cependant, pas plus que celui de son père, Linus Thorpe. De même, l'armée n'avait aucune trace d'un capitaine George Thorpe, mais Peggy était tombée par hasard sur une cachette de lettres jaunies, féminines, intimes, adressées à George Thornton, ou George Thurlow, ou George Thorsten. Bref, elle n'avait jamais trouvé le moindre document relatif au passé de son époux, voire à son simple passage sur cette terre. Hoyt, alors âgé de seize ans, avait repoussé tous ces doutes : pour lui, le paternel était et resterait un héros de guerre, un dur. Tout s'expliquait sans doute par son passage dans la force Delta : ils avaient dû détruire ses dossiers.

À son entrée dans le secondaire, il était un garçon plutôt petit et mince que deux solides bizuteurs de sa classe avaient décidé de prendre pour tête de Turc. La torture qu'ils appréciaient par-dessus tout consistait à l'enfermer dans un placard à balais au bout d'un couloir peu fréquenté de l'école, où le malheureux devait s'époumoner et taper dans la porte jusqu'à ce que quelqu'un vienne le libérer. Il avait ainsi raté de nombreux cours, au détriment de ses résultats scolaires, et cependant il n'en avait jamais dit un mot à ses professeurs car il n'y avait rien de plus honteux que de cafarder, rien. Après trois semaines de ce traitement, il avait fini par en parler à sa mère en lui faisant jurer qu'elle ne le répéterait pas à son père, serment que Peggy s'était empressée de transgresser. Après avoir gratifié Hoyt d'un regard de tueur de Vietcong, George avait déclaré qu'il se rendrait à l'école le lendemain, attraperait le principal au collet, si nécessaire, et lui expliquerait dans les yeux pourquoi ce scandale devait cesser. « Ces conneries » avait été le mot employé, car il estimait qu'un père se devait de partager son franc-parler avec son fils, s'il voulait faire un homme de ce dernier.

Pitié, non ! Mettre le protal au courant ? C'était encore pire que cafarder, d'envoyer Papa et Maman jouer les mouchards ! Dans ce cas, avait rétorqué son paternel, il lui restait un choix : ou bien Hoyt sonnait sérieusement chacun des bizuteurs sur le nez – non avec le poing mais avec l'avant-bras, technique dont il avait aussitôt fait la démonstration à son fils et qui, aux yeux de ce dernier, venait sûrement de l'entraînement des commandos Delta –, ou bien Mr Thorpe père irait trouver le principal. Sauf que la première option était... impossible ! Ces deux-là étaient bien plus forts que lui ! Ils le massacreraient ! Non, avait répliqué le père : un bon coup sur le pif, surtout s'il produisait beaucoup de sang, les dissuaderait à jamais de l'importuner, eux ou n'importe qui à l'école et, de plus, lui permettrait dès lors de sortir de quatre-vingt-dix-neuf pour cent des situations tendues avec un regard intimidant et quelques mots propres à faire frémir l'ennemi potentiel. « À le faire chier dans son froc », avait-il dit précisément, toujours désireux de ne pas déroger à sa règle du franc-parler.

Oui, mais... sauf que... c'était impossible ! Haussant les épaules, son père avait constaté que, dans ce cas, Hoyt devait s'attendre à un gros problème : celui de voir George B. Thorpe débouler dans l'établissement pour faire un scandale – pour « foutre le bordel ». Ce dernier argument avait été définitif. Le lendemain, quand l'une des brutes avait commencé à le houspiller, Hoyt avait d'abord bredouillé les timides protestations d'usage puis, sans préavis, il avait contre-attaqué en lui claquant le beignet d'un sérieux coup de l'avant-bras. Le sang avait giclé dans tous les sens et ce que son père avait prédit s'était réalisé point par point : plus personne n'avait cherché noise à ce petit freluquet qui, désormais, se tirait de chaque mauvais pas par un regard fixe et de brefs commentaires sans appel.

Mais tout cela, c'était avant, à l'école privée. Quand il avait dû passer au lycée public de Greenwich – dont le palmarès scolaire n'était pas mauvais, pour un établissement de ce genre –, la réalité s'était révélée différente. Au troisième jour de classe, quatre jeunes d'allure hispanique l'avaient coincé dans le couloir, entre deux cours. Le porte-parole du groupe, qui ne s'était pas rasé depuis une bonne semaine, avait de grosses veines saillantes sur les biceps, à force de travailler les poids. Il voulait savoir comment le nouveau s'appelait. « Hoyt ? avait-il répété. C'est quoi, ça ? C'est un nom ou c'est un bruit de pet foireux ? »

La perspective de la controverse sans issue, des ricanements stupides et des provocations convenues avait tellement déprimé Hoyt que, sans un mot, sans changer d'expression, il avait joué à nouveau de l'avant-bras. Le nez comme des chutes du Niagara vermillon, le meneur, le beau parleur n'avait poussé qu'un demi-cri gémissant avant de tomber en arrière, soutenant son pif dans ses deux mains comme s'il s'agissait de son propre enfant, le sang giclant entre ses doigts. Les trois autres, qui étaient alors tombés sur Hoyt, en auraient certainement fait de la pâtée si deux enseignants passant par là n'avaient rompu la mêlée. Bien que les quatre durs eussent promis à ce *blanquito* fils de *puta* une horrible punition, celui-ci avait en réalité passé ses quatre ans de secondaire sans être importuné une seule fois.

Désormais, tous les clans de l'établissement le trouvaient cool. Il avait pris de l'étoffe, son menton s'était creusé d'une virile fossette et toutes les filles le jugeaient craquant. Il avait quatorze ans quand il avait « scoré » pour la première fois, sur le canapé du salon de sa partenaire dont les parents dormaient dans la chambre juste au-dessus. La gisquette n'était pas au lycée public, cependant, mais au bahut privé qu'il avait jadis fréquenté, et sans même en avoir conscience Hoyt avait passé de plus en plus de temps dans ces cercles, s'habillant à la manière bohème mais plus recherchée des garçons du privé, portant les cheveux assez longs quoique pas dans le style rebelle. Du coup, les filles de son lycée l'avaient encore plus apprécié, ce qui ne l'avait pas laissé indifférent, bien au contraire : c'était avec elles qu'il avait véritablement perfectionné ses aptitudes sexuelles, surmonté les défis classiques de l'adolescence tel que l'éjaculation précoce.

En raison de la formation relativement plus sérieuse qu'il avait reçue dans le privé, Hoyt avait une bonne année d'avance sur la plupart de ses camarades de classe. Il avait veillé à maintenir cet avantage, non par volonté d'atteindre l'excellence scolaire mais à cause du statut que conféraient les bonnes notes. Au début de la dernière année de lycée, ses copains de la boîte privée avaient commencé à évoquer le fait qu'un bon bulletin ne suffisait pas pour entrer dans les meilleures universités. Il fallait y ajouter un « plus », parfois appelé « crochet » : quelque preuve d'excellence en dehors du cursus scolaire, qu'il s'agisse de sport, de jouer du hautbois, d'un travail d'été dans un laboratoire de biotechnologie. Quelque chose, n'importe quoi, témoignant de sa volonté d'« accomplissement ». Hoyt n'avait rien, lui, et il s'est mis à cogiter sur ce sujet.

Un soir, à la télévision, il est tombé sur un reportage consacré à une association charitable new-yorkaise, « Moisson urbaine », dont les camions frigorifiques faisaient la tournée des restaurants la nuit afin de ramasser les aliments consommables qui allaient être jetés encore pour les livrer aux foyers de sans-abri. Aussitôt, Hoyt a eu une illumination. Il a entraîné un camarade de classe un peu niais mais qui présentait l'avantage de pouvoir emprunter le minivan Chrysler de ses parents dans l'aventure de la « Patrouille des Protéines à Greenwich », l'intitulé de l'organisation qu'il venait de concevoir. Il a persuadé la nouvelle prof de dessin – une belle blonde de vingt-trois ans qui avait visiblement un faible pour lui mais n'osait pas se laisser aller – de créer les affiches et le logo, reproduit en vert foncé sur deux sweat-shirts blancs. En fait, la patrouille en question ne prospectait aucune protéine, puisque son véhicule non réfrigéré ne pouvait transporter ni viande ni légumes frais, seulement des féculents sous la forme de pain un peu rassis en provenance de deux boulangeries que les deux bons Samaritains livraient à une église presbytérienne locale servant la soupe populaire. Hoyt ne devait approcher de près les récipiendaires de sa générosité qu'en une seule occasion, d'ailleurs : le jour où une certaine Clara Klein, pigiste pour le *Greenwich Times* toujours en quête de nouveaux « angles », avait été alertée par le pasteur de l'église, le révérend Burrus, et avait consacré un papier à la Patrouille, illustré par une grande photo de Hoyt le bras passé autour des épaules d'un vieil habitué de la cantine humanitaire. Le contraste était frappant entre ce jeune chevalier tout en blanc et le petit clochard aux cheveux gris et sales, à la peau brunie par la saleté, au sac-poubelle maculé de déjections transformé en poncho, au jean d'une couleur indéfinissable et aux chaussures de sport Lugz.

Dans son dossier de candidature à Dupont University, ce cliché avait fortement impressionné les responsables de la sélection. Outre son physique avantageux, le garçon semblait plein de compassion envers les déshérités mais aussi capable d'initiative et d'imagination. Il avait constitué un service mobile très efficace, avec uniforme distinctif et tout, qui procurait aux êtres dans le besoin une nourriture roborative en provenance des meilleurs restaurants d'une ville prospère ; c'était du moins l'image que Hoyt les avait laissés se forger. Qu'il fût lui-même issu d'un foyer en crise, avec une mère obligée de peiner à un travail ingrat, ne faisait qu'ajouter à ce tableau flatteur, très convaincant pour le département des admissions universitaires.

Si Hoyt avait dû forcer sur la note du « jeune sans ressources mais méritant » pour obtenir une bourse couvrant partiellement ses frais d'études, sans laquelle il n'aurait pu accéder à Dupont, il avait pris le plus grand soin de cacher cet aspect à ses comparses du campus. Quand on l'interrogeait, il mentionnait qu'il avait fait son lycée à Greenwich, que ses parents étaient divorcés et que son père était un investisseur *international*, ce dernier point en référence à la petite Estonienne émigrée qu'il avait plumée de ses économies. Les modestes activités de comptable de sa mère étaient passées sous silence.

Il n'était jamais venu à l'idée de Hoyt qu'il avait aussi ce point commun avec son père : la tendance à masquer allégrement son passé et à s'inventer une ascendance qu'il n'avait pas. En bref, c'était un snob de la deuxième génération, qui avait tellement bonne allure, manifestait un tel aplomb, dégageait une telle aura, avait cultivé un tel accent new-yorkais que personne n'aurait pensé à douter de son autobiographie. Il n'avait eu aucun mal à entrer au sein de ce que tout le monde considérait comme la plus sélecte des fraternités étudiantes, Saint Ray, alors que quatre d'entre d'elles avaient brigué l'honneur de l'avoir pour membre. Personne ne savait ce qu'était Saint Ray, exactement, sinon que s'y retrouvait le type même de l'étudiant au statut social supérieur. Quelqu'un comme Vance, par exemple, dont le père, un fana de golf, avait pris sa retraite à cinquante ans après avoir amassé des fortunes avec un fonds de placement, possédait des propriétés au Cap-Ferrat, à Carmel en Californie – sur la plage –, à Southampton et à New York – où il appartenait à deux clubs de golf très huppés –, plus un appartement de vingt pièces au 820 de la Cinquième Avenue qui, pour Vance, était « la maison ». C'était l'un de ses oncles qui avait financé la majeure partie de la construction de l'opéra de Dupont. Que des garçons comme Vance admirent son aristocratique hardiesse était donc, pour Hoyt, d'une importance capitale.

Et là, dans la salle de billard, tandis qu'il fixait des yeux le visage angoissé de Vance, il sentait que son niveau d'imbibation éthylique approchait de la perfection. Il était de plus en plus convaincu que son destin faisait de lui un chevalier fendant avec superbe son chemin à travers des hordes d'étudiants prisonniers de leur mentalité d'esclave. Le problème, c'est que cette idée l'amenait à penser au mois de juin prochain, quand le chevalier aurait besoin de se trouver un boulot dans une banque en ligne... C'était la seule issue, mais ses notes ! « Arrête de penser à ça, fuck ! » s'est-il ordonné : ne pas faire grise mine devant son ami.

« ... nous débusquer ici ! a terminé Vance, dont la voix avait atteint des aigus très peu cool.

— On va pas attendre que le gouverneur vienne nous chercher ici, non, a objecté Hoyt : on va l'inviter, nous !

— On va quoi ? a glapi Vance. Qu'est-ce que tu débloques ? »

Ah, cet air effrayé qu'il avait ! Délectable. Hoyt n'avait lui-même aucune idée précise de la proposition qu'il venait de lâcher. C'était le principe qui lui plaisait. Il a continué à aiguillonner Vance :

« Si on arrive à l'attirer, on peut l'obliger à lever ses putains de pattes en l'air et à supplier, ouais. »

Vance s'est tu un moment, puis :

« Écoute, Hoyt... Est-ce que quelqu'un a jamais été assez honnête pour te dire que t'es complètement à la masse ? »

Hoyt a laissé partir un éclat de rire ravi. Il était à la fête. Plus *légende vivante* que jamais. Il ne restait plus qu'à trouver comment attirer le gouverneur de Californie sur le campus, à la volonté du chevalier H. Thorpe. Lequel connaissait au moins une chose capable de transformer le bonhomme en gelée frissonnante.

« ... ça marrant, qu'on te traite de fou ? continuait Vance. Tu prends ça pour un compliment, hein ? – Il a observé d'un œil incrédule l'expression extatique qui était apparue sur les traits de son copain. – Eh bien c'en est pas un, non. Tu délires pas bien, là, tu es juste cinglé. »

Hoyt a jappé un nouveau rire.

« Hé, tu tiens ta chance, mec ! Reste avec moi et tu vas voir, tu vas être une légende pour de bon !

— Moi ? Je pense pas, non. J'en ai rien à battre, d'être une légende. Ça me donne des boutons, si tu veux savoir.

— Oh, allez, allez ! Tu tiens de l'or, mon petit, et tu t'en rends même pas compte. Attends que j'aille prendre une bière et je t'explique comment on va faire. »

Quand Jojo est arrivé à la salle d'étude, Charles Bousquet et Vernon Congers se tenaient juste devant lui. Il entendait Charles charrier le grand dadais, ce qui était une habitude puisque Congers était, *petit a)* un bizuth, *petit b)* une proie facile : « Arrgh, mec, j'en crois pas mes oreilles ! Mais qu'est-ce que t'as, hein ? Tu veux que les gens finissent par penser que t'as pas l'électricité à tous les étages ? » Congers lui a jeté un regard vide et sombre. Il avait toujours du mal à analyser et à assimiler les expressions imagées de Charles, lequel a poursuivi : « Bon, une facile, maintenant. Dans quel État on est, là ?

— Dans quel... état ?

— L'État, ouais. Les USA sont formés de cinquante États et nous, on est dans un de ces États, présentement. Lequel c'est, Vernon ? »

Sourcils froncés, le bizuth a soupesé la question, redoutant un piège, avant de répondre :

« La Pennsylvanie.

— Exact ! a fait le sadique. Bon, et la capitale, c'est quoi ? »

Congers était sec, là, mais il n'avait pas assez d'esprit pour refuser de continuer ce petit jeu de devinettes. Après un moment d'hésitation irritée, il a proposé : « Philadelphie.

— Seigneur Dieu, Vernon ! Phi-la-del-phie ? La capitale de la Pennsylvanie, c'est Harrisburg. H-a-r-r-i-s-b-u-r-g ! À deux cents et quelques bornes à l'ouest d'ici. Harrisburg, mec ! »

Curtis, Alan et Treyshawn avaient tendu l'oreille, entre-temps, et le premier a lâché un ricanement étouffé. « Qu'est-ce qu'on s'en branle ? a grommelé Congers.

— Mais si, Vernon, a insisté l'inquisiteur. Faut que tu connaisses ces trucs-là. T'es un mec en vue, maintenant. Pense à la fucking presse ! S'ils commencent à te poser des questions ? T'es plus un rien du tout, là. Ils vont te mettre sur la putain de sellette ! »

Des rires à peine étouffés ont fusé. Congers a eu une moue de colère mais Charles ne voulait plus le lâcher : « Faut que tu connaisses un peu d'géographie, mec ! Dégotte-toi une carte, ou regarde une mappemonde, ou mets-toi devant la chaîne Histoire et Culture, je sais pas ! Sans ça, qu'est-ce que tu vas dire à ta reum quand elle te demande où qu'tu es, présentement là ? »

L'hilarité n'était même plus déguisée. Avec un regard furibond à Charles et au reste de la bande, Congers a sifflé « Fuck you » et s'est jeté dans la petite pièce de la résidence qui accueillait les deux heures d'étude obligatoires de l'équipe de basket chaque soir après dîner. Tout le monde s'est esclaffé de plus belle. Jojo, lui, a repris sa respiration. Il était heureux de ne pas s'être trouvé dans le champ de vision de Congers. Bien qu'il eût assez de sadisme en lui pour apprécier de voir son jeune rival ridiculisé, il trouvait que Charles était allé trop loin. Non seulement il avait affecté l'accent du ghetto avec des intentions sarcastiques que même Congers était capable de saisir, mais il avait abordé le sujet de sa mère, une simple plaisanterie, certes, mais en insinuant qu'elle n'était même pas capable de savoir où son fils étudiait. Jojo avait une expérience suffisante des joueurs noirs pour savoir qu'ils étaient chatouilleux, dès qu'il était question de leur mère, et c'était particulièrement vrai pour Congers. Sans connaître son passé en détail, Jojo n'ignorait pas que le nouveau représentait le cas typique du garçon du ghetto élevé par une mère célibataire à Hempstead, un coin proche de New York, croyait-il se rappeler. Charles, au contraire, avait grandi dans une banlieue assez respectable de Washington, son père était responsable d'une unité de sécurité au Département d'État et sa mère enseignait l'anglais à l'école de leur quartier.

Ayant pris place à un pupitre vers le fond de la salle, Congers a fait claquer sur le bras de la chaise un classeur en plastique – whack – ! comme s'il voulait écrabouiller une mouche. Malgré son visage de bambin, il était beaucoup plus fort et massif que Charles, plus de deux mètres, peut-être cent vingt kilos, vraiment balèze alors que Charles, quoique bien gonflé par Chien Fou, leur expert en musculation, avait une constitution plus légère. Jojo a noté la carrure de Congers parce que ce dernier était visiblement furieux et que l'on pouvait se demander ce qui se passerait si jamais...

La séance a commencé de façon habituelle, c'est-à-dire qu'il aurait fallu être sourd ou avoir la capacité de concentration d'un

Charles Bousquet pour arriver à étudier. Les suspects habituels lâchaient des pets, sortaient des vannes en feignant de chuchoter, se livraient de sournoises batailles avec des bonbons Blue Shark en guise de missiles, bref faisaient les idiots. Brian Glaziano, un entraîneur-assistant installé sur l'estrade, était censé veiller à ce que les étudiants gardent le nez dans leurs livres, mais il était jeune, blanc, et ne pesait rien du tout, comparé aux joueurs d'élite dont il avait théoriquement la garde.

Assis devant un classeur et quelques polycopiés, Jojo feuilletait un catalogue d'accessoires automobiles, rêvant tout éveillé à la manière de rendre son Chrysler Annihilator encore plus fabuleux. Il était une rangée derrière Congers, à trois ou quatre mètres sur le côté. Lui jetant un coup d'œil, il a surpris une scène inattendue : saisissant une feuille de papier vierge, Congers l'a roulée en boule dans sa bouche et a entrepris de la mastiquer. Cela doit avoir un goût épouvantable, avec tout l'acide qu'ils mettent dans le papier, s'est dit Jojo, mais Congers en a pris une autre, l'a mâchée, puis une autre encore, sans jamais avaler. Il avait les joues gonflées comme les grenouilles des documentaires éducatifs que l'on passe à l'école primaire ; ses yeux n'étaient plus que deux fentes distillant la fureur. Sous le regard stupéfait de Jojo, Congers a alors craché dans ses mains réunies en coupe un énorme tas de bouillie grisâtre qu'il a entrepris de modeler comme on le ferait d'une boule de neige, une salive sale dégoulinant entre ses doigts. Ensuite, déployant son corps démesuré, il a armé son bras et envoyé de toutes ses forces la balle baveuse – splaff ! – sur le dos d'un crâne brun et rasé à trois rangées devant lui. Le crâne de Charles, bien sûr, que Jojo n'avait jusqu'alors pas remarqué à cette place, tant les nuques brunes et rasées se ressemblaient toutes.

À la manière Charles Bousquet, calme et précise, ce dernier a relevé le nez de son livre, le regard droit devant lui, a passé une main derrière sa tête, a retiré le chancre mouillé et l'a observé un instant. Puis il a tâté le col de son tee-shirt, maculé de pulpe de papier et de salive. C'est seulement alors qu'il s'est retourné.

Son regard est d'abord tombé sur Jojo, qui le fixait sans bouger, bouche bée. En quelques secondes, Charles a apparemment décidé qu'il était un très improbable suspect puisque ses yeux sont partis en laser sur Congers, soudain incroyablement absorbé par son classeur, dans lequel il paraissait prendre des notes. « Toi ! » a crié Charles d'une voix grave. Évidemment, tout le monde dans la salle a relevé le nez, à l'exception de Congers, dont le stylo à bille se démenait plus que jamais sur le papier. « *Tou-a* ! a répété Charles. Ouais, j'veux dire toi, sale né... enculé d'abruti d'malade, là ! » Il s'était retenu in extremis d'employer le terme de « négro » en raison de la présence de Jojo et de Mike : les joueurs blacks n'employaient jamais cette injure, même pour plaisanter, s'il y avait le moindre Blanc dans les parages.

Congers ne pouvait plus feindre de ne pas avoir entendu. Il s'est levé, repoussant bruyamment sa chaise en arrière, et a pris sa respiration. Son tee-shirt moulant évoquait plus une pellicule qu'un vêtement sur ses muscles de plus en plus saillants. Avec un regard de pure haine, il a lancé à Charles d'une voix tendue, étonnamment aiguë : « Pour qui tu te... Enculééé ! » Sur ce, il s'est mis lentement en marche vers son ennemi, plus terrifiant qu'un lutteur professionnel. Charles s'est levé à son tour, jambes légèrement écartées, et l'a attendu dans la travée les bras croisés, la tête penchée de côté, avec une moue ironique. Congers s'est arrêté à un mètre à peine de lui et, pendant un moment qui a paru interminable à Jojo, les deux garçons se sont livrés à un duel de regards menaçants. Enfin, Congers a pointé son index sur Charles, une fois, deux, trois, sans proférer un son jusqu'à ce que, sur le même ton qu'avant : « Ouvre ta gueule encore, enculé, et je... » De nouveau incapable de finir sa phrase.

« Tu quoi, grand couillon ? » a fait Charles comme s'il s'ennuyait ferme à rester là sans un geste, une expression sceptique sur le visage. Congers l'a fusillé du regard un instant de plus avant de conclure avec importance : « Tu m'as entendu. » Tournant les talons, il a ajouté un autre « Enculé » entre ses dents, et il a regagné sa table.

Il n'y a pas eu un son, pas un rire, pas même un gloussement étouffé. Chacun, Jojo compris, se sentait trop gêné pour le nouveau. Il avait été si piteux qu'ils préféraient oublier l'incident, ne pas commenter la manière dont il avait tenté de provoquer Charles, le cool des cool, avant de se dégonfler comme une lavette.

Revenus à leur appartement, Jojo et Mike restaient sous l'impression de la scène, cependant. La fenêtre du salon était ouverte mais la nuit était si noire que l'on ne pouvait distinguer la tour de la bibliothèque, ni la cheminée de la centrale électrique. Pendant que Jojo se mettait à l'aise dans un fauteuil, Mike a commencé à faire les cent pas ; la seule perspective d'un combat entre deux mâles peut susciter une telle montée d'adrénaline chez un jeune coq. « Comment qu'il lui a parlé ! s'est-il remémoré. Même s'il avait dit "négro" jusqu'au bout, l'autre aurait pas pu être plus dingue. Quand il s'est levé et qu'il a avancé sur Charles, je me suis dit qu'il allait...

— Tu sais quoi, Mike ? l'a interrompu Jojo. Cette histoire de salle d'étude, c'est une vaste foutaise. Travailler là-dedans, fuck ? Y z'arrêtent pas de déconner, de faire des blagues, de péter. Résultat, on est coincés là-bas deux heures, fuck, à rien foutre.

— Sans déc'.

— Et Charles, pour commencer, qu'est-ce qu'il en à battre ? Le coach, il demande pas aux flotteurs de faire ces deux heures, alors qu'on sait tous que Charles a d'aussi bonnes notes qu'eux. Pourquoi lui faire perdre son temps au milieu de keums qui foutent le box' ?

— Ah ! a ricané Mike, alors tu piges pas, Jojo ? Le coach, il se balance de ce que les flotteurs fabriquent le soir. Parce qu'ils jouent pas, eux ! Ils font pas vraiment partie du tableau. Mais nous ? Nous, il veut nous garder occupés toute la journée, qu'on se disperse pas. Il voudrait pas que Charles ni aucun de nous traîne sur le campus le soir. Ou qu'il puisse penser, même. C'est pas productif, de penser ! »

Jojo a hoché la tête d'un air songeur. Peut-être Mike voyait-il juste, là. Ils se levaient avant l'aube, petit-déjeunaient dans leur salle à manger séparée, allaient lever des poids à la salle de gym ou bien descendaient sur la piste de course. Le seul moment où ils n'étaient pas qu'entre eux, c'était les cours et même là, à qui parlaient-ils ? Parfois une groupie en chaleur qui passerait plus tard à la résidence, histoire de donner un peu de cul...

La fille aux longs cheveux bruns a surgi dans sa tête, celle du cours de français... Mais elle n'était pas en chaleur, celle-là, et en aucun cas groupie ; comment elle te l'avait envoyé balader ! Elle était... pure ! C'était cette pureté qui rendait sa beauté unique, ça et le simple fait qu'elle soit inapprochable. Son bas-ventre s'est ému au point qu'il a senti la tumescence frotter contre la fermeture-éclair de son pantalon. La vache, il n'aurait pas dit non à un petit bout de ça. Depuis l'autre fois, il ne l'avait plus jamais aperçue. Fidèle à sa parole, elle n'avait pas remis les pieds dans la classe de... Machin-chose.

« ... Et ensuite l'entraînement de trois heures et demie, fuck, et ensuite quoi ? Le dîner, où on revoit les mêmes fucking gueules... » Absorbé dans sa sublime vision, Jojo avait perdu le fil de ce que Mike racontait. « ... Ou bien aller gratter du papier à la putain de bibliothèque, pour se rappeler qu'il y a autre chose que le fucking basket, dans la vie...

— Oh merde ! s'est exclamé Jojo en lançant ses mains au-dessus de la tête, doigts écartés comme s'il tenait entre eux un énorme ballon d'entraînement. J'ai complètement oublié, fuck ! J'ai une dissert' pour demain.

— En quoi ?

— Histoire américaine. Cet enfoiré, là, le lourd, je sais pas où ils sont allés pêcher qu'il soutenait les sportifs, celui-là. Si c'est un "ami des sports", alors moi j'suis... J'sais pas quoi. Quelle heure il est ?

— Presque minuit.

— Merde ! Si je le bipe maintenant, il va avoir la haine !

— Qui, il ?

— Mon répétiteur en histoire. Adam, il s'appelle. Mais j'crois que j'ai pas le choix. Merde, je déteste avoir à lui faire ça. Il est sympa, ce mec... Heureusement que c'est un petit freluquet, il va prendre ça sans me botter le cul, fuck ! »

Joignant le geste à la parole, il a donc bipé le petit freluquet, qui l'a rappelé presque aussitôt. Jojo lui a annoncé qu'il devait le voir sur-le-champ. Entre-temps, Mike avait allumé la télé mais, vite barbé par le feuilleton qui passait, il a convaincu Jojo de se lancer dans un jeu vidéo en attendant le répétiteur. Il n'a pas eu beaucoup de peine à le persuader puisqu'il était le propriétaire d'une nouvelle PlayStation 3, appareil fantastique avec sa résolution d'images impeccable, sa carte-son très convaincante, de sorte que l'on avait vraiment l'impression de disputer un match serré – football, base-ball, basket-ball, boxe, judo, tout ce qu'on voulait – dans un stade géant, sous les acclamations de la foule. Dément, le réalisme. Comment ils arrivaient à fabriquer des trucs pareils ? Ils se sont donc installés avec leurs commandes pour leur jeu favori du moment, Cascadeur : juché sur une bicyclette dans une gigantesque section de conduite en béton, il s'agissait d'exécuter diverses acrobaties sous les vociférations de milliers de spectateurs. Le mieux, c'était les chutes. Dans la vie réelle, elles vous auraient coûté la vie mais sur la PlayStation elles déclenchaient des fous rires quand votre adversaire se brisait le cou sur le béton de la piste... Ils ont bientôt été tellement absorbés par la partie qu'ils ont oublié l'heure, et il leur a fallu un moment avant de se rendre compte que quelqu'un frappait avec insistance à la porte de l'appartement.

Jojo est allé ouvrir. « Salut, Adam ! » a-t-il fait en ouvrant les bras dans un geste de bienvenue, avec le ton et l'expression que, d'ordinaire, on réserve à un ami très cher que l'on revoit après une éternité. « Entre, entre ! »

Le répétiteur d'histoire ne paraissait pas aussi enchanté par ce rendez-vous tardif que son hôte, toutefois. « Adam, tu connais mon colocataire, bien sûr ? Ce vieux Mike Micro-ondes ?

— Hé, comment va ? » a prononcé Mike avec un grand sourire et en tendant la main au nouveau venu, qui l'a serrée sans enthousiasme, ses traits figés lançant le message muet « O.K., venons-en au fait... ». Sur l'écran de la télé, Cascadeur était en pause, sous les hurlements de la foule réclamant encore de l'action.

Il aurait paru de taille normale à côté de la majorité des étudiants de Dupont, mais, devant Jojo, le répétiteur faisait tout chétif. Son visage était agréable, avec une certaine joliesse, des lunettes à très fine monture en titane, mais c'était surtout ses cheveux que les gens remarquaient, d'habitude : plutôt longs, avec une profusion de mèches bouclées devant, une collerette derrière, et... une raie ! Incroyable ! Son pantalon baggy et son pull noir avaient l'air de pendre sur son corps, non de l'habiller. Il était aussi délicat que Jojo était massif et, bien qu'ils fussent dans la même année, il semblait bien plus jeune que le basketteur.

Un silence gêné s'est installé, que Jojo a jugé nécessaire de dissiper : « Euh, Adam, tu vas me tuer mais... – Il a baissé la tête et l'a secouée, tout en souriant d'un air absent. – Tu devines pas ? » Reprenant une mine sérieuse et se décidant à le regarder en face, il s'est hâté de lui expliquer son problème.

« D'accord, a répondu le garçon d'un ton calme. Le sujet du devoir, c'est quoi ?

— Quelque chose... Quelque chose à propos de la Guerre révolutionnaire ?

— Ouais ?

— Ouais. Attends une seconde, je l'ai imprimé. »

Jojo a couru dans sa chambre à coucher. Mike, pour sa part, était déjà revenu au Cascadeur, jouant en solo et lançant des « Oh, fuck ! » chaque fois qu'il se cassait le cou sur l'écran. La foule continuait à crier et à gronder.

Revenu avec un e-mail imprimé, Jojo s'est penché sur la feuille : « Ça dit que... C'est censé être au sujet de... Ah, voilà ! "La personnalité psychologique de George III en tant que catalyseur de la Révolution américaine"... De huit à dix pages, il veut là-dessus, le mec ! C'est quoi, un "catalyseur", à propos ? J'en ai entendu parler mais je vois pas trop ce que c'est.

— Oh, fuck ! s'est exclamé Mike devant une explosion de couleurs vives et de lumières de stade.

— C'est pour quand, Jojo ? s'est enquis Adam.

— Eh ben... demain. Le cours est à dix heures. – Sourire doucereux. – J't'l'avais dit, que tu allais me tuer...

— Dix heures ? Demain ? Jojo ! »

La tonalité de la protestation a retiré toute appréhension à l'intéressé. Il pesait quoi, Adam le répétiteur, sur le campus ? Dans la hiérarchie de l'espèce virile, il se situait très bas : celui qui est en colère, avec raison, et qui brûle d'envie de le faire savoir mais qui n'en fera rien devant deux mâles alpha au physique intimidant et à l'écrasante célébrité. Jojo goûtait cette sorte de domination tacite depuis qu'il avait douze ans, une source d'indicible satisfaction. Indicible, littéralement : seul un idiot admettrait de reconnaître tous les bienfaits de cette gratification, devant quiconque. C'est pourquoi il a dit tout haut :

« Je sais, ouais. – Il a affecté l'une de ces grimaces signifiant que l'on est déçu par soi-même. – Ça m'est complètement sorti de la tête, mec. J'ai passé les deux heures d'étude à bosser sur un exam' de français que j'ai bientôt et ça m'a fait oublier cette merde d'histoire.

— Bon, bon, a grommelé Adam. Mais tu as des notes, au moins ? Des polycopiés ?

— Ben non... Je crois que l'prof a dit qu'il voulait que ce soit un travail de recherche ou je sais quoi.

— Oh, fuck ! a répété Mike devant un rugissement de spectateurs virtuels et un grand flash coloré.

— Jojo, tu as une idée de ce que ça implique ? a relevé Adam, dont la voix avait pris une teinte un peu geignarde. Recherche sur la vie de George III, recherche sur le Stamp Act, regrouper tout ça et en faire huit ou dix pages... – Il a regardé sa montre. – en moins de dix heures ?

— Ouais, désolé, mec, mais il me le faut. Cet enculé me cherche déjà des poux. Ce lourd. Mr Quat. Il attend juste le premier prétexte pour me botter le cul. »

L'atmosphère s'est alourdie, brusquement, à ce rappel que l'échec dans une matière pouvait conduire un sportif à se voir interdit de jeu pendant tout un semestre. La foule grondait, une succession de « Fuck, fuck, fuck ! » s'est muée en mugissement indistinct. L'air sombre, Adam a fini par japper : « O.K... Donne-moi ce papier ! »

Jojo l'a enlacé de son gros bras, le soulevant pratiquement du sol dans son étreinte : « T'es un mec, Adam ! T'es *le* mec ! Je savais que tu m'laisserais pas tomber ! »

Le garçon s'est débattu en vain et, quand Jojo l'a enfin relâché, il est resté planté là, image même de la désolation. Puis il a gagné lentement la porte en faisant non de la tête, non, s'est retourné : « À propos, un catalyseur, c'est quelque chose qui précipite une réaction, quelque chose qui met en mouvement un processus auquel il n'est pas directement lié. Par exemple, l'assassinat d'un archiduc serbe dont personne n'avait jamais entendu parler a été le catalyseur de la Première Guerre mondiale. Tu voudras peut-être connaître la signification de ce mot, si tu as l'intention de convaincre qui que ce soit que tu sais ce que tu as écrit. »

Jojo, qui n'avait rien compris à cette réprimande, en a cependant saisi la nuance sarcastique. C'était le maximum que pouvait se permettre un petit fayot afin d'indiquer qu'il avait les boules. Avec un sourire de mâle alpha, il a reconnu : « Hé, mec, j'suis vraiment désolé, tu sais. Et j'suis vachement reconnaissant, sérieux. J't'en dois une. »

Adam n'avait pas encore atteint la porte que Jojo s'était déjà tourné vers Mike : « Et tous ces "Oh, fuck !", c'est quoi, mec ?

T'es peut-être le Micro-ondes des trois-points mais pour la cascade, que dalle ! »

À peine eut-il refermé la porte derrière lui qu'Adam a perçu les cris de joie ou de douleur et les rires de Jojo et Mike, qui s'étaient remis à la PlayStation 3 mais qui riaient aussi de lui, sans aucun doute. Oui, ces deux abrutis allaient rester devant leur console de jeux comme des gosses de douze ans et se moquer d'Adam Gellin, tandis qu'il lui *fallait* courir à la bibliothèque, pêcher de la documentation, réunir un minimum de notes et passer une nuit blanche à concocter deux mille cinq ou trois mille mots qui, de surcroît, devraient passer pour l'œuvre d'un crétin tel que Jojo Johanssen. En fait, il n'était pas si stupide que cela, Jojo : il refusait de se servir de sa tête, simplement. C'était une question de principe, et c'était triste. Pire, même : pathétique. Jojo était une brute, certes, mais aussi une poule mouillée qui n'osait pas enfreindre le grotesque code d'honneur des sportifs de campus, lequel interdisait de se comporter en étudiant « normal ». C'était à cause de ces préventions qu'Adam allait rester debout jusqu'à point d'heure alors que Jojo, après encore quelques heures d'abêtissement devant sa console, dormirait du sommeil d'un bébé assuré que tout ce dont il a besoin sera de nouveau là pour lui au matin.

Une bouffée de colère humiliée lui a chauffé le visage. Au diable ! Ces simagrées avec lesquelles le grand sagouin l'avait accueilli... Cette grossière simulation de la joie, puis du regret contrit, pour lui faire croire qu'il venait juste de se souvenir de ce satané devoir... Cette accolade brutale, faussement amicale, ponctuée du niais « T'es *le* mec ! »... Au diable, l'enfoiré musculeux ! Il l'avait attrapé et secoué dans les airs comme il l'aurait fait d'un jouet. « T'es *le* mec », mais le véritable message était : « T'es pas un mec du tout ! T'es mon esclave, mon petit boy ! Ton cul est à moi ! »

Un grand éclat de rire viril, à peine étouffé, s'est élevé derrière lui. Ils se foutaient de sa gueule, encore ! Ils n'arrivaient pas à se contenir ! Revenu à pas de loup devant la porte, Adam a tendu l'oreille. Ils riaient toujours, mais il a découvert qu'il s'agissait en réalité de Vernon Congers et de la manière dont Charles le charriait sans arrêt, sans que Congers ne comprenne le quart de la moitié. Ah, d'accord ! Ils ne riaient donc pas du petit esclave. Pas pour l'instant, en tout cas. Tête basse, Adam est reparti dans le couloir en pensant à l'arsenal de remarques acerbes avec lesquelles il aurait pu esquinter le géant. Sur le plan rationnel, au moins, il s'était depuis longtemps résigné à la relation de domination que lui imposait son protégé universitaire. Tous les sportifs qu'il avait eu à superviser ne réagissaient pas ainsi, certes. Certains se montraient aussi reconnaissants que des enfants pourraient ou devraient l'être ; dans ce cas, c'était le rapport élève-professeur qui s'imposait, avec la gratification psychologique que cela supposait pour lui. Et, de toute façon, les trois cents dollars qu'on lui versait pour ce travail de renfort scolaire étaient déterminants pour sa survie à Dupont, tout comme les quelque cent dollars de pourboires – il n'y avait pas de salaire – que lui rapportait son boulot de livreur, en général sur le campus, pour le compte d'une petite société de restauration appelée PowerPizza. Dépendre des pourboires obtenus à chaque livraison de pizza créait certes une relation maître-esclave, aussi, mais à une époque où les étudiants, et plus généralement les jeunes, manifestaient un égalitarisme de bon aloi lorsqu'ils étaient en contact avec la classe laborieuse.

Les deux emplois avaient leurs bons et leurs mauvais côtés. Livrer des pizzas, c'était répétitif, abrutissant, sans flexibilité horaire puisqu'il s'agissait chaque fois de tournées de six heures d'affilée. Jouer les répétiteurs pour les sportifs signifiait se soumettre aux caprices de mastards stupides qui vous convoquaient au bipeur dès que l'envie les en prenait, et participer à cette vaste supercherie institutionnalisée connue sous le nom de « sports et études ». Mais le travail était varié, parfois intéressant, souvent sans contrainte de temps et puis, finalement, ces balourds dépendaient de vous, malgré tous leurs grands airs.

Un peu plus bas dans le couloir, comme il longeait la porte fermée d'une chambre, il a capté de la musique : un vieux CD de Tupac Shakur monté à fond sur la sono, le titre incontournable, cette chanson où il évoque sa mère. Ce devait être la piaule du célèbre nouveau, Vernon Congers, qui avait monté là un véritable sanctuaire dédié au chanteur, avec deux murs entiers couverts de portraits de ce légendaire martyr des guerres rap. Adam avait remplacé l'un de ses répétiteurs, une fois... La porte suivante était entrouverte ; bruits de poursuites en voiture, une voix d'homme : « Entre toi et moi, Treyshawn, je marche pas dans ces conneries. Tu vois c'qu'je veux dire ? » Ah ouais, Treyshawn, « la Tour de contrôle »... En face, deux garçons en train de rire bruyamment, une fille qui glapissait avec une indignation feinte : « Mais t'es une nana, Curtis ! » Cris, rires. « Me touche pas, vieille tapette ! » Curtis Jones... Adam a continué son chemin. Désormais, derrière chaque porte, il y avait le fracas très caractéristique des collisions de jeux vidéo. Ah, la symphonie nocturne des grands du basket, les légendes vivantes dans leur détente de minuit ! Adam a souri, mais fuck, quand même ! « La personnalité psychologique de George III en tant que catalyseur de la Révolution américaine »... Pour cette cervelle d'oiseau qui n'avait pas la première idée de ce qu'un catalyseur pouvait être...

Même à minuit passé, la bibliothèque Charles Dupont, ce monument historique, était loin d'être plongée dans le silence. Des bruits de pas affairés, parfois ponctués du crissement aigu de chaussures de sport sur les nobles dalles de pierre, faisaient résonner le plafond voûté du hall d'entrée. Les lustres n'arrivaient pas à éclairer cet espace caverneux, d'une lugubre majesté, et pourtant le couloir, la salle des ordinateurs d'un côté, celle de lecture de l'autre, et les comptoirs de recherche bruissaient d'activité. Nombre d'étudiants de troisième année ne commençaient pas à travailler avant le milieu de la nuit, et l'aube les trouvait généralement encore à leur table. La bibliothèque ne fermant jamais, ce rythme excentrique était devenu l'une des caractéristiques de la vie estudiantine à Dupont.

Deux filles qui bavardaient à voix basse en jetant de petits coups d'œil à la ronde ont coupé la route à Adam ; il n'avait aucune idée de ce qu'elles pouvaient bien regarder mais ce n'était pas lui, en tout cas. Toutes deux avaient les yeux maquillés, du rouge à lèvres, des boucles d'oreilles. L'une portait un haut en dentelle décolleté qui faisait penser à une nuisette, la seconde un tee-shirt moulant, et leur derrière respectif était spectaculairement fendu par un jean très collant. Cela n'avait rien d'exceptionnel en soi, sinon qu'elles allumaient *vraiment*. Beaucoup de filles soignaient leur apparence quand elles se rendaient à la bibliothèque à minuit, pour la simple raison qu'il s'y trouvait des garçons.

Ce contexte a inspiré à Adam une bouffée de satisfaction cynique. Comme souvent, il avait une haute conscience de sa supérorité. Tant d'étudiants considéraient Dupont comme un terrain de jeux élitiste où, quatre ans durant, ils pourraient s'amuser avec leurs pairs, issus de familles aisées pour la plupart, tandis que lui... Lui et une petite armée de Gédéon dont il connaissait personnellement presque chaque élément étaient au contraire ici en tant que « Mutants du millénaire », pour reprendre le terme de son ami Greg Fiore, et ils allaient... La colère est remontée en lui, brusquement. Oui ! Bien après que Jojo Johanssen et sa bande seraient réduits à pisser dans le caniveau le reste de leur existence pathétique, assis sur le trottoir à boire une gnôle infâme cachée dans un sac en papier kraft, Adam Gellin et ses semblables seraient arrivés à...

À quoi ? Pffft ! Toute sa superbe s'est envolée d'un coup d'un seul, comme si elle n'avait été que du vent. Jojo pouvait tirer sa crampe quand bon lui semblait ; il lui suffisait de sortir sur le campus et de choisir. C'est ce qu'il lui avait confié un jour – « je sors et je montre du doigt » –, et Adam l'avait cru car s'il avait bien d'autres défauts, il n'était pas vantard, Jojo. Il lui avait donné des exemples précis, trouvant cela très amusant, et l'un d'eux était resté gravé dans la mémoire d'Adam : après un cours, il flânait sans but précis – pas même celui-là ! – dans le parc central lorsqu'il avait avisé une blonde en tenue de tennis, grande, élancée, avec « des jambes de deux bornes, des épaules superbes et des nénés comme ça », et il avait mis ses mains en coupe pour indiquer leur taille ainsi que leur emplacement sur le torse de l'apparition. Celle-ci se hâtait vers les courts de tennis, où elle devait disputer une partie avec une amie. Sauf qu'il était allé à elle, l'avait un peu baratinée et dix minutes plus tard ils étaient dans sa chambre à se la donner. C'était aussi simple que ça, quand on était basketteur vedette. Et cette fille qu'il avait entendue dans la chambre de Curtis ? Elle n'était pas venue demander un billet pour un match, n'est-ce pas ? Adam a ralenti le pas afin d'observer encore les deux filles en jean moulant. D'ici une heure, maximum, ces deux petites bûcheuses de la nuit se seraient dégoté un plan cul. C'était évident. Il y avait du sexe dans l'air ! Du sexe, comme de l'azote ou de l'oxygène ! Le campus entier en était baigné, gonflé, lubrifié, gorgé, stimulé ! Excitation permanente, baise, baise, baise, baise, baise...

Il a essayé de concevoir combien des six mille deux cents étudiants de Dupont étaient à ce moment même en train de forniquer. Concevoir, au sens d'être doué d'un regard qui traverserait les murs pour découvrir toutes ces bêtes à deux dos occupées à se tortiller et à ruer et à y aller. Partout, là-bas, dans cette chambre du bâtiment Lapham, et là, dans telle autre de la résidence Carruthers, et encore là, dans une salle de réunion déserte de Giles, et même *là*, dans les buissons et les haies, parce qu'ils étaient tellement en chaleur qu'ils ne prenaient pas le temps de gagner une chambre, ou encore là-bas, contre la porte de service donnant sur l'arrière de la tour, car le risque de se faire repérer ajoutait à l'acte une saveur fétichiste dont ils raffolaient... Mais voilà : Adam Gellin, dont la supériorité était si patente en de si nombreux domaines, était encore puceau. Dernière année à Dupont et toujours vierge ! Même en pensée, il ne faisait ce commentaire que tout bas, tant il redoutait que le monde puisse l'apprendre. Le campus tout entier copulait comme des chiens dans un jardin public et lui restait puceau ! Dès la fin de sa deuxième année, soit aussi vite que possible, il avait quitté Carruthers et ses camarades de classe, prenant un sordide petit meublé en ville, une boîte à chaussures pour humains constituée par la division de deux chambres dans un insalubre immeuble du XIXe en quatre « appartements » où il fallait partager l'unique salle de bains sur le palier. Tout, plutôt que de permettre aux autres de finir par découvrir que... Qu'il y avait quelque chose qui clochait, chez lui. Un cas de virginite aiguë. Et c'était de plus en plus aigu, désormais, parce qu'il n'avait pas idée de ce qu'il devrait faire et qu'il savait – il en avait l'intuition – qu'il ne serait jamais à la hauteur de la situation, guetté par d'inéluctables échecs, de l'impuissance nerveuse à l'éjaculation précoce, et puis comment se débrouiller pour s'arrêter juste au bon moment et enfiler le préservatif de manière élégante – fallait-il accompagner l'opération d'une petite plaisanterie ? –, mais quid si, après avoir déballé cette saleté, le seul contact sur le bout de son gland précipitait une issue non désirée ?

Merde. Les terminaux d'accès aux catalogues étaient pris d'assaut, une grappe d'une vingtaine d'ordinateurs disposés en fer à cheval derrière une paroi basse en chêne sculpté de motifs gothiques. Alors qu'il devait localiser plusieurs livres d'histoire de l'Angleterre et de l'Amérique, tous ces écrans projetant leur blafarde lumière futuriste derrière un assaut de prouesse ébéniste suggérant les fastes sombres du XIVe siècle étaient présentement occupés, mais... oui, là-bas, dans un coin retiré, il a aperçu un poste libre ! Il s'est hâté dans cette direction. S'il n'avait pas eu peur d'avoir l'air trop nul, il aurait couru, même. Il était à moins de cinq mètres du but quand – re-merde ! – une fille aux longs cheveux bruns, presque une gosse, est arrivée sur le côté et s'est emparée de la place.

Le cerveau d'Adam était en ébullition. Il n'allait pas encore adopter son rôle habituel, passif, résigné, respectueux des règles. Pas cette fois. En plus, elle avait l'air si jeune, cette meuf. À moins que sa capacité de jugement ne fût en chute libre, il prévoyait qu'elle allait se montrer docile, gentille, préférant céder le terrain plutôt que de s'exposer à une confrontation. Il est entré dans l'enclos à bétail, rempli de dos voûtés sur les claviers qui cliquetaient à tout-va. La lueur des écrans donnait aux visages une pâleur maladive, nuance neige carbonique. D'un pas résolu, il s'est approché de la chaise que la fille venait d'investir : « Pardon, mais j'allais m'en servir – un geste en direction de l'ordinateur convoité – quand tu as déboulé devant moi, et le truc, c'est que j'en ai *vraiment* besoin... – Il avait adopté le ton le plus sec dont il ait été capable. – J'ai une dissert' pour demain matin, alors, tu me le laisserais juste une minute ? Hein ? C'est un problème ? D'accord ? »

Il se tenait au-dessus d'elle, avec une insistance patente, sans sourire. Elle lui a lancé un regard méfiant, où il y avait un soupçon de peur, l'a dévisagé en réfléchissant un instant avant d'articuler d'une petite voix étranglée : « Oui.

— Superrrrrr ! Merci ! Non, c'est sympa... » Il a laissé son expression s'adoucir légèrement tandis que la fille hésitait puis précisait, dans la même tonalité :

« Je voulais dire que oui, c'est un problème. »

Elle ne bougeait pas, gardait le même air distant. Il n'arrivait pas à faire baisser ses grands yeux bleus, fixés sur lui. Elle ne céderait pas. C'est lui qui a flanché, alors qu'un flot d'impressions le balayait : son accent, par exemple, ces voyelles étirées qui lui faisaient penser à ces films sur le Sud profond où les tensions racistes se transforment en amitiés interraciales et où chacun entonne *Amazing Grace* à la fin. Elle n'était pas docile, non, elle n'avait pas plié, et elle était d'une beauté à laquelle il n'était pas habitué, dans le contexte putassier du « On va faire bander les mecs » en vogue à Dupont. Une beauté ouverte, candide, franche. Un cou gracieux, de grands yeux songeurs, pas de boucles d'oreilles, ni de maquillage, ni de rouge sur ses lèvres parfaitement formées, parfaitement intactes. Virginal : c'était le seul mot qui convenait à un tel visage. Et elle ne céderait pas un pouce de terrain.

C'est lui qui se montrait conciliant, au contraire. « Eh bien... » Un faible sourire accommodant lui est venu. « C'est O.K., si je reste là en attendant que tu aies fini ?

— D'accord, a-t-elle répondu.

— Merci. Je promets de ne pas être trop envahissant. – Son sourire s'est élargi. – À propos, moi, c'est Adam... »

6

Protocole de base

Vers onze heures le soir suivant, Charlotte était debout devant sa fenêtre, en pyjama et peignoir, marquant une pause dans ses révisions d'histoire médiévale, lorsqu'une salve de cris aigus et de rires masculins a éclaté en bas, dans la cour. Rien d'inhabituel à cela, puisque les vociférations adolescentes, sous toutes leurs formes, faisaient partie de l'ambiance sonore de la Petite Cour. Cette fois, pourtant, elle a plissé les yeux, scrutant la pénombre. Il y avait eu une averse, un peu plus tôt, et la terre dégageait un arôme ionisé. S'agissait-il juste de filles et de garçons, ou de filles *avec* des garçons ? Elle aurait voulu en avoir le cœur net mais les lampes qui bordaient la cour, même combinées aux lumières venues des fenêtres, ne suffisaient pas à percer l'obscurité.

Soudain, le vacarme a été amplifié par l'écho du grand corridor en forme de tunnel qui reliait la cour intérieure au dehors. Des filles *avec* des garçons, apparemment. Et qui s'en allaient, de plus, qui sortaient de la résidence à onze heures du soir, un lundi ! Quelle dose de charme désinvolte, facile, coquin, fallait-il avoir pour cela ? Elle a pensé au géant blond qui, ainsi qu'elle l'avait appris depuis, était une sorte de star du basket sur le campus. Elle revoyait ses veines se tendre sur ses puissants avant-bras. Tellement sûr de lui, il avait voulu qu'elle l'accompagne quelque part... Le garçon à la bibliothèque la veille, celui qui était passé si vite de l'hostilité à la tentative d'approche... Il n'avait rien d'effrayant, lui, et il n'était pas vilain, mais il avait l'air... retors. C'était un manipulateur, un opportuniste.

Charlotte est restée à la fenêtre, prolongeant dans son imagination l'allègre charivari d'étudiants partis vers l'univers inconcevable de la « sortie en ville ». La pitié que son sort lui inspirait était sans bornes : plus jamais à la maison, désormais confinée entre une chambre minuscule – empoisonnée par le dédain d'une sèche, sarcastique et snob fille de Groton pour qui risquer d'être surprise dans une conversation normale avec une petite provinciale des Montagnes Bleues constituait la pire des hontes – et une salle de bains où régnait la plus extrême promiscuité... L'intrusion, l'offensante vulgarité des bandes d'adolescents qui se complaisaient dans les bruits et les odeurs de la défécation – qui s'en délectaient ! –, grognant, ahanant, poussant des soupirs ostensiblement satisfaits, s'esbaudissant des flatulences porcines que lâchait leur rectum, et des plops, et des prouts, tout cela accompagné de commentaires élogieux sur leur puérile grossièreté...

Quittant la fenêtre, elle a aussitôt perçu un joyeux – éthylique ? – chahut de filles et de garçons dans le couloir. Son oreille captait les basses et les accords binaires d'un CD passé trop fort. Eh bien, qu'ils continuent tous à vivre ainsi, d'impulsion en impulsion ! L'autodiscipline était l'un des éléments qui avait fait de Charlotte Simmons... Charlotte Simmons, justement. Autodiscipline et capacité de concentration. Comme elle avait un examen d'histoire médiévale dans la matinée, elle devait retourner à sa table de travail et se pencher une demi-heure encore sur les pages de *Esclaves aux yeux bleus, l'esclavage local dans le Nord de l'Europe au Haut Moyen Âge*. Il aurait pu être intéressant, ce livre, notamment la partie traitant de l'importance des Gallois sur le marché des esclaves de Dublin, au point que « esclave », en vieil anglais, se disait « *walsea* », pour « *Welshman* » (Gallois), de même que le mot « *slave* » venait des « *Slavs* » (Slaves) que les Germains enlevaient régulièrement et réduisaient au travail forcé. Mais il était rédigé avec une telle pédanterie, cet ouvrage qu'elle avait sous le nez et qui réfléchissait la lumière de la lampe à travers cet épais papier de mauvaise qualité sur lequel les presses universitaires aimaient imprimer l'œuvre de pédants, et... Et d'un autre côté, c'était eux qui l'avaient repérée, au départ... Le géant blond comme l'intrigant aux cheveux bruns, ils avaient été attirés, ils avaient remarqué quelque chose chez elle, quelque chose qu'ils avaient apprécié et... Mais pourquoi se raconter des histoires ? Deux rencontres entièrement fortuites, qui n'avaient duré que le temps de quelques battements de cils... Que pouvaient-ils apporter à une fille qui se sentait aussi... seule ?

« Ohmygod, ohmygod... Non, sérieux ? Moi ? Mais je ne pourrais pas lui donner la satisfaction de... » Une voix de fille, juste derrière la porte. Beverly. La poignée a tourné. Elle est entrée, comme d'habitude la tête contre l'épaule pour retenir son portable, les yeux fixés sur un point qui n'existait pas. Une autre fille la suivait, une blonde. Du genre ravissante, avec un visage à la fois volontaire et fin. Sans regarder Charlotte, Beverly lui a adressé un signe distrait, moins un salut que la constatation de sa présence. Puis elle a rapidement montré la fille derrière elle et elle a décollé les lèvres de son téléphone pour murmurer : « Charlotte, Erica... », avant de caser son corps osseux sur le bord de son lit, de nouveau absorbée par le petit appareil noir.

« Bonsoir », a dit Charlotte à la nouvelle arrivante, en se rappelant vaguement que les Amory avaient fait allusion à une Erica qui avait terminé le lycée Groton un an avant Beverly.

« J'veux dire, continuait Beverly, on était au foyer avec Harrison et un autre joueur de crosse, un Phi Gamma, et une meuf qui s'appelle Ellen, et j'avais mon jean Diesel taille basse, tu sais ? Alors à un moment je baisse les yeux et hiiiiii, je vois mon cul et... C'était comme si je venais d'accoucher ! Autour des hanches, comme un... rouleau, facilement la taille d'une couleuvre ! Et toi qui me dis toujours "Oh, allez, un bout de gâteau au chocolat, tu vas pas en mourir !" Et moi avec ce... rouleau ! Et ce cul ! »

Lâchant un bref éclat de rire, Erica a remarqué : « Ohmygod, Beverly, le jour où tu auras un gros cul, toi... »

« C'est Erica, oui, a annoncé Beverly au cellulaire. Elle pense que j'exagère. Mais bon, pour être très franche avec toi, je... Hein ? Lui ? Bon, tu veux changer de sujet, rien d'autre, mais est-ce que je t'ai raconté qu'il a voulu qu'on se papouille dans cette petite bagnole de sport qu'il a ? Deux sièges, avec tous ces fichus leviers entre... »

La blonde à la mâchoire carrée a pouffé, soupiré, caché ses yeux de la main, marmonné « Ohmygod » avec une série de grimaces.

« Heureusement qu'il faisait sombre dans cette merde de foyer, a poursuivi Beverly. J'veux dire, qu'est-ce que je vais faire, avec ce fucking boudin que j'ai autour de la taille ? Aaaahhh ! Tu réponds toujours ça ! Si seulement je l'étais, maigre ! »

Erica rigolait de plus belle sans un regard pour Charlotte, comme si elle était transparente.

« Un peu, que j'y serai ! s'est récriée Beverly. Mais je pourrai t'emprunter la chemise provoc', tu sais ? Celle qui est très ouverte ? Ça me donne l'air d'avoir un peu de nibards. »

Quatre ou cinq formes de consternation se sont abattues sur Charlotte. Le langage de Beverly la choquait extrêmement, d'abord ; elle l'avait certes déjà entendue lâcher un gros mot de temps à autre, un « merde » ou un « fuck » occasionnel, mais c'était la première fois que Beverly se laissait aller à un tel flot de vulgarité devant elle, à la... Regina Cox, peut-être, mais en pire. Ses allusions sans fard à la sexualité étaient choquantes, aussi, et le fait qu'elle en parle devant d'autres personnes. Que son amie Erica trouve cela hilarant était accablant. Et que ni l'une ni l'autre n'ait condescendu à lui accorder ne fût-ce qu'un coup d'œil tout au long de cette scène extraordinairement déplacée l'était encore plus. Pendant un moment, elle a pensé qu'elle était seule responsable d'une situation aussi embarrassante : sa simple présence dans cette chambre était devenue une source de gêne intolérable. Comment pouvait-elle rester plantée là, à regarder et écouter deux filles qui l'ignoraient ?

Elles l'ont pareillement ignorée quand elle est allée s'asseoir à sa table et qu'elle a repris sa lecture des *Esclaves aux yeux bleus*. Elle se contentait de fixer les pages, en fait, car il lui était impossible de détourner son esprit des deux amies qui, à peine à un mètre derrière elle, continuaient à jacasser et à rire. Beverly a finalement refermé son portable d'un coup sec et annoncé à la cantonade : « J'ai rien à me mettre ! » Du coin de l'œil, Charlotte l'a vue poser les poings sur ses hanches, puis ouvrir un tiroir de la commode et le refermer brutalement. « J'ai... *rien* à me mettre !

— Arrête, Bev, tu vas me faire pleurer », a rétorqué Erica.

Avec force soupirs, Beverly s'est mise à inspecter d'autres tiroirs, puis son placard, au plus grand amusement de son amie.

« Bon, c'est sans doute pas la fin du monde, a commenté Beverly.

— Mais si, Bev, c'est *totalement* la fin du monde ! »

Elles ont poursuivi sur ce registre tandis que Charlotte s'efforçait en vain de ne plus les entendre. Erica était en train de remarquer : « C'est pas la Fiche 3, Bev, seulement la Fiche 2. Presque aussi évident que la Fiche 1. Quoi, ils t'ont laissée sortir de Groton sans t'expliquer ce que c'est, taper la fiche ? Fiche 1, c'est quand je te regarde et que je dis : "Ohmygod, un chemisier *cerise* ! C'est tellement la couleur de l'année, cerise !" C'est la critique hyperévidente, quoi. Pigé ?

— Tu l'aimes vraiment pas, alors ?

— Ah, s'il te plaît, arrête de déconner, Bev ! J'essayais juste de te donner un exemple, j'essaie juste de te mettre au parfum et toi, tout de suite, les grands chevaux, les grands chevaux ! Bon, alors la Fiche 2, tu dis la même chose mais sur un ton gentil-gentil, en t'arrangeant pour que ça ait l'air sincère : "Oh, Bev, mais j'adoooore cette couleur ! Cerise. C'est tellement coooool... Pas étonnant que ce soit le must de l'année !" Quand tu arrives au "Pas étonnant", il faut que tu aies l'air tellement sincère, tellement emballée, que l'autre commence à capter qu'elle est en train de se faire baiser. Que ce que tu racontes, en fait, c'est que t'aimes pas *du tout* cette couleur, tu penses pas *du tout* que c'est cool, et c'est pas *du tout* la mode de l'année. Ce qui casse vraiment, c'est le temps qu'il lui faut pour comprendre ça. Pigé ?

— Et donc tu veux seulement être gentille et me donner un exemple ? C'est sûr ? a demandé Beverly.

— Ce qui est sûr, c'est que tu fais ta grognasse. Ça, j'en suis sûre. Si tu te calmes pas, merde, je t'explique pas la Fiche 3 ! – Silence. – Bon. Avec la Fiche 3, tu laisses planer le doute encore plus longtemps, donc ça fait encore plus mal quand elle finit par calculer. Même situation, la meuf va sortir, elle a mis son chemisier cerise, elle se trouve super bien, bandante et tout. Toi, tu commences en la jouant normal, flatteuse mais sans en rajouter. Genre : "Ouah, Bev, tu sais quoi ? j'*aime* cette chemise ! Vachement, même. Elle est... comment dire, passe-partout. Tu peux la mettre pour un entretien de boulot et elle serait parfaite aussi pour... les bonnes œuvres."

— Ah, ah, ah ! Tu es sûre que c'est pas la Fiche 4, ça ? Et que tu te fous pas de ma gueule, en gros ? »

Rires d'Erica, pleurs de rires.

« Ah, Bev, je t'aime trop ! Tu es parano totale.

— Je l'enlève, le chemisier.

— Si tu fais ça, je... Allez, Bev, il est fabuleux et tu le sais, en plus ! »

Charlotte était rouge de colère. Deux snobs illettrées ! Cette Erica à la mâchoire carrée lui avait à peine adressé un mot, un vague « Salut », avant d'ignorer sa présence comme si elle était transparente. Elle avait une petite idée de pourquoi, et même plus que petite : Beverly avait averti son amie, bien en avance, que sa camarade de chambre était quelqu'un d'insignifiant. De là le minimaliste « Salut » et le bref sourire sans chaleur. Mais pour qui se prenaient-elles, ces deux pimbêches ? Là aussi, Charlotte croyait avoir une réponse. Avec le temps, elle avait compris ce que Beverly voulait dire lorsqu'elle avait annoncé à leur première rencontre qu'elle « sortait de Groton, Massachusetts » ; ce n'était pas un lycée au sens où Charlotte Simmons l'entendait, mais un établissement privé, assez réputé et prestigieux pour ne pas avoir besoin de raison sociale compliquée : « Groton », tout simplement. Et ce n'était pas un lycée où on « allait », non : on y était pensionnaires, loin de chez ses parents...

Par ailleurs, Beverly Amory de Groton ne *partageait* pas une chambre avec l'ancienne élève du lycée public Alleghany : elle la *tolérait* ici, point. Elle n'était jamais hostile, certes ; au contraire, elle se montrait toujours sympathique, à sa manière distante, mais n'abordait que des sujets généraux avec elle, par exemple le prix des communications cellulaires, même si, à ce que Charlotte pouvait comprendre, quelqu'un d'autre payait la note pour elle. Charlotte ne se serait pas abaissée à tenter de l'amener à partager cette année à Dupont dans une relation plus amicale, entre camarades. Elle avait réussi seule à Sparta, elle pouvait le faire partout ailleurs. La vérité, l'incontournable vérité, c'était qu'elle était douée d'une intelligence incomparable, ici ou n'importe où ailleurs. Le jour viendrait où Beverly et sa snob d'amie la regarderaient avec une admiration éperdue, s'en voudraient de ne pas avoir recherché sa compagnie quand elles en avaient la possibilité. Et à ce moment-là, elle leur tournerait le dos, à jamais !

Pendant qu'elle bouillonnait de colère, penchée sur son livre, Beverly s'est rapidement changée. Charlotte l'a entendue grogner, lancer un « Et merde ! » en soufflant bruyamment. La lumière s'est intensifiée dans la pièce ; Beverly avait dû allumer son miroir de star. Une bouffée de parfum est parvenue à Charlotte. Celle-ci a senti que Beverly se tenait derrière elle.

« Bon, à plus, Charlotte... »

Elle a levé la tête. Le visage de Beverly avait subi une métamorphose renversante. Ombre à paupières mauve, crayon et mascara, ou Dieu savait quoi, mettaient ses yeux en valeur tels deux bijoux précieux, et elle avait aussi estompé les cernes en dessous. Ses lèvres, laissées dans leur couleur naturelle, luisaient doucement. Charlotte n'avait pas idée de ce qu'elle avait pu faire pour parvenir à ce résultat mais elle avait incontestablement l'air sexy, et plus encore : *provocante*. Quant à Erica, elle daignait enfin accorder à Charlotte un regard empli de la bienveillance avec laquelle on accorde un instant d'attention à une fillette méritante.

« Amusez-vous bien », a répondu Charlotte – « amusez-vous *bain* » – sans l'ébauche d'un sourire ni la moindre trace de bonne volonté, son expression devant certainement trahir son ressentiment. Elle était absolument incapable de l'hypocrisie qu'il aurait fallu pour prendre un air dégagé, un ton enjoué. Lorsque le duo s'est dirigé vers la porte, elle a surpris Erica se pencher sur l'oreille de Beverly, activant ses mâchoires carrées. Ce qu'elle chuchotait ne faisait aucun doute : « Mais qu'est-ce qu'elle a, celle-là ? »

Après leur départ, Charlotte s'est levée, déterminée à se poster à la fenêtre pour les voir se moquer d'elle pendant qu'elles traverseraient la cour, mais elle s'est immobilisée en chemin. Pourquoi se torturer ainsi ? Son regard s'est posé sur le miroir de Beverly, toujours allumé. Où pouvaient-elles bien se rendre, à une heure pareille ? Qui allaient-elles rejoindre ? Des garçons, bien sûr. Et de quoi Beverly allait-elle leur parler ? De son... *cul* ? Est-ce qu'elle s'exprimerait de la même manière, devant eux ? Dire que l'un des avantages supposés à être assez exceptionnelle pour être acceptée à Dupont était que ça devait lui permettre à elle, Charlotte Simmons, de se détacher à jamais de l'insondable vulgarité et des vices dérisoires qui caractérisaient la clique des Regina Cox et des Channing Reeves... Quel haut fait prétendait donc accomplir Beverly, avec son chemisier en soie cerise déboutonné jusque... là ?

Charlotte s'est approchée de la glace pour étudier son visage sous les petites ampoules surchauffées, avant d'ouvrir le placard de Beverly et de s'inspecter de pied en cap dans le grand miroir fixé sur la porte. Elle était incontestablement plus intelligente que sa camarade de chambre, mais aussi beaucoup plus jolie. Beverly avait un côté... décharné. Quelque chose de... maladif, oui.

Revenue à son bureau, elle a posé son regard sur le livre, à nouveau. C'était ou bien l'esclavage dans l'Europe médiévale, ou bien se confronter à la crétinerie juvénile et aux grossièretés pseudo-machistes des adolescents attardés et privilégiés de l'Amérique qui hantaient la cour en bas, le couloir en haut, et même la salle de bains, là-bas...

Elle était partie loin, très loin, quand un faisceau de lumière a coupé le plafond. Quelque chose agrippé à son épaule la secouait, la secouait encore. « Charlotte ? Charlotte ! Charlotte ? » À peine plus qu'un murmure, mais très insistant. Toujours assoupie, elle s'est tournée vers la voix, tentant de se relever sur un coude. Se découpant sur la paroi lumineuse venue de la porte entrouverte une silhouette dégingandée se penchait sur elle. « Charlotte ? Réveille-toi ! Réveille-toi ! Il faut que tu me rendes un service ! » Le ton pressant, impérieux, d'une confidente. Beverly.

Charlotte a réussi à se redresser sur ses avant-bras, ses yeux s'habituant peu à peu à la lumière, pas tout à fait réveillée encore. « Que... Quelle heure est-il ?

— Deux heures, deux heures et demie, je sais pas... – La même tonalité conspiratrice, comme si elles étaient deux amies inséparables. – Pas tard. J'ai besoin que tu me rendes un gros, gros service... – Des volutes d'alcool accompagnent chacun de ses mots.

— J'étais en train de dormir, a remarqué Charlotte. Sur un ton qui aurait dû être de protestation mais qui ne sonnait guère que comme le constat d'une évidence.

— Je sais, et je suis désolée, franchement, mais il faut que tu m'aides sur ce coup-là, Charlotte... – À présent Beverly massait l'épaule qu'elle avait secouée sans ménagement. – Juste cette fois. Promis. Je te demanderai plus rien, tu peux me croire ! »

Quelle insistance ! Charlotte est restée dans la même position, hébétée, dans cet état étrange entre sommeil et veille.

« Juste cette fois... Qu'est-ce qui se passe ?

— Il y a ce keum, Harrison... – Le même chuchotis empressé. – S'il te plaît, s'il te plaît ! Je l'aime beaucoup, tu sais ? Depuis qu'on est arrivées ici, tu comprends, Charlotte ? »

Beverly était tombée à genoux près du lit, sa tête presque au niveau de celle de Charlotte. Les effluves d'alcool se succédaient. Ses yeux, qui semblaient énormes, flamboyaient dans leurs orbites. Charlotte s'est détournée. « Charlotte ! » Elle s'est forcée à regarder Beverly, de nouveau, éblouie par le puits de lumière qui se reflétait violemment sur les épaules de sa chemise en soie. Celle-ci était très déboutonnée, a-t-elle noté.

« Je dois l'amener ici, vraiment. Il faut que tu m'aides, il *faut* ! Et si tu allais dormir ailleurs ? Juste cette fois ? Je te promets que je ne te demanderai plus jamais ça, c'est promis ! Charlotte ? » Fermant les yeux, Beverly a lancé le menton en avant, cou tendu, et posé ses poings sur ses joues en leur imposant une sorte de vibration censée mimer, dans le code jeune, l'expression du désespoir suppliant. « J'ai un examen demain ! » a protesté Charlotte en détachant les syllabes comme s'il s'agissait d'une notion difficile à comprendre pour sa camarade.

« Tu peux dormir à côté, chez Joanne et Hillary. Elles ont un futon.

— Mais je ne les connais pour ainsi dire pas !

— Moi si. Elles comprendront très bien. On fait ça tout le temps, ici.

— J'ai un examen ! Je dois dormir ! »

Beverly a détourné la tête pour laisser un échapper un « Pfff ! » destiné à exprimer son incrédulité devant quelqu'un d'aussi péniblement lourd, d'aussi peu au fait des usages les plus communs. Puis elle a adopté un ton destiné à faire comprendre qu'elle accomplissait un effort surhumain pour garder son calme : « Écoute-moi, Charlotte. Tu dormiras parfaitement bien, sur ce futon. Tu ne perdras pas trois minutes de sommeil. S'IL TE PLAÎT ! Il faut que je te supplie ou quoi ? C'est rien du tout ! J'ai besoin de la piaule et voilà. Tu peux bien me rendre un petit service, non ? Charlotte ? Je ferai pareil pour toi, promis. »

La volonté de Charlotte commençait à fléchir. Beverly était ivre, de toute évidence, mais elle s'était tout de même arrangée pour suggérer qu'un refus serait un manquement à l'étiquette du dortoir, ou la preuve d'une stupidité rare, ou encore une grossière atteinte aux conventions en cours chez les pensionnaires filles. Elle s'est assise dans son lit, sachant qu'elle devait dire non, qu'aucune justification ne pouvait exiger qu'elle renonce à une bonne nuit de sommeil, et cependant ce sont de tout autres mots qui sont sortis de sa bouche :

« À qui est-il, le futon ? Je ne les connais ni l'une ni l'autre. »

Elle capitulait, bien sûr.

« À Hillary, je crois, a répondu Beverly, se hâtant de renforcer son avantage. Demande-lui mais de toute façon ça n'a pas d'importance : Hillary, Joanne... Demande à Hillary, ouais. Mais elles vont super bien piger, toutes les deux. »

Lentement, le cœur serré par l'idée de la défaite majeure qu'elle venait de subir tout simplement parce qu'elle n'avait pas su rester sur ses positions, Charlotte a sorti ses jambes des draps, cherché les pantoufles du bout de ses orteils et s'est entortillée dans son peignoir.

« Il suffit que tu frappes à la porte, a poursuivi Beverly. Hillary est juste trop cool, sympa de chez sympa. Elle ferait n'importe quoi pour moi, elle... »

Ce flot de paroles a eu l'effet désiré, à savoir pousser Charlotte hors de la pièce tandis que sa camarade de chambre agitait la main pour dire au revoir mais surtout pour lui intimer d'accélérer son départ. Abasourdie, elle s'est retrouvée dans le couloir avec la terrible perspective de devoir chercher refuge chez des inconnues à deux heures et demie du matin, s'il n'était pas encore plus tard. Elle n'avait pas l'impression que Hillary était la plus charmante et la plus « sympa » des filles, quand elle se rappelait sa voix perçante et son accent tellement maniéré qu'elle avait d'abord cru qu'elle venait d'Angleterre. C'était une New-Yorkaise, en réalité, et chaque fois que Charlotte l'avait entendue parler elle avait casé une allusion à « Saint Paul », ce qui par déduction devait être un lycée chic, à l'instar de Groton.

Elle est restée debout un moment, maudissant sa timidité et tentant de se convaincre de frapper à la porte des voisines. Du fond du couloir parvenait le bourdonnement monotone d'un CD de rap – « *Yo, voilà mes roustons, suce-les comme des bonbons...* » – juste assez fort pour être perçu de sa place. Un bruit de pas. Elle s'attendait presque à voir surgir le garçon que Beverly était venu chercher mais c'était tout un groupe qui approchait, trois filles et deux types hilares à s'en décrocher la mâchoire. « Ton orgueil signe des chèques que ton corps peut pas honorer, ton orgueil signe des chèques que ton corps peut pas honorer », répétait l'un d'eux en affectant une voix grave, et tout le monde de se gondoler encore plus. En la découvrant, ils se sont calmés, et l'ont jaugée des pieds à la tête quand ils l'ont dépassée. Peignoir, pyjama, pantoufles rembourrées. Quelques pas plus loin, l'un des garçons a lâché un « Ah ouaaaaiiiis ! » et les rires ont repris de plus belle.

Ces moqueries patentes ont atteint Charlotte en plein plexus solaire, le choc se répercutant dans tout son être par le réseau de son système nerveux. Elle venait de subir un revers *catastrophique*, de se faire expulser de la moitié de la chambre minable qui était la sienne sans riposter, pour devenir la risée de complets étrangers ! Elle, Charlotte Simmons ! Dans son crâne le nom vibrait d'une impuissante indignation. Rien ! Rien de ce qui faisait d'elle Charlotte Simmons n'avait été épargné ! Il ne restait plus que cette... enveloppe, ce peignoir et ce pyjama couvrant sa nudité, cette cosse desséchée mais qui refusait cependant de tomber, uniquement pour attirer les quolibets ! Défaite, défaite totale... Et aussi, à la suite, une solitude désespérée qui prenait les proportions d'un malaise, d'une maladie... Le Léthé ! Le néant ! Pas une âme vers laquelle...

Si, il y avait encore Hillary, avec laquelle elle n'avait pas dû échanger deux mots depuis son arrivée. Elle a pris sa respiration, fait une enjambée vers la porte de la chambre 514. Encore une hésitation, puis elle a frappé deux coups discrets. Pas de réponse. Elle a réessayé, un peu plus fort. À l'intérieur, une voix de garçon qui s'adressait à quelqu'un d'autre, apparemment : « C'est quoi, ÇA ? » Consternation de Charlotte, qui n'avait toutefois pas le choix. Approchant ses lèvres du battant, elle a susurré : « Hillary, Hillary ? » Rien. Un chuchotement plus insistant : « Hillary, Hillary ! Rien. « C'est Charlotte. La chambre d'à côté. Avec Beverly. Il faut que je...

— Dégage ! »

C'était elle, sans nul doute possible. Sa réaction ne correspondait en rien aux louanges de Beverly mais comment reculer, maintenant ?

« Hillary, s'il te plaît, je dois...

— J'ai dit DÉGAGE !

— C'est quoi, ce merdier ? » a recommencé le garçon.

Inimaginable ! Bloquée dans le couloir, avec un examen d'histoire médiévale au réveil ! Et Crone n'était pas le genre de professeur à plaisanter. Il fallait qu'elle dorme, vite, mais où ? « *Yo, attrape-moi cette bite-hure, qui attend que la boîte à malices, mon braque va entrer là où ça craque, tu peux toujours suce-hurer...* », continuait à marmonner le rapper.

Abandonnant la 514, Charlotte est allée devant la 512. Ah, mais deux garçons vivaient là ! La 510, alors. Deux filles dont elle ne connaissait même pas le nom. Que faire ? Elle a frappé. Rien. Par pitié, Seigneur ! Elle a insisté. Silence. Sa main a tourné la poignée, qui n'était pas verrouillée. Elle a ouvert la porte juste assez pour passer la tête. Un rai de lumière a atteint une fille endormie sur l'un des lits, qui s'est tournée en geignant doucement. Il y avait encore une fille sur l'autre lit, une troisième sur le futon jeté par terre, que

Charlotte a reconnue : c'était Joanne. Hillary avait dû la mettre à la porte de la même manière que Beverly l'avait congédiée, elle. Son cœur battait à tout rompre, elle était hors d'elle. Un examen demain et pas un endroit où dormir ! Tout ça parce qu'une fille avait ressenti le besoin irrépressible d'amener un garçon dans « leur » chambre.

Vers qui se tourner, alors ? L'AR, Ashley ? Il était presque trois heures du matin mais c'était bien le rôle d'une « assistante de résidence », non ? Assister, justement ! Pendant la descente en ascenseur, elle a cherché à présenter son cas le mieux possible, jusqu'à ce que la réalité de sa situation lui apparaisse soudain, avec la chevelure folle d'Ashley et son tanga abandonné sur le sol. Elle l'avait sans doute prise pour une petite gourde. Avec un sérieux incroyable, elle lui avait assuré que l'alcool était interdit à Edgerton. Quant au sexe, ce n'était pas un problème, d'après elle, puisque les pratiques « dorcestuelles » étaient méprisées. Quel aplomb elle avait eu, le premier jour à la Salle commune. Elle revoyait tous les nouveaux étudiants entassés sur les divans et les fauteuils réunis en demi-cercle. À trois semaines de distance seulement, cette mise en scène lui apparaissait déjà dans toute son hypocrisie. Demander l'aide d'Ashley serait non seulement inutile, mais humiliant.

Mais à propos de Salle commune, s'est-elle dit en atteignant le rez-de-chaussée... C'était toujours quelque part où se cacher pour déplorer encore sa naïveté et sa faiblesse devant la complicité intéressée, d'un cynisme effarant, dont Beverly avait fait preuve. Elle s'y est rendue derechef. La pièce était baignée par la triste lumière de trois énormes lustres de style médiéval, son imposant mobilier remis à sa place initiale. Au milieu, sur deux éléphantesques canapés disposés en L le long d'une table de lecture massive qu'éclairaient deux lampes Art déco, se trouvaient les trois seuls êtres vivants que Charlotte pût repérer : à un bout, une fille était plongée dans un livre, ses jambes épaisses croisées ; à l'autre, une deuxième mince, le dos tourné à Charlotte, assise tout au bord des coussins en cuir fauve, conversait à voix basse avec un garçon installé dans un fauteuil proche.

Ces deux-là étaient en jean et tee-shirt, mais la fille qui lisait... Quelle dégaine, enfin ! Un polo informe, un vaste short en tissu écossais, de ceux que portent généralement les garçons, et dont la braguette était ouverte, ce que sa position ne rendait que trop visible. Une tenue pareille dans un lieu public, même à cette heure indue... Il était déjà assez pénible pour Charlotte de devoir déambuler en peignoir et pyjama, mais *ça* !

Elle a décidé de s'asseoir aussi loin d'eux que possible, dans l'une des alcôves gothiques de la salle. Mais son corps a refusé d'avancer. Comme si quelqu'un d'autre avait pris le contrôle, quelqu'un qui en avait soupé de la solitude, de l'isolement imposé, et qui se serait fort bien satisfait de cet espace de cuir moelleux, de bois travaillé, de lumière tamisée et, oui, de compagnie humaine. Dont acte, mais la force qui tenait les commandes ne pouvait la contraindre à tenter d'engager la conversation et c'est donc en silence qu'elle est allée prendre place a l'opposé de la fille à la braguette ouverte. Ce qui la rapprochait du couple en jean, certes, mais il y avait toute l'étendue de la table entre eux et ils étaient si captivés par leur discrète conversation que Charlotte a jugé la distance suffisante.

La fille boulotte a levé les yeux un quart de seconde, les a rabaissés sur son livre. Son livre ! Brusquement, Charlotte ne redoutait rien de plus que de donner l'impression d'avoir échoué là par désœuvrement, en pleine nuit, même devant ces jeunes inconnus. Elle a cherché du regard quelque chose, n'importe quoi... Une revue gisait abandonnée au bout de la table, pas loin. Rougissante, et même les joues en feu à l'idée que l'on puisse remarquer qu'elle était prête à lire n'importe quoi dans le seul but de se donner une contenance, elle s'est levée, a posé un genou sur le canapé, s'est tendue par-dessus le dossier, a saisi le magazine et s'en est bien vite retournée à sa chaise.

C'est seulement alors qu'elle a découvert le titre. *Cosmopolitan.* Elle avait entendu parler de ce journal, certes, et savait vaguement qu'il existait depuis des années, mais elle ne l'avait jamais lu. La bibliothèque de son lycée ne le recevait pas. Il ne serait jamais venu à l'idée de Charlotte de l'acheter, non plus : 3,99 $, c'était le prix indiqué sur la couverture, pas pour un abonnement annuel mais pour un seul exemplaire ! À la maison, personne n'achetait ce genre de publications, aussi élégantes que ruineuses. Presque quatre dollars le numéro ! Il y avait des gros titres plein la page, dont le plus important annonçait « 99 MANIÈRES DE LUI FAIRE PERDRE LA TÊTE AVEC VOS MAINS ». Sous-titre : « Caresses inédites, contacts insolites, il va vous avoir dans la peau ! » Est-ce que toutes ces scabreuses images étaient explicitement abordées à l'intérieur ? Impossible ! Elle s'est mise à feuilleter l'épais magazine, finissant par tomber sur l'article en question : « Vous voulez lui laisser un souvenir impérissable ? Le convaincre non seulement que vous êtes *la meilleure* mais que vous méritez le titre de déesse de l'érotisme ? Nous avons mené notre enquête auprès d'*experts* confirmés, des garçons craquants qui n'ont pas peur de parler de leurs fantasmes les plus secrets, et c'est sur cette base que nous avons établi la liste des 99 meilleurs moyens de tenter, stimuler, exciter et combler votre partenaire. » Le premier des « sondés » avouait son talon d'Achille : « Quand elle m'aide à boutonner ma chemise ou à ajuster ma cravate devant le miroir. C'est radical, ça me donne tout de suite envie de me déshabiller ! » Pour le second, il s'agissait de se laisser « mordiller le lobe de l'oreille, de quoi en perdre mon latin... ». Tout cela était assez dévergondé, mais que dire de la suite ? « Lorsque nous faisons l'amour et qu'elle est au-dessus, elle prend mes testicules dans le creux de sa main et les presse une ou deux fois, une fantastique sensation. » Ou : « Quand elle m'enfile le préservatif, c'est suffisant pour me rendre fou. » Ou : « Elle met juste le bout de sa langue sur mon gland et puis, brusquement, elle le prend tout entier dans sa bouche. » Ou : « Elle enlève sa petite culotte, la place un moment au congélateur puis me caresse partout avec, ne rigolez pas, c'est génial ! » Ou : « Ma petite amie prend un donut couvert de sucre glace, l'enfile sur mon pénis, le grignote tout en laissant sa langue s'égarer de temps en temps... »

Charlotte a posé la revue, étudié de nouveau la couverture. Pouvait-il s'agir d'une parodie pornographique de *Cosmopolitan* ? Elle l'a rouverte à la page du sommaire, vérifiant l'ours, une liste de deux kilomètres de noms, directrices, assistantes, rédacteurs en chef adjoints, et tout en bas la mention : « Une publication du groupe Hearst Communications, président-directeur général Victor F. Ganzi. » Cela demeurait impensable. Le magazine sur les genoux, elle a fixé le vide devant elle. La fille grassouillette lui a de nouveau lancé un bref coup d'œil avant de revenir à sa lecture.

Les joues de Charlotte la brûlaient. Si jamais l'un de ces inconnus l'avait surprise en train de feuilleter cette *chose*, ce ramassis de pornographie... L'humiliation serait intolérable, cette fois. Mortelle. Surveillant ses mains qui tremblaient légèrement, elle a répété l'opération pour remettre le magazine sur la table. En cachant la couverture, cette fois. Ohmygod ! Sans même essayer de retourner à sa chaise, elle s'est laissée tomber dans le canapé, s'y est enfoncée aussi profondément qu'elle pouvait, puisque la terre ne paraissait pas vouloir s'entrouvrir pour les engloutir, elle et sa honte. Et elle est restée immobile, le cœur battant. Elle se trouvait désormais juste en face du garçon et de la fille en jean, de l'autre côté de la table. Elle n'avait aucunement l'intention d'espionner leur conversation mais le garçon a élevé la voix, juste à ce moment.

« Quoi ? Je pige pas. Tu voudrais que je fasse *ça* pour toi ? *Moi* ?

— S'il te plaît, Stuart ! a répondu la fille, dont le murmure était soudain audible. Je suis nouvelle ici, je ne connais aucun de ces types. Ça n'a rien de compliqué, pour toi. Tu es en deuxième cycle, et puis j'ai confiance en toi.

— Ouais... Mais quel intérêt ça représenterait pour moi ?

— Quoi, tu ne me trouves pas jolie ?

— Tu es canon, au cas où tu ne le saurais pas encore, ce qui est impossible, mais quel rapport avec le reste ?

— Eh bien, je pensais qu'il pourrait y en avoir un... petit.

— Non. Ce serait juste que tu te servirais de moi.

— Oui, mais je parie qu'il y aurait plein d'occasions où...

— Brittany ! Je t'ai connue quand tu avais neuf ans et moi treize ! Je me suis toujours senti comme ton... oncle. Bon Dieu, ce serait une sorte... d'inceste.

— Oh, je suis sûre que tu as déjà...

— Je suis même pas certain que je pourrais... le faire.

— Aaaah, mais alors qu'est-ce que je vais trouver ? »

Là, ils ont de nouveau baissé la voix, de sorte que Charlotte ne pouvait plus guère capter que les « aaah », les « ppffff » et autres soupirs dont Britanny, la fille, ponctuait ses phrases. Soudain, elle a entendu quelque chose qui lui a fait baisser le menton sous le poids de la perplexité :

« Alors, on est en "sexil" ? »

Elle a relevé la tête. La fille en short à l'autre bout du canapé la regardait avec un sourire tout à fait amical. Charlotte devait avoir l'air perdu car la fille a répété : « C'est bien le "sexil" ? »

Charlotte, qui avait eu le temps de déconstruire le terme et de le reconstituer, a concédé :

« Oui... J'imagine, oui.

— Moi aussi.

— Vraiment ? C'est comme ça que ça s'appelle ?

— Mouais. – La fille a haussé les épaules, une expression résignée sur les traits. – C'est la troisième fois en quinze jours. Et toi ? »

Charlotte était ulcérée de découvrir que cette scandaleuse injustice était si répandue qu'elle avait reçu une dénomination spécifique.

« Moi, ça ne m'était jamais arrivé. Je ne peux pas y... Ma camarade de chambre m'a juré que ça ne se produira plus jamais.

— Ah ! s'est exclamée la fille, plutôt amusée. C'est ce que la mienne a dit aussi. Je te garantis que ce qu'elle voulait dire, c'est qu'elle ne le referait pas cette nuit. Si tu as de la chance. »

Charlotte a pincé les lèvres. Tout cela était affligeant.

« Eh bien... Je ne vais pas accepter ça, moi.

— Ouais... – Sceptique. – C'est totalement... Enfin, c'est comme ça que ça marche : tu lui as fait une fleur, elle pourra pas refuser quand ce sera ton tour. Qui c'est, cette fille ?

— Elle s'appelle Beverly, a répondu machinalement Charlotte qui pensait : – Mon tour ? Quand est-ce que ce sera "mon tour" ?

— Ah... Connais pas. Tu as déjà un copain, ici ?

— Mais... non !

— Moi non plus. Enfin, il y a des types qui viennent me trouver, et moi je me dis que c'est pour moi mais ils me demandent si je peux leur présenter telle ou telle amie à moi... »

Elle a eu une moue résignée et moqueuse. Elle avait un joli visage, dans le style robuste provinciale comme Charlotte en avait tant côtoyé à Sparta, mais elle était potelée, courtaude, sans pratiquement aucune chance d'atteindre un jour l'idéal féminin du XXIe siècle, ce corps sans hanches, mince, élancé. La nature ne l'avait pas préparée à cela et pourtant elle était là, traînant en short dans la Salle commune en pleine nuit à la recherche d'un garçon qui lui donnerait la chance d'envoyer sa camarade de chambre en sexil. Une gentille fille, une fille aimable et équilibrée qui pensait que toutes ces conventions étaient des plus normales !

« Bettina, s'est-elle présentée.

— Charlotte. »

Elles appartenaient à la première génération dans l'histoire de l'humanité qui pouvait se passer de nom de famille. Avec un regard légèrement amusé, Bettina a demandé à Charlotte :

« Tu es d'où ?

— Sparta, Caroline du Nord.

— Connais pas. Mais je croyais bien avoir détecté quelque chose du Sud, oui... Quel bahut ? »

Charlotte s'est raidie. Elle qui s'était crue la cosmopolite parmi ses rustauds de compagnons de classe, sans accent notable ! Elle a donné à Bettina l'information demandée puis, se hâtant de détourner la conversation de Sparta, du lycée Alleghany et des accents du Sud :

« Et toi ?

— Cincinnati. Le lycée Seven Hills. Dis, le pyjama, c'est habituel, pour toi ? »

Le même coup d'œil critique que lui avait lancé la snobinarde amie de Beverly, et les garçons et les filles dans le couloir ! Qu'avaient-ils donc tous contre les pyjamas, Seigneur ? C'était tout de même mieux qu'un caleçon écossais à la braguette ouverte ! Avant qu'elle ait pu atteindre un certain niveau d'indignation, cependant, il y a eu... un cri. Un glapissement. Une fille a brusquement surgi dans la vaste salle. Mince, blonde, des jambes parfaites révélées par un short moulant. Elle a encore crié, produisant ce son que n'importe quelle fille ou femme reconnaît immédiatement, celui de la frayeur simulée par le genre féminin devant les singeries explicites du mâle. Et en effet, juste derrière elle, un grand type d'allure athlétique, cheveux bruns et frange, est apparu. Souplement, il l'a coincée contre le dossier du canapé et l'a enveloppée de ses bras, cherchant à la ramener de force dans le couloir. « Non, non, laisse-moi, Chris ! a-t-elle protesté en se débattant. Tu ne peux pas me forcer ! Je le ferai pas !

— T'es obligée ! C'est ce qui a été convenu, ma vieille ! »

Et il l'a entraînée hors de la pièce. Presque comme dans une chorégraphie, cette fille splendide et ce beau garçon simulant un gracieux combat dont on entendait encore la mélodie tandis qu'ils quittaient le bâtiment Edgerton.

Bettina et Charlotte sont restées silencieuses, mais cette dernière savait qu'elles pensaient toutes deux à la même chose : *elle* et *lui*, idéalement conçus l'un pour l'autre tandis que les deux *sexilées* continuaient à partager leur solitude dans ce désert maussade de cuir fatigué. Charlotte a eu l'impulsion de quitter les lieux immédiatement : errer sans but jusqu'au lever du jour plutôt que de rester associée à ce... laideron. Elle s'est reprise, pourtant. Elle avait conscience qu'elle ne bougerait pas d'ici. Elle supporterait la remarque à propos de son accent, le regard désobligeant sur son pyjama. Elle encaisserait ces coups, et bien d'autres encore. Elle avait été déracinée, expulsée de son lit et de sa chambre, humiliée, mais elle n'était pas seule, au moins. Pour l'instant, elle avait un visage sympathique devant elle. Un être qui partageait le même triste sort, quelqu'un à qui elle pouvait parler, voire même se confier, si elle arrivait à réunir assez de courage.

Oh, pouvoir appeler Miss Pennington, maintenant ! Ou Maman. Miss Pennington ? Maman ? Vous connaissez Dupont, n'est-ce pas ? De l'autre côté des montagnes ? Ce jardin d'Athéna, déesse de l'Intelligence, porteur de tant de promesses ? Eh bien, Miss Pennington, Maman, j'ai tout bêtement oublié de vous demander : Vous avez déjà entendu parler de la situation des *sexilées* ? Vous a-t-on déjà raconté ce que c'est, d'échouer dans un foyer d'étudiants en pleine nuit pour que votre soi-disant « camarade » de chambre puisse forniquer abominablement avec un garçon rencontré quelques minutes auparavant ?

Soudain, il lui est devenu extrêmement important de nourrir la conversation avec Bettina. Charlotte s'est creusé la cervelle avant de parvenir à un « Qui c'était ? » avec un geste du menton vers le coin de la pièce où la fille et le garçon de rêve avaient exécuté leur bref ballet.

« Lui, je sais pas. Elle, c'est une première-année. Je l'ai vue les deux fois où j'ai dû laisser la chambre. C'est comme si elle passait ses nuits à se faire poursuivre par des mecs. Elle est sexy, c'est sûr, mais aussi vachement le style "Ouuh-oooouuuh-oouuh", tu vois ? – Battant théâtralement des paupières, Bettina a imité les roucoulements apeurés de la jolie sainte-nitouche. – Si elle voulait échanger ses jambes contre les miennes, je dirais pas non, quoique...

— Oui, je te comprends, a glissé Charlotte sans conviction, par pure politesse, parce que, en son for intérieur, elle aurait voulu répliquer : “Attends d’avoir vu les miennes, de jambes. Je faisais du cross-country dans nos montagnes, moi.” »

Cette pensée l’a revigorée quelque peu. La solitude l’avait tellement étrillée, décervelée, démembrée qu’elle avait presque perdu contact avec la Force qui l’animait : « Moi, Charlotte Simmons ! »

Entracte : la province perdue

« Chère Maman, cher Papa,

Je dois reconnaître que mes yeux se sont brouillés quand je vous ai vus vous éloigner dans notre vieux pick-up... »

« Notre vieux pick-up » ? « Mes yeux se sont brouillés » ? Elle a soupiré, poussé un grognement exaspéré. Qu'est-ce qu'elle s'imaginait écrire, là ? Écartant son stylo à bille du bloc de papier quadrillé, elle s'est tassée aussi loin que possible dans la chaise au dossier fatigué. Son regard a dérivé sur la tour de la bibliothèque, majestueusement éclairée dans le ciel sombre. Elle la voyait sans la voir. Partout autour d'elle, les vêtements rejetés par Beverly jonchaient le sol. Le lit en désordre de Beverly, cette souricière de percale. La toile d'araignée de ses rallonges électriques, de ses régulateurs de tension suspendus en l'air. Les tubes de crème corporelle sans bouchon, les boîtes de lentilles de contact éparpillées, l'alphabet de joujoux technologiques, PC, TV, CD, DVD, ADSL, VCR, MP4, pour l'heure au repos en l'absence de leur propriétaire, assoupis tels des serpents à sonnette gardant un petit œil vert ou rouge ouvert... Charlotte n'avait que partiellement conscience du désordre d'enfant gâté que sa camarade de chambre imposait à l'endroit.

Elle s'est redressée pour se confronter de nouveau à sa lettre avec un abject sursaut de culpabilité. « Notre vieux pick-up » ! Papa dépend corps et âme de cette misérable guimbarde et je la décris comme si c'était une sorte de curiosité rétro ! « Mes yeux se sont brouillés » ! Beurk ! Je les vois déjà lire ces lignes ridiculement affectées... Elle a arraché la feuille du bloc, ziiiiiip, se retenant de l'envoyer au panier car elle pourrait lui servir de papierbrouillon plus tard, s'est penchée sur le bureau pour une autre tentative :

« Chers Maman et Papa,

« J'espère que je n'ai pas eu l'air trop triste quand vous êtes partis. En vous regardant reprendre la route, je n'ai pu m'empêcher de penser... – Elle avait été sur le point d'écrire *au long voyage que je vous avais imposé*, mais le signal d'alarme de la préciosité s'est rallumé et elle s'est rabattue sur un « à quel point vous alliez me manquer ». – « Comme j'ai été très occupée par les cours, les rencontres et... » – *la découverte des particularités tribales de Dupont*, a-t-elle envisagé tout en sachant qu'elle se contenterait de quelque chose de moins prétentieux. – « ... l'acclimatation à de nouvelles habitudes, je n'ai pas eu le temps de trop regretter la maison.

« Le niveau ici n'est pas aussi élevé que je l'avais craint. Mon professeur de français m'a même dit que j'étais "surqualifiée" pour son cours ! Sa méthode d'enseignement de la littérature française ne m'ayant pas convaincue, je n'ai pas été chagrinée d'être transférée dans un groupe un peu plus avancé. J'ai l'impression qu'il est plus difficile d'entrer dans ce genre d'université que d'y rester, mais je me dis que je ne devrais pas raisonner de cette façon » – *car le réveil pourrait être rude*, faillit-elle écrire, préférant finalement un plus simple « parce que je ne veux pas tenter la chance ».

« La bibliothèque est superbe, ici. Vous vous rappelez la tour, bien sûr. C'est l'édifice le plus haut du campus. Il y a neuf millions d'ouvrages, sur tous les sujets possibles et imaginables, de sorte qu'on ne sait pas par où commencer. Elle est toujours très fréquentée. Certains étudiants vont y travailler à minuit le plus naturellement du monde. L'autre soir, j'y suis allée assez tard » – non, *j'ai* dû *y aller assez tard* – « parce que j'avais besoin d'un ordinateur et ils étaient tous occupés, sauf un sur vingt-cinq ou plus ! » *En me battant pour avoir la place* – non, « En attendant d'avoir la place », j'ai fait une nouvelle connaissance ». Excellent, ça : pas de nom, genre indéterminé...

« Ma meilleure amie, pour l'instant, est une fille de Cincinnati, Bettina, qui vit au même étage que moi. Nous nous sommes rencontrées un soir où nous n'arrivions pas à trouver le sommeil et où nous étions descendues à la Salle commune lire un moment. C'est quelqu'un de très positif, de très énergique, qui n'hésite pas à engager la conversation quand elle veut rencontrer quelqu'un.

« En général, cependant, je dors très bien. Le seul problème est que Beverly, qui est plutôt un oiseau de nuit, rentre parfois à... » – *trois, quatre ou cinq heures du matin*, s'est-elle retenue d'écrire – « deux heures du matin et me réveille. »

Elle s'est de nouveau affaissée sur sa chaise, les yeux sur les ténèbres à des années-lumière de tout ça. Elle était arrivée au point critique : ou elle fondait en larmes et criait sa peine, ou elle gardait son calme. *Maman, toi seule peux m'aider ! Écoute-moi, il n'y a que toi qui puisses m'entendre ! Beverly ne se contente pas de « rentrer tard », elle ramène des garçons en pleine nuit et ils font ça à même pas deux mètres de* mon *lit ! Elle mène une vie dépravée ! Et elles sont toutes pareilles ! Elles se* sexilent *mutuellement ! Des filles de bonne famille avec des dossiers scolaires impeccables piaillent des horreurs comme « Je veux du cul ! », « Je vais aller me faire tirer, ce soir ! »... Des filles de Dupont, Maman ! Devant tout le monde ! Qu'est-ce que je vais...*

Elle s'est ressaisie, pourtant. Une seule allusion à la... sexualité, une seule, et Maman-la-Colère-Divine fondrait sur elle dans le vieux pick-up pour la ramener de force à Sparta tandis que tout le comté bourdonnerait de rumeurs telle une ruche : « Cette pauvre Charlotte Simmons, elle a laissé tomber Dupont ! Il paraît que c'est trop immoral pour elle, là-bas ! » Elle a repris son stylo :

« En revanche, quand je me lève à mon heure habituelle le matin, c'est moi qui la réveille. Enfin, nous vivons en bonne harmonie, malgré tout, même si nous n'avons guère de temps à partager. Apparemment, elle a beaucoup d'anciennes amies de lycée à Dupont et elle est souvent avec elles » – *ainsi qu'avec son petit ou plutôt* ses *petits amis*, s'est-elle retenue d'écrire. – « Je crois qu'elle n'avait encore jamais entendu un accent du Sud. » – Barrer cette phrase. En dépit de plusieurs remarques désobligeantes, elle voulait croire que sa prononciation n'avait rien de régional.

« Vous n'imaginez pas l'importance du sport, ici ! Les meilleurs joueurs de football et de basket sont de véritables stars, sur le campus. Dans la première classe de français, il y avait quatre basketteurs et tout le monde avait l'air de nains à côté d'eux. J'ai parlé avec l'un d'eux, très gentil et poli, qui m'a fait des compliments sur mon niveau. Ces sportifs font comme si les études n'avaient pas d'importance mais celui-ci est vraiment décidé à apprendre, je pense, même s'il ne veut pas le montrer. » – Elle mourait d'envie d'ajouter : *Il m'a tout de suite proposé de m'emmener au restaurant, ce qui n'était que le prélude pour m'emmener dans son lit, mais n'a même pas tenté un pas dans ce sens.*

« La vie dans un dortoir mixte ne m'a pas paru évidente, au début, et puis les garçons ont fini par faire partie du paysage. » – Comme elle aurait voulu continuer : *Je ne les remarque presque plus, sauf quand Beverly ramène l'un ou l'autre de ses étalons pour lui donner de la fesse !* – « Cela ne veut pas dire que je n'ai pas encore beaucoup à apprendre sur le campus mais toutes les filles de première année sont dans le même cas. Elles se déplacent en petits "troupeaux" » – ne pas oublier les guillemets à « troupeaux », afin que

Papa et Maman ne les imaginent pas tels de stupides animaux, ce qu'elles étaient pourtant : de riches, survoltées, terrorisées lapines constamment, désespérément en chaleur – « pour tenter de se persuader qu'elles échappent à la solitude et au désarroi. »

« En résumé, tout se passe à peu près comme je l'espérais. Des fois, je dois me pincer pour m'assurer que je ne rêve pas et que je suis vraiment étudiante dans l'une des meilleures universités du pays. » – Tout en pensant : *Où Channing et Regina auraient l'air d'innocents marmots.* – « Dupont n'est pas Sparta, bien sûr, mais je me rends compte de plus en plus à quel point venir d'un endroit comme Sparta présente des avantages que les filles de Boston ou de New York que je rencontre n'auront jamais. » – *Par exemple, elles ne comprennent pas que toutes vos reparties n'ont pas besoin d'être cinglantes, cyniquement ironiques, méchantes comme la gale et imprégnées d'érotisme purulent...* Si seulement elle pouvait glisser cette idée dans une lettre à sa mère sans provoquer ses terribles foudres ! Bah, contentons-nous d'un : « Il y a des choses que l'on ne peut pas acheter. »

« Je n'avais pas l'intention d'écrire aussi longuement mais c'est que j'aurais dû donner des nouvelles avant. Dites à Buddy et Sam que je pense à eux, et aussi à Tante Betty et Cousin Doogie. Dites-leur qu'ils me manquent et que tout va bien pour moi.

« Je vous aime,

Charlotte. »

Elle s'est laissée aller sur sa chaise. Voilà, c'était fait : une longue litanie de mensonges bien intentionnés.

Elle est restée longtemps à regarder par la fenêtre, dans un état second. Les projecteurs installés en contrebas peignaient la tour de la bibliothèque d'ombres qui évoquaient plutôt d'immenses traits d'aquarelle. Parfois, les voussures et les corniches retenaient la lumière ascendante. Et si elle téléphonait à Miss Pennington ? Son ancienne professeur saurait se montrer beaucoup plus objective que Maman, elle était aussi intelligente que de bon conseil mais... que connaissait-elle de la sexualité de ce côté des montagnes ? Rien. Comment aurait-elle pu ? Une vieille fille au physique ingrat qui n'avait jamais bougé de Sparta. Charlotte s'est aussitôt morigénée de penser en ces termes à un être qui avait été aussi bon pour elle, mais c'était pourtant la vérité. « Vieille fille » : le concept était incompréhensible pour tous ces obsédés prétentieux de Dupont qui auraient vite fait de surmonter les barrières immunitaires de Miss Pennington et d'envahir son système sanguin tels de pernicieux globules jusqu'à découvrir la preuve, même la plus tirée par les cheveux, de ses tendances lesbiennes, ou transsexuelles, ou de quelque autre horreur contre nature. Puis ils se rouleraient dans la boue qu'ils auraient eux-même inventée en défendant vertueusement son « droit à la différence ». Quelle bande d'hypocrites ! Et néanmoins Miss Pennington ne pourrait rien répondre à une réalité dont elle n'avait pas la moindre notion. Tout ce qu'elle serait en mesure de préconiser, Charlotte le savait, serait de « s'occuper », de « travailler à un projet », de « les ignorer » : « Reste toi-même, garde ton indépendance, ne te laisse pas impressionner, nage contre le courant et ils finiront par admirer ta fermeté... » Oh, Miss Pennington ! Vous ne comprenez pas. À Sparta, c'était simple ! Il était facile de traiter de haut les Channing et les Regina, de ne pas entendre les épithètes de « bûcheuse » et de « coinços » qu'ils me réservaient, de ne pas les écouter quand, ainsi que Regina avait osé me le jeter en plein visage un jour, ils me demandaient si j'allais enfin me décider à comprendre que « je n'avais pas un trésor dans la petite culotte ». C'était facile parce que le soir venu ce vacarme cessait et je retournais à ma petite famille. Et j'étais mieux qu'eux tous, j'étais même supérieure à Maman, j'avais compris à treize ans à quel point mon univers familial était arriéré mais la pauvre cabane sur la départementale 1709 était toujours là pour moi, elle était mienne ! Elle sentait l'alcool à brûler et le poêle à charbon mais personne n'aurait osé venir m'importuner, personne n'aurait même pensé soutenir le regard de Papa quand ses yeux devenaient de glace, ou provoqué Cousin Doogie au point qu'il en vienne à montrer les crocs. Une fois, il avait bombardé de pierres – « des ca-ca-cailloux », avait-il bégayé en racontant la scène – Dave lorsque celui-ci s'était permis un clin d'œil et un « Hey, Charlotte, tu m'montrerais pas ta minette, des fois ? ». Des pierres assez grosses pour le démolir sur place, nom d'un chien ! À la fin, Cousin Doogie s'était contenu et lui avait dit : « Reviens un peu avec ta sale bouche, gros lard, ça fait longtemps que j'ai pas fourré un porc par-derrière ! » Et Dave, qui pesait une bonne quarantaine de kilos de plus que lui, était parti sans demander son reste, et s'était dégonflé à la fête de fin d'année, à cause de ça.

Il n'y avait pas de Cousin Doogie, à Dupont, pas d'abri familial. Elle était obligée de tremper en permanence dans le vice et le stupre. Même dans sa chambre, censée être un havre réservé au repos et au calme. D'instinct, elle comprenait qu'elle avait besoin de quelqu'un qui détienne la sagesse mais aussi l'*expérience* de ce lieu de perdition, qui l'encourage à rester ferme, un roc au sein de cette mer de débauche. Dans la nomenclature de Dupont, ce quelqu'un aurait dû être l'assistante de résidence, mais... Quelle sinistre plaisanterie !

Cette fille, Ashley, l'avait traitée en provinciale demeurée. Ashley, dont elle revoyait encore le visage faussement compréhensif et les folles mèches blondes et... Paf, dans le mille ! Mèches blondes, taches de rousseur : Laurie ! Aussi jeune qu'elle, d'accord, partie à l'université d'État de Caroline du Nord, mais raisonnable, aussi, et certainement plus mûre que toutes les pimbêches du lycée, et religieuse. Baptiste de la New River, la crème citadine de cette congrégation, rien à voir avec les baptistes ruraux qui se lavaient les pieds en public, même si ceux de la New River pratiquaient l'immersion rituelle complète quand l'eau du fleuve était encore glacée. Une fille avec des principes !

Charlotte s'est levée pour aller prendre le téléphone de la chambre, un sans-fil blanc qui appartenait à Beverly mais qu'elle était autorisée à utiliser avec un code personnel. La ligne ne servait pratiquement jamais puisque Beverly vivait son portable à l'oreille et que Charlotte, comme ses parents, éprouvait une crainte presque sacrée devant les appels longue distance. Mais elle se sentait pleine d'audace, soudain, et elle a appelé sans hésiter les renseignements de Raleigh pour obtenir le numéro de l'université de Caroline du Nord, puis le standard du campus. Trop exaltée pour penser à tout ce que cela allait coûter, elle a entendu une voix synthétique lui recommander d'appuyer sur telle ou telle touche si elle désirait ceci ou cela, déluge d'informations qui a fini par lui faire perdre la tête. Elle a raccroché pour tout recommencer. Elle était en train de *jeter l'argent par les fenêtres* ! Cette fois, elle s'est forcée à écouter plus attentivement, cette touche, celle-là, encore celle-là, puis les quatre premières lettres du nom qu'elle recherchait, MCDO, et plusieurs voix désincarnées ont égréné des patronymes possibles, McDodd, McDolan, McDonough, McDoover, jusqu'aux McDowell, A.J., Arthur, édith, F., George, H.H., Ian McDowell. Quand L. McDowell a enfin été citée, Charlotte a cru qu'elle allait devenir folle ; elle n'avait encore jamais été enfermée dans une prison téléphonique. Lorsqu'elle a frénétiquement appuyé sur la touche de confirmation, plusieurs robots ont ânonné le numéro de L. McDowell.

Dieu sait ce qu'elle a déjà dépensé, à ce stade, mais enivrée par son succès elle se dépêche de le composer, se rassoit sur sa chaise. Sept sonneries, huit... L. ne répond pas. Est-ce seulement Laurie, cette initiale ? Et soudain :

« Oui ? »

Du rap bruyant en bruit de fond. Charlotte est terriblement gênée.

« Puis-je... Pourrais-je parler à Laurie McDowell ?

— Ce... C'est moi. »

La réponse est hésitante mais Charlotte exulte, elle. Laurie ! Pourquoi ne pas avoir tout de suite pensé à elle ? Elle comprendra, elle ! Elle *saura* ! Frissonnante de joie, elle voudrait rire, elle voudrait crier !

« Laurie ! Tu me reconnais ?

— Mais... Nooooon ! »

Transportée d'allégresse, Charlotte choisit la farce.

« Regina Cox.

— Regina ? Charlotte ! »

Gloussements extasiés, rires, exclamations, « je-peux-pas-y-croire », encore des gloussements... La musique continue, assourdissante mais Charlotte reconnaît quelques paroles. Doctor Dis ? Depuis quand Laurie écoute-t-elle du rap ?

« Regina ! Ah Charlotte, tu es totalement... Ohmygod ! Le jour où cette fille m'appellera, ce sera... Bon, tu es où ?

— Dans ma chambre à la fac.

— À Dupont ?

— Dupont, oui !

— Tu as l'air de péter la forme ! C'est comment, là-bas ? Ah, c'est trop dingue ! Cent fois, deux cents fois j'ai failli t'appeler ! Totalement vrai !

— Moi aussi. Pareil.

— La fille de Dupont ! Allez, raconte tout ! Je meurs totalement d'envie de savoir, genre. Attends, attends que je baisse la zique, j'entends rien ! »

Laurie... Tous ces « totalement » ? La « zique » ? En l'occurrence Doctor Dis évoquant en cet instant précis les mensurations de ses parties honteuses ! Laurie ? Pendant quelques secondes, Charlotte redoute que toute cette agitation ne fasse oublier à son amie le sujet dont elles doivent parler, la vie à Dupont, mais elle ne va pas le mentionner elle-même, trahir le besoin qu'elle éprouve de l'évoquer...

« Pardon, je ne me rendais pas compte comme c'était fort. Tu le connais, ce chanteur ?

— Doctor Dis, indique brièvement Charlotte, peu désireuse de laisser la conversation s'égarer sur le terrain d'une musique aussi barbare, en admettant que l'on puisse appeler cela de la musique, mais en même temps elle est aiguillonnée par une cuisante curiosité : Je ne savais pas que tu aimais le rap.

— Certains trucs, j'aime bien », répond Laurie sur un ton un peu défensif.

Silence. Blanc. Ne pas laisser le vide s'installer, surtout...

« C'est comme ici, alors ? Tout ce qu'ils écoutent, à Dupont, c'est du rap et du reggae. À part ceux qui apprécient la musique classique, quoi. Dans mon cours, il y a plein de musiciens.

— Oui, ici aussi, c'est totalement fort, le rap et le reggae. Mais aussi country et bluegrass, surtout chez les mecs ? Moi, j'en ai eu mon compte à Sparta, de ça ! Autrement, c'est totalement géant, "N.C." ! Tu verrais le campus, énorme ! Les deux premières semaines, j'ai cru que je ne m'y retrouverais jamais ? »

« *Jeumé* ». Charlotte était soulagée de reconnaître ces inflexions de Sparta, ces points d'interrogation qui venaient modestement conclure des affirmations. Laurie allait comprendre, sans aucun doute, si elle arrivait à ramener leur échange sur le sujet de...

« Est-ce que vous devez faire tout le boulot sur Internet, à Dupont ?

— Pas mal, oui, et...

— Ici, c'est totalement tout ! l'a coupée Laurie. Les inscriptions, les disserts, les questions aux profs... Mais ça me dérange pas ? – Elle a continué à énumérer les remarquables qualités de "N.C.", l'université d'État de Caroline du Nord. – Tout le monde disait que c'est un campus de ploucs, hein ? Mais c'est plein de gens ultra-totalement-cool ? Je me suis fait des tonnes d'amis, des tonnes ! – Des *taunes*. – Je suis trop contente d'être là ! »

Charlotte en est restée sans voix. Laurie était « trop contente » ? Comment pourrait-elle compatir à son malheur ?

« Mais Dupont, alors ? Tu dois tout me raconter, tout ?

— Oh, c'est super, je pense, c'est super. En tout cas c'est ce qu'on nous répète assez, que c'est super.

— Comment ça ? »

Charlotte lui a décrit la cérémonie de réception des premières-années, le discours du doyen, les emblèmes médiévaux, les mentions de prix Nobel...

« Bon, c'est ce qu'ils racontent, *eux* ! Mais toi ?

— Je ne sais pas, franchement... C'est sans doute vrai, tout ça, mais... je ne vois pas ce que ça change.

— Oh, dingue ! Dingue comme tu as l'air contente !

— Tu es dans un dortoir mixte, toi ?

— Si c'est mixte, ici ? Ouais. Pratiquement comme partout. Et toi ?

— Oui. Et qu'est-ce que tu en penses ?

— Oh, je sais pas... C'était bizarre, au début. Le potin que les mecs faisaient... Mais ça s'est calmé. Je ne fais plus attention ?

— Être en sexil, tu as entendu parler ?

— Ouais.

— Ça t'est arrivé ?

— À *moi* ? Non, mais ça arrive.

— Moi si. Ma camarade de chambre est rentrée à trois heures du matin et elle a... – Elle a raconté toute l'histoire. – Mais le pire, c'est que c'est moi qui me suis sentie coupable, au bout du compte. J'étais censée savoir que si elle voulait se soûler et ramener un type avec elle, je devais me faire oublier, même avec un examen le lendemain.

— Ouais... C'est à peu près comme ça, ici.

— À Dupont, tout le monde pense qu'il faut être une anormale, une petite bigote, une refoulée pour ne pas coucher avec n'importe qui. Les filles te posent la question, comme ça, devant tout le monde ! Est-ce que tu fais partie du "Club des vierges" ? Et si tu as le malheur de répondre que oui, tu avoues un défaut terrible. Tu ne sors pas avec un garçon ? Tu es une minable. Tu sors avec un garçon mais tu ne veux pas avoir de rapports sexuels ? Encore plus minable ! Tu ne trouves pas que c'est pourri ? On est supposées étudier dans une université prestigieuse mais si tu ne fais pas *ça* on ne considère pas que tu y appartiens ! Moi je dis que c'est injuste et que c'est mal... Est-ce que je me trompe ? Est-ce que je passe à côté de quelque chose ? C'est pareil, chez toi ?

— Eh bien... plus ou moins.

— Et donc qu'est-ce que tu fais, quand la question se pose ? Qu'est-ce que tu dis ?

— Eh bien... Je ne *dis* rien du tout.

— Et qu'est-ce que tu *fais* ?

— Eh bien... J'essaie de voir les choses autrement, je dirais ? J'étais jamais sortie de Sparta, avant, alors la fac, pour moi, c'est une occasion de, comment dire ? Avoir des expériences. J'avais besoin de m'éloigner de Sparta, genre.

— Mais moi aussi ! a protesté Charlotte, étonnée que Laurie ressente le besoin d'exprimer une telle évidence.

— Ouais... – Les pauses que Laurie marquait étaient de plus en plus prolongées. – Tu croyais que tu pourrais tout laisser là-bas mais en fait, en fait tu as apporté beaucoup de Sparta à Dupont. Non ? Sans t'en rendre compte ?

— Qu'est-ce que tu veux dire ?

— Je me demande juste... Bon, admettons que ça soit totalement ça, les études : quatre ans pendant lesquels tu peux tout faire, tout essayer, sans qu'il y ait de... conséquences ? Pas de trace, pas de dossier, pas de blâme. Des trucs que si tu avais risqué ça avant, tes parents se seraient arraché les cheveux et t'auraient traitée comme une fille perdue ? Des trucs que tout Sparta aurait décortiqués et colportés dans ton dos ? Et si c'est *après* la fac, si tu te permets ça, ton patron pétera un putain de plomb, ou ton supérieur, ou... »

Lâché par inadvertance, le « putain » a atteint Charlotte entre les deux yeux. C'était Laurie qui s'exprimait ainsi. Laurie !

« Ou ton copain, ou ton mari, ils vont totalement flipper et te flanquer une culpabilité pas possible ? J'veux dire, Charlotte, il faut voir les choses comme ça : la fac, c'est un moment unique dans ta vie. Pour les... *expériences*. Et personne s'en souvient, sorti de là ! Tu as tout essayé, tu as appris plein de trucs, mais on ne vient pas te rappeler tout ça, quand c'est fini. C'est comme de l'amnésie collective, totalement. Et tu t'en vas comme tu étais venue, aussi pure que la blanche colombe.

— Mais essayer *quoi* ? Par exemple ?

— Eh bien... Tu as parlé des garçons, de ce qu'ils attendent et tout...

— Oui ?

— Charlotte ! – Laurie avait élevé la voix, soudain. – C'est pas la fin du monde, hein ? C'est le moment de te laisser aller, de t'ouvrir ! D'apprendre la vie ! Les mecs, découvrir comment ils fonctionnent, genre ? Tout, quoi ! C'est vraiment le moment, Charlotte. Sans regarder en arrière sans arrêt. Enfin, tu es une tête, toi ! Tout le monde le sait. Je suis totalement honnête, Charlotte, et je te dis : en plus de tout ce que tu sais déjà, il y a des tonnes de trucs à apprendre et c'est l'occasion rêvée ! C'est la seule raison d'aller à l'université et... Bon, non, pas la seule, mais une grande ! »

Silence.

« Tu veux dire... aller... jusqu'au bout ?

— Pas que ça, Charlotte, mais ouais... Ça en fait partie, ouais. »

Silence gêné.

« C'est ce que tu as fait, toi ?

— Oui, c'est ce que j'ai fait, a répondu Laurie avec conviction, sans le moindre embarras. Je sais ce que tu penses mais je t'assure que ce n'est pas le monde que tu imagines. Et c'est un... soulagement ? Tu me comprends. – Une pause. – Si tu décides de te lancer, Charlotte, tu m'appelles et je t'expliquerai des... trucs. »

Laurie a continué sur sa lancée, lui certifiant que tout cela n'avait rien de compliqué, mais sans entrer dans les détails. Le combiné plaqué sur l'oreille, Charlotte a laissé son regard errer sur le gris subtil du flanc de la tour, l'étrange diagonale que les fenêtres éclairées traçaient à travers la cour en bas, le soutien-gorge qui s'était retrouvé bizarrement enroulé sur une chaussure à talon haut sous le lit de Beverly... Toutes les filles autour d'elle prenaient la pilule, était en train d'expliquer Laurie, et contrairement à ce qu'on leur avait raconté elles ne grossissaient pas pour autant...

Une image s'est formée dans la tête de Charlotte. Des milliers de filles quittant leur lit au matin et se traînant à la salle de bains avec des savates sous les yeux, s'arrêtant devant de petits lavabos à l'émail devenu gris, tendant la main vers la chaîne en zinc accrochée à la porte-miroir d'une vétuste pharmacie, l'ouvrant dans un brouillard, des milliers de filles, dans son bâtiment, celui de l'autre côté de la cour, des centaines de résidences universitaires dans tout le pays, des milliers de mains cherchant à tâtons et retirant de l'étagère la fameuse Pilule, qui dans son imagination avait la taille des comprimés vermifuges que les arboriculteurs des Montagnes Bleues administrent à leurs mules. Une image qui avait tout envahi, car elle n'avait plus été en mesure de rien entendre après la révélation de Laurie : « Oui, c'est ce que j'ai fait. »

7
Sa Majesté le Bébé

La nuit était presque tombée. Tout le long de l'allée qui bordait le Parc, de faibles et clignotantes lumières jaunes glissaient en tressautant, l'une après l'autre ou brusquement réunies en grappes, ou clairsemées, mais circulant et dansotant dans la même direction. Sur sa bicyclette, Adam a freiné et s'est immobilisé quand bien même il était déjà en retard à la réunion au siège du *Daily Wave*. Il lui a fallu quelques instants pour comprendre l'origine de ce mouvement spectral : les adeptes du jogging. Ces fanaux jaunâtres destinés à alerter les automobilistes étaient intégrés aux MP3 qu'ils portaient attachés à leur bras maintenant invisible. Qu'*elles* portaient, plutôt, car il n'y avait là que des coureuses autant qu'Adam pouvait le distinguer. Et la moitié d'entre elles étaient désespérément maigres : pas de seins, pas de fesses, rien que des os, des cheveux, des tee-shirts, des shorts, des chaussures de sport à grosse semelle et les lumières clignotantes. Elles étaient résolues à brûler la moindre calorie qu'elles pourraient extirper de leur enveloppe desséchée. Quitte à en mourir, littéralement.

Adam y a tout de suite vu le sujet d'un papier : LE MARATHON DES ANOREXIQUES. Personne à la rédaction n'allait lui reprocher son retard s'il se présentait avec une idée pareille, sans parler du scoop explosif dont il était porteur et pour lequel il avait déjà un titre, également : UN GOUVERNEUR, UNE TURLUTE ET UNE BAGARRE.

Il s'est remis en route le long de Crowninshield et du Petit Parc tout en se demandant s'il serait difficile de convaincre les anorexiques de se prêter à une séance-photo. LES MORTES VIVANTES QUI REFUSENT LE REPOS... Un journaliste aussi convaincant que lui n'aurait aucun mal à obtenir des interviews, et sans ces faux-fuyants de lavette du genre « Les noms ont été modifiés afin de préserver, etc. ». Il voyait déjà l'article imprimé, mieux, il le *sentait* – la seule idée d'un nouveau sujet à publier lui procurait une excitation physique. UN GOUVERNEUR, UNE TURLUTE ET UNE BAGARRE... Certes, ce petit trouillard de Greg Fiore n'aurait jamais assez de cran pour laisser passer *turlute* dans un titre de une. Adam a accéléré.

Dans le monde réel, au-delà du cocon dupontesque, la salle de rédaction d'un quotidien ressemble désormais aux locaux de n'importe quelle compagnie d'assurances : même inévitable moquette synthétique, mêmes rangées de jeunes dos courbés devant le tremblotement bleuté des écrans d'ordinateur. Seuls les journaux de campus tel que le *Daily Wave* maintiennent la tradition bohème-lumpen des temps légendaires du *Front Page*, et ce, même si à part Adam, et peut-être Greg, le rédacteur en chef du *Wave*, personne ici n'avait connaissance du film de Billy Wilder ni de l'ère qu'il représentait, à plus de soixante-dix ans de distance, loin dans ce XXe siècle qui pour les étudiants d'aujourd'hui est de la préhistoire.

Se balançant sur la vieille chaise de bibliothèque qu'il affectionnait, Greg faisait face aux cinq autres membres de la rédaction, trois garçons et deux filles, qui s'étaient posés là où ils le pouvaient au milieu d'un fouillis de boîtes à pizza maculées de traces de fromage fondu, de barquettes en carton ayant jadis abrité des ailes de poulet sauce piquante, de couvercles en plastique séparés de leurs gobelets de café ou de Slurpees géants, de plateaux-repas collants, de sacs en papier froissés, d'exemplaires du journal et de feuilles imprimées qui jonchaient une moquette constellée de taches de caféine, de soda à la framboise et d'allez savoir quoi encore... C'est trop, ce bouge ! a songé Adam, auquel la vue des cartons de pizza a rappelé que sitôt la réunion terminée il devrait se précipiter à PowerPizza pour entamer quatre heures de livraisons frénétiques.

Une fille chinoise, Camille Deng – encore un squelette ambulant, a noté Adam en son for intérieur – avait la parole :

« Je pense qu'il y a encore des problèmes d'homophobie non résolus. Je ne suis pas du tout convaincue par l'argument de l'administration selon lequel les services de nettoyage “pensaient lutter contre l'homophobie”.

— Pourquoi pas ? » a répliqué Greg, en équilibre de plus en plus précaire sur les deux pieds arrière de sa chaise, et il a considéré Camille d'un air hautain.

Greg et ses manières de journaleux blasé, s'est dit Adam. Greg et son cou de cigogne, son menton inexistant...

« Bon, a repris Camille, donc tu crois que c'est juste une coïncidence si le Week-End des Parents est pour bientôt ? L'administration nous répète qu'elle soutient à fond la diversité, et bla-bla, mais peut-être qu'elle n'a pas envie que les parents découvrent la description des mœurs sexuelles des gars de Dupont à la craie sur les trottoirs ? "Pédés et fiers de l'être." Tu penses que la direction veut que ça soit vu ? Parce qu'ils le sont, fiers.

— Qui ça, *ils* ? a relevé un garçon à la tignasse rousse, Randy Grossman. Tu es sûre que tu n'as pas un problème avec ça, toi-même ? Comme un complexe de culpabilité refoulé, par exemple ? » Comme un peu de préjugés antilesbiens, par exemple ? »

Pour toute réponse, Camille a lâché un « Aaarrgh » chargé d'un mépris contondant. « Moi, je commence à en avoir, des préjugés, quand il s'agit de Randy », a noté Adam par-devers lui. Depuis qu'il avait fait son coming-out, ce garçon était devenu très casse-bonbons. Comme toute la rédaction, Adam avait d'abord admiré son courage ; désormais, il aurait aimé qu'il retourne à la clandestinité.

Ignorant Randy, Greg a pris un ton doctoral :

« Non, Camille. Tu as un type de la sécurité qui, en pleine nuit, découvre toutes ces inscriptions sur le trottoir, ces histoires de "bite au cul" et de massages de la prostate par l'anus... Je l'ai vu de mes propres yeux, celui-là, ou plutôt ce qui en restait. Donc il est trois heures du matin, le type prévient l'Entretien et l'Entretien décide... On parle de l'équipe de nuit, n'oublie pas.

— Quelle différence ? Tu veux dire que les gens de l'équipe de nuit sont forcément des tarés ?

— Laisse-moi terminer. Le service d'entretien pense qu'il s'agit de vandalisme antigay et se dit : "On devrait effacer ça avant qu'il fasse jour." Qu'est-ce qu'il y a de si difficile à croire, là-dedans ? Un, c'est la nuit, deux, comment veux-tu que ces gars sachent qu'il s'agit en fait d'une action du "Poing gay-lesbien" ? Alors ils se mettent à gratter, au matin il ne reste plus que quelques traces de craie et ils pensent l'avoir bien joué. Moi je trouve ça plus que plausible, mais les zigues du Poing décident d'en faire tout un plat. Qu'est-ce qu'ils croient ? Que la direction des relations publiques s'est réunie d'urgence à trois heures du mat' pour parler du Week-End des Parents ? »

Greg a raison, a conclu Adam en silence, et Camille est une chieuse, mais les motivations du loustic ne sont pas les bonnes. Comme tous les rédacteurs en chef du *Daily Wave* avant et après lui, Greg posait au journaliste farouchement attaché à son indépendance, toujours prêt à monter au créneau quand il le fallait. En réalité, il n'était pas le premier directeur du canard à mettre de l'eau dans son vin, tant l'administration et le reste de la population estudiantine disposaient de moyens de pression moraux, sociaux ou matériels susceptibles de lui rendre la vie impossible au cas où il prendrait son autonomie trop au sérieux. Pour son image publique mais aussi pour son confort personnel, il était toutefois important que Greg soit convaincu qu'il était capable de soulever tous les lièvres qu'il voulait. Mais que le Chevalier Greg Fiore dénonce l'administration pour refuser de soutenir le droit inaliénable du Poing à couvrir les trottoirs de dithyrambes à la gloire de la sodomie quelques jours avant le Week-End des Parents était une éventualité qui ne s'était jamais présentée.

Certes, et il en était lui-même conscient, Adam n'était pas de la plus grande objectivité vis-à-vis de Greg Fiore : il allait sans dire que c'était lui, Adam, qui aurait dû occuper cette chaise branlante et regarder les scribouillards du haut de la position à laquelle son âge et son expérience l'auraient normalement prédestiné. Même s'il ne pouvait rendre Greg responsable de cette injustice, son cœur n'en nourrissait pas moins du ressentiment envers lui. Non, la faute première revenait à ses parents, et plus particulièrement à son père qui les avait abandonnés, sa mère et lui, leur imposant une précarité qui obligeait Adam à exercer deux emplois simultanés pour payer ses études. Or, la responsabilité d'un journal tel que le *Daily Wave* ne laissait pas le temps d'aller courir livrer des pizzas ni celui de remplir la cervelle de Jojo Johanssen. L'auraient-ils supplié à genoux de prendre la rédaction en chef qu'Adam n'aurait pu accepter. Ah, les juifs sans argent ! Le père d'Adam était lui-même un petit-fils d'immigrés pauvres – *Juifs sans argent* était d'ailleurs un roman « prolétarien » des années 1930 qu'Adam avait décidé de lire uniquement à cause de son titre – qui, passés de la Pologne à Boston, avaient continué dans la pauvreté aux États-Unis. Nat Gellin, son père – ou Gellininski, l'arrière-grand-père d'Adam ayant un peu élagué le patronyme –, avait été le premier de la famille à aller à l'université, qu'il avait dû abandonner au bout de deux ans faute de ressources, et il s'était alors estimé heureux de décrocher un emploi de serveur au restaurant Egan's, un établissement de Boston très en vogue parmi les hommes d'affaires qui aimaient dîner en présence de collègues plus puissants qu'eux, d'hommes politiques ambitieux, de présentateurs de la télé, de journalistes du *Globe* ou du *Herald* et, parfois, d'une vedette du show-biz qui passait par là, bref une adresse incontournable pour cette espèce de la grande ville qui ne s'épanouit que *là où il se passe quelque chose*. Nat Gellin avait trois qualités essentielles pour réussir en pareil endroit, méticulosité, discrétion et charme naturel, de sorte qu'en moins de dix ans il était devenu chef de salle, puis directeur du restaurant ; il devait sans doute avoir aussi une bonne dose de bonhomie facile car Egan's avait été, depuis les origines, un haut lieu de la communauté irlandaise. Dès six heures, chaque soir, le bar résonnait des bruyantes conversations de clients qui avaient conscience d'avoir choisi le meilleur endroit pour leurs libations, massés devant un solide comptoir en chêne et ses divers ornements en laiton, que surplombaient d'épaisses étagères en verre poli où les rangées de bouteilles paradaient sous des lampes à la lumière vive. En costume de laine peignée grise, chemise amidonnée et cravate bleu marine à pois blancs – une tenue qui lui avait été inspirée par les amphytrions du célèbre « 21 » de New York, Nat Gellin accueillait chaque nouvel arrivant avec un éternel sourire entre deux joues rondes et rubicondes. Il avait le chic pour ne jamais oublier un nom, même quand il s'agissait d'un convive des plus occasionnels.

C'est alors qu'il était encore simple serveur qu'il avait rencontré une jolie petite blonde très enjouée, Frances Horowitz, dite Frankie, qui elle-même avait quitté le lycée depuis peu et travaillait aux assurances Allstate, où elle prenait les appels signalant accidents ou cambriolages. La mère d'Adam avait voué un véritable culte à son incomparable restaurateur de mari. Même des années après leur séparation, elle pouvait sortir, au beau milieu des sempiternels monologues qu'inspirent la haine et la rancune, des remarques du style : « Il n'y a pas un seul autre juif à Boston qui aurait pu réussir ce que ton père a réussi avec ce restaurant irlandais. » De ces notations, Adam avait retiré l'idée générale que la réussite, pour un juif, était de s'acquérir l'adulation des goyim.

Ce qui était sans nul doute le cas de Nat Gellin. Deux ans avant la naissance de son fils, il avait réussi à convaincre la First City National, une vénérable banque patricienne de Boston, de lui accorder un prêt colossal afin de racheter la moitié des parts détenues par les cinq enfants du fondateur, Michael F.X. Egan, trop heureux de réaliser ainsi une partie de leur capital sans avoir à attendre des lustres. Ensuite, il avait fait l'acquisition d'une résidence à Brookline, digne de son nouveau statut mais qui l'avait évidemment plongé un peu plus loin dans les dettes. Adam avait ainsi passé sa prime enfance dans ce qu'il serait plus tard en mesure d'apprécier comme une grande maison de style géorgien, construite vers 1910 sur un petit terrain, ainsi que le voulait la mode urbanistique de l'époque, dans ce qui avait été le meilleur quartier de Brookline et qui restait socialement des plus convenables.

L'orgueil de Nat avait gonflé autant que ses dettes, entre-temps, et il était sensible au romantisme de sa fulgurante ascension. Un soir qu'il dispensait sa coutumière bonhomie au restaurant, il avait fait la connaissance d'une blonde jeunesse de vingt-trois ans fraîche émoulue de Wellesley, WASP jusqu'au bout des ongles, très Ivy League et Beacon Hill. Bientôt, il en était venu à rester de plus en plus tard au travail, réglant toutes sortes de problèmes éminemment délicats avant l'inévitable trajet du retour à Brookline et à Frankie. Frankie... Elle n'avait pas pris autant d'assurance que lui mais de l'âge et du poids, perdant sa joliesse et son espièglerie pour se transformer en l'une de ces mères au foyer américaines prématurément vieillies, toujours plus éloignées de *là où ça se passe* et s'extasiant sans relâche sur leur progéniture. Un dimanche où elle était occupée à arroser quelques lys « Sucette » dans le jardin d'hiver et où il se sentait dans l'humeur adéquate, mélange de lassitude et d'égotisme exacerbé, Nat avait résolu de tout lui dire. De cette manière, exactement : « Je sais que ce n'est pas ta faute, Frankie, mais vois-tu, je me suis élevé, et toi non. » Il n'aurait pas pu plus mal choisir ses termes : il lui annonçait non seulement qu'il la quittait mais aussi que c'était parce qu'elle était restée une ignare sans raffinement, une *shloub* imprésentable en public.

Adam était alors si petit que sa mémoire n'avait conservé qu'un unique cliché de son père, en l'occurrence de la bedaine et des génitoires paternelles alors que ce dernier sortait tout nu de la salle de bains. Il revoyait aussi le visage de sa mère le jour où elle lui avait appris que Papa s'en allait, sans pouvoir se rappeler sous quelle forme elle lui avait présenté la nouvelle. Deux ans plus tard, cependant, il était assez grand pour se rendre compte qu'ils abandonnaient la belle demeure de Brookline et s'installaient au deuxième étage d'une maison nettement moins impressionnante de West Roxury, bien que son jeune âge ne lui eût pas alors permis de mesurer dans leur entier les implications sociales de ce déménagement. Qu'importait sa place dans la société, d'ailleurs, puisque son statut familial était formidable : Sa Majesté le Fils Unique, installée sur ce trône par sa mère qui passait son temps à chanter ses louanges, à l'aduler, à répandre les pétales de la flatterie sous ses pas. Et comme ses professeurs ne tarissaient pas non plus d'éloges à son égard, il n'avait même pas remarqué que l'école qu'il fréquentait avec une marmaille indisciplinée de Noirs, d'Irlandais, d'Italiens, de Chinois, de Canadiens et d'Ukrainiens se situait à quelques degrés à peine du bas de l'échelle de l'enseignement public à Boston : car il y était une altesse royale, également – Sa Majesté le Prodige. C'est seulement quand il avait eu treize ans et qu'il était entré grâce à une bourse au lycée classique de Roxbury, une prestigieuse école privée, qu'il avait découvert l'ampleur de la dégringolade sociale dont ils avaient été victimes, et ce qui l'avait provoquée.

La demande de divorce présentée par son mari avait réveillé toute la combativité de Frances Horowitz Gellin, dont l'espièglerie rimait désormais avec l'esprit de revanche. Elle n'avait pas oublié les nombreuses anecdotes dont Nat l'avait jadis régalée au sujet de ses hauts faits de restaurateur averti, et notamment la manière dont le rouleau de la caisse enregistreuse – en ces temps reculés seule trace des recettes de l'établissement puisque presque tous les bons clients payaient en liquide – disparaissait chaque soir dans les ordures à la fermeture. Trois mois durant, chaque nuit, Frankie et son avocat avaient donc fait les poubelles du restaurant. Ce dernier pensait qu'elle voulait utiliser ces preuves afin d'arracher une pension alimentaire plus conséquente à l'entreprenant Nat Gellin; en réalité, Frankie était allée tout droit porter les rouleaux aux autorités fiscales. Nat s'en était tiré sans échouer en prison mais avec une amende tellement exorbitante qu'il avait dû céder ses parts d'Egan's, et la maison de Brookline, et même ainsi les banquiers le tenaient à la gorge. Du coup, « partage des biens », « pension alimentaire », « frais d'éducation », tout cela s'était transformé en concepts vides dans un document légal puisque le jadis populaire Nat Gellin était désormais saigné jusqu'à la dernière goutte. Sur ce, Frankie avait laissé le bec dans l'eau son avocat déconcerté, confondu et vidé.

Sur le moment, elle n'avait pensé qu'à savourer sa vengeance, en effet succulente, puis la situation s'était aggravée au point qu'elle avait dû devenir télévendeuse pour une chaîne du câble locale, passant des centaines de ces coups de fil qui surprennent les gens chez eux et les amènent à se demander qui peut être tombé assez bas pour faire un boulot aussi répugnant. Mais insultes et rebuffades glissaient sur Frankie : elle était au service d'une cause supérieure – transformer Adam en l'étoile qui illuminerait sa vie.

Jusqu'à son entrée à Roxbury Classique, ils avaient vécu l'un pour l'autre. Petit prodige scolaire admiré par tous, Adam avait eu dans les yeux l'éclat du succès qui avait éclairé la sombre existence de Frankie, laquelle, en échange, avait encouragé chez son fils la confiance en soi et l'autosatisfaction dans des proportions surprenantes. Rien ne pourrait l'empêcher de prendre son envol de West Roxbury et de conquérir le monde. Il en était convaincu. Comme sa mère n'avait plus remis les pieds à la synagogue après sa déconfiture sociale, Adam avait grandi sans religion, du moins avec une connaissance très limitée du judaïsme, mais Frankie lui parlait souvent du peuple juif. Là encore, ses souvenirs restaient confus et pourtant il en avait gardé l'idée que les juifs étaient le plus grand peuple du monde, Israël la plus admirable des nations, et les États-Unis, quoique merveilleux à bien des égards, un pays travaillé par l'antisémitisme. C'était sur ces principes que la vision du monde d'Adam Gellin – et de beaucoup d'autres – s'était édifiée.

Ce qu'Adam apprendrait des subtilités du statut social à Roxbury Classique ne pouvait jouer en faveur de Frankie, pourtant. Loin d'être une pépinière de snobs, mais au contraire un établissement pétri de l'ascétisme protestant le plus traditionnel, l'école accueillait un certain nombre d'élèves issus d'un milieu social privilégié et il ne manquait pas de parents fort bien éduqués pour participer aux diverses activités du lycée. C'est dans ce contexte qu'Adam avait commencé à entrevoir que sa mère, Frankie Gellin, anciennement Frances Horowitz, celle qui l'avait non seulement élevé mais qui avait nourri, gâté, gavé son ego jusqu'à faire de lui un géant parmi l'ordinaire multitude de Boston, était elle-même une femme des plus quelconques, petite, vieillie, voûtée, dénuée de culture et de sophistication, ignorante du vaste monde et sans aucune curiosité à son égard, si peu instruite qu'il n'aurait pu s'entretenir avec elle de Shakespeare, encore moins de Virgile et en aucune façon d'Emily Dickinson ou de J.D. Salinger. Comment être sensible à l'ironie, à l'art de l'allusion ou de la métaphore si l'on ne soupçonnait même pas ce sur quoi ils jouaient ? Sa mère était dans ce cas, l'avait toujours été. Pendant toute la fin de son adolescence, Adam s'était ainsi considéré comme une jeune étoile aux possibilités infinies, issue d'une famille qui ne la méritait pas. Le fils du Destin, non de ses parents.

Du jour au lendemain, l'admiration éperdue qu'il avait vouée à sa mère s'était muée en animosité. Pourquoi ? Il n'en avait pas idée, ne savait même pas qu'il s'agissait de ressentiment. Il était convaincu que c'était seulement un problème de culture, dont elle détenait trop peu alors qu'il en avait à revendre. Il était incapable d'accepter la réalité, à savoir son refus de croire qu'une telle nullité intellectuelle et sociale, son embarrassante et insortable mère, l'avait conçu lui, Adam Gellin. Le reconnaître eût été admettre que son grandiose moi n'était que du vent – et certes il n'était pas le premier, parmi ceux qui s'estiment des génies, à souffrir de ce complexe de la maman tombée de son piédestal.

« ... Ou c'était avant que tu arrives ? »

Revenu au présent dans un sursaut, Adam s'est rendu compte que Greg le regardait fixement et venait de lui adresser une question qu'il n'avait pas saisie mais qui contenait probablement une pique quant à son retard. Après quelques soubresauts, son cerveau s'est mis en route.

« Pardon d'être en retard... – Il avait pris soin de s'adresser aux autres, pour ne pas donner l'impression qu'il demandait à Greg de l'excuser – ... mais je viens de tomber sur un truc totalement incroyable et totalement vrai, en plus. »

Le rédacteur en chef a poussé un soupir agacé.

« Ouais, mais encore ? »

Adam a perçu que le moment était mal choisi pour vendre son histoire, mais la « pulsion informative » avait déjà supplanté son sens commun.

« Bon, à la dernière cérémonie de Dupont, l'orateur était le favori des primaires républicaines, pas vrai ? – Hochement de tête encore plus impatient de Greg. – O.K. L'avant-veille de ça, de la rentrée de printemps, le type était déjà présent sur le campus. Et deux gus de Saint Ray l'ont surpris en train de se faire tailler une pipe dans la nature par une première-année, une fille dont j'ai le nom même si j'imagine que c'est pas publiable, ça, et puis il y a eu une bagarre avec le garde du corps du mec et...

— C'est supposé avoir eu lieu deux jours avant *la rentrée* ? l'a coupé Greg.

— Exactement.

— C'est-à-dire, attends... Il y a trois mois, non, quatre ? Fantastique histoire, Adam, mais je te rappelle qu'on doit rouler le journal dans trois heures de temps, pigé ? Et le sujet qui m'occupe pour l'instant, il s'est passé *ce matin*, pigé ?

— Je comprends, mais là je parle de l'un des politicards américains les plus en vue et...

— Trop dingue, a lancé Greg d'un ton sarcastique, mais... »

Il a lui-même été interrompu par Camille :

« Euh, Adam ? Est-ce que tu as déjà remarqué que *toutes* tes idées de papier ont l'air d'être conçues pour donner une image lamentable des femmes ? Ou bien le problème est que tu en es très conscient, au contraire ? »

Lamentable connasse, a prononcé Adam en son for intérieur tout en articulant :

« Comment ça, toutes mes idées ?

— Eh bien, par exemple ce projet de série "Profs et Rapaces" qui te tient tellement à cœur. Ce que tu veux, c'est donner une image des femmes qui...

— Mais qu'est-ce que tu racontes, Camille ? C'est pas un sujet sur les nanas mais sur les enseignants mecs !

— Est-ce qu'on pourrait revenir aux... ? a tenté Greg.

— Ce que je raconte ? a contré Camille. La question, c'est ce que tu veux raconter, toi. Tu sais très bien que ton message implicite, c'est : rien de nouveau sous le soleil, pas vrai ? Les étudiantes ont été, sont et seront toujours de pauvres agneaux qu'il faut protéger contre ces vautours sexuels : les profs mâles. Qu'elles puissent avoir une aventure avec qui leur chante, c'est exclu, hein ? Ton sujet, c'est le vieux thème bien connu, le thème... – Elle s'est arrêtée, lèvres entrouvertes, visiblement à la recherche d'un précédent historique ou littéraire, avant de conclure platement : – Le même vieux cliché. Le sous-texte actif, c'est de dépeindre les étudiantes avec le stéréotype du pauvre Petit Chaperon rouge.

— Sous-texte actif mon cul, Camille ! Parlons du *texte*, d'accord ? Ce dont il est question, c'est...

— LE TEXTE, C'EST QU'ON DOIT PARVENIR À UNE CONCLUSION À PROPOS DU « POING » ET DE CES TRUCS DE PÉDÉS ! a glapi Greg. ON N'A QUE DEUX HEURES AVANT LE BOUCLAGE !

— Comment ça, *ces trucs de pédés* ? » s'est élevé Randy.

Greg a soupiré, levé les yeux au ciel et tapoté de la main l'arrière de son crâne. Tandis que ses yeux exécutaient un lent panoramique sur Randy, Camille et Adam, il a repris d'un ton plus calme :

« On... n'a... pas... de... temps... pour... la... sémantique, O.K. ? Ni pour la déconstruction de textes, ni pour des pipes vieilles de quatre mois, ni pour des profs en chaleur. Ce qui nous occupe... »

Adam a cessé d'écouter. Comme tous ceux qui dans cette pièce accepteraient d'y réfléchir, il savait pertinemment ce que Greg s'apprêtait à faire : non seulement il n'aurait jamais les couilles d'aborder le thème du gouverneur et de la turlute mais il allait aussi publier une relation très sérieuse de l'incident « Pédés et fiers de l'être », malgré le caractère hautement comique de toute l'affaire, peut-être accompagnée de l'un de ses éditoriaux tout en « néanmoins » et « cependant », s'il en avait le courage. « Bien que l'administration soit probablement de bonne foi en définissant l'intervention du service de nettoyage comme une erreur provoquée par les meilleures intentions, l'organisation du "Poing gay-lesbien" a néanmoins le droit le plus strict de bla, bla, bla », ou quelque chose de ce genre. Et la turlute ? Greg n'aurait jamais « le temps » de se pencher dessus. La seule mention de la scène lui donnait des palpitations, à ce pauvre Greg...

Ce dernier continuait présentement à discutailler avec Camille et Randy tout en consultant avec insistance sa montre, comme si l'imminence du bouclage était son seul moyen de les rallier à sa position. Greg n'avait pas assez de caractère pour imposer son autorité et déclarer, comme Adam l'aurait fait à sa place : « Suffit, maintenant. Voilà comment on va procéder. »

Jetant un coup d'œil à sa propre toquante, Adam a constaté avec amertume qu'il n'aurait pas le loisir de contempler ses prédictions se réaliser, puisqu'il lui restait quinze minutes pour rejoindre son emploi de nuit. Adam Gellin, le fils du Destin, allait passer les quatre heures suivantes à livrer dans un minuscule van de fabrication nippone des olives-anchois, des pastrami-mozzarella-tomates, des prosciutto-parmesan-poivrons-œufs, des saucisses-artichauts-champignons, des saumon fumé-stracchino-aneth, des aubergines-bresaola-arugula-pistou-pignons-fontina-gorgonzola-bollito-misto-câpres-basilic-crème fraîche-gousses d'ail à tous les gloutons désœuvrés de Dupont ou hors campus qui se donneraient la peine de décrocher leur téléphone pour appeler PowerPizza.

Bien qu'il détestât la pizza, ce soir-là, alors qu'il se tenait devant le comptoir des livraisons en inox à l'arrière de la cuisine, le bruit des couteaux des cuistots mexicains tranchant en cubes oignons et poivrons, l'arôme de la saucisse mijotant dans une lave de fromage ont attaqué son estomac avec les douloureuses tenailles de la faim. Il n'avait rien mangé depuis midi, ne pourrait rien avaler pendant les quatre heures à venir, et voilà qu'il se trouvait dans un antre de la boustifaille, où un essaim hétéroclite d'employés s'affairait furieusement sur des quantités choquantes de nourriture. Les filles du standard hurlaient leurs commandes aux chefs, qui hurlaient leurs ordres aux aides de cuisine mexicains, qui hurlaient entre eux en espagnol, tandis que Denny, le patron de PowerPizza, hurlait sur tout le monde dans ce qui pouvait passer pour de l'anglais.

« Hééééiiiille, toi, qu'est-ce que t'attends, là ? »

Il venait de repérer Adam et levait les mains en l'air dans un geste qui signifiait : « Bon à rien ! »

« J'en ai eu que sept ! a protesté le livreur en montrant la pile de cartons de pizzas devant lui. C'est huit qu'il me faut.

— Ou-keille, tu prends tes houit et tu bouges ton coul ! »

Denny, Demetrio de son vrai nom, était une caricature de tenancier de pizzeria. Natif de Naples, gros, chauve, sanguin, survolté et toujours mal embouché, il ne se contentait pas de parler avec ses mains : il hurlait avec elles, aussi. En soirée, le succès de son entreprise reposait entièrement sur la vitesse ; il fallait prendre vite les commandes, travailler vite en cuisine et surtout livrer vite, sans laisser aux pizzas le temps de refroidir. Pour garantir ce dernier élément, Denny avait recours à une forme particulièrement retorse de capitalisme sauvage : les livreurs n'ayant pas de salaire, ils devaient compter sur les pourboires et donc assurer le maximum de livraisons chaque soir puisque les étudiants, on le sait, ne sont pas très généreux en pourliches. S'il l'avait pu, Adam aurait travaillé avec un écriteau passé autour de cou : JE NE SUIS PAS PAYÉ POUR ÇA, SOYEZ BONS !

L'un des Mexicains avait à peine posé une nouvelle boîte surchauffée devant lui que le Napolitain, qui avait des yeux partout, vociférait : « T'as tes houit mainténant ! Magne ton coul ! Tu souffles quand tu as fini ! »

Adam est parti d'un pas hésitant, le tas de cartons dans ses bras lui bloquant toute sa vision, jusqu'au vieux van poussif réservé aux livreurs et garé devant l'enfilade de commerces aux vitrines tapageuses qui, comme PowerPizza, se destinaient à une clientèle essentiellement étudiante. Son premier arrêt était pourtant, à six ou huit pâtés de maisons, un immeuble dont il n'était pas familier car à sa connaissance aucun étudiant n'y habitait. D'un autre côté, qui, à part une bande de potaches, aurait un appétit assez bestial pour commander cinq pizzas format « jumbo » ? Il y en avait pour plus de cinquante dollars et Adam escompait un pourboire d'au moins dix pour cent, à moins de tomber sur des sadiques ou des demeurés. Quand il ne travaillait pas, c'était un conducteur prudent mais s'il voulait gagner quelques ronds chaque soir il devait se transformer en pilote de stock-car. Il filait donc à travers cette ancienne zone résidentielle en pleine décadence, aux rues mal éclairées, sans à peine toucher la pédale de freins aux stops.

L'immeuble en question était une vilaine construction en brique de quatre ou cinq étages, à la petite entrée envahie par une vingtaine de boîtes à lettres, un panneau d'interphone, une porte vitrée à travers laquelle Adam a aperçu avec soulagement un ascenseur. Il a dû poser ses cinq cartons pour sonner. Jones, 3A, voyons... Une fois trouvée la touche correspondante, il a attendu le bourdonnement électrique avant de se livrer à ses acrobaties habituelles, maintenant le battant ouvert avec le talon de sa chaussure tout en se penchant pour reprendre les boîtes. Bon Dieu ! Quelque chose a craqué dans son dos, ce qui l'a mis de plus mauvaise humeur encore. Comment devait se comporter le fils du Destin, dans pareille situation ? Comment expliquer que lui, Adam Gellin, était en cet instant occupé à forcer son entrée dans un immeuble minable d'une maussade petite ville de Pennsylvanie, à charrier des cartons de bouffe stupide à travers une porte mal réglée qui tentait de lui barrer la route et venait de lui donner un tour de reins ?

Au troisième étage, il a trouvé sept ou huit portes, toutes identiques, mais il n'était pas difficile de deviner à laquelle devait aller la commande de cinq pizzas jumbo. Ces rires tonitruants, ces cris joyeux, ce tumulte de voix animées et le languide synthétiseur d'*Elliptical Rider* par C.C. Good Jookin' venaient sans nul doute de Jones, 3A. Tous ces sons suggéraient une réunion de Noirs, s'est dit Adam. Rationnellement, cela ne changeait rien mais son cœur, qui ne pensait pas de la même façon, s'est mis à battre plus vite dans sa cage thoracique. Après avoir pris sa respiration, il a appuyé sur la sonnette sans obtenir rien d'autre que le brouhaha de la fête derrière la porte. À la quatrième tentative, celle-ci s'est enfin ouverte sur un jeune Noir imposant, crâne rasé, en pantalon cargo et tee-shirt qui révélait des épaules, des biceps et des avant-bras tellement denses et bien dessinés qu'ils ont aimanté un instant le regard du livreur. Derrière le colosse, une pénombre enfumée était parfois traversée d'éclats colorés, apparemment produits par un écran de télévision. Des visages d'ébène éructaient des conversations par-dessus le rythme lent et imprévisible du Sample Rap, et une odeur étonnamment douceâtre flottait dans l'air.

Quelques secondes plus tard, Adam s'est rendu compte que Jones, 3A n'était autre que Curtis Jones, le pivot de l'équipe de basket. Il semblait presque petit, sur le terrain, avec « seulement » – à l'aune de la division 1 – un mètre quatre-vingt-treize mais là, dans l'entrée d'un appartement banal, c'était un géant. Adam s'est détendu, soudain : ce type pouvait être une brute de méchante humeur, certes, mais il n'était pas un inconnu pour lui puisqu'il vivait à Crowninshield comme les autres joueurs et qu'Adam le croisait de temps à autre quand il allait s'occuper de Jojo. Il allait même risquer un « Salut, Curtis ! » lorsqu'il s'est rabattu au dernier moment sur : « Salut... PowerPizza ! »

Le grand homme l'avait-il reconnu ? Était-il heureux de voir ses cinq pizzas arriver ? Appréciait-il la présence d'Adam ? Si oui, il savait très bien dissimuler son enthousiasme. Montrant du doigt une table dans l'entrée, il a articulé : « Là-dessus. » Même pas : « Pose-les là-dessus », et encore moins : « S'il te plaît. » Adam s'est exécuté tout en observant la salle de séjour à la dérobée, une pièce plutôt vaste mais pratiquement dénuée de mobilier, à part une télé-DVD géante branchée sur le canal sportif ESPN et une chaîne quadriphonique pour l'heure au service du ronronnement percussif d'*Elliptical Rider*.

Jones n'était pas l'unique robuste athlète au crâne rasé de l'assistance. Il y avait aussi Treyshawn Diggs – impossible de ne pas le voir –, et André Walker, et Dashorn Tippet. Mais étaient également présents de jeunes Noirs qui n'avaient l'air ni de dieux du stade ni d'étudiants. Quant à la douce fumée odorante, c'était de la marijuana, bien sûr. Adam avait déjà noté que les sportifs noirs avaient un faible pour l'herbe tandis que leurs comparses blancs préféraient l'alcool et que personne ne se donnait plus la peine de tenir de grands discours sur le fait qu'ils auraient dû s'abstenir de l'une ou de l'autre substance pendant la saison.

La vive lumière soudain projetée par l'écran télé a éclairé une grosse tête blanche. Jojo ! C'était lui, tout au fond de la salle, en train de converser avec Charles Bousquet. Le massif visage pâle s'étant tourné vers lui, Adam a sauté sur l'occasion : « Salut, Jojo ! » Il lui paraissait vital, brusquement, que le taciturne et peu commode Curtis

Jones découvre qu'il connaissait quelqu'un parmi l'assistance. Jojo ne lui ayant répondu que par un regard sans expression, il a forcé la voix, complétant son « Salut, Jojo ! » d'un petit bonjour de la main.

Le basketteur a hoché la tête, une seule fois et sans sourire, avant de revenir à Charles Bousquet. Adam n'arrivait pas à y croire, mais la réalité était là : Jojo l'évitait, ne voulait pas reconnaître la présence de son répétiteur dans cette assemblée de titans. Deux jours plus tôt seulement il avait veillé toute la nuit afin de rédiger à sa place une dissertation sur un sujet difficile, lui épargnant un F fatal, et voilà que ce grand dadais ingrat le bousillait sur place. Curtis Jones, qui s'impatientait, est intervenu : « O.K., c'est combien ? » Adam a sorti la note de son blouson et l'a examinée avant d'annoncer : « Cinquante dollars et soixante-quatorze cents. » Jones lui a arraché le papier de la main, le tenant entre le pouce et l'index. « Fais-moi voir ça ! » Il a froncé les sourcils jusqu'à ce qu'ils ne forment plus qu'une seule barre. « Merde. » Il a regardé Adam comme si celui-ci tentait de le rouler sans vergogne puis il a enfoncé avec colère ses doigts dans la poche de son jean, en a ressorti une grosse liasse retenue par un gros clip en or, l'a pelée du pouce, en a extrait deux coupures qu'il a tendues à Adam et lui a tourné le dos sans autre commentaire. Il a fallu quelques secondes à ce dernier pour comprendre ce qu'il avait dans la main. Un billet de cinquante, un autre d'un dollar. Cinquante et un ? Cinquante et un ! Vingt-six cents ! Jones allait lui donner maintenant son *vrai* pourboire, assurément...

Mais non. Adam était sidéré. Une commande de plus de cinquante dollars et il recevait cette... misère ? Peu importait qui voulait ainsi le gruger, il ne se laisserait pas faire ! Il a réuni toute sa bravoure. « Eh, minute ! » Il n'avait pas osé aller jusqu'au familier « Une minute, Curtis ! » mais ne lui aurait pas donné du « Mr Jones » non plus. C'était sans importance, de toute façon, puisque entre les conversations et le Sample Rap l'intéressé n'avait rien entendu...

Adam a de nouveau baissé les yeux sur les deux billets. Vingt-six cents de pourboire ! En lui l'indignation luttait contre la peur, avec un avantage pour cette dernière. Très bien ! Il allait... Il savait ce qu'il allait faire ! Chercher vingt-six cents dans sa poche, les lui jeter à la figure en disant : « Tiens, tu as oublié la monnaie ! » Peut-être pas jeter, non. Brandir. Il a tâté son pantalon, son blouson. Pas une seule pièce. À court d'idées, il a laissé échapper un cri étranglé de sa bouche : « Hé, Curtis ! »

Jones, qui se dirigeait vers Treyshawn Diggs, s'est légèrement tourné pour regarder derrière lui. « Et mon pourboire ? » Le gant était jeté, il était trop tard pour reculer. Le colosse a penché la tête, levé un sourcil ; il a jaugé Adam avec un air de défi viril qui disait :

« Oui, ton pourboire, et alors ? » Et il a poursuivi son chemin, laissant Adam sans voix, du moins jusqu'à l'explosion suivante : « JE SUIS PAS PAYÉ POUR CES LIVRAISONS ! TOUT CE QUE J'AI, C'EST LES POURBOIRES ! »

La pièce a basculé dans un silence seulement rompu par C.C. Good Jookin', dont le beat synthétique semblait amplifié, par contraste. Le parfum d'herbe semblait plus lourd, aussi, et les vilaines décharges lumineuses d'ESPN blessaient les yeux d'Adam. Il avait conscience de la rougeur de ses joues. Sans même lui accorder un regard, Curtis a annoncé d'une voix prodigieusement harassée : « Hé, il dit qu'il veut un pourliche, ce type-là », ce qui a provoqué gloussements, claquements de langue désabusés et le sourd grondement – heurgggh, heurgggh, heurgggghhhh – d'un rire de gorge. « Un de vous a envie d'allonger un pourliche à ce type-là ? » Encore « heurgggh, heurgggh, heurgggghhhh », mais personne n'a bronché, ni fait mine de chercher dans sa poche.

Adam était fasciné par tous ces visages noirs tournés vers lui. Et un blanc, aussi : Jojo ! Il a braqué des yeux énormes, implorants, sur lui. Jojo ! Tu connais ces mecs, ne les laisse pas me traiter de cette façon ! D'abord immobile telle une statue, l'objet de cette supplique muette a fini par faire une moue et par montrer Curtis d'un signe de tête comme pour dire : « Hé, c'est lui qui reçoit ! »

Les autres s'étant déjà lassés du spectacle donné par le livreur geignard, le brouhaha des échanges a repris, repoussant *Elliptical Rider* dans son statut de fond sonore. Jojo taillait de nouveau une bavette avec Charles Bousquet comme si Adam n'avait jamais existé. Au milieu de la salle de séjour, leur silhouette en ombres chinoises sur le rectangle criard de la télé, un Black venait de donner un coup de coude à l'énorme Diggs ; sans qu'Adam puisse distinguer leurs traits, il était clair qu'ils étaient en train de se gausser de ce petit Blanc apeuré qui avait quémandé un pourboire et couiné sa détresse devant une assemblée de mâles noirs.

Effaré par l'égarement qui l'avait conduit à ainsi perdre la face, Adam s'est jeté à travers la porte restée ouverte. À quoi bon la claquer ? Cela ne ferait qu'aggraver sa déroute, si c'était possible. Ces types – et Jojo avec eux – l'avaient traité comme le plus vil des serviteurs, pire encore, comme le plus méprisable des représentants de la gent masculine : une lavette qui n'avait rien osé de plus que de pleurnicher pour un pourboire. Dévalant la moquette gris souris jusqu'à l'ascenseur, le menton dans le cou, il a tenté de se consoler en se disant qu'il n'avait pas eu d'autre choix. En terrain inconnu, devant une brochette de jeunes machos appartenant à une autre race, dont la moitié d'entre eux vivaient de leurs muscles... Devait-il se mépriser de ne pas avoir répondu à la dangereuse et provocatrice lueur dans les yeux de Curtis Jones en lui tombant dessus à bras raccourcis ? Mais non, il était fallacieux de prétendre qu'il n'y avait pas eu d'alternative. Il aurait pu dire à Jones d'aller au diable. À tous. Il aurait pu leur déclarer qu'ils n'étaient que des salauds sans aucune classe, des prétentieux à la cervelle en pois chiche, des racistes à rebours. Sauf Jojo, évidemment : toi, tu es encore pire, tête de nœud, avec ta coupe de douilles impossible, trop trouillard pour te démarquer de tes coéquipiers et manifester la courtoisie la plus élémentaire à un mec qui vient de te sauver de la cata universitaire, avec ton QI plafonnant à 90 et tes capacités d'accro à la PlayStation 3 ! Misérable snob qui as eu peur de montrer que tu me connaissais, même !

En fait de trouillard et de misérable, il n'avait rien à envier à Jojo, pourtant. Parce qu'il n'avait pas tenté cette solennelle mise au point, mais seulement réclamé piteusement son dû, et capitulé devant le premier geste d'intimidation machiste.

Il venait d'atteindre l'ascenseur quand le même grondement de basse, heurrgh, heurrrgggghhh, s'est distinctement élevé derrière la porte de Jones, 3A. Ces empaffés lui avaient accordé le bénéfice de la fuite avant de reprendre leurs ricanements ! Son émasculation publique était complète, désormais.

Sur le trottoir, il a jeté des regards de-ci de-là dans la morbide obscurité, sans rien voir, puis il est allé s'asseoir au volant de sa guimbarde, incapable de bouger alors qu'il lui restait encore sept livraisons à assurer, sept séries de boîtes qui seraient bientôt froides.

Quelque chose s'est réveillé en lui, brusquement. Sa Majesté le Fils unique sortait de son coma.

L'altesse a cligné des yeux, s'est étirée, a aspiré une longue goulée d'air. Dans le van fatigué, le prince héritier de Frankie a dressé comme par magie sa tête bouclée.

Adam Gellin, le Fils du Destin, a alors pris un engagement. Il s'est fait la plus douce promesse que l'animal humain puisse concevoir : « La vengeance, bientôt. À moi la vindicte et les représailles. »

8

Un aperçu du Parnasse

Le lendemain matin, peu après dix heures, Charlotte redescendait du troisième étage du bâtiment Fiske où, en compagnie de quelque quatre-vingt-dix autres heureux élus, elle venait de passer l'examen d'histoire médiévale proposé par Mr Crone, quand elle est arrivée à la hauteur de deux étudiants du cours, première ou deuxième-année sans doute, qui se tenaient devant la superbe spirale de cuivre servant de balustrade à l'imposant perron.

« Comment tu le sens, cet exam' ? était en train de demander la fille au garçon.

— Comment je le sens ? s'est écrié le garçon en écarquillant les yeux et en laissant passer un bruyant jet d'air entre ses dents. Comme si je venais de me faire mettre dans le cul par une très grosse bestiole. »

La fille a éclaté de rire, estimant apparemment qu'il s'agissait de la plus fine repartie qu'elle ait jamais entendue, puis :

« La deuxième question, c'était trop relou ! "Comparez le marché aux esclaves de Dublin et de Bagdad au XIe siècle, ainsi que les différences du commerce triangulaire en Europe du Nord et au Moyen-Orient"...

— Celle-là, j'ai dû improviser, fuck ! Tu crois qu'il va m'ajouter des points pour ma putain d'imagination ? »

Nouveaux éclats de rire extasiés. Il n'empêche que c'étaient tout de même des... camarades. Charlotte aurait aimé être encore en plein milieu de l'examen ; pendant cette heure, au moins, elle s'était trouvée au sein d'un groupe qui se consacrait au même objectif, et puis, elle, en tout cas, s'était tellement absorbée dans sa tâche qu'elle n'avait plus eu la possibilité de penser à... sa solitude.

Celle-ci n'était pas qu'un état d'esprit, mais une sensation tangible, comme un sixième sens physique, sans avoir recours à un jeu de mots complaisant. Une souffrance aussi douloureuse que si des phagocytes s'étaient attaqués à la matière grise dans son crâne. Ce n'était pas simplement qu'elle n'avait pas d'amis : elle ne disposait même pas d'un refuge, d'un endroit solitaire où elle aurait pu se sentir bien. Sa camarade de chambre la traitait de manière à lui rappeler chaque jour que Charlotte Simmons, jadis petite prodige des montagnes, était en réalité une gourdasse invisible qu'elle pouvait mettre à la porte quand bon lui semblait. Et pour se retrouver où ? Dans une salle publique surchauffée elle aussi par la luxure et la tension sexuelle, au plus profond de la nuit.

Charlotte a observé le parc, tous ces corps en mouvement, toutes ces têtes joyeusement inclinées sur des téléphones portables en train de lier, de renforcer des amitiés. Même si la chance de l'apercevoir était des plus réduites, elle a cherché Bettina du regard. Elle était potentiellement une amie, cette autre sexilée... Même si Bettina semblait considérer ces mœurs parfaitement normales et acceptables dans la vie estudiantine, Charlotte était prête à faire des concessions sur ce terrain, n'importe quoi pour avoir une *amie* ! Les phagocytes continuaient à dévorer son crâne, obstinés, sans une minute de répit... Elle *savait* que Bettina n'apparaîtrait pas dans le majestueux tableau d'ombres et de soleil, dans l'ampleur délicatement scintillante de la Grande Cour. Et elle avait raison, alors elle s'est finalement forcée à prendre l'allée qui conduisait à la tour de la bibliothèque. Là, au moins, elle pourrait travailler et surtout rester dans son coin seule et silencieuse, sans que cela paraisse trop lamentable.

Elle longeait de vénérables frondaisons, à mi-chemin de son but, quand elle a entendu les couinements de chaussures de sport arrivant à grande vitesse derrière elle. Elle ne s'est pas retournée. « Yo ! Hé ! S'cuse ! » Un regard par-dessus son épaule l'a laissée interdite. C'était l'énorme type du cours de français, le crétin libidineux qui avait tenté de l'approcher, l'avait invitée à déjeuner. Elle s'est raidie. Il s'était presque jeté sur elle, la même masse de chair, le même tee-shirt collant qui révélait les mêmes muscles grotesques, la même bizarre galette de cheveux blonds sur le crâne. En Charlotte, l'envie de fuir luttait avec l'espoir de ne pas avoir l'air puéril. C'est son besoin de respectabilité qui l'a emporté. Paralysée, clouée par l'embarras, elle n'a réussi qu'à articuler, d'une voix qui n'était pas la sienne : « Qu'est-ce que tu veux ? »

Sa mâchoire s'est affaissée, il a lentement levé ses mains ouvertes devant lui comme s'il soulevait un gigantesque mais invisible ballon d'entraînement. L'image même de la bonne âme incomprise.

« J'voulais juste m'excuser. Sérieux.

— De quoi ? a-t-elle murmuré, toujours sur ses gardes.

— Pour l'autre jour, a expliqué le géant. Pour la façon dont je te suis tombé dessus et... »

Il avait rougi, ce qui pouvait indiquer qu'il était sincère et non en train d'essayer une autre tactique « d'emballage », ainsi que la terminologie de Dupont définissait apparemment ces pratiques. Mais ce n'était qu'une hypothèse, rien de plus, tandis qu'il s'empressait de continuer :

« En fait, j'espérais que je te croiserais, comme ça. J'ai pensé à l'impression que tu as dû avoir et bon, je suis désolé, c'est sûr. »

Elle s'est contentée de faire peser un regard noir sur lui. Il était si grand que c'en était anormal, son cou tellement gros, ses bras tellement longs, tellement boursouflés de muscles.

« Allez, donne-moi l'occase de me rattraper ! Viens, on va déjeuner à Mister Rayon. Mais cette fois, c'est rien que *déjeuner*. Juré. »

Elle continuait à le fixer avec hostilité mais elle ne pouvait nier avoir décelé une nuance... suppliante dans sa voix, oui.

« Tu ne sais pas qui je suis, hein ? » l'a-t-il interrogée sans que la question paraisse insupportablement vaniteuse.

Charlotte a opiné du chef avec la lenteur d'un ventilateur électrique, comme pour signifier « Je ne sais pas, non, et tu n'imagines pas comme ça ne m'intéresse pas, de le savoir ». Mais elle n'ignorait pas qu'il était l'un de ces types de l'équipe de basket de Dupont, là, et ça aiguillonnait sa curiosité.

« Je m'appelle Joseph Johanssen, je suis basketteur. Tout le monde m'appelle Jojo. – Charlotte parlementait avec elle-même. – Allez ! On va juste casser une graine ! »

Il lui suffisait de dire qu'elle était en retard à un cours ou... Non, elle ne lui devait aucune explication ! Elle avait simplement à refuser et à tourner les talons, mais elle était incapable de bouger. Un coup d'État intérieur, à nouveau. Son autre « moi », celui qui voulait prendre son envol et échapper à la morsure de la solitude, avait pris le pouvoir. Et comme le premier ne soufflait mot elle s'est entendue répondre « D'accord » avec plus qu'une pointe de réticence, comme si elle lui accordait une faveur aussi inutile que forcée.

C'était la première fois qu'elle allait chez Mister Rayon, bien sûr, qui se trouvait au rez-de-chaussée d'un immeuble gothique assez imposant, Haley Hall, et rien ne la préparait au choc visuel qui l'a atteinte lorsqu'elle y est entrée avec Jojo. Des murs impeccablement blancs explosaient en reflets électriques sous un éclairage industriel dernier cri, dominés par des rangées martiales de bannières moyenâgeuses. Les tables noires des différents « secteurs » de la cafétéria brillaient tels des miroirs, pas moins de six aires délimitées non par des cloisons mais par de longs présentoirs formés de tubes en acier inoxydable resplendissant sur lesquels glissaient les plateaux devant six comptoirs consacrés à des styles culinaires spécifiques : thaïlandais, chinois, US, végétarien, italien et moyen-oriental. *I'm Too Sexy*, un vieux succès disco dont les harmoniques répétées *ad nauseum* faisaient paraître la foule plus importante qu'elle ne l'était, passait sur la sono. La cohue du déjeuner ne commencerait qu'une heure plus tard, environ.

Jojo le géant a pris un hamburger et une cannette de Sprite dans la section américaine ; Charlotte, rien, en partie parce que c'était une dépense inconsidérée et en partie parce qu'elle ne voulait pas qu'il puisse penser qu'il s'agissait d'un repas partagé. Alors qu'ils se dirigeaient vers l'une des tables high-tech, un garçon qui déjeunait avec trois autres camarades s'est levé, a agité le bras et crié « Go, go, Jojo ! », salut auquel le géant a répondu par un sourire quelque peu contraint. Une idée affreuse a traversé le cerveau de Charlotte : si c'était un basketteur, il était sans doute connu sur le campus et donc elle allait être *vue* en sa compagnie ! Elle aurait tout donné pour avoir une pancarte autour du cou : « Ce n'est pas du flirt ! JE NE LE CONNAIS PAS, JE NE SUIS PAS IMPRESSIONNÉE PAR LUI ! PAS DU TOUT ! » Mais être vue par qui ? Personne ne la remarquerait, de toute l'université, sauf Bettina peut-être ; et même elle, est-ce qu'elle s'en soucierait ?

Ils se sont installés. Ce « Jojo » s'est courbé sur son assiette en plastique, comme s'il avait peur des oreilles indiscrètes :

« Tu te rappelles ce que tu m'as dit ce jour-là ? Après le cours de Mr Lewin ? – Charlotte a fait non de la tête, alors qu'elle s'en souvenait parfaitement. – Tu m'as demandé pourquoi j'avais décidé de répondre une bêtise à sa question sur *Madame Bovary*... »

Ne pouvant garder le silence plus longtemps, elle a répliqué :

« Oui, pourquoi ?

— Hé, c'est la question que j'arrête pas de me poser depuis ! – Sa voix était à peine un murmure. – Il me bottait, ce livre. Il me faisait vraiment gamberger ! Tu te rappelles ce que tu as dit, aussi ? – Cette fois, elle n'a pas cherché à nier : elle l'a regardé un moment avant d'acquiescer très légèrement. – Tu m'as demandé si je savais la réponse, c'est ce que tu croyais et c'était vrai ! Et tu veux savoir pourquoi je me suis comporté comme ça ? »

Puisqu'il attendait une réponse, de toute évidence, Charlotte a offert un :

« Pourquoi ?

— Il y a trois autres joueurs de mon équipe, dans ce cours. C'est pas un problème de faire son travail, et même d'avoir des notes correctes, parce qu'il faut les résultats... Encore qu'il y a un type de chez nous, vraiment la grosse tête, il veut jamais qu'on sache ses notes. Ce qui est impossible, c'est de se montrer *intéressé* par le cours. Ou de montrer que tel bouquin t'a plu, pour de bon. T'es baisé, si tu fais ça.

— Ne parle pas de cette façon ! » a lancé Charlotte, authentiquement indignée.

Jojo l'a contemplée, immobile, bouche bée.

« Hé, désolé ! Ça m'est sorti comme ça et... – Un silence gêné, puis : – Tu es d'où ?

— Sparta, Caroline du Nord, dans les montagnes, tu ne peux pas connaître, personne ne connaît, a sorti Charlotte d'un trait. Tant qu'on y est, tu ne connais même pas mon nom, je parie ? – Jojo paraissant encore plus éberlué, elle s'est dit qu'elle y était peut-être allée un peu fort et elle a eu un petit sourire indulgent : – C'est Charlotte. Mais bon, tu disais que tu vis sous la pression de l'effet de groupe.

— Eh bien... – Il a pincé les lèvres. – C'est pas *exactement* ce que... – Charlotte dardait sur lui un regard sans complaisance. – Ça commence au bahut, en fait. Au tout début. Les coachs, tout le monde te répète que ça y est, t'as tiré le bon numéro. Tu vois ce que je veux dire ? T'es grand pour ton âge, bon en sport, ils te voient déjà pro. Moi, il y a eu pas moins de trois lycées, des bahuts publics, qui ont essayé de m'avoir ! À quatorze ans ! Mon père m'a conseillé de choisir celui qui avait casé le plus de basketteurs en division 1, et c'était celui le plus loin de la maison. Trenton Central.

— Où est-ce ?

— Trenton, New Jersey. Tous les autres gus de l'équipe, Treyshawn Diggs, André Walker, ils ont vécu la même chose. T'es encore un gamin et tout le monde te traite comme si tu étais supérieur aux autres. Les autres, ils devaient bûcher, faire leurs devoirs et tout, mais moi j'étais peinard au fond de la classe, pratiquement les pieds sur la table, mon livre tête en bas... Les autres, ils trouvaient ça cool. Et puis le journal du lycée s'est mis à faire plein de papiers sur moi, en tant que basketteur... Là, tu planes.

— Mais... – Elle était encore timide, sur ses gardes. – Ce n'est pas ce que tu voulais ?

— J'imagine. Mais maintenant il y a d'autres trucs qui m'intéressent. La littérature, par exemple, même si c'est Frère Jocko.

— Frère Jocko ?

— C'est comme ça qu'on appelle le cours de français. Le cours d'allemand, ils l'appellent Jock Sprache. Il y a un cours de géologie, c'est Jocks on the Rocks. Un cours de communication, c'est Vox-Jocks. Je le pige pas trop, celui-là...

— *Vox*, c'est la voix, en latin. Comme dans *Vox populi* ?

— Hein ?

— La voix du peuple ? »

Il a vaguement hoché la tête, prouvant qu'il n'avait pas davantage « pigé ».

« Ouais, enfin, tout ça c'est marrant, on est entre *jocks*, donc, et puis un jour quelqu'un te fait une remarque, comme toi tu l'as fait, et brusquement c'est comme si, zap ! tu revenais sur terre.

— En quoi mon opinion t'intéresserait ? Je ne suis qu'une première-année ! »

Il a baissé les yeux, s'est massé le front avec ses énormes doigts, puis a regardé Charlotte fixement :

« J'ai *personne* avec qui parler de ce genre de trucs ! J'ai tout simplement pas les couilles ! Oh, pardon ! J'arrive pas à... – Il s'est penché vers elle. – Et t'es pas qu'une première-année. Ce que tu m'as dit, c'était comme si, comme si... tu débarquais de Mars ! Tu me suis ? T'es pas arrivée ici déjà modifiée par toute cette mer... tous ces machins. Comme si tu avais encore la vision claire, comme si tu étais capable de voir les choses telles qu'elles sont.

— Sparta, c'est loin d'ici mais ce n'est tout de même pas Mars », a-t-elle observé en ayant conscience qu'elle venait de lui offrir son premier sourire spontané.

Mais elle a aussi deviné que son épanouissement universitaire n'était sans doute pas sa seule motivation dans cet accès de sincérité, et que le moment était venu de mettre le holà, avant qu'il ne recommence à vouloir « l'emballer », perspective désagréable, voire effrayante. D'un autre côté, elle n'avait *aucune* envie de mettre le holà... Elle n'était pas prête à ça, pas encore capable de l'analyser mais elle était en train de goûter aux premiers frémissements, vraiment les tout premiers pour elle, du pouvoir qu'exerce la femme sur cette créature qui partage l'hormonocentrisme monomaniaque des bêtes sauvages : l'Homme.

« Charlotte... J'adore ce nom. »

Elle a immédiatement tourné le thermostat de ses expressions sur la position froide, et Jojo a dû saisir la rebuffade car il a à son tour absorbé le suintement hormonal qui perlait sur ses traits pour retrouver un visage grave et sincère.

« Mon problème, c'est que je connais rien à tous ces trucs de... culture. Tu vois ce que je veux dire ?

— Non.

— Eh ben, par exemple d'où vient telle idée, de quoi est partie telle théorie... Les gens citent des noms comme si tout le monde savait de quoi ils parlent, mais moi je sais *pas*. Parce que j'ai jamais fait gaffe, avant. C'est gênant. Par exemple, j'ai ce prof d'histoire américaine, Mr Quat, et il nous sort que les premiers colons d'Amérique étaient les puritains et... non, c'est faux : ce qu'il a dit, c'est "protestants", mais il y a un rapport avec "puritains", non ? Et ensuite il dit que la révolution protestante en Angleterre... ou la "Réforme" ? Non, pas la révolution, la Réforme... Comment il a dit, exactement ? Ouais, que la Réforme protestante "s'est nourrie du rationalisme mais n'a pas été provoquée par lui". Tu vois ? Alors j'attends qu'un gus lève la main et dise : "Rationalisme, c'est quoi ?" Mais personne le fait ! Ils ont des encyclopédies à la con dans la tête ou quoi ? Et moi j'ai la trouille de lever la main, parce que autrement ils vont tous dire que je suis un sportif débile, un *idiot de jock.*

— C'est ce qu'ils disent, vraiment ?

— C'est ce qu'ils pensent ! Toi, tu sais ce que c'est, le ratio-machinchose ?

— Eh bien oui, a fait Charlotte, soudain prise de pitié envers lui, mais j'ai eu une prof qui s'est beaucoup occupée de moi, personnellement ? Elle m'a fait lire presque tout ce qui existe sur Martin Luther, John Calvin, John Wycliffe, Henry VIII, Thomas More, Descartes ? J'ai eu de la chance, si on peut dire.

— Ouais, donc tu sais ce que c'est, comme tous les autres zigues dans mon cours. Moi j'ai jamais rien lu à propos de ce Day Cart ni de tous ces gens. Comment tu as dit ? Wycliff ? Jamais entendu causer.

— Tu n'as jamais eu philo obligatoire ?

— Pas pour nous, pas pour les sportifs de merde ! » s'est-il lamenté.

Elle l'a considéré d'un air doctoral.

« Tu sais pourquoi les Romains ne laissaient que les citoyens libres étudier la philosophie ?

— Ben... non.

— Ils avaient des esclaves venus du monde entier, certains très intelligents, par exemple les Grecs. Ceux-là, ils les laissaient étudier des matières pratiques, les maths, la physique, les techniques d'ingénierie, pour qu'ils puissent bâtir des ponts ou des maisons, ou la musique, pour qu'ils puissent les distraire ? Mais seuls les citoyens romains, les "hommes libres" avaient accès à la philosophie, à la rhétorique, à la littérature, à l'histoire, à la théologie. Pourquoi ? Parce que c'était les "arts de l'argumentation" et ils ne voulaient pas que les esclaves soient capables de former des concepts, des idées qui les conduiraient à s'unir, à se révolter, etc. ? »

Jojo la contemplait, sourcils levés, un sourire résigné aux lèvres. Il s'est mis à faire oui de sa tête massive, oui, oui, oui, oui, comme si l'aube aux doigts de rose se glissait lentement là-dedans.

« Donc c'est ça qu'on est, nous autres sportifs... Comme des esclaves ! Ils veulent pas qu'on réfléchisse, ils veulent pas qu'on pense ! Ça pourrait nous distraire de notre job... C'est trop fort, Charlotte ! – C'était la première fois qu'il l'appelait par son nom, et son sourire s'est entièrement transformé. – *Tu* es plutôt géniale, oui ! »

Son expression a réveillé toutes les peurs de Charlotte. Se raccrochant à son rôle de tuteur, elle a observé :

« Suis des cours de philosophie. Je suis sûre que tu aimeras. »

Jojo a certainement reçu le message parce qu'il a retiré ses coudes de la table et s'est redressé.

« Je saurais pas par où commencer...

— C'est facile. On commence avec Socrate, Platon et Aristote. C'est de là que toute philosophie part : Socrate, Platon, Aristote. C'est l'origine fondatrice.

— Mais comment tu *sais* tous ces trucs ? »

Tout le monde sait ça, allait répondre Charlotte, mais elle a haussé les épaules et répondu :

« Grâce à un peu de concentration, j'imagine. »

Jojo n'a pas cillé, droit comme un I. Mais son sourire s'est fait encore plus chaleureux tandis qu'il la dévorait des yeux et que le suintement initial se muait en... marée.

Elle ne pouvait laisser tout cela aller plus loin. Pourtant elle a ressenti le picotement de son pouvoir au plus profond de ses reins.

9

Socrate

Ce n'était pas la première fois que Jojo avait rendez-vous avec l'entraîneur Roth au « Rotheneum » mais cela ne s'était encore jamais produit à sa propre initiative, et Dieu sait comme il avait dû ruser pour empêcher la secrétaire numéro un du grand homme, Celeste, de lui arracher la raison de cette sollicitation. À présent que le moment approchait, son ego de presque deux mètres se sentait tout petit et mal à l'aise.

Le Rotheneum occupait une partie des bâtiments du Buster Bowl réservée spécialement aux activités administratives de Buster Roth et de ses courtisans. Un jeune et cynique rédacteur du journal du campus avait inventé ce sobriquet désormais passé dans le domaine public et fréquemment employé, sauf en présence du coach Roth, évidemment. Jojo, qui ne connaissait pas le mot « atheneum », ne saisissait pas entièrement la blague mais il comprenait qu'il devait s'agir d'un concept intellectuel élevé alors que *The Wave* tenait de toute évidence l'entraîneur pour un manant, même s'il se faisait plus d'un million de dollars annuels en salaire, et le double en conférences, patronages d'événements, stages « La vie c'est comme une partie de basket » pour hommes d'affaires fortunés et « contrats swoosh », ainsi nommés en référence à la fameuse virgule de la marque Nike, qui restait le plus gros des contrats swoosh. Dans le cadre de ces derniers, le coach habillait ses joueurs de pied en cap avec des articles siglés telle ou telle marque, et ce en échange de sommes que personne ne semblait connaître avec exactitude. Ce que l'on savait, c'est que Nike, par exemple, avait un budget de publicité annuel de deux cents millions et que le « swooshing » était sa principale destination. En tant que coach de l'équipe qui avait remporté le championnat national de la saison précédente, Buster Roth venait de signer un nouveau « contrat swoosh » avec une marque très lancée, And 1, et les rumeurs faisaient état de chiffres phénoménaux. En tous les cas, la totalité de ce pactole allait jusqu'au dernier cent dans la poche de l'entraîneur.

C'était là, au Rotheneum, que l'on pénétrait dans l'esprit du palais des sports, cet empire qui entretenait de bienveillantes relations avec sa principale colonie, l'université Dupont. Dans le hall, les murs d'un blanc aveuglant étaient percés de niches vitrées tendues de velours mauve qui abritaient les nombreux trophées du coach. Celui du précédent championnat national de la NCAA faisait face à la porte d'entrée et tous étincelaient de mille feux sous les spots encastrés. Le domaine rothien occupait l'ensemble du troisième étage, avec notamment une salle de projection à estrade rétractable, équipée de quarante sièges rabattables, le haut de gamme du fauteuil de cinéma, dont la seule fonction était de servir à analyser les matchs, les entraînements de l'équipe Dupont, ainsi que la tactique de ses prochains adversaires. « Suivez bien le numéro 8, Jamal Perkins...Vous avez vu ça ? Je reviens en arrière. O.K. ! Vous voyez comment il sort son putain de genou à l'extérieur quand il fait un pivot ? Les putains d'arbitres le chopent jamais ! » La voix exaspérée de l'entraîneur résonnait encore dans la tête de Jojo.

L'ascenseur ouvrait sur une salle d'attente au plafond de plus de trois mètres soixante. Là, toujours sur des murs d'un blanc éclatant, de gigantesques agrandissements de scènes sportives étaient présentés dans des cadres minimalistes en aluminium brossé. Trois quadragénaires blancs en costume-cravate, style businessman, étaient assis sur la banquette en fer à cheval tendue de souple cuir fauve. En face, une cloison en verre sur laquelle se découpait l'élégante italique du D de Dupont : derrière, à leurs postes de travail, comme on dit, bourdonnait le harem des secrétaires et des assistantes du coach, toutes de jeunes femmes en jupe courte aux cuisses veloutées. La reine de ce gynécée était Celeste, une grande brune élancée au teint d'albâtre. Plus d'un basketteur caressait le désir de la séduire, et parmi eux Jojo, mais il se disait qu'elle était la chasse gardée du coach en personne. En le voyant entrer, elle s'est levée et s'est exclamée : « Ah, voilà notre Mr Mystère ! Prenez un siège, Jojo. »

Elle lui a désigné la banquette d'un geste.

« Yo, Celeste », a fait Jojo sans tenter d'aller plus loin.

Il ne s'est pas assis tout de suite, roulant un peu des épaules histoire de faire jouer ses pectoraux sous le tee-shirt et de donner à ces costards-cravate le loisir d'admirer sa taille et sa musculature jusqu'à ce qu'ils réalisent, même s'ils n'avaient pas l'air de le reconnaître, qu'ils avaient devant eux un basketteur de Dupont. Si cela n'avait pas suffi, de toute manière, ils n'ont pu que comprendre l'importance de son statut lorsque, quelques minutes plus tard, Celeste l'a invité à entrer dans le bureau de Roth. Avant eux.

Le coach était majestueusement installé dans un fauteuil en cuir pivotant derrière une gigantesque étendue d'acajou – son bureau –, au milieu de l'angle entièrement vitré de cette partie de l'immeuble. Les doigts noués derrière la nuque, il faisait saillir ses biceps sous les manches courtes de son polo et bombait le torse, toujours vaniteusement fier de son corps jadis athlétique – ce qui lui offrait également l'avantage de rentrer son début de brioche. La pièce n'était pas immense mais le haut plafond constellé de spots, les baies omniprésentes, l'imposant mobilier, tout cela avait de quoi impressionner les visiteurs.

« Entre, Jojo », a-t-il prononcé d'une voix calme, en tout cas pour lui.

Il lui a lancé un regard familier de tous les joueurs, un regard par en dessous, la tête légèrement penchée, avec un mince sourire sur ses dents serrées. Pour Jojo, c'était comme si le coach soumettait ses entrailles à un IRM qui aurait déjà révélé tous ses secrets, y compris ceux dont il ignorait lui-même l'existence.

« Eh bien, Jojo, que me vaut cette agréable surprise ? Celeste t'a baptisé Mr Mystère. »

Jojo est resté planté là, de plus en plus gêné. Il venait de se rendre compte qu'il n'avait pas réfléchi à la manière de formuler ce qu'il voulait dire.

« Eh bien, je crois que... Enfin, je vous remercie vraiment de prendre le temps de...

— Allez, assieds-toi, je t'en prie », lui a ordonné le coach en lui désignant une sorte de demi-vasque en cuir brun montée sur une structure en inox.

Jojo a obtempéré. Impossible d'être à son aise dans ce machin, le dossier était trop raide, le siège trop bas... Il avait l'impression que le coach le dominait d'une tête. Buster Roth l'a gratifié d'un sourire encourageant.

« Tu n'as pas tout à fait l'air dans ton assiette, Jojo. Qu'est-ce qui ne va pas ?

— Eh bien... – Il s'est nerveusement frotté les mains. – Je ne dirais pas que ça ne va pas, coach, mais...

— D'accord. Alors qu'est-ce que c'est, Jojo ?

— C'est à propos des... des études.

— Quoi, les études, Jojo ? – Roth avait un peu durci le ton, soudain. – Quel cours, exactement ? Je vous ai dit et répété cent fois, à vous tous : ne laissez pas les choses dégénérer. Au moindre problème, venez en parler à l'un ou l'autre d'entre nous. Ne laissez pas les emmerdements se développer.

— C'est pas du tout ça, non, a soufflé Jojo, qui continuait à se frictionner les mains avec une telle véhémence que le coach a posé son regard sur elles. Ce que je veux dire... Enfin, je crois... C'est que j'en retire pas assez, voilà.

— Tu retires pas assez de quoi, Jojo ? a demandé le coach, dont les sourcils froncés prouvaient qu'il ne comprenait pas du tout où son joueur voulait en venir.

— Pas assez des études, quoi. Des cours.

— *Quels* cours ? Tu n'as de difficultés nulle part, si ? La dernière fois que j'ai entendu parler de ça, tu avais une moyenne de 2,2. Alors quel est ton problème, Jojo ?

— Ben... – À présent il tirait sur ses doigts croisés entre ses cuisses, de sorte qu'il se retrouvait tout courbé en avant. – Ben par exemple, j'ai pris français renforcé pour mon cursus en langues, hein ?

— Ouais.

— Et on lit les livres en anglais au lieu de le faire en français, ce genre de trucs...

— Mr Lewin, c'est ça ?

— Mmm... oui.

— Il est formidable ! Il est très favorable à notre programme, Jojo. Il comprend l'importance du sport dans la vie universitaire. Écoute, la plupart des profs de Dupont sont des gens très bien mais de temps à autre on tombe sur un coincé qui a les boules contre les sportifs. Lewin n'est pas comme ça. C'est un battant.

— Mais on fait toutes les lectures en anglais ! J'apprends pratiquement rien, en français.

— Et alors ? Qu'est-ce que tu veux devenir, linguiste ? Bon Dieu... En plus, c'est faux. Tu apprends plein de français dans ce cours, plein de... littérature française. Toute une tripotée de nos gars ont suivi ce cours. Ils m'ont tous dit que Lewin était excellent, qu'ils avaient appris plein de trucs sur tous ces écrivains français, Proust et... – Il s'est creusé la cervelle à la recherche d'au moins un deuxième nom, n'en a trouvé aucun. – En fait, tu apprends encore plus sur leur compte, parce que Lewin vous épargne le temps de la traduction. Moi aussi, j'ai dû faire une langue étrangère à la fac, tu sais ? Tout ce que ça t'apporte, ce boulot de traduction, c'est te bouffer ton temps et te casser les couilles. N'oublie pas où tu es, Jojo. Dupont ! Il n'y a pas un meilleur cours de français dans tout le pays. Louons Jésus-Christ pour Ses bienfaits ! Il est super, Lewin. »

Ainsi forcé de renoncer au thème du français « de Flaubert à Houellebecq », Jojo a néanmoins tenu bon :

« Y a pas que ça, vous voyez, coach ? L'autre jour, je parlais avec une étudiante et elle a dit quelque chose à propos de Socrate. Rien de... compliqué, non. Elle essayait pas de frimer. Elle pensait juste que tout le monde savait ce peu qu'elle disait sur Socrate. Bon, moi je le connaissais... de nom, Socrate, mais c'est tout. Alors que c'est comme qui dirait... l'origine fondatrice de la philosophie.

— L'origine fondatrice de la philosophie, hein ? Qui t'a raconté ça, Jojo ?

— Cette fille.

— Cette fille ? Ouais. Bon, moi je peux te raconter plein de trucs sur Socrate. Il s'est suicidé. En buvant un grand verre de cyanure. Tu sais ce que c'est, le cyanure ?

— Un genre d'arbre, non ?

— Très bien, a rétorqué l'entraîneur sans que Jojo réussisse à déchiffrer son expression – était-il en train de se moquer de lui ? – Dans ce cas, c'est un poison fabriqué avec les feuilles. Socrate était un homme à principes, Jojo ; il a préféré se suicider plutôt que de... Enfin, c'était à cause de ses principes. Et tu vois, Jojo, c'est tout ce que tu as besoin de savoir au sujet de Socrate pour le restant de tes jours. C'est ce que *n'importe qui* a besoin de savoir. Tu es encore jeune pour piger ça mais tout ira très bien pour toi si tu as une vague idée de qui sont ces personnages lorsque leur nom arrive dans la conversation. Tu ne rencontreras personne qui en sache plus long que ça, hormis les rats de bibliothèque qui pour le reste ne sont bons à rien.

— Je sais, coach, mais est-ce que je ne devrais pas apprendre un peu de ces trucs, quand même ? Je suis ici, c'est Dupont, comme vous avez dit, alors peut-être que je devrais profiter de ça pour suivre des cours intéressants plutôt que... celui d'éco que j'ai, par exemple.

— *Quel* cours d'éco, Jojo ? a demandé l'entraîneur avec une pointe d'agacement.

— Ça s'appelle "Notions essentielles sur les fluctuations du marché". Mr Baggers.

— Je le connais très bien. Un type extra. Excellent prof, lui aussi.

— Sans doute, mais c'est quand même... l'économie expliquée aux attardés.

— Ah oui ? Ce qui signifie ?

— Les autres étudiants disent que c'est pour les sportifs.

— Ah ? Peut-être tu voudrais autre chose, alors ?

— Il y a ce cours de philo dont on m'a parlé, coach. Je me disais...

— C'est *cette fille* qui t'en a parlé, j'imagine ?

— Ben oui, mais... Ça a l'air super. Ça s'appelle "Socrate et son temps". »

L'entraîneur l'a considéré un long, très long moment, avec l'expression du père auquel son grand ado vient d'apprendre qu'il a pulvérisé sa Lamborghini dans une course-poursuite. Enfin, il a appuyé sur un bouton : « Celeste, vous m'apportez le catalogue des matières enseignées ? Oui ! De Dupont, oui ! » Et de nouveau ce regard. Jojo avait l'impression qu'une sorte de rayon surpuissant le transperçait et le grillait vif.

Celeste est aussitôt apparue. Avec un sourire charmeur pour Jojo, presque provocant à vrai dire, elle a tendu l'épaisse brochure au coach, qui a fait pivoter son fauteuil pour tourner le dos à son joueur pendant qu'il la feuilletait. Une fois trouvé ce qu'il cherchait, il lui a de nouveau fait face.

« S'agirait-il de celui-ci, Jojo ? Voyons. "Philosophie 308, Socrate et son temps : rationalisme, irrationalisme et magie animiste dans la pensée de la Grèce antique." Mr Margolies.

— Oui, c'est ça ! a confirmé Jojo, soudain tout content. Je me rappelle le truc sur la magie animiste ! »

L'entraîneur a eu une grimace effarée mais s'est abstenu de tout commentaire. Silence, puis :

« Philosophie 308... Tu sais ce que ça signifie, ce 308, n'est-ce pas ?

— Euh... non.

— Ça signifie que c'est le niveau le plus élevé. Tous les cours dans les 300, c'est ce qu'ils ont de plus dur. Tu as déjà suivi un cours dans les 300, Jojo ?

— Euh... non.

— Et tu sais ce que ça veut dire, ces... – Roth a reporté les yeux sur la brochure. – "Rationalisme, irrationalisme et magie animiste" ?

— En gros. Plus ou moins.

— "En gros. Plus ou moins." Super.

— D'accord, coach, vous avez raison, a concédé Jojo en sentant sa gorge se nouer, je me raconterais des histoires si je disais que je *sais*, mais je veux *apprendre* ! Quelque chose ! Si je dois aller en cours, c'est pas pour traîner comme je l'ai fait jusqu'à présent ! Je suis pas un sportif débile, et j'en ai assez de me comporter comme si j'en étais un.

— Hmm, hmm, a prononcé l'entraîneur qui n'avait cure de tout cela. Tu sais qui est ce Mr Margolies, par hasard ?

— Non, mais on m'a dit qu'il était très bon.

— Ouais, très bon, a repris le coach d'une voix pensive, puis... bang ! TRÈS BON À JOUER LES CONNARDS DE JE-SAIS-TOUT DONT JE T'AI

PARLÉ ! CE FUCKER AIMERAIT TROP METTRE LA MAIN SUR QUELQU'UN COMME TOI ! IL TE BOUFFERAIT LE CUL ET LE RECRACHERAIT EN PETITS MORCEAUX ! "Socrate et son temps"... Petit merdeux demeuré, je vais te dire une chose, moi : C'EST PAS LE TEMPS DE SOCRATE, C'EST CELUI DE JOJO ET T'AS INTÉRÊT À ARRÊTER DE LE PAUMER ! Tu me suis ? C'EST LÀ QUE TU DOIS FAIRE TES PREUVES, LÀ ! – Il a projeté son index droit dans la direction du stade de basket, avec une telle violence que son épaule et son torse en ont tressauté. – ET TU VAS LE FAIRE CETTE ANNÉE, PAS DANS UN SIÈCLE ! "Socrate et son temps..." T'ES ICI POUR T'ACTIVER AVEC UN GROS BALLON ORANGE ! – Avec ses mains, il a simulé la forme d'un ballon de basket. – C'EST À ÇA QUE TU DOIS PENSER ! À RIEN D'AUTRE, FUCK ! »

Jojo n'avait jamais manifesté le moindre signe de colère devant Buster Roth, mais le « petit merdeux demeuré » venait d'ouvrir une fissure dans le mur entre coach et coaché.

« Vous êtes comme les autres ! Vous me prenez pour un idiot, vous...

— Ce n'est pas ce que j'ai dit !

— Vous pensez que je ne suis bon qu'à une chose, hein ? Un singe dont vous vous servez pour repousser votre fichu ballon et préparer des attaques pour que les autres...

— Ce n'est pas ce que...

— ... pour que les autres singes vous envoient votre foutu ballon dans le...

— Jojo ! Écoute-moi ! C'est pas ce...

— ... foutu panier, et démolissent les gros connards que l'autre équipe a alignés ! »

Jojo s'est rendu compte qu'il venait de mentionner trois actions au lieu d'une, et son hoquet de surprise dans cette salve enragée a permis à Roth de reprendre la main.

« Jojo ! – Paumes ouvertes et levées dans la position "calmos !". – Hé, oh ! Tu me connais, tout de même ! On est proches depuis un bout de temps, non ? Depuis ce soir, tu t'en souviens ? Ce soir-là, une seconde, un quart de seconde avant minuit. 1er juillet. J'avais déjà ton numéro de téléphone prêt sur mon portable, il manquait juste le dernier chiffre, le tout dernier... Un 7, non ? Hé, je me souviens même du putain de numéro ! Vrai ou pas ? Et j'ai dit quoi ? J'ai dit : "Jojo, ici le coach Roth. Je te veux chez nous, à Dupont, plus qu'aucun joueur que j'ai jamais essayé de recruter dans toute ma carrière !" C'était vrai, devant Dieu c'était vrai, Jojo, et ça le...

— Ouais, mais vous venez de me traiter de petit merdeux demeuré !

— ... Et ça reste vrai ! Par le Christ, Jojo, je veux pas faire dans le mélo mais depuis toujours je te considère comme un fils. Mon fils aîné. Autrement, je ne t'aurais pas traité de... ce que j'ai dit. Toi et moi, on est tellement proches qu'on peut forcer la note, des fois, et en plus je ne parlais pas de toi, précisément, toi, Jojo Johanssen... – Il a écarté les bras comme si Jojo Johanssen était une réalité presque aussi vaste que l'univers. – ... Je parlais de la décision que tu voulais prendre. Aller au cours d'un connard comme Margolies ! C'est tout. Je pensais que ce n'était pas malin, alors que tu es plus malin que tous les joueurs que j'ai coachés dans ma vie. Pourquoi je te charge de faire les ouvertures, d'après toi ? Je vais te dire pourquoi : ce sport, tu le *connais*, Jojo. Tu le maîtrises. D'autres ne font que le *subir*. Tu *fais* le jeu, tu ne te contentes pas de le *jouer*. Tu me suis, là ? »

Une partie de Jojo ne croyait pas un mot de tout cela. Une autre, cependant, s'était mise à ronronner sous toutes ces caresses, même à contrecœur.

« Ouais, mais vous auriez pas dû me dire ça, coach. »

« Coach » ! Lui-même voyait que son indignation avait repassé la frontière qui sépare l'entraîneur de l'entraîné.

« Bien sûr que j'aurais pas dû ! Mais quand il s'agit d'un fantastique joueur comme toi, je m'emporte vite. C'est un défaut, je reconnais, mais tout ce jeu, pour un coach, c'est quoi, fondamentalement ? C'est de coacher des éléments tels que toi. Un jour, peut-être, dans des années, tu décideras que tu as assez donné sur le terrain et tu deviendras entraîneur toi-même. Quoique... tu auras des tas d'autres possibilités, des tas ! Tu me rappelleras de te raconter ce que tous nos joueurs en sont venus à faire, une fois, d'accord ? Parce que quand on est de ton calibre, Jojo, il y a plein de portes qui s'ouvrent, plein ! Mais si jamais tu décides d'être coach, tu en seras un grand, oh oui ! Et alors tu comprendras ce que ça fait, là ! – Il a abattu son poing au milieu de son thorax. – Ce que ça fait d'avoir un joueur aussi doué et intelligent que toi. »

Évitant son regard, une moue contrariée sur les lèvres, Jojo a lâché un soupir digne de ses vastes poumons en hochant plusieurs fois la tête, brièvement, comme pour dire : « N'imagine pas une minute que je ne suis plus fâché. Simplement, je suis prêt à écouter des éloges justifiés... »

Sur le ton le plus calme du monde, l'entraîneur a poursuivi :

« Tu sais bien que le basket que nous jouons ici, à Dupont, c'est le haut de gamme. Le haut du haut de gamme, Jojo. Mais c'est aussi du sport universitaire et moi je me vois en... enseignant, tu comprends ? Et j'en suis un. Je sais qu'il y a des joueurs qui pensent que je me fais plaisir en disant ça mais c'est très sérieux, pour moi. C'est hyperimportant pour moi, Jojo. On parlait de Socrate, tout de suite, non ? Eh bien Socrate était grec, n'est-ce pas, et à son époque, “au temps de Socrate”, les Grecs avaient un dicton : *Mens sana in corpore sano*. Un esprit sain dans un corps sain. »

Jojo n’avait pas la moindre notion de la langue grecque mais cette phrase ne lui a pas semblé hellénique. Pas du tout. Cela ressemblait plus à... Voilà, c’était justement ça, son problème : il ne savait pas à quoi cela ressemblait. Il mourait d’envie d’interrompre le coach et de lui montrer un aperçu de la puissance du cerveau Johanssen, mais malgré son intuition que le coach se trompait, il était incapable de lui remontrer en quoi.

— Tu me suis, Jojo ? Les Grecs avaient pigé un truc que nous avons complètement perdu, nous. Un esprit qui fonctionne bien ne sert à rien s’il n’est pas uni comme ça – il a élevé les mains et entrecroisé les doigts – avec un corps en bonne forme. *Mens sana in corpore sano*. En grec, ça veut dire : “Si tu veux avoir une université correcte, tu as intérêt à avoir une section sportive qui assure !” Tu ne t’en rends peut-être pas compte, Jojo, mais à Dupont tu représentes un modèle. Un leader ! Un exemple à suivre pour tout le campus ! – Sa main droite a opéré un angle à cent quatre-vingts degrés dans les airs, désignant “tout le campus”, en effet. – Ils voient un type comme toi, ils comprennent vers où ils doivent aller. Maintenant, bien sûr, aucun d’eux n’a un physique comme celui-là ! – Il a pointé la poitrine de Jojo. – Un corps pareil, c’est un don de Dieu, plus beaucoup d’effort et de travail. Mais c’est ce à quoi ils doivent aspirer. Si notre programme met légèrement plus l’accent sur le *corpore*, c’est parce que de cette façon nous montrons à tous les étudiants, nous leur *apprenons* ce qui fortifie et stimule le *mens* et lui permet de se distinguer dans le monde. Nous sommes tous des *éducateurs*, en fait. Moi, toi, notre section. Je l’ai dit, tu es un exemple ; tu aides à enseigner à cette magnifique université l’idéal grec du *mens sana in corpore sano*. Chaque fois qu’ils te voient sur le plancher du terrain de basket... chaque fois qu’ils te voient n’importe où, hé, parce qu’ils te connaissent tous ! Qu’est-ce qu’ils disent, tous ? “Go, go, Jojo” ! Parce que tu leur apprends, tu leur apprends, tu m’entends, l’idéal grec. *Mens sana in corpore sano*, Jojo ! »

Satisfait, le coach s’est carré confortablement dans son fauteuil en couvant Jojo d’un regard de Salomon. Quant à Jojo... Merde ! Il avait l’impression de patauger dans une mare de mazout, réduit à la moitié de sa vitesse normale par cette poisse. Ainsi, c’était là qu’elles échouaient, ses grandioses résolutions, ses ambitions intellectuelles ? Flottant avec lui telles des mouches mortes dans la mélasse du baratin estampillé Buster ? Puisant sa dernière once de courage moral, il a murmuré d’une voix si lasse, si rauque :

« J’avais encore jamais vu les choses comme ça, coach.

— Bien sûr que non ! Tu n'avais pas de raison. Tu es un type super, totalement dévoué à notre programme. Et là, tu as fait deux pas de côté et tu as eu une vision d'ensemble. Et tu as vu le rôle énorme que tu joues là-dedans.

— Oui, et j'aimerais vraiment suivre ce cours sur Socrate, aussi. »

Le coach a posé une main sur ses yeux. S'est massé la tempe de son pouce et de son majeur tendus. A pivoté d'environ vingt degrés sur sa chaise. A laissé échapper l'un de ces soupirs qui font penser au freinage d'un semi-remorque. Puis, sans revenir face à Jojo, sans retirer le bandeau de doigts qui dissimulait son regard, il a repris d'une voix posée mais qui trahissait une grande fatigue :

« Tu vas me faire un plaisir, Jojo : demain, avant l'entraînement, va marcher tranquillement. Longtemps. Repense à ce que je t'ai dit, pense à ton rôle, à tes obligations, à tes responsabilités. Ou si tu ne veux pas penser à ça, pense à un énorme, à un monstrueux connard prétentieux. Qui s'appelle Margolies. Pense à ce que tu veux, mais à quelque chose ! Quelque chose qui te fera te servir de ton cerveau, non de tes lubies du moment. »

Il n'a pas regardé Jojo, n'a pas quitté sa pose accablée. Mais il s'est tu et donc Jojo s'est levé, se demandant ce qu'il devait faire. Tout cela était si bizarre...

« Eh bien... »

Il a préféré ne pas poursuivre. S'il plaidait encore une fois pour Socrate et son temps... Il ne voulait même pas imaginer ce qui se passerait.

En conséquence, il a tourné les talons et il est sorti.

10

Il est hot, Hoyt

Bettina, Charlotte et leur nouvelle amie, une première-année du nom de Mimi, venaient de rentrer de PowerPizza. Elles se trouvaient dans la chambre de Bettina et sa routine de draps et de couvertures éparpillés, de coussins déformés, de vêtements épars, de revues féminines abandonnées, de livres de cours, de boîtes de CD, de manuels d'utilisation, de paquets de lentilles de contact vides, de batteries de fer à cheveux et de moutons de poussière, des colonies de moutons.

« Ce sont des voleurs, dans cette pizzeria, a affirmé Charlotte.

— Laisse tomber ! a fait Bettina. Moi, je pourrai plus jamais entrer dans mes jeans.

— Ouais, j'ai le bide plein ! a confirmé Mimi. Mais c'était super bon.

— Bon, qu'est-ce qu'on fait, maintenant ? » a demandé Charlotte.

Silence. C'était de toute évidence *la* question, car elle en sous-entendait une autre, bien plus vaste.

Nora, la camarade de chambre de Bettina, était sortie. Évidemment. Dès que le soir tombait, elle était dehors. En polo et jean Diesel serré qui faisait paraître ses jambes encore plus boudinées que la normale, Bettina s'est laissée tomber sur la chaise high-tech de Nora pendant que Mimi, également en jean usé et sweat-shirt, comme le voulait la mode, s'installait sur l'un des lits, le dos contre le mur, les genoux relevés sur le menton. C'était une blonde osseuse à l'abondante chevelure, le genre de filles que les garçons de Dupont appelaient des « Monet », parce qu'elles avaient l'air très bien à dix mètres mais plus si bien quand on s'approchait. De près, ainsi, il était facile de constater que Mimi avait un nez trop long pour son visage. Charlotte, en tee-shirt, pull et short, a pris place sur l'autre lit. C'était un peu poussé, d'être en short si tard un soir d'octobre, mais elle avait résolu de montrer ses jambes autant qu'elle le pouvait et elle s'était aussi rendu compte que sa seule paire de jeans, celle que Maman lui avait achetée avant son départ de Sparta, n'était pas délavée, ni taille basse, ni évasée en bas, ce qui lui donnait un look aussi anti-Diesel que possible. Et donc elles étaient là, toutes les trois, face à la réalité de leur situation : on était vendredi soir et elles se retrouvaient cloîtrées dans une chambre sans rien à faire.

Mimi a fini par rompre le silence.

« Il faut que... Je vais aller à la salle de gym.

— À dix heures et demie un vendredi soir ! a protesté Bettina. C'est sans doute fermé. Et en plus ce serait trop nul. On n'est pas si paumées que ça !

— Ouais, alors qu'est-ce que tu proposes ?

— Vous avez des cartes ou un jeu quelconque ? a demandé Charlotte.

— Oh, pitié ! s'est exclamée Bettina. On n'est plus au lycée !

— Et un jeu de picole ? a proposé Mimi.

— Un quoi ? a fait Charlotte, sur le qui-vive.

— Mais oui ! Tu connais pas ?

— Et où on trouverait de l'alcool ? a objecté Bettina.

— Bien vu », a reconnu Mimi.

Nouveau silence. En elle-même Charlotte a poussé un ouf de soulagement. Elle ne voulait pas passer pour une petite prude devant ses nouvelles – et uniques – amies, mais par ailleurs il était exclu qu'elle consomme la moindre boisson alcoolisée. Dans ce genre de cas, l'étreinte implacable de sa mère lui clouait les bras au corps. Est-ce que Bettina buvait ? Charlotte espérait de tout cœur que non. Bettina, c'était le moteur, le ciment, l'énergie sociable qui les avaient réunies toutes les trois en ce vendredi soir de sorte qu'elles ne restent pas chacune seule dans son coin, au moins. Mais Mimi, elle, avait... l'expérience. Elle avait fréquenté une école privée à Los Angeles. Elle mentionnait des sujets dont Charlotte n'avait jamais entendu parler, comme « chatter » sur le Net, « se faire une ligne » de cocaïne, « gérer dans une rave-party » – ce qui était apparemment une orgie fréquentée par les consommateurs d'une drogue appelée « ecstasy », ou de procédures sexuelles telles que « sept minutes pour séduire », concept que Charlotte ne saisissait pas très bien mais à propos duquel elle ne voulait pas poser de questions, par peur de paraître d'une ignorance crasse. Bref, Mimi était la *branchée* du trio, dépositaire d'un cynisme de bon aloi et de la connaissance du monde réel. Elle avait aussi l'air de disposer de fonds suffisants pour les dépenser sans réfléchir, par exemple en allant au restaurant juste parce que ça pourrait être distrayant. Pour Charlotte, même PowerPizza constituait une dépense extravagante ; si elle les avait traités de voleurs, c'était simplement pour inventer une justification au fait qu'elle n'avait pratiquement rien commandé.

Bettina s'est levée pour allumer la télé de sa colocataire absentéiste. Une voix off s'est mise à glapir : « Ça y est, ça y est ! Regardez cette clé au cou ! Non mais, elle va lui arracher la tête ! »

« Beeeerk ! a gémi Bettina. Catch féminin ! – Elle a lancé un regard aux deux autres. – Alors, WWE, CNN ou une reprise de *90210* ?

— Bah, *90210*, non ? a répondu Mimi.

— Ça te rappelle chez toi, hein ?

— Pas du tout ! C'est complètement irréaliste, si tu connais un minimum Beverly Hills. Mais ça m'amuse quand même. »

Bettina a regardé Charlotte.

« Oh ouais, *90210*, bien sûr...

— Adjugé, a prononcé Bettina. »

De la cour sont montés une fois encore les glapissements si reconnaissables de filles simulant la détresse devant les fanfaronnades viriles des garçons. Très bruyants, avec pour réponse la chorale de rires mâles, de beuglements et de yippies. Aux oreilles de Charlotte, ce chahut résonnait désormais comme un hymne de victoire, la victoire des filles séduisantes, aventureuses et assez gonflées pour réussir à Dupont. Et cette réussite, d'après ce qu'elle comprenait, se mesurait au nombre de garçons autour d'elles.

« Qu'est-ce qu'elles cherchent, à crier comme ça ? s'est-elle interrogée tout haut.

— Hé, c'est vendredi soir, a rétorqué Mimi ; ça te dit quelque chose ?

— Elles n'ont quand même pas besoin d'être aussi... tapageuses. »

Le silence, de nouveau. Bettina s'est remise debout, un poing sur la hanche.

« C'est débile ! On est là à regarder un vieux feuilleton, un vendredi soir ? Qu'est-ce qu'on dira, quand on nous demandera ce qu'on a fait ce week-end ? Qu'on est restées devant la téloche ?

— On pourrait aller au bowling ? a tenté Charlotte.

— Ah ouaaaaiiiis ? a lancé Mimi absolument pas convaincue. Vous avez une voiture, l'une ou l'autre ?

— Non.

— Non.

— O.K., donc l'idée est à l'eau, on dirait.

— Pourquoi pas sortir quand même ? a insisté Bettina. Essayer une soirée ? Il paraît qu'il y a une méga fiesta à Saint Ray.

— Tu es invitée ? a demandé Charlotte, incluant d'un regard Mimi dans la question.

— Pas grave. Des fois ils laissent les mecs dehors mais les filles, elles rentrent toujours.

— On ne connaît personne là-bas, a objecté Charlotte.

— Justement ! C'est dans une soirée qu'on fera des rencontres, non ? Pas en restant dans ce dortoir de nullasses !

— Est-ce que c'est loin ? s'est enquis Charlotte. Comment on irait ? Comment on rentrerait ?

— Avec un peu de chance, on rentrera pas, a observé Mimi.

— Qu'est-ce que tu veux dire ?

— Eh bien, on fera peut-être la connaissance de mecs qui assurent et on aura pas besoin de rentrer.

— Nora, elle a ça bien au point, a constaté Bettina en montrant du menton le lit abandonné de sa camarade. Avant elle me sexilait mais maintenant...

— Oh, je l'ai *vue*, Nora ! s'est exclamée Mimi. Je parie qu'elle ne dort plus ici depuis quinze jours, au moins.

— Elle est sympa, a plaidé Bettina, mais elle est tellement allumeuse... Vous avez vu comment elle était fringuée pour aller dîner, ce soir ?

— Ouais, a fait Mimi. Une jupe plus moulante, c'est possible ?

— Elle avait peut-être un rendez-vous, a tenté Charlotte.

— Ouais. Rendez-vous avec son mac !

— Il faut vraiment qu'on passe la nuit là-bas ? s'est inquiétée Charlotte.

— Bien sûr que non ! Allons-y ! Ça peut être marrant, sérieux.

— Mais s'il se fait très tard ? Comment on rentrera ? »

Cette remarque a provoqué un tel soupir chez Mimi que Charlotte a été obligée de revenir au premier barrage qu'elle avait tenté d'ériger.

« Et vous êtes sûres qu'ils nous accepteront ?

— Oui ! Allez, en route !

— Ils vont même pas nous remarquer, a dit Bettina à Mimi. Bon, comment on se sape ?

— Vous êtes déjà allées dans des soirées comme ça ? a insisté Charlotte.

— Bien entendu ! a coupé Mimi. C'est totalement cool. Les anciens, ils sont beaucoup plus fun que les premières-années. C'est pas comme s'ils sortaient de la maternelle, eux.

— Personne n'était vraiment... ivre ?

— Mais d'où tu sors ? Qu'est-ce que tu crois ? Non, ils boivent que du jus de pomme ! »

Charlotte en est restée sans voix. Elle savait qu'elle aurait dû prendre un air dégagé mais elle n'y arrivait pas. Ses sourcils se fronçaient tout seuls.

« Allez ! a répété Mimi.

— Bon, peut-être... Si on y va toutes ensemble.

— Je te prête mon nécessaire à maquillage ! a proposé Bettina, ragaillardie par l'aventure qui les attendait.

— Dis, je peux t'emprunter ton débardeur rouge ? a demandé Mimi.

— Bien sûr !

— Tu crois que ça m'ira ?

— Oui. Il va à n'importe qui.

— Et moi, qu'est-ce que je dois mettre ? a risqué Charlotte.

— Pantalon noir, haut de couleur, a édicté Bettina. Comme ça, on te remarquera.

— Mais je ne veux pas être *remarquée* !

— Alors toute en noir.

— Ah, je ne sais pas... Je regardais une revue, l'autre jour, et ils disaient que c'est comme ça que les New-Yorkaises s'habillent. Je ne suis pas new-yorkaise !

— Sers-toi dans ma penderie.

— Je ne pense pas qu'il y ait quoi que ce soit qui m'aille. Il va falloir que je repasse par ma chambre, vite fait.

— Oui, mais que ça ne te prenne pas toute la nuit ! » a recommandé Bettina.

À la 516, toutes les lumières étaient allumées bien que Beverly fût absente, ce qui n'a aucunement surpris Charlotte. Son cœur battait si fort qu'un souffle rauque sortait chaque fois qu'elle ouvrait la bouche, comme si l'organe surchauffé frottait contre son sternum. Le côté de la chambre revenant à Beverly était aussi en désordre que celle de Bettina. Au pied de son lit, un jean était tombé apparemment droit de ses hanches au sol et elle l'avait abandonné là, galette de tissu industriellement délavé, parfaitement moulée. Jean Diesel, bien entendu. Le coin de Charlotte était un modèle d'ordre et de rigueur, dans le contexte de la Petite Cour. Pour commencer, elle n'avait pas assez de tenues pour les laisser traîner partout ; ensuite, quand on a grandi dans une chambre de moins de quatre mètres carrés, où le lit occupe presque toute la place disponible, il est vite plus pénible d'être négligente que de veiller à ce que tout soit à sa place. Non que sa mère lui ait jamais laissé le choix, de toute façon...

Ses yeux restaient fixés sur la galette de jean mais ses pensées étaient ailleurs. Débarquer non invitées dans une soirée de fraternité étudiante... Où tout le monde buvait du jus de pomme, d'après ce qu'*elle* semblait croire ! Sa respiration était trop rapide, ses aisselles moites et ses joues brûlantes. Elle venait de s'imposer une redoutable épreuve qui ne valait même pas la peine d'être tentée. Si ce n'était pas de la folie, ça... L'un des aspects de Charlotte Simmons qui faisait d'elle Charlotte Simmons était de ne jamais céder à la pression du groupe. Jamais. Personne ne lui disait ce qu'elle avait à s'imposer. Oui, mais Mimi était déjà pas mal agacée par ses craintes et ses atermoiements et si elle se dérobait le trio ne serait plus qu'un duo, Mimi et Bettina, et cela resterait peut-être ainsi par la suite, et elle n'aurait plus d'amies. Au lycée, elle n'en avait eu qu'une véritable, Laurie : quatre années dans la même école et une seule copine. Comment expliquer cette vie de retranchée, cette incapacité à s'abandonner au réconfort de la camaraderie ? Est-ce que le statut de star scolaire, les lauriers sans cesse prodigués à l'adolescente prodige pouvaient remplacer cela ? Elle a frissonné sous une sensation qu'elle n'arrivait pas à nommer et qui était, tout simplement, la peur congénitale de la solitude qui étreint tout être humain.

Ici, à Dupont, elle était loin d'être une star. Rien n'avait tempéré sa secrète conviction qu'elle serait le plus brillant élément de cette prestigieuse université, mais comment les autres auraient-ils pu le savoir, même si c'était vrai ? À Sparta, les confirmations de son aura s'étaient succédé sans interruption. Dès que l'on était envoyé dans une classe supérieure pour telle ou telle matière, dès que l'on était choisi pour un programme d'études renforcées, dès que l'on représentait son école dans un concours académique, dès que son bulletin ne comportait que des A, tout le monde était immédiatement au courant. À Dupont, qui savait qu'une étudiante était exceptionnelle, qui s'en souciait, surtout s'il s'agissait d'une première-année ? Dans ce haut lieu de culture, qu'y avait-il de plus important, pour une fille, que de réussir auprès des garçons ? Comment devait-elle s'habiller ? Elle aurait tant voulu porter un pantalon et un haut noirs, seulement elle n'en avait pas. Quant à son jean... Ce n'était même pas envisageable. Elle a jeté un nouveau coup d'œil sur celui de Beverly, lové sur le sol dans son impeccable usure. Beverly ne s'apercevrait même pas qu'il avait été emprunté... ou peut-être que si ! En plus, il serait forcément trop long pour elle. Ses yeux désespérés ont parcouru la chambre à la recherche d'une solution. Mimi et Bettina devaient taper du pied, déjà. Ne trouvant rien de mieux, elle a sorti la robe imprimée qu'elle avait portée sous sa toge vert irlandais à la cérémonie de diplôme. Elle ne correspondait pas à l'occasion mais elle laissait voir ses jambes, au moins... Pas assez ! Oh, mon Dieu ! En quelques gestes frénétiques, elle a rentré cinq ou six centimètres de tissu en se servant d'épingles de sûreté. Les deux autres allaient la tuer ! Elle s'est observée dans la glace de Beverly. Assez primitif, l'ourlet, mais il y avait de la jambe, maintenant... Rien d'autre ? Sur la table de sa camarade trônait sa mallette de maquillage. Ayant allumé le miroir encadré d'ampoules, elle n'a d'abord pas reconnu son visage, sous cet éclairage, mais ce quelqu'un d'autre ne lui a pas paru mal du tout. Elle a posé la main sur le nécessaire, l'a retirée. Si Beverly se rendait compte qu'elle s'en était servie, elle mourrait de honte ; et puis elle ne savait pas exactement comment on devait utiliser les substances contenues dans ce coffre à mystères... Elle s'est ruée hors de la chambre, petite soldate peu équipée partant dans un périlleux combat dans le seul et unique but de ne pas perdre le contact avec les deux filles qu'elle connaissait.

Chez Bettina, les deux filles en question affichaient toutes les marques de la patience arrivée à ses extrêmes limites. Mimi était en jean avec le débardeur rouge chinois de Bettina, laquelle portait elle aussi un jean, et un tee-shirt moulant, de style habillé. Mais c'était le maquillage, surtout... Leurs yeux étaient parés des ombres de la nuit, comme ceux de Beverly quand elle partait à ses rendez-vous nocturnes. Alors qu'elles avaient toutes les deux les cheveux très clairs, leurs sourcils et leurs cils étaient désormais d'un noir de jais.

« Je croyais que tu ne voulais pas te faire remarquer ? lui a lancé Mimi en détaillant sa tenue de haut en bas.

— C'est affreux ! a bredouillé Charlotte, mortifiée. Ça ne va pas du tout, hein ?

— Mais si. Tu es superbe. Allons-y.

— Mais vous êtes en jean, toutes les deux !

— Il faudra que tu en aies un, tôt ou tard. Mais pas ce soir. Ce soir tu es très bien.

— Ouais, absolument, a approuvé Bettina. T'es gaulée pour ça. Euh, je pense qu'il faut y aller...

— C'est très moche, alors ? Écoutez, j'en aurai pour deux minutes si je...

— Si tu quoi ? a relevé Mimi d'un ton peu commode.

— Oh... Je vais rester comme ça, j'imagine. »

Elles se sont bientôt retrouvées sur la Promenade Ladding, une allée démesurément large dans la partie la plus ancienne du campus, à la chaussée en pavés de pierre bordée d'arbres centenaires et de vénérables demeures transformées pour la plupart en bâtiments administratifs. L'immeuble de Saint Ray se trouvait à l'une des intersections, si Bettina se souvenait bien. Les vieux réverbères en fer forgé servaient surtout à projeter les ombres fantasmagoriques des ramures. Il régnait un calme si pesant, dans cette zone, qu'il leur était difficile de croire qu'elles allaient y trouver une bruyante soirée d'étudiants. Charlotte en a retiré un semblant d'espoir. Peut-être Bettina se trompait-elle, la fête ne se déroulait pas ici, ou bien elle était prévue un autre jour, ou bien elle était déjà terminée, ou bien... Dans l'obscurité devant elles, il y a soudain eu un bruit de verre brisé, comme si quelqu'un venait de jeter une bouteille de bière sur les pavés, suivis par les « waaaaoooouuuh » que les garçons aiment moduler pour feindre l'étonnement, et la lueur d'espoir de Charlotte a reçu un grand seau d'eau.

Peu après, elles ont capté des rires et des conversations, assez discrets certes, puis, au loin, la pulsation obstinée d'une musique. Il n'en a pas fallu davantage pour que le cœur de Charlotte recommence à battre la chamade. L'éclairage du porche suffisait à tirer des ténèbres une vaste bâtisse de style palladien, avec un portique à colonnes qui faisait penser à Monticello, la résidence de Thomas Jefferson. Les fenêtres, quoique d'une hauteur impressionnante, étaient entièrement aveuglées par de lourds rideaux qui ne laissaient passer qu'une lueur indécise.

Une quinzaine de filles et de garçons – ces derniers en majorité – s'attardaient en petits groupes dans le jardin de devant, bavardaient et riaient avec la retenue de ceux qui se demandent ce qui va bien pouvoir arriver ensuite. Une voix féminine s'est détachée soudain : « Oh, ouais, tu *penses* que tu es amoureux ! J'suis totalement impressionnée ! Ce que tu penses, c'est que toutes les meufs se ressemblent, par en bas ! » Réplique qui a déclenché une salve de « waaouuuh » chez les garçons.

Un grand type maigre est arrivé en face d'elles. Il avait de longs cheveux auburn partagés par une raie au milieu, un short en toile kaki, un polo marqué de l'emblème de l'équipe de golf de Dupont et des tongs. « Où *tu* étais... J'veux dire, *où* tu étais passée, toi ? » Il semblait s'adresser à Charlotte. Son intonation « qu'est-ce-que-je-suis-marrant » s'est transformée en gloussement de petit animal, « renh, renh, renh, renh... ».

« Fais comme si tu parlais à quelqu'un d'autre », a conseillé Mimi du coin des lèvres.

Elles ont gravi quatre ou cinq marches basses, passé le portique. Une auguste porte à double battant et paf ! Miaulements, cris perçants et hurlements de douleur de guitares électriques et de synthétiseurs, batterie gonflée par la sono bôôômbante, jeunes chanteurs s'esquintant la gorge à beugler leur révolte contre Dieu savait quoi... Bref, un ouragan emportait un essaim des deux sexes qui ondulait, trépignait, se trémoussait, se pressait tels des diablotins dans le délire crépusculaire à l'odeur puissante, âcre, de gaz en surchauffe – oh, infernale chaleur ! –, exhalée par cette masse de corps se mêlant et s'excitant...

Paniquée, Charlotte s'est tournée vers ses amies, prête à leur lancer un « Partons ! » mais derrière elles la pression de nouveaux arrivants les poussait déjà au centre du tumulte. À mille lieues de ses expressions toujours très étudiées, Mimi avait un air absent tandis que Bettina levait les sourcils et faisait une mimique qui semblait vouloir dire : « Je suis aussi sciée que toi ! Accroche-toi, c'est tout ! »

Leur avancée a été bloquée par une lourde table en chêne derrière laquelle officiaient deux garçons, leur chemise déboutonnée au col et auréolée de sueur aux aisselles. Dieu, quelle chaleur ! Derrière eux, bras croisés, masque impassible, une armoire à glace au cou aussi large que ses mâchoires attendait, son tee-shirt vert mettant en valeur son torse imposant et ses biceps énormes, luisants eux aussi de sueur. Les deux garçons en chemise étaient en train de refouler, d'un simple non de la tête, un groupe de trois types, dont deux Noirs, qui, les mains appuyées sur la table, se penchaient dangereusement vers eux. Juste devant Charlotte, une grosse fille en jean taille basse, reins à l'air, a évité les trois types, se contentant de s'arrêter quelques secondes face à la table avant de poursuivre sa route. « Vas-y, suis-la ! » a dit Bettina à Charlotte et sans plus réfléchir celle-ci a obéi, moite d'émotion, se sentant à la fois téméraire et coupable. Elle s'est retournée. Bettina et Mimi avaient passé le barrage sans encombre, elles aussi. Le trio s'est reconstitué. Mimi a approché ses lèvres tout près de l'oreille de Charlotte pour se faire entendre malgré le vacarme : « Tu vois ? C'était rien du tout ! » Elle n'avait pas l'air si sûre d'elle, pourtant.

Elles sont restées un moment sur place, désorientées. L'ouragan sonore les secouait, venu... d'où ? De toute évidence, deux groupes jouaient à chaque extrémité de l'immeuble. Dans le fond à peine éclairé du grand hall éclataient des flashs de lumière qui illuminaient soudain une mer de visages livides puis les abandonnaient à l'obscurité, de sorte que ces figures mouvantes paraissaient s'éclairer et s'éteindre d'elles-mêmes, au milieu des rires, des cris et des hululements subits. Des garçons consciencieusement ivres se glissaient à travers la foule, de hauts gobelets en plastique à la main, les dents luisantes dans leur bouche ouverte, bousculant ceux qui se trouvaient sur leur passage. Deux types côte à côte étaient traversés de spasmes qui animaient brusquement leurs traits, leurs yeux, leur cou, leurs mains, sous le regard de trois spectateurs en proie à une furieuse hilarité. Charlotte se sentait confondue par cette excitation fiévreuse, cette transe collective qui s'était emparée de centaines de jeunes... À propos de quoi ?

Au milieu de cette fureur disco, ses yeux sont passés d'une fille à l'autre. Elles étaient si nombreuses à être maquillées ! Des lèvres scintillantes parlaient aux garçons. Des yeux rehaussés comme des joyaux par les orbites assombries se levaient vers les garçons, en proie au ravissement. Des jupes en cuir très au-dessus du genou, des pantalons à peine retenus par les hanches, des hauts ultra-courts et, entre les deux bandes de tissu, des nombrils qui adressaient de coquins clins d'œil... aux garçons. Leur peau luisait tant qu'elle semblait huilée mais c'était seulement la sueur, la sueur qui captait les rares éclats de lumière. À cette vue, Charlotte a eu encore plus chaud. Ses aisselles étaient noyées. Elle s'est demandé si cela n'allait pas décolorer sa robe ; elle ne pouvait pas se permettre de l'abîmer, même ce pauvre chiffon pathétiquement raccourci par des épingles à nourrice... Avec cette petite robe rose, son visage nu, ses longs cheveux de fillette, elle avait l'impression d'être une enfant qui se raccrochait éperdument à Mimi et à Bettina. Même son cuir chevelu était en nage, maintenant.

Et l'objet de tous ces artifices, de toutes ces savantes séductions, qu'était-ce donc ? Tout autour d'elle, les garçons avaient la même allure que pendant la journée, à la seule différence que là, ils suaient. Éternelles chemises portées par-dessus le jean ou le bermuda, éternels tee-shirts, polos, baskets, tongs... Ils étaient habillés comme des lycéens, s'est soudain dit Charlotte, des lycéens aux joues salies par des barbes de sept ou huit jours. Mêmes cheveux hirsutes, qui leur retombaient sur la figure en franges indisciplinées, sauf certains qui s'étaient tartiné la tête de gel coiffant...

Un groupe de filles est passé, compact au point de bloquer son champ de vision. Elles n'avaient pas l'air de nager dans la félicité. Elle en a reconnu deux parmi elles, des premières-années. Toutes en jean, elles se serraient les unes contre les autres à se marcher sur les pieds, fendant la foule avec une sombre et suante maladresse. Un petit troupeau de bleues. La chaleur devenait féroce. Charlotte sentait des gouttes couler sur son front, elle se sentait sale, oppressée, alors qu'elle venait juste d'arriver ! Un autre banc de premières-années évoluait plus loin tel un organisme unique muni de plusieurs jambes drapées de jean, de multiples visages sans expression, ou figés par l'anxiété. Elle était angoissée, elle aussi, et elle n'avait pas même de jean pour se racheter ! Une petite robe rose de dimanche provincial ! Comment avait-elle pu se laisser intimider par Mimi au point de courir prendre cette tenue ridicule dans sa chambre ?

Elle a cherché ses amies du regard, n'a vu que Bettina. « Où est Mimi ? » lui a-t-elle demandé à l'oreille.

Haussant les épaules, Bettina a montré d'un vague geste la cohue devant elles. « Bettina ! Bettina ! » Au milieu de la houle de corps, une fille a levé un bras en souriant. Rouge à lèvres écarlate, yeux étincelants dans des mares de violet nocturne. Elle avait trois ou quatre copines avec elle, d'après ce que Charlotte a cru comprendre, dont deux premières-années qu'elle connaissait de vue.

« Hadley ! » Charlotte a compris l'intensité passionnée de ce glapissement : elle aurait crié de même, si elle avait eu la chance de trouver une amie dans cette débâcle avinée, si elle avait été ainsi sauvée de l'indifférence sur une planète étrange où elle n'avait jamais été invitée, pour commencer. Bettina s'est précipitée en avant, prenant à peine le temps de se retourner pour lui lancer un sourire et, d'un doigt levé, lui dire qu'elle en avait juste pour une minute. Mais Charlotte savait qu'elle s'en allait pour de bon et en effet, en quelques instants, Bettina, Hadley et les autres filles ont été avalées par la foule de fêtards.

À moins de deux mètres de Charlotte, un garçon aux hanches épaisses et aux sourcils qui se touchaient titubait dans la cohue, soûl et fier de l'être, brandissant un gobelet en plastique blanc et hurlant : « JE VEUX DU *CUL* ! QUELQU'UN SAIT OÙ J'PEUX TROUVER DU *CUL* ? » Il goûtait intensément les rires qu'il provoquait autour de lui, ainsi que les airs faussement outrés que prenaient les filles. Un garçon a crié : « Personne te croit, I.P. ! Pour le cul, t'assures pas ! Tout ce qu'il te faut, c'est une bonne pogne ! »

Cette crudité laissait Charlotte paralysée, et sa crainte grandissante d'une catastrophe inconnue mais inévitable n'arrangeait pas les choses : elle était désormais une naufragée dans cet infernal charivari, chacun allait s'en rendre compte ! Pour qui passait-elle, à leurs yeux ? Pour une petite campagnarde sans maquillage, habillée comme il ne fallait pas ; une oie blanche perdue dans l'ouragan.

Elle s'est haussée sur la pointe des pieds pour tenter d'apercevoir Mimi ou Bettina, prête à se battre afin de rejoindre l'une ou l'autre et se coller à elle, même si cela devait la rendre encore plus pathétique. Pourquoi ne pas s'en aller, tout simplement ? Parce que la perspective de rentrer seule dans le noir était trop déprimante, de revenir à ce dortoir déserté qu'elle avait voulu fuir, d'entendre Bettina, ou Mimi, ou les deux lui demander le lendemain où elle était passée sans se soucier de la réponse et en se promettant bien de ne plus jamais l'emmener nulle part... Elle n'avait d'autre choix que de tenir bon, de relever le piètre défi qui consistait à faire croire à cette meute de garçons aboyeurs et de filles glapissantes qu'elle était *avec quelqu'un* et partageait leur joie délirante. Elle a tenté un sourire suffisant, fixé d'un regard assuré des points sur les murs comme si elle venait de repérer quelque fêtard qu'elle ne connaissait que trop bien, et s'est convaincue qu'ils allaient tous être dupes, qu'ils ne discerneraient pas ce qui était en réalité une expression de peur figée. Les gémissements des guitares électriques, les battements sourds de la section rythmique, le tumulte, les cris toujours plus perçants...

Là-bas, contre un mur, plusieurs filles étaient alignées, certaines se parlant mutuellement à l'oreille, d'autres ne parlant à personne en particulier. Une file. Pour ne pas rester isolée, Charlotte s'y est jointe. Elle s'est vite rendu compte qu'il s'agissait de la queue pour les toilettes. Lamentable, mais c'était au moins une attitude à prendre, certes temporaire, certes dégradante... Une attitude, voilà. Des bribes de phrases lui parvenaient sans qu'elle parvienne à les comprendre. La fille juste devant elle, une brune aux cheveux coupés à la garçonne, paraissait distraite, mal à l'aise, et seule. Charlotte aurait voulu engager la conversation, mais comment s'y prendre ? Que peut-on dire à une inconnue dans la queue pour les toilettes ? Oserait-elle approcher sa bouche de l'oreille de quelqu'un qu'elle ne connaissait ni d'Ève ni d'Adam ? Bettina n'aurait pas eu ce problème, elle. Elle lui avait adressé la parole carrément : « Sexilée ? » Charlotte ne s'imaginait pas demander une chose pareille à quelqu'un qu'elle voyait pour la première fois.

La queue avançait lentement, si lentement, tandis que la fiesta se déchaînait tout autour. Charlotte n'était pas impatiente, loin de là : plus cela durerait, plus longtemps elle aurait un alibi, une couverture. Quand elle a enfin approché de la porte, elle a vu un écriteau tracé d'une main inexpérimentée mais volontaire : « Salle de la gerbe ». La... gerbe ? Elle a entendu quelqu'un hoqueter et vomir à l'intérieur. *Deux* personnes, même. À cet instant, une longue fille maigre est sortie, la figure livide tandis que de l'autre côté de la porte les éructations se poursuivaient grand train. Il fallait gagner du temps pour échapper à l'humiliation sociale et donc Charlotte s'est décidée à entrer, malgré sa répugnance. Il y avait deux box, dont l'un, fermé, d'où s'échappaient les sons caractéristiques d'un être humain en train de dégobiller, ainsi qu'une odeur âcre, tellement dense qu'elle paraissait tangible dans l'air. Charlotte s'est précipitée dehors, replongeant dans l'ouragan.

Toujours à la recherche de Bettina et de Mimi, elle s'est de nouveau faufilée entre les groupes. Elle est passée tout près d'un amas de filles. L'une d'elles, de type oriental, le visage encadré par deux interminables bandeaux de cheveux noirs, était en train de s'exclamer « Tu rigoles ? Jamais de la vie, on a rien fait ! », quand un garçon qui reculait en riant à gorge déployée a heurté Charlotte, l'envoyant buter contre l'épaule de la fille. Celle-ci l'a fusillée du regard. « Pardon ! » a murmuré Charlotte. L'autre l'a examinée froidement, détaillant son visage et sa robe imprimée sans un mot de reproche, puis elle s'est de nouveau tournée vers ses amies : « J'en ai ma claque, de ces premières-années ! Moi je suis là depuis déjà deux ans, j'ai pas de copain, alors qu'elles se baladent sur le campus du genre : "Hé, baisez-moi !" Et les mecs adorent, bien sûr ! Totalement après la chair fraîche, ils sont ! » Plus pressée que jamais de se faire oublier, Charlotte a repris sa difficile progression à travers la foule.

Encore une queue, garçons et filles mélangés cette fois. Qu'attendaient-ils ? Peu importe ! Charlotte s'est rangée à l'extrémité et elle a recommencé la lente pantomime de la file d'attente. Celle-ci avait pour objectif une table derrière laquelle deux vieux Noirs en veston blanc servaient des boissons. À boire ? Qu'est-ce qu'elle allait demander, lorsqu'elle serait arrivée devant eux ? Elle a commencé à apercevoir des bouteilles géantes de Coca light, de Sprite, de soda, une énorme carafe de jus d'orange... Parvenue devant les serveurs, elle a constaté qu'ils ne distribuaient aucun alcool et elle est repartie avec un gobelet de ginger ale à la main, soulagée et un peu interloquée : comment tous ces garçons étaient-ils aussi ivres, alors ?

La tempête continuait. Elle est restée un peu en retrait, sirotant sa boisson gazeuse. Tenir un verre, ce n'était pas grand-chose mais c'était aussi bien, voire mieux que de faire la queue. C'était une preuve, même dérisoire, qu'elle *participait* à la fête. Elle prenait de petites gorgées, les espaçait soigneusement tout en parcourant la cohue des yeux. Elle ne comptait plus réellement retrouver Bettina et Mimi. Le vacarme, la musique implacable, l'odeur de sueur, les éclats épileptiques des spots, tout cela devenait épuisant, abrutissant. Ses épaules se sont affaissées, sa mâchoire aussi. Soudain, elle a senti une main sur son avant-bras, s'est tournée de côté : un garçon d'au moins vingt ans la regardait. D'une beauté saisissante malgré la rougeur de son visage congestionné et son front dégoulinant de transpiration. Tout en lui était imposant : la fossette de son menton, les hautes pommettes, les cheveux auburn parfaitement coupés, les yeux noisette où dansait une lueur indiscutablement moqueuse, le sourire à peine narquois, la chemise blanche impeccable encore marquée des deux plis du repassage, un pantalon de toile tout aussi immaculé qui n'avait pas l'air d'un sac comme ceux des autres garçons... Il respirait le pouvoir, l'autorité. Charlotte a pensé qu'elle venait d'être prise en flagrant délit. Elle attendait avec terreur les mots qui allaient certainement sortir de sa bouche : « Qui t'a invitée ? » puis : « Alors dans ce cas qu'est-ce que tu fais là ? »

« Salut, a-t-il dit à la place, rapprochant sa tête de la sienne pour qu'elle puisse l'entendre. Je peux te demander quelque chose ? Je parie que tu en as *vraiment* marre que les gens te disent que tu ressembles à Britney Spears, non ? »

Mais quel était ce charabia ? Était-il soûl ? Il avait un gobelet en plastique entre les doigts. Il lui a fallu un moment pour qu'elle accepte l'hypothèse qu'il s'agissait peut-être d'une tentative de flirt. Elle a rougi, a pensé à sourire pour ne pas paraître indignée, et elle a dit : « Je ne crois pas. » Mais quelle petite voix elle avait ! Et ce sourire sans doute idiot, et cette réponse d'une maladroite ambiguïté... Est-ce qu'il allait penser qu'elle n'était pas du tout lasse qu'on la prenne pour Britney Spears ? Quelle gourde elle faisait au milieu de toutes ces filles au nombril dénudé avec leurs minijupes en cuir taille basse !

Le garçon a de nouveau posé sa main sur son bras comme s'il voulait simplement conserver l'équilibre en se penchant sur elle :

« Eh bien, moi je dis que si, et nous autres, les Saint Ray, on ne parle pas pour ne rien dire. »

Il était *forcément* ivre ! Et si fabuleusement beau qu'elle en était intimidée. Elle s'est creusé la tête à la recherche d'une remarque spirituelle ; ne trouvant rien, elle s'est contentée de maintenir ce sourire qui, elle s'en doutait, n'exprimait rien d'autre que l'embarras d'une gamine qui n'avait encore jamais vécu une rencontre pareille. Il lui a tapoté le bras.

« Bon, en fait si, je blaguais. Ou plutôt, tu ressembles à Britney Spears, c'est la vérité, mais je voulais juste dire bonjour. – Il avait les yeux plongés dans ceux de Charlotte, à moins de vingt centimètres d'elle. Sa main s'est posée sur son épaule, qu'il a agrippée tel un ancien s'apprêtant à poser une très importante question à sa jeune protégée. – Tu kiffes ? »

Elle quoi ? Elle était à l'agonie depuis qu'elle avait mis les pieds ici mais comment se montrer franche devant un garçon aussi blasé, aussi... Et elle n'arrivait pas à se défaire de ce sourire imbécile !

« J'imagine. À peu près. »

Il a retiré sa main, a regardé Charlotte bouche bée avant de la reprendre par l'épaule.

« Tu *imagines* ? *À peu près* ? Qu'est-ce qu'on peut faire pour améliorer ça ? »

Toujours le sourire, qui se voulait espiègle mais devait sembler stupide.

« Je... Je cherche deux amies, c'est tout.

— Amis ou amies ?

— Deux filles qui vivent avec moi à la Petite Cour.

— Ah, quel soulagement ! Dans ce cas... tu veux danser ? »

La perspective l'a terrifiée. Mis à part les quadrilles à la fête de Sparta, elle ignorait tout de la danse. D'un autre côté, l'attention que lui portait un si séduisant garçon ne pouvait qu'aider à légitimer sa présence à la fête.

« D'accord, a-t-elle chuchoté.

— Génial ! »

Il lui a encore tapoté le bras, a bu une gorgée de son gobelet. Puis, une main sur ses reins, il a entrepris de la guider à travers la foule. C'était aimable de sa part, rien de plus : dans une telle cohue, il n'était pas facile de se déplacer. Elle avait si chaud qu'elle sentait la robe en coton coller à sa peau sous la paume du garçon. Gémissements ! Pulsations ! Le grondement rythmique faisait vibrer sa cage thoracique. Ils se dirigeaient vers le fond, là où les spots clignotaient. De l'océan de tee-shirts, de débardeurs, de chemises en tissus indéfinissables, s'est détaché un petit type courtaud en chemise bleue boutonnée et pantalon de toile, un immense gobelet en plastique à la main. Avec un rictus ironique, il a crié : « Hé, Hoyto !

— Quoi de neuf, le Boo ? » a rétorqué le cavalier de Charlotte.

Il y a eu un silence pendant lequel le pot à tabac, avec un sourire d'ivrogne, a reluqué Charlotte sans vergogne.

« On visite la baraque ! a hurlé le garçon par-dessus la musique, et il a enveloppé Charlotte de son bras. – Boo, je te présente... Euh, tu connais Boo, non ? » lui a-t-il demandé en accentuant légèrement sa pression.

Avec un ricanement amusé, le pot à tabac a regardé sa montre avant de beugler :

« Okay, Hoyto, sept minutes et le chrono est lancé !

— Qu'est-ce que ça veut dire, “sept minutes et le chrono est lancé” ? » s'est étonnée Charlotte.

Excellent. Elle ne savait pas, donc. Son cavalier a secoué le verre en plastique dans sa main en une gestuelle qui signifiait « Il a trop bu », puis il a lancé tout haut :

« J'en ai pas la moindre idée. »

Tous les deux pas, ou presque, leur passage déclenchait des « Hoyt ! » « Hoyto ! » « Le Hoyt ! » et autres variations sur le nom de Hoyt. Charlotte s'est surprise à lui sourire, non parce qu'elle en avait envie mais parce qu'elle avait besoin de montrer qu'elle connaissait bien ce garçon apparemment si populaire dont la main était revenue au creux de ses reins.

Un grand gaillard dont le polo soulignait la carrure a surgi :

« Yo, Hoytster ! Où t'as eu de la picole ?

— Ça ? C'est de l'eau ! a-t-il affirmé en inclinant un peu le gobelet pour montrer qu'il contenait un liquide incolore, ce qui a grandement soulagé Charlotte.

— Trrrrrès intérrrrrressant, a commenté l'autre en affectant une sorte d'accent étranger. Donc ce soir c'est le bonhomme des neiges qui passe ?

— Mais non, Harrison », a fait Hoyt, mais ledit Harrison, un doigt à la perpendiculaire de son nez, a produit plusieurs « sniff, sniff » sonores et cligné de l'œil.

Ils étaient maintenant proches des visages qui flashaient sous la lumière noire. Charlotte voyait aussi des bras et des mains apparaître, disparaître, une véritable armée de danseurs en grandes manœuvres sur une vaste terrasse aux baies vitrées. Dans la nuit, les vitres faisaient miroir, reflétant les éclats lumineux toujours plus loin, jusqu'à l'infini. La musique hurlait à en percer les tympans. Sous les pinceaux de la pulsation lumineuse elle apercevait, alternativement révélés, des grappes de danseurs blancs, saucissonnés ; devant eux, cinq musiciens noirs luisants de sueur, saucissonnés ; un chanteur d'une maigreur cadavérique, coiffé à la rasta, la tête renversée en arrière, sur le point d'engloutir le micro qu'il tenait à la verticale au-dessus de sa bouche. Et, près de l'orchestre, un garçon et une fille dansant sur une table, eux aussi saucissonnés, des fragments de bras et de jambes partant dans tous les sens mais leurs bas-ventres obstinément collés. Saucissonnés, mais collés. La fille portait son jean tellement taille basse que, à certains déhanchements, on apercevait le haut de la raie de ses fesses fermes et moites. Les waaaoooouuuuh moqueurs des garçons massés autour de la table surfaient sur la vague de bruit. Hoyt était saucissonné à son tour, maintenant, et même ses propres bras. Une fois que les yeux de Charlotte se furent habitués à ce bizarre éclairage, elle a vu que tous les couples sur la piste de danse s'agitaient de la même manière, pubis contre pubis. C'était inimaginable ! Ils simulaient la... copulation ! Là, devant tout le monde ! Elle a repensé à l'expression ordurière que Regina avait pour cela. Leurs organes génitaux étaient en contact ! Certaines filles étaient retournées, arquées, permettant aux garçons de feindre le coït par des coups de reins venus de derrière, comme des chiens dans une cour de ferme !

Hoyt a repassé son bras autour d'elle, s'est penché tout contre elle. « Tu veux danser ? » Elle était dans un tel état de consternation qu'elle était incapable de parler mais elle a secoué la tête, non, non, avec une énergie presque féroce. « Hé, tu peux pas me faire ça ! » a protesté Hoyt sur le ton de la plaisanterie... ou se trompait-elle sur la nuance ? Elle a ouvert la bouche, tenté un faible sourire – ce n'était pas la faute de ce garçon, après tout ! – et fait non de la tête, encore une fois.

« Allez ! Tu as dit que tu voulais ! Je t'ai fait traverser toute cette cohue pour qu'on danse ! Fais-moi plaisir ! Une seule ! Allez ! » Il hurlait, il était obligé de hurler. Les lèvres de Charlotte ont formé : « Non ». Il l'a contemplée quelques secondes, pas du tout impressionné, comme s'il disait : « Tu crois que c'est une réponse, ça ? »

« Viens ! »

Il l'a tirée par la main vers la piste.

« Comment... ! – Elle ne pouvait plus contrôler son indignation. – Arrête ! Lâche-moi ! J'ai changé d'avis ! Je ne veux *pas* danser ! »

Il a obéi, stupéfait par sa véhémence, puis levé les mains en un geste apaisant.

« O.K. ! Hé, calmos ! – Il a eu un grand sourire. – Qui a parlé de danser ? J'ai dit que je te faisais la visite de la maison, alors c'est la visite ! »

Voilà qui est mieux, a-t-elle pensé. Elle lui avait montré les limites. Ce développement encourageant a calmé sa colère et elle a même eu, sans s'en rendre compte, un petit sourire attristé. Mais elle lui en voulait encore. Ces gens qui se frottaient les uns contre les autres... à cet endroit ! Comme des chiens et des chiennes en chaleur ! Comment avait-il osé ? Elle valait plus qu'eux tous, plus que lui ! Lui et sa suffisance...

Il l'a conduite hors de la terrasse, à travers le hall. Elle savait qu'elle aurait dû repousser sa main revenue sur ses reins, et elle envisageait de le faire lorsque... Bettina et Mimi ! Au milieu de la foule, avec Hadley et d'autres filles. Bettina la dévorait des yeux ! Elles étaient trop loin l'une de l'autre pour se crier quoi que ce soit mais Bettina, les sourcils levés, avait une expression facile à lire : « Ça alors ! Toi, avec ce beau mec... Chaud devant ! » Mimi, elle, en avait la mâchoire décrochée. Ses yeux exprimaient la stupéfaction et l'envie. Toutes les deux, elles étaient encore dans la clique effarouchée des premières-années...

Aussitôt, Charlotte a levé la tête vers Hoyt et a souri en essayant de trouver une question qui l'amènerait à lui répondre, là, de sorte que Bettina, Mimi et leurs amies penseraient qu'ils s'amusaient comme des fous. Hoyt, désormais, signifiait le triomphe de sa vie sociale.

« Euh, qu'est-ce que tu... euh... ? »

Pourquoi était-elle infoutue de rien trouver ?

« Vas-y, accouche ! a-t-il lancé plaisamment, avec un sourire et une pression accrue de la main pour l'encourager à s'exprimer.

— Qu'est-ce que... ? Comment il s'appelle, cet orchestre ?

— The Odds ! a-t-il hurlé.

— Quoi ?

— The Odds ! Le groupe ! Fuck ! On peut pas s'entendre, ici ! Allons en bas ! – En bas ? – Le caveau secret ! » a-t-il déclamé en fronçant plusieurs fois les sourcils pour lui prouver que c'était une blague, rien de plus.

Mais s'il parlait sérieusement ? Pourquoi avait-il employé ce terme ? Seulement elle était toujours transportée par la sidération émerveillée et jalouse de Bettina et Mimi, Mimi et ses airs supérieurs qui l'avaient conduite à se sentir péquenaude, déplacée, presque indigne de cette université d'élite. Elle s'est dévissé le cou pour leur jeter encore un coup d'œil, certaine qu'elles allaient suivre des yeux ses moindres pas, mais elles avaient été englouties par la foule. Sans réfléchir, elle a dit « D'accord ». Elle se sentait d'humeur assez aventureuse pour affronter ce « caveau secret », parce que... Cette tête qu'elles avaient faite !

En quelques instants, ils se sont retrouvés dans un couloir peu éclairé, décoré de noyer sculpté, chaque panneau séparé des autres par des demi-colonnes de ce même bois sombre qui absorbait la lumière. L'air brumeux s'était transformé en brouillard dans lequel passaient des fêtards qui criaient et se hélaient comme les pensionnaires d'un asile d'aliénés. Hoyt s'est arrêté derrière deux garçons et deux filles massés devant un bureau qui barrait à moitié le passage. Un autre hercule de foire était assis là, un jeune Blanc guetté par la calvitie, de gros faisceaux de muscles saillant sous son tee-shirt vert que la sueur marquait d'un triangle sombre, là où les deux monticules des pectoraux se rejoignaient. Une polémique était en cours.

« Et comment tu crois qu'on est entrés, pour commencer ? » disait l'un des types, un grand au cou de taureau dont les traits de dur à cuire n'étaient adoucis que par la masse de boucles brunes qui cascadaient sur son front.

Croisant les bras – ce qui les a fait paraître deux fois plus gros –, la brute installée derrière le bureau s'est carrée sur sa chaise.

« J'en sais rien, moi. Tout ce que je sais, c'est que pour descendre il faut être membre ou avoir un ticket d'entrée. »

Alors que le dur, avec le regard vitreux de qui a trop bu, se lançait dans d'amères récriminations, Hoyt s'est appoché et, s'adressant à la sentinelle :

« On a un problème, Derek ?

— Il dit qu'ils avaient des tickets, a expliqué le Derek en question, mais que l'accueil les leur a pris quand ils sont entrés. »

Retirant sa main du dos de Charlotte, Hoyt s'est campé devant le groupe.

« Qui vous a invités ? Qui vous a donné les tickets ? »

Silence. Des badauds, reniflant une possible bagarre, commençaient à s'attrouper.

« Il... Son nom, c'est Johnson, a fini par répondre le type.

— Eric Johnson ?

— Euh, ouais. Eric Johnson, ouais...

— Oui ? Nous n'avons personne du nom de Johnson, dans la fraternité. Et pas d'Eric non plus. »

Deux ou trois spectateurs ont éclaté de rire. Comme il sentait qu'il était en train de se faire ridiculiser devant ses amis et en public, le dur a été obligé de chercher la confrontation entre mâles.

— Qui t'es, toi, d'abord ?

— Dieu, pour ce qui nous occupe présentement. Je suis un Saint Ray. »

Hoyt avait un peu redressé le menton et pris un regard accusateur, mais pour le reste il demeurait calme. Roulant des mâchoires, l'autre l'a observé sans rien dire. Comme tous les étudiants présents, Charlotte a rapidement jaugé les chances de chacun si un assaut de virilité devait les opposer ; l'intrus était plus grand, plus musclé et paraissait plus prêt à en découdre que Hoyt.

« Ah, c'est très joli, tout ça, mais tu veux savoir ce que je pense ?

— Pas particulièrement, à moins que tu ne veuilles expliquer pourquoi tu ne nous fais pas le plaisir de foutre le camp d'ici. »

Le garçon s'est avancé. Sa langue est apparue entre ses lèvres, il a plissé les yeux au maximum, comme s'il était en train de décider de quelle manière il allait dépecer son adversaire. Hoyt n'a pas cédé d'un pouce devant son attitude provocante. La brute du poste de garde s'est levée et a étendu une main ouverte devant le torse de l'intrus ; son avant-bras nu avait la taille d'un jambon fumé.

« C'est terminé pour toi. On ne peut pas te laisser descendre et tu ne veux pas mal finir, hein ? Fais ce qu'il t'a dit, va voir ailleurs. »

Furieux mais impuissant, le garçon a tourné les talons, suivi par ses amis décontenancés. Les badauds se sont dispersés, déçus de ne pas avoir eu leur compte de giclées de sang, d'os fracturés et de dents cassées. Au bout de cinq ou six pas, le type a brusquement fait volte-face et, tendant un index accusateur vers Hoyt :

« Je t'oublierai pas ! Et la prochaine fois ça sera seul à seul ! »

Plaquant les deux mains sur sa bouche, Hoyt a fait mine de retenir un irrépressible haut-le-cœur. Encore un soulard, voulait-il dire. D'autres rires ont fusé.

En un éclair, le souvenir du face à face entre son père et le shériff d'un côté, Channing Reeves et sa bande de l'autre, est revenu à Charlotte. Malgré son langage discutable, le sang-froid et l'autorité de Hoyt l'avaient impressionnée.

Derek le mastard a secoué la tête en souriant et, s'adressant à Hoyt : « J'aime bien ces gus qui causent toujours de revenir montrer quelque chose ! » Il a posé la main contre le panneau de noyer derrière lui, qui s'est ouvert : une porte dérobée, comme dans les films. D'un signe, il a invité Charlotte et Hoyt à avancer tout en surveillant du coin de l'œil les derniers traînards, pour le cas où ils nourriraient quelque rêve farfelu.

Hoyt l'a reprise par la taille pour la conduire à l'entrée. Elle s'est raidie mais ne s'est pas écartée. C'était simplement son... sens de l'hospitalité, sans doute.

« Où allons-nous ? s'est-elle enquise.

— En bas.

— Qu'est-ce qu'il y a, en bas ?

— Tu verras.

— Je verrai quoi ?

— Tu verras ! – Remarquant son expression tendue, il a lâché un soupir. – Ah, d'accord, tu gâches la surprise mais je ferais mieux de te... Non, je ne peux pas, je ne peux pas te dire. Juste qu'il y aura plein de monde et qu'on ne va pas rester longtemps. Mais il faut que tu voies ça. »

Elle était inquiète. Non : morte de trouille, plutôt. Partagée entre la peur de l'inconnu et la fascination du prestige social, deux tendances qui luttaient au bord du précipice fatal et... Le besoin du statut l'a emporté. Elle a suivi Hoyt. La porte s'est refermée derrière eux avec un sourd déclic et soudain le vacarme de la fête a été étouffé. Il faisait trois ou quatre degrés de moins que dehors, aussi. Ils se trouvaient sur un palier surplombant un escalier en colimaçon faiblement éclairé, avec une main courante en caoutchouc noir. Ils sont descendus, parvenant enfin dans une sorte de cave étroite au sol en ciment peint en gris, les murs en beige fatigué, dont l'un accueillait une grande porte en fer percée d'un guichet carré. La voûte était si basse que Charlotte avait l'impression qu'une masse énorme pesait au-dessus d'elle, prête à l'écraser. Hoyt a pressé un bouton près du battant. Un visage contrarié est apparu dans l'ouverture, qui s'est détendu à la vue de Hoyt. La porte s'est ouverte. « Yo, Hoyto ! »

Ces traits soudain joviaux appartenaient à un grand type vêtu de l'incontournable – la mode à Saint Ray ? – pantalon de toile kaki et d'une chemise dont les pans flottaient au-dehors. L'odeur moite et entêtante que Charlotte avait notée là-haut était dix fois plus forte ici, et elle a enfin compris son origine : la pièce, de bonne taille, était saturée, imbibée de bière renversée. Le sol en parquet reflétait la lumière des spots encastrés dans le plafond peu élevé, la fumée des cigarettes restait prisonnière des entre-poutres, tout cela peint en marron foncé granuleux. La sono diffusait un saxo de jazz suraigu et une voix qui récitait plutôt qu'elle ne chantait les paroles, répétant en boucle les mots « *Chocolate City* ». En face d'eux, des grappes d'étudiants tapageurs étaient perchées de-ci de-là.

« Hé, Hunter, a lancé Hoyt au cerbère de l'entrée, pas de soucis ?

— Pas pour l'instant », a répondu le garçon avant de partir dans une longue tirade sur la présence de « moniteurs » à la fête, leur omniprésence même, et à quoi on pouvait les distinguer des authentiques potaches, et pourquoi il fallait tout de même se méfier de tout le monde. Pendant cet échange, ni lui ni Hoyt n'ont prêté la moindre attention à Charlotte, la taille pourtant toujours prisonnière du bras de son cavalier.

Son irritation n'a cessé de croître lorsqu'il l'a entraînée vers le centre de la salle en la tenant ainsi. Elle *devait* lui faire lâcher prise ! Mais elle était saisie de claustrophobie, dans cette caverne envahie de fumeurs et de buveurs ; il était son protecteur, la justification de sa présence en ces lieux, de sorte qu'elle l'a suivi, résignée, vers un bar traditionnel en bois verni, orné de la classique rampe en laiton. Excessivement contents d'avoir été acceptés dans un endroit fermé à tant d'autres, les consommateurs jactaient, riaient et criaient à un volume assourdissant. Brusquement, une bouteille a flotté par-dessus les têtes massées là, goulot en bas, et Charlotte a eu besoin de quelques secondes pour s'apercevoir qu'elle était tenue à bout de bras par un type qui en versait le contenu droit dans sa gorge.

Des « Hoyt ! » et des « Ça roule, Hoyto ? » fusaient de partout. La fête avait dégénéré jusqu'au stade où il n'est plus question d'entretenir des conversations normales mais d'exprimer par divers sons et borborygmes la jubilation de se savoir jeune, ivre et protégé de toute critique en compagnie d'autres jeunes tout aussi ivres et tout aussi insoucieux du qu'en-dira-t-on. Non loin du bar, un garçon et une fille étaient vautrés sur un canapé, inextricablement enlacés, collés l'un à l'autre. Personne ne paraissait de la moindre manière impressionné.

Derrière le bar, deux adultes noirs en chemise blanche, manches retroussées et cravate sombre soigneusement nouée, suaient à grosses gouttes en face d'un alignement de bouteilles de whisky, de rhum, de vin, de vodka et d'autres breuvages moins identifiables. Bière ou alcool, long drink ou simple rasade, tout était servi dans des gobelets en plastique de la même taille.

Son bras toujours autour de Charlotte, Hoyt lui a demandé : « Qu'est-ce que tu aimerais ?

— Rien, merci. »

Elle s'est forcée à sourire.

« Oh, allez ! Tu n'as pas voulu danser avec moi, tu dois au moins trinquer ! »

Il parlait tellement fort qu'un groupe installé à une table s'est retourné.

« Je ne bois pas, a murmuré Charlotte.
— Même pas une bière ? a carillonné Hoyt.
— Je... Non. – Sa voix était pratiquement inaudible. – Mais toi non plus, tu ne bois pas...
— Si tu bois, je bois ! »
D'autres têtes se sont tournées vers eux. Charlotte a senti qu'elle piquait un fard. Incapable de prononcer encore le mot, elle a continué à faire « non » tout en gardant un sourire qui était censé leurrer la galerie mais qui, elle s'en rendait compte, n'était que le rictus figé de qui vient de commettre une gaffe monumentale.
« Bon, du vin, alors ? C'est pas de l'alcool, c'est pas boire ! Ça compte même pas ! »
Il n'y avait personne dans la salle qui n'aurait pu l'entendre, tellement il parlait fort.
« Ne l'écoute pas ! C'est un buveur repenti en proie à la tentation ! »
Charlotte avait vu que l'intervention venait d'un gars musculeux – pantalon en toile, chemise bleue aux pans sortis – qui tenait par la taille une fille élancée, en minijupe. Les yeux dans le vague, à moitié révulsés, la fille semblait prête à s'écrouler sur le sol si jamais il la lâchait. N'ayant aucune idée de ce qu'elle pourrait lui répliquer, Charlotte n'a pas osé regarder ce garçon – lequel ne s'est pas privé de la reluquer, pour sa part, avant d'ajouter :
« Tu sais que tu te trouves à côté du mec qu'ils ont choisi pour la campagne "Les mères américaines contre la picole" ?
— Tor-dant, a commenté Hoyt. Et si tu nous chantais une petite chanson, Julian ? Il paraît que les soûlots sont capables de chanter même quand ils se mettent à postillonner dans tous les sens. »
Il a baissé la tête vers Charlotte, lui a souri, l'a vigoureusement pressée contre lui et l'a entraînée vers le bar. Elle ne savait que répondre au grand type qui continuait à lui poser des questions – si tant est qu'elles s'adressaient à elle. Les manières de propriétaire avec lesquelles Hoyt la traitait lui mettaient le rouge au front. Elle aurait voulu proclamer qu'elle ne lui appartenait pas mais elle n'imaginait même pas faire une scène dans ce... « caveau secret » ? Pire encore, elle sentait que l'une de ses grandes forces – *Charlotte Simmons ne cède jamais à la pression du groupe* – s'épuisait chaque minute un peu plus. Elle ne pouvait pas laisser tous ces étudiants plus âgés, plus expérimentés, la prendre pour une niaiseuse de première-année ! Sans crier gare, une voix qu'elle a à peine reconnue a dit à Hoyt :
« Un peu de vin, peut-être...
— Tout de suite ! » s'est-il exclamé en la tirant à travers la foule.
Le grand type, ce Julian, les suivait de près.

« T'es un affreux, Hoyt », a-t-il lancé, comme si Charlotte n'était même pas là.

Hoyt s'est tourné vers lui pour lui dire à voix basse :

« Tu sais ce que c'est, un casse-couilles, Julian ? – Puis, sur un ton normal, il a demandé à Charlotte : – Rouge ou blanc ?

— Je... Rouge ? »

L'abandonnant un instant, Hoyt s'est taillé un passage dans la cohue. Soudain, il s'est arrêté, le visage penché.

« Hé ! Trouvez-vous une piaule ! »

Le garçon du canapé avait enfoncé sa cuisse entre celles de sa partenaire, qui elle-même lui avait passé sa jambe gainée de jean autour de la taille, et leur bassin s'activait en cadence. Des rires sont partis autour d'eux, quatre ou cinq cris de « Ouais, trouvez-vous une piaule, quoi ! ». Le couple s'est démêlé. Redressés sur les coudes, ils observaient les alentours d'un air hébété. La fille que Julian soutenait a émis un son aigu et gazouillant, comme l'air s'échappant d'un ballon en plastique. Sa bouche palpitait telle celle d'un poisson, ses yeux étaient ouverts mais ne distinguaient rien et elle s'est effondrée, d'un coup, comme ça. Julian l'a retenue de justesse.

« Et merde ! a-t-il grommelé en saisissant à deux mains son corps inerte et en le jetant sur son épaule. Si c'est pour ça qu'elle se met en roche, putain ! »

Il est parti avec son fardeau. Une bave brunâtre coulait le long de l'une des jambes de la fille. Répugnant. Matières fécales.

« Hoyt, Hoyt... a balbutié Charlotte, étouffée par l'horreur.

— Eeerk ! T'en fais pas, va. Elle est ouf, cette nana. Elle prend des laxatifs. »

Il est bientôt revenu avec deux gobelets. Il a levé le sien, comme pour trinquer. Toujours convaincue que le reste de l'assemblée surveillait ses moindres gestes, Charlotte l'a imité. En désespoir de cause, elle a posé les lèvres sur le rebord, pris une gorgée. Ce n'était pas si mauvais mais une vague de remords l'a balayée. Sa seule raison de boire ce vin, c'était de vouloir jouer les émancipées devant une bande de poivrots qu'elle ne connaissait même pas. Elle en a cependant avalé une autre, plus conséquente, une troisième, encore plus décidée, et c'est là qu'elle s'est rendu compte que Hoyt n'avait même pas touché au sien.

Il surveillait attentivement le niveau dans le gobelet de Charlotte, en revanche. Avec le sourire le plus chaleureux, le plus sincère que l'on pût imaginer, il l'a regardée au fond des yeux, lui a montré la porte en fer.

« Je t'avais bien dit qu'on ne resterait pas longtemps, a énoncé l'homme-en-qui-on-pouvait-toujours-avoir-confiance. Viens, je vais te montrer ce qu'il y a là-haut. »

Charlotte a hoché la tête, bu une nouvelle gorgée. C'était la première fois depuis le début de la soirée qu'elle se sentait aussi détendue, aussi confiante. Après le froid de l'anxiété qui l'avait saisie dès qu'elle avait mis les pieds dans cette maison, ses veines étaient maintenant parcourues d'une douce chaleur. Ce beau gosse, Hoyt, qui l'avait tout à la fois troublée et effrayée, se révélait un vrai gentleman. « Chaud devant ! » comme avait dit Bettina. La tête qu'elle avait faite ! Et Mimi ! C'était cela que Charlotte voyait, quand elle plongeait son regard dans les yeux de son cavalier. Auquel elle a volontiers abandonné sa main lorsqu'il l'a entraînée vers l'escalier en colimaçon et la sortie.

En haut, Hoyt a essayé d'ouvrir la porte dérobée et l'a trouvée verrouillée. « C'est sans doute Derek qui l'a fermée », a-t-il expliqué à Charlotte. Il avait dû repérer un « moniteur », ou quelqu'un du genre. Apparemment, l'administration envoyait des mouchards dans les soirées étudiantes afin de repérer tous les moins de vingt et un ans qui consommaient de l'alcool. On ne pouvait pas se prémunir contre eux, sinon en utilisant partout, dans le bar clandestin comme dans les débits de boisson « officiels », les mêmes gobelets en plastique opaque. Comment distinguer la bière du Sprite, à moins de venir mettre son nez dedans ? Cet acharnement de l'administration à réprimer l'ivresse des mineurs était évidemment dirigé contre la substantifique moelle de la vie estudiantine, du système universitaire : les fraternités. Ce qu'elle voulait, c'était détruire ce contre-pouvoir, les bannir du campus, les...

Charlotte n'écoutait plus. Le rappel qu'elle était à ce moment en train d'enfreindre la loi l'avait brièvement paniquée mais cet accès de culpabilité s'est dissous dans une nouvelle gorgée de vin. Tout en continuant à discourir, Hoyt l'a de nouveau enlacée et cette fois ce n'était plus du tout gênant : il était devenu son protecteur, en quelque sorte.

Il a de nouveau pesé sur la poignée de la porte, qui s'est finalement ouverte, et ils ont été projetés dans un déchaînement de musique. Toujours à son bureau, le gardien de l'accès s'est retourné pour les observer avec un sourire entendu. Il a lancé deux mots à Hoyt, peut-être : « Tout baigne, Hoyto ? »

Le grand hall d'entrée était plus bondé que jamais. Filles et garçons, presque tous blancs, se pressaient là comme dans une boîte de sardines. La chaleur était monstrueuse, les filles riaient et glapissaient la bouche ouverte, la musique évoquait un carambolage en chaîne sur l'autoroute, traversé de gémissements et de cris d'agonie, qui n'en finissait jamais.

Elle avait eu peur que quiconque le voie la toucher ainsi, surtout Mimi et Bettina, mais voilà que la soudaine ivresse de la réussite sociale balayait tous ses scrupules. Quel mal y avait-il à ce qu'il la tienne par la taille, d'ailleurs ? Est-ce qu'il y avait un seul autre garçon plus séduisant que celui-là, dans cette soirée ? Regarde bien, Mimi ! Chaud devant ! Ah, ses airs supérieurs ne lui serviraient plus à rien, quand elle allait voir que ce beau mec continuait à la suivre, envoûté... Elle a regardé tout autour d'elle, se disant que ses amies étaient peut-être dans les parages, mais il y avait tant de monde, tant de bruit, et cette brume de chaleur déroutante, et ces éclats de lumière qui cisaillaient la pénombre...

Hoyt la guidait vers le grandiose escalier d'honneur, juste devant eux, avec sa rampe luxueusement incurvée. Charlotte s'est raidie, car le Doute venait d'apparaître devant elle. Était-il sage d'aller « là-haut », avec toute l'imprécision que recouvrait cette destination ? Mais un flot continu de garçons et de filles déambulait sur ces marches, dans les deux sens. Elle ne se retrouverait pas seule avec ce garçon, au moins. Ils avaient du mal à avancer, poursuivis par les interjections, « Hé, Hoyt ! », « Yo, Hoyto ! ». Et au milieu de tout cela, elle, Charlotte Simmons, touchée par le rayon magique !

Garçons et filles continuaient de se démener bas-ventre contre bas-ventre, les pinceaux de lumière à illuminer des visages extasiés et luisants de sueur.

Vu de plus près, l'escalier n'était pas si formidable. La rampe avait été repeinte plusieurs fois, sans soin, les larges marches étaient usées au centre.

« Hé, Hoyt ! Où tu vas ? Faire dong-dong ou quoi ? »

C'était, en contrebas, un gros type hilare qui les apostrophait d'une voix pâteuse. Des sourcils noirs envahissants formaient une barre continue au-dessus de ses yeux. Ne l'avait-elle pas déjà aperçu, celui-là ? Si, il déambulait en tenant son gobelet à un angle périlleux. Le devant de sa chemise était trempé. Hoyt ne lui a pas prêté attention.

« Qui est-ce ? a demandé Charlotte. Qu'est-ce qu'il veut dire par “faire dong-dong” ? »

Hoyt a haussé les épaules. « Va savoir ! » semblait-il vouloir dire, puis :

« Lui ? C'est I.P. Une de nos erreurs. »

En haut, le palier était trois fois plus grand que la chambre de Charlotte à Sparta, et elle n'avait jamais vu un plafond aussi haut. Il y avait sans doute eu un lustre suspendu là mais il avait été remplacé par un néon qui diffusait une lumière bleue et brutale. Tout le long du spacieux couloir, des étudiants étaient massés devant les portes ouvertes, se tordant de rire, explosant en cris de joie, en applaudissements de toute évidence ironiques ou en mugissements désapprobateurs, sans jamais lâcher leurs grands gobelets en plastique opaque. « Qu'est-ce qu'ils font ? » s'est-elle enquise. Sans même marquer une pause, Hoyt a accentué la pression de son bras autour d'elle pour lui faire reprendre l'ascension. « Je sais pas, a-t-il soupiré avec l'air navré de celui qui renonce à comprendre des activités si stupidement puériles. Viens, je vais te montrer les chambres. Tu vas tomber sur le cul. »

Au second, le couloir était aussi vaste mais il n'y avait personne en vue, et les portes étaient fermées, derrière lesquelles on entendait d'autres rires étouffés, réels ou venus des postes de télé, des exclamations de garçons ivres et les « aargh » gutturaux d'hercules de jeux vidéo en train de se faire massacrer. S'arrêtant devant l'une d'elles, Hoyt a écouté attentivement. Ne captant aucun bruit, il l'a ouverte. C'était une grande chambre remplie de filles et de garçons assis un peu partout dans un complet silence, dans un nuage de fumée doucement écœurante. Ils ont observé Hoyt et Charlotte avec le regard méfiant de ragondins surpris près des poubelles la nuit. Une fille, qui tenait une cigarette fripée entre deux ongles et tirait dessus avec application, ne les a pas vus, car elle avait les yeux fermés.

« La paix sur vous », a prononcé Hoyt en refermant doucement la porte.

Il a ouvert la suivante. La pièce était plongée dans la pénombre. On distinguait des lits superposés de chaque côté. Hoyt a allumé. De la couchette supérieure pendait jusqu'à celle du bas une couverture artisanale, formant une sorte de tente. Charlotte a entendu une voix masculine :

« Qu'est-ce que c'est, fuck ? »

Hoyt a éteint et refermé la porte.

« Tu n'as pas entendu quelqu'un dire quelque chose ? lui a-t-elle demandé.

— Peut-être qu'il parlait dans son sommeil. Je crois qu'il y a un type qui dort, là-dedans. »

Il a continué en accélérant le pas, a essayé une autre porte, passé la tête à l'intérieur. Deux lits, dont l'un était dans un désordre indescriptible, l'autre soigneusement fait mais avec la couverture déformée par d'étranges bosses et des déclivités. Hoyt a fait entrer Charlotte ; refermant la porte derrière elle, il a posé un bras sur ses épaules et lui a montré le mur en face d'eux.

« Regarde-moi ces fenêtres ! Elles font trois mètres de haut, facile... »

Elles étaient hautes, certes, mais leur caractère exceptionnel était gâché par de vieux stores en tissu taché et déchiré qui ne fonctionnaient plus depuis belle lurette.

« Et vise un peu ce plafond ! Tu as vu ces... comment ça s'appelle, déjà ? Ces corniches ? Dire que ç'a été construit pour une association étudiante ! Une fraternité ! Deux anciens élèves, qui ont mis tout le fric qu'il fallait pour ça. On ne construira plus jamais des baraques comme ça, tu peux me croire !

— C'est ta chambre ?

— Non. La mienne, elle est en bas, là où il y avait tous ces gus. Elle est plus grande qu'ici mais je voulais te montrer celle-là parce qu'elle est... typique. Ah, j'adore cette maison, moi ! »

Il a serré les lèvres comme si les mots ne pouvaient exprimer l'émotion qu'il éprouvait alors, puis lui a accordé le sourire de qui a tout vu sur cette terre, un sourire presque modeste tout en la regardant au fond des yeux, tout au fond. Soudain, la porte s'est ouverte, laissant entrer des voix animées. Sans lâcher Charlotte, Hoyt s'est retourné d'un coup. Un grand garçon aux cheveux blonds ébouriffés enlaçait une jolie petite brune dont le corps semblait sur le point de faire exploser une minuscule blouse qui laissait ses épaules nues et un short en jean ultracourt, entre lesquels son nombril clignait de l'œil au tout-venant.

« Putain, dégage d'ici, Vance ! a aboyé Hoyt. Cette piaule est pour nous. »

La fille en a été pétrifiée. Son gai sourire s'est figé sur ses lèvres, désormais hors de propos.

« Calmos, calmos ! a plaidé Vance sans la lâcher. Howard et Lamar m'ont dit qu'ils...

— Tu les vois, là, Howard et Lamar ? C'est *nous* qui sommes ici. C'est à nous !

— Je sais pas, Hoyt, mais... – il a consulté sa montre – ça fait beaucoup plus que sept minutes, d'après moi.

— Vance !

— O.K., O.K., cool ! a concédé l'autre avec un geste apaisant. Mais tu me préviens quand vous avez fini, d'ac ? On sera en bas, au premier. »

Mais tu me préviens quand vous avez fini ? Charlotte a eu les mains glacées, brusquement, et les joues en feu. Se libérant de l'étreinte de Hoyt, elle s'est exclamée :

« Tu te trompes, figure-toi ! *Tu* as peut-être cette chambre, pas *nous* ! Et on ne va rien finir, parce qu'on ne va même pas commencer ! »

Hoyt a lancé un coup d'œil à la fille et à Vance, puis a ouvert les bras en croix, l'air excédé.

« Je sais !

— Non, tu ne sais rien du tout ! a crié Charlotte. Tu es... vulgaire !

— Hé, pas si fort ! Enfin, je veux dire... merde, quoi ! »

L'éternelle humiliation du mâle obligé de subir la Scène faite par la femelle...

« Je parle aussi fort que je veux ! Je... m'en vais ! »

Et elle s'est élancée dehors, le visage déjà couvert de larmes.

« Hé, attends ! » a lancé Hoyt maladroitement.

Repoussant ses longs cheveux bruns en arrière dans un geste de colère, Charlotte a dévalé l'escalier, traversé en courant la bacchanale qui redoublait d'intensité, bousculant les fêtards qui se trouvaient sur son chemin, dans les gémissements et les hurlements de la musique, les garçons qui se frottaient aux chiennes en chaleur, et fuck pour qui elle se prend un bon coup de rouleau entre les oreilles c'est ce qu'il lui faut c'est elle qui se tape Jojo... « Elle se tape Jojo ? » Son oreille a surpris ce bout de remarque mais elle ne s'y est pas arrêtée, elle volait trop haut par-dessus les protestations et les cancans – elle s'est jetée par la double porte, vite, retrouver l'air libre, la nuit calme du Seigneur, épargnée par la décadence et la débauche à part cinq ou six types et nanas qui se traînaient sur la petite pelouse devant Saint Ray, dans un état de stupeur avancée, vomissant partout et s'adressant au néant en patois fuck... Haletante, elle a poursuivi sa course sous les ombres monstrueuses de la promenade, jusqu'à ce que sa gorge se mette à brûler, et alors elle a continué en marchant, tête baissée, secouée de sanglots convulsifs, revivant la scène de la chambre et... Dieu Tout-Puissant, Mimi et Bettina apprendraient-elles jamais ce qui s'était passé ? *Hot*, ce garçon ? La fournaise de la honte, oui, et quelle idiote elle avait été !

Elle se sentait minuscule dans l'obscurité radicale de la promenade, plus seule que jamais, mortifiée, errant sans but vers son dortoir, pleurant sur elle-même, pathétique petite campagnarde dans sa robe imprimée retenue par des épingles pour montrer plus de jambes... La masse sombre des maisons qui bordaient l'allée, leur silence menaçant, ses sanglots qu'elle retenait et laissait couler tour à tour, car il y avait un certain plaisir à pleurer, n'est-ce pas, un plaisir morbide, et la capitulation suicidaire devant l'abîme trompeur dans lequel ce Hoyt l'avait entraînée... Le retour à Edgerton a été un cauchemar, en partie parce qu'il lui a semblé qu'il n'allait jamais prendre fin.

En sortant de l'ascenseur au quatrième étage, dans le silence de mort du vestibule, elle a eu l'impression d'arriver à un sanctuaire, un refuge, le seul sur lequel elle, Charlotte Simmons, pouvait compter, et là elle a laissé ses sanglots se muer en plainte aiguë tandis qu'elle s'engageait dans le couloir, mais soudain elle a entendu des chuchotements – Ohmygod ! – et là... Six, sept, huit filles assises par terre en rang d'oignons, dos au mur, un amas de jambes nues émergeant d'une enfilade de shorts, de claquettes, de chaussures de sport, genoux osseux, pieds effilés, et toutes ces paires d'yeux, chacune de ces paires d'yeux braquée sur *elle* ! Toutes des premières-années qui vivaient ici. Que faisaient-elles dans le couloir au beau milieu de la nuit ? Quelle image allaient-elles avoir de Charlotte ? Toutes ces larmes, et son nez qui lui donnait l'impression d'avoir doublé de volume, congestionné par les pleurs, et ce hululement qu'elle avait laissé échapper en sortant de l'ascenseur et qu'elles avaient sans nul doute entendu... Sans compter qu'elles constituaient un *obstacle*, elles allaient devoir bouger leurs jambes pour la laisser passer, et elle ne pourrait pas leur parler, elle ne pouvait pas leur demander de lui dégager le passage, non, elle allait de nouveau éclater en sanglots ! Se mordant les lèvres, elle s'est exhortée à être forte, à avancer, à tenir bon. La première paire de jambes, chétives, dissimulées par un jean nul, s'est repliée comme un canif pour lui céder le passage. Elles appartenaient à Maddy, une maigrichonne aux cheveux couleur camomille coupés à la page, une paumée même si elle avait gagné un important concours scientifique au printemps précédent, Westinghouse ou un truc de ce genre. Elle n'était pas capable de la regarder, mais pas capable non plus d'échapper à ces yeux trop grands qui l'observaient d'en bas. « Qu'est-ce qu'il y a ? » a interrogé cette demi-portion de Maddy et Charlotte a secoué la tête, sans la relever, c'était tout ce qu'elle avait la force de produire en guise de « Rien », mais cette pauvre mimique n'a fait qu'aiguiser la curiosité de la fille : « On t'a entendue pleurer. » Devant Charlotte, les genoux se sont levés au fur et à mesure, et tous les regards étaient rivés sur elle, sur cette figure de petite fille prête à fondre en larmes si elle ouvrait la bouche, car elle savait que c'était ainsi qu'elle leur apparaissait. Dans son dos, la frêle Maddy insistait : « On peut faire quelque chose ? » D'autres éléments de ce groupe étrangement composite, filles obèses ou trop maigres, genoux cagneux ou totales mochetés, ont commencé à mettre leur grain de sel : « Ouais, qu'est-ce qui s'est passé ? » Charlotte ne savait pas qui, parce qu'elle n'osait pas les regarder, qui dans cette assemblée de... sorcières accroupies sur le sol dans le seul but de la tourmenter ! Mais elle a commis l'erreur de baisser les yeux sur elles une seconde et son regard a été attrapé par celui d'une grosse fille noire, Helene, qui en relevant les genoux, s'est crue obligée de déployer une sollicitude de grande sœur : « Hé, t'étais où ? » ce qui voulait dire : « Qui t'a fait ça ? » Charlotte aurait voulu continuer à ne s'exprimer que par signes mais comment répondre ainsi à une telle question ? Et puis elle se rappelait que la bienséance sociale tenait pour une manifestation de racisme antédiluvien le fait d'ignorer l'intervention d'un étudiant noir quand bien même, dans le cas de cette fille, tout le monde semblait savoir à la résidence que son père était l'un des plus gros promoteurs immobiliers d'Atlanta, que sa fortune dépassait sans doute tout ce que des générations de Simmons avaient pu gagner dans les Montagnes Bleues depuis la nuit des temps, et donc elle s'est sentie obligée de murmurer quelque chose, tout en renforçant le barrage qu'elle opposait à l'inondation émotionnelle : « Une soirée. » Cela avait suffi : le barrage a cédé, elle a continué à avancer en sanglotant et en frissonnant, tandis que les petites sorcières la mitraillaient par-derrière : « Quelle soirée ? Qu'est-ce qu'ils t'ont fait ? Tu es sûre que tu n'as pas besoin d'aide ? C'est à cause d'un garçon ?... »

Le temps qu'elle arrive à sa porte, le disgracieux obstacle dans son ensemble feignait l'apitoiement, caquetait, chuchotait, ricanait... « Ça, c'est le comble », s'est-elle dit entre ses larmes. Le naufrage de Charlotte Simmons leur avait donné un vendredi soir pas comme les autres.

11

Une star en scène

Le lendemain matin, bien après dix heures, Charlotte était encore au lit. Allongée sur le dos, les yeux tantôt fermés, tantôt ouverts assez longtemps pour contempler les rais de vive lumière qui passaient entre le store et le rebord de la fenêtre, fermés de nouveau, écoutant les sons étouffés que Beverly laissait parfois échapper dans son sommeil. Yeux ouverts ou fermés, repassant inlassablement le film de la veille afin d'évaluer à quel point elle s'était ridiculisée. C'était un moment d'extrême angoisse, d'extrême vulnérabilité, cet interlude entre le réveil et le début d'une nouvelle journée où elle devrait faire face au monde. Cela paraissait tellement irréel... Comment avait-elle pu lui permettre de la toucher de cette manière ? Devant tous ces gens ! Devant Bettina et Mimi ! Elle s'était enfuie de Saint Ray sans même essayer de retrouver ses amies. Elle était rentrée seule, en pleine nuit, à travers les ombres menaçantes. Pourrait-elle encore les regarder de face ? Comment avait-elle pu confondre ce prédateur de Hoyt avec un chevalier servant qui aurait seulement voulu la soulager de son isolement et imposer sa présence dans... quoi, une scandaleuse beuverie ? Alors qu'il était évidemment, si évidemment, si assurément un... porc, oui, c'était le mot, même si elle n'osait pas le prononcer à haute voix. Elle l'avait même laissé la forcer à boire ! Elle s'était pavanée, un gobelet à la main, le bras de cet individu autour de sa taille, devant tout le monde ! Sa mère en mourrait, si elle l'apprenait ! Un mois s'était à peine écoulé et elle en était déjà à s'enivrer, à autoriser un... porc à des attouchements indécents en public, à monter avec lui dans une chambre où...

Bon. Elle ne pouvait pas rester indéfiniment dans ce lit ! Mais elle redoutait de réveiller Beverly. Même en semaine, quand elle se levait et commençait à s'habiller le plus discrètement possible, sa camarade de chambre se mettait à gigoter sur sa couche en poussant des gémissements à fendre l'âme, comme si cette déplorable habitude de se réveiller avec les poules risquait non seulement de la priver d'un repos mérité mais aussi de lui gâcher sa journée à venir. Elle s'arrangeait toujours pour lui faire sentir à quelle point elle était... rustique, à ses yeux. Quand Beverly rentrait à point d'heure, sans se soucier de faire du bruit, Charlotte aurait bien gigoté elle aussi, et poussé maints soupirs, mais elle n'en avait pas le courage. D'emblée, peut-être grâce à son formidable nombrilisme, Beverly avait établi très clairement qu'elle était la pensionnaire de marque, dans cette chambre. Une fille de riches, une privilégiée. Qui serait assez inconscient pour la priver de trente secondes de son réparateur sommeil du samedi matin ?

Sans un bruit, en retenant son souffle, Charlotte s'est glissée hors des couvertures, les yeux fixés sur l'altesse endormie. Tout aussi silencieusement, elle a enfilé ses chaussons et son peignoir, s'est munie de sa trousse de toilette, a gagné la porte à pas de loup et... la savonnette qu'elle tenait dans la main s'est échappée, frappant le sol avec un bruit de détonation. Paralysée par la peur, elle a regardé Beverly, la lionne assoupie – miracle, celle-ci n'a pas gémi ni bougé un seul muscle ! Charlotte s'est baissée lentement pour reprendre le savon, puis elle est sortie et a refermé la porte avec de telles précautions que la serrure n'a même pas émis un déclic.

La salle de bains était presque déserte, Dieu merci. Une fille très pâle, la taille inexistante, est sortie de la douche dans un nuage de vapeur... Nue ! Dans un box des toilettes, quelque garçon produisait les grossiers borborygmes hélas habituels... Vulgaire ! Elle a étudié ses traits dans la glace, à la recherche des séquelles laissées par la nuit précédente. Assez livides, à vrai dire, délavés par la honte et le remords... Bien vite, elle a jeté de l'eau dessus, s'est brossé les dents et a regagné la chambre avec les mêmes précautions.

Soleil ! Les stores étaient relevés. Penchée à l'une des fenêtres, les bras croisés sur la rambarde, Beverly regardait au-dehors, encore vêtue du court tee-shirt et de la petite culotte qu'elle portait au lit. Vue de derrière, les os de son bassin saillaient spectaculairement ; on aurait cru une version blanche de ces Éthiopiens affamés que l'on voit à la télévision, les yeux envahis de mouches. Elle s'est redressée, s'est retournée. Sans maquillage, ses orbites paraissaient anormalement grandes et gonflées, telles celles d'une anorexique. Elle a observé Charlotte avec un petit sourire en coin ; celle-ci s'attendait déjà à une réprimande lourde de sarcasme pour l'avoir réveillée « tellement tôt » un samedi matin.

« Eh bien ! a lancé Beverly d'un ton ironique, toujours en souriant et en la dévisageant de la tête aux pieds. Alors, tu t'es bien amusée, hier soir ? »

Prise par surprise, Charlotte a hésité avant de répondre timidement :

« Je... Je crois, oui. Pas mal.

— Oui... Je vois que tu t'es fait un nouveau copain. »

Le cœur de Charlotte a manqué un battement, puis s'est emballé sur un tempo accéléré. Dix heures et demie le lendemain matin et tout le monde *savait*, déjà !

« Quoi ?

— Hoyt Thorpe ! – Son sourire était plus qu'entendu. Sous ses cheveux, Charlotte sentait son crâne brûler. Elle s'est demandé si elle avait l'air effrayée ou contrariée. – Alors, qu'est-ce que tu en dis ? Tu penses qu'il est *bon*, ce mec ? »

Charlotte a ressenti le besoin pressant de prendre, aussi nettement que possible, ses distances avec Hoyt et les événements de la veille.

« Je ne sais pas ce qu'il était, à part soûl et... et... mal élevé. – Elle avait eu l'intention de dire "manipulateur", mais cela aurait donné des idées à Beverly, sans doute. – Comment es-tu au courant ?

— Parce que je vous ai *vus*. J'étais là-bas, moi aussi.

— Vraiment ? À la soirée de Saint Ray ? Ah, j'avais bien cru t'apercevoir à... – À la sortie de la "Salle de la gerbe" : non, ce détail était superflu. – Mais tu as disparu tout de suite.

— Toi aussi. C'était totalement la folie, non ? En plus, tu avais l'air pas mal... occupée.

— Pas occupée par *lui* ! s'est-elle récriée avec un empressement qu'elle a elle-même jugé excessif.

— Ah non ?

— Non..., a-t-elle murmuré sans conviction.

— Peut-être un peu quand même ?

— Comment tu connais son nom ? C'est toi qui me l'as appris, là. Hoyt comment, tu as dit ?

— Thorpe. C'est vrai, tu ne savais pas qui c'est ?

— Mais... non !

— Personne ne t'a dit qu'il est tombé sur une fille en train de tailler une pipe à ce gouverneur... Comment il s'appelle, déjà ? Celui de Californie ? La nuit, dans le parc, à la rentrée ?

— Non. »

Beverly lui a fait le récit de l'incident, qui en l'espace de cinq mois avait acquis des proportions homériques : dans sa version, Hoyt avait assommé de ses mains nues pas moins de deux gardes du corps. Mais l'esprit de Charlotte restait absorbé par une expression dont elle avait du mal à saisir le sens. Tailler une pipe. Lorsqu'elle a fini par déduire sa signification, elle a été choquée que Beverly l'ait employée ainsi devant elle.

« Tu as envie de le revoir ? »

Cette question l'a sortie de ses réflexions.

« Non.

— Oh, allez, Charlotte ! C'est pas l'impression que tu donnais, hier soir ! »

Dans un brouillard, elle a fait le constat que c'était seulement la deuxième fois que Beverly l'appelait par son prénom depuis qu'elles se connaissaient.

Elle n'avait aucune envie de se rendre dans un lieu aussi fréquenté que Mister Rayon, ce matin-là, mais l'Abbaye – Abbotsford Hall –, le grand et triste réfectoire gothique qu'elle devait fréquenter en tant que boursière, ne servait plus de petit déjeuner après neuf heures. Lorsqu'elle y est entrée avec le texte de son cours d'initiation à la science neurologique, « Descartes, Darwin ou le dilemme "esprit-cerveau" », qu'elle avait l'intention de lire en se sustentant, Mister Rayon bruissait donc de sa vie propre. Les six comptoirs de la cafétéria étaient pris d'assaut par des hordes d'étudiants parfaitement débraillés dans leurs accoutrements puérils, avec une prédilection pour les tenues pseudo-sportives ou militaires, depuis les casquettes de base-ball portées visière en arrière jusqu'aux gilets à capuche en passant par les shorts de tennis, les pantalons de survêtement à bandes latérales ou les treillis... Dans ce décor minimaliste, toute cette agitation colorée et m'as-tu-vu donnait le tournis à Charlotte qui, tête baissée, aurait voulu se réfugier dans une crevasse pour absorber la nourriture que son organisme réclamait.

Sans lever les yeux, elle a manœuvré à travers la foule en portant le plateau sur lequel était posé son en-cas : quatre tranches de pain complet aux noix – qu'un perplexe employé du self lui avait abandonnées pour quarante cents –, un petit carré de beurre enveloppé dans du papier aluminium et un minuscule pot de confiture sous vide, gratuits l'un et l'autre, ainsi qu'une bouteille de jus d'orange à cinquante cents, moins cher que l'eau minérale puisque toutes les marques proposées coûtaient au minimum soixante-quinze cents. Ayant déniché une petite table contre un mur, elle a posé son polycopié devant l'autre chaise qui lui faisait face, dans le but de décourager quiconque de venir s'asseoir avec elle. Le pain, qui semblait contenir les brisures des coquilles plutôt que celles des fruits secs, était aussi difficile à faire descendre que les remarques sur Descartes et Darwin : « Alors que la thèse selon laquelle les transformations culturelles ne sont que la constante adaptation de l'organisme aux défis de la sélection naturelle met logiquement en question l'autonomie de "l'esprit" par rapport au corps, l'idée que ce dernier serait capable, par une série de "volontés" dûment organisées, de créer des changements culturels entièrement indépendants de ce processus remet finalement à l'honneur la notion tant décriée de "fantôme dans la machine". » Tout en comprenant l'essentiel de ce qui était développé là, Charlotte sentait que cette prose roborative, au petit déjeuner, mettait à rude épreuve son... « cerveau », ou son « esprit », ou sa « volonté » – tous ces guillemets se développaient comme une dermatite aiguë ! Comme elle avait besoin d'une main pour garder le document ouvert, cela lui a en outre compliqué les choses lorsqu'elle a voulu tartiner son pain de beurre et de confiture. Elle l'a donc refermé, a laissé son regard errer à travers la salle et... Dieu Tout-Puissant ! À moins de dix mètres de là, Bettina et Mimi avançaient entre les tables. Ici, se choisir la bonne place semblait la préoccupation majeure des convives. Charlotte s'est hâtée de se courber sur son cours mais c'était trop tard : son regard avait croisé celui de Bettina de telle manière qu'il était impossible de faire comme si elle ne l'avait pas vue. Alors elle a relevé la tête juste au moment où sa camarade, plus spontanée que jamais, s'écriait : « Charlotte ! »

Charlotte a fait un petit signe de la main avec un sourire neutre tout en tripotant le polycopié, mise en scène qui voulait signifier qu'elle les avait saluées amicalement mais qu'elle était occupée, à cet instant, et que les deux complices seraient mieux avisées de poursuivre leur chemin. Si ces dernières ont saisi le message, elles n'en ont rien montré puisqu'elles ont aussitôt mis le cap droit sur elle en souriant de toutes leurs dents. Elle a pris un air enchanté pendant que Bettina s'emparait d'autorité de la chaise libre et que Mimi en approchait une autre de la table, tout en se préparant au pire, c'est-à-dire au rappel des péripéties de la veille.

« Où tu es passée, hier soir ? a attaqué d'emblée Bettina. On t'a cherchée partout avant de partir. »

Les deux filles ne la quittaient pas des yeux.

« Je... Je suis revenue à pied. Comme je ne vous trouvais pas, je me suis dit que je ferais mieux de rentrer. C'était un peu l'angoisse, de marcher toute seule dans la nuit.

— Ah, je pensais que tu n'avais peut-être pas eu *besoin* de rentrer ! a lancé Mimi avec un sourire qui en disait long.

— Ouais, a insisté Bettina, qui c'était, lui ? Chaud, le keum ! »

Ses yeux pétillants signifiaient qu'elle attendait tous les détails, y compris les plus croustillants.

« Qui, *lui* ?

— Oh, s'il te plaît ! est intervenue Mimi. C'est pas qu'il y en avait dix, des mecs ! »

Elle n'avait plus le ton exaspéré de la veille, pourtant, et paraissait au contraire ne demander qu'à se laisser impressionner.

« Vous voulez dire...

— On veut dire ce mec qui n'a pas lâché trente secondes Charlotte Simmons à la fête de Saint Ray, oui. *Le* mec ! Qui c'est ? »

Yeux écarquillés, sourires gourmands. Charlotte, elle, ne pensait qu'à une chose : leur dire que rien de ce qu'elles avaient surpris, la main sur les reins, le bras autour de la taille, n'avait de signification particulière.

« Son prénom, c'est Hoyt. En tout cas c'est comme ça que tout le monde l'appelait. Il est à Saint Ray. C'est tout ce que je sais de lui. À part qu'il n'est pas digne de confiance.

— Comment ça ? Pourquoi ? Qu'est-ce qu'il a fait ? a demandé Bettina avec un regard qui signifiait "Allez, vas-y, raconte TOUT !"

— Oh, il a joué au gars hospitalier, il a dit qu'il voulait me montrer la maison et cette cave secrète à la gomme dont il était si fier. Et puis il a commencé à me... *toucher*. Tout ce qu'il voulait, c'était se retrouver dans une chambre avec moi. C'était tellement... Il était tellement... vulgaire.

— Attends une minute ! a ordonné Mimi. Comment tu l'as rencontré, pour commencer ?

— Il est arrivé par-derrière, il m'a tapé sur l'épaule et il m'a dit que... Oh, c'est trop ringard, je n'oserai jamais vous raconter ça. Que je me sois laissée impressionner par ça, c'est inimaginable !

— Qu'est-ce qu'il a dit ? ont insisté en chœur Bettina et Mimi.

— C'est absurde et... – le plaisir de mobiliser ainsi leur attention l'a emporté, finalement – il a dit : "Je parie que tu en as assez qu'on te prenne pour Britney Spears." Incroyablement ringard !

— Et puis il a commencé à te toucher ? s'est enquise Mimi.

— Oui.

— Mais *toucher*... pas au point de... ?

— Nooooon ! Pas comme ça !

— Et après il t'a demandé si tu voulais danser et vous êtes allés faire collé-collé ? a poursuivi Mimi en bougeant énergiquement des hanches sur sa chaise.

— Il a essayé de... Mais comment tu sais ?

— J'imagine, simplement ! a fait Mimi en haussant les sourcils. Et après, j'imagine toujours qu'il a dit : "Et si on allait quelque part ?"

— Je n'ai pas voulu danser avec lui ! a protesté Charlotte. J'ai vu comment ils se trémoussaient, tous... C'était tellement... vulgaire ! Je n'aurais pas pu.

« Et comment il l'a pris, lui ?

— Il a insisté, insisté... Et après, il s'est fâché, et encore après il a laissé tomber et il m'a emmenée dans le bar secret bidon qu'ils ont à la cave. »

Très à l'aise dans son rôle de star, brusquement, Charlotte leur a décrit le videur, dont elle a imité la carrure en rentrant le menton dans le cou, la porte dérobée, l'ambiance dans le « caveau secret » – « de vrais gosses », a-t-elle tranché –, mais elle a omis de mentionner le gobelet de vin qu'elle avait accepté. Puis elle leur a offert la scène à l'étage, son départ indigné. Mimi et Bettina buvaient chacune de ses paroles.

« Et tu es sûre que tu es partie ? » a insisté Mimi.

Charlotte l'a considérée d'un air stupéfait.

« Évidemment, que je suis sûre !

— D'accord, d'accord. C'était juste une question. Tu sais que dans ces fraternités, le lendemain, ils se vantent les uns les autres d'avoir été les plus rapides à emballer telle ou telle nana ? Ils se chronomètrent, tu te rends compte ? Avec une montre et tout ! »

Charlotte a trouvé cette remarque détestable. Mimi cherchait à rendre dérisoire toute son aventure, à nier que Hoyt l'ait sincèrement trouvée séduisante, qu'il ait éprouvé *quelque chose* pour elle, même s'il avait voulu l'« emballer ». Mais soudain elle a revu ce Boo, le petit pot à tabac : « T'as sept minutes, Hoyto. » *Ça*, elle ne le raconterait jamais, jamais !

« Ils adorent sauter sur les premières-années, a continué Mimi. La "chair fraîche" , comme ils disent... Bon, j'espère que tu n'as rien fait, *toi*, parce que tu peux leur faire confiance pour tout raconter à leurs potes. Absolument tout ! La taille de tes nibs et... tout ! »

Charlotte lui a retourné un regard de lassitude étudiée. Mimi voulait la rabaisser, c'était clair, la faire passer pour un morceau de « chair fraîche », la victime écervelée d'une blague sexuelle de potaches, en aucun cas une belle fille qui avait attiré une célébrité du campus. Mimi... Une de ces « tarentules » que Miss Pennington avait évoquées, sinon qu'elle était à Dupont, pas dans les Montagnes Bleues. Mais... une seconde ! Elle a dû serrer les dents pour réprimer un sourire : toutes les trois, Beverly, Bettina, Mimi, toutes lui avaient adressé un compliment involontaire, le seul type de compliment fiable entre filles. En six semaines de cohabitation avec Beverly, celle-ci ne l'avait traitée comme un être humain et non comme une extraterrestre rurale qu'en deux occasions : lorsqu'elle l'avait suppliée de partir en sexil pour lui laisser la chambre et ce matin, juste parce qu'elle désirait des informations personnelles au sujet de cette étudiante devenue soudain tellement intéressante, Charlotte Simmons. Quant à Mimi, elle n'était plus la Californienne émancipée que les manières provinciales de ladite Charlotte agaçaient, parce qu'elle était... jalouse ! C'était clair comme de l'eau de roche, désormais ! Et Bettina ? La plus franche, la plus gentille des trois ? Eh bien, elle était sincèrement impressionnée, voilà !

Charlotte a fixé Mimi en souriant avec un aplomb dont elle n'était pas coutumière.

« Eh bien, Mimi, dis-moi ? Comment tu sais tout ça ?

— *Tout le monde* le sait ! a répliqué Mimi sombrement.

— Ah, j'ai oublié de vous dire une chose ! s'est exclamée Charlotte dans un élan d'assurance. Quand je suis rentrée, il y avait plein de filles assises par terre dans le couloir ? Sur leur derrière, le dos au mur, les jambes en travers, donc impossible de passer ? Elles se sont bougées, finalement, mais elles voulaient toutes savoir d'où je venais ? Elles étaient vraiment... zarbis.

— Ah, elles, c'est les Trolls ! a affirmé Bettina. C'est comme ça que je les appelle. Tous les week-ends, elles se mettent dans le couloir, elles regardent les gens passer et elles cancanent. En parlant de minables... – Elle a réprimé un petit rire. – Nous, on vaut vachement mieux que ça ! Nous, on est le Comité-Tapisserie ! »

Et toutes les trois, soit l'entièreté du Comité-Tapisserie, elles se sont mises à pouffer et pouffer. Un sourire amusé sur les lèvres, Charlotte a eu un regard rêveur. Ce qu'elle trouvait amusant, en réalité, c'était le classement établi par Bettina : elle n'était pas tout au bas de l'échelle comme les Trolls, elle, mais elle ne faisait pas non plus partie de la gentille médiocrité de ce « Comité »... Et dire qu'elle s'était torturée en pensant qu'elle s'était donnée en spectacle devant des gens qu'elle connaissait ! Au contraire, elle s'était métamorphosée à leurs yeux, elle était devenue *quelqu'un*, une jolie fille *sur le devant de la scène* qui attirait l'attention et même la jalousie. Tout cela parce qu'un garçon « lancé » s'était donné la peine de la poursuivre de ses avances.

Se redressant sur sa chaise, elle a relevé le menton et invité le monde entier, tous ces garçons et ces filles se pavanant dans leurs grotesques accoutrements dans ce microcosme branché qu'était Mister Rayon, à la contempler, elle, Charlotte Simmons. Et elle a pensé à un autre menton creusé d'une fossette, à un sourire ironique, à des yeux noisette insaisissables, à une belle et souple chevelure de fils de bonne famille... toutes choses qui ne le rendaient pas moins méprisable, bien entendu.

« Stop, stop ! Nom de Dieu de nom de Dieu ! Espèce de fucking... ! »

L'insulte est restée en suspens, incomplète.

Les joueurs ont pilé sur place. C'était leur réaction chaque fois qu'ils entendaient l'un des énergiques « fucking ! » de l'entraîneur. Vernon Congers, qui venait de battre Treyshawn et Jojo sur un rebond, s'est immobilisé, le ballon contre l'épaule droite, les coudes paralysés dans un angle farfelu par l'imprécation favorite de Buster Roth, son universelle réplique aux défauts du monde. Comme l'avait remarqué Charles devant Jojo un jour : « Après chaque entraînement, il me faut deux heures avant de me rappeler que mon vrai nom n'est pas Fucking Bousquet ! »

Et il est entré sur le terrain d'une démarche de canard menaçant, jambes écartées comme si les muscles de ses cuisses étaient tellement épais qu'il ne pouvait pas les rapprocher davantage, ses traits crispés dans la plus typique des trognes « Buster Roth a la haine ». Jojo détestait quand le coach était comme ça. Pour lui, il incarnait dans ces moments-là la Malédiction personnifiée, une malédiction qui venait peser sur le parquet blond illuminé par les LumeNex là-haut, lesquels transformaient le terrain en minuscule rectangle tout au fond du trou noir de l'Enfer, prisonnier des falaises de gradins qui se dressaient à l'infini dans la pénombre.

Lorsqu'il a été à trois mètres de Vernon Congers, le coach lui a lancé un regard furibond et, d'une voix bouillante de rage :

« Passe-moi le fucking ballon ! »

Obéissant tel un zombie, Vernon le lui a envoyé en un joli lob, l'entraîneur l'a attrapé et maintenu en équilibre sur sa paume ouverte. Il l'a fait sauter dans sa main, une fois, deux, trois, quatre, puis il a pivoté, a pris son élan et l'a lancé de toutes ses forces dans les gradins du Buster Bowl, où il a rebondi contre le dossier d'un siège à une douzaine de rangées de là avant de poursuivre sa course en ricochets déments. Quand le coach s'est enfin tourné vers Jojo, il paraissait plus furibond que jamais et cependant il a commencé sur un ton normal, bien que chargé de sarcasme : – Alors, mon vieux Socrate ? T'es un fameux philosophe, pas vrai, donc tu dois pouvoir me dire ce que tu *penses* être en train de fabriquer ici. Socrate ? PEUT-ÊTRE UNE DE TES PUTAINS DE CONVERSATIONS PÉRIPATÉTÉ... MACHIN ? VOUS AUTRES, LES FUCKING PHILOSOPHES GRECS, VOUS VOUS ABAISSEZ PAS À SAUTER POUR RÉCUPÉRER UNE BALLE, C'EST ÇA ? POURQUOI TU PEUX PAS FAIRE SEMBLANT D'ÊTRE VIVANT AU LIEU DE JOUER LES PUTAINS DE STATUES GRECQUES, FUCK ? TON COACH, TU CROIS QUE C'EST QUI, FUCK ? LE PROFES-

SEUR NATHAN FUCKING MARGOLIES ? T'ES CENSÉ COUVRIR LES PUTAINS DE PANIERS, PAS RESTER PLANTÉ LÀ COMME UN VIEUX CONNARD DE SOIXANTE ET ONZE PIGES QUI S'ENFILE DE LA CIGUË ! SI TU VEUX JOUER LES MORTS, FUCK, TROUVE-TOI UN RÔLE DANS UNE PUTAIN DE TRAGÉDIE GRECQUE ! PARAÎT QUE FUCKING SOPHOCLE FAIT SON CASTING, LÀ ! LE MEC A QUATRE-VINGT-DIX BALAIS ET IL AIME PAS SAUTER, LUI NON PLUS ! FUCK ! À VOUS DEUX, VOUS FERIEZ UNE SACRÉE PAIRE ! LUI QUATRE-VINGT-DIX, TOI SOIXANTE ET ONZE AVEC UNE OVERDOSE À LA CIGUË ! POURQUOI TU... »

Jojo savait qu'il n'avait rien d'autre à faire que serrer les dents et attendre la fin de la tirade. Comme tous les joueurs avaient eu à subir les accès de mauvaise humeur du coach, il n'avait pas à le prendre au tragique, non, mais celui-ci était... différent : comme s'il l'avait préparé, comme s'il y avait pensé à l'avance. Il avait dû lire plein de trucs au sujet des dialogues péripatéticiens, de l'âge de Socrate à sa mort, du fait qu'un Sophocle nonagénaire écrivait encore des tragédies. C'était dire ! Il fallait que l'entraîneur ait vraiment été contrarié que l'un de ses protégés, ignorant ses recommandations, se soit inscrit à un cours de philosophie de niveau 300. Il en était... blessé ! Ses récriminations avaient quelque chose... d'empoisonné, oui. Quelque chose de très bizarre.

Le coach s'adressait à présent au reste des joueurs, de sa voix « normale », ce qui dans son cas était un modèle d'ironie perfide et de sarcasme : « Ah, mais j'oubliais ! Peut-être qu'y en a parmi vous qui ont pas été présentés au basketteur anciennement connu sous le nom de Jojo ? Je vous en prie, saluez un vrai philosophe d'entre les philosophes, un *penseur* pas possible, le professeur Socrate Johanssen ! » Du coin de l'œil, Jojo a aperçu trois assistants qui n'en perdaient pas une miette sur le bord du terrain, se régalant du spectacle. Les assistants étaient des étudiants désireux de servir volontairement d'esclaves à l'équipe, d'accomplir les tâches que même un Mexicain affamé aurait refusées comme nettoyer les vestiaires, ramasser les slips sales et les maillots imprégnés de sueur pour les mettre à la lessive, essuyer les flaques de vomi quand les joueurs se soûlaient en déplacement... Parmi eux il y avait Dolores, une fille courte sur pattes, à la taille épaisse, toujours boudeuse. Ses longs cheveux noirs séparés par une raie au milieu lui donnaient l'allure d'une Indienne, son éternel pantalon de survêtement grisâtre celle d'une Indienne bâtie comme une quille de bowling. Elle inquiétait Jojo, celle-là : était-ce sa paranoïa ou était-il exact que chaque fois qu'il commettait une erreur il la surprenait en train de chuchoter avec animation à l'oreille d'autres assistants ? Elle ne lui souriait jamais mais elle souriait à ses faux pas. Une fois, alors qu'il passait devant elle, il l'avait clairement entendue dire « ce grand dadais », et en une autre occasion : « Il a pas inventé le fil à couper le beurre, celui-là ! » Mais si elle était si maligne, pourquoi avait-elle choisi de jouer bénévolement les dames-pipi pour basketteurs ?

Le regard du coach est revenu sur Jojo. Droit sur lui. « Donc d'accord, a repris Buster Roth, t'as forci pendant l'été. Parfait. Mais si c'est que de la graisse, si c'est que du poids mort, on peut aussi bien donner le boulot au Coffre-fort. Y sera toujours plus impressionnant que toi. » Jojo a noté quelques débuts de ricanements, quelques reniflements méprisants sur la touche et de la part de deux ou trois joueurs. Le « Coffre-fort » était un avant de l'équipe de football, Reuben Sayford de son vrai nom. La respiration de Jojo s'est accélérée : le coach restait le coach, d'accord, mais là il commençait à passer les bornes. L'entraîneur a continué à le fixer, puis il lui a fait signe d'approcher en pliant et repliant son majeur.

Jojo transpirait horriblement. Le haut de son débardeur mauve était tellement trempé qu'on aurait dit qu'il portait un bavoir sombre. Le coach s'est tourné vers Vernon Congers, qui se trouvait à un mètre à peine de Jojo : « Congers, a-t-il lancé en lui adressant le même geste du doigt, viens un peu, toi aussi. » Ils se sont rejoints devant Roth. La peau brune de Congers, également en sueur, miroitait ; chacun de ses muscles bien entretenus ressortait, notamment ses deltoïdes qui roulaient comme deux grosses pommes sur ses épaules.

D'une voix parfaitement « normale », le coach a déclaré : « Échangez vos maillots, vous deux. » Toutes les implications de cet ordre apparemment anodin sont apparues à Jojo en un éclair destructeur, paralysant : il était rétrogradé dans la seconde équipe ! Six jours avant le premier match de la saison, qui aurait lieu à Dupont, en plus ! Certes contre un faire-valoir, Cincinnati, mais ce serait la rencontre d'ouverture, il y aurait *tout le monde* ! Étudiants, anciens élèves, bienfaiteurs, la presse, les dénicheurs de talents envoyés par la Ligue ! Ils allaient tous voir Jojo relégué sur le banc ! Quelle équipe professionnelle pourrait s'intéresser à une star déchue ? Ceux-là mêmes qui l'avaient tenu pour un dieu, étudiants, fans, accros aux chaînes sportives, tous ces lèche-culs qui avaient voulu un petit bout de « Go, go, Jojo », un sourire, un geste de la main, un autographe ou simplement la chance de respirer le même air que lui, tous allaient détourner leur regard de lui ! Jojo Johanssen allait devenir un objet de pitié, à condition que quiconque s'intéresse encore à lui...

Congers avait déjà retiré son débardeur jaune, exposant ses abdominaux qui bombaient comme des pavés de pierre et ses trapézoïdaux qui lui faisaient comme une armure. Jojo, lui, est resté immobile, les yeux sur le coach comme si ce dernier allait reprendre d'un moment à l'autre : « Mais non, je plaisantais, c'était juste pour te réveiller ! » Seulement, ce n'était pas le genre de Buster Roth, pas du tout. Il n'y avait aucune lueur amusée dans ses yeux et l'attente s'est éternisée jusqu'au moment où Jojo n'a eu plus d'autre choix que de retirer son maillot mauve, chevalier en disgrâce contraint de rendre son épée et sa cotte de mailles. Tous les regards étaient braqués sur lui, les LumeNex illuminaient le sol en bois blond, un silence de mort était tombé sur le terrain, sur l'univers tout entier peut-être, puisque la planète allait finir par apprendre, inévitablement... Pas un mot, mais que peut-on dire lorsque l'on voit un homme se faire ainsi briser ? Et l'humiliation finale : passer le maillot de Congers et sentir la sueur de ce splendide, de cet exultant corps noir se glacer sur ses membres et son torse blancs comme la craie, comme la mort.

L'entraînement a repris. Sur un plan purement logique, Jojo savait que c'était le moment de montrer dans quelle étoffe il était taillé, de marquer Congers plus impitoyablement que personne ne l'avait jamais fait, de le battre de vitesse, de souplesse, de puissance, de claquer les buts, de chtarquer, de réussir des coups de sombrero, bref d'*esquinter ce fils de pute*. Logiquement, oui, c'était clair, mais son moral venait d'être réduit en miettes et ses muscles ne comprenaient que cela. En conséquence, c'est Congers qui l'a surpassé en vélocité, en feintes, en passes, en sauts, en tout. Au bout d'un quart d'heure à peine, il était évident pour tous que Buster Roth, le maître et magicien du Buster Bowl, avait une nouvelle fois manifesté sa confondante clairvoyance de roué maquignon.

Aucun sportif au monde ne s'est jamais senti aussi rabaissé que Jojo quand il a quitté le terrain. Comme il fallait s'y attendre, les autres joueurs évitaient de croiser son regard, jusqu'à Mike qui feignait d'être en grande conversation avec Charles. Pourtant, Jojo se sentait observé. Et en effet, sur la touche, Dolores, l'assistante aux traits d'Indienne et au lourd fessier, fixait ses grands yeux sur lui. Elle était seule sur le banc. « Tiens le coup, Jojo », a-t-elle énoncé d'une voix égale, avec comme un énigmatique sourire frémissant à la commissure des lèvres.

Même s'il avait été sincère, l'encouragement aurait produit un effet désastreux sur Jojo : à ce stade, il n'avait certainement pas besoin de la pitié d'une sous-fifre ! Il a vu rouge, pour tout dire, et s'est arrêté pour lui faire face :

« Ça veut dire quoi, ça ? »

Elle a eu une grimace gênée, a haussé les épaules mais n'a pas détourné les yeux dans lesquels Jojo a cru déceler une certaine ironie.

« J'essayais juste de... »

Elle n'a pas terminé sa phrase.

« Tu essayais juste de dire des conneries, oui !

— Tu ne vas pas te défouler de ça sur *moi*, quand même, a-t-elle contré avec un flegme qui rendait la situation encore plus insupportable.

— Me défouler de quoi ? – Sans attendre sa réponse, il l'a désignée d'un coup de menton rageur. – Dis-moi une chose, d'ailleurs : pourquoi tu fais ça ?

— Quoi donc ?

— Ce "boulot", assistante de... – Il allait dire "de merde" mais s'est repris à temps. – Assistante d'équipe ?

— Mais parce que je...

— Personne te respecte pour ça, t'en es consciente, non ? – Elle a haussé nonchalamment les épaules, ce qui a rendu Jojo encore plus furieux. Il a fait un pas vers elle. – Tout le monde se moque de toi, si tu veux savoir la vérité ! Tout le monde se demande comment on peut tomber aussi bas... Assistante mon cul ! Esclave, bonniche ! À récurer les pissotières ! – Encore un pas. – Toute l'équipe crache sur vous autres ! »

Sa gigantesque carcasse était à présent penchée sur la petite boule de cheveux indiens et de coton gris, menaçante. Bien que visiblement effrayée, la fille n'a pas bougé. D'une toute petite voix, elle a protesté :

« C'est pas vrai. Et je regrette ce qui t'est arrivé, mais c'est pas ma faute ! »

Elle avait raison, évidemment, ce qui était encore plus intolérable.

« Tu penses que c'est pas vrai ? Qu'est-ce que tu dirais d'une expérience, alors ? Si je crache par terre, c'est toi qui vas te mettre à quatre pattes pour nettoyer, non ? »

Elle a levé les yeux sur l'énorme tête cramoisie de colère. Elle avait trop peur pour tenter une réponse : le géant était au bord de l'explosion. Gonflant la poitrine, Jojo a tendu le cou et reniflé avec une telle force, activé ses nasaux et ses poumons avec une telle énergie qu'il semblait avoir l'intention d'aspirer dans ses narines le banc, la fille, le stade tout entier et la moitié du sud-est de la Pennsylvanie. Chaque veine, chaque tendon, chaque muscle gonflé jusqu'au dernier millilitre de sa capacité, il a envoyé une prodigieuse quantité de flegme jaunâtre et chargé de pus, un glaviot dévastateur qu'elle a regardé atterrir près de la ligne de touche.

« Nettoie ça », a soufflé Jojo en s'éloignant.

Dolores n'a pas bougé, pas émis un son. À ce moment, Buster Roth est passé, en route vers ses bureaux présidentiels ; sursautant à la vue de la dégoûtation liquide sur le parquet, il s'est arrêté, a pivoté vers la fille.

« Par Jésus, qu'est-ce que c'est, cette diablerie ? Nettoyez ça ! »

Le doigt tendu vers le dos de Jojo, Dolores a répliqué :

« Dites-le-lui à *lui* ! – Estomaqué que quiconque à Dupont ose le reprendre, et particulièrement une créature aussi insignifiante, il en est resté sans voix. – C'est lui qui l'a fait ! »

Le processus chimique de déduction analogique qui s'était déclenché dans le cerveau du coach était presque visible. Elle disait la vérité, de toute évidence. Son géant à la galette blonde sur la tête était le porc qui avait laissé cet immondice sur le sol. Le choix était simple : ou bien ordonner à cette petite meuf de s'exécuter, ou bien obliger Jojo à le faire. Mais cette fille était des plus futées, elle était dévouée, infatigable, accomplissait son travail sans qu'il n'ait rien à lui demander, bref c'était leur meilleure assistante depuis Dieu seul savait quand. D'un autre côté, voulait-il poursuivre l'humiliation publique de Jojo jusqu'à l'extrême, forcer ce gaillard de cent treize kilos à se mettre à quatre pattes et à nettoyer cette huître avariée ? Seigneur Jésus, le dilemme était insoluble ! Sans desserrer les dents, sans regarder ni l'un ni l'autre, Buster Roth a donc contourné le banc, ramassé une serviette froissée qui traînait par là, est venu la jeter sur la révulsante flaque et a entrepris de la passer sur le parquet du bout du pied. Le résultat ne serait pas parfait, certes, mais il n'allait pas se mettre à quatre pattes, sacré nom ! Il s'est dit que le frottement de la serviette rendrait la chose non identifiable, au moins.

Quand il s'est arrêté, une pellicule de glaires formait un cercle d'une soixantaine de centimètres sur le sol auquel la puissante lumière des LumeNex donnait un relief visqueux. Ou était-ce seulement dans son imagination ? Dans tous les cas, il demanderait à un autre assistant de faire disparaître ces restes plus tard.

Avant de parvenir à la rampe qui conduisait aux vestiaires, Jojo avait tout entendu. Sa honte a empiré, se chargeant désormais de culpabilité. Comment avait-il pu se conduire de cette manière ? Traiter cette fille d'esclave, et tout le reste... Et elle lui avait tenu tête, et à Buster Roth aussi ! Dans son imagination, il l'a brièvement vue avec dix kilos en moins, une taille de guêpe, et en tenue d'Ève.

À l'instant où Hoyt a aperçu le type qui venait vers eux, il l'a étiqueté : nullard.

« Hé, a-t-il lancé à Vance vautré en face de lui sur une banquette de Mister Rayon, qui c'est, celui-là ? »

Aussi discrètement que possible, son ami a tourné la tête dans la direction qu'il lui indiquait.

« Pas idée. »

Hoyt l'a de nouveau regardé. Le type portait un blouson Boston Red Sox rouge, ouvert, qui laissait voir une chemise flashy et rentrée dans son pantalon, lequel était en flanelle noire ! Et ces douilles qu'il avait ? Brunes, trop longues, bouclées mais avec... une raie ! Ringard complet. Les cheveux, maintenant, devaient se porter courts et sans raie. En plus, il était maigre sans être sec, il n'avait pas l'ombre d'un muscle, il était... nul.

Il est venu droit à leur table et, baissant de grands yeux timorés sur lui, a dit : « Salut ! C'est toi, Hoyt ? » avec un sourire crispé qui se voulait amical alors que sa bouche était prise de tressautements nerveux.

« Exact », a répondu Hoyt en lui rendant un regard plein de défi.

Le nullard a tenté un nouveau sourire, cette fois à l'intention de Vance :

« Et toi, tu es... Vance ? »

Celui-ci s'est contenté d'un hochement de tête très cool qui signifait : « Et alors... ? »

Les yeux du nullard sont passés de Vance à Hoyt, de Hoyt à Vance.

« Moi, c'est Adam. Je voudrais pas... »

Il a eu un sourire gêné, incapable d'exprimer ce qu'il ne voulait pas.

« Alors qu'est-ce que tu fous là, zob ? a susurré Hoyt entre ses dents.

— Euh... Quoi ? »

Hoyt a fait un geste négligent de la main. Le nullard a réuni son courage :

« Ça vous embête pas si je vous demande juste un truc ? »

Vance a lancé un coup d'œil à Hoyt, qui a considéré le nouveau venu quelques secondes.

« Crache.

— Merci. – Sans regarder, il a tendu le bras en arrière, a attrapé une chaise à la table la plus proche, s'est assis dessus, voûté, les coudes sur les cuisses, les mains serrées entre ses jambes. – Voilà, je suis du *Daily Wave*, a-t-il commencé en continuant à dévisager les deux garçons. Plusieurs sources ont dit à notre rédacteur en chef que vous autres... – Son sourire semblait annoncer qu'il allait en venir au sujet le plus amusant de l'année. – ... Que vous avez joué un sacré tour au gouverneur de Californie, quand il est venu pour la rentrée du printemps. »

Ses prunelles bougeaient sans arrêt mais son sourire s'était figé à jamais, sans doute pour compenser le brusque accès d'ataxie de ses paupières et les mouvements convulsifs de sa pomme d'Adam. Hoyt, à qui n'avait pas échappé le coup d'œil inquiet que Vance venait de lui lancer, a pris un ton détaché pour demander au nullard :

« Qui t'a raconté ça ?

— Eh bien, je... Personne ne me l'a dit à *moi*. C'est mon rédacteur en chef qui l'a appris et il m'a chargé de... vérifier, et c'est pour ça que je suis là, pour... »

Au lieu de terminer sa phrase, il a produit une salve de haussements d'épaules et de sourcils tandis que ses lèvres continuaient à sourire innocemment.

« Ouais... Tu vois de quoi il cause, Vance ? – L'autre a fait non de la tête, à dire vrai un peu trop vigoureusement. – Le gouverneur de Californie, tu dis ? Et qu'est-ce qui lui serait arrivé ?

— Eh bien, juste avant la cérémonie... Un jour ou deux avant... J'essaie de me rappeler quand était le concert de Swarm... Faut que je vérifie tout... C'est pour ça que je vous demande... – ses sourcils se sont mis à danser de plus belle, comme s'il s'agissait d'une requête impossible – ... de tout éclaircir. Enfin, ce que ces gens ont dit à mon boss... Il y en a eu plusieurs, parce que bon, s'il n'y avait eu qu'un seul informateur, on n'aurait pas fait gaffe... Et c'est l'un des trucs qui se racontent sur tout le campus...

— *Quel* truc ? a aboyé Hoyt, avec un mouvement obstiné du majeur qui voulait dire "Allez, magne, crache ta Valda".

— Ce truc que tous ces étudiants disent... Parce que ce sont tous des étudiants... Ou plutôt je présume qu'ils le sont, j'ai pas vérifié, c'est ce que mon rédac chef m'a raconté... Il est pas allé chercher l'histoire, hein, on la lui a apportée... Ils sont... Ils sont venus nous voir et... – Le nullard s'est interrompu, manquant de la syntaxe nécessaire à sa présentation, puis : – Donc ils nous ont dit que ça s'est passé après le concert de Swarm à l'Opéra, donc après minuit ou quoi, et que vous deux vous étiez en train de rentrer chez vous et que vous êtes tombés sur le gouverneur, sous les arbres, et sur cette fille qui lui taillait une pipe... »

Il s'est arrêté pour les regarder, de l'air de demander : « C'est exact, jusqu'ici ? »

« Waouh, a fait Hoyt sans aucune conviction. Et ensuite, il s'est passé quoi ?

— Eh ben... C'est ce qu'on nous a dit, hein, ça signifie pas que ça soit vrai ou quoi... Je suis là pour vérifier avec vous, les gars... – Adam a accompagné cette assertion d'un regard venu du cœur, sincère, si sincère... – Ce qu'on a entendu, donc, c'est que le gouverneur avait deux gardes du corps avec lui, dans le parc... Enfin, pas *directement* avec lui, pas comme s'ils étaient là en train de mater ou quoi... Mais enfin, ils vous ont repérés, ils vous sont tombés dessus et vous autres, vous leur avez donné une tannée.

— *Deux* gardes ? a répété Vance, incrédule. Et *nous*, on les a démolis ? »

« Vance, t'es tellement pas cool ! » a songé Hoyt.

« C'est ce que je voulais vous demander, oui, a confirmé le nullard. C'est pas comme ça que ça c'est passé ? Moi, ce qui m'intéresse, c'est juste... ce qui est arrivé, hein ? »

Il avait senti qu'il y avait anguille sous roche, le nullard. Même un demeuré mental l'aurait reniflé.

« Vance ? a fait Hoyt avec un sourire de collégien. T'es une terreur, mec ! – Se tournant vers le nullard. – Et c'est ça, le "tour" qu'on aurait joué ?

— Ouais, c'est peut-être pas le bon terme... C'est pas que vous ayez cherché la cogne ou quoi, c'est pas que vous soyez allés là-bas rien que pour voir le gouverneur de Californie se faire sucer... Les gens qui nous en ont parlé, ils ont appelé ça "La nuit de la turlute"... C'est juste que ça se passe pas tous les jours, des trucs pareils... Et donc... C'est comme ça que ça s'est déroulé ? Grosso modo comme ça ? »

Hoyt sentait le regard implorant de Vance sur lui.

« Je vais te dire quelque chose, a-t-il déclaré au nullard : pourquoi tu téléphonerais pas à ce gouverneur de... D'où il est, déjà ? Californie ? Voir ce qu'il raconte, *lui*.

— Je l'ai déjà fait.

— Tu l'as... ? a éclaté Vance, incapable de se contenir. Qu'est-ce qu'il a dit ?

— J'ai jamais pu l'avoir en direct... J'ai parlé à un... porte-parole. Il a dit que ça... méritait même pas un commentaire. Texto. Mais si vous voulez mon avis, ça veut pas dire que ça s'est pas passé, pour moi.

— Et donc il sait que tu as l'intention d'écrire quelque chose là-dessus, maintenant ? a insisté Vance sur un ton qui restait tendu.

— Mais... ouais ! Je le leur ai dit. »

Vance était teeeeellement pas cool !

« Qui est la fille censée avoir taillé cette pipe ? s'est enquis Hoyt.

— J'ai pas son nom, mais l'un de ces types dont je parlais... Il nous a donné le prénom de son copain actuel.

— Et c'est quoi ?

— Crawford ou quelque chose dans le genre. Vous savez qui ça pourrait être ? »

Crawdon McLeod, a pensé Hoyt. Voilà qui était bizarre : qui avait mis ces nuls au parfum sur le compte de Crawdon et de Syrie ? Fuck !

« Crawford ? Connais pas de Crawford, non.

— Une seconde ! s'est écrié Vance. Attends une seconde ! Tu débarques ici et... Comment tu savais qui on était ? Comment tu savais *où* on était ? »

Vance, Vance, oh, Vance !

« J'ai appelé Saint Ray pour vous parler, on m'a dit que vous étiez ici.

— Ouais ? Comment tu savais à quoi on ressemblait ?

— J'ai demandé à des gens par là, a expliqué le nullard en montrant d'un geste l'entrée de la cafétéria. Ils m'ont montré par où vous étiez. »

Un grand sourire obséquieux. Les flatteries du nullard provoquaient chez Hoyt des réactions contradictoires. D'un côté, il était plus que temps de lui rappeler qu'il appartenait à un univers très au-dessous du leur, celui des nuls ; de l'autre, était-ce vraiment négatif, d'être si connu ? Et y avait-il un quelconque danger à devenir... encore *plus* célèbre ? « Qu'est-ce qu'on fout ? On mate une tête de nœud à face de singe, voilà c'qu'on fout ! » Y aurait-il péril en la demeure si cette réplique, cette fantastique repartie, venait à être publiée ?

« Je lis jamais ce canard, a-t-il annoncé au nullard. Toi, tu le lis, Vance ?

— Non, jamais ! – Le “jamais”, un peu trop accentué, trahissait son irritation. – Donc tu écris dans le journal du campus ?

— Ouais...

— Comment vous faites quand vous voulez sortir une histoire, que c'est une putain de bonne histoire et que VOUS AVEZ PAS LA QUEUE D'UNE PREUVE POUR VOUS APPUYER LÀ-DESSUS ? »

Ce brusque assaut d'agressivité a ébranlé le nullard. Ses lèvres et leur contour ont été pris de tremblotements étranges. De nouveau timide, il a tenté de défendre sa rédaction :

« On espère... On se dit qu'on *pourra* en avoir, des preuves. Et c'est justement pour ça... – Ses grands yeux suppliaient, suppliaient... – ... Pour ça que je voulais vous parler, à vous ! Directos ! Une histoire comme ça, on essaie de vérifier les trucs factuels, de recouper. On pourra toujours la faire en citant... les autres témoins... J'imagine que c'est ce qu'on fera, si on doit.

— *Quels* autres témoins ? a éructé Vance, toujours sur le mode flippé.

— Eh ben, c'est que... Vous, le gouverneur et la fille... Y avait pas que ça, sur place.

— Ah ? Et qui d'autre ?

— Les gardes du corps.

— *Les* gardes du corps ?

— Mais oui, ils étaient là.

— Gardes du corps ? Au pluriel ?

— Tu démens qu'il y ait eu des gardes du corps présents ? – Il a regardé Hoyt. – Tu peux confirmer ou démentir ça ? »

Hoyt n'en revenait pas : ce petit connard avait retrouvé tout son aplomb, d'un coup. Vance l'observait, sidéré.

« "Confirmer ou démentir" ? a-t-il repris avec un intense mépris pour ce jargon légaliste. Confirmer ou démentir mon cul ! Si on peut confirmer ou démentir... »

Il a secoué la tête, pincé la bouche dans une mimique qu'il n'était pas difficile d'interpréter : « Sale... con ». Et le nullard plus suppliant que jamais :

« Faut bien que je vous demande ! Ça dépend pas de moi, mais de vous ! Mon boss va sortir l'histoire, de toute façon ! On préférerait avoir votre version de tout le truc mais c'est à vous de décider, les gars...

— Décider *quoi* ? s'est insurgé un Vance redevenu agressif. Je pige même pas de quoi tu parles !

— Tu vois ces mecs là-bas ? a dit Hoyt en montrant deux gros lards assis à quelques tables de là, très contents d'eux. Va les interroger. Peut-être que ce sont eux qui ont tout vu... »

Les yeux du nullard ont recommencé à rebondir d'un garçon à l'autre. Il n'a obtenu que le silence et le regard énigmatique du « et maintenant, quoi ? ». Il s'est levé.

« Alors merci de m'avoir parlé, hein ? Tenez... – Il a fait glisser son sac de ses épaules, l'a ouvert, a fouillé dedans, en a sorti une carte de visite du *Daily Wave* et un stylo à bille. – Si vous voulez me joindre, voilà le numéro du canard et je vous mets aussi mon portable... Là ! »

Il a tendu la carte à Hoyt, qui n'a pas réagi, se contentant de la garder entre deux doigts distraits, puis a adressé un sourire niais au « journaliste », lequel s'est éloigné. Son sac était aux couleurs de Dupont, mauve avec le *D* italique jaune. Seuls les nullards avaient des blousons ou des sacs ou n'importe quoi symbolisant l'université, comme s'ils pensaient que leur appartenance à l'établissement était un événement en soi. C'était le cas, en effet, mais tout le chic du snobisme inversé était de ne pas le proclamer.

Après avoir poussé un soupir d'hyperventilation, Vance a fusillé Hoyt du regard :

« Bon Dieu, combien de fois je t'ai dit d'arrêter de parler de ce truc ? Maintenant, on a ce fouille-merde du *Wave* sur les bras et...

— Calmos ! Qu'est-ce qui peut se passer, au pire ?

— Au pire, on est baisés, voilà ! Ce déb' raconte qu'on a attaqué *deux* gardes du corps ! Comme si c'était nous qui avions commencé !

Deux gardes du corps, fuck ! En plus, qui est le fucking connard qui a envie de se retrouver dans une histoire où le gouverneur de Californie se fait sucer par Syrie Fucking Stieffbein ? Fuck !

— Coolos, Vance-man ! Relax, Max ! C'est pas nous qui avons dit à l'autre gorille de péter les boulons !

— Ouais, mais ce mec va mettre le boxon ! Il a déjà commencé ! Et ils vont sortir la version du putain de garde du corps ! Je vcis d'ici ce que ça va donner. Pourquoi t'as pas tout nié comme moi ? Tu lui as tendu des perches et des perches, et maintenant ce mec est convaincu qu'on y était !

— Moi ? s'est exclamé Hoyt avec un sourire épanoui. *Moi*, j'ai fait ça ? J'en crois pas mes esgourdes ! Ce petit trouduc dit "deux gardes du corps" et toi tu réponds : "Comment ça, deux ? Y en avait pas deux ! J'en ai vu qu'un, moi !"

— J'ai jamais dit ça.

— Non ? C'était tout comme. »

Vance l'a dévisagé un moment.

« Tu sais ce que je crois ? Je crois que tu *rêves* que quelqu'un sorte un papier là-dessus. C'est ma conviction.

— Ah oui ? Qui c'est qui l'a envoyé péter ? Qui c'est qui lui a dit d'aller jouer ? »

Il a soutenu le regard de son ami mais... Bon, le Vance-man se faisait son petit ciné et il n'en bougeait pas.

« Montre-moi cette carte, fuck. »

En la lui tendant, Hoyt y a jeté un coup d'œil. « Adam Gellin ».

« Jamais entendu parler », a assené Vance, puis il la lui a rendue.

Hoyt a haussé les épaules de l'air le plus désinvolte du monde. Il ne l'était pas, pourtant : il a inscrit ce nom dans sa mémoire. Adam Gellin, le petit nullard.

Fuck ! Pourquoi cela lui faisait-il penser à sa moyenne, brusquement ? Il pouvait devenir une légende vivante, l'une des plus formidables de son époque, mais qu'est-ce qu'il allait foutre en juin ?

12
L'indicible

Quel poète a chanté la plus cruelle des émotions humaines, la blessure qui ne cicatrise jamais, j'ai nommé l'affront fait à un mâle ? Oh certes, aèdes et bardes nous ont aiguillonnés de leurs épiques récits de vengeance, cette obsession de la virilité humiliée, mais c'est un peu facile : au bout du compte, la solution « À moi la vindicte et les représailles » est essentiellement une manière de restaurer sa fierté masculine, l'esprit de revanche étant surtout l'apanage du sexe fort. Mais *quid* du sentiment lui-même, de la mortification subie par un homme ? Aucun d'eux ne pourrait la décrire. Celui-là même qui confessera volontiers les pires débauches et atrocités avec luxe de détails et d'images reprises à d'autres ne sera jamais en mesure de dire un seul mot sur l'humiliation qui, selon Orwell, « constitue soixante-quinze pour cent de la vie ».

La reconnaître, en effet, ce serait avouer qu'il a cédé, reculé, renoncé à son honneur sans combattre l'autre mâle qui l'a avili, qu'il a été privé de son sexe et soumis à une souffrance pire que la promesse d'une mort imminente. De toute éternité, la simple crainte de l'affrontement physique a régné, oui, même aujourd'hui, au XXIe siècle, où les victoires essentielles de l'existence sont remportées non par des chevaliers en armure sur le champ de bataille mais par des fonctionnaires en costume-cravate protégés par le chauffage central, l'électronique et le verre blindé ! Jamais aucun homme ne pourra se libérer de ce moment révoltant où il a capitulé. Un mot, une odeur, un visage le lui rappelleront en un éclair et il éprouvera de nouveau cette sensation primale, et il se noiera de nouveau dans la honte de s'être couché dans l'attente de l'émasculation.

Heureusement pour lui, Adam Gellin ne revivait pas l'instant que l'on sait alors qu'il traversait le grand parc au crépuscule, et pourtant sa destination, le nouveau centre de fitness Farquhar, avait amplement de quoi le lui rappeler. L'été indien s'en allait, les journées devenaient plus courtes et plus froides, de sorte qu'il portait sa parka Patagonia vert sombre bien serrée par le cordon à la taille pour la rendre encore plus hermétique. Si quelques âmes en peine erraient sous les grandes arches de la bibliothèque, les jardins étaient pratiquement déserts. À l'horizon, le soleil se noyait dans de longues bandes rose et violet. La lumière déclinante teintait de magie les immeubles gothiques qu'Adam ne voyait plus comme des structures individuelles et spécifiques mais comme une seule vaste abstraction de pierre grise colorée d'or passé et de pourpre par les derniers rayons solaires. Les ormes immenses étaient gris, eux aussi, mais éclairés par-derrière d'une lueur mauve doré. Il ne se souvenait pas avoir jamais vu Dupont sous cet aspect, solide, enraciné, inattaquable, resplendissant. Le temps passait, des fortunes se faisaient et se défaisaient – Dupont demeurait...

Et Adam Gellin était ivre de cet optimisme soudain qui envahit tout homme jeune lorsqu'il vient de décider de changer de corps en levant des poids.

Il avait commencé à fréquenter le centre Farquhar et ses appareils Cybex. Non qu'il ait pensé s'étoffer suffisamment pour pouvoir mettre un jour en déroute, et à mains nues, des colosses comme Curtis Jones ou Jojo. Il n'était pas cinglé, quand même ! Non, tout ce qu'il voulait, c'était acquérir une allure générale qui proclamerait : « Imaginez même pas déconner avec mézigue ! Si vous voulez un souffre-douleur, faut chercher ailleurs ! Gardez vos airs malins pour les mauviettes parce qu'on joue pas, avec moi ! »

Il songeait à certains aspects de la terminologie de sa nouvelle vocation – « pectos », « abdos », « trapézos », « tris », « bis », « curls »... – lorsqu'il est parvenu à l'intersection des deux allées principales. Au centre du carrefour s'élevait la fontaine Saint-Christophe, une énorme et solennelle sculpture en granit qui représentait le saint homme en toge, l'enfant Jésus dans ses bras, en train de traverser le turbulent cours d'eau. Cette œuvre de Jules Dalou, sculpteur français de la fin du XIXe siècle, était à cette heure prise dans les ombres pesantes de la fin du crépuscule, mais quels pectoraux avait-il donnés à Saint-Christophe, ce Dalou ! Quels deltoïdes ! Sans ralentir le pas, Adam a tendu le bras gauche et l'a levé à l'horizontale, tâtant ses propres muscles de son autre main. Ce n'était pas encore ça, non, mais...

Aux vestiaires, il a enfilé un tee-shirt extra-large et un short extra-long avant de se rendre à la salle d'entraînement. De puissants plafonniers faisaient reluire le sol beige, les plinthes noires et les régiments sagement alignés de Cybex avec leur corps blanc, leurs bras en acier noir, leurs barres de poids en inox, le tout multiplié par deux grâce aux parois en glaces. Après avoir observé les autres adeptes de la musculation à sa première journée au centre, Adam avait conclu qu'il devait se couvrir bras et jambes autant que possible tant son retard en matière de biceps et d'ischios était criant. Et ces hercules n'étaient même pas des sportifs, puisque à Dupont ceux-ci disposaient de leurs centres de musculation particuliers et ne mettaient donc jamais les pieds au Farquhar ! Non, ces balèzes-là étaient seulement là – et en nombre ! – pour entretenir le look masculin désormais à la mode, celui du costaud sans un poil de graisse. Eux pouvaient se permettre de porter des débardeurs et des tangas ! Et que faisaient-ils de tous ces muscles fabuleux ? *Rien !* C'était ça, le chic. Ils ne deviendraient pas sportifs professionnels, ils ne cogneraient pas les gus dans la rue. Les gros bras n'étaient qu'un accessoire, une façon de montrer qu'on était *dans le coup*, tout comme les chemises roses et les shorts vert acidulé, les lunettes de soleil Oakley, les chaussures L.L. Bean en caoutchouc et cuir noirs, etc. C'était la mode, et Adam voulait suivre la mode.

Non, mais regardez-moi tous ces mecs contemplant leur fucking reflet dans les miroirs ! Il y en a partout, des glaces. Officiellement, c'est pour vous aider à contrôler vos mouvements pendant les exercices. Foutaises, bien sûr ! Elles sont là dans l'unique but de vous permettre de vous extasier sur ce fantastique corps *branché* que vous vous êtes façonné ! Pendant les pauses, ces fashionistas mâles se regardent en douce, puis ils remontent sur leurs bécanes pour pouvoir se mater... ouvertement ! Visez celui-là, son air dégagé pendant qu'il laisse pendre ses bras juste histoire de faire ressortir ses triceps ! Et *là*, ce gus qui fait semblant de s'échauffer mais qui ne pense qu'à déployer ses grands dorsaux comme une raie-manta ! Et l'autre, plus loin ? Vous croyez que tout bêtement il se frotte les mains ? Pas du tout, il les presse l'une contre l'autre pour voir ses pectos tablette de chocolat ! Ah, les brutes vaniteuses ! Les « diesels », ils s'appellent : les poids lourds. Toutes les trente secondes, au moins, l'un de ces embryons d'armoire à glace ploie un bras et se gargarise de se voir si beau en ce miroir. Muscles, mode !

Dans ses habits informes, Adam a tourné la tête en un long travelling jusqu'à trouver... là-haut, sur la mezzanine ! une machine spécialement conçue pour faire travailler les trapèzes ! Il l'a dévorée des yeux. Il en avait *besoin*, comme aucun camé n'aurait jamais besoin de sa drogue ! Le plus rapide et le plus sûr moyen d'obtenir un look imposant, c'était de se développer un cou bien mastoc, avec les trapèzes qui roulent et s'enflent sur les épaules ! Le problème, c'était qu'une loi non écrite voulait que seuls les culturistes de gros gabarit utilisent les appareils de la mezzanine et donc il souffrait déjà en se disant que ses membres allaient ressembler à des spaghettis, en comparaison de ceux des autres... Que pouvait-il y faire ? Il a escaladé à toute vitesse les marches en fer, de crainte qu'une brute patentée ne s'empare de la machine convoitée avant lui.

Arrivé là-haut, il est en effet entré au royaume des balèzes, des baraqués, des bien balancés, des... diesels. De toutes parts montait le *basso profundo* des forçats de la muscu couchés sur des bancs rembourrés, les jambes entravées, inclinés à des angles surprenants pour soulever de la fonte.

« Hé, mon pote, tu me checkes, d'ac ? » ; « Voilà, voilà, encore un ! Sois pas une femmelette, tu peux encore ! » ; grognements théâtraux ; « ... fais cinq cents ! » ; « Mon cul, oui ! »... Un mugissement, de douleur presque, et un jeune mésomorphe s'est extrait de l'appareil de squat, son maillot de catcheur palpitant après l'effort, les bras légèrement arqués loin du corps comme si leurs muscles étaient trop importants pour les laisser approcher de ses flancs, et a commencé à se déplacer avec une curieuse démarche de chimpanzé.

Machinalement, Adam a tiré sur les manches de son tee-shirt pour s'assurer qu'aucune des brutes ne pourrait voir ses tristes biceps. Il avait l'impression que toute la mezzanine le suivait du regard, lui le misérable gringalet qui avait osé s'aventurer en haut... sans comprendre que n'importe quel culturiste s'imagine la même chose, croit que chacun surveille la quantité de fonte qu'il manie, le nombre d'exercices qu'il peut aligner et s'il s'admire à la dérobée dans la glace, maintenant que tous ces efforts ont gorgé de sang ses trapèzes, ses deltoïdes, ses pectoraux, ses sterno-cléido-mastoïdiens...

Adam a chargé la barre de traction : il fallait qu'elle paraisse suffisamment lourde, mais quand il a essayé de la pousser elle n'a pas bougé. Mortifié, il a dû retirer des poids, persuadé que les balèzes le méprisaient encore plus. Au bout du compte, il a péniblement accompli trois séries, la première de dix, la seconde de huit et la dernière de cinq minables tractions. À chaque pause, il regardait en bas avec une grimace terriblement virile, roulait des épaules et faisait quelques pas avec la dégaine de singe en vogue ici. Au bout d'une heure, comme il se sentait gonflé à point, il est redescendu, dérobant dans les miroirs des regards sur ses trapèzes que le col extra-large de son tee-shirt laissait apparaître et se demandant s'ils avaient réellement grossi ou si c'était le fruit de son imagination... Mais non, ils avaient *vraiment* l'air plus gros !

Il goûtait cet intense moment d'excitation où le mâle sent que ses muscles, quelle que puisse être leur taille, sont tout gorgés de sang, où il se sent plus *homme*. Il y avait des ascenseurs, au centre, mais il a préféré prendre son temps et descendre le large escalier bien éclairé. À chaque étage, une double porte vitrée permettait d'apercevoir ce qui se passait de l'autre côté. Celle munie de la plaque « Cardio-Training » lui a paru évoquer un concept pathétiquement médical, comme l'intrusion de la maladie dans ce temple de la forme physique, mais la vue d'étudiants, notamment de filles, en train de courir sur une drôle de machine l'a poussé à entrer jeter un coup d'œil. C'étaient des Stair Master, un appareil qui permet de galoper, si l'on peut dire, en gardant les pieds sur d'énormes pédales. La position rappelait celle de la danseuse en vélo, et avec toutes ces nanas... Certaines étaient en tenues de sport passe-partout, peu seyantes, mais d'autres... Ces petits pantalons de survêt qui s'échappaient presque de leurs hanches, ces brassières hyper courtes exposant tous ces morceaux de chair nubile, tous ces nombrils... De derrière, quelle vue sur les fessiers décolletés ! En face de lui, une fille aux longs cheveux de paille s'escrimait sur le pédalier en short de jogging lavande et maillot de basket en nylon bleu roi, très court et très ajusté. Elle avait des seins plutôt petits mais à chacun de ses mouvements ses tétons faisaient bourgeonner le mince tissu et son nombril lançait des clins d'œil à la ronde. Quatre appareils plus loin sur la même rangée, une petite arborait un collant d'exercice qui révélait les moindres contours de son bas-ventre et un soutien-gorge de sport couleur chair tellement fin qu'on devait la regarder à deux reprises pour comprendre que sa poitrine n'était pas nue. Ce spectacle a grandement émoustillé Adam. Son instinct sexuel était sur le qui-vive, comme si *n'importe quoi* pouvait arriver dans ce prétendu centre de remise en forme : un bouton appuyé, un interrupteur allumé et elles s'arrêteraient de feindre l'activité sportive pour se jeter à corps perdu dans une fornication débridée, une orgie totale, et baisebaisebaisebaise...

Après les Stair Master commençaient des alignements et des alignements de tapis de course, en nombre effarant, tous munis de tableaux de commande où clignotaient des témoins verts et orange. Le bruit était stupéfiant, aussi, avec ces rangées de garçons et de filles courant sur ces bandes de caoutchouc, certains à vive allure, ce piétinement de peut-être deux cents pieds, cette basse grondante des moteurs. Devant les yeux d'Adam se déployaient des myriades de jeunes popotins exténués.

Il allait se retourner vers les Stair Master quand il a remarqué une longue chevelure brune. La fille courait, pour de bon, sur un tapis face à un miroir mural qui occupait toute la paroi. Adam la regardait par-derrière, de trois quarts. Elle portait un bas de survêtement classique mais qui lui moulait bien les fesses et... hallucinant ! Là, entre les deux fermes joues de sa croupe, une sombre traînée de sueur venait souligner la crevasse et allait se perdre au cœur du mystère de son croissant fertile. Il ne pouvait détacher les yeux de ce ruisselet obscur qui conduisait à... Fertile, fébrile ! Il a surpris son profil dans le miroir, l'a observé, contemplé, et... C'était elle, oui ! La première-année qu'il avait croisée la nuit où il avait dû se rendre à la bibliothèque pour rédiger la copie de Jojo ! Il n'avait pu obtenir d'elle que son prénom, Charlotte. Pour le reste, elle l'avait snobé, massacré du regard, il avait rêvé de la revoir et voilà que... Avec cette ligne entre les fesses !

Mais comment l'approcher ? Elle filait bon train, les yeux droit devant elle. Le tapis juste à côté du sien, à moins de vingt centimètres, était libre. Adam s'est approché lentement. Quel vacarme ! Et c'était elle, pas de doute. Cette beauté naturelle, innocente, et... quel tempérament ! Mais s'il réunissait son courage et grimpait sur ce tapis, que devrait-il faire, ensuite ? Comment s'y prendre avec le fichu tableau de commande, pour commencer ? Et est-ce qu'il arriverait à courir ? Pas comme elle, en tout cas, et peut-être même pas du tout... À quand remontait sa dernière course, même sur la terre ferme ? Et comment se faire entendre, dans tout ce bruit ? Mais voilà, c'était l'occasion ou jamais...

Adam est monté sur le tapis et a regardé la fille dans l'espoir qu'elle remarque sa présence avant qu'il n'ait à mettre en route la machine, mais elle gardait les yeux braqués sur un point insaisissable devant elle. Il lui a fallu une bonne minute – qui lui a paru dix fois plus longue – pour comprendre comment démarrer cet engin. Il y avait des boutons pour tout et n'importe quoi, même pour son poids – quel rapport ? – ou pour l'inclinaison du tapis – *l'inclinaison* ? Il a appuyé sur la commande de vitesse. Quatre kilomètres à l'heure sous ses pieds, facile, puis cinq, puis six... À huit, il n'a plus été capable de se contenter de marcher et il a dû adopter un petit trot mais le tapis était trop lent, maintenant. Et elle ne le regardait toujours pas. Neuf. Trente secondes s'étaient écoulées et il était déjà hors d'haleine. Posant les avant-bras sur la console des commandes tout en essayant de garder le rythme avec ses pieds, il a désespérément cherché le bouton de ralentissement, appuyé par mégarde sur celui d'accélération et... Merde ! Ses jambes sont parties en arrière, il a tenté de se raccrocher au tableau de bord... Il voyait ce qui allait arriver, il le voyait clairement mais il ne pouvait plus rien faire pour l'empêcher : il est tombé sur le ventre et le tapis l'a emporté dans sa course avant de le projeter sur le sol, sonné. D'un bond acrobatique, la fille a sauté de sa bande de caoutchouc – qui défilait vraiment très vite –, atteint la console pour arrêter le tapis d'Adam, puis elle a stoppé le sien et – d'un nouveau bond de cabri – elle est venue atterrir tout près de lui, un genou à terre.

« Ça va ? Qu'est-ce qui s'est passé ? »

Son visage encadré par les longs cheveux était celui d'un jeune ange mais il avait une expression maternelle, aussi. Adam était partagé entre la honte provoquée par son ignominieuse déconfiture et le désir de se relever sur un coude, de poser sa joue contre celle de la fille, de la serrer contre lui et de lui dire merci, merci ! Il a opté pour la voie moyenne : il s'est un peu redressé, il a souri, secoué la tête comme s'il n'arrivait pas à croire à ce qui venait de lui arriver et il a murmuré :

« Waouh... Merci.

— Qu'est-ce qui s'est passé ?

— Je sais pas... Mes jambes se sont dérobées et... – Il a voulu se lever mais une douleur aiguë lui a transpercé la hanche. – Aïe ! »

Il s'est laissé retomber sur le dos.

« Ça ne va pas ? »

Elle était obligée de crier, dans ce vacarme.

« J'ai quelque chose à la hanche... »

Mais il l'avait dit d'un ton qui voulait indiquer que ce n'était pas grave, juste idiot. Il a tenté de se lever de nouveau et cette fois la fille lui a crié « Attends ! » et lui a tendu la main pour l'aider. Il l'a attrapée, elle a tiré et il s'est finalement retrouvé sur ses pieds. Il a essayé de bouger, doucement. La douleur n'était pas abominable mais elle le faisait boiter.

« Pourquoi tu ne t'assois pas un peu ? » a-t-elle proposé en montrant un banc d'exercice derrière le régiment de tapis.

Il s'y est dirigé en claudiquant, s'est laissé tomber dessus. La fille est restée debout devant lui, les mains sur la taille. C'était moins bruyant, par là. Il l'a regardée dans les yeux, a souri. « Merci. » Un sourire qui voulait dire beaucoup plus que cela. Pourvu qu'elle ait oublié la nuit à la bibliothèque. Soudain, elle a froncé les sourcils.

« Une minute ! Tu n'es pas le... ?

— Oui, c'est moi, l'a interrompue Adam en baissant piteusement la tête et en lui lançant un coup d'œil par en dessous. J'espérais que tu ne te rappellerais pas. Charlotte, c'est ça ?

— Mmm.

— Moi, c'est Adam. Je pense que je te dois des excuses, mais j'étais dans une situation désespérée, cette nuit-là.

— Oui ?

— Ouais. Je devais pondre dix pages de dissert' avant dix heures le lendemain matin. Pour un sportif.

— Tu *devais* ?

— Oui. Je fais du renfort pédagogique pour les sportifs. C'est un job. Sans ça, j'aurais pas les moyens d'être ici.

— Mais tu *dois* leur écrire leurs devoirs ? Ce n'est pas illégal, ça ?

— Ben si. Ou en tout cas très contraire au règlement universitaire. Mais à Dupont, les sportifs, c'est sacré. D'après ce que je comprends, les profs regardent ailleurs, quand ça se passe.

— Je n'ai jamais entendu une chose pareille ! s'est exclamée Charlotte. Alors, ces sportifs... Ils viennent te voir et ils disent : "Écris la dissertation pour moi" ?

— À peu près, oui. D'habitude, j'ai un biper.

— Et ils font *tous* ça ? Il n'y en a pas qui ont honte ?

— Peut-être, mais j'en ai jamais connu. La plupart sont les cancres classiques, 84 de moyenne tout combiné, etc. Les autres, ils trouvent que c'est pas bon pour leur image, de travailler en cours. Ils sont *au-dessus de ça*. En plus, leurs copains se ficheraient d'eux, et pas gentiment, si tu vois ce que je veux dire. C'est une sorte de code d'honneur qu'ils ont, de ne pas avoir de bonnes notes. Comme ça, personne n'a la haine. Et ceux qui en obtiennent, comme Bousquet, là, le type de l'équipe de basket, ils essayent de le cacher.

— Pour qui tu travaillais, cette nuit-là ?

— Un autre basketteur. Jojo Johanssen. Il frise les deux mètres dix, cent cinquante kilos de muscles et il est blanc, en plus ! C'est le seul non-Black des cinq de départ. Une énorme caboche avec un tout petit peu de cheveux blonds... »

Adam a passé rapidement sa main au-dessus de son crâne, tranchant le vide. Charlotte a tordu les lèvres en un rictus attristé.

« Oh, je le connais, oui... »

Et elle lui a raconté le comportement de Jojo dans ce cours de français grotesque, puis comment il avait essayé de flirter avec elle et comment elle l'avait planté là, bredouillant tel l'idiot du village. Adam a eu un petit ricanement.

« J'aurais voulu voir ça ! Ces mecs, ils pensent qu'ils peuvent aller trouver n'importe quelle fille du campus et qu'elle va tomber sur le dos en se pâmant. Le plus lamentable, c'est qu'ils se trompent pas, en général. Je pourrais te raconter mille histoires qui... – Ses yeux ont erré au loin, puis il s'est repris. – Toute l'université devient dingue à propos de quoi ? Qu'est-ce qu'on en a à battre, que les basketteurs de Dupont filent la pâtée à ceux d'Indiana, ou de Duke, ou de Stanford, ou de Floride, ou de Seton Hall ? Quel *sens* ça a ? Combat de coqs... »

Charlotte, qui avait perdu son air renfrogné, était encore plus séduisante qu'avant. L'effort de la course lui avait donné des couleurs, aussi.

« Je me posais la même question, au lycée ! Exactement la même : “Sur quoi ils s’excitent tous tellement ?”

Dans sa prononciation, ça donnait *ksactement* et *s’essitent.*

« Où tu étais ? s’est enquis Adam.

— Une petite ville ? Sparta, en Caroline du Nord ? Personne connaît ?

— Je pensais bien avoir détecté un soupçon d’accent du Sud, oui. – Adam lui a décoché un grand sourire mais elle s’était un peu raidie. – Je suis très doué, pour les accents... Et comment tu es arrivée à Dupont ? s’est-il empressé d’ajouter.

— Ma prof d’anglais, Miss Pennington ? Elle ne voulait même pas que je pose ma candidature ailleurs qu’à Dupont ? Harvard, Yale, Princeton, rien du tout ? Mon filet, si je n’avais pas Dupont, c’était Penn.

— Ton “filet” ? a repris Adam en riant. Et donc, tu as eu Dupont.

— J’ai été acceptée dans les CINQ ! a annoncé Charlotte, qui a aussitôt piqué un fard et s’en est tirée par un petit sourire plein de modestie. C’est Dupont qui m’a offert la meilleure bourse ? Et j’aimais beaucoup leur programme de français. C’est ça que je voulais faire en maîtrise, le français ?

— Plus maintenant ?

— Je ne suis plus si sûre, maintenant ? Je suis dans un... – Elle s’est interrompue, l’a couvé d’un regard d’une tendresse infinie. – Tu te sens mieux ?

— Oui, ça va aller... – Adam s’est poussé un peu sur le banc. – Mais assieds-toi, reste pas debout comme ça... »

Elle s’est exécutée. Les tapis de course continuaient à gronder et à cliqueter comme dans une usine, mais Adam avait peur de lui proposer d’aller ailleurs. Cela risquait de... rompre le charme.

Ce regard qu’elle lui avait lancé ! Elle, une fille débarquée d’un bled paumé comme Sparta, si jeune, elle l’avait regardé avec une tendresse à la fois maternelle et... Elle semblait s’ouvrir, s’ouvrir, s’ouvrir tel le bourgeon le plus virginal de la plus belle des fleurs qui commencerait à montrer ses pétales immaculés au monde entier avec une sublime innocence mais aussi une non moins sublime invite... Dans l’esprit d’Adam, ces images florales étaient plus qu’une figure de style, plus que de vaniteuses métaphores : il *voyait* la chair rosée des pétales en train d’éclore et c’était *elle*, car elle était pétales et chair. Il aurait voulu se pencher vers elle et poser ses lèvres sur ces tendres bourgeons. Mais s’il le faisait, devait-il d’abord retirer ses lunettes, ou bien ce geste paraîtrait-il trop prémédité et détruirait-il la magie ineffable de l’instant ? Alors, les garder et prendre le risque de lui blesser l'œil avec la monture lorsqu'il tournerait son cou à quarante-cinq degrés afin de faire coïncider ses lèvres avec les siennes ? Et bling, c'est passé. Ce n'était qu'une *impulsion*, après tout...

« Donc tu disais que tu étais dans un quoi ? a-t-il repris.

— Ah oui ! Je suis un cours de science neurologique ? C'est absolument fascinant, cette discipline. Dans l'avenir, c'est elle qui va être la clé de tout, on dirait. Et le prof est teeeellement bon ? Mr Starling ?

— C'est celui qui a eu le prix Nobel, non ?

— Exact. – *Ksaqte.* – Mais je ne le savais même pas, quand je me suis inscrite à son cours. »

Une ampoule s'est brusquement allumée dans la tête d'Adam :

« Hé, tu sais quoi ? Tu devrais venir à une de nos réunions ! On est comme qui dirait un... groupe. On s'appelle les « Mutants du millénaire ». Je parie que ça te plairait.

— Les Mutants du millénaire ?

— Ouais. C'est une fille, Camille Deng, qui a trouvé ça. Celle qui écrit tous ces commentaires politiques plutôt longuets dans le *Daily Wave*, tu vois ? Moi aussi, je travaille pour le journal. C'est le cas de presque tout le groupe. En fait, l'un des membres, Greg Fiore, c'est le rédacteur en chef du *Wave*. – Il avait pensé que ce détail impressionnerait Charlotte. Pour une fois que ce chieur prétentieux de Greg servait à quelque chose... Et idem pour Camille. – Donc c'est elle qui a inventé le nom. L'idée est la suivante, en gros. Ce campus pullule de petits génies, pas vrai ? Bulletins impeccables, meilleures notes aux tests... Et puis ils arrivent ici, ils font la fiesta, ils se "branchent", ils vivent "la transition de l'adolescence à l'âge adulte", pour reprendre le cliché foireux, parce que en fait c'est la transition du stade ado à celui de préado. Tu me suis ? J'veux dire, là, on est dans les meilleures universités du *monde* et ces gosses se comportent comme s'ils venaient passer quatre ans de... Je sais pas, moi, comme s'ils payaient tout ce fric pour kiffer quatre ans au Club Med-Dupont ! Et puis il y en a d'autres qui bossent vraiment dur, tellement dur qu'ils sortent de là avec des recommandations en béton, ce qui est l'accès à... plein de thune. Ils vont dans la finance, la banque d'investissement, par exemple. J'veux dire, tu en rencontres partout sur le campus, des gus qui sont sûrs qu'ils finiront chez Gordon Haley ou dans des boîtes du genre. Tiens, à propos de ça, le fils du P.-D.G de Gordon Haley est... – Il s'est ravisé, préférant ne pas aller plus loin sur ce sujet. – Enfin, j'veux dire que tout le truc est... *lamentable*, si tu veux mon avis. Nous, on veut sortir d'ici et *faire* des trucs, pas trimer dans une pu... – d'instinct, il a senti qu'on ne prononçait pas le mot "putain", devant cette fille – ... une fichue banque d'affaires, à tripatouiller les chiffres quatorze heures par jour pour se faire du fric sur les “biens évaporés”, comme disait Joseph Schumpeter.

— Faire des trucs ? Quels trucs ?

— Quels trucs ? Le mieux, c’est de devenir un “Bel Enfoiré”. Avec un B et un E majuscules.

— Un quoi ?

— Un “Bel Enfoiré”. C’est un concept qui est apparu après la fin de la guerre froide ou juste après la guerre du Golfe, la première, celle de 1991, on va dire... Jusque-là, les étudiants comme nous, enfin, tu vois, les jeunes qui s’intéressent aux idées... Parce que c’est ça qui fait bouger le monde, vraiment, pas la politique ou la puissance militaire brute... J’veux dire, des idées comme le marxisme... J’veux dire, tu imagines ce type, cet étranger, ce gus venu d’Autriche que personne connaît, tout seul dans son coin au British Museum dans les années 1880 à écrire un bouquin d’éco vraiment trapu, *Das Kapital*, et c’est ce livre, cette *idée*, qui crée l’histoire de tout le XXe siècle ! – Son œil subrepticement attiré par une fille qui avait elle aussi la traînée de sueur aux... cette ligne lubrique juste dans la fente sous le pantalon de survêtement. Il a eu un sourire d’excuse. – Je me rappelle plus ce que je racontais, là...

— Tu parlais des “étudiants comme nous” ? Après la guerre du Golfe ? En nonante et un ?

— Ah ouais ! Donc les étudiants comme nous, ils finissaient quoi, en général ? Profs de fac ou de lycée. Et puis apparaît un nouveau type d’intellectuel, l’enfoiré. C’est un intello voyou, je dirais. Un enfoiré veut pas d’un boulot aussi rasoir, aussi mal payé et aussi... conventionnel que l’enseignement. Il veut pas gâcher sa jeunesse enfermé dans les bibliothèques. T’es un intellectuel mais tu veux fonctionner à un niveau... supérieur. Un millénaire commence et tu as envie d’appartenir à l’aristocratie de cette nouvelle ère, qui est une méritocratie, enfin... une aristo-méritocratie, on va dire. T’es un mutant. T’es un progrès dans la chaîne de l’évolution. Tu dépasses de très, très loin la figure ordinaire de “l’intellectuel” au XXe siècle. J’veux dire, tu te contentes pas de refourguer aux masses, en les recyclant un peu, les idées d’un Marx, d’un Freud, d’un Darwin ou d’un... d’un... Chomsky... – Il n’avait pas l’air très sûr, pour Chomsky. – Tous ces mecs-là, ils n’étaient pas des “vecteurs” de concepts pris chez d’autres, chacun était à l’origine d’une *matrice*, d’une pensée hypercohérente en soi. C’est ça, le but des Mutants du millénaire : on a un nouveau millénaire, un nouveau siècle, et on va se charger de créer de nouvelles matrices. Tu vois ce que j’veux dire ? »

« Non », semblait dire le regard largué de Charlotte.

« OOO.KKK. On va pas faire des études cent cinq ans, on va pas finir prof, tu sais, le gars voûté et mal fringué et... Parce que bon, qui a envie d'inspirer de la *pitié* aux autres ? Conclusion, quand on est à la fac, on s'engage pas dans une spécialité classique. Si t'es à Dupont, tu fais comme moi : tu rejoins le Programme Hodges et tu te concoctes une spécialité à ta mesure, avec l'aide d'un conseiller pédagogique. Je me vante pas, ici, parce que c'est pas difficile du tout. Moi, je dois avouer, je me suis trouvé un intitulé super pour mon Hodges : “Les fondements intellectuels de la globalisation”. C'est un concept fort, ça, “global”. Si tu manifestes un intérêt pour le tiers-monde, c'est toujours un gros plus. Tiens, en ce moment, la Tanzanie est vachement cotée. Le Timor-Occidental, pas mal. Haïti, ça passe mais... mais c'est pas vraiment tiers-monde-tiers-monde. Tu vois ce que j'veux dire ? C'est trop facile, Haïti. Parce que bon, tu vas à Philadelphie, tu montes dans un avion et tu y es en une heure et demie ou quoi.

— Comment ça, *tu y es* ?

— Ben ouais ! On *va* dans ces coins ! Pour ton année d'échanges à l'étranger, tu prends la Tanzanie. Pas Florence, pas Paris, pas Londres... Surtout pas Londres ! Faut que ce soit le tiers-monde et que tu manifestes ce qu'ils appellent “le sens de l'initiative solidaire directionnelle”. Moi, j'ai fait le Kenya mais tout le monde a dit que c'était trop civilisé, après. J'enseignais l'anglais dans un village paumé, mais alors pau-mé, quatre heures de Nairobi en camionnette à travers la brousse, pas un stylo-bille dans un rayon de quatre-vingts bornes, encore moins un ordinateur ! Et je me suis chopé la malaria comme tous les gus du village ! Comme j'étais venu d'Amérique et tout, ils m'ont donné leur meilleure maison, une cabane en briques avec deux fenêtres mais sans moustiquaires, et j'ai eu le palud comme le reste ! Mais, à mon retour, les autres Mutants ont dit que j'avais fait le mauvais choix, que le Kenya est trop développé... Si je devais recommencer, je ferais la Tanzanie, une étude photographique avec texte, genre. »

Adam a décelé une touche de reproche dans le regard que Charlotte faisait peser sur lui. Il ne se trompait pas, car elle a remarqué :

« Quoi, tu vas... Des gens vont en Afrique juste pour se donner des airs d'altruistes ?

— Non, non, c'est pas ce que je dis ! s'est défendu Adam, comprenant qu'il était temps de s'extraire de l'impasse où il s'était lui-même fourré – et pourtant il avait eu l'impression d'être tellement captivant et spirituel ! – Pas du tout ! Si tu n'es pas sincèrement concerné, tu ne penses même pas à ce genre de trucs. Tu ne vis pas dans une masure en brique, tu ne laisses pas des insectes pourris prendre possession de ta peau ! Mais c'est comme dans tout ce que tu veux faire : il y a stratégie et... *stratégie*. – Il a secoué la tête avec gravité. – Non, n'interprète pas mal ce que je dis. Simplement, quand tu es un BE, un bel enfoiré, tu te fixes des objectifs précis. Tu veux obtenir une bourse Rhodes ? C'est un but concret mais voilà, chaque année il n'y en a que trente-deux accordées dans tous les États-Unis. Si tu l'as, tu vas à Oxford, tu te fais un doctorat et après, c'est magique : toutes les portes s'ouvrent, tu peux choisir la politique comme Bill Clinton ou Bill Bradley... Tu te souviens de Bill Bradley ? Tu peux devenir un super spécialiste comme ce mec, Murray Gutman, celui qui conseille le président sur les questions démographiques et les mutations culturelles... Il a que vingt-six ans, c'est l'archétype du BE, ce type-là ! Tu peux écrire, comme ce Philip Gourevitch qui fait tous ces longs papiers sur l'Afrique ou l'Asie dans le *New Yorker*, ou l'autre, ce Timmond, il a pondu un méga bouquin sur les leaders africains... L'Afrique, c'est parfait, surtout quand tu penses à l'idée de Cecil Rhodes quand il a créé sa fondation. Son truc, c'était d'envoyer en Angleterre les jeunes barbares américains les plus doués et d'en faire des citoyens du monde. Les aider à atteindre des sommets, étendre l'influence de l'empire britannique et de ses cousins US... Bon, l'Empire est mort mais tu peux encore progresser. T'es pas condamné à végéter dans l'enseignement, tu deviens un intellectuel public, tout le monde parle de tes opinions...

— Il n'y a que trente-deux bourses Rhodes ? a demandé Charlotte et Adam a hoché la tête. Mince, c'est pas beaucoup ! Et si tu échoues ? Si tu comptais dessus et que tu ne l'obtiens pas ?

— Dans ce cas, tu cherches la Fullbright ! C'est pas grand-chose à côté de la Rhodes... Enfin, c'est quand même pas mal. Sans ça, il y a la Marshall, mais en dernier recours, parce que ça, c'est le bas de gamme. Au temps de la guerre froide, un mec cool aurait pas pu accepter une Fullbright ou une Marshall, parce que c'est des fondations officielles, tu serais passé pour un laquais de l'impérialisme. La Rhodes, ça allait puisqu'il n'y avait plus d'Empire britannique, donc tu pouvais pas être le laquais de ce qui existait plus ! De nos jours, le seul empire, c'est l'américain, alors si tu décroches pas la Rhodes tu te sers du seul empire qui reste ! C'est correct, à partir du moment où tu sers tes propres objectifs, pas les leurs.

— Les leurs ? Qu'est-ce que tu entends par là ? »

Aïe ! Sortir de ce cul-de-sac, aussi !

« Je disais pas "leurs" au sens de "nôtres", ni dans le sens courant, non plus... – Pas très clair, tout ça, mais il a accéléré la cadence, espérant l'entraîner dans sa fougue. – Ce que je veux dire, c'est qu'il n'y a pas de rôle social préétabli, pour un BE. La nouvelle aristo-méritocratie n'a pas de case préexistante à occuper. C'est dans ce sens bien précis que je disais "leurs". Tu piges ? – Glisse, glisse ! –

C'est pour ça que pas mal de BE font dans le consulting, comme... McKinsey. C'est un exemple pour eux, McKinsey. J'veux dire que consultant, c'est mieux que la i-banque, par exemple, parce que là tu sais jamais comment...

— C'est quoi, la i-banque ?

— Banque d'investissement. – Dieu soit loué ! Au moins avait-il réussi à ne pas lui donner l'occasion de s'embarquer dans un numéro d'antiantiaméricanisme primaire ! – Dans un boulot pareil, tu bosses cent heures par semaine, minimum. Tu te fais plein d'argent mais c'est l'esclavage ! Certaines de ces banques, elles ont des dortoirs, comme ça tu trimes jusqu'à deux ou trois heures du matin, tu montes dormir un peu et tu es de nouveau devant ton bureau à huit heures. Consultant, ça gagne moins de fric mais ça paie quand même bien, et tu es en vadrouille tout le temps, et comme ça tu accumules des tonnes de miles "voyageur fréquent". »

Charlotte a eu une moue qui pouvait être interprétée comme : « C'est incompréhensible, ce que tu racontes. » Adam s'est hâté de poursuivre :

« Le truc de ces programmes de fidélisation, c'est que tu peux faire le tour du monde gratos. Admettons que tu veux essayer un nouveau complexe en Nouvelle-Zélande qui a une presse d'enfer, super terrain de golf et tout, tu y vas, et en première classe, et ça ne te coûte pas un rond.

— Je ne te suis pas. En quoi tout ça a un rapport avec les idées, l'influence des intellectuels, etc. ?

— Bon, pas directement. C'est juste un exemple de la manière de se servir de l'empire pour vivre comme un aristo sans venir d'une famille noble ni rien.

— Je ne saisis pas ce que tu appelles "l'empire" ? »

Bonté divine ! Il était revenu sur ce même terrain miné !

« C'est comme qui dirait... une façon de parler. Personnellement, je ne suis pas tenté par le consulting. Encore que si tu es invité à un week-End de recrutement pour McKinsey, ça prouve que tu es sur la bonne voie.

— Tu as été invité, toi ?

— Ouais. C'est dans trois semaines, à peu près.

— Tu vas y aller ?

— Ben... Oui. Je pourrais bien, ouais.

— Même si tu n'es pas "tenté" ?

— Euh... Je suis curieux de voir ça, en fait. Et ça ne fait pas de mal d'*être vu* là-bas, non plus. La rumeur se met à circuler que tu es sur la bonne voie, comme ça. En fait, ça commence très tôt, cette logique. Dès le lycée, on va dire, même si j'en étais pas conscient, quand j'étais à Roxbury Classique. Si tu as l'intention de devenir un scientifique, y a rien de mieux que d'être invité au MIT, ou au Telluride Institute de Cornell. Princeton pour les lettres et la philo. Et le grand truc, aussi, c'est de participer à une session pour étudiants aux Week-Ends Renaissance. Tu connais ?

— Non.

— Ils font ça tous les ans vers Noël à Hilton Head, en Caroline du Sud. Des tas de politiques, de scientifiques, d'hommes d'affaires, de vedettes se retrouvent là-bas pour parler d'idées, de problèmes... Ils invitent des étudiants, aussi, pour savoir ce que “la jeunesse” pense de tout ça. À dix-huit ans, de cette façon, tu es consacré comme quelqu'un qui est déjà dans l'aristocratie du Millénaire.

— Mais le “consulting” ? – *Consultine*, dans sa bouche. – Je ne comprends pas en quoi ça consiste ?

— On t'envoie dans des grosse boîtes et tu leur expliques comment améliorer... je sais pas exactement, leur gestion. Mais l'important, c'est que...

— Comment ils savent tant de choses sur la gestion d'entreprise, s'ils viennent juste de finir l'université ?

— Ben, je suppose qu'ils ont une quelconque... Franchement, je sais pas trop. Je me suis posé la même question. Mais le truc, c'est qu'ils le font et qu'ils gagnent un max. L'important, c'est d'arriver à ce niveau supérieur dont je te parlais. Pour avoir de l'influence, parce que alors tu peux faire passer tes idées. »

Adam s'est adossé au mur et lui a adressé un sourire aussi chaleureux et sincère que possible. Elle semblait un peu abasourdie, ce qui lui faisait ouvrir de grands yeux, ce qui la rendait encore plus adorable. Des yeux bleus, bleus comme... cette fleur, là ? Qui pousse tout près du sol ? Il la voyait parfaitement mais le nom lui échappait... Il fallait conclure.

« Mais le plus important, encore, c'est que tu fasses la connaissance des Mutants du millénaire. Que tu voies ce que Dupont *devrait* être. Chaque lundi, on se retrouve à dîner.

— Où ?

— Ça varie. Je te préviendrai, si tu veux. »

Elle lui a lancé un regard qu'il pouvait qualifier de... vague, au mieux, puis elle a fini par réagir :

« Les lundis soir ? Je crois bien que je pourrai. Merci.

— Génial ! »

Il se sentait *génialement* bien, aussi. Il a fixé ses yeux dans l'intention de plonger dedans, de déverser toute son âme en elle, par le truchement de ses chiasmes optiques. Mais, attention ! Les pupilles de Charlotte étaient en réalité braquées sur son pantalon, au niveau du bassin.

« Comment va ta hanche ? »

Sa hanche ?

« Oh, ça va... Ça va aller.

— Bon, j'ai encore huit kilomètres à faire, je ferais mieux de...

— Bien sûr, bien sûr, vas-y... Et, ho, merci ! »

Elle était repartie à sa machine avant le « merci », mais elle s'est retournée et lui a accordé un sourire, un petit geste de la main.

En rentrant chez lui à travers le campus obscur, puis les rues vides de Chester, Adam avait encore ce sourire en lui. Ce n'était pas que de la politesse ; il y avait aussi eu un éclat particulier, une sorte de... promesse, ou bien fallait-il parler d'*approbation*, voire d'*engagement* ? Et cette façon de rejeter les cheveux en arrière lorsqu'elle avait pivoté la tête vers lui... de les *déployer* ! Il s'est mis à siffloter « You Are so Beautiful », et pourtant elle n'était pas évidente à siffler, cette mélodie.

Peu après onze heures le lendemain matin, le cours de Mr Quat avait à peine débuté que le professeur s'est méchamment payé Curtis Jones, ainsi que ce dernier l'aurait sans doute exprimé.

« L'Amérique à l'âge de la Révolution » – celle de 1776, puis la révolution industrielle. Les vingt-huit étudiants de l'UV étaient réunis dans une salle au rez-de-chaussée du Stallworth College dont les quatre grandes fenêtres à vitraux donnaient sur une cour paysagée à la toscane, les murs couverts de bibliothèques en chêne ouvragé. Entre ces vitraux Renaissance et cette impressionnante collection de livres très Vieux Continent, les lieux rendaient clairement hommage à la sagesse des temps passés et au caractère sacré de l'étude.

Tout le monde était réuni autour de deux immenses tables anciennes mises bout à bout, ce qui donnait l'impression de se trouver dans une salle de conférence. Mr Quat, qui devait approcher de la cinquantaine, étant un adepte passionné et même impétueux du savoir, personne, pas même le plus obtus des sportifs, n'aurait pensé somnoler pendant son heure. Son aspect physique, cependant, avait de quoi donner la chair de poule aux athlètes et aux culturistes : une tête rendue parfaitement ronde par ses bajoues et par des cheveux gris-rouille qui avaient reculé très haut sur son crâne sous les assauts de la calvitie, au point que son front présentait la forme d'une demi-mappemonde, de l'équateur au pôle Nord ; une moustache et un bouc ; un torse tellement envahi de graisse que deux petits seins parfaitement visibles pointaient sous les pulls à col V qu'il portait toujours trop ajustés, par-dessus un tee-shirt le plus souvent blanc. Mais aucun sportif n'aurait pensé le défier, et surtout pas Jojo.

Mr Quat avait l'habitude de se tenir debout devant la table tandis que Jojo, André Walker et Curtis Jones s'asseyaient autour avec leur vingt-cinq comparses. S'il réservait aux étudiants en général une notable agressivité, il se comportait avec les « sportifs-étudiants » – un terme qu'il utilisait toutes canines dehors dans un rictus sarcastique – comme s'ils étaient des imbéciles qu'il aurait voulu tuer, carrément. Cette désagréable tension résultait d'une bourde colossale commise par une blondinette du nom de Sonia, au Département des Sports : en établissant la liste des professeurs d'histoire certifiés « pro-sport », elle avait confondu Jerome Quat, dont l'hostilité serait allée jusqu'à dynamiter le Buster Bowl, avec Tino Quattrone, un jeune maître assistant qui ne ratait jamais un match de basket-ball même s'il ne pouvait se payer qu'une place debout. Les spéculations sur les raisons qui avaient poussé Buster Roth à embaucher cette fille n'en avaient été que ravivées, évidemment. Et pour aggraver le tout Mr Jerome Quat avait des manières cassantes, un comportement des plus hautains qui contrastaient avec une élocution très déplaisante, résidu de ses origines brooklyniennes.

Face à la table, il avait à présent les yeux baissés sur une pile de feuilles avec une moue d'intense détestation. Il a fini par les relever. « D'accord » – qui sonnait *Dakar*... Il s'est interrompu comme s'il venait de prendre les étudiants sur le fait, n'importe quel fait. « La dernière fois, nous avons vu que vers 1790 toutes ces aberrations sociales avaient été exacerbées par ses autres tentatives de... » – *Sézot dendadifes de*... Il s'est arrêté brusquement, braquant son regard sur l'autre bout de la table où Jojo, Curtis et André étaient installés.

« Mr Jones, vous voudrez bien me dire ce que vous avez sur la tête ? »

C'était une casquette des Anaheim Angels, avec la visière vissée sur le côté. Curtis a posé une main dessus et, d'un ton faussement étonné :

« Quoi, ça ?

— Oui.

— Ah, hé, que j'vous dise ! a commencé le basketteur, choisissant de réagir avec une bonne humeur amusée. Ça, c'est précisément une...

— Êtes-vous juif orthodoxe, Mr Jones ?

— Moi ? – Il a lancé un coup d'œil ironiquement stupéfait à ses copains. – Ben non !

— Est-ce que ce couvre-chef aurait une autre signification religieuse, Mr Jones ?

— Naaon. Comme je disais, c'est...

— Alors retirez-le.

— Ah, attendez, l'autre fois y a...

— Tout de suite, Mr Jones. Par ailleurs, dorénavant, vous vous adresserez à moi en usant du "Mr Quat" ou, si ces trois syllabes sont trop vous demander, du "Sir". Suis-je clair ? »

Ils sont restés yeux dans les yeux un moment et Jojo a compris que le cerveau de Curtis tournait, tournait, tournait, tentant d'évaluer jusqu'à quel point, à cet instant, son honneur viril était en jeu.

« Je...

— L'un d'entre nous va vous retirer cette casquette, Mr Jones. Ce sera ou bien vous, ou bien moi. *Maintenant.* »

Curtis a perdu : il a enlevé la casquette, a détourné le regard en secouant la tête comme pour dire : « Je te fais une fleur, cette fois, mais t'es vraiment pas bien dans ta *têteu.* »

Les yeux courroucés du professeur se sont arrêtés sur chacun des étudiants, tout autour de la table.

« D'autres enseignants peuvent ne pas se soucier de votre tenue quand vous venez en cours mais *ici*, quoi qu'il en soit, vous ne vous couvrirez pas la tête, à moins que votre religion ne le réclame expressément. Est-ce bien compris ? »

Personne ne répondant, Mr Quat a poursuivi son discours sur la structure de classe, le tissu social et l'exercice du pouvoir dans les colonies américaines sous la Révolution. Affalé dans son fauteuil, les mains sur le ventre, Curtis tournait la tête de-ci de-là comme s'il voulait montrer qu'il n'accordait pas la moindre attention à l'enseignant. Jojo voyait bien qu'il fulminait, et il l'entendait maugréer entre ses dents. Avait-il *pris la honte* ? C'était à cette conclusion qu'il était parvenu, très visiblement.

Avant la fin du cours, Mr Quat a fait le tour de la table pour redonner à chacun le devoir de dix pages qu'ils avaient rendu la semaine précédente. Curtis a saisi le sien avec une négligence étudiée, comme s'il consentait à accepter l'une de ces débarbouillettes tiédasses que proposent les hôtesses de l'air. Du coin de l'œil, Jojo a constaté que Curtis et André avaient tous deux eu un C. Il attendait sa copie mais le professeur a poursuivi sa tournée sans faire attention à lui.

Comme tous les autres, il s'est levé mais s'est attardé un peu avant de sortir, pensant que Mr Quat allait se rendre compte de son oubli. Collé contre André, Curtis lui parlait avec un rire de ventre, expliquant sans doute qu'il n'avait pas du tout capitulé, en réalité, que cela s'était passé très différemment... Jojo atteignait la porte lorsqu'il a entendu dans son dos :

« Mr Johanssen ? – Il s'est retourné. – Puis-je vous parler un instant ? »

Mr Quat avait sa copie dans la main. Il pouvait lire à l'envers le titre dactylographié sur la page de garde. *La personnalité psychologique de George III en tant que catalyseur de la Révolution américaine*. Mr Quat a levé les feuilles vers lui. Il n'y avait pas de note dessus.

« Est-ce votre travail, Mr Johanssen ?

— Euh, ouais...

— Vous l'avez écrit vous-même ? »

Il a senti le rouge lui monter au visage. Et n'a réussi à émettre qu'un autre « ouais » à peu près normal, tout en essayant de forcer ses yeux et ses lèvres à manifester le plus sincère étonnement devant une telle question.

« Bien. Alors vous allez peut-être pouvoir m'expliquer ce que signifie ce mot, là », a fait le prof en posant un doigt sur « catalyseur ».

Jojo a été pris de panique. Il n'arrivait plus à penser. Ce mec le lui avait dit, il avait même remarqué avec une certaine ironie que ce serait préférable de le savoir, pour lui, mais qu'est-ce que c'était ? Il y avait une histoire de « précipitation », d'« assassinat »... Zut ! Ça lui était sorti de la tête.

« Ben je sais, oui, a-t-il lâché, mais c'est un de ces mots qu'on *sait* qu'on sait, mais qu'on peut pas expliquer avec des mots. Vous voyez ce que je veux dire ?

— Non, pas trop, a répliqué sèchement Mr Quat. – Il a feuilleté quelques pages, s'est arrêté sur l'une d'elles. – Ici, vous avez écrit : "George était encore un enfant, on raconte que sa mère l'exhortait sans cesse à..." Qu'est-ce que cela signifie, "exhorter" ? »

Panique, panique. Il ne trouvait même pas d'explication logique à son ignorance, cette fois. Pourquoi ce petit connard, là, cet Adam, avait-il fourré des mots pareils dans son texte ?

« Ça veut dire... qu'elle lui disait... ce qu'elle lui disait ?

— "Exhorter" signifie "Tu dois devenir un grand roi" ?

— Non, mais le sens... Je veux dire, je connais le sens, bien sûr, mais c'est juste le *définir* qui est pas...

— *Connaître le sens sans pouvoir le définir*, serait-ce *savoir qu'on sait mais ne pas arriver à mettre le mot en mots* ? »

Jojo sentait bien qu'il voulait lui embrouiller les idées, avec ses phrases tarabiscotées, mais il ne voyait pas comment arrêter ce petit jeu.

« J'ai pas dit ça. Ce que je voulais dire, c'est que...

— "Maternel", que vous employez aussi, signifie quoi ?

— La mère ! s'est exclamé Jojo.

— Vous auriez pu parler de forme adjectivale mais enfin, j'accepte. Et "métronomique" ? »

La tête de Jojo allait exploser. Il est resté coi, la mâchoire pendante.

« Oh, pardon, Mr Johanssen, a repris Mr Quat sur un ton nettement sarcastique, ce n'était pas gentil de ma part. C'est un mot difficile. Et voyons... Celui-ci ? – Il a posé son doigt sur la page. – Comment prononcez-vous et comprenez-vous ce mot, Mr Johanssen ?

— Je... »

Rien de plus n'est sorti.

"Impolitique" ? Bien, admettons, celui-là n'était pas évident non plus. Alors ici, "subtil"... Qu'est-ce que c'est, subtil, Mr Johanssen ?

— Je... Je *sais* ce que ça veut dire mais... »

Terminé. L'argument était usé.

« Je crois que nous allons conclure cette effrayante démonstration, a tranché le professeur.

— Je jure, Mr Quat, je les *connais*, tous ces mots ! Honnêtement ! Le seul problème, c'est... c'est d'*expliquer* leur sens comme vous voudriez !

— Pour résumer, vous connaissez ces mots. Ce que vous ignorez, c'est leur signification.

— Franchement, je...

— Vous avez suffisamment étalé votre ignorance, jeune homme. Voici votre copie. »

Il a remis les feuilles en place et Jojo a tendu la main, croyant qu'il allait les lui rendre, mais Mr Quat les a serrées contre sa poitrine. Prenant un gros marqueur, il a posé le devoir sur la table et a tracé avec une ampleur furibonde un énorme F sous le titre. Puis il l'a tendu à Jojo, qui s'en est saisi comme un automate.

« Quand ceci va s'ajouter à vos autres notes dans ce cours, Mr Johanssen, vous allez avoir de sérieux ennuis. Mais c'est un problème secondaire, car j'ai ici de quoi rédiger un rapport disciplinaire très incriminant et... je ne vais pas m'en priver. J'ignore à quel point vous trouviez amusant de ridiculiser les principes de cette université mais la rigolade est finie, pour vous. Est-ce clair ? *Finie* ! Et si vous tentez de faire intervenir qui que ce soit en votre faveur, je dis bien *qui que ce soit*... Vous imaginez peut-être qui j'entends par *qui que ce soit* ? Eh bien cela ne fera qu'aggraver les choses. Suis-je clair ? »

Sans lui accorder une minute de plus, le grassouillet professeur a laissé sur place un Jojo muet comme une carpe et quitté la salle. Pour réapparaître dans l'embrasure quelques secondes plus tard.

« J'oubliais. Au cas où vous vous poseriez la question, ce que vous avez dans la main est une photocopie. »

La tête de Jojo tournait, tournait... Fuck ! Il avait reçu de l'aide, et alors ? Rien de plus normal ! En plus, il les connaissait, ces mots !

Pas tous, d'accord, mais « catalyseur », il savait ce que ça signifiait... Il l'avait su la semaine d'avant ! Il pouvait très bien faire des phrases avec ces « impolitiques » et « subtil » et machin chose ! Pas de problème ! C'était simplement donner une définition *précise*, comme ça, à la seconde. Pour qui ils le prenaient, pour un putain de CD-ROM ? Et pour commencer qu'est-ce qui lui avait pris, à ce petit avorton d'Adam, de mettre des trucs pareils dans *son* texte ? Lui et Quat, ils étaient pareils ! Avait-il voulu le torpiller délibérément ? Il n'y avait pas d'autre explication. Et ces insultes qu'il venait d'essuyer ! « Suffisamment étalé votre ignorance » ! Et ces menaces ! « Si vous tentez de faire intervenir *qui que ce soit* en votre faveur » ! Au pire, il demanderait au coach d'aller trouver Quat, de lui arracher la tête et de lui caguer dessus ! Mais... Il s'est soudain rappelé qu'il était désormais dans le collimateur de Buster Roth, aussi... Il se sentait cloué au sol, au terme de cette deuxième, euh... *expérience* dévastatrice.

Il n'était pas le premier homme – ni le dernier – à ne pouvoir formuler l'indicible, et donc à jeter l'humiliation dans le trou de mémoire où elle méritait de croupir.

13
La Marche de la Honte

Dans la pénombre couleur lichen, crépusculaire à souhait, il surgit au coin de la maison, s'arrête, pose les poings sur les hanches et paralyse Charlotte d'un regard. Il fait déjà trop sombre pour voir ses traits mais elle a tout de suite compris que c'était lui, et elle sait qu'il la fixe intensément, et elle ne peut plus commander ses jambes ni encore moins courir. Elle jette un coup d'œil désespéré vers la maison, vers Papa, Maman, Cousin Doogie, le Shérif ; il n'y a personne, pas même une lumière. Channing avance droit sur elle en chancelant, grimace un sourire et croasse « C'est le moment de rigoler », bien qu'elle n'entende pas précisément ses mots. Il plonge la main dans la poche arrière de son jean, en sort un paquet de Red Man, forme avec ses doigts une boule de chique qu'il enfourne et qui lui fait une bosse de la taille d'une noix dans la joue. Il la nargue, ce Channing au sourire en coin, tandis qu'un révoltant jus brunâtre coule de la commissure des lèvres. Il pivote un peu sur les talons, de sorte qu'elle le voit remettre le paquet de tabac dans sa poche en le laissant dépasser de quatre ou cinq centimètres, comme c'est la coutume. Il tapote négligemment son jean à cet endroit, il tapote le paquet dans la poche arrière, il la jauge avec morgue en affectant une respiration haletetante, haaan, eeergh, haaan, eeergh, haaan...

Charlotte s'est réveillée dans le noir. Les « haaan, eeergh » étaient toujours audibles. Elle a eu un coup au cœur : ça se passait là, dans cette chambre sans lumière ! Elle a tâtonné à la recherche de la lampe de chevet, crack !, l'a envoyée valdinguer sur le sol. D'un bond, pliée en deux sur le bord du lit, elle était en train de tâtonner à la recherche de l'interrupteur de la lampe renversée quand *la chose* s'est mise à pleurer et à geindre : « Charlotte... Charlotte ? »

Elle a réussi à allumer, finalement, et là, tout près de la lampe qui projetait son ombre agrandie sur le mur, à quatre pattes par terre, elle a vu Beverly. Qui avançait lentement... à quatre pattes ! Dans cette position, ses talons hauts pointaient en l'air, ce qui les faisait paraître d'une inutilité grotesque, avec son pantalon noir tendu à craquer sur son derrière osseux. Un désordre de cheveux traversés de mèches blondes pendait de chaque côté de sa tête.

Encore à moitié endormie, Charlotte a murmuré :

« Qu'est-ce qu'il y a, Beverly ? »

Beverly a levé sur elle des yeux égarés, cherchant à contenir ses larmes, ses sanglots, ses gémissements, ses « Charlooootte » chevrotants, assez longtemps pour pouvoir parler. Avant qu'elle ait réussi à formuler le moindre mot, Charlotte, tout endormie qu'elle fût, avait saisi que cette créature à talons était ivre. Et plus qu'un peu.

« Charlotte... Où qu'y... sont les joueurs de crosse ? Où qu'y sont ?

— Mais... Quels joueurs de crosse ?

— Ce mec... Faut que je retourne et que je lui parle... Charlotte ? Charlotte !

— Où pourrais-tu aller ? On dirait que tu... Je pense que tu as trop bu. »

Beverly l'a dévisagée avec les yeux d'une patiente égarée qui ne comprend pas le diagnostic que l'on vient de lui poser.

« Mais lui aussi, Charlotte ! C'est le seul moment où ils... parlent ! Quand ils ont picolé ! Charlotte ! C'est ma seule chance ! Il m'a *parlé*, à moi ! Y dit... Il dit qu'il veut pas s'impliquer mais... je m'en fiche ! Faut que ça démarre entre nous cette nuit ! – De nouveau les pleurs, les sanglots, les hoquets, puis : – Où y sont, les joueurs de crosse ?

— Il a dit qu'il ne voulait pas *s'impliquer* ? Ce n'est pas une indication, déjà ?

— Mais il m'a *parlé* ! Il faut que je le retrouve pendant qu'il est encore... intéressé !

— Pourquoi tu l'as laissé, alors ?

— Il m'a dit... Qu'il devait voir quelque chose avec un type, qu'il me rappellerait sur mon portable dans dix minutes. Et ça, c'était... il y a cinq minutes. Il devait rappeler dans dix minutes il y a cinq minutes ! – Beverly a baissé la tête, lâché d'autres sanglots. Toujours à quatre pattes. – J'vais retourner là-bas ! Il faut ! Il faut que je sorte avec lui maintenant ! Charlotte !

— Retourner où ?

— À l'IM ! – D'un ton exaspéré, comme si c'était la dixième fois qu'elle le disait. – À l'IM !

— Tu ne peux pas conduire jusque là-bas, Beverly. Tu ne peux pas te mettre au volant, tout court.

— Alors *tu* conduis, toi ! Voilà les clés ! »

Elle a essayé de les sortir de la poche de son pantalon sans se relever mais il était tellement serré qu'elle a été obligée d'étendre une jambe en arrière en se retenant sur un bras, les yeux fermés et avec force grimaces, avant de les brandir enfin à la lumière.

« Je ne peux pas t'emmener où que ce soit, a déclaré Charlotte. Encore moins à l'IM : tu as assez bu pour ce soir. Et si tu te couchais ? Je vais t'aider. »

Elle allait se mettre debout quand Beverly s'est jetée en avant, l'a attrapée par le haut de son pyjama et a essayé de l'entraîner vers la porte. Elle était d'une force étonnante.

« Hé, lâche-moi ! Tu vas le déchirer !

— Faut que tu conduises... conduises... me conduises !

— Beverly ! Arrête ! »

Beverly a renoncé, est tombée en arrière sur le dos, s'est redressée avec la plus grande peine.

« O.K., O.K., m'amène pas ! La prochaine fois, tu peux courir pour que je te rende service ! Jamais sympa, jamais... – Prise d'une idée, elle s'est mise à chercher ses clés tout autour d'elle, les a trouvées, a relevé des yeux furibonds sur Charlotte : – Merci, merci mais ça m'est... égal ! J'y vais, moi ! »

Lorsqu'elle s'est relevée, ses talons hauts ont flanché sous elle et elle est encore tombée, sur les fesses. Elle a fondu en larmes. Lentement, à quatre pattes, elle s'est rapprochée de son lit, s'est appuyée au sommier pour se remettre debout. Un nouveau regard noir à Charlotte et elle est partie en titubant vers la porte. Sa camarade de chambre s'est élancée pour lui barrer la route.

« Tu ne peux pas faire ça, Beverly ! Tu n'arriveras pas à conduire. Tu ne tiens même pas sur tes jambes ! – Un gros soupir. – Bon, je t'emmène ! Je ne comprends pas pourquoi tu veux tant y aller mais c'est d'accord. Sans ça, tu vas finir dans un arbre. Attends que je m'habille. »

Elle a fait glisser son pantalon de pyjama pour enfiler un short sans prendre la peine de mettre une culotte, a attaché ses sandales.

« Bon, donne-moi ces clés, maintenant. »

Beverly les lui a tendues avec le sourire d'une petite fille capricieuse qui vient d'obtenir gain de cause.

Dehors, dans la nuit noire, Charlotte a regretté sa générosité. Elle était toujours somnolente. La haute muraille de la Petite Cour lui semblait inclinée selon un angle menaçant, prête à s'effondrer sur elles et à les écraser sous des tonnes de pierres. Il y avait quelques fenêtres encore éclairées, un air de musique country s'échappait de l'une d'elles, quelque chose à propos d'un saligaud qui allait recevoir une punition méritée. Personne devant l'immeuble. Beverly avait laissé sa voiture à près d'un mètre du trottoir, en zone de stationnement interdit dans l'allée qui conduisait au parking. Charlotte savait qu'elle avait une auto mais elle ignorait qu'il s'agissait d'un monstre pareil, un SUV Denali noir, aussi massif que le pick-up de son père. Elle a dû lever la jambe très haut pour atteindre le marchepied, et encore une fois jusqu'à la place du conducteur. C'était comme s'installer sur un trône tendu de cuir fauve. Il y avait du cuir partout, des finitions en bois ultra-verni qui apportaient une touche de luxe ostentatoire, et des vitres en verre fumé. Tout cela était assez déconcertant. Que fabriquait-elle en pleine nuit dans un engin pareil, prête à conduire une fille ivre et énamourée dans un bar ?

L'IM – un hommage à la pratique de l'*Instant Message* sur Internet – était situé non loin de PowerPizza et d'autres commerces destinés principalement aux étudiants, à une rue seulement du campus et à la frontière d'un quartier déprimé que les potaches avaient surnommé « la Cité de Dieu » en référence à un célèbre film sur de jeunes criminels à Rio de Janeiro. Dans d'autres circonstances, elles auraient pu y aller à pied.

« Pourquoi ils te plaisent tellement, les joueurs de crosse ? a demandé Charlotte à Beverly après avoir démarré.

— Pourquoi... ? »

Elle a tourné la tête vers la vitre comme si la réponse allait tellement de soi qu'il était inutile de la formuler.

« Comment il s'appelle ? » a repris Charlotte au bout d'un moment.

Sans bouger, Beverly a répété « Comment il s'appelle ? », ce qui a dû raviver son désespoir car elle s'est remise à pleurer.

« Et si je te ramenais et que tu te couchais ? a proposé Charlotte. Allez !

— Non ! – Beverly s'est arrêtée brusquement de sangloter, sans prendre la peine de regarder Charlotte ni d'essuyer ses joues où les larmes zébraient son fond de teint. – Je connais le numéro de sa chambre. Il est à Lapham. Ils sont tous à Lapham ! Tous les joueurs de crosse ! – Elle s'est tournée vers Charlotte, enfin. – Et il est pété ! – Sous-entendu : tu ne comprends pas ? – C'est seulement comme ça qu'ils me parlent ! – Sous-entendu : s'il te plaît, comprends !

— Je croyais qu'il était à l'IM.

— Mais oui ! D'où tu crois que je viens, fuck ? »

Charlotte s'est bientôt garée devant l'établissement. À cette heure, il n'y avait presque pas de circulation. Beverly a ouvert sa portière et s'est laissée glisser hors de son siège-baquet en cuir souple. L'un de ses talons hauts a raté le marchepied et elle a failli s'étaler sur le trottoir, mais elle a réussi à se rétablir avec les moulinets d'une patineuse en détresse. Elle gîtait de manière inquiétante à bâbord, cependant.

« Je viens avec toi, a dit Charlotte.

— Non ! » a-t-elle répliqué, offensée comme tous les ivrognes à l'idée qu'elle pût avoir besoin d'un quelconque soutien.

Ses cheveux blonds, son chemisier couleur cerise et les os d'oiseau sanglés dans son pantalon noir ont scintillé en passant sous les spots de l'entrée. Quand elle a poussé la lourde porte en verre, se sont échappés des grondements de basse, des gémissements électriques et la voix d'un adolescent mettant à la torture ses cordes vocales afin de passer pour un vétéran du circuit des boîtes country. Charlotte n'avait pas coupé le contact. « Qu'est-ce que je fais ici ? Deux heures et demie, déjà... »

Une seconde plus tard, Beverly est réapparue. Bien que de guingois, elle avançait à une vitesse sidérante. Elle a rouvert la portière et les sanglots ont repris de plus belle.

« Il était pas làààààà..., cette dernière syllabe étirée à l'infini, mouillée de larmes.

— Ça va aller, a affirmé Charlotte d'un ton presque maternel. Monte et allons nous coucher.

— Non ! Je *dois* le trouver ! Il m'a *parlé* ! Je sais où il habite. Il faut que tu m'emmènes à Lapham ! Il *faut* ! »

Cela sur un ton tellement agressif, monomaniaque, que Charlotte en a été effrayée. Elle avait peur de la réaction de cette fille égarée par l'alcool, si elle refusait, et elle l'a donc conduite au Lapham College. Tout le monde connaissait l'imposant bâtiment, les gargouilles baroques qui surgissaient de ses parapets. À cette heure de la nuit, dans la faible lumière des réverbères, elles semblaient encore plus massives, de même que les ogives. Cette fois, Charlotte, qui ne voulait pas rester seule dans la voiture, a insisté pour accompagner Beverly. Ce n'était pas sa première visite, apparemment, car celle-ci est allée directement à une porte de service en chêne, ornée de gonds en fer médiévaux et protégée par une grille en fer forgé. Ensuite, il y avait un petit vestibule de style gothique. Devant, un escalier étroit ; à droite, une autre lourde porte et à gauche l'accès au vétuste ascenseur, qui a mis un temps considérable à arriver, ce qui a amené Beverly à jurer entre ses dents. Au troisième étage, elle est sortie, elle gîtait toujours autant. Elle a descendu le couloir en faisant claquer ses talons, le bruit se répercutant le long des hauts murs cirés jaune ocre. À mi-chemin, elle s'est arrêtée, s'est jetée sur une porte qu'elle a entrepris d'attaquer avec ses poings. Le battant était si lourd qu'elle n'arrivait qu'à produire des sons étouffés, tout en sanglotant et en hurlant « Harrison ! J'sais qu't'es là ! Harrison ! » D'autres portes se sont ouvertes, par lesquelles des garçons ont passé la tête et, voyant qu'il s'agissait encore d'une nana ivre, se sont retirés. Celle qui intéressait Beverly n'a pas bougé.

Charlotte s'est reculée de quelques pas pour prendre ses distances. La bouche levée au plafond, Beverly a lancé de nouveaux hurlements puis, retirant ses chaussures, elle s'est mise à tambouriner sur la porte avec ses talons. Là, le bruit était terrifiant. Un grand type est apparu, nu comme la main à l'exception du caleçon qui ceignait ses hanches. Son torse, son ventre et ses épaules témoignaient de longs moments passés à la salle de gym. Il avait des cheveux bruns bouclés, un visage ouvert qui pour le moment semblait fatigué et irrité. En voyant Beverly, il s'est positionné pour bloquer l'entrée de la chambre.

« Qu'est-ce que tu fous ici, Beverly ?

— Tu avais... Tu as dit que tu m'appellerais. »

Elle avait une voix de petite fille, soudain.

« Pffff... J'ai dit "si je peux".

— T'as jamais dit ça, merde !

— Bon Dieu, Beverly, a-t-il grondé avec une fureur virile contenue. J'essaie de dormir, là. Et t'es pétée comme une putain de citrouille, alors... Rentre chez toi !

— Chez... moi ? a-t-elle couiné en jappant un sanglot à fendre l'âme et en tombant sur les genoux, volontairement sans doute, puis à quatre pattes. Chez moi ? »

Quand Charlotte s'est avancée pour tenter de mettre fin à ce spectacle, le joueur de crosse en légère tenue a remarqué sa présence pour la première fois.

« T'es avec elle ? lui a-t-il demandé d'un ton assez sec.

— Oui. Je... J'essaie de la ramener à sa chambre.

— Bien. – Son regard sur elle s'est intensifié. Elle semblait ne rien porter d'autre qu'une veste de pyjama.

— Tu habites avec elle ? Il lui a fait signe d'approcher. Par terre, Beverly geignait toujours. Il a continué : – Ta copine a un problème, là. Tu crois que tu peux la sortir d'ici ?

— Je pense. »

Le sportif a croisé les bras sur sa poitrine et rentré ses abdominaux, ce qui a fait glisser son caleçon encore plus bas. Il a de nouveau examiné Charlotte des pieds à la tête.

« Tu sais, je jurerais que je t'ai déjà vue quelque part, toi.

— Possible, a-t-elle répondu avec un sourire, mais ça m'étonnerait.

— Ouais. Enfin, toi et moi, nous deux, il faut qu'on trouve un moyen de... l'aider. De l'aider... à long terme, tu vois ? »

Beverly était toujours à quatre pattes, tête basse, à chercher son souffle pour atteindre les aigus de sa plainte.

« "Nous deux" ?

— Oui, a-t-il poursuivi toujours très bas. Tu es sa camarade de chambre et moi je la... connais. Je vais te dire : samedi après-midi, tu fais quelque chose ?

— Non.

— Tu peux venir me voir au tailgate. »

Charlotte l'a regardé un moment. Il avait un soupçon de sourire et paraissait avoir entièrement oublié la présence de Beverly par terre.

« Je ne pense pas », a-t-elle murmuré en se demandant ce que pouvait être un tailgate car elle n'avait jamais participé à ces pique-niques géants qu'accueillent les abords des stades pendant un match important.

« Allez ! – Il lui a adressé un infime clin d'œil. – Que *deux* filles de la même chambre soient dures avec moi, ce serait trop ! Moi, en tout cas, je serai là-bas. »

Il lui a adressé un sourire plus que complice avant de rentrer dans la chambre et de refermer la porte sur lui.

Beverly, prostrée, refusait de bouger. Il a fallu à Charlotte cinq bonnes minutes pour la remettre debout et la guider vers la voiture.

De retour à Edgerton, Beverly pleurait de nouveau comme une fontaine et hoquetait des réflexions du genre : « Pourquoi il a voulu me mentir ? » Elle s'est échappée du bras que Charlotte avait passé autour de ses épaules et s'est jetée tête la première sur son lit. Très vite, ses sanglots se sont mués en ronflements. Elle était encore habillée et Charlotte a eu l'idée de lui retirer ses chaussures, avant de décider qu'il était préférable de ne pas risquer de la réveiller.

Après avoir éteint la lumière, elle s'est remise en pyjama, s'est glissée sous les couvertures. Ses pensées sont revenues à Harrison, le joueur de crosse. Il était très beau garçon, très bien bâti. Qu'avait-il essayé de lui faire comprendre ? Mais elle a basculé dans le sommeil avant d'avoir la réponse.

Réveillée en sursaut par un clic, clic, clic. Des hauts talons sur le sol. Dans un brouillard, elle en a déduit que Beverly s'était relevée et gagnait la porte, mais ce n'était plus son problème. Même si elle a capté le tintement de clés de voiture, elle a décidé que sa camarade allait simplement aux toilettes. Elle avait fait tout ce qu'elle pouvait, elle avait essayé...

Lorsqu'elle a émergé de nouveau, sa première réflexion a été que la lumière derrière les stores était plus vive qu'il ne l'aurait fallu.

Son cours de français ! Le petit réveil sur la table de nuit : 10 h 35 ! Elle avait oublié de le régler et... le cours était déjà terminé ! Impossible ! Un élancement dans le crâne. Toute cette nuit gâchée à veiller sur Beverly qui... n'était pas dans son lit. À force de sanglots et de chouinements, peut-être avait-elle réussi à s'imposer dans celui du joueur de crosse. La pute ! C'était à cause de cette gourgandine gémissante, larmoyante et titubante qu'elle avait raté son cours ! Après la panique initiale d'avoir ainsi commis une faute sans raison valable lui est monté à la bouche un ressentiment au goût de cendre.

Elle s'est levée, s'est postée à la fenêtre. Elle était si fatiguée... Elle est tombée à genoux, a remonté le store d'une trentaine de centimètres. Soleil éclatant et, dessous, Dupont dans toute sa splendeur gothique.

Sur l'une des allées de la cour, près de la statue de Charles Dupont, une fille chancelait sur ses hauts talons. De sa place, cinq étages plus haut, Charlotte voyait une masse désordonnée de cheveux blonds et raides, une poitrine bosselée d'os dans l'échancrure d'un chemisier cerise extrêmement déboutonné, des jambes dans un pantalon noir et le clic, tac, clic, tac, clic, tac, bien connu... Seigneur ! Son cœur a eu un manqué – contraction ventriculaire prématurée – et... Beverly ! Dans sa tenue de la veille, il n'était que trop clair qu'elle rentrait après avoir passé la nuit dehors, et qu'elle était encore sous l'effet de la boisson.

D'une fenêtre de l'autre côté de la cour, un garçon a crié : « T'es de l'or, baby, et tu t'en rends même pas compte ! » Un rire lui a répondu plus loin. Beverly a accéléré – clic-tac-clic-tac-clictacclictac –, finissant en sprint sur la pointe des pieds pour atteindre l'entrée. Soudain, l'un des talons hauts s'est bloqué entre deux pavés ; elle est partie en avant, a roulé à travers la bordure de liriopes pour finir sur la pelouse, étalée tout du long. Elle a posé un bras sur son visage pour se protéger les yeux du soleil. Aucun commentaire n'est venu des fenêtres. Lentement, elle s'est mise sur le ventre et elle a commencé à ramper. Elle n'avait pas perdu ses chaussures mais un talon était brisé, prêt à se détacher. À quatre pattes, elle a levé maladroitement la jambe pour tenter d'atteindre son pied et de retirer l'escarpin, sans succès. Quelques étudiants qui passaient par là se sont arrêtés, captivés par la scène. Beverly a fini par se relever et par terminer sa route en claudiquant, le talon cassé traînant lamentablement derrière elle.

Charlotte a laissé retomber le store et s'est relevée. Elle était partagée entre la compassion pour cette malheureuse éclopée, la révulsion devant tout ce qui était révoltant, la culpabilité à sentir que la seconde émotion l'emportait sur la première à la vue de cette garce éméchée achevant sa Marche de la Honte. Elle avait déjà entendu ce terme désignant l'étudiant ou l'étudiante qui traverse le campus après une nuit blanche, mais elle n'en avait encore jamais été témoin. Compassion, révulsion, culpabilité ; au retour de la vague de révolte elle s'est précipitée sur ses vêtements, s'habillant encore plus rapidement que la nuit précédente. Elle s'était assez occupée de cette... fille. Qu'elle se débrouille toute seule, cette conne de Groton, cette...

Elle a attrapé quelques livres et cahiers avant de se jeter dans les quatre volées de l'escalier de secours afin d'éviter sa camarade de chambre. La descente l'a bientôt calmée mais... le cours de français ! Nouvel accès de panique. C'était la première fois de sa vie qu'elle en manquait un.

« Pourquoi c'est ta faute ? Je vais te montrer *pourquoi*, fuck ! » Au second pourquoi, Jojo a senti les muscles de son cou se tendre comme des cordes. Il était en colère mais il voulait paraître *terriblement* en colère, rien que pour voir Adam blanchir et frissonner de peur, le voir soumettre toute sa personne à la capitulation, jusqu'à son cul.

« Tu vois ça ? a-t-il aboyé en assenant son index sur la page incriminée. Enfin, merde, Adam ! "Impolitique" ! D'abord il se moque de moi parce que je peux pas le prononcer et ensuite il se fout carrément de ma tronche parce que je sais pas *exactement* ce que ça veut dire ! Enfin, je *sais*, ouais, mais quand un salopard te fout un flingue sur la tempe et te dit "Aboule une définition"... Qu'est-ce que t'as essayé de me faire, là ? J'utiliserais jamais un mot comme ça ! Merde ! Il me force à répéter le putain de mot alors que j'arrive à peine à le sortir...

— Impolitique ? Ce n'est pas si rare. »

Jojo l'a fusillé du regard. Ce petit fayot se débrouillait pour avoir l'air à la fois mielleux et prétentieux.

« O.K.... Ça veut dire quoi ? Je veux t'entendre me dire ce que ça signifie. L'autre salaud, il arrêtait pas de me pomper avec ça, *signifier*.

— Ça signifie maladroit, mal calculé.

— Alors pourquoi t'as pas écrit *ça* ? Fuck, Adam ! »

Le mielleux a pris une toute petite voix.

« J'ai pensé que c'était bien, dans ce contexte.

— Ouais, *t*'as pensé ! Mais tu sais très bien que je pense *pas* comme ça, moi ! Et ensuite, là... Ouais, c'est ça qu'il fait, l'autre salopard ! Il prend un mot que je *connais*, "subtil", et il me braque son flingue dessus et il gueule : "Définition !" Comment tu veux répondre dans des conditions pareilles ? Tiens, toi, je veux l'entendre, ta putain de "définition" !

— Ben, astucieux, habile, fin... »

Tout ça mielleux mais avec un air blessant, l'air de dire qu'il fallait être un crétin pour ne pas savoir une chose pareille ! Jojo l'aurait étranglé sur-le-champ.

« Ouais, c'est égal : tu m'as bien baisé, Adam, bien baisé ! Ça te procure un plaisir quelconque, de me foutre dans la merde ? Ce type est un encul'man ! Avec de la chance, je me récolte juste un F, je loupe l'UV et je pourrai pas jouer au prochain semestre, ce qui veut dire toute la saison ! Sinon, ce connard essaie de me faire virer. C'est génial, comme alternative ! Tu m'as complètement... niqué, merde !

— Allons, Jojo... – Lequel a goûté avec une satisfaction morbide le ton suppliant que son petit "renfort" avait pris. – Faut que tu te calmes. J'veux dire : tu te rappelles à quelle heure tu m'as demandé de le pondre, ce texte ? Minuit, ou presque ! Dix pages à rendre le lendemain ! Et c'est pas le genre de trucs que tu peux piocher dans un bouquin ou en ligne ou dans le *Manuel de l'étudiant* ! – Il a continué à décrire la nuit épouvantable qu'il avait passée à aider Jojo, puis : – Et quand j'ai eu fini, j'aurais jamais pu reprendre tout le truc et le réécrire comme si, comme si... – le petit rat cherchait une formule pas trop provocatrice, c'était clair – comme si je le traduisais dans une autre langue ! »

Bien qu'il n'ait pas été question de le dire ouvertement, Jojo a dû reconnaître qu'Adam n'avait pas tort. Lui-même avait été un peu gêné d'appeler ce pauvre petit merdeux si tard. Sa colère a commencé à se dissiper. Toujours suppliant, toujours larmoyant :

« T'es même pas venu à la biblio avec moi, Jojo ! T'es resté peinard avec Mike, à traficoter sur vos jeux vidéo !

— Qu'est-ce que ça peut foutre, ce que je faisais, moi ! »

Son courroux résistait.

« Je pige pas pourquoi t'es en pétard comme ça, Jojo. J'veux dire : avant de le rendre, tu l'as lu, au moins ?

— Qu'est-ce que ça peut foutre, que je l'aie lu ou pas !

— Je l'ai glissé sous ta porte à huit heures et demie, Jojo. Comment tu aurais pas eu le temps d'y jeter un coup d'œil ? »

Jojo s'est affaissé de tout son corps. Mains jointes, il a baissé la tête, détourné le regard.

« Merde... – Il lui a fait face, de nouveau. – O.K., pardon. C'était pas ta faute mais... mais j'suis baisé, quand même. Il a tellement la haine contre les sportifs, Quat... Tiens, je comprends pas comment ils m'ont foutu dans son putain de cours, pour commencer ! Rien le ferait plus bander, s'il pouvait foutre un basketteur dehors, fuck ! – Il a encore regardé ailleurs, soudain un peu honteux d'avoir hurlé si fort sur ce petit gars, et une idée lui est venue en un éclair : – Ce mec est un vrai vicieux, tu sais ? Il serait capable de venir te chercher des emmerdes, à toi aussi. »

Adam a eu un sursaut ; il est devenu encore plus blanc.

« Comment ? À moi ?

— C'est bien son genre, crois-moi. Il sait que c'est pas moi qui l'ai écrit, donc il va se dire : "Qui c'est, alors ?" T'en fais pas, je reconnais pas que n'importe qui d'autre l'a fait, moi, mais s'il commence à fouiner et à poser des questions de merde...

— Au sens strict, je l'ai pas *écrit* pour toi, Jojo...

— Ah ! si, au sens strict, c'est ce que t'as fait, ouais. – Il a souri, mais sans hostilité ; amicalement, presque. – T'inquiète pas, va. Tu m'as jamais aidé, d'accord ? J'ai tout pondu tout seul. Ces mots-là, je les ai trouvés dans un bouquin, pigé ? »

Adam s'est mordu les lèvres.

« Au pire du pire, je t'ai donné un coup de main pour peaufiner tout ça. Qu'est-ce que t'en penses ?

— Oh, te prends pas la tête. Au pire du pire, le coach s'en chargera. »

L'ordre était rétabli. C'était *lui*, le conseiller d'Adam.

« Tu... Tu crois qu'il pourra ? »

Comme sa maman, presque ! Ce petit mâle oméga qui levait vers lui des yeux apeurés...

« Bien sûr qu'il peut. Mais je devrais même pas en parler, parce que ça n'arrivera pas jusque-là. Je vais pas en démordre, moi. Et l'autre salaud, il peut apporter aucune preuve. Au moins, ça a pas été téléchargé du Net. Parce qu'ils peuvent aller fouiner dans l'ordinateur, maintenant. L'an dernier, Treyshawn a eu un problème avec ça... Enfin, presque ! – Il a lâché un rire. – Il *peut pas* avoir de problème ici, Treyshwan. Si ça se gâtait à ce point, ils videraient le putain de doyen, pas Treyshawn Fucking Diggs ! »

Adam a tenté de lui rendre son sourire, mais il était encore ébranlé.

« O.K.... – Les sourcils froncés, il semblait cogiter, cogiter, cogiter. Son regard est revenu sur Jojo et, d'un ton pressant : – Écoute, voilà ce qu'on va faire, d'ici là... Ou même tout de suite, pourquoi pas ? On reprend la copie, ligne par ligne : il faut que tu comprennes chaque mot, chaque idée, chaque bout d'histoire qui apparaît dans ce foutu truc. Et ensuite, si on te demande des explications, tu dis que tu as perdu tes moyens devant Quat. Moi j'dis, on s'y met à l'instant. »

Adam avait l'air tellement sur les nerfs que Jojo n'a pu s'empêcher de répliquer :

« Je peux pas, maintenant.

— Pourquoi pas ?
— J'dois aller voir une meuf.
— Jojo !
— Je blague, je blague ! – Son regard a erré dans le vague. Il était assailli de remords. – Ça aurait jamais dû arriver, toute cette shit. Ah... Je peux mieux que ça, merde ! J'suis pas un crétin... »

14
Mutants du millénaire

Il restait moins d'un quart d'heure avant la fin et Charlotte, captivée, se tenait toujours penchée à l'extrême au bord de son siège tout en haut de l'amphithéâtre. Sur la scène en contrebas, la silhouette agile et étonnamment séduisante de Mr Starling allait et venait – il ne leur délivrait pas un cours magistral mais une causerie à la manière socratique, leur posant des questions et commentant leurs réponses comme s'il animait un petit TP de douze ou quinze personnes au lieu de s'adresser aux cent dix étudiants entassés dans cette salle de taille modeste mais de grandiose allure avec son plafond en coupole décoré de fresques d'Annignoni : Dédale, Icare s'envolant du labyrinthe de Minos.

« Bien ! a lancé Mr Starling. Donc, Darwin compare l'évolution à un "arbre de vie" qui part d'un seul point et s'élève en branches distinctes, en rameaux – ses bras mimaient le déploiement d'une frondaison –, en ramifications de toutes sortes. Mais quel est ce point de départ, alors ? Que dit Darwin quant à l'*origine* de cet arbre ? Où *commence* l'évolution, d'après lui ? – Ses yeux ont parcouru l'assistance. Une dizaine de mains se sont levées. – Oui ? a-t-il acquiescé en désignant du doigt une blonde grassouillette perchée au tout dernier rang, non loin de l'une des ailes embrasées d'Icare.

— Il dit que tout a commencé par une cellule unique, un organisme unicellulaire, a répondu la fille. Quand quelqu'un lui a demandé où elle se trouvait, cette cellule, il a répondu : "Oh, je ne sais pas ! Sans doute dans un étang aux eaux tièdes, quelque part." »

Une vague de rires étouffés a traversé la salle, chacun surveillant la réaction de Mr Starling à cette assertion. Avec un sourire qui ne manquait pas de malice, il a confirmé :

« Vous avez absolument raison, en effet. Plus, il a émis l'hypothèse qu'il existerait toute une colonie, un "banc" d'organismes unicellulaires dans ce fameux étang. Mais cela ne nous donne pas la réponse quant à l'origine de ces organismes, ni de l'étang, même si pour l'instant nous laisserons celui-ci de côté. D'où venait cette cellule, ou ces cellules, d'après Darwin ? – Les bras croisés, la tête penchée de côté en une attitude de défi qui lui était coutumière, il a attendu un moment : – « Alors, mes petits génies, comment vous vous sortez de *ça* ? »

Le hasard a voulu que l'un des projecteurs de l'amphi se braque sur lui à cet instant de manière théâtrale, tellement théâtrale... et il a gardé la pose dans le silence qu'il avait provoqué. Pour Charlotte, le tableau était tout bonnement... sublime. La chevelure de Victor Ransome Starling, qu'il coiffait en arrière, restait dense et brune malgré une marée montante de gris. Alors que la tendance vestimentaire parmi les professeurs de Dupont était au « négligé propre » – chemises quelconques au col ouvert, bien sûr, et pantalons sans plis –, probablement supposés les différencier du commun, c'est-à-dire de la classe moyenne, Victor Ransome Starling se distinguait toujours du lot avec le genre de costume semblable à celui qu'il portait ce jour-là, pied-de-poule beige et blanc, dont la coupe mettait en valeur sa minceur, chemise bleu ciel, cravate en tricot noir et chaussures en daim marron glacé. Aux yeux de Charlotte, il était l'élégance personnifiée au sein de la vulgarité.

Oui, Mr Starling était un plaisir à regarder, à écouter, et comme il venait de poser une question, Charlotte a levé la main, aussitôt effrayée par son audace : une première-année dans le cours d'un prix Nobel où tous les autres étudiants étaient plus âgés... En bas, l'apparition a levé les yeux vers elle. « Oui ? »

Son cœur s'est emballé. Affreusement consciente du son de sa voix, elle s'est lancée : « Darwin a dit... il a dit qu'il ne savait pas d'où les cellules originelles venaient. Et il a dit qu'il n'allait pas essayer de deviner ? » Elle s'est rendu compte en parlant que, dans sa nervosité, elle était revenue à la manière dont elle s'exprimait avant son entrée à Dupont. *D'viner*, et cette montée dans les aigus comme s'il s'agissait d'une forme interrogative... Elle s'est accrochée, cependant : « Il a dit que nous n'avions pas à nous occuper de l'origine de la vie elle-même ? » Encore cette inflexion finale ! « Et que ce serait rien que dans un avenir très lointain que quelqu'un découvrirait ça, si jamais il y arrivait ? » – *Rien que ! Ça !* – « Et je crois qu'il a écrit dans *De l'origine des espèces* ?... il a écrit que c'était le Créateur... avec un C majuscule ? Que c'était le Créateur qui avait insufflé la vie "dans quelques-uns ou un seul"... de ces organismes unicellulaires, n'est-ce pas ? » Le « n'est-ce pas ? » aussi lui avait échappé.

« Exact », a approuvé Mr Starling en la regardant de nouveau d'en bas puis, s'adressant à toute la salle : « Vous remarquerez que... » Il s'est interrompu brusquement et son regard est revenu sur Charlotte : « Excellent. Merci. » Il a repris : « Vous remarquerez que Darwin, qui a sans doute fait plus que quiconque pour amener les gens cultivés à remettre en cause la foi religieuse, ne se présente pourtant pas comme un athée. Il s'incline devant "le Créateur", il a toujours proclamé ses convictions religieuses. Il y a une école d'interprétation qui soutient qu'il s'agissait seulement de se mettre bien avec les traditionalistes de son temps, parce qu'il savait que *De l'origine des espèces* pourrait être jugé blasphématoire. À mon avis, c'est plus que cela : j'imagine qu'il ne pouvait pas se *concevoir* athée. À son époque, même les philosophes au rationalisme matérialiste le plus radical, même quelqu'un comme David Hume, ne se disaient pas athées. Il faut attendre la fin du XIXe siècle pour qu'apparaisse le premier athée d'une certaine envergure, Nietzsche. Mon hypothèse, c'est que Darwin s'est dit que puisque personne n'avait la moindre idée de *ce* qui était à la toute première origine de la vie, et ne l'aurait peut-être jamais, il valait mieux se contenter d'assumer qu'elle avait été créée par... "le Créateur". »

Relevant les yeux vers Charlotte, il lui a adressé un signe de tête : « Vous avez souligné une différence très subtile et très importante. – Son regard est revenu sur l'ensemble des étudiants. – L'origine des espèces, en d'autres termes l'évolution, et l'origine de la vie elle-même, de la pulsion vitale, sont deux questions distinctes. »

La fille assise à la droite de Charlotte, une brune aux traits pâles mais parfaits dont elle ne connaissait que le prénom, Jill, a chuchoté : « Hé, Charlotte ! » Elle a haussé des sourcils étonnés, soufflé « Pas mal ! » et elle lui a souri. Un flot de bonheur, si intense qu'il lui a semblé atteindre le bout de chacun de ses nerfs, a parcouru le corps de Charlotte. Étourdie par cette sensation, elle a à peine eu conscience des dernières minutes du cours. Dans ce brouillard, néanmoins, elle a été frappée par une remarque de Mr Starling à propos du « caillou conscient » : « Si l'un d'entre vous me demandait pourquoi nous consacrons tout ce temps à Darwin, a-t-il noté dans sa conclusion, je trouverais sa question tout à fait logique. Ce n'était pas un neurologiste, sa connaissance du cerveau humain était des plus succinctes, il ignorait tout des gènes, dont l'existence allait pourtant être découverte par l'un de ses contemporains, un moine autrichien du nom de Gregor Johann Mendel, dont la contribution a constitué une retentissante confirmation de l'évolutionnisme. Mais l'apport de Darwin est plus fondamental : il a effacé la distinction entre le genre humain et le règne animal, "les bêtes des champs et des fourrés". Jusqu'alors, on avait vécu avec l'idée reçue selon laquelle l'homme est un être rationnel tandis que les animaux sont gouvernés par l'instinct. Mais qu'est-ce que c'est, l'instinct ? Aujourd'hui, nous savons qu'il s'agit du code génétique spécifique à une créature vivante. Pendant toute la seconde partie du XXe siècle, les neurologistes ont commencé à se pencher sur cette question : "Si l'homme est un animal, dans quelle mesure son code génétique, dont il n'a pas conscience, contrôle ses réactions, sa vie ?" Dans des proportions énormes, soutient Edward O. Wilson, que d'aucuns appellent "le deuxième Darwin" et au travail duquel nous nous intéresserons prochainement. Mais "énormément" ne signifie pas "entièrement" : "énormément" laisse encore assez de marge à mon libre arbitre pour guider mes "instincts" génétiquement codés dans le sens que je choisis... S'il existe bien un "je", évidemment. Je dis "si", car pour toute une nouvelle génération de scientifiques avec laquelle j'ai le plaisir d'être en contact, Wilson n'est pas allé assez loin. Ils s'esclaffent à la notion de "libre arbitre", bâillent à l'idée que vous et moi partageons, selon laquelle nous disposons tous d'un "moi" qui nous distingue chacun du reste de l'espèce *Homo sapiens*. Ce sont des radicaux, ces nouveaux scientifiques. Ils... Je vais me contenter de vous rapporter ce qu'une jeune et très douée neurologiste m'a écrit dans un e-mail la semaine dernière : "Admettons que tu ramasses un caillou, que tu le lances et que, à mi-course dans sa trajectoire, tu lui donnes la conscience, la capacité de raisonner. Ce caillou pensera qu'il est doté de libre arbitre, il t'expliquera avec beaucoup de logique pourquoi il a pris cette direction." Voilà. Par la suite, nous allons nous intéresser à ce "caillou conscient" et vous pourrez vous poser la question, et décider par vous-mêmes : "Quoi, je ne suis donc que ça ? Un caillou qui pense ?" La réponse, soit dit en passant, a des conséquences incalculables sur l'image que l'*Homo sapiens* a de lui-même et sur l'histoire du XXIe siècle. Nous en serons peut-être obligés à changer le nom de notre espèce : non plus *Homo sapiens* mais *Homo lapis deiciecta conscia*, l'Homme-pierre-consciente-jetée ou, pour reprendre la formule plus simple utilisée par ma correspondante, "l'Homme, ce caillou conscient". »

C'était terminé. Cinq ou six étudiants sont montés sur scène et ont entouré Mr Starling. Au moment où Charlotte arrivait en bas des gradins, il descendait de l'estrade, de sorte qu'ils se sont retrouvés à moins d'un mètre l'un de l'autre. Il s'est excusé auprès d'un garçon de haute taille qui le suivait de près et s'est tourné vers elle :

« Bonjour ! C'est vous... Je m'excuse mais j'ai du mal à distinguer les visages, tout en haut... C'est vous qui avez fait cette intervention à propos du Créateur ?

— Oui, professeur.

— C'est un très bon résumé d'un aspect tout à fait capital. Je présume donc que vous avez donc lu *De l'origine des espèces* ?

— Oui, professeur. »

Il a souri.

« Je le mets au programme chaque année mais je ne sais pas vraiment combien d'étudiants prennent la peine de le lire. Malgré tout l'intérêt qu'il représente. Quelle est votre formation en biologie ?

— Je suis allée jusqu'à la biologie moléculaire. Ils ne l'enseignaient pas, dans mon lycée, donc ils m'envoyaient deux fois par semaine à l'université des Appalaches.

— Ah ? Vous êtes de Caroline du nord, donc ?

— Oui, professeur.

— Et vous êtes en quelle année ?

— Première. »

Il a hoché la tête plusieurs fois, comme si cela méritait réflexion.

« Vous avez suivi le programme renforcé.

— Oui, professeur. »

Nouveaux hochements de tête.

« J'essaie d'arriver à connaître chaque étudiant avant la Noël mais c'est un cours très rempli, cette année, donc je crains de ne pas savoir votre nom...

— Charlotte Simmons.

— Oui... Eh bien, Miss Simmons, continuez à aller aux sources comme vous le faites, même quand nous aborderons la neurobiologie et que la littérature à ce sujet deviendra quelque peu... ardue. »

Sur ce, il lui a souri poliment et il est revenu aux étudiants qui s'étaient agglutinés autour de lui.

Une fois dehors, Charlotte a arpenté la Grand Cour sans but. Il l'avait distinguée ! Le soleil du matin projetait l'ombre immense des bâtiments sur ce côté de la pelouse, qui paraissait plus fournie et plus verte qu'à la lumière directe. Au-delà, il transformait l'alignement d'architecture gothique en monolithes. Les cloches du carillon Ridenour sonnaient *La Musique de procession* que Charlotte, qui ne connaissait pas les paroles écrites pour elle par Kipling, trouvait fort entraînante. Verdure, solennité, mélodie : tout semblait arrangé expressément pour elle, pour qu'elle vogue, qu'elle s'envole, merveilleusement ivre de théories cosmologiques et de fierté ! En cette scintillante matinée, sous un ciel radieux, au sein de la majesté vieille d'un siècle de Dupont, elle a eu une révélation : oui, elle avait rencontré la vie de l'esprit et... elle la vivait !

Ses yeux ont suivi les étudiants qui déambulaient dans le parc. Elle appartenait à l'élite de la jeunesse américaine ! Chez elle, à Sparta, elle était « Celle-qui-est-entrée-à-Dupont ». Ici, elle deviendrait, le temps voulu... elle ne savait pas quoi, exactement, mais une aube radieuse s'était levée. De toutes parts, en tous sens, bénis par l'ombre et la grandeur des arbres vénérables, gazouillant dans leur téléphone mobile que leur papa pouvait payer sans même y penser une seconde, imprégnés de l'irradiation palpable de toutes ces royales pierres de taille néogothique et de la conscience d'être partie prenante de ce que la jeunesse d'Amérique – du monde ! – comptait de meilleur, pour avoir été acceptés à Dupont, tout autour d'elle palpitaient ses six mille deux cents camarades d'étude, ou du moins une bonne part d'entre eux ; ils voletaient, joyeusement ignorants de leur humble statut de caillou intelligent, tous et chacun, alors qu'elle-même... « Je suis Charlotte Simmons ! »

Cette idée magnifiait jusqu'à l'éclat du soleil. Elle avait dépassé la Grand Cour mais les pelouses soyeuses se prolongeaient au-delà et la cime des arbres continuait à capter les rayons au-dessus de la dentelle des ombres, formant pour Charlotte un tableau magique de vert et d'or. Juste en face, Briggs College et même là, même ce bâtiment généralement considéré comme peu harmonieux prenait vie dans tous ces contrastes de lumière sur les murs lisses et dans les voussures des arches et des fenêtres. Quatre ou cinq garçons étaient groupés sur le perron en compagnie d'une fille. L'un d'eux, un grand échalas couronné d'une masse de boucles sombres, se tenait debout, les autres assis à côté de lui. Ce genre d'attroupement était un spectacle courant sur le campus et cependant Charlotte a plissé les yeux : si elle ne se trompait pas, il y avait parmi eux le type qu'elle avait rencontré par hasard au centre de fitness. Adam.

Ce qui se passait sur les marches, à cet instant, c'était que Greg Fiore, l'unique membre du groupe sur ses pieds, venait de dire à Adam :

« Pourquoi tu essaies encore de caser ton histoire de la Nuit de la Turlute ? Combien de fois faut-il que je te répète que c'est quelque chose qui est arrivé, *ou pas*... au printemps ! Les gens parlent de cette "rumeur" depuis que les cours ont commencé, mais il n'y a jamais eu rien de concret. Et ce n'est certainement plus d'actu. »

Tout en se rendant compte qu'il prenait le sujet trop à cœur – alors que ce dernier exigeait du doigté –, le coupable ne pouvait contenir sa passion :

« Tu m'écoutes même pas, Greg ! J'ai sur cassette tout le récit d'un... non, de deux protagonistes. Ça, ça reste entre nous, OK ? L'un d'eux, c'est Hoyt Thorpe en personne. Il m'a contacté, lui ! Il pouvait pas s'arrêter de parler. Il veut que tout le monde connaisse l'histoire, à condition qu'on dise pas que ça vient de lui. Ça, c'est le premier truc. Le deuxième, c'est que tu te souviens que j'ai réussi à retrouver le nom du garde du corps du gouverneur ? Ils l'avaient emmené à l'hosto à Philadelphie, donc il apparaissait nulle part dans les registres de Chester. Eh bien je l'ai retrouvé, je lui ai parlé ! Un mec de la garde nationale de Californie. Il vient de se faire virer de son job et il a les foins. Il pense que c'est parce qu'un journal a appelé au sujet de cet incident et qu'ils ont voulu se débarrasser de lui. Et tu sais lequel c'est, ce journal ?

— Toi ?

— Ouais, moi ! Moi et le *Wave*. Il nous donne une déclaration certifiée, si on veut. »

Greg a soupiré.

« T'es un super enquêteur, Adam. Je le dis sincèrement. Et t'as beaucoup bossé. Mais je suis désolé, on va pas ressortir une vieille pipe qui remonte au moins de mai pour en faire un sujet. »

Adam aurait voulu lui dire ses quatre vérités, à savoir que, tout rédac chef sans peur et sans reproche qu'il était, il faisait en réalité dans son froc, mais cela n'arrangerait pas son cas, loin de là.

« Bon, d'accord... Je continue à penser que c'est une histoire géniale, quoique... Et l'autre, alors, celle des basketteurs ? »

Nouveau soupir.

« Tu ne lâches jamais, hein ? Je sais pas pourquoi tu prends ce machin tellement au sérieux, je vois pas pourquoi tu emploies tout de suite de grands mots, "hypocrisie" et tout, je... »

Adam a déconnecté pour enrager en silence. Greg revendiquait sans cesse la position d'éminence au sein des Mutants du millénaire, en terme d'autorité mais aussi physiquement. À la rédaction, il s'octroyait un énorme fauteuil devant lequel tout le reste du mobilier de ce bouge paraissait dérisoire. Même là, sur ces marches, il restait debout alors que les autres Mutants, Camille Deng, Roger Kuby, Edgar Tuttle et lui-même, étaient humblement assis... à ses pieds. Mais il n'a trouvé à répliquer qu'un piètre « J'en crois pas mes oreilles », et il a détourné la tête, réaction instinctive indiquant qu'il abandonnait la lutte. Et là, il a battu des paupières, incrédule : dans l'allée menant au Briggs, arrivant vers eux, la jolie fille du Sud, l'innocente, l'immaculée première-année ! Il s'est levé d'un bond en agitant un bras : « Hé, Charlotte ! »

Elle ne s'était pas trompée, donc. Et il n'aurait pu chercher à attirer son attention à un meilleur moment. Si Charlotte n'était pas certaine de ce qu'elle devait penser de ce garçon, il avait au moins un point important en sa faveur : il était le seul étudiant de sa connaissance à partager, du moins ouvertement, son idée des sommets intellectuels auquel cette université devait prétendre. « Les Mutants du millénaire »... Elle ne pouvait pas dire qu'elle avait vraiment *pigé* de quoi il retournait, mais... Et puis il n'était pas du tout moche, en plus.

« Hé, Charlotte, viens ! »

Quelques secondes plus tard, Adam la présentait à Greg, Camille, Roger et Edgar. Greg était le maigrichon au cou de héron surmonté d'une tignasse bouclée qu'elle avait remarqué de loin. Le visage asiatique de Camille était lisse et harmonieux mais elle paraissait facilement irritable. Roger Kuby aurait eu des traits séduisants s'ils avaient été moins potelés, mais il semblait enclin aux blagues idiotes : « Charlotte O'Hara ? » a-t-il demandé quand Adam a fait les présentations. Edgar Tuttle était grand et beau garçon mais terriblement réservé.

« J'ai dit à Charlotte que je lui ferais connaître quelques vrais Mutants, a expliqué Adam à Greg, que la remarque a eu l'air de contrarier.

— Qu'est-ce qui te fait croire qu'on est des *vrais* ? J'hallucine ! » s'est exclamé Roger.

Charlotte a souri par politesse et par embarras, les autres n'ont pas réagi.

« Charlotte, a continué Adam, raconte à Greg ce que tu m'as dit à propos de Jojo Johanssen en cours de français. J'ai l'impression qu'il doute de mon appréciation de nos chers sportifs-étudiants. C'est quel cours, déjà ? »

Elle a hésité avant de répondre.

« "Le roman français moderne de Flaubert à Houellebecq" ? »

Elle n'était pas sûre de vouloir raconter cette histoire devant cinq étudiants plus âgés qu'elle connaissait à peine.

« Hein ? a fait Roger. Qui ?

— Well-beck ? a-t-elle répété pour lui donner une idée approximative de la prononciation française.

— Ah, Well-beck ! a-t-il repris comme s'il y avait quelque chose de comique dans ce nom.

— C'est un jeune écrivain ? Une sorte de nihiliste ?

— Ouais, a coupé Adam, en tout cas Charlotte s'est inscrite dans ce cours de français soi-disant "renforcé", et ils lisent les bouquins... dans la traduction anglaise ! Français renforcé ! Pas vrai, Charlotte ? – Elle a hoché la tête. – Et dis-leur pourquoi. »

La perspective de devoir se lancer dans une grande démonstration la mettait mal à l'aise. Elle aurait voulu dire : « Je préfère ne pas entrer là-dedans », mais elle n'en avait pas le courage et donc elle a essayé de s'en tirer par un résumé lapidaire :

« Le professeur a dit que c'était un cours conçu pour les éléments qui ont des difficultés à obtenir leurs points en UV de langues.

— Qui c'est, ce prof ? a demandé la fille asiatique, Camille.

— Quel était le terme employé, exactement ? a plaisanté Adam : les "handicapés linguistiques" ? »

Charlotte ne se sentait capable de répondre à aucune de ces questions. La fille avait posé la sienne sur un ton insidieux, comme si elle menait une enquête, et soudain Charlotte a eu l'idée que si elle lui donnait le nom de Mr Lewin, qui avait été gentil avec elle, cette irritable Camille veillerait à ce qu'il subisse les conséquences d'une telle affirmation. Heureusement pour elle, Adam était trop pressé de faire étalage de son nouveau scoop :

« La moitié de ces zigues sont les basketteurs que Greg admire tellement qu'il ne veut jamais reconnaître à quel point ils sont ignares ou simulent l'ignorance.

— Oh, lâche-moi la grappe ! a grondé l'autre, tout ce que je disais, c'est que...

— Je suis soutien pédagogique pour l'un d'eux, s'est hâté d'annoncer Adam, sentant que Greg était sur la défensive et que le moment était venu d'enfoncer ses arguments dans sa gorge perfide. Et quand je dis soutien... Jojo Johanssen. Donc mon type...

— Tu passes complètement à côté du...

— Charlotte, raconte à notre groupie du basket comment Jojo a commencé à répondre à une question et s'est arrêté d'un coup, a insisté Adam, que plus rien ne pouvait stopper, lui. Il a eu *peur* d'avoir l'air intelligent ! Qu'est-ce que c'était, la question ?

— Je ne me souviens pas en détail, a dit Charlotte. Il faut prendre ça moins au sérieux, je crois... »

Elle s'est rendu compte qu'elle avait prononcé moins « *mouinsse* », ce qui, à Dupont...

« Magnifique, a lancé Greg à Adam. Ton témoin-vedette ! »

Camille Deng lui a épargné la peine de battre en retraite.

« Dis-moi une chose, a-t-elle lancé à Charlotte, ce mec, il faisait du gringue aux filles du cours ? »

Quelle amertume dans l'inflexion de ses lèvres !

Charlotte a revu la gigantesque stature de Jojo s'approcher d'elle aussi nettement que s'il s'était trouvé sur le perron.

« Je... Je ne sais pas. Je n'y suis allée qu'une fois. J'ai demandé à changer tout de suite.

— Tu as eu de la chance... – Il était difficile de savoir si l'aigreur de sa voix découlait de son expérience personnelle, d'une permanente indignation morale ou d'une quelconque conviction idéologique. – Ces mecs, ils pensent que c'est la Vallée des poupées gonflables, ici, faite rien que pour leurs bites *made in America*, et que si une fille vient y étudier, c'est pour une seule raison... »

« C'est pour ça qu'il y a les pom-pom girls. – Edgar Tuttle s'exprimait pour la première fois, d'une voix timide.

— Mais encore ? a jappé Camille.

— Tu sais bien. Elles... Elles se mettent en ligne comme les danseuses de french cancan, elles envoient la jambe en l'air pour te montrer les cuisses jusqu'en haut, leurs seins pointent comme... comme des missiles sur le point d'être tirés, elles remuent des hanches, elles sont à peines habillées... Tu vois ce que je veux dire.

— Je vois, oui, mais je ne saisis pas le rapport.

— Mais... Elles... C'est la récompense sexuelle après l'effort. Ou c'est ce qu'elles symbolisent, disons.

— La récompense de *qui* ?

— Des sportifs ! Ou c'est ce qu'elles représentent. Ou elles le sont vraiment, aussi. Je sais pas. Mais c'est une coutume très, très ancienne. Ça remonte à mille ans, au moins.

— Quoi, les pom-pom girls ? s'est étonné Roger, qui voulait être drôle.

— Non ! Ce qu'elles représentent. Quand les chevaliers revenaient victorieux, l'une de leurs récompenses était de coucher avec les filles qu'ils voulaient, mais des fois il n'y avait pas de guerre et donc ils ont inventé les tournois il y a... sept, huit cents ans. C'était un champ de bataille mais c'était censé être un jeu. Ils se servaient de lances et d'épées... mouchetées. On n'était pas supposé se tuer. Le truc, c'était de renverser l'autre cavalier et alors tu recevais son armure, ses armes, son cheval, le harnachement, tout ça, et ça valait une fortune. »

Rodger s'est mis à agiter son majeur d'avant en arrière, le code pour : « Accélère un peu. »

« T'en arrives aux pom-pom girls, mec ?

— Mais oui ! Après le tournoi, donc, les chevaliers avaient une sorte d'orgie, ils se pintaient et ils pouvaient zober toutes les nanas disponibles, genre. »

Comme chaque fois, les tentatives d'Edgar en vue d'utiliser la langue vernaculaire étudiante se révélaient un lamentable fiasco. Plus personne ne disait « zober », « se pinter » était à peine passable et l'ajout final du « genre » sonnait très artificiel, dans sa bouche.

« Tu viens de décrire un week-end de football comme un autre, pour moi.

— Merci ! s'est exclamé Edgar, qui s'animait enfin. C'est exactement ce que je disais ! En mille ans, rien n'a changé ! D'où tu crois que ça vient, le football ? Le hockey ? Du tournoi médiéval ! À l'origine, les Jeux olympiques, quels sports d'équipe ils avaient ? Aucun ! C'est marrant, quand on...

— Une minute ! est intervenu Greg. D'où tu sais tout ça, d'abord ?

— Je *lis*, figure-toi. C'est marrant, quand on y pense ; depuis mille ans, on a eu droit à ces versions édulcorées du tournoi médiéval, mais avec une différence : les chevaliers qui luttaient dans les tournois étaient aussi les maîtres absolus de tous ceux qui les entouraient. Un leader qui n'était pas *aussi* un guerrier, ça n'existait pas. Alors que ces "héros sportifs" qu'on a à Dupont, ils font seulement... du spectacle. Qu'est-ce qu'ils vont devenir, une fois dans la vie active ?

— Je n'ai jamais vu de statistiques là-dessus, a déclaré Adam, qui tenait à revenir dans la discussion afin d'impressionner Charlotte, mais au plan national il y a trois mille cinq cents basketteurs universitaires de Division 1, et ils s'imaginent tous qu'ils finiront joueurs dans la NBA. Or vous savez combien y parviennent pour de bon ? Moins de un pour cent !

— Exact ! a confirmé Edgar avec une pétulance très étonnante de sa part. Et tout le reste, ils passent quatre ans ici à faire des collés ou à plaquer des quarterbacks ou je ne sais quoi, et quand ils sortiront ils pourront seulement...

— Plaquer ma mère dans le parking et lui piquer sa caisse !

— Très drôle, Roger, a lâché Camille. Pourquoi pas un petit brin de racisme, pendant qu'on y est ?

— Oh, raciste mon cul ! Arrête de me les briser, Camille !

— Tu veux dire que ta fine remarque n'était fondée sur aucun préjugé raciste ?

— D'accord, je *suis* raciste ! a déclaré Roger. Assumons ça et laissons le derrière, O.K. ? Moi, j'ai une question hyperévidente mais que personne ne pose jamais : pourquoi cette fixette générale sur le sport, pour commencer ? Pourquoi n'importe qui s'excite parce que Dupont va rencontrer Indiana au basket ? Ou ce sont nos mercenaires qui battent les autres, ou le contraire. Qu'est-ce qu'on s'en branle ? C'est un match entre deux groupes de types qui n'ont absolument aucun rapport avec notre vie réelle, et même s'ils en avaient un, c'est qu'un jeu ! Pourquoi ça réveille des passions pareilles chez les étudiants ? Chez tout le monde, d'ailleurs. Quel *sens* ça a ? Moi, j'en vois pas mais il doit bien y en avoir un. C'est un mystère. Totalement irrationnel.

— Je maintiens que c'était du racisme », a sifflé Camille entre ses dents.

Charlotte, elle, était fascinée par la brutale métamorphose de Roger Kuby. Du plaisantin chroniquement à côté de la plaque, il s'était transformé en intellectuel décidé à percer les arcanes de la psychologie de masse. Le Roger *sérieux* devenait même plus attirant, pour elle. Elle distinguait la beauté de ses traits sous la couche de graisse, décidément.

« *Irrationnel* est le mot, était en train d'approuver Adam : c'est un rite de virilité primitif et les filles l'acceptent parce que c'est ce qui fascine les mecs. »

Oh, les Mutants du millénaire s'étaient envolés, là, sous les yeux émerveillés de Charlotte ! Peut-être avait-elle trouvé le groupe d'étudiants dont elle avait rêvé, le *cénacle* de la tradition française, les acteurs de cette *vie intellectuelle* dont elle avait rêvé à Sparta quand, suivant le doigt impérieux tendu par Miss Pennington au-delà des montagnes, elle avait aperçu Dupont scintillant au loin.

Elle était tellement transportée, d'ailleurs, qu'elle n'a pas davantage remarqué que les autres, les quatre jeunes qui venaient de sortir du Briggs et descendaient les marches de l'autre côté, un peu au-dessus d'eux. Comme les Mutants, ils portaient les habituels tee-shirts, shorts, tongs, chaussures de sport, mais l'aura qu'ils projetaient était entièrement... différente. Ils étaient tous grands, des diesels, à en juger par leur musculature. À environ quatre mètres des Mutants, le premier de ce groupe s'est assis sur une marche, les pieds sur celle en contrebas. Ses jambes étaient si longues que ses genoux lui arrivaient presque aux épaules, des épaules d'armoire à glace. Sa tête, couronnée d'une casquette de base-ball visière dans le dos et parsemée de cicatrices d'acné, reposait sur un cou d'un volume surnaturel, dont la pomme d'Adam dépassait tel un promontoire. Il battait du talon sans répit et ses yeux couraient partout comme s'il guettait un événement prochain, allez savoir quoi. Les trois autres, moins massifs mais toutefois bien assez, donnaient la même impression de traîner sur le perron en se demandant où était l'action.

Elle n'aurait pu le définir, cependant le contraste qu'ils donnaient avec les quatre Mutants masculins a immédiatement frappé Charlotte. Elle a jeté un coup d'œil à Adam : il était correctement bâti, il avait un visage symétrique, un nez fin, de jolies lèvres – sensuelles, pour tout dire –, mais désormais il paraissait... léger. Quant à Greg, il constituait un assemblage tellement hétéroclite, avec sa grosse tignasse sur un cou filiforme, que sa grande taille ne lui était d'aucun secours.

Les nouveaux venus tournaient de temps à autre la tête vers les Mutants, la détournaient en haussant les sourcils, et bientôt ils ont échangé des mines ironiquement dubitatives et des chuchotements ricanants en observant de nouveau le groupe d'Adam. Lequel continuait à discourir.

« ... pas inexplicable du tout. Je peux te dire pourquoi : la crosse est l'un des deux seuls sports où les Blancs gardent le monopole du machisme. L'autre étant ? Le hockey. Le basket est totalement keubla, de nos jours, et le football majoritairement. Au football, c'est moins évident parce que avec leurs tenues, leurs visières, leurs casques, on voit plus trop ! Et le jeu de crosse deviendrait complètement une affaire de Blacks comme ça – il a claqué des doigts – si les Keublas se mettaient à y jouer dès l'école. À côté d'eux, les Blancs auraient l'air de... de... je sais pas moi, de mauviettes, de femmelettes. Y aurait pas photo. Même chose pour le hockey. Deux ou trois collisions dans le genre que les Blacks ont au basket ou au foot et le Canadien de la NHL le plus costaud serait aplati. Ratatiné, le mec ! »

Ils montaient toujours plus haut, les Mutants, ils *planaient* ! Et c'était Adam qui les emmenait. Il mettait dans le mille chaque fois qu'il le voulait et qui aurait pu lui tenir tête, sur le sujet ? Il connaissait les sportifs de Dupont, il travaillait avec eux – ou pour eux –, il les voyait de près. Il avait voyagé à l'intérieur de leurs petites têtes, il était capable d'arracher le voile du mystère, lui. Il était si absorbé dans ses explications-révélations qu'il a été le dernier à se rendre compte que les ennuis étaient tout près et le regardaient fixement.

Le gars qui trépignait dans ses tongs s'était mis debout et incontestablement il était... grand, non, immense comme s'il appartenait à une autre espèce, celle des géants. Un mètre quatre-vingt-treize ou quatorze, facile. Et de maousses épaules qui roulaient, roulaient, quand il a commencé à descendre les marches dans le flip, flop, flip, flop de ses tongs. Vers Adam. Celui-ci a d'abord remarqué que Camille, Charlotte, Roger et Edgar levaient les yeux. Il a fait de même et il a découvert un... géant, oui, avec des bras en troncs d'arbre, un menton énorme, des battoirs en guise de mains, une bouille acnéique qui affichait un air exagérément sérieux, accompagné de mimiques des sourcils et du front qui exprimaient l'ironie moqueuse, version brutasse. À cet instant, avec une absolue certitude même s'il n'avait aucune idée de la manière dont ça se passerait, Adam a compris que ce qui allait se produire ne serait pas agréable. Du coin de l'œil, il a découvert les trois compères du monstre qui rigolaient en arrière-plan, répliques à peine réduites de celui qui les précédait. L'un d'eux avait la tête couverte de poils de couleur indéfinie qui descendaient sur ses mâchoires, sur sa lèvre supérieure et couraient sur sa glotte, et à cette vue patibulaire Adam en a déduit de quelle façon la suite allait être désagréable.

« C'est pas pour vous interrompre, a commencé le géant en feignant – mal – la gentillesse, mais vous autres avez un TP ou quoi, ici ? »

Adam s'est creusé la cervelle à la recherche d'une réplique... cool, de quoi montrer qu'il avait bien saisi le jeu auquel la brutasse voulait jouer et qu'il avait une parade. Tout ce qui est sorti de sa bouche, pourtant, a été :

« Non. »

Aussitôt, il s'est dit qu'il faudrait en rester à un « non » sec et net. Mais si ce balèze se sentait insulté ? *Par là t'attend la catastrophe*, sous une forme encore inconnue mais désormais inévitable ! D'instinct, il a rajouté :

« On se détend, on prend l'air. »

L'immense intrus a pris un air pensif – pensif pour une brute – et s'est mis à hocher la tête, les yeux dans le vague, comme s'il réfléchissait, calculait, méditait... Son regard est revenu sur Adam et, sans cesser de le fixer, il a légèrement détourné la tête pour s'adresser à ses trois comparses : « Y dit que c'est pas un TP. Y dit qu'y s'détendent, juste, qu'y prennent l'air. »

Le type hirsute a répété d'un air faussement pensif, « Y s'détendent, juste », et il s'est mis à hocher du chef à son tour. Les Mutants avaient plongé dans le silence. L'exaltation de leur équipée intellectuelle à travers l'histoire, la psychologie, la philosophie et l'anthropologie s'était, pfff !, évaporée.

Adam savait qu'il aurait dû se lever, empêcher le gars de le regarder ainsi d'en haut, mais cela risquait d'être interprété comme un geste de défiance et entraîner des conséquences... malheureuses.

« Nous, on s'était dit que c'était un TP, a continué le géant, parce que vous autres, vous êtes calés, sur le sport. »

À ces mots, ses yeux se sont soudain arrêtés sur Greg qui a tenté un sourire, puis un haussement d'épaules, puis un soupir, puis encore un sourire, puis un « Bah, pas réellement », ou plutôt « Bah, pas r'ment ».

« Si, *r'ment*, c'est vrai, a fait le type avec une dérision cinglante. On voit qu'vous vous intéressez *r'ment* au sport, ouais. – Il a désigné ses acolytes d'un geste. – Nous autres, on joue à la crosse. – Adam s'est efforcé de ne pas ciller, ni d'avaler sa salive. En vain. – Et la crosse, ça vous connaît *r'ment*, vous autres. »

Silence. Le message implicite de tous ces *r'ment* : « Bande de pèdes ». Silence de plus en plus pesant, et puis Greg, le Mutant maximo, le chef du *Daily Wave*, le supposé leader étudiant, s'est aperçu qu'il lui revenait d'organiser une défense. Oui, mais comment ? Finalement, il a réussi à sortir d'une voix étranglée :

« Merci. C'était sympa de se parler. On a des trucs à finir de voir, là.

— Hé, pas de problème ! s'est exclamé le géant en levant ses deux battoirs. Allez-y, vous gênez pas ! C'est pas un problème si on écoute, hein ?

— En fait... »

Greg n'a pas pu continuer. Quelque chose d'étrange arrivait à ses lèvres. Elles s'étaient collées en un petit amas rose, avec un ruban autour.

« En fait, si... »

Les muscles de sa bouche semblaient subir leur propre crise d'épilepsie.

« Vous feriez pas mieux... – Grrg ! – ... d'aller jouer avec vos raquettes ? »

Le butor a eu un énorme sourire dément et l'a fixé jusqu'à ce Greg s'avoue battu.

« Y dit qu'on peut se faire mettre et qu'on aille faire mumuse avec nos raquettes », a appris le géant à ses acolytes.

Une vague de « Waaaaaooh », lui a répondu. L'hirsute a demandé une précision :

« Faire mumuse avec quoi, qu'il a dit ? Avec nos quéquettes ?

— J'ai pas dit... a tenté Greg, mais le géant, toujours grimaçant, l'a interrompu :

— On va pas s'laisser devenir *r'ment* chanmés, hein ? »

Greg a ouvert la bouche mais elle ne lui obéissait plus du tout. Inexplicablement, le mastodonte s'est tourné vers Charlotte, l'a regardée de bas en haut, lui a fait un clin d'œil et, avec un sourire humain cette fois :

« Salut, beauté ! »

Retournant son attention sur Greg, il a de nouveau changé d'expression et lui a adressé la plus humiliante, l'éternelle provocation depuis le jardin d'enfants, celle qui dit : « Allez, pédale, tu crois que tu peux déconner avec *moi* ? » Greg cherchait de l'air, à présent. Et puis Camille Deng s'est avancée d'un bond, les yeux lançant des éclairs, les lèvres sinistrement retroussées. Elle devait faire le tiers de l'intrus, en gabarit, mais elle s'est lancée dans une tirade sourdement cadencée :

« Attends que je le dise autrement : tu prends ta raquette de crosse, connasse, et tu te la mets dans le cul par le filet, connasse, et tu pousses jusqu'à ce que t'aies ramené toute ta merde dans ta gueule, connasse. »

Le géant, devenu rouge sang, a fait un pas vers elle.

Adam savait qu'il devait intervenir mais il était incapable de décoller ses fesses de la marche. Camille, elle, n'a pas reculé d'un pouce. Menton levé bien haut, elle a sifflé :

« Vas-y, touche-moi seulement une fois et tu auras une plainte pour harcèlement sexuel et voies de fait qui te fera dégager de Dupont en deux secondes. Tu pourras rentrer chez toi jouer avec ta queue *made in America*, connasse, et bouffer la crème de tes petits copains – un signe de tête vers ses comparses – une fois qu'ils t'auront giclé dans ta grande gueule de connasse. »

Le gars s'est arrêté, frappé par la radioactivité des termes « harcèlement sexuel » et « voies de fait », dont il connaissait les retombées dévastatrices pour la carrière d'un sportif. Il méprisait cette meuf – trop sinistre et trop acide pour être appelée une fille – comme il n'avait encore jamais méprisé quiconque dans sa vie, mâle ou femelle.

« Oh, sale petite Chinetoque de merde, tu...

— Chinetoque ! a glapi Camille d'un ton carrément triomphant. Chinetoque ! Vous avez entendu ça ! – Elle sautait presque de joie en contemplant le groupe autour d'elle. – Chinetoque ! Vous avez *entendu* ça ! – Elle regardait maintenant le géant stupéfait. – T'as pas pu t'empêcher, hein ? Tu pouvais pas ! Il a fallu que tu... »

Elle s'est cisaillé le cou du plat de la main en lui adressant un sourire inquiétant.

C'était comme si le type avait reçu le coup du lapin. Il avait pigé. Insulte raciste : cette vipère jaune l'avait baisé. À Dupont, c'était un délit plus grave que le meurtre avec préméditation.

« On se casse », a-t-il enfin articulé, à peine audible.

Ses acolytes se sont levés. D'un bloc, ils sont tous partis dans l'allée qui conduisait à la Grand Cour, non sans se retourner pour leur lancer des regards mauvais, mais ils ne se sont pas arrêtés.

Rationnellement, Adam savait qu'il fallait se lever, féliciter Camille, lancer des cris de victoire, *faire* quelque chose. Peut-être dire deux mots à Greg, qui avait *essayé*, lui au moins... Mais il ne pouvait pas bouger, paralysé par la honte et par une frayeur tenace. *Je n'ai pas levé... le petit doigt. Je suis resté... sur mon cul. Mais... s'ils décidaient de revenir ?*

Au début, personne n'a parlé. Camille, qui semblait s'adresser aux marches, a enfin prononcé : « Sportifs-étudiants », comme elle avait dit « peste bubonique ». Soudain, elle a relevé la tête et, très emballée :

« Hé, faut qu'on trouve le nom de ce mec ! Tu peux faire ça, Adam, hein ?

— Je... Je pense », a-t-il répondu d'un ton morne.

Camille a eu un gloussement malveillant :

« Ce débile est foutu ! Terminé ! Un étron desséché ! Il aura de la chance si dans quarante-huit heures il est encore étudiant à Dupont... – Encore un petit rire mordant. – *Étudiant*, tu parles !

— Vous avez vu comment ils sont partis la putain de queue entre les jambes ! a clamé Greg, les traits distendus par un sourire de triomphe. On les a boooouuuusillés, ces fils de leur mère ! Ils viendront plus faire chier les Mutants du millénaire ! »

« *On ?* » s'est dit Adam. Greg aurait capitulé sans condition si Camille ne s'en était pas mêlée. Mais enfin il avait tenté un peu de résistance, non ? On ne pouvait pas nier ça.

« Il fera plus chier *personne* ! a exulté Camille. Pas à Dupont ! Ce crétin est de la barbaque pour les vautours ! Et vous êtes tous mes témoins, pas vrai ? »

Elle les a tous regardés, y compris Charlotte, jusqu'à ce qu'ils hochent la tête. Témoigner dans une action disciplinaire contre ce joueur de crosse était la dernière chose que Charlotte voulait, en réalité. Il s'était montré sarcastique, relativement provocateur, mais Camille était une authentique... salope. Elle était prête à remuer ciel et terre pour avoir la peau de ce garçon et pour quelle raison ? Il n'était pas si méchant que ça. Il était viril, séduisant malgré ses airs de dur et ses cicatrices d'acné et... Beverly à quatre pattes : *Où sont les joueurs de crosse ?* Devait-il être renvoyé de Dupont, avoir sa vie brisée parce qu'il avait eu un mot de trop contre cette garce de Camille ? Après ce qu'elle lui avait crié ? Qu'il se mette sa raquette dans le...

L'incommensurable vulgarité de Camille donnait la nausée à Charlotte. Non, c'était plus que cela : elle avait été choquée au plus profond d'elle-même. Pour attaquer ce garçon, Camille avait abdiqué toute sa féminité. Elle revoyait encore son air abasourdi : il avait été blessé, outré, et quel contraste avec son assurance initiale...

Elle a jeté un coup d'œil à Adam. Il était en train de l'observer, de sorte qu'elle n'a pu détourner tout de suite son regard. Il n'avait pas bronché.

Qu'est-ce que je vois sur ses traits ? s'est demandé Adam. Pas de nuance accusatrice, en tout cas. Cette tendresse, cette pureté, cette innocence, mais aussi ces jambes déliées, cette courbe délicatement lascive des lèvres... Tout cela en une seule fille. Et elle était aussi inexpérimentée que lui. Indulgente et cependant intensément désirable... Ce n'était pas qu'une observation. Le désir était aussi omniprésent que ses cinq sens, il traversait son corps jusqu'à chaque extrémité nerveuse, son cœur, son cerveau, la moindre parcelle de ce qui le constituait...

Charlotte aurait voulu passer un bras autour de ses épaules, tant il paraissait perdu, désespérément à terre. Il n'avait pas bougé un seul muscle.

Réduire le monde à un cocon où il n'y aurait que nous deux, elle et moi, pensait Adam, et il ne demanderait rien de plus.

Je n'ai que dix-huit ans, pensait Charlotte, mais il a certainement besoin de *quelqu'un* qui lui dise que tout ira bien. Elle a mis fin à ce long regard échangé, s'est dégagée de ce moment de tristesse. Ce garçon, là, elle avait cru qu'il ne l'avait même pas remarquée, et pourtant il s'était tourné vers elle, lui avait lancé un clin d'œil et, souriant, il lui avait dit : « Salut, beauté. »

15
Tailgate

En pénétrant sur le parking Clarence Beale à bord de la Lincoln Navigator familiale, Archer Miles, avocat à Pittsburgh, a eu un premier aperçu du Bowl à travers les ramures des grands sycomores qui délimitaient les multiples aires de stationnement. Il a dû plisser les yeux sous le vif soleil de midi. Était-ce croyable ? Plus de quarante ans s'étaient écoulés mais rien n'avait changé. Une heure quarante-cinq avant le début du match et déjà les voitures s'amassaient sur cette vaste étendue d'asphalte ombragée. Quand était-il venu au stade pour la dernière fois ? Trois ou quatre ans après avoir eu son diplôme, sans doute. Le « Charlie Bowl » ne comptait pas parmi les joyaux architecturaux de Dupont, certes, mais elle n'en était pas moins formidable, cette énorme baignoire en béton haute de vingt étages ! De son temps, le nom officiel était encore le « Dupont Bowl », mais quand Yale avait commencé à avoir ses « Bulldogs » et Princeton ses « Tigers », Dupont qui, comme Harvard, regardait de haut cette mode puérile consistant à donner aux équipes des noms d'animaux à longues dents ou à bec acéré, avait fini par baptiser son stade le Charlie Bowl, puisque ses étudiants s'appelaient les « Charlies », en référence gaiement ironique au prénom du fondateur Charles Dupont.

Oh, traditions ! Oh, filiation ! Oh, Dupont ! Comment aurait-il pu imaginer être à ce point ému en revenant ici après quatre décennies pour un de ces tailgates qui précédaient les matchs de football ? C'était comme revoir la maison de son enfance, a-t-il songé, car si Archer pouvait se montrer subtil et incisif à la barre, il n'atteignait pas de vertigineuses profondeurs lorsqu'il se livrait à l'introspection.

De toute façon, il n'allait pas confier ses émotions à Debby, sa blonde seconde épouse de trente-deux ans sa cadette si prompte aux remarques acerbes, ainsi qu'il l'avait particulièrement remarqué dans les derniers temps. Pour l'heure, ladite Debby était installée à ses côtés dans le siège passager luxueusement tendu de cuir et elle s'ennuyait déjà – plus exactement, elle s'ennuyait depuis qu'il avait eu l'idée de ce déplacement. Il ne tenterait pas davantage de partager son attendrissement avec leurs deux garçons, Tyson et Porter, avachis sur la banquette médiane du Navigator. Deuxième fournée d'enfants pour Archer – et deux archétypes du cynisme adolescent tel qu'il prévaut de nos jours : ils ne manqueraient pas de tirer au bazooka sur tout ce qui ressemblait à une tendre pensée.

« Tu es sûr que tu veux te garer ici ? Il a l'air de n'y avoir que des étudiants dans le secteur. »

Et en effet on ne voyait que des jeunes, filles et garçons, vaquer autour d'une longue rangée de SUV et de pick-up.

« Eh bien, c'est exactement de ça qu'il est question, chérie, a répliqué Archer. Je veux donner à Tyson un aperçu de la vie étudiante. C'est toujours très marrant, ces tailgates. »

Tyson était encore au lycée – pensionnaire dans l'une des écoles les plus huppées des États-Unis, la Hotchkiss School, Connecticut – mais pour Archer il était vital que ses garçons aillent à Dupont, cette perspective étant devenue une sorte de validation de sa propre réussite.

Il a de nouveau contemplé le grandiose tableau devant lui et y a trouvé quelque chose d'un peu... surprenant. À perte de vue, la chaussée était jonchée de gobelets en plastique qui maculaient aussi les pelouses sous les sycomores. Quant aux étudiants... Archer savait bien que les jeunes étaient plus *décontractés* qu'à son époque, mais ces tenues et... des pick-up ? Tout change, bien sûr, et cependant il ne pouvait effacer de son esprit l'image de respectables Ford et Buick sagement alignées, de garçons – Dupont n'était pas mixte, en son temps – en blazer ou veste de tweed, pantalon sombre, chemise et cravate...

Sans bien savoir pourquoi, il s'était garé en laissant trois places libres entre le Navigator et le véhicule du bout de la file, un SUV au hayon arrière ouvert autour duquel se pressait tout un groupe de jeunes.

Après avoir coupé la climatisation, Archer a ouvert sa vitre. Échappé de tous les auto-radios alentour, un méli-mélo de musique flottait dans l'air, ainsi qu'une odeur lourde et âcre. Non, il semblait y en avoir deux différentes : celle de la bière et... oui, indiscutablement, les rances effluves du pissat humain.

« Berkmaman ! a chouiné le plus jeune des fils, Porter, qu'est-ce que ça sent ?

— Oh, je peux te le dire sans problème, a répliqué Debby ; ça sent tout simplement la bonne vieille p... »

Archer l'a arrêtée en effleurant sa cuisse d'une main.

« Je ne sais pas ce que c'est mais ça... – il a montré le paysage d'un large geste – ... ça, c'est un tailgate à Dupont ! »

De la position élevée du Navigator, la vue était excellente. Ce qui était étrange, c'est que cette foule massée autour des véhicules paraissait... bouillir, oui, comme les bulles qui remontent et dansent à la surface d'une marmite de soupe. Mais ce n'était pas des bulles, a compris Archer, c'était des têtes, d'innombrables têtes qui se levaient et s'abaissaient, s'agitaient, dodelinaient... Dans quel but ? De toutes parts montaient des cris, « Yo Machin ! », « Yo Truc ! » et des gémissements perçants, « Waaaaaooouuh ! ».

Des éclats de rire convulsifs sont partis du SUV le plus proche et l'amas humain s'est fait moins dense, ce qui leur a permis d'entrevoir un imposant baril en aluminium installé dans une bassine, avec à son sommet un levier sur lequel un garçon s'activait furieusement. Un autre, le tuyau d'un vert hideux raccordé au récipient dans une main, tentait de remplir un gobelet en plastique d'une taille extravagante mais le raccord de départ s'était mis à fuir, lâchant un jet de liquide mousseux sur le short du premier type.

« Fuck, Mark ! a crié le porteur de tuyau. Calmos ! Qu'est-ce que tu crois que tu pompes, là, du pétrole ? »

L'assistance était pliée en deux.

« Un tonneau de bière ! a annoncé Archer en ignorant le "fuck". Je n'ai pas compris tout de suite ! De mon temps, ils fonctionnaient à l'horizontale. »

Ils sont descendus du Navigator. Archer s'est étiré, puis :

« Tyson, Porter, venez par ici ! – Ils ont aussitôt obtempéré. – Vous voyez, entre ces branches ? C'est le Charlie Bowl. Soixante-dix mille places assises ! Ça a été le plus grand stade de football universitaire de tout le pays. Quand j'étais à Dupont, il était plein à chaque match. Plus que plein, même ! »

"Il a souri en secouant la tête aux souvenirs hallucinants que ce « plus que plein » semblait suggérer. Tyson affichait un air d'ennui incommensurable, expression que l'on sait rendre comme jamais lorsqu'on a seize ans, ce qui était son cas. Porter, qui en avait treize, a feint l'intérêt en portant le regard sur l'immense bol pendant quelques secondes. Se tournant vers Debby dans l'espoir de trouver une oreille accueillante à l'évocation du bon vieux temps, Archer a poursuivi :

« Je te l'ai jamais raconté, Maman ? On avait l'habitude d'amener nos copines la veille du match au soir, histoire de se faire un... comment dire... pique-nique nocturne ?

— Hé, P'pa, quel genre de pique et quel genre de nique ? »

Archer était vraiment agacé chaque fois que Tyson s'estimait assez âgé pour partager des sous-entendus au goût douteux avec des adultes. Mais il avait tendu les verges pour être battu, dans ce cas précis...

« Oh, f... fichtre ! » s'est exclamée Debby, qui n'avait rien écouté mais qui, déjà en sueur, des mèches de cheveux blonds collés au front, venait de constater qu'elle s'était cassé un ongle peint couleur de pêche mûre en essayant de sortir un grand panier en osier du coffre du Navigator.

« Tu peux dire le vrai mot, tu sais, a observé Tyson. Tout le monde l'a déjà entendu, même le Hulk. »

Il avait ainsi surnommé son jeune frère parce que Porter était tout maigre, tout grêle, petit pour son âge, et gardait toujours son tee-shirt sur lui tant il avait honte de ses côtes saillantes. Dédaignant la remarque, celui-ci a changé de sujet dans le meilleur ton geignard, lequel n'est jamais mieux atteint que quand on a treize ans :

« Puisque le match commence à une heure, pourquoi on est arrivés à onze heures et demiiiiiiiee ?

— Parce que j'ai passé ma matinée à empiler des victuailles dans ces paniers, a rétorqué Maman, et que vous allez déjeuner ici même. Et pendant que Papa va boire ses verres en rêvant à sa folle jeunesse, vous pourriez venir m'aider à trimbaler tout ce fourbi au lieu de rester plantés là à rouspéter et à chouiner. D'ac ?

— Maism'man, je chouinais pas ! a gémi Porter. Je posais juste une question, quooouuuâ !

— Qu'est-ce que ça veut dire, "va boire ses verres" ? s'est enquis Archer.

— Tu as vu le nombre de bouteilles qu'il y a dans ce coffre ? Tu dois te croire revenu à tes dix-neuf ans...

— Et qu'est-ce que ça a de si terrible ? Comme "rêver", d'ailleurs...

— Rien, sauf que...

— Oh, vous êtes trop, vous tous ! a coupé Tyson avec cette nuance de sarcasme corrosif dont les garçons s'imprègnent dans les internats du Nord-Est. Je commence à comprendre pourquoi on s'est levés à l'aube et tapés toute la route depuis le Connecticut jusqu'à ce bon vieux Dupont. J'veux dire, c'est tellement *cool* et tout le monde est tellement *jouasse*, non ?

Archer aurait voulu l'étrangler, au moins l'estourbir par une réplique cinglante, mais... il s'est contenté de regarder ses pieds en attendant de recouvrer son calme. Qu'un enfant persifle les adultes était horripilant, certes, mais qu'un adulte en fasse de même pouvait avoir des effets destructeurs.

Soudain, une explosion de musique a jailli d'une voiture. Archer a relevé les yeux. Tyson ne s'intéressait plus du tout à eux : la tête tournée, les yeux grands comme des soucoupes, il avait la bouche à la fois béante et étirée dans un sourire ravi.

« Waouh ! Regardez ces gus ! Vous les voyez ? »

Dans la rangée de véhicules juste en face d'eux, quelques jeunes gaillards étaient montés sur une plate-forme de pick-up pour se livrer une bataille à la bière. Leur « muscu », comme aurait dit Tyson, n'était un secret pour personne puisqu'ils étaient pratiquement nus à l'exception de shorts qui manquaient sans cesse de glisser de leurs hanches. Cris de colère et de joie, grands moulinets de bras, l'un d'eux lève une cannette de bière percée et braque le jet en plein visage d'un copain, « Crève, enfoiré ! », la victime pousse un ululement viril et se jette sur son agresseur, ils tombent ensemble dans un tourbillon de membres et de visages congestionnés tandis que dans la radio du pick-up une femme à la voix rocailleuse geint par-dessus le salmigondis harmonique de la new pop, « *... harponne ses reins Dirty Sanchez la veut nue, obsédée elle les bouge ah je sens que ça vient, pour rire mais le marteau sur son joli cul la rend folle...* ». Les autres, dont un géant qui doit dépasser les deux mètres bien charpentés, les entourent et font semblant de les encourager. Derrière l'armoire à glace, un garçon apparaît, tenant un mégagobelet de bière qu'il semble s'apprêter à lancer comme au base-ball. « Hé, Mac ! » Le géant se retourne, reçoit la bombe liquide en plein ventre, son short est trempé jusqu'à l'entrejambe, « Tête de nœud ! », mais l'agresseur esquive son moulinet et saute à terre, « Reviens, minable, et bats-toi comme le minable que t'es ! » et le chahut continue, et la chanteuse braille « *tombe sur la serviette, mauvais jour, con gelé, et cette odeur qu'elle a...* ».

Tyson buvait du petit lait : et si ce tailgate n'était pas aussi ringard qu'il l'avait cru, finalement ? En son for intérieur, Archer tentait de se convaincre que ces rassemblements avaient toujours été le moyen d'expression d'une joie exubérante, de la jubilation d'être jeune, que celui-ci différait sans doute dans la forme mais non dans le fond et... Ses yeux ont surpris deux des gaillards en train de hisser à bout de bras une grande fille blonde sur la plate-forme du pick-up. Elle était bien en chair mais joliment proportionnée, la poitrine fournie dans une nuisette en dentelle déboutonnée quasiment jusqu'à la ceinture de son jean moulant, et elle poussait des glapissements à la fois indignés et extasiés tandis que ses seins paraissaient prêts à jaillir de leur frêle prison chaque fois qu'elle se débattait... pour s'échapper ? Au moment même où ils l'ont posée à côté d'eux, chancelante et ondulante, bang ! la nuisette s'est ouverte entièrement. Elle ne portait pas de soutien-gorge. Les mamelons, les aréoles, les tétons, tout était là, grandeur nature.

« Waaoouh ! » ont fait les garçons tout autour, ironiques mais aussi notablement stimulés par ce spectacle. Après avoir plaqué sa main sur sa bouche, la fille s'est hâtée de ranger sa marchandise, a sauté par-dessus la ridelle et s'est éloignée en souriant mais en gardant les yeux baissés et en répétant « Ohmygod ohmygod ohmygod »...

Surgi de nulle part, un type au coffre de catcheur, vêtu d'un caleçon écossais de la braguette duquel émergeait un simulacre de pénis en plastique, de soixante centimètres de long et affublé de bourses clownesques, tournait la tête en tous sens, la tête couverte de poils hirsutes d'une couleur indéfinie qui, après les tempes, les mâchoires et le cou, rejoignaient la moquette de son torse.

« Où elle est passée ? » a-t-il beuglé d'une voix alcoolisée.

Il oscillait lentement sur ses jambes, son membre démesuré balayant l'espace.

Archer était... sidéré. Qu'est-ce que Tyson et Porter allaient retirer de tout cela ? Seigneur Jésus, la vie étudiante était ce qu'elle était mais ce qui se passait là était... indécent. « Immoral » lui a traversé l'esprit, mais en réalité, le mot était devenu obsolète, banni du vocabulaire des gens évolués.

Il a jeté un coup d'œil à ses fils. Complètement fascinés. Cette odeur âcre qui montait de l'asphalte était donc celle de la bière. Deux hectares de bière renversée. Et ces détritus blanchâtres qui souillaient même le pied des sycomores ? Des gobelets de bière écrasés. Et ce bouillonnement humain, ces têtes dodelinantes, frénétiques, convulsives, c'était la jeunesse de Dupont, l'élite universitaire du pays, en train d'écluser des décilitres et des décilitres de bibine qui dévalait dans leur gosier et ressortait... où ? En pisse, en pisse, en vapeurs de pisse, sur deux hectares ou plus.

« Je vois personne de première-année, ici », a remarqué Mimi en montrant du menton un groupe d'étudiants agglutinés à l'arrière d'un Expedition noir métallisé, gobelet en plastique à la main, en train d'observer attentivement un type qui se battait avec le joint du tuyau relié à un scintillant baril de bière. Les spectateurs faisaient les malins :

« Sais quoi, Griff ? En Amérique, on visse vers la droite. C'est juste un tuyau que je te donne ! »

Éclat de rire général.

« Hé, Griff, tu serais pas un peu P.E.S. ?

— C'est quoi, un "pesse", fuck ? Ah, j'devrais même pas demander ces conneries.

— "Programme d'éducation spécialisée", hé, débile ! »

Éclat de rire général.

« Eeeeeerk, a fait Mimi à voix basse, une fraternité !

— Laquelle ? s'est intéressée Bettina.

— Delta Plana Kaka... j'en sais rien ! Je sais juste que c'est des mecs d'une fraternité. Ils sont déjà beurrés et ils pensent que plus ils gueulent leurs blagues débiles, plus elles seront marrantes.

— Je ne vois pas de première-année non plus, a constaté Bettina. Pas de "troupeau".

— C'est nous trois, le troupeau, a observé Mimi.

— Et y a pas moyen de, genre, se fondre dans la masse. Chaque bagnole est comme une fiesta privée, où tout le monde connaît tout le monde. Jamais vu un tailgate pareil, moi. Comment tu en as entendu parler, déjà ?

— Je... Je ne me rappelle plus exactement, a menti Charlotte. *Quelqu'un* en a parlé et ça avait l'air bien.

— Eh bien, sans vouloir te vexer, *cheeeuuurie*, a dit Mimi, moi je trouve ça plutôt gonflant. »

Bettina a soulevé un pied pour examiner la semelle de sa sandale :

« Ah, trop dégueu ! Y a de la bière *partout* ! C'est pas un parking, c'est un fucking caniveau ! Et tous ces gobelets, toute cette... merde. On croirait qu'un camion d'ordures a perdu son chargement !

— Et ça sent pareil, a renchéri Mimi. Je te parie ce que tu veux qu'ils *pissent* juste là ! Ils sont tellement pintés.

— Je suis désolée, a murmuré Charlotte. Je... Je ne savais pas ? Je pensais que ce serait un moyen de... bon, de se faire des connaissances. »

Elle a soudain été frappée par le renversement de rôles qui s'était produit depuis la soirée de Saint Ray : alors que Mimi et Bettina l'avaient pratiquement traînée de force là-bas – pour *se faire des connaissances*, justement –, c'était désormais elle qui les obligeait à se mêler à la foule. Mais elle, elle s'était montrée à la hauteur, dans la cohue Saint Ray ; question rencontres, elle avait décroché le pompon.

« Et si on se baladait un peu plus, puisqu'on est là ?

— J'espère qu'ils ont prévu des bus pour le retour, a noté sombrement Mimi. Genre, il y en avait des tonnes pour amener les gens au match mais j'ai même pas pensé *une minute* à comment on allait rentrer, fuck ! »

On aurait dit Charlotte avant de se rendre à Saint Ray, non ? À cette différence qu'elle n'avait pas osé se montrer aussi ronchonne que Mimi, par crainte d'être jugée *pas cool.*

« Je crois que les bus de Chester passent par ici, a observé Bettina.

— Y a intérêt ! Parce que moi, pas question que je me tape le trajet à pied. Jusqu'au campus, il doit y avoir quatre bornes, au moins.

— Ça ne peut pas être si loin, a argumenté Charlotte. On regarde encore un peu, d'accord ? Peut-être qu'on va tomber sur quelqu'un qu'on connaît ?

— OOOOO.KKK. », a soufflé Mimi en levant les yeux au ciel.

Charlotte s'est remise en route avant qu'elle ne change d'avis. Elle se sentait un peu coupable, soudain : ce n'est pas au nom de l'aventure et de la découverte qu'elle les avait entraînées ici, mais parce qu'elle n'aurait jamais eu le courage d'affronter ce rassemblement seule, ni celui de le leur avouer. Quant à ses véritables raisons de vouloir venir traîner au tailgate...

À cet instant, les trois jouvencelles passaient devant un Lincoln Navigator, un monstre de bagnole à côté duquel un homme, une femme et deux adolescents étaient en train de déjeuner autour d'un grand panier de pique-nique. L'homme, qui avait certainement dépassé la soixantaine, sirotait quelque liqueur brune dans un large verre carré tout en regardant au loin avec une expression désolée. C'était un ancien de Dupont, à tous les coups. Quel adulte supporterait de rester ici plus de dix secondes, autrement ? La femme, une jolie blonde – sa fille ? – était assise un peu en retrait et mordait dans un sandwich avec l'air de s'ennuyer à mourir. Le plus jeune des gamins, tout en imitant à la perfection le *moonwalk* de Michael Jackson, a chouiné :

« Zut, quand est-ce qu'il commence, ce match ? »

Son aîné, adossé au Navigator les bras croisés, l'a regardé avec pitié :

« Quel match ? C'est un *tailgate de Dupont*, gros niais ! »

Un autre SUV. Des filles et des garçons massés autour d'un baril de bière, lançant force exclamations ironiques. Juste à côté du bidon, deux gars tenaient une fille par les jambes, tête en bas. Dans sa bouche grande ouverte, un troisième enfonçait un tuyau jusqu'à sa glotte.

« Eeeeerrk ! a fait Bettina. Ça fait mal rien que de le voir ! Comment on peut avaler de la bière qu'on t'envoie dans la gorge quand tu as la tête en bas ?

— Bah, elle s'en fiche, a affirmé Mimi. Elle a tout ce qu'elle voulait : des mecs à chaque entrée et encore d'autres mecs pour mater. »

Elles ont poursuivi leur chemin mais Charlotte a pilé, brusquement. Apparition stupéfiante sur la plate-forme d'un pick-up : un diesel poilu de partout qui ne portait qu'un caleçon écossais et, pointant à travers la braguette, un énorme leurre de pénis ! Les yeux fermés, poings levés au ciel dans le style disco, il essayait sans succès de bouger les reins en rythme avec la musique qui sortait de l'autoradio : « *Trop la rage tu dégages quand j'appelle mes négros y déboulent en moto fais mouiller les gogos...* »

« Eeeeerk, pouah ! a crachoté Bettina. C'est trop nul, ce rap. Complètement surfait, à mon avis.

— Hiiiiih ! a henni Mimi, les yeux sur le gars au braquemard en plastique, répugnant, le mec ! Encore une fraternité, quel pied !

— Peut-être... a répondu distraitement Charlotte, certaine d'avoir déjà vu cette boule de poils quelque part.

— Hé, toi ! J'te connais, toi ! »

Sur le trottoir près du pick-up, un garçon pointait le doigt sur elle. Grand, mince, bien bâti, seulement vêtu d'un short en toile porté très bas sur la taille pour ne rien cacher de son impressionnante ceinture abdominale... Oh, c'était lui ! Harrison, le joueur de crosse que Beverly avait poursuivi. Un frisson glacé l'a parcourue. La voilà, la seule et unique raison pour laquelle elle avait entraîné ses amies dans cette prétendue « exploration d'un tailgate ».

Il s'est approché avec un grand sourire, le doigt toujours tendu.

« Tu étais à la résidence ! Avec... son nom m'est sorti de la tête.

— Beverly. Ma camarade de chambre. »

Comme sa voix sortait fluette et timide !

« Puisque t'es là, viens, monte et fais la fête.

— *Monter* ?

— Ouais, sur le pick-up ! Allez !

— Monter sur le pick-up, a répété Charlotte. – Elle a regardé Mimi et Bettina. – Vous voulez, vous ? » – Dans un chuchotement complice et avec un sourire perplexe censé signifier : « Pourquoi pas ? Ça pourrait être amusant... »

Les deux filles se sont bornées à lui rendre son regard, Bettina en se mordant légèrement la lèvre inférieure. Charlotte ne savait pas comment réagir. Elle aurait voulu rester, mais comment le faire sans elles ? Allaient-elles se sentir délaissées, lui en vouloir d'être celle du trio qui attirait les garçons *cool* ?

« Hé, heeeeyyy ! Quoi d'neuf, beauté ? »

Debout sur la plate-forme à côté du poilu au pénis postiche, la hélait un mastodonte presque nu. Charlotte l'a reconnu sur-le-champ : c'était le joueur de crosse qui avait flanqué la frousse aux Mutants sur le perron du Briggs. Du coup, elle comprenait pourquoi le type hirsute lui avait rappelé quelqu'un – il accompagnait le géant, ce jour-là.

« J'te connais ! a crié ce dernier. T'es la... la... – Ivre au point d'oublier la fin de sa phrase. – Viens ici avec *moi* ! – Il a désigné Harrison. – Lui, c'est un trouduc. Monte ici avec moi, qu'on se la DONNE ! »

Sur ce il a entrepris de se secouer violemment de la tête aux pieds, bras ballants, la bouche figée dans un rictus de demeuré. Charlotte le contemplait, effrayée. Il s'est arrêté pour s'avancer vers elle en titubant, son immense carcasse courbée en deux. Muette de peur, elle ne pouvait que faire non de la tête, non. En un éclair, le géant a sauté la ridelle arrière, s'est retrouvé sur l'asphalte, est parti en avant, s'est rattrapé sur les mains et s'est redressé près d'elle, un sourire dément aux lèvres.

« Monte, bébé ! Ça va chauffer ! »

Non, non, non de la tête, et un tout petit « non », étranglé.

« C'est parti ! » a hurlé Mac en plaquant ses deux paluches sur la taille de Charlotte et en la soulevant dans les airs comme un fétu de paille, en face du type hirsute aux bourses démesurées.

« LÂCHE-MOI ! NE ME TOUCHE PAS ! ARRÊTE ! TOUT DE SUITE ! »

Elle était épouvantée mais aussi indignée d'être ainsi offerte à bout de bras à ce singe poilu, son rictus grimaçant, son phallus impudent.

« Allez, Mac, pose-la. Elle veut pas.

— Oh, toi... tantouze ! » a bredouillé Mac, en essayant à la fois de poser Charlotte sur la plate-forme et de surveiller Harrison.

Lequel l'a saisie par la taille, a cherché à l'entraîner en arrière et, comme Mac résistait, lui a fait un croche-pied. Mac a basculé sur le dos, Charlotte toujours dans ses bras. Tout cela comme au ralenti, qui a paru durer une éternité et a permis à la prisonnière de se demander, presque sereinement, par pure curiosité, comment elle allait finir. Soudain, Mac l'a lâchée pour se recevoir sur les mains afin d'amortir la chute. Charlotte a atterri sur lui, étalée de tout son long sur sa poitrine, sur son ventre. Elle s'est dégagée, a roulé sur le bitume, s'est remise debout d'un coup de reins et a surpris le regard médusé de Bettina et Mimi sur elle. Bettina ! Mimi ! Mais elle n'avait pas le temps ! Mac était sur pied, lui aussi, et il se dirigeait vers elle, l'air sonné mais d'une détermination enragée jusqu'à ce que ses yeux se figent au-dessus de l'épaule de Charlotte et... Une demi-seconde plus tard, Harrison avait un bras autour d'elle et menaçait l'assaillant de l'autre.

« Arrête de faire chier, Mac ! FOUS-LUI LA PAIX ! Sers-toi de ta putain de caboche ! C'est pas une groupie ! T'as déjà les Chinetoques qui veulent ta peau, t'as décidé de te faire éjecter de la putain de boîte ?

— La putain de... » a commencé Mac avant de se perdre dans un grognement incompréhensible.

Il a jeté à Harrison le regard d'un tigre prêt à bondir, et adopté la position idoine. Harrison a lâché Charlotte pour se mettre en garde. Mac était beaucoup plus puissant mais il était bien plus ivre, également. Harrison a commencé à feinter en bougeant seulement les épaules, à droite, à gauche, à droite ; l'autre lui a foncé dessus mais il a esquivé. Peinant à reprendre son équilibre, le géant est revenu à la charge. Quel spectacle ! Leur short était maintenant si bas, à l'un et à l'autre, que l'on voyait les sillons qui partaient de l'iliaque pour rejoindre l'aine... Ils étaient en nage et le soleil irisait leurs muscles en bosses scintillantes et creux assombris. Mac hésitait, préparait un bond décisif...

Des curieux s'étaient amassés, attendant les dents cassées, les pifs éclatés, la chair à vif, les yeux pochés. Un cercle infranchissable s'est vite formé, des cris primitifs sortaient des bouches gorgées d'adrénaline. Vacarme et cœurs battants, le chanteur de crazy funk n'était plus audible. Dans cet espace réduit Harrison perdait l'avantage de sa meilleure mobilité et bientôt Mac l'a acculé contre le pick-up, sans échappatoire possible. À cinq mètres de lui environ, le géant se préparait à la curée quand... Fuck ! Harrison lui a foncé dessus. Mac a été surpris, Harrison a plongé en avant, pieds décollés du sol pour venir faucher son adversaire aux genoux. Lequel est tombé comme un arbre. Leurs corps se sont écrasés sur l'asphalte.

« Qu'est-ce que c'est, ce bordel là-bas ? » s'est étonné Vance, debout sur la plate-forme du pick-up de Julian, tout en cherchant à apercevoir ce qui se passait derrière le mur vociférant de badauds surexcités. Assis près de lui adossé à la ridelle, Hoyt, qui en était à sa quatrième bière – ou cinquième ? Il ne savait plus –, a remarqué :

« Pas la queue d'une idée. Au bruit, on dirait une castagne. Toujours les mêmes conneries. »

Ce devait être la cinquième, oui, car il tentait de se persuader qu'il valait beaucoup mieux rester tranquillement à sa place et se soûler peinard que se donner la peine d'aller voir des types échanger des baffes. Juste à ce moment, pourtant, un énorme grognement collectif s'est élevé de la masse des spectateurs, puis un autre, puis les exclamations et les cris ont repris. Hoyt s'est mis debout, ce qui aurait été plus facile s'il avait pu se servir de ses deux mains. Mais impossible : même vaincue, l'impulsion soûlographique tenait toujours fermement le gobelet de bière.

« J'vais voir », a annoncé Vance, ses yeux bleus scintillant de curiosité.

Boo-man, qui s'occupait avec diligence du distributeur de bière pour le compte de dix ou douze Saint Ray et leurs petites amies, se tordait le cou afin d'essayer de voir ce qui se passait. Même ses clients, avachis par terre et donc privés de la perspective que leur perchoir donnait aux trois garçons, avaient tourné la tête en direction du chahut. Des étincelles plein les yeux de s'être levé si vite alors qu'il était déjà éméché, Hoyt a cravaché sa volonté assoupie par l'alcool pour dégringoler du pick-up avec Vance et Boo-man.

Ces trois-là n'étaient pas les seuls à être aimantés par la pagaille : il est vite apparu que se faufiler dans la cohue allait constituer un casse-tête tactique. Hoyt, pourtant, ne voyait absolument pas pourquoi un Saint Ray devrait obéir aux lois du commun des mortels, par exemple « premier arrivé, premier servi ». Stimulé par l'ivresse, il s'est mis à forcer son chemin avec une expression de supériorité implacable : « On passe, on passe ! Hé ! On passe, je dis ! Bouge-toi de là ! On passe ! » Quand l'un de ces minables ne comprenait pas immédiatement qu'il devait s'écarter, Hoyt lui lançait son regard accusateur si bien rodé – un véritable rayon laser de blâme dédaigneux : « Reste pas là à glander ! J'amène la transfusion, moi ! »

En un rien de temps, il s'est ainsi retrouvé au premier rang et... La vache ! Pas étonnant qu'il y ait une foule pareille ! Là, au milieu du cercle, il y avait Mac Bolka et Harrison Vorheese ! Avec une pêche... Ils se battaient pour de vrai ! Accroupis, cramponnés l'un à l'autre, haletants, dégoulinant de sueur, leurs membres couverts d'ecchymoses, de coupures et de poussière. Un flux sanguinolent coulait du nez de Harrison jusque dans sa bouche, il essayait d'arrêter la fuite avec sa lèvre inférieure, tandis que les yeux de Bolka faisaient songer à deux ampoules électriques dans deux trous sombres. Ils étaient tous deux à bout de forces, a estimé Hoyt, qui s'est tourné vers le petit débile maigrichon planté à côté de lui pour lui dire à l'oreille :

« C'est à propos de quoi, ce foutoir ?

— Une fille, a répondu l'autre sans détourner le regard des lutteurs.

— Quelle fille ?

— Par là, en face, a-t-il fait avec un geste de la main. Celle en robe. »

Il n'y en avait qu'une dans le mur humain. Pas facile de voir à quoi elle ressemblait puisqu'elle baissait la tête, ses mains plaquées contre ses joues mouillées, la bouche déformée par un rictus horrifié, le front plissé, les yeux exorbités. Mais... si, c'était *elle*, cette petite nouvelle qui lui avait donné du fil à retordre un soir... Cela ne l'a qu'effleuré, cependant, car son esprit était tout entier occupé par Harrison. C'était un frère ! Un Saint Ray ! Et un joueur de crosse, en plus ! Il ne se l'est pas formulé ainsi, en mots : c'était plus de l'ordre de la *sensation*, comme s'il était connecté à un circuit. Le circuit des Saint Ray ! Et les Saint Ray, par définition, étaient des gus qui ne se laissaient pas emmerder ! Là, en revanche, c'est ainsi qu'il s'est formulé le constat. Si Harrison avait besoin d'aide, n'importe quelle aide contre ce hideux macaque, il allait la recevoir ! Car Hoyt Thorpe ici présent était un guerrier ! Et il ne resterait pas les bras croisés quand un Saint Ray était en cause !

Voûté, le souffle rauque, Harrison faisait face à Bolka. Les yeux vitreux, ce dernier semblait sur le point de s'évanouir. Son ennemi s'est rapproché. Avec un cri, une plainte plutôt, il l'a chargé, balançant ses mains en avant comme pour écarter les bras de Bolka et l'atteindre en pleine figure. La seconde suivante, ils roulaient tous deux sur le sol. Harrison s'est retrouvé à quatre pattes, Bolka sur son dos. Lequel, profitant de sa supériorité physique, a pressé la tête de Harrison contre l'asphalte, puis porté ses paluches sur le cou de son adversaire dans une sorte de prise de catch. Effrayant et... paf ! Harrison a paru rendre son dernier souffle. Un bout de viande inerte écrasé par terre. Certain de lui avoir réglé son compte, Bolka s'est redressé, chevauchant toujours le corps, les genoux plantés dans une mare de bière éventée. Jetant un coup d'œil à la foule, il a levé les deux poings à hauteur de poitrine. Hoyt a cru qu'il allait se tambouriner le thorax en poussant un rugissement de victoire. Entre les jambes de Bolka, Harrison a lentement roulé sur le dos, les paupières fermées, cherchant désespérément de l'air. Bolka avait une mine sérieuse, presque triste, comme s'il voulait dire : « Je voulais pas lui faire mal, hein, mais il m'a cherché, vraiment. » Parvenu au point idéal sur la courbe de l'ivresse, Hoyt s'est accordé un flot de haine pure. Il *haïssait* ce triple nœud ! Qui c'était, d'abord ? Que faisait ce bâtard balkanique à Dupont, pour commencer ? La tempête se déchaînait en lui, stimulante, parfaite. Il était un Dupont, lui, et un Saint Ray, et il *savait* ! La haine s'est muée en un sentiment plus raffiné, plus digne de lui : le mépris.

Justement, le méprisable diversoïde était en train de se remettre debout, les yeux baissés sur Harrison, secouant la tête comme s'il était désolé d'avoir dû en arriver là. Puis, se détournant de son adversaire vaincu, il s'est mis à observer la cohue d'un air tellement sombre qu'on eût dit qu'il cherchait quelqu'un d'autre à massacrer. Mais assez vite ses yeux se sont arrêtés et la moue menaçante a cédé la place à un début de sourire. « V'là ma nana ! » Il l'a dit d'une voix sucrée, empreinte d'une extase idiote, « *Vahamahaha* »... Et il s'est avancé vers... *elle*, cette fille, la petite première-année ! Droit sur elle.

« V'là ma nana, a-t-il répété.

— Ne t'approche pas de moi ! »

C'était un ordre plus qu'une protestation.

« Euuhhh...

— J'ai dit NE T'APPROCHE PAS DE MOI ! »

Elle était furax ! Les traits déformés par la peur et baignés de larmes mais furieuse quand même ! Elle tenait bon !

Bolka, qui paraissait plus grand et musculeux que jamais, était à quelques pas d'elle. Plus sale, plus écumant de salive et de sueur, plus hideux macaque, plus *méprisable* que jamais ! Les badauds étaient paralysés, bouche bée. Misérables petits bonshommes... Et là, Hoyt l'a *ressenti* : le point ! Le point sur la courbe ! L'instant où les deux lignes se croisaient, le limbique et le rationnel avaient trouvé l'équilibre parfait. Il s'est aimé, oui, il s'aimait quand il s'est vu – il pouvait se regarder lui-même, oui ! – se détacher de cette masse de voyeurs inutiles pour entrer dans l'arène. Un guerrier surgi pour sauver et venger un camarade, un Saint Ray ! Et c'est aussi à cet instant que son cerveau a conçu une stratégie.

« Hé, tête de nœud ! »

Les deux Hoyt n'en pouvaient plus d'amour narcissique quand ils ont perçu le défi, la note de mépris absolu qu'il y avait dans sa voix.

« Laisse cette fille tranquille, tête de nœud ! C'est ma sœur ! »

Inclinant la tête de côté, Bolka a esquissé un petit sourire sardonique.

« Et qui tu crois que t'es, toi ?

— Si c'est ma sœur, c'est que j'suis son frère, ce que même un zéro comme toi devrait pouvoir déduire, fuck, et donc je te le redis : laisse ma sœur tranquille ! »

Le mépris et la fureur du géant ont baissé d'intensité d'un coup, comme sous l'action d'un rhéostat. De toute évidence, il commençait à mesurer les effets possibles sur l'opinion publique, sur la foule amassée ici, si ce type était vraiment son frère. Ils étaient désormais à moins de deux mètres l'un de l'autre. La courbe ! Le point ! Hoyt l'avait atteint !

« J'ai... dit... laisse... ma sœur... tranquille ! »

Il a vu que le rhéostat du colosse continuait à descendre.

« Comment je sais que c'est ta sœur ? »

Ah ! Bolka venait d'abandonner le niveau du combat originel pour se placer sur celui de la crédibilité et pour Hoyt cela signifiait la victoire. D'une voix d'airain, il a répliqué :

« Comment tu le sais ? Parce que c'est écrit, noir sur blanc. Je l'ai ici, tiens. – Il a plongé une main dans la grande poche extérieure de son short, est venu tout près du géant et lui a présenté un bout de papier, en réalité le reçu d'un DVD qu'il avait loué chez Mehr & Bohm Music Video. – Voilà ! »

Dès que Bolka l'a pris pour l'examiner, Hoyt lui a envoyé un direct du droit dans le nez. Le sang a jailli des narines du géant mais il n'a pas reculé, pas bougé. Sous le flot vermillon ses lèvres se sont ouvertes dans une grimace sauvage. Avant que Hoyt comprenne ce qui lui arrivait – car il n'avait pas prévu de riposte de la part de Bolka, cela ne faisait pas partie de sa stratégie –, il s'est retrouvé le cou emprisonné dans les pognes du géant qui serrait de toutes ses forces et il a réalisé douloureusement qu'il ne pouvait plus respirer. Le plus effrayant, néanmoins, c'était de comprendre qu'il venait de rencontrer ce redoutable « centième homme » contre lequel son père l'avait mis en garde maintes fois. La panique ne dominait pas en lui, pas encore, mais le remords d'avoir mal calculé son coup, de ne pas se montrer à la hauteur de Dupont et de Saint Ray.

Cris de rage ! Cacafuego ! Une rossée, une avalanche de gnons, puis un poids inimaginable l'a précipité au sol. Enterré sous une masse de viande et de rage. Les autres joueurs de crosse étaient descendus du pick-up pour se joindre à la curée. Il sentait les coups, l'insupportable pression, la déchirure à son coude, l'obscurité étouffante de tout cela, mais il n'éprouvait pas de douleur, il n'en était pas capable. Tout ce qu'il savait, c'est que le géant avait lâché sa gorge : il mourrait battu comme un chien, mais pas étouffé. Il a tenté de se rouler en boule. Il ne sentait rien, pas même son bras gauche tordu en arrière, pas même le coude venu marteler son crâne. Extinction des feux ? Non. Il avait conscience d'avoir la tête dans de la bière, à cause de l'odeur. Il avait conscience d'une voix grossière, une voix d'homme âgé.

« Hé, loustic, ça suffit comme ça, dégage ! » « Loustic » : cela signifiait que Bruce et la police du campus étaient arrivés. Bruce était un vieux type graisseux qui n'appelait jamais les étudiants mâles autrement que loustics. C'était fini, donc. Toujours pas de douleur, pas encore, mais une sensation d'échec. Un guerrier fauché dans la fleur de sa jeunesse... Il n'avait rien fait de mal ! Cogné la bestiole en plein groin, classique, comme son père le lui avait appris. Merde ! Le centième homme.

« *Vidéo des singes blancs et leurs matraques, le sang mon sang ton sang hé négros il est peut-être temps de s'bouger, de leur mettre la matraque où j'pense, à ces enculés, les flics filment le sang mon sang ton sang les frangins s'font cogner le sang mon sang ton sang allez-y filmez mothafukas...* », et ainsi de suite jusqu'à ce que Jojo n'ait plus qu'une envie : grimper au mur, démolir les haut-parleurs, se glisser à travers les fils, atteindre Doctor Dis et lui arracher la tête pour son propre bien. Pourquoi Charles imposait-il ce soi-disant rap à toute l'équipe ? Ce n'était que du bruit, le potin du ghetto. Pourquoi lui, Jojo, devait-il subir la torture de Doctor Dis à chaque seconde de chaque minute qu'il passait à enfiler sa tenue d'entraînement ?

Charles, pour sa part, assis devant son casier un peu plus loin, était en train de se changer et de se livrer à son deuxième sport favori : enquiquiner Congers.

« Hé, Vernon ! a-t-il lancé assez fort pour que toute la salle l'entende. J'ai vu que tu t'es payé une nouvelle tire. »

« Tire » pour « voiture », en parler du ghetto.

En face de lui, Congers a répondu par un « Ouais » tendu. Il avait depuis longtemps appris à se méfier de ce type d'ouverture, surtout quand Charles se mettait à employer ce genre d'argot, ce qui était toujours chez lui un signe d'ironie.

« Comment qu'tu l'appelles, cette tire ?

— Une Viper.

— Une Vipeeeeh ? Han-haaaan ! Tu vas trop gérer, mec ! Quand qu'tu l'as eue ?

— Je... Y a deux, trois jours.

— Une Vipeeeeeh, hé ? Combien t'as casqué ? »

Congers a hésité, puis :

« On... On me l'a donnée.

— On t'la *donnée*, présentement ? *On* t'aime beaucoup, brother ! C'est un oncle ou quoi ?

— Non.

— Alors j'espère qu'il est réglo, ce keum. Hé, la tire vaut cinquante ou soixante patates ! Laisse pas ce keum te p'loter le cul ou t'inviter à venir prendre un Slurpee quand vous vous dites bonsoir.

— Un Slurpee ! a pouffé Treyshawn. Heurgggh, heurgggh, heurggggghhhh... »

Elle était trop bonne, celle-là.

Congers s'est assombri. Il n'appréciait pas du tout ces insinuations.

« De quoi tu causes, fuck ? Je sais même pas qui me l'a donnée !

— Tu *sais* même pas ? Un keum me donne une tire pareille, je me rappellerais son nom, fuck ! Comment ça, tu sais pas ?

— Je sais pas, man ! Je me rhabille après l'entraînement, je mets mon fute et dedans il y a un putain de trousseau de clés de voiture, avec "Vernon Congers" et un numéro de plaque, tu vois c'que j'veux dire ? Et donc je sors dehors et elle est là, garée juste au coin, tu vois c'que j'veux dire ? La porte elle est ouverte, donc je monte et il y a les papiers et tout, la carte grise au nom de ma reum, et donc...

— Chuuut ! a sifflé Charles en prenant un air inquiet. Raconte jamais ça à personne ! »

Jojo n'écoutait plus. Charles se payant la tête de Congers... Ce qu'il avait entendu était déjà assez déprimant : Congers, un première-année qui n'avait même pas encore joué pour Dupont, s'était vu offrir une voiture ! Et pas n'importe laquelle : une voiture *classe* ! Sans doute la rumeur courait-elle partout, désormais, même parmi les donateurs : l'ascension d'un jeune phénomène, la descente vers le néant de Jojo Johanssen... Il ne s'était jamais senti aussi déprimé. Jusqu'à ses coéquipiers qui évitaient de le regarder, tant sa disgrâce était gênante. Ou bien était-il parano ? L'incroyable, l'inimaginable s'était produit. Sa seule raison d'être en ce monde, jouer un jour en Ligue nationale, venait d'être oblitérée. Plus de sens à sa vie mais... Ouais, ouais, baisse pas les bras, réponds en étant encore meilleur, les vrais mecs ne renoncent pas, et ainsi de suite.

La troisième phase de son déclin et de sa chute se produirait certainement d'ici à quelques minutes. Comme il y avait un match dans trois jours, l'équipe allait s'entraîner contre les réserves. Ceux-ci avaient un strict rôle de sparring-partners : ils allaient imiter les tactiques de Cincinnati, leurs attaques et leurs combinaisons, bref servir de marionnettes pour les cinq élus. Jojo aurait sans doute pour consigne de tenir le poste de l'ailier fort de Cincinnati, Jamal Perkins, baptisé par les journalistes sportifs Le Martinet en raison de son jeu extrêmement « physique », c'est-à-dire qui ne se privait pas de coups et de coups bas. À l'entraînement, il ferait face à Congers, sa mauvaise étoile, mais s'il se montrait aussi « punitif » que Jamal Perkins on penserait qu'il agissait par jalousie. Donc, faire des fleurs à Congers pour qu'il fignole sa technique... Fabuleux !

Du coin de l'œil, il a aperçu un éclair mauve Dupont entrer dans le vestiaire. Il n'avait pas besoin de tourner la tête pour savoir que le coach venait d'arriver ; peut-être serait-il bon de le regarder. Il ne pouvait s'en empêcher, d'ailleurs. Personne n'en était capable, car l'entraîneur était aussi susceptible d'exploser de colère à tout moment que de se transformer en père aimant et sévère faisant appel au meilleur de chacun. Jojo a donc tourné la tête. Et il a eu devant les yeux Buster Roth en blouson d'entraînement mauve, avec « DUPONT » en lettres dorées. À ses côtés, deux assistants : Marty Smalls, un Blanc, et Skyhook Free, un Noir immense qui avait jadis joué avant-centre pour Dupont. Les quatorze joueurs fixaient à présent le coach qui, même avec les yeux plissés et les sourcils froncés, gardait une expression impossible à déchiffrer. Il s'est avancé au-devant de ses garçons assis sur les bancs en face des casiers et a posé les poings sur ses hanches, ce qui n'était jamais bon signe. Se balançant sur ses talons, il a rentré son menton, ce qui a fait paraître son cou encore plus massif, telle une épaisse colonne jaillie de la gorge jaune canari de son polo. Pas bon signe non plus. Ses yeux sont passés de l'un à l'autre des basketteurs tandis que le silence se transformait en bombe à retardement. Soudain, le coach a demandé à Marty Smalls de pousser le tableau noir à roulettes là où toutes ses ouailles pourraient le voir.

« Donne-moi une craie, Marty. – Ordre aussitôt exécuté. – Une rouge, aussi. – Idem. – Bon, bon, bon. Alors, Cincinnati a deux nouveaux joueurs. Je les ai vus aux camps d'entraînement. Ils sont grands, ils sont rapides, mais ça ne va pas lui faire changer sa tactique, à Garducci : il va commencer avec la porte de service. »

Là, Buster Roth a entrepris de tracer un croquis compliqué en rouge et blanc, censé présenter le « truc » de l'entraîneur de Cincinnati : masser une offensive sur un côté du terrain et passer brusquement la balle à un ailier ou à un arrière en train de monter au panier sur l'autre flanc, la fameuse « porte de service ».

« Ils ont toujours Jamal Perkins, aussi, qui comme d'habitude va accrocher, crocheter, piétiner, bref empoisonner au maximum tous ceux d'entre vous qui approcheront du panier. »

Tristement, à contrecœur, Jojo a suivi avec attention ce que le coach avait à dire sur le jeu de Perkins. La phase trois de sa dégringolade était pour bientôt, quand il entrerait sur le terrain pour singer Jamal Perkins au grand bénéfice de Vernon Congers, première-année propriétaire d'une Viper.

Son exposé terminé, Roth a tourné le dos au tableau.

« Alors, pigé ? – Tout le monde a hoché la tête. – Des questions ? – Quatorze bouches closes. – O.K., on y va. Charles, Mike, Cantrell, Vernon, Alan, vous êtes Cincinnati. Marty ?

Alors que Marty Smalls s'avançait avec une pile de maillots jaunes fraîchement repassés, Jojo est resté paralysé à sa place, partagé entre la stupéfaction et l'espoir. Si Congers jouait « Cincinnati », cela voulait dire que lui, Jojo Johanssen, allait faire partie des cinq de départ représentant Dupont... Ou bien avait-il raté quelque chose ? Le coach allait-il se rendre compte de son erreur sur le terrain et leur demander à nouveau d'échanger leur maillot ?

Il n'a pu s'empêcher d'observer les autres, à la dérobée. Les yeux de Mike, qui venait d'enfiler sa tunique jaune, se sont rouverts sur lui et il a eu un petit sourire, comme pour dire : « Toi et tout ton foin sur ta carrière foutue ! T'es content, maintenant ? » Son maillot dans les mains, Congers restait debout, immobile, un regard perplexe sur le coach, qui n'exprimait pas l'hostilité mais une attente éperdue ; toutefois Roth était déjà en train de quitter la pièce avec Skyhook Free et n'allait donc pas lui dire qu'il s'était trompé, non. Après avoir servi la formation de début de match, Smalls donnait des maillots jaunes aux trois flotteurs : Holmes Pearsons, Dave Potter et Sam Bernis ; ensuite, il a entrepris de distribuer les mauves à Treyshawn, André, Dashorn, Curtis et, sans changer vraiment d'expression, à... lui, Jojo ! Qui n'arrivait toujours pas à y croire.

Entre-temps, presque tout le monde s'était habillé et avait pris le chemin du terrain. Fuck ! Il n'allait pas rester seul avec Congers, ce serait trop gênant ! Jojo s'est hâté d'enfiler son maillot. L'autre était face à son casier, le bout de tissu jaune entre les doigts. La vache, il était bien balancé, quand même ! Les muscles bruns sur son large dos paraissaient sculptés par lumière. Congers aurait pu bousiller Charles – ou Jojo, d'ailleurs –, s'il en avait eu le courage... Jojo s'est éclipsé du vestiaire sans qu'il se retourne.

Quand il a rejoint la touche, les mauves et les jaunes s'échauffaient déjà. Le bruit des ballons résonnant sur le sol ou faisant vibrer les paniers dans cet énorme stade vide lui flanquait des frissons à chaque fois. Tout au fond du bol obscur, seuls les LumeNex, directement braqués sur le terrain, étaient allumés. Surgi d'on ne savait où, Buster Roth a fait signe à Jojo de le suivre dans un coin moins éclairé, à côté de la grille de séparation des gradins. Il lui a donné une tape sur le biceps :

« Hé, Jojo, j'ai été pas mal dur avec toi ces derniers temps, pas vrai ? – L'intéressé ne savait que répondre mais le coach n'attendait pas qu'il le fasse, visiblement. – Alors écoute, a-t-il continué en prenant son air paternel-mais-ferme : j'avais forcément une raison pour ça, hein ? Vois-tu, dernièrement, je t'ai trouvé... hésitant, préoccupé, tracassé par quelque chose. Tu n'as pas à me dire quoi. Ce n'est pas important. Ce qui compte, c'est que j'ai dû te remettre *ça*... – il a levé son poing au niveau de son cœur et l'a serré, serré jusqu'à ce qu'il se mette à trembler – ... dans ta cage thoracique. On ne peut pas dire à un joueur : “Allez, retrouve ta pêche !” Il faut le mettre dans une position ou il se ressaisit, ou non. Personne, je dis bien personne, n'est assez bon pour se laisser distraire au point de perdre *ça*. – Encore la gestuelle du poing. – O.K. On n'y pense plus. Simplement, montre-moi que tu as la pêche. Vas-y, mets-leur la pâtée. »

Jojo savait qu'il aurait dû dire « Merci, Coach », mais rien n'est sorti de sa bouche. Il ne ressentait pas de gratitude, ni de joie, ni de soulagement, mais une impression étrange, indéfinissable : celle qu'on se payait sa tête, peut-être ? C'était presque cela, mais pas complètement. Du coup, le maillot qu'il portait lui paraissait une sorte de fraude.

Il est allé sur le terrain, donc, et grâce à ce flot de lumière incroyablement précise il a eu de nouveau l'impression de monter sur une scène où le monde entier attendait l'apparition de sa vedette. Les téléspectateurs du monde entier, en tout cas. Il n'y a que là que je suis heureux, a-t-il pensé, et peu à peu le poids accablant des deux dernières semaines a commencé à glisser de ses épaules. Si Congers s'était présenté devant lui à cet instant, il n'en aurait aucunement été troublé.

De ce côté, les mauves s'échauffaient. De l'autre, « Cincinnati », et le rebond de ces innombrables ballons devenait le pouls de l'univers. Treyshawn faisait ses « Kareemas », ainsi qu'il les appelait en l'honneur de Kareem Abdul-Jabbar – des bras roulés juste en dehors du couloir ; André essayait des tirs à trois points sur la gauche ; Dashorn s'autorisait le rêve typique de tout arrière, à savoir feinter un essai en suspension de très loin puis foncer à travers tous les géants dans le couloir et les sidérer avec un tir en course de près. Il pleuvait des ballons.

Sans un mot à ses coéquipiers, Jojo a commencé à répéter des tirs courts. Quand l'un d'eux a rebondi sur le panier, il s'est élevé dans les airs, très haut, plus haut que le cercle, pour le smasher en un unique mouvement très fluide. Il venait de reprendre contact avec la terre lorsqu'il a surpris... le coach, toujours dans son coin sombre, avec un grand type en maillot jaune. Congers, évidemment.

Pour Jojo, le terrain était un lieu sacré, inaccessible à l'impureté. Il y avait des règlements et des lignes, aucun argument, aucune flatterie, aucune intrigue ne pouvait les changer. Sur cette scène immaculée, il n'avait encore jamais ressenti ni soupçon ni cynisme, et pourtant à cet instant, oui, il a *su* que le coach était en train de dire au jeune prodige : « Tu comprends, Vernon, je ne peux pas humilier Jojo, ton aîné, en le privant du premier match de la saison. Surtout qu'on joue chez nous. Mais ne t'inquiète pas, on te laissera pas sur le banc. Voilà quinze jours que je te mets dans les cinq de départ, pas vrai ? Tu y as plus ta place en deux semaines que Jojo en deux ans. Tu vas avoir des tonnes de minutes, fais-moi confiance. Il n'y en aura qu'un autre pour en avoir plus, peut-être, et c'est La Tour. Et l'an prochain, l'action sera entièrement pour *toi*, alors ne flippe pas à cause de Jojo, d'accord ? Un vieux cheval fidèle, on doit être compatissant avec lui. »

Sur la scène dorée, la scène immaculée, Jojo s'est figé, le ballon dans les mains, son porte-avions de cheveux blonds scintillant sous les projecteurs. Il venait enfin de trouver le mot qu'il avait tant cherché : *manipulé*.

16
Le Sublime

L'électricité statique :::::::::: extatique :::::::::: STATIQUE :::::::::::: EXTATIQUE :::::::::::: STATIQUE ::::::::::::: EXTATIQUE ::::::::::::: STATIQUE :::::::::::: EXTATIQUE ::::::::: STATIQUE emplissait le Buster Bowl à ras bord, vibrait sur le parquet blond éclairé par les LumeNex, remontait les gradins-falaises, à ras bord, à ras bord, et pourtant Jojo parvenait à entendre très distinctement tout ce que Jamal Perkins lui susurrait dans le dos, Jamal Perkins et ses cent vingt kilos de muscles. « Yo, potiche, là, gare à ton cul blanc s'il te la passe, vu qu'tu vas merder, potiche ! Hé, ti'Blanc, t'as les mains qui sucrent les fraises, regarde, potiche, regarde... »

En conséquence, Jojo a poussé sa propre masse encore plus avant dans le ventre de Perkins sans cesser de surveiller le ballon orange, devenu le centre du monde, tandis que Dashorn, l'arrière de pointe, dribblait derrière la ligne des trois-points, cherchant une ouverture dans la défense de Cincinnati. La foule, quatorze mille âmes exactement – on jouait à guichets fermés –, rugissait et grondait mais pour Jojo ce n'était plus un son humain, cela ricochait sur les falaises et se transformait en électricité STATIQUE ::::::::: EXTATIQUE ::::::::::: STATIQUE qui l'enveloppait entièrement, lui et les neuf autres joueurs sur le terrain, et le retranchait de tout, George III, profs hostiles, tuteurs intelligents mais sans volonté, Belles au bois dormant indifférentes, frères galopant dans la course à l'approbation parentale sur la voie de devenir avocats ou banquiers. STATIQUE ::::::::, c'était seulement quand il baignait dans ce STATIQUE ::::::: EXTATIQUE que Jojo se sentait vivant, *dans son élément*, *complet*. Dans ce combat où les règles étaient précises, les limites tracées et le score affiché tout là-haut sur le tableau lumineux, dans ce combat où les grands discours et les stratagèmes faiblards ne signifiaient rien. Ce qu'il redoutait le plus, c'était l'appel plaintif de la corne qui annoncerait un temps mort, un changement de joueur, un quart-temps. Alors le jeu s'arrêterait, l'électricité statique redeviendrait des voix humaines et, d'un coup, Jojo le Sportif serait replongé dans un monde où les petits mesquins et leurs manigances auraient à nouveau le pouvoir de l'humilier.

Toujours derrière la ligne des trois-points, là-bas, le ballon orange rebondissait au sol, rebondissait... Soudain Dashorn l'a passé à André, qui s'est courbé, a cherché à feinter le joueur qui le marquait, a renoncé et l'a redonné à Dashorn, pendant que, telle une scie, Jamal Perkins houspillait Jojo : « C'est pour quoi que tu trémousses ton cul blanc comme ça, potiche ? Pour avoir de l'action, salope ? Hein ? Quatre matchs ici, cinq en visite, tu vas pas durer longtemps, dans ce jeu présentement là ! Le vieux Buster y va éjecter ton cul blanc et mettre Congers à la place ! Oh oui, qu'y va faire ça ! Pas cinq minutes, tu vas tenir ! »

Jojo n'en revenait pas. Comment un type de Cincinnati était-il au courant de son problème avec Vernon Congers ? Si Perkins l'était, toute son équipe devait savoir, aussi, et dans ce cas toutes les sélections qu'ils devraient rencontrer pendant la saison et... Jamal Perkins avait réussi : il lui avait *pris* la tête. Toutes les vacheries qu'il lui avait sorties commençaient à atteindre leur but. Non qu'il s'agisse d'un monstre noir sorti de ténèbres inconnues, pourtant : Jojo avait joué contre lui l'année précédente, en ligue AAU et auparavant au camp du sponsor. La différence, c'est que là ce grand enfoiré le frappait au moral, qu'il ne pouvait plus ignorer ses commentaires stupides et qu'il allait donc devoir répondre à ses allusions ; *salope*, ça revenait à le traiter de *tafiole* et bon, il y avait certains points sur lesquels on ne pouvait transiger, oui ou non ?

Il a répliqué par-dessus son épaule, presque en bafouillant, tant il était énervé : « Ouais, et le cul de ta mère, aussi, *Djamollll* ! Pourquoi qu'elle t'a appelé Djamollll, d'ailleurs ? Ton reup, c'est un putain d'Arabe ou quoi ? Hé, tu sais quoi, Djamollll ? Il est parti enculer des chameaux, ton reup ! » Perkins s'est tu comme s'il venait de recevoir un coup au plexus ::::::: STATIQUE ::::::: EXTATIQUE, puis, dans un murmure rageur : « Cause toujours, toubab de merde, cause toujours. T'as des idées d'enculade, hein ? Eh ben, on va voir qui c'est qui se fait mettre par-derrière. » Sur ce, il a enfoncé le plat de sa main dans le rein gauche de Jojo. Qui était aux anges ! Ce géant keubla de *Djamollll* s'était glissé dans son cerveau mais maintenant c'était lui, Jojo, qui lui baisait la tête et ce fucking abruti ne serait jamais... Mais comment était-il au courant, pour Congers ?

Dashorn, qui était en train de dribbler de la main droite au-delà de la ligne des trois-points, a fait signe à Jojo de son autre bras avant de tourner la tête vers André Walker, lequel avait lui aussi passé la ligne, pour lui intimer de garder le ballon, un début de combinaison qu'ils avaient répété si souvent que Jojo n'a pas eu besoin de réfléchir. Il a repoussé encore plus fort Perkins afin de l'avoir dans les talons quand il recevrait la balle. Après avoir feinté une passe à Walker, Dashorn la lui a envoyée et Jojo a reçu entre ses doigts le noyau orange de l'univers pendant que le :::::: STATIQUE :::::: EXTATIQUE de quatorze mille poitrines se déchaînait. Son rôle, désormais, consistait à pivoter, à sauter en l'air comme s'il voulait tenter un tir court et à servir André, qui montait déjà au panier, ou Treyshawn, supposé se dégager de son adversaire et s'approcher du panier à partir de la ligne de fond.

Jojo s'est élevé, tenant le ballon à deux mains, Jamal Perkins avec lui, pratiquement *sur* lui, mais André n'était pas dans le couloir. Treyshawn ? Il avait une petite chance, tentant de se dépatouiller de son marqueur. Mais le bras que Jojo baissait pour faire la passe à Treyshawn a reçu un coup violent. Bang ! Il en a perdu l'équilibre, s'est retrouvé sur le dos, le nez vers les LumeNex dans le :::::::: STATIQUE :::::::: EXTATIQUE :::::, il s'est déclenché une mêlée pour récupérer la balle qu'il avait lâchée, ::::: STATIQUE :::::::, Perkins a essayé, raté, Jojo a roulé sur le côté, un arbitre en maillot rayé penché sur lui a sifflé et refermé les bras en l'air comme des ciseaux, :::::: STATIQUE :::::::: EXTATIQUE, faute de Perkins, Jojo aurait droit à deux essais.

Le calme est plus ou moins revenu. Il avait gagné ! Obligé ce grand connard à perdre le contrôle et à commettre une faute patente. Jojo aurait voulu raconter à la foule comment il s'y était pris, toutes les injures qui avaient précédé sa réplique, la façon dont il l'avait battu sur son propre terrain, dont il avait été *plus keubla qu'un Keubla*... Yo ! Et vous qui pensiez qu'il s'agissait seulement de deux grands gaillards se disputant un ballon !

Au moment où il approchait de la « bouteille », la zone de lancer franc, une fille a crié « Go, go Jojo ! », ce qui a soulevé une vague d'encouragement sur les falaises. Il a tenté de la repérer dans la foule ; par là, assez près de la touche, et il distinguait des visages, maintenant, mais... Il n'avait jamais été aussi calme à l'instant d'un lancer franc. Jamais. Car il avait déjà remporté sa victoire – si seulement tout le monde avait pu connaître la vérité. Les autres se sont alignés de chaque côté du couloir. Près du panier, Treyshawn lui a adressé un grand sourire béat. Il avait compris que Jojo avait déjà gagné, lui, il lui en envoyait la confirmation en silence. « Go, go Jojo ! », cette fois une voix de fausset. De fausset ?

Il a casé le premier tir comme ça, sans même y penser. Le rugissement de la foule a enflé. André est venu vers lui, ils se sont congratulés et... « Le 24 ! Hé, 24 ! » Encore une fille, dans le même secteur que tout à l'heure. Jojo a tardé quelques secondes à se rappeler que c'était son numéro, il a de nouveau inspecté la rangée... Impossible de la manquer : elle était debout, rayonnante, les joues enflammées, des kilomètres de cheveux blonds, et elle a commencé à dresser une sorte de... pancarte qui lui a masqué la figure, un grand bout de carton blanc sur lequel, en lettres maladroites, disgracieuses mais fort lisibles, s'étalait : « 24, JE SERAI TA PUTE ! ! » Sur les gradins d'en face, qui avaient pu voir l'inscription, une clameur amusée, excitée, grivoise a commencé à monter. Et des rires. La pancarte est redescendue et au moment où elle touchait le sol, pop ! la fille a disparu. Encore des rires, des cris moqueurs mais émoustillés, une houle de têtes dans tous les sens. « 24, JE SERAI TA PUTE ! »

Le destinataire de cette déclaration, le guerrier numéro 24, s'est replacé face au panier. Un arbitre lui a lancé le noyau du monde taille 7. Jojo était sur un petit nuage. Le Buster Bowl tout entier continuait à geindre de stupeur et de plaisir en repensant à la salace proposition de la fille. Jojo a fait rebondir le ballon quatre fois, plié les jambes en le retenant puis s'est élancé de presque toute sa hauteur avant de le lâcher. Silence de mort, soudain, tandis qu'il accomplissait son arc de cercle vers le panier, son arc-en-ciel et... Swik ! Il a « brûlé le filet », le tendant dans une trajectoire impeccable.

Un hurlement, aussitôt mué en ::::::: STATIQUE ::::::: EXTATIQUE qui a picoté la chair de Jojo pendant qu'il trottait reprendre sa place en défense, se retenant pour ne pas sourire à la foule grondante. Un brévissime coup d'œil au banc de Dupont : le coach était debout, en costume marron, chemise blanche sur mesure et cravate de l'université mauve et or, sa tenue de compétition officielle. Il avait une expression de triomphe congestionnée, aucunement allègre, et se penchait dans la direction de Jojo pour lui crier quelque chose que ce dernier n'a pu comprendre, à cause du bruit. Y avait-il eu un « fucking » dans ce que Buster Roth avait vociféré ? Impossible, le coach n'utilisait jamais le patois fuck quand il s'agissait d'exprimer sa satisfaction.

Il a aperçu Perkins arriver derrière lui, Perkins qu'il allait marquer. Ce n'était pas une bonne idée, il cherchait les histoires mais il n'a pas pu résister : quand il s'est tourné pour prendre son poste de défense, Jojo a adressé au joueur dont il avait la charge une grimace provocante et un petit geste négligent de la main. Bouche ouverte, Perkins n'a pas réagi... Ah, il lui avait bien baisé la tête, bien-bien ! Djamollll et ses « cul-blanc », ses « potiche » et ses « salope » ! Il avait colonisé sa caboche, oui, il l'avait contraint à commettre une faute tellement énorme qu'aucun arbitre au monde n'aurait pu l'ignorer.

Comme Perkins jouait à l'intérieur, Jojo s'est placé entre le panier et lui. Pendant ce temps, l'arrière de Cincinnati, un Noir américain mais répondant au nom de Winston Abdulla, réputé pour la taille gigantesque de ses mains, dribblait en cherchant à démarrer une action. Jojo s'est immédiatement collé au dos de Perkins, histoire de lui rappeler qui dominait, et de s'installer encore plus solidement dans cette tête de con rasée. Les épaules de son adversaire semblaient faire un kilomètre de large, avant la chute de reins sur une taille de guêpe.

Il n'a pas attendu pour commencer : « Yo, Djamollll ? Qu'est-ce qui s'est passé, mec ? T'as juste pété les boulons, hein ? T'vois c'q'je veuhh di', brotheeerrr ? Le Blanc t'a bien eu, brotheeerrr ? » Et ainsi de suite, dans la même veine. Aucune réponse de Perkins. Aucune ! C'est que Jojo lui était entré en force dans le crâne, son putain de cerveau devait avoir eu l'hémorragie du siècle ! Mais il l'a bousculé très durement et Jojo a répliqué en le repoussant des deux mains. Si les deux costauds voulaient jouer aux lutteurs de sumo tant qu'ils étaient à l'intérieur du terrain, les arbitres fermeraient les yeux.

Winston a passé au filiforme tireur arrière de Cincinnati, McAughton, un Black, sur lequel Dashorn et Curtis ont fondu sans attendre, le second couvrant le premier qui a pratiquement arraché le ballon des mains de McAughton. Dépassé, celui-ci a tenté une passe à terre sur Perkins, qui a rattrapé la balle et l'a tenue très haut dans ses mains, hors de portée de Jojo. Il semblait prêt à se défausser sur un autre joueur quand il s'est presque cassé en deux, a pris appui sur un pied pour dribbler une fois, forcé deux pas en avant, exécuté un moulinet et sauté plus haut que Jojo n'avait encore vu quiconque y parvenir. Il a sauté, lui aussi, et l'instant d'après s'est gravé en lui comme un instantané : le noyau orange du monde au bout du bras noir de Perkins, dans une aurore boréale de LumeNex, atteignant son apogée à trente bons centimètres au-dessus de ses doigts désespérément tendus. Apparemment sans effort, Perkins venait de placer un smash en se jouant ::::: STATIQUE ::::: EXTATIQUE ::::: du deuxième plus grand joueur de Dupont.

Comment était-ce arrivé ? En repassant devant le banc de son équipe, Jojo n'a pu s'empêcher d'enregistrer une autre image, celle de Buster Roth les mains en porte-voix autour de la bouche, penché en avant, silhouette déformée qui émergeait du brouillard atomique des :::::: STATIQUE :::::: Revenu à sa place, il a vu que Perkins l'attendait, de pied ferme, un sourire machinal aux lèvres mais des yeux qui lançaient des dagues. Le type de Cincinnati a eu un bref hochement de tête qui voulait peut-être dire « Hé oui, cul-blanc, c'est comme ça que ça va se passer. Habitue-toi. »

Jojo avait peur. Il s'est demandé si Perkins pouvait sentir cette peur qui montait en lui. Ce type n'était pas seulement grand mais terriblement rapide, aussi, et un miracle de plyométrie en plus ! ::::::::: STATIQUE ::::::::::: Perkins n'a pas dit un mot, ce qui a encore plus inquiété Jojo. Quand il l'a collé, le Black l'a repoussé à sa manière bien à lui, le plat des deux mains contre ses reins, une manœuvre qui n'était pas douloureuse, en soi, mais qui avait quelque chose de redoutablement... calculé. Sur le demi-cercle des trois-points, Dashon, Curtis et André se passaient et se repassaient le ballon, tentaient des ouvertures qui ne marchaient pas, se heurtaient à la défense en béton de Cincinnati tandis que le chronomètre tournait, tournait. Enfin, André a feinté un tir en extension – en réalité une passe lobée à Treyshawn. Marqué par le grand Serbe de Cincinnati, Javelosgvik, une brute agressive aux bras de pieuvre, Treyshawn a dû tenter le point à trois mètres de distance. La balle a rebondi sur le support de l'arceau, Jojo et Perkins ont sauté pour se la disputer, :::::::: STATIQUE ::::::: EXTATIQUE ::::::: encore un rebond presque vertical sur l'arceau, très lent, et les deux hommes sont retombés, avant de sauter encore. Cette fois Perkins a repoussé Jojo de l'avant-bras mais la balle était toujours là-haut, Jojo a sauté à nouveau tandis que Perkins redescendait, s'est emparé d'elle, aussitôt entouré de maillots de Cincinnati, a passé à André qui la lui a renvoyée instantanément. Dans son dos, Perkins a grondé : « Laisse tomber, salope... »

Jojo a vu rouge, littéralement. Le cas Congers lui a envahi l'esprit. Un coup d'œil en arrière pour repérer le plexus de Perkins et, serrant le ballon au corps, il a feinté un début d'action dans le seul but d'expédier son coude juste au-dessous du sternum de son adversaire, et... Hummmpfff ! Touché !

Il contourne Perkins, trois foulées, et s'élance pour cartonner le filet quand... Incroyable ! Un bras noir est déjà là, qui bloque le ballon et le lui fait sauter des doigts. Jojo retombe en chancelant pendant que le Serbe s'empare du noyau du monde et le balance à leur arrière, McAughton, et... Ce qui vient de se passer est impossible ! Il a cogné Perkins en plein plexus mais l'autre a continué comme si de rien n'était, bloquant un smash qui aurait dû passer comme une lettre à la poste ! André Walker empêche McAughton de récupérer, coupant court à la contre-attaque adverse. Jojo peut enfin respirer – il ne pourra pas être tenu responsable d'un tir manqué.

La minute suivante – ou les minutes ? – s'écoule dans l'égarement. Il a réussi à redescendre à temps pour intercepter Perkins mais celui-ci feinte d'un côté, de l'autre, cloue Jojo sur place et file vers le panier sur la ligne de fond. S'élevant pour protéger le filet avec ses mains à une bonne quinzaine de centimètres au-dessus de l'arceau,

Jojo pare au pire mais Perkins revient encore, passe sous le filet et réussit un tir en course de près sur l'autre côté... Et ça continue de la même manière, encore et encore. Perkins accapare tellement Jojo que les attaquants de Dupont renoncent à revenir vers lui, préférant attendre d'être servis par Treyshawn. Marquer Perkins... Ce n'est pas *marquer*, c'est une vexation après une autre ! Des explosions de vitesse et de puissance, il passe autour, au-dessus, au-dessous, et bientôt trois paniers sont encore réussis sans que Jojo ait eu le temps de...

Et puis la corne redoutée a sonné. Quitter la bulle de :::::::: STATIQUE, revenir à la sphère où tout est jugement de valeur, combinaisons et humiliation. Soudain, le brouillard atomique dans lequel Jojo voit la foule s'évapore et il commence à identifier des visages, même s'il s'efforce de ne pas les regarder. Là, à la hauteur du milieu de terrain, c'est la loge des Cotons-Tige, réservée aux plus prodigues bienfaiteurs de l'université, tous des vieux à crinière blanche. La Plantation des Ananas, les surnomme-t-on aussi, parce que les épouses de ces huiles aiment teindre leurs cheveux blancs en un jaune pâle qui rappelle ce fruit...

« Yo, Jojo ! – Une voix jeune venue des gradins au-dessus des fauteuils destinés aux riches et aux vieux, aux vieux riches. – Jusqu'où tu vas le laisser aller ? Tu gères vachement, c'est dingue ! » Des rires s'ensuivent. Contre sa volonté, Jojo lève les yeux : quatre types, apparemment des étudiants, l'observent sourire en coin, attendant sa réponse. Détournant la tête, il continue vers le banc et c'est seulement alors qu'il regarde le tableau lumineux. Il savait que ça allait mal, mais pas à ce point : 12 à 2 ! Huit des points de Cincinnati ont été réalisés par Perkins, chaque fois après un corps à corps avec Jojo Johanssen, ce... Blanc.

Il imagine ce qui l'attend sur le banc avant même de l'entendre. Le coach dans une grande diatribe de patois fuck, fucking par-ci, fucking par-là... Il n'a même pas laissé aux joueurs le temps de s'asseoir. Tout le monde en prend pour son grade, même Treyshawn.

Bang ! À cet instant, l'orchestre, installé aux huit premiers rangs à un coin du terrain, démarre dans une explosion de cuivres et de percussions le thème de *Rocky* sur un arrangement dément, une convulsion d'optimisme jazzique. De chaque côté du rectangle, des files de pom-pom girls en maillot mauve sans manche à col V et minijupe jaune plissée se mettent à agiter le popotin, rendant la musique encore plus onctueuse, et envahissent le terrain avant que Jojo soit parvenu au banc. D'où ont-elles surgi ? C'est comme si elles étaient tombées des hauteurs du Buster Bowl. Juste à côté de lui s'agitent les Charlie's Angels (les Chazzies, comme on dit), des danseuses en collants lycra dorés qui leur découvrent pratiquement le haut de la raie. Entre les brassières du même tissu et ces collants taille basse, ce sont les Vénus du XXIe siècle avec leur nombril aguichant et leurs abdominaux impeccablement dessinés. Jojo l'a souvent trouvé excitant, ce contraste entre les ventres athlétiquement fermes et la douceur mystérieuse des courbes, mais il n'a pas la tête à la concupiscence, pour l'instant. Pas du tout. Bang ! Elles se lancent dans une chorégraphie agressive qui transforme le thème de *Rocky* en hymne martial, en danse du ventre ou plutôt des abdominaux. Autour se déploient acrobates et gymnastes. Des garçons aux bras d'acier et aux cuisses massives gainées de mauve et de jaune mettent sur orbite de menus brins de fille qui exécutent nonchalamment sauts périlleux, culbutes et flips arrière avant de retomber dans le giron de leur lanceur. Ce n'est qu'un temps mort qui a été sifflé mais l'orchestre, les danseuses, les acrobates ont déjà transformé le terrain en cirque, et cette musique d'une joie exubérante, inexplicable, donne le tournis. Les joueurs, ces géants du campus, sont-ils insensibles à ces brins de filles servis sur un plateau de bois blond ? Que non ! Certains les ont essayées en série. Récompense normale pour les guerriers modernes. Jojo y a goûté, comme les autres. Une rencontre avec l'une de ces agiles jeunettes qui frétillent, s'arc-boutent, se dépensent sans compter, s'ouvrent en deux, c'est à peu près comme une bière bien glacée.

Jojo n'entend plus les invectives du coach, tant les musiciens jouent fort. Tant mieux. Le spectacle des dents de Roth pincées sur sa lèvre inférieure pour rendre les « fucking » encore plus cinglants est déjà suffisant. L'orchestre attaque « Love for Sale » sur un rythme qui conviendrait à une phalange de majorettes. Dashorn et Treyshawn sont penchés pour mieux entendre et sans doute écouter le coach. Curtis et André sont là, aussi. Rassemblement habituel des cinq premiers joueurs pour un brief technique mais... Préparé à en entendre des vertes et des pas mûres Jojo emplit ses poumons et... « Congers » ! Une peur viscérale le fait frissonner avant que son esprit ne puisse convoquer assez de logique pour... Eh oui ! Masqué par la haute taille de Treyshawn, Jojo n'a pas vu jusqu'ici que Vernon Congers se trouve à côté de l'entraîneur, incliné, les mains sur les genoux comme les autres. Pour recevoir les consignes avant la reprise du match. Instinctivement, Jojo a failli se courber, lui aussi, mais il reste droit, les épaules voûtées, la bouche entrouverte. Le coach lève les yeux vers lui avec une drôle d'expression qui semble dire : « Ah, salut, je ne t'attendais pas ici... » Pire encore, il s'adresse à lui avec... gentillesse :

« Jojo ! Je veux que tu te reposes un peu par là... »

Et il fait un geste de la tête plutôt vague mais qui, pour tous les joueurs, Congers y compris, désigne de toute évidence le banc de touche. Chacun détourne les yeux de Jojo, sauf le coach, et lui-même cherche quelque chose à regarder, n'importe quoi – c'est le tableau du score qui arrête ses pupilles fuyantes. Quatre minutes et quarante secondes se sont écoulées dans le premier quart-temps. La prédiction de Jamal Perkins, exactement : sa place dans l'équipe initiale de Dupont a duré moins de cinq minutes lors du premier match de la saison, une saison qui doit voir l'essor ou la fin de sa carrière sportive, c'est-à-dire de sa seule perspective vitale, du seul rôle que Jojo Johanssen se voit pouvoir occuper en ce bas monde.

Il a intensément conscience de la musique, soudain. Sur le tempo implacablement pétillant de « On the Sunny Side of the Street », trompettes, trombones, clarinettes, bassons, caisses claires et cymbales ont attaqué « He Ain't Heavy, He's My Brother », cet air où il est question d'une « longue, longue route sans retour ».

Dans le calme crépusculaire d'un lundi soir sur Ladding Walk, deux étudiants marchaient, à mille lieues des événements en cours au Buster Bowl. La faible lumière des réverbères à l'ancienne de la promenade transformait les bâtiments et les arbres en ombres grotesques dont on ressentait seulement la présence, là, dans le noir immobile et solennel.

« L'ambiance est un peu bizarre, oui, a concédé Adam d'un ton qu'il voulait badin. À bien y réfléchir, je pense pas être jamais venu par ici la nuit. Mais je me rappelle pas qu'il se soit passé *quoi que ce soit* sur Ladding pendant la nuit. Ni pendant le jour, d'ailleurs. Qu'est-ce qui te fait penser que c'est si effrayant ?

— Je n'ai pas dit... *effrayant* ? a répondu Charlotte. Simplement, je ne voulais pas faire tout ce chemin seule dans l'obscurité. Jusque *là-bas*... – Loin devant, les deux côtés de l'allée semblaient se fondre dans d'impénétrables ténèbres vers lesquelles conduisaient ces alignements de petits globes lumineux. – Ce que je veux dire, c'est que c'est... flippant ? Je suis passée par ici une nuit, avec Mimi et Bettina. Je ne me rappelle pas pour quoi c'était, mais je me souviens que c'était flippant et... D'accord, d'accord je suis rien qu'une trouillarde, j'avoue ! C'est idiot mais je te suis vraiment reconnaissante de faire ça. »

Elle lui a adressé un sourire qui a donné envie à Adam de la soulever dans ses bras et de... Stop. Il a continué à marcher, soulagé qu'il fasse assez sombre pour qu'elle ne remarque pas qu'il avait rougi. Il se sentait galant et, plus encore que galant, courageux et, plus encore que galant et courageux, admiré par la fille qui était la réponse à toutes ses prières et, plus encore qu'à ses prières, à son problème d'être encore puceau. Brusquement, il a remarqué que c'était la première fois qu'il la voyait en jean et, montrant ses jambes d'un geste, il lui a demandé :

« C'est nouveau ?

— Oui et non. Pas exactement.

— Bon, et raconte-moi encore pourquoi tu *dois* aller à la résidence Saint Ray ? Pour remercier ce type de *quoi*, exactement ? »

Charlotte s'est donc lancée dans un récit, plutôt alambiqué, où « ce type » la tirait des griffes d'un joueur de crosse rendu fou furieux par l'alcool. Pourquoi une fille comme elle s'était rendue à un tailgate, pour commencer ? Elle n'a pas clarifié ce point. Ces rassemblements imbéciles du samedi après-midi, destinés aux bons à rien pour lesquels le week-end idéal consistait à se soûler ignominieusement afin de raconter leurs exploits les jours suivants... Adam n'arrivait pas à imaginer une première-année, et encore moins la délicate fleur des champs qu'était Charlotte, participer à ce genre d'absurdités. Elle qui n'avait sans doute jamais touché une cannette de bière de sa vie...

« Ouais. Alors ce type t'a sauvée de ce méchant et il ne connaît même pas ton nom ?

— Quand ça s'est passé, non, a expliqué Charlotte. Mais maintenant si. Je crois ? »

Elle a enchaîné sur une histoire assez ennuyeuse, celle de sa fuite avec Mimi et Bettina après l'incident, et comment elle s'était sentie coupable de ne pas avoir remercié son sauveur et... Adam a déconnecté. L'essentiel, c'était qu'elle semblait devoir se juger d'une négligence scandaleuse tant qu'elle ne lui dirait pas merci.

« Mais s'il ne connaissait pas ton nom, comment tu as découvert le sien ? a-t-il raisonné. Comment tu savais de quelle façon le retrouver ?

— Je... J'ai entendu quelqu'un l'appeler Hoyt. Ce n'est pas très courant, comme prénom ? Et quand j'ai raconté ce qui s'était passé à ma camarade de chambre, elle m'a dit que sa sœur, qui est en quatrième année, connaissait quelqu'un qui s'appelait Hoyt ? Dans son cours ? Hoyt Thorpe ? »

Adam a pilé net. Au milieu de l'allée, les mains sur les hanches, bouche bée, il a fixé Charlotte un moment.

« Tu rigoles ou quoi ?

— Pourquoi ? Tu le connais ?

— Je l'ai... croisé. Non, c'est une blague ! Et il a mis une pêche à... *Mac Bolka* ? Mais c'est ouf, ça, c'est dingue, c'est... Je peux pas y croire !

— Croire à quoi ?

— J'essaie de faire un papier sur Hoyt Thorpe, figure-toi ! Depuis un bout de temps ! La Nuit de la Turlute, tu as entendu parler ?

— Eh bien... Beverly a mentionné quelque chose là-dessus, oui, mais...

— Je veux tout déballer là-dessus, tout ! Parce que, hé, le mec concerné risque de devenir président des États-Unis, quand même ! »

Dans la pénombre, il a cru voir les yeux de Charlotte s'agrandir. Captivé, le regard ! L'admiration irradiait ses traits, radieux, radieux, son visage s'est transformé en source lumineuse, là, au milieu des ombres de Ladding, et maintenant il pouvait peut-être essayer, il *devait* peut-être essayer ? Non pas la prendre dans ses bras mais en passer un autour de sa taille, disons ? Il a tenté d'imaginer le geste, l'effet. Qu'est-ce que cela provoquerait, qu'est-ce que c'était censé entraîner ? Il se savait affreusement maladroit. Un minable puceau...

Devant eux s'élevait le seul immeuble encore en vie sur la promenade, soit, en toute logique, la résidence Saint Ray. Des lanternes en laiton à la porte, des fenêtres éclairées, probablement des chambres. Tout paraissait tranquille et serein, en comparaison des quelques samedis soir où il s'était risqué dans des fêtes de fraternité, un souvenir qui a fait vaciller sa détermination – il s'était chaque fois senti perdu dans ces soirées, dans ce charivari – avant que son esprit rationnel, bien qu'endolori, ne reprenne le dessus.

Adam s'est arrêté une nouvelle fois, alors qu'il leur restait à peine vingt-cinq mètres à parcourir pour atteindre la pelouse de Saint Ray.

« J'ai une idée, Charlotte ! s'est-il exclamé avec le sourire nerveux de circonstance. Si je venais avec toi ? Toi, tu veux dire merci à Thorpe, moi je veux lui parler ! »

Charlotte a paru surprise, et même plus. Elle a tardé un bon moment à répondre :

« Je ne pense pas que... ce soit une bonne idée ? Je ne voudrais pas qu'il croie que je suis venue lui dire merci juste pour qu'un ami à moi fasse un article dans le *Wave*, tu comprends ?

— D'accord, est convenu Adam. Je vais pas essayer de l'interviewer. J'attendrai une autre occasion, quand il ne fera plus le lien. Mais en même temps j'aimerais bien qu'il me voie sous un aspect plus... personnel, tu piges ? Comme ça, quand je finirai par l'interviewer, il ne me prendra pas pour un... – il allait dire "glandu", car c'était ainsi que les gens qui travaillaient pour le journal étaient généralement considérés par les membres des fraternités et les sportifs, mais il s'est repris de justesse – ... pour un complet inconnu qui vient lui poser des questions sur la Nuit de... tu sais quoi. »

Sans très bien comprendre pourquoi, il avait préféré lui épargner le mot « turlute » alors qu'il était en train de lui demander un service.

« Mince, je ne sais pas si...

— Ça paraîtra totalement naturel, Charlotte ! Je suis simplement un gars qui t'a accompagnée dans une partie du campus mal éclairée, hein ? »

Il a levé les épaules et les sourcils, de l'air de dire : « Qui verrait du mal à ça ? »

Charlotte a fait une grimace, secoué la tête, mais elle ne semblait pas capable d'exprimer clairement les raisons de sa réticence :

« Je peux... Je comprends très bien, et tu as été vraiment gentil ? Mais tu as dis toi-même que tu voulais écrire quelque chose qui pourrait faire du... bruit ? Et si ça le contrarie, lui ? Je... Je me sens déjà tellement mal, de venir le remercier deux jours plus tard et...

— Mais il adore en parler ! Il est très fier de ce qu'il a fait ! – Adam sentait que le sourire du type toujours bien informé pointait sous son air suppliant, mais il n'y pouvait rien, la sensation était trop délicieuse. – Je le sais de *source sûre* ! C'est un de ses copains qui me l'a dit. Ça lui plaît, de raconter cette histoire. Son copain, lui... Vance Quelque chose... c'est lui qui n'aime pas du tout revenir là-dessus.

— Ah... Maintenant je me sens coupable envers *toi*, a murmuré Charlotte.

— C'est rien du tout, Charlotte, je t'assure ! C'est tellement... facile !

— Je sais ! C'est juste que... Je voudrais lui dire merci et rien de plus, tu comprends ? Merci et au revoir. Pas de complications ? En plus, s'il aime tant que ça en parler, pourquoi tu ne vas pas le trouver directement ?

– Je te l'ai dit, j'ai essayé ! Mais il ne me connaissait pas. Je suis sûr qu'il me parlerait s'il était plus en confiance.

— Pardon, Adam, a-t-elle soufflé tout bas en évitant son regard. Je veux juste faire ce que j'ai à faire et m'en aller. – Elle a levé un visage et des yeux pleins de gratitude vers lui. – Et, Adam, je ne peux pas te dire combien je te remercie encore. Tu es vraiment, vraiment super. »

Elle est allée à lui, a posé ses deux mains sur ses épaules, a approché ses lèvres des siennes... Au tout dernier moment, elle les a détournées vers la joue d'Adam, sur laquelle elle a planté un baiser.

« Merci, Adam, merci encore. Merci de faire ça pour moi. Dès que je rentre, je t'appelle, d'accord ? »

Elle gagnait déjà la porte de la résidence. Un baiser sur la... joue ? Mais elle s'est retournée, soudain, et lui a adressé un sourire qui en disait *si long*... Elle semblait sur le point de pleurer. Des larmes sorties des yeux de l'amour ? Des larmes de quoi ? De joie ? Mais comment c'est, exactement, des larmes de joie ?

Ou bien étaient-elles pour le protecteur, ces larmes ? Adam a commencé à développer une intéressante théorie selon laquelle les larmes, au fond, sont toujours en rappport avec le besoin de protection. C'est à cause de lui, parce que nous sommes nus et fragiles, que nous pleurons à notre naissance. Et nous pleurons pour les êtres aimés qui auraient dû être protégés et ne l'ont pas été à temps. Et nous pleurons pour ces figures historiques qui nous ont protégés en des moments critiques sans peur de prendre des risques. Nous pleurons sur ceux qui s'en vont délibérément vers la vallée des ombres afin de nous protéger, eux, et qui auront besoin à leur tour de protection dans ce terrible passage. Et nous pleurons sur ceux qui devaient être protégés et qui malgré tout ont choisi de mener le bon combat, de relever les défis. Il n'y a pas de larmes qui n'aient *pas* de rapport avec la protection.

En quelques minutes – secondes ? –, la théorie avait joliment pris forme dans son esprit. Y avait-il meilleur endroit, meilleur moment que celui-ci, dans le ravissement du silence, au sein du plus beau et du plus prestigieux complexe universitaire de la planète, les yeux sur ces briques vénérables montées en subtils motifs inventés par des artisans aux mains d'or qui désormais n'existaient plus, pour une telle révélation, flottant vers un double triomphe, la conquête de l'esprit et du cœur ? Y avait-il un plus grand bonheur que de pouvoir concevoir une nouvelle et capitale contribution à la psychologie humaine ? Oui, le Sublime avait un nom – Charlotte Simmons.

17
Le caillou conscient

Dans le hall-cathédrale de la résidence Saint Ray, Charlotte attendait, seule. Par là, il y avait l'escalier, sa rampe majestueusement sculptée et incurvée, mais ce soir les couches successives de peinture bâclées dessus au fil du temps rendaient ce monument de l'ébénisterie américaine encore plus miteux que sous la lumière indécise de la fête où elle s'était rendue.

L'étrange créature qui l'avait laissée entrer – des sourcils furibonds lui faisaient une barre au-dessus des yeux et ses hanches étaient plus larges que ses épaules – était partie chercher Hoyt. L'apparence si peu cool, si peu Saint Ray du bonhomme éveillait en elle un souvenir plutôt désagréable mais qu'elle n'arrivait pas à définir. L'odeur ambiante n'était pas plus plaisante : lourde, putride mais doucereuse aussi, comme celle d'un parquet en train de pourrir sous un radiateur qui fuit – en fait, il marinait depuis des années dans la bière renversée sur le sol.

Au-delà de ces perceptions éphémères, Charlotte éprouvait surtout de la culpabilité pour la manière dont elle s'était conduite avec Adam et aussi, incontestablement, une merveilleuse appréhension à l'idée de revoir Hoyt. Pourquoi ne lui avait-elle pas dit la vérité au sujet de son jean ? Sans doute parce qu'elle ne voulait pas la reconnaître elle-même : la vérité, c'était que le matin même elle s'était rendue chez Ellison, le magasin le plus chic de la ville, et avait dépensé quatre-vingts dollars dans un jean Diesel ! Alors que ses ressources de tout le semestre s'élevaient à trois cent vingt dollars en tout et pour tout, dont il lui restait désormais moins de la moitié... Et cela dans le seul but de pouvoir aller remercier Hoyt Thorpe ! Pourquoi ne pas avoir au moins embrassé Adam sur les lèvres, un « baiser de pitié » ainsi que Beverly récompensait ses « coups de pitié », pour reprendre ses dires, au lieu de ce lamentable bécot de sortie d'église ? Pourquoi ne pas l'avoir laissé rencontrer Hoyt ? Hoyt ! – un homme fait, lui, pas un gamin... Elle a tenté d'imaginer ce que cela représentait, donner une raclée aux gardes du corps du gouverneur de Californie après avoir été attaqué par eux, la nuit de la... comme Beverly l'avait appelée. Puis le choc de découvrir qu'il s'agissait de cet important personnage... Elle a revu son visage sanguin et sa crinière blanche le jour où elle avait suivi la cérémonie de Dupont à la télévision. C'était pourtant ce moment qui lui avait redonné courage et espoir après la descente de Channing et de ses complices sur la fête familiale... Dans les fourrés du campus ?... C'est ça qu'avait dit Adam ?

Adam... Le remords s'est accentué. Elle savait exactement pourquoi elle l'avait dissuadé de l'accompagner, bien sûr : parce que Hoyt l'aurait trouvée en compagnie d'un « gnan-gnan », d'un « glandu ». Lui qui voulait au contraire lui donner accès à tout ce dont elle rêvait, l'appartenance à un cénacle tel que le définissait Balzac, à un cercle d'intellectuels déterminés à vivre la vie de l'esprit dans toute sa plénitude ! Et elle, où se trouvait-elle maintenant, à la place ? Dans le hall de réception de Saint Ray, premier cercle de l'Enfer.

Quelque part au-delà de la galerie ont éclaté des exclamations, des rires moqueurs, puis le silence est revenu. Il était facile de déduire qu'un jeu quelconque était en cours. Ailleurs, peut-être de l'étage, provenait un air de rap sur fond de saxophone et de frottoir. Et Hoyt est apparu. Il avançait vers elle en boitant. Un bandage couvrait presque tout un côté de son cou, au-dessus duquel émergeait un œil au beurre noir tout gonflé. Surplombant le sourcil, une ligne de points de suture. Son nez et sa bouche étaient plus gros que la normale. Parvenu à sa hauteur, il a eu une expression de perplexité, comme s'il n'avait aucune idée de qui elle était, mais un sourire lui est venu. « Je dois avoir l'air fabuleux », a-t-il dit, et il a commencé à rire avant qu'une grimace de douleur ne l'interrompe et ne l'oblige à fermer les yeux. Quand il les a rouverts, des larmes perlaient au coin. Souriant de nouveau, il a montré ses côtes du doigt et murmuré : « Y a eu des dégâts là-dedans, fuck. »

Elle était tellement bouleversée par ces blessures, ces preuves de la violence qu'il avait subie pour la défendre, qu'elle n'a même pas cillé en entendant l'explétif. La tête penchée, Hoyt la contemplait avec le sourire de celui qui a beaucoup vécu :

« Alors comme ça tu es... Charlotte. Maintenant je connais ton nom, au moins. Je pensais pas que je te reverrais jamais ici.

— Moi non plus. »

Sa voix était rauque, soudain.

« Je n'ai même pas pu te demander pourquoi tu étais partie comme ça, en courant.

— Non, je... – Elle s'est sentie rougir. – Je ne suis pas partie, on m'a... forcée », a-t-elle soufflé en avalant presque le dernier mot.

Hoyt a voulu rire mais la douleur l'en a dissuadé, à nouveau.

« M'oblige pas à revenir là-dessus. J'ai pas eu l'impression que quiconque te *forçait*, moi. Tu as failli passer à travers la porte, tellement tu étais pressée de partir. Tu courais pas, tu galopais ! – Un sourire plein d'assurance. – Pour qui tu m'as pris, genre ? »

Brusquement, elle s'est rendu compte qu'il ne parlait pas du tailgate mais de la nuit du « Cette piaule est à nous », et du coup elle ne savait plus quoi dire, et ses joues brûlaient d'embarras. Hoyt a poussé un soupir résigné :

« Bah, ça *kante* plus, tout ça. C'est du passé. »

Ça kante, pour compter ? Est-ce qu'il se moquait de son accent ? Encore plus gênée, elle n'a réussi qu'à balbutier :

« Je suis venue te remercier. Je suis vraiment désolée pour ce qui t'est arrivé. J'ai l'impression que tout est ma faute. – Elle a levé la main comme si elle s'apprêtait à caresser son visage tuméfié, l'a rabaissée, et de nouveau son aspect, l'idée qu'il ait tant souffert pour elle l'ont touchée au cœur. – Je n'étais même plus là quand tout a été fini. Je suis tellement navrée pour ça que je... je suis venue te dire... merci.

— C'était pas... – Il a abandonné sa phrase, s'est tu pendant un moment qui a paru une éternité à Charlotte. – Tu n'as pas à me remercier. Je l'ai fait parce que je le voulais. Je voulais le tuer, ce connard.

— J'espère qu'on t'a dit que j'avais appelé, hier ? On m'a répondu que tu ne pouvais pas venir au téléphone mais on ne m'a rien dit de... ça.

— Oh, ça aurait pu être pire. Je me suis foulé le genou, mais à part ça...

— Je suis navrée, franchement. Et très, très reconnaissante.

— Hé ! a lancé Hoyt, les traits soudain éclairés. Viens, je vais te présenter deux ou trois gars à nous ! – Une autre explosion de rires convulsifs et de hourras. Charlotte lui a lancé un regard interrogateur. – Oh, ça ? C'est des mecs qui jouent à Beyrouth.

— À quoi ? »

Il a pris plaisir à lui décrire le jeu en question et les quantités pantagruéliques de bière qu'il supposait.

« On peut aller regarder, si tu veux, mais d'abord viens que je te présente ces gars. »

Toujours en boitant, il l'a conduite à une pièce qui donnait sur le hall. Par la porte entrouverte, elle a aperçu la lumière changeante d'une télévision, une explosion de couleurs suivie d'un grognement collectif et d'un « Puuuutain ! L'enculé ! ». Hoyt avait passé son bras autour de ses épaules, entre-temps, et même si elle trouvait ce geste un peu hâtif elle a été aussitôt distraite par le spectacle de six, huit, neuf jeunes affalés sur des sièges en cuir, le visage rendu livide par la lueur que répandait l'écran plat sur un mur.

« Gentlemen ! a lancé Hoyt d'un ton impérieux, comme s'il s'apprêtait à leur demander de surveiller leur langage, je veux que vous disiez bonjour à ma euh, ma euh, mon... amie... – il lui a jeté un coup d'œil pour se rappeler qui elle était, aurait-on dit – ... euh, Charlotte ! »

Applaudissements et congratulations ironiques. Ils l'ont tous observée avec de grands sourires. Charlotte a compris qu'elle devait avoir l'air perdu car un grand type en short et tee-shirt qui révélaient sa musculature l'a rassurée plutôt gentiment :

« C'est de Hoyt qu'on rigole. Il a du mal à se souvenir des noms. »

Rires.

« Allez, quoi ! a protesté l'intéressé. Charlotte n'est pas venue pour voir une bande de trouducs se payer la tronche d'un frère ! »

Encore des rires et des mugissements. Elle a senti la main de Hoyt presser son épaule et tout est revenu : cette façon qu'il avait eue de la toucher, de la toucher sans arrêt, pendant cette soirée... Elle était en proie à trop d'émotions contradictoires pour protester, cependant, et puis elle se sentait comme sur une scène, face à un public.

« Fais comme si c'était des gentlemen, l'a invitée Hoyt. Charlotte ? Je te présente Vance.

— Salut, a fait un garçon mince et bien tourné, au visage ouvert et aux cheveux blonds en bataille, qui était assis sur le bras d'un gros fauteuil en cuir, genoux sous le menton.

— Je... Je crois qu'on s'est déjà rencontrés », a dit Charlotte d'une toute, toute petite voix.

Comment aurait-elle pu l'oublier ? C'était le type que Hoyt avait congédié le soir de la fête parce que... « cette piaule est à nous ! ».

« Ah ouuuui, a répondu Vance qui n'en avait aucun souvenir, apparemment.

— Et là, c'est Julian », a continué Hoyt en la lâchant, ce qui l'a considérablement soulagée car elle ne voulait pas se montrer à cette pièce pleine de garçons comme si elle était *sa chose*.

Quand il les lui a présentés un à un, ils se sont montrés très courtois, accueillants, amicaux, avec force déploiement de sourires de bienvenue. Vance ayant insisté pour lui céder son fauteuil, Hoyt s'est installé dans un autre, juste à côté.

Charlotte ne voyait pas du tout comment engager la conversation avec eux mais son dilemme s'est avéré sans fondement car ils ont tous reporté leur attention sur l'écran, qui a de nouveau illuminé les visages de couleurs fugaces. C'était un enchaînement apparemment sans fin de collisions – paf, pam, uuuuf – entre joueurs de football américain qui se percutaient crâne contre crâne ou torse contre torse dans les airs. Mais si le cœur de Charlotte battait vite, cela n'avait rien à voir avec ces images. C'était excitant, d'être la seule fille dans la résidence d'une fraternité, environnée par tous ces garçons si cool. Que pouvaient-ils bien penser d'elle ? Jeune, naïve, immature ? Ils étaient tous plus âgés, Hoyt et Vance lui donnaient l'impression d'appartenir à une autre génération que la sienne. Enfoncée dans le moelleux fauteuil, elle se rendait compte, avec une terrible acuité, à quel point son jean moulait ses cuisses. Ses jambes... Étaient-elles aussi bien qu'elle le pensait ? Elle a jeté un coup d'œil à la ronde pour voir si elles attiraient quelque regard intéressé mais, non sans déception, elle a constaté qu'ils fixaient tous obstinément l'écran, y compris Hoyt qui paraissait avoir oublié que c'était lui qui l'avait entraînée ici.

« Une minute, Jack ! a lancé une voix à la télé. Vous n'êtes pas en train de nous dire que ces joueurs reçoivent la *consigne* de chercher à démolir les genoux de leurs adversaires ? » Le grand type baraqué répondant au nom de Boo a commenté : « Les anciens qu'ils interviewent toujours avant le Fiesta Bowl, vous avez vu les cannes qu'ils ont ? On croirait des poteaux en bois ! » Il a sauté sur ses pieds pour imiter une démarche d'une raideur comique. « Fuck, arthritiques complets, les mecs ! »

Cela a déclenché une salve d'hilarité et même Hoyt a souri, ainsi que Charlotte l'a vu du coin de l'œil. Qu'est-ce qu'il y avait de si drôle ? Pour elle, ce qu'elle avait surpris à la télé était à la fois inquiétant et pitoyable. Qu'est-ce qui n'allait pas, chez ces garçons ? Ils étaient assez riches pour payer leurs études et appartenir à une fraternité huppée, en plus ; ils *devaient* être intelligents, puisqu'ils avaient été acceptés à Dupont, et pourtant ils n'étaient guère différents des crétins de son lycée provincial. En regardant Hoyt, elle a eu l'image de Channing : tous obsédés par la question de la virilité, dont la violence était pour eux la plus authentique expression. Voir un sportif se faire estropier ne leur inspirait pas pitié mais... curiosité. Ils s'identifiaient à l'agresseur, pas à la victime. Elle était effrayée de se retrouver parmi eux. Effrayée et stimulée, aussi : elle n'était plus en dehors du coup, à prétendre en vain qu'elle ne désirait pas savoir ce qui se passait au cœur de l'action. « Je suis le caillou de Mr Starling, a-t-elle soudain pensé. Mon libre arbitre n'est qu'une illusion. »

Une main a tapoté son genou trois fois, et elle a immédiatement su que c'était Hoyt. Trois fois ? Elle a voulu y voir une marque d'affection. Il la *touchait*, de nouveau... Soudain tout le monde s'est tourné vers la porte. Un couple resplendissant se tenait sur le seuil : un garçon très élancé au front immense – Harrison ! – et une blonde beaucoup plus petite, mignonne, en jean et ample sweat-shirt.

« Voilà le Poilu ! a annoncé Boo. Et la Janester !

— Sa-lut », a chantonné la fille, sans doute Janester, qui avait l'air de tous les connaître.

Harrison était tellement grand que, même entourant les épaules de la fille, son bras pendait. Laquelle s'est étonnée :

« Qu'est-ce qui est arrivé à ta *têteu*, Hoyt ?

— C'est à force de me la taper contre le mur chaque fois qu'on me pose cette question », a rétorqué ce dernier sans sourire.

Boo s'est esclaffé, puis exclamé :

« T'as vu comme il est déprimé, Jane ? »

Mais Jane échangeait déjà quelques mots avec Julian, alors Boo a fredonné tout bas, les yeux sur Hoyt pour guetter sa réaction : « Debout les gars réveillez-vous, v'là les vide-couilles qu'arrivent à nous... » Hoyt n'a pas bronché. Harrison, lui, venait de remarquer la présence de Charlotte.

« Yo ! Euh, hé, ah...

— Charlotte, a annoncé Hoyt, toujours sans sourire.

— Vous avez vu comment il s'y prend avec les noms, Hoyt ? a observé Boo.

— Tout le monde sait ça, a répondu Harrison, puis, à Charlotte : Quoi d'neuf ?

— Je voulais juste dire merci à... Hoyt, a murmuré Charlotte, beaucoup trop timidement à son goût.

— Dire merci ? a répété Harrison, sincèrement étonné. – Il a eu l'air de comprendre, enfin : – Ah ouais... »

Tout le monde regardait l'écran, de nouveau.

« Hé, keum, a dit Harrison à Hoyt, j'serais bien resté tailler le bout de gras mais faut qu'on file, nous ! – Il a lancé un coup d'œil à Charlotte. – Content de t'avoir vue, euh, ah...

— Charlotte, a complété Hoyt.

— Voilà. Bon, on y va. À plus. »

Et il a disparu avec sa petite petite amie dans les grandioses escaliers décatis.

Charlotte a senti des doigts sur sa jambe, juste au-dessus du genou. Il la touchait, encore... Le cœur battant, elle s'est tournée vers lui. Il a retiré sa main mais il est resté penché vers elle, sans sourire, sans une trace de son ironie habituelle dans les yeux. Il paraissait fatigué, même. Il a montré la porte d'un signe de tête et s'est levé. Elle l'a imité. Personne n'a paru remarquer leur départ, sauf Vance qui a lancé à Hoyt :

« Vraiment joli, Clark.

— Tu devrais essayer la réinstallation manuelle, Vance.

— Gère bien, Clark. »

Dans le hall, Charlotte lui a demandé :

« Pourquoi il t'a appelé Clark ?

— Oh, c'est dans un film... – Il a haussé les épaules. – Bon, et si je te montrais un peu la baraque sans trois mille gus en train de danser et de se beurrer partout ? »

Signal d'alarme ! Excitation ! Elle avait l'impression que son système nerveux se livrait à des millions d'analyses à la seconde.

« Je... Il faut que je rentre. J'étais juste passée pour te remercier. »

Hoyt l'a observée d'un air absent avant de hocher lentement la tête.

« Je vais te raccompagner. »

Soulagement, mais aussi... il n'avait pas insisté ! Qu'est-ce qui clochait ? Son apparence ? Ce qu'elle avait dit ? Ce qu'elle n'avait pas dit, parce qu'elle avait été trop intimidée, quand il l'avait présentée à ses amis ?

Elle a voulu le dissuader mais il a répété qu'il allait la reconduire et cela lui a fait plaisir. Une fois dehors, il lui a pris la main, gentiment, et ils ont marché jusqu'à sa voiture en se parlant comme deux étudiants qui se rencontreraient pour la première fois. Comme il l'interrogeait sur son passé, Charlotte a pris plaisir à lui décrire Sparta, une si petite ville tellement perdue dans les montagnes, et elle s'est dit que cela lui donnait une aura de lutteuse parvenue à s'échapper de ces lointaines contrées. C'était une conversation ordinaire, cependant électrisée par le contact de leurs doigts entrelacés. Quand elle lui a posé les mêmes questions, elle n'a pas été étonnée par ses réponses, qui expliquaient son assurance, son aisance en toute situation : enfance dans un quartier chic de New York, père dans la finance internationale, lycée privé... C'était presque magique, de se trouver dans la majesté romantique de Ladding Walk aux côtés d'un garçon de bonne famille qui était déjà un homme, et un homme prêt à risquer sa vie – oui, sa vie ! – pour une fille qu'il connaissait à peine !

Sa voiture était un massif SUV – gris, marron, elle n'arrivait pas à discerner la couleur dans l'obscurité – qui n'était plus de première jeunesse, avec le mot « Suburban » sur le flanc, et elle a trouvé paradoxalement très attirant qu'il ait un tel véhicule, non quelque chose de neuf et de m'as-tu-vu, et... ohmygod, il a serré sa main dans la sienne, plus qu'une simple pression, cinq, dix secondes avant de la lâcher pour ouvrir la portière.

« Non, Hoyt, non... Je peux rentrer toute seule, je t'assure. »

C'était la première fois qu'elle prononçait son prénom ! Il y avait là une nuance de profonde gravité, et c'était excitant, aussi, et... il avait gardé sa main dans la sienne si longtemps !

« Non, c'est bon, a fait Hoyt en souriant.

— Je ne devrais pas te laisser faire ça, Hoyt... »

Est-ce qu'elle n'allait pas trop loin, en l'appelant encore par son prénom – sa main dans la sienne ?

Ils sont partis vers la Petite Cour sans parler. Le cerveau de Charlotte tournait à plein régime. Allait-il la laisser à l'entrée ou pénétrer dans le parking ? Et dans ce cas, allait-il proposer de l'accompagner jusqu'à sa chambre, ou la regarder d'une manière qui suggérerait la même chose ? Et que dirait-elle, alors ? Ou bien allait-il s'arrêter sur le parking, couper le contact, l'envelopper de son bras, la regarder droit dans les yeux et... Et comment réagirait-elle, alors ?

Hoyt est entré dans le parking, a laissé le moteur tourner, lui a adressé un sourire chaleureux qui disait... tant de choses, tout ! Puis : « O.K. ? »

Comment ça, « O.K. » ? Ce sourire tendre, aimant, qui disait tout, signifiait qu'il allait maintenant passer son bras autour de ses épaules et l'embrasser avant qu'elle ne... Lèvres entrouvertes, Charlotte l'a regardé, plongeant son regard dans ses yeux avec plus d'insistance qu'elle n'en avait jamais eu l'audace devant un garçon. Une éternité s'est écoulée avant qu'elle ne souffle :

« Oh oui, c'est parfait, parfait... »

Mais elle n'a pas bougé. Elle a continué à le regarder, en partie consciente qu'elle était en train de chercher à forcer un... dénouement, mais comment ce moment aurait-il pu s'achever ainsi, en se séparant comme deux étrangers ?

« Hoyt... – Son prénom, encore, était sorti tout seul. – Je veux que tu saches... Franchement, franchement, c'était... C'est la chose la plus courageuse que j'aie jamais vue. Tu es... incroyable et je suis tellement, tellement reconnaissante et... »

Le caillou conscient s'est rapproché un tout petit peu de lui, a ouvert les lèvres encore un tout petit peu. Pour Charlotte, l'instant était chargé au point de risquer l'explosion mais ni le bras ni la tête de Hoyt n'ont eu le moindre mouvement. Ni son sourire, tendre, si tendre, aimant, aimant et impérieux, si impérieux qu'elle s'est sentie paralysée.

« Allons, allons, a dit Hoyt. Il n'y avait rien de courageux, là-dedans. Tu me gênes, là. Je me suis embringué dans une castagne stupide, c'est tout, mais je suis content que ça t'ait sortie d'affaire. Ces joueurs de crosse, ils sont ouf. J'imagine que tu le sais, maintenant. »

Ses yeux toujours dans les siens, Charlotte a posé sa main sur le côté indemne de son visage, l'a caressé, a approché ses lèvres. Il lui a rendu son baiser avec... tendresse, et brièveté. Son bras n'a pas bougé. Ils se sont dégagés l'un de l'autre en hâte.

Hoyt ! Ce sourire ! Rayonnant d'amour, n'est-ce pas ?

« Bonne nuit, Charlotte. »

« Charlotte ! » « Bonne nuit, Charlotte ! » Pour la première fois il avait employé son prénom pour elle, non pour une tierce personne. Pour elle !

Elle l'a regardé une seconde de plus, a tâtonné pour ouvrir la portière, et elle a quitté le véhicule sans un mot, sans se retourner. Silence, rapidité : c'était ce que le moment commandait, sans doute. Elle se souvenait vaguement d'une scène similaire dans un film.

Elle ne marchait pas, elle flottait. Dans la cour, les fenêtres allumées évoquaient les lanternes chinoises d'un tableau de John Sargent. De toute la résidence, elle était la seule à connaître cette œuvre du peintre. Tout en planant, flottant, planant à travers le quadrilatère, elle revoyait ce tableau sur la page, une page de droite, même si elle ne se rappelait pas dans quel livre, ni où elle l'avait découvert. Elle seule était consciente de l'existence du tableau de Sargent. Elle, Charlotte Simmons. Dans tout le campus, dans tout Dupont, elle *seule* était Charlotte Simmons !

18

Le sauveur

Bien qu'ayant déjà vu des photographies d'installations de ce genre, où tout était blanc, immaculé, astiqué, net et rectiligne entre des cloisons de verre, Charlotte n'était encore jamais entrée dans un immeuble tel que celui qui abritait le Centre de recherche neurologique de Dupont. Dans le bureau de Mr Starling, deux panneaux vitrés se rejoignaient à angle droit sans le concours du moindre pilier ni du moindre support apparent ; le professeur, en blouse blanche, était assis à un bureau qui évoquait une navette spatiale dans un film de science-fiction. Charlotte était impressionnée, confondue, charmée, emplie d'un déférent mélange d'émerveillement et de crainte.

C'était donc le fief de Mr Starling ! Sans son œuvre de pionnier à Dupont, ce bâtiment n'aurait pas existé. Il était le doyen de la faculté de neurologie, le père et le maître de ce Xanadu de la Science moderne ! Elle était assise à quelques centimètres de... l'Avenir ! Oui, tout un nouveau millénaire dans la vie de l'esprit était ici en gestation ! Mais... Pourquoi l'avait-il convoquée par e-mail afin d'examiner le travail sur le darwinisme qu'elle lui avait rendu, au juste ? L'espoir le plus fou – « il adore ce que j'ai écrit ! » – le disputait en elle à l'appréhension la plus angoissée.

Les yeux baissés au-dessus de ses lunettes en demi-lune dont la monture en écaille oscillait sur le bout de son nez, Mr Starling examinait la copie de Charlotte, ajoutant des notes à celles qui se trouvaient déjà dans la marge. Derrière elle, la porte était restée grande ouverte et elle entendait les quatre secrétaires dans l'antichambre répondre au téléphone – « il est en rendez-vous » –, se plaindre du café – « qu'est-ce qu'ils mettent dedans, du M. Propre ? » –, pester contre les hommes – « Pourquoi je devrais aller faire des politesses à ces vieux croulants à qui j'ai été présentée trois fois en une heure et qui m'affirment m'avoir déjà vue quelque part ? »...

Posant le travail de Charlotte sur le bureau, Mr Starling a retiré ses lunettes, les a glissées dans la poche poitrine de sa blouse et s'est penché en avant, les coudes sur ses cuisses. Quelle drôle de posture ! Pourquoi ? Il a eu un sourire – qui pouvait exprimer la satisfaction, la pitié ou la méfiance envers la sournoiserie de l'animal humain – tout à fait impossible à décoder pour Charlotte.

« Miss – *Miz* – Simmons, je voudrais vous poser une question : est-ce que vous avez pensé que le but de ce travail était de réfuter la théorie de l'évolution en quinze ou vingt pages ? »

L'ironie cinglante du ton l'a transpercée jusqu'aux os.

« Non, professeur, a-t-elle coassé d'une voix étranglée.

— Ce qui vous était demandé, c'était de considérer ladite théorie selon les critères établis de la méthode scientifique. Vous vous rappelez peut-être que nous avions évoqué le fait que, dans le domaine scientifique, aucune théorie ne mérite considération tant que l'on n'apporte pas une série de contradictions qui, si elles s'avèrent fondées, prouvent sa non-validité.

— Oui, professeur...

— De ce point de vue, cependant, la théorie de l'évolution doit être prise comme un cas à part. Vous vous souvenez sans doute que nous avons *vu* cela.

— Oui, professeur.

— En raison des périodes immenses qui séparent la cause de l'effet – des centaines de milliers d'années dans le cas d'une "réaction courte", mais généralement des *millions* d'années –, et de la relative pauvreté des preuves paléontologiques couvrant ces intervalles, nous n'avons tout simplement aucun moyen d'établir que cette théorie est erronée.

— Oui, professeur.

— Mais *vous*, vous avez choisi de vous éloigner de ces gamineries pour vous atteler à la démolir de bout en bout, et ce en quinze ou vingt pages.

— Non, professeur », a balbutié Charlotte.

Mr Starling a saisi la liasse et chaussé ses besicles afin de vérifier le chiffre sur le dernier feuillet.

« Vingt-trois pages, en fait. Vous avez légèrement dépassé la limite... à plus d'un titre. »

Pour seule réponse, Charlotte a émis un incompréhensible borborygme. Mr Starling la fixait avec un sourire indulgent mais sans concession, le genre d'expression que l'on prend quand on veut montrer à un enfant que, même si l'on est obligé de le gronder pour un faux pas très sérieux, cela ne signifie pas qu'on ne l'aime plus ou qu'on lui reproche de ne pas encore être adulte.

Quel coup au cœur ! Pour la première fois dans toute sa vie, elle avait misérablement failli dans ses études ! Elle avait été incapable de saisir les limites pourtant clairement définies d'une dissertation importante, qui représentait les deux tiers des points nécessaires à cette UV. Même en obtenant un A au deuxième et dernier devoir du semestre, et à tous les TP, sa moyenne ne pourrait plus dépasser le D... « Moi, Charlotte Simmons, un D ! »

« Non, professeur, a-t-elle repris d'une voix assourdie par la peur mais pourtant audible. Je n'aurais jamais fait une chose pareille, Mr Starling ! Je ne saurais même pas par où commencer !

— Vraiment ? Permettez-moi de résumer votre argumentation, alors, a-t-il proposé en la considérant par-dessus ses lunettes. Si je me montre injustement critique à un point ou un autre, vous n'hésiterez pas à me le signaler, j'espère.

— Oui, professeur, enfin, je veux dire *non*, a-t-elle balbutié, désorientée par l'interrogation négative, affolée par la note sarcastique qu'elle croyait percevoir.

— Très bien, a continué le professeur en commençant à relire ses notes dans la marge. D'entrée de jeu, donc, vous avancez que la "bête humaine"... Oui, c'est le terme que vous employez. – Il l'a regardée de nouveau et, d'un ton assez sec : – Darwin, je ne sais pas, mais je suppose que Zola aurait approuvé cette terminologie.

— Oui, professeur... comme le titre du roman.

— Ah... Vous l'avez lu ?

— Oui, professeur.

— L'original, ou une traduction ?

— Les deux, professeur.

— Oh ! – Cette information a paru le décontenancer un instant. – Enfin... Vous soutenez que Darwin partage avec la "bête humaine" un travers fondamental, une idée reçue qui est presque une superstition : il est incapable d'accepter que toute chose, et l'univers lui-même, n'ait pas un "commencement". Pourquoi ? Parce que l'existence de l'animal humain a un début, et une fin. Parce que tout ce dont il se nourrit, dans tous les règnes, et jusqu'aux arbres de la forêt, a un commencement. Et une fin.

— Je n'ai pas écrit "travers", ni "superstition", professeur, a humblement objecté Charlotte.

— Entendu, oublions ces termes. Mais vous dites bien que tous les animaux humains, y compris Mr Darwin, sans doute, estiment que chaque chose doit avoir une origine, que chaque chose commence à très petite échelle... Comme un nourrisson à la naissance ou, si vous préférez, à l'état d'embryon... C'est une distinction d'ordre politique, j'imagine. Ou comme le cosmos au moment du big bang. Ou comme l'être unicellulaire de Darwin, "dans une mare d'eau chaude quelque part". – Il a levé les yeux de la copie. – Je suis heureux de voir que vous vous êtes souvenue de la mare. Cela dit, Darwin est mort en 1882 et ne pouvait donc connaître la théorie du big bang, mais je comprends votre raisonnement. »

Encore un coup au ventre !

« C'est ce que vous appelez "l'illusion originelle". Cette idée qu'après le commencement, le nouveau-né, la bête humaine, le cosmos et tout le reste grandissent, s'étendent, deviennent plus complexes. "Progressent", disons. Et l'animal humain en vient donc à croire que le progrès est un processus normal, inévitable. Cela, vous l'appelez "l'illusion originelle".

— Oui, professeur, a-t-elle chuchoté.

— Parfait. Ensuite, vous entrez un peu dans l'histoire des idées. Darwin vivait en un temps où le progrès était un concept omniprésent. Une époque où l'industrialisation était en train de changer la physionomie de l'Angleterre. Technologie, inventions, médecine moderne et, pour la première fois, réelle diffusion "de masse" des idées avec l'édition, la presse... Plus encore, tous ses contemporains avaient conscience de l'expansion de l'Empire britannique à travers la planète. Lui-même gouverné par cette foi dans le progrès, nous dites-vous, Darwin a voulu montrer, et ce même avant son voyage aux Galápagos, que toutes les espèces vivantes provenaient d'une cellule unique, ou du moins... – il a relevé la tête en souriant – ... de quatre ou cinq cellules dans notre fameuse mare. Mais vous nous déclarez alors – il a levé en l'air un doigt ironiquement pontifiant – qu'en réalité *rien* ne commence, ni ne se termine. Aucun élément chimique ou physique ne quitte jamais la biosphère. Pas une particule. Elles se reconstituent sous une autre forme, une nouvelle combinaison. La "vie", ce qui n'est d'après vous qu'une manière de désigner l'"âme", s'en va mais chaque composante du corps et du cerveau reste là, en attente d'être réassemblée. En d'autres termes : la poussière retourne à la poussière. Exact ?

— Oui, professeur, a-t-elle admis d'un ton abattu.

— Oui. Ah, et que je n'oublie pas ceci... – Il a posé son index sur l'une des pages. – Ici, vous nous déclarez que le *temps* n'est rien qu'une invention de l'animal humain. Une "fabrication de l'esprit", écrivez-vous. Les autres créatures réagissent à la lumière ou à l'obscurité, à la chaleur et au froid, mais elles n'ont pas de notion, ni de perception, du temps. »

La copie sur la table, Mr Starling s'est radossé à son fauteuil et a contemplé Charlotte avec un sourire indéchiffrable pendant ce qui lui a paru une interminable minute – en réalité, sûrement guère plus de quelques secondes. Elle attendait le coup de grâce.

« Voyez-vous, Miss Simmons, depuis près d'un siècle et demi universitaires ou néophytes ont tenté de réfuter la théorie de l'évolution et, très franchement, cet aspect de votre travail ne m'intéresse pas du tout. Ce qui m'a impressionné, par contre, ce sont les lectures que vous citez, vos références parfois extrêmement pointues, jusqu'à en être ésotériques... – "impressionné", avait-il dit ? – ... et la palette de nuances que vous êtes capable de discerner dans les implications d'une théorie, qu'il s'agisse de celle de Mr Darwin ou de la vôtre. Pour ne prendre qu'un exemple, je suis assez soufflé que vous ayez déniché, assimilé et utilisé le travail de Steadman et Levin sur l'absence de notion de temps chez les animaux. Il s'agit d'une publication hautement spécialisée, très exhaustive et très fine en termes de physiologie cérébrale, quelque chose d'extrêmement peu connu. Cela a été publié dans les *Annales de la biologie cognitive* et... Comment diable êtes-vous tombée là-dessus ? »

Quoi, ce n'était que cela ? Le souffle court, elle a expliqué :

« Je suis allée à la bibliothèque, j'ai commencé une recherche en ligne et comme ça, de fil en aiguille... »

Avait-elle régressé au stade d'avaler ses mots ? *Defilenguille* ?

« Et l'argumentation de Nisbet selon laquelle Darwin n'aurait fait que reprendre à Russell sa théorie du progrès, voire même celle de l'évolution... – Il a éternué un petit rire. – Comment avez-vous déniché *ça* ? Plus personne ne cite Robert Nisbet, de nos jours, et pourtant je le tiens non seulement pour le plus important sociologue américain du siècle dernier mais aussi pour le plus grand philosophe de ce pays. »

Est-ce qu'elle rêvait, là ? D'une voix encore timide, mais qui montait dans le ciel comme... comme une hirondelle :

« J'ai eu de la chance ? Ça ne m'a pas pris si longtemps ? »

Mr Starling l'a contemplée en tapotant la copie de ses phalanges.

« C'est un travail *exceptionnel*, Miss Simmons, et malgré tout ce que je viens de dire je dois admettre que j'ai plutôt apprécié votre aplomb à vous attaquer à ce vieux Darwin. »

Elle montait, montait encore :

« Ce n'était pas mon intention, Mr Starling. Je regrette si je... si je...

— Vous n'avez rien à regretter ! Darwin n'a pas encore été béatifié, que je sache ! On n'en est pas loin, certes, mais ce n'est pas encore fait. »

Charlotte n'a pas entièrement suivi tout ce qu'il a alors ajouté. Apparemment il ignorait en quoi elle voulait se spécialiser, mais il était convaincu qu'elle devrait venir travailler quelques heures par semaine... ici, au Centre de science neurologique ! Travailler sur des animaux et sur des êtres humains, sur l'image du cerveau, était la dernière frontière. Ainsi qu'il l'avait suggéré dans son cours, ce genre de recherche avait commencé à redéfinir la conception que l'être humain – « ou l'animal humain, si vous préférez, Miss Simmons » – avait de lui-même. Et elle répondait « Oui ! » à tout ce qu'il disait. « Oui, oui, oui, oui ! »

Elle a quitté le bâtiment mythique, et l'après-midi rayonnait désormais de soleil, elle est partie à tire-d'aile à travers le campus de Dupont, telle une hirondelle d'une folle vivacité exécutant des piqués et des loopings enivrants. En plein ciel, mais sans destination : voler, voler, encore voler, était une fin en soi.

Charlotte faisait la queue devant l'IM avec Mimi et Bettina, une queue bruyante majoritairement composée d'étudiants de Dupont. Les lampadaires donnaient aux visages un teint jaune chimique et annihilaient les rares couleurs de leurs vêtements qui pouvaient survivre à l'esthétique « nostalgie de la boue ». Cette lumière n'était pas plus flatteuse pour l'établissement, dont les bardeaux rouges paraissaient peints de sang séché. Une grande enseigne clignotante n'aurait pas été de trop pour égayer les lieux mais leurs propiétaires, soucieux de montrer qu'ils n'étaient destinés qu'aux initiés, se contentaient d'une simple plaque au-dessus de la porte avec l'énigmatique mention IM 2019, 2019 étant le numéro de la bâtisse dans la rue, de sorte que le bar était aussi fripé et soigneusement négligé que le style vestimentaire de ses jeunes clients.

Appréhension et expectative régnaient dans la queue : tous désiraient ardemment pénétrer enfin *là où ça se passe* mais s'angoissaient à l'idée que les cerbères à la porte repèrent les cartes d'identité trafiquées, qui étaient contraires à la loi. Les trois quarts d'entre eux au moins n'avaient pas l'âge requis pour entrer et comme d'habitude la nervosité ambiante s'exprimait à travers l'usage intensif du patois fuck, qui dans leur esprit leur donnait l'allure décontractée de noctambules ayant dépassé les vingt et un ans.

Un type : « ... parce qu'elle avait une minijupe sans rien dessous et qu'elle s'envoyait la fucking bière tête en bas, voilà pourquoi ! »

Un autre : « La fente ! C'est ce qu'elle a de mieux, fuck ! Regarde pas sa tronche le matin ou t'attrapes la mort ! »

Une fille : « Oh merde, sur cette fucking carte ils mettent que j'ai trente-deux balais ! »

Un type : « Si elle me donnait son cul ? Fuck, elle me donnerait pas son numéro de portable ! »

Une fille : « ... Ouais, et il sera jamais rien d'autre qu'un fucking thon ! »

Un type : « Et pourquoi pas, fuck ? »

Un autre : « Personnellement, j'vais dire fuck le rat, moi ! »

Une fille : « ... Envoyé péter ce fucker. »

Une autre : « Fuck qu'elle se la joue pas ! »

Une autre : « Fuck, c'est trop fuck ! »

Le chœur : « Fuck, j'dis ! »

« Oh, fuck... »

« Oh, fuck ! »

Maman. Si Maman surgissait et me découvrait ici, a pensé Charlotte. Au milieu de ces exclamations, s'apprêtant à entrer dans un... bar avec une... identité usurpée ! Mais tout le monde le fait, Maman ! *Tout le monde ?* Le mépris que sa mère réservait au tout-venant, au tout-le-monde, à leurs constantes violations des lois et des enseignements chrétiens... Mais Maman, je n'y vais pas pour m'amuser, c'est de... l'exploration ! Il était important de voir ce fameux IM de ses propres yeux, de comprendre ce que les autres y trouvaient de si fantastique. Et ce n'avait pas été son idée, en plus, mais celle de Mimi, Mimi qui continuait à jouer le rôle de l'affranchie du trio mais qui avait perdu ses airs supérieurs et cessé de traiter Charlotte en provinciale attardée. Car le statut de Charlotte Simmons était encore monté d'un cran depuis que deux joueurs de crosse s'étaient battus pour elle en plein tailgate. Mimi, cette fois, jouait plutôt le rôle de bienveillante conseillère en expliquant à Charlotte et à Bettina comment s'introduire illégalement dans le bar. Elle avait déjà une fausse carte, elle, dont elle refusait d'expliquer la provenance en prenant des airs mystérieux, et elle paraissait vingt et un ans. Une fois à l'intérieur, elle trouverait des amies à elles qui avaient une vague ressemblance avec Bettina et Charlotte – les photos d'identité étaient toujours de mauvaise qualité, de toute façon –, détentrices d'authentiques permis de conduire qu'elle viendrait leur apporter dehors. Oui, avait-elle répondu aux questions inquiètes de Charlotte, utiliser une fausse carte ou se servir d'un document qui n'était pas le sien était illégal mais... « tout le monde le fait » ! S'ils devaient poursuivre tous ceux qui avaient recours à ce subterfuge, tout le campus de Dupont aurait la police aux fesses !

Tout le monde ! Charlotte a été prise d'un accès de culpabilité. Sa mère ne lui avait pas simplement prescrit d'obéir à la moindre loi, au moindre règlement, elle lui avait *insufflé* cet esprit d'obéissance en toute chose, presque au même niveau que la foi en Dieu. À Sparta, il n'y avait que trois feux rouges, tous sur la Grand-Rue. Un samedi, dans sa douzième année, alors que Charlotte se promenait avec Laurie, Regina s'était jointe à elles ; quand celle-ci avait traversé au vert, les deux autres lui avaient emboîté le pas sans réfléchir, mais Charlotte s'en était voulu des jours durant, après, parce qu'elle n'avait pas eu la force de dire : « Fais comme tu veux, moi j'attends que le feu passe au rouge. »

Elles n'étaient plus qu'à neuf ou dix rangs de l'entrée, maintenant, et Charlotte a senti son cœur s'accélérer. Elle apercevait les deux gorilles devant la porte vitrée ; celui qui vérifiait les documents, la trentaine, petit et basané, un nez en bec d'aigle, était tout en noir ; l'autre, sans doute la vingtaine, un jeune géant au crâne gros comme une pastèque fichée sur un cou encore plus large et surmonté d'une crête de cheveux bouclés teints en blond, avait des yeux et une bouche étonnamment étriqués pour sa taille. Charlotte était sûre de l'avoir déjà vu quelque part, mais où ? À Saint Ray ! C'était le videur qui contrôlait l'accès au prétendu « caveau secret » ! Et maintenant, bras croisés sur son vaste torse, aussi impassible qu'une montagne, dominant son menu collègue aux traits de rapace, il gardait la porte de l'IM.

Devant elles, un gémissement indigné s'est élevé : « Comment ça ? Je suis venu ici deux cents fois, bon sang ! » Un grand type en gilet écossais et tee-shirt aux manches tailladées pour mieux révéler des biceps gonflés à la Cybex se courbait agressivement sur le petit rapace. Il a suffi que le géant au crâne de pastèque décroise ses gros bras pour que le gémissement cesse aussi sec : l'adepte de la Cybex a quitté la file avec ses deux amis en marmonnant imprécations et promesses de vengeance. Ils prenaient donc leur travail au sérieux, ces cerbères ! Et le garçon qui venait d'être éjecté avait l'air bien plus âgé que Charlotte... Elle a eu un frisson de peur et de dépit : son tour n'était même pas arrivé qu'elle se sentait déjà coupable, et ridiculisée à la face du monde entier.

Dans le remords, le temps s'accélère : soudain, Mimi a été devant les deux compères. Charlotte a retenu sa respiration, s'attendant à ce que le rapace lui refuse le passage, l'espérant, même, pour en finir avec cette mascarade. Comme elle l'avait prédit, pourtant, elle est entrée sans aucune difficulté. Charlotte et Bettina ont fait un pas de côté pour attendre son retour et aussitôt, ou presque, elle est revenue avec un rire amusé destiné aux cerbères, leur a tendu les documents illicites et s'est hâtée de retourner à l'intérieur. Charlotte a examiné le sien, un permis de conduire de l'État de New York au nom de Carla Philipps, 500 West End Avenue, New York, New York, 10024. La photo ne ressemblait pas, mais alors pas du tout à Charlotte Simmons ! Ou alors de très, très loin, peut-être... Pourquoi ne pas tourner les talons maintenant, avant de commettre un délit ? Maman la regardait, désapprobatrice.

Elles se sont retrouvées trop vite devant le rapace, Bettina la première, Charlotte déjà rouge comme une pivoine. Les yeux du petit type sont passés de la carte à Bettina et retour, trois ou quatre fois, tellement dubitatifs ! Le cœur de Charlotte cognait comme un oiseau affolé dans sa cage thoracique. Et puis il a fait signe à Bettina de passer et le moment est venu de mettre en jeu son intégrité morale la plus profonde : elle était face à la Loi.

Il était plus âgé qu'elle ne l'avait cru de loin. Ses pupilles étaient d'intenses allèles BB sous des paupières solides et ridées comme des coquilles de noix. Dans son cas, sa tête n'excédait pas la taille d'un cantaloup que son col roulé noir paraissait prêt à engloutir. Mais surtout, surtout, il y avait la moustache, broussailleuse et retroussée aux deux bouts, avec un minuscule filament orange – un reste de nachos ? – planté dans les poils. La moue sceptique qu'il a eue en examinant le permis de conduire de Charlotte a fait se trémousser tout cela. Tenant la carte plastifiée dans une main, il a tapoté l'autre dessus avec dédain.

« C'est ton permis, ça ? »

Elle avait la gorge tellement sèche qu'elle n'a pas osé parler, se bornant à hocher la tête. Même non formulé, le mensonge n'en était pas moins là.

« Où c'est la maison pour toi, *Carla* ? »

Elle était sûre qu'il avait craché ce « Carla » comme s'il avait dit : « Fichaises ! »

« Je suis de... New York ? »

La peur avait ramené cette inflexion interrogative finale contre laquelle elle luttait sans cesse.

« Je vois pas bien cette adresse-là, *Carla.* »

Elle l'avait mémorisée, grâce au ciel, mais encore fallait-il que sa voix daigne la prononcer.

« 500 West End Avenue. »

Le petit rapace lui a lancé un révulsant clin d'œil.

« C'est dingue cet accent de Brooklyn que tu as, *Carla*.

— Nous... On vient de s'installer à New York. »

Encore un mensonge, avancé avec si peu de conviction que le bluff était patent.

« Hé, Carla, je te connais, moi ! Tu es l'amie de Hoyt, pas vrai ? Tu te souviens de moi ? »

C'était le videur de Saint Ray, dont la voix était bizarrement haut perchée. Avec ce sourire-là, soudain dépouillé de son agressivité coutumière, il avait l'air d'être quelqu'un d'autre.

« Oh que oui ! a fait Charlotte, sautant sur l'occasion. Tu étais... – elle ne savait pas comment définir poliment sa fonction – ... à la soirée de Saint Ray ?

— Super ! a mugi le costaud comme s'il venait de recevoir le plus grand des compliments, puis il s'est penché pour chuchoter à l'oreille du rapace, qui a laissé échapper un long soupir entre ses dents et, sans regarder Charlotte, lui a tendu le permis :

— O.K., Miss New York, allez-y ! – Il a montré la porte vitrée d'un pouce sardonique. – Si tu peux t'en tirer ici, tu le peux n'importe où. »

N'ayant pas la moindre idée de ce qu'il voulait dire, Charlotte s'est hâtée de passer avant qu'il ne change d'avis. Elle est arrivée dans un petit vestibule, avec une autre porte vitrée, transparente celle-là, derrière laquelle elle distinguait une mer de visages blafards dans la lumière crépusculaire d'une boîte de nuit. Une pulsation sourde et entêtante de percussions et de guitare basse, mais quand elle a poussé le battant, bang ! la vague sonore a déferlé sur elle, accompagnée de vapeurs putrides de bière éventée entremêlées d'acides relents de vomi, des histrionades du groupe en scène et des cris de triomphe des étudiants fous de joie d'avoir pu accéder à ce haut lieu du night-clubbing. On aurait dit une seule bête multicéphale et ivre pourvue de deux mille bras pour se gratter, gratter, gratter les pustules d'une mauvaise varicelle, mille points rougeoyants – en réalité le bout incandescent de mille cigarettes. Tout était démangeaison, saleté, infection, jusqu'aux planches mal équarries et peinturlurées d'un noir poisseux qui couvraient le sol et les murs. Perçant la pénombre, deux plaies de lumière révélaient la densité de la fumée en suspension et traçaient la silhouette de l'hydre dansante, l'une tombant droit sur ce qui devait être le bar, l'autre, plus loin, à l'arrière du podium. Quand les yeux de Charlotte se sont habitués à la glauque atmosphère, elle a distingué que la bête était formée d'êtres pressés flanc contre flanc, à perte de vue. Puis elle a été frappée par l'éblouissante dentition des filles en jean, adoratrices de la déesse Orthondontie, sourires et yeux scintillants levés vers les garçons, en jean eux aussi, comme si de leurs bouches coulait une source intarissable de savoir et de sagesse transcendante.

Elle a cherché du regard Mimi et Bettina, qu'elle a fini par découvrir debout dans un coin près de la porte. Elle s'est hâtée de rejoindre le cercle de chuchotements conspiratifs et de gloussements.

« Comment ça s'est passé ? a demandé Mimi.

— Le type avec le bec d'aigle, tu sais ? Il ne m'a pas crue ! »

Des éclats de rire extasiés ont ponctué le récit de ses aventures. Charlotte s'était rarement sentie aussi transportée ! Elle avait rusé et gagné ! Cool ! Cela ne s'appelait plus mentir et abuser, dans son esprit : elle avait prouvé qu'elle appartenait aux débrouillards qui connaissent les ficelles de la vie ! Ce n'était plus enfreindre la loi, dans sa tête. Elle avait pris des risques *pour la beauté du geste*, non par pure effronterie comme une Regina Fox ! Elle était la soldate qui était allée au feu et qui s'en était tirée, et c'était tout ce qui comptait, aussi dérisoire que fût l'enjeu. Elle riait, plaisantait, bavardait avec plus d'entrain qu'elle n'en avait jamais éprouvé depuis son arrivée à Dupont.

Mimi ayant annoncé – il fallait se tenir face contre face pour se faire entendre – qu'elle voulait aller prendre un verre au bar, les trois premières-années se sont péniblement glissées à travers la cohue. Charlotte, à l'arrière-garde, n'avait aucune intention de boire, car cela signifierait une dépense d'un dollar ou plus, mais elle tenait absolument à rester avec son petit troupeau. Non loin du bar, pourtant, elle a été séparée de ses deux amies par un nœud inextricable de garçons et de filles, celles-ci poussant les habituels glapissements destinés à manifester leur ravissement à se trouver en présence de mâles. Impossible de continuer.

Quelqu'un l'a tirée par le bras. C'était Bettina, qui avait une bouteille de bière dans l'autre main et qui lui montrait Mimi, armée d'un grand gobelet en plastique. Charlotte les a suivies dans la foule survoltée tandis qu'elles se rapprochaient de la scène. La puanteur – bière, vomi, cigarettes, aisselles – empirait toujours plus. Cette masse de corps, cette chaleur ! Cela lui rappelait la soirée de Saint Ray, cette musique qui n'arrêtait jamais, cet air surchargé, ces cris d'animaux ivres : « Je t'baise, j'te retourne et j't'enc... », « Je suis ton père, Luke ! », « Qui faucherait une putain de brosse à dents électrique, putain ? », « Ils peuvent nous prendre la vie, pas la liberté ! ».

Sur scène, cinq musicos baignés de sueur évoquaient des apparitions de lumière trop vive et d'ombres englouties par le mur noir du fond, des taches lumineuses plutôt que des formes tridimensionnelles. Gros et chauve comme un Bouddha, le batteur tapait sur un incroyable assortiment de caisses, de cymbales, de cloches, de blocs de bois et de triangles. L'étroite piste de danse devant le podium était aussi sale et congestionnée que le reste, empêtrée dans un désordre de minables tables rondes peintes en noir autour desquelles des figures blafardes aspiraient la fumée à pleins poumons. Un jeune chanteur couleur caramel, plus frêle qu'un roseau, tête rasée mais joues couvertes d'énormes rouflaquettes qui lui donnaient des airs de caniche, assurait un reggae au rythme paresseux.

Sulfureuse pénombre. Les effluves de cigarette étaient si forts que Charlotte en avait les narines brûlées, et jusqu'à la cornée, elle en était sûre. Mais Mimi et Bettina lui ont ordonné avec de grands gestes de se dépêcher : elles venaient de repérer un garçon et trois filles plus âgés – ceux-là pouvaient *vraiment* avoir vingt et un ans – en train d'abandonner une table et elles fondaient déjà dessus pour s'en emparer, cuisses collées l'une contre l'autre afin de se faufiler entre les chaises en répétant des « pardon, pardon » automatiques. Charlotte a accéléré son avance. Dès qu'elles ont été installées toutes les trois, Mimi a allumé une cigarette afin de démontrer... qu'elle était *dans le coup*, sans doute. Bettina a commencé à se balancer au rythme languide du reggae, apparemment dans le même but. Cibiche entre les doigts, Mimi a porté la bouteille de bière à ses lèvres en regardant Charlotte les sourcils levés, gestuelle qui signifiait « Tu veux boire quelque chose ? » ou plutôt « Tu veux être dans le coup ? ». Charlotte a fait non de la tête ; bras croisés sur la table, elle s'est penchée en avant et a porté son regard au-delà de Mimi, vers l'enchevêtrement de corps sur la piste. Pourquoi ? Dans le coup de quoi ? Quel était le sens de cet amas d'humanité dans un local aussi sordide que l'IM un vendredi soir ? Mais elle a aussitôt répondu à sa question muette par une autre : et si elle était seule dans sa chambre, à cet instant ? Elle se *voyait* là-bas, assise à son bureau, les yeux perdus sur la flèche illuminée de la bibliothèque, la solitude mettant en déroute le moindre soupçon d'espoir, d'ambition ou de simple projet. Charlotte Simmons, arrachée à sa famille, à ses amies, au cocon dans lequel elle avait grandi... Est-ce qu'un seul autre étudiant de Dupont avait déjà pu se sentir aussi abandonné qu'elle ?

Ses yeux se sont arrêtés sur cinq ou six filles qui s'apprêtaient à prendre possession d'une table non loin de la leur. Aussi jeunes qu'elles, visiblement, elles souriaient et gloussaient avec une application pathétique. Et celle-là ! Celle qui était pratiquement assise *sur* la piste de danse, la blonde très, très décolletée... Cet air supérieur qu'elle avait, menton pointé en l'air, cette façon de proclamer « Je suis super-bonne » ! Et... Allez, Charlotte, sois honnête ! Tu le sais, qu'elle est « bonne » ! Elle avait ce genre de chevelure blonde, raide et soyeuse qui provoque en toute fille brune ou rousse, dans le monde entier, sans exception, le besoin de se tordre les mains et de gémir sur la scandaleuse, l'aveugle, l'insouciante injustice du Destin.

Bettina avait remarqué les nouvelles arrivantes, elle aussi, car elle s'est penchée vers Charlotte, les a montrées d'un signe de tête et, avec une nuance plus que condescendante, s'est interrogée : « Pourquoi elles se passent pas carrément une pancarte autour du cou, BAISEZ-MOI, JE SUIS UNE PREMIÈRE-ANNÉE ? » Charlotte a ri poliment mais sa bonne humeur était partie, d'un coup. Qu'est-ce qu'elle, Charlotte Simmons, fabriquait dans cet antre ? Dans quoi s'absorbaient-elles toutes les trois, et elle autant que Mimi et Bettina ? La chasse, la chasse au petit ami, aussi vital que l'oxygène ? Quel succès universitaire, quel envol aux sphères du génie, quelle distinction, même un prix Nobel de neurologie, pouvait égaler cette réussite-là ?

Passé à une imitation de Bob Marley, le chanteur avait rejeté la tête en arrière et semblait prêt à engloutir son micro tel un avaleur de sabre. Une demi-douzaine de couples se frottaient sur la piste. Des spécimens de laboratoire, voilà ce qu'ils étaient. Placés dans un environnement propice à certains stimuli qui les poussaient à imprégner leurs muqueuses d'alcool et de nicotine, leur inspiraient ce besoin frénétique d'appartenir au « groupe »... Pour la première fois depuis ses deux mois à Dupont, Charlotte s'est sentie comme avant, indépendante, critique, hautaine, regardant de haut ces coutumes barbares auxquelles les nouveaux étudiants se soumettaient sans broncher. Pourquoi ces fils et filles de riches, dotés d'assez de jugeote pour obtenir une moyenne de mille quatre cent quatre-vingt-dix aux TAS, étaient-ils prêts à se laisser à ce point abuser par toute cette primitive grossièreté ? À préférer un tel bouge à quelque chose de raffiné, ou au moins de propre et d'épuré ? Et cette musique tropicale ? Charlotte Simmons était au-dessus d'eux tous. Ils n'étaient rien d'autre que des spécimens qu'elle étudiait, voilà pourquoi elle était là, et l'IM une cage en verre où se pressaient sous son regard analytique de jeunes privilégiés en haillons, mâles et femelles frottant leurs parties génitales, le pieu sous le pantalon en coton cherchant la crevasse sous le short en coton... le bouddha fouettant tout ce qui se trouvait à portée de bras... le chanteur caramel mangeant son micro... et là, une anomalie ! Un garçon, seul sur la piste de danse. Non, il ne faisait que la traverser. Cheveux en bataille, chemise ouverte, hors du pantalon, manches retroussées, il boitait mais n'avançait pas moins d'une démarche arrogante au milieu des bêtes à deux dos surchauffées. Il a tourné la tête ; un bandage lui couvrait la mâchoire de l'oreille au menton, presque... Hoyt.

Il venait à elle. Le cœur de Charlotte s'est mis à battre, battre. Hoyt était sans doute assis de l'autre côté de la piste depuis le début, avant leur arrivée, et... Comment l'avait-il repérée dans cette obscurité enfumée ? Mimi s'est penchée par-dessus Bettina pour lui signaler :

« Tu as vu qui arrive ? Ton sauveur de Saint Ray ! »

Charlotte a fait comme si elle le découvrait seulement mais ses joues étaient déjà écarlates. Il ne restait qu'à espérer que Mimi ne le remarque pas, dans la pénombre.

« Qu'est-ce que tu vas lui dire ? a-t-elle insisté d'un ton surexcité.

— Je... Je ne sais pas. »

Il était à moins de deux mètres, maintenant, mais il n'a pas ralenti, et il ne la regardait pas, non plus. Il s'est approché, approché et... il est passé devant elle sans la voir. Il allait à la table où les cinq filles s'étaient entassées. Bientôt, il s'est penché sur la blonde, celle au Décolleté et aux Cheveux. Il est arrivé derrière elle, a tapoté son épaule, tout cela au vu et au su de Charlotte. La fille s'est retournée dans une envolée de mèches soyeuses et le sourire narquois de Hoyt a cédé la place à une expression de sincère stupéfaction. Avec l'orchestre et les rugissements alcoolisés, Charlotte ne pouvait pas entendre ce qu'il disait à la fille, bien entendu, mais un nom a germé de son pédoncule cérébral : Britney Spears.

La blonde gloussait et rougissait tout à la fois. Hoyt a attrapé une chaise, s'est installé tout près d'elle – Charlotte ne pouvait même plus faire semblant de ne pas voir, désormais –, a commencé à lui parler avec animation sans quitter sa proie des yeux, la fixant d'un regard qui disait : « Tous les deux, on ressent quelque chose dont on ne peut pas encore parler, pas vrai ? »

Sa main s'est mise à parcourir le bras de la fille par petites touches, en partant de l'épaule. Il venait de lui poser une question, apparemment. Ils se sont levés tous les deux, la blonde en accordant un sourire à peine embarrassé à ses compagnes. L'instant d'après, ils étaient sur la piste de danse. Hoyt et la fille aux Cheveux. Pelvis contre pelvis. Il s'est mis à pousser, frotter, pousser, frotter. Le groupe avait entamé un slow syncopé, hypnotique, sur lequel le chanteur répétait sans cesse :

« Faut te servir de ta force
Avec tact avec douaaa...té
Ouais te servir de ta force
Avec tact avec douaaa...té... »

Hoyt avait la bouche entrouverte, un air éloquent : « Oui, ma belle, oui, oui, vas-y, reste dans le kif, oui... Continue, tu commences à aimer... » Même dans cette nuit électrique, enfumée, endiablée, empoissée de bière et de vomi, tout le monde pouvait voir que la fille était rouge, rouge, mais aussi qu'un sourire coquin commençait à se former sur ses lèvres, un sourire assuré qui repoussait la gêne et l'appréhension. Bientôt, ils ont fendu la foule en direction de la sortie, main dans la main, lui parlant avec animation, elle les yeux braqués droit devant elle, vers l'avenir immédiat.

Mimi s'est de nouveau penchée par-dessus Bettina, mais cette fois elle désignait à Charlotte la montre à son poignet :

« Non, mais tu as vu *ça* ? Il est trop, ton sauveur ! Qui c'est, cette petite tepu ?

— Cette quoi ? s'est étonnée Bettina.
— Cette allumeuse, cette pute, quoi !
— Ah... »

Charlotte essayait de se composer le visage le plus nonchalant de la terre mais elle n'y arrivait pas, elle n'y arrivait pas du tout, au point qu'elle a dû se détourner des deux filles. Pas question de les laisser voir qu'elle était au bord des larmes. Elle ne pouvait pas y croire et... Si, elle le pouvait, justement, et c'était encore pire.

Ohmygod, toute cette masse de corps, cette chaleur... La fumée recrachée par les poumons avariés lui brûlait les fosses nasales. Le bouddha punissait tout ce qui tombait sous ses baguettes, visiblement très fier du spectacle qu'il donnait. Hoyt... Salaud ! Elle n'avait encore jamais utilisé ce terme, même en pensée. Il n'avait fait ça que pour la blesser ! Venir à elle et changer brusquement de cap pour une petite... salope ! Ce mot n'appartenait pas davantage à son vocabulaire, sauf une fois, peut-être, à propos de Beverly... Un rayon d'espoir, pourtant : s'il avait pris toute cette peine pour la tourmenter, c'est qu'il devait vraiment être obsédé par elle... Un nuage de doute a tout obscurci : peut-être venait-il pour de bon à elle et puis il avait avisé une meilleure cible, une « tepu », de la viande encore plus fraîche, puisque c'était tout ce qui l'intéressait, à l'évidence... Ou bien il ne l'avait même pas vue ? C'était très possible, dans cette purée de poix, de fumée, de relents nauséabonds, de bouddha batteur... Rêve toujours, Charlotte ! Crois ce que tu veux. La vérité, c'est qu'il t'a dédaignée, ridiculisée, humiliée... *trahie*, juste sous tes yeux ! Devant tes amies !

Le chanteur caramel poursuivait, le nez toujours à l'azimut :

« Toi l'homme tu peux faire tout imploser
Avec tact avec douaaaa...té
Toi la femme tu peux faire tout imploser
Avec tact avec douaaaa...té »

Charlotte avait conscience du regard insistant de Mimi sur elle, de celui de Bettina, plus discret. Elles attendaient de voir comment elle allait prendre ça. Elle a haussé les épaules et, d'un ton qui se voulait insouciant : « Il a joué le bon Samaritain, ça ne veut pas dire qu'il doive... »

Elle n'a pas terminé sa phrase, ne voulant pas être surprise à tenter de formuler ce qu'elle aurait tant aimé qu'il ait envie de faire. Cela ne servirait qu'à révéler la profondeur de sa blessure et elle savait que Mimi – tu n'as pas honte, Mimi ? –, Mimi la Tarentule, savourerait alors chaque seconde de ce moment.

19

Main baladeuse

« Bienvenue à toi, ô sage d'Athènes ! – Affalé en arrière sur son fauteuil pivotant, Buster Roth avait les doigts croisés sur la nuque et ses coudes pointaient de chaque côté. – Quoi de neuf à Marathon ?

— Où ça ? » a demandé Jojo.

Le coach affichait un grand sourire mais Jojo reniflait dans l'air un certain relent de persiflage.

« Marathon. À quarante-deux bornes et des brouettes d'Athènes. Une grosse bataille là-bas, alors ils ont demandé à ce coureur... C'était dans l'Anqui... Au temps de Socrate, quoi. Ce vieux Socrate... – Roth a secoué la main devant son visage comme s'il en chassait les mouches. – Peu importe, Jojo. C'était juste une blague. Une blague ! Donc on recommence, hein ? Il faut bien que je m'habitue à ces mystérieux rendez-vous que tu me demandes. J'espère que les nouvelles sont meilleures que le dernier coup. »

Son attitude s'était déjà modifiée : les yeux plissés, il donnait à Jojo l'impression d'être scruté comme un specimen rare. Il lui a désigné une bergère en fibre de verre.

« Pourquoi tu t'assois pas ?

— Je... – Jojo avait préparé ce qu'il avait à dire, cette fois, mais devant le coach tout tombait en marmelade, lui échappait. Il a pris son siège sans quitter l'entraîneur des yeux, a poussé un soupir laborieux. – C'est pas pour Socrate, coach. C'est pas... C'est pas bon. Mauvais, même. Je suis... dans le pétrin. – Les yeux de Roth n'étaient plus que deux fentes. – Le truc, c'est que donc, voilà, je fais cette UV d'histoire des États-Unis... Mr Quat ? »

Retirant ses mains de sa nuque, Buster Roth les a plaquées sur les accoudoirs, a détourné la tête et laissé son regard errer sur le mur, de plus en plus haut, avant d'exhaler un « Zzzzzzzob » chuintant et de se redresser sur son fauteuil.

« O.KKK. ! Raconte... »

Jojo s'est lancé dans son récit en guettant les moindres réactions du coach, un hochement de tête, un clin d'œil, le moindre frémissement qui laisserait entendre que le Coach avec un grand C, le maître du Buster Bowl et du Rotheneum, allait prendre soin de cette affaire, étendre son aile protectrice sur son joueur. Mais Roth s'est contenté de poser quelques brèves questions – « Tu t'en es souvenu *quand* ? », « Quoi, à *minuit* ? ! », et un peu plus tard : « Comment ça, il *fallait* qu'il t'aide ?

— Ben oui, quoi... J'ai besoin de vachement d'aide, avec tout le retard que j'ai et tout ça.

— Qu'est-ce que ça veut dire, *vachement d'aide* ? Et me baratine pas, hein !

— Eh bien, disons que je lui ai donné... un plan général.

— Ça veut dire *quoi*, un *plan général*, crénom de nom ?

— Je lui ai dit... de quoi ça devait parler.

— Tu lui as dit de quoi ça devait parler ?

— Oui.

— Et c'est tout ?

— Pratiquement, oui... Je crois.

— Pratiquement tout, tu crois... Bon, moi j'appelle ça un fuking plan fucking général, Jojo. Pas toi ? »

Ayant fait pivoter son fauteuil à quatre-vingt-dix degrés, le coach a repris son ascension visuelle du mur, auquel il a adressé un « Sacré nom de Dieu » désespéré. Puis, revenu face à Jojo, il a commencé d'une voix calme :

« Écoute, Jojo. D'abord, tu viens me trouver pour me dire que tu n'es pas un connard de sportif, que tu es Socrate réincarné, que tu as vu la lumière et que tu veux étudier Philosophie 306 et le rationalisme et l'animisme et tous ces fuckismes... Bon. Et là, tu reviens pour m'apprendre, comme si n'importe qui pouvait pas le voir, que tu es... UNE TÊTE DE NŒUD ! UN ABRUTI ! UN IMBÉCILE ! COMBIEN DE FOIS JE VOUS AI DIT À TOUS, “O.K., GROS LOURDS, ON EST LÀ POUR VOUS AIDER MAIS S'IL VOUS PLAÎT, S'IL VOUS PLAÎT, N'ABUSEZ PAS !” QU'EST-CE QU'IL Y A DE PUTAIN DE BORDEL DE FUCK DE COMPLIQUÉ DANS CE PETIT MOT, “AIDER” ? “AIDER”, ÇA A JAMAIS VOULU DIRE “FAIRE LE BOULOT À TA PLACE”, ESPÈCE DE DÉBILE ! SOCRATE DE MES DEUX ! ET TU OSES VENIR ME CASSER LES COUILLES AVEC TON SOCRATE PENDANT QUE TU DEMANDES À TON GUS DE PONDRE UN DEVOIR DE DIX FUCKING PAGES POUR TOI ? »

D'abord catastrophé, Jojo a eu la nette impression que le coach était en train d'improviser une ligne de défense à la « Je-le-lui-avais-pourtant-bien-dit » qui pourrait lui servir si les choses s'envenimaient trop avec Quat, mais ce constat n'a fait qu'ajouter l'affolement à sa sombre humeur. Et la puérilité de sa réaction ne lui a pas échappé lorsqu'il s'est mis à geindre d'un ton plaintif :

« Mais ça c'était *avant*, coach ! Avant que...

— Avant mon cul !

— Avant que je change de mentalité, quoi ! Ce travail, c'était encore au temps où...

— Que tu changes de mentalité ? a répété l'entraîneur avec un mépris chargé de causticité. LE SEUL TRUC QUE TU DOIS CHANGER, C'EST DE PUTAIN DE CABOCHE ! FUCK, J'EN CROIS PAS MES FOUTUES...

— S'il vous plaît, coach ! Je vous en prie ! Faut que vous m'écoutiez, quoi ! C'était avant que... »

Buster Roth est revenu au registre du calme menaçant :

« Qu'est-ce que tu imagines qu'on en a à foutre, de ton "avant" ? Tu crois que je peux aller trouver ce Quat de merde et lui dire : "Ouais, mais c'était avant" ? Avant que ce vieux Jojo se pointe et nous dise... – Il a levé la main droite en l'air en une caricature de prédicateur. – "Oyez, oyez, braves gens, voici Socrate réincarné !" Est-ce qu'il y a une petite, une infime chance que tu te rappelles quand je t'avais mis en garde contre les NŒUDS de notre chère université ? Oui ? NON ? »

Le géant Jojo, deux mètres dix, cent treize kilos, a fait oui de la tête comme un petit cancre de cours préparatoire.

« Tu me suis, MAINTENANT ? »

Oui, oui, oui. Un tout petit cancre de cours préparatoire.

« Quelqu'un a fait une connerie avec ce cours. Le cours de Quat. Quelqu'un. Je sais qui c'est, mais c'est pas important. Tu voulais des intellos ? T'es servi ! C'est UN NŒUD COMPLET, CE MEC ! ! Curtis n'arrête pas de se plaindre de lui. Il veut lui arracher la tête, Curtis ! Tu sais ce qu'il lui a fait, à Curtis ? Ou bien tu avais séché ce jour-là ?

— Non, je suis au courant ! J'étais là, coach ! Je vous jure ! Mais ce boulot, c'était avant que...

— TU DIS ÇA ENCORE UNE FOIS ET JE TE FOURRE TON "AVANT" DANS LE CUL JUSQU'À CE QU'IL TE RESSORTE PAR LA BOUCHE ! T'es dans une merde noire, au cas où tu comprendrais pas, et c'est pas ces conneries qui vont te sortir de là. »

Abandonnant son air méprisant, il s'est mis à considérer Jojo avec une attention calculatrice :

« Est-ce que tu as formellement reconnu devant Quat que ce type avait écrit la copie pour toi ?

— Mais noooon...
— Tu es sûr ? Suffit, de déconner avec moi, Jojo.
— Sûr, coach.
— O.K. Et ce type, qui c'est ?
— Adam... Adam Gellin, il s'appelle.
— Et vous êtes en bons termes, tous les deux ? »

Jojo a regardé ailleurs, fait une moue et décidé que non, il se sentait trop honteux pour *déconner* avec Roth. Plus encore, la tête qu'avait faite Adam quand il l'avait convoqué à minuit était toujours dans sa mémoire.

— Non, pas vraiment, non. J'veux dire, j'aurais pu... mieux le traiter, j'imagine.

— Ça veut dire que vous êtes en bisbille ?

— Ben... Je sais pas, coach, mais c'est pas important. Ce type a pas assez de *ça* – il s'est tapé le sternum avec le poing – pour essayer quoi que ce soit. Vous connaissez ce genre, hein ? Vous m'en avez parlé.

— Oui ? Ouais ? Je veux quand même le rencontrer. – Pour la première fois depuis des jours et des jours, le moral de Jojo s'est mis à remonter. Roth, qui se calmait peu à peu, réfléchissait sec. – Parce que bon, il risque de trouver intéressant de savoir que si tu as des emmerdements, il en aura aussi.

— Il le sait déjà, coach ! C'est la première chose à laquelle il a pensé quand je lui ai raconté ce que Quat avait dit. Il a essayé de... se dédouaner, tout de suite. "J'ai pas écrit ce texte, moi !", etc. J'vous l'ai dit, coach, c'est pas ce que vous appelleriez un petit couillu, ce mec... »

Jojo a souri, ce qui ne lui était pas arrivé depuis le début de l'entretien. Il aimait cette idée que l'entraîneur et lui soient deux fonceurs dans un monde rempli de mauviettes.

Les semaines suivantes, Charlotte s'est demandé quelle attitude adopter envers Adam. Il était clair qu'il pensait à elle tout le temps. Il l'appelait sur le téléphone de sa chambre, changeait de parcours pour la croiser sur le campus, passait au club de gym pour voir si elle était sur l'un des tapis de course, laissait des mots suggérant qu'elle vienne « faire un break » avec les Mutants, lesquels devaient se retrouver à tel endroit et à telle heure, et il avait fini par arriver à quelque chose d'inouï à Dupont : il l'avait conviée à de véritables sorties, dans de véritables restaurants et avait même payé l'addition !

À Dupont, un garçon n'invitait jamais une fille à moins d'avoir déjà couché avec elle sur une base régulière, et dans ce cas cela se limitait à un « Qu'est-ce que tu fais ce soir ? Tu veux zoner ? » ou à un « Ça te dit d'aller glander un moment à l'IM ? ». Adam, lui, était allé jusqu'à venir en personne lui proposer un dîner en ville, dans un établissement comme Le Chef, par exemple, à choisir un soir précis et à insister pour passer la prendre. Parfois, il arrivait à emprunter une voiture à Roger, ce qui lui épargnait d'amener sa cavalière à la Cité de Dieu en autobus.

Quant à Charlotte, elle n'arrivait plus à se convaincre qu'elle acceptait ces sorties simplement pour avoir un dîner correct de temps en temps. Elle avait aussi commencé à aller parfois « faire un break » avec les Mutants et lui. De sorte que... Non, elle ne savait pas comment se comporter envers Adam. Fallait-il l'encourager ou au contraire le dissuader ? Se laisser inviter étant déjà une sorte d'encouragement, jusqu'où devait-elle aller avec lui ? Il attendait évidemment plus que dîner, bavarder en la dévorant des yeux et en lui tenant la main sur la nappe à carreaux du Chef, car elle lui avait également permis ce geste d'affection. Mais elle avait décliné son offre de « passer » à son appartement ensuite, et la suggestion qu'il monte un moment dans sa chambre, invoquant la présence de Beverly comme si celle-ci était collée au mur de la pièce. D'un autre côté, elle avait pris l'habitude de lui donner un baiser d'au revoir, de remerciement... Des baisers *gentils* ? Était-ce encore une histoire qu'elle se racontait ? La vérité, c'est qu'elle *voulait* tomber amoureuse d'Adam. Si seulement elle pouvait ! Sa vie serait tellement plus facile, plus... organisée.

Un soir, Adam l'avait emmenée au Phipps – elle aurait eu du mal à dire ce dont il s'agissait exactement : une salle de concert, un dancing ? – pour entendre un groupe appelé les All Factifs, dont Charlotte n'avait jamais entendu parler. Elle n'était pas seule dans ce cas, certainement, puisque l'établissement était aux trois quarts vide. Adam avait tenu à y aller, cependant : il avait entendu dire du bien de cette formation et sa curiosité était contagieuse.

Sur la scène s'agitaient six garçons et quatre filles, tous vêtus de collants – même les éléments plutôt enveloppés de la bande – et de maillots noirs sur lesquels ils portaient des gilets également noirs, à col chinois et sans bouton. Six d'entre eux jouaient d'un instrument : deux trompettes, un cor, un hautbois, un basson et une batterie. Les quatre autres exécutaient ce que Charlotte supposait être de la danse moderne, un style qu'elle avait vu dans des films, presque de la gymnastique mais en plus déjanté. Le plus étrange du spectacle, toutefois, se trouvait dans les quatre grandes bouilloires sombres installées sur des braseros, deux de chaque côté de la scène, et dont les couvercles étaient munis de tuyaux et de leviers. Deux opérateurs se chargeaient de diffuser dans l'atmosphère les vapeurs aromatiques qui en sortaient, musc, santal, aiguille de pin, cèdre, cuir, rose, lys, citron vert, écume de mer et d'autres effluves encore qui, sans être désagréables, n'en étaient pas moins déroutants. Une batterie de ventilateurs, d'extracteurs et de « balais olfactifs » – Charlotte avait trouvé cette description dans le programme distribué à l'entrée et si elle ne pouvait les voir elle percevait bien le bruit de soufflerie – purifiait l'atmosphère entre chaque morceau, ou du moins cherchait à le faire, le but officiellement recherché étant de créer une harmonie surnaturelle entre les odeurs, la danse et la sonorité des instruments à vent. La musique elle-même était impossible à définir, en tout cas pour Charlotte. Chaque morceau commençait généralement par ce qui ressemblait à un chant d'église catholique, toujours avec un énergique accompagnement de percussions, lequel se muait en jazz, lequel se dissolvait en disco – d'après ce qu'Adam lui avait chuchoté à l'oreille, en tout cas –, les filles qui tenaient la partie de hautbois et de basson abandonnant alors leurs instruments pour entonner en chœur de leurs voix de soprano de joyeuses fadaises discos – encore une information d'Adam – du style : « *C'est le chic de l'évolution/Ça vaut bien une révolution* » avant de se lancer dans des trilles suraiguës pendant que les trompettes et le cor basculaient dans un genre musical indéterminé, du moins à la connaissance d'Adam, et alors de sublimes geysers de bois de santal envahissaient une atmosphère encore imprégnée des effluves de muscade et de cannelle...

Ces défaillances du « balai olfactif » n'étaient que peccadilles, cependant, parce que Charlotte avait été bientôt transportée, captivée non tant par la musique, la chorégraphie, les chants et le groupe lui-même que par ce que le concert avait d'expérimental, d'ésotérique, de *radical* – elle avait gardé le mot de son cours d'art dramatique –, bref le type d'expériences enrichissantes que Miss Pennington lui avait promises de l'autre côté des montagnes, de celles qui lui ouvriraient les yeux et lui permettraient de s'élever toujours plus haut... Elle avait été si enthousiasmée qu'à la sortie du Phipps elle avait passé son bras sous celui d'Adam et posé sa tête contre son épaule. Se méprenant sur les raisons profondes de ce geste, le garçon avait cherché sa main, l'avait trouvée, et approché son visage du sien à l'instant même où elle l'écartait. La lumière était aveuglante dans le hall et sur le perron, assez puissante pour illuminer les arbres du jardin, assez forte pour que n'importe qui puisse la surprendre en train de faire mumuse avec un... glandu. Elle s'en était aussitôt voulu de cette pensée mais le pire était que cela n'avait pas même été une pensée, ce mouvement de retrait, mais une réaction viscérale.

Or, elle *voulait* désirer Adam ! Elle *voulait* avoir envie de lui donner un baiser d'au revoir inspiré par un fort attachement envers lui. Adam avait un esprit *intéressant*, *stimulant*, *aventureux*, tout comme ses amis les Mutants. Il suffisait de comparer – ohmygod ! – leur compagnie avec un soir dans la bibliothèque vide de livres de Saint Ray, devant cet immense écran branché sur ESPN, ces conversations qui consistaient en remarques plus ou moins astucieuses sur le sexe, l'alcool et le sport, en commentaires au sujet des footballeurs hypertrophiés qu'ils ne se lassaient pas de regarder et en échanges d'insultes sarcastiques... Ils se roulaient par terre de rire quand Julian expliquait à I.P. que « les lourds tirent jamais leur cou, ils font juste que picoler et gerber leurs tripes ». Oh, man, hilarant ! On pouvait compter sur Julian pour sortir ce genre d'aphorismes, alors que Hoyt... Non, elle préférait ne pas penser à Hoyt, à son allure, à son... Elle se forçait à rester dans le présent, l'ici et maintenant.

Et *ici et maintenant*, Adam avait une forme d'esprit intéressante, donc, de même que les autres Mutants du millénaire. Leur conversation, riche, scintillante, pétillante, volait du plus haut – « Il n'y a pas de *sens* à la vie, avait remarqué une fois Adam, seulement un but, lequel est évidemment la reproduction » – au plus bas, comme cette histoire de nombrils : Camille Deng, un jour, avait soutenu que « les garçons ne deviennent jamais des hommes, ils régressent dans l'enfance constamment. Ils matent tous ces nombrils qui se baladent et ils croient voir les grandes et les petites lèvres. Ils se disent que s'ils arrivent à accrocher une fille qui a le nombril à l'air, ils pourront fourrer leur queue dedans. »

Mais même si Charlotte estimait que cette idée d'introduire des pénis dans des nombrils vaginisés volait bas, elle l'estimait quand même plus élaborée que tout ce qu'elle aurait jamais l'occasion d'entendre à Saint Ray. Elle s'y rendait une ou deux fois par semaine, désormais, chaque fois que Hoyt prononçait ce qui dans sa bouche ressemblait le plus à une invitation : « Si t'as rien à faire, pourquoi tu passerais pas ce soir ? » Et elle ne quittait pas la soirée en lançant « bonne nuit » par-dessus son épaule tout en remontant l'escalier le bras d'un Saint Ray autour de la taille, comme la plupart des filles qui elles aussi « passaient » par là. Il était admis, du moins implicitement, qu'elle était la « copine » de Hoyt, ce qui lui donnait un statut *génialement cool*, mais il n'avait pas fait pression pour aller plus loin, et elle lui en était reconnaissante tout en se demandant ce qui pouvait clocher chez elle. Non, il la reconduisait chaque fois à la Petite Cour et ils s'embrassaient dans la voiture, échangeant des baisers de plus en plus longs. C'était une façon de se dire au revoir, aussi, mais bien différente.

Sans que ni l'un ni l'autre ait eu besoin de le préciser, Hoyt avait pris l'habitude, depuis le début de ce rituel, de se garer sur le parking plutôt que devant l'entrée de la résidence. Comme il n'y avait jamais de place libre, il s'arrêtait sur le côté, en laissant le moteur tourner et les phares allumés, ce qui rassurait et inquiétait à la fois Charlotte : il n'attendait rien de plus qu'un baiser, alors ? Appuyé, certes, mais elle aurait voulu qu'il veuille plus, sans pour autant aller jusque-là... Elle voulait tout à la fois.

Et puis, un soir, une voiture a libéré une place au moment où ils arrivaient.

« Je peux pas y croire, fuck ! s'est exclamé Hoyt. Je croyais que ces putains de caisses bougeaient jamais de là ! »

Il a donné un coup de volant tellement brutal qu'elle a eu l'impression que le Suburban allait se renverser. « Hoyt ! » Ils étaient déjà garés entre deux véhicules, incrustés dans un alignement de bagnoles à perte de vue. Et lui, ça le faisait rire !

« Ça n'a rien de drôle, Hoyt ! Tu m'as espantée, là ! »

C'était sorti instinctivement. On aurait cru entendre sa tante Betty.

« *Espantée*, hein ? »

Pour qu'il ne rie pas d'elle... Il avait peut-être pensé qu'elle utilisait ce parler provincial pour donner une touche d'humour à toute la scène ? L'instant d'après, elle a arrêté de se tourmenter avec ça car Hoyt a coupé le contact, éteint les phares, les plongeant dans une obscurité qui les cachait et les enveloppait. Hoyt s'est laissé aller contre le dossier de son siège avec un petit sourire entendu dont Charlotte n'a pu déchiffrer la signification. Complicité, peut-être ? Comme s'il disait : « Eh bien, nous voilà donc ici, toi et moi, rien que nous deux dans cette coquille de verre et d'acier, et nous avons un accord, tous les deux »... Mais un accord sur quoi ?

C'était très flou dans son esprit, pas vraiment une pensée, mais elle l'imaginait lui donnant un long baiser plein d'amour puis l'attirant contre lui et commençant à lui dire à voix basse à quel point il l'aimait. Rien à voir avec une éloquente déclaration, bien entendu, plutôt l'addition de petites confidences bout à bout. Ensuite, elle murmurerait qu'elle devait s'en aller, ils échangeraient un dernier long baiser, elle quitterait le SUV et se hâterait vers le tunnel gothique de la porte Mercer sans se retourner, pendant qu'il contemplerait sa mince, souple, parfaite silhouette disparaître dans la cour. Oh, le joli film qui passait dans sa tête ! Tandis que, dans la voiture, Hoyt se renfonçait encore dans son siège en cuir, gonflait une de ses joues avec sa langue et :

« Tu sais, tu ressembles vachement à Britney Spears.

— Tu ne crois pas qu'il serait temps de changer de disque, Hoyt ? »

D'employer ainsi son prénom, avec cette aisance et ce naturel, lui procurait un plaisir aussi intense qu'inexplicable.

« Disque ? Moi ? Quel disque ? »

Charlotte n'arrivait pas à décider s'il la taquinait ou non.

« Quel disque ? Je parie que tu as dit exactement la même chose à cette fille, à l'IM.

— Quoi ? Quelle fille à l'IM ?

— Cette première-année, avec des cheveux blonds très longs et un décolleté comme ça... Tu as traversé toute la piste de danse pour aller lui parler.

— Une première-année blonde avec un décolleté. T'as pas plus précis ?

— Oh, tu m'excuseras ! J'imagine que tu dragues tellement de blondes avec un décolleté que tu n'arrives plus à te rappeler lesquelles. »

Elle a été agréablement impressionnée par son sens de la repartie. Pas mal du tout, a-t-elle pensé.

« Comment tu pourrais savoir tout ça, de toute façon ? s'est étonné Hoyt.

— Pas difficile à deviner. Tu n'étais pas la discrétion personnifiée, franchement.

— Non, ce que je veux dire, c'est : comment tu étais à l'IM, pour commencer ? Tu n'as pas vingt et un ans, que je sache. Ne me dis pas que tu as *menti*. Ou que tu t'es servie de faux papelards. J'espère que tu te souviens que c'est un délit et j'espère que tu n'as rien dit à personne, surtout. Parce qu'ils t'ont repérée, maintenant. »

Il avait l'air tellement sérieux qu'elle a eu un moment de panique à l'idée qu'il pourrait dire vrai, et il a dû le sentir parce qu'il a retrouvé son sourire compréhensif, un sourire encore plus large cette fois, ouvert ses bras sans abandonner sa confortable position, et lancé : « Venez un peu par ici, *Miz* Spears ! »

Elle a propulsé tout son corps vers le sien, et, une fraction de seconde, elle s'est dit que ce mouvement impétueux, alors qu'il continuait à trôner dans son siège avec une insouciance désabusée, pouvait être interprété comme une proclamation : « Je ne peux pas te résister ! » Mais il était trop tard et elle s'est vue, oui, elle s'est vue dans ses bras par-dessus le ridicule accoudoir-porte-cannettes qui séparait les deux fauteuils, et elle a choisi de croire que c'était ainsi que le destin l'avait voulu, que ce n'était pas ce que l'on pourrait appeler un acte... délibéré.

Elle était désormais sur lui, pratiquement, car il se comportait comme s'il... acceptait ses avances. Il avait refermé ses bras autour d'elle et, d'une main derrière sa tête, l'entraînait doucement vers un baiser du côté indemne de son visage, remuant les lèvres comme s'il essayait de goûter à un cornet de glace sans se servir de ses dents, trépidation labiale qu'elle a tenté de reproduire avec sa bouche pendant que... Hoyt venait de passer une main sous sa cuisse et la poussait à, comment dire, chevaucher ses jambes et... comment devait-elle réagir ? À quel stade s'écrier « Arrête », ou plutôt « Non, Hoyt... », d'une voix retenue, sur le ton avec lequel on s'adresse à un chien qui ne cesse de venir quémander à table ? D'un autre côté, cela faisait des jours, des jours et des nuits qu'elle attendait qu'il se conduise de cette façon et donc, tout en prolongeant ce baiser, elle a décidé qu'il était bien que sa jambe vienne sur les siennes, sans doute, même si l'ourlet de sa robe – pourtant déjà raccourci – lui remontait à la hanche, même s'il ne tentait rien avec cette jambe, non plus – sa main se contentait de glisser sur sa peau, de l'épaule à la taille et retour, et retour... et retour... avant de descendre juste au-dessous du ventre, juste en dessous, et de remonter à la clavicule qu'il pétrissait avec une tendre insistance, une insistance *significative*, puis de s'aventurer vers l'aisselle pour une caresse appuyée... appuyée, mais il n'a pas abordé le sein qui se trouvait juste à côté, non, il est reparti vers le bas, cette taille qu'elle gardait ferme et mince, Dieu merci, grâce à la course et à l'exercice physique, Dieu merci, parce que si la main de Hoyt avait rencontré le moindre bourrelet par là elle aurait eu la honte de sa vie... Et sa main est descendue encore, pétrissant, caressant, pétrissant, caressant, pétrissant, caressant, trouvant le sommet du coxal, se dirigeant vers... Qu'allait-elle faire, s'il parvenait *là* ? Mais il y était déjà, *là,* à la ravine qui mène au plus bas de l'abdomen... sa fente a eu un sursaut involontaire et la main de Hoyt a littéralement *bondi* de là, sur sa hanche à nouveau pendant qu'ils continuaient à s'embrasser, reprenant sa lente ascension vers... l'épaule.

Il a mis sa langue dans la bouche de Charlotte et, oh, ah ! La main, la main avait dévié sa course vers le centre, jusqu'à rencontrer... Non, elle s'est arrêtée près du mamelon et a entrepris de caresser cette partie-là et... Waouh ! D'un bond, elle s'est retrouvée sur le haut de sa cuisse, à l'extérieur, là où la chair était dénudée, et elle a senti l'ourlet de sa robe remonter vers sa petite culotte avec la main qui se glissait à tâtons, à tâtons, à tâtons, jusqu'au moment où il y a eu un doigt, ou deux, ou peut-être trois, sous l'élastique enserrant sa jambe, ils allaient à la ravine... d'une seconde à l'autre elle allait dire « Non, Hoyt ! » mais non, elle voulait qu'il continue, déchirée entre passion et panique. Cette... langue. Elle avait l'impression d'être sur le point de l'avaler et ce n'était pas grave, non, puisque Hoyt avait commencé à gémir tout bas – qu'aurait-il pu *dire*, avec sa langue ainsi aspirée par Charlotte –, et bang ! la main est revenue à sa poitrine, *sur* sa poitrine, en plein milieu. Et sa langue glissait... glissait... glissait, tandis qu'elle tentait de concentrer son esprit sur cette main qui avait plus à faire qu'explorer son othorinolaryngologie... que s'éterniser sur les attaches pectorales du sein et... Voilà, la paume s'était posée tout entière sur sa colline droite, et c'était le moment de dire « Non, Hoyt... », maintenant ! Le moment de lui parler comme au chien qui rôde près de la table mais il y avait cette pression sur son sein, légère mais... pressante, et c'était comme si le câble entre sa volonté et son système nerveux avait été coupé, brusquement, « Non, Hoyt ! » étouffé par la limace qui avait colonisé sa bouche et contre laquelle elle frottait sa langue, frottait... frottait, au point d'être tentée de l'enfoncer dans *sa* bouche, sinon qu'il y avait un peu d'embouteillage par là, et elle était en train de se dire qu'il était exclu, *exclu*, de laisser la main s'introduire sous son soutien-gorge lorsqu'elle a bondi une nouvelle fois, cette main, bondi vers le bas, dangereusement près de l'élastique, de la culotte, tandis que Hoyt gémissait, gémissait, gémissait, glissait, tâtait, caressait, pétrissait, caressait, glissait, caressait jusqu'à ce que ses doigts soient à un cheveu de ses poils, là où – comment ? – sa culotte était à présent mouillée. Oui, les doigts avaient atteint le point où ils allaient bientôt plonger dans cette... moiteur qui attendait, là, juste là, oui... oui...

Elle voulait tout le contraire mais elle s'est écartée de la bouche de Hoyt et, impérative, maîtresse du chien :

« Hoyt... Non !

— Non *quoi* ?

— Tu sais quoi ! »

Un peu sec, le ton.

« Je sais quoi de quoi ? »

La réplique était combative mais l'expression celle du clebs surpris en train de tenter l'inacceptable et qui lève des yeux navrés vers son maître, sa maîtresse, dans l'attente de l'inévitable réprimande. Mais il a vite repris sa contenance de souverain cool et très calmement, avec deux tonnes d'insinuation quant au fait qu'*elle* avait porté atteinte aux lois de la coolitude :

« Qu'est-ce que tu fais, là ?

— Je... Je vais dans ma chambre, Hoyt. »

Il n'y avait eu que ce « Hoyt » final pour donner un semblant d'assurance à sa déclaration, si bien qu'elle a posé une main sur sa joue gauche, celle qui n'avait pas été blessée.

« Pardon, Hoyt... Il faut que je rentre. »

Elle a essayé de l'embrasser sur les lèvres mais il les a détournées d'un geste brusque et soudain elle a craint d'être allée trop loin – ou pas assez loin, selon... – et d'avoir tout gâché.

« Je suis désolée, Hoyt...

— J'avais entendu, a-t-il répondu avec un sourire d'une inquiétante aménité qui semblait proclamer : “C'est la dernière fois qu'on se dit au revoir, en tout cas.”

— C'est juste que...

— ... Il faut que tu rentres. »

Haussement d'épaules, sourire illisible, haussement d'épaules.

Elle est sortie de la voiture, a enjambé la glissière du parking, s'est jetée sur la butte de pelouse qui menait à l'accès de sa résidence et... ce souvenir inopiné, soudain, la sirène sur le bras de son père tournant à l'écarlate parce qu'il croyait que l'étudiant qui les avait aidés attendait un pourboire, le toit minable sur le minable pick-up familial, les Amory au restaurant, c'est-à-dire toutes ces... défaites. L'origine de ses déconvenues à Dupont, et maintenant... Elle a brusquement entrevu que ce qui venait de se passer était peut-être le pire revers, le pire faux pas : avoir renoncé à un si beau coup d'éclat, avoir un petit ami, en quatrième année, merveilleusement séduisant et *cool* ! Une victoire en soi et pour soi ! Comme elle se serait distinguée ! Et après l'avoir laissé aller si loin, ses frayeurs de godiche de Sparta qui avaient repris le dessus ! Mais elle n'aurait pas pu l'autoriser à faire ce dont il avait l'intention. Cela n'avait pas été une décision de sa part, non, mais un *réflexe*, une réaction aussi instinctive que d'écarter sa main de la grille du poêle quand elle est brûlante – elle avait déjà vu une chose pareille, oui, la grille du poêle chauffée à blanc... Un groupe mixte venait d'entrer dans le tunnel de la Porte Mercer, les filles poussant les gloussements surexcités qui marquaient leur ravissement à être en compagnie de garçons, l'un d'eux beuglant d'une voix qu'il forçait dans les graves la plus amusante de l'histoire de l'humanité, à en juger par les glapissements extasiés des filles. Les lanternes à l'ancienne suspendues à des patères ont donné à leur visage une couleur de jaunisse tandis qu'ils disparaissaient dans les ombres du passage voûté.

Elle a entendu le rugissement rocailleux du Suburban de Hoyt démarrant, ce bruit de pot d'échappement rouillé, croyait-elle savoir – son père l'aurait changé en un clin d'œil, lui –, elle mourait d'envie de se retourner, même incapable de discerner si Hoyt la regardait ou non à cause de l'obscurité et de la lueur maladive, moribonde de ces inutiles réverbères qui se reflétaient sur son pare-brise... Elle aurait tant voulu le regarder, elle, lui dire avec ses yeux : « Ce n'était pas un refus définitif, Hoyt ! Ne le prends pas comme ça, je t'en prie ! »

« Charlotte ! »

Elle a relevé la tête. Bettina venait de s'engager dans le tunnel.

« Hé, qu'est-ce qui se passe ? a demandé son amie d'un ton préoccupé.

— C'est tellement... visible ?

— Eh bien... ouais. Tu n'es pas forte pour cacher tes émotions, tu sais. »

Elles étaient plongées sous cette lumière indécise, funèbre, bien pire que pas de lumière du tout.

« Je viens de faire quelque chose d'iiiiiiidiot », a annoncé Charlotte plus fort qu'elle n'en avait eu l'intention, ses paroles ricochant en écho dans le passage, ce long « i » s'attardant comme un gémissement plaintif, un cri de deuil.

« Quoi donc ? »

Mais Charlotte ne l'écoutait pas. Une petite stimulation venait de naître au cœur de son système nerveux qui, si elle avait pu s'exprimer, aurait posé la question : y avait-il un prétexte, le plus infime prétexte qu'elle puisse trouver pour téléphoner à Hoyt sans avoir l'air de mendier son pardon ?

À son retour, seuls Vance et Julian étaient encore dans la bibliothèque de la résidence.

« Hé, mon poteau, t'as mis plus de temps que d'hab, a déclaré Vance à Hoyt. Tu te serais pas mis un petit quelque chose sous la dent, des fois ? »

Hoyt s'est laissé tomber dans son fauteuil attitré.

« Hé beeeeen, je dirais pas que ça a été le délire, hein, mais on travaille là-dessus. On bosse, on persévère, on va y arriver... En fait, tu sais quoi ? Je vais l'inviter à la réception.

— Cette petite... nana ? Et... Machine, alors ? Je l'appelle Machine parce que tu l'as tirée pendant deux bons mois – Vance a montré les étages en levant le pouce vers le plafond – avant de connaître son blaze. Si le Guiness des records avait une catégorie "baise anonyme", tu serais dans le fucking bouquin, mec.

— Ouais... Elle était bonne de chez bonne, celle-là, a remarqué Hoyt, les yeux perdus. Vachement bonne. Sauf qu'elle m'a jeté salement. Fuck, elle voulait même plus me parler au bigophone ! Cette ingratitude... Elle a dit que j'étais rien qu'un "playb' de campus". Texto.

— Un playb' ! – Vance et Julian ont hurlé de rire, ce dernier ajoutant : – Tu devrais même pas *regarder* une meuf aussi débile !

— Ouais, il a raison ! a renchéri Vance. Tu vas pas amener une crétine pareille à une réception de Saint Ray, triple fuck ! »

Ils ont continué ainsi un moment mais leur réserve de bons mots a fini par s'épuiser.

« Ouais, il en reste pas moins que je peux pas me pointer à cette réception sans nana, a observé pensivement Hoyt. Je vais pas en appeler une au dernier moment et lui balancer : “Hé, mignonne, si tu venais à la fiesta avec moi, histoire que j’aie un petit quelque chose à me mettre sous la dent, moi aussi ?”

— Tu peux toujours détourner la cops de I.P., une fois sur place, a suggéré Julian.

— Hein ? Quelle cops ?

— Tu la connais. Gloria. Elle est chez les Psi Phi. Elle est géante ! Trop dar, cette meuf ! Je donnerais ma couille gauche pour goûter à ça. Fuck, comment ce fucking I.P. a réussi à la convaincre de venir avec lui, ça m’échappe !

— Ouais... Merde, nooooon ! Je vais jouer ma chance et inviter Charlotte.

— Hé, mec, tu connais son putain de nom ! s’est exclamé Vance. Ça doit être l’amour pour de bon, alors ! »

20
Cool

« T'arrête pas de dire "cool", a remarqué Edgar, mais en fait c'est quoi, quelqu'un de cool ?

— Si t'as besoin de demander, c'est que tu l'es vraiment pas, cool, a rétorqué Roger Kuby.

— Peu importe, a insisté Edgar, mais ça veut dire *quoi* ? Si quelqu'un venait te trouver et te disait : "Quelle est ta définition de 'cool' ?", tu répondrais quoi ? J'ai jamais entendu quiconque essayer, même. »

Edgar ne se montrait aussi volubile que lorsque les Mutants se retrouvaient chez lui. Ils adoraient se réunir à son appartement. En dépit de ses allures effacées, il habitait en pleine Cité de Dieu, un immeuble années 1950 dont les locataires étaient essentiellement hispaniques ou chinois. L'ascenseur était bruyant, branlant et mystérieusement cabossé, le couloir au bord de la décrépitude avec huit portes en fer identiques, toutes munies de plusieurs serrures, mais une fois chez Edgar, on pénétrait dans un univers de bon goût et de luxe, du moins selon les critères des étudiants de Dupont. Alors que les quartiers des autres Mutants ne pouvaient que prétendre à l'étiquette de « bohème », Edgar donnait dans le style « branché » avec des fauteuils en cuir et tubes d'acier, des lampes en laiton venues du Nebraska, et un grand tapis en laine d'une riche couleur caramel, un vrai tapis pure laine épais et moelleux qui paraissait aussi souple et précieux que du cachemire. Lui-même trônait dans un « fauteuil éléphant », un authentique Ruhlman des annés 1920. Son père, biologiste réputé, était à la fois le P.-DG de Clovis Genetics et l'héritier du colossal fabricant de munitions Remington, collectionneur d'art avisé et mécène.

« Je peux te dire au moins une chose, est intervenue Camille, c'est que "cool" n'a aucun rapport avec les femmes. On ne dit jamais d'une fille qu'elle est cool.

— C'est parce que les mecs comme toi et moi, Camille, on aime que les filles soient *chaudes*, plutôt ! – Les rires récoltés par sa blague ont encouragé Roger, qui a lancé un coup d'œil à Randy, le garçon qui revendiquait depuis peu son homosexualité, et lui a adressé un sourire narquois, pouces levés : – Pas vrai, Randy ? »

Celui-ci a rougi jusqu'à la racine des cheveux, incapable de répliquer. Gêné pour lui, Adam a observé Charlotte. Elle semblait captivée par la conversation. Camille a fusillé Roger du regard, non à cause de ce qu'il venait de dire mais parce qu'il avait détourné l'attention de sa propre remarque, de sa contribution au débat. N'importe quel autre Mutant aurait réagi pareillement, dans son cas.

« C'est pas tout à fait exact, Camille, s'est intercalé Adam afin que Charlotte ne puisse pas le juger sans argument. J'ai déjà entendu dire qu'une fille était cool. Par exemple, il...

— Oui, si c'est le genre de fille qui traîne tout le temps avec les mecs, l'a coupé Camille, dont les yeux lançaient des flammes. C'est un truc de keums, cool. Moi, je m'en branle, de toute façon, parce que les types qu'on dit "cool" sont en réalité des têtes de nœuds, si vous regardez bien. Des ignares fiers de l'être.

— Effectivement, je pense que Camille a raison. »

C'était Greg qui venait de donner son verdict. Elle l'a jaugé d'un regard méprisant.

« Waou, merci ! *Effectivement*, tu *penses* que j'ai raison... »

À la manière dont il se penchait au-dessus de la table, la poitrine gonflée d'air, Adam a deviné qu'Edgar allait se lancer dans le discours qu'il avait de toute évidence en tête depuis le moment où il avait engagé le débat sur ce thème. Mais ce vieux grigou de Greg n'était pas près de lui laisser cette chance. Il s'est mis en position, lui aussi, prêt à l'assaut verbal.

« Quand on pense... a commencé Edgar.

— Moi, j'aime *bien* l'idée de Camille, l'a coupé Greg comme Adam s'y attendait, et il a jeté un regard circulaire afin d'établir qu'il était le ténor du groupe et que ses réflexions étaient là pour l'instruction de tous. Je n'irai pas jusqu'à dire que "cool" égale "idiot", certes, mais on est très susceptible de passer pour cool quand on n'a pas la lumière à tous les étages. Par exemple, Treyshawn Diggs est cool, pas vrai ? Personne dira le contraire. Et ses facultés intellectuelles sont celles d'un... d'un... » Ses yeux ont erré dans la pièce à la recherche d'une comparaison assez désobligeante.

Randy Grossman et Camille ont eu le même mouvement horrifié.

« Ouais, pourquoi pas une petite remarque raciste, pendant qu'on y est ? a-t-elle sifflé.

— Raciste ? Qu'est-ce qu'il y a de raciste à ce que quelqu'un soit un abruti complet ? – Bien répondu, a jugé Adam avec une sombre jalousie, parce que personne ne pouvait contredire Greg, sur ce point. – Ce que je dis, c'est que vous avez jamais été en cours avec Diggs. Moi si ! Dans le TP de Sciences-Éco 106. On apprenait à calculer le PNB d'un pays. Donc le gars explique comment on arrive à la somme brute des échanges commerciaux, comment on divise ça en deux et on soustrait d'un côté la somme brute des biens manufacturés et la somme des coûts de production de l'autre, et on les prend et on divise par ci, par ça, bref *l'horreur*, quoi ! Et des mains se lèvent dans tous les sens, et Treyshawn Diggs lève la sienne, et le prof est estomaqué ! Parce qu'il l'a pas entendu une seule fois de tout le semestre, et donc il donne la parole à Diggs, et vous savez ce qu'il sort, l'autre ? "C'est quoi, une somme ?" ! »

Greg avait éclaté de rire avant de terminer sa phrase, mais une autre image de ce même cours a dû surgir brusquement dans sa mémoire car le rire s'est transformé en jappements d'hilarité, en caquètements inextinguibles, et il s'est mis à tambouriner des poings les accoudoirs de son siège, les yeux fermés, et il a tenté de répéter le « C'est quoi, une somme ? » sans y parvenir parce qu'à force de se dilater la rate les mots restaient collés à son palais. Adam a regardé Charlotte ; elle souriait, émettait de petits gloussements, pas loin d'éclater de rire, elle aussi, car la crise d'hystérie de Greg était contagieuse et elle était *captivée* par ce mec, littéralement ! Lequel, les yeux toujours fermés, a porté ses deux mains au visage, paumes tournées vers Camille en un geste de défense, puis gargouillé un « Je sais, je sais... » avant de succomber à une nouvelle crise d'hilarité.

En Adam, la jalousie s'est muée en rancœur, et la rancœur en début de colère bouillante. Les basketteurs, c'était *son* thème ! Treyshawn Diggs et compagnie étaient son domaine exclusif, quand il s'agissait de briller dans la conversation ! Ce fils de pute était en train de braconner sur sa chasse gardée ! L'une des rares compensations aux heures et aux heures qu'il devait perdre avec ces imbéciles était son statut indiscuté d'expert incontesté en sportifs universitaires ! au sein des Mutants. Et là, devant Charlotte, Greg lui volait effrontément *son* sujet pour la charmer avec une anecdote stupide à propos de Treyshawn Diggs ! Avant que Greg ne retrouve le contrôle de lui-même, Adam devait saisir l'occasion de reprendre ses prérogatives et de les enfoncer dans la gorge de cet intrigant !

« Tu as tout à fait raison, Greg... jusqu'à un certain point. – Le ton parfaitement urbain masquait sa colère noire. – Mais il y a un principe plus important à souligner, ici : être un basketteur vedette ne *garantit* pas qu'on soit cool. Je vais vous donner un bon exemple. Vous connaissez Vernon Congers, hein ? Un *première-année*, qui vient de prendre la place de Jojo Johanssen dans les cinq de départ ! Vous verrez ça quand on va jouer contre l'équipe du Maryland la semaine prochaine. »

Bien que mettant un point d'honneur à ne jamais se montrer amateurs de sport, les Mutants étaient intrigués par cette information.

« Mais je l'ai vu... a commencé Edgar.

— Je sais, tu l'as vu dans la formation de départ au dernier match, l'a interrompu Adam à la manière Greg. C'est parce que Buster – "Buster", pour montrer qu'il tutoyait les grands – le met dans les cinq quand ils jouent ici, à Dupont, histoire de ne pas avoir une ligne de départ exclusivement black. Mais Congers joue déjà deux fois plus longtemps que Jojo, même ici, et Buster le pousse à fond. – Il a poursuivi en leur décrivant la manière dont Charles Bousquet persécutait Congers, et les lamentables tentatives de riposte de ce dernier. – Vous voulez savoir pourquoi ils ne considèrent pas Congers comme un mec cool ? Ça renvoie au principe de base que j'évoquais tout à l'heure : c'est pas parce qu'il est idiot mais parce que...

— Ce Congers, ce ne serait pas un Noir, par hasard ? s'est interposée Camille.

— Ben oui, a-t-il grommelé, agacé.

— Donc on recommence ça, alors ?

— De quoi tu causes, Camille ? s'est énervé Adam. Bousquet est Black, lui aussi !

— Ah ! Donc ça change tout, hein ? »

Aucunement prêt à se laisser entraîner dans une polémique stérile avec Camille, Adam lui a carrément beuglé à la figure :

« C'EST PAS PARCE QU'IL EST CON, C'EST PARCE QU'IL EST SUR LA DÉFENSIVE ! Charles – sous-entendu, "Je suis tellement proche que je l'appelle par son prénom, lui aussi" – lui demande quelle est la capitale de la Pennsylvanie et le pauvre type se congèle sur place ! Il sait qu'il est foutu ! Il manque de répondre Philadelphie mais il se dit que Charles ne lui aurait jamais posé la question, si c'était tellement facile. Il est humilié, c'est peint sur sa tronche ! Il se rend compte que malgré ses deux mètres il passe pour un petit niais, il rêve de disparaître sous terre... Conclusion ? Le grand truc, c'est la confiance en soi. La confiance et... l'équanimité. – Il espérait que ce grand mot impressionnerait Charlotte. – Il lui suffirait de faire comme s'il se foutait de ce que peut raconter Charles, ou de ce que n'importe qui peut penser de son intelligence. La confiance en soi ! Et un peu d'agressivité ne ferait pas de mal, non plus. Par exemple prendre Charles par le colback et lui dire : “Tiens, on va faire un petit test de QI, Chuck, et la question est Comment tu sors ta tête de là ?” »

Involontairement, Adam avait suggéré cette riposte avec une telle véhémence qu'il se rendait compte que c'était presque un fantasme de vengeance à sa propre intention. Il avait serré le poing et lancé son bras en avant comme si c'était lui, et non Congers, qui devait saisir quelqu'un à la gorge. En réalité, pourtant, Charles Bousquet était le dernier basketteur qu'il aurait rêvé de démolir. Non, l'anabolique salaud qu'il avait dans la ligne de mire, c'était Jojo... Ou plutôt Curtis Jones, qui s'était montré d'une rare grossièreté avec lui... Ou plutôt chacun de ces sportifs à la noix, de ces CRÉTINS de joueurs de crosse, de ces gros bras, de ces brutes qui l'avaient à jamais piétiné et humilié comme s'il était entendu pour le monde entier qu'Adam Gellin était une mauviette.

Du coin de l'œil, il a remarqué que Charlotte le considérait d'un air un peu bizarre et il s'est donc hâté de dissimuler cet accès de haine contre les Curtis Jones et les Jojo Johanssen en faisant briller son lumineux esprit :

« Bien entendu, un type comme Congers rentre à Dupont avec une moyenne plus que minable aux tests d'évaluation. On va dire dans les sept cents points, au max...

— Naoon, impossible, a contré Greg. Ils pourraient pas prendre un risque pareil.

— Tu veux parier ? C'est quoi, le niveau SAT habituel à Dupont, maintenant ? Mille quatre cent quatre-vingt-dix ? Pour un basketteur ou un footballeur, ils sont prêts à abandonner cinq cents points, facile.

— Ah ! On arrive quand même pas à ces sept cents points dont tu...

— Mais mon argument, a poursuivi Adam en l'ignorant superbement, c'est cette histoire de confiance en soi, ou d'*apparente* confiance. C'est l'essence même d'être cool ou pas, et je me fiche de quel exemple précis on peut prendre.

— Confiant à propos de quoi ? a interrogé Randy.

— De tout ! Être sûr de son goût, de ses choix, de sa dégaine, de ses opinions, de ses marques... Savoir s'y prendre avec les étudiants qui essaient de te baiser ou avec les profs qui t'engueulent en permanence. Ainsi de suite.

— Ah, mais il y en a pas, des profs comme ça, à Dupont ! a protesté Randy. Je préférerais qu'ils le soient, moi ! Tout ce qu'ils font, c'est de dire au maître-assistant de foutre une sale note à tel ou tel gus et après ils se planquent dans leur bureau. – Camille soufflait bruyamment, prête à en découdre, comme toujours, peut-être sur l'emploi du terme sexiste de "gus", mais elle n'a rien dit. Randy a continué : – Tiens, est-ce que vous avez eu Miss Gomdin en psycholo... ? »

Mais Adam refusait de laisser la conversation s'égarer vers les excentricités du corps professoral de Dupont et il a donc vociféré :

« L'AUTRE ASPECT DE LA CONFIANCE EN SOI... – Randy a sursauté, pris une mine penaude. Ayant eu gain de cause, Adam a baissé le ton. – ... C'est de ne jamais faire de fleur à personne, ou en tout cas pas de manière ouverte. Le gars cool ne flatte pas, ne lèche pas, n'est pas impressionné par qui que ce soit – à moins qu'il s'agisse d'un sportif, peut-être. Il ne s'excite sur aucun truc, à part quand il est question de sexe, de sport ou de drogue. Par exemple, on peut s'emballer pour quelque chose, disons Dickens... Encore que très honnêtement je ne vois pas comment ce serait possible, de s'emballer pour Dickens... »

Randy a souri, levé deux doigts en V et murmuré « Peace », ce qu'Adam a pris pour une forme d'approbation, de sorte qu'il n'a pu résister au plaisir de poursuivre sa savante digression :

« J'veux dire, on peut éprouver plein de choses vis-à-vis de Dickens, mais je ne vois pas quiconque être *emballé* par ce...

— Quoi, tu ne vois pas de quoi t'emballer pour *Les Grandes Espérances* ou *Dombey et Fils* ? »

Encore cet emmerdeur de Greg ! Lui passer dessus au rouleau compresseur, à nouveau !

« O.K., SI, JE VOIS, mais ce que je dis, c'est que si tu apprécies vachement Dickens, ou Foucault, ou... Derrida, disons, et si tu *veux* être cool, tu ne le montres pas, tu n'en parles pas, tu n'y fais même pas allusion. Un type cool – j'ai vu ça mille fois – peut passer quatre ou cinq nuits d'affilée à la biblio mais si quelqu'un le remarque il haussera les épaules et il parlera d'autre chose. Vous savez quelle est la matière préférée du *vrai* mec cool ? L'éco ! Les sciences éco, c'est... blindé ! Vous voyez c'que je veux dire ? C'est du concret, c'est du pratique, c'est impossible de dire qu'on fait éco parce qu'on *aime* ça.

— Oui, mais tu oublies le plus évident dans tout ça, mon vieux, a lancé Greg qui ne supportait décidément pas de se taire.

— Ah ouais ?

— La taille, le poids, la carrure. C'est bien plus facile d'être cool si tu es grand et si tu passes la moitié de ton temps sur les Cybex. Ça me fait trop marrer, quand je vois tous ces types... »

Grrr, Greg !

« UN AUTRE TRUC, C'EST DE FONDER UN CLUB OU UNE...

— ... marcher comme ça sur le campus, a insisté Greg, qui s'est levé pour commencer à...

— ... ASSOCIATION QUE L'ADMINISTRATION RECONNAÎT... »

Les autres rigolaient, maintenant, et ne l'écoutaient plus : Greg était en train de déambuler dans la pièce avec les jambes en arceaux, le menton enfoncé dans la poitrine et les épaules relevées pour gonfler son cou.

« Comme si, genre, ils étaient tellement *fournis* qu'ils pouvaient pas fermer les jambes !

— ... PAR EXEMPLE, UN TRUC ÉCOLOGIQUE... »

C'était inutile. Greg avait accaparé l'assistance qui se gondolait, se gondolait, se gondolait. Mais enfin, Adam avait gardé le micro un bon moment, non ? Et il avait exposé les bases du concept de la coolitude, de sa théorie de la confiance en soi. Même s'il n'avait osé regarder Charlotte qu'une ou deux fois il savait qu'elle avait été captivée, littéralement ! Il a voulu le vérifier de ses yeux : elle était captivée, oh oui, mais par les singeries de Greg qui la faisaient sourire et glousser et... Elle a parlé ! Mais à Greg !

« Tu connais Jojo Johanssen ? Le basketteur ? Eh bien il marche exactement comme ça, sauf qu'en plus il s'admire dans les vitres en passant ? Et puis il tend son bras... comme ça ? Et ça fait ressortir toutes ses bosses, là ? »

Elle a posé la main sur son triceps tendu et ahahahahaha, Greg était ravi, bien entendu, Randy, Roger, Edgar pliés en deux, et Charlotte était plutôt contente de son petit succès, aussi. Son approbation implicite du puéril humour de Greg décevait Adam, mais il y avait plus grave : jusqu'alors, il n'avait jamais vu Charlotte se moquer de quiconque ; c'était comme si une faille ouvrait soudain sa pureté. Il ne voulait pas qu'elle soit *comme les autres*, cynique, railleuse, même s'il se flattait d'utiliser le cynisme et les railleries. Charlotte était... différente. Son intelligence et son charme appartenaient à un autre ordre.

« Je croyais que tu aimais bien Jojo, a-t-il observé d'un ton proche de la réprimande.

— Mais oui ! Je peux faire une remarque sur sa façon de marcher sans cesser de bien l'aimer, non ?

— Eh, ouais, Adam ! a approuvé Randy. Qu'est-ce qui te prend ? Tu connais Jojo, non ? Tu dis pas que Charlotte a tort, quand même ? Je crois me rappeler qu'il t'arrive d'avoir des remarques pas très flatteuses sur Jojo, toi-même. Alors que tu es censé l'aider. »

Adam a secoué la tête, exaspéré. Il ne pouvait pas supporter la manière dont Randy parlait de Charlotte. C'était comme si elle *leur* appartenait aussi, désormais.

« Adam Gellin et la vérité qui sort de la bouche des enfants », a constaté perfidement Camille.

Donc elle lisait dans ses pensées ! Il s'est demandé si tout ce qu'il ressentait pour Charlotte était si patent. Ce qu'il ne pouvait savoir, c'était qu'il était empli, imbibé d'un amour pour elle que seul un puceau peut éprouver. À ses yeux, elle était plus qu'un être de chair et de sang, plus qu'un esprit : elle était... l'essence même de la vie, un être vivant et tactile – tout comme ses reins, qui, à cet instant, enflaient sous son slip – mais aussi un *dissolvant universel* qui pénétrait à travers sa peau et investissait son système nerveux tout entier, du cerveau jusqu'au plus petit nerf. Et s'il pouvait seulement la serrer dans ses bras, et vérifier que c'était ce qu'elle attendait depuis toujours, alors cette essence envahirait chacune de ses cellules, se répandrait sur les millions de kilomètres de sa chaîne ADN – aucune partie de son corps n'y échapperait, pas même les plus infimes – et ferait *exploser* leur virginité en un instant sublimement ineffable, quoique neurologique aussi, ô combien neurologique ! Ce moment...

« ... l'autre facette de ce que tu dis, Adam ? Est-ce que ça signifie que les sportifs sont *cool* quand ils font ça ? »

Pop ! Edgar venait de lui poser une question à propos de... quoi ?

« Rien que les sportifs, justement ! »

Prévisible Greg, le vieux grigou toujours prêt à profiter d'une baisse de concentration d'Adam pour bondir de nouveau sur le ring.

« Comment ça ? a interrogé Edgar.

— Treyshawn Diggs fait du travail social, par exemple. Il y a des photos de lui dans le journal où on le voit aller "dans le ghetto" pour "aider les jeûûûnes". Et tant que c'est lui qui fait ça, c'est cool !

— Et alors, quel est le problème ? s'est étonnée Camille.

— Il n'y a pas de *problème*, il y a que...

— Alors pourquoi tu prends une bouche en cul de poule pour parler de "ghetto" et de "jeûûûnes" ?

— Arrête de me casser les... bonbons, Camille. Tout ce que je dis, c'est que si tu es une star sportive tu peux te passionner pour l'action sociale sans cesser de passer pour cool, vu que tu as déjà été certifié macho authentique. Dans ce cas, c'est montrer ton côté gentil, généreux... féminin, disons. Il y a en certains, comme La Tour, ils en paraissent encore plus couillus, par contraste.

— O.K., j'admets ça, a reconnu Edgar, mais il faut être une *super* star, pour en arriver là.

— Ouais. Ça ou bien être... »

Adam a jeté un coup d'œil à Charlotte, dont le regard passait de Greg à Edgar, d'Edgar à Greg. Absolument *captivée*. Il a eu un sursaut qui n'était pas loin de la panique. Il fallait absolument qu'il revienne dans le débat, qu'il... Mais Greg lançait déjà un direct du gauche :

« Ma description de “cool” est complètement différente, en fait. Je dirais que c’est... »

Là, Greg a commis l’erreur de battre des cils en marquant une petite hésitation, à la recherche du mot juste, et Adam a contré de la droite :

— ... Ce que personne n’est autour de cette table ! – Il a élevé la voix et accéléré le débit avant que Greg ne recouvre ses esprits : – J’VEUX DIRE, FAUT ÊTRE LUCIDE ! AVEC TA DÉFINITION, NOUS, LES MUTANTS, on est emballés par les études, on a tous envie de briguer une bourse Rhodes, on...

— Ho, ho ! s’est exclamé Greg, quel ambitieux, ce garçon !

— ME SERS PAS CES CONNERIES, GREG ! Tu vas sérieusement prétendre que... J’veux dire, c’est à *moi* que tu t’adresses, et à une pièce entière de Mutants !

— Il y a les objectifs et il y a les putains d’ambitions, et la tienne atteint des proportions qui...

— Oh, fermez-la un peu ! a coupé Camille. Vous me courez sur là où je pense, tous les deux !

— Là où je pense ? a relevé Randy Grossman avec un gloussement ravi. S’il vous plaît, Mrs Deng, montrez-nous donc un peu votre là-où-je-pense !

— Tu saurais pas ce que c’est si tu l’avais en face des yeux », a-t-elle répliqué avec un dédain incommensurable.

Le visage de Randy, qu’il levait fièrement depuis qu’il avait assumé son homosexualité six mois plus tôt, s’est embrasé. Des larmes ont perlé sous ses paupières.

« Je me serais jamais... attendu à ça... de *toi*, Camille... » a-t-il balbutié d’une voix nouée par le chagrin et la déception.

Une vraie gonzesse ! s’est dit Adam en regrettant aussitôt d’avoir eu une telle pensée. Parce que changer d’orientation sexuelle n’était sûrement pas aussi simple que d’appuyer sur un interrupteur ; Randy devait être encore dans une passe difficile où la moindre remarque le heurtait. Il n’empêche que là, il avait l’air d’une femme. Adam a revu sa mère, Frankie, au bord de l’une de ses crises de larmes après le départ de son père. Et il s’est senti coupable. À nouveau. Mais pas Camille :

« T’es ouf ou quoi, Randy ? Arrête un peu, d’ac ? J’ai pas dit foune, j’ai dit “là où je pense” !

— Ouais, allez, Randy, a renchéri Edgar, Camille rigolait, quoi ! “Là où je pense” ! Même moi, je saurais pas ! »

À ce stade, la réunion hebdomadaire des Mutants du millénaire a rapidement dégénéré. Adam continuait à observer Charlotte, dont les yeux couraient d’un combattant à l’autre, visiblement fascinée.

Adam n'était pas impressionné par le pugilat verbal Randy-Camille, lui. Pas du tout. Contrairement à eux, il était déjà passé à un tout autre sujet : quel effet avait-il produit sur *elle* ? Charlotte pensait-elle maintenant en son for intérieur qu'il avait eu le dessous, d'abord en permettant à Greg de lui clouer le bec puis en laissant Randy et Camille dévier la conversation sur leur obsessionnelle défense des minorités ? Ou bien tout cela comptait-il pour rien face au fait qu'il avait été, lui, Adam, le seul à donner une définition cohérente du *type cool*, le seul à développer une théorie audacieuse sur la confiance en soi, l'agressivité, le renoncement à l'enthousiasme – en tout cas apparent – envers tout ce que les adultes jugeaient louablement enthousiasmant ?

Le Doute a continué à le torturer, à le ballotter comme un fétu de paille entre optimisme et pessimisme. Charlotte avait-elle manifesté de quelque façon qu'elle était désormais à l'aise avec les Mutants ? Elle était attirée par leur mission en cette ère de désertification intellectuelle, d'accord, mais comment jugeait-elle Randy ou Camille ? La soirée s'est lentement éteinte dans ces geignantes controverses, puis Edgar les a tous reconduits au campus à travers la Cité de Dieu dans son tank des familles, sa Denali.

Elle lui a été reconnaissante d'insister pour la raccompagner à la résidence. Elle se sentait euphorique, consciente d'avoir assisté à l'une de ces discussions dont elle imaginait déjà, au temps où l'université était pour elle un mystérieux mais fascinant Eldorado de l'autre côté des montagnes, que Dupont devait vibrer. Les Mutants du millénaire ne se contentaient pas de se servir du terme « cool » comme n'importe qui à Dupont, ils l'analysaient, le décortiquaient, l'exploraient dans de subtiles nuances qui échappaient aux garçons authentiquement cool, ceux de Saint Ray par exemple, à commencer par Hoyt, le plus cool des cool. Les Mutants, eux, étaient ouvertement, fièrement, systématiquement *pas cool*. Et ça lui plaisait.

Ils avaient à peine atteint la Grand Cour qu'elle a senti la main d'Adam ramper sur son poignet. Elle l'a laissé faire, puis lui a permis d'entrecroiser ses doigts avec les siens. Il était tellement brillant, il correspondait tellement à ce qu'elle avait espéré trouver à Dupont... Envahie par une bouffée de gratitude, elle a rapproché son épaule de celle du garçon en train de marcher à côté d'elle et qui ne se contentait plus de lui lancer des coups d'œil furtifs comme pendant la réunion chez Edgar mais la couvait du regard. La pression de sa main s'est renforcée, aussi ; cela, plus la manière dont il la contemplait, a rendu le silence encore plus pesant. Il a fini par le rompre :

« Eh bien, Charlotte... – Sa voix était étrange. Tendue, oui. Il s'est arrêté comme s'il ne savait pas comment poursuivre, puis : – Ça t'a plu ? – Plus ferme, maintenant, mais encore voilée.

— Tu sais ? Ça m'a beaucoup plu, oui. – Elle surveillait son accent. – Tout le monde a été bigrement intéressant... »

« Bigrement ! »

« Comme qui ?

— Mais... Camille, par exemple ? On ne croirait pas, à la manière dont elle s'exprime, à sa...

— Brutalité ?

— Oui ! Mais elle réfléchit à toute allure ? Tout le monde était si... *rapide*, tu sais ?

— Comme... qui ? Donne-moi un autre exemple.

— Eh bien, disons... Greg ? Il est marrant, non ? Son imitation était impeccable ! Jojo tout craché ! En fait, j'adore comment vous arrivez tous à... *isoler* un élément, et à le regarder sous un angle complètement différent ? Un angle... analytique, j'imagine ? Ça me plaît beaucoup, tout ça ! »

C'est elle qui a pressé plus fort la main d'Adam, cette fois. Elle était transportée par cette soirée, par cette aventure intellectuelle. Là-bas, dans la lueur vétuste des réverbères et les ombres immenses qui menaçaient de les engloutir, commençait Ladding Walk et plus loin, beaucoup plus loin dans les ténèbres, il y avait la résidence Saint Ray. Avec sa bibliothèque aux rayonnages vides, l'immense écran plat toujours branché sur ESPN... Et Hoyt, et Julian, et Vance, et Boo, et les filles faciles qui simulaient de trouver irrésistibles leurs remarques idiotes. Elle voyait Hoyt, confortablement installé dans son indolent cynisme qui – Edgar l'avait justement pointé ! – ne s'appliquait qu'au sexe, au sport, à l'alcool... Son mépris envers tous ceux qui n'étaient pas cool... Le cap invariablement mis sur son objectif – se pinter, se déchirer, se murger, se défoncer, défoncer, niquer, bouffer du cul, se la faire bouffer, ramoner, se la donner, baise, chatte, chatte, chatte ! Pendant qu'à quelques pas de lui se développait le monde des idées, de la passion intellectuelle qui embrassait tout, depuis la psychologie individuelle jusqu'à la cosmologie de... de tout !

Charlotte s'est rendu compte qu'elle serrait la main d'Adam plus fort et s'appuyait encore contre son épaule. Il s'est arrêté, l'a lâchée, s'est tourné pour lui faire face. Il allait se passer quelque chose, c'était clair. Elle ressentait une immense tendresse pour lui, elle voulait qu'il le sache et en même temps... elle aurait préféré que non. Il a passé un bras autour de sa taille, l'a attirée vers lui en rejetant la tête en arrière pour la regarder dans les yeux, apparemment, et... Quel sens avait-il, ce regard ? Et ce petit sourire ? Il paraissait nerveux, surtout. Il s'est emparé de l'une des branches de ses lunettes, l'a remontée un peu, l'a lâchée pour poser à nouveau sa main sur la hanche de Charlotte, a rapproché son visage du sien et elle a soudain compris qu'il s'était demandé s'il devait tout d'abord retirer ses besicles ou non. Ses lèvres ont cherché la bouche de Charlotte, qu'elle a entrouverte ainsi qu'elle avait appris à le faire avec Hoyt et... ses propres lèvres ont emprisonné celles d'Adam. Elle les a serrées pour réajuster le baiser au moment où il écartait au contraire les siennes dans le même but, et quand elles ont enfin coïncidé, toutes ces lèvres, cela a été une collision plus qu'un baiser, et là, poussée par un mélange de compassion et de culpabilité – pourquoi se sentait-elle coupable, brusquement ? –, elle a lâché un petit gémissement. Il s'est écarté suffisamment pour bredouiller un « Oh, Charlotte... », puis il a recommencé à lui écraser la bouche.

À présent, elle est trop confuse – confuse ? – pour le regarder et donc elle a baissé la tête, l'a blottie contre sa poitrine afin de le ménager. Grosse erreur, car ce simple geste a déclenché de nouvelles plaintes passionnées en lui et il s'est mis à se balancer d'un pied sur l'autre en geignant : « Ah, Charlotte, Charlotte, Charlotte... » Il l'a attirée un peu plus contre lui, de sorte qu'elle a senti les os de son bassin s'entrechoquer avec les siens puis – était-ce une impression ou une réalité ? – il a paru vouloir presser son pubis contre le sien. Elle a envoyé ses fesses assez loin en arrière pour interdire cette tentative, a relevé le visage et l'a regardé dans les yeux, désespérément plissés derrière la buée en train de se former sur le bas de ses verres. « À quoi tu penses ? » a-t-elle demandé ou plutôt s'est-elle forcée à demander car elle savait qu'elle n'aurait pas dû, mais comment échapper autrement à sa tentative de rotation pubienne sans se montrer trop cassante ?

Il a cessé aussitôt de s'agiter, non sans garder son bras sur ses reins, et il lui a rendu son regard.

« Je pense... Je pense que c'est ce que je rêvais de faire... te serrer contre moi... depuis la première minute où je t'ai vue. »

Dans sa gorge desséchée, les mots crissaient et chuintaient comme une luge traînée sur un chemin en gravier.

« La première minute ? – Elle a reculé son visage jusqu'à ce qu'il puisse constater qu'elle souriait, tout en pensant qu'il fallait essayer de donner un tour plus léger à ce tête-à-tête. – Ce n'est pas l'impression que j'ai eue, en tout cas ! Très franchement, j'ai cru que tu n'étais pas content du tout de me voir devant cet ordinateur !

— Bon, alors disons la *deuxième* minute... – Il souriait, lui aussi, mais il ne s'y trouvait aucune gaieté : c'était un sourire brouillé, aperçu à travers la mer de larmes d'un souvenir très cher mais aussi terriblement poignant. – Il ne m'a pas fallu longtemps pour changer d'attitude ! Tu te rappelles comment je me suis calmé tout de suite, et que je me suis présenté ? Et que je t'ai demandé ton nom ? »

La voix restait sèche mais avec une tonalité supplémentaire, cette touche d'attendrissement que l'on adopte en révélant de charmants secrets qui ne demandent qu'à être contés.

« Je pense que je peux te dire tout ça, maintenant, mais après coup j'ai regretté de ne t'avoir donné que mon prénom. “Adam”. C'est une habitude qu'on prend tous. Et donc, naturellement, tu as juste dit “Charlotte”. Tu savais qu'il y a cinq premières-années, cinq, qui s'appellent Charlotte ? »

Charlotte a saisi cette occasion pour se dégager d'un coup, le considérer avec les poings sur les hanches et les coudes écartés, dans la position de reproche amusé que prend une fille lorsque son petit ami se risque enfin à avouer une réaction qu'il n'avait pas osé admettre.

« Alors tu as cherchééé ? s'est-elle exclamée en montant dans les aigus sur le dernier “é”. Tu as épluché toute la liste des premières-années ? »

Ouvrant de grands yeux, lèvres serrées, Adam s'est mis à hocher la tête, oui, oui, oui, à la manière dont un amant reconnaît avec des scrupules euphoriques le degré d'irrationalité auquel la force compulsive de son amour l'a poussé.

« C'est... incroyable ! » s'est écriée Charlotte, toujours souriante, une expression émerveillée sur les traits mais dans la tête la ferme intention de garder les choses sur ce terrain de joyeuse insouciance. Sauf qu'Adam a pris un air incroyablement sérieux, d'un coup :

« Charlotte ? Pourquoi tu ne viendrais pas chez moi, qu'on puisse... parler... tranquillement ? J'ai tellement de trucs à te dire ! Je... J'habite pas loin, je pourrai te raccompagner, après... »

Comme elle ne s'y attendait pas du tout, elle n'a sans doute pas pu lui dissimuler la consternation qui était montée en elle. Un seul mot est sorti de sa bouche.

« Im... possible. »

Déjà, elle se creusait la tête pour trouver la réponse à la question qui n'allait pas manquer de suivre.

« Pourquoi ?

— Il... Je dois travailler. J'ai un test en science neurologique demain matin – ce qui était faux – et... J'aurais dû être dans mes livres ce soir mais on est allés chez Edgar.

— Même un petit moment ? a-t-il insisté d'un ton presque suppliant. C'est vraiment pas loin, tu sais.

— *Non*, Adam ! a-t-elle rétorqué tout en réussissant à garder son sourire. C'est un cours difficile !

— Bon, ben... d'accord. J'espère seulement... »

Il s'est tu, s'est rapproché d'elle avec une mine penaude – pas une once de confiance en soi, n'a-t-elle pu s'empêcher de penser –, a tripoté ses lunettes et s'est décidé à les enlever, cette fois, ce qui revenait à publier un communiqué dans la presse.

Après avoir écrabouillé ses lèvres contre les siennes un moment, Charlotte a adroitement incliné son visage afin de poser sa joue sur celle d'Adam et l'a laissé la garder dans son étreinte quelques secondes de plus. Mais il a recommencé son mouvement giratoire, alors elle s'est reculée et lui a adressé un triste petit sourire qui semblait vouloir dire que renoncer au bonheur d'être dans ses bras était une épreuve insupportable mais qu'elle devait être dure avec elle-même.

« Il faut que j'y aille, Adam. J'aurais préféré ne pas... »

Elle n'avait pas terminé sa phrase qu'elle tournait déjà les talons et marchait résolument vers le passage menant à la Petite Cour.

« Charlotte... »

C'était une imploration si déchirante qu'elle a compris qu'elle ferait mieux de s'arrêter et de se retourner. En silence, mais sans aucun doute possible, les lèvres d'Adam, sa bouche et sa langue à l'intérieur ont formé un « Je t'aaaiiiime » tellement appuyé qu'elle a aperçu sa glotte gardant l'entrée du larynx au fond de ce rond suppliant. Puis il lui a adressé un geste d'au revoir, un sourire désolé. Il avait remis ses lunettes, entre-temps, parce qu'il était myope et qu'il en avait besoin pour la voir d'aussi loin.

Charlotte a rendu le geste, le sourire, et s'est hâtée sous les voûtes ténébreuses. En débouchant dans la cour, elle a eu, pour la première fois depuis son arrivée à Dupont, l'impression d'entrer dans un havre de confort, de sécurité et de luxe, oui, ce dernier étant assuré par le jeu des discrètes lumières sur les vitraux surchargés, les contours des briques et des pierres par ailleurs plongées dans une sereine pénombre.

Avait-elle jamais été... désorientée, merveilleusement désorientée à ce point ? La compagnie des Mutants, le courant ascendant de leur intelligence, leur appétit... féroce de savoir, cette *quête* incessante, même dans les instants de détente, en vue d'appréhender la structure même, l'architecture psychologique et sociale du... monde ! Quel élan cette soirée lui avait donné ! Et elle *voulait* tomber amoureuse d'Adam, c'était certain. Il était le plus joli garçon du groupe et... Non, en réalité Edgar aurait été le plus séduisant sans ce masque de chair crémeuse, et puis il était tellement sérieux, tout le temps, ce qui rendait ses tentatives de se montrer cool encore plus embarrassantes tandis qu'il trônait souverainement dans son « fauteuil éléphant », une attitude si différente de l'aisance insouciante avec laquelle Hoyt prenait possession de son siège tendu de cuir dans la bibliothèque qui n'en était pas une... *Équanimité*, c'était le terme, oui, comme si quelque Français là-bas l'avait jadis inventé en sachant que Hoyt Thorpe viendrait un jour sur cette terre. Mais Hoyt pouvait se donner à fond dans ce qu'il jugeait en valoir la peine, aussi. Il avait défié une brute qui faisait deux fois sa taille pour... elle.

Elle était désorientée, oui, mais aussi elle volait, elle planait !

21
Piger quoi ?

Le matin suivant réservait une de ces mauvaises surprises humides, glaciales et grises, avec en plus des rafales de vent qui vous transperçaient jusqu'aux os quand vous traversiez la Grand Cour, surtout si, comme c'était le cas de Charlotte, votre unique jean était au sale et si vous n'aviez ni mi-bas en laine de collégienne ni collants. La bise fouettait ses mollets, ses jarrets et ses déclivités en se jouant d'autant plus facilement de sa robe qu'elle la gardait raccourcie avec les épingles de sûreté, retouche maladroite mais son maximum en la matière puisque sa mère avait tenu à ce que son petit génie de fille ne s'abaisse jamais à des tâches aussi mesquinement domestiques que la couture et le reprisage. Aucune importance, le principal était de montrer ses jambes bien galbées – il y avait belle lurette qu'elle ne prenait plus ça pour de la vanité. Mais pour une nécessité. Et puis, elle ne prêtait aucune attention au froid qui attaquait le secret de son anatomie : pour l'heure, sa conscience était centrée sur les zones cérébrales dites de Broca et de Wernicke, sièges des fonctions mentales supérieures ainsi qu'elle l'avait appris dans le cours auquel elle se rendait présentement, celui de Mr Starling.

Elle se sentait très en veine intellectuelle, ce matin-là, conséquence de la soirée passée en compagnie des Mutants qui, avec le recul, lui paraissait le comble du chic. À sa manière péripatéto-socratique, Mr Starling devait leur parler de José Delgado, selon lui le premier titan de la neurologie moderne. Mais les heures à traîner à la résidence Saint Ray, les longues visites à la salle de gym, les constantes rêveries à propos de Hoyt – et d'Adam – commençaient à produire leur effet sur elle : en temps ordinaire, elle se serait présentée au cours en connaissant sur le bout des doigts l'opus de Delgado, *Le Contrôle physique de l'esprit*, alors que là...

Accaparée par ces pensées, elle n'a pas remarqué l'imposante silhouette qui avait dévalé les escaliers du bâtiment Isles et se hâtait vers elle dans l'une des allées convergeant sur la fontaine Saint-Christophe. Charlotte la longeait lorsque, comme tombé du ciel, Jojo Johanssen en personne lui est apparu.

« Salut, Charlotte ! »

Plus que joyeux ou surpris, son sourire lui a paru mielleux.

« Oh, bonjour. »

Elle s'est arrêtée avec une expression qui signifiait : « Je n'ai même pas une seconde, en fait. »

« Je sors de ce cours d'éco et tu sais quoi ? C'est la vérité vraie : j'étais juste en train de penser que ce serait super de tomber sur toi. – Il la regardait avec de grands yeux suppliants. – Est-ce que... Je dois te parler. On peut aller quelque part ? Pas longtemps.

— Je ne peux pas, a-t-elle répliqué d'un ton dont la résolution l'a elle-même étonnée. Je ne veux pas être en retard.

— Deux secondes, juste ! – Son visage est devenu grave. Qu'avait-il de différent, ce matin ? Ah oui, il portait une chemise et une veste de survêtement, sans l'habituel déploiement de musculature. – C'est... important.

— Je ne peux *pas*, Jojo.

— Rien que... Bon, je vais pas te baratiner : ça prendra plus de deux secondes. Quand est-ce que tu sors de cours ? J'ai un *vrai* problème. »

Charlotte a retenu un soupir contrarié. Quel que soit le « problème » de Jojo, jamais il ne pourrait rivaliser avec les sphères qu'elle se préparait à rejoindre, les sphères les plus élevées de la pensée : celles habitées par Victor Ransome Starling. Incapable de trouver une échappatoire, cependant, elle a concédé :

« Dans une heure.

— Je peux te retrouver quelque part, alors ? S'il te plaît ?

— Pffff... Où ?

— Disons devant Mister Rayon ? »

Un hochement de tête agacé et elle reprenait déjà sa route en le contournant. Le grand sportif l'a suivie du regard avec des yeux de chien battu. Consciente de son regard sur elle, Charlotte a songé que c'était étrange d'exercer un tel pouvoir sur une vedette du campus, une célébrité pareille. Elle a relevé la tête. La statue de saint Christophe portant l'Enfant Jésus à travers un ruisseau, œuvre de Jules Dalou, la surplombait. Le sculpteur français avait mis une telle puissance dans sa sculpture qu'elle a eu l'impression que le saint était réellement en mouvement, et cela l'a emplie d'allégresse, de nouveau. Elle était capable de *vivre* l'art, pas seulement de se contenter de le regarder en spectateur neutre. Quand le reste du monde, ou sa majeure partie, était comme Jojo : coupé de la vie de l'esprit.

L'amphithéâtre était plongé dans la pénombre. Sur l'estrade, un écran pliant de deux mètres cinquante accueillait le portrait photographique d'un homme au teint basané avec une grosse moustache et une barbe soigneusement taillée sur des mâchoires volontaires avant de s'épanouir en éventail bien entretenu. Son front commençait à se dégarnir, mais les mèches étaient coiffées en arrière avec un aplomb avant-gardiste qui donnait l'impression d'une chevelure dense et flottante. On aurait pensé à l'un des trois mousquetaires, n'eût été le nœud de cravate et le haut du col d'une blouse blanche que l'on apercevait tout en bas de la photo.

« Delgado est l'un de ces scientifiques qui ont bravé la mort – du moins c'est ce que pensaient les autres – en devenant les cobayes de leur propre quête et de leurs propres découvertes », était en train de dire Mr Starling.

Le pupitre avait été poussé sur un côté pour permettre à tous de voir l'écran. Un pinceau de lumière tombait sur la mince silhouette du professeur et sur sa veste en tweed couleur de bruyère, vision des plus romantiques aux yeux de Charlotte qui n'avait aucun mal à l'imaginer comme l'un de ces intrépides héros de la recherche, tout en sachant qu'à part quelques griffures de chat, peut-être, il n'avait couru aucun risque durant les expériences qui lui avaient valu la plus haute distinction scientifique au monde.

« Je ne souligne pas cela pour vous inviter à admirer son courage, a poursuivi Mr Starling. Au contraire. Mon idée est l'opposé, ou disons le contrepied de cela. Alors que leurs amis et leurs collègues craignaient pour leur vie, nous avons ici deux hommes, Walter Reed et José Delgado, et une femme, Marie Curie, auxquels leur foi en la validité empirique de leurs connaissances pratiques et en leurs capacités de raisonnement logique, leur foi dans le rationalisme – qui, pour revenir brièvement à ce sujet, avait alors à peine deux siècles d'existence –, permettait de se montrer aussi indifférents à la peur que l'illusionniste qui avale des flammes. Cela étant, même après cette mise au point, je pense qu'il y a de quoi être impressionné par la maestria avec laquelle Delgado a démontré sa thèse. »

L'écran présentait maintenant une vue générale d'une arène de corrida. Une petite vingtaine de spectateurs sur les gradins, un taureau en train de charger d'un côté de l'image et de l'autre un homme en blouse blanche, parfaitement immobile, tenant un petit objet noir à hauteur de la taille. L'amphi était complètement silencieux, à part la voix de Mr Starling, et Charlotte entièrement absorbée. Cette salle, ce monde n'avaient plus de périphérie. Hoyt et la main de Hoyt, Adam et les lèvres maladroites d'Adam, Jojo et la mine penaude de Jojo n'existaient plus. Il ne restait que l'Eldorado qu'elle était venue chercher à Dupont et qu'elle avait trouvé ici, désormais son seul univers connu.

« C'est José Delgado, ici, et là c'est un taureau andalou de plus d'une tonne avec sur son échine, vous voyez ces... pointes ? Ce sont les *banderilles* – vous connaissez ce terme ? – qui ont été plantées dans sa chair pour le mettre en colère.

— Oh... My... God ! a glapi une fille dans les gradins du bas. Charlotte a aussitôt reconnu la nuance indignée de l'exclamation : la défense des droits des animaux était un sujet sur lequel nombre d'étudiants s'enflammaient facilement.

« C'est horrible ! C'est... une... honte !

— C'est ainsi que vous réagissez à une culture différente de la vôtre ? a sèchement répliqué Mr Starling. Je crois avoir mentionné que José Delgado était espagnol et ceci, au cas où je ne l'aurais pas précisé, se passe à Madrid. La culture espagnole est bien plus ancienne que la nôtre. En termes de *milliers* d'années. Vous avez parfaitement le droit de la rejeter, cela étant. De même que toutes les cultures qui ne sont pas la vôtre. Peut-être auriez-vous l'obligeance de nous présenter une liste de celles que vous trouvez les plus répréhensibles ? »

Des rires se sont lentement propagés dans l'amphi. Bien joué, Mr Starling. À Dupont, les préjugés culturels, surtout envers des peuples moins nantis que celui-ci, et les jugements moraux qui laissaient envisager des convictions religieuses sous-jacentes étaient encore plus mal vus que la cruauté envers les animaux. Mais le professeur continuait :

« Ce qui est sur le point de se produire dans cette scène est en réalité moins important que ce qui y a présidé. Cette photo... – il a montré l'écran – ... a été prise en 1955, à un moment où Delgado était connu pour être un spécialiste du cerveau, non un neurologue. – Il a quitté son pupitre. – Est-ce que l'un d'entre vous peut me dire quelle était la situation de l'étude physiologique, anatomique, du cerveau, à l'époque ? »

Pas d'amateurs, non. En elle-même, Charlotte s'est adressé les plus amers reproches : si elle avait travaillé plus sérieusement, si elle était allée aux sources, ainsi que Mr Starling le recommandait, bref si elle avait été l'étudiante qu'elle était censée être, elle aurait brillé, à cet instant. Mr Starling a contemplé la salle encore un moment avant de renoncer.

« Eh bien, elle existait à peine, pour tout dire. Le dogme freudien lui avait retiré pratiquement toute justification médicale. Puisque la psychanalyse était le seul remède aux désordres mentaux, n'est-ce pas, à quoi bon perdre son temps à disséquer des cervelets ? Freud a gelé l'étude du cerveau pendant un demi-siècle. Tout particulièrement ici, dans notre pays qui dans les années 1930 est devenu le quartier général, si l'on peut dire, de la méthode freudienne. Dans ce contexte, Delgado était un oiseau rare : il estimait que l'on ne peut comprendre la psychologie et le comportement humains sans comprendre comment le cerveau fonctionne. De nos jours, cela paraît un axiome évident mais ce n'était pas le cas, alors. Delgado a découvert le moyen de dresser la carte du cerveau, autrement dit de déterminer quelle zone précise contrôlait telle ou telle réaction. Pour cela, il s'est servi d'implants stéréotaxiques à stimulation électronique. »

Un couinement horrifié, sans doute venu de la même fille qui avait trouvé insupportable la mention du travail des banderilleros. Mais comme elle ne faisait aucun commentaire, Mr Starling a choisi de l'ignorer, cette fois.

« Dans le cas qui nous occupe, Delgado a implanté un électrode dans le noyau caudal du taureau, juste sous l'amygdale cérébrale. Comme vous le voyez, l'animal charge furieusement. Quand il arrive assez près pour que l'expérience soit intéressante, Delgado appuie sur un bouton du petit émetteur-radio que vous apercevez dans sa main et soudain l'agressivité du taureau disparaît... – il a claqué des doigts – ... comme ça ! C'est seulement son élan qui le porte juste devant Delgado. Imaginez une tonne de bœuf avec des cornes meurtrières qui vous arrive dessus... – Une nouvelle diapositive est apparue sur l'écran, un gros plan. – Ici, le taureau est à trente centimètres environ du flanc de Delgado. Il continue à trotter faiblement mais vous remarquez qu'il a perdu toute hostilité. Il a la tête relevée, il semble la détourner. On ne le voit pas sur cette photo mais ce qui s'est passé, c'est qu'il a obliqué pour ne *pas* atteindre Delgado ! – Mr Starling paraissait savourer le moment, peut-être parce qu'il savait qu'il les avait *tous eus*, y compris la protectrice des animaux. – Bien. Maintenant, quelle leçon tirer de cette expérience ? Celle qui vient tout de suite à l'esprit est qu'une force aussi puissante que la pulsion de tuer peut être annihilée... Clac, comme ça. Plus significatif encore, ce que nous voyons ici, c'est que non seulement les impulsions mais même les choix et les intentions sont des phénomènes physiques, qui peuvent être *physiquement* déclenchés ou stoppés. S'il avait agi sur l'amygdale, Delgado aurait pu transformer un taureau tout doux et timide – dans le temps, il y avait un livre pour enfants qui s'appelait le *Timide Petit Taureau* – en machine à tuer. Comme je l'ai dit, c'était un médecin autant qu'un chercheur en neurologie et donc il espérait trouver le moyen d'influer positivement sur la santé et sur le comportement des gens grâce "au contrôle physique de l'esprit", qui est le titre du seul ouvrage qu'il ait jamais écrit, bien qu'il ait donné une bonne centaine de contributions scientifiques sur ses recherches. *Le Contrôle physique de l'esprit.* Les implications philosophiques de cette découverte étaient gigantesques et il les a vues aussitôt : selon lui, l'esprit humain tel que nous le concevons, et je pense que nous le concevons tous de la même façon, ne ressemble que de très loin à ce qu'il est en réalité. Quand nous pensons à lui – et nous n'arrêtons pas d'y penser –, nous l'imaginons sous la forme d'une sorte de centre de contrôle situé dans le cerveau, et c'est ce que nous appelons le "moi", et c'est aussi ce que nous croyons être le siège du libre arbitre, de la volonté. Pour Delgado, il s'agit de ce qu'il appelle "une illusion très pratique". Il affirme qu'il existe toute une série de circuits nerveux, dont l'animal humain n'a en général même pas conscience, qui travaillent en parallèle pour créer l'illusion du "moi", de l'individu pourvu de volonté et d'âme. Pour lui, le moi n'est qu'une "combinaison transitoire de matériaux pris à l'environnement". Ce n'est pas du tout une salle de contrôle mais plutôt une foire de village, une galerie marchande, un hall d'hôtel où d'autres personnes peuvent entrer et sortir avec *leurs* idées, *leurs* conceptions, *leur Zeitgeist* – cet "esprit du siècle" dont parlait Hegel il y a deux siècles –, et au nez duquel vous ne pouvez pas fermer *vos* portes parce qu'ils se transforment en vous, parce qu'ils *sont* vous... Après Delgado, les neurologues ont commencé à mettre des guillemets à des termes tels que "moi", "esprit" et, bien entendu, "âme". Les thèses de Delgado ont bouleversé la philosophie et la psychologie, les ont placées tête en bas... ou sur leurs pieds. Et c'est encore vrai aujourd'hui.

« Tout au long du siècle dernier, les théories de l'individu les plus marquantes était d'ordre *externe*. Le marxisme, ainsi, proclamait que l'individu, vous et moi, étions le produit de forces opposées dans la lutte entre le prolétariat – ou "classe ouvrière", y compris le "lumpenproletariat", ce que nous appelons maintenant les "déclassés" – et la bourgeoisie, l'aristocratie. Freud, sur un plan psychologique cette fois, a théorisé que nous étions tous le produit du conflit œdipien à l'œuvre dans chaque famille. Nous serions donc la résultante d'influences extérieures, dans les deux cas, classe sociale ou structure familiale. Les marxistes se targuaient d'être des matérialistes, des réalistes qui ne s'embarrassaient pas de l'idéalisme traditionnellement colporté par les philosophes, et pourtant ce matérialisme marxiste n'est qu'un caprice conceptuel, comparé à celui de la neurologie. Que nous dit celle-ci, en effet ? "Vous voulez du matérialisme, vraiment ? Eh bien nous allons vous montrer la réalité *concrète* de votre cerveau et de votre système nerveux, les circuits qui opèrent indépendamment de ce que vous appelez la 'conscience', les comportements induits que vous ne pourriez changer même si vous essayiez pendant toute une vie, les illusions que vous ne..." »

Charlotte était aux anges. Elle trouvait quelque chose d'indiciblement noble au visage de Victor Ransome Starling sous cette lumière verticale, pris entre pans lumineux et ombres intenses. À chacun de ses gestes, ses doigts blancs projetaient des éclairs et elle découvrait une nouvelle nuance dans le tissu de sa veste. Il était celui qui allait la guider vers les plus profonds secrets de la vie, vers le cœur même de cette source dont Miss Pennington lui avait parlé quatre ans plus tôt, là-bas, de l'autre côté des montagnes...

À cet instant, dans cette solennelle pénombre, devant cette silhouette sublime qui se mouvait au sein d'un hypnotisant clair-obscur, avec cette lueur réfractée sur toutes les têtes de l'assemblée par l'homme moustachu qui avait révolutionné la conception que l'animal humain avait de lui-même, cette brume pâle et dorée qui effleurait juste le sommet des crânes studieux, Charlotte a connu un véritable *kairos*, ce *moment précis* où une révélation extatique se produit avec une intensité, une ampleur et une profondeur que les simples mots ne peuvent décrire, et le reste du monde, sordide espace de chair et de bêtes se disputant la chair, a été aboli.

Sortie du bâtiment Phillips, à nouveau dans la Grand Cour, elle s'est aperçue que Jill, la fille assise à côté d'elle au cours de Mr Starling, était juste un pas derrière elle. Elle ne voulait pas lui parler, redescendre de ces sommets ne fût-ce que le bref moment d'un « au revoir » distrait. Elle planait, oui, mais c'était pour une grande cause, c'était une ivresse de l'intellect, l'excitation de la découverte, la vision de son avenir du haut des sommets du Darién. Ô, Dupont !

Il faisait encore plus froid et plus maussade qu'une heure plus tôt, mais les murs des édifices gothiques qui l'entouraient avaient été bâtis pour résister à toutes les menaces avec une constance inébranlable... Ô, délicats entrelacs ! Ô, vous, bâtisses que personne ne sait plus bâtir de la sorte ! Ô, toi, forteresse du langage et donc de la mémoire, et donc dépositaire des idées qui meuvent les peuples, les sociétés et donc l'histoire elle-même ! Ô, clé d'un prestige rendu encore plus formidable par le prestige de tes origines ! Ô, Dupont, Dupont ! Ô, Charlotte Simmons de Dupont...

Bang ! La masse énorme de Jojo Johanssen lui a fondu dessus. De nouveau ce sourire quémandeur. D'où surgissait-il, cette fois ? Mais non, il était clair qu'il avait attendu là pendant toute la durée du cours, tel un chien attaché sur le trottoir près de l'entrée d'une épicerie.

« Alors, comment c'était ? »

Son sourire s'est encore élargi. Charlotte n'a répondu « Très bien » que par un vague signe de tête. Il aurait été stupide de prendre cela pour une véritable question. Et comment lui faire comprendre, même de très loin, l'expérience qu'elle venait de vivre ?

« Où on peut parler ? Au Mister Rayon ? »

Charlotte a eu un regard exaspéré et un soupir résigné, mais ils sont partis dans cette direction. C'était déjà l'affluence du déjeuner. Dès leur entrée, nombre de têtes se sont tournées vers Jojo, quelques garçons ont tenté de discrets « Go, go Jojo ! ». Sa réaction a été de ne pas en avoir.

Il tournait la tête de tous les côtés, à la recherche d'un coin propice à une discussion sérieuse. Finalement, il a conduit Charlotte à une table pour deux, derrière une cloison après la section thaïe de la cafétéria. Un recoin sombre tout au bout des porte-plateaux en acier inoxydable, derrière le muret en placo rose saumon qui ne préservait aucune intimité, à deux pas du riz blanc et des légumes trop cuits dont l'odeur, plus ou moins insistante, était toujours perceptible... Vraiment pas le genre d'endroit qu'on choisit pour l'ambiance ou pour le confort, n'importe qui aurait pu le deviner.

Après avoir installé Charlotte au fond du réduit, Jojo s'est assis le dos tourné à la foule. Pensait-il échapper ainsi à l'attention, avec ses épaules mastodontiques ? Charlotte a eu un sourire taquin, mais dont l'ironie restait dans les limites de sa bonne éducation montagnarde.

« J'aime bien ta chemise.

— Ah oui ? Pourquoi ?

— Je ne sais pas. À cause du col ? »

Il a rentré son menton et s'est presque démis le cou dans une vaine tentative d'apercevoir ledit col, puis il a relevé la tête, agité ses sourcils et les commissures de ses lèvres pour montrer qu'il n'en avait cure, a posé les coudes sur la table et s'est lancé à voix très, très basse :

« J'ai comme un... problème. Sérieux. »

Il a laissé cette information peser dans l'air pendant qu'il la regardait fixement. Elle n'a pas réagi. À présent, il fronçait les sourcils avec une telle énergie que ses narines en palpitaient et soudain il a paru à Charlotte un peu... ridicule, cet immense héros de campus au petit visage fripé. Il n'avait pas attisé sa curiosité d'un huitième de degré : elle se *fichait* totalement de ce en quoi pouvait consister le gros problème du sportif vedette Jojo Johanssen. Elle n'a même pas daigné l'encourager à poursuivre d'un signe de tête. Il n'en avait pas besoin, d'ailleurs :

« Pour dire les choses comme elles sont... Je suis, genre... – il a cherché l'expression adéquate – ... baisé. »

Comme c'était révélateur, et répugnant ! Elle savait que depuis le temps elle aurait dû être habituée à entendre les étudiants se parler de cette façon mais elle n'y arrivait pas, non. Et que ces vulgarités lui soient spécialement adressées par un géant mâle les rendaient encore plus insupportables. Elle a tourné vers lui un visage parfaitement inexpressif et Jojo a pris son courage à deux mains :

« C'est à cause de ce fils de... Ce prof que j'ai en histoire de l'Amérique, ce Quat. T'as déjà entendu parler de lui ? – Elle a fait non de la tête, un aller-retour distrait. – C'est un vrai enc... Ce mec, il peut pas encaisser les sportifs. Comment on s'est retrouvés dans son cours, j'en ai pas la moindre idée, fuck ! »

De plus en plus immonde. Charlotte a pris soin de ne pas demander qui ce « on » désignait mais Jojo lui a tout de même fourni la précision :

« André et Curtis sont avec moi dans ce cours. – Regard vide. – Tu vois qui je veux dire ? André Walker et Curtis Jones. – Regard toujours aussi vide. – Bon, bref, Quat nous demande un travail, chacun sur un sujet différent, et y a pas de bouquin pour... »

Charlotte n'écoutait plus. Quel subterfuge particulier, quelle échappatoire de fainéant inédite avait pu trouver Jojo, elle s'en moquait. Et puis le nom d'Adam lui a fait tendre l'oreille et elle s'est rendu compte que le travail en question était celui-là même sur lequel il devait trimer la nuit où elle l'avait rencontré à la bibliothèque. Elle s'est un peu animée, du coup.

« Est-ce qu'ils savent qu'Adam l'a écrit pour toi ?

— Je *sais* pas ce qu'y savent ! Un mec du “service juridique”, comme il a dit, s'est pointé aujourd'hui et... Tu connais Adam ?

— Oui, a-t-elle répondu sèchement.

— Comment tu le connais ?

— Je connais des amis à lui. Ils appartiennent à une sorte de club.

— Ouais, ben c'est pas exactement le genre de type que je... Enfn, je lui ai laissé un message sur son portable. – Il a détourné les yeux et sa mine s'est encore allongée. – Si ce... flic arrive jusqu'à Adam, je sais pas si ça changera quoi que ce soit, que je lui parle ou pas.

— Quel flic ? Changer quoi ?

— Ce type. Qui a dit qu'il était du "service juridique". D'après le coach, c'est plus ou moins qu'un flic et ça veut dire qu'ils vont pas s'arrêter à un avertissement ou quoi, ça veut dire qu'ils veulent aller jusqu'au putain de procès ! Si ce nœud chope assez de preuves, ils vont me foutre devant une... commission et me baiser à fond.

— Ne parle pas comme ça, s'il te plaît, a-t-elle demandé encore plus sèchement.

— Comme quoi ? s'est-il étonné, surpris pour de bon.

— Ces saletés. Tu dois absolument t'exprimer de cette manière ? Je ne comprends rien à ce que tu dis, donc comment je pourrais t'aider ? »

Jojo l'a considérée avec un début de sourire, pour le cas où elle serait juste en train de plaisanter.

« Fff... Bon, au pire, qu'est-ce qui peut t'arriver ? a-t-elle repris.

— Ils peuvent me renvoyer un semestre.

— Bah ! Ce ne serait pas la fin du monde, si ?

— Un peu, merde ! Ce serait la fin de... moi ! Le prochain semestre, c'est LA saison ! Les matchs importants sont en mars ! Le tournoi de la NCAA aussi ! Tout !

— Bon. Qu'est-ce que tu vas faire, alors ? »

Le chien battu était de retour.

« Toi, tu peux m'aider ! a-t-il imploré.

— Moi ?

— Voui ! Tu te rappelles quand je suis venu te trouver et que je t'ai dit que j'avais décidé de prendre les études au sérieux ?

— Eh bien... oui.

— Et tu as dit que je devrais commencer par Socrate ? Potasser Socrate ? Tu te rappelles ?

— Oui, je crois, oui...

— C'est ce que j'ai fait ! J'ai pris Philo 306, "Socrate et son temps"...

— Non ? Vraiment ?

— Si, et c'est le cours le plus duraille que j'ai jamais suivi ! Je peux passer toute la semaine à bouquiner, bouquiner, et c'est pas assez. Mr Margolies. C'est un sacré... Un sacré type. La moitié du temps, je comprends rien à ce qu'il raconte, et je pense pas que les autres pigent plus mais personne n'a les... le cran de lever la main et de demander : "Ça veut dire quoi, 'agon' ?" ou "Pourquoi vous dites que Socrate est le premier rationaliste ?" J'veux dire, c'est... trapu. Je vais même à la biblio après les cours, pour regarder des trucs. J'y allais jamais, avant, sauf une ou deux fois, quand Adam m'a emmené... J'ai toujours eu l'impression qu'on me... regardait, là-bas.

En rigolant. Et maintenant j'y vais parce que je veux pas rester la gueule enfarinée au cours de Margolies. Je sais même pas si je l'aurai, cette UV, mais tu sais quoi ? Je suis... fier de moi, on va dire. – Ses traits se sont éclairés pour la première fois. – Tu connais la différence entre les "définitions universelles" de Socrate et les "idées" chez Platon ? Non ? Ben moi si ! – Il a eu le sourire d'un enfant stupéfait d'avoir réussi. – Platon, il pensait que les idées *existent* dans le monde, indépendamment des êtres humains, ce qui veut dire sans qu'elles aient besoin que n'importe qui s'en serve. »

Charlotte a hoché la tête.

« C'est très bon, Jojo ! »

Mais il s'est rembruni, soudain.

« Je sais que c'est bon ! C'est pour ça que cette histoire de service juridique à la noix me casse autant les c... m'énerve autant ! J'veux dire, c'est pas juste ! C'est juste après le devoir d'Adam que j'ai décidé de me... de bosser sérieux, et tant pis si on se f... payait ma tronche pour ça ! Le coach s'est mis dans un état pas possible quand je lui ai dit que j'allais étudier Socrate et ensuite il a rigolé comme si c'était une mauvaise blague, en fait il a commencé à m'appeler "Socrate", ce qui revient à m'appeler "Ducon" devant tout le monde. Mais j'ai tout avalé. Je m'accroche à Socrate, moi ! Qu'il aille se faire... qu'il aille au diable, le coach ! Socrate, il dit qu'il faut rechercher "vertu et sagesse" et moi c'est ce que j'fais, hein ? Et maintenant que je suis devenu... différent, ils commencent à me chercher, ils me mettent un flic au... aux fesses, tout ça pour un devoir qui remonte à *avant* ! Parce qu'il y a "Avant Socrate" et "Après Socrate", pour moi, comme avec Jésus... – Il a lâché un rire sonore. – Ouais, enfin, tu vois ce que je veux dire ! »

Charlotte, au contraire de Jojo, avait devant elle le spectacle des convives de la cafétéria. Dans la queue thaïe et aux tables de cette section, des étudiants se tournaient pour les regarder. D'abord gênée, elle a fini par voir leur humble table dans ce triste recoin de la même façon que ces esprits salaces, avides de ragots et fascinés par la célébrité, la considéraient : le formidable « Go, go Jojo » pliant en deux sa stature pour pratiquement amener son énorme tête contre celle de la – jolie ? – fille assise en face de lui, à laquelle il parlait avec une notable conviction. « Qui c'est, cette nana ? » Pour que le grand Jojo mette autant de cœur à lui faire la conversation ? Elle a souri malgré elle.

« ... vois ce que je veux dire... Qu'est-ce qu'il y a de drôle ?

— Rien.

— Ah, tu trouves ça drôle ! Alors que je suis sérieux et tout... Que je parle de trucs, si les mecs de l'équipe m'entendent, ils en pissent par terre.

— Qu'est-ce que ça peut te faire ?

— Rien ! – Il a eu un bref sourire plein de tristesse. – Plus maintenant, non. Pas...

— “Après Socrate” ?

— Voilà... Bordel d'Adèle ! – Il a plaqué une main sur sa bouche, affectant la contrition. – C'est rien qu'une expression, hein ? – Encore un sourire, cette fois empreint d'une immense résignation. – C'est pour ça que j'ai besoin de toi. Tu es la seule à pouvoir témoigner pour moi.

— Pardon ?

— S'ils me font passer devant cette... commission ? Tu es la seule à pouvoir leur expliquer que je suis venu te dire tout ça *après* avoir rendu cette copie et *avant* que Quat se mette à me faire chi... des histoires.

— Et tu penses qu'ils vont te croire ? Que tu ailles demander conseil à une... première-année ?

— C'est ce qui s'est passé, non ? Alors, tu le ferais ? Tu vas témoigner pour moi ? »

Charlotte ne savait que répondre. Un « procès », « témoigner » ? L'instinct lui disait que c'était là un guêpier dans lequel elle ne devait pas se fourrer, mais d'un autre côté elle ressentait déjà le remords qui l'étreindrait si elle refusait. Alors, d'une voix neutre :

« Oui. »

Il s'est penché encore plus sur la table pour attraper ses petites mains dans ses immenses battoirs et s'est mis à les pétrir comme s'il confectionnait des boules de neige.

« Merci ! Je te revaudrai ça ! T'es une chic fille ! C'est géant ! »

Dans son sourire, la joie se mêlait plus au triomphe qu'au soulagement, a-t-elle pensé, le triomphe de l'avoir convaincue. Cette idée l'a rendue mal à l'aise, et elle n'avait guère apprécié le « T'es une chic fille ! » non plus, qui sonnait presque condescendant à ses oreilles. Est-ce qu'il pensait lui avoir joué un bon tour ? Mais, par ailleurs, ce que cet instant avait dû inspirer aux autres dans la salle... « Il est vraiment accro à cette nana, Jojo. Elle a l'air *vraiment* jeune ! Qui c'est ? »

Jojo, de nouveau :

« Est-ce qu'on t'a jamais dit que tu étais super belle ? Et *différente*, aussi. T'es pas comme les autres meufs du campus, toi. »

Puisque c'était un lundi soir, Hoyt et huit ou neuf autres Saint Ray s'étaient répandus sur le cuir craquelé des canapés et des fauteuils de la bibliothèque afin de « décompresser », entendez de tuer le temps aussi nonchalamment que possible entre pairs. L'immense écran plat diffusait ESPN, naturellement. Des couleurs criardes et des éclairs orangés de chair adolescente ont illustré un spot publicitaire Gatorade, puis quatre chroniqueurs sportifs quinquagénaires disgracieusement perchés sur des chaises pivotantes à petit dossier en fibre de verre écarlate ont entamé un débat sur le *délicat* sujet de la prédominance des joueurs noirs dans le basket-ball américain.

« Réfléchissons une seconde, a proposé le célèbre commentateur Maury Fieldtree, dont le menton reposait sur un coussinet d'amples bajoues : les questions de race, d'appartenance ethnique, etc., ne sont que le symptôme de quelque chose de plus vaste. À chaque génération, de manière cyclique, nous voyons des minorités se servir du sport afin de sortir de leur ghetto. Vous êtes d'accord ? Prenons la boxe : il y a cent ans ou dans ces eaux-là, vous aviez les Irlandais, John L. Sullivan, Gentleman Jim Corbett, Jack Dempsey, Gene Tunney. Ensuite, il y a eu les Italiens : Marciano et Graziano, les deux Rocky, Jake La Motta, et ainsi de suite. Le football, pareil : vous avez eu les Allemands comme Sammy Baugh... Quant au basket, savez-vous qui dominait chez les pros dans les années 1930 et 1940, avant les Afro-Américains ? Les joueurs israélites. Hé oui ! Les joueurs israélites venus des ghettos de New York ! D'accord, c'était un temps où... »

« Vous avez remarqué ? » a demandé Julian, du fond du ravin de cuir dans lequel il était enfoncé.

Il s'est redressé. La question s'adressait à toute l'assemblée mais il fixait des yeux Hoyt, trônant dans le fauteuil qui lui était réservé par consensus tacite, et dont le statut de héros de la fraternité, après la Nuit de la Turlute et son combat inégal contre une brute, était désormais incontesté.

« Remarqué quoi ? a fait ce dernier d'une voix sereine qui convenait à sa prééminence, avant de rejeter aussitôt la tête sur le moelleux dossier pour avaler une gorgée de sa quatrième – ou cinquième ? – cannette de bière.

— Comment ils parlent toujours de “joueurs israélites”. Jamais “juifs”, tout simplement. Ils disent “les Italiens”, “les Allemands”, “les Suédois”, “les Polonais”, mais ils peuvent pas dire “les Juifs”. Comme si c'était une insulte, même si le gars en question est exactement ça, juif ! Comme si c'était forcément antisémite.

— Antisémite ? a repris Boo McGuire, assis à califourchon sur un accoudoir de canapé, ses grosses jambes pendant de chaque côté comme s'il chevauchait un canasson. Peut-être, mais même ces connards de Canadiens diraient pas “les Juifs”, non plus. »

Rire général.

« Qu'est-ce que tu racontes ? a protesté Julian. Je pige pas.

— Ce mec, Fieldtree, a fait Boo en montrant la télé, c'est un Ca-na-dien.

— Hein ? Maury Fieldtree ? Déconne pas.

— Tu savais pas ça ? Son vrai blaze, c'est pas Fieldtree, c'est Feldbaum. J'te parie ce que tu veux. Et Maury, ça vient d'où ? De Moshé ! Ils changent ça en Maurice, eux, et de là Maury, ou Murray, ou Mort. Ce que tu as devant les yeux, c'est ce bon vieux Moshé Feldbaum.

— D'où tu connais tout ça, toi ? a lancé Heady Mills, assis à l'horizontale dans un divan. T'es un fucking Canadien toi-même et tu nous l'as pas dit ? »

Rires, rires.

« Non, c'est juste que je suis plus malin que toi. Et j'ai plein d'amis canadiens, aussi ! »

Rires. Hoyt s'esclaffait de concert avec eux sans y penser, ainsi qu'il convenait à un frère bien cool, mais au fond de lui-même il se sentait irritable, tendu, et les quatre ou cinq bières n'avaient été d'aucune aide : il venait de penser à la catastrophe que son bilan universitaire allait être, après avoir glandé trois ans en tenant pour acquis que, sitôt Dupont terminé, il atterrirait dans la banque d'affaires à New York ! C'était l'idée préconçue et tenace : quand on sortait d'une université aussi prestigieuse que Dupont, on finissait *forcément* comme ça. Même si personne ne savait en quoi consistait exactement la « banque d'affaires », sinon que le salaire annuel moyen dans cette branche tournait autour des deux, trois cent mille pour un gus à peine arrivé à ses vingt-cinq printemps...

Hoyt a soudain fait le constat que tous les types qui s'étaient engagés dans cette voie, à sa connaissance, avaient une double facette, un côté cool et un côté... mystérieux. Il y avait beaucoup de bûcheurs en secret, chez ces mecs. Quand ils allaient à la bibliothèque à minuit, ce n'était pas pour draguer, comme lui. Non, ils y allaient pour bûcher des heures et des heures, comme Vance. Car Hoyt s'était récemment rendu compte que la moitié des fois où Vance rentrait se coucher à l'aube ou presque, c'était parce qu'il avait passé la nuit à suer sur les sciences éco et les statistiques. Même si lui, Hoyt, en faisait autant jusqu'à la fin de l'année, cela ne débarrasserait pas son bulletin de tous ces C et ces B– qu'il avait accumulés. Or, d'après tous les types qui avaient terminé l'an dernier, les i-banques épluchaient votre bilan universitaire avec une rare férocité, tiraient la tronche même devant les B et considéraient les C comme des F, quasiment... Être cool n'y changeait rien. Avoir du charme et une fossette au menton non plus. Mettre des pêches à des gardes du corps et à des joueurs de crosse non plus... Bref, il en avait la migraine et la bière ne l'aidait pas, pas du tout : au lieu de la griserie habituelle, ou même de la béate placidité qu'elle lui procurait presque toujours, elle le gonflait d'appréhension et d'auto-apitoiement.

« C'est la même chose avec les pédés, continuait Julian. Comme s'ils voulaient surtout pas entendre le mot “homosexuel”. Comme si c'était “sale”, presque.

— Ils ont pas tort, là, a remarqué Vance. C'est le terme médical pour “défonceurs de turbines à chocolat”, après tout. »

Rires, rires, rires.

« Ouais, a renchéri Heady, et si tu dis “homosexuel” au lieu de “gay”, tu passes pour un réac.

— “Gay”, je supporte pas ! a tranché Boo. Quoi, t'as une putain de pédale qui fait plus que quarante kilos avec les asticots du sida qui lui sortent du cul et c'est “gai”, ça ? Me charriez pas ! »

Nouvelle explosion d'hilarité.

« Ouais, a poursuivi Julian, et ils ont même une UV de “Culture gay” au programme, fuck ! Pour allez savoir quelle fucking raison, c'est O.K., ça, mais si jamais un prof a le malheur d'appeler ça pour ce que c'est, “Culture homo”, il se fait massacrer... »

Hoyt n'écoutait plus. Étalé dans son fauteuil, il foutait son temps en l'air. Quand il repensait à toutes les soirées où il avait fait pareil dans cette pièce délabrée... Un nouveau spot publicitaire, une nouvelle explosion de couleurs aguicheuses. Des filles sur une plage aux vacances de Pâques, se tortillant de rire parce qu'elles étaient pétées ou peut-être pour masquer leur embarras devant leur corps boudiné par le bikini... Julian était lancé en pleine tirade lorsque Hoyt s'est levé et, après s'être étiré, a entrepris de quitter la bibliothèque. Tout le monde s'est tu en le suivant des yeux ; avaient-ils dit quelque chose qui lui avait déplu ? La question semblait suspendue dans l'air.

« Où tu vas, Hoyto ? » a fini par dire Vance.

Hoyt s'est arrêté, a dirigé un regard distrait dans sa direction et, d'une voix lasse :

« Où je vais, mec... Je vais à l'IM, tiens. »

En conséquence, Vance s'est levé et ils ont pris le chemin de l'IM.

La boîte était vide. Puisqu'il n'y avait pas de concert live les lundis, la stéréo diffusait quelque country-rock mélancolique et comme il était encore trop tôt dans le métabolisme inhérent à l'établissement, lequel connaissait chaque soir une relative affluence entre onze heures et demie et deux heures du matin, la salle paraissait aussi lugubre et mal fichue qu'elle l'était en réalité. Sans la distraction procurée par la foule, les planches grossièrement taillées et noircies évoquaient non plus la bohème étudiante mais le travail bâclé. Les tables, pour la plupart désertes, se révélaient dans toute leur inanité. Il était difficile de croire que seulement deux nuits plus tôt des centaines d'étudiants suppliaient, simulaient, intriguaient dans le seul but d'obtenir l'accès à ce bouge.

Pour l'heure, Hoyt, qui ne voulait même pas une table, se contentait de rester au bar, courbé sur les multiples bières qui se succédaient devant lui. La tempête bien connue avait commencé à se lever dans son crâne et il avait conscience d'approcher rapidement du point idéal sur la courbe, ce qui ne l'inquiétait pas. Son seul problème était qu'il n'arrivait pas à suivre le fil de ce que Vance lui disait.

« ... la fucking Auberge de Chester ? »

C'est tout ce qu'il a pu glaner, une fin de phrase, et il a donc essayé d'obtenir des détails qui lui permettraient un come-back :

« Sans déc ? L'Auberge de Chester ?

— Hoyt ! s'est exclamé Vance en lui lançant un regard bizarre. C'est quoi ce bordel, mec ? Je te dis que c'est là qu'ils descendront s'ils viennent... chercher. À l'Auberge de Chester. »

Malgré l'avis de tempête et ces informations trop fragmentaires, il a été capable de comprendre qu'il était en présence de l'un de ces accès de paranoïa dont Vance était coutumier.

« Eux venir chercher quoi ? Toi ? »

Troubles d'élocution en vue. Il avait vaguement l'impression de s'exprimer comme un Indien dans un mauvais western.

« Je sais pas ! C'est tout le problème... »

Non, s'est dit Hoyt, le problème, c'est la picole. On se sent à chier, on dort mal, on redoute la lumière du matin ou même de l'après-midi, ce qui lui a fait penser au non moins redoutable syndrome de la Gueule de bois tardive... Au début, il n'a que machinalement noté la présence du couple qui venait de s'asseoir à l'autre bout du comptoir. Des jeunes, mais pas des étudiants. Le type avait la vingtaine mais un crâne déjà dégarni qui lui donnait un air de faiblard, et son col roulé ne parvenait pas à dissimuler son cou de poulet. Un zéro, quoi. Hoyt les avait oubliés lorsque, brusquement, il a surpris la fille... la femme en train de le regarder. Il a détourné le visage quelques secondes, a lancé un coup d'œil vers elle. Elle le... dévorait des yeux !

« C'te meuf, là... – il a asticoté Vance du coude – ... elle me mate ou quoi ?

— Hein ? Attends... Ouais. Mais c'est plutôt moi. Elle est... bonne ! »

Elle l'était incontestablement, a convenu Hoyt : des cheveux auburn aux épaules, raides, mieux coupés et plus lustrés que ceux de l'étudiante moyenne ; des traits fins mais des lèvres bien pleines, maquillées dans une teinte sombre qui captait les reflets ; un long cou gracieux orné d'une minuscule chaîne en or qui luisait avec une sorte... d'innocence ; et, sous un spencer noir, un pull noir échancré en V, un V dont la pointe arrivait si bas que Hoyt pouvait voir, voir...

« Non, cheu moi qu'mate... Ah, fuck ! »

Il s'est laborieusement levé de son tabouret.

« Yo, le playb'i'va au cha'bon, a annoncé Vance dans une tentative d'accent black. I présentement part en chasse, le playb'. Sois cool, *brother*, oublie pas qu'y a le mec.

— Fuck, j'vais pas rien lui faire au... mothafucker... »

Merde, c'était du simple mimétisme ! Et sa langue qui fourchait...

Quand il s'est dirigé vers la fille, la femme, la meuf, la tempête intérieure a forci. Il s'est regardé dans le grand miroir derrière les bouteilles. Ses deux « moi » le reluquaient à plaisir. La tête légèrement inclinée pour mettre en valeur la fossette du menton, un petit sourire assuré aux lèvres... Le Hoyt le plus objectif s'est demandé s'il n'était pas impertinent, ce sourire, mais les deux Hoyt sont convenus qu'il était fantastique, fantastiquement cool. Dans cette posture, son cou paraissait immense, solide telle une colonne jaillissant du col de son polo. Il était à quelques pas de la fille – tempête ! – lorsqu'il s'est aperçu qu'il ne savait pas vraiment quoi lui dire. Ses ouvertures habituelles ne pouvaient sans doute pas marcher car, vue de plus près, elle semblait être une femme faite. Ayant dû noter sa présence, elle a tourné son visage vers lui, un visage à l'image de ses cheveux, parfaitement harmonieux et entretenu. Ces lèvres fermes et mordorées, ces hautes pommettes, ces yeux scintillants... Comme la plupart des hommes, Hoyt ne connaissait rien aux arcanes du maquillage. C'était sans importance : parvenu à ce point de la courbe, rien ne pouvait ébranler sa confiance en lui. À quelques centimètres d'elle, il a posé son avant-bras sur le bar et s'est adressé à elle avec la plus grande détermination :

« Pardon, je veux pas déranger... – un sourire enjôleur, qui a pris une nuance polie quand il a jeté un coup d'œil au compagnon de la femme – ... mais il fallait que je vous demande... – Il la regardait, elle ! – ... Vous devez... Franchement, de là où j'étais... en avoir assez que les gens vous disent que vous ressemblez incroyablement à Britney Spears. »

La femme – Bon Dieu, elle était canon ! – n'a pas pouffé de rire mais n'a pas pris un air ennuyé.

« Britney Spears est blonde. Et vous, vous n'en avez pas assez que les gens vous disent que vous ressemblez étrangement à Hoyt Thorpe ? »

Le grand playb' en est resté bouche bée. La lueur joueuse a disparu de ses pupilles.

« Hein ? Comment vous... ? Vous savez mon nom ?

— Je n'étais pas sûre à cent pour cent mais c'est vrai, que vous ressemblez à Hoyt Thorpe. – Elle a consulté du regard son compagnon, qui a approuvé du bonnet, puis elle est revenue à Hoyt avec un sourire : – On a vu une photo de vous juste cet après-midi. J'espère que vous ne m'avez pas surprise en train de vous dévisager. »

Hoyt a gloussé avec un geste négligemment cool de la main.

« Eh bien, en fait... »

Il n'avait pas idée de comment terminer sa phrase.

« Pour une coïncidence, c'en est une ! – De nouveau elle a cherché l'approbation du type et l'a obtenue aussitôt. – Je m'appelle Rachel Freeman », a-t-elle continué en tendant sa main à Hoyt, très femme d'affaires.

Il l'a serrée et a même ajouté une petite pression supplémentaire avant de la lâcher, tant il se sentait exceptionnellement en forme. Les yeux plongés dans ceux de Rachel Freeman, il l'a interrogée :

« Vous avez besoin d'être raccompagnée ?

— *Raccompagnée* ? Elle n'a pas jugé la question digne d'une réponse, visiblement, puisqu'elle a désigné le type d'un geste et annoncé : – Je vous présente mon collègue, Mike Marash. »

Encore une poignée de main. Le chauve à figure de bébé a souri avec civilité.

« Nous sommes de chez Pierce & Pierce, a déclaré la plus belle femme du monde.

— Pierce & Pierce ?

— On est dans l'inves...

— Je sais ! » l'a coupée Hoyt, qui ne voulait pas qu'elle pense qu'il était assez jeunot pour ignorer ce qu'était Pierce & Pierce.

Même après avoir séché tant de cours d'économie, il savait que cette banque occupait une place déterminante dans la finance américaine. Et il était surpris, aussi : l'IM n'était pas le genre d'établissement dans lequel on s'attendait à voir des gens de Pierce & Pierce s'envoyer un verre un lundi soir.

« On est ici en voyage de recrutement, a annoncé Rachel-aux-yeux-de-boudoir-voluptueux. C'est pour ça que je parlais de coïncidence ! Vous êtes sur notre liste pour Dupont ! J'étais censée vous contacter ! Ah, c'est étonnant ! On devait vous appeler demain pour convenir d'un rendez-vous.

— Avec moi ? » a-t-il demandé en veillant à ne tolérer aucune nuance de stupéfaction dans sa voix.

Oui, avec lui, a-t-elle confirmé avant de lui proposer de se retrouver à déjeuner le lendemain, à l'Auberge de Chester.

L'Auberge de Chester ! C'était là qu'elle était descendue, il en aurait mis sa main à couper. Il a regardé ses yeux scintillants, étincelants, enflammés par un feu intérieur qu'il n'a pas perçu tout d'abord, dissimulé qu'il était par cette parfaite composition de coiffure impeccable, de pommettes bien dessinées, de cou de cygne, de minuscule chaîne en or... Que disaient-ils, ces yeux ?

« Chester... minal ! a-t-il soudain lâché, conscient de la lourdeur de sa langue et de la piètre qualité de sa plaisanterie, qu'il a couverte d'un rire sonore.

— Quoi ?

— Chester... field. »

Il disait n'importe quoi, la belle affaire ! Il avait marqué ! Victoire ! Un sourire sincère et puis... Pop, réveil ! Il avait mis trop d'insistance dans le regard concupiscent qu'il faisait peser sur elle. Un sourire, il a tourné les talons et il a rejoint Vance, auquel, malgré une élocution de plus en plus défectueuse, il a été en mesure de donner l'aspect concret, le versant Pierce & Pierce de sa rencontre avec la splendide brune au col en V.

« Putain, Hoyt, mais c'est génial ! Pierce & Pierce... »

Hmmm ! La joie pour son frère en Saint Ray et dans les combats habitait la voix de Vance. Il savait à quel point les notes de Hoyt étaient mauvaises, il avait écouté plus d'une fois ses plaintes à ce sujet, et maintenant c'était Hoyt qui se sentait triste, envahi par une immense sympathie envers le Vanceman. Il ne voulait pas qu'il éprouve de la jalousie, surtout. Parce que si la petite bombe de Pierce & Pierce avait également Vance Phipps sur sa liste, elle n'avait pas mémorisé *sa* photo !

Le Hoyt lucide, le Hoyt objectif avait cependant commencé à se demander si ce n'était pas juste un coup de chance idiot, mais l'autre Hoyt a veillé à ce que le grondement de la tempête couvre et emporte les sempiternels Doutes de ce raseur.

Une chanteuse de country rock, Connie Yates, passait maintenant sur la stéréo dans un grand fracas de basses, de percussions et de guitares électriques. Hoyt a chanté avec Connie Yates pendant un moment ; Vance fixait obstinément le miroir devant eux. Vance Phipps, de chez Phipps... C'était typique de Vance, ça, ne pas piger le truc en écoutant quelqu'un qui ne savait pas chanter... chanter ! Mais piger quoi ? Hoyt avait l'impression qu'un élément essentiel de lui-même, celui qui assurait ordre et clarté dans sa tête, avait été balayé par la tempête. Il a jeté un coup d'œil oblique à Rachel, parce qu'elle pouvait piger, elle. Mais le type et elle avaient disparu.

22

Poignée de main avec la Fortune

Quel événement ! Le Comité-Tapisserie, le cénacle des Laissées-pour-compte se réunissait pour la première fois dans la chambre de Charlotte, habituellement chasse gardée de l'inatteignable et ultra-cool Beverly. Mais, à circonstances extraordinaires, réponses extraordinaires : un quatrième-année, membre de la fraternité la plus branchée du campus, avait officiellement invité Charlotte à être sa cavalière à la « soirée habillée » de Saint Ray qui devait se tenir à Washington, capitale des États-Unis. Deux questions étaient à l'ordre du jour du Comité : primo, devait-elle y aller, ou non ? secundo, en quoi consistait une « soirée habillée » ?

Bettina et Mimi se pâmaient devant la galaxie électronique de Beverly qui émergeait d'un fouillis de câbles et de longues prises multiples, l'écran plat pivotant sur son pied en acier, le chargeur de piles sur son bureau, le frigo, le télécopieur, le miroir de star, c'était une liste sans fin, surtout comparée au coin de Charlotte, austère, vide, dépourvu de tout accessoire à l'exception d'une vieille lampe de bureau rouillée, bref l'image même du pensionnat ancienne manière.

« Toi, tu as quel côté ? a demandé Mimi.

— C'est si difficile à deviner ? »

Vêtements et serviettes jonchaient le désordre de draps sur le lit de Beverly tandis que traînait çà et là sur le sol, dans un troupeau mouvant de moutons de poussière, un nombre impressionnant de chaussures souvent dépareillées.

« Où elle est, Beverly ? a voulu savoir Mimi.

— Elle ne me dit pas où elle va. – Charlotte a installé sa chaise toute simple en face du lit. – Elle ne rentre jamais avant deux ou trois heures du matin. Quand elle rentre... »

Rassurée, Mimi s'est emparée du fauteuil ergonomique pivotant de l'absente et s'est approchée de Charlotte en le faisant rouler tandis que Bettina s'asseyait sur son lit aux couvertures impeccablement bordées.

Si Charlotte commençait à regretter de leur avoir parlé de la soirée de Washington, elle n'avait pas eu le choix, non plus : d'une part elles étaient ses amies les plus proches, de l'autre la fonction même du Comité-Tapisserie – bien qu'appartenant au non-dit le plus tabou – était de se remonter mutuellement le moral jusqu'à trouver le moyen d'échapper à leur peu brillant statut. En plus, elle brûlait d'entendre de leur bouche qu'il n'y avait rien de mal à se rendre à une fête de cette importance et que si cela devait montrer à tous qu'elle était déjà en pleine ascension, eh bien, tant mieux !

« J'ai entendu parler de ce genre de soirée mais je ne sais pas en quoi ça consiste exactement, a avoué Bettina. C'est quoi ?

— Franchement, je... »

Bettina a coupé Charlotte :

« Attends ! Trente secondes. Remonte en arrière. Rembobine. Je *veux* savoir comment tout ça est arrivé. Le dernier truc dont je me souvienne, c'est la bagarre au tailgate, et maintenant il t'invite au grand rassemblement de sa fraternité ? Tu as forcément dû le voir entre-temps... Non ?

— Oh ! bien sûr, a répondu Charlotte comme si ce détail était à la fois évident et marginal. Elle gardait les yeux sur Mimi pour éviter de les poser sur Bettina, qui était sa meilleure amie et à laquelle elle avait "omis" de dire qu'elle avait revu Hoyt. – Je suis allée à leur résidence pour lui dire merci. Quand même, il aurait pu se faire... tuer ?

— Tu y es allée le soir même ?! »

Charlotte était forcée de regarder Bettina, désormais, et quelle consternation n'a-t-elle pas découverte sur ses traits ! Non seulement de la stupéfaction mais aussi la stupeur de qui vient de comprendre qu'il a été trahi.

« Alors qu'on t'a ramenée ici et qu'on est restées deux bonnes heures avec toi pendant que tu sanglotais sur ce lit ?

— Je n'ai pas dit ce soir-*là* ! Deux ou trois jours après.

— Donc c'était avant qu'il lève la blonde à l'IM ? a demandé Bettina.

— J'imagine... Je ne sais pas.

— C'est bizarre, que tu n'aies pas pensé à nous raconter ça. »

Quels remords ! Elle avait rougi jusqu'aux cheveux.

« C'était juste par... politesse ? Je me suis dit que je *devais* le remercier ? Parce que s'il n'avait pas été là... »

Elle n'a pas continué. Chaque mot supplémentaire révélait la culpabilité qui l'assaillait.

« Waouh, quelle prévenance, quel tact ! a persiflé Bettina. Tu as aussi oublié de nous dire quelles bonnes manières tu as... »

Ces sarcasmes l'ont tellement écrasée qu'elle n'a pas eu la force de protester.

« Ça ne m'a pas paru une telle affaire, sur le moment ? a-t-elle avancé d'une voix qui, plus encore que sur la défensive, fichait complètement le camp.

— Et donc c'est à ce moment qu'il t'a invitée, a déduit Mimi, le bas du visage parfaitement impassible sous des yeux exagérément écarquillés, dans l'expression classique de l'incrédulité moqueuse.

— Noooooon, a gémi Charlotte, en pleine débandade. Je... J'ai passé du temps avec lui quelquefois, depuis.

— *Passé du temps* ? se sont exclamées en chœur ses deux amies. Ça veut dire quoi, ça !

— Eh bien, qu'on a... passé du temps ensemble, quoi !

— Ah, d'accord ! a fait Mimi. Et où ça ?

— Surtout à sa résidence. Mais il n'y a rien eu de plus, je vous jure ! Il y a toujours eu plein de monde autour. On passait du temps, tous... Je ne suis jamais montée dans les étages. Vous avez ma parole.

— Oh, à *moi*, ça m'est égal, que tu sois montée ou pas, a constaté Mimi. »

Ohmygod ! a gémi Charlotte en elle-même. *Je les ai trahies ! Pourquoi ne pas le leur avoir dit, même deux ou trois mots ?*

« En tout cas, je ne l'ai pas fait, a-t-elle repris à voix haute. Toutes ces filles... Elles sont *idiotes* ! Comment elles se jettent au cou des garçons, c'est tellement... dégradant ! J'ai mis les choses au point là-dessus, avec Hoyt.

— Tu veux dire que tu ne lui a jamais sauté au cou ?

— Nooooon... – Elle a aussitôt compris qu'elle ne pourrait pas en rester là. – Je n'ai *jamais* été seule avec lui à la résidence, a-t-elle réaffirmé en insistant sur le "jamais" pour détourner leur attention de l'ambiguïté du reste de la phrase, mais son amygdale cérébrale – ou était-ce son noyau caudal – s'était déjà embrasée au souvenir de la *Main* dans le parking.

— Et il n'a jamais essayé ? a interrogé Mimi.

— Sans doute que plus ou moins, si... J'imagine qu'ils essaient tous ? Mais moi j'ai été très claire là-dessus ? – Elle a surpris le coup d'œil entendu que Bettina lançait à Mimi. – J'ai l'impression que vous ne me croyez pas mais il s'est conduit en gentleman depuis... la fête de Saint Ray ? »

Elle se rendait compte qu'une partie d'elle-même les suppliait en silence d'accepter tout cela pour argent comptant et de proclamer qu'elle s'amuserait sans doute comme une petite folle au raout de la fraternité.

« Il connaît mes sentiments, mais est-ce que ça ne paraît pas affreux, de partir avec lui à Washington comme ça ?

— Aaah, a soupiré tristement Bettina, qu'est-ce qui paraît encore *affreux*, dans ce repaire de fous ? – Ce n'était pas exactement la réponse que Charlotte attendait. – Bon, mais ces "soirées habillées", ça consiste en quoi, pour commencer ?

— Oh, plein d'associations étudiantes en ont, a expliqué Mimi, qui se flattait d'avoir une vaste connaissance de ce genre de sujet. L'idée, c'est que les mecs sont en smoking, les filles en robe du soir et qu'ils font la fiesta quelque part en dehors du campus. Un endroit comme l'Auberge de Chester, pour ici. Ou bien ils vont dans une autre ville et passent la nuit là-bas, ce qui rend le truc vraiment spécial.

— Ouais, d'accord, mais qu'est-ce qu'ils *font* ?

— Je ne sais pas, je n'y suis jamais allée. À mon avis, ça se passe comme n'importe quelle soirée : les mecs se pintent et gueulent beaucoup, les filles se pintent et gerbent beaucoup, les mecs essaient de prendre un peu de bon temps et les filles soutiennent qu'elles ne se souviennent plus de rien le lendemain, tandis que les mecs se rappellent plein de conneries, vraies ou fausses. La seule différence, c'est que c'est plus élégant et que la bouffe est meilleure. »

Elles ont ri toutes les trois, joyeuse esclaffade qui n'a pas empêché Charlotte d'entendre une voix dans le couloir, en train de parler dans un téléphone mobile, une voix qui ne pouvait qu'être celle de... La porte s'est ouverte et Beverly est apparue, son cellulaire coincé contre l'oreille, suivie de près par Erica. La première s'est arrêtée net et leur a lancé un regard menaçant, notamment à Mimi, installée dans *sa* chaise, dans *sa* chambre ! Laquelle Mimi a glissé tout au bord du siège, prête à le quitter, telle une hirondelle perchée à la dernière circonférence du nid.

Les yeux sur Charlotte, Beverly a dit au téléphone : « Je sais, Jan, je sais... Faut que je te laisse. Je te rappelle. » Elle a avancé de quelques pas sans un mot. Profitant du silence, Charlotte a bondi sur ses pieds et lancé : « Salut, Erica ! » Elle ne voulait pas rester sous le regard plongeant de Beverly, ni donner l'impression qu'elle s'était levée par respect ou par confusion.

Erica lui a adressé un sourire glacial que Charlotte a étiqueté dans sa tête « sourire Groton ». Sans laisser à Beverly le temps de parler, Charlotte a pépié :

« Pardon, je ne pensais pas que tu rentrerais si tôt. On a une sorte de... réunion, tu vois ? – À quel sujet, il était impensable de le mentionner. Puis elle a enchaîné : – Erica ? Voilà, c'est Mimi, Bettina... »

Erica a daigné les dévisager assez longtemps pour qu'elles sentent leurs os se glacer sous son implacable sourire de fille de la haute.

« Alors... a commencé Beverly, les yeux toujours rivés sur Charlotte... qu'est-ce qui se passe ? »

L'intéressée ne sachant que répondre, Bettina s'est interposée :

« C'est un truc énorme, Beverly ! »

À son ton tapageur et à la manière dont elle avait utilisé son prénom comme si elle la connaissait depuis toujours, Charlotte a compris que Bettina était lasse de faire des ronds de jambe devant ces filles qui se croyaient descendues de l'Olympe, et que son agressivité naissait du constat que malgré tous les efforts du Comité-Tapisserie en vue de contester, critiquer, rejeter leur domination élitiste elle ne pouvait s'empêcher, au fond d'elle-même, de continuer à les tenir pour... une élite.

« Ah ouais ? a lâché Beverly d'une voix totalement inintéressée et sans même lui accorder un regard. – Écartant les bras dans un geste de relative perplexité, elle a demandé à Charlotte : – Ça doit être une grande nouvelle. Qu'est-ce que c'est ? »

Plutôt que de donner à Mimi et à Bettina l'impression qu'elle s'aplatissait devant Beverly, Charlotte a préféré se jeter à l'eau :

« Je... J'ai été invitée à une soirée habillée et j'essaie de décider si je vais y aller ou non.

— Ah ouais ? Par qui ?

— Hoyt Thorpe.

— Hoyt... Thorpe ? a répété Erica avec un grand sourire incrédule. Tu plaisantes ? »

C'était la première fois qu'elle réagissait directement à ce que Charlotte pouvait faire ou dire.

« Non.

— Où ça va être ? »

Les yeux exorbités d'Erica hésitaient entre l'hilarité et l'effarement.

« Wa... shington, a répondu Charlotte, sa voix fléchissant un quart de seconde tant cette... garce l'énervait.

— Washington *DC* ?

— Oui.

— Comment une chose pareille a pu t'arriver ? a persiflé Erica avant de lâcher un de ses rires glaçants de fille de la haute.

— Oh, Charlotte connaît *bien* Hoyt Thorpe », est intervenue perfidement Beverly.

Affectant un air préoccupé et un ton protecteur, Erica a jaugé Charlotte :

« Tu sais *qui* ils invitent à ces soirées... Surtout les Saint Ray. Surtout... Hoyt Thorpe. Enfin, j'espère que tu vas bien t'entendre avec toutes ces suceuses de fraternités.

— Je n'ai aucun souci avec Hoyt, a rétorqué Charlotte. Aucun. Il sait très bien qu'il n'a pas intérêt à essayer ce que... ce dont tu as l'air de parler. Et ces filles dont tu parles, je ne sais rien d'elles.

— Parfait. Fais simplement attention à ne pas devenir comme elles.

— Ah ! s'est exclamée Beverly. Charlotte ? Tu rigoles ? Je te parie qu'elle va amener son pyjama et sa brosse à dents. Et qu'elle voudra dormir sur le canapé !

— Tu te rends compte que je suis toujours là ? a protesté Charlotte. En plus, où je dors, ça ne te regarde pas.

— Ooooh, on devient un peu chatouilleuse ?

— Désolée si je n'annonce pas à la terre entière où je couche, comme toi.

— Oh, oh, c'est pas à toi que je raconte quoi que ce soit, en tout cas ! Et moi, au moins, je m'amuse de temps en temps. Enfin, un petit conseil : fais attention, à cette soirée, Charlotte. Personne n'aime les rabat-joie. »

Désireux de se montrer ponctuel et brûlant d'impatience que son coup de chance se confirme, Hoyt s'est présenté avec un quart d'heure d'avance à la réception de l'Auberge de Chester, où il devait retrouver Rachel – Rachel... Rachel... ? Impossible de se souvenir de son nom de famille –, Rachel, celle dont les lèvres... Il lui suffisait de fermer les yeux pour revoir cette bouche sinueuse, voluptueuse, provocante... Bref, pour l'attendre, il a décidé de s'asseoir dans un fauteuil de la ligne Sheraton, à l'une de ces « aires de rencontre », ainsi que les décorateurs appellent de nos jours les petits bouquets de canapés, de sièges et de tables basses qui viennent égayer les halls d'hôtel tels que l'esthétique contemporaine les conçoit, c'est-à-dire en de vastes grottes plaquées de marbre et de parquet richement vitrifié.

Ce qui passait devant les yeux de Hoyt contredisait sérieusement les images glamour qu'un jeune de vingt-deux ans vivant dans une résidence universitaire mal entretenue pouvait avoir d'un tel établissement : affaissé dans son fauteuil comme il l'était, ne défilaient à hauteur de son regard que panses pendouillantes et bedons rebondis, formant un écœurant tableau d'hommes adultes dont les parois abdominales avaient cédé. Répugnant, surtout pour quelqu'un qui venait de passer quatre ans à Dupont, où ventres plats et biscoteaux de fer étaient partie intégrante de la mode masculine. Or, ces bides horriblement distendus qui bloquaient de toutes parts sa vision appartenaient à des hordes de types, des centaines peut-être, dont bon nombre avait à peine dépassé la trentaine. À en juger par le badge qu'ils portaient tous accrochés à leur chemise, ils devaient participer à quelque séminaire professionnel. Cela n'était pas le moindre problème, ces chemises, tee-shirts, polos, sweaters portés sans veste – l'invitation au colloque devait porter la mention « tenue décontractée » –, qui révélaient donc non seulement leur gras-double mais aussi des épaules voûtées, des cous de dindon adipeux et des bras tout flasques. Est-ce qu'ils en étaient gênés ? Que nenni, à en juger par le grondement des conversations et les caquètements de croulants en goguette.

Hoyt flottait dans sa mare de bienheureuse supériorité, tel un jeune solide et bien bâti dans une basse-cour de chapons, quand une main s'est posée sur son épaule, le faisant sursauter. Il s'est retourné : un air décontenancé sur ses traits à se damner, le canon de Pierce & Pierce, Rachel, était debout derrière le fauteuil.

« Ohmygod ! Je vous ai fait peur ! »

Ce sourire ! Cette chair douce et resplendissante ! Elle paraissait encore plus sensuelle que la veille, vêtue du même tailleur de femme d'affaires sur un haut en soie noire dont le décolleté en V plongeait vertigineusement sur sa peau blanche et nue, l'infime chaîne en or encerclant son adorable cou avec une unique perle en sautoir qui murmurait mystérieusement de sa petite voix de perle : « Il n'y a que moi entre toi et ce beau corps diaphane si seulement tu... », et ce n'était certainement pas un hasard non plus si ses yeux étaient maquillés de manière à évoquer les secrets de la chambre et si ses cheveux paraissaient aujourd'hui encore plus soyeux, plus souples, plus brillants...

Pop ! Avant qu'il ait pu dire un mot, elle a contourné son siège et lui a tendu la main avec une assurance de jeune cadre dynamique. Il l'a serrée dans la sienne.

Chester n'était pas réputé pour ses restaurants. Celui de l'Auberge, officiellement appelé The Wyeth Room, était sans doute le plus passable de la ville. Il était pris d'assaut, ce jour-là, et quand le chef de salle a annoncé qu'il ne restait plus de table pour deux, Rachel de Pierce & Pierce a pris une voix plus coupante qu'un brise-glace :

« Dans ce cas, nous prendrons une table pour quatre, ou pour six, ou pour douze. J'ai fait une réservation... ici même... il y a maintenant... vingt-trois heures... et j'*exige* d'avoir ma table. »

Cette manifestation d'autorité a eu un effet miraculeux ; en un rien de temps, la table pour deux idéale s'est libérée près d'une fenêtre donnant sur le patio et le jardin de l'Auberge, où malgré l'automne déjà bien avancé des parterres de fleurs explosaient en une palette de bleus, jaunes, mauves et magentas. Rachel ne devait pas avoir plus de vingt-quatre ou vingt-cinq ans, et elle n'était *qu'une femme*, mais elle avait démontré sa volonté de puissance dans un lieu public où toutes les filles de Dupont que Hoyt connaissaient se seraient montrées intimidées.

Alors qu'au centre de la salle le bruit des conversations était assourdissant, ils avaient, dans leur coin tranquille, tout le calme nécessaire pour se parler sans avoir à craindre d'oreilles indiscrètes.

« J'aimerais pouvoir vous montrer les rapports que nous avons sur vous, a commencé Rachel, mais... – grand sourire – cela m'est impossible.

— Les rapports ? Quels rapports ?

— Je vous en dis peut-être déjà trop... En tout cas, vous avez des recommandations très impressionnantes. »

Oubliant toute prudence tactique, Hoyt s'est rengorgé et a ouvert de grands yeux.

« Moi ?

— Eh oui ! – Ce sourire, ces lèvres sombres, ces yeux qui en disaient tellement plus que sa bouche... Elle les a détournés pour chercher trois ou quatre feuilles de papier agrafées dans son porte-documents en cuir, qu'elle a posées sur la table et consultées pensivement. – Voyons... "Maturité rare pour son âge"... "Refus de se laisser intimider"... "Sens des décisions rapides dans les moments critiques"... "Une force de caractère qui devrait plus que compenser des résultats universitaires laissant à désirer"... »

Sans essayer de dissimuler son étonnement, Hoyt a pointé du doigt son torse.

« C'est... moi, ça ?

— Oui. Et cela provient de sources très respectées chez nous, chez Pierce & Pierce. – Elle a laissé peser sur lui un regard aussi intense qu'indéchiffrable. – Le gouverneur de Californie, pour le nommer. »

Une bouffée de chaleur fiévreuse a envahi sa boîte crânienne tandis qu'il essayait de fouiller ses maigres connaissances en matière de mœurs de la classe politique afin de trouver un sens à ce qu'il venait d'entendre. Plaisanterie ? Mise en garde ? Menace ? Et si la femme aux lèvres marron assise en face de lui ne travaillait pas du tout pour Pierce & Pierce mais était une sorte de... mercenaire au service du damné gouverneur ? Les suppositions les plus farfelues fusaient à travers son cerveau surchauffé et aucune d'elles n'était positive. Une éternité a paru s'écouler avant qu'il n'arrive à formuler une réplique dérisoirement prévisible :

« C'est une blague. Le gouverneur de Californie mon œil... »

Elle a approché le premier feuillet assez près de lui pour qu'il puisse distinguer l'en-tête. « État de Californie », puis « Cabinet du Gouverneur », puis « Sacramento », puis...

« C'est un de vos fans, pas de doute, le gouverneur... – Notant l'expression consternée de Hoyt, Rachel a souri : – Ne soyez pas sceptique comme ça, Hoyt ! Cette lettre n'est pas tombée du ciel, voyez-vous. Je veux dire que la Californie pèse deux cent vingt-quatre milliards en bons d'État, non ? Pour être plus claire, c'est l'un de nos principaux clients. C'est l'un des principaux clients de *tout le monde*, voyez-vous. Conclusion : quand nous recevons une recommandation pareille du gouverneur de Californie, nous la prenons... très... au sérieux. Ah ! J'aimerais que vous puissiez voir votre tête, là ! Je ne comprends pas pourquoi vous êtes tellement surpris parce qu'il est évident qu'il vous connaît, ou en tout cas qu'il vous a vu à l'œuvre. C'est un rapport extrêmement... précis. – Elle a baissé les yeux sur la liasse. – Tenez, par exemple : “Sa maturité se jauge également à sa capacité à réagir avec discernement quand il est confronté à des situations complexes qui requièrent une grande discrétion et devant lesquelles il préfèrera la circonspection au désir de se faire valoir.” – Rachel a relevé la tête. – Franchement, personne au bureau ne se rappelle avoir eu un étudiant recommandé aussi chaleureusement, ni par quelqu'un d'aussi haut placé. Pour être encore plus franche, et même si je parle encore trop, je vous dirai que venant de la part du gouverneur c'est plus un ordre qu'une suggestion. »

Hoyt l'a dévisagée, cette fois avec un mélange de perplexité et d'excitation :

« Dites-moi la vérité, Rachel : c'est une blague ou quoi ? »

Elle lui a retourné l'un de ses petits sourires délicieusement sophistiqués avant d'être secouée de gloussements refoulés, puis :

« Un jour, on a demandé à l'un des frère Pierce... Ellis Pierce, ce qu'il entendait par “minable”, parce qu'il venait d'appeler quelqu'un comme ça. Sa réponse : “Un minable, c'est quelqu'un comme vous et moi, mais qui refusera de serrer la main à la bonne fortune.” En tout cas, c'est ce que prétend l'une de leurs biographies, celle de Martin Myers. Vous la connaissez ? – Il a secoué la tête. – Bon, peu importe... Mais arrêtez de me regarder comme ça ! On parle d'un salaire annuel de départ de 95 000 $, là. Pas mal, pour commencer.

— En faisant quoi ? » a-t-il demandé d'un ton aussi distrait que possible car il lui fallait impérativement retrouver le maintien cool qui faisait la réputation de Hoyt Thorpe.

Elle a mentionné huit semaines de stage puis une affectation aux ventes, à la section d'analyses financières, à un desk de trading.

« O.K., a concédé Hoyt. Mais je voudrais vous poser une autre question à laquelle vous devez répondre directement : à part le fait qu'il me trouve fantastique, pourquoi le gouverneur de Californie se donne tout ce mal pour moi ? Ou c'est juste parce qu'il se sentait en veine de générosité ? »

Il a scruté ses traits, guettant quelque signe prouvant qu'elle dissimulait quelque chose, mais elle a réagi très naturellement :

« Je ne sais pas. Ça me paraît une évidence. Je me suis dit que vous deviez connaître les raisons, le background, tout ça... »

Il lui a lancé un sourire ironique qui l'invitait à montrer qu'elle n'était pas dupe, elle non plus, du fait qu'il s'agissait d'une manière d'acheter son silence – un autre moyen de tester ce qu'elle savait de tout ça. Au contraire, elle a semblé authentiquement intriguée par son expression. Les yeux de Hoyt se sont arrêtés sur ses lèvres, sur la si fragile petite chaîne en or et la perle qui seule faisait barrage entre elle et lui, mais cette fois cela n'a eu aucune résonance dans ses reins. Le Hoyt qui était stimulé, à cet instant, était le joueur de poker à la froide lucidité. Finie, l'ironie. Il a maintenu son regard sur elle en hochant presque imperceptiblement la tête, oui, oui, c'est cela, oui... Pierce & Pierce, 95 000 de départ, oui... Avec l'air entendu du type qui n'est pas prêt à montrer sa main.

Quand Vance allait apprendre la nouvelle ! Impensable, putain ! Les lèvres sombres de Rachel ont formé le sourire le plus gourmand, le plus concupiscent qu'il lui ait encore jamais vu.

« J'attends, Hoyt. Alors, est-ce que vous allez échanger une poignée de main avec la Fortune, cette "dame trop souvent calomniée" ? C'est d'EvelynWaugh, ça. »

Hoyt lui a tendu la main, Rachel l'a prise. Ils ne se quittaient pas des yeux. Le garçon a voulu donner une certaine nuance à son étreinte mais il n'y avait qu'une détermination toute professionnelle dans les doigts de Rachel. Ils ne lui ont pas livré leur numéro de chambre, encore moins leur clé. Tout ce qu'ils disaient, c'était : « Marché conclu, mon petit. »

En arrivant devant l'ascenseur, Adam s'est dit tout haut : « Hé, ho, hé ! On se tient, hein ? » Même un Buster Roth n'était pas assez abruti pour tenter quoi que ce soit de physique, mais... il y avait d'autres moyens de l'éliminer, non ? Parce qu'ils allaient chercher à lui mettre tout le truc sur le dos, bien entendu. C'était lui qui avait écrit la copie pour Jojo, lui qui l'avait poussé à la rendre... Peut-être que son échange avec Roth allait être enregistré ? Pourquoi ne s'était-il pas fait accompagner ? Par quelqu'un comme... Camille ? Elle aurait volontiers invité Roth à fourrer sa tête dans son colon jusqu'à disparaître complètement. Camille ! Rien que de penser à elle lui a redonné quelques volts de courage.

En quelques secondes, l'ascenseur était arrivé et l'avait conduit dans l'antre de Roth. Quatre ou cinq types assis sur des canapés et des fauteuils en cuir. Pas des étudiants. Qui, alors ?

Il s'est approché d'une paroi de verre qui délimitait apparemment la réception. Quatre élégants bureaux gainés de vachette d'un gris laiteux étaient alignés, chacun occupé par une jeune femme élégamment perchée sur une élégante chaise ergonomique. Adam n'en croyait pas ses yeux. Elles étaient splendides ! Incroyablement sensuelles dans cet univers d'acier inoxydable, de peau tannée et de glace. Deux d'entre elles – l'une avec de longs cheveux sombres séparés par une raie au milieu, l'autre avec de longs cheveux clairs séparés par une raie au milieu – ont fait pivoter leur siège dans l'intention apparente de se lever. Adam ne se sentait pas capable de les approcher : elles n'étaient pas beaucoup plus âgées que lui mais elles semblaient appartenir à une autre espèce humaine où tout n'était que raffinement et compétence sexuelle.

Le regard de la brune s'est arrêté sur lui. D'une voix croassante, il a murmuré qu'il avait rendez-vous avec le « coach Roth ». La fille en a hélé une autre, « Celeste », qui s'est détournée de son écran d'ordinateur, a poliment souri à Adam, lui a certifié que le coach allait le recevoir incessamment et lui a désigné d'un geste tous les sièges postmodernes disponibles dans l'aire d'attente. Polies, c'est tout. Il leur avait suffi d'un coup d'œil pour le classer parmi les quantités négligeables, un freluquet avec lequel il était inutile de flirter précisément parce qu'il n'avait encore jamais... couché ! Elles l'avaient vu tout de suite, c'était patent, et plus il allait vieillir plus il serait difficile d'y arriver, de reconnaître que cela ne s'était toujours pas produit, depuis tout ce temps ou, ce qui revenait au même, de le prouver par son ignorance technique et la maladresse de ses tentatives d'apprentissage.

Il est allé se cacher dans un canapé, les idées brouillées par les riches effluves du cuir. Même s'il savait qu'il aurait dû se concentrer sur ce qu'il allait dire à Buster Roth, une seule et unique image revenait le hanter : Charlotte courant sur le tapis du gymnase, son visage sans une once de maquillage, sans une once d'artifice, l'innocence personnifiée, et la ligne sombre, le nectar produit par son corps qui descendait entre ses fesses...

Cet étrange état second où le désir venait s'entremêler à la logique a persisté un long moment car le coach ne l'a pas « reçu incessamment », non. Et puis, enfin : « Mr Gellin ? » La fille, Celeste, l'a invité à le suivre le long d'un couloir voûté. Une pièce lumineuse, soudain, un grand type massif dans un énorme fauteuil à bascule derrière un bureau postmoderne, une gigantesque étendue de bois coûteux – du noyer ? – inutilement incurvée comme le desk des speakers sur la chaîne d'infos de Philadelphie. Buster Roth. Qui ne s'est pas levé à son entrée mais s'est au contraire enfoncé encore plus profondément dans son siège avec un début de sourire un peu inquiétant.

« Adam ?

— Oui, m'sieur », s'est-il entendu répondre.

Les yeux plissés, le coach l'a regardé s'approcher puis il lui a désigné un fauteuil devant lui. Son sourire s'est élargi mais pour Adam il n'exprimait pas la bienvenue, juste un constat : « Je connais ton genre ! »

« Depuis quand tu es avec nous, Adam ?

— Je... Vous voulez dire en soutien pédagogique ?

— Oui.

— Deux ans, m'sieur. »

C'était grotesque, ces « m'sieur » ! Mais c'était la peur. D'emblée, d'instinct, il avait mesuré que Roth appartenait à une race totalement différente de la sienne, celle qui attend et recherche l'affrontement sous n'importe quel prétexte, dans le seul but de manifester son caractère dominateur, celle qui n'est que trop pressée de démarrer la dispute, celle qui, dans l'enfance, met les autres au défi et les oblige à capituler aussitôt, par la violence physique, parfois, mais bien plus subtilement par une familiarité bourrue qui dénie à la victime son statut et ignore superbement les tentatives de conciliation et les flatteries. Comme bien d'autres, Adam avait grandi en sachant que le sexe masculin se divisait en ces deux catégories : d'un côté ceux qui font étalage de leur agressivité et ne tolèrent aucune insinuation sur le fait qu'ils pourraient ne pas aller jusqu'au bout, de l'autre, ceux qui depuis l'âge de cinq ou six ans ont compris qu'ils n'ont pas cette pulsion en eux et tentent d'éviter toute situation qui exposerait leur différence. Il était lucide, à cet égard, et le resterait jusqu'à sa mort. Et la honte était si forte qu'il ne l'avouerait jamais à quiconque, pas même à son moi le plus intime auquel il confiait... tout.

« Deux ans, a répété Buster Roth d'un air pensif, comme s'il ruminait cette intéressante information. Alors je suis sûr qu'en tout ce temps tu as eu l'occasion d'en apprendre plus sur le sport et sur les sportifs que la plupart des étudiants. »

Quelle réponse apporter à pareil présupposé ? Sans risquer de laisser entendre qu'il en savait trop, même ? Ou qu'il avait appris, en effet, et n'avait guère apprécié ce qu'il avait vu ?

« Je ne peux pas vraiment dire, m'sieur. Je ne sais pas ce que les autres étudiants savent là-dessus. Certains sont capables d'en parler énormément, du sport. Ça, je le sais.

— Là, ce sont les *fans* que tu mentionnes, Adam, alors que moi j'avais en tête... Mais tiens, puisqu'on est là : est-ce que tu te considères comme un fan, toi-même ? »

Même problème. Un « oui » aurait sans doute été plus sage mais son honneur ne l'aurait pas laissé dire une chose pareille, fût-ce devant un auditoire réduit à une seule personne. Laquelle avait consacré sa *vie* au sport, d'ailleurs.

« Euh, dans une certaine mesure, peut-être... Mais pas dans le sens où... – "où vous l'entendez", aurait-il été tenté de poursuivre si cela n'avait pas manqué de tact à ce point – ... où les gens sont des fans, en général.

— "Dans une certaine mesure mais pas dans le sens où les gens sont des fans, en général", a répété le coach avec une lenteur exagérée. Ouais. Dans quelle mesure, alors ?

— Eh bien, disons que je m'intéresse au sport... en tant que sport, j'imagine. J'veux dire que c'est fascinant, que des millions de gens soient complètement captivés, *remués* par le sport. »

Adam le stratège, c'est-à-dire Adam en pleine possession de ses capacités logiques, lui conseillait de changer de sujet, ou de jouer les idiots, ou de poser humblement une question qui permettrait au coach de déployer sa connaissance illimitée de la réalité sportive. Efface-toi, mets-le sous les projecteurs, lui ! Pourquoi ne pas te contenter d'un « Oui, je suis un fan ! » ? Mais l'Adam exhibitionniste intellectuel n'avait cure de prudence tactique et à la place il a continué :

« En fait, ce que je veux dire, c'est que je m'intéresse à ce qui fait d'un fan... un fan. »

Il aurait voulu continuer en demandant pourquoi l'élite universitaire du pays, Dupont, s'époumonait à encourager *son* équipe de basket, une bande de mercenaires aux privilèges scandaleux, pourquoi des êtres sensés se tranformaient en *fans* prêts à supporter toutes les humiliations ? Mais il y avait des limites à ne pas dépasser, même pour Adam l'ultra-individualiste, et il s'est donc contenu :

« Je cherche à comprendre pour quelles raisons les gens de Boston, d'où je viens, soutiennent les Red Sox avec une passion pareille. Une équipe où pas un seul joueur n'est originaire de Boston ou de sa région, qui ne met pas les pieds à Boston sauf pour jouer au Fenway Park ! Et n'empêche, les fans des Red Sox sont les plus loyaux, les plus dévoués du monde. – Il avait conscience de s'emballer alors que ce n'était certainement pas le moment de soumettre à Buster Roth ses thèses sur le sport comme hystérie collective. – Je veux dire, c'est le genre de questions qu'on se pose... Auxquelles j'aimerais répondre, quoi...

— Je vois, a fait le coach, une expression indéchiffrable sur les traits. Mais les sportifs eux-mêmes ? Tu en es venu à en connaître certains pas mal, j'imagine ?

— Je ne sais pas... Ils... Ils sont tous différents, sans doute. »

Buster Roth a souri, ce qu'Adam a jugé être un bon signe.

« Eh bien, prenons l'exemple de notre grand ami Jojo. Il a un sérieux problème devant lui, maintenant. D'après toi, qu'est-ce qu'il devrait faire ? »

Comme il n'avait encore jamais considéré la chose sous cet angle, il s'est troublé.

« Ben... Je ne sais pas.

— Si j'étais à ta place, vois-tu, j'y réfléchirais plus que ça. Parce que si Jojo est sanctionné pour... ce qui est arrivé, tu risques aussi la même sanction, toi. »

Adam a tenté d'analyser cette hypothèse, qui ne lui avait pas effleuré l'esprit. Une seule conclusion s'imposait dans son cerveau affolé : si elle s'avérait vraie, il pourrait dire adieu à la bourse Rhodes, à n'importe quelle bourse, à un avenir de consultant et à son ambition proclamée d'être un Mutant du millénaire.

« Je... Je ne comprends pas, a-t-il bredouillé.

— Ah bon ? Supposons que c'est toi qui as écrit tout le devoir pour Jojo. Je dis bien *supposons*. – Roth l'a dévisagé entre ses paupières plissées. – Je ne prétends pas que c'est ce qui s'est passé, et Jojo non plus. Mais si la commission décide que c'est le cas, Jojo sera renvoyé pour tout le semestre, qui se trouve être la saison de basket. Et toi aussi.

— La... commission ? a murmuré Adam, le cœur soudain serré.

— Hé oui ! Si ça va jusque-là, il y aura une commission de quatre étudiants et deux membres du corps enseignant, et ce sera comme un procès, et si Jojo est reconnu coupable toute personne s'étant rendue complice de lui sera jugée pareil. »

Adam est resté sans voix. Il avait la terrifiante impression que la brute de l'autre côté du bureau, celle dont les bras étaient plus gros que ses cuisses, celle qui appartenait à *l'autre espèce*, l'espèce des dominants, s'apprêtait à l'écraser comme une mouche.

« Je... Mais c'est le Département des Sports qui choisit les soutiens pédagogiques... Et on est censés aider les sportifs autant qu'on peut... C'est ce qu'on nous dit de faire !

— Ah bon ? Quelqu'un du département t'a dit qu'il fallait écrire la copie d'un sportif du début à la fin et la lui donner pour qu'il la rende en son nom ? Si c'est le cas, je veux son nom ! Mais je ne dis pas que c'est ce qui s'est passé en réalité, hein ? Je dis que c'est ce que le prof de Jojo pense. La vérité pourrait être très, très différente. Il n'y a que toi et Jojo qui sachiez. »

Adam sentait la carotide battre dans son cou. La prochaine question allait être « Et *donc*, que s'est-il passé ? » et il n'avait pas idée d'une réponse. Il a cherché l'atermoiement :

« C'est plus compliqué... C'est difficile de répondre par oui ou par... »

Buster Roth l'a arrêté de sa main levée.

« Je ne te demande pas de faire ça maintenant. Ce que je veux, c'est que tu réfléchisses pendant un jour ou deux aux événements, au fil des événements. Tu me suis ? Et prends soin de ne rien oublier. »

Adam était affolé. C'était un guet-apens, une mise à l'épreuve, une... Mais que devait-il prouver ? Sa loyauté ? Sa disposition à rejoindre un complot ? Ce qui venait d'être suggéré, là, c'était qu'il avait menti, puisqu'on lui proposait de prendre un jour ou deux pour « réfléchir », pour « se souvenir ». On était en train de jouer avec lui, parce que l'espèce des prédateurs, celle qui dépeçait ses victimes et suçait les os et tout, n'aimait rien de plus que tourmenter « l'autre espèce ». Et s'il déballait tout maintenant, sans omettre le moindre détail ? Est-ce que Buster Roth ne lui indiquait pas une porte de sortie, un moyen de fouiller sa mémoire *d'une certaine façon...* ?

N'y tenant plus, il a demandé :

« Jojo, qu'est-ce qu'il dit ? »

Il a aussitôt regretté sa question, aveu transparent qu'il était prêt à concocter n'importe quelle histoire pour se tirer de ce guêpier.

« Jojo ? Jojo dit qu'il l'a écrit tout seul, a expliqué Buster Roth d'un ton monocorde, presque las. Il dit qu'au dernier moment il s'est aperçu qu'il lui manquait des références importantes, qu'il t'a alors contacté et que tu lui as montré des livres où il pourrait trouver ce dont il avait besoin. Il les a consultés mais le temps manquait, à ce point, donc il a utilisé certains termes, "repris" certains termes sans savoir exactement ce qu'ils signifiaient. C'est sa version... »

Il a continué à fixer Adam droit dans les yeux. Est-ce qu'il se rappelait, maintenant ? La question implicite chargeait l'atmosphère d'une tension moite, mais Buster Roth ne l'a pas formulée. De toute façon, Adam n'aurait pas su quoi répondre.

Dès que Vance est entré à la bibliothèque de la résidence, Hoyt a bondi sur ses pieds et l'a entraîné dans la salle de billard.

« Tu veux entendre une histoire incroyable, Vanceman ? »

Il s'est délecté à tout lui raconter à propos de Rachel et de Pierce & Pierce.

« Merde de fuck, Hoyt ! C'est dar ! »

Vance a jeté un coup d'œil dans le couloir. I.P. était là, en train de demander :

« Est-ce que quelqu'un a une idée de... ?

— Personne a *une idée*, ici ! s'est exclamé Hoyt. Les Saint Ray déconnent pour de bon ! »

23
Un mannequin sur la passerelle

Je sais qu'elles sont plus âgées que moi, mieux habillées et tellement plus cool, cool, cool que moi, mais je T'en prie, mon Dieu, ne leur permets pas d'être blondes et minces, jolies et allumeuses, Seigneur, ne les laisse pas être le genre de filles à la Beverly ou Hillary ou Erica, capables de vous ouvrir en deux avant de vous laisser le temps de voir le couteau arriver... S'il Te plaît, mon Dieu !

Trois heures et demie de l'après-midi et le soleil était déjà bas dans le ciel, projetant à travers les arbres de Ladding Walk des rayons obliques qui pulvérisaient tout – les vénérables bâtiments, les réverbères et les pavés à l'ancienne – en particules flottantes d'ombre et de lumière si vive que Charlotte a dû détourner les yeux. Elle ne s'était pas attendue à voir un grand nombre d'étudiants sur la promenade un samedi, mais tous ceux qui s'y trouvaient marchaient dans l'autre sens, vers le cœur de ce campus qu'ils connaissaient si bien, dans un écho de joyeux échanges et de bavardages animés sur leurs téléphones portables, eux aussi atomisés en taches d'ombre et de lumière dansantes devant ses yeux errants. C'était... inquiétant, qu'ils gagnent tous le centre de Dupont alors qu'elle était la seule à s'en éloigner, à gagner ses louches confins, à savoir la résidence Saint Ray qu'elle aurait déjà pu apercevoir si Marsden Hall, le principal édifice universitaire de la promenade, ne s'était pas élevé là. Soudain, elle s'est rendu compte que c'était la première fois qu'elle s'y rendait en plein jour : jusqu'alors, la résidence avait été pour elle une dangereuse, attirante, sulfureuse aire de la nuit.

Beverly, qui connaissait ce genre de choses, lui avait déconseillé de se rendre avec Hoyt ou un quelconque Saint Ray à une fête en dehors du campus, mais comment laisser passer une chance pareille, un tel triomphe ? Une première-année invitée à une soirée habillée à Washington par le plus cool représentant de la plus cool fraternité de Dupont ! Et pas n'importe quelle première-année : *Moi, Charlotte Simmons* ! Et puis la mise en garde datait de quinze jours plus tôt, quand ladite soirée ne devait être que « d'ici à deux samedis », une éternité... sauf que voilà, le samedi en question était là. Elle s'est vue comme si elle se regardait d'au-dessus d'elle, comme par projection astrale, et ce qu'elle a vu l'a effrayée : une fillette solitaire récemment descendue de ses montagnes, vêtue d'un jean moulant, d'un tee-shirt et d'un affreux anorak couleur kaki, trop rembourré, acheté chez Robinson à Sparta et qui, lorsqu'elle remontait la fermeture Éclair jusqu'au cou comme c'était le cas maintenant, lui donnait l'air d'une gamine de huit ans boursouflée, chargée d'un sac marin contenant tout ce dont elle aurait besoin pour le dîner fin et le bal dans un hôtel chic. Oui, c'était son bagage, un sac marin que Bettina lui avait prêté et qui, elle le découvrait trop tard, rendait sa dégaine encore plus impossible ! Elle ne pouvait même pas imaginer ce que les cavalières de Vance ou de Julian, des filles qu'elle n'avait jamais rencontrées, allaient penser de ce sac, de cette doudoune provinciale, de...

Oh, mon Dieu, fais qu'elles ne soient pas blondes et minces !...

La résidence lui a paru plus petite et plus délabrée, à la lumière du jour. Une vieille bâtisse comme une autre, à part la colonnade du porche. Rien de sulfureux là-dedans, en tout cas. Des SUV étaient garés en stationnement interdit sur la promenade, et des garçons faisaient d'incessants allers-retours entre l'intérieur de la maison et les véhicules. Sur la pelouse, Vance était en train de gesticuler et de crier quelque chose que Charlotte était encore trop loin pour saisir. Il se donnait tellement en spectacle qu'elle en a déduit qu'il devait y avoir une fille en jeu...

Charlotte a baissé la fermeture Éclair de l'anorak et l'a laissé glisser jusqu'à ce qu'il découvre ses épaules. Quel vent, Seigneur ! Mais au moins elle n'aurait pas l'air d'une gamine, au moins *elles* pourraient avoir un bon aperçu de son anatomie, c'était tout ce qui comptait... Parce qu'elle ne se souciait pas de Vance, ni de Julian, ni de Hoyt. Ce qu'elle redoutait, c'était... les nanas. Julian emmenait avec lui sa régulière, Nicole, que Charlotte n'avait encore jamais croisée à la résidence. Vance aussi, mais elle ne connaissait même pas son nom. Elle se doutait que toutes deux devaient être en troisième ou quatrième année : des *anciennes* donc, qui, comme l'affirmait la rumeur, voyaient d'un mauvais œil la *chair fraîche*.

Il y avait deux filles côte à côte sur le perron et... Mon Dieu, pas elles, oh ! non, pas elles... L'une était blonde, l'autre *presque* blonde, et toutes deux... minces ! La presque blonde... Charlotte était certaine de l'avoir déjà vue, mais où ? Deux autres filles, minces elles aussi, l'une blonde, l'autre châtain foncé, étaient assises sur les marches.

C'était à la presque blonde que Vance était en train de crier :

« Bordel, Crissy, aide-moi un peu ! Où tu mettrais le pack de trente ? Et qu'est-ce que tu ferais de cette bouteille ? »

La fille a remonté une hanche dans une pose moqueuse.

« C'est pas mon affaire, Vance. C'est toi qui vas commencer à te déchirer la tronche à la seconde où on sera arrivés. – Se tournant vers la blonde, elle a à peine baissé la voix : – Parce que, vois-tu, Nicole, mon petit ami est un fucking poivrot. »

Lâchant un son mi-rire mi-hennissement, Nicole a enfoncé un doigt dans le flanc de Crissy. « Hééée... » D'une voix guillerette : « Sale petite hypocrite ! »

Vance a montré du pouce le SUV derrière lui, qui n'était autre que le Suburban de Hoyt :

« D'accord, mais le reste de tes trucs, alors ? Ça, c'est ton affaire, non ? Merde, je sais pas si on a assez de place pour toutes ces conneries de meufs ! Tu penses que tu t'en vas une semaine entière ou quoi ? Pourquoi tu aurais besoin de toute cette merde ? »

Il avait un ton sévère, ce qui n'était pas son genre, mais Charlotte a enfin compris de quoi il retournait : Vance jouait les mâles irrités dans le seul but de montrer à Julian, Booman, Heady et les autres qui portait la culotte, dans ce couple. Exprimer un soupçon de *tendresse* envers sa copine l'aurait voué à l'ostracisme.

Elle s'est rappelé où elle avait vu Crissy, soudain : c'était la fille que Vance avait tenté d'imposer dans la chambre réquisitionnée par Hoyt à la soirée des Saint Ray. Elle l'avait complètement subjugué, apparemment, et ce n'était pas étonnant car elle approchait de la perfection : un visage de mannequin aux contours à la fois doux et anguleux, d'immenses yeux bleus, de longs cheveux châtains *presque blonds*, une veste en daim qui paraissait si souple qu'on avait envie de frotter sa joue dessus, une ceinture assortie, une chemise aux quatre boutons du haut artistiquement dégrafés, un jean qui était une seconde peau, des bottes pointues qui luisaient voluptueusement et un petit sac en cuir marron qui avait sans doute coûté plus cher que tout ce que Charlotte avait sur le dos réuni. La vraie blonde avait le même genre de bottes, de jean, de sac, et un tee-shirt moulant à rayures jaunes et bleu ciel horizontales qui accentuait la taille de sa poitrine.

Et voilà que se pointait Charlotte Simmons dans de pauvres hardes pour moitié empruntées à d'autres, en tennis – en tennis ! – et avec un informe sac marin en toile pour nécessaire de voyage ! Non que quiconque ait remarqué son arrivée, certes, tant ils étaient accaparés par leurs préparatifs, Julian occupé à caser d'autres « trucs de meuf » dans le coffre de la Suburban, Vance à tenter d'intimider la presque blonde Crissy, laquelle le narguait de son corps cybexé et décarbohydraté à la quasi-perfection sans lever le petit doigt. Booman, Julian et Heady se hélaient, blaguaient, ricanaient un octave plus bas que leur voix normale afin de sonner plus virils. Dédaignée, ignorée, Charlotte s'est demandé où était Hoyt. Devait-elle partir à sa recherche ? Non, ce serait trop... humiliant.

« Crissy, tu es *atroce* ! piaillait la blonde Nicole. Comment tu peux dire que c'est un alcoolo, *lui* ? Dommage que j'aie pas eu une caméra hier soir, vu l'état dans lequel tu t'es mise ! J'veux dire, à quatre pattes et...

— Hahaha ! – Une trille de rires perlés. – S'il te plaît ! Lâche-moi cinq mi-nu-tes ! Parce que tu crois que tu aurais été capable de te servir d'une vidéo ? Rappelle-moi combien de fois tu es allée gerber, déjà ?

— Ohmygod ! M'en parle pas, pitié ! Les chiottes étaient dégueu-lasses ! Tu as essayé ? Beeeeerk ! Et ce matin, la gueule de bois que j'avais ! Toxique !

— M'en parle pas !

— Non, mais toxique de chez toxique ! Je me suis levée et je marchais comme un... c'est quoi, ces oiseaux qui ont une patte plus courte que l'autre ?

— Le dodo ?

— Sans doute. Enfin, j'ai à peine réussi à descendre à la cantoche. Là, je vais à la cuisine et je dis... »

Pendant que Charlotte restait là telle une invisible Cendrillon, les deux filles ont échangé les récits *hilarants* de la manière dont, sans se consulter mutuellement, elles étaient allées l'une et l'autre implorer la cuisinière, Maude, de toute évidence une Noire à en juger par leur imitation de son accent – « Elle me regarde, je me rappelais même plus que je n'avais que le pull de Vance sur moi, le truc m'arrivait *là*, et les putains de cheveux collés dans la figure, *scotchés*, tu vois, et Maude : “Seigneu' Dieu, C'issy, mais qu'est-ce qui t'est a'ivé ma doudou ?” » –, l'implorer de leur donner de la graisse, n'importe quoi de gras, omelettes suantes de fromage, toasts saturés de beurre, petit déjeuner qui a provoqué chez Nicole l'impression d'avoir avalé un ballon de basket mais hé ! comment lutter contre la gueule de bois, autrement ?

« Il m'en faudrait encore, a ajouté la blonde. Une dose *sérieuse* de graisse. Des frites, mais le genre vraiment graves, tu sais, comme celles de la Bonne Poêle ! »

Et de rire, et de se pâmer ! Pour Charlotte, ce commentaire au vitriol sur le restaurant rappelait cruellement qu'elles lui étaient supérieures en âge, situation sociale, expérience, qu'elles étaient membres de l'association de filles la plus cotée du campus, « Delta Omicron Upsilon », la DOU ou encore, comme on la surnommait avec une respectueuse affection, la « Douche », qu'elles avaient des cheveux blonds ou presque blonds et raides, qu'elles sortaient de pensionnats huppés de la côte Est et qu'elles étaient aussi de ravissantes petites menteuses tant il était inimaginable que ces corps idéalement minces aient absorbé une seule once de graisse.

« Hé, mignonne ! T'as mis tes affaires dans la caisse ? »

Hoyt ! Surgi de la résidence avec un grand sourire épanoui qui *lui* était destiné ! Dieu merci ! Elle venait d'être sauvée d'une mise au rancard social définitive ! Il a dévalé les escaliers pour la rejoindre, aussi parfait dans son rôle de membre de fraternité que les deux filles de la Douche l'étaient dans le leur, en veste de chasse tabac, chemise bleu clair ouverte jusqu'au sternum dont les pans flottaient sur un pantalon en toile effiloché à l'ourlet, et tongs.

« T'as mis tes affaires dans la caisse ? » a-t-il répété avec ce sourire qui était tout pour Charlotte, sa planche de salut, son laissez-passer : peu importait ce que les autres pensaient d'elle, maintenant qu'elle était sous l'aile protectrice du plus cool des cools, Hoyt Thorpe. Mais que répondre à sa question ?

« Euh... Pas encore ? »

Quelle hésitation, quelle faiblesse ! Elle n'aurait jamais, jamais, l'insouciante décontraction des deux filles sur le perron.

« Bon, on va pas glander ici des heures sinon on sera en retard, a remarqué Hoyt avec bonne humeur. On a un orchestre qui nous attend, le staff de l'hôtel aussi. Je vois Vance, mais où sont les autres ? »

Se tournant d'un côté, il a aperçu Julian ; de l'autre, la petite amie de Vance et l'autre, la blonde.

« Tu connais Crissy et Nicole ? »

Charlotte a regardé le duo avec appréhension. Les « y girls ». En plus de ce qu'elles avaient déjà pour elles ! À Dupont, toutes les filles dans le coup, toutes les filles lancées, toutes les filles *cool* avaient un prénom en « y » : Beverly, Courtney, Wheatley, Kingsley, Tinsley, Averly, Crissy ; bien sûr Nicole et Erica étaient l'exception qui confirmait la règle, encore que Charlotte préférait ne pas penser à Erica, à cet instant... Elle a gémi un lamentable « Hello » qui, ajouté à son air terrorisé, en disait long, très long sur son assurance, sa maturité, sa sociabilité, son charme, son expérience, son...

« Et voilà Charlotte ! » a complété Hoyt.

C'était trop ! Les deux pimbêches lui ont adressé un petit signe de la main, non, même pas : une négligente flexion du poignet et un sourire... *mort*, du même genre que celui qu'Erica lui avait réservé, un léger écartement des lèvres sans que les yeux changent d'expression et tandis que le front semble prendre vingt ans d'un coup.

« Personne ne bouge ! a crié Hoyt. J'ai encore une valoche à prendre là-dedans – il a montré la résidence de la tête –, et puis on dégage, fuck ! Hé, une minute ! – Ses yeux étaient revenus sur Charlotte. – Où sont tes affaires, toi ? »

Elle est restée silencieuse, rouge de honte, atterrée de constater qu'elle n'avait pas d'autre issue que de soulever le sac marin à bout de bras et d'essayer de retrouver sa voix pour annoncer :

« Là. »

Elle n'a pas osé jeter un coup d'œil au parfait duo de Douches, certaine qu'elles devaient être sur le point de pouffer. Hoyt a pris le sac, l'a gardé un moment comme s'il le soupesait et, Dieu merci, s'est abstenu de tout commentaire avant de franchir les cinq ou six mètres qui le séparaient du SUV et de le jeter sur la banquette arrière par une vitre ouverte. Puis il a pivoté, crié à Charlotte et aux deux Parfaites « Personne ne bouge ! », et il a foncé à l'intérieur de la maison.

Charlotte aurait donné cher pour bouger, aller n'importe où. Sur le perron, Crissy et Nicole avaient rapproché leurs têtes afin d'échanger gloussements et chuchotements. Allait-elle s'approcher d'elles et tenter de les laisser l'accueillir dans leur conversation, dont *elle* était à coup sûr le sujet ? Ou bien rester là comme une vagabonde jusqu'à ce qu'elles condescendent à distiller un peu de leur coolitude sur cette petite première-année qui n'avait rien à faire ici ?

Sans un mot – sa langue était paralysée, de toute façon –, elle est allée s'adosser à la porte du coffre du Suburban, bras croisés sous les seins, consultant sa montre toutes les dix secondes afin que l'on comprenne bien qu'elle attendait quelqu'un, qui ne pouvait qu'être Hoyt, évidemment, puisqu'elle était collée à son véhicule, et que donc elle avait une excellente raison d'être ici. Mais combien de temps allait-elle pouvoir garder cette pose ?

Comme il fallait s'y attendre, Hoyt tenait le volant lorsqu'ils se sont enfin mis en route. Charlotte était assise à côté de lui, Crissy et Vance derrière, Nicole et Julian sur la troisième banquette, de sorte que toute la bande, à l'exception de Hoyt, allait passer le voyage avec la nuque de la *petite première-année* sous les yeux, que cela leur plaise ou non, et quoi qu'ils pensent de sa dérangeante présence.

Ils roulaient depuis seulement quelques minutes quand ils ont longé une éruption d'ampoules électriques soulignée de néons d'un rose choquant qui faisait claquer ce nom tapageur comme s'il avait été tracé par une main invisible : La Bonne Poêle.

« Dernière chance pour une bonne dose de graisse ! » a lancé Crissy à Nicole et elles se sont esclaffées comme s'il n'y avait rien au monde de plus dégradant que de s'arrêter manger un morceau à la Bonne Poêle.

Charlotte n'a même pas accordé un regard à l'établissement. S'il y avait un moment qu'elle désirait oublier par-dessus tout, c'était cette heure, qui lui avait paru une éternité, où les planètes Amory et Simmons étaient entrées en collision. Or la même expérience allait se répéter pendant tout ce voyage, c'est-à-dire plusieurs heures. Une exclamation derrière elle l'a fait sursauter.

« Ohmygod ! C'est incroyable... Charlene ! Dis à ton copain qu'il s'appelle Hoyt, pas Heeshawn ! »

Charlene ! Charlotte a tourné la tête : sur celle de Hoyt était apparu un bandana noir noué à la pirate comme les garçons du ghetto de Chester aimaient à en arborer. Il montrait son profil avec un grand sourire adressé non à Charlotte mais à Crissy, en réponse à son exclamation effarée.

« Présentement là, c'est pas *Charleeene* qu'elle s'appelle, c'est Charlotte ! »

« Elle » ! Il lui a accordé un coup d'œil d'une demi-seconde avant de reporter son attention sur la route. Son « elle » l'avait presque autant blessée que le « Charlene » de Crissy.

« Oh pardon, je suis nulle, pour les noms, et... Vance ! Ah non, ça c'est encore plus dingue ! Le jeune maître Vance Phipps, plus blond que les blés ! Non ! »

Charlotte a regardé par-dessus son épaule malgré elle. Comme Hoyt, Vance et Julian avaient ceint leur crâne d'un bandana black, et ils avaient l'air de trouver ça hilarant !

« Ohmygod ! a soufflé Nicole. Heureusement que tu es là, Crissy ! Qui c'est, ces mecs ?

— J'aimerais les voir se déguiser comme ça sur le campus, a relevé cette dernière. La "Solidarité black", ils vous lyncheraient le cul, bande de nazes ! »

Hoyt, Vance, Nicole et Julian ont éclaté de rire tandis que « Charlene », « elle », Charlotte n'entendait plus qu'un bruit de vapeur surchauffée dans sa tête. Toute l'équipe, Hoyt y compris, se comportait comme si elle, Charlotte Simmons, n'existait pas ! Et de fait, alors que le Suburban dévalait l'Interstate 95, les cinq se sont lancés dans une débauche de plaisanteries scabreuses, de chansons fredonnées en chœur, de bite-con-cul-fuck-foutre-enculés-fuck qui l'a laissée complètement hors du coup. À un moment, la conversation s'étant aiguillée sur quelque perversion sexuelle – ou sur ce qui en était une aux yeux de Charlotte, du moins –, Julian s'est mis à chantonner un air de rap pour appuyer ses dires :

« *Yo, voilà mes roustons,*
Suce-les comme des bonbons... »

C'étaient les paroles révoltantes qu'elle avait entendues dans le couloir la nuit où Beverly l'avait sexilée, et tous les connaissaient par cœur et les ont reprises avec un entrain libidineux, les garçons en se trémoussant sur leurs sièges et en faisant voler les pans noués de leur bandana sur leur nuque, les filles en modulant la mélodie avec délice, comme si le fait de langoter des testicules était le plus grand bonheur au monde ! Sur l'autoroute qui, en certains endroits, occupait jusqu'à dix voies de front, les passagers regardaient avec incrédulité ces trois jeunes Blancs qui se comportaient comme une bande du ghetto en virée, ce que les cinq membres d'associations étudiantes ultra-élitistes trouvaient follement drôle.

Puis ils se sont mis à évoquer des souvenirs particulièrement croquignolets de fêtes précédentes. Celle de Halloween, par exemple, quand cette nana, Candy, s'était présentée sur la piste de danse en bikini argenté, un collier de chien en cuir noir au cou, tenue en laisse par un punk adipeux tout en noir, queue-de-cheval poisseuse et deux incisives en or avec un diamant, ou un brillant, ou allez savoir quoi, incrusté dans le plaquage. Oh, les rires émerveillés que cette image a provoqués !

« Vous croyez qu'elle est vraiment branchée SM ? a interrogé Crissy.

— Je pense pas, non, a estimé Nicole. Son problème, c'est qu'elle sniffe un peu trop. »

Tournant brièvement la tête vers l'innocente petite fille assise à côté de lui, Hoyt s'est râclé la gorge, « hmmm, hmmm », et le silence s'est fait. Charlotte a eu l'impression qu'il avait ainsi demandé à Nicole et aux autres de ne pas aborder ce sujet devant elle, mais... quel sujet ? « Sniffer » quoi ? Avec un sourire enjôleur, Hoyt lui a effleuré le bras.

« J'aurais aimé que tu sois là. Le problème de cette fille, c'est qu'elle prend Halloween trop au sérieux. Et toi, tu étais où ? »

Charlotte en a eu un coup au plexus solaire. Elle était forcée de répondre, de prendre la parole devant cette assistance *critique*, pour le moins, et devenue brusquement silencieuse.

« Eh bien je... Je ne me rappelle pas. – Impossible d'en rester à une telle platitude ! – En fait... Pour tout dire... Je ne *fais* pas vraiment Halloween. »

Le provincialisme de l'expression l'a elle-même choquée. Tout le monde s'est tu, puis Crissy :

« Justement, je voulais te demander, Charlaahh... – Elle a avalé la dernière syllabe, sans doute parce qu'elle se souvenait que son nom n'était pas Charlene mais avait oublié ce qu'il pouvait être, ou décidé de l'oublier. – Tu es d'où ? »

La colère a surmonté son complexe d'infériorité. « *Moi, Charlotte Simmons* » ! Sans tourner la tête, le regard droit sur la route, elle a énoncé d'une voix coupante, puisque cette tactique avait déjà marché :

« Sparta, Caroline du Nord, Montagnes Bleues, neuf cents habitants. Ne t'inquiète pas : tu n'en as jamais entendu parler mais c'est normal, c'est pareil pour tout le monde. »

Aussitôt, elle a compris que cette sortie à la fois hautaine et sur la défensive ne pouvait qu'aggraver sa situation. Hoyt a eu un bref rire forcé qui tentait vainement de faire passer sa formulation pour une petite blague et Charlotte a dû se tourner vers Crissy, lui sourire et glousser cinq secondes afin de confirmer l'interprétation donnée par Hoyt. L'autre n'a pas été convaincue pour autant.

« Oh, moi je ne m'inquiète pas du tout. J'espère que c'est aussi ton cas.

— Mais bien sûr, Crissy. Je plaisantais. »

Humiliation ! Même ce « Crissy » restait suspendu en l'air telle une impertinence. « Elle » ? Se croire autorisée à traiter une Douche en amie ? Elle a senti que Hoyt lui jetait un rapide coup d'œil, capté un début de ricanement à l'arrière, et soudain une plaie béante s'est ouverte à la base de son crâne.

« Vous vous rappelez ce mec, Edmond Davis ? a demandé Hoyt à la cantonade. Surnommé Edmond l'Étalon ? Il jouait quand j'étais en première année. Le seul et unique running-back *blanc* qu'on ait jamais eu de bon, à Dupont. Il était des Montagnes Bleues, aussi. Un trou du nom de Cumberland Gap. Je sais même pas pourquoi je me souviens de ça. Cumberland Gap ! – Il a dévisagé Charlotte pour la première fois et, d'un ton exagérément intéressé : – Tu connais Cumberland Gap ?

— Nnnn... Non... Je ne crois pas », a-t-elle murmuré, cherchant désespérément une remarque spirituelle sur le sujet. Rien n'est venu.

« Un mec cool, a poursuivi Hoyt. Il *vivait* pratiquement à l'IM. »

Donc on pouvait descendre de ses montagnes et être tout de même cool ! Quel encouragement... et quel mépris.

« Dans ce cas, tu devais le voir souvent, a glissé Vance.

— Tandis que toi, tu es la sobriété personnifiée et tu as de la maturité à revendre.

— À propos de ça, est intervenu Julian, si j'étais toi je surveillerais le putain de niveau de maturité, parce que t'en as revendu pas mal, lundi soir...

— Quoi, lundi soir ? De quoi tu causes ?

— La... réception au Lapham College. Tu y étais, Crissy. Huit heures du soir et Hoyt déjà tellement pété qu'il demande à la femme du fucking doyen combien de mecs elle s'est tapés dans sa vie ! Et elle qui lance des regards affolés dans tous les sens, genre : "À l'aide ! Libérez-moi de ce... machin !" Et Hoyt qui gueule : "En tout, en tout ! Combien ?"

— Je ne comprends pas que tu puisses mentir avec un pareil aplomb, a constaté Hoyt, qui a posé une nouvelle fois sa main sur l'avant-bras de Charlotte : C'est quoi déjà, cette légende de l'île avec une tribu de gens qui mentent tout le temps ?

— C'est pas une légende, c'est un problème de maths, l'a corrigé Vance. Tautos.

— Mon cul ! reprenait déjà Julian. Tu as dû lui gueuler deux cents fois "En tout, en tout !", à cette pauvre meuf. Avoue, empaffé !

— Eh ben, c'est un fait qu'elle a la réputation d'être chaude, a concédé Hoyt. C'est ce que des mecs de Lapham m'ont dit. Je pense pas que ce vieux Wasserstein assure suffisamment pour elle. »

Explosion de rires générale. Tout était rentré dans l'ordre.

« Ce qui est sûr, c'est que... » a commencé Nicole avant de se lancer dans une histoire concernant l'épouse d'un autre professeur.

« Wasserstein est le doyen du Lapham, a expliqué gentiment Hoyt à Charlotte. Tu connais ? L'immeuble avec les gargouilles ?

— Oh oui, je connais ! » a-t-elle confirmé avec bien plus de jubilation que le constat ne le méritait et un rire amusé, comme si la mention des gargouilles était une irrésistible facétie.

Dès lors, elle a pris soin de s'esclaffer discrètement à tout ce qui pouvait passer pour comique, les anecdotes dans le registre « la cuite que je me suis prise ce soir-là », celles dans la veine « quel connard ce type ! », celles concernant les « pédés hurleurs », ainsi que les vulgarités qu'enchaînait Julian avec un accent italien de pacotille. Elle ne s'est rendu compte du risque qu'elle prenait ainsi de se ridiculiser qu'au moment où, Vance ayant informé la compagnie qu'I.P. s'était contre toute attente trouvé une cavalière pour la soirée habillée, et *un canon* en plus, une certaine Gloria, Julian s'est exclamé :

« Me dis pas ! Il trompe sa pogne, alors ? »

Tout le monde s'est plié, mais quand Charlotte, qui n'avait pas le début d'une idée de ce que « tromper sa pogne » pouvait vouloir dire, a joint son rire fluet à ce concert les autres se sont tus brusquement. Elle s'est retournée : ils étaient tous en train d'échanger des regards... entendus. C'était de toute évidence une blague que seuls les initiés, ceux qui connaissaient bien I.P., étaient en mesure de comprendre, et l'hilarité forcée de Charlotte prouvait seulement à leurs yeux à quel point pathétique elle cherchait à s'intégrer à la bande. La honte était intolérable. Voilà qu'ils la prenaient pour une petite intrigante, maintenant ! Aggravant encore les choses, Hoyt se sentait obligé de se pencher vers elle de temps à autre pour rappeler qu'elle *existait* toujours dans ce cercle de sommités de la coolitude, puis il se joignait de nouveau à ces conversations.... oiseuses, à ces plaisanteries... idiotes, à cet étalage de grossièreté de la part de filles de riches qui pouvaient dépenser des centaines de dollars pour une seule tenue, de fils de riches qui se croyaient très malins en affectant les poses et le vocabulaire de voyous du ghetto, à ces...

Mais elle ne pouvait plus faire machine arrière ! Elle s'était réjouie de la victoire sociale qui consistait à être invitée à une soirée habillée par le plus cool des cool, Mimi et Bettina en avaient été impressionnées à un point qui transcendait la jalousie, et bien sûr elles lui avaient fait jurer qu'elle leur raconterait tout de son aventure dans un univers auquel elles n'avaient pas accès...

Le reste du voyage s'est déroulé selon un modèle désormais établi : les cinq ont entonné ensemble des chansons dont ils semblaient connaître toutes les paroles par cœur, échangé des ragots – les deux garces excellant particulièrement à démolir les réputations en rapportant tel ou tel détail avec une innocence parfaitement feinte –, trouvé des sous-entendus sexuels aux remarques les plus anodines et abondamment démontré leur maîtrise du patois fuck. Charlotte, elle, a découvert les infinies variations que ces jeunes demi-dieux pouvaient exécuter sur le mot « merde », depuis la description physique de la fonction défécatoire (« j'ai coulé une de ces merdes ! ») jusqu'à l'emploi le plus figuratif (« elle a complètement merdé ses exam' »), en passant par l'expression de l'anxiété (« dans une merde noire »), du mépris (« une sous-merde », « une merde sans nom »), de la méfiance (« un bâton merdeux »), de l'espoir (« on va se démerder pour »), du dépit (« merde alors ! »), de la critique (« zique de merde »), de l'arrogance (« je l'emmerde ! »), et de l'indignation ou de la surprise (« Putain merde ! »). Cela étant, il y a eu aussi beaucoup de « fuck », et la comptabilisation des pots éclusés après la fête des Delta Kappa Epsilon (dits DEKE-onneurs), et des considérations philosophiques sur la nécessité d'arrêter de boire après quatre heures du matin afin d'éviter la terrible « gueule de bois de l'après-midi ». Hoyt n'en perdait pas une : même s'il surveillait avec attention la route devant lui, Charlotte imaginait son cerveau exécuter une rotation complète dans le but de suivre ce qui se disait derrière eux. Cela ne l'empêchait pas de lui toucher le bras, de lui sourire, de lui réserver de temps à autre un bref mais intense regard qui semblait vouloir dire que quelque chose de... *sérieux* se passait entre eux. Le tout en moins de dix secondes, à chaque fois. Était-ce sa façon de lui faire comprendre qu'en dépit de toute cette agitation verbale il ne cessait de penser à elle ? Parfois, il s'inclinait vers elle pour lui chanter à l'oreille un court passage d'un air qu'ils entonnaient à l'unisson et qui leur procurait la plus grande satisfaction, apparemment, alors qu'elle ne le connaissait même pas. Deux ou trois fois, il a passé son bras autour de ses épaules et brièvement collé sa tête contre la sienne. Deux ou trois fois, sa main est venue doucement se poser à mi-course de l'intérieur de sa cuisse gauche, une main qu'en temps normal elle aurait repoussée par crainte que Vance, Julian et les deux pimbêches ne les surprennent, mais les attentions de Hoyt étaient son seul garant, l'unique rachat de son intempestif énervement contre Crissy à propos de Sparta, cette gaffe qui s'était incrustée dans l'habitacle du Suburban comme une mauvaise odeur. Même si les petits gestes de Hoyt étaient ceux dont l'on se sent obligé de gratifier un toutou pendant un long voyage en auto.

Chaque fois qu'elle essayait de s'immiscer dans la conversation, la tentative tombait lamentablement à plat. Comme Vance avait mentionné que l'on avait besoin d'un « radar antibaratin » pour maintenir une conversation avec le président des DEKE-onneurs, elle s'est embarquée dans une description embrouillée d'un détecteur de mensonge à électrodes que certains neurologues avaient mis au point, n'obtenant en réponse qu'une indifférence irritée. Elle avait été descendue en flammes, une fois encore.

Enfin, ils ont abordé une longue courbe, le Potomac s'est dressé devant eux et de l'autre côté... Washington, capitale du pays ! Elle, Charlotte Simmons, du comté d'Alleghany, Caroline du Nord, était déjà venue au cœur de la nation comme l'une des cent meilleures élèves des États-Unis, distinguée par le président lui-même, qui l'avait reçue ! Elle, Charlotte Simmons, promise à la plus haute destinée ! Elle avait demandé à Miss Pennington de faire en voiture quatre, voire cinq fois le tour du Mémorial Lincoln afin de mieux contempler la statue du chef d'État due à Daniel Chester French, dont la majestueuse grandeur l'avait enthousiasmée à un point qui l'avait surprise, malgré tous les films et toutes les photographies du monument qu'elle avait vus auparavant. Et voilà qu'elle arrivait à nouveau dans cette formidable cité sur fond de crépuscule grisâtre, à bord d'un véhicule conduit par un garçon effronté, avec quatre autres jeunes qui ignoraient et même méprisaient sa présence...

Sur le pont, la circulation était chargée. À environ deux cents mètres du Mémorial, une galaxie de feux-stop s'est allumée devant eux et tout le monde s'est arrêté. Charlotte avait une furieuse envie de quitter la voiture, d'ouvrir la portière sans un mot, de mettre pied à terre et de s'en aller après avoir adressé aux cinq autres un bref au revoir négligent. Elle avait trente ou quarante secondes pour agir mais seulement vingt dollars en poche... Mais qu'importe ! Là était Lincoln, cette manifestation de force, d'ambition, d'honnêteté, de détermination incorruptible taillée dans le marbre ! Le reste n'avait aucune importance ! Seulement, comment rentrer par elle-même à la résidence de Dupont et annoncer aux filles qu'elle avait ruiné son triomphe ? Elle, Charlotte Simmons, celle qui n'avait pas peur de prendre des risques, celle qui contrairement aux autres... Trop tard. Les véhicules se sont ébranlés devant eux. Le Mémorial du Vietnam n'était pas visible d'ici et de toute façon il faisait trop sombre. La statue de Washington ? Une vague silhouette au loin, rien d'enthousiasmant, une ombre mourante et chargée d'opprobre... Est-ce que tout cela avait le moindre *sens* pour les occupants de cette voiture ? Ils étaient à présent sur Connecticut Avenue, au croisement de Pennsylvania, ce qui signifiait que la Maison Blanche était tout près. Elle y était entrée, elle ! Elle avait serré la main au président de notre grande nation ! Elle, Charlotte Simmons ! Une lycéenne ainsi distinguée et honorée d'avoir pour chaperon Miss Pennington, comme toujours boudinée dans l'une de ses impossibles robes imprimées ! Sept mois seulement s'étaient écoulés depuis, alors qu'est-ce que cette soirée pouvait...

Firmament de lumières sur Connecticut Avenue, puis le Dupont Circle – quelle ironie, « le cercle de Dupont » ! –, puis Massachusetts vers le nord-ouest, et Charlotte a vu en esprit avant de la voir en réalité l'ambassade britannique, ce magnifique palais de style géorgien qu'elle et les autres élèves d'exception avaient eu le privilège de visiter, qui lui avait ouvert un autre monde ! Elle a été tentée d'évoquer ce souvenir à voix haute mais elle s'est tue, craignant de subir une nouvelle rebuffade, car si l'un d'eux au moins savait comme elle qu'ils étaient en train de passer devant l'un des joyaux architecturaux de notre capitale – mais penserait-il à cette ville comme « nôtre », à part pour se demander où était « notre hôtel » ? –, il ou elle arrivait à complètement dissimuler son émerveillement.

Tour de verre uniforme avec une spectaculaire arche en béton faisant office de porte cochère, le Hyatt Ambassador était flambant neuf. Alors qu'ils approchaient de l'entrée, Crissy a fait sursauter Charlotte en criant d'une voix perçante, tout près de la douloureuse plaie morale qui lui vrillait la nuque :

« Charleeeeegrg ? Tu veux bien dire à Heeshawn d'enlever ce torchon ridicule de sa tête, maintenant ? – À Vance : – Toi aussi, Veeshawn ! Tu imagines pas l'air que tu as, avec tes boucles blondes qui sortent de ce... machin.

— Bien parlé, ma sœur ! a approuvé Nicole derrière elle. Et toi, Jushawn ? »

Hoyt s'est retourné pour lancer un coup d'œil à Vance, les trois garçons se sont consultés du regard et puis Hoyt a aperçu le portier de l'hôtel par sa vitre, un jeune Noir pas très costaud mais avec le genre d'orbites profondes et de joues rentrées qui annonçait un caractère... pas commode. Vêtu d'une chemise-tunique à manches courtes vert kaki qui lui donnait une allure de colonel d'armée tropicale, il était en train de tirer un étincelant chariot à bagages tout en chromes. Avec un négligent haussement d'épaules, Hoyt a retiré son bandana, aussitôt imité par Vance et par Julian. Hoyt s'est encore retourné et, montrant le portier d'un geste de la tête, a annoncé aux deux autres : « On l'emmerde ! » Charlotte s'est dit que la signification qui lui était d'abord apparue – « on n'a pas besoin de lui et on ne lui donnera pas de pourboire » – en cachait une autre, sans doute la vraie : « On n'a pas enlevé notre bandana parce qu'on aurait été intimidés par ce Black aux airs de dur. »

Ne sachant que faire d'autre, elle a emboîté le pas à Crissy et Nicole, qui se dirigeaient déjà vers la réception pendant que les garçons, après avoir fait signe au portier qu'ils n'avaient pas besoin de ses services, vidaient le coffre à bagages. Pourquoi agissaient-ils si nonchalamment ? Elle se sentait déjà maladroite, déplacée, inutile. L'ignorant parfaitement, Crissy et Nicole parlaient de ce qu'elles allaient porter pour le dîner. Prise du besoin d'être seule, Charlotte s'est écartée pour marcher sans but à travers le hall comme si elle inspectait les lieux, et bientôt cela a été plus qu'une attitude, parce qu'elle n'avait encore jamais rien vu de ce genre : après une quinzaine de mètres, il n'y avait plus de plafond ! Elle a levé les yeux vers le ciel : l'immeuble était évidé en son centre, puits vertigineux cerclé de passages suspendus et de fenêtres jusqu'au sommet, lequel était constitué d'un immense dôme transparent. Un étage plus bas, s'étalait un jardin intérieur circulaire dont on apercevait le sol en terre cuite entre d'énormes arbres et des massifs tropicaux. Quelque part, un piano, une basse et une percussion jouaient de la musique sud-américaine qui s'imposait sur le bruissement incessant d'une cascade, le tintement des couverts contre les assiettes. Au fond, un large escalier aux marches capricieusement disposées remontait à la réception.

Sa seule expérience des hôtels, jusque-là, avait été le Grosvenor, sur la Rue N, où elle avait partagé une petite chambre avec Miss Pennington, qui avait ronflé toute la nuit. L'expérience avait été mémorable, cependant. Au petit déjeuner, également payé par le gouvernement, elle avait pris des gaufres, avec du vrai sirop d'érable, ce qui était une autre première pour elle. Mais ce n'était rien, comparé à ce qu'elle venait de découvrir ! Prise d'une idée, elle s'est hâtée de rejoindre Nicole et Crissy, toujours en train de discuter chiffons. Les yeux écarquillés, un sourire extasié aux lèvres, elle leur a crié : « Il faut que vous veniez voir ça ! Là ? En bas ? Il y a des *arbres*, et une *chute d'eau*, et au-dessus tout l'intérieur est *vide* ? Oh, vous devez venir voir ! »

La blonde Nicole lui a accordé un regard patient mais un peu agacé.

« Tu veux dire un atrium ?

— Ah... Je n'y avais pas pensé, mince ! Comme dans les maisons romaines de l'Antiquité, alors ? Oui, mais là ça monte, ça monte sur... trente étages ? Tu viens voir ?

— Je connais ça par cœur, a répliqué Nicole. Tous les Hyatt sont construits pareil. – Elle s'est de nouveau tournée vers Crissy. – Donc, je me suis dit que ces talons étaient trop hauts, d'accord, mais qu'est-ce que ça fait, hein ? De toute manière, les mecs savent pas danser et le temps qu'ils se décident à venir sur la piste ils sont déjà dé-chi-rés ! »

Charlotte gardait les yeux sur Nicole, bouche entrouverte, sonnée par le choc. Sa grande découverte architecturale n'avait servi, si besoin était, qu'à montrer une nouvelle fois quelle indécrottable provinciale elle était. Dans leur jean parfait, leur haut parfait, leurs bottes parfaites, les deux filles qui connaissaient le monde, elles, ne lui prêtaient aucune attention. Heureusement, elle a vu que Hoyt, Vance et Julian arrivaient vers elles, encombrés de sacs : au moins n'allait-elle pas rester plantée là, telle la voyageuse solitaire...

« O.K., la bande ! a annoncé joyeusement Hoyt. J'ai les clés, on peut monter. – Il a regardé Charlotte. – Oh, hé, mignonne... ? – Il a pivoté pour lui faire face, laborieusement parce qu'il avait trois ou quatre sacs sous son bras gauche. – Tu peux me prendre le tien ? La corde va me couper le putain de doigt, si ça continue. »

Et donc elle a reçu l'infâmant sac marin qu'il lui tendait du bout du petit doigt gauche, trop gênée pour répliquer quoi que ce soit.

« Merci ! a soufflé Hoyt, qui s'est alors tourné vers Crissy et Nicole : Sans déc', j'ai cru que je paumais mon putain de doigt ! »

Voilà, le tableau était complet. La petite oie de province, mal attifée et embarrassée d'un sac marin qui contenait toute sa garde-robe, au milieu de tout ce luxe et de ce raffinement, dans ce *palace*... Résignée, elle a demandé timidement à Hoyt :

« Tu as pris ma clé, aussi ?

— Ta clé ? – Il a eu l'air surpris mais il s'est ressaisi : – Ouais, ouais, on a les clés de tout le monde... Allons-y ! »

Crissy a jaugé Charlotte avec son sourire absent, puis regardé Nicole :

« Elle est plus maligne que moi. Je ne sais pas ce qui m'a pris d'emmener tout ce... fourbi. »

Pas « Charlotte » ni même « Charleeegh » : « elle ». Mais elle n'a même pas eu le temps de digérer l'affront que Nicole lui lançait :

« Et toi, qu'est-ce que tu vas mettre, ce soir ? »

Automatiquement sur la défensive, Charlotte est restée silencieuse. Elle ne voulait pas qu'elles sachent qu'elle avait emprunté une robe à Mimi et encore moins la leur montrer, roulée en boule au fond de son sac. Elle a fini par bredouiller :

« Oh, juste une robe et... des chaussures.

— "Une robe et des chaussures", a répété Nicole en hochant la tête d'un air pensif, avant de lancer un coup d'œil à Crissy. C'est pas une mauvaise idée, ça... »

Les yeux modestement baissés, les deux complices ont entrepris de méditer cette preuve de profonde sagesse dans une mise en scène qui n'a pas échappé à Charlotte. Finalement, Crissy a repris d'une voix qui se voulait révérencieuse :

« J'espère que je ne suis pas indiscrète, mais est-ce que je peux te demander... quel *genre* de robe ? »

Pour ce qu'elle en avait à faire ! Il était clair qu'elle cherchait seulement un prétexte pour continuer son bizutage avec Nicole. Désormais privée de toute combativité, Charlotte s'est sentie envahie de tristesse, oui, tristesse devant son imperfection, son incapacité à être une... *fille*. Sur ce plan, elle n'avait pas progressé d'un pouce, depuis Sparta. Mue par la déception, la pitié pour elle-même, la conscience d'avoir abjectement capitulé devant un ennemi plus puissant, le morbide renversement de logique qui revenait à lui demander « Est-ce que tu n'as pas honte de voir à quoi tu m'as réduite, maintenant ? », Charlotte a délibérément forcé sur son accent pedzouille pour répondre :

« Quel genre de robe ? ("*raube*") Je sais pas quel genre. Une *raube*, té ! »

Elle a retiré une satisfaction perverse de cette auto-humiliation, et c'est ce qu'elle recherchait. Était-ce du... masochisme ? Elle n'en savait rien : jusqu'alors, ce mot n'avait désigné pour elle qu'un concept parmi d'autres, retenu des explications de Miss Pennington sur la psychologie du début du XXe siècle, Freud, Adler, Krafft-Ebing, etc.

Elle a retrouvé une larme de moral en partageant l'ascenseur avec Hoyt, qui ne cessait de plaisanter sur la quantité de bagages qu'il avait à porter. Sa chambre était encombrée par deux lits queen-size, deux tables de nuit, un petit bureau imitation Louis XV avec deux chaises et une grosse armoire qui contenait essentiellement un poste de télévision géant. Hoyt, qui était entré derrière elle, a laissé tomber sa charge sur l'un des lits avec un soupir de soulagement.

« Pas trop mal, a-t-il estimé.

— Et ta chambre, où est-elle ? a demandé Charlotte.

— Je vais être ici, moi aussi – d'un ton très dégagé.

— Mais je croyais que...

— On a déjà de la chance d'en avoir eu une, Charlotte. »

Impossible ! Mais d'un autre côté il l'avait appelée par son prénom, enfin, pour la première fois depuis le début du voyage.

« Julian et Nicole vont la partager avec nous », a continué Hoyt comme si cette information coulait de source.

Elle a eu un sursaut de panique avant de réaliser soudain que ce serait sans doute mieux ainsi. Comme au camping, a-t-elle pensé. Avec tout ce monde dans une seule chambre, il ne pourrait rien se passer de... bizarre. Elle s'est accrochée à cette idée de campement, évocatrice de feu de bois et de profond sommeil dans un sac de couchage improvisé avec des couvertures et des cirés...

Peu après, Nicole et Julian sont apparus, ce dernier jetant ses bagages sur l'autre lit avec un même soupir de gratitude.

« Ça pèse la mort, ces trucs de *nana* ! a-t-il lancé à sa compagne avec un sourire.

— Où sont Vance et Crissy ? a demandé celle-ci.

— Deux ou trois portes plus loin dans le couloir », a répondu Hoyt avant de se mettre à bavarder avec Julian.

Charlotte, elle, inspectait la pièce des yeux, se demandant où ils allaient pouvoir installer les lits pliants, dans un espace aussi envahi de meubles.

« La vache, il est cinq heures et demie ! » s'est exclamée Nicole.

Nouveau problème pour Charlotte, maintenant que Nicole avait soulevé le sujet : le dîner commençant une heure plus tard, où allaient-ils se changer, comment allaient-ils prendre une douche ? Deux garçons et deux filles se préparant dans cette unique chambre, se déshabillant, se lavant, se rhabillant, se coiffant, se pomponnant... Elle s'est assise sur le lit et, menton dans une main, a entrepris de réfléchir à cette situation.

« Ouais, on ferait mieux de s'y mettre, a constaté Julian. Passe-moi la boutanche, Nicole. C'est dans ce sac rouge et noir, le sac de tennis...

— Non, tu t'en charges toi. C'est trop lourd, ces trucs.

— Je m'en occupe », est intervenu Hoyt.

Il a bientôt sorti du sac une grosse bouteille en plastique, de la taille d'un magnum et munie d'une poignée coulée dans la masse. Elle était si lourde que son avant-bras tremblait quand il l'a tendue à

Julian. Une étiquette jaune était collée dessus, avec les mots « Aristocratic Vodka ». Puisant cette fois dans l'un de ses bagages, Hoyt a produit une bouteille de jus d'orange et une pile de gobelets en papier. Julian a installé le tout sur le bureau. *Il organise un bar*, a conclu Charlotte avec inquiétude : à cinq heures et demie !

Julian s'est emparé de la bouteille de vodka pour la décapsuler, Hoyt a fait de même avec le jus d'orange. Quelle détermination ! C'était comme s'ils ne pouvaient attendre une seconde de plus leur dose d'alcool. Charlotte a cherché à se persuader qu'il s'agissait d'une aventure, après tout. Elle entendait encore la voix de Laurie au téléphone : « Quatre ans pendant lesquels tu peux tout faire, tout essayer, sans qu'il y ait de... conséquences ? Pas de trace, pas de dossier, pas de blâme. » Mais cela n'a guère dissipé sa nervosité.

Julian lui tournait le dos mais l'oreille de Charlotte a capté l'important, l'intimidant glouglou de la première rasade de vodka qu'il était en train de verser. Ensuite, il a ajouté du jus d'orange, en petite quantité car le glou-glou de la bouteille-jarre avait dû pratiquement remplir le gobelet, qu'il a tendu à Nicole. Assise sur l'autre lit, celle-ci a rejeté la tête en arrière sans perdre un instant, pris une longue gorgée avant de leur faire face, de nouveau, les yeux piqués de larmes, en poussant un grognement-gémissement appuyé :

« Merde, Julian ! Tu crois que tu peux faire plus corsé que ça ?

— Allez, t'as vu pire ! »

S'empressant de lui donner raison, Nicole a bu encore, cette fois en haussant les sourcils et en clignant des yeux pour leur indiquer que c'était fort, en effet, mais très efficace.

Pendant que Julian remplissait deux autres gobelets presque à ras bord, Hoyt s'est laissé choir près de Charlotte et a entrepris de lui caresser le dos. Elle était gênée par l'intimité de ce contact, surtout devant un garçon et une fille qu'elle connaissait à peine, mais au moins l'incluait-il à la scène. Contrairement à tout le reste.

Après avoir avalé une troisième copieuse gorgée, Nicole s'est penchée pour attraper le téléphone installé entre les deux lits. Au ton complice qu'elle employait, Charlotte a compris qu'elle avait appelé Crissy dans sa chambre.

« Oh, on se met en train, juste, et... Quoi ? – Elle a protégé sa bouche d'une main et baissé la voix, mais Charlotte était tellement près qu'elle pouvait l'entendre. – Où est... *quoi* ? Ah, tu veux dire la drelou ? – Elle a ri à ce que Crissy avait dû lui répondre. – Bon, tu as trois réponses possibles, les deux dernières ne permettant pas d'aller plus loin dans ce concours... Hein ? Hahaha ! Exactement ! Exactement *là*, si tu vois ce que je veux dire ! »

Charlotte, oui, *Charlotte*, a immédiatement compris de qui elles parlaient. Entre-temps, la main de Hoyt était passée de son dos à son épaule qu'elle massait en gestes circulaires, ce qui était encore plus embarrassant mais... Tant que Hoyt désirerait être avec elle, tant que le mec le plus beau et le plus cool de toute la fraternité étudiante la courtiserait, ce que les Nicole et les Crissy pourraient penser d'elle serait nul et non avenu.

« Qu'est-ce que tu veux ? lui a demandé Hoyt. Hé, relax ! »

C'est seulement là qu'elle s'est rendu compte de la tension de son corps.

« Ce que je veux ? a-t-elle répété, perplexe.

— À boire.

— Ah... Rien, merci. Peut-être du jus d'orange ?

— Jus d'orange ? Ouais. Mais avec un peu de vodka dedans, hein ?

— Non merci, franchement. »

Il a recommencé à masser son épaule, avec plus d'insistance mais aussi une vraie tendresse et elle a commencé à se sentir bien, et importante, assez importante pour que Julian et Nicole la remarquent. Ses mains étaient fortes, apaisantes, et c'était agréable de les avoir sur elle. Elle aimait la façon dont il la regardait, également, la chaleur de son sourire, et il était... tellement séduisant ! Cette fossette au menton, ces yeux noisette pétillants qui la *couvaient*, qui quémandaient quelque chose qu'elle ne voulait pas lui donner ! Ce qu'elle voulait, c'était qu'il continue à la regarder avec cette expression mystérieusement lascive et adoratrice à la fois, la meilleure, la seule protection face aux grimaces désobligeantes et aux airs supérieurs de Nicole et Crissy.

« Juste un tout petit peu, alors », s'est-elle entendue dire.

Hoyt s'est levé pour gagner le bureau. À l'instar de Julian, il a pratiquement rempli un gobelet de vodka comme s'il n'arrivait pas à contrôler le flot trop impétueux de la bouteille avant d'ajouter un trait de jus d'orange.

« Pas un petit peu de jus ! Un petit peu de *vodka*, j'avais dit ! »

Elle a ajouté un petit rire destiné à les laisser penser qu'elle commençait à se mettre dans l'ambiance et qu'ils avaient tort de croire qu'elle était assise au bord du matelas, raide d'angoisse. Mais sa nervosité était visible, malgré tout, d'autant plus que les trois autres attendaient maintenant de voir ce qu'elle allait faire du gobelet qu'elle tenait entre les doigts telle une bombe à retardement. Elle s'est forcée à le porter à ses lèvres, a avalé une gorgée avec une grimace. Julian et Hoyt se sont esclaffés, mais positivement, non pour se moquer d'elle. C'était atroce, cet alcool qui s'aigrissait en descendant son gosier et produisait un arrière-goût d'une douceur écœurante une fois qu'il avait atteint l'estomac. Comme elle a remarqué que Nicole venait de finir son verre d'un trait et le tendait à Julian, apparemment pour qu'il la resserve, Charlotte s'est dit qu'il était vital que cette pimbêche n'ait pas l'air plus évoluée, plus adulte, plus fun, plus cool qu'elle. Elle a bu encore, sans grimace cette fois même si le goût n'était pas meilleur, loin de là.

« C'est pas si mal, en fait », a-t-elle noté en levant les yeux vers Hoyt avec un sourire qui, espérait-elle, donnerait de la crédibilité à sa remarque.

Et si elle le finissait, elle se sentirait peut-être mieux. L'effet relaxant de l'alcool, comme ils disaient... De toute façon, cela ne pourrait que l'aider à s'intégrer plus au groupe, à arrêter de se lamenter en son for intérieur d'être prise pour une petite oie blanche venue de sa cambrousse, projetée on ne savait comment à un dîner où des filles plus libérées, plus chic, plus blondes, plus mondaines, plus tout, tiendraient la vedette. Pourquoi devait-elle se laisser réduire au peu de cas que Nicole et Crissy faisaient d'elle ? Au bout du compte, elle était Charlotte Simmons ! Et les choses ne se présentaient pas si affreusement. C'était une jeunette, d'accord, mais tellement charmante et attirante que le garçon le plus lancé de Saint Ray, voire de toutes les associations étudiantes réunies, l'avait choisie pour cavalière.

Hoyt était revenu lui masser la nuque, cette fois, ce qui lui procurait une sensation de sécurité, ce qui l'inoculait contre toutes les mesquineries du monde. Chaque fois qu'elle relevait les yeux sur lui, elle retrouvait ce sourire merveilleux qui passait si rapidement de la tendresse à l'espièglerie et de nouveau à la tendresse. Elle a bu encore une gorgée. Pourquoi pas ? Et ce n'était pas seulement Hoyt... Il suffisait de regarder Julian, et même Nicole... Julian était extrêmement séduisant, lui aussi, et si elle arrivait à considérer Nicole avec objectivité elle devait reconnaître que c'était une superbe blonde. Une autre rasade, une autre... Et même Crissy, objectivement... Et Charlotte Simmons, à moins qu'elle ne se trompe du tout au tout sur le visage qu'elle voyait en face d'elle dans la glace... Pour tout observateur extérieur, Charlotte Simmons faisait partie du cercle le plus sexy de Dupont, et le plus cool des étudiants de Dupont baissait sur elle des yeux aussi adorateurs que si elle avait été l'être le plus précieux au monde... Encore une gorgée. Le secret de l'alcool, ce n'était pas son goût, c'était l'effet qu'il produisait en descendant en vous, en touchant le fond et en rebondissant, comme s'il provoquait un... épanouissement. La poitrine tout entière se dilatait, ouvrait ses pétales, et la chaleur qui se répandait aidait à la relaxation, oui, assurément.

Lorsqu'on comprenait que l'on absorbait non une boisson mais une *sensation*, le goût n'était plus si mauvais, soudain...

Lorqu'elle a passé son gobelet à Julian pour qu'il le remplisse encore, personne n'a fait de remarque, ni gloussé d'un air entendu, ni lancé d'encouragements condescendants. Bon signe : cela prouvait qu'elle était non seulement plus détendue mais que cela *se voyait.* Et c'était une réalité. Elle s'est dit qu'au cours des quelques minutes précédentes elle avait absorbé plus d'alcool que tout au long de sa courte vie, même en comptant les bières qu'elle avait acceptées à la fête de Saint Ray. L'effet qu'il produisait sur elle ? Très différent de ce qu'elle avait redouté. Elle se sentait beaucoup moins intimidée mais pour le reste elle était complètement elle-même. Tant que Hoyt resterait auprès d'elle, elle n'aurait rien à craindre. Et quand elle a attaqué sa deuxième vodka tout le monde, jusqu'à Nicole, a semblé la regarder comme une digne participante de la « mise en train ».

À un moment, Nicole a pris sa housse de voyage, sa trousse de toilettes et a disparu dans la salle de bains. Longtemps. Pour toujours ? À la stupéfaction de Charlotte, Julian et Hoyt ont entrepris de retirer leur pantalon.

« Fais pas attention à nous, lui a dit Julian avec un gai sourire. On essaie d'être pas trop guindés, à ces soirées habillées. Pas vrai, Hoyt ?

— On se change et basta », a confirmé ce dernier en montrant d'un geste résigné la porte de la salle de bains fermée pour lui faire comprendre qu'ils n'avaient pas le choix.

En deux secondes, les deux garçons se sont retrouvés en caleçon et maillot de corps. Charlotte devait ouvrir des yeux comme des soucoupes car Julian a déclaré avec une moue ironique et un sourire pseudo-torride :

« Bon, on en reste là, non ? Quoi qu't'en dis, Hoyto ? »

Était-ce du premier ou du second degré ? Elle n'éprouvait pas l'appréhension qui aurait été la sienne en temps normal, pourtant ; quelque chose d'inattendu était en train de se préparer et elle gardait simplement son attention en alerte pour la suite.

« Ah, je sais pas, a répondu Hoyt en lui lançant un regard qui permettait à Charlotte de comprendre qu'il plaisantait. À mon avis, la balle est dans le camp de Charlotte, maintenant.

— Tu veux essayer une partie à trois ? a demandé Julian en terminant sa phrase par un rire tonitruant, la vodka commençant à produire ses effets sur lui.

— T'es vraiment une tafiole, mec, a rétorqué Hoyt. Deux gus et une meuf, c'est pas comme ça que je vois le triangle idéal, moi.

— Triangle des Bermudes ? a proposé Charlotte, qui se sentait désormais assez sûre d'elle pour tenter un mot d'esprit.

— Hein ? De quoi tu causes, Charlotte ? »

Le soufflé est retombé d'un coup mais Julian, pour la première fois en quatre ou cinq heures, l'avait finalement appelée par son prénom.

« C'était plutôt marrant, je trouve, est intervenu Hoyt. Si t'étais pas tellement bouché, j'essaierais de clarifier pour toi.

— *Clarifier* ? Et c'est qui, la tafiole ? a demandé Julian à Charlotte. Attends, j'ai quelque chose pour toi ! »

Il s'est mis à agiter les sourcils d'une façon qui se voulait suggestive mais n'était que clownesque. Ivre, déjà. Et il s'est lancé dans un hip-hop chaloupant, tortillant des hanches et des épaules tout en fixant Charlotte droit dans les yeux d'une façon qui l'a convaincue qu'il ne faisait pas que jouer la comédie. Elle a commencé à se trouver, à se sentir sexy.

Il dansait encore pour Charlotte lorsque Nicole s'est décidée à émerger de la salle de bains. Comme Julian tournait le dos à la porte, il ne l'a pas vue mais Charlotte ne pouvait pas la rater. Parfaitement maquillée – peut-être un peu trop –, elle avait passé une robe noire moulante qui lui arrivait aux genoux et des escarpins noirs à talons aiguilles. À cet instant, Charlotte, dont la seule et unique pensée se concentrait sur la manière dont elle pourrait soutenir la comparaison avec cette blonde sophistiquée, a remercié le Créateur : car sans la veste en daim que Nicole avait portée jusque-là sa poitrine paraissait des plus plates, un torse de garçon, et sur ce point elle était bien plus avantagée que sa rivale. Il a fallu une seconde à son cerveau pour analyser ces données. La seconde suivante, l'impeccable visage de Nicole s'est décomposé : son homme, Julian, dansait en sous-vêtement devant une autre... fille ! La protégée de Hoyt !

« Sa-lut, Ni-cole ! Tu en jettes ! » a fredonné ce dernier, qui l'avait vue arriver.

Julian a pilé sur place.

« Je t'en prie, ne le distrais pas, a dit Nicole à Hoyt. Je ne l'avais encore jamais vu se livrer à une danse folklorique en slip. »

L'intéressé s'est retourné d'un coup, les mains levées et, d'un ton affolé :

« On était... On attendait juste que tu finisses. »

Julian le Cool avait disparu, cédant la place à la caricature du bonhomme surpris avec le falzar aux chevilles. Charlotte en a retiré une intense satisfaction, la mine contrite de Julian prouvant bien que son intention n'avait pas seulement été de faire le pitre. Et puis elle a éprouvé le soudain désir de ne plus être dans cette pièce lorsque la suite se produirait. En conséquence, elle s'est levée et, saisissant son sac marin, s'est dirigée vers la salle de bains.

« Tu n'en as plus besoin ? » a-t-elle demandé à Nicole en passant devant elle et en lui montrant la porte.

L'autre ne lui a même pas accordé un regard, encore moins une réponse.

La salle de bains était un petit cube peint dans un ton tristounet de... fromage avarié, s'est-elle dit. La baignoire et la cuvette, couleur de mozzarella avariée ; le rideau de douche, comme de la mozzarella avariée *et* caoutchouteuse ; le plan qui accueillait le lavabo et courait sous le large miroir était en plastique, avec des veines bleutées artificielles censées évoquer le marbre et qui lui donnaient l'aspect du roquefort... Là, ces métaphores fromagères ont commencé à lui soulever le cœur, de sorte qu'elle les a abandonnées.

S'étant dépouillée de son jean et de son tee-shirt, elle s'est observée un moment dans la glace, en soutien-gorge et petite culotte. Un jeune visage blanc comme neige lui a rendu son regard. Mais... le temps pressait ! En hâte, elle a sorti le mascara, le crayon, l'ombre à paupières et le gloss que Bettina lui avait donnés. Soudain, ses mains ne lui obéissaient plus : la condamnation maternelle des *femmes peinturlurées* s'était inscrite en elle trop profondément, trop tôt. Elle a décidé de se contenter d'une légère touche de rose sur les lèvres mais ses yeux sont tombés sur le mascara... *Juste un peu* ! Elle a essayé. Pas mal !

Elle a enfilé la robe rouge de Mimi, chaussé les escarpins de dévergondée de la même provenance et... Waouh ! Il lui a semblé qu'elle était montée de trente centimètres dans le miroir ! « C'est une *blague* ou quoi ? » a-t-elle murmuré au visage blanc qui lui a rendu un sourire amusé, puis elle a eu un généreux aperçu des cuisses de Charlotte Simmons car, ohmygod ! la robe en question descendait à une quinzaine de centimètres de l'ourlet de sa petite culotte, pas plus ! Beaucoup plus courte que lorsque Mimi la lui avait montrée ! Juchée sur ses hauts talons, la fille dans la glace avait l'allure d'une... patineuse, justement. Elle a balancé ses hanches à droite et à gauche, elle a dansé avec Charlotte Simmons ; chaque fois qu'elle, Charlotte Simmons, se déhanchait ainsi, la robe voletait et s'évasait, laissant entrevoir le haut de la courbe exquise de son postérieur. En temps ordinaire, cela l'aurait scandalisée, lui aurait inspiré des frayeurs inextinguibles à cause du qu'en-dira-t-on. Ce soir, pourtant, elle a décidé de faire une fleur à Charlotte Simmons, qui avait eu une rude journée, qui avait passé son temps à se tourmenter à propos de ce que les gens pourraient penser d'elle, précisément. « Qu'est-ce qu'on s'en fiche, de ce qu'ils pensent ! » a proclamé la Charlotte Simmons du miroir, et à voix haute.

En sortant de la salle de bains, elle se sentait comme un mannequin sur la passerelle, sans aller toutefois jusqu'à la folie d'imiter leur démarche... quoi, chaloupée ? Visiblement, son retour a produit son petit effet sur Julian et Hoyt. Ils avaient l'air de vouloir... la manger. Mais ils n'ont pas pipé mot. À cause de Nicole, Nicole dont les yeux ne chômaient pas, non plus. Bien que le front plissé, elle a fini par trouver une voix étonnamment enjouée, étonnamment *concernée* :

« Dis donc, mais c'est *super* court ! Comment tu vas pouvoir t'asseoir avec ça, Charlotte ? »

Excellent ! Nicole, à son tour, venait de se sentir obligée de l'appeler par son prénom.

« Oh, ça ira », a-t-elle affirmé bravement.

Elle se sentait un peu nue, d'accord, mais légère aussi, insouciante... « équanime », comme diraient les Français. Ou non, il y avait un terme plus précis pour désigner son état d'esprit : elle se sentait sexy. À un point qu'elle n'éprouvait pas même quand elle avait son petit short blanc et ses sandales, exposant toute la longueur de ses jambes de la pointe de ses pieds à... jusque-là.

Hoyt était tellement absorbé par son apparition que c'en était presque gênant. Quand elle s'est assise, n'importe où, il est venu se caser tout près d'elle et a entrepris de lui masser l'épaule, le dos, l'extérieur de la cuisse, ce qui n'était plus si choquant puisqu'elle était exposée à ce point, puis de caresser sa joue, ses cheveux cascadant sur sa nuque et ses...

Nicole n'était plus très causante, soudain. Sans doute parce que Julian, qui avait entrepris de se soûler plus encore, adressait la plupart de ses spirituelles remarques à Charlotte plutôt qu'à elle. Quant à Hoyt, il n'y avait pas photo : il était comme un toutou. Incroyable, comme les cartes pouvaient changer de mains et... *Les derniers seront les premiers.*

Et puis est arrivé le moment de descendre dîner, tous les quatre.

24
À la nôtre !

La soirée avait lieu dans une partie de l'immense cour intérieure réservée à ce genre de mondanités. Main dans la main, Charlotte et Hoyt se sont engagés dans les larges marches aux carreaux rustiques qui descendaient paresseusement de palier en palier à travers une forêt d'arbres en pots. Les hauts talons de Mimi rendaient la descente compliquée pour Charlotte, qui n'en avait jamais possédé une seule paire. Elle sentait ses mollets se contracter douloureusement à chaque marche mais il y avait quelque chose de sexy dans cette expérience aussi. Dans le miroir de l'ascenseur, elle avait jeté un coup d'œil à ses jambes : encore allongées par les hauts talons, tendues depuis le cou-de-pied jusqu'à l'ourlet rouge qui révélait presque toute la cuisse, elles lui avaient paru... très bien. Elle se demandait ce que les hommes en pensaient, sur son passage.

Elle a découvert derrière le feuillage un crépuscule que perçait romantiquement la lumière de bougies sur des tables couvertes de nappes blanches. Son émerveillement n'aurait pas été moindre si on lui avait dit que cette ambiance crépusculaire était l'œuvre d'un technicien réglant l'intensité sur le tableau de contrôle de l'éclairage. Et elle descendait un escalier évocateur de langueur tropicale en compagnie du garçon le plus cool de Dupont, qui lui pressait doucement la main ! Elle ne pouvait s'empêcher d'espérer qu'on les regarde d'en bas, et que Crissy soient de ceux-là. Non par désir de vengeance car son animosité envers elle s'était évanouie : après tout, Crissy faisait aussi partie de toute cette atmosphère, de la *magie* de ce moment.

Des massifs mobiles soigneusement taillés délimitaient la section réservée par Saint Ray et la protégeaient des regards indiscrets. À l'entrée, plantés dans un pot à chaque extrémité de cette haie luxuriante, deux mâts portaient l'un le drapeau de l'université, mauve et or avec le fameux blason, un couguar rampant qui pour l'heure disparaissait dans les plis sans vie de l'étoffe puisqu'il n'y avait pas un souffle de vent dans cette jungle en serre, mais n'en était pas moins formidable – Dupont ! –, l'autre la bannière de la fraternité, une croix *Raymundus Vox Christi* violette et rouge sur fond aubergine constellé de petites étoiles couleur de blé. Ainsi que tous les nouveaux Saint Ray se le faisaient expliquer à leur arrivée – et l'oubliaient au bout d'une semaine –, l'écarlate symbolisait le sang du Christ et le martyre de saint Raymond, le violet son statut d'exception au royaume du Christ, le cercle aplati représentant quant à lui l'anneau de fer dont ses lèvres avaient été transpercées afin de faire taire sa voix évangélisatrice qui avait entrepris de convertir au christianisme jusqu'à ses geôliers romains. Même si tout cela était également perdu dans les plis pendouillants du drapeau, les teintes à la fois sombres et brillantes de l'emblème n'en étaient pas moins impressionnantes, et les deux emblèmes donnaient à l'entrée de ce banal enclos de verdure hôtelier la solennité d'un accès à l'espace privilégié auquel les garçons de Dupont et leurs cavalières, déjà fort imbus d'eux-mêmes, se sentaient légitimement appelés.

Quand Charlotte et Hoyt sont apparus, on aurait cru qu'une centaine, non, un millier d'yeux se tournaient vers eux. L'espace était bondé d'étudiants qui, à en juger par les gloussements, les jurons et les cris d'animaux qui ponctuaient les conversations, s'étaient eux aussi livrés à une sérieuse *mise en train*. Charlotte ne faisait même plus attention aux abus du patois fuck, pourtant : ce qui la captivait, c'était la vue de tous ces visages tournés vers... vers elle, Charlotte Simmons, et son cavalier idéal, le beau, l'indispensable Hoyt Thorpe. Elle a noté la présence de Harrison, le joueur de crosse, de Boo-man, de Heady et – hourrah ! – de Vance et Crissy, cette dernière en robe de soirée noire très décolletée, fixant d'un regard interdit l'incomparable paire de jambes de Charlotte Simmons mises en valeur par des escarpins rouges vertigineux qui révélaient ses doigts de pied, la taille de guêpe de Charlotte Simmons qui par contraste faisait paraître sa poitrine plus fournie qu'elle ne l'était.

Harrison est venu à eux avec un grand sourire et des yeux pétillants d'alcool, sa bonne humeur faisant presque oublier les cicatrices sur sa joue et sa tempe ; pas mal du tout dans son smoking de location, son cou massif forçant le col cassé de sa chemise trop petite, sans doute louée, elle aussi.

« Yo ! Enfoiré ! a-t-il salué Hoyt, puis, braquant un regard insistant sur elle : Où est-ce que tu avais caché notre Charlotte ? »

C'était la première fois qu'il l'appelait par son prénom ! Un de plus !

« Loin des foutus requins comme toi, si tu veux savoir.

— Allons, allons, a fait Harrison sans cesser de jauger Charlotte des yeux. Bienvenue à la fête annuelle de saint Raymond ! Je peux aller te chercher quelque chose à boire ? Oh, attends, je me rappelle plus... Il y a pas une histoire que tu *bois pas* ou quoi ?

— Ce soir, Charlotte change de principe. Juste pour ce soir. En l'honneur de saint Raymond.

— Super ! Qu'est-ce que tu veux, alors ? »

Charlotte a hésité. Elle avait conscience d'avoir la tête *légère*, comme on dit toujours, mais cela ne changeait rien à ses facultés. Le seul changement, c'était que tout le monde autour d'elle avait l'air plus à l'aise.

« Jus d'orange et vodka ?

— O.K., c'est parti ! a déclaré Harrison, prêt à tourner les talons.

— Une minute, mec, est intervenu Hoyt. Et moi ?

— Je suis là pour m'occuper des dames, mon gros, a fait Harrison avec un sourire malin.

— Et un peu de putain de reconnaissance ? Parce que qui c'est qui l'a ramenée – en montrant Charlotte d'un signe de tête – ici ?

— Aaaaah, si tu le prends comme ça... Kestuveux, fuck ?

— Comme Charlotte. Mais avec *vraiment* de la vodka, hein ? »

Charlotte était enivrée, mais de jubilation. Ce qui venait de se passer... Elle savait qu'elle ne devait pas prendre pour argent comptant leurs compliments, jolie, intelligente, tout ça, mais ils se montraient tellement... empressés ! Après cet affreux voyage pendant lequel elle avait été snobée aussi implacablement ! Non, il ne s'agissait pas que de flatterie. On ne pouvait se tromper sur la nature des regards que lui jetaient non seulement Harrison mais aussi Boo-man, et Heady, et Vance, et leur...

Crissy ! Il fallait lui montrer le bon temps qu'elle prenait en compagnie des deux garçons. Rire, par exemple. Sa décision a été si brusque, cependant, que c'est plutôt un bref jappement qui est sorti de sa gorge. Hoyt et Harrison l'ont dévisagée.

« Pardon, a-t-elle fait d'un ton dégagé, je pensais juste à quelque chose...

— Aaaah ! – Hoyt a secoué la tête. – Et à quoi ? »

Elle a ri de nouveau, cette fois en poussant l'épaule de Hoyt du bout des doigts comme si elle n'en pouvait plus d'hilarité. Elle croyait voir Crissy debout derrière elle, un verre en main, en train de l'observer tout en se disant : « Ça, alors ! Moi qui croyais que c'était une petite ploucasse et maintenant elle a ces deux mecs cool qui... »

Harrison est revenu avec deux vodkas-orange où le jus de fruit teintait à peine l'alcool. Cet alcool pratiquement pur avait un goût infâme, chimique, mais puisque l'effet était si bénéfique à sa popularité... Comme c'était bien, de se trouver au centre de l'atrium d'un grand hôtel, environnée de massifs bien taillés, d'arbres en pots, de serveurs habillés en colonels d'armée tropicale, dans ce crépuscule artificiel auquel les bougies donnaient une touche romantique, une touche magique ! Tout autour d'elle, les Saint Ray se pressaient, Prométhées en gestation, sanglés dans leur smoking, ululant des tyroliennes de vulgarité débridée qui... Mais Prométhée n'était pas vulgaire, lui, donc ils devaient être... des Bacchus ? Cette reproduction du Bacchus de Michelangelo – dans quel livre l'avait-elle vue ? –, la panse alourdie par le vin... La tête lui tournait un peu mais elle avait tous ses esprits, la preuve ! Autrement, comment aurait-elle pu tenir le raisonnement selon lequel... Qu'est-ce que c'était, déjà ?

Hoyt, qui était tout près d'elle, à moins de trente centimètres, parlait à Vance, Crissy derrière eux. Charlotte a ri encore, de bon cœur. Crissy chuchotait avec Nicole, toutes deux la regardaient à la dérobée, l'une dans sa robe moulante, l'autre avec son décolleté risqué... Charlotte ne ressentait plus de colère envers elles. Qui étaient-elles, après tout, et qu'avaient-elles de si fantastique ? C'était *elle* que Harrison contemplait avec ces drôles d'yeux, pas *elles* ! Il avait toujours eu tendance à la mater, certes, mais ce soir...

Hoyt s'est tourné vers elle et... ohmygod, le sourire qu'il lui a adressé a déferlé comme une vague de chaleur irradiant le moindre de ses nerfs.

« Terminé ? »

L'un des colonels des Caraïbes était là, montrant du doigt le verre vide qu'elle gardait à la main.

« Oh ! oui, merci ! »

Il le lui a pris, l'a posé sur son plateau.

« Z'en voulez un aut' ? »

Amusant, son accent.

« Eh bien...

— Oui, elle en veut un, a édicté Hoyt en posant sa robuste main sur sa hanche et en l'attirant contre lui.

— Voulez quoi ? a demandé le serveur à Charlotte, qui a regardé Hoyt et... ohmygod, leurs visages étaient tout près l'un de l'autre, maintenant, et ses yeux magiques la faisaient... fondre.

— Avec vraiment de la vodka », a commandé Hoyt au serveur.

Charlotte a éclaté de rire, spontanément.

« Toi et ton “vraiment de la vodka” ! »

Quand Hoyt l'a serrée encore plus fort, elle a continué à rire. Elle voulait être certaine que Nicole et Crissy *voient* comme elle s'amusait bien, comme son allure – et sa personnalité, maintenant qu'elle s'était détendue – aimantait les garçons, avec quelle aisance elle s'était *lovée* dans l'ambiance de la fête...

Elle a observé discrètement la foule des invités. Julian n'était pas du tout aux abords de Nicole mais... là-bas, hors de vue de sa petite amie, en train de draguer *comme une bête* ! La fille avait des cheveux sombres coupés assez court mais denses, une bouche trop grande mais aux lèvres telllllllemmmmment sexy, tout comme son sourire et sa manière de dissimuler ses yeux effrontés derrière ses paupières plissées. Julian était penché sur elle, tout *contre* elle, avec son sourire le plus charmeur, s'imposant, s'immisçant, *se coulant* dans les prunelles de la fille. Elle portait une robe noire qui ressemblait plus à une chemise de nuit, très ouverte devant. Charlotte s'attendait à tout moment à voir Julian l'enlacer et l'embrasser comme le type dans la publicité... Quel spot c'était, elle n'arrivait pas à s'en souvenir. Un bref instant, elle a joué avec l'idée que Nicole passe par là et le surprenne sur le fait, mais l'a aussitôt repoussée : penser à ce que pouvait ressentir une fille dans une telle situation, même Nicole, était trop déprimant.

De son côté, Crissy – qui s'était beaucoup plus mal comportée avec elle que Nicole – avait son Vance... à la botte. Elle le tenait serré, le beau Vance. Il était séduisant, lui aussi. Charlotte avait tout de suite aimé sa tignasse de boucles blondes. Il lui faisait penser à un jeune aristocrate anglais, dans l'idée qu'elle s'en faisait, et Crissy ne le laissait s'aventurer nulle part. C'était *elle* qui se tenait près de lui.

Le petit colonel tropical est réapparu à ses côtés, avec un verre plein. Elle en a pris une gorgée. C'était horrible, à un point tel qu'elle a eu besoin d'en rire.

« Hoyt ! – Ses yeux pleuraient mais elle riait tout de même, brandissant le verre devant lui. – Qu'est-ce que tu lui as dit ? C'est a-tro-ce-ment FORT ! Il n'y a pas plus d'orange là-dedans que moi je suis... un ange ! »

Elle a trouvé son jeu de mots très drôle, avant de s'apercevoir brusquement qu'elle *hurlait* de rire et que cela devait paraître aussi affecté que les gloussements des autres filles. Mais ce n'était pas grave puisque le bruit autour d'eux commencait à devenir assourdissant, et puisque Hoyt continuait à la couver d'un regard extasié, et elle le fixait aussi, de tous ses yeux, priant pour que Crissy et Nicole ne perdent rien du tableau qu'ils formaient tous les deux. À quelques mètres de là, Heady a levé les bras au ciel, jeté la tête en arrière et hurlé un « Oh, ouiiiiiiiiiiiiiiii ! Houhouhou ! » que Charlotte s'est rappelé être le cri d'extase de Homer Simpson, le héros de dessin animé, chaque fois qu'il ouvre une cannette de bière et avale la première gorgée. Et en effet il en avait une dans sa main tendue vers le Ciel, pendant que Hoyt continuait à déverser dans ses yeux son... pouvait-elle parler d'*amour* quand il la regardait de cette façon ? Les deux Douches s'étaient mises à bavarder avec Boo-man et sa cavalière comme si elles passaient un moment merveilleux, et... Julian revenait vers eux.

La jolie brune était avec lui ! Et pas seulement ! Charlotte s'est presque pincée pour être sûre qu'elle n'avait pas la berlue : la main droite de la fille pendait sur sa cuisse droite, Julian faisait de même avec sa main gauche et là, pris en sandwich entre leurs jambes qui se frottaient l'une à l'autre en marchant, leurs doigts étaient entrelacés ! C'était tellement bizarre, tellement... rigolo ! Charlotte s'est retournée vers Hoyt pour le lui raconter, certaine qu'il allait trouver cela aussi drôle qu'elle, mais son attention était distraite par Vance. Là, oh oh ! Julian venait de repérer Nicole, qui devait se trouver à quatre ou cinq mètres, guère plus. Il a pris une mine à la fois solennelle et gênée, a dégagé ses doigts de ceux de la fille et s'est légèrement écarté d'elle, comme s'il était le garçon le plus fiable du monde, un brin triste aussi, Charlotte n'avait jamais rien vu de si comique – comment avait-il appelé Hoyt, tout à l'heure ? « Enfoiré » ? –, et Julian se dirigeait droit sur eux, maintenant, la fille un peu en arrière, elle aussi ayant pris un air innocent, l'air de dire : « Qui, moi ? »

Cédant à une impulsion irrépressible, Charlotte s'est jetée en avant, vers Julian. Avec un sourire et une voix qui n'étaient pas siens, elle lui a lancé : « Hé, enfoiré, où tu étais passé ? » en riant à gorge déployée et en posant une main sur son bras, ce qui a eu deux effets : Julian lui a lancé un regard innocemment étonné et au même instant elle a senti quelque chose se gonfler sous ses doigts. Interloquée pendant quelques secondes, elle a enfin compris de quoi il s'agissait : son triceps ! Riant de plus belle, elle a retiré sa main et secoué son index devant lui comme pour le morigéner :

« Ah, Julian, ce que tu peux être frimeeeeuuur ! »

Comme il la regardait sans paraître comprendre ce qui lui arrivait, elle s'est esclaffée encore. Elle voulait croire qu'il était authentiquement stupéfait qu'elle l'ait pris la main dans le sac. Frimeeeuuuur ! Elle riait si fort qu'elle a dû se pencher en avant et poser ses mains sur ses jambes. À s'en taper les cuisses !

« Hé, qu'est-ce qui t'arrive, nénette ? a demandé Hoyt, qui s'était approché.

— Eh bien c'est Julian... Il est tellement frimeeeeuuur ! »

Nouvelle crise d'hilarité.

« Si tu le dis », a concédé Hoyt en l'attrapant par les hanches et en la serrant contre lui.

Elle en a conclu que Charlotte Simmons avait un succès fou.

Ayant finalement cédé aux injonctions suppliantes de l'armée de colonels, la foule et son vacarme commençaient à rejoindre les tables du dîner assis, installées l'étage au-dessous du hall. Il y en avait six, rondes, chacune flanquée d'une douzaine de chaises. Une au centre de l'espace, les autres organisées autour en un cercle fantasque. Au bruit, on aurait cru qu'il y avait cinq fois plus de monde, d'autant qu'il était maintenant retenu par le plafond alors que tout à l'heure, dans l'atrium, il tournoyait librement dans trente étages de vide. Les Saint Ray avaient déjà bu en assez grande quantité pour trouver drôle tout ce qui était beuglé avec un accompagnement de rires virils et de sous-entendus sexuels. Ils avaient cependant tous l'air plus élégants et raffinés que d'habitude, en smoking et chemise blanche. Même I.P., dont la veste affinait quelque peu la taille pachydermique. Sa cavalière, pourvue de très beaux cheveux auburn, paraissait endurer les multiples clowneries qu'il commettait à son intention, y compris sa mimique préférée, un mouvement de ses énormes sourcils rapprochés qui suggérait la reptation d'un serpent sur le sol. Charlotte a été prise d'un élan de tendresse pour lui ; après toutes les moqueries dont ses comparses l'accablaient généralement, c'était un soulagement de le voir heureux et en compagnie d'une jolie fille. Elle-même heureuse, Charlotte souhaitait le meilleur au monde entier.

Quand les garçons se sont assis afin d'attaquer le homard ou quelque autre entrée, le niveau sonore a suffisamment baissé pour que Hoyt, installé à côté d'elle, puisse la présenter en criant à toute la tablée. Apercevant I.P. s'asseoir plus loin, elle a constaté avec un certain dépit qu'elle ne connaissait aucun des convives autour d'eux, elle qui se sentait en veine de sociabilité comme cela ne lui était jamais arrivé. Si, elle a reconnu deux types qui jouaient invariablement aux cartes ou à « Beyrouth » dans le hall de la résidence chaque fois qu'elle s'y était rendue. Le premier était son voisin immédiat : un grand maigre avec une tignasse qui ressemblait à un toit de chaume, pas mal de sa personne si l'on aimait le genre grand échalas. Elle se rappelait l'avoir entendu grommeler ou pousser d'ironiques cris de victoire quand quelqu'un de son « équipe » arrivait à caser une balle de ping-pong dans un gobelet de bière, mais c'était tout. Et elle n'avait même pas entendu son nom, à cause du chahut.

La cavalière d'I.P., qui était installée de l'autre côté de Hoyt, a été la dernière qu'il lui a présentée.

« Charlotte, Gloria. »

La Gloria en question a tourné la tête vers Charlotte et... ohmygod, c'était *elle*, la fille qu'elle avait surprise en train de tenir Julian par la main ! Elle n'a pas eu l'air de reconnaître Charlotte, qui la fixait apparemment pour la saluer mais cherchait en réalité à lui trouver un défaut physique rédhibitoire. Après avoir essayé et essayé, elle a dû s'incliner devant l'évidence : sa bouche était peut-être un tantinet trop grande, d'accord, mais les lèvres avaient la belle courbure d'une arbalète et, plus généralement, son aura de *ténébreuse* ouvrait des horizons infinis d'amour prohibé. Bien que ses yeux maquillés à l'excès aient mis Charlotte mal à l'aise, elle comprenait d'instinct que ces deux cratères noirs comme le jais devaient rendre les garçons fous de désir. Ses cheveux formaient une masse soyeuse et lustrée, et la *petite robe noire* qu'elle portait... « Petite » n'était même pas le mot. Ce bout de chiffon était tellement échancré que les yeux des deux joueurs de « Beyrouth » sont quasiment sortis de leurs orbites, comme dans les dessins animés, lorsque la fille s'est penchée en avant pour...

Un carillonnement inattendu s'est soudain élevé de la table centrale : tous les garçons et quelques filles tapotaient leur verre à vin encore vide avec leur couteau ou leur fourchette. La pratique s'est étendue à toute la salle et bientôt même Hoyt – et I.P., évidemment – s'escrimaient sur leur verre au milieu des rires, de « youpi » affectés et de sifflets, jusqu'à ce que l'air vibre de l'exubérance naturelle de jeunes mâles en groupe et d'un tintamarre désordonné de sons cristallins qui évoquait un xylophone géant actionné par un fou. Des cris ont commencé à monter de ces jeunes et virils gosiers, d'abord incompréhensibles, puis trouvant l'unisson : « Présidoche... à baloches ! Présidoche... à baloches ! Présidoche... à baloches ! Présidoche à baloches ! »

À la table du centre s'est levée une haute silhouette élancée. Parfait, absolument parfait dans son smoking et sa chemise empesée à col cassé qui paraissaient avoir été faits sur mesure pour lui – ce qui était le cas. Des applaudissements tumultueux ont éclaté, avec une vigueur dont Charlotte n'avait été témoin qu'une seule fois dans toute sa vie – pour elle, Charlotte Simmons, à la remise des diplômes au printemps précédent, tandis que plusieurs garçons, deux doigts dans la bouche, produisaient de spectaculaires fusées sonores.

C'était Vance. Grand, droit comme un I, totalement aristocratique. Son abondante chevelure blonde était coiffée en arrière, pour une fois, avec une raie centrale qui suggérait une route minuscule tout au fond d'un canyon tant ses boucles étaient denses et fournies. Charlotte a pensé au portrait de F. Scott Fitzgerald sur la couverture d'une édition de poche de *Fragments du paradis*. Elle n'aurait jamais cru qu'il pût être aussi beau et séduisant, l'image même de la dignité mais aussi de l'élégance la plus raffinée. C'était donc lui, le président de Saint Ray !

Avec un sourire discret, tranquille, assuré, Vance a levé sa coupe de champagne au niveau de son menton et, d'une voix plus forte que Charlotte ne lui avait jamais entendue, a commencé : « Gentlemen ! » Il a marqué une pause, rejetant légèrement la tête en arrière. Un silence absolu s'était fait, seulement troublé par un bruit de vapeur sous pression venu des cuisines. D'un regard plongeant, Vance a parcouru chacune des tables. Sa présence, sa prestance transformaient miraculeusement la réunion en une assemblée de jeunes prodiges incroyablement privilégiés, avec la petite croix en or de saint Raymond au revers, de jeunes prodiges qui se préparaient à une bacchanale mais qui, pour l'heure, avaient une haute conscience du rôle que le Destin leur réservait dans l'avenir. Vance a levé sa coupe un peu plus haut, devant ses lèvres, et, le menton impérieusement en avant : « À vous, ladies ! »

Hoyt, I.P., Julian, les joueurs de « Beyrouth »... bref, tout Saint Ray s'est mis debout, tous ont levé leur verre et répété d'une seule voix assourdissante : « À vous, ladies ! » Puis, en une chorégraphie sans faille, tous ont vidé leur coupe d'un trait, se sont rassis et ont repris les rires et les conversations, non sans donner des preuves physiques d'affection aux *ladies* à leur côté. Du coin de l'œil, Charlotte a vu Julian prendre Nicole par la nuque, attirer son visage vers le sien comme s'il voulait le dévorer et se contenter finalement d'un rapide baiser sur les lèvres. Déjà plus que pompette, Heady a plongé la main dans le décolleté de sa cavalière avec un sourire égaré ; ne sachant si elle devait s'en amuser ou s'en froisser, la fille a arqué les sourcils, haussé les épaules et regardé tous les convives de la table l'air de dire : « Que voulez-vous faire avec un gus pareil ? »

I.P., au contraire, était un modèle de tendresse civilisée : en se rasseyant, il a adressé à Gloria le regard d'adoration du chevalier servant pour sa dame avant de prendre une gorgée de champagne dans un toast silencieux destiné à elle seule. Avec un charmant sourire, elle a pris la main d'I.P. dans la sienne et l'a pressée légèrement. Comblé par ce geste, le garçon paraissait tellement fier de sa jolie petite invitée que Charlotte, dans une nouvelle bouffée de sentimentalité, s'est sentie très heureuse pour lui. C'est dans cet état d'esprit qu'elle a pris conscience de la main de Hoyt, qui avait recommencé son travail circulaire sur son dos tandis qu'il se penchait vers elle avec ses yeux si pleins d'amour et murmurait dans son oreille droite : « À *une certaine* lady... » Puis il s'est encore rapproché d'elle et l'a délicatement embrassée dans le cou.

Cette... sensation ! Ohymgod ! Frissons glacés et feu de la passion en même temps ! Tous ses nerfs devenus ultrasensibles et... ohmygod, un autre baiser ! Les doigts de Charlotte sont allés d'eux-mêmes se poser sur la nuque de Hoyt, dont la tête était pratiquement derrière la sienne, juste le bout des doigts, qu'elle a bien vite retirés en se disant qu'il serait inapproprié de lui laisser penser qu'elle voulait un baiser plus appuyé, là, ici et maintenant, à cette table... Pour être franche, elle trouvait le comportement de Julian et Nicole assez déplacé. S'ils voulaient se fourrer la langue en public, tant mieux pour eux mais... Comme s'ils étaient mus par la même idée, Hoyt et elle ont rectifié leur position simultanément. Sans la toucher, il a laissé de nouveau couler sur elle ce regard, ce regard d'amour qui valait tous les baisers du monde !

À la table centrale, les verres ont recommencé à tintinabuler. Vance, qui était resté debout dans son attitude princière, a prononcé avec une altière gravité : « Ladies ! Nous vous saluons, nous vous rendons hommage, nous vous ouvrons notre large cœur de Saint Ray car c'est pour vous que... que nous avons pris toutes ces chambres là-haut ! » Il a levé un doigt vers les étages dans un concert de rires approbateurs et de cris plus ou moins avinés. « Puisque vous nous honorez de votre présence, a-t-il poursuivi avec emphase, vos désirs sont des ordres, pour nous. Il vous suffit de demander. Et si vous souhaitez un petit quelque chose que vous n'avez même pas besoin de demander, ladies... nous nous donnons à vous ! »

Sur ce, il a hardiment vidé le fond de sa coupe, ce qui a mis la salle en folie : bondissant sur leurs pieds, verre en main, les Saint Ray s'esclaffaient, se congratulaient et se sont mis à scander : « Un p'tit quelque chose ! Un p'tit quelque chose ! Un p'tit quelque chose ! »

Encore enhardis par la boisson, ils ont entrepris de peloter leurs cavalières avec une ardeur renouvelée dès qu'ils se sont rassis. Même I.P., qui avait été un modèle de retenue, a impétueusement enlacé sa glamoureuse Gloria par les épaules, cherchant à l'attirer contre elle. Avec une petite grimace et un sourire patient, elle l'a gentiment repoussé : « Ivy ? Du calme, mon garçon. »

Les colonels tropicaux se sont présentés avec le plat de résistance : recouvertes d'une sauce épaisse, des tranches d'une viande que Charlotte n'a même pas essayé de définir. Elle était trop exaltée pour penser à ce qu'elle avait dans son assiette. D'autant que, miracle ! sans qu'elle s'en aperçoive, du vin rouge était apparu dans les grands verres-ballons devant les convives. Elle s'est sentie stimulée par ce nectar qui descendait bien plus facilement que la vodka et ne présentait pas de réel danger, puisque le vin n'avait jamais soûlé personne, n'est-ce pas ?

Hoyt s'était tourné sur sa droite pour parler avec Gloria, et son deuxième voisin, le joueur de « Beyrouth », conversait avec sa cavalière. Voyant que Charlotte n'avait personne avec qui bavarder, l'autre joueur de « Beyrouth » lui a crié quelques questions par-dessus la table. Elle a trouvé ça aimable avant de comprendre qu'il s'agissait seulement de lui demander son âge et d'où elle venait. Super ! Tout ça pour conclure qu'elle était une petite morveuse arrivée de sa campagne ! Elle lui a servi son couplet assassin à propos de Sparta, non parce qu'elle était fâchée – elle était de trop bonne humeur pour cela – mais histoire de lui montrer qu'elle était bien trop cool pour se laisser impressionner par des questions aussi convenues. Le malheureux a rentré sa tête dans les épaules comme un dindon.

Elle se retrouvait donc une fois encore dans son rôle de paria, mais ça ne l'affectait plus du tout, à présent. Elle *était* Charlotte Simmons ! Menton levée, elle a pris une expression aussi *équanime* que possible et laissé la musique entrer comme une douce brise dans son crâne. Le DJ était en train de passer un morceau surprenant, « La politique de la danse », à en juger par les paroles. Très, très étrange : ça se composait de couches musicales superposées en crescendo, de plus en plus puissantes, comme du Beethoven – non, pas exactement *comme*, plutôt l'équivalent contemporain des symphonies classiques ou, disons, le son symphonique d'aujourd'hui. Elle avait les prémices d'une théorie, là, mais... Quelle satisfaction à appliquer son esprit d'analyse, dans ce contexte ? Pour la « politique de la danse » ? Hoyt s'intéressait terriblement à Gloria, dont les seins menaçaient de jaillir de la fente qui ouvrait le devant de sa robe. Allait-il commencer à flirter avec elle, de même que Julian l'avait fait avec Charlotte ? Et si...

Grâce au ciel, cette soirée habillée était... *habillée*, justement. Les Saint Ray étaient tous en smoking et ils avaient chacun leur cavalière, c'était le terme qu'ils employaient eux-mêmes et qui indiquait une relation particulière entre le garçon et la fille, laquelle relation interdisait qu'il se mette à jouer les « playb's » et à draguer dans tous les sens et à...

Charlotte a quitté sa chaise dans la po-li-tique-de-la-danse-han-han, la robe rouge de Mimi encore plus courte à cause de la danse-han-han ; elle a fait deux pas incertains, perchée sur les hauts talons rouges de Mimi-han-han, mais elle a insisté, les jambes-han-han très tendues puis, se pliant à la taille, elle a fait semblant d'enlever d'une pichenette quelque chose qui se serait coincé dans la bride de son escarpin gauche et la-danse-la-danse, ohmygod, elle avait l'impression que l'ourlet lui arrivait deux centimètres *au-dessus* de l'endroit où les cuisses rencontraient les fesses, ses kilomètres de jambes *nues* prises par la danse-han-han, de sorte que n'importe qui, n'importe quel mec, n'importe quel Hoyt absorbé par Gloria pouvait voir le creux érotique entre ses mollets et l'arrière des genoux, la po-li-tique-de-la-danse, elle s'est redressée mais le bas de la robe paraissait rester *là-haut*, han-han, et elle est partie lentement vers les toilettes sur une trajectoire détournée dans le seul but de donner à Hoyt une vue complète de ses...

Impressionnantes, les toilettes-dames, avec un coin-salon muni de fauteuils et de tables basses ornées de fleurs, sans compter le reste, où tout semblait flambant neuf, y compris le sol miroitant à carreaux blancs en losange décorés de cabochons brun sombre. Elle est allée droit à l'immense miroir au-dessus des lavabos et elle a eu devant elle... Charlotte Simmons. Comme elle était seule, sauf si quelqu'un se trouvait derrière les portes en acier poli des box, elle a tenté quelques grimaces, hautaine, fâchée, ennuyée, aguicheuse, elle a roulé des hanches, grimacé encore et, ohmygod, le bruit d'un loquet qui s'ouvre, une fille est sortie de l'un des box. Avait-elle eu le temps de surprendre son manège ? Charlotte s'est hâtée de faire couler de l'eau dans le lavabo devant elle et de tirer sur l'une de ses paupières inférieures comme si elle avait une poussière dans l'œil.

Puis elle est retournée à la table en se déhanchant et, tout de suite, droit devant elle, Hoyt. Plus de Gloria dans ses yeux. Il la regardait intensément, avec un sourire qui n'était pas ironique, ni poli, mais le fameux sourire empreint d'adoration qu'il lui réservait depuis leur arrivée à Washington. Elle a été tentée de pivoter la tête pour voir si Crissy la Snobinarde les surveillait encore, apercevait ce sourire que le garçon le plus cool de Saint Ray lui réservait. Hoyt, ses mâchoires carrées, sa fossette au menton... Quel beau mec !

Dès lors, il n'a cessé de lui parler, abandonnant Gloria à I.P. Il lui donnait des petits noms, caressait ses épaules et son bras. La salle était devenue très bruyante : tempêtes de rires sur houle de conversation, vociférations de jeunes mâles enivrés par la sève qui courait en eux, à l'instar de... Bacchus, oui ! Hoyt lui a versé encore du vin, tiens donc, du vin, oh, après la vodka, le vin, pff, qu'est-ce que c'était ? Une fois que l'on avait compris que les Saint Ray étaient les Bacchus des temps modernes – mais Bacchus, s'il te plaît, sors-nous des crackers ! –, eh bien... Revoir toute la situation dans le prisme de Bacchus lui donnait le tournis. Que savait-elle du dieu du vin, sinon que... Est-ce que le DJ avait monté le volume ou était-ce seulement elle qui trouvait le son si fort, brusquement ? Une chanson de James Matthews qui s'accompagnait à la guitare :

> *« J'ai déjà été seul plein de fois,*
> *Donc ça me va...*
> *J'ai appris à me perdre dans les bois,*
> *Donc ça me va... »*

Elle a lâché un rire.

« Qu'est-ce qui te fait marrer, babe ? a demandé Hoyt.

— La... »

Charlotte s'est arrêtée. Elle avait oublié ce qu'il y avait de si marrant. Ses pensées ont dérivé ailleurs, dans une direction où elle ne devait pas aller... Les colonels tropicaux servaient à présent le dessert, de grandes vasques colorées dans lesquelles on pouvait puiser à volonté avec d'immenses cuillères en argent. Mousse au chocolat glacée et garnie de fraises. Elle avait eu l'intention de n'en prendre qu'un peu mais le manche de la cuillère était d'une longueur impraticable, la partie évasée s'est prise dans la mousse comme une pelle aspirée par la boue et soudain, mince ! Un gros tas de dessert est parti dans les airs, où il est resté une éternité avant de commencer sa descente, qu'elle a suivie avec des yeux fascinés, jusqu'à... ses cuisses. Plaf ! En plein dans la robe. Un glaviot de mousse au chocolat glacée juste *là*, contre son bas-ventre. Horreur !

« Tiens, prends ça. »

C'était Gloria qui, penchée devant Hoyt, lui tendait un verre rempli de soda dans lequel elle avait déjà trempé un pan de sa serviette.

« Laisse, je m'en charge ! a commandé Hoyt qui, armé de sa cuillère, approchait déjà la main de... *là*.

— Non ! s'est exclamée Charlotte en le repoussant avec un gloussement amusé.

— Alors fais-le, toi ! »

Il lui a tendu sa cuillère. Honteuse, elle a entrepris de ramasser la mousse dans son entrejambe.

Les verres ont tinté à la table du centre, déclenchant un hourvari de tintements cristallins, de cris et de tambourinements. Bang, bang, bang ! À l'unisson. Dieu merci ! Elle allait pouvoir nettoyer le gâchis dans son giron pendant qu'ils étaient tous occupés à taper sur les tables et bing ! Plus loin, quelqu'un s'était défoulé sur son verre à vin au point de le faire exploser. Pris d'un rire convulsif, I.P. s'est emparé de son couteau et, le tenant par la lame, a porté un coup sec avec le lourd manche en argent contre le verre-ballon devant son assiette, lequel s'est cassé en une pluie de débris qui ont atteint tous les convives alentour, Charlotte y compris.

« Oh merde ! s'est exclamé I.P. J'ai pas fait exprès ! Mais vous voulez voir quelque chose de dingue ? Fuck ! »

Entre deux doigts, il a soulevé le pied et la base du verre, qui apparaissaient intacts.

« Ça a même pas bougé ! »

Il a lancé un regard à la ronde afin de vérifier que chacun appréciait cette merveille de la physique, ainsi que ses qualités de bouteen-train. Soudain, les colonels tropicaux ont surgi des quatre coins de la pièce, accompagnés cette fois d'un quadragénaire ventru en chemise et cravate qui agitait les bras au-dessus de sa tête dans l'attitude d'un arbitre indiquant « Faute ! » ou « Hors-jeu ! ». Le tumulte s'est finalement calmé, laissant la place à des risées d'hilarité. Vance s'est levé, plus président de Saint Ray que jamais :

« Je viens d'avoir un échange avec un distingué représentant de la direction de l'hôtel Hyatt Ambassador, auquel j'ai cité les paroles immortelles de saint Raymond, traduites du latin bien entendu : "Mettez ça sur la putain de note !" »

Rires, applaudissements, sifflets, hourras, Julian essayant d'entraîner la salle dans un « Saint Ray, Saint Ray ! » suivi par quelques types sans que cela aille plus loin. Vance a continué :

« Gentlemen, permettez-moi de vous rappeler notre toast si éloquent à ces dames, que je m'apprêtais à répéter avec plaisir si la confusion et l'impétuosité de notre maniaque cristalicide, I.P., ne m'en avaient pas empêché. »

Tapage redoublé. Les membres de la fraternité étaient désormais assez ivres pour penser que la boufonne verbosité de Vance ajoutait une touche d'élégance à la soirée. Quant à I.P., il était au septième ciel. Convaincu que le président venait de rendre hommage à ses incroyables talents, son regard allait du visage de Gloria à ceux des autres convives sans une seconde de répit.

« Mais le moment est venu de lever mon verre à... *vous* », a poursuivi Vance.

Quel silence, soudain, sur cette assemblée de jeunes imbibés ! Voilà un bel hommage à son art de la périphrase, a pensé Charlotte tout en se demandant combien de participants pouvaient connaître ce terme. Très peu, certainement. Un sourire de supériorité est apparu sur ses lèvres. Et dire que le garçon le plus cool de Dupont était en train de lui masser le dos, à cet instant, et que tout le monde pouvait le voir !

« Ladies, a déclaré Vance, tous les individus qui vous accompagnent ce soir ont fait de Saint Ray, cette année, une fraternité aussi claquante et géniale que... la Lamborghini de Cy. – Il a adressé un sourire approbateur à Cyrus Brooks, qui avait reçu en cadeau de son père le roadster le plus coûteux au monde, une Lamborghini Leopardo. – Ou en tout cas la bagnole de Cy quand Tully l'a réparée pour la deux centième putain de fois et avant que Cy ne recommence à baiser la transmission, parce qu'il n'a toujours pas compris comment se servir d'une boîte de vitesses ! »

Ricanements, huées. Vance a gardé son sourire magnanime à l'attention du jeune propriétaire de la mythique voiture.

« Non, franchement, vous avez été fucking géniaux, vous tous. C'est ma quatrième année à Saint Ray et je puis vous dire que cette fraternité se bonifie d'un an sur l'autre. La Maison du Saint aux Lèvres Scellées – rires amusés – n'a jamais été autant placée sous le principe du "Un pour tous et tous pour un". En assumer la présidence a été le plus grand honneur de ma vie et je voulais tous vous remercier, vous autres, d'avoir... Hé, attendez ! "Un pour tous et tous pour un", c'est la devise des connards de Hell's Angel, ça ! »

Vance passait du registre de l'éloquence ampoulée à celui de la vulgarité avec une déconcertante facilité.

« Mais quand j'y pense, nous avons un Hell's Angel parmi nous ! Un gars capable de faire pisser nos grands hommes politiques dans leur froc ! »

Il avait les yeux fixés sur Hoyt et Charlotte s'est dévissé le cou pour voir l'expression de son cavalier. Ce dernier arborait un petit sourire plutôt figé. Il avait cessé de masser son dos, aussi.

Vance a saisi sa coupe de champagne :

« Gentlemen, à vous ! Levant son verre très haut, il a considéré tous ses pairs autour des six tables. Vous m'avez rendu fier, vous vous êtes rendus fiers, vous nous avez rendus fiers et vous... vous... – une autre baisse de tension verbale – ... vous... Et merde ! À la nôtre ! »

Sur ce, il a jeté la tête en arrière et bu cul sec.

Tout le monde s'est levé, criant, gloussant, tapant du talon si violemment que, dans un bâtiment plus ancien, le sol en aurait tremblé. Mais les carreaux en fausse terre cuite du Hyatt étaient solidement arrimés à une chappe de béton.

Transportés par le constat qu'ils étaient les meilleurs, les Saint Ray avaient oublié leurs chères ladies, qui pour leur part poussaient des soupirs et échangeaient des regards excédés devant ce déluge de sentimentalité virile. Toujours debout et en train d'applaudir, Hoyt a toutefois baissé la tête pour lancer à Charlotte son clin d'œil et son sourire d'adoration, au point qu'elle a failli bondir sur ses pieds et l'embrasser sur la bouche illico. Et puis tout le monde s'est rassis, sauf I.P. Il oscillait sur place, comme pris de troubles psychomoteurs, son verre de vin rouge incliné à un angle si périlleux que l'on ne pouvait s'empêcher de le regarder. Il cherchait à capter l'attention de Vance, mais à une autre table quelqu'un s'est mis à taper sur sa coupe, pour annoncer qu'il se disposait à porter un toast, ce qui a conduit I.P. à glapir :

« Yo, Vance ! Hé, Vance ! »

Après avoir essayé de l'ignorer, le président a fini par concéder :

« O.K., mec. Mr I.P. au podium ! »

Portant péniblement son verre à ses lèvres, I.P. a commencé d'une voix mugissante :

« J'veux juste dire... J'veux seulement dire que... »

Il semblait perdu, brusquement, son regard polarisé sur... rien de particulier, quelque part dans l'espace. Julian s'est mis à applaudir :

« Bien parlé, Ipper ! Au suivant ! »

Mais l'autre ne renonçait pas et, d'un ton encore plus caverneux :

« J'voulais dire que... Juste dire...

— Alors dis-le, espèce de... ! a beuglé Julian, renonçant à un quelconque qualificatif au milieu des rires et des sifflets.

— J'VEUX JUSTE DIRE QUE... cette résidence est l'endroit le plus génial du campus, et j'veux dire merci à vous tous, les gars, merci pour ce fucking bon temps qu'on a eu cette année, et ça te concerne aussi, Vance, parce que t'es le meilleur fucking... le meilleur fucking... »

Apparemment, la fonction que Vance exerçait à Saint Ray lui était sortie de la mémoire.

« Baratineur ? » a suggéré Boo-man.

Rires, applaudissements, miaulements. I.P. a ouvert la bouche, prêt à poursuivre son discours, quand un sifflement à percer les tympans est venu d'une table derrière Vance. « Yo ! Hé ! Yo ! » C'était Harrison qui s'était mis debout et pompait l'air de son poing levé avec une telle virulence qu'il paraissait sur le point de se démettre l'épaule. Encouragé par les gloussements autour de lui, le visage radieux, égaré par la boisson, il a proclamé :

« Moi j'veux dire qu'une chose mais c'est ce qu'il y a de plus important et c'que j'veux dire c'est que... cette fraternité, nous, c'est nous qu'on a les filles les plus fucking dars du campus ! »

Rires, youpis, encouragements sarcastiques – « Bien dit, Harrison ! », « Classe, mec ! », « Quel Don Juan ! » ou « Tu devrais vraiment porter un casque, à partir de maintenant ! » en allusion aux nombreux coups à la tête que Harrison avait reçus tout au long de sa carrière de joueur de crosse –, puis les garçons se sont mis à observer les filles à la ronde pour voir comment elles prenaient le compliment. Assise à côté de Vance, Crissy riait tellement fort qu'elle a dû s'attraper la tête entre les mains. Persuadé que tout cela était un hommage à sa pertinence et souriant encore plus niaisement, Harrison a voulu s'appuyer sur l'épaule de sa cavalière mais il a manqué sa cible et s'est retenu de justesse au rebord de la table. Ayant retrouvé son équilibre, il a continué à sourire sans raison à toute l'assemblée avant de se laisser retomber sur sa chaise.

De nouveaux toasts, chacun rivalisant de superlatifs plus maladroits les uns que les autres. Le dîner tournait à la débandade. Charlotte continuait à boire du vin. Le DJ a envoyé la musique dans le jardin intérieur, là où on allait danser. Les garçons se sont réunis en petits groupes hilares autour de la piste, plus contents d'eux-mêmes que jamais. Trois filles se sont aventurées au milieu et se sont mises à danser en cercle en remuant du popotin pour que les garçons se rincent l'œil. Toujours cette même scène étrange dont Charlotte avait été témoin dans les soirées au lycée, les filles attendant que les types prennent leur courage à deux mains pour les rejoindre et... Il y avait Nicole et Gloria parmi ces trois-là, Nicole la blonde parfaite, Gloria la parfaite brune épicée, provocante, dont les lèvres sensuellement arquées promettaient... Dieu savait quoi ! Finalement, Julian les a rejointes, puis I.P. qui est arrivé en chancelant et en criant « J'veux du... » avant de plaquer sa main sur sa bouche comme s'il avait peur de dire ce qu'il voulait, ou ce qu'il prétendait vouloir. I.P. et Gloria ne vont décidément pas ensemble, a décidé Charlotte en son for intérieur, mais Gloria et Julian, par contre... Ce dernier semblait penser la même chose : il la buvait du regard tandis qu'ils sautillaient dans une piètre tentative de hip-hop. Entre-temps, de nombreux couples les avaient rejoints, les garçons s'appariant à leur cavalière et commençant à... se trémousser, oui, c'était le mot, jusqu'à I.P. et son gros bassin en face de sa brune idéale.

Soudain, Charlotte a senti la main de Hoyt en haut de ses reins et il l'a entraînée vers la piste avec un « Allez, on danse, babe ! », ce « babe » accompagné d'un sourire qui disait : « Ce terme n'est que l'ébauche de quelque chose de beaucoup plus profond. » Charlotte voyait la musique qui emplissait l'atrium comme une fine poussière de pluie grésillant d'électricité tandis que Hoyt la poussait en avant avec ce regard, ce regard qui la faisait fondre. Elle a jeté un coup d'œil vers le haut et là, massé contre la balustrade de la réception, il y avait... le monde entier ! Comme au balcon d'un théâtre, une foule de vieux, quarante ans ou plus, se penchait pour les contempler, eux ! Comme ce devait être triste, de se savoir coupé de toute cette jeunesse, de toute cette beauté, d'un amour comme celui de Hoyt ! Comme ils devaient être fascinés, et envieux, alors que Hoyt l'attirait contre lui, poitrine contre poitrine, et qu'elle n'avait jamais été aussi *près* d'un homme de toute sa vie.

Il a commencé à bouger et... elle a senti leur pelvis respectif frotter l'un contre l'autre. Ils se collaient d'une façon qu'elle n'aurait jamais accepté à la soirée de Saint Ray, il y avait si longtemps, quand elle ne connaissait même pas Hoyt. Elle a aperçu Nicole et Julian, lequel ne se contentait pas de presser son pubis contre celui de sa cavalière mais l'envoyait en avant, encore et encore, ce qu'elle a trouvé vulgaire mais troublant, aussi, parce qu'il la désirait et... Penser à l'effet que cela devait procurer, d'être désiré par un garçon aussi cool et séduisant !

Elle avait les mains posées sur les épaules de Hoyt ; les siennes ont commencé à glisser plus bas sur ses reins pendant qu'il avançait résolument son pelvis parce que dessous il y avait, il y avait... Mais non, ce n'était pas la raison, c'était juste pour manifester qu'il l'aimait, à la folie – de même que Julian aimait Nicole – qu'il était désormais entièrement sous le charme de Charlotte, à telle enseigne que sa main droite abordait maintenant ses fesses, et qu'il les faisait aller d'avant en arrière, d'arrière en avant, mont pubien, mont pubien, mont pubiieeen...

Charlotte n'était pas si scandalisée, au demeurant, surtout après avoir constaté que *tous* les Saint Ray se comportaient de la même façon. Et ils suaient, tous, ils dégoulinaient de sueur, bas ventre contre bas ventre, Julian, Nicole, tous, ce qui a fait sourire Charlotte, amusé, impressionné Charlotte, parce que malgré leurs grands airs ces garçons étaient exposés, vulnérables, à la merci. Tous, I.P., Vance, qui avait d'un coup perdu son élégance naturelle pour se déhancher encore et encore, et accomplir les moindres desiderata de cette « meuf », Crissy. Tous ces Saint Ray harponnant leur cavalière de ce même mouvement pelvien qui semblait soulever les filles du sol, et Boo-man grognant dans son enveloppe de graisse, rhungh, rhungh, rhungh, rhungh, et elle, Charlotte ? Elle a éclaté de rire.

« Qu'est-ce qu'y a de si drôle ? »

Hoyt était tellement absorbé à la tenir serrée, serrée contre lui d'une main et à lui tripoter les fesses de l'autre que Charlotte a redoublé de rire.

« Huueeinh huueeein.

— Huueeinh ? Huueeein ?

— Mais tu vois pas ces... taureaux en smoking ? Ces... Holstein ? Tu les vois pas ? »

Ce n'était pas drôle, sauf pour elle, sauf peut-être pour... allez savoir. Mais c'était assez pour que, Jésus Marie Joseph ! Hoyt plaque ses DEUX mains sur ses fesses, maintenant, deux mains, deux fesses, oh oui, halluciné par... elle, Charlotte Simmons ! Une de ses MAINS est remontée dans ses cheveux, oh oui, pressant son visage dans un BAISER qui l'a laissée sans souffle, et oh, ah, uh, arrgh, la boucle de ceinture appartenant à Mr Hoyt lui a déchiré l'hypogastre, aïe, mais quelle importance puisqu'ils s'embrassaient, s'embrassaient, abdomen contre abdomen, sein contre plexus solaire, tous ces trucs anatomiques qui culminaient dans cette langue gigantesque fourrée dans la bouche virginale de Charlotte, eurrgh, arrgh, un aperçu d'I.P. en train de coïter verticalement et à sec contre Gloria, le regard perdu au loin, plus calme qu'une statue, gggrrum, ggrum, ggrum, et Crissy qui tenait tenait tenait tenait son mec par la peau des ouics, par la peau du nez, par la peau de ce que l'on voudra, et maintenant Charlotte désirait Hoyt, Charlotte attendait ses mains partout, maintenant, et ho, ha, hu, hi, hy, sa saucisse de langue dans la bouche de Charlotte, oh, ha, dans un mouvement fait pour durer à jamais, oh, ha, et ils dansaient pour l'éternité, et il dévorait ses lèvres. La MAIN est descendue de sa nuque à son flanc, puis à la crête iliaque, est remontée à l'aisselle, a dévalé l'abdomen pour approcher le goulet qui s'ouvrait entre la crête iliaque et le bas-ventre, puis attrapé un sein qu'elle a enveloppé de biais, par-dessus la robe. Quand il a retiré ses lèvres dévorantes et son énorme langue, elle a eu le tournis et la scène lui est apparue en éclairs désordonnés, les taureaux Holstein en smoking et en rut, rut, rut, Vance mangeant l'oreille de Crissy, pendant que la main de Hoyt s'aventurait dans son delta de Vénus, ainsi qu'Anaïs Nin l'appelait, et c'était là qu'elle la voulait, décidément, elle voulait qu'il la serre contre elle et que toutes les Crissy, toutes les Hillary, toutes ces snobs en « y » les voient s'aimer dans ce tourbillon obscur qui reflétait sa lumière blanche sur les visages rongés de nostalgie et d'envie des vieux au balcon, là-haut.

Toutes les... demi-heures, peut-être, ruisselants de sueur, Charlotte et Hoyt allaient s'asseoir à l'une des tables les plus proches de la piste pour boire, boire encore. Ce qu'elle avait découvert à propos du vin, c'était qu'il avait un goût agréable, rien à voir avec la vodka, et qu'il n'aggravait pas le tournis et le fracas de cascade dans sa tête. Il la mettait juste plus à l'aise avec son corps et avec son amour, fière d'eux, pour tout dire, et il l'aidait à surmonter sa timidité de petite fille descendue de ses trois mille mètres de montagne.

Vance et Crissy sont venus se poser à la même table et ont commandé deux tequilas à un petit colonel qui passait par là. Le col de la chemise de Vance était trempé de sueur. Même le parfait visage de Crissy était luisant et empourpré, elle en avait perdu ses airs dédaigneux. Quand Vance a pu parler, il s'est adressé non à Hoyt mais à Charlotte ! En l'appelant par son prénom !

« Dis-moi, Charlotte, tu étais déjà sortie avec un Hell's Angel bourré ? »

Il lui montrait Hoyt du menton. Pas du tout décontenancée, elle a répondu du tac au tac :

« C'est pas un Hell's Angel, c'est un taureau Holstein en smoking ! »

Vance et Crissy ont encaissé l'information avec un regard vide avant de se lancer un coup d'œil perplexe, sourcil levé.

« Hé, Hoyto, a fait Vance, et... c'est fucking censé... être quoi... *ça* ? »

Ils ont éclaté de rire tous les trois sans regarder Charlotte, qui n'a pu s'empêcher de sourire. Ravie. Ils avaient compris ! Son humour avait du succès, *mince* ! Et Hoyt gardait sa main sur elle, tout le temps, même en bavardant avec Vance. De temps en temps, il la prenait par les épaules et l'attirait contre lui – avec sa chaise, même ! –, et il disait aux deux autres : « Elle est pas trop mimi, cette fille ? », au point qu'elle a fini par se reculer pour lui adresser un regard faussement irrité, de l'air de dire : « Pourquoi tu es toujours tellement moqueur ? »

Ensuite, ils retournaient sur la piste de danse et il la pressait, la caressait encore, de ci de là, et prenait possession d'elle par d'autres insertions de langue. L'atrium tout entier tournait lentement dans le sens des aiguilles d'une montre, puis dans le sens inverse. Les éclairs s'accéléraient. Le DJ a mis un slow, *Dear Mama* de Tupac Shakur, et Hoyt a continué à explorer son corps. Soudain, Charlotte a entendu quelqu'un – une fille, aurait-elle supposé – hoqueter violemment près de l'entrée de leur enclos. Une infâme odeur de vomi a flotté jusqu'à elle mais s'est rapidement dissipée, sans doute grâce aux trente étages de vide au-dessus d'eux. Puis est venu l'effluve familier et stimulant de l'ammoniaque dans un seau à serpillière. Charlotte était en plein... délire, oui, mais un délire parfait qui lui a fait comprendre qu'elle, *elle*, Charlotte Simmons, était supérieure à toutes les autres filles présentes, et que son esprit et son corps n'avaient jamais été en si parfaite harmonie tandis que la présence physique de Hoyt devenait une partie intégrante de son système nerveux.

Tupac Shakur continuait à proclamer plaintivement son amour pour sa maman lorsque Hoyt a murmuré à son oreille :

« Tu veux monter à la chambre ?

— Je ne suis pas fatiguée ! Quelle heure est-il ?

— Hein ? Oh, minuit et demi. Moi non plus, je ne suis pas fatigué. Montons une seconde, juste, avant que Julian et Nicole se pointent. »

Charlotte avait compris à quoi il voulait en venir. Elle ne voulait pas aller jusque-là, bien sûr, mais elle avait envie de lui faire plaisir, de passer ses mains dans ses cheveux, de l'amener à lui sourire comme il lui avait souri toute la soirée, seulement avec encore plus d'intensité extatique, de l'avoir à sa merci, comme un... animal. C'était ce qui provoquait cette étrange excitation en elle : c'était un bel animal en pleine possession de sa force brute mais elle serait toujours capable de garder le contrôle sur lui. Alors oui, elle *voulait* qu'il n'ait pas d'autre idée que d'aller *jusqu'au bout*, elle jubilait de savoir que ce magnifique animal, Hoyt, cette bête d'exception parmi l'élite racée de Dupont, avait réduit son univers à une seule et unique obsession : désirer Charlotte Simmons ! C'était ce qu'elle désirait, elle-même ! Il était l'animal, elle la proie. Il était amoureux d'elle, elle le savait, il la convoitait, elle le savait, et de voir son amour, son désir, son esprit tout entier chauffés à blanc jusqu'à se fondre en un alliage hyperconcentré dont *elle* déciderait quelle forme lui donner, c'était exactement ce qu'elle voulait !

Elle l'a suivi dans l'ascenseur.

25
Ça va ?

Ils étaient les seuls à monter. Hoyt n'a même pas attendu que la porte coulissante se referme pour acculer Charlotte contre la paroi de l'ascenseur et l'embrasser, caresser ses seins, se coller à elle. Elle a répondu volontiers à son baiser et, se détendant complètement, les bras noués autour du cou de Hoyt, lui a abandonné tout ce que ses mains voulaient.

L'ascenseur s'est très vite arrêté. C'était l'étage de la réception. À l'ouverture de la porte, le chahut des potaches venu d'en bas a envahi la cabine. Aucunement impressionné de se savoir exposé à la zone la plus publique du Hyatt et avec l'empressement obsessionnel d'un animal en rut, rut, rut, Hoyt a gardé les fesses de Charlotte dans ses mains tout en frottant son bas ventre contre elle. Un couple d'une quarantaine ou cinquantaine d'années est apparu. Charlotte les a regardés bien en face par-dessus l'épaule de Hoyt et leur a souri afin de les convaincre que ce n'était pas ce qu'ils croyaient, que ces choses-là arrivaient quand on était jeune et vivant, mais ils ont battu en retraite, replongeant dans le hourvari des étudiants qui continuaient à s'agiter à l'étage inférieur. La porte s'est refermée, le silence est revenu, l'ascenseur s'est ébranlé vers le haut. Le monde se résumait de nouveau à Hoyt, à sa tête dans les cheveux de Charlotte, à sa bouche sur sa nuque, à ses rotations pelviennes et à ses grognements-grommellements-gargouillements, urggh, ggreeuuh...

Quand ils sont parvenus à leur étage, Hoyt l'a entraînée par la main dans le couloir. Entrelacés à ceux de Charlotte, ses doigts étaient brûlants. Il ne l'a regardée qu'une seule fois, avec un sourire où la nervosité se mêlait à l'adoration. Il n'a pas dit un mot jusqu'à la porte.

Une fois entrés, il l'a refermée en poussant le loquet si résolument que le bruit a claqué comme un coup de feu. Toujours sans un mot, sinon des ooooh-grreeeuhs passionnés, il a recommencé à l'embrasser en l'agrippant par les fesses et en bloquant ses jambes dans les siennes comme si elle risquait de s'enfuir, le tout en luttant avec sa veste de smoking pour la retirer sans lâcher prise. Il était cramoisi, des auréoles sombres maculaient sa chemise aux aisselles, une forte odeur de transpiration a accompagné le ballet de la veste vers le sol mais son torse était virilement bombé. Il s'est arrangé pour avancer vers le lit en gardant ses jambes emmêlées à celles de Charlotte. Lorsque celles-ci ont été bloquées par le bord du matelas, il a relevé sa robe d'un côté, tâtonnant à la recherche de sa petite culotte. En repoussant sa main d'un geste brusque, elle s'est sentie tomber sur le dos et il s'est écroulé avec elle. Il n'a rien dit, elle non plus. Elle éprouvait de l'excitation, un peu d'anxieté mais surtout de la curiosité. Qu'allait-il faire, maintenant ? Une cuisse entre les siennes, l'écrasant de tout son torse, il a recommencé à l'embrasser, d'abord sur la bouche – elle a cru qu'elle allait étouffer, tellement la grosse langue de Hoyt s'enfonçait loin dans sa gorge –, puis entre les seins, mais tout en haut. Elle craignait qu'il essaie de lui enlever sa robe mais à la place il s'est mis à lui baiser l'épaule et... oui, il tentait de faire glisser la robe par là. Elle lui a donné un bon coup sur le poignet d'un revers de sa main libre. Il a roulé sur le dos, ses jambes toujours mêlées à celles de Charlotte. Elle n'avait pas frappé si fort, tout de même ! Mais elle s'est rendu compte qu'il s'escrimait sur son nœud de cravate, déboutonnait sa chemise, se débattait avec son tee-shirt, coincé autour de sa tête, qu'il a fini par arracher dans un effort surhumain. Aucun d'eux ne parlait. Charlotte était stupéfaite par la manière dont ses muscles abdominaux, contractés par tous ces efforts, se dessinaient sous la peau. Incroyable ! Elle savait qu'il fréquentait la salle de gym mais il se montrait toujours si détaché vis-à-vis de tout que... Eh bien, il avait travaillé sérieusement sur ses abdos, en tout cas ! Il est redevenu merveilleux, aux yeux de Charlotte, et elle a n'a pu s'empêcher de laisser courir ses doigts sur les creux et les bosses de sa ceinture abdominale, ce qui a dû le rendre fou de désir car il a de nouveau roulé sur elle avec un rugissement étouffé, la plaquant contre le matelas, et a repris sa patiente tentative de remonter sa robe tout en l'embrassant sur la bouche, le cou, les épaules, la poitrine – un peu plus haut, cette fois –, et quand ses lèvres sont revenues au cou de Charlotte, ohmygod, elles lui ont envoyé des frissons dans tout le corps et elle n'a plus pensé à l'arrêter, pas encore, et elle voulait que ses mains continuent leur ascension, jusqu'aux seins où elles se sont brusquement arrêtées pour passer dans son dos et... Pourquoi serrait-il ainsi les poings, tout d'un coup ? Ah mais, il était en train d'essayer de dégrafer son soutien-gorge ! Était-ce ce que les hommes sont censés faire ? Puis il a retiré les bretelles de sous son dos et a tout fait passer, robe et soutien-gorge, par-dessus la tête de Charlotte – oh, le contact de ses mains sur ses aréoles et ses tétons, c'était... – et sans savoir comment cela était arrivé elle s'est retrouvée tellement... nue, à l'exception de sa culotte blanche en coton. Il était temps de dire quelque chose mais le torse et les incroyables abdos étaient revenus peser sur elle et elle aimait le contact de sa peau sur la sienne, c'était incontestable, et puis ce n'était pas si grave puisqu'il avait encore son pantalon de smoking – sous lequel elle ne pouvait que sentir une inquiétante protubérance à l'entrejambe, cependant – et ses chaussures. Il a commencé à bouger en rythme sur elle, ce qui l'a troublée, non, plus, embrasée – comme elle était mouillée, soudain ! –, et elle a arqué le dos afin d'intensifier le frottement tout en se demandant ce qu'elle devait faire ensuite, soulever ses reins pour mieux l'accompagner, imiter son va-et-vient dans une sorte de danse ? Dieu merci le pantalon était toujours là, mais n'était-ce pas le moment de *dire* quelque chose ou bien devait-elle attendre encore un peu pour ne pas ruiner ce qu'elle avait à présent entre les mains et qui était toute la vie de ce garçon, tout son être, toute son âme, encore que l'âme, allez savoir, et...

Il a roulé sur le côté ! Il s'est redressé, assis près d'elle mais sans la regarder, il a jeté ses mains vers ses pieds. Pour enlever ses chaussures ! Puis il s'est penché en arrière pour ouvrir la ceinture de son pantalon, en avant pour le faire glisser sur ses jambes et l'abandonner sur le parquet. C'était sans doute là qu'il fallait s'exprimer, lui rappeler les... limites à ne pas dépasser ; elle allait ouvrir la bouche à cet effet quand... le sourire ! Le sourire était réapparu juste au-dessus d'elle tandis que Hoyt s'appuyait sur les bras de chaque côté de son buste, ce sourire d'adoration au moment où elle allait dire que... Il y avait le sourire et il y avait ce qu'il lui était impossible de ne pas voir, la forme distendant le caleçon en tissu écossais, et il y avait ses seins dont la nudité lui apparaissait soudain mais que pouvait-elle faire, plaquer ses mains dessus pour les dissimuler dans un geste de vierge effarouchée, un geste de... petite provinciale ? Le sourire s'est rapproché, rapproché, elle a cru qu'il allait l'embrasser sur la bouche mais non, ses lèvres sont reparties dans son cou où elles se sont attardées, attardées... Ohmygod ! Elle approchait du... délire. Le sourire ! Le baiser dans le cou ! Elle aurait dû mais ne pouvait rien dire, même quand les baisers sont descendus sur sa poitrine et que sa langue est sortie pour frôler et frôler pendant que les lèvres massaient et massaient et puis, clank ! la bouche s'est jetée sur son sein droit, puis le gauche, était-ce ce que les hommes sont censés faire, et elle est descendue juste au milieu du ventre, atteignant le nombril dans lequel la langue est entrée un instant – non, vraiment, était-ce ce que les hommes font ? –, et encore plus bas, encore, jusqu'à ce qu'il n'existe plus aucun doute sur là où elle voulait aller. Il fallait parler, là ! Admettons qu'elle continue et atteigne son... Mais non, la langue a changé de course, brusquement, pour suivre la crête iliaque et parvenir au bord de la petite culotte. Ayant glissé son majeur sous l'élastique de ce côté-là, il l'a fait avancer doucement vers... l'autre côté, juste au-dessus de la limite du mont pubien, et arrivé à l'autre hanche il s'est aidé de ce doigt pour faire descendre le sous-vêtement plus bas sur la hanche avant de repartir en sens inverse, mais l'élastique rendait la trajectoire plus complexe, maintenant, de sorte que le majeur a dû s'aventurer dans les poils de sa motte et elle n'a pas frissonné, là, elle a convulsé, un muscle de son bas-ventre s'est distinctement mis à palpiter, et le doigt est *entré* – ohmygod, comme elle était mouillée ! –, ressorti pour tirer la culotte encore plus bas, et c'était une inondation entre ses jambes, elle ne savait même pas que cela pouvait arriver, tandis que le bout de coton blanc descendait sur ses cuisses, passait par-dessus ses pieds et qu'elle était désormais nue et que la grosse langue roulait sur la partie la plus douce, la plus vulnérable de son ventre...

Voilà, elle était *à la colle* avec un garçon. Peut-être un peu trop mais pas vraiment, puisqu'ils n'en étaient qu'à la première phase, ou disons proche de la seconde, ce qui était beaucoup mais restait une *expérience*, et les mots de Laurie sont revenus flotter dans sa tête, le moment ou jamais dans toute sa vie... C'était tellement congestionné, là, entre ses jambes, hypersensible, hypervulnérable, hypergorgé de sécrétions brûlantes, qu'elle ne pouvait plus attendre, non ! Il fallait rappeler les limites, qu'il connaissait, évidemment, mais elle devait s'assurer qu'il s'en souvenait. Les yeux fixés sur le sommet de son crâne, elle voyait ses épais cheveux lustrés s'agiter doucement pendant qu'il embrassait, léchait, embrassait, léchait, dans des spirales dérapantes, des loopings qui... Est-ce que sa langue ne venait pas de passer en éclair sur le frisottis de poils ? Assez ! Des mesures urgentes s'imposaient ! Coincée sur le matelas mou, cependant, elle avait du mal à agir et, quand elle a plaqué ses deux mains sur sa tête en guise d'avertissement, le geste a manqué de force, de conviction, de sens, même, au point qu'il l'a pris pour un encouragement à aller encore plus bas avec sa langue et, ohmygod...

« Hoyt ! »

Il s'est arrêté sur-le-champ, s'est redressé sur toute la longueur de ses bras et l'a couvée d'un regard plein d'amour, le fameux regard mais dans sa version... tendue, ce qui était compréhensible puisqu'en effet il avait conscience des limites et s'était arrêté de lui-même. Plus encore, il s'est laissé tomber sur le dos à côté d'elle. Charlotte a retrouvé une respiration presque normale et... Comment ? Il était en train de déboutonner son caleçon !

« Hoyt ?

— Ouais ? »

Il avait l'esprit ailleurs, de toute évidence, en l'occurrence à enlever son caleçon, une jambe, puis une autre, et... ohmygod ! Elle n'avait jamais vu la chose dans un pareil état, même si elle s'était doutée que, n'est-ce pas... cher Brian ! Elle avait seulement entraperçu celui de ses frères quand ils étaient petits et, une fois, celui de son père un jour qu'il était sorti de la douche de jardin pour attraper une serviette, mais... *ça* ! Ce... marteau de couvreur ! Oui, c'est à cela que *ça* ressemblait, un énorme marteau de couvreur passé dans un fourreau translucide, et voilà qu'après s'être mis à genoux sur le lit il avançait à quatre pattes vers elle...

« Hoyt !

— Mmmurrgh. »

Pas même interrogatif, le grognement. Hoyt n'avait plus l'usage ni le besoin de mots, désormais. Et il continuait à se rapprocher d'elle, à quatre pattes ! Est-ce qu'il avait réellement l'intention de... coucher avec elle ? Car c'était la seule expression qui lui était venue à l'esprit, même si elle en mesurait soudain l'intense absurdité. Coucher avec un... marteau de couvreur ?

« HOYT !

— Quoi ? »

Elle a souri avec nervosité.

« Je... Je ne sais pas si...

— Ça va. J'ai ce qu'il faut. – Saisissant son portefeuille sur la table de nuit, il en a sorti un préservatif qu'il a levé dans sa main. – Tu vois ?

— Euuhh... Ce n'est pas ce que je veux dire, c'est... Je ne sais pas si on devrait... »

La voix lui manquait et elle n'arrivait plus à sourire. Les bras de Hoyt arrivaient déjà à mi-hauteur de ses cuisses, de chaque côté. Il était penché sur elle, masse menaçante armée d'un grand marteau de couvreur, et soudain il s'est figé, figé comme s'il venait de recevoir un coup terrible sur la nuque. Stupéfait. Plus : effondré.

« Mais je veux faire l'amour avec touaaa... – Oh, ce grelot suppliant qui tintait dans sa gorge ! – J'en ai eu envie dès que je t'ai vuuuuue !

— Tu ne comprends pas...

— Je comprends ce que j'ai pensé, ressenti, ce que je pense et ressens maintenant. – Solennel, soudain... – À la minute où je t'ai vue à cette soirée, je suis allé à toi. Il y avait une tonne de filles mais... il n'y avait que toi ! Seulement toi !

— Tu ne *comprends* pas ! Je suis... Je n'ai jamais...

— Tu es vierge ? »

Étendue nue sur le lit, la bouche ouverte de stupeur, elle devait décider de sa réponse en quelques secondes.

« Oui, a-t-elle fini par admettre à voix basse.

— Bon, alors je vais y aller tout doucement, a fait Hoyt avant de lui adresser un sourire particulier, du genre "serrez les dents et ça ira", mais pas celui d'un chirurgien, non, celui d'un guérisseur-initiateur dont le dévouement à son bien-être, la détermination à l'assister au mieux dans cette fascinante épreuve allaient encore plus loin que le serment d'Hippocrate. Ne t'inquiète pas. J'attendais ça depuis si longtemps. Tu vas aimer, je te promets. »

Le sourire, encore ! Un terrassant problème d'étiquette se posait à Charlotte, maintenant : que faire, après être allée aussi loin ? Que se passait-il à ces « soirées habillées », pour revenir à la question liminaire de Mimi ? Et s'il se sentait froissé, puis indigné, puis ulcéré au point de la traiter d'allumeuse ? Voulait-elle de la réputation de la fille qui allume, allume, qui se retrouve nue comme la main sur un lit et finit par secouer un doigt désapprobateur devant le garçon – et quel garçon ! – transporté par sa beauté, non, non, on ne fait pas *ça* ? Serait-ce la fin de Charlotte Simmons ? Enterrée vivante dans l'enceinte sacrée de Dupont, avec pour épitaphe « Coincée de première » ? Elle, Charlotte Simmons, promise à... tout ! Et il était consumé d'amour, il voulait *faire l'amour* parce qu'il était possédé par l'amour... Il m'aime ! Le Doute, encore. Il m'aime mais je ne peux pas, mais il m'aime, mais après on formera un *couple*, la tête de Bettina, la tête de Mimi, la tête de... Beverly ! Je serai détentrice de l'expérience, non celle qui se fait toute petite quand les gens autour d'elle parlent de... ça, de ce qu'il ne faut pas regarder maintenant, le marteau de couvreur, le préservatif, le Doute, tu vois, Hoyt, laisse-moi un moment, d'accord, d'accord, d'accord... ?

Le marteau de couvreur est entré en elle sans lui laisser le temps de tenter un « Attends », un « D'accord », rien. Entré sans aller nulle part. Douleur, une nouvelle offensive, rien. « Eeeehhhh ! » Douleur. Nulle part. Il s'entêtait, comme un bouc en chaleur, il a cherché encore, il a percé, elle a suffoqué, un cri de souffrance, plus encore, de surprise, plus encore, d'indignation, car ce *machin* avait envahi son corps et, pour plus d'ignominie, *remuait* dedans. « Aïe ! » Ignominie, avanie et framboise, offense, offense ! Hoyt et son instrument ont marqué un temps d'arrêt.

« Ça va ?

— Mmmmmarruggohh, a-t-elle soufflé quand elle voulait crier, les yeux brouillés de larmes, “non, ça ne va pas ! Pas du tout ! ÇA ME DÉCHIRE... DÉCHIRE... DÉCHIRE », et ses yeux brouillés de larmes ont tout de même vu que les siens, d'yeux, étaient fermés pendant qu'il grognait, grondait, suait, se mordait les lèvres, paupières closes. Et pourtant elle ne pouvait pas, *ne pouvait pas*, lui dire d'arrêter, parce que cet air égaré était ce qu'elle avait voulu, depuis le début, oui, parce qu'à cet instant *elle* était tout l'univers pour lui, tout ce que le monde contenait, parce qu'il était... Charlotte Simmons, oui, jusqu'à l'ultime molécule.

Il a accéléré le rythme, rythme, rythme, rut, rut, rut, rut, rythme, rut, rut, rut, rut, contre son corps percé, percé, percé, percé, rebondissant, rebondissant, le visage qui s'agitait devant Charlotte est devenu rouge et plissé, plouge et rissé, rouge et plissé, plouge et rissé, rissés, ratés, crissés, crissements de dents, moteur calé, moteur redémarré, rissé, raté, crissé, emballé, et puis un geignement interminable et il s'est retiré, le machin est sorti sans sortir et il est resté là, à moitié basculé sur le côté, à moitié encore sur elle.

« Aaaahhh, a-t-il exhalé dans un extrême contentement, sans doute, et en s'affalant sur le dos. Ça va ? »

Il ne la regardait pas. Ses yeux étaient toujours fermés mais désormais tournés vers le plafond, obstinément. Il ne la touchait plus, pas d'un centimètre, ni d'un pied ni d'un doigt. Mais bien sûr il allait la prendre dans ses bras, se blottir contre elle et, dans le plus doux des murmures, la remercier, lui dire qu'elle l'avait rendu heureux, comblé ce grand désir qu'il avait gardé en lui si longtemps, réalisé enfin un rêve qu'il avait cru impossible... À la place, il s'est levé et, entré dans la salle de bains, il a crié :

« T'as besoin d'une serviette ?

— Euh... Non merci », a-t-elle soufflé d'une voix frissonnante.

Elle tremblait. Elle n'avait plus mal mais que s'était-il passé à l'intérieur de son corps ? Elle avait besoin de lui, de l'entendre lui dire que quelque chose de merveilleux s'était produit, quelque chose que ni l'un ni l'autre n'oublierait jamais, de l'entendre lui dire qu'elle était une fille magnifique lorsqu'il l'avait vue la première fois et qu'elle était désormais une femme magnifique.

Revenu dans la chambre, il s'est hâté de renfiler son caleçon, toujours sans la regarder, mais quand l'élastique de la ceinture a claqué sur ses hanches il a levé la tête et froncé les sourcils d'un air perplexe à la vue non du visage de Charlotte mais... de son entrejambe toujours exposé.

« Merde ! C'est quoi, du sang ? »

Charlotte a porté les yeux par là. Il y avait un cercle de gouttelettes rouges sur le drap. Elle a regardé Hoyt mais il continuait à fixer les taches de sang, comme hypnotisé.

« Pardon, a-t-elle chuchoté. Qu'est-ce que je dois... faire ?

— J'en sais rien, mais s'ils essaient de nous prendre un supplément pour ça, ils peuvent se toucher ! »

Il a cherché sa chemise roulée en boule sur le sol, attrapé son tee-shirt abandonné au bord du lit. Pourquoi restait-il debout, pourquoi ne venait-il pas près d'elle, pourquoi était-il si pressé de se rhabiller ? Où croyait-il qu'ils iraient, maintenant ?

Parfaitement consciente de sa nudité, elle s'est redressée, a pivoté lentement pour poser ses pieds par terre. Elle était étourdie, presque nauséeuse. Elle a baissé la tête pour permettre à son cerveau d'être mieux irrigué mais elle l'a relevée très vite, prise d'un frisson. Hoyt était occupé à boutonner sa chemise, enfiler son pantalon, ajuster la boucle grotesquement disproportionnée de sa ceinture. Elle aurait voulu rester couchée à jamais sur ce lit, dissimuler sous son corps ces immondes, impardonnables, honteuses traces de sang, être engloutie par le matelas, puis par le sol, tomber dans la quatrième dimension, ou la cinquième, n'importe où personne n'essaierait même de la chercher. Elle se sentait atrocement mal, consciente de la quantité d'alcool dont son organisme était imbibé. Jusqu'ici, elle avait refusé d'admettre que tout ce qu'elle avait bu était capable de l'affecter, elle, Charlotte Simmons. Charlotte Simmons soûle !

C'était affreux, c'était horrible, mais elle ne pouvait pas rester indéfiniment assise sur ce lit, nue comme la main. Sa culotte... Un abject petit tas par terre, mais qu'importait la saleté ? Elle a passé ses pieds dedans, s'est levée pour la remonter sur ses hanches. La douleur était terrible derrière ses yeux, comme si tout son cerveau avait été déplacé et s'empilait désormais sur le devant de son crâne. Elle était sur le point de s'évanouir. Elle est retombée sur le lit, a baissé la tête contre ses genoux. Tenir le coup. Ne pas perdre connaissance, surtout. Pas dans ces conditions.

Quelqu'un a gratté à la porte.

« T'es là, mec ? Ouvre, j'ai besoin de la chambre ! »

Julian. Sans oser se lever, Charlotte a tendu le bras pour attraper sa robe froissée et son soutien-gorge tout écrasés contre la tête de lit. Après avoir passé le soutien-gorge, elle a cherché furieusement l'ourlet de la robe pour l'enfiler. À sa grande horreur, Hoyt, qui était déjà rhabillé de pied en cap à l'exception de sa veste et de son nœud de cravate, a ouvert la porte et, avec un geste théâtral de bienvenue, a fait signe à Julian d'entrer.

« Quoi de neuf, mon frère ? »

Il n'était pas avec Nicole mais flanqué de Gloria, la cavalière d'I.P. Après un brévissime coup d'œil sur sa personne, tous deux ont enregistré la présence de Charlotte par un vague hochement de tête. Honteuse comme elle ne l'avait jamais été, elle a réussi à faire tomber sa robe autour d'elle. Julian a lancé un sourire malicieux à Hoyt.

« J'espère que j'ai pas dérangé.

— Pas du tout, a répondu Hoyt avec un rire ambigu. On buvait des coups. Tu en veux ? »

Il est allé au bureau, s'est versé une rasade de vodka, puis une autre qu'il a tendue à Julian. Gloria se tenait très droite, menton levé, poitrine fièrement pointée en avant, une ébauche de sourire sur ses lèvres sensuelles. Hoyt a modifié la trajectoire de son bras pour proposer le gobelet à la fille avec... un clin d'œil que Charlotte ne pouvait manquer. Un clin d'œil de complice en beuverie, à la « vide-moi ça hardiment », mais un clin d'œil tout de même. Elle s'est soudain dit que depuis l'arrivée de Julian et Gloria, Hoyt avait entièrement ignoré son existence, à part dans ce « on buvait des verres » négligent. Toujours tassée sur le bord du lit, elle assistait impuissante à ce qui se passait dans la pièce mais elle a senti les larmes lui monter aux yeux et, se levant d'un bond, elle a littéralement couru à la salle de bains, obligée de passer tout près du trio dans sa fuite. Ce qu'elle a capté avant de refermer la porte derrière elle pour dissimuler ses sanglots, c'était Julian poussant un long « Ah, d'accooooord ! ».

Des serviettes mouillées traînaient sur le sol, sur le rebord de la baignoire, sur la tringle du rideau de douche. À travers la porte fermée, elle entendait Julian et Hoyt plaisanter au sujet d'une fille... Elle ! Non, une fille qui avait une robe en lamé, apparemment. Puis ils se sont moqués du speech de Harrison, notant qu'il avait de la chance de pouvoir jouer à la crosse parce que « question parlotte, quelle merde ! ». Gloria la beauté sombre riait et gloussait à chacune de leurs syllabes.

Charlotte se sentait sale et blessée. Après s'être déshabillée entièrement, elle a passé une serviette sous le robinet, frotté un savon dessus et entrepris de nettoyer son entrejambe, nettoyer, nettoyer, jusqu'à ce qu'il n'y ait plus une seule trace de sang. Soudain, elle a perdu l'équilibre, a dû faire un pas vers la droite pour ne pas tomber. Son cerveau palpitait douloureusement. Nue, elle s'est assise sur le couvercle des toilettes et s'est mise à pleurer, à frissonner, à sangloter, décidée à ne laisser échapper aucun son et à savourer sa détresse. Après un moment, elle s'est forcée à se lever et s'est placée devant la glace, s'appuyant des deux bras sur le lavabo. Cette fois, elle n'a pas eu un regard pour son corps, devenu un morceau de viande corrompu et méprisable. Son visage était pâle et en sueur – maladif était le mot –, ses yeux rouges et gonflés. Elle le voyait en double. Ses cheveux, un nid d'oiseau, mais il n'était pas question de retourner dans la chambre pour prendre sa brosse dans son sac : ce serait leur offrir sur un plateau un spectacle hilarant, celui d'une rescapée d'accident de la route titubant à la recherche de son... sac marin.

Elle ne pouvait rester enfermée là indéfiniment, non plus. Elle a pris sa petite culotte qu'elle avait abandonnée sur le plan du lavabo. Répugnante, souillée à un point qui correspondait bien à ce qu'elle-même était devenue, a-t-elle noté avec une étrange satisfaction. Elle a dû se rasseoir sur la cuvette pour l'enfiler, goûtant avec un accablement morbide son contact humide qui, après avoir symbolisé l'égarement érotique, n'était plus que la preuve de sa révulsante saleté. Elle a baissé la tête pour renifler son entrejambe afin de parfaire l'humiliation. Infâme odeur de sueur, d'urine, de fèces, de toutes les sécrétions qui rendaient ce sous-vêtement... cloacal, et pourtant elle n'envisageait pas de revenir dans la chambre sans l'avoir sur elle. Elle a agrafé son soutien-gorge, passé de nouveau cette robe dégoûtante. Ses cheveux... Emmêlés, affaissés, ignobles. Elle a essayé de les démêler avec ses doigts. Pire ! Elle a renoncé. Pieds nus, elle a quitté la salle de bains pour subir l'humiliation jusqu'au bout.

Son estomac s'est soulevé dès qu'elle a fait un pas sur la moquette synthétique. Ils étaient là, tous les trois, encore à boire et à boire comme si rien ne s'était passé dans cette pièce. Hoyt, qui ne lui a même pas adressé un regard, était appuyé au bureau juste à côté de Gloria. Captivé par elle, il penchait la tête comme il le faisait quand il flirtait. Oh, la beauté ténébreuse, avec ses seins pratiquement à l'air et la courbe voluptueuse de ses lèvres ! Sur l'autre lit, dos plaqué au matelas, hanches et derrière soulevés en l'air, pieds au-dessus de la tête, Julian avait adopté une position d'acrobate, ou de gymnaste, qu'il trouvait visiblement hilarante, à en juger par ses gloussements, et encore plus lorsqu'il s'est mis à agiter ses panards comme s'il dansait dans le vide. Quand Charlotte est passée à une dizaine de centimètres des deux autres, Gloria lui a lancé un petit coup d'œil avant de braquer à nouveau son regard sur le visage de Hoyt avec un sourire... suggestif, un sourire de beauté ténébreuse, en levant son gobelet de la même manière que si elle s'apprêtait à porter un toast. Puis elle a rejeté la tête en arrière et vidé le contenu – vodka, sans doute – d'un trait. Hoyt continuait à ignorer la présence de Charlotte, mais Julian l'a remarquée, lui, car il a mis fin à ses trépignements et s'est retrouvé d'une roulade sur le bord du lit, en position assise.

« Hé, Charlotte, ça va ? T'as pas l'air en forme.

— Non, si... Je crois que... j'ai trop bu, c'est tout. Je me sens un peu... bizarre.

— Comme si tu allais gerber, tu veux dire ? Parce que je dors ici, cette nuit, et il faudrait pas que ça pue la gerbe et la merde ! »

Après avoir éclaté de rire à ce bon mot, il est retombé en arrière et a repris son pédalage aérien. Charlotte a baissé la tête et caché ses yeux sous sa main mais elle a réussi à contrôler les sanglots qui montaient en elle. Elle a noté que Hoyt la regardait, enfin.

« Ça va ? »

Elle allait lui rendre son regard mais s'est ravisée car elle avait trop peur de fondre en torrents de bou-houuuhs et en wouin-heiinhs.

« Je... Je pense que ça ira, si je m'étends un moment... »

La fin de sa phrase a été étouffée par le matelas du lit sur lequel elle venait de tomber tête la première. Elle n'espérait rien d'autre que de sentir Hoyt venir s'asseoir près d'elle, lui masser le dos et demander à Julian et Gloria de les laisser seuls. Elle ne voulait pas lui parler, car elle n'aurait pas la force de retenir ses larmes ; elle voulait juste qu'il soit avec elle.

Le sac rouge et noir de Hoyt l'empêchant de trouver une position plus confortable, elle l'a poussé et c'est alors qu'elle a découvert pourquoi il l'avait posé là : pour masquer les taches de sang. Quelques gouttes sèches qui se retrouvaient maintenant à quelques centimètres de leur origine, l'appareil reproducteur de Charlotte Simmons... Elle s'est roulée en boule autour d'elles, trouvant un plaisir autodestructeur à la proximité de ce sordide mémorial, ce répugnant autel sur lequel avaient été sacrifiées non seulement sa dérisoire naïveté mais aussi ses stupides illusions sur les hommes. Les hommes ne tombaient pas *amoureux*, ce qui aurait été une capitulation pour eux : ils *faisaient l'amour*, une forme active, transitive, comme dans « satisfaire », « défaire », « affaire » et « fer », le fer qui m'a blessée au Hyatt Ambassador de Washington...

Elle s'est rendu compte que même recroquevillée ainsi, le dos à la pièce, elle apercevait, par un filet de paupière, un millimètre à peine, de l'œil qui n'était pas plaqué au lit, Hoyt, Gloria et Julian dans une lueur floue. Elle a laissé échapper une longue plainte étouffée, « oooooohhh », on aurait dit qu'elle sombrait dans le coma. Sa respiration s'est ralentie comme si elle s'était endormie et, quatre ou cinq minutes plus tard... Hoyt était près d'elle ! Penché sur elle ! Il a murmuré tout doucement, les mots semblaient venir du plus profond de son être :

« Ça va ? »

Il était encore plus proche, elle le sentait à son souffle ! Une forme bougeait devant son visage, qu'elle a devinée plutôt qu'entrevue à travers ses paupières presque closes. Un doigt, son doigt ! Puis deux, puis trois, puis quatre. Qui s'agitaient en face d'elle comme un éventail. Et puis rien, et puis quelques secondes plus tard d'autres formes ont bougé : Julian et Gloria s'étaient levés pour aller devant l'armoire, Hoyt les avait rejoints et ils chuchotaient, sans doute pour ne pas la réveiller.

« Qu'est-ce que t'en penses ? a demandé Julian. Elle est O.K. ? Ou il faut qu'on se trouve une autre piaule ?

— Non, c'est probablement O.K., a murmuré Hoyt du fond de sa gorge. J'ai l'impression qu'elle est K.O. pour le reste de la nuit. – Il a marqué une pause. – Il a fallu que je la ramone.

— Déconne pas ! – La voix de Julian. – Tu me charries ! »

Silence, rompu par le sifflement pressurisé de l'éclat de rire que Julian et Gloria avaient du mal à garder dans les lobes les plus inférieurs de leurs poumons. Hoyt chuchotait : « Ouais... » Incompréhensible... « Flippée, genre »... Inaudible... « Putain de fiesta »... Incompréhensible... « Jamais vu une foune de cambrousarde pareille »...

« T'es atroce, Hoyto ! »

Le rire de Julian et celui de Gloria fusaient par leurs narines. Comme des balles tirées avec un silencieux, a pensé Charlotte. *Il a fallu que je la ramone.* La voix de Hoyt, encore : « ... Comme de la pelouse artificielle, fuck »... Charlotte distinguait suffisamment leurs formes pour voir que Julian décochait un coup de coude à Hoyt : « Bien joué ! ».

« Paraît que Harrison a plein de picole dans sa chambre, a continué Julian. Si on y allait ? Je parie que tout le monde est là-haut, maintenant que le DJ s'est arrêté. »

Il s'est dirigé vers la porte, suivi par Gloria, puis par Hoyt ; il l'a ouverte, s'est immobilisé et, avec un geste en direction de Charlotte :

« Donc tu penses que ça va ?

— Ouais, elle est dans les vapes », a répondu Hoyt en éteignant les interrupteurs, sa silhouette un instant découpée sur le fond lumineux du couloir avant que le ressort ne referme brusquement la porte.

Charlotte s'est redressée sur un coude, laissant ses yeux errer sur la chambre. L'obscurité n'était pas complète : une raie verticale de lumière jaune sulfureuse venue du parking filtrait entre les baguettes servant à tirer les rideaux devant le ruban de verre hermétique qui faisait office de fenêtre.

Lever la tête avait été une décision risquée ; la pièce s'est mise à tourner, la nausée est revenue. Elle s'est levée, a chancelé – son oreille interne devait avoir été endommagée – jusqu'à la salle de bains, a allumé le plafonnier qui l'a aveuglée. De nouveau le fouillis de serviettes sales. Agenouillée devant la cuvette, elle a eu un hoquet et tout est parti. Un jet de vomi est tombé sur le rebord des toilettes, un autre sur le haut de la robe de Mimi, qui s'était évasé dans cette position. Toujours à genoux, elle a tiré la chasse avant de gagner péniblement la baignoire. Elle était sûre qu'elle s'évanouirait si elle tentait de se lever. Elle a attrapé une serviette, est revenue à genoux essuyer le bord de la cuvette, est repartie en chercher une autre, est revenue la plonger dans l'eau plus ou moins propre des toilettes pour essuyer le devant de la robe, la tremper encore pour s'éponger le menton et la bouche. Elle pouvait fonctionner tant qu'elle restait à quatre pattes, comme une bête, la tête baissée, et c'est ainsi qu'elle a quitté la salle de bains, atteint le lit, à quatre pattes, grimpé dessus, s'est recroquevillée sous les couvertures dans la robe trempée de vomi et a sangloté jusqu'à basculer dans le sommeil.

Elle ignorait quelle heure il pouvait être quand des sons venus de l'autre lit l'ont à moitié réveillée. Annrrgghh annrrgghh annrrgghh annrrgghh annrrgghh... Elle a distingué une forme à quatre pattes là-bas, une fille – Gloria ? –, quelqu'un d'autre qui la montait par-derrière en poussant ces annrrgghh annrrgghh annrrgghh annrrgghh annrrgghh, et puis elle a de nouveau perdu connaissance.

Il était peut-être cinq heures, ensuite. Dans un brouillard, elle a entendu des gens entrer bruyamment, se cogner aux meubles, des grognements masculins où se distinguait souvent le mot « merde ». Elle a feint d'être profondément endormie, les yeux clos, car dans sa position elle aurait été forcée de lever ou de tourner la tête pour voir ce qui se passait. La puanteur émanant de sa robe était atroce.

Pffonk !

« Errrk ! Fucking... ! – C'était Hoyt. – Fuck ! Qui c'est qui a clamsé, là-dedans ? »

Il s'est couché de l'autre côté du lit et n'en a pas bougé, n'a pas même effleuré Charlotte au cours des cinq heures qu'ils ont dû passer ensemble dans ce queen-size, car il était dix heures passées lorsqu'elle a été réveillée par des coups violents à la porte – ça sentait comme le vomi, dans cette chambre ! – et par la voix furieuse d'une fille qui hurlait, hurlait pour de bon :

« JULIAN, CONNARD DE MERDE, OUVRE TOUT DE SUITE ! J'AI BESOIN DE MON SAC ! »

N'ayant plus à se prétendre endormie, Charlotte a roulé sur le dos et levé la tête. Elle était seule dans le lit. Le bruit de la douche lui parvenait de la salle de bains. Bang, bang, bang, BANG !

« JE SAIS QUE TU ES LÀ, SALOPERIE ! OU TU OUVRES LA PUTAIN DE PORTE OU JE PRÉVIENS L'HÔTEL ! MON SAC, FUCK ! »

Le soleil entrait à flots par l'espace laissé entre les rideaux. Dans l'autre lit, Julian s'est redressé sur une épaule, a jeté un coup d'œil à la porte et laissé retomber sa tête avec une mimique d'abattement. Il l'a relevée lentement, s'est massé la tempe de sa main libre en gémissant « Oh, fuck... ». Le visage de Gloria est soudain apparu derrière lui, bouche bée, les pupilles agrandies par l'inquiétude. Sortant ses jambes des couvertures, Julian est resté un moment assis au bord du lit avant de se lever avec un énorme soupir qui a déclenché une toux grasse, venue du plus profond de ses poumons. Les défaillances de son système psychomoteur étaient évidentes tandis qu'il gagnait l'entrée en clignant des yeux à cause de la lumière. Il a à peine entrebâillé la porte.

« Désolé, Nicole. C'est lequel, ton sac ?

— Je peux le prendre moi-même, merci.

— Non, je te l'amène. Pas de problème.

— Tu veux dire que JE PEUX PAS ENTRER DANS CETTE PUTAIN DE CHAMBRE ? TU ES VRAIMENT DÉGUEULASSE, JULIAN ! TU SAIS OÙ J'AI PASSÉ LA NUIT ? NON, TU T'EN BRANLES ! CHEZ CRISSY, *par terre*, voilà où j'ai dormi ! »

Dents serrées, Julian a écarté les lèvres en une large grimace. Charlotte a aperçu une armée de tendons ou allez savoir quoi se tendre sur son cou. La simple intuition féminine lui a fait comprendre que, s'il se souciait comme d'une guigne des malheurs de Nicole, il craignait que ses cris orduriers ne finissent par réveiller des clients et par provoquer un Scandale.

« Oh, hé, attends ! »

Un bras tendu sur la porte pour repousser une éventuelle invasion, il a lancé l'autre aussi loin qu'il pouvait en arrière pour attraper un élégant sac de voyage en nylon et cuir bleus, à fermetures chromées, et l'a soulevé de sorte que Nicole puisse le voir par la fente.

« C'est celui-là ?

— Oui, mais j'ai besoin de ma putain de trousse de maquillage ! Dans la putain de salle de bains ! »

Julian s'est figé durant ce qui a paru trente bonnes secondes à Charlotte – moins, en réalité –, cogitant à toute allure afin de décider s'il devait choisir le Scandale ou l'Accablante Vérité. La seconde option lui a certainement semblé moins horrible puisque, les épaules voûtées par la résignation, il a ouvert la porte en grand à sa cavalière, qui l'a poussé de côté sans lui accorder le moindre regard. Elle portait encore sa robe noire moulante qui n'aurait pas été plus fripée si elle l'avait jetée en boule dans un placard et oubliée là pendant un an. Ses parfaits cheveux blonds faisaient penser à de la paille dans le râtelier d'une bergerie, son visage était bouffi, pâle comme la mort, avec comme seule trace de maquillage une traînée de mascara de la nuit précédente qui avait coulé sur l'une de ses pommettes.

Entre-temps, Gloria avait tiré les couvertures par-dessus sa tête.

« T'es vraiment une pute, Gloria ! » a craché Nicole, considérant ce tas informe.

Et elle a ouvert la porte de la salle de bains à la volée. Le bruit de la douche s'est amplifié.

« C'est quoi, ce bordel ? a protesté Hoyt derrière le rideau. Oh, c'est toi, babe ! Hé, Nicole, pourquoi tu me rejoins pas ici ? Je fais des trucs géniaux avec le savon, tu sais ?

— Va te faire mettre, Hoyt ! Tu peux te savonner le poing et te le planter dans le fion ! »

Ressortie comme une furie avec sa trousse, elle a brusquement pilé pour regarder Gloria dont les yeux, le front et les cheveux noirs en désordre étaient désormais visibles.

« Bonne chance, Miss Connasse ! »

Et elle a bondi dehors, non sans piler de nouveau pour prendre congé de son cavalier, toujours tétanisé sur place.

« Tu sais quoi, Ju ? a-t-elle martelé d'une voix calme et glaciale. Tu es *vraiment* un nœud, mais un tout petit, tout minable et tout mou !

Sur la route du retour, la gueule de bois les a tous accablés de silence. Gloria, qui s'était allongée sur toute la dernière rangée de sièges, dormait à poings fermés. Vance, Crissy et Charlotte – coincée contre la portière – s'entassaient au deuxième rang. Julian occupait la place du mort à côté de Hoyt, qui tenait de nouveau le volant.

Ces deux-là étaient plus volubiles. Ils riaient en évoquant leur cuite, la fête « géante » chez Harrison qui avait suivi la soirée officielle, et leur impression commune d'avoir un mur de briques effondré sur leurs paupières.

Comme Charlotte était assise juste derrière Hoyt, il n'aurait eu aucun mal à lui expliquer qui était qui parmi les noms qu'ils citaient, ni à lui demander si elle voulait s'arrêter prendre une boisson fraîche ou aller aux toilettes. Il n'en a rien fait et elle a donc souffert en silence de cette maladie qui ne l'avait encore jamais frappée : la gueule de bois.

Quelque part dans le Maryland, elle a été prise d'une violente quinte de toux.

« Ça va ? a demandé Hoyt.

— Mmmmmh », a-t-elle soufflé pour toute réponse, et il s'en est tenu là.

Deux heures plus tard, quand il l'a déposée devant la Petite Cour, il s'est enquis :

« Ça va ? »

Sans lui accorder un regard, elle est partie avec son sac marin. Il n'a pas réitéré sa question.

26

Comment c'était ?

Telle une idiote – et elle en avait conscience –, Charlotte s'est retournée pour regarder le Suburban juste au moment où elle atteignait le tunnel voûté qui conduisait à la Petite Cour. Elle savait que cela n'arriverait pas, et pourtant cela aurait dû se produire : lui, debout sur la chausssée, la tête dépassant du toit de la voiture, criant dans sa direction : « Hé ! Yo ! Char ! » Mais, à la place, elle a vu Gloria, Gloria qui n'avait pas bougé de la banquette pendant tout le voyage, en train de la fixer, elle, Charlotte, le nez pratiquement écrasé sur l'une des vitres arrière. Ses cheveux formaient une lugubre couronne autour de sa tête, ses yeux étaient deux puits de mascara. Elle ne lui a pas souri, ne lui a pas adressé d'au revoir, et ses traits n'exprimaient aucun sentiment en particulier. Non, elle se contentait d'étudier Charlotte Simmons et son sac marin, de l'observer en tant que spécimen de... De quoi, exactement ? Au moment où le Suburban a démarré, Charlotte a noté que Gloria se tournait vers le siège du conducteur et disait quelque chose avec un sourire hilare. Quoi donc ? Le véhicule a disparu mais Charlotte pouvait imaginer de *qui* ils parlaient, n'est-ce pas ?

Dès son entrée dans le tunnel, elle a ressenti dans la gorge la brûlure de la fille qui a trop longtemps retenu ses larmes. À la sensation d'abandon et à la consternation s'ajoutait maintenant la peur, une peur tenace de la déchéance : elle qui avait cru prendre un fulgurant envol social, elle qui avait été si maîtresse d'elle-même, si dédaigneuse de toutes ces filles qui se couchaient sur le dos en ouvrant les jambes, elle qui avait proclamé que Hoyt Thorpe était un bon toutou bien dressé, revenait exsangue de son expédition. Elle, Charlotte

Simmons, la vedette ? Qu'allait-elle raconter aux autres, et en premier lieu à Beverly, cette pimbêche d'une élite qu'elle avait prétendu considérer de haut, Beverly qui l'avait dissuadée de se rendre à une soirée avec Hoyt Thorpe... surtout pas avec lui, Seigneur ! Je ne sais pas mentir, a-t-elle constaté en silence. Ni jouer la comédie. Dans ma famille, personne ne nous a jamais appris comment feindre, dissimuler. Maman... Mais je ne peux pas m'autoriser à penser à toi maintenant, Maman... À cette idée, la douleur dans sa gorge est devenue tellement intense qu'elle n'a plus été certaine de pouvoir parvenir à sa chambre avant d'éclater en sanglots. Et si Beverly s'y trouvait déjà ? Elle mourrait de honte, voilà.

Arrivée dans la cour, son cœur battait la chamade, produisant un son âpre chaque fois qu'elle ouvrait la bouche pour respirer, comme si l'organe raclait contre son sternum. Excepté un petit groupe à un croisement d'allées, Dieu merci, l'endroit était presque désert. Elle aurait voulu sprinter jusqu'à l'entrée de la résidence Edgerton mais cela risquait d'attirer l'attention sur elle. Elle a même pris soin de ne pas appeler l'ascenseur, préférant emprunter l'escalier de secours. Au troisième étage, elle a poussé la porte coupe-feu et... Les Trolls ! Qu'est-ce qu'elles fabriquaient là, précisément dans cette partie du couloir ? On aurait cru qu'une sadique divinité les avait créées dans le seul but de la torturer, elle, Charlotte Simmons ! Quelle autre explication ? C'était un beau dimanche après-midi ensoleillé, alors pourquoi avaient-elles tendu leur piège ici, dans une section du couloir où personne ne passait ? Et elles étaient en nombre, en force. Huit, neuf, dix Trolls ! « Ne les regarde pas, ignore-les ! » Mais elle a une nouvelle fois perdu toute sa détermination devant Maddy, la bizarre petite crevette aux yeux d'E.T.

« Qu'est-ce qui se passe, l'ascenseur est encore en panne ? »

Charlotte n'a pu que faire non de la tête. Le barrage était si long à franchir ! Comme la première fois, les genoux se sont mis à se relever devant elle, en une chorégraphie qui semblait spécialement conçue pour l'affoler. De nouveau, Helen a demandé « Comment c'était, ton week-end ? » et ce n'était pas une question à laquelle on pouvait répondre par un signe, et encore une fois le système nerveux de Charlotte a réagi à la culpabilité en lui rappelant qu'elle avait le *devoir* de répondre à une Noire, alors elle a pris la voix la plus dégagée possible pour lancer un « Super ! » tellement aigu et frénétique qu'elle a prié le ciel pour que les Trolls le mettent sur le compte de son ravissement après un aussi fabuleux moment... Allaient-elles deviner qu'elle contrôlait à peine sa glotte, oppressée par les sanglots refoulés ? Et en effet Maddy a insisté dans son dos :

« Quelque chose qui cloche ? »

Elle a réussi à atteindre la porte, s'est réfugiée à l'intérieur – un regard circulaire, pas de Beverly, merci mon Dieu ! –, s'est jetée sur son lit et, oreiller plaqué sur la tête pour étouffer les sons, s'est laissé emporter par des pleurs, des torrents et des torrents de pleurs qui se sont transformés en râles, des torrents et des torrents de râles, là-dessous, à l'abri de la plume synthétique. Elle aurait voulu qu'il soit plus gros, cet oreiller, qu'il l'oblitère entièrement, qu'il étouffe son existence à Dupont, où elle n'avait plus d'avenir. Comment pourrait-elle se présenter devant toutes ces filles après avoir brandi sa virginité comme un étendard, après les avoir choquées par son dédain affiché pour les mœurs relâchées de Dupont, après s'être vantée de sa capacité à tenir les garçons à distance, et plus spécifiquement un garçon du nom de Hoyt Thorpe ? Comment avait-elle pu se conduire de cette façon ? Elle s'était laissé souiller, abîmer, utiliser de la manière la plus dégradante, comme une serviette d'hôtel de passe épongeant le sperme. Oui, c'était ce que Charlotte Simmons était devenue, une serviette maculée de sperme et abandonnée sur le sol douteux d'une salle de bains d'hôtel avec les restes du gâchis. Et maintenant elle essayait de se fuir elle-même sous cet oreiller, fuir ce jean Diesel qui lui avait coûté le quart de son argent de poche du semestre, fuir ce tee-shirt rouge qui lui avait paru si cool et lui semblait désormais puéril, ringard... En plus, c'était le tee-shirt de Bettina tandis que la robe et les hauts talons de Mimi attendaient dans ce ridicule sac marin, et elle allait devoir leur *rendre* leurs affaires, au plus tard le lendemain, et il était clair qu'elles allaient exiger un compte-rendu détaillé de la soirée, et elle ne serait jamais capable de leur mentir... À Beverly peut-être, mais même dans ce cas elle perdrait vite le contrôle de ses nerfs et sa camarade de chambre ne tarderait pas à découvrir le pot aux roses.

Hoyt. Ah... Elle l'a pensé si fort, ce « ah », qu'il lui est sorti de la bouche en un amer soupir. En ce moment, Hoyt devait sans doute fumer un joint avec Julian, Vance et d'autres « frères en Saint Ray », s'attendrir sur leur gueule de bois, écouter Dave Matthews ou O.A.R., passer plaisamment le temps alors que Charlotte se tordait sous son oreiller et que, de l'autre côté du mur, les Trolls chuchotaient et gloussaient sur son compte. Grand bien leur fasse ! Tout ce qu'elle pouvait espérer, c'était qu'elles continuent à se persuader que Charlotte était simplement *trop cool* pour s'abaisser à leur parler. Et non, elle n'allait pas leur raconter ce qui s'était passé durant ces dernières vingt-quatre heures de dégradation et d'humiliation, de descente au plus profond de la fange. Chaque fois qu'elle fermait les yeux, sa mémoire revenait au sommeil troublé qui l'avait prise sur ce lit d'hôtel pendant que les autres buvaient en se moquant d'elle, de son corps, de sa « foune », de son « ramonage » ; pour eux, la perte de sa virginité se résumait à ces quelques mots insultants : ramoner une foune de cambrousarde, posséder une petite provinciale naïve qui avait eu l'audace de s'aventurer loin de ses montagnes.

Gardant l'oreiller sur sa tête, elle a roulé sur le dos. Ce mouvement avait dû soulever de la poussière car elle a aperçu de fines particules flottant et dansant dans les rayons de soleil au-dessus d'elle, image qui l'a ramenée au jour où Channing et ses complices avaient envahi le jardin familial pour venir la narguer et se moquer de ses grands airs. Dans son petit cagibi de chambre, elle avait contemplé la poussière attrapée par les rais de lumière en se disant que la vie était désormais impossible à Sparta, maintenant que tout le monde allait savoir que Papa avait menacé de châtrer Channing s'il osait encore lever un doigt sur sa parfaite petite fille. Seigneur ! Elle se rappelait comment elle avait été tirée de son accablement, stimulée par la seule vue à la télévision de l'homme politique le plus lancé du pays, le gouverneur de Californie, s'adressant à ce qui constituait l'avenir et le salut de Charlotte, Dupont University, le grand homme choisissant pour son adresse de printemps à la nation le cadre solennel d'une cérémonie universitaire avec la tour gothique majestueusement dressée derrière lui, la mer de toges or et mauve – une couleur profonde, une nuance particulière qui en était venue à recevoir le nom de « mauve Dupont » –, les drapeaux des quarante-huit pays dont les diplômés étaient issus, les bannières portant Dieu savait combien de mystérieux et vénérables symboles héraldiques de la chrétienté, conservés dans la modernité du XXIe siècle parce qu'ils allaient si bien avec les arches, les clés de voûte, les vitraux chaucériens de cette masse néogothique conçue et édifiée dans les années 1920... Cet éminent personnage, qui avait éveillé dans les reins de Charlotte – dans ses *reins* ! – une telle émotion était entre-temps devenu à Dupont le protagoniste flasque et décrépit d'une farce fellatrice connue sous le titre de « Nuit de la Turlute », avec dans le rôle principal un chenapan picoleur appelé Hoyt Thorpe et, en second acteur, le fils à papa Phipps, *Master* Vance Phipps...

Charlotte s'est relevée, ce qui lui a donné le tournis – était-il possible qu'elle soit encore ivre ? –, et a essayé de ne pas regarder ce qu'il était inévitable d'apercevoir par la fenêtre, le plus haut des nombreux hommages rendus par Dupont à la gloire divine, à savoir la tour de la bibliothèque. Elle est allée dans la partie de la chambre réservée à Beverly – mais en quoi ces dérisoires distinctions s'appliquaient-elles encore ? – et, après avoir fouillé dans son tas de CD, en a sorti un de Ben Harper. Elle l'a placé sans scrupule aucun dans le lecteur – que signifiait « scrupule », désormais ? –, elle a cherché la plage 3, « Another Lonely Day » et, de nouveau réfugiée sur son lit, elle a écouté la jeune voix chanter tristement que ça ne pouvait pas marcher, de toute façon, et que tout ce qui restait était « encore un jour de solitude ». Elle ne pouvait pas, elle n'arrivait pas à empêcher son visage de se tordre et les larmes de ruisseler, encore et encore, venues de ses yeux, de sa gorge brûlante, du fond de ses poumons, de son ventre convulsé. Elle a plaqué l'oreiller sur sa figure pour que les Trolls ne surprennent pas ses pleurs, mais de manière à pouvoir tout de même écouter cette lente et sombre ballade sur l'inévitable solitude du cœur. Après la nuit et la matinée qu'elle venait de passer, c'était un soulagement qui frisait le bonheur, de renoncer, de baisser entièrement la garde, de capituler, de se complaire dans les décombres de sa vie à Dupont. Mais il ne fallait pas que les Trolls entendent, donc...

Est-ce que Hoyt allait l'appeler ? Elle savait que non. Elle était certaine qu'il ne lui adresserait plus jamais la parole. Il avait définitivement jeté la serviette souillée avec le reste. Elle ne remettrait plus jamais les pieds à la résidence Saint Ray, plus jamais... Qu'est-ce que Bettina allait en penser, Bettina qui l'avait entraînée là-bas la toute première fois, il y avait si longtemps ? Et Mimi ? Sans doute leurs réactions avaient été très partagées quand elles avaient appris que Charlotte Simmons allait se rendre à Washington au bras d'un étudiant plus âgé, et très cool, de surcroît... Elles en avaient éprouvé de la jalousie, évidemment, mais son exemple leur avait aussi insufflé de l'espoir, un espoir qu'elle avait lu sur leur visage ce jour-là dans la chambre, lorsque Beverly et Erica avaient surgi : elles souhaitaient la voir passer ce pont qui la conduirait au monde des fraternités et où elle – et peut-être *elles*, un jour – serait acceptée et invitée partout où les types et les filles cool, *dars*, *bandants*, s'amusaient et faisaient étalage de leur écrasante supériorité...

Mais non. Charlotte Simmons ne serait plus invitée nulle part. Elle avait joué, et perdu. Elle avait négligé ses cours, négligé Adam, les Mutants et leurs rêves de cénacle intellectuel, négligé la seule promesse que Miss Pennington avait attendue d'elle, celle que l'irréversible ascension de Charlotte Simmons se poursuivrait, la conduirait d'un obscur lycée public des Montagnes Bleues à la crème de l'élite universitaire de Dupont... Quels buts égoïstement étriqués, quelles préoccupations dérisoires et dégradantes, quelles fausses priorités avait-elle fait siens !

Mais... Hoyt ! Ô, Hoyt ! Elle voulait encore ce sourire dévastateur, elle voulait encore se sentir pressée entre lui et la paroi d'un ascenseur ! Elle voulait qu'il la désire, qu'il la convoite, et s'il téléphonait maintenant elle... Cette idée lui a fait prendre la mesure de la folie dans laquelle elle avait basculé. Il n'appellerait jamais. Plus jamais. La seule perspective de lui parler le ferait frémir... Non, pas même frémir, car c'était encore une émotion et Hoyt Thorpe n'en ressentait plus aucune envers Charlotte Simmons, aucune.

Allongée sur le dos, elle a senti les larmes emplir de nouveau ses yeux fermés, s'échapper aux coins des paupières, alors elle les a rouverts. Les particules de poussière ne flottaient plus dans l'air, en tout cas elle ne les voyait plus. Un nuage avait dû s'arrêter devant le soleil car il y avait moins de lumière. En tournant ses yeux vers la fenêtre, elle a aperçu la pile de livres sur son bureau et... non, Seigneur, pas ça ! Elle avait un travail à rédiger pour le cours d'art théâtral contemporain du lendemain matin, à propos de l'analyse du travail de l'artiste Melanie Nethers par Susan Sauer, un essai incroyablement rébarbatif, tortueux, excessivement « littéraire » et tellement sec... Elle l'avait à peine commencé et elle allait devoir le reprendre du début en essayant de fixer chaque mot dans son cerveau parce qu'ils étaient si abscons, ces mots... Mais elle n'était pas en mesure de se concentrer sur une tâche pareille, non. Ce n'était même pas la peine d'essayer. Elle devrait se lever plus tôt et bûcher avant le cours, sauf qu'elle savait déjà qu'elle ne le ferait pas. À quoi bon se dissimuler l'inévitable ? À quoi cela aurait-il *servi* ? Concrètement ? Quelle utilité à se coltiner les imbécillités métaphysiques que Susan Sauer pouvait écrire ?

Elle était tellement épuisée, tellement *esquintée* qu'elle ne voyait plus de sens à cette lutte sans issue contre la détresse. Sa gorge n'était pas seulement douloureuse, mais nouée, nouée... « Rends-toi, Charlotte », et cependant elle se doutait que la nouvelle crise de larmes qui s'annonçait allait être différente de toutes les autres, qu'il s'agissait d'une créature dotée de sa propre vie qui l'attaquerait et la saccagerait corps et âme, sans même l'espoir de l'amadouer par la capitulation, et en effet les larmes ont fusé, tordant les muscles de ses lèvres, de son menton, de son cou, de son front, jaillissant à travers ses prunelles pour se ruer entre les paupières, inondant ses narines, toutes ses cavités nasales, une bête impitoyable qui... « Et ça, c'est quoi ? » Elle aurait juré que, malgré son égarement, elle venait d'entendre la voix syncopée d'une fille, hachée comme lorsqu'on n'entend qu'une seule partie de conversation téléphonique. Oh, il n'y avait jamais eu antidote plus fulgurant à une crise de larmes ! Coupées, les fontaines ! Se tournant d'un coup vers le mur, Charlotte s'est mise en position fœtale et a fait semblant d'être en plein sommeil, juste à temps car... La porte s'est ouverte et : « Ohmygod ! Sans déc ?... Ouais, totalement ! »

Charlotte pouvait imaginer sa camarade de classe dans ses moindres tics, sa façon de tenir sa tête inclinée contre le mobile, ses yeux qui s'arrêtaient brusquement de voir pendant qu'elle écoutait une réponse, son sac Takashi Muramoto flambant neuf qui pendait dangereusement à son coude, prêt à dégorger tout le fourbi qu'il recelait... « Ouais, ouais, ouais, genre, totalement ! Je peux pas attendre que tu me racontes ça ! » Beverly hurlait dans son téléphone. « Où tu bosses, ce soir ? À la biblio ? Bon, mais... Attends une seconde ! Charlotte ! Salope ! Oh pardon, mais ohmygod ! Je peux plus laisser mes putains de CD dans ma chambre, maintenant ! » Tout en continuant à parler, elle est allée arrêter Ben Harper pour lancer aussitôt « In the Zone » de Britney Spears. « O.K., au café, ouais, absolument, pourquoi pas ? Comment ? *Il* y sera, à la bibliothèque ? On ferait mieux d'y aller, alors... On s'assoit près d'eux, ça va être... géant ! Super, on se retrouve à sept heures, donc. »

Le battant de son portable s'est refermé en claquant. D'autres *clics* et *clancs* : elle venait de laisser tomber tous ses os sur sa chaise pivotante.

« Gueule de bois ? a-t-elle demandé sur un ton qui exigeait une réponse immédiate.

— Euh... oui, a bredouillé Charlotte comme si elle venait d'être arrachée à une sieste postbacchanale, mais sans oser se retourner.

— Alors... crache ! » a aboyé Beverly, peu disposée à laisser sa camarade de chambre se dissimuler derrière *ces conneries de sieste*, ainsi qu'elle l'aurait probablement caractérisé.

Charlotte l'a entendue fredonner entre ses dents, plus ou moins en mesure avec Britney Spears. Britney Spears ! Elle devait sans doute marquer la mesure avec la tête, aussi. Une part de Beverly était captivée par la musique, chantonnant-murmurant, « Allez, Britney, déchaîne-toi ! », l'autre restait dans la pièce et ne baissait pas la voix, au contraire :

« Je t'entends pas, CHARLOTTE !

— C'était... sympa, a fait celle-ci en ajoutant une note ensommeillée au constat.

— *Sympa* ? Mais encore ? Vous avez fait QUOI ? – Puis, en chuchotant : – Vas-y, Britney, bouge-le, balance-le, remue-le...

— Fait quoi ? a répondu la forme groggy toujours tournée vers le mur. On a dîné, et on a dansé, et... tout ça.

— Tu as dû passer la nuit debout, oui ! T'arrives à peine à parler ! Affalée sur cette merde de plumard en plein après-midi, avec tout ce soleil qu'il y a... Ohmygod, je peux pas y croire ! Toi ! Toi avec la gueule de bois ! La Charlotte ! Qui se déchire la tronche avec Hoyt Thorpe ! J'veux dire, où est passée Charlotte la petite Miss Bibliothèque ? Qu'est-ce que tu as fabriqué pendant toute la nuit, d'ailleurs ?

— Je te l'ai dit...

— T'as rien dit du tout ! Je veux les DÉTAILS ! Allez ! Putain, si j'avais su que j'allais déteindre sur toi comme ça, fuck ! J'veux dire qu'il faut que tu me racontes tout, TOUT !

— Il n'y a rien à raconter. Franchement, je suis morte, il faut que je dorme encore...

— Bon, j'veux dire, vous avez partagé une chambre, non ? »

Silence gêné. Charlotte aurait voulu mentir mais ne trouvait rien qui puisse tenir. Elle venait de se rendre compte qu'aucun Saint Ray, et surtout pas Hoyt, n'aurait imaginé réserver une chambre spécialement pour sa cavalière. Ce n'était pas pour l'argent, bien sûr, mais à cause de l'image de femmelette que cela risquait de donner. Et Beverly le savait pertinemment.

« Oui, a-t-elle finalement concédé.

— Alooooors ?

— On... On n'était pas que tous les deux, dans la chambre.

— Et donc ?

— Donc on était quatre. C'était comme... au camping. Donc il n'y a rien à raconter.

— Au camping, voyez-vous ça ! Tu veux dire qu'il s'est rien passé ? Fais pas ta coincée, merde !

— Je n'ai pas dit *rien*. Juste rien d'important, rien de... notable.

— Hohoho, rien de notable ! Donc il s'est passé QUELQUE CHOSE !

— Écoute, Beverly, je ne me rappelle même pas. J'étais tellement soûle que je ne me souviens de rien.

— Ha ! La-meuf-qui-a-des-trous-de-mémoire, maintenant ! Disparue, Miss Charlotte ! Qui aurait imaginé ça, fuck ? Tu te rends compte que c'est la tactique archiconnue de toutes les meufs-à-trous-de-mémoire, ça ?

— Il n'y a aucune tactique. Je ne me rappelle pas, c'est tout.

— Elle ne va pas me raconter, la petite salope ! a gloussé Beverly. Quoi, tu ne vas pas raconter à ta copine de chambre ? Allez !

— Non... – La voix de plus en plus pâteuse. – Il faut que je dorme, et après je dois écrire un devoir... Une prochaine fois. »

Silence prolongé, soupir sarcastique accompagné d'autres fredonnements distraits, puis :

« Tu sais ce que je dis de ça, copine ? C'est débecquetant. Eeeeerk ! Excuse-moi, je m'en vais gerber ailleurs. »

Elle n'a pas claqué la porte, se contentant de la refermer d'un coup sec et définitif.

Les yeux fermés, Charlotte a essayé de trouver de meilleures répliques, des échappatoires plus plausibles, des petits mensonges anesthésiants jusqu'à ce qu'elle sombre dans les bras du Marchand de sable...

Et puis, soudain, le téléphone a sonné et... il faisait nuit ! Quelle heure pouvait-il être ? Beverly n'était pas là. Perdue, déboussolée, Charlotte a eu une idée sidérante : était-ce Hoyt ? Il appelait pour demander pardon ! Au fond d'elle-même, elle savait que ce n'était pas... Mais elle a roulé à bas du lit pour aller au téléphone en claudiquant.

« Oui ?

— Hellooooooo ! a chantonné Bettina. Aloooors ? Comment c'était ?

— Oh, salut, a murmuré Charlotte d'une voix atone.

— Qu'est-ce qui t'arrive ? Si ce n'était pas toi, je dirais que tu as la gueule de bois ! Alors, c'était bien ?

— Oui, bien.

— Tu n'as pas l'air emballée.

— Je suis fatiguée, simplement.

— Qu'est-ce qui s'est passé ?

— Je ne peux pas te parler, là. Je suis... en plein travail sur une dissert'.

— Oh, allez ! Je t'appelle de la bibliothèque. Je meurs de tout entendre.

— Honnêtement, Bettina, je suis très en retard...

— O.K., O.K., on se voit bientôt, j'imagine... »

Elle a raccroché, de toute évidence froissée.

Plus tard, le téléphone a encore sonné plusieurs fois, mais Charlotte n'a pas répondu. Elle voulait dormir et oublier jusqu'à l'existence de Dupont, ou rentrer chez Maman et Papa et... oublier jusqu'à l'existence de Dupont. Mais oublier Dupont à Sparta ? Il aurait fallu se lever de bonne heure ! Le comté entier ne voudrait l'entendre parler que d'une seule et unique chose : Dupont ! Quel gigantesque mensonge pourrait-elle concevoir afin d'expliquer le retour ignominieux de Charlotte Simmons léchant ses plaies après avoir abandonné l'autre côté des montagnes où un avenir grandiose l'attendait ? Par un enchaînement d'idées typique de Charlotte Simmons, remontant son pédoncule cérébral, est apparue l'image de Lucien de Rubempré dans le porte-bagages de la diligence qui le ramenait de Paris à Angoulême, vaincu, défait – laquelle a fait exploser à son tour le souvenir du compte-rendu de lecture qu'elle devait remettre le lendemain. Elle se souciait peu des crétineries de Susan Sauer mais la responsable du TP, une maître-assistante – c'est-à-dire à peine plus qu'un étudiant diplômé, c'est-à-dire une nullité pédagogique –, Miss Zuccotti, tenait les réflexions de Susan Sauer sur l'œuvre de Melanie Nethers pour une manifestation d'incomparable génie. Elle était même allée jusqu'à leur distribuer un commentaire *sur* Sauer analysant Nethers ! Après deux lignes, Charlotte y avait vu pour sa part un amas de mièvrerie métaphysique à la puissance deux, et comment trouver la racine carrée de la mièvrerie métaphysique avançant masquée sous un voile de cynisme ? Tout le machin avait un relent d'haleine de vieille dame aigrie et... au diable ! Elle ne consacrerait pas une seule seconde de concentration supplémentaire à la fumeuse exégèse d'une vieille haridelle sur les élucubrations d'une autre haridelle, dont personne n'avait besoin pour comprendre que le travail de Melanie Nethers était, au départ, une mauvaise plaisanterie. Qui était cette abrutie de Sauer, pour commencer ? Et cette vieille schnoque, Renee Sammelband, auteur dudit « commentaire » ? Enfin... Quand elle a eu terminé, elle a relu les trois pages qu'elle avait expédiées – ses comptes-rendus n'en faisaient jamais moins de six ou sept, d'habitude. Elle a tout de suite vu que son texte trahissait le bâclage pur et simple, mais au moins il était là, sur le papier, et c'était tout ce qui comptait. Ses réserves d'énergie et de patience étaient épuisées, de toute façon. Son seul désir, pour l'instant, consistait à retourner un peu au néant avant de se traîner à la bibliothèque, de trouver un ordinateur libre, de taper et d'imprimer son essai. Elle s'est recouchée et, le temps de dire ouf, le Marchand de sable l'a de nouveau emportée au Pays du sommeil.

Quelques heures plus tard – combien, elle n'en avait pas idée –, elle eu vaguement conscience de ce que Beverly était revenue dans la chambre. Cette fois, elle n'a pas eu besoin de feindre le sommeil et sa « copine » n'a pas cherché à discuter son état.

Le lundi matin, elle n'est pas arrivée à sortir du lit. À plusieurs reprises, le réveil a émis son irritante alarme mais elle l'a fait taire chaque fois. Beverly n'était plus là, grâce au ciel. À quoi bon se lever ? Qu'avait-elle à attendre de cette journée, sinon tout un tas de questions embarrassantes de la part de Mimi et de Bettina, en admettant que celle-ci lui adresse encore la parole, puis l'inévitable interrogatoire de la Grande Inquisitrice Beverly, qui avait reniflé une piste fraîche et allait s'y accrocher. Jusqu'au début des vacances de Thanksgiving, le vendredi en quinze, elle n'avait pas un grand nombre de choix. Elle n'en voyait qu'un, même : se réfugier aussi longtemps que possible à la bibliothèque, faire son travail, éviter tout le monde et... Ohmygod ! Il restait dix minutes avant le cours d'art dramatique contemporain, à dix heures. Autant le sécher, maintenant... L'espace d'un instant, elle s'est vue comme la statue de l'Autodestruction souriant à la Douleur. Si elle ratait le cours et dormait encore, cependant, cela ne servirait qu'à la rendre encore plus déprimée, ensuite. Elle a sauté du lit. Son jean était resté sur le sol, là où elle l'avait abandonné la veille, le Diesel qu'elle avait jugé si indispensable et dont elle ne supportait désormais plus la vue. En hâte, elle a passé sa vieille robe froissée et par-dessus le lourd pull-over bleu ciel que sa tante Betty lui avait tricoté des siècles auparavant, puis enfilé ses sandales. Sans prendre le temps de se brosser les cheveux, elle a couru à la porte. Minute ! Son compte-rendu... Zut ! Elle n'était jamais allée le taper et l'imprimer comme elle en avait eu l'intention. Elle a attrapé les trois feuillets écrits à la main sur son bureau et elle est partie en courant. Direction la bibliothèque, sauf que... impossible de courir avec ces sandales ! Elle les a enlevées, les a tenues dans sa main gauche, son devoir dans la droite, et maintenant oui, elle filait, elle volait à travers la Petite Cour, la Grand Cour, grimpait l'imposant perron de la bibliothèque Dupont. Des étudiants se sont esclaffés en la voyant passer ainsi, échevelée, pieds nus, affolée. Tant pis ! Elle a foncé à l'espace des ordinateurs, sous le dôme gothique à facettes, entendant des rires de tous côtés, des cascades de rires. Pour Dupont, la marionnette Charlotte Simmons, sa course saccadée, sa peau livide et ses pieds déchaussés étaient à se tordre.

Le temps de taper son texte comme une démente, puis de se ruer sur une imprimante, elle était en nage et elle devait sans doute empester, s'est-elle dit. Renonçant à chercher une agrafeuse, elle a piqué un sprint halluciné jusqu'à l'immeuble Dunston, où se tenait le cours, toujours avec ses sandales dans une main et sa copie dans l'autre, surprise par le froid qu'il faisait dehors. Arrivée devant la porte de la salle de cours avec près de vingt minutes de retard, elle s'est rechaussée avant d'entrer et... zut ! La boucle de sa sandale gauche était mal fixée, de sorte que la semelle s'est mise tout de guingois sous son pied, mais il était impossible de s'arrêter et elle a donc continué en boitant comme une infirme, la respiration haletante, prise de frissons. Des ricanements ont éclaté de-ci de-là. Son visage était cramoisi, strié de gouttes de sueur qui continuaient à jaillir de son front et de ses tempes. Ses cheveux étaient dans un désordre indescriptible, son accoutrement prouvait qu'elle s'était habillée en quelques secondes, et une très déplorable tache sur le devant du pull donnait l'impression qu'elle avait bavé dessus tandis qu'un trou de termites sur le côté laissait supposer qu'elle ne portait pas de soutien-gorge, ce qui était le cas. D'autres ricanements. Ses traits exprimaient toute l'anxiété à se savoir jugée selon ce que toute vraisemblance son apparence exprimait : instabilité, irresponsabilité, négligence, faiblesse de caractère... Et puis il y avait la *chose* elle-même, ces feuillets tout froissés et maculés de sueur dans son poing crispé, comme un journal avec lequel le chat aurait joué. Ricanements et ricanements. Miss Zuccotti s'est arrêtée au beau milieu d'une phrase et s'est tue jusqu'à ce que la honte personnifiée s'installe à la table du TP, pendant que les vingt-cinq ou vingt-six autres étudiants observaient à loisir la créature suante et haletante prendre sa place. *Ecce Charlotte Simmons*, celle qui s'apprêtait à remettre une copie délibérément, furieusement conçue dans le but de démolir tous les a priori esthétiques et critiques de Miss Zuccotti, bâclée en un déploiement puéril de cynisme sans une once d'ironie, d'élégance spirituelle ou même de pertinence. À l'autre bout de la table, un garçon venait de passer un mot sans doute assassin à son voisin, qui a jeté un coup d'œil goguenard à Charlotte avant de sourire à l'expéditeur. Qui était-ce ? Elle était sûre de l'avoir déjà vu à la résidence Saint Ray. Lundi matin et il était déjà au courant ! L'usine à paranoïa venait d'ouvrir ses portes en elle, prête à une journée de production intensive.

Pendant tout le cours, Charlotte est restée voûtée sur la table, prenant des notes qu'elle transformait en gribouillis ou laissant son regard se perdre par la fenêtre, incapable de rire avec les autres parce qu'elle n'écoutait pas, relevant la tête en sursaut comme les cancres assoupis du matin, prise de brusques tremblements... Bien qu'entièrement délivrée des effets de l'alcool, elle tenait plutôt bien, même sans le vouloir, le rôle de la fille qui s'est horriblement murgée la veille. Accablée par le dégoût de soi et par l'anxiété, la seule perspective un tant soit peu positive qu'elle arrivait à concevoir était d'aller boire un café à Mister Rayon. Un constat fugace, car sans importance, lui est venu : depuis son arrivée à Dupont, elle n'avait jamais bu de café, sa mère estimant que ce n'était pas bon pour les enfants. Avant Dupont, elle avait été la sage petite fille à sa maman... Oui, elle avait été ainsi, simplement, et cette idée est passée en elle sans autodérision ni regret.

Elle venait de rejoindre la queue devant les machines à café de Mister Rayon lorsqu'elle a remarqué, assez loin à une table de la cafétéria, une étudiante plus âgée, Lucy Page Tucker, qui semblait la fixer obstinément du regard. Elle était assise en compagnie de trois autres filles. Tout le monde « connaissait » Lucy Page Tucker – une Bostonienne, malgré son usage du double nom de famille évocateur de l'aristocratie du Sud – car elle était la présidente de l'une des deux associations d'étudiantes les plus lancées du campus, Psi Phi, la seconde étant la fameuse Douche. Les filles de Psi Phi était surnommées les Trekkies, en allusion au vieux feuilleton télévisé *Star Trek*. Même à une distance pareille, il était difficile de ne pas remarquer Lucy Page, robuste fille aux larges pommettes, larges mâchoires, menton curieusement pointu et formidable masse de cheveux blonds qu'elle coiffait en arrière et qui la faisait ressembler au lion du *Magi-*

cien d'Oz. Charlotte a détourné la tête un moment, puis lancé un coup d'œil dans sa direction : Lucy Page Tucker l'observait toujours, même si elle et ses trois compagnes s'étaient réunies en un petit cercle de conspiratrices. Le cœur battant, Charlotte a continué à avancer avec la queue avant de tourner encore son regard dans leur direction. La présidente de Psi Phi ne l'espionnait plus, Dieu merci, mais à cet instant la brune assise en face d'elle a pivoté sur sa chaise pour faire signe à quelqu'un et Charlotte a aperçu son profil. C'était comme si la foudre venait de s'abattre sur son plexus solaire : Gloria ! Il n'y avait aucun doute; elle l'aurait reconnue à dix kilomètres. Quelle idiote elle avait été ! Débarquer à la cafétéria, le point de rencontre de tout le campus !

Abandonnant la file, elle s'est hâtée vers les toilettes et, après s'être enfermée dans un box, elle s'est assise sur la planche de la cuvette, oppressée, tenaillée par une peur panique qui la forçait à inhaler à pleins poumons les vapeurs d'ammoniaque qui tentaient de combattre les relents de déjections. Ohmygod ! Gloria...

Jusqu'à la fin de la journée, elle est passée de cours en cours sans échapper un instant à la peur, se demandant ce que Gloria avait pu raconter à Lucy Page et si celle-ci allait le répéter à Erica, qui s'empresserait de le répéter à Beverly... Chaque fois qu'elle croisait un groupe d'étudiants, elle les imaginait chuchoter des ragots, tout ce qu'ils *pouvaient* connaître sur son compte prenant des proportions toujours plus énormes. Elle n'était sans doute pas la première fille de Dupont à se faire plaquer, supposait-elle, mais *aucune* d'elles, dans toute l'histoire de l'université, ne l'avait été dans un contexte pareil : elle avait été rejetée par un membre de la fraternité la plus cool du campus, non, plus encore, une vedette, le héros de la Nuit de la Turlute, le jeune Cœur de Lion qui ne reculait devant personne, pas même un bœuf tel que Bolka, le plus beau garçon que la terre ait porté, ô Hoyt... Quelle... tristesse !

Elle a traversé la Grand Cour tête baissée, observant à la dérobée les immenses pelouses, la majestueuse tour à l'opposé, ce tableau qui pour tout le pays – pour le monde entier ? – symbolisait les plus hautes aspirations de l'enseignement supérieur américain. Elle a aussi vu se balancer des queues de cheval, se balancer des cascades de boucles, se balancer des postérieurs parfaitement moulés dans des jeans dernier cri... Est-ce qu'une seule de ces filles était passée par où elle était passée ? Est-ce que Hoyt en avait manipulé une, ou plusieurs, jusqu'à l'avoir dans son lit ? Mais elles avaient dû perdre leur virginité dans une relative discrétion, elles, non devant un public de voyeurs. Pourquoi cela avait-il dû être avec *lui* ? Pourquoi un garçon dépourvu de tout scrupule et même de toute émotion, profondément atteint du syndrome de Casanova ? Avait-elle offensé Dieu pour mériter pareille épreuve ? Le Dieu de Maman ? Appelé Son courroux sur elle ? La vie et l'Esprit avaient abandonné son corps, statue de sel qu'il ne restait plus qu'à pulvériser.

À deux heures et demie, ses cours terminés, Charlotte a mis le cap sur le musée DeLierre, consacré à l'art chinois et nippon du XVIIe au XIXe siècle, derrière l'immeuble Lapham, un endroit où le risque de rencontrer des têtes connues était à peu près nul. Là, elle a attendu que le jour décline vraiment – quatre heures et demie, en décembre – pour se risquer dans sa chambre, réunir quelques livres et cahiers, et se hâter de redevenir la fameuse Miss Bibliothèque. Beverly... Elle ne se sentait pas capable de supporter cette épreuve. Son feu roulant de questions, ou même pas, non, car elle devait avoir tout appris de la bouche d'Erica, celle-ci de Lucy Page, laquelle avait été briefée par Gloria... La planète entière était au courant. Mais elle pouvait compter sur Beverly pour ajouter quelques petits commentaires vachards, histoire de lui faire comprendre qu'elle *savait*.

Elle est revenue à la résidence avec une ruse consommée, enlevant ses sandales dans l'entrée, vérifiant que le hall était désert et la porte de l'ascenseur ouverte. Pas de Bettina ni de Mimi en vue. Arrivée à son étage, elle a longé le couloir avec la souplesse silencieuse d'une Indienne, se mettant sur la pointe des pieds quand elle est passée devant la porte de Bettina au cas où cette dernière serait aux aguets. « Charlotte »... Quelqu'un était en train de parler d'elle, de l'autre côté du battant ! Elle s'est arrêtée, effarée par le bruit que faisaient son cœur et ses poumons, et s'est forcée à ne respirer que par le nez.

« Tu te rends compte que c'est de *Charlotte* qu'on parle, là ? »

Bettina.

« Hal-lu-ci-nant ! »

Une voix pétillante de joie mauvaise, suivie de gloussements sarcastiques. Mimi.

« Je ne peux pas croire qu'elle a couché avec lui !

— Ouais. Elle qui fait toujours la *sage comme une image*. À nous servir ses petites... homélies. C'est comme ça qu'on dit, non ?

— Elle nous sert de la merde, oui ! Quand tu l'écoutes, rien que fréquenter un garçon, c'est un crime ! Et nous, on fait *même pas* ça !

— Elle se croit tellement intelligente, mais il faut être une conne finie pour coucher avec un fucking Hoyt Thorpe à une fucking soirée de fraternité, a édicté Mimi sur le ton doctoral de l'experte en mœurs estudiantines.

— Je sais ! Je veux dire, il est chaud, ce mec, mais pour ta *première fois*, tu choisis autre chose, non ?

— Et les draps ! s'est esclaffée Mimi. Ah, putain, elle a de la chance si elle se fait encore inviter à une soirée de Saint Ray !

— Ouais, bon, enfin, c'était pas sa faute, ça, a tempéré Bettina.

— Mais tu saignes pas sur le lit ! Tout, sauf ça ! Et cette meuf, Gloria... Gloria Barrone, tu connais ? Une fille de Psi Phi ? Elle a *vu* les taches !

— Comment ça ?

— Hoyt les lui a montrées !

— Oh, quel ignoble connard ! Mais c'était pas ses règles ?

— Noooon ! Ce que j'ai entendu dire, c'est que Hoyt a raconté à Gloria qu'elle était vierge et qu'il n'a pas su comment réagir à ça, genre. Qu'il a totalement flippé, après.

— Comment ça, flippé ?

— Eh bien, qu'il a pas su quoi faire. Ça se comprend, non ? C'était pas leur lit de noces, après tout ! J'veux dire, ça doit faire un drôle d'effet, de ramasser une fille à une soirée et que ce soit... sa première fois...

— C'est horrible. Comment tu as appris tout ça ?

— Par ma copine Sarah. Sarah Rixey.

— Sarah Rixey ? Et d'où elle savait, *elle* ?

— Je sais pas trop... Je crois qu'elle a dit qu'une copine lui avait dit. Nicole quelque chose, une troisième-année. Elles étaient dans le même bahut. Je l'ai rencontrée une fois.

— Et comment *elle* était au courant, cette Nicole ?

— Elle sort avec un type de Saint Ray. J'imagine que c'est pour ça.

— N'empêche, c'est incroyable que cet abruti ait montré les draps à Gloria Barrone, non ? Cette fille, c'est genre la meilleure amie de Lucy Page Tucker, la présidente de Psi Phi, et... »

Charlotte en avait assez entendu. Elle a repris sa marche, passant devant sa porte sans s'arrêter. Même si le risque que Beverly s'y trouve était infime, elle ne pouvait le courir. Puisque deux paumées comme Bettina et Mimi étaient déjà au courant, il était évident que Beverly, avec son réseau de connaissances, l'était aussi. Lundi soir, quarante-huit heures après *ça*, *tout le monde* savait ! Ses propres amies se payaient du bon temps à la démolir dans son dos. Hoyt en avait parlé à Gloria, à Julian et sans doute à Vance, qui l'avait répété à Crissy, laquelle avait tout raconté à... Le campus entier savait que la petite provinciale avait *perdu sa fleur* à Washington !

Comment avait-il pu mettre Gloria dans le secret ? Julian, c'était déjà mal, mais... cette fille ? Était-il donc sans cœur, complètement cynique, voire sadique ? Dédaignait-il les émotions d'autrui au point de trouver cela drôle ? Elle aurait voulu l'étrangler, le tuer, effacer son souvenir de cette terre... L'agonir d'injures, au moins, mais cela signifierait qu'elle avait pu le revoir, revoir ses yeux noisette, son sourire, sa fossette au menton, son regard capable d'exprimer tellement... d'amour, oui. Et si elle lui avait dit qu'elle était encore vierge dès qu'il l'avait invitée ? Se serait-il comporté différemment ? Sa réaction n'était-elle pas due à la surprise ? Ou si elle le lui avait dit juste avant l'acte ? Mais à ce moment il était déjà trop excité, il avait passé le stade où un homme peut encore se maîtriser... Et s'il la revoyait maintenant, s'il pouvait voir la tristesse sur le visage de Charlotte, il sangloterait des excuses et... Ô, Hoyt !

Elle était si captivée par ces rêveries qu'elle n'a découvert qu'au dernier moment la présence des Trolls après le coude que faisait le couloir, à l'instant où elle est arrivée sur leurs jambes alignées par terre telles de lugubres traverses de chemin de fer. C'était incroyable ! Est-ce qu'il leur arrivait de bouger d'ici ? N'avaient-elles aucun autre but dans la vie ? Étaient-elles des vautours ? La vilaine petite souris, Maddy, a levé sur Charlotte ses yeux perfidement glauques. Malgré son irritation, cette dernière a décidé de rester *cool* autant qu'elle le pouvait : un bref sourire, un « 'Jour ! » murmuré, et de continuer à avancer. Au moment où Maddy la Harpie relevait ses genoux osseux pour la laisser passer, elle a lancé :

« Hé, salut ! – Un ricanement à peine rentré, puis : – Tu tiens le coup ? »

Nouveau coup de poignard dans sa poitrine, non tant pour découvrir que cette fille *savait*, elle aussi, et donc tout le groupe de bonnes à rien, mais à cause de l'impudence avec laquelle elle montrait qu'elle était au courant.

« Tout à fait », a répondu sèchement Charlotte, afin de maintenir l'illusion qu'elle continuait à se situer à des années-lumière au-dessus d'elles.

Elle a poursuivi son chemin à travers la chicane, guettant avec appréhension d'autres regards torves, d'autres attitudes effrontées, d'autres...

« Tu sais que tu es pieds nus ? »

C'était Helen, la grosse fille noire. Les Trolls ont été secouées de gloussements. Charlotte a sprinté jusqu'à la porte de secours, dévalé les escaliers, fuyant sans but. Même ces parias se moquaient d'elle, maintenant ! Elles n'osaient pas s'adresser directement aux étudiantes qui avaient une vraie vie, même les premières-années, se bornant à les observer, les jalouser, rêver de les déchirer comme des... tarentules. Charlotte s'est soudain souvenue que Miss Pennington lui avait appris ce terme dans un moment aussi désagréable que celui-ci mais dont elle ne se rappelait plus le contexte. Même Maddy, cet embryon de sorcière au visage de fouine et aux cheveux de Gorgone faisait des gorges chaudes de son horrible mésaventure, se réjouissait de voir Charlotte Simmons et ses airs supérieurs expédiés aux oubliettes de la dérision collective !

Elle s'est arrêtée au palier suivant pour renfiler ses sandales. Elles s'étaient moquées de ses pieds nus, aussi ! Elle avait recommencé à suer, à respirer en hoquetant. Elle a baissé les yeux sur l'escalier de secours qu'éclairaient faiblement des néons circulaires de vingt watts, ses murs de plâtre peints en vert caserne – un puits à l'étroitesse oppressante, tout en angles abrupts, qui finissait dans une pénombre accablante. Elle s'est rendu compte qu'elle n'avait aucun plan, une fois qu'elle en aurait touché le fond...

En temps ordinaire, le président Cutler recevait ses visiteurs non à son impérial bureau long de trois mètres mais dans l'une des deux « aires de conversation » de ses vastes quartiers. Là, il y avait une bergère, deux fauteuils à bascule et un fauteuil Oxford, tous tendus de cuir mauve Dupont, puis une imposante table basse, puis un canapé en cuir acajou extrêmement luxueux, avec de part et d'autre des chaises à motifs mauve Dupont, le tout sur un épais tapis d'un jaune profond et décoré d'une frise de couguars mauve Dupont qui appartenaient au blason de l'illustre famille du même nom. Cet arrangement donnait une note *intime* aux visites, dans la mesure où quoi que ce soit d'intime peut s'immiscer dans un appartement royal ou une salle VIP. Ce riche ameublement, combiné au décor résolument gothique avec ses fenêtres en ogives sculptées et son plafond peint de motifs médiévaux, semblait produire un effet plus que positif sur les donateurs potentiels, une espèce dont la générosité était apparemment – pervers paradoxe – plus stimulée par ce déploiement d'opulence que par n'importe quel dépouillement ascétique.

Ce jour-là, pourtant, le président n'avait aucun désir d'établir la moindre note d'intimité avec les deux hommes qui lui faisaient face de l'autre côté de son immense table. Il s'agissait en effet des deux extrémistes les plus insupportables du campus, dont les visions du monde respectives étaient en opposition la plus farouche, et donc il avait préféré garder la masse inamovible de son bureau entre eux et lui.

Les deux fauteurs de trouble avaient devant leurs yeux le grand tableau qui trônait derrière le président : le célèbre portrait en pied de Charles Dupont en tenue d'équitation, une botte noire étincelante déjà engagée dans l'étrier alors qu'il s'apprête à enfourcher son étalon favori, une bête à la robe d'ébène lustrée répondant au nom de

« Pour moi le fouet ». Le visage austère de Dupont, ses larges épaules et son coffre puissant sont tournés vers le visiteur comme si quelque plumitif venait de lui adresser une impertinence. L'auteur du tableau – signataire ici de l'unique portrait équestre de toute son œuvre, –, John Singer Sargent, a exagéré la taille de la cravache du Fondateur et l'a placée dans la main droite de ce dernier à un angle qui donne l'impression que Charles Dupont va frapper l'impudent sur la bouche en un cinglant revers. Si Jerome Quat ou Buster Roth, les deux hommes présentement convoqués par le président Cutler, étaient intimidés par cette pose menaçante, ils ne le montraient pas, pour l'instant.

« Ouais, mais je me fiche de ce que l'enquête conjointe a établi, Fred ! était en train de dire Jerry Quat, boudiné dans l'un de ses éternels pulls à col V qui révélaient le tee-shirt en dessous. Le problème, c'est qu'il est im-pos-sible que ce crétin anabolique ait rédigé cette copie lui-même et, voyez-vous, Fred, je ne serai pas disposé à passer là-dessus tant que *quelqu'un*... – il a marqué une pause assez longue pour indiquer que le *quelqu'un* en question pouvait fort bien être le primate anabolique assis à un mètre de lui, Buster Roth, inhabituellement en blazer et cravate – ... n'aura pas reconnu les faits. »

Oh, le petit emmerdeur, a soupiré le président en son for intérieur. Jerry Quat avait poussé l'outrecuidance assez loin pour l'obliger à le réprimander, maintenant, ou bien il perdrait la face devant Roth. Heureusement qu'il avait déjà prévenu ce dernier de ce qu'il devrait attendre de Quat, à savoir une rancœur tenace, mais il suffisait de regarder le coach, la manière dont il serrait les dents, pour comprendre que les remarques finaudes à la « crétin anabolique » finiraient par le faire craquer. Cela revenait presque à accuser l'entraîneur de gaver son équipe de stéroïdes ! Il avait déjà du mal à traiter avec chacun de ces deux exaltés séparément, alors ensemble... Comment amadouer Jerry Quat, dont la vie n'était qu'une irritante soif de revanche contre tous les Buster Roth du monde, sans mettre à feu la bombe Roth, qui tenait tous les Jerry Quat du campus pour de subversifs asexués dont le seul but était de couler « le programme », entendez la renommée sportive de Dupont ? Il fallait essayer, cependant :

« J'espère que vous comprenez bien, Jerry, que je n'attends absolument PAS que vous vous taisiez. J'insiste beaucoup là-dessus : l'un de nos principaux apports, dans cet établissement, a été d'appeler toute chose par son nom et donc il n'est pas question d'enjoliver ou d'enterrer les choses. – Il a eu un grand sourire. – Je prends peut-être un risque en vous demandant de continuer à considérer les choses... – “en blanc et noir”, allait-il dire mais il s'est ravisé, craignant de franchir les limites du politiquement correct – ... comme vous le faites, et pourtant c'est ainsi : vous êtes un remarquable historien, Jerry, et c'est de cela que nous avons besoin ici, de l'ouverture d'esprit et de la finesse de quelqu'un comme Jerry Quat. »

Le président a constaté avec soulagement que le professeur perdait un instant son air buté et qu'une satisfaction enfantine venait adoucir les contours de sa bouche. Ce n'était qu'une inflexion, bien sûr, car il a aussitôt repris son expression de petit emmerdeur aigri. Non, mais regardez ça... Presque la soixantaine, cette barbiche à la Lénine, ce pantalon en toile informe et fripé, ce pull tellement serré qu'il révélait chaque pli de son torse flasque et lui faisait deux seins au-dessus de la bedaine, ce col en V qui exposait un double menton enflé comme celui d'un crapaud sur lequel était fichée la bouille ronde, les poches sous les yeux, les creux qui dévalaient de son nez jusqu'aux lèvres pincées par l'âge, et la barbiche, et les cheveux grisonnants et clairsemés coupés à la lycéenne... Qu'est-ce que cette dégaine voulait proclamer ? Qu'il se jugeait supérieur aux costards-cravates – la tenue de rigueur du président – qui dominaient encore le monde ? Ou bien était-ce la pose grotesque de l'éternel adolescent ? Un peu des deux, sans doute.

Oh, il connaissait bien ce genre, le président, étant juif lui-même. Seul un imbécile en aurait parlé ouvertement, mais il était connu que le type de « l'intellectuel juif » se divisait en multiples sous-catégories. Comme Jerry Quat, sans doute, le président était le descendant à la troisième génération d'un jeune émigré de Pologne du nom de Moshe Koutilijenski, simplifié en « Cutler » par les services d'immigration tandis que la rude existence new-yorkaise réduisait son prénom à « Mo ». Devenu électricien-installateur, Mo Cutler avait prospéré grâce au boom de la construction immobilière consécutif à la Première Guerre mondiale. Sous la direction de son fils, Frederick, qui était allé à l'université, la compagnie Cutler Electric avait encore pris de l'ampleur avec la nouvelle flambée immobilière des années 1950 et 1960. Professionnellement et socialement accepté par l'élite protestante, Frederick avait rejoint l'Église de la culture éthique qui constituait, avec les Unitariens, les deux destinations préférées des juifs ayant choisi l'assimilation totale. En une nouvelle preuve de son américanisation, car les juifs traditionalistes ne donnaient jamais le nom d'une personne encore vivante à un nouveau-né, il avait nommé l'un de ses quatre fils Frederick Junior. Lequel, grâce à la prospérité grandissante de la famille, avait confortablement étudié à Harvard, où il avait passé sa maîtrise, et à Princeton, dont il était sorti avec un doctorat en relations internationales. Après avoir enseigné dans cette dernière université, il avait choisi la carrière diplomatique, occupant pendant plusieurs années le poste de premier attaché à l'ambassade américaine à Paris. Son propre fils, Frederick Cutler III, diplômé de Harvard et Dupont, brillant universitaire spécialisé en histoire du Moyen-Orient et pour l'heure assis à ce vaste bureau, était le président de Dupont.

Le gros lard stupidement boudiné par son pull gris qu'il avait en face de lui appartenait à une autre espèce, estimait-il, même s'ils étaient tous deux juifs et si les opinions sur les principaux sujets du moment qu'ils professaient en public coïncidaient souvent. L'un et l'autre étaient des défenseurs passionnés de la cause des minorités, en particulier les Afro-Américains, ainsi que les juifs. L'un et l'autre tenaient Israël pour la nation la plus importante au monde, bien qu'aucun d'eux n'ait été tenté de vivre là-bas. L'un et l'autre éprouvaient une sympathie instinctive envers les opprimés et les laissés-pour-compte, et se montraient particulièrement indignés par les cas de violence policière. L'un et l'autre étaient partisans de la liberté d'avortement, non tant parce que quiconque de leur connaissance aurait voulu y recourir que pour les limites que cela imposait à une chrétienté à bout de souffle et à ses étranges préjugés religieux. Pour la même raison, l'un et l'autre soutenaient les droits des homosexuels, des femmes, des transsexuels, des renards, des ours, des loups, des espadons, des flétans, de l'ozone, de la forêt tropicale, et défendaient la limitation du port d'armes, l'art contemporain et le parti démocrate. L'un et l'autre blâmaient la chasse et donc les bois, les champs, les pistes de montagne, l'escalade, la voile, la pêche et plus généralement toute activité de plein air, à l'exception du golf et de la plage.

La différence entre eux, ainsi que la voyait le président, résidait en ce que Quat était fondamentalement un intellectuel juif confit dans ses principes petit-bourgeois, comme les marxistes disaient dans le temps. Certes, Frederick Cutler III n'avait jamais confié cette idée à un seul être vivant, sinon sa femme, car il n'était pas fou, tout de même ! Mais pour lui tous les Jerome Quat du monde universitaire étaient les rejetons de parents issus de la classe moyenne qui leur avaient répété depuis le berceau que la vie se résumait à une lutte manichéenne entre les forces de la Lumière et celles des Ténèbres, entendez entre « nous » et les goyim, ces derniers étant considérés particulièrement puissants et imprévisibles lorsqu'il s'agissait des chrétiens blancs, en premier lieu catholiques et WASP. Au sein du corps enseignant, chaque nouveau Jerome Quat prenait immédiatement soin de rappeler qu'en dépit de son patronyme Buster Roth n'était pas juif, mais allemand et catholique cent pour cent. Dans la théorie secrète de Fred Cutler, le problème résidait en ce que les parents de tous ces Jerome Quat n'avaient jamais atteint le niveau professionnel et social où les non-juifs *recherchaient* sciemment votre compagnie, où leurs intérêts et les vôtres devenaient inextricablement liés. Concernant *le* Jerome Quat qu'il fallait actuellement considérer, un bonhomme dont le père avait été fonctionnaire à Cleveland ou quelque autre endroit perdu de ce genre, catholiques et WASP avaient beau protester du contraire, ils resteraient à jamais égoïstes, imprévisibles, despotiques et génétiquement antisémites. Ou, pour résumer : les Quat étaient les petites gens sans vision d'ensemble, tandis que les Cutler étaient de vrais citoyens du monde.

Estimant qu'il avait suffisamment flatté le petit Jerry en lui rappelant son rôle de chef de file des forces de la Lumière au sein de la prestigieuse université, le président a rapproché ses paumes l'une de l'autre et les a tournées dans le vide comme s'il confectionnait une boule de neige virtuelle :

« Par ailleurs, Jerry, vous...

— Ah non, Fred ! Vous n'allez pas commencer à me servir vos “par ailleurs”, vos “d'un autre côté” et vos “néanmoins” ! – Impensable ! Cette chiure de mouche continuait à vouloir le mettre au pied du mur ! – Fred, vous savez, je sais, et Mr Roth ici présent sait que *Jojo* – ce petit nom prononcé avec un incommensurable mépris – Johanssen, avec ses notes au test SAT auxquelles nous n'avons pas accès parce que... Pourquoi donc, Fred ? Enfin, avec sa moyenne SAT que je parie être inférieure à sa taille de chapeau, non qu'il ait la moindre idée de ce dont il s'agit puisqu'il ne porte que des casquettes de baseball réglables, avec la visière sur le côté comme le...

— Ce n'est pas exact, professeur ! Vous avez complètement tort, à propos de son test d'évaluation ! »

Buster Roth ne pouvait plus se contrôler. Le président a bien vu qu'il devait intervenir s'il ne voulait pas que cette réunion tourne au combat de coqs. Que le coach l'ait appelé « professeur » et non « professeur Quat » ou « Mr Quat » suffisait à irriter l'intéressé plus que nécessaire, puisqu'il n'ignorait pas que ce terme, dans la bouche des entraîneurs et des sportifs, équivalait plus ou moins à « petit connard prétentieux ».

« Vraiment ? Alors pour quelle raison personne ne peut les avoir ?

— Mr Quat ! Mr Roth ! a entonné le président. Je vous en prie ! N'oublions pas un point important, ici : quoi que nous puissions en penser, vous et moi, Mr Johanssen dispose de *droits* que nul ne penserait contester. »

Le mot « droits » avait été souligné à dessein, Fred Culter n'ignorant pas que pour Jerry Quat il était l'équivalent laïque d'« anges et chérubins ». Comme il s'y attendait, le professeur a fermé son caquet, de même que Buster Roth, trop matois pour ne pas laisser le président continuer à disserter sur les *droits* de Jojo Johanssen.

« Par ailleurs, je crois comprendre que nous nous retrouvons tous pour estimer que la copie de Mr Johanssen était de loin supérieure au niveau universitaire de toutes ses contributions précédentes, ce qui ne pouvait que susciter une certaine... suspicion.

— “Niveau universitaire” ? a jappé Quat. Il ne sait même pas ce que ça veut dire !

— D’accord. Le niveau de vocabulaire employé était suspect, également. Mais enfin, ce sont des preuves recevables qui nous posent un problème. Personne n’a moins de tolérance que moi pour les plagiaires, je dois dire. Personne n’est partisan de sanctions plus extrêmes quand il s’agit de plagiat. Cela étant dit, juridiquement parlant, le plagiat ne peut être établi qu’en identifiant la source du matériau utilisé à des fins frauduleuses. Les textes sont très clairs, à ce sujet. Or, il me paraît que Stan Weisman a accompli un remarquable travail, sur ce point. – Il avait pris soin d’employer le nom, juif, plutôt que son titre d’enquêteur assermenté. – Il a recherché tous les suspects habituels, tous les sites Internet illégaux qui proposent aux étudiants des dissertations toutes prêtes, il a comparé la copie de Mr Johanssen avec celle de tous les autres participants au cours, y compris trois de ses coéquipiers. Il n’a rien trouvé. Il a interrogé Mr Johanssen, qui certifie n’avoir puisé de références que dans les livres que sa bibliographie mentionne. Il s’est entretenu avec l’assistant pédagogique de Mr Johanssen, un étudiant de dernière année, Adam Gellin, qui nie avoir rédigé la copie ou même avoir procuré son aide.

— Adam Gellin ? est intervenu Jerry Quat. Ce nom me dit quelque chose...

— Je crois qu’il travaille pour le *Daily News*, a avancé le président d’un ton innocent.

— Ça me dit quelque chose, oui.

— Professeur ? »

Et merde ! Buster Roth recommençait avec ses provocations !

« On insiste énormément avec les assistants sur ce point, *professeur*. C’est ce qu’on leur dit en premier, aux assistants : qu’ils doivent aider, ouais, mais pondre la copie pour les aaauutres, pas question ! – Il a secoué la tête et tranché le vide du plat de sa main, non, définitivement non. – Voilà trois ans que ce garçon, Adam Gellin, vient en soutien de nos étudiants-sportiiifs – Jerry Quat n’a pu retenir une moue dégoûtée à l’énoncé de ce concept – et je n’ai jamais entendu la moindre remarque négative sur son compte, et c’est un excellent élément qui... Toujours impeccable, à ma connaissance. – Autre manchette fendant l'air. – Adam ? Adam Gellin ? Vous entendrez que du bien à son sujet, croyez-moi ! »

Bang ! La main est partie à l'horizontale une nouvelle fois. Buster Roth, a pensé le président. Pas le roi de la syntaxe, d'accord, mais très convaincant quand il le voulait. Et c'était un terrain glissant, pour lui, car le contexte l'obligeait à s'allier au coach. Momentanément, du moins. Après avoir été approché par Roth, et instruit – le vocabulaire avait été restreint, certes – que le scandale d'une éviction même temporaire de Jojo Johanssen aurait de lamentables conséquences sur le « programme », bien sûr, mais aussi sur tout Dupont. La presse, les universités rivales... Et le coach n'était même pas anxieux de perdre Jojo, non, parce qu'il avait trouvé une relève en la personne d'un certain immense petit génie du nom de Congers, mais il suffisait de penser au hit-parade des meilleures équipes universitaires dans le *US News&World Report*, et... Il fallait garder ça en tête, c'était tout. Parallèlement, les acteurs du « programme », et surtout le président, ne pouvaient ignorer la frustration du corps enseignant de Dupont devant les sommes gigantesques investies dans les activités sportives du campus, et plus encore, même, devant la gloire retirée par les équipes sportives. Pourquoi une bande de crétins anaboliques comme la sélection de basket, conduite par un individu ridiculement prénommé « Buster », devait-elle être adulée dans ce temple de la science et du savoir ? Cette question, que le scandale potentiel représenté par Jojo Johanssen ne manquerait pas de poser de nouveau, avait cessé de tourmenter le président lui-même lorsque, passé doyen de la faculté d'histoire, il avait commencé à s'impliquer dans la recherche de bienfaiteurs pour le campus et avait alors découvert une paradoxale vérité : contrairement à l'opinion générale, les sports vedettes des universités américaines, loin de rapporter de l'argent aux établissements et de financer ainsi des activités universitaires, étaient un gouffre béant, un luxe suicidaire. Leur influence s'exerçait à long terme, en créant une aura prestigieuse autour de telle ou telle université qui attirerait alors plus de dons d'anciens élèves, plus de recettes publicitaires, plus de respect. Pourquoi, Dieu seul le savait. Les sportifs les plus célèbres de Dupont – par exemple Treyshawn Diggs, venu d'un trou impossible de l'Alabama, ou Obie Cropsey, fils de péquenots de l'Illinois – n'étaient en rien représentatifs de la réalité sociale, intellectuelle, culturelle du gros de la population estudiantine ; ils n'avaient pratiquement aucun contact avec le reste des étudiants, en partie parce que ces derniers les plaçaient sur un piédestal, en partie parce que les responsables du « programme » veillaient à les occuper en permanence dans des activités séparées. Pour quelle raison, alors, ces mercenaires coupés des réalités du campus attiraient-ils sur eux un tel intérêt, une sollicitude de tous les instants ? Fred Cutler n'avait pas de réponse à cette question, qu'il se posait depuis plus de dix ans. Ce qu'il savait, en revanche, c'était qu'un entraîneur aussi célèbre que Buster Roth, malgré sa syntaxe déficiente et sa pauvreté de vocabulaire, avait le statut d'un... demi-dieu. Au moins. Qu'il éclipsait jusqu'à lui-même, Frederick Cutler III, ou le prix Nobel que Dupont comptait parmi ses enseignants. Qu'il était connu dans le pays tout entier. Que, depuis sa forteresse du Rotheneum, il se faisait plus de deux millions de dollars annuels en contrats divers, dont les détails restaient inconnus, alors que le salaire du président atteignait à peine les quatre cent mille. Sur le papier, son autorité prévalait, certes, mais il n'était pas disposé à le confronter, à mettre sa propre carrière en péril, parce que en dernier recours il n'avait pas le pouvoir de le limoger : seul le conseil d'administration était habilité à le faire, tout comme à mettre à la porte le président, s'il en décidait ainsi. Le paradoxe était donc que le seul à oser élever la voix contre le coach, le seul à exprimer l'indignation de la caste universitaire devant la prépondérance acquise par les sportifs soit un simple professeur, un pion dans la complexe hiérarchie de Dupont, un exalté, un extrémiste, et en l'occurrence le tas de graisse présentement assis en face de Frederick Cutler III !

« Il y a un aspect qui rend ce cas assez particulier, Jerry, et je voudrais vous l'exposer, a continué le président. Au cours de son exemplaire enquête, Stan Weisman – il fallait continuer à se servir de ce nom comme d'un talisman, a-t-il résolu – a découvert un point très intéressant : après avoir rendu la fameuse copie, mais *avant* que le problème du plagiat soit soulevé, il semble que Johanssen a eu une sorte de... révélation, dirons-nous. Il a décidé, ou du moins c'est ce qu'il a confié à ses amis, de devenir un étudiant sérieux. Il a abandonné un cours de littérature française moderne de niveau 100 pour suivre celui que Lucien Senigallia consacre au roman français du XIXe de niveau 200 et où l'enseignement se fait entièrement dans la langue de Voltaire. Il est passé de “Philosophie du sport”, niveau 100, au cours de niveau 300 dispensé par Nat Margolies, “Socrate et son temps”, si je me souviens bien de l'intitulé. Or, comme vous le savez, Nat est quelqu'un de très exigeant, qui ne fait de faveurs à personne, *personne* !

— Ah, a soupiré Roth en regardant fixement Jerry Quat, je dois dire que je n'ai jamais été aussi fier d'un de mes gars que le jour où Jojo est venu me voir pour m'annoncer qu'il voulait étudier “Socrate et son temps”... – Il a secoué la tête en souriant, comme si ce souvenir constituait en effet un tournant dans sa propre existence. – Je voulais être certain qu'il comprenait, qu'il mesurait... l'engagement qu'il prenait, alors je lui ai demandé : “Tu as déjà suivi un cours de niveau 300, Jojo ?” Non, il me répond, et moi : “C’est un enseignement de très haut niveau, ils ne t’attendront pas si tu prends du retard.” Je n’oublierai jamais ce qu’il a dit : “Je sais que je prends un risque, coach, mais j’ai l’impression d’avoir cherché la facilité, jusqu’ici, et je suis prêt à passer à un niveau supérieur. Dans notre conception du monde actuel...” C’est ce qu’il a dit, ou quelque chose d’approchant... “Dans notre conception du monde actuel, tout part de Socrate, Platon, Aristote, et c’est de là que je veux partir, moi aussi.” Et là, il se met à me parler de Pythagore, que c’était un matheux fortiche mais qu’il était pas mal retardé sur le plan de la pensée philosophique, et... Bon, j’ignorais complètement qu’il s’intéressait à tout ça ! J’ai été impressionné, bien sûr, mais surtout je me suis senti *fier* de lui. Le genre de jeune élément dont on rêve tous ! D’accord, je sais que les gens sont passionnés par le sport *per se*, la compétition, tout ça, mais... »

« Le sport *per se* » ? Le président n’en croyait pas ses oreilles. Buster Roth se mettait à employait des tournures latines, maintenant ? C’était calculé, sans nul doute.

— ... Mais j’aime penser que je suis d’abord un éducateur, et ensuite, seulement ensuite, un entraîneur de basket. Vous me suivez ? Je crois bien que c’est Socrate lui-même qui a dit “*Mens sana in corpore sano*”, n’est-ce pas, un esprit sain dans un corps sain, et plein de gens oublient que... »

Merde, Buster, tu viens de tout foutre en l’air ! a pensé le président en son for intérieur. « Y causait pas latin, Socrate ! » Et on ne traduit pas une citation devant un Jerry Quat, jamais !

« ... Que c’est ça, l’idéal. Il y a une splendide... synergie, là, quand on y arrive. Alors vous avez un grand gaillard comme Jojo, un type que certains traiteraient d’“abruti de sportif”, si vous voyez ce que je veux dire, qui vient me trouver et m’annonce qu’il ne va pas rater la chance de faire marcher cette super synergie dans une super université comme Dupont ! »

Le président guettait avec appréhension les réactions de Quat à cette tirade de Roth l’expert en questions gréco-romaines, mais si le professeur gardait un regard intrigué sur le coach et ne paraissait pas convaincu, il n’affichait pas pour autant l’expression dédaigneusement sarcastique qui lui était coutumière lorsqu’il observait son interlocuteur par en dessous comme s’il guettait un passage de canards en attendant que l’insupportable raseur ferme son clapet. Non, il essayait de décider – ou du moins c’est ce que le président souhaitait de tout son cœur – si ce gros bœuf en blazer mauve Dupont recelait plus qu’il ne l’avait pensé.

« Je n'ai jamais été fier de l'un de nos sportifs à ce point, a poursuivi Roth. Parce que c'est venu de lui, de lui seul. Une chose est de prendre des risques sur le terrain de basket ; ça, Jojo sait le faire, il est capable de surprendre tout le monde quand il a la pression sur lui. Mais autre chose est qu'un garçon il prenne des risques à un niveau tout aussi important mais où qu'il est pas une star. »

Le président commençait à se sentir nerveux. La rapide dégradation de la syntaxe du coach risquait de donner l'impression que Buster ne faisait rien d'autre que souffler du vent.

« Oui... Et comment se débrouille-t-il avec ce formidable Risque, notre jeune converti aux humanités ? » s'est enquis Jerry Quat.

Cutler et Roth ont échangé un regard avant que l'entraîneur ne réponde :

« J'ai vérifié avec Mr Margolies. Il dit que Jojo a un peu de mal mais qu'il s'accroche, qu'il rend ses dissertations en temps voulu, qu'il participe aux débats, etc.

— J'ai parlé à Nat moi-même et il m'a dit grosso modo la même chose, s'est empressé de confirmer le président. C'est un cas vraiment inhabituel.

— Cela n'a rien d'inhabituel, d'après moi, a coupé Jerry Quat. Il est hélas très habituel que les *sportifs-étudiants* – prononcé *fumistes-étudiants* – se livrent à toutes sortes de stupides *tricheries*. Votre Mr Jojo est un ignare, un tire-au-flanc et un grossier tricheur. C'est le point qu'il ne faudrait pas que nous perdions de vue, n'est-ce pas ? Peut me chaut ce qu'il a accompli ou non pour Nat Margolies : pour ma part, j'ai contemplé le révoltant mépris que votre Mr Jojo nourrit envers ce qui constitue l'essence même de cette université et de sa mission, et je n'ai aucunement l'intention de fermer les yeux sur... – merde, merde et re-merde ! Le président était en train d'assister au torpillage au naufrage de toute la tactique de Buster Roth – ... de pareils comportements ! »

La boulette de graisse et de ressentiment ne dirigeait pas sa vindicte contre l'entraîneur, cependant, car il n'osait pas regarder cette force de la nature dans les yeux ; c'était au président qu'il s'adressait.

« Si Mr Roth veut s'occuper d'une bande de chimp..., euh, de sportifs dont la taille est inversement proportionnelle à la masse cérébrale, c'est son affaire. Quant à moi, je pense qu'il est de sa responsabilité de les tenir à l'écart de cours dispensés par des enseignants qui prennent leur métier au sérieux. »

Buster Roth avait viré à l'écarlate, soudain. Il s'est penché vers Quat, essayant d'attraper son regard.

« Hé, attendez un peu ! Vous ne savez même pas de quoi vous parlez !

— Vraiment ? a rétorqué le professeur sans pour autant regarder Roth en face. Eh bien, il se trouve que j'ai *quatre* de vos *sportifs-étudiants* dans mon cours, vautrés côte à côte tels des billes de bois. Je les appelle la Quadrilogie des singes : "Ne vois pas le mal, ne parle pas mal, n'entends pas le mal et ne fais jamais marcher ta cervelle" ! »

Cela virait à la prise de bec entre poissonniers, de sorte que le président s'est estimé forcé d'intervenir.

« Vous êtes certain que vous voulez employer le terme de *singes*, Jerry ?

— Quoi ? Si je suis sûr que... ? »

Cutler a observé avec satisfaction la lueur paniquée apparaître dans les pupilles de Quat lorsque la boule de suif s'est rappelé que trois des quatre étudiants en question étaient noirs.

« Ah, je ne voulais pas... Je veux dire que... C'est juste une formule toute faite, un cliché, je dirais, et je n'impliquais absolument aucune... Enfin, je retire, certainement, je retire... – Il pédalait, ramait, tout ce qu'on voulait. – Mais c'est un fait que l'un d'entre eux, Mr Curtis Jones, s'est présenté en cours avec une casquette de base-ball qu'il portait de côté et... – Il était aussi rouge que Buster Roth, maintenant, envahi par une rage soudaine. – Conclusion : je ne veux plus de vos sportifs-étudiants ou étudiants-sportifs ou je ne sais quoi dans mon cours ! Les quatre ! Je n'ai pas l'intention d'enseigner devant vos... *Jojos* ! Ils ne sont même pas au niveau de la troisième ! Jésus-Christ, fuck, vos types sont des zéros pointés ! Je ne veux même pas avoir à y penser encore, bordel ! »

Quand il s'est levé brusquement, les globes de graisse ont oscillé comme de la jelly sous son pull. Il a fusillé du regard le président *et* Buster Roth, cette fois.

« Ravi d'avoir parlé... pédiatrie avec vous ! »

Et il a quitté la pièce en trombe. Les deux autres ont échangé un regard interloqué. Le président s'est vaguement demandé pourquoi tant de juifs américains d'un certain âge raffolaient de l'expression « Jésus-Christ ! », alors que les jeunes, chrétiens ou juifs, ne l'employaient plus du tout.

À la rédaction du *Daily Wave*, il ne restait plus qu'Adam, Greg et les habituels cartons à pizza vides, les couverts en plastique blanc abandonnés et les taches de Jolt. Adam était pourtant aussi surexcité que s'il s'était trouvé devant une salle pleine :

« Et maintenant, Thorpe me téléphone pour me dire qu'il a changé d'avis, qu'il ne veut plus publier l'histoire de la Turlute ! Comme si c'était *lui* qui allait la publier !

— Qu'est-ce que tu lui as dit, toi ?

— Je lui ai dit que j'allais te le dire, et donc c'est fait, et donc qu'il aille se faire *mettre* ! J'ai pas dit qu'on la publierait pas. Tu piges, Greg ? D'un coup, il y a un truc dans l'air et il panique ! Résultat : on va faire un tabac !

— Oui ? Je sais... pas, en fait. Ça reste une histoire qui s'est passée il y a *des mois*, non ? »

Tu sais pas ? a pensé Adam. Ou bien tu chies autant dans ton froc que le Thorpe ?

Beverly était déjà partie. À travers la porte fermée, Charlotte entendait les autres pensionnaires de l'étage s'échanger de joyeux au revoir et traîner leurs valises à roulettes dans le couloir, marquant le début du grand exode de Thanksgiving. Dieu merci ! Enfin la solitude ! Plus personne pour regarder de travers Charlotte Simmons ! Grâce au ciel, Maman, Papa et elle-même avaient décidé ensemble que les vacances de Thanksgiving et de Noël se succédant à deux semaines d'intervalle à peine, il était inutile qu'elle fasse le voyage deux fois et dépense tout cet argent.

Quelques autres premières-années avaient suivi le même raisonnement, apparemment. Mais elle ne les connaissait pas, Dieu merci, et ils se contentaient d'échanger des sourires de compagnons de galère lorsqu'ils se retrouvaient à l'Abbaye pour leurs trois repas quotidiens. Le jour de la fête, la cuisine du réfectoire a tenu à servir la dinde rôtie traditionnelle à ces orphelins temporaires. Les quatre jours suivants, le seul souci de Charlotte a été la perspective de Noël : cette fois, il n'y aurait pas d'échappatoire possible.

27
Au cœur de la nuit

C'est seulement dans les dix derniers kilomètres de la Route 21 que l'on se rend compte à quelle hauteur est perché Sparta. La deux-voies enchaîne lacet sur lacet et grimpe, grimpe, grimpe sans cesse, au point que même les passagers ressentent dans leurs tripes la peine que la voiture ou le camion a à monter, monter, monter, quelle que soit la voiture, quel que soit le camion. Dans un autobus, et notamment dans un autobus bondé comme ceux que Charlotte empruntait jadis, on avait l'impression que l'embrayage allait brusquement lâcher et que le lourd véhicule dégringolerait de la montagne en marche arrière. Les bus ne desservaient plus Sparta, cependant, non à cause de cette portion très accidentée de la route, qui devient vite impraticable quand il se met à neiger, mais en raison du dramatique déclin de la demande : après le transfert des usines au Mexique et la fermeture de son cinéma, le seul du comté, Sparta n'était plus une destination très fréquentée, à l'exception de quelques amoureux de la nature attirés par la splendeur immaculée de paysages vierges de toute intervention humaine.

Et, en effet, sur ces dix derniers kilomètres de la Route 21, en cette nuit de décembre, tout était immaculé. La première vraie neige de l'hiver s'était mise à tomber et, dans une obscurité encore accentuée par les bois qui entouraient la route, le vent la poussait de telle manière que la deux-voies, unique manifestation de la main de l'homme, disparaissait soudain de la vue du conducteur, puis réapparaissait tandis que Papa, penché sur son volant, les yeux plissés, marmonnait des imprécations car il savait que la chaussée serait de nouveau effacée par ces tapis de neige mouvante, et que le vieux pick-up peinait, peinait, peinait, quand il ne dérapait pas dans un virage. Son père était tellement absorbé par ces conditions adverses qu'il avait cessé de bombarder Charlotte de questions sur la vie à Dupont. Assise contre la portière – Charlotte était coincée entre ses parents sur la banquette avant –, Maman s'était tue, elle aussi, surveillant la nuit devant eux avec la même intensité que Papa, freinant inconsciemment du pied droit quelques fractions de seconde avant lui, accompagnant d'un mouvement du torse les prudents coups de volant qu'il donnait dans chaque courbe. Et quand le conducteur passait des feux de route aux feux de croisement, puis de nouveau aux feux de route, puis de nouveau aux feux de croisement à la recherche d'un angle qui lui permettrait d'apercevoir un bout de route dans les tourbillons de neige, elle se penchait vers le pare-brise dans le même mouvement que lui, comme si rapprocher leur tête de la surface fuyante pouvait réellement leur permettre de mieux voir.

Seuls Buddy et Sam, pressés comme des sardines sur le semblant de banquette arrière, ignoraient suffisamment les difficultés du voyage pour continuer à harceler Charlotte au sujet de cette incroyable université où leur *propre sœur* avait eu le privilège d'être accueillie et d'où elle était revenue pour les vacances de Noël.

« Dis, Charlotte, a demandé Buddy, qui avait eu onze ans la semaine précédente, à quoi il ressemble, Treyshawn Diggs ?

— Je ne le connais pas », a-t-elle répondu d'une voix atone même si elle avait conscience qu'elle aurait dû se fendre au moins d'un « malheureusement je ne l'ai encore jamais rencontré, Buddy ! ». Mais elle n'y arrivait pas. Il n'y avait plus en elle aucune place pour la gaieté et l'enjouement.

« C'est vrai ? a insisté son frère d'un ton à la fois surpris et déçu. Mais tu as dû le *voir* là-bas, au moins !

— Non, a-t-elle continué sur le même ton. Jamais.

— Impossible ! Ça ressemble à quoi, quand on mesure deux mètres dix ? »

Charlotte a marqué un silence. Son comportement était impardonnable, elle le savait, mais il n'y avait aucun moyen de faire descendre de son piédestal l'Autodestruction enlaçant amoureusement la Douleur.

« Je ne l'ai *jamais* vu, Buddy.

— Mais tu l'as vu *jouer*, au moiiiiins, a-t-il insisté, presque comme une supplique.

— Non plus. Les billets sont très difficiles à avoir, pour leurs matchs, et ils côutent très cher. Même à la télé, je ne l'ai jamais vu.

— Et André Walker, alors ? est intervenu Sam. Il est vraiment fort ! »

Son petit frère n'avait que huit ans et il connaissait André Walker ! C'était étrange et... triste, aussi.

« Pas vu non plus, a-t-elle soufflé, encore plus déprimée.

— Et Vernon Congers ?

— Non plus. »

Un grognement contrarié à l'arrière : Buddy. Un soupir plaintif : Sam. Quand tous les autres sentiments sont morts, la culpabilité survit : à sa grande surprise, Charlotte s'est entendue annoncer :

« Mais je connais un autre basketteur. Jojo Johanssen.

— Qui c'est ? a demandé Sam.

— Je crois que j'ai entendu ce nom, a déclaré Buddy. Il joue quoi ?

— C'est un... avant, je pense. Un Blanc.

— Ah ouais, ce type blanc de Dupont ! Il était là pour le match contre Cincinnati. Il est bon ?

— Je pense, oui.

— Il est grand ? a voulu savoir Sam.

— Très... »

Pauvre Jojo, s'est-elle dit. Même mes petits frères connaissent Vernon Congers, mais toi... C'était juste un constat, cependant, sans aucune émotion particulière. Tout lui semblait tellement... dérisoire.

« Grand comment ? a insisté Sam.

— Je ne sais pas. – La mauvaise conscience, de nouveau, l'a forcée à leur offrir un peu plus. – Quand je suis debout à côté de lui, j'ai l'impression qu'il mesure trois mètres. Pour vous dire comme il est grand.

— Waouh ! »

Culpabilité, encore. La taille de Jojo était la seule note de « couleur locale » à propos de Dupont qu'elle leur ait donnée depuis qu'elle était descendue du bus à Galax, à la frontière avec la Virginie. Elle était arrivée là-bas à onze heures et demie du soir ; ils étaient tous là à l'attendre, Maman, Papa, Buddy, Sam, tous avec de grands sourires de bienvenue – non, de ravissement ! – qui illuminaient la nuit. Notre fille, notre sœur, enfin de retour après quatre mois sur le légendaire campus de Dupont ! Imaginez un peu ! Notre *petite* fille, notre *grande* sœur étudie à Dupont ! Et revient nous voir ! Charlotte leur avait répondu par un sourire qu'elle savait contraint. Quelle tête elle devait avoir, de toute façon, après deux nuits d'insomnie ! Si elle était allée à l'infirmerie de Dupont, ils l'auraient peut-être hospitalisée. Ou bien Dieu allait venir l'emporter pendant le long voyage qui l'attendait. Elle ne voyait pas de meilleure solution.

Papa et Maman avaient aussitôt entrepris de l'interroger sans relâche. Qu'ils aient supposé qu'elle avait autant envie qu'eux de parler de Dupont, qu'elle ressentait la même euphorie triomphante qu'à son départ en août, lui avait paru d'une irritante naïveté. Comme c'était puéril et... agaçant, oui, de l'attendre avec ces sourires épanouis, de manifester cet enthousiasme à propos d'une réalité dont ils ignoraient tout ! Le contraire de cool, aurait-elle conclu si elle s'était autorisée à raisonner de cette manière.

Et toutes ces questions l'avaient vite énervée, bien entendu. Comment allait Beverly ? Est-ce qu'elle s'entendait bien avec elle ? Comment était la vie à la résidence ? Quels étaient ses cours préférés ? Ah, ils avaient su depuis toujours qu'elle ferait des étincelles mais tout de même, comme ils étaient fiers de ses notes ! Et puis Buddy s'était immiscé en lui demandant avec un air coquin si elle avait un petit ami et Papa, avec le même air, avait déclaré qu'il voulait lui aussi entendre la réponse... Seule Maman avait senti que sa fifille cherchait l'esquive, voire jouait à celle qui ne comprenait pas, mais elle s'était visiblement hâtée de mettre cette réaction au compte de la fatigue après dix heures de bus. Elle n'était pas encore prête à reconnaître que sa géniale enfant était de mauvaise humeur et bien pire que cela, en réalité.

Or Charlotte n'avait pas du tout souffert du fastidieux voyage. Il avait été interminable, comme on dit – très précisément le genre de voyage qu'un individu en proie à la dépression souhaite puisque tous ses sujets d'inquiétude et de désespoir flottent dans une sorte de no man's land entre leur point d'origine et le point où, inévitablement, ils resurgiront. Pendant cette parenthèse, quoi de mieux que de vous retrouver sur un fauteuil inclinable, environné de complets étrangers, à bord d'un vaisseau spatial qui vous emmène rapidement au loin, protégé du reste du monde par d'épaisses vitres teintées... S'il Te plaît, mon Dieu, fais que le vaisseau ne s'arrête jamais... ou bien emporte-moi avec Toi !

Revenue en esprit dans le pick-up peinant sur la route, Charlotte a fixé les flocons de neige qui, dans la lumière crue des phares, semblaient s'affoler en une danse démoniaque. Peut-être allaient-ils déraper, basculer dans le néant obscur à leur gauche, dévaler le flanc de montagne jusqu'à ce que le véhicule explose. Un accident : *nihil.* Et, *ex nihilo*, Dieu arrive et l'emporte dans la nuit... De tels malheurs s'étaient déjà produits, sur cette partie de la 21, mais qu'arriverait-il à Maman, Papa, Buddy, Sam ? On ne pouvait sortir indemne d'une pareille chute et elle n'était pas égarée au point de souhaiter leur fin dans le seul but de se trouver une sortie acceptable, une disparition de Charlotte Simmons qui ne pourrait procurer aucune satisfaction, aucune joie délicieusement-génialement malveillante à toutes les Beverly, les Gloria, les Mimi, ni lui conférer une notoriété *postmortem* parmi les fraternités étudiantes pour avoir... Non, rien ne devait arriver à Maman et à Papa, parce qu'ils l'aimaient, inconditionnellement, avec ou sans Dupont, au point qu'ils la serreraient sans aucun doute dans leurs bras même maintenant, toute impure qu'elle était.

Elle a essayé d'imaginer un scénario d'accident dans lequel Dieu surgirait dans la nuit pour n'emmener qu'elle. Mais d'ici quelques heures, lorsque le jour pointerait, il serait trop tard. Un petit génie, Charlotte Simmons ? Sauf qu'à ce moment elle ne serait jamais assez futée pour échapper à l'inévitable, car combien de temps faudrait-il à Maman pour lire en elle qu'il s'était produit quelque chose d'affreusement mauvais, que sa fille adorée avait commis un suicide moral ? Combien de temps, Maman ? Vingt minutes ? Une demi-heure ? Un peu plus ? Et qu'allait-elle dire à Miss Pennington ? Que tout allait pour le mieux dans le meilleur des mondes, qu'elle vivait plus intensément que jamais – la vie de l'esprit ! –, mentir à son mentor, à l'enseignante qui avait vu en elle, Charlotte Simmons, la récompense de quarante années de dur labeur au lycée de cette Athènes des Montagnes Bleues, Sparta ? La laisser encore se bercer d'illusions pendant trois, quatre semaines, le temps que toutes ses notes du premier semestre parviennent par lettre à Maman et Papa ? Eux ignoraient tout des bourses Rhodes, des cénacles, des idées matricielles et encore plus des Mutants du millénaire, eux ne savaient pas quel niveau de perfection il fallait atteindre dans ses résultats pour être accepté en second cycle dans une université telle que Dupont. Mais Miss Pennington, elle, comprendrait tout de suite...

Papa n'a pas plongé dans le vide, ni même tardé sur la route aussi longtemps que sa déprimée de fille l'aurait supposé : avant même qu'elle ne s'en rende compte, ils étaient arrêtés à l'un des trois feux rouges de Sparta, suspendu dans le vide sur des câbles que le vent malmenait, au croisement de la 21 et de la 18. La neige commençait à s'accumuler pour de bon, les rues étaient désertes, la vieille Cour de justice en brique rouge paraissait raisonnablement digne et silencieuse dans la pénombre et les tourbillons de neige. Un film dont l'action se serait déroulée au début du XIXe siècle, n'eût été le monument agressivement moderne, tout en angles de granit poli, qui avait été érigé sur un côté de la Grand-Rue. Et ils ont poursuivi leur route, passant à l'endroit où Charlotte avait jadis traversé au vert parce qu'elle n'avait pas eu la force d'âme de refuser d'enfreindre la loi...

« Tu reconnais ça ? » a fait Maman en pointant du doigt vers la droite.

Avec toute cette neige qui tombait, elle a eu du mal à distinguer sur une colline, à deux cents mètres environ, le bâtiment qui baignait dans la même aura fantomatique que le tribunal. C'était le lycée, son lycée. Penchée par-dessus sa mère pour scruter l'obscurité, elle n'a d'abord rien éprouvé en reconnaissant le gymnase où Charlotte Simmons avait reçu ses lauriers. Un immeuble désert dans une tempête de neige. Les larmes l'ont prise au dépourvu, qui semblaient jaillir de ses sinus plutôt que de ses yeux. Elle avait un mouchoir, Dieu merci, et elle l'a plaqué sur son visage en feignant une quinte de toux. Sans le savoir, Papa est venu à son secours en s'exclamant :

« Regardez le motel ! Je vois trois voitures, pas plus. »

Ils étaient déjà sortis de la ville. De nouveau seuls les phares du vieux pick-up dans lesquels scintillaient de folles volutes de neige perçaient l'obscurité des sombres forêts autour d'eux.

« Alors, ma fille, tu vois où on est ? a demandé Maman. – Charlotte a fait semblant de scruter le paysage. – Ça te rappelle quelque chose ? Quatre mois entiers, tu es partie !

— Je... C'est bon de revenir à la maison, Maman », a-t-elle réussi à articuler tout en appuyant sa joue contre l'épaule de la veste rugueuse, un geste que sa mère prendrait pour une manifestation de tendresse mais qui ne visait pourtant qu'à lui cacher ses larmes.

Elle a réussi à se maîtriser jusqu'à ce qu'ils entrent chez eux et que Papa allume le lustre de la salle de séjour... La table de pique-nique était là, cette fois couverte d'une nappe blanche soigneusement repassée, avec un petit panier contenant des pommes de pin et des rameaux de houx garnis de baies rouges. Il y avait aussi des chaises en bois courbé qu'elle n'avait jamais vues, et comme d'habitude l'arbre de Noël, et des couronnes de houx – six, au moins – clouées au mur tout autour de la pièce, ce qui était aussi une nouveauté chez les Simmons. Le parquet était bien ciré, chaque objet étincelait de propreté. C'était Maman qui avait fait tout cela... pour elle. Papa rechargeait déjà le poêle pansu. Charlotte a inspiré une grande bouffée d'air campagnard, saturé par des années de fumée de charbon.

Il y a eu un brusque éclat de rire, un étrange braiement qui ressemblait à de la musique : la télé marchait. Sur l'écran, un homme tout en noir, la tête chauve et pâle en forme d'obus encadrée par de gros écouteurs, riait comme s'il n'avait jamais rien entendu de plus drôle, les deux mains plaquées sur ce qui ressemblait à un piano électrique. C'était de ce clavier que sortait le braiement. Buddy et Sam, bien sûr, s'étaient empressés de mettre la télé en route dès leur arrivée. Papa s'est redressé pour aller vers eux.

« Hé, éteignez-moi ça ! Il est minuit passé ! Ce n'est pas le moment de la télé mais du dodo ! Celui que vous devez regarder, maintenant, c'est le Marchand de sable. »

Le Marchand de sable... Incapable de se contenir plus longtemps, Charlotte a éclaté en sanglots, mais de petits sanglots discrets. Sa mère a passé un bras autour de ses épaules.

« Qu'est-ce qui ne va pas, ma petite chérie ? »

Dieu merci, Papa, Buddy et Sam étaient accaparés par la télévision et son extinction imminente. Charlotte a tenté de ravaler ses larmes mais elle savait qu'elle avait les yeux rouges et enflés.

« C'est rien, Maman, juste la fatigue... Le voyage en bus... Et j'ai dû travailler tard tous les soirs de la semaine. »

Plof, la télé s'est éteinte. Maman gardait son bras autour de sa *gentille fille*, qui avait honte de regarder son père et ses petits frères, maintenant, parce qu'elle était incapable de masquer ses larmes.

« Elle est juste fatiguée », leur a expliqué Maman.

Lorsqu'elle a enfin été au lit dans sa chambre-cagibi, Charlotte n'a pas été étonnée de découvrir qu'elle n'arrivait pas à trouver le sommeil. Son cerveau tournait comme une machine lancée à plein régime, impossible à freiner. Elle ne cessait de repenser à sa journée, à son retour au havre familial, mais non comme quelqu'un de calme le ferait, en une fluide séquence d'événements : dans sa tête, les dernières vingt-quatre heures apparaissaient telles des scènes de théâtre d'une sombre dramaturgie, dans un décor oppressant où la... chose redoutée s'approchait d'elle, s'approchait encore, s'approchait jusqu'à la conclusion inévitable, sans issue. Quand Maman allait-elle découvrir qu'elle était souillée, irrémédiablement polluée ? Quand Miss Pennington allait-elle apprendre que sa protégée, son « œuvre », la jeune fille qui était le couronnement de sa carrière, avait saboté son avenir, saccagé son existence en quatre petits mois, et cela de la manière la plus sordide, la plus méprisable, en se laissant hypnotiser par un garçon personnifiant ce que la jeunesse américaine avait de plus immoral, de plus puéril, de plus cruel, de plus irresponsable et vil ? Peut-être devait-elle tout dire, à tout le monde, dès le matin venu ? Pour avoir ce fardeau derrière elle ? Mais qu'est-ce que cela pourrait changer ? Ce qu'elle avait sur la conscience n'était pas le genre de choses que l'on laisse derrière soi. Elle était aussi perdue, aussi hésitante qu'à sa descente du bus à Galax.

Dehors, le vent s'était mis à hurler. Tant mieux. Fais que cette tempête soit longue et sans merci, Seigneur ! S'il doit y avoir un matin, fais qu'il soit gris et pesant ! Laisse la neige s'empiler jusqu'à paralyser le monde entier !

Elle est restée étendue, écoutant le blizzard et les battements de son cœur qu'elle savait de nouveau trop rapides, priant pour que les gémissements et les pleurs du vent finissent par l'endormir. Quand retrouverait-elle enfin le sommeil ? Même là, dans son lit d'enfant, ce refuge douillet devant lequel Papa se mettait à genoux, jadis, et lui chantonnait : *Bien au chaud, bien bordée, bien tranquille, bien en sécuritéééé*, et elle était toujours emportée par le Marchand de sable avant qu'il n'ait pu reprendre une troisième fois *Bien au chaud, bien bordée, bien...*

Elle a essayé de se chanter la comptine, *Bien au chaud, bien bordée, bien tranquille, bien en sécuritééé...* d'une toute petite voix. Cela ne servait à rien. Elle a repoussé les couvertures. Il faisait glacial mais elle s'en moquait. Elle s'est agenouillée près de son lit. Les yeux fermés, elle a pressé ses paumes l'une contre l'autre, les a rapprochées de son visage jusqu'à ce que le bout de ses doigts effleure son menton. Très bas, tout bas, elle a murmuré :

« *Maintenant que je m'apprête au sommeil*
Je prie Notre-Seigneur sur mon âme de veiller.
Si je devais mourir avant de me réveiller
Je prie Notre-Seigneur mon âme d'emporter.
Qu'Il bénisse Maman, Papa, Buddy, Sam, et qu'Il leur dise après... »

Elle s'est interrompue, cherchant la formule juste.

« *Et une fois qu'Il sera descendu dans la nuit*
Pour emmener l'être sans âme que je suis... »

L'insomnie l'a taraudée jusqu'à ce que la tempête commence à se calmer, vers trois ou quatre heures du matin. Elle n'a pas senti qu'elle s'endormait mais c'était ce qui s'était produit, sans doute, car elle a eu un rêve juste avant de rouvrir les yeux. Elle était dans la Cité de Dieu, et c'était désagréable : elle ne se rappelait rien de plus.

La lumière du jour faisait un cadre étincelant autour des stores, alors qu'elle avait prié pour des cieux couverts et lourds comme... un bouclier. Elle a entendu des enfants crier dehors. Sortie du lit, elle est allée relever un store. La neige s'étendait jusqu'à la forêt comme un drap d'un blanc aveuglant. Buddy, Sam, leur petit voisin Mike Cressey, ainsi qu'Eli Mauck, tous emmitouflés dans des doudounes qui les faisaient ressembler à quatre grenades à main, jouaient à un jeu où il s'agissait de feinter et de courir autour d'une forme couverte par une bâche.

Charlotte aurait voulu rester au lit pour toujours mais le soleil était déjà haut et elle préférait encore affronter le monde que sa mère venant voir pourquoi elle était toujours couchée et découvrant la déliquescence de son état mental. Elle a enfilé le jean et le pull qu'elle avait pris avec elle à Dupont mais n'avait portés qu'une seule et unique fois. Elle n'avait pas osé apporter le jean Diesel qui lui avait coûté vingt-cinq pour cent de son budget du semestre, preuve accablante de sa... déchéance. Son cerveau était à nouveau en ébullition, sa tête comme le bac à cendres du poêle familial.

Elle a trouvé sa mère dans la cuisine, plongée d'un air perplexe dans un livre de recettes. Je t'en prie, Maman, ne dis pas un mot ! Continue ce que tu étais en train de faire, ne prête pas attention à moi. Seule une fille qui l'a vécu dans sa chair peut savoir à quel point la *conversation* est un supplice, pour quelqu'un de déprimé. Charlotte aurait voulu trouver la force de se comporter comme une fille normale le jour de Noël mais elle ne se souvenait même plus ce que c'était. Maman a levé les yeux de son livre et, avec un sourire joyeux :

« Ah, elle est enfin debout ! Tu as bien dormi ?

— Oh ! que oui, a fait Charlotte en se forçant à sourire. Quelle heure est-il ?

— Oh, pas loin des dix et demie ! Tu as dormi neuf heures et plus. Tu te sens mieux ?

— Et comment ! J'étais... mascagnée, hier. – Elle a utilisé à dessein ce mot du terroir avant de se dire qu'il fallait établir une haie contre la tempête qui risquait de s'abattre plus tard. – Je me sens encore un peu... glaouche, quoique. Je ne sais pas ce que j'ai, en ce moment... Qu'est-ce que tu prépares de bon, Moman ?

— Tu te rappelles quand tu avais neuf ou dix ans, c'était p't'êt bien ton anniversaire, j'essayais de me souvenir de ça, et que j'ai fait un plat que tu n'avais jamais goûté avant, et tu l'as appelé “le mystère”, et c'était une purée de légumes ? Jusque-là, tu n'aimais que les choses simples, pommes de terre bouillies, haricots bouillis, et tu détestais les carottes ? Mais le mystère, tu as aimé ! Eh bien, je n'en ai pas fait depuis longtemps mais j'ai eu idée que ce serait bien ce soir, puisque tu es à la maison.

— Ce soir ? a-t-elle répété machinalement, incapable de mobiliser son esprit sur la perspective d'avoir du mystère à dîner.

— Hier soir je ne t'ai pas dit, vu que tu étais tellement fatiguée... – Maman s'est interrompue, un grand sourire aux lèvres. – ... Tu n'as rien remarqué de nouveau dans le séjour ? Je ne crois pas, non. »

La conversation était déjà devenue un poids difficilement supportable, une invasion de ses pensées, et pourtant Charlotte a bravement tenu son rôle.

« Non, je ne crois pas non plus... Attends ! Les couronnes de houx, tu veux dire ?

— Oui, elles sont neuves, certainement, mais je parle de quelque chose de plus *gros* que ça ! – Encore un sourire resplendissant. – Viens ! »

Elle est partie vers la salle de séjour, Charlotte sur ses talons. Le soleil reflété par le champ de neige de l'autre côté de la départementale 1709 rendait la pièce plus lumineuse que Charlotte ne se rappelait l'avoir jamais vue. Même l'air semblait étinceler, ce qui était à la fois magique et effrayant pour une fille déprimée qui cherchait refuge dans le clair-obscur, la « lumière atténuée au sommet de toute âme humaine », pour citer l'Évangile de l'Église du Christ à laquelle appartenait Maman...

« Tu vois, maintenant ? C'est quasiment sous ton nez ! »

Ramenée à la réalité, Charlotte a regardé, regardé et... bien sûr ! Les vieilles chaises en bois courbé, huit, comme celles qu'il y avait jadis autour des petites tables du coin-buvette au drugstore McColl... En branches simplement équarries, elles avaient été poncées et vernies de frais, visiblement, et alignées nettement contre la table de pique-nique, au point que les dossiers touchaient presque la nappe blanche.

« Les chaises, non ? Elles étaient là, hier ? Sûr ? »

Une brève image lui est revenue de la nuit précédente. Des chaises inconnues à travers ses larmes, oui.

« En effet, mais quoi d'autre ? Qu'est-ce qui va avec des chaises, d'habitude ?

— Eh bien... Les vieux bancs ne sont plus là ?

— Regarde mieux ! »

Charlotte a soulevé un pan de la nappe blanche et... la table de pique-nique était partie ! Remplacée par une *vraie* table ! Elle a jeté un coup d'œil intrigué à sa mère, qui souriait plus gaiement que jamais, et a repoussé encore un peu la nappe. La table était des plus sommaires, en pichpin sans doute, ce que l'on appelait dans le temps une table de cuisine et en effet on voyait une rangée de tiroirs à poignées de métal sur le côté. Comme les chaises, pourtant, elle avait été restaurée avec un soin extrême, cirée et polie jusqu'à donner un peu de lustre à son inélégance et à la pauvre texture du bois.

« Où vous les avez eues, Maman ?

— Des Paulson, à Roaring Gap. »

Avec une considérable fierté, elle a entrepris de raconter que les Paulson avaient demandé à Papa d'emmener tout ce mobilier à la décharge mais qu'il l'avait rapporté à la maison, et qu'il avait ensuite passé une semaine entière à démonter entièrement la table, à la réassembler solidement, à remplacer les poignées rouillées, à sabler, lasurer, cirer et frotter jusqu'à ce qu'elle soit comme neuve.

« Mais ne lui dis pas que je t'ai raconté, n'est-ce pas, car tu sais pourquoi il a fait tout ça ? Parce que sa fille chérie revenait à la maison. Il savait ce que tu devais penser, de dîner à une table de pique-nique. Il voulait te faire la surprise. Ton papa ne parle pas beaucoup mais il *voit* tout un tas de choses !

— Et la table de pique-nique, qu'est-ce qu'elle est devenue ?

— Dans le jardin, à sa place. C'est fait pour être dehors, une table de pique-nique. »

Sur ce, Maman l'a entraînée sur le seuil de la cuisine et lui a montré la forme couverte d'une bâche par la fenêtre. Buddy était en train de courir après Mike tout autour, sous les huées et les rires de Sam et Eli.

« Ce sera plaisant de l'avoir là, au printemps... »

Dès qu'elles sont revenues dans le séjour et que Charlotte a vu de nouveau la table « neuve », elle a fondu en larmes, brusquement. Elle a essayé de sourire, pourtant, a jeté ses bras autour du cou de sa mère et sangloté :

« Oh, Maman, Papa est... tellement... gentil, et tu es... tellement... gentille... et vous êtes tous... tellement... gentils avec moi. »

Elle a caché son visage sous le menton maternel. Maman ne savait pas comment réagir, sans doute, car elle s'est d'abord bornée à la serrer contre elle un petit moment.

« Il n'y a pas de quoi pleurer, ma petite fille. Parce que tu es toujours un peu ma *petite fille*, non ?

— Je le suis *complètement*, Moman ! C'est ce que j'ai fini par comprendre... et il a fallu que j'aille... jusqu'en Pennsylvanie... pour ça. – Pour quelque raison, elle répugnait à prononcer le mot “Dupont”. – Je m'en fiche, de tous les autres. C'est *toi* que je ne veux pas décevoir !

— Comment pourrais-tu me décevoir, voyons ? Je ne sais pas ce qui te passe par la tête, ma chérie. C'est ce que je me demande depuis que tu es sortie du bus hier. »

N'était-ce pas le moment idéal pour une confession complète et pour quémander son pardon ? Mais à quoi bon ? Dès lors, sa mère ne pourrait plus jamais l'appeler *ma chérie*, plus jamais la considérer de la même façon. Et comment trouver les mots appropriés quand elle imaginait la honte et la déception que sa mère ressentirait quelle que soit la manière dont elle apprendrait la vérité ? Et serait-elle capable de la regarder en face, de voir son visage changer d'expression lorsqu'elle comprendrait ce que *sa petite fille chérie* était devenue ? N'empêche, c'était le moment et... comment le saisir ?

« Tout va bien, Moman. – Charlotte a ravalé un sanglot. – C'est simplement la semaine que je viens d'avoir ? Si je me laissais aller, je dirais que ça a été... horrible, Moman. Tellement... stressant ? – Elle a aussitôt regretté ce terme, que sa mère avait sans doute déjà analysé pour ce qu'il était, une banalité à la mode. Au fond qu'est-ce que c'était, le stress, sinon de la faiblesse de caractère lorsqu'il fallait prendre les bonnes décisions. – On a eu des examens toute la semaine, je n'ai pas dormi la moitié de ce dont j'avais besoin et... je me suis sentie très seule, Moman. À un point que je n'aurais jamais pensé. Miss Pennington, elle me disait tout le temps que j'étais tellement indépendante, et exceptionnelle, et tout... Je ne suis pas exceptionnelle,

Moman. Je souffre de la solitude comme n'importe qui. Il a fallu que j'aille jusque là-bas pour comprendre combien j'ai toujours été entourée, ici... Entourée par des gens qui feraient tout pour m'aider. »

Sa mère s'est dégagée doucement, mais en gardant un bras autour de la taille de Charlotte. Elle a fait un geste vers la table reconstruite par Papa, toujours souriante.

« Dans ce cas, tu vas être contente, ce soir.

— Ce soir ? »

Une ombre est passée sur le visage de Charlotte, que sa mère n'a pas remarquée.

« Oui ! Ce soir, nous allons avoir l'occasion de vérifier le bon travail que ton papa a fait avec cette table. Je... Nous avons invité quelques amis à dîner, des gens que tu as envie de revoir, je le sais.

— Ah... oui ? »

Maman n'a pas saisi la note épouvantée dans la réaction de Charlotte, juste celle de surprise.

« Oui ! Pas beaucoup, n'est-ce pas ? Miss Pennington, Laurie, Mr et Mrs Thoms... Ils meurent d'impatience de t'écouter parler de Dupont et tout ça.

— Non ! C'est impossible, Maman ! – Un cri, plus qu'une phrase. Il lui avait échappé sans lui laisser le temps de réfléchir à l'effet qu'il produirait. Sa mère lui a jeté un regard ébahi. – Pas ce soir, Moman ! Je... Je viens d'arriver, j'ai besoin d'un peu de temps... »

De temps pour quoi ?

« Mais tu sais que tu les aimes tous. Je les ai invités *spécialement* ! »

Charlotte voyait bien que son comportement révélait exactement ce qu'elle cherchait à cacher, mais cela ne la soulageait pas du tout de la souffrance qu'elle éprouvait déjà à l'idée de ce dîner.

« Je sais, Maman, mais tu ne m'as jamais demandé mon avis ni rien, a-t-elle rétorqué avec un calme artificiel.

— Ah, je suis désolée, chérie... Je pensais que ce serait une belle surprise, c'est tout. Laurie ? Miss Pennington ? Mr Thoms ? Tu veux bien me dire pourquoi tu es si fâchée ?

— Mais non, Maman, c'est juste que... »

Que quoi ? Aucun mensonge plausible ne lui venait à l'esprit et elle s'est soudain rendu compte qu'elle n'en avait encore jamais cherché un seul sous ce toit, qu'elle n'en avait jamais eu besoin, sinon parfois de pieux mensonges sans conséquence, pour enjoliver la réalité ou ménager les sentiments de l'un de ses proches. D'un autre côté, elle venait aussi de découvrir au plus profond d'elle-même que mentir n'était pas entièrement étranger à son caractère. N'importe qui – elle, pour sûr – ayant reçu tant de compliments et de louanges depuis toujours, avec une telle régularité, finit par développer une trousse anti-crevaison pour la route.

« ... J'ai été surprise, il faut croire. »

Elle savait qu'elle n'aurait jamais le courage de lui demander de retirer son invitation mais... Ohmygod, Laurie, Miss Pennington ! Même si elle n'avait rien eu de grave à dissimuler, elle ne pourrait jamais jouer la comédie devant elles. Quelle issue, alors ? La machine dans son crâne tournait une nouvelle fois à plein régime, la jauge de chaleur dans le rouge parce qu'elle ne s'arrêtait jamais, même quand elle n'avait rien à faire, déterrant certains défauts de sa personnalité restés à l'état latent. Par exemple, Mr Thoms l'avait proclamée premier prix du lycée en français, anglais et composition littéraire ? Eh bien ce soir, au dîner, elle ne lui donnerait aucune indication lui permettant de penser qu'elle avait maintenu son intérêt pour ces matières à Dupont. Elle n'ignorait pas avoir toujours eu un côté absorbé par sa propre personne qui, en public, pouvait passer pour un manque de prévenance à l'égard d'autrui. Ou bien, après les questions de Buddy et de Sam la nuit précédente, il était clair qu'elle aurait dû leur rapporter quelque petit cadeau de Noël... Des tee-shirts de Treyshawn Diggs ou André Walker ou, s'ils étaient trop coûteux pour elle, des photographies de sportifs de Dupont. Et pour Maman et Papa, des bols à café avec l'emblème de l'université. Y avait-elle pensé, cependant ? Bien sûr que non ! Et c'était trop tard, désormais. À la place, elle devrait trouver aux garçons les sempiternelles pacotilles en vente chez Kyte et qui avaient précisément l'air de venir de là. Qu'on lui laisse le temps et elle exhumerait encore moult raisons de se flageller, car c'était tout ce dont elle avait besoin.

Pendant toute la journée, elle s'est cherché des excuses pour ne pas quitter la maison : la neige, la cohue qu'il y aurait en ville, tous ces gens qu'elle ne voulait pas voir car ils la bombarderaient de questions sur « Dupont », et puis elle ferait mieux de réviser, de préparer ses examens – ses examens ! –, de rester disponible pour le cas où l'Ange déciderait de venir la prendre... Elle réfléchissait à ce qui pourrait *vraiment* passer pour un accident : trébucher et tomber juste devant une voiture ou, mieux, un gros camion dévalant la 1709, d'une manière telle que le chauffeur ne puisse affirmer qu'elle s'était *jetée* sous ses roues. Sauf que personne ne dévalait la 1709, ce jour-là, car les chasse-neige n'étaient pas encore passés et même les plus énormes des semi-remorques se traînaient à deux à l'heure comme n'importe quel autre véhicule.

Heureusement, Maman était trop absorbée par les préparatifs du « souper » – elle employait ce mot plutôt que celui de « dîner » peut-être parce que cela rendait moins frivole à ses yeux d'avoir des invités –

pour surveiller les faits et gestes de Charlotte, et elle n'a pas eu l'air surprise quand celle-ci lui a expliqué qu'elle devait préparer ses examens. Le problème était que, dans son état de fille officiellement déprimée, elle était incapable de lire, les mots imprimés sur une page dansant d'une manière aussi dérisoire et absurde que les images sur un écran. Elle avait apporté avec elle un livre d'à peine deux cents pages, *Le Cerveau social* de Michael Gazzaniga, célèbre pour avoir étudié des patients dont le *corpus callosum*, le relais nerveux entre les deux hémisphères du cerveau, avait été coupé. Un mois plus tôt, elle avait trouvé ses thèses fascinantes. Là, assise dans l'unique fauteuil du salon, elle a ouvert l'ouvrage au hasard : « Comment expliquer que plus un être humain (cerveau) a de connaissances, plus il fonctionne rapidement, alors que plus une machine (ordinateur) a accumulé de données, plus elle est lente à réagir ? » Cette question lui a paru inutile, gratuite. Qui se souciait de savoir qui était le plus rapide, du cerveau ou de l'ordinateur ? Qui pouvait se payer le luxe de telles interrogations, pour l'amour du ciel ? Quel rapport cela avait-il avec le fait qu'elle se soit *fait troncher* – voilà ! Pas de gants ! –, qu'elle ait été dépucelée par un délinquant sexuel en série notoirement connu, un goujat qui avait diffusé la succulente nouvelle dans tout le campus mais qui avait tout de même flippé en découvrant qu'elle était vierge ? Dans un accès de folie puérile, elle avait tout sacrifié, tout, virginité, dignité, réputation, ambitions, engagement devant les êtres qui l'avaient aidée, éduquée, guidée... et dans quelques heures elle allait devoir regarder Miss Pennington en face !

Elle a eu l'idée de ralentir le cours du temps en fragmentant l'après-midi de demi-heure en demi-heure. Pendant les prochaines trente minutes, se disait-elle, je n'ai rien à craindre. Aucune invasion en vue. Je peux faire ce que je veux, rester dans ce fauteuil à me tourner les pouces, ne même pas *penser*... Non, impossible, ça : elle savait que la machine dans sa tête ne ralentirait pas une seconde, ne réduirait pas la pression une minute ni dans la prochaine demi-heure, ni dans la suivante. Une demi-heure à moi, donc, et encore une autre après. Inéluctablement, vers quatre heures et demie, le soleil va disparaître mais entre ce moment et l'instant présent je n'existe pas : je ne vis que dans *cette* demi-heure, qui est complètement retranchée du reste du temps.

Les garçons – Buddy, Sam, leurs amis Mike Creesey et Eli Mauck – sont entrés dans la cuisine en courant, souffle coupé par le froid, mais riant et se taquinant entre eux.

« C'est comme ça qu'on lance, mon gars ! » La voix de Buddy, certainement.

« Buddy ! »

C'était Maman.

« Lancer mon œil, chochotte !

— Buddy ! Combien de fois je vous ai dit d'enlever vos chaussures dans la maison ! Regarde-moi ça !

— Aaaarggh ! »

Buddy, Sam, Mike Creesey, Eli Mauck... La machine tournait si vite, trop vite, si vite, si vite... Comment était-ce possible ? Le fragment de demi-heure s'était déjà écoulé, stérile, inutile, et elle était déjà depuis dix minutes dans le suivant ! Il n'en restait plus beaucoup. À cinq heures, ce serait sans doute terminé : les invités étaient conviés à six et les gens étaient ponctuels, dans le comté.

D'habitude, une fille déprimée est abandonnée par toute idée de coquetterie. C'est même en général le seul cas où cet état anormal peut être constaté chez les personnes de sexe féminin ayant dépassé la puberté. La fille officiellement déprimée veut disparaître sous terre, non avoir bonne apparence. Elle ne *mérite pas* de paraître jolie, ce serait une insulte, une mauvaise farce. Alors, elle enfile la vieille robe imprimée qu'elle portait à la cérémonie de fin d'année au lycée – et à sa première soirée à la résidence Saint Ray, aussi... –, mais sans oublier de défaire son ourlet de fortune, ce qui la ramène aux genoux.

« Charlotte ! a crié Maman de la cuisine. Tu es bientôt prête ?

— Oui, Moman ! »

Elle a trouvé cela très agaçant, de devoir se présenter au rapport de la sorte. Pour quelqu'un qui bannissait les mots « fête » ou « réception », se contentant de « souper entre amis », sa mère était d'une nervosité très inhabituelle. Le riche parfum de la dinde rôtie flottait dans l'air, et celui de la purée de patates douces, de carottes et de raisins blancs secs, si Charlotte se rappelait bien la composition du délicieux « mystère » qui avait enchanté son enfance, et l'odeur piquante du vinaigre et des cubes d'oignons crus qui seraient bientôt versés sur les haricots verts bouillis... Ces effluves lui ramenaient le souvenir de tous les Thanksgivings et Noëls de jadis, ces moments de joie et d'attente particulières qu'elle revivait aujourd'hui avec une trace empoisonnée de nostalgie. Quoi de plus illusoire que ces sommets de bonheur enfantin restés derrière elle ? En quoi avait-elle été prévenue que le premier pas du petit génie hors du paradis olfactif créé par Maman allait le faire vertigineusement tomber dans la déchéance, la copulation animale, la corruption spirituelle comme physique, jusqu'à sa situation actuelle, quand elle n'osait plus se montrer devant quiconque, même de fidèles amis, surtout devant eux ?

« Je compte sur toi pour me rappeler que la femme de Mr Thoms s'appelle Sarah et non Susan, n'est-ce pas, Charlotte ? lui a dit sa mère.

Je ne sais pas pourquoi je veux toujours lui dire “Susan”. Je ne la vois pas très souvent, non plus... »

Maman souriait mais Charlotte voyait qu'elle était nerveuse, tendue à l'idée de recevoir les Thoms à dîner. Dans le comté d'Alleghany, il n'y avait pas de classes sociales proprement dites mais deux catégories de citoyens, les « gens respectables » et ceux qui ne l'étaient pas. Les gens respectables allaient à l'église, prenaient l'éducation très au sérieux même quand ils n'avaient pas suivi d'études poussées, n'allaient pas boire un verre là où d'autres respectables citoyens risqueraient de les voir, travaillaient dur – à condition de pouvoir encore trouver un emploi dans un rayon de cent kilomètres autour de Sparta – et se montraient d'excellents voisins comme au bon vieux temps de la vie rurale. Mais même au sein de ce groupe les différences de rang, de fortune et de situation ne restaient pas ignorées. Et si Mr Thoms n'avait pas de fortune, en tout cas pas à la connaissance des autres, il avait une *position*. C'était un homme affable, qui se comportait avec la plus grande simplicité et qui s'était réellement intéressé à l'avenir de Charlotte. Son épouse, Sarah ou Susan, semblait peu accessible. Ils n'étaient pas du comté, ni l'un ni l'autre, mais Mr Thoms, qui venait de Charleston, en Virginie, se sentait comme chez lui alors qu'elle était originaire de l'Ohio, ou de l'Illinois, un de ces États qui avaient la réputation d'être un peu guindés. Tous deux étaient diplômés, et Mrs Thoms avait trouvé une place à Martin Marietta dès que l'usine avait ouvert. Charlotte aurait parié n'importe quoi que c'était la perspective de la recevoir qui rendait Maman si nerveuse.

Des pinceaux de phares ont illuminé les deux fenêtres du séjour avant de glisser sur le bord de la maison. « On a de la visite ! » a lancé gaiement sa mère – gaiement, oui, pourtant elle n'avait pas l'habitude de perdre son temps en constatant une évidence – tout en lançant un regard préoccupé autour de la pièce comme si elle voulait l'inspecter une dernière fois. Elle était tendue, bien sûr, mais qu'était-ce, comparé à *pétrifiée*, *condamnée* ? S'il Te plaît, mon Dieu, que ce ne soit pas Laurie et Miss Pennington ! La première devait passer prendre la seconde avant de venir chez les Simmons. Que cette première voiture soit celle des Thoms, s'il Te plaît ! Ils en savent moins sur moi ! Par pitié, mon Dieu, donne-moi encore un répit d'un quart d'heure ! Quinze minutes, rien de plus, en compagnie d'êtres moins menaçants, un tout petit peu plus inoffensifs... Est-ce trop demander ?

On a frappé à la porte, sur laquelle Papa avait installé un heurtoir improvisé. Le cœur de Charlotte battait vite, trop vite. Son père a ouvert et il y a eu... le visage épanoui de Mr Thoms, qui souriait comme le jour où elle était montée sur l'estrade au lycée ! Le temps qu'il échange une poignée de main avec son père, elle a pu voir la doublure à carreaux de son imperméable, son blazer bleu marine, sa cravate, son pantalon en laine noire – elle a songé une fraction de seconde qu'il pouvait s'écouler des semaines à Dupont sans apercevoir un seul pantalon en laine –, et puis il s'est effacé pour laisser entrer son épouse, une très jolie brune – et même belle, dans son genre, avec son nez important mais parfaitement dessiné, ses lèvres qui semblaient former un éternel sourire de séduction, ses yeux aux lourdes paupières peut-être un peu trop maquillées pour Sparta, mais elle donnait aussi une impression de sévérité un peu effrayante, qui venait sans doute de ses mâchoires toujours crispées et d'un permanent début de froncement de sourcils. Elle était vêtue très simplement, en jupe gris ardoise et cardigan violet auquel des boutons en nacre donnaient une note vieux jeu. Maman les a accueillis avec beaucoup d'entrain : « Bon-soir, Sa-rah ! » a-t-elle chantonné, ayant visiblement fixé le prénom dans sa mémoire.

Prenant sa respiration, Mrs Thoms a jeté un bref regard circulaire sur le séjour. Charlotte était sûre que les relents de fumée de charbon l'avaient surprise et conduite à noter la pauvreté patente de cette humble maison. Comme elle s'était instinctivement reculée, Maman a d'abord présenté Buddy et Sam à Mrs Thoms, à laquelle les garçons ont poliment serré la main et répondu « Oui, m'dame » à toutes ses questions. Pendant ce temps, Maman s'empressait autour de Mr Thoms, qui était trop discret pour humer l'air et observer les lieux même si c'était la première fois qu'il entrait chez les Simmons, lui aussi.

« Oh, *Terre de Goshen*, Mr Thoms, comme c'est gentil d'être *venu* ! »

Pourquoi donnait-elle du « Mr Thoms » au principal qu'elle connaissait plutôt bien et appelait « Sarah » sa femme, qu'elle n'avait croisée qu'à quelques reprises ? Charlotte a essayé d'élucider la question avant de se reprendre : quelle importance, enfin ? La seule chose qui comptait, c'était de savoir quand ils partiraient. Mais Mrs Thoms s'approchait déjà d'elle :

« Je ne pense pas vous avoir revue depuis la cérémonie du printemps dernier, Charlotte, et donc je n'ai pas eu l'occasion de vous dire à quel point j'ai aimé votre merveilleux discours. »

Elle s'est sentie rougir mais ce n'était pas par modestie.

« Merci, m'dame, a-t-elle bredouillé encore plus rougissante et tendue, certaine que les prochaines paroles de Mrs Thoms allaient concerner Dupont.

— Juste après le discours, j'ai dit à Zach... – c'était tellement bizarre, ce "Zach" ! Charlotte se souvenait vaguement que le prénom de Mr Thoms était Zachary mais elle n'aurait jamais pensé que quiconque puisse l'appeler Zach. – ... qu'il devrait créer un cours d'expression orale au lycée. Je trouve que tous les élèves devraient être capables de faire un discours comme le vôtre... Peut-être pas aussi *bon*, mais en tout cas leur apprendre à vaincre le trac. Vous n'avez pas regardé vos notes une seule fois, vous ! »

Charlotte a une nouvelle fois viré à l'écarlate, non parce qu'elle était la Modestie personnifiée devant tous ces éloges mais parce que aucune réplique ne lui venait. Devait-elle dire encore merci ? Non, ça n'aurait pas collé. Oh, quand cette soirée se terminerait-elle... Remarquant son embarras, Mrs Thoms a comblé le vide :

« Ah, je voulais vous demander une chose, Charlotte ! Mon frère a épousé une fille de Suffield, Connecticut, et il se trouve que la meilleure amie d'une des filles de la sœur de sa femme... eh bien, elles se sont connues quand elles étaient toutes les deux à Saint Paul, dans le New Hampshire. Vous connaissez Saint Paul ? »

Charlotte, qui s'était égarée dans cette brusque plongée généalogique, avait saisi la dernière question et elle a donc pu répondre :

« Oui, m'dame.

— Et donc cette amie est à Dupont ! Je crois qu'elle voulait aller à Dupont, elle aussi, mais elle a fini à Brown... Enfin, je ne devrais pas dire *finir*, parce qu'elle termine cette année et elle n'a pas assez d'éloges pour cette université. Ce que je voulais dire, c'est que cette amie est en dernière année à Dupont... »

Ce bout de conversation parfaitement anodine avait déjà épuisé Charlotte. C'était un poids énorme, pour une fille déprimée, que d'échanger des banalités à propos d'une ancienne amie de Saint Paul devenue étudiante à Dupont pendant que l'autre terminait Brown.

« Et donc, elle... Je veux dire l'amie de la fille de la sœur de la femme... de mon frère... – Mrs Thoms a eu un petit rire amusé. – Ce serait quoi, en fait ? Si la femme de mon frère est ma belle-sœur, *sa* sœur doit l'être aussi, non ? Ou bien ma belle-sœur au premier degré ? – Elle a ri encore. – Ah, je crois que je vis dans le Sud depuis trop longtemps ! Je ne peux pas croire que j'aie dit une chose pareille ! "L'amie de la fille de la sœur de la femme de mon frère" ! Mais donc, cette fille est à Dupont et elle dit qu'elle vous connaît !

— Qu'elle... *me* connaît ? »

Charlotte en est restée interdite, muette de peur. Le cran de sûreté de son amygdale cérébrale avait lâché et elle se trouvait maintenant sur la position « combattre ou fuir ».

« Oui, c'est ce qu'elle dit. Elle s'appelle Lucy Page Tucker. »

Le sang a commencé à refluer du visage de Charlotte. Elle observait Mrs Thoms avec une terrible intensité, guettant le moindre signe, la moindre indication de ce que...

« Vous la connaissez ?

— Non ! Non, pas du tout... – Elle avait conscience de sa voix chevrotante mais elle ne pouvait plus la contrôler. – Enfin, je pense que je... je sais qui c'est. Mais si je la connais ? Je ne crois pas que je la reconnaîtrais, si je la voyais. Et elle... Elle dit qu'elle me connaît ? »

Trop défensif, a-t-elle estimé. Elle va se douter de quelque chose, maintenant ! Son cerveau était en ébullition, il en sortait de la vapeur.

« C'est ce que m'a dit ma... belle-sœur. Je l'ai eue au téléphone cet après-midi. J'ai eu l'impression que vous évoluiez dans le même cercle, vous et cette fille. »

C'était au tour de Mrs Thoms d'étudier son visage à la recherche d'un... indice. Charlotte savait qu'elle aurait dû se montrer... cool, mais elle n'y arrivait pas.

« Pas du tout ! Parce que bon, je crois qu'elle est la présidente d'une... association et tout ça ! Moi, je n'ai même pas de... cercle. Je ne suis qu'une première-année, je n'ai même pas...

— Eh bien ! a lancé Mrs Thoms avec un sourire encourageant, elle vous considère peut-être comme future adhérente ! »

Y avait-il une ironie cachée dans son sourire ? Qu'avait-elle appris, exactement ? Toute l'histoire ? Gloria parlant avec Lucy Page à la cafétéria. Cette... lionne. Elle n'oublierait jamais ce visage carré, cette crinière de cheveux blonds.

« Moi ? Je ne suis pas... Je veux dire, là-bas, personne n'a entendu parler de Sparta, du comté d'Alleghany, des Montagnes Bleues ? Ils sont presque tous allés en école privée ? On est... complètement différents. Moi dans leur association ? Ce serait comme si je rentrais dans, euh... ah... l'armée d'Afghanistan ? »

Mrs Thoms a ri mais Charlotte n'a pas eu la force de l'imiter. Elle n'avait pas cherché à être drôle ! Rien ne l'est, pour une fille officiellement déprimée. Chaque mot était une torture pour elle et elle se rendait compte du désespoir sous-jacent qu'il y avait en eux. Jusqu'à quel point Mrs Thoms était-elle au courant ? Dans ce cas, son mari l'était aussi... Il savait ! Charlotte a étudié les traits du principal millimètre carré par millimètre carré pendant que son cerveau continuait à bouillir, bouillir, bouillir... Soudain, le niveau sonore dans la pièce a chuté : la porte d'entrée venait de s'ouvrir.

« Eh bien, eh bien, Miz Simmons – respiration haletante –, quel plaisir – encore une – de vous voir ! »

C'était l'inimitable et chaleureux contralto de Miss Pennington. Maman était restée « Miz Simmons » pour elle, et elle « Miss Pennington » pour sa mère. Charlotte s'était parfois demandé si c'était à cause d'elle mais cette fois elle n'en a pas eu le temps tant la scène l'a surprise : Miss Pennington est allée vers Maman, et elles se sont fait la bise ! Elle savait que, logiquement, cette image aurait dû la remplir d'allégresse : les deux femmes les plus importantes de son existence abolissant la distance indéfinissable qui les séparait. Mais quels périls se cachaient là, aussi ! Ce que l'une apprendrait, l'autre le saurait aussitôt ! Et ce que Mrs Thoms savait déjà, elles le partageraient toutes les deux...

Laurie est entrée derrière Miss Pennington et son apparition a immédiatement effrayé Charlotte parce qu'elle était... radieuse. Resplendissant, son teint ; triomphant, son sourire ; contagieuse, sa bonne humeur. Laurie est entrée et la pièce s'est illuminée.

« Mrs Simmons ! Ça en faisait, du temps ! »

Et elle a pris Maman dans ses bras.

« Joyeux Noël ! »

Le jovial contralto de Miss Pennington, qui était en train de serrer la main de son père et posait l'autre sur elle, la prenant dans un sandwich d'affection... Papa a visiblement apprécié cette sincère manifestation d'estime et de tendresse. Il a suivi des yeux l'enseignante quand elle a continué son tour pour saluer Mrs Thoms, puis s'exclamer de ravissement devant Buddy et Sam, lesquels souriaient et dansaient sur place depuis qu'elle et Laurie étaient arrivées.

« Pour vous et votre famille ! a annoncé Laurie en levant son autre main dont deux doigts étaient passés dans la poignée d'une grosse bouteille en plastique emplie de cidre, à coup sûr non fermenté, et dont le goulot était décoré d'un ruban de Noël en tissu écossais. C'est de la part de Miss Pennington aussi. Joyeux Noël ! »

Maman a pris la bouteille dans ses mains.

« Hé bé, quelle surprise ! Vous avez sûrement bien choisi, vous autres, parce que Buddy et Sam ont un faible pour le cidre, croyez-moi ! »

Elle les a regardés. Buddy a eu un sourire de clown, Sam l'a imité et tout le monde a éclaté de rire.

« Et alors, les garçons, qu'est-ce que vous dites ? Merci, Miss Pennington ; merci, Laurie et joyeux Noël à tous ! »

Charlotte n'avait pas bougé de sa place près de Mrs Thoms. Elle avait conscience de ce que le moment aurait dû exprimer la magie de Noël dans toute sa splendeur : la famille rassemblée autour du poêle pansu, les amis arrivant dans la nuit et la neige les bras chargés de cadeaux, une atmosphère de joie si compacte qu'on aurait pu la découper en tranches comme un beau cake aux fruits, Laurie absolument radieuse, une jeune fille en fleur qui exprimait toute l'allégresse, la générosité, l'amour des proches, de la jeunesse... Et elle, Charlotte Simmons, pour la première fois de retour de son triomphe personnel – « étudiante à Dupont ! » –, paniquant à propos de ce que l'on pourrait savoir sur son compte. Elle aurait voulu courir serrer dans ses bras son guide intellectuel, celle qui l'avait tirée de l'obscurité de la Province perdue pour la faire entrer dans la grande arène du monde. Elle aurait voulu crier « Laurie ! » avec l'insouciante gaieté d'une fille retrouvant sa meilleure amie de lycée, celle qui lui avait été fidèle quand elle s'était élevée contre Channing, Regina et le reste de la clique des « cool » du lycée, puis courir l'embrasser dans une explosion de bonheur capable de réjouir le cœur de tous les adultes présents parce qu'ils se savent témoins d'une relation indestructible, qui durera quels que soient leur réussite respective, la fortune ou le statut social de leur futur mari. Mais elle arrivait à peine à garder un sourire poli sur les lèvres, alors se précipiter dans les bras de quiconque était hors de question.

Elle a vu la suite arriver, Maman la chercher des yeux dans la petite pièce :

« Mais où est Charlotte ? Charlotte ! Regarde qui est arrivé ! Ah, tu es là ! »

À son expression, il était clair qu'elle attendait que sa fille se jette tête la première dans la démonstration d'amour et de félicité que l'instant exigeait. Elle, et tout le monde. Avec le sourire le moins *léger* que l'on puisse imaginer – elle en avait conscience, mais elle n'y pouvait rien –, Charlotte s'est écartée de Mrs Thoms pour s'avancer lentement, si lentement... Elle aurait voulu se mouvoir plus vite, *con brio*, mais elle n'était pas maîtresse de ses jambes. Dans les quelques secondes qu'il lui a fallu pour arriver à Miss Pennington, ses traits ont dû subir une nette transformation – elle sentait son sourire faiblir de plus en plus – car une nuance d'étonnement est apparue sur le visage bien connu, jusqu'alors illuminé par la joie de Noël. Passant les bras autour du cou épais de son professeur, elle a prononcé « Oh, Miss Pennington, bonne fête ! », et les mots étaient justes mais pas l'intonation, accablée par la peur et la culpabilité. Miss Pennington a certainement détecté quelque chose d'étrange car leur accolade n'a pas été celle de deux êtres qui se retrouvent après une longue absence et oscillent sous l'émotion avant de se dégager l'un de l'autre pour se contempler avec un émoi extasié. Non, elle a duré très peu de temps et, lorsque Miss Pennington s'est exprimée, c'était plutôt sur le ton de qui remplit une fonction officielle :

« Joyeux Noël à toi, Charlotte. Quand es-tu arrivée ? »

Celle-ci s'est contentée de lui donner l'information demandée, décrivant brièvement le difficile trajet dans la nuit et la tempête de neige jusqu'à la maison. Mais elle ne pensait qu'à une chose : qu'est-ce que Miss Pennington avait bien pu *voir* sur son visage ? Charlotte s'est ensuite tournée vers son amie, décidée à faire mieux.

« Laurie ! a-t-elle fait en ouvrant les bras.

— Hé, si c'est pas la fille de Dupont ! »

Une accolade, et elles ont même pressé leur joue l'une contre l'autre pendant un instant, mais cela semblait presque... protocolaire. Il y avait un élément dans son expression, dans son attitude, qu'elle ne pouvait définir mais qui devait expliquer cette... réticence ?

« Joyeux Noël, Mr Thoms, Mrs Thoms ! »

Déjà Laurie était passée au couple et son exubérance est revenue d'un coup. Elle avait les pommettes rosées, son sourire rayonnait comme la lumière du soleil. Jeunesse ! Gaieté ! Espoir ! Vivacité, robustesse animale ! Beauté, oui, même si Laurie n'était pas *réellement* belle, car son optimisme faisait oublier toutes ses imperfections. Qu'importait que le bout de son nez ait une texture un peu boursouflée ? Elle était la fille que tout parent aurait adoré voir revenir de l'université, une jeune femme remplie d'énergie, d'amour, de confiance. Charlotte ne l'enviait même pas, cependant. L'envie n'avait pas de sens, pour elle : c'était un luxe qui appartenait à ceux qui ont encore un avenir. Tout ce que Laurie éveillait en elle, c'était le besoin de s'apitoyer encore plus sur elle-même. Elle l'obligeait à contempler sous le jour le plus cru toutes les qualités qui avaient été les siennes et qu'elle avait perdues. Elle n'avait même plus la force de faire semblant, d'ailleurs. Tout, la moindre remarque, le moindre regard, la simple présence de ces gens autour d'elle, devenait un accablant fardeau. La planète entière tournait autour de son anxiété. Rien d'autre n'avait de sens.

Maman n'étant pas de l'école qui offre aux invités l'occasion de bavarder autour d'un verre avant le « souper », quand bien même il se serait agi de cidre non fermenté, de limonade ou d'eau de la fontaine, Charlotte a résolu de réunir ses forces pour l'épreuve qui s'annonçait. Il allait y avoir pas mal de sérieux causeurs à table : Maman, Miss Pennington, Mr Thoms et aussi – elle s'en rendait compte – Laurie, qui s'était fait *tirer* comme elle, et il était à parier que Mrs Thoms ne garderait pas sa langue dans sa poche, non plus. Il ne restait plus qu'elle et Papa, en fait, de sorte qu'elle allait les laisser parler, parler, parler, se borner à un sourire forcé et à moult hochements de tête, et si quelqu'un commençait à la harceler au sujet de Dupont elle passerait la balle à Laurie en lui demandant comment ceci ou cela se passait sur *son* campus.

Contre toute attente, c'est son père – Papa ! – qui a annoncé :

« Voilà, Charlotte, on va t'asseoir juste là – *lô* –, en bout de table, pour que tout le monde puisse bien t'entendre nous raconter Dupont – *Dupan* –, pas vrai, vous autres ? »

Murmures approbateurs, bruissements de confirmation et Laurie : « Genre, totalement ! » Charlotte a senti comme un étau se refermant sur ses tempes. La phrase que venait de prononcer son père était sa sentence de mort ; pourtant elle a aussi noté avec un curieux détachement combien son élocution – et celle de sa mère ! – était provinciale et combien Laurie s'exprimait au contraire en étudiante *chébran*.

« Non, Papa ! a-t-elle lâché, incapable de réagir avec le calme et la légèreté qu'elle aurait désirés tant la souffrance devenait insupportable. Personne ne veut que je m'étale sur... mes études ! – Elle évitait à tout prix le mot de "Dupont". – S'il te plaît, Laurie, c'est toi qui vas t'asseoir là ! Je veux tout savoir sur notre université de Caroline du Nord ! »

Protestations indulgentes, comme si sa dérobade n'était que pure modestie, et elle a fini par devoir prendre la place assignée, sur l'une des chaises de bistro ayant retrouvé une seconde jeunesse grâce à Papa, deux rangées d'inquisiteurs en face d'elle. Sur sa gauche, elle avait d'abord Mr Thoms, puis Laurie, puis Maman – ou plutôt Maman quand elle aurait fini de s'affairer en cuisine ; sur sa droite, Miss Pennington, Mrs Thoms et son père. Mrs Thoms ! La Mort en personne, qui attendait le moment de la tailler en pièces avec un sourire hypocrite. Et à seulement quelques centimètres d'elle, Miss Pennington, la Femme trahie, un cœur gros comme la lune qu'elle allait incessamment briser... Les autres seraient simplement des témoins passifs de l'autodestruction de Charlotte Simmons. *Simplement* ? Il y avait parmi eux Maman et Papa, devenus les plus fiers parents du comté grâce à elle, avant que sa véritable, sa méprisable nature ne s'exprime, et qui pour l'heure étaient encore dans une sainte ignorance du coup qu'ils allaient recevoir. Il y avait aussi Mr Thoms, le sage, l'ancien qui avait proclamé devant tout le comté qu'elle était « la jeune fille qui... ». Et puis il y avait la fille qui jusqu'alors était passée inaperçue dans l'ombre écrasante de Charlotte Simmons, Laurie, la surprise de l'année, celle qui avait démontré qu'elle pouvait réussir tout ce que l'illustre ex-lycéenne d'honneur avait été incapable d'accomplir : elle avait été *baisée*, elle aussi, mais en était sortie une personne complète, quelqu'un dont on recherchait la compagnie, *la jeune fille qui* avançait sur son chemin vers un avenir sans limite, porteuse de toutes les promesses de l'aube...

Dieu merci, Maman est revenue très vite avec un plateau qui embaumait la dinde rôtie ; elle l'a posé devant Papa avec un vénérable couteau, une longue fourchette et un fusil à aiguiser. Ce parfum ! Un seul regard à la peau dorée, craquante mais encore juteuse, qui se tendait sur l'impressionnante poitrine de la bête, et l'on comprenait ce qu'était la perfection, même si c'était la première fois que l'on se trouvait devant pareil spectacle. Ensuite, Dieu merci,

Papa a eu son moment de gloire, nouveau répit pour Charlotte : se levant, il a entrepris de passer la lame sur le vieux fusil, produisant un son râpeux qui a fait sortir Buddy et Sam de la cuisine pour contempler la prestation de leur père. Avec dextérité et précision, il a commencé à trancher l'attache des cuisses à la carcasse, les séparant apparemment sans effort, puis il a découpé le premier blanc en belles tranches d'une finesse idéale. Pâmés devant son habileté, les garçons attendaient qu'il attaque l'autre côté de la poitrine car il marquerait alors une pose pour aiguiser de nouveau son couteau avec de grands gestes. « Bravo, Mr Simmons ! » s'est exclamée Laurie, et tous les autres ont ri, poussé des cris d'admiration et applaudi, ce qui a fait sourire Papa. Entre-temps, Maman avait apporté le mystère et ses doux effluves exotiques, et les haricots verts peu odorants en eux-mêmes mais qui exaltaient le parfum à la fois piquant et sucré des oignons baignés de vinaigre, et la confiture de canneberge maison, et les pêches confites que Maman cueillait elle-même à la fin de l'été, ah, le sublime arôme de ces fruits qui avaient le goût de l'ambroisie, ce mot qu'aimait répéter Maman, et tous les convives l'ont applaudie, elle aussi, pour ses talents de cuisinière. L'ovation s'était à peine terminée que Mrs Thoms s'est tournée vers Charlotte :

« Alors, comment est la cuisine à Dupont, comparée à ces merveilles ?

— Elle est... Elle est... – Elle cherchait le *juste mot* mais c'était un défi impossible contre sa volonté de ne *pas* s'engager dans la conversation, de ne pas quitter la coquille dans laquelle elle s'était crue à l'abri, de trouver une réponse qui découragerait toute nouvelle question. – C'est sans comparaison. La cuisine de Maman, il n'y a rien de comparable. »

Elle a tenté de sourire mais elle a parfaitement senti que la crispation de ses lèvres n'exprimait ni amusement ni décontraction. Et cela n'a nullement impressionné Mrs Thoms, bien entendu.

« Je comprends, oh oui ! Je suis sûre que rien n'arrive à la hauteur de la cuisine maison, surtout quand elle est aussi... délicieuse. Ce que je voulais dire, c'est : en général, que pensez-vous des repas à Dupont ?

— C'est... pas mal. »

Un silence gêné a suivi cette réponse plus que sommaire.

« *Pas mal* ? C'est tout ? »

Mrs Thoms ne s'avouait pas battue.

Charlotte réfléchissait, réfléchissait, mais une seule pensée tournait dans sa tête : Dieu qu'il est pénible de parler, à n'importe qui, sur n'importe quel sujet et notamment de tout ce qui concerne Dupont. Au prix d'un énorme effort, elle a réussi un :

« Plus ou moins. – *Mouinsse.*

— *Plus ou moins* ? » a répété la femme du principal.

Le silence qui a suivi était si pénible que Charlotte s'est battue avec elle-même pour le combler :

« Je... Je prends tous mes repas à l'Abbaye... Au réfectoire. »

Mentionner le nom d'un seul bâtiment de Dupont était une épreuve en soi. Autour de la table, tous les visages exprimaient la même réaction : « Et donc??? »

Torture, torture.

« Je veux dire que... C'est presque toujours pareil. – Perplexité générale. Le front plissé, elle a cherché une issue : – Et toi, Laurie ?

— Moi quoi ?

— Je ne sais pas... Est-ce que tu prends tous tes repas au même endroit ? Je... J'imagine, non ? »

Laurie l'a regardée en louchant facétieusement, comme pour dire : « Tu essaies de me poser des charades ou quoi ? » Charlotte restant impassible, elle a répondu, après une redoutable pause :

« Il y a une cafétéria dans ma résidence mais on a plein de restaurants, près du campus.

— Il doit y en avoir beaucoup autour de Dupont, aussi, a supposé Mrs Thoms sans quitter Charlotte des yeux.

— Il y en a... – quelle souffrance, chaque mot ! – ... mais ce n'est pas inclus dans ma pension. Même celui du campus, il ne l'est pas. Je vais toujours au réfectoire. »

Pitié ! Ne me forcez pas à parler de Dupont ! Les yeux de Mrs Thoms sont allés se poser sur Laurie, Maman et Mr Thoms devant elle.

« Je crois que Charlotte est beaucoup plus active qu'elle ne le dit. La sœur de ma belle-sœur a une fille dont la meilleure amie est à Dupont, en dernière année. C'est même la présidente de l'une des principales associations d'étudiantes, et elle connaît Charlotte ! En fait, elle a l'air d'en savoir plus sur Charlotte que Charlotte n'en sait sur elle, et Charlotte n'est qu'en première année ! »

Elle a vu sa mère sourire gaiement, sans doute parce qu'elle en avait conclu que son petit génie de fille était déjà devenue une célébrité sur le campus. Et en effet... Mr Thoms la regardait en souriant, lui aussi, mais n'y avait-il pas dans ses yeux une nuance de maligne cruauté ? Était-ce la... Mort qui parlait ? Cette harpie allait maintenant tout raconter, pour le seul plaisir pervers de voir l'insecte se tordre de douleur ! C'est une fille en pleine panique qui a tenté de lui répondre :

« Je ne vois pas comment c'est... possible ? Je ne l'ai jamais rencontrée ! J'ai entendu parler d'elle, oui, vu qu'elle est présidente et tout ça, mais je ne la connais pas ? Si elle entrait ici à cet instant, je ne pourrais pas dire que c'est elle ! Je ne vois aucune raison pour qu'elle me connaisse, même de nom ! Je n'ai aucun contact avec elle, ni avec ses amies ni avec les gens qu'elle est censée... »

Elle s'est arrêtée. Trop tard, visiblement, car toute la tablée l'observait bizarrement. S'ils n'avaient pas eu de soupçons jusque-là, ils ne pouvaient qu'en nourrir, non ? Elle devait absolument dire quelque chose qui montrerait qu'elle n'accordait aucune importance à ce détail.

« Elle... Elle a dû me confondre avec une autre ! »

Comme il fallait s'y attendre, cela n'a servi à rien. Avec un petit gloussement, Mrs Thoms a remarqué :

« Oui ? Il y a une autre première-année à Dupont qui vient de Sparta, Caroline du Nord ? »

Charlotte en est restée sans voix. Sparta ? Pourquoi Lucy Page avait-elle mentionné ce point ? Mais parce qu'il lui était venu aux oreilles que la petite oie de province essayait de clouer le bec à tout le monde avec son « Sparta, tu n'as jamais entendu parler » plein d'agressivité ! Et pourquoi la femme du principal en parlait-elle ? Parce qu'elle connaissait toute l'histoire et avait l'intention de la distiller goutte par goutte, de soumettre Charlotte à ce supplice chinois devant sa famille. Charlotte l'a dévisagée. En théorie, elle aurait *dû* haïr cette étrangère venue sous son toit dans le but pervers de l'humilier en présence de ses parents et de ses petits frères, qui écoutaient sans doute la conversation de la cuisine. Mais Charlotte Simmons n'avait plus droit à l'indignation morale, n'était plus autorisée à juger quiconque, aussi répréhensible son comportement eût-il été. Le silence s'est prolongé si longtemps que tous les convives, et la fille paniquée en premier lieu, ont été obligés de se dire qu'ils venaient d'être placés fortuitement face à un indicible secret.

« Je ne sais pas, voilà. »

Pourquoi l'avoir dit d'une voix si faible, si timide ? Elle a voulu y ajouter un sourire, ce qui était encore pire. Comment se débrouillait-elle pour attirer chaque fois davantage l'attention sur son embarras, sa honte ? Et elle n'était pas au bout de sa peine. Chaque convive brûlait de l'entendre parler de Dupont, qui pour lui semblait être à la fois l'Olympe, le Parnasse, Shangri-La et les sommets de Darién réunis. Comment étaient les professeurs ? « Ils sont bien », a-t-elle répondu mais elle a vu la déception sur six visages et a donc ajouté, sans savoir pourquoi : « À part les maîtres-assistants. » Elle a aussitôt regretté cette exception, qui a déclenché d'autres questions : pourquoi, qui étaient-ils, qu'avaient-ils de si mal ? « Non, rien de mal, simplement ils ne connaissent pas encore bien leur sujet... » Mais de *vrais* professeurs, il devait y en avoir de très exceptionnels, à Dupont, non ? « Oh oui... » Rien de plus, donc il fallait chercher autre chose. La vie dans une résidence mixte, comment trouvait-elle cela ? « On s'habitue... » Rien de plus. Mais était-ce vrai que filles et garçons partageaient les mêmes salles de bains ? « On prend ça du mieux qu'on peut. » Rien de plus, en tout cas pour elle, mais les adultes n'étaient pas satisfaits : est-ce que ce n'était pas gênant, parfois ? « Pas trop, tant qu'on garde les yeux sur le carrelage et sur le lavabo et qu'on ne regarde pas dans la glace et qu'on n'écoute pas », et c'était tout ce qu'elle avait à dire. Est-ce qu'elle croisait souvent les sportifs sur le campus ? « Non. » Rien de plus, sauf que Maman lui a alors rappelé qu'elle avait appris aux garçons qu'elle connaissait une star de l'équipe de basket. « C'est vrai, je le connais mais je ne dirais pas que c'est une star. » Rien de plus, mais qui était-ce ? Comment s'appelait-il ? « Jojo Johanssen. » Comment était-il ? « Sympathique. » C'est tout ? « Eh bien, il n'a pas vraiment inventé le fil à couper le beurre », mais elle a refusé d'aller plus loin. Et sa camarade de chambre ? « Ça va. » Quoi, rien d'autre ? « Je ne la vois presque jamais. On a des horaires différents... » Avec un large sourire, Papa a alors déclaré que Buddy avait voulu savoir si elle avait un petit ami mais qu'il n'avait pas obtenu de réponse. Petits rires polis autour de la table.

« Allez, Charlotte ! a crié Laurie. Lance-toi ! »

L'image de Hoyt s'est imprimée un instant sur ses rétines. D'un ton froid, sans ironie ni regret perceptible, comme si on lui avait demandé si elle avait un mixer dans sa cuisine, elle a tranché :

« Non, je n'en ai pas. »

Sa mère a demandé où les étudiants allaient pour *faire des rencontres* :

« Ça ne se passe pas comme ça, Maman. Les filles sortent en groupe, les garçons aussi, et chacun espère tomber sur quelqu'un qui lui plaira. »

Visiblement atterrée par cette nouvelle, sa mère a posé la question : Charlotte elle-même était-elle déjà sortie de cette façon ?

« Une seule fois, oui. Avec mes amies ? Mais c'était nul. Je n'ai jamais recommencé. »

Comment se distrayait-elle, alors, a voulu savoir Mrs Thoms, et Charlotte, qui touchait presque le fond de sa détresse, a répondu : « Rien. Je ne sors pas. Je préfère prendre un livre. » Quoi, même les samedis soir, même le week-end ? « Non, jamais », avec l'expression indéchiffrable d'une joueuse de poker. Elle commençait à savourer sa misanthropie, de la même façon que l'on pouvait entendre des gens du comté d'Alleghany proclamer : « La cousine Peggy, elle connaît une maladie. »

Était-elle allée à un match de football ou de basket, avec la grande année sportive que les équipes de Dupont étaient en train de réussir ? « Je ne peux pas, les billets sont trop chers ? Mais même si c'était gratuit, je pense que je n'irais pas. Je ne comprends pas pourquoi ça passionne autant les gens. Ça n'a rien à voir avec eux, ni avec moi ? C'est stupide, c'est tout. » Mais pour *se changer les idées*, a-t-on insisté ? « Eh bien, je cours, je vais au gymnase... » C'était son idée de la distraction ? « Pour moi, c'est plus distrayant que toutes les idioties que font les étudiants pour passer le temps. On croirait qu'ils sont encore au cours moyen, des fois, et tout ce qui les intéresse, c'est... – Elle s'est reprise à temps avant de faire allusion à l'alcool, ne voulant pas que sa mère se mette dans tous ses états.

— Mais je suis sûre que les études en elles-mêmes sont fascinantes, n'est-ce pas, Charlotte ? »

Miss Pennington, clairement soucieuse, quémandait presque une réponse positive. Charlotte a soudain eu honte de se laisser aller à toute cette noirceur.

« Oh, tout à fait, Miss Pennington. Je suis par exemple un cours qui... »

Elle s'apprêtait à parler de Mr Starling mais n'était-ce pas de la folie, d'attirer leur attention sur cette matière alors que ses parents, puis son ancienne tutrice, apprendraient bien assez tôt la note catastrophique qu'elle allait sûrement avoir en science neurologique ?

« Oui, un cours de quoi ? a demandé Miss Pennington, presque suppliante.

— De neurologie... – Silence, détresse, souffrance... – Je n'aurais jamais pensé que ça pourrait être aussi intéressant... – À son débit monocorde, personne n'aurait cru qu'elle puisse trouver quoi que ce soit intéressant. – Le professeur, Mr Starling, dit toujours que l'an 1000 est seulement à quarante générations de nous.

— Starling ? a relevé Mrs Thoms. Ce n'est pas celui qui a reçu le prix Nobel ?

— Je... Je ne sais pas.

— Mais je ne voulais pas vous interrompre ! Vous disiez “à seulement quarante générations de nous”, donc ?

— Ce n'est pas moi, c'est lui. Mr Starling. »

Rien de plus. Chaque mot pesait deux tonnes. Il y a eu dix ou quinze secondes de silence interminable, puis la femme du principal est revenue à la charge :

« Pardon, je suis curieuse mais... pourquoi dit-il ça ?

— Je ne sais pas vraiment, a répondu la Longanimité Souriant à la Douleur sur leur piédestal, provoquant un nouveau silence lugubre, que la culpabilité, une fois encore, l'a contrainte à rompre.

C'est juste une idée, mais peut-être veut-il dire que l'an 1000 n'est pas si loin de nous alors que... la façon dont l'humanité se conçoit... en tout cas en Occident... a complètement changé ? »

Miss Pennington, mais aussi Maman avaient l'air d'écouter religieusement cette profonde remarque. Charlotte a compris, brusquement : elles recevaient enfin un petit écho de Dupont, un aperçu de ces sphères intellectuelles qu'elles guettaient depuis le début de la soirée. Soudain, l'ouïe de Charlotte semblait capter les sons les plus infimes, jusqu'à la lente combustion des boulets de charbon dans le poêle, les mâchoires de Papa en train de mastiquer – il lui arrivait de manger la bouche ouverte –, Buddy rappelant discrètement Sam à l'ordre dans la cuisine, un amas de neige glissant du toit et flop, flop, flop, une voiture passant sur la 1709 avec un pneu crevé...

Mr Thoms a remarqué qu'il existait toute une littérature sur le multiculturalisme et la diversité dans les universités de l'Amérique contemporaine : en quoi ces principes s'appliquaient-ils à la vie quotidienne de Dupont ? Réponse :

« Je ne sais pas. J'en entends juste parler dans les discours...

— Chez nous, est intervenue Laurie, la "diversité", tout le monde appelle ça "dispersité". Parce que ce qui se passe, c'est que chaque groupe a ses clubs, ses insignes, sa partie réservée au réfectoire. Par exemple tous les Afro-Américains aux tables du fond, tous les Asiatiques à celles du milieu, mais pas les Coréens, vu qu'ils s'entendent pas avec les Japonais, et donc ils vont s'asseoir plus loin ? C'est la dispersion totale, quoi ! Chacun dans son coin, chacun se méfie des autres, chacun se persuade que les groupes différents vont essayer de lui jouer un tour de sal... oops, un tour de vache, pardon ! – Les doigts sur les lèvres, elle a souri d'un air amusé. – Bref, l'idée de base, c'est que tous les autres groupes ont genre des préjugés contre le vôtre, qu'ils veulent vous coincer et qu'il ne faut avoir aucun rapport avec eux... À moins d'être blanc, évidemment, parce que là tous les autres n'ont *pas* d'idées préconçues, ils ont genre totalement *raison* puisque tu es un raciste et tout ça, même sans le savoir ? Résultat, tout le monde est dispersé, dans sa coquille respective, et pas question de se rapprocher les uns des autres. C'est comme ça aussi, à Dupont ? »

Laurie a regardé Charlotte. Ils la scrutaient tous, en fait. Elle a poussé un imperceptible soupir, observant le Néant devant elle comme si elle réfléchissait intensément, puis elle s'est mise à faire oui, oui, oui, le front plissé par la concentration, mais ce n'était pas à la « dispersité » de Laurie qu'elle pensait, c'était à l'entrain avec lequel celle-ci avait prodigué son petit speech, sa bonne humeur inébranlable devant le spectacle de l'humaine comédie, son aventureuse détermination à comprendre les arcanes de la vie estudiantine, son juvénile désir de partager ses expériences avec le vaste monde. Bref, elle manifestait toutes les qualités qu'ils avaient espéré retrouver en Charlotte Simmons, cette petite ronchonne aigrie qui présidait la table. Ce n'était pas de la jalousie, pas du tout. Elle avait souhaité de tout son cœur que Laurie reprenne le rôle qu'elle-même aurait dû jouer. L'esprit aventureux, la volonté de découvrir une autre réalité, c'était son ancienne amie qui les incarnait, pas elle, Charlotte Simmons, et elle n'avait que trop conscience de sa patente nullité. Cette place d'honneur qui lui avait été donnée était une mauvaise plaisanterie et, même si leurs intentions à tous étaient les meilleures, chacune de leurs questions sur son *expérience* universitaire sonnait comme une raillerie implicite. Elle a été tentée de tout déballer, *maintenant* ! Qu'on en finisse ! Allons-y, montrons ce qui demeure de l'univers de Charlotte Simmons à cette poignée d'individus réunis autour d'une dinde, montrons-leur la ruine et la corruption qu'elle avait attirées sur elle-même en l'espace d'à peine quatre mois !

Elle n'en voulait pas à Mrs Thoms, non plus. Il fallait avoir une certaine opinion de soi-même pour se fâcher contre quelqu'un venu dans le seul but de vous tuer, n'est-ce pas ? Elle n'avait plus qu'une envie : se laisser aller sur le dossier de cette humble chaise, ouvrir les bras comme le Christ sur la croix et, sans quitter Mrs Thoms des yeux, déclamer : « Viens, ô Mort, viens me prendre ! Je n'ai plus le désir de lutter. Épargne-moi la peine de me retrancher moi-même du monde des vivants. » Dans l'innoncence de sa jeunesse, elle n'avait jamais tenté d'imaginer à quoi ressemblait la Mort, encore moins envisagé qu'elle puisse avoir les traits d'une femme. Et là, dix-huit ans plus tard, le jour était venu : la Mort était une jolie brune d'une quarantaine d'années, aux lèvres provocantes, qui se faisait passer pour l'épouse d'un directeur de lycée de province. Elle fixait de tous ses yeux Mrs Thoms, et la Mort, feignant l'étonnement, lui rendait son regard.

Laurie était en train de raconter, avec beaucoup d'entrain et d'humour, que dans son université les filles veillaient à ne jamais employer de mots trop longs en présence de garçons :

« Par exemple, elles ne diront jamais "s'habiller correctement" devant eux, mais "s'habiller comme il faut", ou "s'habiller comme les gens l'attendent". "Conversation", c'est trop long. Ce n'est pas parce que les garçons ne comprendraient pas, mais parce que la fille aurait l'air trop... compétente ? Trop intelligente, donc trop indépendante. Elle ne donnerait pas l'impression qu'elle a vraiment besoin de l'Homme avec un grand H ! »

Comme elle prenait du bon temps, Laurie ! Un sourire ravi jouait sur ses lèvres chaque fois qu'elle ouvrait la bouche. Avant le dessert, elle et Mrs Thoms se sont levées pour aider Maman à débarrasser la table. Miss Pennington a fait mine de se mettre debout, elle aussi, mais l'hôtesse l'en a dissuadée :

« Non, Miss Pennington, vous ne bougez pas ! Merci, mais nous sommes déjà assez nombreuses et la cuisine n'est pas si grande... »

Miss Pennington a protesté, mais mollement. Mr Thoms était absorbé dans un échange avec Papa. Sur le ton de la sincérité même, Miss Pennington a confié à Charlotte :

« Je suis tellement contente de te voir, tu sais ? J'ai pensé deux mille fois à toi depuis ton départ. Il y a tant de questions que je voulais te poser !

— Je suis si contente, Miss Pennington... »

Elle a essayé de sourire mais elle n'était pas capable de jouer la comédie, voilà tout. Elle s'est contentée de regarder son mentor, notant pour la première fois la couperose sur ses pommettes.

« Tu n'es vraiment pas causante ce soir, Charlotte. – Elle a penché la tête de côté avec ce sourire qui disait : "Je vois tout, tu sais ?" – Au point que je me suis demandé si tu étais avec nous ou ailleurs.

— Je sais, a concédé Charlotte, laissant échapper un dangereux soupir, un soupir qui semblait menacer toute la construction de son squelette. Mais ce n'est pas ça, Miss Pennington. C'est simplement la fatigue ? Je me sens... mascagnée. – L'instant d'après, elle a eu conscience qu'elle employait ce parler du terroir dans le seul but d'attirer la pitié sur une pauvre petite provinciale perdue. – La dernière semaine a été affreuse, vous savez. On a eu un test en science neurologique qui était encore plus dur qu'un examen de fin d'année. Je n'ai pratiquement pas dormi, même pas une heure de toute la semaine. « La double négation poursuivait la même arrière-pensée. »

« Je comprends, a répondu Miss Pennington d'un ton qui prouvait qu'elle ne comprenait pas du tout, et la stratège qui sommeillait en Charlotte a décidé qu'il était temps d'entasser quelques excuses pour amortir l'inévitable chute.

— Ça a été horrible, Miss Pennington. Je me suis rendu compte au dernier moment qu'un sujet qui ne devait pas être au programme du test... L'interaction entre l'amygdale cérébrale et les aires de Wernicke et de Broca, etc. Je n'avais pas le temps, vous voyez ? Je veux dire que Mr Starling, sa méthode ? Il aborde un sujet en cours et ensuite on doit faire soi-même la recherche dessus ? Je n'ai pas compris que ça pouvait sortir et maintenant, franchement, je suis inquiète, Miss Pennington ? Parce que c'était environ quarante pour cent du test ? »

Du *taiste*, également calculé. La tête toujours penchée – ironiquement ? –, Miss Pennington l'a observée un moment.

« Je ne suis *plus* ton professeur, Charlotte, mais j'espère que tu comprends que ton parcours m'intéresse autant que si tu étais ma propre fille. Et tu ne m'as pas donné beaucoup de nouvelles, ces derniers temps...

— Je sais ! Pardon, Miss Pennington, mais j'ai été tellement... prise. Je n'ai même pas vu le temps passer et...

— Si tu veux, mais seulement si tu veux, n'est-ce pas, tu pourrais passer me voir pendant que tu es ici. C'est parfois utile, de parler avec quelqu'un qui te connaît bien mais qui a acquis une certaine distance, qui peut mettre les choses en perspective. Seulement si tu le *veux*. »

Charlotte a baissé la tête quelques secondes, l'a relevée.

« Merci, Miss Pennington. Bien sûr que je le veux. Ce serait... J'aimerais beaucoup faire ça. »

Malgré tous ses efforts, les mots sonnaient creux, comme des bouteilles vides dans un cabas.

« Alors appelle-moi quand tu en as envie », a conclu Miss Pennington avec une pointe de sécheresse.

Le dessert, tarte maison et crème glacée, a été un grand succès. C'était la tourte aux pommes de Maman, parfumée de raisins secs, de clous de girofle et d'épices dont Charlotte ne connaissait pas le nom, juste sortie du four et accompagnée d'une glace à la vanille et aux cerises qu'elle avait elle-même tournée à la sorbetière. L'arôme des pommes et des clous de girofle était enivrant et même Charlotte, qui avait à peine touché au repas, s'est animée. Maman rayonnait sous les compliments qui fusaient de toutes parts. Enthousiasmé, Papa a commencé à se comporter comme « l'homme de la tablée », avec des apartés dans le style : « Faut vous reservir, Zach – car Mr Thoms et lui se donnaient du Zach et du Billy, désormais –, pensez donc, chaude à point comme ça, elle sera jamais meilleure ! » Le moment a ouvert une joyeuse parenthèse, un refuge loin des soucis petits et grands. S'abandonnant aux trois sens les moins gouvernés par la raison, l'odorat, le goût et le toucher, Charlotte aurait voulu qu'il dure à jamais.

Comme c'était impossible, les dames ont fini par se lever une nouvelle fois pour aider la maîtresse de maison. Toutes, y compris Miss Pennington, mais pas Charlotte qui, restée sur sa chaise, cherchait à immobiliser le temps par le pur exercice de sa volonté. Tout en regardant vaguement Mr Thoms, qui avait gagné l'autre bout de la table afin de continuer à bavarder avec son père, elle luttait pour empêcher les mauvais pressentiments de reprendre le contrôle de ses pensées, lorsqu'elle a sursauté : Laurie, qui s'était glissée sur la chaise de Miss Pennington, avait presque son visage contre le sien et l'observait avec un grand sourire.

« Et alors ?

— Alors quoi ? a demandé Charlotte, encore sous l'emprise de cette apparition inopinée.

— Juste que genre, je n'ai eu aucune nouvelle depuis ton coup de fil et c'était quand ? Il y a bien trois mois ! Je crois qu'on a abordé un certain sujet à ce moment, non ? »

Charlotte s'est sentie devenir rouge comme une tomate. Laurie, elle, souriait avec encore plus d'éclat :

« Je pense que j'ai droit à un petit topo, non ? Mes honoraires de consultante ? »

Laurie avait pris quelques kilos depuis la dernière fois qu'elle l'avait vue ; ses joues étaient rebondies, son menton plutôt charnu là où il reposait sur son col roulé, mais cela la rendait plus jolie que Charlotte ne se le rappelait. Et elle, l'Embarras personnifié, a rougi encore :

« Il n'y a rien à raconter, je t'assure.

— Non, c'est vrai ? – Les yeux de Laurie brillaient à trois cents watts, maintenant, et son sourire était plus épanoui que jamais. – Eh bien, je ne te crois *pas* ! »

Charlotte a recommencé à paniquer. Mrs Thoms l'avait mise au courant tout à l'heure, à la cuisine ! Forcément ! Laurie était-elle devenue un instrument de la Mort, elle qui était restée à ses côtés dans les moments les plus difficiles ?

« Mais si je... Crois-moi, il n'y a rien...

— Je... ne... te... *crois... pas*, Charlotte, a lancé Laurie comme si elle entonnait un air entraînant. Et... je... te... connais, Charlotte. C'est... moi... ta... copine... Laurie, Charlotte. Tu... peux... pas... me... la... faire, Charlotte ! »

Me la faire. Comment elle parlait... Même si la paranoïa braquait un revolver sur sa tempe, Charlotte ne pouvait pas lui mentir entièrement.

« Presque... rien, a-t-elle concédé d'une voix qui tremblotait affreusement.

— Qu'est-ce qui t'arrive ce soir, Charlotte ? Tu n'es pas *heureuse*. Qu'est-ce qui se passe ? »

À cet instant, toutes les dames sont revenues à la table. Avant de retourner à sa place, Laurie lui a chuchoté :

« Toi et moi, il faut qu'on parle. Sérieusement. – *Sérieusement* ! – Téléphone-moi demain, ou bien je t'appelle. Toi et moi, on doit prendre un moment et parler un peu de la vie. O.K. ?

O.K... »

Elle a hoché la tête plusieurs fois, à contrecœur, pendant que Laurie se levait.

« Et maintenant, qui veut du café ? a claironné Maman. Miss Pennington, qu'est-ce que vous en dites ? »

Charlotte était partagée. Elle aurait voulu téléphoner à Laurie et à Miss Pennington comme elle l'avait promis – c'était le moins qu'elle puisse faire, se disait-elle –, mais elle savait aussi qu'elle serait trop raidie par la peur pour accomplir ce pas. Laurie lui ayant téléphoné plusieurs fois, elle s'est dérobée derrière de multiples prétextes et une voix tellement bougonne que son amie a fini par renoncer. Envers Miss Pennington, la sensation de culpabilité grandissait jour après jour, après chaque atermoiement. Ne supportant plus les regards en biais que lui jetaient Maman, Papa et même Buddy, elle a décidé de se coucher tôt, quand bien même elle savait qu'elle n'aurait au mieux que deux heures de sommeil dans toute la nuit, et le lendemain, après avoir emprunté à sa mère sa vieille parka à capuche, elle a pris la voiture et s'est rendue à Sparta. Pour passer le temps. Elle marchait sur le trottoir devant l'unique café de la ville quand un séduisant garçon en blouson de camionneur en est sorti. Ohmygod !

« Milledïou ! La fille de Dupont ! »

Elle n'avait pas d'échappatoire possible.

« Bonjour, Channing.

— Comment va ce vieux Dupont ?

— Bien, a-t-elle répliqué très calmement. Et toi ?

— Pff, la merde ! Y a pas de boulot, par ici. Après le Nouvel An, moi, Dave et Matt, on descend à Charlotte et on s'engage dans les Marines. Tu sais, j'espérais vraiment te croiser, un jour ou l'autre. J'ai toujours eu les boules à cause du bordel qu'on a mis chez toi le jour de ta fête. Tu as dû avoir la haine contre moi.

— Non, Channing, a-t-elle fait en repoussant la capuche en arrière. Je n'ai pas eu la haine contre toi, jamais. Je pense très souvent à toi.

— Tu me charries !

— Non. Tu m'as toujours plu. Et tu le sais. »

Il a eu un grand sourire, qui a éveillé en Charlotte le souvenir de Hoyt.

« Dans ce cas... – d'un geste, il a montré la porte du café – ... on y va, petite ! »

Elle a fait non de la tête.

« C'était il y a longtemps, Channing. Mais je voulais que tu le saches. »

Tirant la capuche sur son crâne, elle est repartie en hâte.

Un matin, alors qu'elle s'était aventurée dans l'une de ces excursions de cinq ou six mètres qui la conduisaient de sa chambre au séjour, sa mère est allée à elle et a passé un bras autour de ses épaules :

« Tu sais, Charlotte, je suis ta maman et tu es ma petite fille et pour moi ce sera toujours pareil, où que tu sois, quel que soit ton âge ou n'importe quoi. Et là, maintenant, ta maman veut que tu lui dises ce qui ne va pas. Tu vas voir, si tu l'exprimes ça ne pourra que te faire du bien. Ça, au moins, je te le garantis. »

Oui ! Tout dire et avoir enfin ce fardeau derrière soi ! Qu'on en finisse ! Mais comment trouver les mots et les prononcer, les laisser vibrer dans l'air ? « Voilà, Maman, j'ai perdu ma virginité... En fait, *perdu* n'est pas le terme : j'ai laissé un garçon plus âgé me pousser à boire parce que je voulais être *dans le coup*, et ensuite je l'ai laissé frotter ses parties génitales contre les miennes sur une piste de danse, parce que tu dois comprendre que *tout le monde* fait ça, et ensuite je l'ai laissé tâter, caresser chaque parcelle de mon corps dans un ascenseur public, parce que je voulais qu'il me désire – tu peux comprendre cette sensation, hein, Maman ? –, et ensuite, dans la chambre... Ah, j'ai oublié de te dire qu'on était tous dans la même chambre, un couple dans un lit, un autre dans le deuxième, et c'était *intéressant*, sale mais intéressant, parce que pendant la nuit j'en suis arrivée à regarder cet autre couple en train de *baiser*, nus comme des vers mais en réalité on aurait dit un taureau et une vache – par-derrière ? avec ces coups de reins vraiment brutaux ? –, mais le garçon ivre à qui j'ai cédé ma virginité n'était pas comme ça, lui, il a passé un préservatif sur son érection – je ne sais pas pourquoi mais ça m'a fait penser à un marteau de charpentier –, et puis lui aussi il a poussé, il a donné ces coups, han, han, han, mais ce n'était pas comme un taureau parce qu'il me faisait face, et après il est tombé sur le côté sans me regarder, il ne m'a pas parlé sauf pour me dire qu'il y avait du sang sur les draps, et il avait l'air d'avoir les boules contre moi – c'est comme ça qu'ils parlent là-bas, Maman –, et... voilà. Je ne l'ai jamais revu depuis, sauf les quatre heures de route pour revenir à Dupont... Ah, j'ai oublié de te dire, on était allés jusqu'à Washington pour faire ça. Mais bon, c'est ça, en gros. C'est *une* des raisons pour lesquelles je suis tellement déprimée mais il y a aussi ce qui s'est passé avec mes études pendant que je m'obsédais sur ce garçon... »

Ohmygod ! Elle ne pourrait même pas aller au bout de la première phrase ! Maman était inabordable, sur ce sujet ! Quand elle avançait que sa fille se sentirait mieux après s'être confiée à elle, c'était parce qu'elle n'avait pas la moindre idée du lapin qui allait sortir de ce chapeau. *Virginité* ? *À l'hôtel avec un garçon* ? Charlotte était paralysée de peur et de culpabilité rien qu'en imaginant...

« Non, Maman, c'est juste la fatigue, je crois. Pendant les quinze jours avant les vacances, je n'ai presque pas dormi. »

Si sa mère n'a pas eu l'air d'avaler cette explication, elle n'a pas tenté de la questionner plus avant.

Le matin de Noël, Buddy et Sam se sont levés avant l'aube, comme de coutume. Charlotte n'a pas eu de difficulté à faire de même puisqu'elle n'avait pas fermé l'œil de la nuit. Elle était avec les garçons dans la salle de séjour, ces derniers à quatre pattes devant l'arbre en essayant de deviner quels cadeaux se cachaient sous les emballages, lorsque Maman et Papa ont fait leur entrée, encore ensommeillés. Charlotte a eu recours à toutes ses ressources pour offrir une imitation de la jeune fille ravie d'être en famille le matin de Noël. Bientôt, il a été clair que l'attraction du jour était le plus gros des paquets au pied du sapin, avec une étiquette au nom de Charlotte. Leur habitude était de suivre un ordre pour l'ouverture des cadeaux, Sam, le plus jeune, commençant par ouvrir les siens, puis tous les autres jusqu'à Papa. Cette fois, tous, même le petit, ont tenu à ce que Charlotte soit la première à déballer ses deux plus modestes présents, et la dernière pour le plus volumineux paquet. Les quatre ont retenu leur souffle tandis qu'elle essayait d'enlever le papier cadeau sans l'abîmer.

« Vas-y, déchire-le, a ordonné Maman, ça n'a pas d'importance. »

Dans une boîte qui avait jadis contenu une tondeuse à gazon manuelle se trouvait un ordinateur au massif écran. La marque était totalement inconnue de Charlotte : Kaypro ? Elle était surprise et l'a manifesté en ajoutant une bonne dose de joie délirante et d'émotion.

« Mince alors ! Si je m'attendais à ça ! s'est-elle exclamée à l'intention des quatre visages pleins d'expectative qui étaient tournés vers elle.

— C'est nous qu'on l'a fait ! » a annoncé fièrement Sam.

Et en effet, Papa avait récupéré cette vieille bécane, l'avait démontée, nettoyée, réassemblée avec l'aide des deux garçons, partant à la chasse aux pièces de rechange, ce qui n'avait été en rien facile puisque Kaypro avait disparu des années auparavant. Apparemment, il avait associé ses frères à tous les stades du projet, de sorte que le *nous* employé par Sam était justifié.

« C'est à cause de tous ces A que tu ramènes ! a précisé le petit. On s'est dit que tu devais avoir un odr... ordinateur à toi ! »

Charlotte l'a serré dans ses bras, puis Buddy, puis Papa, puis Maman. S'il y avait encore eu des larmes en elle, elle aurait pleuré. Les larmes attristent ceux qui en sont témoins mais elles sont au moins la preuve que l'être qui les verse éprouve une émotion, a encore ses fonctions vitales d'être humain. Elle a été d'une patience admirable quand Sam, Buddy et Papa lui ont expliqué avec la joyeuse exaltation d'un matin de Noël comment la machine démarrait, s'arrêtait, ses commandes... Ils avaient dû tout découvrir d'eux-mêmes, car il avait été impossible de retrouver le moindre manuel d'instruction d'une marque basculée depuis si longtemps dans l'oubli. Papa a soutenu que les garçons étaient bien meilleurs que lui en informatique, parce qu'il était trop vieux pour ces « choses modernes » alors que les gamins nageaient là-dedans comme des poissons dans l'eau. Comme ils étaient fiers ! Elle les a de nouveau enlacés, assurant qu'elle ne savait pas comment elle avait pu vivre sans un ordinateur à elle, que c'était le plus beau cadeau de Noël de toute sa vie, surtout en sachant que c'était leur œuvre, comme Sam l'avait dit. Et c'était la vérité, en fait, car elle n'avait pas idée d'où elle pourrait l'installer dans son petit coin de chambre à Dupont et elle avait toujours trouvé très commode de se servir de ceux de la bibliothèque. Dupont, Beverly... Un frisson l'a parcourue. La seule perspective de retourner *là-bas* lui était insurmontable.

Le jour est pourtant venu où toute la famille s'est entassée dans le pick-up pour la raccompagner à la gare routière de Galax. Papa a veillé personnellement au chargement de l'ordinateur – emmitouflé dans la boîte de la tondeuse sous une épaisse couche de chiffons, de mousse, de papier journal roulé en boule et même d'un vieux tapis de douche décoloré – dans les entrailles de l'autobus.

Charlotte aurait voulu pleurer lorsqu'elle leur a dit au revoir, mais elle était desséchée par une peur de l'inconnu bien plus oppressante que la nervosité ressentie à son premier voyage en direction de... là-bas. Ce qu'elle avait appris de ce retour au bercail, c'était qu'elle ne pourrait plus jamais se sentir chez elle dans les Montagnes Bleues, ni nulle part ailleurs et encore moins à Du... au campus qu'elle était contrainte de rejoindre. Le bus était sa maison. Pourvu que le trajet ne finisse jamais...

28
Délicieux dilemme

À Dupont, les filles apprenaient vite que la salle de lecture Ryland de la bibliothèque générale accueillait chaque soir, à l'exception des samedis, la plus importante concentration d'étudiants mâles sur tout le campus. De longues et pesantes tables d'aspect médiéval s'alignaient dans le vaste espace avec, en arrière-plan, des fenêtres gothiques qui montaient, montaient avant de s'épanouir en tympans et rosaces de pierre garnis de vitraux. C'était peut-être la plus imposante salle de bibliothèque du pays après celle du Congrès.

L'immense majorité des garçons présents était là pour travailler ; les filles, pour travailler et repérer les garçons. Celles qui venaient dans ce but-ci s'asseyaient face à l'entrée, de préférence près d'une allée. Si une fille prenait place en tournant le dos au comptoir principal, c'était qu'elle voulait seulement étudier. Si, en outre, elle allait s'installer près des tympans et des rosaces de pierre, c'est-à-dire aussi loin que possible de l'entrée et des allées principales, cela signifiait qu'elle cherchait à se rendre invisible, et c'était en effet la position et la disposition d'esprit de Charlotte Simmons ce soir-là.

Il n'y avait que deux autres âmes en peine autour de l'immense table : un garçon maigre et gnangnan qui faisait mine de s'absorber dans son livre pour masquer le fait qu'il était présentement occupé à prospecter de l'or dans ses narines et, à l'autre bout mais face à l'entrée, un... cadavre. Le terme était passé par inadvertance dans le vocabulaire de Charlotte, simple effet de la pression sociale, mais il était incontestable que cette fille en était un, de cadavre : osseuse, pâle, boutonneuse, des cheveux noirs crêpus, un tee-shirt couleur de viande avariée sur sa poitrine plate et un blouson Dupont vert qui lui donnait une allure hommasse. La paria complète, a décidé Charlotte.

Comme elle se trompait ! Un concert de gloussements étouffés et de sacs en plastique froissés lui a fait relever la tête. Elle a jeté un coup d'œil au cadavre, qui était maintenant entouré par... trois filles en pull cachemire pastel ! L'une était blonde, les deux autres châtain clair. Surgies de nulle part, elles chuchotaient à tout-va, penchées sur la mocheté. Un pull en cachemire jaune meringue au citron, un autre bleu promenons-nous-dans-la-bruyère, le troisième rose garance ancien. Charlotte ne connaissait pas ces filles mais de coûteux pulls en cachemire tard le soir à la bibliothèque, c'était clair : des filles à papa ! Les sacs en plastique qu'elles tenaient toutes à la main le confirmaient : des filles à papa venues « échanger des bonbons ».

« Mate le glucose, bi-itch ! s'est exclamée en chuchotant la blonde, celle en bleu promenons-nous-dans-la-bruyère.

— Ohmygod, des Sour Patch Kids ! a constaté le cadavre sur le même ton.

— Tu me mets au parfum sur ces conneries de Zurbarán et il y aura des oursons à la fraise pour toi, aussi ! »

En un rien de temps, la fiesta des chuchotis a commencé. C'était une constante de la salle de lecture, ça, des groupes de filles qui bavardaient en chuchotant, pouffaient en chuchotant, piaillaient en chuchotant jusqu'à ce que tous les lecteurs alentour aient envie de hurler : « La ferme, bordel ! » Rien n'était pire que ces susurrements obstinés qui finissaient par se glisser sous votre peau pour vous démanger jusqu'au sang. Charlotte s'est protégé les yeux d'une main, mais c'était surtout pour les empêcher de la reconnaître. Entre-temps, le cadavre et ses amies s'étaient mis à mastiquer des Sour Patch Kids et des oursons à la fraise avec la discrétion de vaches en train de ruminer, tout en continuant à chuchoter bruyamment.

« Quel bruit tu fais, Dover ! – Qui pouvait avoir l'idée d'appeler sa fille *Dover* ? – On croirait que t'as pas eu un fix de sucre depuis un mois !

— Pas des Sour Patch Kids, non ! Tout le monde dit que c'est de la saleté, mais il y a la saleté et il y a la *bonne* saleté !

— Waaoouh, vous retournez pas, surtout, mais c'est pas Machin Chose Clements, là-bas ? Le joueur de crosse ?

— Où ça ?

— Ouiiiii, t'as raison !

— Je t'avais dit de pas te retourner !

— J'ai pas pu résister ! Une bombe pareille ! »

Rires chuchotés, chuchotements rieurs.

« Il aimerait peut-être un Sour Patch Kid ?

— Ou peut-être qu'il s'est perdu. Un joueur de crosse à la biblio, j'ai jamais vu ça ! On devrait lui demander s'il cherche son chemin. »

Chuchotis, risotis. Charlotte mourait d'envie de retirer sa main pour voir si elle le connaissait. Après tout, elle avait une certaine expérience des joueurs de crosse et... En une fraction de seconde, sa mémoire l'a ramenée à la soirée habillée, quand Harrison l'accablait de prévenances, quand Hoyt triomphait en voyant Harrison aussi impressionné par sa cavalière, quand elle se sentait comme Maria dans *West Side Story*, quand elle était sûre de n'avoir encore jamais été aussi heureuse de toute sa vie, quand Hoyt lui lançait ce regard... d'adoration. Oh, Hoyt ! Il était sincère, ce regard ! Tu n'étais pas assez bon acteur pour arriver à feindre que... tu m'aimais...

Avant qu'elle puisse réagir, le terrible déluge l'a emportée, emplissant de larmes ses yeux, ses cavités nasales, son larynx. Il était hors de question que quiconque la voie pleurer dans cette salle, surtout pas le cadavre et ses copines en cachemire. Tentant de lutter contre la vague salée, elle a légèrement écarté les doigts plaqués sur son visage. Les quatre filles étaient toutes tournées vers l'entrée et en les observant elle a vu quatre... ratons laveurs, oui, aux yeux cerclés de noir, en train de farfouiller dans la pénombre à la recherche non de nourriture mais de garçons et... l'une des créatures venait de tourner son regard de charbon sur elle, Charlotte ! Prise par la curiosité, elle avait laissé sa main glisser entièrement de sa figure, désormais exposée ! Assez ! Elle n'osait plus ouvrir les yeux, la marée de larmes montait, montait de nouveau...

Si elle quittait la bibliothèque tout de suite, elle n'avait pas la queue d'une chance de réussir l'examen de science neurologique – pas un simple test, l'*examen* ! –, et si elle échouait la situation, déjà très mauvaise, tournerait à la catastrophe. Il y avait tant de livres qu'elle ne pouvait trouver qu'ici et qu'elle devait encore lire... Péniblement, elle a contracté sa ceinture abdominale et réussi à freiner la vague de sanglots qui menaçait la moitié supérieure de son corps, depuis le plexus solaire jusqu'à... Non, cela ne *devait* pas arriver ici ! Se levant d'un bond, elle a jeté ses cahiers dans son sac à dos, repoussé la chaise contre la table avec un crissement inattendu qui a rebondi à travers la salle, puis elle s'est hâtée vers l'entrée, et les quatre paires d'yeux de ratons laveurs transperçaient son dos plus douloureusement que des lasers, et si elle avait eu des yeux et des oreilles dans ce dos lacéré elle n'aurait pu que voir ces lèvres passées au gloss frémir de sarcasmes, qu'entendre le cisaillement impitoyable de leurs chuchotements. Aveuglée par une nouvelle vague de larmes refoulées, elle s'est jetée contre l'une des portes battantes, l'a poussée de toutes ses forces et...

« Hé, merde ! »

Une voix masculine de l'autre côté. Effarée, elle est sortie dans le hall, manquant de tomber sur un garçon à quatre pattes qui lui tournait le dos. Des livres et des classeurs jonchaient le sol autour de lui, deux d'entre eux ouverts en deux, le dos de la reliure cassé par l'impact. Un visage congestionné de colère est apparu par-dessus l'épaule de la forme prostrée et :

« Ohmygod, Adam ! Je... Je ne savais pas qu'il y avait quelqu'un derrière ! Je suis navrée ! »

Elle est restée là, saisie, la main bloquée sur la porte ouverte. Retombant sur ses fesses, Adam a levé deux yeux furibonds sur son visage et c'est seulement là qu'il a eu l'air de se rendre compte qu'il s'agissait d'elle, car il a ébauché un vague sourire.

« Tu pourrais faire un peu gaffe... »

Il a secoué la tête, peut-être pour chasser la suite de sa pensée – « espèce d'abrutie ! » –, et tenter de conserver ce fantôme de sourire.

« Je te jure, Adam, je n'ai rien vu du tout ! Je suis affreusement... désolée ?

— C'est une porte *vitrée*, Charlotte. »

Un chœur de « Chuuut » indignés s'est élevé dans la salle de lecture. « On essaie de bosser, ici ! » a protesté un lecteur et un autre, encore plus indigné : « Ferme la putain de porte et va tchatcher dehors ! » Charlotte a relâché le battant pendant qu'Adam se remettait debout, parcourant des yeux les livres éparpillés par terre.

« Eh bien... On peut dire que tu es tombée sur moi, ou que je suis tombé sur toi, ou... bref.

— Pardon, pardon ! J'étais pressée, je...

— Mais non, t'en fais pas, y a pas mort d'homme. – Il s'était déjà penché pour ramasser ses affaires. – Mais dis, ça fait un temps fou que je ne t'ai pas vue ! Où tu étais passée ? Tu te cachais ? »

Haussant les épaules, Charlotte a baissé les yeux sur les livres épars pour cacher ses larmes, qui l'assaillaient de nouveau.

« Tous ces bouquins, c'est à propos d'Henry VIII et du schisme de l'Angleterre avec l'Église de Rome, a expliqué Adam, serrant entre ses bras les volumes qu'il avait ramassés. Mais... Qu'est-ce que tu as, Charlotte ? »

Elle a relevé la tête mais l'a aussitôt rabaissée en sentant les larmes ruisseler sur ses joues.

« Oh... ah... Une... mauvaise journée, c'est... tout.

— Oui ? J'ai l'impression qu'il y a plus que ça. Je peux aider ? – Les premiers sanglots l'ont durement secouée ; elle a caché son visage dans l'épaule d'Adam. – Attends que je me débarrasse de ça. – Il a déposé la pile de livres par terre, contre le mur, s'est redressé pour passer un bras autour d'elle. – Hé, chuut, ça va aller... – Les étudiants qui passaient par là les observaient. – Et si on allait en bas ? On pourra parler tranquillement. »

Elle n'a pu que faire oui de la tête, le front toujours pressé contre le torse d'Adam. Abandonnant ses livres, il l'a guidée tout doucement vers les escaliers.

« Oh, mais je ne veux pas que tu... a-t-elle bredouillé. Et tes affaires ?

— Bah, t'inquiète, personne va y toucher ! Un fouillis d'histoire de la religion... Personne ne comprendra quelle "matrice" se trouve dans ces bouquins. La rupture d'Henry avec Rome a été la page la plus importante de l'histoire récente. Toute la science moderne découle de *là*. Les gens ne se rendent pas compte que tous les pionniers de la biologie moderne sont des Anglais ou des Hollandais, et que... Oh ! »

Elle avait passé un bras autour de sa taille, la tête toujours cachée dans son épaule tandis que les sanglots déferlaient encore et encore.

« Ça ira, chérie, ça ira. Laisse-toi aller. Je suis avec toi. »

Même dans les profondeurs détrempées de son affliction, ce « ça ira, chérie » et ce « je suis avec toi » lui ont paru déplacés, condescendants... ringards, pour tout dire. Quant à ce « laisse-toi aller », quelle *théorie* pseudo-branchée l'avait-elle inspiré ? Dans ses montagnes, tout le monde apprenait à ne rien « laisser aller », justement, selon le principe que la débâcle émotionnelle est une maladie contagieuse. Dans ses montagnes, on était... fort. Mais d'un autre côté elle n'avait que lui, Adam... Elle était de retour à Dupont depuis moins de vingt-quatre heures et elle se sentait déjà mille fois plus abandonnée et seule qu'à son arrivée au début de l'année, petite provinciale fraîchement débarquée dans la fabuleuse université, petite provinciale qui s'était bercée de l'illusion qu'elle avait réussi à se faire des *amies*, Bettina et Mimi, mais la joie mauvaise qu'elles avaient ouvertement manifestée devant son malheur lui avait apporté la preuve amèrement irréfutable qu'elle s'était trompée.

Il n'y avait plus de refuge pour elle sur cette terre, plus de havre apaisant où poser sa tête. Après douze heures de voyage – en comptant les deux heures d'attente quand elle avait changé de car à Philadelphie, puis les trente minutes à Chester avant de monter dans le bus desservant le campus –, elle était parvenue à la chambre 516 de la résidence Edgerton à minuit, priant pour que Beverly ne soit pas là. Dieu avait entendu sa supplication : bien que de retour de vacances – des valises ouvertes et à moitié pleines traînaient sur son lit –, elle n'était pas présente. Dans une hâte frénétique, Charlotte avait déballé ses affaires, s'était déshabillée, s'était mise au lit et avait éteint la lumière. Elle était encore entre les griffes impitoyables de l'insomnie lorsque Beverly était rentrée vers trois heures du matin, bredouillant d'incompréhensibles borborygmes chargés d'alcool. Charlotte, qui faisait semblant de dormir, l'avait écoutée ronfler, parler, balbutier, roter, s'agiter toute la nuit. À six heures, au prix d'un immense effort, elle s'était levée. Une fille officiellement déprimée recherche toujours l'inertie complète mais dans son cas la crainte de l'humiliation ou de son contraire, la pitié, était plus forte, et elle voulait avoir quitté la chambre avant que Beverly n'ait repris conscience, l'idée de son regard inquisiteur, de ses questions perfides, de ses commentaires infantiles ou de sa hautaine indifférence – celle qu'elle lui avait réservée durant tout le premier mois à Dupont – lui étant insupportable.

Une fois debout, elle avait eu l'impression que sa tête était une coquille desséchée. S'asperger la figure d'eau dans la salle de bains n'y avait rien changé. La routine ordinaire pour se préparer lui avait seulement fait regretter de ne pas avoir dormi. Tout cela, plus la peur constante de voir Beverly se réveiller, était tellement... morbide... Quelle existence désolée, désolante ! Quelle solitude ! Pourquoi Dieu ne l'emportait-il pas dans la nuit ?

Elle avait calculé d'arriver au réfectoire juste à l'ouverture des portes. Très peu d'étudiants prenaient leur petit déjeuner aussi tôt. Ensuite, elle avait passé sur sa tête la capuche de sa vieille veste en patchwork et, le visage ainsi dissimulé, s'était hâtée à chacun de ses deux cours de la matinée, histoire médiévale et français, pendant lesquels elle n'avait pas desserré les dents, puis s'était glissée de la même façon à la bibliothèque, où elle avait trouvé le refuge de l'anonymat. Sautant le déjeuner, elle était restée dans la salle de lecture durant ces heures très calmes de l'après-midi, penchée sur une étude intitulée *Exégèses neurologiques du « moi », de l'« âme » et de l'« esprit »*. Elle s'était mise à trembler : elle, qui avait étudié pendant tout un trimestre l'illusion du libre arbitre avec la sérénité de l'observatrice impartiale, se retrouvait dans une impasse ! Nulle part où aller, nulle direction nouvelle à envisager, nulle destination sinon la Grande Inertie ! Elle avait profité de la tombée de la nuit à cinq heures et demie pour filer au réfectoire, avaler une assiette de pâtes et retourner à la bibliothèque. Un peu ragaillardie par les sucres lents, elle avait résolu de se concentrer sur la science neurologique au seul niveau conceptuel, sans laisser ses petites mains insidieuses s'emparer de son système nerveux et de l'ordinateur chimique qu'elle appelait son cerveau... et elle avait échoué dans les bras d'Adam, qui l'appelait « Chérie » mais dont l'osseuse étreinte était tout ce qui lui restait sur terre.

Il soutenait toujours Chérie lorsqu'ils sont arrivés au sous-sol. Sous le plafond bas, les rayonnages en acier édifiaient des falaises de livres séparées par d'étroits passages de moins d'un mètre, implacable alignement dans un espace sans fenêtre et si peu éclairé que les rangées semblaient se perdre au loin dans l'obscurité et la poussière produite par ces milliers de livres morts. En réalité, cette caverne du savoir était équipée du système le plus moderne de régulation et de filtrage de l'air, exigence d'une ère caractérisée par la phobie des particules. Comme Adam gardait un bras protecteur autour de Charlotte, ils étaient forcés de se presser l'un contre l'autre pour passer entre les falaises. Ils sont allés loin, très loin, au cœur de la grotte, avant de s'asseoir par terre au coin de deux parois de livres.

« Alors, qu'est-ce qu'il y a ? »

Charlotte avait réussi à endiguer ses larmes, entre-temps.

« Rien de spécial... Une idiotie que j'ai faite ? Ça ne t'intéresserait pas ou... tu es déjà au courant ?

— Au courant de quoi ?

— Non, tu n'as pas l'air...

— De quoi tu parles, Charlotte ?

— Bon... Est-ce qu'il t'est arrivé de faire quelque chose qui allait contre toute ta personnalité, ou contre tous tes principes, toutes tes convictions, et de le regretter après ?

— Ben... Waouh ! O.K., oui, ouais, je suis sûr que ça... Continue.

— Pire que ça, même ? Quelque chose d'affreux qui... Enfin, tu as honte chaque fois que tu y penses et tu ne peux pas t'arrêter d'y penser...

— Charlotte ? Tu peux arrêter de tourner autour du pot ? Je ne vois pas du tout de quoi tu parles.

— Eh bien... voilà : j'ai passé un week-end *intéressant*, juste avant les vacances de Noël... »

Elle ne souriait pas.

« Mais encore ? »

Elle a détourné son visage et, tout bas :

« S'il te plaît, Adam, ne me déteste pas.

— Mais pourquoi te détesterais-je ? De quoi tu PARLES ? »

C'est alors que, assise à même le sol entre les falaises de livres, elle a déversé toute son histoire, sans rien omettre. Adam l'a écoutée sans rien dire. Il l'a enlacée, d'un bras puis des deux, elle a posé la tête sur son épaule, les yeux fermés, et il s'est écoulé un très long silence. Elle se sentait bien. Elle lui accordait une confiance totale, certaine qu'il n'allait pas profiter de son abandon pour glisser une main par *ici* ou par *là*, ni lui caresser la jambe en prétendant que c'était pour la réconforter. Il était pur. Il voulait la calmer, la protéger, et en effet il s'est mis à la bercer tout doucement, comme un bébé. Si elle ne s'était pas rappelé qu'elle était par terre, au cœur d'une énorme bibliothèque, elle aurait pu s'endormir tranquillement.

Finalement, il a dit, sans la lâcher :

« Oh, eh ben ça... C'est quelque chose, Charlotte. Mais ce type est un con ! Tu vaux dix mille fois mieux que lui. Ces mecs des fraternités étudiantes, ce sont des minables. Des misogynes. Des sexistes, des... animaux. Ils ont oublié d'évoluer. Ils ont peur de monter sur la branche suivante, celle des hominiens. Une bande d'abrutis répugnants... Enfin, j'espère que tu comprends que ce qui s'est passé n'est en rien ta faute. C'est à cause... C'est leur mentalité. Je les connais bien, va : c'est une dynamique de groupe qu'ils créent et qui est dangereuse, parce que dès que tu es avec eux ils te piègent avec, ils... Genre : "Si tu ris pas à nos imbécillités, c'est que t'es pas coooool !" Je ne comprends pas que tu aies passé même cinq minutes avec eux. Ce sont des types qui te font perdre ton temps, tes capacités de réflexion, tout, quoi ! Et ça affecte jusqu'à l'espace qu'ils occupent, l'air qu'ils respirent. – Il a émis un bruit de gorge méprisant. – Il faut que tu renonces à ton intelligence pour supporter d'être dans la même pièce qu'eux. Leur idée d'une conversation intéressante, c'est d'aboyer et de grogner des injures. Ils sont tellement... *au-dessous de toi*, Charlotte ! Toi, tu peux tout avoir, devenir qui tu veux. Regarde-toi ! Tu es splendide, tu es brillante, et plus encore que ça tu es curieuse de la vie. Ce dont tu as besoin, c'est d'aventure, mais de la vraie ! Pas des *soirées habillées* ! »

Sa voix enflait, enflait, ses exhortations devenaient toujours plus ferventes au point qu'il s'est mis à gesticuler pour souligner ses dires, que ses lunettes sont tombées et qu'il a essayé de les remettre sur son nez mais, comme cet effort contrariait son flot d'éloquence, cassait la cadence de son discours, il s'est contenté de les garder dans la main.

« Tu es différente d'eux, Charlotte ! Tu appartiens à une autre espèce, tu... Non, je corrige, tu n'appartiens à aucune espèce, justement ! Tu es unique ! Il n'y en a pas deux comme toi ! Alors comment as-tu eu l'idée de t'abaisser au niveau du troupeau ? Tu es... Tu es Charlotte Simmons ! »

Tu es Charlotte Simmons. Moi, Charlotte Simmons. Sans connaître Miss Pennington, même de nom, il était arrivé à sa proposition fondamentale, à son argument central. Mais cela n'a pas soulagé Charlotte, au contraire : il n'y avait pas – il n'y avait jamais eu en elle le moindre aspect digne d'être encouragé. Ces deux-là, Miss Pennington et Adam, étaient simplement parvenus à la même forme de sirupeux verbiage. Elle n'était pas disposée à entendre ces lamentables flagorneries. On ne transige pas avec la nullité intrinsèque de la fille déprimée ! « Moi, Charlotte Simmons » ? Auto-intoxication grotesque ! Et ainsi de suite... Seul le nid osseux des bras d'Adam lui apportait une relative consolation. Après son « Tu es Charlotte Simmons ! » elle a cessé de l'écouter, seulement consciente du ronronnement abstrait de sa voix. Elle s'est recroquevillée au point d'être pratiquement roulée en boule dans son giron. Elle avait trouvé un intermède, non, plus encore, un nouvel et durable état dans ce refuge souterrain, sous une vague lumière bleutée qui n'était ni le jour ni la nuit, deux êtres cachés au reste du monde par une immense, immense forêt métallique de livres morts que plus personne ne viendrait abattre. Une merveilleuse éternité s'est écoulée ainsi, elle dans ses bras, Adam apaisant ses nerfs par le bain chaud de ses paroles... De quoi parlait-il ? Cela n'avait pas d'importance.

« Écoute... – elle est sortie de sa léthargie, redoutant un "Chérie" qui n'a pas suivi – ... ici, c'est Dupont. Le Dupont dont tu avais rêvé mais que tu ne t'es pas mise en condition de trouver. Il y a une *vie* entièrement différente qui se déroule, ici. Tu te rappelles, tu as mentionné la *vie de l'esprit*, une fois, et tu l'as eue en face de toi. Je vais te dire une chose : dans un avenir pas si lointain, Edgar Tuttle sera *quelqu'un*, quelqu'un qui va compter. Il a une capacité de synthèse, une puissance conceptuelle... Tu te souviens de l'après-midi où comme ça, de but en blanc, il nous a donné une histoire sociologique de... la pom-pom girl ? En plein milieu d'une conversation totalement banale ? Je crois pas qu'il ait dit *un* truc qui valait pas la peine d'être entendu ! Et Roger ? Ses blagues sont infâmes, d'accord, mais en même temps il est hyperbrillant. Et Camille ? Ne te laisse pas impressionner par sa langue de vipère. Elle joue à la dragonne lesbienne mais à mon avis elle fait comme Camille Paglia : elle se positionne à gauche de tout le monde, ultraradicale, et de là elle tire sur tout ce qui bouge. O.K., elle a la dent plus que dure mais avec elle tu peux être sûre que personne, je dis bien personne, ne va s'en sortir avec le baratin d'usage. C'est le genre d'individus qui vont faire réfléchir ce pays, Charlotte ! »

Edgar Tuttle... Puissance conceptuelle... Camille... Ultraradicale... Les mots d'Adam l'enveloppaient comme un bon bain chaud dans lequel elle se lovait, se détendait, rêvant de flotter pour toujours sur ce courant tiède.

« J'veux dire, pense un peu à ce que le féminisme a apporté et comment ça s'est produit. Un beau jour du XXe siècle, tout un tas de patrons, et de sénateurs, et de membres du Congrès, mais ce sont les patrons que je trouve les plus marrants, dans l'histoire, donc tous ces gens se sont réveillés en se disant : "Nom d'un petit bonhomme, il va falloir faire monter des femmes dans les postes importants et les payer pour de bon. Pas les traiter comme des femmes, justement. Pourquoi c'est comme ça, on n'en sait rien mais faut s'y habituer, c'est tout." Prends ici même, à Dupont ! Il y a trente-cinq, quarante ans, il n'y avait pas d'étudiantes à Dupont, ni à Yale, ni à Harvard, ni à Princeton, et puis paf ! Toutes les facs sont devenues mixtes, sans même qu'il y ait un débat ou quoi que ce soit. Les patrons ? Rien, bien sûr ! Le Congrès, l'Assemblée de Pennsylvanie, la presse, les universités ? Rien, zéro débat sur les droits des femmes ! Tout ça est arrivé à cause d'une *idée* qui s'est diffusée et imposée par sa seule force intérieure. Une poignée de gens qui n'avaient ni pouvoir, ni argent, ni organisation, ont conçu une *idée* qui a brusquement déferlé sur la politique, l'économie, tout ! Et qui a provoqué ce méga-changement ! Et l'idée, c'était quoi ? Que les femmes ne sont pas un sexe, à part techniquement, mais une classe, une classe sociale inférieure qui s'éreinte pour simplifier la vie à la classe dominante, c'est-à-dire les hommes. Rien de plus ! Une idée tellement évidente, tellement *énorme* que personne n'avait pris assez de recul pour l'entrevoir. À part une poignée de meufs, Simone de Beauvoir, Doris Lessing, Betty Friedan et... d'autres encore dont je ne me souviens plus, et puis paf ! Tout le monde, femmes *et* hommes, s'est mis à considérer les nanas d'une façon radicalement différente. Ces meufs, tu peux les appeler des intellectuelles, si tu veux, mais elles étaient plus que ça, d'après moi : elles étaient des... *matrices*. Le principe maternel. Elles ont *conçu* cette idée et les autres, les intellos moyens, ont été comme les concessionnaires qui se mettent à vendre le nouveau modèle que le constructeur, la *matrice*, vient de leur envoyer. Et c'est exactement ce que les Mutants du millénaire ont l'ambition de devenir : une matrice. On est déjà à un niveau où les fraternités et tous ces nuls peuvent même pas... »

Assemblée de Pennsylvanie... Sexe... Classe dominante... Concessionnaires... Quelques débris flottaient sur l'eau du bain, le cerveau de Charlotte les repérait parfois, mais pour l'essentiel elle se prélassait sur la douce houle des mots d'Adam tenus à 37,5 degrés, température idéale, état de paralysie sensorielle. Elle sentait la tension quitter ses nerfs, les toxines abandonner son cerveau, le temps s'effacer. Son corps, enfin détendu, s'enfonçait dans les os d'Adam, bercé par le flot tiède, le bouillon de mots... Veloutés et bruns comme une bonne soupe à la queue de bœuf, si chauds...

Adam était si content de son éloquence et de sa force de conviction qu'il lui a fallu du temps pour se rendre compte que la fille dans ses bras, la beauté qu'il avait miraculeusement sauvée, ne l'écoutait plus. Il s'est tordu le cou pour observer son visage. S'était-elle endormie ? Ses yeux étaient clos, ses membres enfin décrispés, mais elle ne respirait pas comme si elle dormait. Il s'est tu, même s'il n'était pas parvenu au point qu'il voulait encore souligner, pourquoi les soi-disant *intellectuels* n'avaient rien compris à la pensée de Darwin, car il savait qu'elle s'intéressait à Darwin... Enfin, le plus important était de l'avoir dans ses bras, non ? Quel contexte bizarre, cependant ! Assis sur le sol en béton, dans les entrailles de la réserve de la bibliothèque... Pas mal déprimant, à vrai dire ! Mais elle était *dans* ses bras, et c'était ce dont il avait rêvé... Que faire ? Déposer un tendre baiser sur ses lèvres, une sorte de consolation pour les épreuves qu'elle venait de traverser ? Non, mauvaise idée ! Après ce qu'elle lui avait raconté, elle risquait de l'interpréter autrement. Par ailleurs, c'était physiquement impossible à réaliser, dans cette position, avec la tête de Charlotte blottie sur son torse. Pour atteindre sa bouche, il serait obligé de la déranger et cela risquerait de rompre le charme. Et puis il devrait enlever ses lunettes et les poser... où ? Pour la trois ou quatre millième fois, il a songé à une opération de la myopie, mais s'il était l'un de ces patients – un sur cinq mille – dont les pupilles bougeaient d'un huitième de centimètre au mauvais moment et si le laser lui cramait les yeux ?

Il a scruté la pénombre bibliosaturée. Il devait s'estimer assez heureux de l'avoir là, dans ses bras. Et il en a été ainsi, oui, jusqu'au moment où les deux points de sa région pelvienne en contact avec le béton ont commencé à lui donner des soucis. L'une de ses cuisses était de plus en plus engourdie, aussi. C'était tout de même frustrant, d'avoir sa bien-aimée contre soi et de la savoir partie dans une sorte de... transe ? *Terra incognita*, coma dû au stress, il avait entendu parler de cas pareils... Il a consulté sa montre. Ils étaient dans cette cave depuis plus d'une heure mais elle, apparemment, n'avait même pas conscience d'où elle était.

Il l'a tenue encore un moment mais cela devenait lassant, alors il a renforcé son étreinte, juste un peu... Rien. Il l'a bercée encore... Rien. N'y tenant plus, il a penché la tête sur elle : « Charlotte ? Charlotte ! » Rien, pendant un moment, et puis elle s'est un peu redressée et lui a lancé un regard où la fatigue se mêlait à la déception.

« Je suis désolé mais je pense qu'on devrait bouger. Ça fait un *très* long moment qu'on est assis là. »

Fatigue, déception et même agacement, peut-être, mais elle a fait mine de se mettre debout et il a bondi sur ses pieds, pressé de connaître la joie ineffable de lui tendre une main secourable pour l'aider à se relever. Elle l'a remercié distraitement; dès qu'ils sont partis vers les escaliers, pourtant, elle a de nouveau posé sa tête sur son épaule et passé son bras sous le sien, sans un mot. Quand ils sont arrivés dans le grandiose hall gothique, elle s'est redressée tout en le serrant encore plus fort.

« Tu te sens mieux, Charlotte ? Peut-être *un peu* mieux ?

— Oui... »

La Grand Cour était couverte d'une couche de neige d'au moins vingt centimètres, dont la croûte gelée semblait piquetée aux endroits sur lesquels les réverbères projetaient de tristes halos de lumière. Une bise coupante soufflait. Dans l'obscurité, les mastodontes de pierre qui bordaient la Cour étaient plus immobiles que jamais, tels des navires pris dans la glace.

Adam ne voulait pas que ce moment s'arrête. Ébloui par sa beauté, il s'est creusé la tête pour trouver une idée.

« J'ai un peu faim, moi. Si on s'arrêtait une seconde à Mister Rayon ? C'est moi qui invite.

— Non ! – Plus qu'un refus, c'était le cri de quelqu'un qui vient d'être tiré du sommeil. – Je veux aller dormir, c'est tout... »

Une fois encore elle a posé sur son épaule sa tête désormais cachée dans la capuche de sa veste molletonnée, une fois encore il été transporté de sentir la pression de sa main sur son bras. La myriade de scénarios qu'il envisageait était découragée par le fait qu'elle était venue à lui déjà traumatisée – en larmes, littéralement – par l'agression sexuelle que ce Thorpe lui avait infligée. Comme il le haïssait, cet immonde salaud !

Il a pris la direction de la Petite Cour, déjà convaincu qu'une fois là-bas il serait incapable de trouver une option assez romantique, assez cool, assez casanovesque pour... pour... Ils avaient à peine parcouru une trentaine de mètres que Charlotte s'est arrêtée et, serrant son bras encore plus fort, a levé vers lui deux yeux où se reflétait la faible lumière du dehors dans la pénombre de la capuche.

« S'il te plaît, Adam... a-t-elle murmuré d'une voix de petite fille. Ne me laisse pas... – Adam est resté sans voix, pétrifié à l'idée de mal interpréter ce qu'il venait d'entendre. – Je ne peux pas être dans ma chambre, Adam... Pas avec ma camarade de chambre. C'est comme d'être enfermée avec une... une... Je ne peux pas... – Elle allait se remettre à pleurer. – Est-ce que je pourrais... aller chez toi ?

— Mais... bien sûr. – Son imagination s'emballait, pas au point toutefois d'arriver à assimiler l'énormité de cette nouvelle ; craignant toujours d'être amèrement déçu, il a choisi de prendre un ton désabusé. – Comme tu... – Il s'est arrêté. Il n'arrivait pas à faire dans le désabusé. Mieux valait être lui-même. – Comme tu veux. »

Elle a plissé les yeux au point qu'ils se sont éteints, détourné la tête si obstinément que la capuche a entièrement masqué son visage. Il ne pourrait jamais la comprendre, jamais. Mais à ce moment ses traits ont émergé de l'obscurité et ses pupilles ont attrapé la lumière, de nouveau.

« N'importe où, Adam. Par terre, un canapé. C'est juste que je ne peux pas... être seule ? Je ne sais pas comment expliquer. Je... – Elle s'est mise à sangloter, lâchant les mots comme de petits cris étranglés. – Tu... es... mon... seul... ami ! »

Elle a enfoui son visage dans la parka North Face. Il l'a prise dans ses bras.

« Bien sûr que tu peux venir chez moi. – Elle s'est instantanément arrêtée de pleurer. Quelle force, quel courage elle avait ! – Je ne te laisserai *pas* seule. Tu peux rester chez moi aussi longtemps que tu veux. Je... J'ai un futon. Je serai toujours là pour toi. Tu peux prendre le lit, *moi* je serai sur le futon.

— Non, non... – Nouvelle salve de sanglots. – Je me mettrai – sniff – là où je gêne – sniff – le moins. Je ne – sniff – mérite paaaaaaaas... »

C'est devenu une plainte déchirante, un « paaaaaaaas » à briser le cœur. Adam, intellectuel essentiellement livresque comme il l'était, ne savait pas qu'il assistait là à la lamentation de la fille déprimée qui vient de comprendre qu'elle ne mérite pas une place sur terre.

Enlacés, collés l'un à l'autre, ils ont repris leur marche, ce qui était assez compliqué car ses pas étaient plus grands que ceux de Charlotte, et cependant c'est ainsi qu'ils sont sortis du campus et ont traversé une bonne partie de la Cité de Dieu jusqu'à l'immeuble d'Adam. Ils parlaient peu, Charlotte continuant à sangloter doucement, Adam intercalant des « Ça va aller », des « T'inquiète » et des « Je vais pas te laisser, chérie », ces derniers se révélant particulièrement efficaces pour la calmer.

Malgré la conversation inexistante, le cerveau et le système nerveux d'Adam n'en approchaient pas moins le point de surchauffe. Un moment et c'était... l'euphorie ! Son rêve se réalisait enfin, *comme ça* ! Charlotte venait vivre avec lui ! Son idéal féminin ! Elle s'accrochait à lui, ne pouvait se mouvoir sans l'avoir contre elle, il ne lui manquait plus que de s'exclamer : « Prends-moi, je suis tienne ! » Il était affolé de joie, ébloui en pleine nuit par le radieux bonheur qu'il allait connaître d'ici peu. Dupont, la société, le monde, le cosmos, toute la création se résumait désormais à deux êtres, Charlotte Simmons et lui. Bref, il nageait dans cette béate et temporaire suppression de l'incrédulité que l'on appelle l'amour. L'instant suivant, pourtant, et c'était le Doute. Trop beau pour être vrai ! Comme ça, elle était littéralement tombée sur lui à la bibliothèque, par le plus grand des hasards, et soudain elle était *à lui* ? Et plus précisément parce qu'elle était révulsée et atterrée par sa première expérience sexuelle, traumatisée par la perte de sa virginité ? Qu'est-ce que cela signifiait pour lui, pour ce rêve qu'il avait eu de perdre la sienne avec *elle*, justement, parce qu'elle avait été aussi innocente que lui, parce qu'elle n'aurait pas pris de haut son inexpérience ?

L'instant suivant... « Elle va être avec moi dans mon appartement toute la nuit, dans la même pièce, d'ailleurs il n'y en a qu'une, son corps sera là, et il n'y a qu'un seul lit digne de ce nom, et le simple enchaînement des circonstances, dans la vie... » L'instant suivant... « Oui, mais comment fait-on pour attirer dans son lit une fille venue fuir les assauts abjects d'un prédateur sexuel ? » Et ainsi de suite, allumé, éteint, allumé, éteint, allumé, éteint, jusqu'à ce que le circuit binaire menace d'imploser.

À l'approche de son immeuble, l'exaltation qui le faisait trembler à l'idée du miracle possible s'est teintée d'anxiété quand il s'est demandé ce que sa bien-aimée allait penser du trou à rats où il habitait. Cette odeur de linge sale et de désordre... Le quartier lui-même datait des années 1920, un assemblage compact de vieilles villas en brique jadis rouge mais noircie par des décades de saleté et de suie, percé d'allées et d'arrière-cours mesquines qui puaient le renfermé. Tout ce qui était en bois – corniches, auvents, bras de soutènement, chevrons, volets, cadres de fenêtres et de portes, architraves, porches – était rongé par la pourriture, déformé, atteint de pelade dans ses couches de peinture de piètre qualité. Des générations successives de câbles noirs grossièrement peinturlurés de blanc couraient le long des gouttières, elles-mêmes en piteux état. C'était dans l'une de ces bâtisses subdivisées en studios étriqués que vivait Adam.

Ce soir-là, cependant, Charlotte n'était pas venue en touriste et avec son visage obstinément collé à l'épaule d'Adam elle ne risquait pas de voir grand-chose. L'escalier en bois marron étant trop étroit et raide pour qu'ils le montent ensemble, il a pris les devants, lui tendant une main derrière lui, mais elle n'a pas voulu se décoller de lui. En temps normal, l'ascension était déjà assez éreintante mais Adam avait aussi la tête tournée par l'amour, de sorte que ses mains tremblaient lorsqu'il s'est escrimé sur les trois serrures poussives qui fermaient sa porte. Il a ouvert, appuyé sur l'interrupteur et... tout son optimisme est parti en fumée...

... Car il voyait maintenant son logis à travers les yeux de sa bien-aimée. Ce n'était pas un appartement mais un cagibi ! On avait pris un salon et une chambre ordinaire, on les avait séparés en deux et casé quatre étudiants là-dedans ! La tanière d'Adam, d'à peine trois mètres de large, paraissait encore plus petite parce qu'elle se terminait en soupente, écrasée par le plafond oblique. La « cuisine » se résumait à une mini-gazinière, un mini-évier et un mini-frigo lilliputiens entassés dans ce qui avait été jadis, en des temps meilleurs, une penderie. Tous ces guillemets donnaient la chair de poule à son cerveau tandis qu'il tentait d'imaginer ce que devait penser la fille de ses rêves. Le « lit » consistait en un matelas jeté sur un battant de porte soutenu à chaque coin par des parpaings. Et les couvertures, les draps, le traversin ? Un nit de rats qui, avec le sol poussiéreux jonché de sous-vêtements et de chaussettes sales, de serviettes moisies et de tenues de sport usagées, produisait une puanteur qui offensait jusqu'à lui, Adam, pourtant habitué à respirer cet air fétide chaque jour. Et la réponse à toutes ses prières n'avait pas encore vu le pire, en l'occurrence la salle de bains sur le palier, commune aux quatre misérables qui se partageaient cet étage ! Il a jeté un regard angoissé à Charlotte, qui l'observait avec une expression peinée.

« Je sais que c'est pas ce que tu...

— Oh, Adam ! Mer... – des sanglots l'ont fait bégayer – ... mer... Mer... Mer... ci ! – Elle a jeté ses bras autour de lui, enfoncé son visage dans sa parka North Face, et sa voix est sortie de là toute déformée. – Je suis tellement fatiguée, Adam... C'est horrible. Reste avec moi, s'il te plaît ? Tu ne peux pas savoir ce que j'éprouve. Je... Je ne peux pas rester seule ce soir. Je ne peux... peux... peux... peux... pas ! »

Elle lui serrait la cage thoracique comme un étau.

« Ne t'en fais pas, chérie. Je suis avec toi, je reste avec toi. »

Elle s'est arrêtée de pleurer, a relevé la tête.

« Adam, Adam, Adam... – Elle le contemplait avec de grands yeux effarés. – Je ne sais pas... Il n'y a rien que je puisse faire pour te remercier assez... – Mais si, il y avait quelque chose ! – ... Je me sens si mal, si fatiguée... – Une pause. – Tu peux me montrer où est ton futon ?

— Je vais l'installer, oui, mais toi tu es mon invitée : tu prends le lit. Je vais changer les draps et tout.

— Non...

— Pas de *non*, Charlotte ! Tu es ici chez moi et c'est moi qui décide.

— Tu n'as pas à...

— Si, parce que c'est ce qu'il faut. »

Elle a acquiescé en baissant la tête, puis l'a regardé avec ses grands yeux pendant un long, long, long moment, tandis qu'Adam espérait, espérait, espérait, espérait...

« Où sont les toilettes ? »

Adam a réuni son courage. « Oh, c'est dehors, sur le palier, et tous les autres l'utilisent aussi. » Il a cherché à prendre un ton dégagé :

« Oh, c'est très facile ! Tu sors et c'est la première porte ? À gauche ? »

Pas dégagé du tout. Il s'est dit qu'il en était venu à mettre presque toutes ses phrases à la forme interrogative, comme Charlotte. Mais elle ne paraissait pas avoir noté l'incertitude dans sa voix, ni les implications de ses indications géographiques. Elle avait dépassé ce stade depuis longtemps.

« Euh... Peut-être que tu ferais mieux de pousser le loquet quand tu y seras ? Juste au cas où... »

Dès qu'elle a disparu, il s'est hâté de défaire le lit, de faire un tas de linge sale sur le sol, de chercher des draps. Son cerveau et son système nerveux avaient repris leur folle activité synaptique et dendritique. Que devait-il faire ? Que fallait-il oser ? Il était dans la même confusion lorsqu'elle est revenue, mais elle lui a adressé un sourire timide et tendre – magnifique ! sublime ! –, puis l'a enlacé de nouveau, posé sa joue contre son épaule encore une fois, et il a répondu à son étreinte, et cette fois il a carrément tenté de presser son pubis contre le sien mais il n'a pas réussi à le trouver.

« Oh, Adam, Adam, Adam... – Il sentait sa mâchoire bouger contre son sternum. – Un jour, je saurai te dire... Je pourrai t'expliquer ? Hier soir, j'ai prié Dieu. Je Lui ai demandé de venir m'emporter en pleine nuit mais je n'arrivais pas à dormir et Dieu ne vient que dans le sommeil, oui ? Tu es si bon, Adam, je suis sûre que tu ignores ce que c'est, d'en arriver à ne plus pouvoir dormir à cause de ses... actes ?

— Allons, allons... Je t'en prie, Charlotte, arrête de t'accabler comme ça ! Tu n'as rien fait de mal : on *t'a fait du mal* ! »

Elle a relâché sa prise mais il avait toujours ses bras autour d'elle et elle le regardait, maintenant. C'était le moment de tenter un baiser plein d'émotion et cependant... Son regard ne disait pas : « Tiens, mes lèvres sont à toi ! » Elle a secoué la tête.

« Pardon, Adam. Je n'avais pas l'intention de... Je ne peux pas me laisser aller comme ça et attendre que tu...

— Ne dis pas de bêtises.

— Si seulement je pouvais... expliquer ? C'est un état de... désespoir ? Tu m'as sortie de... d'un précipice. Grâce à Dieu, c'est toi que j'ai fait tomber avec cette porte. »

Ce souvenir lui a inspiré un sourire si pâle, si triste...

« Dans ce cas, je crois que nous devons remercier Dieu tous les deux... »

Si ce n'était pas une sacrée perche qu'il lui tendait, là ! Elle a plongé ses yeux dans les siens comme si elle cherchait à lire ses pensées.

« J'ai besoin... Il faut que j'essaie de dormir. – Elle a jeté un regard vers le lit. – Je suis épuisée. Mais tu n'as pas à éteindre. Si tu veux veiller, ce n'est pas un problème ? C'est égal. »

C'est... égal ? Adam n'a pas du tout apprécié la remarque.

« Mais comment donc, a-t-il fait en la lâchant et en montrant le lit de sa main ouverte, comme s'il le présentait à Charlotte. Ta couche t'attend. »

Elle n'a pas dû remarquer la pointe d'ironie qu'il avait glissée car elle est allée droit au matelas, s'est jetée dessus sans se déshabiller et a tiré les couvertures sur elle, très haut. La mine un peu bougonne, Adam a entrepris d'extraire le futon de sous le lit. Cette saloperie était couverte de poussière. Il a instinctivement éprouvé un certain ressentiment envers Charlotte, d'avoir accepté cet arrangement après avoir assuré qu'il n'en était pas question. Il mettait un point d'honneur à ne pas la regarder mais elle a soudain murmuré :

« Adam ? Oh, Adam... Je ne pourrai jamais te remercier assez... Tu m'as... sauvé... la vie ce soir, Adam ? Je n'oublierai ja... ja... ja... ja... – elle sanglotait de nouveau – ... jamais ! Ne me laisse pas, Adam !

— Tout va bien, Charlotte. Je suis là. Essaie de dormir. »

Il ne l'avait pas dit avec autant de tendresse, autant d'amour qu'il l'aurait pu, qu'il l'aurait dû.

Il s'est détourné pour retaper le fichu futon, jeter quelques vieilles couvertures dessus, plier sa fichue parka North Face en guise de coussin, aller éteindre la fichue lumière, se déshabiller dans le noir, s'étendre en tee-shirt et caleçon, pousser un grand soupir bien sonore et s'abandonner au sommeil.

La clinique ! Quel honneur ! De pauvres filles anorexiques, pratiquement privées de fonctions mammaires, tendaient vers lui leurs bras décharnés, blancs comme du papier. Juste devant lui, une famélique blafarde avec un petit ventre rond, gros comme un melon, ne cessait de demander pourquoi, pourquoi. « Pourquoi ? Très simple, a répondu le célèbre consultant, qui n'était autre que lui-même ! Vous avez recommencé à vous alimenter et votre organisme emmagasine la graisse là où il peut avoir accès le plus rapidement, c'est-à-dire dans votre bedon ! » Une très belle fille derrière lui – il ne pouvait pas l'apercevoir mais il *savait* qu'elle était belle – a dit d'une voix douce : « Mais ce n'est pas vrai, Adam... Adam ? Adam ? Adam ! Adam !... »

Il s'est réveillé dans le noir.

« Adam ! »

Quelle anxiété dans cette voix ! Remontant des profondeurs hypnopompiques, il s'est rendu compte que c'était celle de Charlotte. Elle était au-dessus de lui, dans le lit, et lui par terre, sur le futon.

« Adam !

— Oui... Quoi ?

— Je... ne... sais... pas ! S'il... te... plaît ! Serre-moi... S'il te plaît... »

Quelle heure pouvait-il être ? Aucune idée. Il a repoussé ses couvertures pour s'agenouiller devant le lit. Le matelas tremblait contre sa poitrine.

« Ça ne va pas ?

— Je... ne... sais pas... Serre-moi... Adam. »

Elle était allongée sur le côté, son visage tourné vers le sien. C'est tout ce qu'il pouvait distinguer, dans l'obscurité. Il a passé un bras sous son cou, l'autre autour de ses épaules. Elle tremblait, de fièvre aurait-on dit.

« Adam... Je... Viens dans le lit près de moi. Contre moi ! S'il te plaît ! J'ai... peur !

— Contre toi ?

— Oui ! Serre-moi ! C'est comme si... j'essayais de... sortir... de ma peau ! S'il te plaît ! »

Stupéfait, intrigué, transporté, il a obéi. Ses genoux ont rencontré l'arrière des cuisses de Charlotte, qui avait roulé sur elle-même et lui présentait maintenant son dos. Elle continuait à trembler follement.

« Serre-moi ! Je ne sais pas ce qui m'arrive ! Mon Dieu ! Serre-moi dans tes bras ! »

Il s'est pressé contre elle, sentant l'agrafe de son soutien-gorge contre son torse.

« Oh mon Dieu ! Plus fort ! Tes jambes... contre les miennes ! »

Comme elle s'était mise en position fœtale, il a dû remonter les genoux. Il était tel un fauteuil dans lequel elle aurait été assise. Aucune excitation érotique : elle était enfin dans son lit mais c'était une épave, elle tremblait, son corps était rigide...

« Plus fort, Adam... Garde-moi dans ma peau... Plus... »

Au bout d'un moment, les tremblements se sont calmés, ses membres se sont détendus et elle a commencé à respirer plus ou moins normalement. Adam n'arrêtait pas de cogiter, lui. C'était Hoyt Thorpe, le responsable de tout ça. Dans divers scénarios, Adam en faisait un lâche demandant pitié. Par exemple il l'avait emprisonné dans une nelson implacable – prise interdite en lutte libre universitaire – et lui laissait le choix : se rendre ou avoir le cou brisé. « Tu me crois pas, petite merde sans nom ? Alors tâte un peu ça... » Ses doigts se croisaient sur la nuque de Thorpe, il le forçait à baisser la tête, encore et encore, jusqu'à ce que le salopard hurle, supplie, quémande... Et pendant ce temps il serrait sa bien-aimée dans ses bras, se collait contre elle pour l'empêcher de quitter son enveloppe charnelle.

Ils sont restés très longtemps ainsi. Même quand il a été à court d'idées de vengeance, Adam a continué à penser à la barbarie, à la méchanceté pure de ce que Thorpe avait fait. Les Mutants du millénaire ne jugeaient pas cool de se référer à un Mal absolu mais là, tandis qu'il tenait cette fille contre lui, il a compris que c'était une réalité.

Au même moment, soit vers trois heures moins le quart du matin, ledit Hoyt Thorpe se trouvait dans la bibliothèque de Saint Ray en compagnie de Vance et de Julian. Dans son fauteuil attitré, il était en train de siffler une bière mais s'abandonnait surtout aux effets des lignes de cocaïne qu'il venait de sniffer. La stimulation artificielle l'amenait toujours à se sentir plus que jamais un leader naturel de la classe des vainqueurs. Elle opérait également des merveilles sur son imagination, pensait-il, à l'instar de ces poètes français qui s'envoyaient du haschich ou quoi mais dont il n'arrivait jamais à se rappeler le nom. Et elle le rendait extrêmement volubile, en tout cas.

« *Tous Fiers de la Gay Pride*, fuck ! *Tous fiers de se faire défoncer la chocolatière*, ouais ! Et ils veulent que tout le campus, *gay* ou *pas gay*, ce qui veut dire *putain de tafiole* ou PAS, se foute en jean pour exprimer sa fucking solidarité ? Moi j'dis ouais, on va leur en montrer, de la solidarité. Tiens ! – Il a fendu l'air de son majeur tendu. – Pour la foutue *Tous Fiers de la Gay Pride*, on va tous se pointer en short. Non, mais vous voyez le tableau ? »

Les yeux étincelants, il a dévisagé Vance et Julian, guettant un signe d'admiration devant une suggestion aussi inspirée.

« Ouais, super géniale, ton idée, a commenté Julian. T'as déjà entendu l'expression "plein hiver" ? Il fait facile moins vingt, là, tout de suite.

— Mais c'est tout le truc, justement ! C'est exactement ça ! On en mourra pas et eux, ils pigeront le putain de message ! »

Vance et Julian ont échangé un long regard.

29

Tous Fiers de la Gay Pride

Pour Adam, son appartement – sa misérable tanière – s'était transformé en sanatorium ouvert à une seule et unique patiente : sa bien-aimée, l'amour de sa vie ! Oh, comme il voulait proclamer sa passion à la face du monde ! Il rêvait de monter sur une colline, Charlotte à ses côtés, de passer un bras autour de ses épaules, de lever l'autre vers l'infini et de proclamer : « Oyez, oyez ! Levez les yeux sur cette ineffable beauté ! Voici la fille que j'aime, voici mon souffle vital ! » Mais devant quelle assistance ? Il connaissait les Mutants mieux que quiconque, et se présenter devant cette clique d'intellectuels pour crier « Je suis amoureux »... La seule idée des rires stupides et des regards sarcastiques qui lui répondraient lui soulevait le cœur.

Par ailleurs, une sourde inquiétude le poignait, qu'il imaginait logée dans quelque lobe postérieur de sa masse cérébrale. L'affaire du plagiat de Jojo restait non élucidée mais rien ne semblait se passer. Le dossier était en sommeil, selon toutes les apparences, et cependant il avait menti à la personne chargée de l'enquête, suivant les conseils de Buster Roth qui n'était *pas* son ami. Il pouvait être renvoyé de Dupont ! C'était inimaginable, aussi irréel que la perspective de la mort, et pourtant il en était là, et il avait lui-même creusé sa tombe... L'impensable risquait de se produire.

Il passait le plus de temps qu'il pouvait avec Charlotte. Il dormait dans le même lit étroit qu'elle, ravi de sa dépendance envers lui – elle n'arrivait pas à s'endormir sans qu'il l'ait tenue dans ses bras pendant au moins deux heures –, frustré par la nuance de préposition qui faisait toute la différence entre coucher à côté d'elle et coucher avec elle. *Nuance de préposition*, c'était ainsi qu'il voyait toute la situation :

« Très malin », se disait-il, là sans la moindre nuance d'amusement. De toute façon il n'était pas en mesure de rester *tout le temps* à ses côtés : c'était le moment des examens de fin de semestre, dans lesquels il devait briller pour avoir une chance de postuler à une bourse Rhodes, et puis il s'était juré de ramener la Nuit de la Turlute sur le devant de la scène. Ce serait une manière de faire comprendre à Hoyt Thorpe : « À nous la vengeance et le fruit de la vengeance », *nous*, Charlotte Simmons et Adam Gellin, bien entendu ! Sans compter son double emploi, trivial mais fort prenant : le Département sportif avait cessé de lui confier des heures de soutien pédagogique et Adam Gellin, Mutant du millénaire et Prince charmant de conte de fées, devait donc se contenter pour survivre de charrier des pizzas dans un van décrépit.

Charlotte, pour sa part, passait ses journées au lit. Quand elle se levait, elle portait exclusivement la chemise de bûcheron School of Hudson Bay – laine synthétique – d'Adam. Elle n'avait aucune intention de quitter l'appartement, visiblement, même si l'une des préoccupations majeures de son chevalier servant était de la voir remettre les vêtements dans lesquels elle était arrivée et aller se présenter à ses examens. Comme elle soutenait que c'était inutile, puisqu'elle n'avait pas travaillé, il lui réexpliquait qu'elle était géniale, qu'elle avait tellement brillé au cours de la première partie du semestre qu'elle serait en mesure de poursuivre sur sa lancée. Le passé était le passé, il était temps de penser à l'avenir radieux qui l'attendait, de se consacrer à sa chère vie de l'esprit, etc. Horribles transfusions de clichés, certes, mais il voyait que cet optimisme besogneux commençait à produire ses effets.

En son for intérieur, gentillesse, réalisme et charité menaient une bataille incessante contre le désir brûlant, fumant, épatant et effarant d'un virginicide perpétré par les mains, la bouche, les seins et l'entre-jambe de sa bien-aimée. Tantôt, la charité lui commandait d'emmener Charlotte à l'infirmerie et de la confier à des professionnels pour la sortir de sa dépression, car tel était son état, il s'en était rendu compte au bout d'une journée. Mais la luxure protestait, alors : ce serait la fin de tout que de livrer cette fille à la ratiocinante version XXIe siècle de l'asile d'aliénés, puis peut-être au verdict qui la renverrait chez elle *cliniquement déprimée*. Non, c'était exclu : ce dont elle avait besoin, c'était d'amour, d'attention, d'encouragements, de félicitations, de visions d'un avenir radieux, et... d'ordre. Il devait lui fixer un emploi du temps qui structurerait ses jours. Oui, il fallait qu'elle se rende à ses examens ! Oui, il fallait qu'elle soit propre et nette, qu'elle sorte ou non ! Et à lui-même : oui, il fallait que ce minable taudis qui lui servait de maison ait meilleure apparence.

La première fois qu'une Charlotte frissonnante s'est aventurée dehors, pour son examen de science neurologique, Adam a vissé les yeux d'un sergent instructeur dans ses orbites afin de considérer l'inexcusable porcherie dans laquelle il évoluait, et la salle de bains commune que ni lui ni ses trois voisins qu'il connaissait à peine de vue, n'avaient jamais trouvé le temps de récurer. Les relents nauséabonds, la crasse incrustée dans l'antique carrelage fendillé, la rouille verdâtre qui bavassait autour des tuyauteries, la croûte de poils pris dans la mousse à raser qui bordait le lavabo, les sombres moisissures qui partaient à l'assaut du rideau de douche – une feuille de plastique de la nuance d'un tube d'intraveineuse qui s'affaissait là où manquaient trois anneaux de suspension, la peinture du plafond qui partait en copeaux par la faute du manque de ventilation... Adam n'avait encore jamais considéré ce triste tableau avec les yeux qui importaient : ceux de Charlotte. Remettre tout cela en ordre était sa mission. Ayant dégotté dans la cave une pelle à neige, un vieux balai-brosse grisâtre et une bouteille d'ammoniaque aux trois quarts vide, il s'est mis à frotter le plafond atteint de varicelle, à frotter le rideau de douche puis, à quatre pattes, le sol, la cuvette, la baignoire, manquant de s'asphyxier avec les vapeurs d'ammoniaque. Ensuite, il est allé ramasser tout ce qui traînait par terre dans son trou à rats, il a refait le lit avec la netteté d'un hôpital modèle, comme sa mère le lui avait appris, il a balayé la couche sédimentaire de moutons, de boules de cheveux, de vieux sparadraps, de reçus de distributeur bancaire, de doses de jus de fruits indéfinissable, de capuchons de stylos bille jetables, de prospectus, de cartes publicitaires insérées dans les revues. Le tout lui a pris plus de trois heures.

Il venait de finir de ranger ses chaussures de sport dans le placard, d'empiler ses papiers sur le bureau, d'aligner ses étuis à lunettes, de rapporter sa trousse à pharmacie dans la salle de bains et de rapatrier sa tasse à café dans le coin-cuisine quand Charlotte est revenue, la désolation inscrite sur ses traits. Adam, qui croyait que l'ordre et la propreté qu'il avait su créer dans le pauvre appartement allaient la rasséréner, lui a souri et ouvert les bras avec une exagération qui se voulait comique :

« Bienvenue à une nouvelle vie *chez Gellin* ! »

Charlotte a couru à lui, enlacé sa taille, posé sa tête sur son épaule et éclaté en sanglots à faire fondre l'âme la plus endurcie.

« Oh, Adam, j'ai massacré, massacré, ma... ma... ma... »

Les sanglots l'ont empêchée de finir le mot.

« Je ne peux pas croire que tu...

— Je n'ai pas étudié la moitié de ce qu'il aurait fallu, misère ! Tout le monde va me tourner le dos, maintenant ? J'ai déçu tout le moooooooooonde... – elle a cherché sa respiration – Mr Starling, Miss Pennington... Tout... tout... tout... tout... tout le moooooonde ! »

Les larmes ont redoublé. Adam s'est demandé qui était cette Miss Pennington.

« Allez, quoi, Charlotte ! Ressaisis-toi ! On se sent tous pareils, après un exam' difficile ! Je peux t'assurer que tu as réussi bien mieux que ce que tu penses.

— Misère, plus mauvais, c'est impossible ! Mr Starling ne va plus jamais m'accorder un... un... un... regard ! Il pense que je suis devenue une je... je... je... ne sais pas quouaaaaaah...

— Ça suffit ! Arrête ! a aboyé Adam avec une fermeté qui l'a lui-même surpris. Je ne veux plus entendre ça ! »

Elle s'est arrêtée net de pleurer et l'a regardé, regardé, bouche entrouverte, les yeux scintillants de larmes... Avec un respect qui n'était pas loin du ravissement, comme celui qu'éprouvent parfois les femmes lorsqu'un homme tape du poing sur la table et les réprimande.

L'équipe est arrivée au CircumGlobal de Lexington dans un car Mercedes SuperLuxe flamblant neuf, tout blanc strié de lignes bleues sur les côtés pour symboliser la vitesse. Jojo était assis en milieu de cabine avec Mike. Les sièges étaient aussi confortables que ceux de la première classe d'un Boeing 767, les vitres tellement teintées qu'il ne les avait pas vues, d'abord. Comme tous les autres joueurs, il n'admettait jamais ouvertement à quel point la présence des badauds et des groupies était agréable, et là, devant l'entrée de l'hôtel, il y avait... pas mal de monde ! Il a été surpris que Lexington, qu'il s'imaginait comme une paisible ville universitaire du Kentucky, soit assez grande et assez lancée pour avoir un établissement de la chaîne CircumGlobal. Des costards-cravates, tous des Blancs, qui avaient l'air d'attendre un taxi pour aller dîner et puis six, sept, huit, peut-être dix groupies. Des Blanches, toutes. Même si quatre-vingt-cinq pour cent des sélections de basket les plus en vue ne comprenaient que des Noirs, les groupies étaient toujours blanches. Bizarre, ça.

Jojo s'est levé avec entrain, du moins avec toute l'impétuosité permise à un individu déployant ses deux mètres et quelque à l'intérieur d'un autocar. Peu importaient ses problèmes, le fait qu'un bleu avait pris sa place dans la formation de départ, le fait qu'un professeur d'histoire antisportif voulait le voir expulsé de Dupont, le fait que... Les dix minutes durant lesquelles ils faisaient leur entrée dans un grand hôtel et attendaient que les réceptionnistes stagiaires répartissent leurs bagages et leur attribuent leurs chambres étaient chaque fois un pur moment de Paradis sur Terre. Et il savait parfaitement qu'il en était de même pour chaque joueur, y compris les flotteurs, même si personne, lui-même inclus, n'aurait été assez idiot pour le reconnaître ouvertement. Pendant ces dix minutes, ils étaient... des géants à califourchon sur la planète.

À l'instant où les joueurs ont descendu les marches du car, pratiquement pliés en deux pour ne pas se cogner la tête, les badauds ont retenu leur souffle, de peur que les géants ne s'ouvrent le crâne, puis ont recommencé à respirer dès que lesdits géants se sont retrouvés dehors et ont repris leur stature normale en se déployant tels d'immenses couteaux à cran d'arrêt. Les groupies se sont approchées en se tortillant, de jolies filles blanches dont les jolies bouilles, si elles avaient choisi de ne pas les peinturlurer, auraient pu être celles des plus braves, des plus douces, des plus dévouées instructrices de garderie bénévoles. À la place, leurs yeux brillaient au fond de cratères de mascara Night Life, leurs paupières s'ornaient de faux cils qui s'entrecroisaient à chaque battement, leurs lèvres luisaient des nuances les plus inattendues, et la taille de leurs jeans glissait sur le haut de leurs hanches, et ils étaient si moulants, ces jeans, et leur nombril était si délibérement percé d'un anneau en argent auquel pendaient deux ou trois perles qu'elles avaient l'air... de prostituées. C'était en tout cas ce que pensaient les clients adultes de l'hôtel, qui n'avaient jamais vu pareille troupe de leur vie, et pourtant elles ne l'étaient pas : elles étaient des volontaires, des bénévoles, oui, qui offraient leur corps en échange du simple honneur de laisser ces géants se servir des fentes de leur bas-ventre ou de leur visage comme il leur plairait. Elles étaient comme les hétaïres d'un temple bouddhiste, ou était-ce hindou, ou le Diable savait quoi ! Le nom de Shakti a surgi dans l'esprit de Jojo. Le cours était intitulé « Histoire des religions en Afrique et en Asie » mais il avait tout oublié à l'exception des courtisanes sacrées. Si l'idée lui avait alors inspiré une concupiscence perverse, il n'éprouvait que de la pitié devant les groupies. Leurs parents se doutaient-ils deux secondes de ces activités ? Il en avait eu plus que son compte, de ces petites hétaïres bénévoles. Un plaisir vide, animal, dépourvu de toute émotion sauf à compter l'amour-propre autosatisfait parmi les émotions.

« Treyshawn ! » a gazouillé l'une d'elles, une petite blonde dont les seins ressemblaient à deux balles d'entraînement qu'elle aurait pu installer ou retirer à sa guise.

« Hé, beauté, a fait l'intéressé d'un air suprêmement peu concerné.

— Salut, Jojo ! Tu te souviens de moi ? »

Il a jeté un rapide coup d'œil dans la direction de la voix. Pas mal, la fille. Grande, brune, traits fins, superbes cannes révélées par une minijupe qui s'arrêtait presque... là. Non seulement il ne se souvenait pas mais il n'allait pas s'abaisser à répondre ! D'un autre côté, il avait été le deuxième à être sollicité, juste après Treyshawn, ce qui montrait qu'on ne l'avait pas oublié même s'il ne faisait plus jamais partie de la formation de départ dans les déplacements. Il s'apprêtait à savourer cette modeste confirmation de son statut lorsque...

« Vernon !

— Hé, Vernon ! »

Deux groupies bien roulées hélaient dans le même mouvement le type qui lui avait ravi sa position éminente dans l'équipe des champions-nés !

À peine entrés dans la réception du CircumGlobal, les oh !, les ah !, les regards pâmés ont recommencé. Dominant tous les êtres présents, ils paraissaient appartenir à une nouvelle espèce humaine, plus forte certainement, peut-être plus développée. Buster Roth exigeait de ses gars qu'ils portent toujours une cravate et une veste, en déplacement. Les joueurs blancs – Mike, Jojo et les flotteurs – étaient en blazer et pantalon de toile kaki ou, à une exception, de flanelle grise, mais les basketteurs noirs, eux, donnaient dans le genre *sapeur*, ce qui cette année-là exigeait un costume à veste droite avec au moins quatre boutons. Celui de Treyshawn, fait sur mesure, en avait cinq, le plus haut et le plus bas séparés par une distance qui semblait gigantesque, peut-être deux mètres. Il ressemblait à une cheminée d'usine, dans ce costume. Le coach connaissait son métier : lorsque ses joueurs entraient ainsi dans un hôtel classieux comme le CircumGlobal, ils avaient l'air non seulement de géants mais aussi de... vainqueurs, et cela se lisait sur les visages épatés de tous les rupins qui logeaient là.

Jojo, qui goûtait toujours ce moment, était assailli par trop de soucis cumulés pour s'abandonner à la jubilation, ce soir-là. Il n'était plus dans la formation de départ, ce qui était déjà assez douloureux en soi mais menaçait également de terribles implications son avenir, sa présomption première et essentielle : un jour ou l'autre, il jouerait dans... la Ligue ! Et ce qui avait donné tout son sens à sa vie n'était à présent plus qu'une hypothèse, de plus en plus fragile, qui serait irrémédiablement ruinée s'il était renvoyé de Dupont. Il lui avait fallu un temps considérable pour assimiler la réalité de la situation vis-à-vis de ce professeur d'histoire, Mr Quat, parce qu'il n'avait pas voulu croire une minute que le coach puisse se révéler incapable de le tirer d'affaire. Mais il apparaissait désormais que le coach, tout légendaire qu'il soit, même allié au président de l'université, n'arriverait pas à faire changer d'avis cette tête de nœud, ce Quat. Le petit foireux était convaincu que Jojo n'avait jamais pu écrire un travail pareil tout seul et qu'il finirait bien par trouver un moyen de le prouver. Si les choses traînaient encore, l'autre mauviette, Adam – Tellin ? Kellin ? C'était quoi, le fucking nom ? – en viendrait à craquer. Il n'avait pas la carrure pour encaisser longtemps pareille pression. Et donc... Go, go Jojo était baisé ! Au mieux, il écoperait d'un renvoi de six mois, en plein cœur de la saison et des tournois de la NCAA.

Ou bien il allait récolter un F dans l'UV « Socrate et son temps ». Ainsi que le coach l'avait prédit, tout cela le dépassait. Il s'était emballé pour Socrate et Platon – savoir égale vertu, *définitions universelles* socratiques, *Idées* platoniciennes –, mais il n'avait pas l'habitude de lire autant que les *vrais* étudiants, ni de rédiger des essais qui demandaient de la réflexion, des comparaisons, des choses qu'il n'était pas entraîné à utiliser, pas plus que tous ces grands mots, « dialectique », « éthique eudémoniste », « attitudes intellectualisantes »... Dès qu'il le pouvait, il s'asseyait devant son ordinateur ; Mike aurait voulu jouer au Grand Theft Auto, au Stunt Bikers, au NBA Streetballers, mais Jojo restait en ligne jusqu'à minuit, cherchant des définitions. Un F dans ce cours aurait les mêmes conséquences qu'une sanction disciplinaire : il serait banni du terrain de basket pendant un semestre.

Même si le CircumGlobal n'était pas le genre d'établissement où elles seraient autorisées à offrir très longtemps leur succulente anatomie, une demi-douzaine de groupies s'étaient glissées dans le hall. Les instructions du coach étaient formelles : ignorer ces nanas. Même un sourire était une preuve de mauvais goût et Roth n'était pas prêt à les laisser ternir la réputation du *programme*. Mais enfin, mais enfin, Jojo voyait bien que les garçons reluquaient discrètement les minettes et chuchotaient entre eux en essayant de prévoir l'avenir, c'est-à-dire la vie après l'extinction officielle des feux.

Il partageait avec Mike une grande chambre équipée de deux lits queen-sizes. Sans être capable d'isoler les détails qui l'amenaient à cette conclusion, il pouvait dire qu'il s'agissait d'un hôtel de luxe. Tenez, par exemple, la paire de peignoirs blancs bien moelleux, avec le blason familial de la chaîne – qui remontait à 1996 – brodé sur la poche, et les chaussons de bain assortis...

Sans perdre une minute, Mike est allé droit sur l'inévitable armoire en simili-acajou qui abritait le poste de télévision ; après s'être emparé de la télécommande, il s'est jeté dans un fauteuil et a fait sa sélection parmi le vaste choix de films pornographiques payants. Jojo, quant à lui, a sorti deux livres et un calepin de son sac Dupont, puis il s'est installé au bureau de la chambre – dont la lampe avait une ampoule de plus de quarante watts, autre signe moins évident mais tout aussi incontestable de la catégorie supérieure à laquelle appartenait l'établissement – pour s'absorber dans la *Métaphysique* d'Aristote, où il était énormément question de Socrate.

Des « Ouuuin » et « Huummmph », les deux sons qui constituaient tout le registre dramatique du film pour adultes, se sont élevés du poste. Jojo a jeté un coup d'œil ; de sa place, tout ce qu'il pouvait voir était un méli-mélo de jarrets, de cuissots, de flancs, de panses, de plats de côtes, d'articulations distendues, de melons pendulaires et de génitoires tendues qui s'agitaient spasmodiquement sur un lit d'hôtel.

« Comment tu peux rester là à mater cette merde, Mike ?

— C'est pas la question. La question, c'est : comment tu peux rester là à lire cette fucking... ce que tu lis ?

— Je dois bosser, mec. J'ai bientôt l'examen de ce cours sur... – il s'est arrêté, préférant ne pas prononcer le nom de Socrate – ... de ce cours d'histoire de la philosophie que j'ai pris.

— Wa-ouh ! a fait Mike en levant les mains avec une mimique de stupéfaction. J'ai oublié, merde ! Je suis dans la même chambre que So...

— Tu dis Socrate, mec, et je te coupe les putains de roustons.

— Tout sauf ça, So... mon vieux pote de chambrée. Parce qu'il y a quelques excellents morceaux qui nous attendent en bas, fuck, après l'extinction des feux. »

Jojo a poussé un soupir très philosophique.

« Ouais, je pensais à ça tout à l'heure, à l'arrivée : pourquoi les groupies font ce qu'elles font ? Pourquoi est-ce qu'elles viennent baiser des basketteurs qu'elles connaissent pas et qu'elles reverront jamais ? Je pige pas. C'est pas qu'elles sont pétées ni rien. Certaines sont vraiment canons, même. Elles ont pas l'air de salopes, enfin... pas trop. Je pige pas.

— Pour être tout à fait franc, je me suis jamais posé la question. Ça leur plaît, visiblement. Faut pas chercher midi à quatorze heures, voilà ce que je dis, moi. »

Il y avait quelque chose de curieux dans la dernière remarque de Mike, a pensé Jojo sans pouvoir décider ce que c'était. S'il en avait eu une transcription sous les yeux, il aurait sans doute fini par l'identifier : son coéquipier avait réussi à prononcer trois phrases de suite sans avoir recours aux mots « fuck » ou « merde », ni à aucun de leurs dérivés.

L'extinction des feux se produisait habituellement juste avant minuit et en effet le téléphone a sonné à onze heures cinquante-cinq. Jojo a décroché l'appareil qui se trouvait sur le bureau. C'était deux assistants du coach, Skyooh Frye et Marty Smalls, qui étaient chargés d'appeler les joueurs.

« Jojo ?

— Hé, tu deviens bon, Sky ! Ouais, c'est moi.

— On a un match serré demain, Jojo, alors vous déconnez pas avec moi, O.K. ? Bon, où est Mike ? Il a intérêt à être là, putain ! Ou pas de putain, plutôt ! »

Jojo a passé le combiné à Mike, qui s'est entretenu avec Frye tout en lançant à son camarade de chambre des coups d'œil excédés qui voulaient dire : « Ce connard nous les brise menus, non ? »

« Moi ? J'étais déjà au lit ! Tu m'as réveillé... Moi, je te charrierais, Sky ? O.K., peace ! – Il a raccroché puis, fixant Jojo : – Qu'est-ce qu'on fait, on attend un quart d'heure ou quoi ?

— Je sors pas. J'ai trop de boulot, mec.

— Tu débloques, fuck ?

— Non. Pas du tout. Je peux pas déconner sur ce coup-là. Avec cet exam' sur "Socrate et son temps".

— Qu'est-ce qui te prend, merde, qu'est-ce que...

— Tiens, tu vois ! l'a coupé Jojo. Je peux dire "Socrate", moi, mais pas toi. Le fucking coach, déjà, c'est limite.

— Quoi, avec cette bombe qui t'attend ? s'est étonné Mike en montrant le rez-de-chaussée du pouce.

— Quelle bombe ?

— Quelle bombe ? Celle deux bornes de jambes et pas de jupe ! Elle s'est quasiment couchée par terre et les a ouvertes dès qu'on est descendus du bus ! Je t'ai vu la mater. Quelles cannes, mec ! »

Ce rappel a provoqué une indéniable excitation en Jojo. Il l'a imaginée debout devant lui sur ces jambes d'enfer, ce petit bout de tissu qui tenait à peine sur ses hanches et sous lequel elle ne portait *rien*, et elle s'était rasé les poils pubiens, aussi, sûr... « Ouste, dehors ! » Il a chassé de son esprit ces pensées fomentatrices d'érection.

« Oh, celle-là ? a-t-il répondu en faisant une grimace comme s'il s'était agi d'une groupie parmi dix mille autres. Ce que j'ai en tête, pour l'instant, c'est de réussir cet exam'. Je me chope un F et je suis baisé pour de bon. »

Mike a tout essayé pour le tirer de son vertueux refus de la vraie vie, la vie après l'extinction des feux, mais Jojo est resté ferme.

« Bon, d'accord, a fini par soupirer Mike, c'est ton problème. Mais tu vas pas me faire des histoires si une... supportrice de Dupont insiste pour monter ici avec moi tout à l'heure.

— Non, non », a concédé Jojo en se penchant ostensiblement sur ses livres pour signifier que le débat était clos.

Une fois Mike parti, il a commencé à savourer les effets stimulants de l'abstinence. En fait, c'était le moment idéal pour se concentrer sur la *Métaphysique* d'Aristote, et en finir avec. Il a imaginé Mike et sans doute André, Curtis, Treyshawn, et peut-être Charles mettre le cap sur quelque bar avec plusieurs de ces paillassons, avoir les mêmes conversations débiles qu'à Chicago, Dallas, Miami, le bavardage basique avant l'emballage, tout ça tellement prévisible, tellement petit, tellement triste car comme l'a dit Socrate « celui qui s'adonne à la débauche croit qu'il en tirera du bonheur mais il nage dans l'erreur, ignorant ce qu'est le bonheur véritable ».

Jojo s'est mis à prendre des notes, ce qu'il n'avait pratiquement jamais fait auparavant mais ce cours, « Socrate et son temps », ainsi que le professeur, Mr Margolies, l'emballaient vraiment. *Concepts, pensée conceptuelle...* L'époque de Socrate était celle de la première tentative de raisonnement systématique. Les Grecs ont changé le monde « rien qu'en le pensant ». Socrate croyait en Zeus, quant aux autres, Héra, Apollon, Aphrodite et... le reste de la bande, dont Jojo ne se rappelait plus les noms, on n'en était pas sûr, il n'y avait pas de trace. Mais Zeus, oui. Jojo s'est demandé si les gens se mettaient à genoux pour prier Zeus, en ce temps-là, ou s'ils se prenaient par la main tout autour de la table pour remercier Zeus de leur donner ce repas, comme cela se passait chez sa grand-tante Debbie... Mais c'était un dingue de logique, aussi, avec tous ses *raisonnements inductifs* et ses *syllogismes éthiques...* Jojo avait un livre d'Aristote devant lui et Aristote disait : « Socrate n'a pas fait exister les définitions générales par elles-mêmes ; c'est Platon qui leur a donné une vie séparée et c'est ce qu'il a appelé les Idées »... Convaincu que cette question sortirait à l'examen, Jojo a décidé de relire le passage, plusieurs fois : « Socrate n'a pas fait exister les définitions générales... »

Sans savoir d'où elle pouvait lui venir, Jojo se faisait une image bien précise de Socrate et de ses disciples. Tous assis en rond, en toge blanche, Socrate avec de longs cheveux blancs et une longue barbe blanche, ses disciples avec une couronne de laurier sur la tête. Ces toges... Comment pouvaient-ils porter quoi que ce soit là-dedans ? C'était plus ou moins un bout de drap, d'après ce qu'il comprenait. Mais sans doute qu'ils n'avaient pas besoin d'avoir grand-chose sur eux ? Pas de clés de voiture, pas de téléphones mobiles, pas de stylos à bille, pas de cartes de crédit : Oui, mais l'argent ? Il leur en fallait bien sur eux, non ? Ou peut-être pas tous les jours ? Qu'est-ce qu'ils avaient à acheter, de toute façon ? Pas de CD, ni de voitures, ni de Gatorade, ni de Mars, ni rien de tout ça. Mais qu'est-ce qu'ils faisaient avec leur toge, quand ils devaient aller aux toilettes ? Jojo a imaginé tout un tas de situations embarassantes. Et les couronnes de laurier, d'où ils les avaient ? Qui les fabriquait ? Des femmes, il aurait parié, mais *quelles* femmes ? Socrate ne disait pas grand-chose, au sujet des meufs. Qui faisait la vaisselle ? La lessive ? Ils avaient peut-être des esclaves, ou bien c'étaient juste les Romains ? Bon, il n'avait pas trop le temps pour toutes ces digressions. Retour à la *Métaphysique* d'Aristote ! Coton, le bouquin ! « Si le corps humain est composé de matériaux venus du monde matériel, alors la raison humaine fait partie de la Raison universelle, ou Esprit du monde »... Ça voulait dire quoi, exactement ?

Cela lui procurait un grand plaisir, de décrypter ces trucs. Si seulement il avait commencé à s'y intéresser plus tôt, quand il était gamin ou même au bahut... « Socrate a sous-estimé les espaces irrationnels de l'âme », soutenait Aristote, « et n'a pas suffisamment tenu compte de la faiblesse de l'homme qui le conduit à faire ce qu'il sait pourtant être mal. » Jojo a médité là-dessus. Socrate s'en était sorti en soutenant que la raison était tout ce qui comptait, et non le faux bonheur qui consiste par exemple à aller troncher des groupies, mais voilà qu'Aristote arrive soudain et dit que la faiblesse morale, comme d'aller troncher des groupies, est tout ce qui compte, aussi... Il s'est demandé si Aristote, Platon et Socrate avaient des groupies ? À quel point ils étaient connus ? Quand ils voyageaient et qu'ils descendaient dans un... Mais il ne devait pas y avoir d'hôtels, en ce temps-là, en tout cas pas comme celui-ci...

On a gratté à la porte, et ça a grincé comme de l'acier même si elle était peinte couleur bois.

« Qui c'est ? a beuglé Jojo.

— Service d'étage ! »

Irrité d'être ainsi interrompu, Jojo est allé ouvrir.

« Jojo ! C'est moi, c'est Marilyn. »

Joli visage, yeux très maquillés et... immenses, fabuleuses jambes, d'autant plus longues que les pieds étaient inclinés à quarante-cinq degrés sur des sandales au talon d'au moins quinze centimètres, retenues aux chevilles par d'infimes lanières. Elles montaient et montaient, ces jambes, jusqu'à la plus microscopique des minijupes et... Ce ne pouvait être qu'*elle*. Mutine :

« Je peux entrer ?

— Oh, bien sûr, bien sûr », a fait Jojo en géant bien poli.

Tout en lui tenant la porte, il s'est demandé comment lui expliquer qu'elle ne pouvait pas rester. D'où elle connaissait le numéro de sa chambre, pour commencer ? Elle a fait deux pas, s'est arrêtée juste devant lui. La porte s'est refermée toute seule.

« Waouh ! s'est-elle exclamée avec de grands yeux et un adorable sourire de petite fille. À la télé, tu as l'air super grand et... c'est vrai ! »

Jojo était perplexe. Cette fille était visiblement gentille et bien élevée, cela se devinait tout de suite.

« Comment tu as su mon numéro de chambre ?

— Tes coéquipiers me l'ont dit. – Toujours ce joli sourire. – Ils ont dit que tu travaillais dur, que tu te sentais seul, que tu avais besoin d'un break... Alors me voilà.

— Oh, ces... – Il a secoué la tête, baissé les yeux au sol ; quand il les a relevés, elle n'avait pas bougé mais son visage était à moins de cinquante centimètres, et ce en tenant compte du fait qu'il la dépassait de trente... – Écoute, Marilyn. C'est bien Marilyn ? »

Elle a opiné avec la même expression de gentillesse adoratrice.

« C'est très sympa d'être venue mais il faut que je travaille encore. N'écoute pas mes... – il allait dire "mes putains de coéquipiers", mais il s'est repris – ... n'écoute pas mes coéquipiers. Surtout le... Blanc. Mike. »

Son visage restait pareil : franc, ouvert, aimable, aimant. Absolument le contraire de la salope.

« Bon ! Je peux regarder, alors ?

— Hein ? Comment ça, regarder ?

— Te regarder travailler. »

Il a cherché une trace d'ironie sur ses traits, n'en a trouvé aucune. Elle n'était pas comme les autres groupies. Elle ne flirtait pas des yeux, elle ne saupoudrait pas toutes ses phrases de *genre*, ni de *sérieusement*, ni de *on va dire.*

« Pourquoi... Pourquoi tu voudrais me regarder travailler ? »

Toujours la même franchise souriante mais il y avait maintenant une petite nuance dans son sourire, espiègle presque : « Tu ne comprends toujours pas, alors ? »

« Je ne reste pas longtemps. »

Elle avait à peine prononcé le dernier mot que bang ! sa main s'est abattue sur l'entrejambe de Jojo. Toujours en le regardant droit dans les yeux, toujours avec son sourire qui disait : « Oh, j'aimerais tellement que tu comprennes... » Déjà la main avait baissé la braguette et se glissait dans son pantalon. Jojo a secoué la tête, non, non, mais sans conviction. La main s'aventurait dans le caleçon, maintenant, et contre sa volonté il a fermé les yeux et il a commencé à murmurer d'une voix étrange, comme dans un état second : « Oh meeeerde, oh meeeerde, oh meeeerde... »

Le temps qu'ils parviennent au lit, elle s'était débrouillée pour dégrafer sa ceinture et déboutonner le pantalon de toile. Comme nombre d'hommes avant lui, le cerveau de Jojo était tombé comme une pierre dans son bas-ventre. Puis, pendant quelques heures, il a été à peine conscient.

Brusquement, il remontait dans une sorte de puits de ténèbres, vers une lumière aveuglante, là-haut... L'espace d'un instant, il a été perdu, complètement perdu. De l'obscurité à cette brutale lueur... Cela faisait mal aux yeux, c'était tout ce qu'il arrivait à constater. Ça, et l'odeur de bière éventée.

Puis la voix de Mike :

« Oh, la vache, mec, je savais pas que... – Un sifflement aigu a jailli entre sa langue et ses dents du haut. – Eh ben, c'est à ça que ton ami So... ton ami grec ressemble, alors ! Pas mal du tout ! Go, go, Jojo ! Si j'avais su que So... euh, que c'était comme ça, j'aurais étudié le truc, moi aussi ! »

Hagard, Jojo s'est relevé sur un coude. Sur le pas de la porte, Mike et une pétasse blonde le regardaient, non, *les* regardaient ! Lui et... Comment, déjà ? Marilyn ? *Comment déjà ?* était étendue sur le ventre, nue comme la main, et la cuisse droite de Jojo reposait en travers sur son fessier, et le pied de Jojo était prisonnier sous *sa* cuisse. Ils s'étaient endormis ! Il est resté là, hypnotisé, sans pouvoir prononcer un mot, ni décider ce qui serait pire, garder cette position ou enlever sa jambe du derrière nu de cette fille et donner ainsi un bon aperçu de son appareil génital à Mike.

« Hé, Jojo ? Je te présente Samantha. »

Les cheveux de la blonde étaient très courts mais aussi très bouclés. Ils ont évoqué à Jojo du lierre envahissant un mur. Elle portait une nuisette en dentelle et un jean, discordance que la mode du temps jugeait adorablement provocante.

« Samantha, dis bonjour à Jojo.

— Bonjour, Jojo.

— Et à Marilyn, a complété Mike.

— Bonjour, Marilyn, a dit la blonde même si la fille sur le lit semblait hors de ce monde.

— C'est bien ça, mec ? a demandé Mike avec un sourire moqueur. Marilyn ? Elle a l'air vidée... »

Jojo n'a rien dit, gardant un regard absent sur la groupie blonde qui lui souriait... Il y avait du flirt dans ce sourire si large qu'il lui creusait des fossettes dans les joues et transformait ses yeux en deux fentes obstruées de faux cils chargés de mascara, épais comme des allumettes calcinées. Quoi ? Elle cherchait à flirter avec un type à poil qui avait une jambe passée autour d'une fille également à oilpé ?

Laquelle a bougé, enfin. Elle s'est tournée vers Jojo, de sorte que son corps s'est retrouvé encore plus serré par sa cuisse. Elle a relevé la tête, surprise, et c'est là qu'elle a aperçu Mike et sa groupie. Le plus naturellement du monde, elle a déposé un baiser sur les lèvres de Jojo et annoncé :

« Il faut que j'aille faire pipi. »

Sur ce, elle s'est levée et elle est allée tranquillement à la salle de bains, toujours nue, comme si c'était des plus courants en société. Mike l'a suivie d'un regard appréciateur.

« Tu m'as dit que t'étudiais *qui*, Jojo ? Hélène de Troie ? »

Jojo s'est assis dans le lit, n'ignorant pas que son pénis flasque mais encore gonflé s'étalait sur le drap de dessous. En ramassant les couvertures tombées en tas par terre, il a eu une vue de ses vêtements et de ceux de *Comment, déjà ?* éparpillés sur le sol dans la hâte initiale de la luxure.

« Il est vraiment grand ! a chuchoté la groupie à l'oreille de Mike en lui montrant Jojo du menton.

— Ouais, dans pas mal de sens, a confirmé Mike assez fort pour faire comprendre à Jojo que c'était surtout adressé à lui. Mais pas dans *tous* les sens. »

Sans les regarder, Jojo a tiré les couvertures sur lui et s'est rallongé en tournant le dos au duo. *Comment, déjà ?* est bientôt revenue de la salle de bains. Pour une raison connue d'elle seule, elle avait noué une serviette autour de sa taille qui la couvrait jusqu'aux genoux mais qu'elle a abandonnée par terre avec tout le reste avant de se jeter sur le lit. Et elle avait le pubis rasé, a constaté Jojo pour la première fois sans doute. Comment se passaient-elles le mot, toutes ?

Mike a enfin éteint les lumières. Jojo les a entendus se déshabiller, lui et sa Samantha Truc, puis se mettre au lit avec force gloussements, plaisanteries et « Nooooon, attends ! ». Soudain, il a senti la main de Marilyn Machin entre ses jambes.

« Je crois qu'*il* est réveillé, lui aussi », a-t-elle chuchoté.

Le contact de son souffle sur le duvet de son oreille lui a provoqué une érection immédiate. « Oh, meeeerde, oh, meeeerde... » Après s'être exhibé autant qu'il l'était humainement possible, il ne servait plus à rien d'essayer d'être discret, n'est-ce pas, et encore moins poli... Avant de basculer de nouveau dans le sommeil, son dernier souvenir a été qu'il venait de niquer sa propre groupie avec un total manque de scrupule moral – *moral*, ce mot malheureux qui allait gâcher la fête dans son système nerveux central – tout en écoutant les « ooouii, ouiouioui, pasencorepasencorepasencore » (la groupie de Mike) et les « aannnghhumph, ouibabyouibabyouibaby » (Mike) venus de l'autre lit. Dans la pénombre, il a distingué la blonde qui le chevauchait en rebondissant, en haut, en bas, en haut, en bas, ce qui lui a fait penser à un rodéo. Il ne lui manquait plus que d'agiter un chapeau de cow-boy dans sa main tandis qu'elle matait sa bête...

Plus tard, il n'aurait pas su dire quand, il s'est encore réveillé. Il faisait très noir, là.

« Jojo, Jojo ! »

La voix de Mike.

« Raaaah ? a-t-il réussi à marmonner, ce qui signifiait “Quoi ?”.

— Tu veux qu'on échange ?

— Non.

— Si tu veux plus tard, préviens-moi. Tu vas adorer Samantha, garanti. Dis bonjour à Jojo, Samantha.

— Bonjour, Jojo.

— Tu vois ? Chic fille ! »

Même groggy comme il l'était, Jojo en a été sidéré. Un filet de lumière passait sous la porte de la chambre, ce qui lui a permis d'entrevoir Mike et la groupie blonde gagner ensemble la salle de bains. Il a roulé vers Marilyn et l'a enlacée, cette fois avec pitié, avec honte, avec un étrange désir de la... sauver, car quelque chose en elle le convainquait qu'elle était réellement une chic fille, elle. Mais elle s'est trompée sur ses intentions : en un clin d'œil, sa main est revenue entre les jambes de Jojo. Il n'a pas été excité, cette fois. La serrant encore plus fort, il lui a chuchoté à l'oreille :

« Je vois bien que tu es une fille bien, alors... Pourquoi tu fais ça ?

— Fais quoi ? a-t-elle demandé tout bas.

— Eh bien... – il ne savait pas comment l'exprimer – ... être gentille et... serviable avec quelqu'un comme moi... Je veux dire, être... *disponible* et tout. Tu me connais même pas. Cette meuf, elle connaît même pas Mike...

— Tu es sérieux, là ? s'est-elle enquise sur un ton qui suggérait qu'il était du genre marrant ou un peu idiot.

— Mais... ouais. Pourquoi ?

— Alors tu ne comprends *vraiment* pas ?

— Non.

— Tu es une star. »

L'évidence même.

« Et donc ?

— N'importe quelle fille veut... baiser... une star. – Comme tout le reste, elle avait énoncé cela avec gentillesse, douceur et sincérité. – N'importe quelle fille qui prétend le contraire est une menteuse. N'importe quelle fille. – Malgré tous ses efforts, Jojo n'a rien trouvé de convaincant à répondre. Après un moment, elle a ajouté : – *Toutes* les filles. »

Le lendemain matin, elle était partie et Jojo s'est levé en se détestant.

Une paire de haut-parleurs résonnait aux quatre coins de la Grand Cour. « Réfléchissez un peu à ça, d'accord ? Ré-flé-chis-sez ! La liberté d'expression, est-ce que ça s'arrête à l'expression de la NORME ? Est-ce que c'est le message que l'université veut faire passer sans avoir les... le courage de le dire haut et fort ? Ou est-ce que je dois mettre les points sur les i, comme dans *invertiiii* ? – Une petite vague de rires a traversé la foule réunie là. – Je pose la question : comment se fait-il que les écrivains *pas gays* peuvent décrire l'acte sexuel *pas gay* lubrifié par les sécrétions vaginales, ce qu'ils appellent *jus*, oui, *jus*, et comment ils fourrent ensuite leur groin dans cette tourte bien juteuse, et c'est ce qu'on est censé prendre pour le summum de la passion amoureuse ? »

Là, il a obtenu une franche hilarité, Randy. Randy le Titi, Randy Grossman, perché sur un podium à l'entrée de la bibliothèque Dupont, ce même podium solennel sur lequel présidents et invités de marque prenaient place lors des cérémonies du campus. Une cohorte d'étudiants – combien ? quatre, cinq cents ? – était massée sur la pelouse en face de lui, tous en jean, la tenue de rigueur pour manifester son soutien aux droits des homosexuels en cette journée baptisée « Tous Fiers de la Gay Pride ». Adam était non seulement en jean mais il se trouvait juste au pied de l'estrade, à trois mètres en contrebas du micro avec neuf autres types porteurs de tasseaux en bois brut au bout desquels s'agitaient des pancartes. La sienne proclamait : LA LIBERTÉ EST UNE FOLLE, AUSSI ! En d'autres termes, il était devenu l'un des porte-drapeaux de Randy. Un instant, il a été tenté d'abaisser la pancarte au niveau de son visage.

« Mais si *nous* avons le malheur d'écrire sur l'un des sacro-saints trottoirs de Dupont – d'écrire à la craie, je précise – une description du *bonbon esquimau* – et si vous n'avez pas essayé n'en dégoûtez pas les autres ! –, dans lequel un garçon met un glaçon dans la bouche, puis la queue de son partenaire tout en massant la prostate de ce dernier avec deux doigts, vous allez me dire quoi ? Que c'est plus bizarre que le type *pas gay* avec son museau dans la tourte, en train de lapper ces sécrétions, et des tonnes de bactéries, et toutes les MST possibles et imaginables, plus quelques gouttes d'urine oubliées par là ? »

Oh, que de youpis !, de hurlements de rire et de ululements n'a-t-il pas obtenus, Randy ! Mais Adam, dans le secret de lui-même, aurait voulu que le parvis de la bibliothèque s'ouvre en deux pour l'engloutir. D'un autre côté, il se sentait non seulement moralement et politiquement obligé d'occuper cette place mais aussi courageux, et même plein de grandeur, pour être tout à fait franc. L'organisation gay et lesbienne, ou plus spécifiquement encore Randy, avait mis au défi tous les progressistes du campus, étudiants, professeurs, employés, de se joindre à la journée d'action homosexuelle au lieu de se contenter de l'habituel « Oh, encore *eux* ! ». On ne pouvait être progressiste à moitié, n'est-ce pas ? Randy avait coincé Adam et Edgar à la rédaction du *Wave* sans leur laisser une chance de se défiler et donc il avait terminé là, au centre de l'attention, au milieu de la Grand Cour, et il y avait des équipes de télévision, le voyant rouge des caméras se braquait droit sur lui ou du moins filmait la scène de telle sorte qu'il serait en plein milieu de l'image...

« Maintenant, vous pouvez appeler ça des graffiti, si ça vous chante ! » Gonflé par les applaudissements et les rires, Randy avait le ton énergique d'un, disons, Jesse Jackson. « Mais les graffiti sont de l'art, également, et l'art est parfois victime de vandalisme, et c'est ainsi que cette administration a traité l'une des grandes œuvres de calligraphie dans l'histoire de Dupont, en la van-da-li-sant ! »

Adam était impressionné par sa conviction mais il n'était pas convaincu par sa manière de souligner un argument, en levant les mains en l'air mais... les coudes plaqués contre sa cage thoracique. Il n'y avait rien à dire contre des gestes efféminés – c'était d'ailleurs un terme dont il valait mieux s'abstenir, qu'il s'agisse de gestes, de voix ou de mimiques – mais le problème était qu'il les faisait devant des centaines d'étudiants et devant les futurs spectateurs de ce que les caméras étaient en train de tourner – combien seraient-ils ? Des milliers ? Des millions ? Sur le câble ? Les principales chaînes ? Mais celles-ci n'allaient pas diffuser des mentions explicites de la fellation et du cunnilingus, pas vrai ? Ni la pancarte que Camille, à l'autre bout de la rangée devant le podium, brandissait très haut : BAISEZ-VOUS LES UNS LES AUTRES ! BAISEZ LES CONCOMBRES ! BAISEZ N'IMPORTE QUOI ! BAISEZ TOUT ! Les pancartes sortaient toutes du même atelier de publicité mais cette proclamation de perversité polymorphe ne pouvait qu'être l'œuvre de Camille, bien entendu. Et en tout cas les millions, les milliers, les centaines de témoins ne pourraient manquer de voir immédiatement ce que la gestuelle de Randy avait... d'efféminé.

Et que remarqueraient-ils, également ? Adam Gellin au milieu des défenseurs de l'homosexualité active, « LA LIBERTÉ EST UNE FOLLE, AUSSI ! », ce qui, traduit en langage courant, donnait : Adam Gellin, folle, amateur de sexe anal et de bonbons esquimaux ! Il s'en voulait de céder à de telles appréhensions, de manquer à ce point de résolution et de foi dans la Cause, mais il était certain qu'Edgar, l'un des valeureux porte-étendards de la file, éprouvait la même chose. Sa pancarte réclamait : MARIAGES GAY ! MAINTENANT ! et dès qu'il l'avait empoignée et posée sur son épaule il était devenu méconnaissable. Ils avaient le même problème, Edgar et lui, et il était prêt à parier qu'ils avaient tous deux autant honte d'en parler. Comme lui, Edgar n'avait aucun commerce sexuel visible avec la gent féminine. Adam s'était souvent demandé s'il n'était pas gay, question qu'Edgar s'était certainement posée plus d'une fois à propos d'Adam. Et puis même ? Pourquoi cette obsession des étiquettes, gay, pas gay ? Pourquoi ne pas s'en tenir au terme objectif, neutre, de *célibataire* ? Pourquoi avait-il cédé à Randy, s'exposant ainsi à passer devant tout le campus pour un... homosexuel ? Ce n'était pas qu'il avait fait le mauvais choix, cependant, contrairement à tous ces gus qui soutenaient en paroles les revendications gays mais ne se seraient jamais risqués à... La boucle de ses idées était bouclée. Il en a recommencé une autre.

« ... leur vérité chérie, certainement ! s'exclamait le meneur de foules dans son micro. Mais la connaissent-ils seulement, cette "vérité" définie *par* eux, *pour* eux ? Vous parlez d'une vérité ! Une complète illusion, oui ! Ils se racontent des histoires, tout le temps ! Les soi-disant “protecteurs” de l’université, je veux dire le “clan” qui contrôle l’université, ils sont tellement rétrogrades qu’ils ne daigneront jamais venir vers vous, vers moi, et... »

Adam n’en croyait pas ses oreilles. Randy, qui devenait à chaque phrase plus bruyant et plus aigu, se prenait pour un orateur ! Un maître de la rhétorique ! *Figurae elocutionis, figurae sententiae*... Randy le Titi, agitateur et grand rhétoriqueur...

« Bouh ! Bouh ! » Un chœur désapprobateur s’est élevé quelque part dans les derniers rangs de la foule. Au niveau du sol, Adam ne pouvait pas voir de qui il s’agissait mais Randy, sur son podium, si, et il s’est mis à glapir, le doigt tendu : « Yo ! Vous, oui, vous ! La bande de tantes refoulées dans le fond !

— Bouh ! Bouh !

— Oui, vous, là, en short, tous ! Comme c’est mignon ! Très chou ! Ces histoires de bonbon esquimau, ça vous a donné chaud, hein ? Vous en pouvez plus, vous pouvez pas attendre de rentrer à la *fraternité* pour essayer, hein ? »

Les blue-jeans de devant ont beaucoup apprécié, manifestant bruyamment la poussée d’adrénaline provoquée par ces terribles blessures infligées à l’ennemi. Mais les « Bouh ! » ne reculaient pas, au contraire ils gagnaient en virulence et se sont transformés en une phrase scandée sans repos, qu’Adam a d’abord eu du mal à comprendre : « Suceurs... de bite ! Suceurs... de bite ! Suceurs... de bite ! »

Une telle démonstration de sectarisme réactionnaire... Des étudiants s’étaient fait renvoyer pour moins que ça ! Et puis il les a vus : certains d’entre eux commençaient à se frayer brutalement un chemin parmi les blue-jeans comme s’ils avaient l’intention de prendre le podium d’assaut et de s’emparer du micro, d’autres arrivant sur le côté. Il a compris ce que Randy avait voulu dire : tous, absolument tous, étaient en short, le genre de bermuda en toile que l’on porte avec des tongs en été, sinon que dans le cas présent ils étaient tous chaussés de souliers de chantier ! Avec ce froid ! Adam n’a pas percuté, d’abord, puis il a saisi le message en un instant d’illumination : « Vous nous dites de nous mettre en jean pour soutenir les droits des gays ? Eh bien on va vous montrer ce qu’on en pense, de votre journée, même si ça signifie qu’on se chope des engelures au cul ! » Et il y en avait des dizaines, et leur cri de guerre couvrait les slogans mollement lancés par la foule, trop surprise pour répliquer avec assez de coffre :

« SUCEURS... DE BITE, SUCEURS... DE BITE, SUCEURS... DE BITE ! » Mais attendez, attendez ! Maintenant qu’ils étaient plus près, Adam s’est rendu compte que ce n’était pas du tout ce qu’ils scandaient ! « PISSEURS DE MYTHE ! PISSEURS DE MYTHE ! PISSEURS DE MYTHE ! »

Randy, qui n'avait pas encore percuté, s'est égosillé dans le micro : « Obsédés par sucer des bites ! Voilà ce que vous êtes, obsédés ! Encore plus tafioles que nous ! – Sa voix résonnait dans toute la Grand Cour. – Reconnaissez-le, quoi ! »

PISSEURS DE MYTHE ! PISSEURS DE MYTHE ! PISSEURS DE MYTHE !

— Vous rêvez de sucer chacun des... »

Randy s'est interrompu d'un coup, comprenant enfin sa méprise. Certains des assaillants étaient à moins de dix mètres, maintenant, et balèzes, en plus. Quelles étaient leurs intentions ? Adam s'est penché en avant pour observer la réaction des porteurs de pancarte, à droite, à gauche. Il n'avait pas envie d'être le premier à rompre les rangs mais il ne voulait pas être le dernier, non plus. Il a levé les yeux. Ce petit dégonflé de Randy n'était plus sur le podium. Il avait dû filer. Adam a descendu la pancarte devant son visage mais... qu'est-ce que cela pouvait changer, à ce stade ? Il a jeté un coup d'œil sur le côté et là, pratiquement en face de lui... Hoyt Thorpe ! Le meneur des assaillants ! « PISSEURS DE MYTHE ! »

La peur et la haine ont sur-le-champ envahi l'amygdale cérébrale d'Adam. Bourreau de son aimée mais aussi, là, tout de suite, menace contre sa propre intégrité physique ! Il s'en est sorti en raisonnant que s'il volait dans les plumes du salopard cela ne servirait qu'à rendre la tâche des contre-manifestants plus facile, et puis Thorpe le reconnaîtrait et l'histoire de la Nuit de la Turlute serait à l'eau, et...

Comment ? Une voix a explosé dans la Grand Cour, une puissante voix de femme : « ALLEZ VOUS FAIRE FOURRER LE CUL, PÉDÉS REFOULÉS QUE VOUS ÊTES ! FUCKING PRO-SIDAÏQUES ! C'EST QUOI, CES CONNERIES DE SHORT ? VOUS ESPÉREZ QU'UN AMATEUR DE BOY-SCOUTS VOUS METTE SA SAUCISSE DANS LA TURBINE À CHOCOLAT ? »

Camille. Ce ne pouvait être qu'elle, Adam n'avait même pas besoin de regarder pour s'en assurer. Il l'a fait, pourtant. Les traits plus tourmentés que jamais, elle vociférait : « C'EST C'QUE VOUS VOULEZ, HEIN, ALORS POURQUOI PAS BAISSER VOTRE PETITE CULOTTE ET MONTRER VOTRE PETIT CUL ET PRENDRE ÇA COMME DES HOMMES ? ENCULÉS DE FAUX-DERCHES DE MERDE ! »

Ses éructations ont ramené à la vie les blue-jeans, qui se sont mis à rugir à leur tour. On voyait les lèvres de Thorpe et de ses copains – Vance Phipps était là, aussi ! – former les mots mais on ne les entendait plus guère : « pisseurs de mythe ::::: Pisseurs de mythe ::::: » Thorpe a levé une main comme pour retenir ses types au dernier moment et éviter ainsi un combat inégal, puis leur a fait signe de repartir vers le fond de l'esplanade. Ils n'étaient plus audibles mais ils continuaient à scander : « Pisseurs de mythe ::::: Pisseurs de mythe ::::: » Par-dessus son épaule, Hoyt Thorpe a lancé un sourire glacial à Camille avant de reculer.

Dans la rangée des porte-étendards-pancartes, on discutait avec animation tout en jetant des regards au groupe d'assaillants qui battait en retraite. Adam a décidé que le moment était venu de s'éclipser, pour lui aussi. Jetant sa pancarte sur l'épaule comme une carabine, il est parti d'un pas nonchalant vers la bibliothèque. À une bonne distance, il a observé les alentours, s'est baissé rapidement, a abandonné son fardeau sur le sol face contre terre et poursuivi son chemin tranquillement jusqu'à l'entrée. Que faire ensuite, il n'en avait pas idée. L'urgence, c'était de ne plus être piqué debout sur l'esplanade avec le mot « FOLLE » au-dessus de sa tête.

Il est resté dans le hall gothique à admirer le plafond dans ses moindres détails, comme s'il venait de découvrir les clés de voûte, les arches, l'ingéniosité avec laquelle les spots directs et indirects avaient été installés. C'était tellement apaisant, mais... pourquoi ? Il a envisagé toutes les raisons sauf la véritable, qui était que le droit à la consommation sans fard – comme celui de tout étudiant de Dupont à avoir accès aux fabuleuses ressources de la Bibliothèque – procure immanquablement une sensation de bien-être. Mais tandis qu'une cause de frayeur s'effaçait de son cerveau une autre l'a remplacée, surgie de ses profondeurs mentales : l'affaire du plagiat. Elle ne serait pas enterrée, il le savait. Il ne voulait plus jamais revoir Jojo et il redoutait d'être à nouveau en présence de Buster Roth. Se libérer de la pression corruptrice du *programme* avait été un grand soulagement mais il n'en était pas entièrement dégagé, en réalité, parce que Jojo et *son* travail sur le profil psychologique de George III restaient là... Comment quiconque avait-il pu penser que Jojo puisse écrire quoi que ce soit sur la *psychologie* de qui que ce soit ? Un assaut de paranoïa : il avait suivi la stratégie tracée par Buster Roth ! Il revoyait l'entraîneur devant lui. Que lui importait le sort de l'ancien répétiteur de Jojo Johanssen ? Il s'en moquait ! Buster Roth empalerait le cadavre d'Adam Gellin sans une seconde d'hésitation si cela pouvait bénéficier au *programme*. Il en devenait fou, d'essayer d'imaginer comment Roth allait se servir de son témoignage selon lequel il n'avait pas du tout aidé Jojo... pour améliorer les chances du basketteur ! Il a fermé les yeux. Il était là, dans le hall de la bibliothèque, paupières closes, à se torturer tout seul en écoutant un millier de pas résonner sur les vénérables pierres...

« Qu'est-ce que tu fous là, Adam ? Pourquoi tu n'es pas dehors ? »

Randy Grossman le fusillait d'un regard accusateur. Adam avait conscience que se posait une question plus pertinente – pourquoi *lui*, Randy, n'était pas dehors, pourquoi il avait disparu –, mais il se sentait trop honteux pour la formuler. La vérité vraie était qu'il avait délibérément choisi de quitter la manifestation. Randy et le mouvement homosexuel (le Poing gay et lesbien) avaient raison à cent pour cent. Ils ne méritaient pas seulement une complète égalité dans leurs droits civiques mais aussi d'être accueillis comme des frères et des sœurs, embrassés, réchauffés sur le sein de la société, reconnus en tant qu'égaux éthiques – et même supérieurs, parfois – des hétérosexuels. Cela, c'était absolument indiscutable, mais de là à se faire étiqueter comme *un des leurs* ? Aaaarrrgh ! L'idée lui donnait la chair de poule. Il ne pouvait rien imaginer de plus désastreux, ou de plus répugnant, et ainsi sa sensation de culpabilité grandissait à chaque seconde pendant qu'il contemplait l'expression scandalisée de Randy dans ce temple du savoir. Randy s'était conduit avec noblesse et courage, lui : il s'était assumé tel qu'il était, sans avoir peur de risquer sa réputation, il avait surmonté appréhensions et préjugés et avait ceint ses reins... jusqu'à parvenir au faîte du podium de la Grand Cour pour guider le peuple en cette journée de « Tous Fiers de la Gay Pride ». Et *il* donnait la chair de poule à Adam, qui ne s'en sentait que plus coupable...

Bafouillant et roulant des boules de neige imaginaires dans ses mains, il a entrepris d'expliquer à son supérieur en probité morale qu'il n'avait pas du tout quitté le rassemblement, non, mais qu'il avait été pris de... euh... d'une crampe, oui, une crampe à force de porter sa pancarte si longtemps, et qu'il avait dû la poser un moment mais qu'il s'apprêtait à rejoindre sa place dans la mobilisation, bien sûr. Ainsi moralement humilié – par Randy Grossman ! – il est donc sorti ramasser son étendard sous le regard soupçonneux de son supérieur dans ce Massada moderne et il est reparti vers la pagaille, vers le grabuge rhétorique qui permettait à des abrutis de se croire meneurs d'hommes, vers ce qui risquait de devenir un champ de bataille, rien de moins, au cas où Hoyt Thorpe aurait décidé d'opérer un mouvement de recul tactique avant de donner... l'assaut ! Oh, il voyait déjà la grimace sarcastique de ce salopard ! Mais la honte était plus forte que la peur et Adam s'est retrouvé de nouveau parmi la garde prétorienne devant le dais, avec le mot « FOLLE » pesant au-dessus de sa tête.

« ... ni même en fouillant les réserves insondables de leur hypocrisie peuvent-ils trouver la moindre base légale, morale ou juste de simple bon sens à leur refus haineux du mariage homosexuel. Plus encore... »

C'était la voix d'un homme fait, non d'un étudiant, qui faisait à présent vibrer les haut-parleurs et rebondissait en échos sur les façades des plus imposants bâtiments de Dupont. Se dissimulant un instant derrière sa pancarte, Adam s'est retourné pour voir qui était l'orateur. Un quinquagénaire adipeux, vêtu d'un pull gris à col en V trop petit pour lui, qui soulignait ses multiples bourrelets de graisse. Adam ne l'a pas reconnu mais il a jugé raisonnable de supposer, à sa manière de s'exprimer, qu'il appartenait au corps enseignant.

« ... et c'est pourquoi la droite religieuse privilégie l'axiome selon lequel le mariage n'aurait d'autre but que la reproduction. Mais si nous étudions *leur* livre saint, combien de fois *leur* prophète Jésus mentionne-t-il les enfants ? Je ne dis pas *discourir*, mais simplement *mentionner* ? Une seule fois, et uniquement en réponse à une question ! Cela se trouve dans ce que la droite religieuse appelle le Nouveau Testament, dans ce qu'elle désigne par "livre" alors qu'il s'agit d'un chapitre, le Livre de Marc, verset 10-14, quand Jésus proclame : "Laissez venir à moi les petits enfants car c'est à leurs pareils qu'appartient le Royaume de Dieu." Voilà ce que leur prophète a à dire sur le sujet ! Rien de plus ! Laissez-les venir me serrer la main en public ! Un coup de publicité ! Et c'est sur cette base qu'ils nous disent que leur religion réprouve les mariages homosexuels ! Ils ne connaissent même pas leurs propres dogmes ! C'est un trou, une sérieuse lacune que nous avons là, et si nous voulons qu'ils le franchissent il nous faut jeter un pont par-dessus ! »

Hourras, hurlements hilares alors que le docte rhétoriqueur démolissait les philistins. « Cela dit, nous avons deux enfants, ma femme et moi, et nous les aimons, nous sommes extrêmement proches d'eux, nous ferions n'importe quoi pour eux, mais pensons-nous pour autant que notre mariage n'a de sens que *par* eux ? Nous avons chacun une vie professionnelle et nous pensons que notre mariage a un rôle à jouer sur ce plan *aussi*. J'irai encore plus loin : nous accordons une grande importance à notre travail respectif. Mon épouse est avocate et elle a choisi d'être toujours à la disposition des juges qui lui demandent de défendre des prévenus sans ressources suffisantes pour faire face aux frais de justice. Moi, j'enseigne dans cette université et je me flatte de considérer... Bien entendu, je ne puis garantir que mes étudiants le voient de la même façon... » Grand sourire et gloussement satisfait. « ... Je me flatte de tenir l'enseignement pour une *vocation sacrée*, et j'utilise à dessein un terme que la droite religieuse approuve, et je pense que notre mariage existe aussi *par* ces choix. Maintenant, y a-t-il une seule raison valable pour que des parents d'un même sexe ne puissent élever des enfants, adopter et éduquer des enfants parmi les millions, je dis bien les millions, d'orphelins ou de petits abandonnés que compte ce pays, et ce avec le même amour et le même dévouement que ma femme et moi prodiguons à nos enfants ? Non, bien sûr. Les deux éléments – le sexe des parents et la mission parentale – n'ont *strictement* rien à voir ! Rien ! Devoir se confronter à des arguments aussi absurdes est une... *insulte* à un esprit normal ! »

L'ovation des blue-jeans a stimulé l'orateur, le poussant vers de nouveaux sommets : « Ainsi, c'est l'*ignorance* qui transforme en victimes les membres les plus vulnérables de notre société, les enfants ! Elle les victimise, les soumet aux plus révoltants abus de pouvoir ! »

Rugissements d'approbation mais Adam, lui, a abaissé une nouvelle fois sa pancarte devant son visage. Il n'était pas dupe. Ce croulant, il ne connaissait pas son nom mais c'était un sacré malin ! *Comme ça, en passant*, il avait réussi à caser qu'il était marié et père de famille ! Être gay, c'était super, génial, peut-être encore mieux que de ne pas l'être, mais il s'était débrouillé pour faire savoir qu'il ne l'était absolument pas, le vieux singe ! Adam n'appréciait pas du tout ce micmac : ce prof se faisait une pub d'enfer en se pavanant à la journée des homos mais il avait un micro pour annoncer *urbi et orbi* qu'il n'était pas... un pédé de merde ! Alors que lui, Adam Gellin, était obligé de se tenir bouche cousue avec un panneau plus que compromettant au-dessus de la tête ! Pourquoi ne pouvait-il pas s'exprimer à la sono, ou ajouter une précision à sa pancarte ? « La liberté est une folle, aussi, mais pas moi ! » Mais c'était inconcevable, non ? Il faudrait un panneau de deux mètres de haut, et avec le manche on arriverait à un machin impossible à porter...

Le vieux type avait pris son envol, désormais : loopings, piqués, descentes en torche, une apothéose de figures aériennes verbales que rien ne pouvait arrêter... Qui était-ce, d'ailleurs ? Poussé par la curiosité, et tout en prenant soin de rester dissimulé derrière sa pancarte, Adam s'est glissé jusqu'à Camille, redevenue simple élément de la garde prétorienne.

« Qui c'est, ce zigue ? a-t-il soufflé.

— Jerome Quat, a-t-elle répondu du coin de la bouche. Un des rares profs à avoir quelque chose dans le bide. Les autres, ils se contentent de signer des pétitions.

— Jerome... *Quat* ? Il est prof... d'histoire ? »

Camille a hoché la tête et Adam en a eu un coup au plexus solaire, son cœur s'est mis à battre comme s'il voulait s'échapper de sa poitrine. Le prof d'histoire de Jojo ! Celui-là même qui les tenait tous les deux dans sa main comme deux mouches affolées ! Tout son instinct lui a commandé de disparaître... maintenant ! Mais il ne pouvait pas prendre ses jambes à son cou en plein milieu de la péroraison du type ! Et puis Randy et le facteur Culpabilité... Alors il est resté à sa place, le mot « FOLLE » devant le nez, et il a gambergé, gambergé, jusqu'à ce que son esprit logique parvienne à rattraper son amygdale.

Mr Jerome Quat est enfin redescendu des sommets oratoires pour accepter modestement les applaudissements, les hourras et les « Wouh ! Wouh ! Wouh ! » qui, dans les coutumes estudiantines modernes, exprimaient l'approbation. Camille, qui s'était jointe aux « Wouh ! », a posé sa pancarte au sol et s'est précipitée à l'arrière du podium pour aller féliciter le grand homme. Adam l'a suivie. Déjà descendu de son perchoir, Quat, très entouré par cadres et sympathisants du Poing, ne semblait pas pressé d'échapper au déluge de flatteries et de gratitude qui déferlait sur lui. Toujours très Deng, Camille s'est résolument ouvert un chemin à grands coups de coude et Adam est resté sur ses talons, risquant même une ou deux bourrades. Quand il a posé une main sur son épaule, elle s'est retournée d'un air furieux mais s'est calmée en découvrant qu'il s'agissait de lui.

« Il est fabuleux ! a-t-il crié à Camille. C'était grand ! Je l'avais encore jamais entendu ! Faut que je fasse sa connaissance !

— Je vais te présenter ! C'est le seul qui ait quelque chose dans le bide, fuck ! »

Arrivée devant Quat, elle a levé sa main ouverte en un « tape-m'en cinq » qu'il lui a retourné, très content de lui.

« Mr Quat, je voulais vous dire que vous êtes le seul professeur hétéro de tout ce putain de campus qui ait quelque chose dans le putain de bide. »

Loin d'être dérouté par cette déclaration, Quat l'a enlacée par la taille et l'a serrée contre lui.

« Appelez-moi Jerry, Camille ! Jerry ! C'est *vous* qui avez quelque chose dans le bide ! Comment vous avez envoyé baladé cette bande de garnements... C'était extra ! »

Ils ont poursuivi ce duo de roucoulements louangeurs jusqu'à ce que Camille se souvienne de la présence d'Adam juste derrière elle.

« Mr Quat...

— Jerry !

— ... voici mon ami Adam Gellin.

— Adam... Gellin, a répété Quat comme s'il ruminait le nom.

— Je vous ai parlé des Mutants du millénaire, pas vrai ? Eh bien, Adam est avec nous. Vous savez, tous ces gars hétéros gauchos qui disent qu'ils veulent faire bloc avec le Poing ? Ils le disent, ouais, mais leur bite dit le contraire et...

— Leur... *bite* ? Ah, Camille, Camille, je vous adore ! a déclaré Quat en pouffant de rire.

— Et ils ne viennent jamais avec nous. Mais Adam, si ! Il était juste devant le podium, avec une pancarte et tout. »

Quat lui a serré la main avant de se remettre à ruminer :

« Adam Gellin, Adam... Gellin... D'où je connais votre nom ? Encore l'autre jour...

— Adam écrit dans le *Wave*, Mr Quat. C'est lui qui a sorti l'histoire des soirées du conseil d'administration. Vous l'avez lue, non ?

— Tout le monde l'a lue ! Mes félicitations, Adam ! Comment vous avez arrangé ces... Mais non, ce n'est pas ce à quoi je pensais. C'était il n'y a pas longtemps, non plus... »

Adam a pris sa respiration... et l'a retenue. Les chances étaient... fifty-fifty. Quitte ou double. Il a songé à Charlotte, en train de l'attendre. Zut et flûte ! Cette fois, il ne se laisserait pas paralyser par la timidité !

« Je crois que je sais, Mr Quat. Il y a encore peu, j'étais répétiteur pour le Département des sports. Soutien pédagogique de... Jojo Johanssen. »

Lèvres retroussées, il fixait l'enseignant de tous ses yeux. Il a tenté de ne pas avaler sa salive mais c'était impossible. Les dés étaient lancés.

Mr Quat n'a rien dit pendant un moment, puis il s'est mis à hocher la tête, lentement, avec insistance.

« Aaaahh, je vois... »

Il paraissait aussi incertain qu'Adam de ce qui était en train d'arriver.

Un peu plus tard, ce même après-midi, Adam a ouvert son cellulaire avec une sensation de triomphe assez forte pour lui faire oublier, ne fût-ce qu'un moment, sa peur de la bombe à retardement Quat. Sans tarder, il a appelé Greg à la rédaction. Après l'avoir mis en attente – cinq bonne minutes, a-t-il eu l'impression –, le rédacteur en chef a daigné répondre, non sans une certaine raideur :

« C'est pourquoi, Adam ? On est en plein bouclage, là.

— Ça ne prendra que deux secondes. Tu te rappelles la Nuit de la Turlute ?

— Putain de merde, Adam ! Combien de fois je t'ai dit que...

— Une seconde, mec, une seconde ! J'ai *l'angle*, maintenant ! Ça en fait de l'actu, et quelle actu ! Je viens d'avoir une source à Saint Ray, une source ultra-confidentielle. Hoyt Thorpe a accepté de se faire soudoyer par le gouverneur de Californie juste pour la fermer sur toute l'histoire. Et c'est tout récent ! Et il y a à peine une demi-heure, j'ai eu un appel de Thorpe en personne qui m'a dit qu'il avait changé d'avis, qu'on ne pouvait pas sortir le papier. Corruption, Greg ! Un putain d'étudiant de Dupont se fait acheter par le présidentiable républicain en personne ! Greg ? Tu es toujours là ? »

Au bout d'un temps interminable, la réponse :

« Je suis toujours là, ouais.

— Cette source est en béton, Greg ! Et quand je dis béton, je dis fucking béton ! »

30

Nuance de préposition

Adam était forcé d'occuper un rôle qui lui était complètement étranger : il était devenu le *méchant* moniteur de Charlotte, celui qui se fiche de passer pour le *brave type* aux yeux de la colonie de vacances et veille à ce que non seulement tout le monde respecte les règles mais soit aussi persuadé de leur absolue, c'est-à-dire divine, justesse.

Charlotte, elle, ressemblait à la cohorte des autres filles officiellement déprimées avant elle. L'aube la trouvait invariablement éveillée, beaucoup trop consciente et angoissée à l'idée de devoir quitter son lit. La peur s'ajoutait au poids de l'inertie et à l'épuisement dû au manque de sommeil. Les nuits d'insomnie, que Charlotte finisse par s'endormir ou non, étaient comme ses huit, neuf, dix heures de voyage en bus. Dans ces moments, elle n'avait pas d'obligation, pas de responsabilités, personne à rassurer puisqu'il n'y avait *personne*. Dieu lui donnait l'autorisation expresse de ne s'occuper de rien.

Le matin de son examen en dramaturgie moderne a été le pire de tous. Adam avait réglé le réveil sur huit heures, ayant calculé qu'elle aurait une heure et demie pour se doucher – dans la salle de bains mixte, oui ! –, se coiffer et s'habiller correctement. À la sonnerie, pourtant, Charlotte n'a pas bougé, même s'il était évident qu'elle ne dormait pas, et n'a répondu aux exhortations d'Adam que par des grognements inintelligibles. Il a fini par grimper sur elle pour atteindre le réveil et éteindre l'alarme. Elle est restée là, dans un état quasiment comateux, les yeux ouverts mais sans vie.

« Bon sang, Charlotte ! – Il s'est planté au-dessus d'elle en tee-shirt et caleçon, les poings sur les hanches. – Avec le mal que je me donne pour toi ! Moi non plus, je ne voulais pas me lever si tôt mais voilà, c'est fait. Et toi aussi, tu vas bouger. Tu as un exam' dans quatre-vingt-dix minutes, exactement, et tu vas y aller ! Et tu vas avoir l'air de quelqu'un qui se respecte, et tu vas manger quelque chose, aussi, pour avoir un peu de sucre dans le sang et être capable de te concentrer. Donc... Allez, hop ! »

Charlotte n'a pas bougé mais ses yeux se sont très légèrement allumés. D'une toute petite voix, elle a murmuré :

« Quelle différence... que j'y aille ou non ? Dans les deux cas j'aurai un F... »

Quelque chose a enfin remué en elle : ses muscles frontaux, ceux qui permettent à une fille déprimée de hausser les sourcils en signe de complet désintérêt.

« Ah oui ? Et pourquoi, s'il te plaît ? Et je veux une réponse qui soit autre chose que de l'autodénigrement.

— C'est... Ça n'a rien à voir avec ça, a répondu la petite voix morne. Miss Zuccotti est persuadée... Je ne pense pas comme elle, voilà. Je ne *peux* pas raisonner comme elle. Elle est persuadée que cette pauvre femme, "l'artiste de scène" Melanie Nethers, est ce qu'il y a de plus important dans toute l'histoire du théâtre moderne. Shaw, Ibsen, Tchekhov, Strindberg, O'Neill, Tennessee Williams, tous des... ringards ? Pas *cool* ? Elle pense qu'être *cool* est un concept acceptable en critique théâtrale ? Qu'est-ce que je suis censée répondre à... ? »

Adam n'était pas disposé à la laisser finir. Braquant ses deux mains à l'horizontale sur la forme inerte, il s'est écrié :

« Charlotte ! C'est pas *bien* !

— La question n'est pas que ce...

— C'est pas *bien*, je répète ! Tu m'entends ?

— ... Que ce soit bien ou pas...

— Tu peux pas sécher un examen final ! C'est impossible ! Non, mais pour qui tu te prends ? Comment *oses*-tu être inconsciente à ce point ?

— Si tu veux la vérité, c'est que...

— Tu y connais rien, à la vérité ! – Les dents serrées, il a arcbouté les doigts comme s'ils étaient munis de griffes redoutables. – TON COMPORTEMENT EST INADMISSIBLE, VOILÀ ! TU ES EN TRAIN DE TE GÂCHER, DE FOUTRE EN L'AIR UN GRAND AVENIR ! QUI T'A DONNÉ LE DROIT DE FAIRE UNE CHOSE PAREILLE ? POUR QUI TU TE PRENDS, MERDE !

— Je pense juste que...

— C'EST MAL !

— Je...

— ASSEZ ! LÈVE-TOI ! QU'EST-CE QUE ÇA VEUT DIRE, DE RESTER PROSTRÉE COMME ÇA ? DEBOUT !

— Est-ce que tu peux me... ?

— NON ! C'EST TRÈS MAL !

— Est-ce que tu peux me laisser... ?

— NON ! PAS QUESTION ! TU ES SUR LE FIL DU RASOIR, LÀ ! IL FAUT CHOISIR DE QUEL CÔTÉ TU SAUTES, LE BON OU LE MAUVAIS ! Y A PAS DE VOIE MOYENNE ! »

Cette avalanche d'injonctions moralisatrices a fini par atteindre Charlotte, par trouver un écho dans les quelques principes évangélistes qu'elle avait apportés à Dupont sans même le savoir, comme s'ils avaient été cousus dans la doublure de ses vêtements. Il y avait aussi, ignorée de l'un comme de l'autre, l'ancestrale – et délicieuse – émotion de la femme lorsqu'un homme bombe le torse et le drape dans l'étoffe de la vertu, lorsque, campé sur la Colline d'Abraham, il manifeste son autorité ! À ce moment, tout a basculé : Charlotte s'est ressaisie, a obéi aux consignes qui lui étaient données et s'est présentée en avance à l'examen. Ensuite, elle a regagné l'appartement d'Adam convaincue d'avoir complètement raté sa copie. Bien que pestant à nouveau contre l'incompréhensible logique de Miss Zuccotti, elle n'a pas fondu en larmes, ne s'est pas laissée aller au désespoir. Le mépris et la haine étaient désormais son point fort, l'abattement avait cédé la place à la colère, un péché capital peut-être mais aussi un signe positif, dans son état.

Adam a continué à passer les nuits avec Charlotte, à « coucher avec elle » tout en ayant conscience de l'amère ironie que prenait l'expression dans ce contexte, à se serrer contre elle comme elle le réclamait. Quand elle était enfin terrassée par le sommeil pendant deux ou trois heures, il dormait aussi. S'il avait mentionné cet arrangement devant Greg, Roger ou Camille, ils en auraient immédiatement déduit que Charlotte lui *vidait les couilles* tous les soirs, car c'était ainsi que Camille désignait la cohabitation d'une fille avec un garçon. Camille ne disait pas « Cette petite dinde vit avec Jason depuis un mois, maintenant », mais « Ça fait déjà un mois que cette petite dinde vide les couilles de Jason ». En vérité, cependant, la cinétique de leur intimité restait immuable, Adam continuant à l'enlacer comme une mère pressant sur son sein un nourrisson d'un mètre soixante, Charlotte lui tournant toujours le dos. Ce n'était pas la présence d'un amant mais celle, fade et douceâtre, du bon ami veillant à ce qu'une pauvre fille égarée se sente protégée et entourée, non abandonnée, seule, dans la fosse de mortel égarement que tous les mortels doivent endurer. Maintes fois, certes, le bon ami avait une érection sous son caleçon ; maintes fois, cet appendice durci ressentait le besoin de se lancer en avant – cinq ou six centimètres auraient suffi – afin de manifester sa présence à Charlotte, rien de plus, mais comment Adam aurait-il pu prendre ce risque quand ce qui l'avait fait fuir ici, jusque dans son lit, était une autre érection, égoïste, insensée, celle d'un bouc furieux qui avait enfoncé sa porte pour la ravager ?

Ironie, trop parfaite ironie... Et puis, un soir, l'inconcevable s'est produit : Charlotte s'est endormie une minute après s'être couchée dans les bras d'Adam. Elle a eu sa première vraie nuit de sommeil en deux mois ou plus, s'est réveillée fraîche et dispose, a même trahi quelques signes d'optimisme. La nuit suivante, même chose, et au matin elle s'est levée avec détermination. La fin de l'insomnie était la preuve tangible qu'elle était en train de sortir de sa dépression.

Après quelques jours, elle a proposé qu'ils en reviennent à leur organisation initiale : il recommencerait à dormir sur le futon et elle sur le lit, ou vice versa, puisqu'elle se sentait beaucoup mieux et n'était plus assaillie par ses peurs. Adam était partagé, à ce sujet : comment renoncer à la perspective alléchante, même si frustrante, d'avoir le corps de Charlotte contre le sien et de coucher avec elle, au sens strict du terme ? Mais aussi c'était affreusement inconfortable, de se partager ce lit étroit, et puis jouer les nounous sans récompense en nature ou en espèces devenait lassant, au bout de près de deux semaines.

Le premier jour du deuxième semestre est donc arrivé et Charlotte a décidé qu'il était temps de rejoindre sa chambre à Edgerton, de retrouver ses vêtements et ses affaires. Cela n'était pas du tout une *rupture* avec Adam, pourtant. Il l'a obligeamment raccompagnée jusqu'à la résidence, a pris l'ascenseur avec elle et, arrivés à la porte de sa chambre – qui n'était pas fermée à clé –, elle l'a invité à entrer.

Une masse impressionnante de cheveux à mèches blondes emplissait la pièce. Spectaculaire ! Une fille immense, très mince... Non, à la réflexion le mot était *maigre*, et ce nez, ce menton... À la description que Charlotte lui en avait faite, Adam a tout de suite compris qu'il s'agissait de sa camarade de chambre.

« Bonjour, Beverly, a dit Charlotte d'un ton qui a paru exceptionnellement froid et distant à Adam, surtout en tenant compte du fait qu'elle n'avait pas vu sa compagne d'internat – ni ne lui avait parlé, du moins à sa connaissance – depuis dix jours. Lui, c'est Adam, a-t-elle continué de la même voix. Adam ? Beverly.

— Salut ! Content de faire ta connaissance ! » a lancé Adam en grimaçant un grand, un énorme sourire. Celui que Beverly lui a retourné était le plus mort qu'il avait jamais vu, un simple plissement des lèvres qui a duré un quart de seconde et n'a été accompagné d'aucune expression. Elle s'est contentée de le considérer de haut en bas, de bas en haut, a décidé que cela suffisait et a reporté son regard sur Charlotte.

« Alors, ma *copine* est revenue, a-t-elle constaté avec un air qui disait : "Positivement hilarant, ma chère." J'avais cru que tu étais repartie en Caroline du Nord sans rien dire à personne, et puis je t'ai vue une ou deux fois sur le campus pendant les examens et donc je me suis dit que tu étais partie vivre chez les Saint Ray, ou ailleurs... »

Charlotte est devenue rouge comme une tomate. Adam a eu peur qu'elle ne fonde en larmes, tant elle semblait atteinte. Le silence s'est prolongé, prolongé, avant qu'elle ne finisse par répondre :

« J'étais chez Adam.

— Ah booon ? » a fait Beverly en feignant l'intérêt et la surprise avec une note sarcastique odieusement réussie.

De nouveau, elle a jaugé Adam en un regard-éclair qui n'aurait pas pu proclamer « Quel type insignifiant ! » plus haut et fort si elle l'avait hurlé, et l'intéressé s'est senti blessé avant même d'avoir pu en analyser les raisons.

Bientôt, Charlotte et lui se sont trouvés sur le pas de la porte. Elle l'a serré contre elle mais ce n'était pas l'étreinte qu'il en était venu à chérir et à désirer plus que la vie, quand elle jetait ses bras autour de lui et posait sa tête sur son épaule. Elle lui a accordé un baiser, aussi, mais qu'il n'a pu qu'imaginer lui effleurer la joue. Très formel, tout cela. Puis elle a chuchoté : « Tu m'appelles, d'accord ? Ou c'est moi ? Promis ? »

Tentant un bilan dans l'ascenseur qui le reconduisait en bas, Adam a estimé que la colonne des « plus » dépassait nettement celle des « moins ». Elle ne s'était pas montrée précisément passionnée en le quittant, certes, mais c'était compréhensible devant cette garce snobinarde, qui n'avait condescendu qu'à lui adresser deux regards et pas un seul mot, le trouvant à l'évidence trop *insignifiant* pour le traiter autrement que par le mépris le plus absolu. Ah, c'est qu'il n'avait ni chemise rose, ni pantalon Abercrombie & Fitch – c'était pour *ça*, hein, salope ? –, ni petit sourire fat de fils à papa, ni petit air entendu dans le genre « Et si on baisait un coup ? », hein, salope, Marie couche-toi-là mais seulement pour les Saint Ray et les Phi Gamma, sale snobinarde, tepu anorexique et *raciste*, oui, avec tes préjugés puants, tes engouements mort-nés qui ne répondent qu'à un besoin de pose sociale, comme ces sacs à main de marque au prix exorbitant, *la totale*, quoi, et dans dix ans de cela, dans ta villégiature de... Martha's Vineyard, évidemment, devant la télé avec ton clone de Saint Ray à regarder *60 Minutes* avec Morley Safer – lequel aurait alors dans les cent ans, s'est dit Adam –, Morley Safer interviewant Adam

Gellin, l'inventeur de la Nouvelle Matrice du XXIe siècle, ce serait le titre du programme, tu te tourneras vers ton clone à mâchoires de titane, à la grosse tête mais au cerveau en pois chiche et tu t'exclameras : « Mais je le connais ! C'était le copain de ma camarade de chambre à Dupont », et donc non, Charlotte n'aurait jamais pu exprimer la profondeur de ses sentiments, pas devant cette *salope*. C'eût été trop demander. Mais, mais... Elle avait dit, ouvertement, clairement, franchement « J'étais chez Adam », « J'étais chez Adam et je me fiche que tu le saches, snobinarde de merde, c'est comme ça et si t'es pas contente, c'est le même prix ! ». Et elle avait chuchoté – oh, la douceur angélique de ce murmure, il la *sentait* encore ! – « Tu m'appelles, d'accord ? Ou c'est moi ? Promis ? »

Promets-moi, oui, promets, promets...

Adam a quitté Edgerton, la Petite Cour et la Porte Mercer avec des visions d'entrejambe moussu.

Le téléphone a explosé et Charlotte est sortie de son profond sommeil en se demandant où elle était. Elle s'en est rendu compte assez tôt.

« C'est quoi, ce merdier ? »

Sortie d'un amas de draps et de couvertures, la voix ronchonne et agressive de Beverly, furieuse d'être réveillée par un coup de fil qui ne devait même pas être pour elle.

« Quelle heure il est, bordel ? » a-t-elle maugréé.

Huit heures tapantes, voilà. Charlotte a décroché à la fin de la deuxième sonnerie.

« Oui ?

— Salut, c'est... »

Elle n'a pu entendre la suite, tant les grognements émanant du tas mouvant sur l'autre lit étaient devenus sonores. Sans relever la tête, Beverly s'est manifestée avec véhémence :

« Va parler dehors, merde ! Fuck, en PLEINE nuit ! »

La main en cornet autour du combiné, Charlotte a susurré :

« Oui ? Pardon ?

— C'est moi, Adam. Qui c'est qui hurle derrière ? Beverly ? Tu veux prendre un petit déj' à la cafét' avant ton cours ?

— Je... Je pense que oui ? Attends, je dois y réfléchir une seconde. »

Mister Rayon lui coûterait trois ou quatre dollars, alors qu'elle se rappelait trop bien à quelle vitesse les cinq cents du premier semestre avaient fondu. D'un autre côté, se retrouver seule au lugubre réfectoire de l'Abbaye... Plus encore, elle s'en voulait du peu de chaleur qu'elle avait manifesté à Adam en le quittant la veille. Cet ersatz de baiser que l'on donne à un vague cousin... Il avait été déçu, sans doute, mais elle n'avait pas voulu manifester ses sentiments. Pourquoi ? Eh bien, parce que Beverly était là et qu'embrasser quelqu'un est un geste intime... Mais oui, c'est ça ! Tu parles d'une raison ! La vérité, c'était que Beverly était là *et* qu'il était clair qu'elle n'avait pas du tout été impressionnée par Adam. Un seul regard lui avait suffi pour le classer tout en bas de l'échelle du Cool et de celle de la Haute, ces sphères particulières qui tournent autour des protocoles à suivre lorsqu'on est riche, et de la sophistication que la fortune est censée apporter. Et elle, Charlotte... Inutile de se le dissimuler ! Elle, Charlotte, n'avait pas cherché à être vue en train d'enlacer et d'embrasser un garçon répondant aussi peu à ces critères sociaux. Ce constat l'a emplie d'un remords instantané ; elle s'est détestée, aussi, elle et sa veulerie, alors qu'Adam lui avait pratiquement sauvé la vie. Elle était coupable, coupable de snobisme aggravé ! Aussi fautive que Beverly, et même plus car elle connaissait les qualités d'Adam, ses trésors de sympathie et d'abnégation, tout ce dont elle lui était redevable... Après quelques secondes de cette analyse-éclair, elle a pris un ton aussi enthousiaste que possible pour annoncer son verdict :

« Ce serait génial ! »

Mais non « Ce serait génial, Adam ! », car ce nom risquait de réveiller le mépris de sa camarade de chambre, qui pour l'heure se contorsionnait sous ses draps dans l'un de ses numéros d'exaspération cabotine.

« Dans combien de temps tu peux être prête ?

— Un quart d'heure, a dit Charlotte d'un ton normal.

— Fuck, Charlotte ! DEHORS, j'ai dit, merde ! a protesté le tas.

— O.K. ! Je passe dans un quart d'heure ! a assuré Adam.

— Merci ! À toute ! a chantonné Charlotte.

— Merde et fuck ! – Beverly s'était relevée sur un coude pour la fusiller du regard à travers le fouillis de ses cheveux. – Je t'ai demandé gentiment, putain ! J'essaie de dormir, moi ! »

Charlotte a contemplé le visage anguleux devant elle, étonnée de ne se sentir ni intimidée, ni même timide, ni repentante, ni ulcérée, ni désireuse de relever ce que le « gentiment » avait d'absurde dans ce contexte. Elle venait de s'extraire de sa vallée de cendres. Elle existait sur un autre plan. « Moi, Charlotte Simmons ! », à nouveau, mais une Charlotte qui avait marché sur les brandons, à travers les flammes, et en était ressortie avec assez de force pour le faire savoir, qu'elle était Charlotte Simmons, et ce en toute candeur !

« Il y a quelque chose que je voudrais te demander, Beverly, a-t-elle énoncé avec un tel calme, une telle fermeté dans les yeux et dans la voix qu'une ombre d'inquiétude est passée sur les traits de sa camarade de chambre. Tu as dit que tu voulais savoir *exactement* ce qui s'était passé à la soirée habillée de Saint Ray, exact ? Depuis, est-ce que tu as eu ce que tu cherchais ? Est-ce que quelqu'un t'en a parlé ? »

Le visage de Beverly s'est encore tendu, comme si elle était sur ses gardes, maintenant.

« J'ai vaguement entendu... quelque chose, a-t-elle répondu avec une négligence feinte.

— Oui ? Eh bien c'était vrai, ce que tu as entendu. Et tous les détails que tu as pu avoir le sont aussi. Et si tu n'en as pas eu suffisamment, si tu as besoin d'en imaginer d'autres, ils sont vrais aussi. Et donc maintenant tu sais tout, non ? Tu en sais même plus que moi, sans doute ? Bon, je dois retrouver quelqu'un pour le petit déjeuner. À plus. »

Beverly lui a lancé le regard le plus vide que Charlotte lui ait jamais vu mais déjà cette dernière allait à sa penderie. Ayant trouvé le vieux peignoir qu'elle n'osait plus porter à Dupont, elle l'a enfilé, a noué solennellement la ceinture, passé les pieds dans les vieilles pantoufles qu'elle avait jusque-là bannies au fin fond du placard, attrapé sa vieille trousse de toilette. Alors qu'elle quittait la chambre, Beverly s'est lentement affaissée sur son coude pour disparaître à nouveau dans la confusion de draps. Sans un mot de plus.

À leur arrivée à Mister Rayon, la queue du petit déjeuner commençait seulement à se former, un processus toujours étiré dans le temps puisque l'étudiant moyen ne se levait jamais avant dix heures du matin, sauf en cas de nécessité absolue. Charlotte restait gonflée à bloc : elle était Charlotte Simmons, de nouveau, ce qui ne l'empêchait pas de regarder en tous sens autour d'elle. Comme les murs étaient impeccablement laqués de blanc ! Comme les bannières suspendues au plafond éclataient en martiales couleurs ! Les rires aigus des filles et le tintement des couverts en acier sur les assiettes en terre cuite transperçaient le grondement sourd et viril de garçons en pleine montée de sève. Charlotte s'est sentie soulagée d'avoir de la compagnie : elle n'aurait rien détesté davantage que de s'asseoir seule en se disant qu'on allait l'observer et, pire encore, s'apitoyer sur elle en connaissant son histoire. Elle s'est tournée vers Adam, qui était derrière elle dans la queue :

« Tu sais, Adam, et j'espère que je ne vais pas me mettre à pleurer en disant ça, mais ce que tu as fait pour moi a été teeeeellement important... J'ai cru que je ne serais plus jamais capable de me montrer en public. Comme si j'étais prise dans ce... maelström, tu vois, dans la nouvelle d'Edgar Allan Poe, et que je n'arrivais pas à en sortir ? Mais toi, tu m'as tirée de là ! Je me sens humaine, de nouveau. Tu as vraiment... Bon, je ne peux pas trouver les mots pour exprimer à quel point je te suis reconnaissante. »

Elle avait à peine terminé sa déclaration qu'elle y a décelé deux motivations, dont l'une lui a paru assez sournoise. Elle l'avait dit parce qu'elle le pensait, bien sûr, mais aussi pour le cas où une Crissy, une Gloria, une Nicole, une Erica, une Lucy Page ou une Bettina serait en train de la regarder ; dans ce cas, elle serait vue en train de converser avec animation, preuve formelle que Charlotte Simmons n'avait pas été réduite à l'état de petite provinciale déflorée n'inspirant qu'un mépris goguenard à tout le campus.

La prenant par le coude, qu'il a rapidement serré dans sa main, Adam a rapproché sa bouche de l'oreille de Charlotte :

« C'est gentil, mais en fait je n'ai rien *fait* pour toi. Je t'ai simplement rappelé qui tu étais et ce que tu pouvais devenir. Rien de plus : un *rappel.* »

Pendant un court instant, en le sentant si près de son visage, Charlotte a craint qu'il ne cherche à l'embrasser sur la joue, voire à projeter ses lèvres sur les siennes ou à l'enlacer, bref à manifester son ardeur de façon embarrassante. Elle ne voulait surtout pas de ça, non, mais très vite il a retiré sa main et s'est comporté avec tout le décorum désirable. Avec un joyeux sourire, elle a repris :

« Non, c'était bien plus qu'un rappel. Tu m'as... affranchie, Adam. Vraiment. Tu m'as remise sur les rails. »

Son sourire radieux, presque espiègle, ne correspondant pas du tout à la gravité de l'idée exprimée, Adam l'a observée un moment, immobile, perplexe. Encore de la duplicité, certes inoffensive... Elle était sincère, cette fois aussi, mais elle voulait également montrer à d'éventuels témoins qu'elle avait de la compagnie *et* qu'elle était d'excellente humeur, malgré tout ce qui avait pu lui arriver. Charlotte Simmons ressuscitée était une fille gaie comme un pinson !

Et *quelqu'un* l'avait vue, en effet : alors qu'elle avançait avec la queue, elle a senti une tape sur son épaule et s'est retournée. Bettina. Une Bettina rayonnante, débordante d'optimisme, qui lui a lancé :

« Hé ! Où tu étais passée ?

— Un peu partout, a sèchement répondu Charlotte en saisissant un plateau.

— Ho ! Qu'est-ce que tu as ? T'as les boules contre moi ?

— Non, a fait Charlotte d'un ton neutre en continuant le long du comptoir.

— Bon. Mimi et moi, on est assises là-bas, si tu veux te joindre à nous.

— Je suis déjà avec quelqu'un, merci.

— Qui ?

— Il s'appelle Adam.

— Mais c'est *qui* ?

— Là. Avec la chemise écossaise. »

Les yeux de Bettina l'ont longuement observé avant de revenir sur Charlotte.

« C'est quoi ? Un prof, un stagiaire ?

— Non. C'est mon ami, a-t-elle annoncé comme s'il n'y avait rien de plus à dire.

— Aaaah ! – Bettina a retroussé les narines, donnant l'impression qu'Adam dégageait une odeur particulière, même de loin. – Bon, alors tant pis. À plus. »

Vexée, elle est partie, sans doute pour rejoindre au plus vite l'autre vipère, Mimi.

Charlotte s'est sentie ulcérée, mais aussi angoissée, par le verdict tacite que Bettina venait de rendre. Adam avait-il l'air ringard à ce point ? Elle a soupesé la question. Même si c'était le cas, il n'était pas impossible de transformer son image. Pour commencer, des lentilles de contact à la place de ces très moches lunettes, ou une opération de sa myopie. Ensuite, élaguer sévèrement cette masse de boucles, ce qui mettrait plus en valeur son visage, lequel n'était pas mal du tout... Il aurait été séduisant, même, si seulement il l'avait voulu et s'il avait *déringardisé* – le mot existait-il ? – son look. Parce que son pantalon en laine bleue, à pinces et à revers... Aucun étudiant ne porterait un falzar pareil, surtout avec cette ceinture de croulant munie d'un passant en imitation argent au lieu d'une boucle normale ! Et la chemise à carreaux vert, marron et rouille sur fond gris comme de la bouillie d'avoine rancie ? Le pire, c'est qu'elle ne pouvait s'empêcher de soupçonner qu'il avait voulu se mettre sur son trente et un pour petit-déjeuner avec elle, et que le résultat était... Ces chemises écossaises sentaient le diplômé en chimie ou en ingénierie agricole à cent mètres ! Et que dire des tristes souliers marron dont les semelles faisaient penser à une corniche en pierre ? Comment arrivait-il à pousser le mauvais goût à un tel degré ? Une chemise unie, un jean, un pantalon en toile, des tongs ou des mocassins – elle devrait les choisir pour lui, s'il s'agissait de mocassins –, et il serait... un autre homme !

Jus d'orange, céréales, mûres et toast : le petit déjeuner de Charlotte lui a coûté trois dollars vingt-cinq. Beaucoup trop ! Avait-elle vraiment besoin du toast ? Pouvait-elle le rapporter à la caisse et se faire rembourser ? Pas elle, non. Elle ne serait jamais capable de tenter une chose pareille... À peine revenu, son optimisme battait déjà de l'aile. Plateau entre les mains, elle a conduit Adam à la même table retirée derrière la cloison de l'espace thaï où elle avait eu sa première conversation avec Jojo ; cette fois, cependant, elle s'est assise dos à la salle. Le choix de cette table, de cette chaise particulière, elle en connaissait les raisons mais leur refusait l'accès à la formulation rationnelle.

Ils se sont assis. Adam avait l'air content, heureux, plus qu'elle ne l'avait jamais vu. Elle l'avait connu de bonne humeur, auparavant, mais toujours au prix d'un étrange et épuisant combat. Il aimait rivaliser avec Greg et les autres Mutants dans les conversations mais ce n'était pas simple car ils étaient de bons polémistes. Il nourrissait clairement une passion pour elle mais il ne savait que faire de ses lunettes quand il voulait l'embrasser, ce qui était une autre forme de lutte avec lui-même. Il s'épuisait à trouver un moyen d'exprimer son enthousiasme sans paraître ringard, encore une bataille... *Détendu*, ce mot que personne ne lui associerait naturellement : c'est ainsi qu'il lui est apparu, à cet instant.

« Je ne sais pas si je te l'ai raconté, a-t-il commencé en se balançant sur les pieds arrière de sa chaise avec le sourire de celui qui vient de décrocher la lune, mais au premier semestre de mon année à l'étranger j'ai été au Japon. J'ai passé une semaine dans une famille de pêcheurs, sur la côte, un endroit perdu à deux heures de Tokyo en train. Eh bien, leur petit déjeuner n'est pas comme le nôtre, entièrement différent des autres repas. Nous, ou la plupart des gens, en tout cas, on consomme le matin des trucs qu'il ne nous viendrait pas à l'idée de prendre pendant la journée : jus d'orange, céréales, bananes en tranches, œufs, crêpes, toasts français, muffins anglais, fromage danois... – Il a eu un petit rire, très satisfait de lui. – Hé, je viens seulement de me rendre compte que c'est une vraie carte de l'Europe, notre petit déjeuner ! Typiquement américain, ça : donner des noms étrangers à la bouffe la plus basique. "Café grec" ? Non ! Je connais personne qui boit ça au petit déj' ! Mais bon, c'est notre habitude, de nous alimenter de façon particulière le matin, alors que dans le petit village japonais où j'étais tu sais ce que c'était, leur petit déjeuner ? Les restes du dîner de la veille : soupe de poisson, riz réchauffé, boulettes frites – vachement bonnes, celles-là... Et voilà. Dans ce simple détail, le petit déjeuner, tu mesures la différence entre deux peuples, deux cultures. Par exemple... »

Ça y est, il est lancé, s'est dit Charlotte. C'était touchant, cette tendance à tout théoriser... *Presque* toujours attendrissant... Réellement, il manifestait une merveilleuse curiosité intellectuelle.

« ... des trucs qu'on a tendance à se cacher à nous-mêmes... »

Quoi ? Elle avait perdu le fil de son discours.

« ... calories, fibres, pain, beurre, fromage danois dont je parlais, œufs ! Alors qu'au Japon il n'y a aucune approche *scientifique* de ça. »

Une délicieuse odeur est venue de l'autre côté de la cloison en placo couleur saumon. Grâce à la remarquable puissance du sens olfactif – Mr Starling avait souligné ce point –, elle est rentrée droit dans un récepteur de sa mémoire sans passer par son « intelligence logique » – Mr Starling prononçait ce terme de telle manière qu'on le voyait bien entre guillemets –, et elle a suscité dans son cerveau une image, cette odeur, un moment de la fois où elle avait été assise à cette même table avec Jojo et où un agréable fumet de cuisine thaïe avait dérivé par-dessus la cloison en placo. C'était tout simplement évocateur... d'*ambroisie*, le mot que Maman employait pour désigner un mets qui se situait à de telles hauteurs par rapport à l'habituelle nourriture humaine, d'ailleurs elle leur servait parfois un dessert qu'elle appelait ainsi, *ambroisie*, des tranches d'orange saupoudrées de copeaux de coco avec juste un fond de mélasse dans chaque bol, mais pourquoi pensait-elle à Maman et à l'ambroisie de cette manière, à la forme passée ? Est-ce que... ?

« ... et le yang, passivité et agressivité, pour résumer très grossièrement. Et c'est pour ça que les Japonais ont le plus faible taux de... Qu'est-ce qui t'arrive ? »

Il l'observait avec étonnement. Ah, Seigneur ! Elle avait dû laisser son regard errer dans la salle. Fixer obstinément un mur en placo, même ? Était-ce possible ?

« Oh, pardon, a-t-elle soufflé, son cerveau tournant comme une centrifugeuse jusqu'à ce qu'une explication anodine monte à la surface. C'est que... Ce que tu disais sur les différences culturelles et alimentaires ? Ça m'a fait penser à quelque chose en science neurologique... Tu serais surpris, mais peut-être que non, pas toi, du mal que les neurologues se donnent à essayer de définir les routes névralgiques par lesquelles la sensation de faim est... comment dire, transmise ? transmise de l'estomac au cerveau. »

Adam la contemplait toujours, sa lèvre inférieure prise sous ses incisives en une mimique de stupéfaction. L'air si gai qu'il avait eu plus tôt s'était effacé. De nouveau, Charlotte a été saisie d'un cuisant remords : il était gentil, il était vraiment très intelligent et... pourquoi éprouvait-elle du *soulagement* que personne ne puisse entendre cette conversation ? Elle recherchait consciemment l'amitié d'Adam ou... Non, plus que ça ! *Elle voulait l'aimer !* Cela résoudrait tant de difficultés ! Elle pourrait vivre la vie de l'esprit et la vie du cœur avec le même être ! Tout ce qui comptait vraiment serait rapproché, réuni ! Elle serait de nouveau sur la bonne voie. Elle pourrait retourner à Sparta et se présenter devant Miss Pennington sans peur, sans culpabilité, sans... mensonges. Mais il se trouvait qu'elle ne *l'aimait* pas, non, et qu'il lui était impossible de se forcer à l'aimer... Elle ne se sentait pas des papillons dans le ventre lorsqu'elle pensait à lui. Elle était pourtant convaincue que si elle arrivait à l'aimer son esprit serait libéré de tous les clichés faciles, tous les a priori suffisants de la Pensée cool. Mais Adam avait ses points faibles, lui aussi, comme cet acharnement à vouloir transformer les constatations les plus simples en autant de ses chères « idées matricielles », sans se rendre compte que c'était une pose, ça aussi.

Après le petit déjeuner, il a insisté pour l'accompagner au bâtiment Phillips et jusqu'à la porte de l'amphithéâtre de Mr Starling, et il est resté sur le seuil à lui sourire tandis qu'elle gravissait les marches jusqu'aux derniers rangs. Lorsqu'elle s'est assise et a regardé en bas, il était toujours là, les yeux levés vers elle, souriant. Il lui a adressé un petit signe d'au revoir et puis cela n'a pas été assez, visiblement, car dans une grimace appuyée il a formé les mots JE... T'AIME... CHÉRIE... Charlotte, qui ne savait plus où se mettre – si quelqu'un avait vu une chose pareille... –, s'est tout de même sentie obligée de lui adresser un mince sourire et un hochement de tête mais... Il restait là, les bras ballants ! Et donc elle a baissé les yeux sur la table pliante fixée au bras de son siège comme si cette dernière requérait la plus grande attention. Pourquoi ne s'en allait-il pas, comme le ferait une personne... normale ? Tous les étudiants ou presque étant des troisièmes ou quatrièmes-années, elle n'en connaissait aucun sauf sa proche voisine, Jill – avec laquelle elle avait échangé dix mots en tout et pour tout. Elle n'était pas encore arrivée, heureusement, parce que Charlotte n'aurait pas voulu qu'elle soit témoin d'Adam en train de flirter avec elle de cette façon... Il y avait des types très « cachemire », dans ce cours, et elle les entendait déjà commenter : « Alors la ploucasse se tape un minable, maintenant, un rien du tout... Elle se taperait une porte ouverte, celle-là ! », et les ricanements, caquètements, ricanements, caquètements, elle les *entendait* ! Elle a relevé les yeux en gardant la tête baissée et... Merci, mon Dieu, Adam était enfin parti ! Mais pourquoi « Merci, mon Dieu » ?

« Ladies and gentlemen, bonjour. »

Mr Starling au pupitre. Sa veste en tweed aurait pu paraître presque voyante si l'éclairage de l'estrade n'avait pas fait jouer avec subtilité les couleurs du tissu, orange, jaune, brun chocolat, marron clair et une touche de bleu, en une harmonie musicale parfaite aux yeux de Charlotte Simmons. L'admiration s'est cependant teintée d'un accès de culpabilité et de regret : elle aurait pu être proche de cet homme, de son œuvre pionnière dans la nouvelle connaissance que l'humanité était en train de développer sur elle-même, dans cette *matrice*, pour reprendre le terme d'Adam, à la différence que

Mr Starling ne se contentait pas d'en rêver, non, il l'avait créée, sa matrice, et elle aurait pu habiter la dernière frontière de la vie de l'esprit. Il lui avait donné sa chance et elle ne l'avait pas saisie. Sa gorge s'est nouée. D'ici peu, les moyennes finales du premier semestre seraient communiquées. Maman et Miss Pennington allaient apprendre la vérité et elle, le petit prodige des montagnes, se révélait incapable de trouver un moyen d'atténuer le choc qui les attendait, de les préparer à la catastrophe...

À la manière péripatéticienne et socratique, Mr Starling arpentait l'estrade, splendidement éclairé par les spots tandis qu'il discourait sur l'origine de la notion de « sociobiologie » due à un sociologue d'Alabama, Edward O. Wilson. La spécialité de Wilson, depuis toujours, était les fourmis, leur complexe organisation sociale et la division du travail dans leurs colonies. Il était encore un jeune docteur en sciences, maître assistant à Harvard, quand il était parti sur l'île des Singes, dans les Caraïbes, accompagnant son premier étudiant en doctorat qui voulait étudier les macaques dans leur contexte naturel. Ils en étaient venus à parler de certaines ressemblances entre fourmis et singes, malgré leurs considérables différences en taille, force et intelligence.

« Wilson a alors connu le moment dont rêve tout scientifique, a expliqué Mr Starling : le phénomène "Eurêka !", la vision soudaine de la synthèse qui va révolutionner sa spécialité. Puisqu'on pouvait trouver des similarités entre la vie sociale des fourmis et celle des macaques, pourquoi ne pas placer l'*Homo sapiens* dans ce contexte ? Il a été frappé par toutes les analogies qui lui venaient déjà à l'esprit... – Mr Starling s'est interrompu, considérant l'amphi avec un sourire narquois. Le problème, c'est que si la Nature a horreur du vide, la Science, elle, a horreur... des analogies ! Elles paraissent superficielles, *impressionnistes*, aux esprits scientifiques et Wilson en était un, assurément. Alors, dans ce cas, comment en est-il venu à soutenir que la vie sociale de tous les animaux, des fourmis aux humains, est essentiellement comparable, voire identique puisque elle appartient à un même système biologique que tous les êtres vivants partagent ? – Il a observé les cent cinquante visages devant lui. – Eh bien, qui nous donnera une réponse ? »

Comme les autres, Charlotte a tourné la tête autour d'elle pour voir si des mains se levaient. Elle n'avait pas la queue d'une idée, elle-même. Elle avait à peine jeté un coup d'œil au livre de Wilson, *Sociobiologie, la nouvelle synthèse*. Pas *une* : *la* nouvelle synthèse ! Comment aurait-elle pu se concentrer sur cette question, après les deux mois qu'elle venait de passer ? Presque tous les étudiants se tortillaient sur leur siège pour voir qui serait assez courageux pour répondre. Les chaises craquaient à l'unisson. Et puis une main s'est levée juste à deux rangées devant Charlotte. Une fille aux cheveux auburn longs et raides, brossés et rebrossés jusqu'à ce qu'ils étincellent – oh, Charlotte connaissait bien ce genre de préparatifs...

Les yeux de Mr Starling sont arrivés dans sa direction, celle de la fille et cependant Charlotte a eu l'impression qu'il la regardait, *elle*. C'était une erreur, bien sûr, mais quand il a tendu le doigt elle a cru une seconde que c'était vers *elle*.

« Oui ?

— Il s'est servi de... l'allométrie ? a dit la fille à la chevelure impeccablement lustrée. Si c'est comme ça qu'on dit, parce que de ma vie – *d'maviiiiie* – j'ai jamais entendu un pèlerin se servir d'ce mot ! »

Rires et gloussements à la ronde. On lui souriait de toutes parts. Elle n'avait pas seulement l'accent du Sud mais aussi une certaine désinvolture naïve typique de la fille méridionale.

« Pourriez-vous définir ce mot, "allométrie" ?

— Je peux essayer, très volontiers... – Encore des rires. – L'allométrie, c'est... l'analyse de la croissance relative d'une partie d'un organisme en comparaison avec le rythme de croissance de l'ensemble. C'est vraiment la meilleure façon de décrire l'évolution morphologique, la façon rêvée, y a pas mieux, oh non... »

Toute la salle se pâmait. Ce savoir ésotérique exprimé avec les intonations séductrices d'une fille de planteur de Savannah ! Elle savait mettre les gens dans sa poche, cette Dixie !

« Très bien, a approuvé Mr Starling, qui lui-même souriait largement. Et peut-être pourriez-vous nous expliquer en quoi l'allométrie a été si utile à Edward O. Wilson ?

— Eh bien, ce serait comme qui dirait pareil que cette nouvelle... danse ? – Les rires l'ont quelques instants empêchée de poursuivre. – L'allométrie, elle a permis à ce Mr Wilson de faire... le sous-marin ! – Rires, rires, rires... – Il est descendu *sous* la surface, l'anecdotique, n'est-ce pas, et il a trouvé mathématiquement les principes qui corroboraient sa thèse et du coup, milledieu, il n'avait pas *besoin* de dire qu'une fourmi est pareille qu'un homme, ou que... ah, je sais pas, qu'un babouin est kif-kif qu'une limace, parce qu'il pouvait présentement montrer que le comportement à *tel* niveau de l'évolution est empiriquement, ou peut-être que je devrais dire allométriquement ? comparable à celui de *tel autre* stade évolutif... C'est comme ça que je le vois, en tout cas ! »

Oh, l'hilarité générale ! Et même des applaudissements épars, et un garçon qui a crié : « Elle gère, la nana ! », et une nouvelle salve de rires, et tous les yeux tournés vers Mr Starling pour voir sa réaction. Le professeur souriait à la fille, c'est-à-dire aussi dans la direction de Charlotte.

« Merci. – Il a continué à sourire à sa nouvelle découverte, le petit prodige du Sud profond, la mutine fleur de Savannah. – À moi, peuchère, ça me paraît... totalement correct ! – Rires, rires, rires... Mr Starling a observé l'amphithéâtre. – La Science a horreur des analogies, mais elle aime beaucoup, ou au moins elle tolère l'allométrie, même quand l'équation posée est sans solution. Et ce problème ne doit pas nous arrêter. – Ses yeux sont revenus à la nouvelle petite star, la comédienne-née, et lui ont souri encore. – Merci ! »

Le sourire a rebondi sur Charlotte sans s'arrêter sur elle. C'était comme si l'ancienne favorite n'était même plus dans la salle, comme si Dieu avait conçu cette petite farce pour montrer à Charlotte Simmons l'ampleur de sa déchéance. Détrônée par une autre fille du Sud qui était apparue comme par magie juste devant elle, de la même taille, avec les mêmes cheveux longs et raides et soyeux, qui avait enchanté le cours par ses connaissances, par son accent évocateur des plaines côtières pétries d'histoire et de sophistication. Pourquoi elle, Charlotte Simmons, n'avait-elle pas préparé le sujet aussi bien ? Pourquoi s'était-elle relâchée ? Pourquoi n'avait-elle pas su trouver le temps de s'intéresser à ces idées, de vivre la vie de l'esprit ? Elle ne voulait pas s'attarder sur la réponse à ces questions, ayant trop peur d'éclater en sanglots. Adam avait raison : les larmes, toutes les larmes, depuis toujours, étaient des appels à l'aide. Mais elle n'avait pas trop envie de penser à Adam et aux Mutants du millénaire, non plus.

Dehors, après le cours, il faisait sombre et gris comme s'il allait pleuvoir. Une fois encore, le mystère de cette lumière qui arrivait à donner un vert si profond aux pelouses de la Grand Cour... Élucidé ou pas, le jour lugubre convenait parfaitement à la fille morose et négative que Charlotte était redevenue, et elle lui était reconnaissante de lui donner de nouvelles raisons de se détester. Elle avait une préoccupation plus immédiate et prosaïque, cependant : d'un discret coup d'œil, elle s'est assurée qu'Adam n'était nulle part en vue, pour le cas où il l'aurait attendue avec son « JE... T'AIME... CHÉRIE... ». Il commençait à devenir son cancer personnel, ce garçon, et... Ohmygod ! Comment osait-elle avoir de pareilles pensées ? Adam était le seul ami qui lui restait. Mais ce n'était pas une pensée, en fait, c'était un frisson qui lui courait sous la peau. « CHÉRIE » ? Intolérable !

« Hé, yo ! Yo, hé ! »

Juste derrière elle, mais ce n'était pas la voix d'Adam. Charlotte s'est retournée sans aucune hâte : qui, de tout le campus, la hélerait pour lui apporter de bonnes nouvelles ?

C'était Jojo – pas vraiment un énorme progrès par rapport à Adam, à vrai dire –, en train de la rejoindre à grandes foulées, arborant le sourire bon enfant qu'il devait penser capable d'amener n'importe qui à se montrer aimable avec lui. Charlotte connaissait déjà tout ça. Au moins ne portait-il pas l'un de ses tee-shirts qui servaient à étaler vulgairement ses muscles mais une chemise bleu marine, en flanelle peut-être, une vraie chemise avec col et boutons sous un gros anorak North Face laissé ouvert et qui, ajoutant encore du volume à son imposante anatomie, lui donnait un air de monstre marin. Mais comment avait-il su qu'elle... ? Ah oui, il devait s'être souvenu de l'horaire du cours de science neurologique. Il s'est arrêté juste devant elle avec son sourire calculé qu'il croyait si naturel et que Charlotte n'a pas voulu lui rendre.

« Quoi'd'neuf ? Quoi'd'grand ? »

Elle n'a pas répondu, se contentant de laisser ses sourcils remonter pour lui plisser le front et lancer le message « Ne sois pas lourd, d'accord ? ».

« Je t'ai pas encore donné la bonne nouvelle ! a claironné Jojo, toujours plus chaleureux.

— Quelle bonne nouvelle ? a-t-elle demandé pour la forme tout en se remettant à marcher car elle ne voulait pas rester dans les parages du bâtiment Phillips au cas où Adam reviendrait traîner par là.

— Ce semestre, je fais Français 232 ! a-t-il annoncé en ouvrant tout grands ses petits yeux comme si l'information était considérable.

— Ah oui ? Qu'est-ce que c'est ?

— “L'art poétique français au XIXe siècle : poésie galante, pastorale et symboliste.” Tout en français, je blague pas ! La prof fait tous les cours dans cette langue, aussi ! Miz Boudreau. Elle est française, même ! C'est pas de la rigolade, ça ! J'en avais marre, des conneries ! »

Il a souri à Charlotte tel un enfant qui attend des félicitations. Et elle était impressionnée, pour de bon. Elle s'est même déridée un peu.

« Waouh, Jojo... Tu es courageux, tu sais ? Tu connais l'école symboliste ? Et Baudelaire ? Mallarmé ? Rimbaud ?

— Non, mais justement : je *vais* connaître ! Je l'ai encore dit à personne, même pas à Mike, mon coloc'. Et le coach ? Pu... La vache, non ! Déjà qu'il a jamais digéré Socrate. Tiens, c'est l'autre truc, d'ailleurs ! »

Il a attendu, un vrai gamin avec ses yeux écarquillés et son sourire quémandeur, si bien que Charlotte s'est crue obligée de jouer le rôle qu'on attendait d'elle.

« Quoi donc ?

— J'ai eu C+ plus à "Socrate et son temps" ! Je viens de le voir sur le Net !

— Bravo, Jojo... Sa voix s'est éteinte parce qu'elle venait de mesurer les implications de la nouvelle. Tu veux dire qu'ils ont mis les notes en ligne ?

— Ouais, ce matin ! »

Charlotte s'est crispée. Elle allait donc devoir faire face à ses propres résultats sur l'ordinateur de sa chambre, celui pour lequel Maman, Papa, et Buddy aussi, s'étaient exténués, éreintés, afin de le lui offrir à Noël. Seigneur, comment avait-elle pu laisser arriver ce qui était... arrivé ?

« Tu... Tu trouves que c'est pas terrible ? a demandé Jojo, se méprenant sur son expression. Ils croyaient tous que j'allais me planter total !

— Non, c'est juste que tu m'as rappelé quelque chose : mes notes sont connues, maintenant.

— Ouais, mais c'est pas un problème, pour *toi* ! Tandis que moi... Le coach, il va quand même avoir les... la haine contre moi. "Socrate et son temps", il veut toujours pas en entendre parler. Tu sais comment il continue à m'appeler ? "Socrate", fu... fichtre ! Mais n'empêche, je vais lui dire ma note ! C+, Charlotte ! »

Accablement, accablement. C+, c'était ridicule, compte tenu de la libéralité avec laquelle les professeurs notaient à Dupont, ainsi que dans les autres universités, mais elle serait folle de joie si elle parvenait à un C+ en science neurologique après sa copie, après ce test, après cet horrible examen...

« Et j'ai écrit ma dissert' tout seul, hein ? Personne m'a aidé, *personne* ! "L'exigence éthique : Socrate face à Aristippe de Cyrène et aux postsocratiques." Un malheur, j'ai fait là-dessus, mec ! – Il a lancé un regard à la ronde avant de remonter la fermeture Éclair de son North Face. – Bor... Sacré nom, il fait frisquet, là ! Viens, on va à Mister Rayon.

— Je n'ai pas...

— Je sais, t'as pas d'argent mais c'est moi qui invite ! Tu le diras à personne, c'est tout, parce que les mecs te prennnent pour une pu... pardon ! une zombie ou je sais quoi, et on s'en balance ! Allez, viens ! »

Jojo était d'excellente humeur. Lui et son fabuleux C+... Qu'il l'invite à la cafétéria... Charlotte se sentait comme si elle n'existait plus vraiment, comme si... Elle devait peut-être le prendre au mot. Son petit déjeuner avec Adam lui apparaissait désormais comme une... *mise au point*, une déclaration à qui se se sentait concerné : une petite nana vaniteuse qui avait donné sa virginité à un playb' notoire, lequel avait claironné la nouvelle sur tous les toits. Pauvre petite protopute ! Sa réputation était tellement en ruine qu'elle devait se rabattre sur des ringards comme Adam ! Mais si elle revenait à Mister Rayon en compagnie du *forcément cool* Jojo Johanssen...

« O.K., a-t-elle décidé, mais c'est vrai, je n'ai pas du tout d'argent. »

En fin de matinée, la cafétéria n'était qu'à moitié pleine. Jojo a choisi la section américaine et tandis qu'ils poussaient leur plateau respectif sur les rails en acier inoxydable étincelant, plusieurs étudiants sont venus le saluer comme s'ils le connaissaient personnellement. Il a pris un bagel « Complètement complet », selon l'intitulé, hérissé de toutes sortes de graines et de Dieu savait quoi encore. Charlotte a choisi un bol de bouillie d'avoine garnie de quartiers de fraise, auquel Jojo a lancé un regard sceptique avant de commencer à la guider vers *leur* coin, près de la cloison en placo couleur saumon qui délimitait la partie thaïe.

« Non, pas là-bas, Jojo, a protesté Charlotte. Pourquoi pas ici ? »

Et elle s'est approchée d'une table pour quatre en plein milieu de la salle.

« Plutôt bruyant, a objecté Jojo.

— Pas pour l'instant ! »

Il a obtempéré en haussant les épaules, recommençant à exprimer sa béatitude dès qu'il s'est assis :

« Un C+ ! Pour "Socrate et son temps" ! Un C+ à un cours classé dans les 300 ! Moi ! Tu arrives à y croire ? »

Charlotte l'a encore félicité tout en mangeant sa bouillie pendant qu'elle était chaude. Les fraises n'avaient aucun goût. Hors saison. Soudain, Jojo s'est rembruni :

« Faut pas que je me raconte de chars, non plus... J'ai encore un problème. Non, deux. Parce que le coach et le président... Je parle du président de toute la pu... fichue boîte, hein ? Cutler, ouais ! Alors ils sont allés voir tous les deux ce fils de p... ce salaud, désolé, y a pas d'autre terme, ce salaud de Quat et il a dit qu'il bougerait pas d'un pouce, ce petit... – Il s'est abstenu de fournir un substantif. – Si je dois passer devant une p... – inutile aussi – ... une commission d'enquête ou je sais pas trop comment ils appellent ça, eh ben, je... Merde ! Ah, pardon, pardon, mais ça me flanque tellement la haine, de penser que...

— Tu as dit *deux* problèmes, l'a coupé Charlotte, peu désireuse de l'entendre se défouler sur Mr Quat alors que ce dernier avait raison, en plus.

— Ouais, a soupiré Jojo, et il faut que tu m'aides pour les deux, Charlotte... Bon, je t'ai dit que j'ai pris Français 232 et je suis pas mal fier de moi, parce que le français en anglais et tout ça... – Il a fait un geste négligent de la main. – Mais j'ai un problème, maintenant : cette Miz Boudreau... Je pige pas ce qu'elle raconte ! J'veux dire, elle fait le cours dans *sa* langue ! Bon, j'ai complètement changé, je suis quelqu'un d'autre mais fu... la vache ! La vérité, c'est que j'entrave que dalle ! Genre, je passe dix fois plus de temps sur le fou... le sacré dico que sur le bouquin qu'on étudie. Mais j'arrive à lire, quand même ! Là, on fait Victor Hugo. Ce vieux mec... Le monde devait être vachement différent, de son temps...

— Victor Hugo ? Je ne savais même pas qu'il avait écrit de la poésie.

— Ah, tu vois ! Je t'ai appris quelque chose, là ! – Il l'a regardée droit dans les yeux. – Mais faut que tu m'aides ! Sinon, je suis fou... je suis fichu !

— T'aider comment, Jojo ?

— Eh bien, comme je vois le truc, tu connais cette langue, toi. Quand tu as lu ce bouquin au cours de Mr Lewin, j'veux dire, les gus se regardaient, babas... Ce bouquin, c'était quoi, déjà ?

— *Madame Bovary*.

— Ouais, c'est ça ! Et si tu m'avais pas dit ce que tu m'as dit ce jour-là, je serais encore à... comment tu l'as sorti ? À *jouer les idiots* ! Toi, tu *connais* ces trucs et donc j'ai trouvé le seul moyen de me sortir de ce fou... de ce machin : j'apporte un magnéto au cours, j'enregistre et après, *toi*, tu m'expliques ce qu'elle a dit. Et aussi m'aider un peu avec la poésie, non ? J'veux dire, je peux me débrouiller tout seul mais ces métaphores, ces *trucs* ? Des fois ça devient... comment dire... duraille ?

— Tu sais comment on appelle quelqu'un qui ferait ça pour toi, Jojo ?

— Mais... non ! Comment ?

— Un répétiteur.

— Nooon ! Je te l'ai dit ! Cette page, je l'ai tournée ! Je vais me mettre encore plus... »

Il a entrepris de lui expliquer comment tout serait différent, si elle acceptait de l'aider, quand elle a aperçu du coin de l'œil Lucy Page Tucker et Gloria qui venaient d'entrer à la caféteria et qui seraient forcées de passer près de leur table si elles allaient se servir. Position impeccable : tout d'abord, elles verraient Jojo, qui leur faisait face, puis elles regarderaient à deux fois, se demanderaient qui était la fille avec lui et... Sans écouter mot pour mot ce que Jojo disait, Charlotte en captait l'essentiel. Dès qu'il a cessé de parler, elle a levé la tête plus haut, s'est composé un sourire outrageusement flatté et coquin :

« Ah, Jojo ! Jojo ! Mais qu'est-ce qui te fait croire que *moi*... – elle a réuni les doigts d'une main sur sa poitrine – ... *moi*, je serais assez calée pour te servir de soutien pédagogique ?

— C'est ce que je viens de t'expliquer ! a rétorqué Jojo, avec beaucoup d'animation lui aussi. Pour moi, tu es déjà bien plus que ça ! Tu es... la fille... qui m'a montré la voie ! Tu es la seule personne à être assez gonflée pour me dire les choses en face ! Que je me croyais cool alors que je jouais les idiots ! Tu es celle qui m'a... inspiré. »

Il s'est penché vers elle avec un regard... intense, disons, puis il a pris sa main dans les siennes. Instinctivement, Charlotte a jeté un coup d'œil à droite, à gauche : Lucy Page Tucker et Gloria, chacune un plateau à la main, les observaient depuis le comptoir de spécialités italiennes. Elle a jeté la tête en arrière et produit un rire d'une folle gaieté en retirant sa main de celles de Jojo. Les deux sorcières ne pouvaient pas avoir manqué ce moment !

« Qu'est-ce qu'il y a de drôle ? s'est étonné Jojo.

— Rien ! J'imaginais seulement la tête de plein de gens quand ils vont se rendre compte que tu es devenu un *vrai* étudiant ! »

Jojo a souri avant de reprendre son sérieux et de la regarder, la regarder comme s'il voulait transférer son âme tout entière en elle par le truchement de ses chiasmes optiques.

« Je crois que tu sais, Charlotte... J'espère que tu sais que tu comptes bien plus que ça pour moi. »

Charlotte. Intéressante, l'inflexion de sa voix quand il avait prononcé le prénom... Et ce regard... intense, oui. En réponse, elle lui a retourné un sourire empreint de compréhension plutôt que de joie, de tendresse et encore moins d'amour, et au même instant elle a décoché un coup d'œil vers le comptoir italien pour le cas où elles... Toujours là ! Elles n'avaient avancé que de quelques pas le long du rail mais Charlotte n'a pas eu le temps de vérifier à leur expression si elles continuaient de les espionner car Jojo s'était lancé dans un nouveau déballage verbal et un autre transfert d'âme oculaire.

« C'est pas que sur le plan... des études, Charlotte. – Tiens, tiens, encore ce *Charlotte* ! – Je sais pas si tu t'en rends compte mais tu m'as montré une autre façon de... Ah, je veux pas faire le... comment dire ? Tu m'as montré une autre manière de... – il a lancé tout son corps dans cette lutte pour trouver les mots, le balançant de-ci de-là pour stimuler son cerveau, pétrissant une énorme et invisible boule d'argile dans ses paluches – ... comme qui dirait... Genre... une autre manière de penser, quoi, de considérer le fait d'être à Dupont et tout... Et qu'il suffit pas de se savoir se débrouiller avec un ballon de basket... Et comment ça doit être, une vraie relation... Enfin, je sais pas le dire mais *toi*, tu comprends... »

Charlotte a maintenu son indulgent sourire tout en espérant que Lucy Page et Gloria ne perdaient pas une miette de la gestuelle de Jojo.

Greg et Adam étaient les derniers encore présents dans les locaux du *Wave*.

« J't'le dis, Greg : tu vas être le putain de directeur de canard le plus lancé du pays ! Parce que tu auras publié de la dynamite ! Cette histoire est blindée, mec ! Imparable ! On a eu deux avocats de chez Dunning Sponget & Leach – Dunning Sponget & Leach, Greg ! – qui l'ont épluchée et ont donné leur feu vert ! Mec, tu vas être le premier directeur de journal de campus à passer direct au *New York Times*, le premier depuis toujours ! Ça, c'est une trajectoire Mutant du millénaire, Greg ! On n'arrête pas de parler de l'intellectuel médiatique et tout ça, et tu l'as dans la glace devant toi, le *vrai* intellectuel médiatique ! *Carpe diem*, mec ! »

Un silence...

« Le dernier gars de Dunning Sponget avec qui on a causé, comment il s'appelle, déjà ? Le vieux type ? Button ou... ? »

J'ai comme l'impression que le Journaliste Sans peur et Sans Reproche est en train de surmonter sa trouille, s'est dit Adam. Au moins un truc qui ne va pas de travers.

31

Être un homme

« Entrez, entrez, Mr Gellin ! »

Quat, boule de graisse en tee-shirt et pull avantageusement pâmée dans son fauteuil pivotant, a agité un bras adipeux dans un geste qui avait la majesté d'un... d'un quoi ? s'est demandé Adam. Un pacha ? Mais il n'avait pas le loisir de poursuivre très avant cette question tant son cœur battait cognait battait cognait dans sa poitrine en perspective de... ce qui l'avait amené au bureau du professeur. Allons, il savait parfaitement ce qu'il faisait ! Autrement, ce serait le dernier endroit où il se serait rendu de plein gré. Il cherchait simplement à se laisser un peu de marge afin de pouvoir... changer d'avis et se défiler au dernier moment.

Comme la plupart des bureaux d'enseignants à Dupont, celui-ci était petit et compassé avec son mobilier et ses moulures en bois sombre, ses hautes fenêtres accouplées. Mais chez Quat les murs avaient l'atroce particularité d'être couverts d'affiches des années... 1960, si Adam ne se trompait pas. Un poster de Bob Dylan, sa chevelure hirsute évoquant un patchwork de moumoutes teintes dans un dégradé de pastels. Un autre annonçant en lettres tourmentées le passage des Grateful Dead. Un troisième, décoré d'un cobra, qui proclamait la martiale résolution d'un machin appelé « Armée de Libération Symbionique »...

« Eh bien, vous aimez mes posters, Mr Gellin ?

— Oui, m'sieur. »

La nervosité ayant projeté sa réponse un octave trop haut, Adam s'est raclé la gorge.

« Vous savez ce que c'est ?

— Non, m'sieur. Les années 1960 ?

— Ah ! Vous connaissez votre histoire ancienne, donc ! » a ironisé Quat avec le sourire de celui qui sait depuis longtemps qu'il a déjà gagné.

Un pacha. Peut-être le mot était-il venu à Adam parce que le professeur lui faisait penser à un gros type rusé. Le même pull en V gris souris révélant l'encolure du tee-shirt – ou en tout cas très ressemblant à celui qu'il portait le jour de la fête gay – épousait chacun de ses bourrelets de graisse, qui tremblotaient et changeaient de forme au moindre mouvement, en une succession de vaguelettes gélatineuses qui s'est déchaînée lorsqu'il a répété son geste grandiose du bras pour désigner à son visiteur la lourde chaise de bibliothèque au dossier incurvé devant son bureau.

« Eh bien, Mr Gellin, asseyez-vous... – Adam a obtempéré. – Dites-moi, comment se fait-il que vous connaissiez les années 1960 ? Pour la plupart des étudiants d'aujourd'hui, elles restent aussi fumeuses que les années... 1760.

— J'ai suivi le cours de Mr Wallerstein, "Interactions sociales dans l'Amérique du XXe siècle".

— "Interactions" ! a répété Mr Quat dans un reniflement amusé, comme s'il venait de capter un riche fumet d'ironie. Je n'avais pas entendu ce terme depuis... des lustres. Ça nous ramène à Talcott Parsons ! Très sous-estimée, la sociologie de Parsons. C'est le problème, quand on est si ennuyeux à lire. »

Quat a regardé par la fenêtre en souriant, sans doute égayé par de plaisants souvenirs. Adam s'est tenu coi, pour sa part. Qui était... Talcott Parsons, fuck ? En tout cas, Quat paraissait de bonne humeur et bien disposé à l'égard de ce visiteur qui connaissait ses chères années 1960 !

« Ah, les *sixties*, a-t-il repris avec un gloussement inexplicable. À un demi-siècle de distance ou presque, ça a l'air d'une incroyable... anomalie. Quand on pense à ce dont on doit s'occuper, de nos jours... – Il a encore gloussé, regardé la Grand Cour par la fenêtre avant d'observer Adam. – La journée des Gays, n'est-ce pas ? Ou bien les sous-traitants de la cafétéria universitaire qui versent des salaires de misère à leurs employés... la plupart des Mexicains sans papiers, n'est-ce pas ? Ah ! Cette hypocrisie, cette hypocrisie ! Cinquante ans et rien n'a changé ! Vous savez pourquoi rien n'a changé ? »

Il n'a pas quitté des yeux Adam, lequel a murmuré la seule réponse qui lui venait à l'esprit :

« Oui, m'sieur.

— Donc vous savez ce à quoi toutes les forces progressistes sont occupées, désormais ? Voilà la raison. Rien n'a changé parce que les forces progressistes, toutes, s'emploient à lutter contre la fumée. On a l'air de croire que s'il n'y a plus de fumée, c'est que le feu est éteint. »

Alors *là*... Adam ne voyait pas du tout où Mr Quat voulait en venir, pas du tout, et donc il s'est contenté d'un autre « Oui, m'sieur » prudent.

« Et vous voulez savoir pourquoi plus personne ne veut combattre le feu ? C'est ça que *personne* ne comprend ! On n'est plus censé *voir* le feu, désormais. Ça a été... diabolisé, de montrer la chose et de dire ouvertement : "Voilà le FEU, regardez, il est LÀ !" – Il a pointé un index accusateur vers le sol – Ah non, ce n'est plus permis, même dans les milieux universitaires soi-disant *politiquement corrects*... Celui qui a inventé ce terme de *PC*, quel génie, tout de même ! Un petit génie malfaisant mais un génie tout de même, et c'est grâce, non, à cause de ce petit intrigant qu'il est désormais jugé *vulgaire* d'appeler le feu *holocauste*, alors que c'est le terme qui conviendrait, même s'il en est venu à prendre un autre sens, parce que en grec il désigne quelque chose d'entièrement brûlé, de consumé, et bref il est *vulgaire* d'en parler. Vous voulez savoir ce que PC *devrait* signifier ? *Pour la Cause*, voilà le sens qu'il devrait avoir. Vous savez quel sens il a, aujourd'hui ? »

Les lèvres de Quat se sont immobilisées. Il attendait la réponse d'Adam, dont l'esprit pédalait, pédalait... Quel feu ? Quelle fumée ? En désespoir de cause, il a coassé un nouveau :

« Oui, m'sieur.

— Ce qu'il signifie réellement, c'est *Prison citoyenne*. PC, Prison citoyenne... Pensez-y, mon garçon, pensez-y ! Nous sommes à la merci des snipers et des voyous. Les voyous, vous les avez vus, l'autre jour. Effrontés au point de se pavaner dans leur uniforme de... miliciens, ces shorts kaki, au point de s'attaquer à quelque chose d'aussi inoffensif que la Journée des Gays ! Combien de fois l'histoire doit-elle se répéter ? Tout ceci nous ramène à la Russie de 1917, quand, ô miracle ! les voyous ont perdu, et à l'Allemagne de 1933, où les voyous ont triomphé, cette fois, et par là j'entends ceux qui étaient derrière eux, les forces occultes, le... feu... »

Quat a laissé cela fuser d'un trait et même s'il n'avait pas terminé par une question Adam s'est senti obligé de balbutier un « Oui, m'sieur » qu'il espérait conciliateur. Le résultat, cependant, c'est que le professeur l'a dévisagé, la tête un peu penchée de côté, comme quelqu'un qui s'apprête à aller fouiller son interlocuteur au plus profond de l'âme. Puis :

« Maintenant, je suppose que vous vous demandez pourquoi je vous raconte tout cela ? »

C'était peu de le dire ! Tout ce qu'Adam arrivait à déceler, c'était que le vent qui s'était mis à souffler ne lui était pas défavorable :

Quat ne se serait jamais laissé aller à toutes ces divagations sur le *politiquement correct* s'il n'avait pas été convaincu qu'il avait un sympathisant devant lui. Il n'a cependant pas ressenti le besoin de s'écarter de son prudent leitmotiv. « Oui, m'sieur. »

« Très bien, a poursuivi Quat. Je vous explique, donc. Dans le grand tumulte de la vie... – il a mimé le grand tumulte de la vie avec sa main et son avant-bras – ... la Journée des Gays est à peu près la manifestation la plus inoffensive que l'on puisse imaginer. Vous me suivez ? Parce que moi, j'ai participé à des ma-ni-fes-ta-tions, des vraies !

— Oui, m'sieur.

— Enfin, imaginez-vous là, en première ligne, une pancarte à la main. Une démonstration de courage à deux niveaux. Le premier, c'était votre détermination à défendre une cause impopulaire. Et d'après Camille... Ah, Camille ! – La seule évocation de Camille a amené sur ses lèvres un large sourire tandis qu'il fermait les yeux et branlait du chef, non, non ; il a de nouveau regardé Adam. – Cette fille, c'est... du vif-argent ! Née trop tard, hélas. Si elle avait été sur terre en 1968, elle aurait fait... imploser cette boîte ! » Sourire, sourire, sourire, mouvement de tête incrédule, béatitude accrue tandis qu'il imaginait apparemment Camille Deng en version sinisée et mal embouchée de la Mère Bloor.

Mr Wallerstein avait évoqué cette pasionaria américaine juchée sur les barricades enflammées de Chicago en pleine guerre du Vietnam. Mr Quat s'est redressé sur son siège.

« Enfin, Camille m'a rapporté que vous n'êtes pas gay mais que vous avez été de ceux qui étaient prêts à se tenir devant le podium avec cette pancarte qui disait... je ne sais plus quoi, quelque chose à propos d'être... *une folle* ? Eh bien, pour moi ceci est une preuve de ce que nous appelions *la rage au ventre*, dans le temps. *Quelque chose dans le bide*, c'est la forme sous laquelle le concept a subsisté, je crois. »

Le pacha a gratifié d'un sourire indulgent Adam, dont le cœur battait battait cognait cognait, sans qu'il arrive à se rappeler si une question lui avait été directement adressée.

« Oui, m'sieur. »

Quat a penché la tête à sa manière si spéciale.

« Oui... Et maintenant, je présume que vous êtes en mesure de m'apporter quelque... euh, lumière sur l'affaire Johanssen. Vous étiez son... euh, soutien pédagogique, n'est-ce pas ?

— Oui, m'sieur.

— Bien, bien... Et donc, qu'est-ce que vous pouvez me dire ? Cette copie, quelle est son histoire ?

— Oui, m'sieur. Mais est-ce que je peux revenir au... contexte, d'abord ? – Quat a répété son ample geste de bras grassouillet, “Faites, faites...” – Alors Camille, moi, et Randy Grossman... L'étudiant qui a pris la parole juste avant vous ? Eh bien, nous appartenons tous à un... groupe ? En fait, nous appelons ça un “cénacle”, vous savez, comme dans les *Illusions perdues* de Balzac ? »

Il a baissé modestement le front avec un sourire gêné, comme s'il voulait faire comprendre qu'il avait bien conscience de l'outrecuidance d'une telle comparaison, mais en réalité le moment de développer sa défense était venu, la plaidoirie sur laquelle il avait planché jusqu'à quatre heures du matin et qu'il connaissait désormais par cœur. Il a commencé en décrivant les efforts opiniâtres des Mutants du millénaire en vue de prendre le contrôle du *Daily Wave* et de pouvoir enfin publier des enquêtes *sérieuses* sur Dupont, comme celle à propos du conseil d'administration. Dans sa présentation des Mutants, il a soigneusement laissé de côté le peu de cas qu'ils faisaient des professeurs d'université, simples pions sous-payés, mettant plutôt l'accent sur leur rôle de moteur idéologique, qu'il s'agisse de défendre les droits des homosexuels ou d'appeler les étudiants à se montrer actifs et à voter contre les Républicains, et il a cité diverses interventions du *Wave* en ce sens avant de passer à un niveau plus personnel. Sa famille... Il s'était entraîné à laisser entendre que ses origines étaient juives par des allusions successives et bien dosées à ses arrière-grands-parents, aux pogroms d'Europe centrale, au service militaire obligatoire en Pologne, à Ellis Island et aux ateliers de schmatt du Lower East Side, le tout en une seule phrase à la syntaxe convenable... Sa famille, donc, avait embrassé la cause progressiste depuis des générations. Cet exercice a éveillé un brimborion de souvenir de son père, Nat Gellin, Mister NG, le roi d'Egan's, le juif capable de sucer la pomme des Irlandais mieux que n'importe quel autre coreligionnaire de Boston, mais cela n'est pas allé plus loin qu'un éclair de mémoire qui n'a pas troublé son discours. Il s'était également préparé à indiquer au passage que les Gellin, anciennement Gellinsky, étaient des juifs désargentés, lui-même étant le premier de cette longue lignée à avoir pu fréquenter l'université – Nat, l'amphytrion des fils d'Erin, ne comptant pas puisqu'il avait abandonné le campus de Boston en cours de route. Mais il n'aurait jamais pu se permettre les coûteuses études à Dupont s'il n'avait pas reçu une bourse et assuré deux petits boulots à la fois, l'un consistant à livrer des pizzas à bord d'un Bitsosushi à la nuit tombée et l'autre, comme Mr Quat le savait, à servir de répétiteur pour l'élite sportive de Dupont. Puis il est passé à la péroraison. Il avait fait un rêve, qui était sur le point de s'accomplir : obtenir une bourse Rhodes. Omettant ses théories sur le profil du « Bel Enfoiré », il a décrit comment, une fois toutes ces « portes » ouvertes devant lui, il utiliserait son enviable position pour faire avancer *la cause* progressiste. Mais il a estimé que le moment n'était pas venu de confier à Mr Quat son intention de se transformer en *matrice* génératrice de concepts qui seraient ensuite diffusés par *les intellectuels*, ces concessionnaires d'idées que sont, par exemple, les titulaires de chaire d'histoire...

Tout le long de ce discours, Quat a gardé les lèvres pensivement serrées, avec l'ébauche d'un sourire approbateur aux commissures, et hoché la tête plusieurs fois en signe d'encouragement. L'apogée consacrée à la bourse Rhodes et à une vie au service de *la cause* a valu à Adam des hochements encore plus vigoureux et insistants, parfois avec les yeux fermés, comme si Quat voulait se concentrer au maximum sur ce qu'il était en train d'écouter. Et quand Adam s'est tu il a continué à dodeliner ainsi avant de déclarer gravement :

« Eh bien, j'espère que vous l'aurez, cette bourse. Il semble que vous soyez travailleur et que vous réussissiez, c'est fort louable... – Une pause. – Eh bien, je pense que cela nous amène à la question de Mr Johanssen et de sa copie ? »

Il a attendu, la tête penchée de côté. Adam a pris sa respiration. Le moment était venu. Il était devant la frontière, qu'il pouvait traverser pour se retrouver en territoire inconnu, ou bien il pouvait rester là. Qu'est-ce qui était le plus risqué ? S'il ne bougeait pas, il suivrait la stratégie de Buster Roth mais celui-ci n'était pas son ami, après tout. Quelle raison aurait Buster Roth de ne pas le transformer en bouc émissaire afin de sauver la peau de son Jojo ? Aucune. Il ne *connaissait* même pas Roth, alors qu'en théorie il travaillait pour lui depuis deux ans. Le coach appartenait à une autre espèce, tandis que Mr Quat... En moins d'une demi-heure, Adam se sentait déjà avec lui comme avec un... *payse*, un compatriote. Le courant était passé et c'était plus qu'une intuition, il avait la *certitude* que Mr Quat ne se retournerait pas contre lui. Mais quel serait le sort de Jojo, dans ce cas ? Il n'avait pas considéré la question, certes, et pourtant il semblait raisonnable de présumer que si le professeur abandonnait son recours disciplinaire contre l'un des deux, cela vaudrait aussi pour l'autre. Mais cette incertitude, cette épée de Damoclès toujours suspendue au-dessus de lui... C'était intolérable et là, soudain, une issue s'ouvrait, une chance qu'il fallait saisir... *Maintenant !* En deux secondes, il était de l'autre côté de la frontière.

« Mr Quat... Il y a quelque chose que je dois vous dire. Ce faisant, je me mets entièrement à votre merci mais... je ne vois pas comment procéder autrement. – Il a lancé au professeur un regard qui quémandait l'immunité à venir. Mr Quat a de nouveau hoché la tête mais sans le sourire frissonnant à la commissure des lèvres. – Quand le département des Sports m'a engagé, ils m'ont donné... pas vraiment une brochure, plutôt un tract, comme vous diriez, je pense... Un texte donnant les principes du travail de soutien pédagogique, avec les limites qu'un répétiteur ne devait pas dépasser en aidant un sportif, ce genre de chose. Tout très correct, je suis certain, mais ça, c'était ce qu'il y avait... sur le papier. Parce que au fur et à mesure, le message qui est passé, c'est qu'il fallait oublier ces règles et faire tout ce que les sportifs vous demandaient, parce que *le programme*, comme ils disent toujours, dépendait entièrement de leurs bons résultats universitaires. »

Oui, continuait à dodeliner Mr Quat, et Adam a quitté son point d'observation générale pour se retrouver au quatrième étage du bâtiment Crowninshield cette nuit où Jojo l'avait convoqué d'urgence à minuit moins cinq...

« Je ne vais rien vous cacher, Mr Quat. Rien. Je vais vous dire ce qui s'est passé, exactement, point par point. Je... Je place mon sort entre vos mains. »

Son cœur cognait comme un fou. Un instant, il s'est demandé si ce qu'il venait de dire était solennel et moralement convaincant ou solennel et stupidement pompeux. Mais Mr Quat dodelinait toujours de la tête, cette fois avec un large sourire paternel et Adam, rassuré, s'est jeté à l'eau. Il a tout raconté, omettant simplement le détail – pour le bien de Jojo, s'est-il dit – que le basketteur et son camarade de chambre étaient restés jouer à la PlayStation pendant qu'il trimait toute la nuit à la bibliothèque. Il a décrit ce combat titanesque de l'Intelligence contre le Temps, et le plaisir qu'il avait eu à découvrir la subtilité du sujet à traiter, même s'il avait regretté de ne pas pouvoir s'attarder à en savourer les riches complexités, et le cruel paradoxe d'être parvenu à la formulation d'un concept psychologique original en se penchant sur la personnalité de George III – fascinant personnage, soit dit en passant – alors qu'il s'agissait de fabriquer en hâte – et dans des conditions peu... orthodoxes – une bouée de sauvetage pour un « sportif-étudiant » en train de se noyer. Mr Quat hochait encore la tête à sa manière de pacha paternel lorsque Adam est parvenu à la coda : les feuilles glissées sous la porte de Jojo à huit heures et demie du matin, le retour à son humble appartement à la Cité de Dieu, le sommeil de plomb qui l'avait emporté. Silencieux, il a couvé Mr Quat d'un regard suppliant qui quémandait sa miséricorde.

Toujours renversé dans son fauteuil pivotant, Mr Quat l'a scruté pendant une éternité avec ses hochements pensifs, un index passé en crochet sur sa barbiche, le pouce sous son menton comme s'il soutenait une pipe. Dans le crâne d'Adam, le silence s'est transformé en son, le son de la vapeur s'échappant d'une cafetière avant qu'elle ne se mette à siffler. Sans un mot, Mr Quat s'est levé et a lentement transporté sa masse gélatineuse de l'autre côté du bureau, les yeux au sol, la pipe invisible encore dans sa main, puis il est revenu sur ses pas de la même démarche. Il ne regardait plus Adam qui, pour sa part, surveillait avec angoisse ses traits ou même, quand l'enseignant lui tournait le dos, la crête de cheveux à l'arrière de son crâne par ailleurs chauve.

Le professeur s'est arrêté à côté de sa table, baissant enfin les yeux sur Adam qui à ce stade ne sentait plus son cœur, ni ses poumons, ni ses bras, toute la moitié supérieure de son corps s'étant diluée en vapeur. Il a rendu son regard à son juge et son jury... Oui, *son juge et son jury*, tels sont les mots qui ont jailli de son pédoncule cérébral. Et Jerome P. Quat a parlé :

« Je prends le plagiat très au sérieux, Mr Gellin. À première vue, je ne vois pas de crime plus grave contre l'éducation, le savoir, la mission même de l'université. Oui, il y a bien quelques cyniques blasés au sein du corps enseignant qui soutiennent que l'université n'a plus de *mission* mais je ne compte pas parmi eux, voyez-vous. D'un autre côté, je mesure parfaitement ce que vous avez accompli ici, ce que vous ambitionnez et vos objectifs à long terme, qui sont aussi les miens. Je crois également comprendre les pressions auxquelles le département des Sports doit vous avoir soumis. En conséquence de tout cela, je ne peux tout bonnement pas faire ce que, en toute sincérité, je préférerais choisir. – Il a accordé un demi-sourire attristé à Adam. – Je pense que notre devoir, le mien et le vôtre, est de faire un exemple de cette affaire... – *un exemple* ? – ... parce qu'elle soulève des questions essentielles qu'il faut régler *maintenant* : le pouvoir exorbitant que le département des Sports a acquis, l'abâtardissement de l'idéal académique, la corruption d'un esprit aussi brillant et prometteur que... le vôtre. – Hein ? – Il est certain que vous comme moi, à court terme, nous aurons toutes les raisons de regretter ce qui va probablement se produire. À *long* terme, néanmoins, cela fera de vous quelqu'un de meilleur, de plus fort, et cette université aura tiré une leçon dont la nécessité était depuis longtemps criante.

— M'sieur ! Non ! Vous ne voulez pas dire que... ?

— J'en ai bien peur, mon garçon. Je le dois, hélas. Ce qui est en jeu dépasse de beaucoup vos petites préoccupations immédiates, et les miennes. Lorsque cette épreuve aura été surmontée, vous ne pourrez que vous féliciter, vous et bien d'autres, du rôle que vous y aurez tenu, même de manière fortuite.

— M'sieur ! Vous ne pouvez pas faire ça ! Je suis venu de bonne foi ! J'ai placé mon sort entre vos mains ! Je suis... *détruit* !

— Mais non, mais non, a rétorqué Mr Quat avec son bon sourire paternel. Vous êtes jeune. Nous avons en nous de formidables ressources que nous ne découvrons que bien plus tard, chacun de nous. Tout ira bien. Vous avez tout ce qu'il faut pour réussir.

— Non ! Je vous en supplie ! Je vous en SUPPLIE ! NON ! C'est impossible !

— Je suis désolé. Très sincèrement navré. Mais tout va se régler très vite, puisque vous avez eu l'honnêteté de me raconter la vérité. Vous n'aurez pas besoin de vous soumettre à une enquête, à un interrogatoire. Je comprends ce que vous devez ressentir mais croyez-moi, la catharsis viendra, pour vous, pour toute la faculté et même pour ces jeunes lamentablement corrompus que, par un euphémisme bien trop indulgent, nous appelons sportifs-étudiants. Sans votre confession, nous ne serions sans doute parvenus à rien puisque, selon le règlement universitaire, on ne peut parler de plagiat tant que la source spécifique n'a pas été identifiée.

— S'il vous plaît ! Je vous en supplie, Mr Quat ! Ne me faites pas ça ! Vous ne POUVEZ pas me faire ça ! Je vous ai donné toute ma confiance ! J'ai placé mon... J'ai placé ma VIE entre vos mains ! Pitié ! Pitié !

— Mr Gellin ! a lancé le professeur d'une voix coupante. Toutes ces supplications ne sont pas de mise ! L'extrême droite aime déjà trop nous dépeindre comme des pleurnicheurs, des larmoyeurs, des bêleurs. Ils prétendent que notre sollicitude envers les opprimés est une pulsion irrationnelle, maternelle, féminine, absurde. Le pire, c'est qu'ils en sont convaincus. Alors s'il vous plaît, pour vous et pour nous tous, soyez un homme ! »

32
Le poil de barbiche de Lénine

« Qu'est-ce que tu as ? s'est étonnée Beverly devant Charlotte qui, assise à son bureau, regardait le vide par-dessus son “nouvel” ordinateur. On dirait une statue ! Tu n'as pas bougé depuis plus d'un quart d'heure... »

Alors c'est comme ça que ça marche, a pensé Charlotte. C'était précisément parce qu'elle lui avait tenu tête pour la première fois ce matin, s'était montrée cinglante et sans concession, avait rejeté ses commérages malveillants, que Beverly s'intéressait maintenant à elle, manifestait une sollicitude somme toute très normale entre deux camarades de chambre. En d'autres termes, son mépris sans fard avait obligé la snob de Groton à la considérer comme une égale. Charlotte a retiré une triste satisfaction de cette découverte sur la nature humaine, mais rien de plus que cela : triste, marginale et momentanée. Car rien ne pouvait la distraire du pressentiment qui, une demi-heure plus tôt environ, l'avait sortie de son état larvaire pour la métamorphoser en catastrophe ambulante, désormais officielle et avérée.

« Ça va, a-t-elle répondu en tournant la tête d'un ou deux centimètres vers Beverly, elle-même installée devant son écran au milieu de sa jungle de câbles, de prises multiples et de joujoux high-tech. Je réfléchis, c'est tout. »

Beverly a repris sa conversation en instant-message avec Hillary, laquelle se trouvait à un mètre cinquante de là, de l'autre côté du mur dans la chambre 514, baignée par la joyeuse musique des signaux d'alerte électronique (piiing !) et des gloussements de son amie. Apparemment, elles tiraient grand plaisir de l'absurdité qui consistait à bavasser avec sa voisine de palier par l'intermédiaire de la Toile mondiale.

Charlotte n'en avait que vaguement conscience, pourtant, tant l'image qu'elle avait aperçue sur son écran s'était profondément inscrite dans son cerveau :

B

B–

C–

D

B– pas B+, simplement B– en français ; B– en histoire médiévale ; C– en dramaturgie moderne ; D en science neurologique... D en science neurologique ? D en science neurologique ! Comme nombre d'étudiants avant et après elle, Charlotte s'était dit que si elle s'enfonçait suffisamment à l'avance dans le pessimisme, si elle noircissait assez son pressentiment, le résultat ne pourrait jamais être aussi mauvais que ce qu'elle avait redouté. Le désespoir anticipé, par on ne sait quelle magie, allait la protéger d'une authentique défaite. Et puis ses notes étaient apparues sur l'écran une trentaine de minutes plus tôt, évidentes, indiscutables. Elle ne les avait pas imprimées, n'avait pas cliqué sur « sauvegarder sous... ». Non, elle avait immédiatement fermé la fenêtre sur l'écran, ce qui servait à quoi ? À rien. Un autre tour de passe-passe qu'elle n'avait aucun espoir de voir réussir.

B, B–, C–, D... Il y avait tellement de destructions collatérales dans son effondrement universitaire que Charlotte en était restée paralysée trente minutes, oui, et non simplement les quinze que Beverly avait perçues. D, C–... À Dupont, toute note inférieure à B– correspondait à un F, la seule différence étant que l'on ne vous renvoyait pas pour avoir raté deux matières et à peine eu la moyenne dans les deux autres. Elle allait suivre le second semestre en sursis universitaire, ce dont ses parents seraient rapidement informés. Heureusement, ils n'avaient pas d'ordinateur, de sorte que l'infâmante nouvelle prendrait au moins deux jours à leur parvenir par courrier. Que faire ? Pourquoi n'avait-elle pas eu le courage de les mettre au courant à Noël ? Ils auraient été préparés, au moins. Alors que là, elle allait devoir les appeler au cours des prochaines vingt-quatre heures, avant l'arrivée de la lettre... Non, il fallait téléphoner sur-le-champ ! Mais dans ce cas elle aurait à leur réciter ces notes de sa propre voix, dans toute leur immuabilité de pierre, et pour l'heure elle était trop sous le choc pour surmonter cette épreuve. Elle appellerait, mais... plus tard. Et Miss Pennington ? Peut-être pouvait-elle exhumer le plan déjà envisagé : apprendre la nouvelle à Maman, puis lui demander de ne rien en dire à Miss Pennington. Mais si Miss Pennington téléphonait d'elle-même à sa mère ? La perspective de prier Maman d'improviser un petit mensonge était encore plus inimaginable que... un D en science neurologique ! Et dire qu'à peine trois mois plus tôt elle s'était trouvée dans le bureau de Mr Starling, qui lui avait offert les clés de son royaume, ce laboratoire sacré où les animaux humains étaient en train de concevoir une théorie d'eux-mêmes avec une génération d'avance sur le moment où ils se rendraient compte de son impact. Elle croyait entendre, non, elle entendait encore les nouvelles inflexions de la voix du professeur ce jour-là, quand il avait commencé à s'adresser à elle non comme à une étudiante mais comme à une jeune collègue associée dans la plus formidable aventure de la vie de l'esprit depuis l'apparition du rationalisme au XVIIe siècle...

Le téléphone a sonné. Elle a décroché par simple réflexe.

« Charlotte ? C'est Adaaam... – Il semblait à l'agonie. – Quelque chose d'horrible est arrivé ! Il faut que tu m'aides ! Viens, s'il te plaît... *S'il te plaît !* J'ai besoin de toi, là, tout de suite, je...

— Adam ! Qu'est-ce...

— J'ai une... Charlotte ! S'il te plaît ! Ah, c'est trop horrible, trop...

— Qu'est-ce qu'il y a, Adam ?

— *S'il te plaît*, Charlotte ! Je n'ai plus la force de... Je te raconterai tout mais il faut que tu... viennes ! Tout de suite ! S'il te plaît ! Fais ça pour moi avant que je...

— Adam ? Tu as besoin d'un médecin ?

— Hah ! – Une sorte de ricanement amer et sec. – Tu peux passer à la phase 3 : appeler la morgue. Phase 4 : organiser un comité d'hommage à sa vie...

— J'appelle un médecin !

— Non, non ! La seule qui puisse m'aider, c'est *toi* ! Dans combien de temps tu peux être là ?

— Tu veux dire chez toi ?

— Oui. Mon petit réduit, mon petit placard...

— Eh bien... Je pars tout de suite. J'y serai... le temps d'arriver.

— Fais vite, s'il te plaît ! Je t'aime. Je t'aime plus que la vie. »

Il a raccroché, Charlotte aussi. Toujours assise sur sa pauvre chaise en bois, elle a de nouveau laissé son regard errer dans le vide. Encore plus affreux ? Elle avait assez de malheur sur ses épaules, elle n'était aucunement prête à supporter un Adam en pleine phase de « Je t'aime plus que la vie ». Mais comment pouvait-elle le laisser tomber, après... après tout ce qui était arrivé ?

Elle a enfilé sa grosse doudoune striée comme une grenade à main et elle est sortie sans dire un mot à Beverly, toujours occupée à pinguer et glousser et flasher et ricocher ses messages instantanés vers l'autre côté du mur par l'intermédiaire d'une station-relais située à trois mille kilomètres de là, à Austin, Texas.

Elle venait à peine d'arriver sur le palier que la porte d'Adam s'est ouverte à la volée. Il la guettait par le judas, donc. Il est apparu dans l'embrasure, l'une de ses couvertures en laine synthétique verte drapée autour de lui comme une cape, les joues creusées et livides, les yeux empreints d'un effroi infini. Sans que Charlotte ait le temps de réagir, ses bras ont jailli de la cape improvisée. Il était en jean et chemise à carreaux dans des teintes disgracieuses de vert couloir, de brun antirouille et de gris doublage d'enveloppe molletonnée. Quand il a enlacé Charlotte, la couverture est tombée par terre. Ce n'était pas l'étreinte qu'un garçon donne à une fille qu'il aime mais celle de Studs Lonigan à sa mère lorsqu'il revient mourir à la maison, si Charlotte se souvenait bien de la scène dans le livre de James T. Farrell.

« Charlotte... Oh, Charlotte ! Tu es venue... »

Elle avait peur qu'il ne cherche à l'embrasser mais il s'est contenté de poser le front sur son épaule avec une sorte de gémissement et de s'accrocher à elle comme à une planche de salut. C'était très embarrassant. Charlotte ne savait que faire de ses mains. Lui rendre son étreinte ? Lui soutenir la tête ? Il risquait d'interpréter de travers le moindre geste qu'elle pourrait tenter. En conséquence, elle a murmuré : « Allez, Adam, ne restons pas là. Rentrons. »

Cette opération l'a libérée de ses bras, au moins. Une fois à l'intérieur, elle a retiré sa doudoune et s'est assise au bord du lit, lequel était dans un désordre dantesque. Aussitôt, Adam s'est laissé tomber près d'elle et a essayé de l'enlacer encore. Se levant d'un bond, Charlotte est allée prendre la chaise pliante en fer et bandes de tissu écossais aux couleurs encore plus navrantes que celles de la chemise de son propriétaire. Elle s'est hâtée de l'ouvrir et de s'asseoir dessus pendant qu'Adam, immobile, la regardait comme si elle venait de l'abandonner impitoyablement.

« Adam, a-t-elle commencé avec juste une pointe de sévérité, il faut que tu te ressaisisses.

— Je sais ! s'est-il exclamé, au bord des larmes. Je sais, je sais... – il a baissé la tête – ... j'ai une... Ah, je sais plus... »

Il est resté ainsi, le menton plaqué contre sa poitrine. Charlotte a cherché le ton le plus maternel, le plus apaisant, dont elle était capable.

« Tant que tu ne m'as pas raconté ce qui s'est passé, Adam, je ne peux rien faire. »

Il a relevé la tête lentement. Ses yeux étaient brouillés de larmes mais il ne pleurait pas, Dieu merci. D'une voix sourde et morne, il a annoncé :

« J'ai été brisé, voilà ce qui s'est passé.

— Mais... comment ? » a fait Charlotte en gardant la note maternelle et apaisante.

Il s'est lancé dans le récit interminable mais relativement cohérent de sa funeste construction stratégique et de son entrevue désastreuse avec Mr Quat, sans quitter Charlotte des yeux, luttant contre le désespoir en inhalant et exhalant bruyamment.

« Il veut faire... – soupir déchirant – ... un exemple. Ça veut dire qu'il a l'intention... – soupir déchirant – ... de me faire renvoyer. Mais même si je reçois simplement... – Il a dû détourner le regard. – ... Ah, simplement ! Simplement un blâme, ça sera dans mon dossier. Pour tricherie. Et là, finie la bourse Rhodes, fini un troisième cycle n'importe où, même. Et qu'est-ce qui me restera ? – Soupir déchirant. – Et mon papier qui sort dans le *Wave* de demain ? Ça va être complètement ignoré, dégommé ! "Un truc écrit par un plagiaire" ! "Diffamation sans fondement, honteux" ! C'est tout ce que je retirerai de mon scoop : la *haine* ! »

Totalement accablé, il a encore une fois laissé tomber sa tête sur sa poitrine.

« Quel papier, Adam ? Qui va te haïr ? »

Il l'a regardée, mais le front plissé, les sourcils arqués.

« C'est à propos de Hoyt Thorpe. – Charlotte a senti son visage maternellement apaisant se tendre. Elle était surprise, visiblement, au point qu'Adam l'a remarqué malgré son piètre état. – Je raconte comment le gouverneur de Californie l'a acheté pour qu'il garde le silence sur la Nuit de la Turlute. Toute l'histoire y est, toute ! L'un des Républicains les plus influents du pays va vouloir ma tête ! Mais ça, je m'en fiche. Ça ne peut pas être pire que d'avoir tout Dupont contre moi, étudiants, anciens élèves, profs, administration, employés...

— Les employés ? Pourquoi ?

— Pourquoi ? – Soupir déchirant. – Je sais pas... Je me rappelle plus. Mais donc tu es d'accord avec eux tous, hein ? C'est ça que tu veux dire.

— Pas du tout !

— Si, c'est clair, c'est très clair. »

Elle ne pensait pas à *tout Dupont*, en fait, seulement à Hoyt. Elle triturait frénétiquement l'information qu'elle venait d'apprendre, cherchant à envisager les conséquences qu'elle aurait pour lui. Pourquoi ? Même si elle avait essayé, elle n'aurait pu trouver de réponse rationnelle. Celui qui allait être atteint était Hoyt, mais aussi... Jojo. Ce constat l'a fait sursauter.

« Comment Jojo a réagi ? » a-t-elle demandé.

La tête de nouveau baissée, Adam a plaqué ses paumes et ses doigts sur son visage.

« Je... Je lui ai pas dit.

— Comment ? Il n'est même pas au courant ? Il faut que tu l'appelles, Adam ! Tu as tout raconté à Mr Quat, n'est-ce pas ? Jojo doit le savoir ! »

Il s'est mis à geindre derrière ses mains :

« Oh, merde, merde, merde, merde... Jojo... J'étais sûr que Quat allait laisser tomber ! Je croyais que je l'aidais, Jojo...

— Mais tu ne l'as même pas prévenu.

— Nooon... Oh, merde, merde, merde, merde... Comment je vais lui annoncer ça ? Il me tuera ! Il est foutu, ce grand connard ! Même s'ils le vident pas, il est... terminé. – Nouvelle série de geignements. – Même un renvoi temporaire... Il va rater la saison... Sa carrière est à l'eau, à l'eau... Il va me tuer, me tuer... »

Encore des gémissements. Lamentables. Charlotte a eu l'effrayante prémonition qu'il allait s'effondrer, devenir incontrôlable. Elle s'est levée, s'est placée devant lui. Posant ses mains sur les épaules d'Adam, elle s'est baissée jusqu'à ce que son visage soit à moins de vingt centimètres de celui du garçon, toujours recroquevillé selon un angle morbide. De la voix la plus douce, la plus tendre, elle a déclaré :

« Jojo ne va *pas* te tuer, Adam ! Il comprendra. Il va voir que tu as essayé de faire de ton mieux, que tu voulais l'aider. Tu as cru que c'était la meilleure option pour toi, et pour *lui*, mais ça n'a pas marché. Il va comprendre. »

Adam a retiré ses mains de sa figure tout en la gardant pointée vers le sol, les épaules affaissées, les yeux hermétiquement fermés. Il s'est mis à trembler. Les tremblements se sont mués en frissons. Ses dents claquaient de manière très audible.

« Mets ton bras autour de moi, Charlotte, a-t-il bredouillé d'une voix suppliante. J'ai froid... Je meurs de froid... »

Elle s'est assise à côté de lui et a passé son bras autour de ses épaules en se demandant ce qui allait suivre. Il ne la regardait pas, ne faisait rien d'autre que frissonner, de plus en plus violemment.

« Apporte-moi une couverture... S'il te plaît ! J'ai tellement froid... »

Elle est allée chercher celle qu'il avait abandonnée dans le couloir. La couleur était révoltante, la matière synthétique au point que son contact était presque insupportable, mais elle l'a tout de même rapportée à Adam. Ainsi cassé en deux, il faisait penser à cette sculpture d'Indien, là... *Fin de piste*, de James Earl Frazer. L'Indien est voûté sur son cheval, au bord d'un précipice, sans nulle part où aller. C'est l'impasse de sa civilisation, détruite par l'Homme Blanc. L'image, qu'elle avait vue dans un livre d'histoire, l'avait toujours fascinée, et attristée. Elle a posé la couverture sur les étroites épaules d'Adam, qui a effleuré sa main de la sienne quand il a serré l'infâme couverture autour de son cou. Elle était glacée.

« Serre-moi, s'il te plaît, Charlotte... Serre-moi ! »

Elle a mis un bras autour de lui, de nouveau. Il frissonnait avec une telle violence qu'elle a pensé qu'il devait avoir une mauvaise grippe. Elle a touché son front de sa paume. Il n'avait pas de fièvre, en tout cas.

« Je... Il faut que je m'allonge. »

Il s'est jeté sur le lit, jambes tordues, pieds encore au sol, paupières obstinément closes. Charlotte a passé une main sous ses genoux et a envoyé ses jambes sur le matelas. Elles étaient légères, légères... Elle lui a retiré ses mocassins en cuir. Il était à présent allongé dans un fouillis de draps, de couvertures, de sous-vêtements sales, avec en sus un sac de teinturerie tout froissé, la note encore agrafée au bord, et le cahier intérieur d'un numéro du *Philadelphia Inquirer* vieux de deux jours. Une partie de la couverture que Charlotte lui avait amenée était toujours autour de son cou et de ses épaules, le reste ayant volé en dehors du lit. Charlotte l'a remontée sur lui, a essayé de le border autant que possible. Comme il avait les yeux toujours fermés, elle espérait qu'il se soit endormi mais il a répété :

« Je meurs de froid, Charlotte...

— Je t'ai bien couvert. Tu vas te sentir mieux.

— Non, serre-moi, s'il te plaît, serre-moi contre toi. J'ai peur, Charlotte ! »

Elle l'a observé un moment. Il continuait à trembler et à claquer des dents. Elle n'avait pas le choix : retirant ses Keds, elle s'est glissée sous l'amas de draps et de couvertures à côté de lui, en jean, pull et chaussettes. Puis elle s'est pressée contre son dos et peu à peu sa danse de Saint-Guy s'est calmée.

Quand elle s'est levée pour aller éteindre la lumière, il s'est remis à geindre d'une voix égarée :

« Non, non, Charlotte... Ne t'en va pas ! Je t'en supplie, me laisse pas seul. Serre-moi encore ! Je n'ai plus que toi... »

Elle est revenue s'allonger contre lui, dans l'obscurité. Tant qu'elle le tenait ainsi, il respirait régulièrement. Le bras qu'elle avait passé sous lui s'est engourdi, privé de sang. Elle a chuchoté :

« Tu dors ?

— Non », a-t-il soufflé d'une voix d'outre-tombe.

Elle savait qu'il était en train de fixer le noir, les yeux écarquillés par l'angoisse. Elle connaissait bien le problème.

Elle est restée toute la nuit dans cette position, sombrant parfois dans un bref sommeil qu'il devait sentir car sa voix la réveillait soudain, « Serre-moi, s'il te plaît, ne t'en va pas... »

Materner quelqu'un comme lui l'a vite lassée mais elle payait sa dette, sa lourde dette envers lui. Adam ne l'avait-il pas encouragée, tirée des profondeurs de sa dépression ? Sauf que... elle ne voyait pas comment lui insuffler quelque espoir. Ce garçon qu'elle tenait dans ses bras était condamné pour de bon. Et puis elle a pensé à Jojo, et ensuite à Hoyt. Ce pauvre garçon apeuré qu'elle serrait contre elle était comme un insipide Samson, s'est-elle dit soudain : il avait fait tomber le temple sur tout le monde autour de lui.

Hoyt est sorti de l'immeuble Phillips dans la Grand Cour, si furieux qu'il maugréait entre ses dents assez fort pour que les autres l'entendent. Là, sur le trottoir qu'il foulait avec rage, il avait pris la petite voix flûtée, maniérée, *sophistiquée* de la tapette Quat : « Je ne cherche pas du tout à mettre en doute votre sincérité, Mr Thorpe. Je suis certain que vous n'êtes que *trop* sincère, en réalité. Ce que je suggère, c'est qu'inconsciemment ou non vous avez ficelé ensemble quelques-unes des charlataneries les plus éculées de la droite religieuse et que vous en avez fait une thèse, et que l'entreprise serait épuisante pour n'importe qui. »

Dans l'allée diagonale qui conduisait à la fontaine Saint-Christophe en direction de Mister Rayon, il a retrouvé sa voix naturelle : « Ah ouais ? Et moi, ce que je *suggère*, c'est que vous êtes un Jésus décapité qui volète de-ci de-là en couinant "Tolérance, tolérance, tolérance pour les doux car ils hériteront de la Terre !", alors que t'en sais rien du tout ! Vous vous prenez pour le courageux petit intello juif qui est bien au-dessus de toutes ces conneries divines, hein ? » Voilà ce qu'il aurait *dû* lui dire, si seulement le connard de Jerome Quat l'avait laissé en placer une... Mr Quat et son *esprit* : « Ici, à Dupont, nous chérissons la liberté d'expression et le débat d'idées, Mr Thorpe, mais puis-je proposer que nous remettions à plus tard la suite de votre tirade, dans l'intérêt général ? Vous pourrez conclure juste après la fin du cours. Je suis convaincu que tous ceux qui veulent vous entendre s'empresseront autour de vous. » Le petit enculé de sa mère...

Les étudiants le dévisageaient sur son passage, se demandant s'il se parlait vraiment à lui-même. Et alors ? Le campus entier avait l'air de parler tout seul ! Tout le monde baragouinait dans son minitéléphone portable caché au creux de la main, et les quatre ou cinq pour cent restants en faisaient de même avec leur kit mains-libres pratiquement impossible à déceler. Ils penseraient qu'il avait un dispositif encore plus invisible, lui, et sinon... qu'ils aillent se faire foutre.

Voilà, il avait encore cherché la merde et il l'avait trouvée, pas vrai ? Ce petit crevard obèse et chauve, Mr Jerome Quat, aurait le dernier mot : il lui collerait une note à chier. Mais comment tous les autres avaient-ils pu rester sur leur cul en écoutant ses conneries politiquement correctes sans broncher ? Putains de... moutons ! Ils se contentent d'avaler la merde de mouton qu'il leur sert et de la régurgiter chaque fois qu'il leur pose une question. Comme ça, on finit par ne plus dire ce que l'on pense, et bientôt c'est cette merde qui devient *convenable*, et alors on continue à la répéter, à la ressasser, parce qu'on ne veut pas être *déplacé*, pas le genre de gus qui ne se fait plus inviter nulle part sous prétexte qu'il risque de produire un couac dans la conversation...

Arrivé à la fontaine Saint-Christophe... Superbe boulot, par ailleurs... Comment s'appelait le Franchouillard qui avait sculpté ça, déjà ? Un foutu génie, en tout cas... Est-ce qu'il y avait un seul campus dans tout le pays qui avait un truc aussi grandiose ? Non, pas un, même d'approchant... « Je suis un Dupont, fuck !... Je suis le dépositaire de toute la force, la beauté, l'histoire de ce personnage en... En quoi il est fait ? Bronze, je dirais. Ou en cuivre ? Nooon, ça doit être du bronze... » Arrivé à la fontaine, donc, Hoyt s'est calmé. Quat n'avait aucun moyen de le toucher, en réalité. Il ne serait pas obligé de se traîner dans les ascenseurs de toutes les satanées banques d'investissement pour essayer de justifier son dossier universitaire, lequel parlait, pire : hurlait de lui-même. Les miracles existent, lui avait dit un jour son père : « Ils arrivent à ceux qui sont déjà prêts à foncer. On n'est pas simplement *chanceux* : il faut savoir reconnaître la Chance quand tu la regardes en face. » Hoyt Thorpe, de Dupont, Hoyt Thorpe, de Saint Ray, s'était tenu prêt, chargé, gonflé à bloc, et le miracle s'était produit. Hoyt Thorpe avait un boulot qui l'attendait, que cela plaise ou non à Mr Jerome Quat, et pas dans quelque salle poussiéreuse de Chicago ou de Cleveland, rendue blafarde par les néons mais avec la crème de la crème, chez Pierce & Pierce, à New York. Quatre-vingt-quinze mille annuels pour commencer – pour commencer ! –, sans plafond en vue ! Il avait lui-même du mal à y croire mais tel était son avenir garanti.

Dès qu'une rafale de vent soufflait sur la couche de neige gelée, il faisait diablement froid dans le parc. Hoyt a boutonné son manteau à contrecœur, parce que le look Saint Ray, le plus cool du campus, le voulait porté ouvert, avec des boots, un pantalon en toile sans pli, un pull à col rond sous une chemise en flanelle. Le manteau lui-même devait être en sergé bleu marine, droit, arriver au-dessous du genou et être doublé de soie également bleue, le genre de pardessus qui irait très bien avec un smoking et c'était justement là le chic, ce contraste entre l'élégance du manteau et la simplicité décontractée de la tenue, la rencontre de l'insouciance de la jeunesse, de la MasterCard universitaire et d'un symbole de l'autre monde, le monde du pouvoir et de l'argent. Un manteau de ce style coûtait mille dollars chez Ralph Lauren mais Hoyt avait payé le sien quarante-cinq dans une boutique de Philadelphie-sud spécialisée en vêtements d'occasion et subtilement appelée « Play It Again, Sam ». C'était ça, être cool : le long pardessus vous donnait une silhouette élancée, très *mode*, vous étiez plein de l'énergie sexuelle qui explose durant la décennie suivant la puberté, et en même temps vous saviez déjà où se trouvait l'oseille. Hoyt n'avait que huit ou neuf ans lorsqu'il avait entendu un ami de son père utiliser cette expression mais il ne l'avait jamais oubliée : « Je suis vieux, je suis gros, je bois trop, avait dit ce type au visage sanguin, mais j'ai toujours su où se trouvait l'oseille. »

Ragaillardi par ces pensées qui le rendaient à son optimisme naturel, Hoyt est arrivé à la cafétéria en fredonnant un air disco, « Press Zero », dont il n'arrivait à se rappeler qu'une phrase – « pour plus de moi, appuie sur zéro » –, laquelle s'obstinait à lui tourner dans la tête. « Pour plus de moi, appuie sur zéro, pour plus de moi... » La scène très habituelle devant l'entrée de Mister Rayon lui a coupé le sifflet : malgré le froid intense, une bonne vingtaine d'étudiants étaient regroupés là, tête baissée, dans un silence seulement rompu de temps à autre par un rire gras de garçon ou un gloussement fûté de fille. Qu'est-ce qu'ils foutaient là ? Ils avaient... des journaux entre les mains, tous, et ils étaient captivés par leur lecture tandis que d'autres gus se pressaient autour de l'un des distributeurs de canards devant la cafétéria, celui de couleur jaune taxi, celui du *Wave*. Que la gazette du campus éveille un tel intérêt, c'était ultrabizarre...

Hoyt s'est approché du groupe. Une fille a lâché l'un de ces piaillements électriques que l'on entend dans les soirées, les gus commençaient à échanger des commentaires en patois fuck :

« Fucking shit... C'est trop, fuck !

— Un fucking *étudiant* ? Fuck, alors !

— Où est passé Jeff, triple fuck ? Je crois qu'il connaît le fucking type...

— J'savais pas qu'ils avaient le droit de mettre "fuck" dans le fucking journal !

— Une piiiipe ? Fuck, ça me fucke trop ! »

Une pipe ? Un signal d'alerte a retenti dans le cerveau de Hoyt, qui s'est mis à jouer des coudes dans la cohue pour parvenir à la boîte jaune avant qu'elle ne soit vide. « Pardon, laissez passer, pardon ! » Il a doublé un type en vieille vareuse militaire sur laquelle apparaissaient encore les traces des insignes disparus, pensant que son manteau hyperclasse suffirait à imposer son autorité, mais le gus ne s'est pas laissé faire et, l'air de rien, l'a repoussé de la hanche. Alors qu'il se tournait légèrement pour contrer le fâcheux, Hoyt a aperçu une fille, très mignonne dans le genre scandinave – cheveux blonds et raides d'un kilomètre de long, séparés par une raie, qui le regardait de tous ses grands yeux bleus. Elle a donné un coup de coude à la fille près d'elle – un thon, celle-là –, laquelle s'est mise à le zyeuter aussi. La jolie bouche de la nana canon – canon, oui, il adorait cet air norvégien qu'elle avait, se rouler dans la neige ensemble, nus, et ensuite le sauna, nus... –, sa jolie bouche s'est ouverte d'étonnement et elle le regardait, le regardait, le regardait, avant de bredouiller :

« Ohmygod... C'est... toi ? Tu es... lui ? Tu es Hoyt Thorpe ! »

Il a réagi aussi vite que possible, sans trop réfléchir, avec son sourire le plus enjôleur :

« Exact. Tu as déjà déjeuné ? »

Aussitôt, des dizaines d'yeux se sont tournés vers lui, des murmures insistants ont parcouru la foule et... Bing ! Ils ont formé un cercle autour de lui en l'observant comme s'il venait d'arriver là en soucoupe volante. Juste à côté de la gironde Scandinave, un grand type à l'air balourd avec un long cou et une pomme d'Adam de la taille d'une citrouille s'est exclamé :

« Géant, mec ! Géant ! T'as vraiment dit *ça* ? "Tête de singe à face de nœud" ? Attends ! – Il s'est penché vers l'un de ses voisins qui tenait un journal ouvert dans les mains. – C'était encore mieux, dans le canard ! »

Hoyt a fermé un œil et ouvert la bouche du même côté, une mimique signifiant : « Mais de quoi il cause ? » La blonde, la sublime fille des fjords, avait un journal plié en deux entre ses doigts :

« Comment, tu as pas lu *ça* ? »

Hoyt a fait non de la tête, mais lentement, c'est-à-dire comme il seyait à un type cool. La beauté norvégienne a déplié le truc et voilà, il a eu devant lui le plus énorme gros titre de une qu'il ait jamais vu de sa vie : SEXE ORAL, MOI ? Et en manchette : LE POLITICIEN $OUDOIE LE CHARLIE TÉMOIN DE SES ÉBATS DANS LE BOSQUET. Et plus bas, en vignette : LE $AINT RAY REÇOIT UN POSTE À 95 K$ POUR SON « AMNÉSIE ». Et en dessous : « Par Adam Gellin ». Et au bas de la page, deux colonnes de paragraphes serrés, puis : « Voir CORRUPTION, pages 4, 5, 6, 7. »

Son regard allait trop vite pour enregistrer plus que des mots épars : « gouverneur de Californie », « probable candidat républicain », « un quatrième-année de Dupont », « mixité », « sexe oral »... Mais c'était la photographie, surtout, la photo couvrant toute la page à gauche, qui aimantait son regard. Un type sortant de l'IM avec, juste un peu derrière lui, une jolie blonde qui, malgré la neige sur le sol et son blouson d'aviateur par-dessus son jean, s'arrangeait pour montrer une bonne bande de ventre nu. Et le type... Géant ! Trop classe ! Bottes, pantalon de toile Abercrombie & Fitch sans pli, chemise ouverte au col, et le manteau en sergé bleu nuit le plus long, le plus élégant, le plus classieux qui puisse être, dans lequel ce Brummel paraissait immense, racé, cool et sérieux à la fois. Émergeait de ce pardessus fabuleux un cou puissant – pas trop massif, non plus –, et le visage... Ce visage ! Mâchoires carrées, parfaite fossette au menton, ce mec était un mélange de Cary Grant et de Hugh Grant, mais avec une chevelure plus belle et plus cool que l'un ou l'autre n'avait jamais eue, parce que sans raie ! Et cette ébauche de sourire, juste avec une pointe de sarcasme, qui disait : « C'est moi le boss, baby, et tous les autres sont des crevards ! »

Avant que sa machinerie cérébrale n'ait commencé à tourner pour analyser ce que ce foutu machin pouvait signifier, Hoyt a pensé à trois êtres en particulier : lui, d'abord, puis Rachel, ce succube né du rêve humide Pierce & Pierce, puis Adam MachinTrucZob, puis lui encore, Hoyt Thorpe, lui ! Même si son subconscient reniflait le danger dans toutes ces lettres noires capitales à droite, il y avait la photo. Cette photo ! Quel étudiant pouvait avoir l'air mieux que... lui ?

Il était déjà une heure de l'après-midi lorsque Charlotte a admis en elle-même qu'après une nuit pratiquement blanche, un déjeuner qui avait consisté en une tranche de pain rassis avec un peu de confiture et deux gorgées de jus d'orange périmé, quatorze heures non-stop à satisfaire aux besoins psychologiques d'un patient insoignable, elle était plus que fatiguée de jouer l'infirmière d'Adam Gellin le Mutant du millénaire. Elle n'essayait même plus de masquer son irritation : pour lui, à cause de lui, elle venait de rater deux cours, l'un d'eux étant l'introduction à son programme d'histoire du nouveau semestre, « La Renaissance et l'apparition du nationalisme ». Excellent début, n'est-ce pas, surtout après la débâcle de la moitié d'année précédente ! Le pire, peut-être, c'est qu'elle ne ressentait plus la culpabilité et la honte qui l'avaient assaillie en octobre, lorsqu'elle avait séché son premier cours après avoir dorloté toute la nuit une Beverly égarée par l'alcool. Puis il y avait eu l'horrible lundi matin suivant le week-end à Washington où elle n'avait pas pu se réveiller, non plus, et où elle s'était non seulement ridiculisée devant ses camarades mais avait aussi attiré sur elle l'ire de la maître assistante, laquelle ne l'avait pas ratée à la note suivante...

Sa moyenne... L'angoisse l'a saisie au collet. Elle ne pouvait plus reculer. Il fallait téléphoner à Maman ! Ce serait encore plus affreux, si elle apprenait la nouvelle par la poste ! Son petit prodige revenant avec B, B–, C–, et D... Est-ce qu'elle devait passer sur les « moins », quand elle lui parlerait ? Idiot : ils arriveraient par la poste, eux aussi.

Elle a jeté un coup d'œil sur Adam, toujours dans la même position : couché sur le côté, contemplant fixement le mur comme un dément, mais il suffisait que Charlotte bouge à peine pour qu'il revienne à la vie et l'accable de questions terrorisées et d'un chantage à la culpabilité qu'il savait manier comme personne. Rien que pour aller aux toilettes dans le couloir, elle devait lui fournir deux cents promesses de prompt retour et un itinéraire détaillé avant d'avoir le droit de se lever. Et quand lui-même devait s'y rendre, il se traînait là-bas enveloppé dans sa révoltante couverture et exigeait qu'elle l'attende sur le palier, mortifiée à l'idée que l'un des étudiants qui occupaient les trois autres réduits de l'étage puisse la voir.

Comment, dans ces conditions, lui arracher l'autorisation de s'absenter pour aller téléphoner à Maman ? Elle n'avait pas le choix.

« Adam ? a-t-elle commencé d'une voix pleine de tendre sollicitude. – Pas de réponse. – Adam ? – Silence. – Regarde-moi, s'il te plaît... – Comme elle n'obtenait aucune réaction, elle a répété, cette fois plus énergiquement : – Adam !

— Euh, hein ? – Gémissements, grognements. – Ouais ? Quoi ?

— Regarde-moi, Adam ! – Les yeux fous ont lentement pivoté dans leur orbite ; la mâchoire inférieure pendait. – Adam ? Il faut que je retourne à la résidence pour...

— Non, non ! Pas maintenant ! Je t'en supplie !

— Juste un moment, Adam, et je reviens tout de suite. Je te promets.

— Pas maintenaaaaant ! a-t-il geint. Charlotte, s'il te plaît... Me laisse pas... pas maintenaaaaant... »

Il l'a tellement harassée de plaintes et de supplications qu'elle a fini par jurer qu'elle resterait, d'accord. Elle allait devoir appeler d'ici, sur le téléphone portable d'Adam puisque c'était le seul du taudis. Devant lui ? Bah, il était déjà au courant de ses mésaventures, et puis, dans son état, rien d'autre que lui-même ne l'intéressait. Il avait recommencé à frissonner, à gémir, à fixer le mur...

« Adam ? Il faut que je passe un coup de fil, a-t-elle expliqué en prenant son portable sur le petit bureau.

— Non ! a-t-il soudain hurlé. Tu peux pas ! Je t'interdis ! »

Comment ? Lui *interdire* ! Charlotte a été ulcérée par son toupet. L'ignorant, elle a ouvert le battant du téléphone et...

« Non ! Je t'en supplie ! »

La *supplier* ! C'était grotesque. Elle a cherché la touche « on » pour l'activer, ayant maintes fois vu comment Beverly procédait avec le sien.

« NON ! CHARLOTTE ! »

Bip-bip, bip-bip, bip-bip ! a fait le petit appareil.

« FERME-LE ! FERME ÇA ! OH, TU ME TUES ! »

Elle le *tuait* ? Dix bip-bip, quinze... Grognements, gémissements.

« ILS VONT ME TROUVER ! Ils... vont... m'avoir... »

Bip-bip, sans fin. Elle a jeté un regard sur l'écran : « VOUS AVEZ 32 NOUVEAUX MESSAGES ».

« Adam ! a-t-elle crié par-dessus son tapage. Tu as *trente-deux* messages ! Qu'est-ce qui se passe ? Où je dois appuyer pour les avoir ?

— NON ! a-t-il beuglé, ses yeux déments sortant presque de sa tête qui pendait maintenant hors du lit. Je te dirai PAS ! ILS me cherchent ! Je veux pas ! Ils vont me tuer ! »

Et ainsi de suite.

« Tu ne peux pas faire comme si de rien n'était, Adam. *Quelqu'un* cherche à te joindre, c'est clair.

— Tuer... veux pas... tuer... » continuait-il à marmonner.

Il ne cédait pas. Il ne lui dirait jamais comment accéder à ces messages. Charlotte a aperçu son ordinateur portable.

« Adam ? Je vais allumer ta messagerie. – Protestations geignardes, encore et encore. – Je vais ouvrir ta messagerie, Adam, et regarder si tu as des mails. – Gémissements, pleurnichements, tuer... tuer... – Si tu veux que je reste ici, Adam, je dois comprendre ce qui se passe. Je ne peux pas continuer comme ça. Tu n'as pas à *écouter* tes e-mails, tu n'as pas à les lire. C'est juste pour moi, je n'en parlerai à personne. Donne-moi ton mot de passe. – Non, non, fin de tout, fin de tout, jamais, jamais ! – S'il te plaît, Adam. Tu ne peux PAS me faire ça. Je n'en peux PLUS ! Tu n'as même pas besoin de savoir ce qu'il y a dedans, si tu ne le veux pas. Mais donne-moi ton mot... de... passe. »

La lutte a été rude mais Charlotte a fini par lui arracher la formule magique et elle n'a pu s'empêcher de sourire : MATRICI, les sept premières lettres de « matriciel ». Elle aurait dû deviner. Elle s'est penchée sur l'ordinateur pendant qu'Adam continuait à geindre, à grogner et à proclamer sa mort imminente. « Nouveaux messages ». La liste était si longue qu'elle disparaissait au bas de l'écran. Elle a été obligée de faire glisser le curseur, glisser, glisser, pour arriver au bout. Un grand nombre d'entre eux venaient de Greg, quelques-uns de Randy, Edgar, Roger, quatre de Camille, plusieurs avec des adresses de membres de l'administration de Dupont, d'autres qu'elle ne reconnaissait pas, et un dont l'expéditeur était bien connu d'elle. Elle a cliqué dessus.

Une nouvelle salve de lamentations quand l'imprimante s'est lancée dans ses propres grognements indignés, crachouillant le message que Charlotte a relu, cette fois sur papier. Un grand sourire à la « Je te l'avais bien dit ! » lui est venu. Elle a tendu la feuille à son patient :

« Celui-là, tu vas aimer. Je te le garantis, celui-là ne cherche pas à te démolir, bien au contraire. »

Adam conservait son expression hallucinée mais il s'était tu, au moins. Pas un son ne sortait de sa bouche. Charlotte est allée à lui, a pris sa main qui traînait sur le sol dans une posture d'abjecte détresse, paume en l'air, l'a soulevée, a placé dedans le papier plié en deux et a refermé dessus les doigts d'Adam, un à un. Il n'a pas réagi mais n'a pas lâché prise, non plus.

« Je t'assure, Adam : ça va te plaire. Beaucoup, même. »

Il s'est écoulé des minutes – des heures, pour Charlotte – avant qu'Adam ne daigne contempler sa main comme si un petit animal inoffensif s'y était logé à son insu. Lentement, sans se relever, il a porté la feuille devant son visage et rajusté ses lunettes sur son nez, preuve qu'il avait retrouvé certains traits humains. Charlotte a essayé d'imaginer ce qui pouvait se passer dans son cerveau au fur et à mesure qu'il enregistrait la sidérante nouvelle :

« Mr Gellin,

Je n'ai pas changé d'opinion quant au problème dont nous avons parlé, ni de principes. Cependant, compte tenu de la manière dont vous avez remonté les bretelles à ce démagogue d'extrême droite, à ce pernicieux ennemi des droits civiques – j'ai suivi CNN en continu au cours de l'heure qui vient de s'écouler –, je ne vais certainement pas prendre des mesures qui pourraient compromettre votre action. En conséquence, considérez le sujet clos, classé, nul et non avenu.

Mes félicitations pour ce que vous avez accompli, mes encouragements pour les combats qui restent devant vous, car il faut lutter contre le feu tant qu'il n'est pas éteint. N'oubliez pas la Prison citoyenne. Consacrez-vous avec zèle à vos études.

Jerome P. Quat. »

Adam s'est relevé sur un coude, contemplant Charlotte avec des yeux perplexes. Sans la quitter du regard, il a posé les pieds au sol, s'est assis sur le lit et s'est enfin permis un sourire épuisé, un peu égaré, mais un sourire tout de même.

Charlotte ne pouvait se rappeler de quoi Lazare avait eu l'air quand il s'était relevé d'entre les morts, ou même si la Bible allait jusqu'à donner cette précision, mais il était sans doute raisonnable de prétendre que c'était à lui qu'Adam Gellin ressemblait à cet instant.

Il s'est trouvé que Jojo travaillait dans la salle de lecture de la bibliothèque après la séance de théorie de l'équipe et, arrêté par une remarque sur Platon en tant que « successeur adéquat et cependant paradoxal de Socrate », se demandait pourquoi tous ces professeurs de philosophie aimaient tant énoncer la chose et son contraire dans la même phrase lorsque, vers huit heures et demie, son téléphone portable a sonné.

Merde ! À la biblio, on était censé mettre son cellulaire en fonction vibreur, ou l'éteindre complètement, et que sa sonnerie soit une version digitalisée du thème de *Rocky* – « tah tah taaaaaah, taaaaahhhhh, dah dah » – n'arrangeait rien à l'infraction. Furtivement, il s'est hâté d'ouvrir l'appareil entre ses genoux, de tourner la tête de-ci de-là comme si le coupable était quelque part ailleurs, puis de passer le torse sous la lourde table de travail avant de murmurer :

« Ouais ?

— Comment va mon ami grec qui a commencé sa vie Suédois du New Jersey ? »

Le coach ne se présentait jamais, au téléphone. Il n'en avait pas besoin, surtout quand il appelait quelqu'un de *son* équipe. Jojo a tressailli instinctivement, mais Buster Roth ne semblait pas d'humeur agressive. Il a choisi de répondre avec prudence :

« Tout va bien, coach. »

C'était sans doute peu convaincant, venu d'un type plié en deux sous une table de bibliothèque.

« Je vais te dire quelque chose, Socrate : vous autres, les Grecs, vous avez une sacrée putain de moule, c'est sûr !

— Que... Qu'est-ce que vous entendez par là, coach ?

— Le président vient de me téléphoner. Pour me dire : "Oubliez toute l'histoire. Effacez-la de votre mémoire vive." Ou un truc approchant.

— Waouh ! a fait Jojo, ce qui sonnait bizarrement, puisqu'il l'avait chuchoté. Qu'est-ce qui est arrivé ?

— J'en ai pas idée, Jojo. Les voies de Mr Quat sont fucking impénétrables, disons.

— Waouh... Eh bien... Merci, coach. Je ne sais pas quoi dire mais... je suis vachement reconnaissant. Vous m'enlevez un sacré... poids, franchement.

— Je suis heureux d'être l'oiseau de bon augure, Socrate. Maintenant, tu n'auras pas besoin de t'envoyer ce *cocktell* à la ciguë, hein ?

— Ce quoi ?

— Jésus-Christ, Jojo ! C'est toi qui es supposé le fucking expert en trucs socratiques, non ? Je t'en avais causé, de la ciguë ! Tu as déjà oublié ?

— Ah ouais, ouais, a fait Jojo en tentant un rire étouffé. Mr Margolies nous en parlé aussi, en fait. C'est l'aspect *cocktell* qui m'a un peu déboussolé. »

Il a tenté de rire encore afin de convaincre le coach qu'il le trouvait extrêmement malin. Ils se sont dit au revoir. Revenu en position normale sur sa chaise, Jojo a reporté son attention sur Platon, le successeur tout désigné de Socrate à part qu'il ne l'était aucunement. Au bout d'un moment, il a levé la tête et, les yeux sur les lourds lustres en bois massif, il a réfléchi un temps, un sourire absent aux lèvres. Le coach... Il était trop, ce mec ! Dur, parfois. Personne ne l'avait traité aussi durement sans avoir à mordre la poussière en rétribution. Mais il était toujours là pour ses gars, aussi, et si quelqu'un venait leur chercher noise c'était *Règlement de comptes à OK Corral* pour ceux qui avaient osé déconner avec eux.

Il a secoué la tête, toujours en souriant. Ce vieux Quat avait de la bouteille, pourtant. On aurait cru qu'il y penserait à deux fois avant d'aller marcher sur les pieds du coach. Personne ne pouvait risquer ça, personne. Il s'est rappelé les paroles de l'entraîneur : tous les deux, coach et joueur, étaient des exemples pour tout le campus, avait-il affirmé. Sur le coup, il n'avait pas vraiment compris mais désormais il voyait clair : le coach était loyal, le coach était... un homme.

33
L'âme, sans guillemets

Il était neuf heures et demie du soir quand, sortie de chez Adam, Charlotte a traversé toute seule dans le noir la Cité de Dieu, puis le campus, avant de parvenir à la Petite Cour. Quel soulagement d'échapper enfin à l'atmosphère délétère et oppressante du réduit-quarantaine d'Adam, mais quel goût amer en elle ! Elle se sentait manipulée. Adam avait connu une guérison aussi miraculeuse que suspecte, échappant à la phase terminale de la neurasthénie, l'imminence et l'immanence de la mort. Dès qu'il avait quitté son lit d'agonie et s'était mis à lire ses trente-quatre e-mails, à passer coup de fil sur coup de fil et à essayer de décider avec Greg quelles chaînes de télé et quels journaux méritaient de se voir concéder des interviews, son amour-propre avait recommencé à enfler de telle sorte que Charlotte avait l'impression de le *voir*, de l'*entendre* s'emplir d'air. Les couleurs étaient revenues sur son visage, la lumière dans ses yeux, l'ironie et la frime intellectuelle dans son discours, le mot *demain* dans son vocabulaire. Il était tellement accaparé par son ordinateur et son téléphone portable qu'il avait... économisé sur le temps qu'il lui fallait pour remercier Charlotte et lui dire au revoir.

Ce soulagement n'avait duré que l'espace d'un pâté de maisons à la Cité de Dieu, cependant, sans que cela ait quoi que ce soit à voir avec les tristement célèbres voyous du quartier, lesquels brillaient par leur absence. Pour Charlotte, la nuit ne faisait que commencer, et elle ne pensait pas à tous les devoirs qui lui restaient à finir pour le lendemain : mais à *ça*, le *ça* qui l'absorbait entièrement lorsqu'elle est sortie de l'ascenseur d'Edgerton pour gagner sa chambre. Comment allait-elle devoir formuler *ça* quand elle téléphonerait à sa mère ?

Neuf heures et demie, c'était affreusement tard, dans le cycle quotidien des gens de province, mais elle ne pouvait plus reculer. Quelle était la meilleure approche pour *ça* ? Contrition, confession – sur le strict plan universitaire, certes –, supplication, puis la promesse de tout faire pour effacer *ça* ? Ou bien une approche par la tangente : « Maman, c'est moi ! Je voulais juste entendre ta voix, voir comment tout le monde se porte... Ah, très bien ! Et tante Betty, son angine ? Tant mieux ! À propos, j'ai eu une sorte de... problème, au niveau des études. Ce n'est pas la fin du monde et ça devrait pouvoir se rattraper facilement mais tu te rappelles, à Noël, quand je te parlais de... ? » Oh, que oui ! Ce serait convaincant à un point... Sa mère n'était pas tombée de la dernière pluie ; elle ne goberait jamais l'idée que son petit prodige de fille puisse se vautrer dans le désespoir à cause d'un *problème d'études.* Alors, une confession complète, abjectement complétissime, qui la mettrait à la merci de la réaction maternelle plus encore que lorsqu'elle était tout enfant ? Et ensuite, la merveilleuse catharsis, le baume apaisant de la miséricorde de Maman... qui lui avait toujours procuré la paix intérieure justement parce que sa mère refusait de se montrer *réaliste* devant *ce qui se fait maintenant...* Oh, Maman, Rocher immémorial, mon refuge, laisse-moi me cacher en toi ! Bing ! Charlotte en a frissonné de tout son corps : ce serait aussi risqué que de tenter d'atteindre la dynamite plus vite que la mèche allumée... Elle était tellement plongée dans ses supputations qu'elle a dépassé sa porte de quelques pas. Revenue en arrière, elle l'a ouverte et... Bang ! Non seulement Beverly, mais Erica ! Comment passer ce coup de fil en leur présence ?

« Ah, te voilà, toi ! – Beverly prenant ses grands airs. – Je me demandais où tu étais ! Ton téléphone... – elle a montré d'un geste le poste blanc de la chambre – ... n'a pas arrêté de sonner ! Qu'est-ce qui se passe ? Ça me rend dingue ! »

Charlotte a été étonnée par le calme qui régnait en elle. L'équanimité, oui ! Exactement ça : tout lui était égal.

« Tu sais, Beverly, c'est aussi le tien, de téléphone ? Il est même *à toi*, en fait. Tu peux répondre, ou le laisser décroché, ou le débrancher. Puisque je n'étais pas là, en quoi ça me concerne ? »

Beverly s'est hérissée de tout son être. Comment elle lui parlait, maintenant, la petite provinciale, avec ce ton de, oui, de réprimande pleine d'impudence ! Se tournant vers Erica, elle a désigné Charlotte d'un vague mouvement du bras et annoncé d'un ton las : « Ma "copine" de chambre... » Le silence s'est installé, installé, installé... À cette minute, Charlotte s'est rendu compte qu'elle continuait à envier les Beverly, les Erica, les Douches et les Trekkies. Elle enviait leurs riches familles, leurs garde-robes illimitées, leur assurance naturelle, leur conscience d'une supériorité sociale bien réelle et qu'elles goûtaient sans remords. Mais à présent ce constat allait au-delà d'une simple observation : pour des raisons qu'elle n'aurait pu expliquer, elle ne se sentait plus intimidée par ces filles, soudain. Elles étaient qui elles étaient et elle, elle... *elle était Charlotte Simmons*. Et elle a réalisé combien la formule s'était estompée dans son esprit au cours des deux derniers mois, combien elle était peu venue se former sur ses lèvres ou s'inscrire dans son cerveau, brûlante de son ancienne audace.

Cherchant peut-être à dissiper la tension et à meubler le vide qui envahissait la pièce, Erica a pris la parole :

« Eh bien, Charlotte, j'imagine que tu as suivi les nouvelles aventures de notre Mr Thorpe, aujourd'hui ? »

Tiens, tiens... C'était la première fois qu'Erica l'appelait par son prénom.

« J'en ai entendu parler.

— Quoi, tu n'as pas lu le *Wave* ?

— Non.

— Arrête !

— Mais non.

— Ohmygod, c'est incroyable ! Il *faut* que tu le lises ! Je ne crois pas avoir jamais pris ce canard mais aujourd'hui je l'ai fait et... Notre Mr Thorpe a totalement pété les boulons. Ce n'est pas nouveau mais là, il a atteint des sommets ! »

Erica a marqué une pause comme si elle voulait voir ce que pensait de ce diagnostic la fille qui avait été dépouillée de sa virginité par ledit Mr Thorpe au cours de ce qui avait presque été une *installation* dans un hôtel de la capitale. Mais Charlotte était attentive à autre chose : elle avait noté l'excitation dans la voix et dans les yeux d'Erica lorsqu'elle s'adressait à elle, la curiosité avec laquelle elle guettait les réactions de l'obscure « petite nouvelle ». Charlotte elle-même était intriguée par le flegme de Charlotte Simmons, laquelle, affectant des modulations de grande bourgeoise et un sourire hautain, s'est enfin exprimée :

« Bonté divine. Je n'en avais pas la moooooindre idée... »

Le sarcasme a plongé Erica dans une hébétude contrariée, puis elle a échangé un regard entendu avec Beverly, et l'un de ces sourires finauds dont elles avaient le secret. Sans un mot de plus, Charlotte a retiré sa veste molletonnée, l'a posée sur le dossier de sa chaise, s'est assise après avoir allumé sa lampe de bureau et s'est plongée dans la lecture d'une monographie intitulée *Imprimerie et nationalisme*. Le premier paragraphe, qui évoquait la technologie, la diffusion et l'accessibilité de la chose écrite dans la Grèce et la Rome antiques, l'a amenée à penser à Jojo, Jojo et la Grèce, Jojo et son manque absolu de perfidie, ce qui l'a reconduite en esprit à Beverly et Erica, lesquelles en avaient à revendre, ce qui lui a fait regretter de s'être montrée aussi cinglante, ce qui l'a conduite à la conclusion pétrie d'aplomb nihiliste que les regrets ne changeaient rien.

« Tu as déjà entendu l'expression *être ombrageux* ? a demandé posément Erica à Beverly.

— Hein ? Non.

— Les Anglais disent “avoir un copeau de bois sur l'épaule”, littéralement. Des gens qui *prennent ombrage* de tout, qui se sentent tout le temps agressés, qui croient toujours qu'on les regarde de haut...

— Ah, je vois ce que tu veux dire ! »

Charlotte n'avait pas besoin de se retourner pour imaginer leurs grimaces moqueuses. Peu après, elles sont parties sans que cela la surprenne ni la soulage car ces deux filles n'étaient pas du genre à rester dans leur chambre le soir, en tout cas pas avant deux ou trois heures du matin, au minimum. Et elles sont parties sans dire au revoir, ce qui n'était pas surprenant non plus. Mais... flûte ! Il était dix heures moins dix, déjà ! Le coup de fil n'en serait que plus difficile. Charlotte a passé deux bonnes minutes à contempler le téléphone blanc avant de réunir assez de courage pour former le numéro. Une sonnerie, deux, trois, quatre... Dans une maison aussi petite ! À moins qu'ils ne soient sortis ? Impossible ! Cinq sonneries. Non ! Pitié, mon Dieu ! Si elle devait attendre jusqu'au lendemain pour lui parler et si la lettre parvenait à sa mère avant, ce n'était même pas la peine de... Six...

« Allô ?

— Maman ! C'est moi !

— Charlotte ! Est-ce que ça a sonné longtemps ?

— Eh bé, un brin longtemps, Moman, a-t-elle fait, rétablissant instinctivement mais non inconsciemment leur commune appartenance au terroir.

— Ton père et moi et Buddy et Sam, nous étions devant la télévision et les garçons voulaient voir ce film, tu sais, on dirait qu'il ne se passe que des explosions, l'une après l'autre ? »

Essplosions. Charlotte a éclaté de rire comme si rien n'était plus drôle que leur mutuelle prévention à l'encontre des films à *essplosions*.

« J'ai failli ne jamais entendre la sonnerie ! a poursuivi Maman avec un petit rire. Bon, tu as l'air en forme. Comment va la vie ?

— Je suis *très* en forme, Moman ! Et encore plus maintenant que je t'entends ! Mais enfin, il y a juste une chose, Maman, juste une chose que je voulais te dire avant que tu la reçoives par la poste ? Tu comprends ? – Elle a accéléré son débit pour empêcher sa mère de caser la moindre question. – C'est plutôt une déception et, non, pas *plutôt, c'est* une déception, Moman. Tu te rappelles que j'ai eu quatre A+ en milieu de semestre ?

— Mais... oui, a soufflé sa mère avec une note d'inquiétude.

— Eh bien, je crois que ça m'a rendue trop sûre de moi, Moman. J'en suis certaine, même. Alors j'ai laissé glisser deux ou trois trucs, tu comprends, et avant que je puisse faire quoi que ce soit pour arrêter c'est devenu un... un glissement de terrain, on va dire ?

— Ah... Qu'est-ce que tu entends par là, un "glissement de terrain" ?

— Eh bé, c'est que certaines de mes moyennes ont vraiment... chuté, Moman. – Charlotte a fermé les yeux et détourné la tête afin que son soupir étranglé ne parte pas dans le combiné. Puis elle a tout lâché, les quatre notes générales, les "moins", tout...

— Attends... En milieu de semestre, tu avais quatre A+ et maintenant ce sont tes notes générales, *ça* ? Pour tout le semestre ?

— Malheureusement oui, Moman.

— Comment est-ce possible, Charlotte ? – La voix de sa mère était très inhabituellement retenue, ou bien fallait-il parler d'état de choc ? – Si je me rappelle bien, les premières notes, c'était début novembre, non ?

— En effet, Moman. Comme je t'ai dit, je pense que tout s'est accumulé trop vite, que je n'ai pas fait assez attention et puis... Ça a été trop tard.

— Qu'est-ce qui s'est *accumulé*, Charlotte ? Qu'est-ce qui a été *trop tard* ? »

Le ton s'était légèrement durci. Charlotte a aussitôt repoussé les cartes dérisoires qu'elle avait dans sa manche. Il fallait y aller franco, droit à l'explication-clé qui au moins restait dans l'orbite de la vérité.

« Eh bé, c'est que, Moman, j'ai un petit ami depuis... depuis ce moment-là. Novembre. Juste après. C'est... arrivé. Tu comprends ? – Aucune réaction. – C'est un garçon très bien, Moman. Intelligent et tout. Il écrit dans le journal du campus, le *Daily Wave*. Tiens, il risque même de passer à la télé demain, aux informations ! Je te rappellerai pour te dire l'heure, si je le sais à l'avance... – Ohmygod, quelle gaffe ! Maman allumant le poste et tombant sur Adam en train de parler de fellation... – Mais bon, toujours est-il qu'il fait partie d'un groupe d'étudiants vraiment brillants qui ont formé une sorte de... société ? – Silence à l'autre bout de la ligne. – C'est passionnant, de les écouter formuler des idées et se mettre à les disséquer. Tu vois ?

— Et c'est pour ça que tu as eu... les notes que tu as eues ? Parce que tu as un petit ami et qu'il est intelligent ? »

Aïe ! Un coup de cravache. Si ce n'était pas du sarcasme, et elle ne se rappelait pas avoir jamais vu sa mère en faire preuve, ce n'en était pas loin. Elle s'est sentie exposée, percée à jour. « Mensonges » ! Maman avait toujours brandi la Croix devant eux et ils s'étaient toujours affaissés, occis par l'impitoyable lumière.

« Je ne dis pas que c'est à cause de lui, Moman. C'est à cause de *moi* ! – La petite fille courageuse en elle assumait courageusement la responsabilité. – J'imagine que j'ai été trop... absorbée par lui. Tu comprends ? Il est très attentionné, très respectueux, la dernière chose qu'il ferait serait d'essayer de profiter de... – Elle s'est interrompue, consciente de la logique incohérente, de l'illogisme pur et simple de son discours, dont sa mère n'avait certes pas besoin pour nourrir des soupçons accrus à son égard, et elle a donc brutalement changé de cap : – Mais je me suis déjà ressaisie, Moman. C'est fini. Je me suis fixé des règles, une discipline, une...

— Très bien. Pour le reste, je n'ai pas compris un traître mot à ce que tu m'as dit, à part que tu as eu des notes épouvantables. Quand tu te décideras à me raconter ce qui s'est passé, ce qui *se passe*, alors on pourra en parler, toi et moi. – Sa voix était incroyablement mesurée, ce qui était pire que dure ou sarcastique. – Est-ce que Miss Pennington est au courant ?

— Non, Moman, non... Tu crois que je lui aurais dit avant toi ? »

Elle quêtait désespérément un peu d'approbation, même au rabais, même de si piètre qualité, en réaffirmant que Maman était toujours la première...

« Qu'est-ce que tu vas lui dire, Charlotte ? Ce que tu viens de me servir ? – Elle n'avait rien à répondre. – Comme je vois les choses, moi, c'est avec ton âme que tu as besoin d'avoir une bonne conversation, Charlotte. Franche et honnête.

— Je sais, Maman.

— Vraiment ? C'est ce que j'espère bien fort, oui.

— Je regrette, Maman.

— Les regrets ne changent rien, ma chérie. Rien du tout. »

Un silence, puis le dernier, le plus vil recours de la pécheresse : « Je t'aime, Maman.

— Et je t'aime, Charlotte, et ton père aussi, et Buddy, et Sam. Et tante Betty, et... Miss Pennington. Il y a tout plein de gens ici que tu ne veux pas décevoir. »

Après avoir raccroché, Charlotte est restée immobile sur sa chaise en bois, trop vidée pour pleurer. Elle avait cru qu'il suffirait de *mettre ça derrière elle* pour voir le soulagement arriver mais non, il ne venait pas, et elle n'avait rien mis derrière elle. Elle n'était qu'une lâche, une ingrate et une menteuse. Elle n'avait su qu'excréter un mensonge aussi fétide qu'évident.

Et elle était tombée assez bas pour revendiquer Adam Gellin comme petit ami. Quelqu'un qui serait peut-être demain à la télévision ! Mensonge, encore, et dans quel but, enfin ? Maman n'était pas idiote. Elle n'avait pas gobé un seul mot de son invraisemblable histoire. Ce qu'elle avait vu, seulement, c'était que son petit prodige s'était transformé, sans doute pour de très répréhensibles raisons, en vile petite menteuse.

« Je devrais probablement pas t'appeler, mec, mais je voulais juste te dire que t'es géant, gé-ant ! »

Adam ronronnait de contentement avant que son interlocuteur ait terminé sa phrase. Il avait eu moult occasions de ronronner, ce matin-là. Appels téléphoniques, e-mails – un bon *millier* ! –, lettres glissées sous sa porte, et même deux ou trois envois Fedex ! Il était ivre, de la meilleure ivresse que l'être humain puisse éprouver, celle du triomphe et de la vengeance accomplie. Gratification maximale. Même ce trou à rats où il vivait *resplendissait*, soudain, baignait dans l'aura d'un... ouais, d'un lieu saint !

Ce coup de téléphone était particulier, cependant. Parce qu'il devait à ce type... une fière chandelle.

« Merci, Ivy, a-t-il prononcé dans son cellulaire. Ça signifie beaucoup pour moi, venant de ta part. J'aurais jamais pu...

— Qu'est-ce qu'y a de plus que géant ? a repris la voix surexcitée. *Dynamite*, peut-être ? Ça a été de la putain de dynamite, mec ! Mission A-Fucking-complie ! J'aimerais que tu puisses venir voir ici le fils de pute traîner son putain de cul roussi dans tous les sens. Il a pas moufté, pour l'instant, mais sa dégaine dit tout : le zombie a reçu des putains de mauvaises nouvelles !

— C'est toi qui es de la dynamite, Ivy. Faut que je file à cette merde de conférence de presse d'ici peu mais avant je voulais te demander encore, parce que j'ai pas arrêté de me creuser les fucking méninges et j'arrive tout bonnement PAS à piger comment tu as pu avoir les documents de Pierce & Pierce, et les cassettes de la résidence. Allez, dis-moi !

— Ha, ha, ha ! Y a des trus qu'il vaut mieux ne PAS savoir, mec. Surtout *toi* ! Tu me suis ? Disons simplement qu'il y a certains... “amis de la famille”, qui travaillaient avant chez Gordon Hanley et qui sont partis dans, disons, d'autres banques et... ça suffit. Quant aux cassettes, disons que la plupart des Saint Ray se saliraient jamais les mains avec des câbles et tous ces trucs compliqués mais que de temps en temps, *quelqu'un* passe par là et... On en reste là ! Oublie même le peu que je viens de te dire. Pour ton bien.

— Ouais, écoute, Ivy, faut que je me magne, là, mais un jour on doit absolument s'asseoir tous les deux et échanger nos récits de guerre, au complet.

— Super idée, mec ! Quand tout le bordel sera calmé, je vais te dire quoi : je t'emmène bouffer à Il Babuino, à Philadelphie. T'as entendu parler de ce restau ? C'est du niveau de New York et au moins on peut s'entendre causer. En plus, je *sais* qu'il n'y a pas un seul connard dans cette putain de fraternité qui se *sente* assez riche pour aller y dîner. Pas même notre cher Phipps.

— Ça me va !

— Je te raconterai tout sur les trouducs, le trouduc number one et le trouduc number two – encore que Phipps, il passe encore –, tout ce que le trouduc en chef et ses potes m'ont balancé. Je vais te dire ce que ces connards ont fait à la soirée de Washington.

— Je suis au courant de quelques trucs au sujet de cette soirée, Ivy.

— Ah ouais ?!

— Ouais. Et quelques trucs au sujet d'une certaine Gloria, aussi.

— Sans déc' ! Mais non, avec toi, tout est possible. T'es trop, Adam ! Fuck, ce mec sait tout !

— Pas tout, crois moi... Loin de là, même. Mais tiens, faudra qu'on cause de ça aussi. Et maintenant, pas à tortiller, il y a cette foutue conférence de presse. »

Tout en poussant son vélo dans l'étroit couloir, Adam s'est répété en lui-même : « Pas tout, non, pas tout. » Il n'avait pas su comment garder Charlotte, ainsi, et l'amener à l'aimer autant qu'il la chérissait. Il la revoyait encore telle qu'elle avait été la veille. Même la plus grande victoire de son existence, même une prouesse de cette amplitude n'avaient pu lui gagner le cœur de Charlotte. Et il n'y avait pas une plus belle, une plus merveilleuse fille sur toute cette terre... Il ne pouvait pas s'abandonner à son incommensurable chagrin, pourtant : il avait devant lui la conférence de presse, puis toute une partie du talk-show de Mike Flowers sur PBS. C'était... irréel ! Non, il ne devait pas se laisser abattre en ce moment historique.

Hoyt était accoudé au bar de l'IM, dans la posture voûtée du minable avachi sur son tabouret, entré dans un bar pour se pinter... seul. Techniquement parlant, cependant, il ne l'était déjà plus car il venait d'apercevoir du coin de l'œil un étudiant qu'il ne connaissait pas s'approcher de lui et se pencher par-dessus la place inoccupée à sa droite.

« Tu es Hoyt Thorpe, pas vrai ? »

Il a très légèrement tourné la tête pour considérer l'intrus une fraction de seconde avant de répondre un « ouais » plus que blasé, comme si on lui avait déjà posé cette même question deux mille fois et c'était le cas, en effet, du moins c'était l'impression qu'il avait. Très grand, le type, et très maigre, et très pâle, et très abîmé par l'acné, et avec un sourire très niais, et avec cette sorte de bouc filasse qui lui poussait non pas *sur* mais *sous* le menton, Le plouc intégral, quoi.

« Ouais, j'dis ! J'dis que t'es géant, mec ! C'est c'que je dis, ouais ! »

Là, il a expédié son poing en avant, juste en face du nez de Hoyt qui n'a eu d'autre choix que de porter brièvement ses phalanges contre celles du type, mais sans lui accorder un regard.

« Baisse pas la vapeur, mec ! a lancé le grand acnéique sur un ton de compagnon d'armes. Bonne pioche ! »

« Baisse pas la vapeur » ? « Bonne pioche » ? Tu pourrais pas être encore un peu plus ringardos, hé, cul-terreux ? Il était encore tôt pour l'IM, à peine neuf heures et demie, ce qui épargnait aux consommateurs présents le vacarme de l'orchestre et des fêtards venus *se la donner*. Rien que des CD à la sono, pour l'heure James Matthews l'esseulé et sa non moins solitaire guitare qui égrenaient cette... quoi ? Rengaine ? Ballade ? « But It's All Right »... Tristoune, mais mieux que le foin habituel.

N'importe quel observateur aurait probablement estimé que la réponse flegmatique – voire je-m'en-foutiste – de Hoyt à tous ces événements visait à prouver qu'il demeurait cool et gardait la tête froide devant l'idolâtrie montante. Le plus amusant, sauf que cela n'avait rien de drôle, était que le campus tout entier avait pris les « révélations » de ce petit merdeux d'Adam Gellin pour un équivalent des *chevaliers de la Table ronde* dont Vance et lui auraient été les héros. Le petit merdeux pensait l'avoir esquinté avec son histoire de « corruption » mais la Nuit de la Turlute demeurait en elle-même une histoire tellement géante que les gens ne faisaient pas attention au reste, apparemment. Hoyt avait ainsi entendu, de ses propres oreilles, des étudiants se répéter la fameuse citation, « Qu'est-ce qu'on fout ? On mate une tête de nœud à face de singe, voilà c'qu'on fout ! » – et se rouler par terre de ravissement. Qu'est-ce que cette soi-disant corruption pouvait peser, devant un truc pareil ? On lui apporte sur un plateau une situation de folie à Wall Street et il ne devrait pas sauter dessus ? Où était le problème ?

« Hé, désolé d'être en retard, mec. »

Vance était arrivé, enfin.

« Fuck you ! Où t'étais ? J'ai été obligé de me comporter comme le crevard complet pour te garder une place libre à ce putain de bar.

— J'ai pas pu faire plus vite, mec, a assuré Vance en se glissant sur le tabouret. J'étais à la bibliothèque et j'ai été retenu par une... »

Il n'a pas pu terminer sa phrase, un gus ayant surgi dans son dos :

« Une seconde ! Tu s'rais pas Vance Phipps ? »

Vance a réagi comme Hoyt plus tôt, c'est-à-dire avec une dédaigneuse indifférence. Il a attendu que le gêneur ait fini de se prosterner devant Sa Majesté Phipps pour continuer :

« Bon, espèce de grand fou, tu voulais être une légende vivante, pas vrai ? Félicitations, tu as réussi. En fait, j'ai comme l'idée que ta réputation va te survivre. Des années après ta mort, on parlera encore de Hoyt Thorpe et de la Nuit de la Turlute.

— Et toi ?

— Moi pareil, j'en ai peur. Mais tu dois admettre que je fais figure de second couteau, dans le duo. On ne m'attribue pas des répliques aussi immortelles que ton “Qu'est-ce qu'on fout ?”. Hé, ce con de garde du corps, c'est pas une mémoire qu'il a, c'est un superordinateur ! Se souvenir mot pour mot de ça et le répéter à ce petit foireux du *Wave*... Pas vrai, Hoyt ?

— Combien de temps il nous reste avant les diplômes, Vance ? a demandé Hoyt, pour tergiverser.

— Je sais pas... Mars, avril, mai... Trois.

— Donc je vais être une légende vivante pendant trois mois, exact ?

— Exact. Mais tu vois, tu pourras toujours revenir à Dupont chaque année pour tenir un meeting ou quoi. L'orchestre des anciens élèves sera trop content d'assurer la partie musicale.

— Très mar-rant. Je me pisse dessus. Mais bon, à partir de juin, qu'est-ce qui se passe ? Tu as la voie ouverte, toi. Tu peux avoir n'importe quel bon boulot dans la finance. À force d'être “retenu” à la bibliothèque pendant ces quatre dernières années, si tu vois ce que je veux dire ? Ton bilan universitaire va t'ouvrir toutes les portes de Wall Street... et tu t'appelles Phipps, en plus.

— Qu'est-ce que tu as à chouiner, Hoyt ? s'est étonné Vance. Toi, tu l'as *déjà*, le boulot ! Pierce & Pierce ! La meilleure putain de banque d'investissement de la putain de planète ! Avec un salaire de départ à peu près deux fois plus élevé que ce que je peux espérer, moi ou n'importe qui, d'ailleurs. Tu vas arrêter de cracher dans la soupe ?

— Ouais... J'ai quelque chose à te montrer. C'est pour ça que je t'ai demandé de venir. »

Il a quitté son tabouret, est allé au grand portemanteau dans l'entrée, a sorti un papier de sa veste marine et l'a rapporté au bar.

« Lis un peu ça. »

C'était la copie d'un e-mail. « Subj : Re : Candidature ». Expéditeur : rachel.freeman@piercepierce.org.

« Cher Mr Thorpe,

Nous nous félicitons de l'intérêt que vous portez à notre compagnie et de la rencontre que notre équipe de prospection à Dupont a pu avoir avec vous. Bien que votre profil soit à maints égards excellent, le comité directeur du service des Ressources humaines a malheureusement conclu, après étude approfondie, que vos qualités ne correspondaient pas entièrement à nos exigences de recrutement.

En tant qu'équipe, et plus personnellement, j'ai extrêmement apprécié d'avoir fait votre connaissance. Nous espérons tous que vous trouverez votre place dans ce secteur d'activités si telle demeure votre priorité.

Avec nos meilleures salutations,

Rachel E. Freeman

Chargée du recrutement universitaire

Service des Ressources humaines

Pierce & Pierce »

Vance observait Hoyt, comme en attente d'un commentaire qui ne venait pas parce que Hoyt, lui, avait l'air de l'attendre de Vance. Et puis :

« Qu'est ce que tu en penses ?

— Ce que *j*'en pense ? s'est récrié Vance. Je sais pas trop, en fait, mais j'ai l'impression qu'ils reviennent sur leur proposition.

— Exactement ! Ils reviennent totalement dessus, même ! Fuck, et ils pensent qu'ils vont s'en tirer comme ça ?

— Ben, je sais pas... Tu as signé un contrat, une lettre quelconque ?

— Non ! J'ai rien signé, fuck, mais à Wall Street ça se passe différemment, hein ? La parole donnée, ça vaut tous les foutus contrats ! Autrement, comment tous ces banquiers de merde échangeraient des *billions* au téléphone tous les jours ?

— Je sais pas, j'y ai jamais pensé, a concédé Vance. Est-ce que quelqu'un a entendu cette meuf te promettre le job ?

— Fuck, c'est exactement ce que je dis ! Témoins, paperasses, fuck, à Wall Street ça compte pour fuck ! À Wall Street, c'est la parole donnée et fuck !

— Eh bien... Je sais pas, Hoyt. Franchement, je sais pas comment ça fonctionne exactement, les propositions de boulot.

— Écoute ! Je voulais te voir pour une raison vachement précise : ton père, il doit avoir des contacts dans cette branche, non ? Un avocat, quelqu'un qui saurait comment leur foutre un putain de procès au cul pour ça ! Si tu lui en touchais deux mots ?

— Je... sais... pas. Peut-être que oui, peut-être que non. Ce que je sais, par contre, c'est que mon père ne veut même pas *penser* à cette affaire. S'il en avait les moyens, il balancerait un ordre du tribunal interdisant à tous ces nazes de journalistes de mentionner mon nom dans cette histoire à la con. Tu sais comment il a réagi la première fois qu'il a appris ça ? Il m'a demandé *petit a)* pourquoi je ne lui avais pas tout raconté au printemps ; *petit b)* à quel genre d'imbécile il avait donné le jour pour ne même pas être capable d'aller directement voir les flics et porter plainte contre ce garde du corps ou je ne sais quoi... Le truc, Hoyt, c'est que je dirai pas deux putains de mots à mon père, là-dessus. »

Hoyt a porté son regard sur les planches grossières censées décorer les murs du bar, et poussé un énorme soupir résigné. Quand il s'est adressé à Vance, c'était presque un monologue :

« Et qu'est-ce que je vais faire, mon poteau ? Le putain de 1er juin, je fais quoi ? J'ai pas de boulot et tu sais à quel point j'avais besoin de ça ? Ma reum a claqué toute sa thune, qui était déjà pas des masses après m'avoir entretenu dans cette putain de fac à la fuck ! Qu'est-ce que je suis CENSÉ faire, merde ? Tu as une idée de la merde que j'ai, comme moyenne ? La moyenne, c'est ton passeport pour la vie et moi, mon bulletin, c'est quoi ? Une catastrophe ambulante, mec, avec les rubans phosphorescents pour écarter les connards de la flaque de sang ! Tu crois que les vieux tromblons de Dupont vont me verser une pension à vie pour avoir été le mec le plus cool à avoir jamais foulé le sol de ce putain de campus, le plus génial putain de campus dans les quarante-huit États contigus des USA ? Hé, Vance ! Je suis baisé, mais BAISÉ ! – Il a redressé la tête, brusquement. – Un truc que je pige toujours pas, c'est comment ce petit connard a récolté toute cette merde de Pierce & Pierce ? Tu vois ces mecs parler à ce branque ? Jamais, merde ! Et toutes ces tchatches qu'on a eues à la résidence, toi et moi, comment ils les a eues ? Bon, il a pas cité mot pour mot mais il les a... eues, et c'était du pareil au même et... – Il a encore élevé sa tête de quelques centimètres avant de la secouer une fois, deux fois, dix fois. – Baisé, mec. Baisé, baisé, baisé et rebaisé. »

34

Le fantôme dans la machine

Un mois s'était écoulé. À ce stade, l'équipe de Buster Roth, qui avait obtenu vingt et une victoires, zéro défaite, se préparait au championnat national de la NCAA, surnommé la « Folie de mars », et paraissait en bonne position pour le remporter une nouvelle fois. Depuis plusieurs années, tous les matchs qu'elle disputait au Buster Bowl se jouaient à guichets fermés mais, ce soir-là, alors que Dupont recevait l'université du Connecticut – U Conn pour les intimes –, jamais on n'avait encore autant cajolé, supplié, menacé, échangé des faveurs, trafiqué des influences, et simplement dépensé – le billet à la revente atteignait les mille dollars pièce, disait la rumeur – pour y entrer. Des bagarres, non aux poings mais aux e-mails, aux fax, aux coups de téléphone, aux envois Fedex, faisaient rage entre les anciens du campus dotés de talents musicaux pour avoir le privilège de jouer au sein de l'orchestre Les Enfants de Charlie, installé dans une loge de quatre rangées à l'une des extrémités du terrain.

Une heure avant le début du match, Les Enfants de Charlie, c'est-à-dire les filles et les fils de l'*alma mater*, de Mère Dupont, tous revêtus de blazers mauves à bordures jaunes – uniforme qu'ils avaient chacun payé volontiers de leur poche – étaient en train d'exécuter avec une rare énergie, un brio imcomparable et, bien entendu, une puissance considérable, le fameux « Charlies' Swing », écrit par le compositeur et ancien de Dupont Slim Adkins et devenu un morceau de bravoure pour tous les jazz-bands du monde.

Les deux équipes n'ayant pas encore émergé des vestiaires pour le traditionnel échauffement, le terrain était toujours bondé de pom-pom girls et de danseuses de la troupe des Elfes agitant leur popotin, de gymnastes projetant dans les airs des filles tourbillonnantes et les rattrapant in extremis, auxquels s'étaient joints les Frères Zulj, deux deuxième-année originaires de Slovénie qui se spécialisaient en biologie clonotique – l'étude des cellules-souches indifférenciées – et se trouvaient être également d'excellents jongleurs, avec une prédilection pour des accessoires aussi dangereux que de gros pétards aux mèches allumées. Même après près d'un mois de ce spectacle, Charlotte restait encore interdite devant ce show qui semblait jaillir de terre, conjuré par l'hyperexubérance de l'orchestre des anciens élèves. Pour elle, c'était ce qui se rapprochait le plus d'un vrai spectacle de cirque d'antan.

À vrai dire – si elle avait osé reconnaître la vérité, ce qui n'était pas le cas, même devant Jojo –, elle en était venue à se sentir elle-même partie intégrante de cette foire d'avant match. Elle, Charlotte Simmons, une petite nouvelle de dix-huit ans, installée juste derrière le banc des Buster boys ! Les seules meilleures places du stade étaient réservées aux Cotons-Tige, les riches donateurs, et à leurs Ananas d'épouses, privilège de classe que nombre d'étudiants dénonçaient avec véhémence. Charlotte, qui n'avait ni argent ni pouvoir, savourait cette distinction et savait que ses semblables devaient se demander qui était cette jolie fille assise à un endroit si stratégique, quand ils n'étaient pas déjà au courant qu'il s'agissait de Charlotte Simmons, la petite amie de Jojo Johanssen. Dès que cette information avait commencé à circuler, la planète s'était mise à tourner plus vite, pour Charlotte. Désormais, elle appelait Buster Roth « coach » et ce dernier lui donnait du « Char », pour Charlotte, comme par exemple lorsqu'il lui avait déclaré la semaine précédente : « Vous savez, Char, vous êtes ce qui est arrivé de mieux à Jojo dans toute sa vie... » Même s'il ne le formulait pas explicitement, l'entraîneur semblait lui donner crédit de la spectaculaire transformation de Jojo sur le terrain : au cours du dernier mois, en effet, il était devenu un autre joueur, ou peut-être était-ce le Jojo du bon vieux temps qui était revenu, en tout cas il était partout, montant au filet, attrapant les rebonds, multipliant les écrans, *affectant le comportement* des adversaires en défense, au point de retrouver sa place dans la formation de départ au lieu de servir de potiche blanche dans les matchs à domicile avant d'être remplacé par Congers la fin du premier quart-temps même pas sifflée. Charlotte, qui ignorait toujours ce qu'était un « écran », se doutait qu'*affecter le comportement*, une des périphrases favorites du coach, devait consister à charger impitoyablement un attaquant. Elle-même n'avait jamais vu Jojo pousser un adversaire, ou lui donner un coup de coude, ou le frapper de l'avant-bras mais il était connu pour exceller dans toutes ces pratiques ainsi que dans celle du « sumo », apparemment une tactique de marquage rapproché où toute la masse du corps était employée. Ce qu'elle pouvait voir, en revanche, c'était la hauteur à laquelle il arrivait à sauter, projetant ses cent treize kilos et ses deux mètres et quelque à des altitudes hallucinantes.

Tout comme Buster Roth, les deux amis les plus proches de Jojo, Mike et Charles, avaient l'air de percevoir que Charlotte n'était pas pour lui une petite amie comme les autres. Cette mignonne des montagnes, ainsi qu'elle aimait penser qu'ils la considéraient, était, en plus de tout le reste, un guide spirituel et intellectuel, et une nounou. C'était incroyable, de voir comment ce brin de fille avait le géant à ses pieds, devaient-ils se répéter. D'après ce qu'elle percevait elle-même, Jojo voyait en elle le *catalyseur* de sa nouvelle personnalité – un mot dont il raffolait au point de l'utiliser à tort et à travers –, celle qui l'avait aidé à devenir un étudiant sérieux et à mener une vie beaucoup moins dissipée que les autres vedettes sportives. Sur ce dernier point, elle avait édicté quelques règles et principes que Jojo avait embrassés avec l'enthousiasme du nouveau converti, à commencer par celui qu'ils pouvaient être ensemble dans toutes les situations mais qu'il devait chaque fois savoir *gagner* son affection.

De sa place, Charlotte avait une vue imprenable sur les spectateurs qui escaladaient ou descendaient la falaise de gradins, mais elle avait cessé de les regarder comme des individus. C'était une masse informe qui se trouvait là... Jusqu'au moment où ses yeux se sont arrêtés sur une silhouette plus élégante au sein de la foule : un costume en tweed bleu-vert, une chemise blanche à petits carreaux bleus, une cravate en tricot noir... Inexplicablement, son cœur s'est serré : Mr Starling arrivait vers elle dans les escaliers ! Lui ! La dernière personne qu'elle se serait attendue à croiser à un match de basket ! D'un autre côté, son expérience en la matière étant encore des plus limitées, comment distinguer un fan de basket ? À cet instant, Mr Starling l'a aperçue, lui aussi ; elle l'a su car leurs regards se sont croisés et ses lèvres ont formé une moue maussade avant qu'il ne détourne les yeux. Non, il ne pouvait pas faire... *ça*, s'est-elle dit, le pouls pratiquement à plat. Il a poursuivi son ascension, l'a regardée une nouvelle fois et là, plus près d'elle maintenant, il lui a souri. Elle a réagi de même, consciente de ce qu'une... catastrophe venait juste d'être évitée. Arrivé à sa hauteur, il a considéré le visage implorant qu'elle levait vers lui, avec une certaine tendresse, a-t-elle pensé, et :

« Hello, Miss Simmons.

— Mr Starling ! Bonsoir ! »

Il s'est presque arrêté, ses yeux toujours sur elle. *Oh, parlez-moi, je vous en supplie !* Il a eu encore un sourire – quel genre ? « N'ayez crainte, je ne vous en veux pas de gâcher vos dons » ? –, puis il a repris son ascension vers les hauteurs du Buster Bowl. Charlotte s'est retournée brusquement sur son siège – *Non ! Attendez ! Il faut que je vous raconte ce qui s'est passé !* – mais elle ne l'a pas hélé, n'a pas bondi sur ses pieds. Que lui restait-il à exprimer qu'il n'avait pas déjà conjecturé ?

Soudain, l'orchestre s'est levé pour reprendre le « Swing » dans une version délirante qui frisait la brutalité. Elfes, pom-pom girls, acrobates, frères Zulj ont paru être engloutis par le sol aussi inopinément qu'ils en étaient sortis, et l'équipe de Dupont a fait son apparition, en survêtement mauve et jaune, faisant rebondir une quantité sidérante de ballons orange. Ainsi habillés, les joueurs semblaient encore plus grands, sans doute à cause des pantalons longs soulignés d'une bande verticale sur les côtés qui rendaient leurs jambes interminables. Une fois qu'ils s'en dépouillaient et qu'ils étaient exposés dans ces shorts informes exigés par la mode de l'époque, ils avaient l'air de ce qu'ils étaient pour de bon : une espèce à part, l'espèce des géants.

Il n'était pas difficile de repérer Jojo, parmi eux. Son survêtement, son plateau de cheveux blonds et son visage blanc scintillant sous les LumeNex, il avait l'air d'atteindre les trois mètres de haut, et tout en puissance. En arrivant au milieu du terrain, il a levé les yeux vers Charlotte comme il en avait pris l'habitude, puis lui a adressé une rapide caricature de salut militaire, deux doigts de la main droite entrecroisés allant se porter près de la tempe. Si ce geste l'avait gênée, la première fois, il lui donnait maintenant l'impression d'un projecteur la distinguant de la foule telle une star. De toutes les premières-années de Dupont, qui était plus connue que Charlotte Simmons ? Même la douteuse notoriété d'avoir perdu sa fleur à une soirée habillée de Saint Ray – que tout le monde, sauf elle, savait alors s'annoncer comme une soirée déshabillée – n'avait finalement qu'aidé son ascension depuis la non-existence sociale jusqu'à la prééminence dont elle jouissait en tant que petite amie de Jojo Johanssen la superstar, y ajoutant une note dramatique, une touche de prouesse.

Une quinzaine de jours auparavant, deux filles au volant d'un cabriolet neuf suprêmement racé et européen avaient remarqué l'Annihilator de Jojo qui traversait le campus et s'étaient portées au niveau du SUV, le klaxonnant pour attirer son attention. Assise dans le siège-passager, Charlotte s'était tordu le cou pour voir de qui il s'agissait... et n'en avait pas cru ses yeux : Nicole, la Douche flamboyante, et une autre fille qui allait se révéler être une amie de ladite association, toutes deux criant et adressant des signes séducteurs à Jojo. En découvrant sa présence, elles avaient sursauté, puis Nicole s'était exclamée d'une voix toute joyeuse : « Salut, Charlotte ! » comme si elles étaient des copines inséparables. Le lendemain, la même Nicole l'avait abordée à la cafétéria pour lui proposer de passer à la résidence de la DOU quand elle voulait ; c'était une invitation en bonne et due forme, avait-elle précisé. Charlotte l'avait remerciée, ajoutant qu'elle ne pouvait même pas imaginer rejoindre une association comme Delta Omega Upsilon, où le droit d'entrée était très élevé. « Oh, viens quand même nous voir, avait insisté Nicole, on ne sait jamais comment la chance peut tourner. » Cela prouvait assez que la petite naïve de la Province perdue était devenue *quelqu'un* sur le campus en un temps record, moins de six mois...

Une clameur s'est élevée alors que Jojo, en une phase d'échauffement bien rodée, venait de réaliser un bond incroyable pour smasher le ballon, « bourrer le filet » comme s'il s'était élevé à deux mètres au-dessus de lui. Le chœur habituel de « Go, go Jojo » a suivi. Charlotte a senti une main se poser sur son bras. C'était la mère de Treyshawn Diggs, Eugenia, qui était assise près d'elle. De sa voix grave et vibrante, elle a lancé : « Mais qu'est-ce que tu lui donnes à manger, ma doudou ? Ce garçon-là, il est comme une moto ! » Des rires se sont propagés tout autour d'elles : malgré le potin produit par les fans, le coffre d'Eugenia portait loin. Installée de l'autre côté de sa mère, la sœur de Treyshawn, Clare, vingt-sept ans, s'est penchée vers elle en riant : « Oh oui, Charlotte, faut pas que tu mettes trop de go-go dans ce Jojo-là ! Personne y peut plus l'arrêter ! » Les gens se sont encore esclaffés.

Charlotte a souri et rougi, rougi, rougi à la façon de Belle Poitrine. Remarquant plusieurs têtes tournées dans sa direction, elle a soigneusement évité de les regarder mais n'a pu s'empêcher d'en noter une deux rangs plus bas, couverte d'une tignasse argentée et émergeant d'un col impeccablement blanc : c'était celle du doyen de Dupont, Mr Lowdermilk, dont les traits burinés souriaient à Charlotte rougissante, même si elle ne lui avait jamais été présentée. Toujours souriant, il s'est penché sur la femme assise à son côté, probablement son épouse, et lui a chuchoté à l'oreille quelque chose dont Charlotte croyait pouvoir deviner les grandes lignes : « Ne te retourne pas mais la petite amie de Jojo Johanssen est juste derrière nous, à deux rangées. Tout le monde dit que c'est grâce à elle qu'il est devenu le sportif le plus en vue de chez nous ! » Et en effet, quelques secondes plus tard, la femme qui devait être Mrs Lowdermilk a pivoté sur son siège, feignant de jeter un regard général vers les hauteurs.

Charlotte s'est elle-même accordé un coup d'œil à la ronde. Même si les chances étaient voisines de zéro, elle aurait voulu découvrir Bettina et Mimi quelque part dans l'assistance. Pour le prochain match à Dupont, il faudrait que Jojo ou le coach en personne leur offre des billets sans qu'elles puissent savoir d'où venait ce don. Elle ne leur adressait plus la parole, ni à l'une ni à l'autre, les ignorait purement et simplement lorsqu'elle les croisait à la résidence. Elle ne leur pardonnerait jamais, jamais, quand bien même elles devraient vivre à Edgerton toutes les trois au cours du siècle à venir. La trahison, la jubilation sadique dans leur voix quand elle avait surpris leur conversation, au temps où elles pensaient que la vie de Charlotte avait été ruinée. Ô vous, mes petits serpents grotesquement venimeux, oui, venez voir un peu où en est Charlotte Simmons !

Et Hoyt ? Hoyt. Il ne pouvait pas être dans le stade, lui non plus. Lui et ses demeurés de « frères » étaient scotchés à leur télé et à leur chaîne de sports, là-bas, mais... n'était-ce pas bizarre, aussi ? Hoyt n'avait jamais manifesté le moindre intérêt pour quelque sport en particulier. Toutes ces brutes aux veines gonflées et aux joues tuméfiées qui cherchaient la gloire sur l'écran à cristaux liquides n'étaient qu'une source de distraction, pour lui. Comme tout le reste. Elle ne l'avait jamais entendu exprimer de la tristesse ou de la joie lorsqu'une équipe de Dupont perdait ou gagnait. Mais il était tellement cooool, n'est-ce pas ? Plus cool, tu meurs. Elle n'éprouvait pas de haine envers lui, pourtant. Il ne l'avait pas trahie, lui : il avait été lui-même, « Hoyt », tout comme un couguar chasse les animaux plus lents parce qu'il est plus rapide, par définition, par essence.

Ah, Hoyt, si tu pouvais seulement jeter un dernier regard à ce que tu as si négligemment rejeté, à ce que tu as jadis aimé – parce que l'amour était *là*, je le sais ! –, ne fût-ce que pour un soir, une heure, un instant... Adam, en revanche... Elle ne voulait certainement pas qu'il la voie ici. Ce serait un coup de plus porté à son cœur, de constater qu'elle n'était pas en mesure de l'aimer *comme ça*, jamais... L'élan de tendresse qu'elle a soudain éprouvé pour lui était si fort qu'elle en a eu le souffle coupé.

« Ça va, doudou ? »

Eugenia Diggs avait de nouveau posé sa main sur son bras.

« Eugenia... – Elle l'a regardée avec une tendresse infinie, elle, la mère de Treyshawn. – Tout va bien. Juste une idée, comme ça... Mais merci. »

Puisqu'elle devait décevoir Adam, et c'était déjà le cas, le moment était parfait : juste quand son scoop allait sortir, réalisant son rêve de toujours, celui de devenir une voix qui pouvait pétrifier d'étonnement des milliers d'individus, non, des centaines de milliers, peut-être ? Ce n'était pas de la pensée matricielle, ses révélations à propos du gouverneur de Californie, de Syrie Stieffbein, de Hoyt, de Vance et de la banque de Wall Street, mais c'était suffisant pour un étudiant de vingt-deux ans. Tout s'était enchaîné pour le mieux, en fin de compte. Mais alors pourquoi, pourquoi cette sensation de malaise, de quasi-désespoir qui l'assaillait presque chaque jour... comme maintenant ? Si seulement elle pouvait en *parler* à quelqu'un, quelqu'un qui lui assurerait qu'elle avait eu beaucoup de chance, au total... Quand elle faisait le bilan, il n'y avait que Jojo. Mis à part lui, elle était aussi solitaire qu'à son arrivée à Dupont. Il était adorable, Jojo. Qu'il recherche sans cesse son aide, comme il le faisait, c'était... touchant. Mais Jojo n'était pas du genre à converser avec l'âme de quiconque. Même pas la sienne.

Elle, elle Charlotte Simmons, était-elle capable d'avoir cette conversation avec elle-même, ainsi que sa mère l'avait affirmé ? Mr Starling mettait le mot « âme » entre guillemets, ce qui revenait à dire que le concept n'était qu'une superstition tenace, un signifiant daté, voire primitif, servant à désigner le fantôme dans la machine. Alors pourquoi, au plus profond de mon cerveau, guettes-tu chaque instant de ma vie consciente pour parler de cela, Maman ? En admettant que je fasse comme si mon « âme » existait, au sens où tu l'entends, que puis-je dire ? D'accord. Je vais dire : « Moi, je suis Charlotte Simmons », ce qui devrait combler d'aise une « âme » qui n'existe même pas. Mais alors pourquoi continuer à écouter le fantôme ressasser son disque rayé de questions : « Et qu'est-ce que ça signifie ? Qui *c'est*, Charlotte Simmons ? »

Mais l'on ne peut *définir* un individu dans son unicité, a argumenté Charlotte Simmons, et lui, le fantôme qui n'était point là, a répliqué : « Oui ? Dans ce cas, pourquoi ne pas parler de tout ce qui te rendait si différente de toutes les filles de Dupont ? Juste quelques-uns de tes rêves, de tes espoirs, de tes ambitions ? N'était-ce pas *Charlotte Simmons* qui aspirait à la vie de l'esprit ? Ou bien tout ce qu'elle désirait, depuis le début, était d'être tenue pour différente, spéciale, et admirée pour cela, quoi qu'elle accomplît ? »

Ce questionnement devenait ridicule mais Les Enfants de Charlie lui ont épargné de devoir y répondre : bondissant de leurs chaises comme un seul homme, ils ont à ce moment attaqué leur version d'un air des Beatles – antique, presque –, « I Want to Hold Your Hand », comme s'il avait été écrit par John Philip Sousa pour une fanfare militaire avec trompettes, tubas, xylophone et percussions d'enfer. Les deux équipes avaient terminé leur échauffement et bang ! Surgis du sol, les Elfes, les acrobates, les frères Zulj, la musique, les oooohhh, les aaaahh parce que le duo slovène jonglait à présent avec des rasoirs de coiffeur de papa, ouverts bien entendu, et si jamais ils ne les rattrapaient pas par leur manche en nacre, ooooohh, aaaaah, c'était comme si les quatorze mille fanas de basket ici réunis craignaient de voir leurs propres phalanges se disséminer dans les airs. Le dernier moment de cirque avant les choses sérieuses.

Le fantôme dans la machine continuait à ratiociner mais il était trop tard : la foire s'est esquivée, les musiciens se sont rassis, les LumeNex ont illuminé de tous leurs feux le terrain couleur de miel et le match a commencé.

Un immense garçon blond et blanc, blanc et blond et bon, semblait se confronter tout seul à une cohorte de splendides athlètes noirs. Il faisait ce qu'il voulait, aurait-on dit ! Il gérait trop ! Partait au filet, smashait, bang ! Affectait méchamment le comportement des géants du Connecticut, aussi. Les décimait comme Samson ou comme l'Incroyable Hulk !

Avant qu'UConn ne demande son premier temps mort, Dupont menait 16 à 3. Le cirque a de nouveau surgi de nulle part : Enfants de Charlie debout, popotins en folie, gracieuses acrobates défiant la gravité, cuivres sonnant avec une énergie renouvelée, pour le plaisir du bruit, mais le rugissement de la foule était le plus fort, de falaise en falaise, du sommet à la base, Go, go Jojo, Go... go Jojo, Go... GO... JOJO !

Avec un soupçon de retard, Charlotte s'est rendu compte que les têtes se tournaient vers elle dans l'espoir de partager, de *jouir* de son extase devant les exploits de son petit ami. Ohmygod ! Ce qu'elle espérait, elle, c'était que personne n'avait surpris la distraction, le désintérêt accablé que ses traits exprimaient. Bing ! Elle a changé d'expression à la seconde. Avec son visage de circonstance, elle s'est dit qu'il était convenable de se joindre à la foule qui tapait des mains et des pieds au rythme de « Go, go Jojo ! » tonitruants. Un sourire comblé sur les lèvres, elle a battu le rythme, elle aussi, avec un semblant d'enthousiasme. Et... Ohmygod ! L'orchestre avait repris le *Swing*, maintenant, et la foule partisane, transportée par la solennité de l'instant, beuglait en chœur les paroles à l'unisson, et bien évidemment il convenait que la petite amie de Jojo Johanssen à cet instant s'y joignît.

Table

Achevé d'imprimer par N.I.I.A.G.
en janvier 2007
pour le compte de France Loisirs, Paris